DU MÊME AUTEUR
CHEZ POCKET

LE DIABLE S'HABILLE EN PRADA
PEOPLE OR NOT PEOPLE
SEXE, DIAMANTS ET PLUS SI AFFINITÉS…
STILETTO BLUES À HOLLYWOOD
VENGEANCE EN PRADA
L'ART ET LA MANIÈRE DE CONCLURE EN BEAUTÉ

LAUREN WEISBERGER

LE DIABLE S'HABILLE EN PRADA

SUIVI DE

VENGEANCE EN PRADA

LE RETOUR DU DIABLE

Traduit de l'anglais (États-Unis)
par Christine Barbaste

fleuve
ÉDITIONS

MIXTE
Papier issu de
sources responsables
FSC® C003309
www.fsc.org

Pocket, une marque d'Univers Poche,
est un éditeur qui s'engage pour la préservation
de l'environnement et qui utilise du papier fabriqué
à partir de bois provenant de forêts gérées
de manière responsable.

ISBN : 978-2-266-27347-3

LE DIABLE S'HABILLE EN PRADA

Je dédie ce livre aux trois seules personnes vivantes qui croient sincèrement qu'il rivalise avec Guerre et Paix *:*

Ma mère, Cheryl, la mère pour laquelle des milliers de filles seraient prêtes à se damner ;

Mon père, Steve, qui est beau, spirituel, brillant et talentueux, et qui a tenu à écrire sa propre dédicace ;

Mon phénomène de sœur, Dana, leur préférée (jusqu'à ce que j'écrive ce livre).

Remerciements

Merci aux quatre personnes qui ont aidé ce livre à voir le jour :

Stacy Creamer – mon éditrice. Si ce livre ne vous amuse pas, c'est de sa faute… C'est elle qui a peaufiné tous les passages vraiment drôles.

Charles Salzberg – écrivain et professeur. C'est lui qui m'a poussée de toutes ses forces à persévérer dans ce projet ; donc, s'il ne vous plaît pas, c'est aussi à lui qu'il faut vous en prendre.

Deborah Schneider – un agent extraordinaire. Elle n'a de cesse de m'assurer qu'elle adore au moins quinze pour cent de tout ce que je fais, dis ou, plus particulièrement, écris.

Richard David Story – mon précédent patron. C'est facile de l'aimer maintenant que je ne suis plus obligée de le voir tous les matins avant neuf heures.

Et naturellement, un immense merci à tous ceux qui n'ont pas proposé leur aide, mais qui ont promis d'acheter plusieurs exemplaires du livre en échange d'une mention de leur nom :

Dave Baiada, Dan Barash, Heather Bergida, Lynn

Bernstein, Dan Braun, Beth Bushmann-Kelly, Helen Coster, Audrey Diamond, Lydia Fakundiny, Wendy Finerman, Chris Fonzone, Kelly Gillespie, Simone Girner, Cathy Gleason, Jon Goldstein, Eliza Harris, Peter Hedges, Julie Hootkin, Bernie Kelberg, Alli Kirshner, John Knecht, Anna Weber Kneitel, Jaime Lewisohn, Bill McCarthy, Dana McMakin, Ricki Miller, Daryl Nierenberg, Wittney Rachlin, Drew Reed, Edgar Rosenberg, Brian Seitchik, Jonathan Seitchik, Marni Senofonte, Shalom Shoer, Josh Ufberg, Kyle White et Richard Willis.

Je tiens aussi à remercier tout particulièrement Leah Jacobs, Jon Roth, Joan et Abe Lichtenstein et les Weisberger : Shirley et Ed, David et Pam, Mike et Michele.

Méfiez-vous de toute entreprise qui requiert de nouveaux habits.

Henry David Thoreau

1

J'étais arrêtée au feu rouge, à l'intersection de la 17e Rue et de Broadway, et avant même qu'il ne passe officiellement au vert, une meute de taxis arrogants s'est élancée à l'assaut du carrefour, de part et d'autre de cet engin de mort miniature que j'essayais de piloter. *Appuie sur l'embrayage, lâche l'accélérateur, enclenche le levier de vitesse, lâche l'embrayage*. Je psalmodiais ce mantra en boucle dans ma tête, mais parmi cette circulation rugissante, il n'était ni d'un grand réconfort, ni d'aucun secours. Après deux ruades sauvages, la petite voiture s'est décidée à avancer d'un bond jusqu'au milieu du carrefour. Mon cœur a fait un looping. Puis, sans crier gare, les secousses se sont stabilisées et l'engin a commencé à prendre de la vitesse. Pas mal de vitesse. Le temps de risquer un bref regard sur le levier pour vérifier que je n'étais bien qu'en seconde, l'arrière d'un taxi est venu s'encadrer en gros plan dans le pare-brise. Je n'avais pas le choix. J'ai écrasé la pédale de frein, avec tant de force que le mouvement a arraché le talon de ma chaussure. Merde ! Encore une paire de pompes à 700 dollars sacrifiée à ma totale absence de grâce sous la pression. Si je faisais les comptes, c'était ma troisième casse de ce genre dans le mois. Quand le moteur a calé (en freinant pour sauver ma peau, je crois que j'avais oublié d'embrayer), j'ai presque été soulagée d'avoir gagné ce petit répit – qui n'avait pourtant rien d'une accalmie, compte tenu de l'ovation de klaxons hargneux et d'insultes qui s'est aussitôt élevée. J'en ai profité pour me déchausser et poser mes Manolo sur le siège passager. J'avais les paumes moites et rien pour les essuyer, sinon le pantalon Gucci que je portais – un pantalon tellement moulant que mon bassin et mes cuisses étaient totalement engourdis depuis l'instant où je l'avais enfilé. Les doigts ont laissé une empreinte humide sur le daim souple. Essayer de piloter un cabriolet non automatique à 84 000 dollars dans les rues de Manhattan à l'heure du déjeuner tenait vraiment de la course d'obstacles. Il me fallait absolument une cigarette.

— Alors, la p'tite dame, tu te bouges ? a beuglé un chauffeur de taxi. Tu te crois où ? À l'auto-école ? Avaaaaance !

Pour toute réponse, je lui ai montré mon index tremblant mais résolument tendu, puis je me suis concentrée sur la priorité absolue du moment : faire circuler, séance tenante, de la nicotine dans mes veines. Mes mains étaient de nouveau humides et les allumettes s'obstinaient à glisser par terre les unes après les autres. Au moment précis où je réussissais enfin mon coup, le feu est passé au vert. Cigarette aux lèvres, j'ai recommencé à me débattre avec le subtil enchaînement de la conduite non automatisée tout en inspirant et recrachant la fumée au rythme de ma respiration. *Appuie sur l'embrayage, lâche l'accélérateur, enclenche le levier de vitesses, lâche l'embrayage*. Ce n'est qu'après avoir parcouru trois blocs entiers que j'ai atteint la vitesse de croisière qui me permettait d'ôter la cigarette d'entre mes lèvres. Mais trop tard : la tige dangereusement longue de cendres s'est effondrée sur mes cuisses, pile sur les traces de transpiration. Génial. Mais avant même que j'aie pu m'appesantir là-dessus (en comptant les Manolo, je venais de bousiller 3 100 dollars de marchandise en moins de trois minutes), mon téléphone s'est mis à piailler. Et comme si, en cet instant-là, ma vie n'était pas pourrie jusqu'au trognon, la présentation d'appel sur l'écran a confirmé ma pire crainte : c'était Elle. Miranda Priestly. Ma patronne.

Étant donné que mes pieds (nus) et mes mains (glissantes) étaient déjà occupés par divers impératifs, ouvrir le petit Motorola n'était pas une mince affaire. A peine ai-je réussi que j'ai entendu sa voix flûtée :

— An-dre-âââ ! An-dre-âââ ! Vous m'entendez ?

Je me suis débarrassée de ma cigarette par la vitre ouverte, et manque de pot elle a failli percuter un coursier à moto ; le type a hurlé quelques insultes sans originalité avant de poursuivre sa route.

— Oui, Miranda, je vous entends, ai-je répondu en coinçant le téléphone entre l'oreille et l'épaule.

— An-dre-âââ, où est ma voiture ? L'avez-vous déjà déposée au garage ?

Dieu merci, le feu suivant a eu l'excellente idée de passer au rouge. La voiture s'est immobilisée dans un hoquet, mais sans rien heurter, ni personne. Ouf.

— Je suis en voiture, Miranda. Je devrais arriver au garage d'ici quelques minutes.

Sans doute voulait-elle vérifier que tout se passait bien. Oui, l'ai-je rassurée, tout marchait comme sur des roulettes, la voiture et moi allions bientôt arriver, en parfait état l'une et l'autre, et… Mais sans me laisser le temps de terminer ma phrase, Miranda a lâché :

— Peu importe. Allez chercher Madelaine et déposez-la chez moi avant de revenir au bureau.

J'ai entendu un « clic ». Puis plus rien. J'ai contemplé l'écran du téléphone, perplexe, et j'ai compris que Miranda avait tout simplement raccroché, puisqu'elle m'avait délivré toutes les indications que j'étais en droit d'espérer. Madelaine. Mais *qui* était Madelaine, bon sang ? Et où se trouvait-elle ? Etait-elle au courant que j'allais la chercher ? Pourquoi rentrait-elle chez Miranda ? Et pourquoi, *pourquoi* – dans la mesure où Miranda employait à plein temps un chauffeur, une bonne et une nounou – était-ce à moi d'aller chercher cette bonne femme ?

Je me suis souvenue qu'à New York, téléphoner au volant est illégal, et franchement, une patrouille de la NYPD à mes trousses était la dernière chose dont j'avais besoin. Je me suis rangée le long d'un couloir de bus et j'ai allumé les warnings. *Inspire... Expire*. J'ai même pensé à serrer le frein à main avant de relâcher la pédale du frein moteur. Je n'avais pas conduit de voiture non automatique depuis des années. La dernière tentative remontait aux années de lycée – un copain avait porté sa voiture volontaire pour quelques leçons... – et n'avait pas été vraiment concluante. Mais Miranda n'avait pas daigné considérer ce détail lorsque, une heure et demie plus tôt, elle m'avait appelée dans son bureau.

— An-dre-âââ ? Il faut récupérer ma voiture et la laisser au garage. Occupez-vous-en immédiatement. Nous en avons besoin ce soir pour partir dans les Hamptons. C'est tout.

Je suis restée comme enracinée quelques instants de plus devant son bureau aux dimensions imposantes, mais Miranda avait déjà fait abstraction de ma présence. Du moins le croyais-je.

— Ce sera *tout*, An-dre-âââ. Voyez ça tout de suite, a-t-elle ajouté sans relever la tête.

Mais naturellement, Miranda, ai-je pensé en quittant son bureau.

Quelle serait la première étape de cette mission qui me réservait à coup sûr des myriades d'embûches en route ? Sans doute découvrir d'abord *où* récupérer ladite voiture. Elle devait être en réparation chez le concessionnaire. Mais lequel ? Il y avait près d'un million de concessionnaires automobiles répartis dans les cinq *boroughs* de la ville. À moins que Miranda n'ait prêté la voiture à un ami, et que celui-ci ne l'ait garée dans un de ces parkings multiservices et hors de prix de Park Avenue ? Autre éventualité à ne pas écarter : il pouvait s'agir d'une nouvelle voiture – marque inconnue – qu'elle venait tout juste d'acheter et qu'il fallait reconduire de chez le concessionnaire (inconnu lui aussi) jusque chez elle. Bref, j'avais du pain sur la planche.

J'ai commencé par téléphoner à la nounou de Miranda, mais l'appel a basculé sur la messagerie. En suivant, j'ai appelé la bonne qui, pour une fois, a pu m'aider : il ne s'agissait pas d'une voiture neuve, mais d'un cabriolet vert – du même vert que les voitures de sport anglaises – généralement garé dans un parking situé dans le même bloc que l'immeuble de Miranda. Mais de là à pouvoir me préciser la marque exacte du cabriolet, ou m'indiquer l'endroit où il se trouvait à ce moment précis… J'ai donc continué à faire le tour de mes informatrices. D'après la secrétaire du mari de Miranda, le couple possédait, aux dernières nouvelles, une berline Lincoln noire et un genre de petite Porsche verte. Ouais ! Enfin une piste. Un coup de fil au concessionnaire Porsche de la 11e Avenue, et j'ai appris qu'en effet, ils terminaient quelques retouches de peinture et l'installation d'un nouveau lecteur de CD sur un cabriolet Carrera 4 vert appartenant à une certaine Miranda Priestly. Jackpot !

J'ai commandé une voiture avec chauffeur pour me conduire chez le concessionnaire. Et là, sur simple présentation d'un mot (de ma main et au bas duquel j'avais imité la signature de Miranda), sans s'émouvoir le moins du monde qu'une inconnue vienne réclamer la Porsche de quelqu'un d'autre, on m'a tendu les clés. Quand je leur ai demandé de bien vouloir sortir pour moi la voiture du garage, car je n'étais pas certaine de savoir passer la marche arrière, ils m'ont ri au nez. Ensuite, j'ai mis une demi-heure pour parcourir dix blocs, et comme je ne trouvais ni l'endroit, ni le moyen de bifurquer, j'ai continué à remonter *uptown*, en direction du garage de Miranda. Mes chances d'arriver à la 76e Rue sans blesser grièvement quelqu'un (moi, la voiture, un motard, un piéton, un autre véhicule…) étaient égales à zéro, et ce nouveau coup de fil était loin d'apaiser mes nerfs en pelote.

Je suis repartie à la pêche aux informations. Cette fois, la nounou a décroché à la seconde sonnerie.

— Salut, Cara. C'est moi.

— Salut, ça va ? Tu es où ? Dans la rue ? Il y a un de ces boucans !

— Écoute, j'ai dû récupérer la Porsche de Miranda chez le concessionnaire, mais le problème, c'est que je ne sais pas vraiment manœuvrer un levier de vitesses. Et maintenant, elle me demande d'aller chercher une certaine Madelaine pour la ramener chez elle. Qui est Madelaine ? Où se trouve-t-elle ?

Cara est partie d'un éclat de rire interminable avant de se décider à me donner une explication.

— C'est leur petite chienne, un bouledogue français. Elle est chez le véto. On vient de la stériliser. C'est moi qui devais la récupérer, mais Miranda vient juste de m'appeler, je dois aller chercher les jumelles à l'école plus tôt que prévu pour qu'ils puissent tous partir dans les Hamptons.

— Elle veut que j'aille chercher un *chien* avec cet engin ? Sans me crasher ? Tu plaisantes, j'espère ? *C'est hors de question.*

— Elle est à la clinique vétérinaire sur la 52e Rue, entre la Première et la Deuxième Avenue. Désolée, Andy, je dois filer chercher les filles, mais si je peux faire quoi que ce soit d'autre, tu m'appelles, O.K. ?

Manœuvrer ce monstre vert pour remonter *uptown* avait sapé mes dernières réserves de concentration. Le temps que j'atteigne la Seconde Avenue, le stress m'avait carrément désintégré le corps. *La situation ne peut pas empirer*, me suis-je rassurée, tandis qu'une autre voiture venait se trémousser à cinq centimètres de mon pare-chocs arrière. La moindre éraflure sur la carrosserie me coûterait immédiatement mon boulot – ça, c'était sûr –, mais peut-être également la vie.

Stationner, légalement ou non, devant la clinique vétérinaire était impossible. Sans quitter le volant, j'ai demandé par téléphone qu'on m'apporte Madelaine dans la rue. Quelques instants plus tard (le temps de recevoir un autre appel de Miranda, qui voulait savoir cette fois pourquoi je n'étais pas encore de retour au bureau), une dame aimable s'est présentée avec un chiot gémissant. Elle m'a montré les points sur le ventre de la petite bête et m'a recommandé de conduire très, très prudemment : la chienne, m'a-t-elle expliqué, « n'était pas très en forme ». Soyez sans crainte, madame. Je vais conduire très, très prudemment pour sauver mon boulot et, si possible, ma vie – et si ce clebs en profite, ce sera juste un bonus.

Madelaine s'est couchée en boule sur le siège passager et j'ai allumé une autre cigarette. J'ai frictionné mes pieds nus qui commençaient à geler, histoire que mes orteils aient une chance de garder prise sur les pédales. *Appuie sur l'embrayage, lâche l'accélérateur, passe la vitesse, lâche l'embrayage !* psalmodiais-je en m'efforçant d'ignorer les mugissements déchirants que déclenchait chaque pression sur la pédale de l'accélérateur. Sur le siège du passager, ce n'étaient que pleurs et lamentations, et le temps que j'arrive devant chez Miranda, on frôlait la crise d'hystérie. Toutes mes tentatives pour calmer la petite chienne avaient échoué ; sans doute sentait-elle mon peu de sincérité – et de toute façon, je n'avais que deux mains, et pas une de libre pour la réconforter d'une caresse sur la truffe. Voilà donc où m'avaient menée mes quatre années d'études consacrées à analyser et décortiquer par le menu romans, pièces de théâtre, nouvelles et poèmes : à consoler une bestiole pourrie gâtée avec une tronche de chauve-souris tout en essayant de ne pas démolir une voiture qui ne m'appartenait pas et qui coûtait la peau du bas du dos. Quelle vie merveilleuse ! Exactement celle dont j'avais rêvé.

J'ai réussi sans autre incident à garer la voiture au parking et à refourguer le chien au portier de Miranda, mais mes mains en tremblaient encore quand je suis remontée dans la voiture qui m'avait suivie tout au long de mon périple. Le chauffeur m'a gratifiée d'un regard compatissant et a tenté de me remonter le moral par quelques commentaires sur la difficulté à manœuvrer un levier de vitesses. Mais je n'étais guère d'humeur à bavarder.

— On retourne chez Elias-Clark, ai-je indiqué avec un long soupir tandis qu'il contournait le bloc pour redescendre Park Avenue.

Comme j'effectuais ce trajet tous les jours – voire parfois deux fois par jour –, je savais que je disposais très exactement de huit minutes pour souffler, reprendre mes esprits et, éventuellement, imaginer un moyen de dissimuler les taches de transpiration et de cendre qui s'étaient transformées en imprimé permanent sur le pantalon Gucci. Quant aux escarpins… Leur sort était sans espoir – du moins jusqu'à ce que les équipes de cordonniers appointées par *Runway* pour ce type d'urgence puissent se pencher sur leur cas.

En fait, le trajet n'a duré que six minutes et demie. Un pied au ras du sol et l'autre perché sur onze centimètres de talon, j'ai claudiqué comme une girafe en mal d'équilibre jusqu'à la Réserve. En un tournemain, j'y ai dégoté une jupe en cuir, une paire des bottes flambant neuves Jimmy Choo, et j'ai ajouté le pantalon en daim à la pile du « Nettoyage Couture » (dont les tarifs, par article, débutaient à 75 dollars). Une halte au Studio Beauté – où, à la vue de mon maquillage strié par la transpiration, une des rédactrices s'est empressée de sortir une mallette remplie de produits réparateurs –, et le tour était joué.

Pas mal, ai-je jugé en m'apercevant dans l'un des miroirs en pied omniprésents. Qui aurait pu soupçonner que, quelques minutes auparavant, j'étais un véritable danger public, sur le point d'occire tout ce qui bougeait dans les parages, moi incluse ? J'ai filé d'un pas assuré jusqu'à notre bureau, qui faisait antichambre à celui de Miranda, et je me suis tranquillement assise à ma place, en espérant bien bénéficier de quelques instants de répit avant son retour de déjeuner.

— An-dre-âââ ? Où sont la chienne et la voiture ?

J'ai foncé au rapport aussi vite que le permettent des talons de onze centimètres sur une moquette épaisse.

— J'ai laissé la voiture au gardien du garage et Madelaine à votre portier, ai-je annoncé, très fière de m'être acquittée de ma mission sans avoir flingué ni la voiture, ni le chien, ni moi-même.

À ce moment-là, Miranda a daigné lever les yeux du *Women's Wear Daily* qu'elle feuilletait.

— Et pourquoi donc ? Je vous avais précisé de les ramener toutes les deux ici, au bureau. Les filles seront là d'un instant à l'autre et nous devons partir dans la foulée.

— Oh, mais… je pensais… Vous aviez dit que vous vouliez…

— Suffit. Épargnez-moi les détails de votre incompétence. Allez chercher la voiture et la chienne, et ramenez-les ici. Tout le monde doit être prêt au départ dans quinze minutes. Compris ?

Quinze minutes ? Cette bonne femme avait-elle des hallucinations ? Il me faudrait une à deux minutes pour gagner le rez-de-chaussée et grimper dans une voiture avec chauffeur, et six ou huit de plus pour arriver chez elle ; après quoi, trois bonnes heures ne seraient pas de trop pour débusquer la chienne dans l'une des dix-huit pièces de son appartement, dompter le levier de vitesses récalcitrant, extraire le cabriolet de son emplacement et parcourir vingt blocs pour revenir ici.

— Bien sûr, Miranda. Dans quinze minutes.

Sitôt sortie de son bureau, je me suis remise à trembler comme une feuille. Mon cœur pouvait-il lâcher à l'âge vénérable de vingt-trois ans ? La première cigarette que j'ai allumée a glissé d'entre mes doigts ; elle a atterri directement sur une de mes nouvelles bottes, où, au lieu de rouler par terre sur sa lancée, elle a pris le temps qu'il lui fallait pour dessiner sur le cuir une petite trace de brûlure bien nette. *Génial*, ai-je grincé à mi-voix. *Ça, c'est le bouquet*. Mettez au total de mon ardoise de la journée l'équivalent de 4 000 dollars de marchandises bousillées – mon nouveau record. Peut-être allait-elle mourir avant mon retour ? ai-je songé, en décidant qu'il y avait urgence à regarder la vie du bon côté. Peut-être allait-elle succomber à une maladie rare et foudroyante qui, toutes et tous, nous libérerait de cette intarissable source de malheurs ? Tout en savourant la dernière taffe de ma cigarette, je me suis dit aussi que je devais rester rationnelle. *Tu ne souhaites pas réellement sa mort*, ai-je pensé en m'étirant sur le siège arrière. *Car si elle meurt, tu perds tout espoir de la tuer de tes propres mains. Et* ça, *ce serait vraiment dommage.*

2

Le jour de mon premier entretien, j'étais à des années-lumière de me douter de ce qui m'attendait. La première fois où j'ai pénétré dans les célèbres ascenseurs d'Elias-Clark, notoirement connus pour transporter le nec plus ultra en matière de mode, j'ignorais tout de l'admiration obsessionnelle que les chroniqueurs mondains les mieux introduits de New York, la bonne société et les médias vouaient aux passagères de ces cabines rutilantes et silencieuses – des femmes d'une perfection artificielle, à la mise et au maquillage impeccables. Jamais je n'avais vu de chevelures blondes aussi chatoyantes, et j'étais loin d'imaginer que ces balayages signés par des grands noms de la coiffure coûtaient 6 000 dollars par an à entretenir, et que, lorsqu'on était dans la confidence, un seul coup d'œil au résultat permettait d'identifier le coloriste. Jamais mes yeux ne s'étaient posés sur des hommes aussi beaux : leurs corps musclés – mais sans excès, sinon « ce n'est *vraiment* pas sexy » – exhibaient toute une vie de dévotion à la gym dans des cols roulés à fines côtes et des pantalons de cuir moulants. Partout, des sacs et des chaussures que je n'avais jamais vus portés par des vraies gens accrochaient mon regard et me criaient *Prada ! Armani ! Versace !* Un ami d'ami – assistant éditorial au magazine *Chic* – m'avait raconté que parfois ces accessoires et leurs créateurs se croisaient dans ces fameux ascenseurs. Muccia, Giorgio ou Donatella pouvaient alors, en d'émouvantes retrouvailles, admirer une fois de plus, « en chair et en os », leurs escarpins de l'été 2002 ou leur sac pochette de la collection Haute Couture printemps.

J'ai compris que ma vie était sur le point de changer – mais quant à pouvoir prédire si c'était en mieux…

J'avais passé les vingt-trois années précédentes à incarner l'Amérique des villes moyennes. J'avais grandi à Avon, dans le Connecticut, et mon existence tout entière se résumait à un cliché : activités sportives dans le cadre du lycée, sorties en groupe, soirées de beuverie dans de belles maisons de campagne en l'absence des parents. On allait en cours en pantalon de jogging ; le samedi soir, on enfilait un jean pour sortir, et on réservait les robes à froufrous aux grandes occasions semi-habillées. Quant à la fac, quel univers de sophistication après le lycée ! Que l'on soit artiste, marginal ou accro à l'informatique, Brown avait proposé un catalogue exhaustif d'activités, de cours ou d'animations en groupe. Quel que soit le domaine, intellectuel ou créatif, auquel je décidais de m'intéresser, même impopulaire ou ésotérique en diable, Brown lui offrait un genre de débouché. Seule, peut-être, la haute-couture échappait à cette règle qui faisait la fierté de l'établissement. Ces quatre années passées à Providence, à traîner en laine polaire et godillots de randonnée, à étudier les impressionnistes et à pondre des dissertations outrageusement verbeuses ne m'avaient en rien préparée pour mon tout premier poste, une fois sortie de la fac.

Je me suis débrouillée pour retarder l'échéance le plus longtemps possible. Pendant les trois mois qui ont suivi l'obtention de mon diplôme, j'ai économisé sou à sou tout l'argent que je pouvais, et je me suis offert un voyage en solitaire. Un mois durant, j'ai sillonné l'Europe en train ; j'ai passé plus d'heures à la plage que dans les musées, et je n'ai guère fait d'efforts pour garder le contact avec mes copains, à l'exception d'Alex, avec qui je sortais depuis trois ans. Alex a deviné qu'au bout de cinq ou six semaines, la solitude commençait à me peser. Une fois son stage de futur enseignant achevé, comme il lui restait tout l'été à tuer avant la rentrée, il m'a fait la surprise de me rejoindre à Amsterdam. À ce moment-là, j'avais fait quasiment le tour complet de l'Europe. Aussi, au terme d'un après-midi qu'on ne pourrait pas qualifier de sobre dans l'un des *coffee shops* de la ville, nous avons mis en commun nos traveller's chèques pour acheter deux allers simples à destination de Bangkok.

Sans guère dépenser plus de 10 dollars par jour, nous avons exploré une bonne partie du Sud-Est asiatique, en discutant à perte de vue de nos avenirs respectifs. En septembre, Alex allait commencer à enseigner l'anglais dans l'un des quartiers défavorisés de New York, et cette perspective l'excitait : modeler de jeunes esprits, servir de mentor aux plus démunis et aux parias, tout cela le séduisait au plus haut point. C'était du Alex tout craché. Personnellement, mes objectifs étaient moins nobles : je souhaitais intégrer la rédaction d'un magazine. Et tout en sachant que mes chances d'être embauchée au *New Yorker* à la sortie de la fac étaient maigres, j'étais néanmoins déterminée à écrire pour ce magazine avant la cinquième réunion des anciens élèves. Écrire dans le *New Yorker* était le rêve de toute ma vie ; jamais je n'avais envisagé d'autre avenir professionnel. J'avais découvert ce magazine un jour où mes parents évoquaient un article qu'ils venaient de lire.

— C'est remarquablement bien écrit, avait dit ma mère. On ne lit plus rien de cette qualité, de nos jours.

— Oui, avait renchéri mon père. Ce sont indéniablement les seuls aujourd'hui à publier des articles intelligents.

J'avais donc ouvert le *New Yorker*. Et j'avais adoré. J'avais adoré le style tonique et mordant des articles, les caricatures spirituelles et ce sentiment, à la lecture, d'être admise au sein d'un club très exclusif. De ce jour-là, je n'avais loupé aucun numéro, et je connaissais par cœur le nom de chaque rubrique, de chaque éditorialiste, de chaque rédacteur.

Alex et moi évoquions cette nouvelle étape de la vie qui nous attendait, cette aventure qui allait commencer, et nous nous félicitions d'avoir la chance de nous y lancer ensemble. Mais bien conscients de vivre nos derniers jours de calme avant la tempête, nous n'avions nul désir pressant de rentrer au bercail. Et c'est ainsi que, bêtement, à Delhi, nous avons fait prolonger nos visas, pour consacrer quelques semaines supplémentaires à explorer les exotiques paysages indiens.

Eh bien, rien n'amène plus vite une belle histoire à sa chute qu'une crise d'amibes et la dysenterie qui l'accompagne. J'ai survécu tant bien que mal une semaine dans un hôtel indien pouilleux, en suppliant Alex de ne pas me laisser crever dans ce lieu infernal. Quelques jours plus tard, nous atterrissions à Newark où ma mère, dévorée d'inquiétude, m'a bordée sur la banquette arrière de sa voiture, avant de glousser tout au long du trajet jusqu'à la maison. D'une certaine façon, c'était là l'opportunité dont rêvait toute mère juive : elle avait enfin une bonne raison de consulter un toubib après l'autre pour s'assurer que ces misérables parasites avaient, jusqu'au dernier, déserté le corps de sa petite fille. Il m'a fallu quatre semaines pour recouvrer le sentiment d'appartenir à la race humaine, et deux de plus pour trouver que retourner vivre chez mes parents était au-delà du supportable. Mes parents étaient formidables, mais m'entendre demander où j'allais chaque fois que je sortais – ou d'où je venais, chaque fois que je rentrais – m'a très vite tapé sur le système. J'ai appelé Lily qui vivait dans un studio riquiqui à Harlem pour lui demander si je pouvais squatter son canapé-lit. Bonne fille, elle a répondu oui.

*

Je me suis réveillée sur ce canapé, trempée de sueur, le front martelé de douleur, un sac de nœuds dans l'estomac. Chacune de mes terminaisons nerveuses dansaient un shimmy endiablé qui n'avait rien de sexy. *Horreur ! Ça recommence !* ai-je immédiatement pensé. Les parasites avaient réinvesti mon corps et j'étais destinée à souffrir jusqu'à mon dernier jour ! À moins que… Se pouvait-il que ce soit une autre maladie, bien pire ? Pouvais-je avoir contracté une forme rare de dengue ? Ou le paludisme ? Voire le virus de la fièvre Ebola ? Je suis restée étendue, en m'efforçant de contempler en face l'idée de ma mort imminente, et peu à peu, des bribes de la soirée de la veille me sont revenues. Un bar enfumé quelque part dans l'East Village. Une musique baptisée « jazz fusion ». Un liquide rose pétard dans un verre à cocktail – *oh non, cette nausée ! Faites que ça s'arrête !* Des copains qui passent pour fêter mon retour. Un toast, un verre, un autre toast. Dieu merci, je ne souffrais nullement d'une forme rarissime de fièvre hémorragique – seulement d'une gueule de bois. Que ma résistance à l'alcool puisse être moindre après une dysenterie qui m'avait délestée de dix kilos ne m'avait pas effleuré l'esprit. Cinquante-trois kilos pour un mètre soixante dix-sept : ce n'était pas le physique idéal pour encaisser une nuit de beuverie – mais maintenant que j'y pense, il collait parfaitement pour postuler dans un magazine de mode.

Une fois que j'ai eu rassemblé mon courage pour m'extraire du canapé-lit déglingué qui m'accueillait depuis une semaine, j'ai consacré toute mon énergie à ne pas être malade. Se réadapter à l'Amérique – sa nourriture, ses manières civilisées, ses douches exubérantes – n'avait pas été trop éprouvant, mais mon statut d'invitée était en train de devenir rapidement lourdingue. Selon mes estimations, en échangeant les baths et les roupies qu'il me restait, je disposais d'une semaine et demie avant d'être complètement à sec, et la seule façon d'obtenir de nouveau de l'argent de mes parents était de réintégrer le cercle vicieux des opinions contradictoires. Si une perspective était de nature à me faire retrouver ma sobriété, c'était bien celle-là. En cette journée de novembre qui allait s'avérer fatidique, cette seule pensée a suffi à me propulser du lit jusqu'à l'endroit où j'étais attendue, dans l'heure suivante, pour passer mon tout premier entretien d'embauche.

La semaine précédente, encore faible et épuisée, j'étais restée au point mort sur le canapé de Lily, jusqu'à ce qu'elle me hurle finalement de débarrasser le plancher – au moins quelques heures chaque jour. Ne sachant trop quoi faire de ma peau, j'ai investi dans une carte de métro et j'ai sillonné la ville en distribuant frénétiquement sur mon chemin des CV dans toutes les rédactions des grands magazines. Je les déposais entre les mains des agents de sécurité, accompagnés d'une lettre de motivation dans laquelle j'expliquais, sans excès d'enthousiasme, que je souhaitais devenir assistante éditoriale et acquérir de l'expérience en écriture journalistique. J'étais tellement flapie que je me fichais pas mal de savoir si quelqu'un lirait vraiment ces courriers. Une convocation à un entretien était la dernière chose au monde à laquelle je m'attendais. Et pourtant, incroyable mais vrai, la veille, une personne des ressources humaines du groupe Elias-Clark avait appelé chez Lily : on voulait me rencontrer pour « bavarder ». « Bavarder » était-il synonyme d'entretien officiel ? Je n'en savais trop rien, mais je trouvais ça bien moins flippant.

J'ai gobé un Advil, j'ai bu une gorgée de soda et j'ai réussi à enfiler un pantalon et une veste. Certes, ils étaient désassortis au départ et n'avaient donc aucune chance de se combiner en tailleur à l'arrivée, mais ils présentaient au moins l'avantage de rester en place sur mon corps émacié. Un chemisier bleu, une queue-de-cheval sage au bas de la nuque et une paire de mocassins légèrement avachis complétaient ma tenue. Le résultat n'était pas génial – pour être franche, il était même limite hideux –, mais dans mon esprit, c'était largement suffisant. *Ce n'est pas à mes vêtements qu'ils vont me juger* : je me souviens d'avoir pensé *ça*. À l'évidence, j'étais à peine lucide.

Le rendez-vous était fixé à onze heures. J'étais ponctuelle. Ce n'est qu'en découvrant tous ces pseudo-clones de Twiggy, ces essaims de filles aux jambes interminables qui attendaient devant les ascenseurs, que j'ai commencé à paniquer. Un mouvement perpétuel animait leurs lèvres et seul le martèlement de leurs talons aiguilles ponctuait leurs cancans. *Des commères*, ai-je songé. *Voilà qui est parfait*. (Waou ! Ces ascenseurs !) *Respire. Lentement. Non, tu ne vas pas dégueuler. Tu-ne-vas-pas-dégueuler. Tu vas discuter de ce poste d'assistante éditoriale, et ensuite, c'est retour direct sur le canapé. Non, tu ne vas pas dégueuler ! « Travailler à* Reaction ! *Oh oui, ce serait merveilleux !* The Buzz *? Oui, naturellement*, cela *me conviendrait parfaitement. Ah bon ? Je peux choisir ? En ce cas, j'ai besoin de réfléchir jusqu'à demain. C'est formidable ! »*

Quelques instants plus tard, un badge peu flatteur proclamait mon statut de « Visiteur » sur le revers de mon pseudo-tailleur tout aussi peu flatteur. Comme je n'allais pas tarder à le découvrir – mais trop tard –, les visiteurs familiers des lieux se contentaient d'accrocher le badge à leur sac ou, mieux encore, le faisaient immédiatement disparaître ; seuls les ploucs les plus arriérés l'épinglaient bien en vue. J'ai embarqué à bord de l'une de ces cabines, et l'ascension a commencé. On est monté, monté, monté, fonçant sans bruit à travers le temps, l'espace et le chic infini à destination… des ressources humaines.

J'ai profité de ce bref voyage pour me détendre. Dans la cabine, des parfums capiteux se mêlaient à l'odeur du cuir neuf, et ce cocktail parait presque cette mécanique utilitaire d'une charge érotique. Nous gravissions les étages à vive allure, en observant des arrêts pour livrer des beautés chez *Chic*, *Mantra*, *The Buzz* et *Coquette*. Les portes coulissaient silencieusement, comme avec déférence, en face de réceptions d'une blancheur minimaliste, où d'élégants sièges aux lignes sobres narguaient les visiteurs, prêts à pousser des cris d'orfraie si quelqu'un – comble de l'horreur ! – tentait de s'y asseoir pour de bon. À chaque étage, de grosses lettres noires indiquaient le titre du magazine, et d'épaisses portes en verre opaque protégeaient les rédactions. N'importe quel Américain moyen connaissait ces noms de magazines, mais qui serait allé imaginer que tous ces titres mijotaient sous un seul et unique toit ?

Pour ma part, mon expérience professionnelle se limitait à un job de serveuse de yaourt glacé, mais j'avais entendu suffisamment d'histoires, de la bouche d'amis depuis peu pleins aux as, pour savoir que la vie en entreprise ne ressemblait pas du tout à ça. Ni de loin, ni de près. Où étaient les immondes éclairages au néon ? Les moquettes d'une couleur étudiée pour dissimuler les taches ? Ici, en lieu et place de banales réceptionnistes, officiaient des jeunes femmes aux pommettes saillantes, tirées à quatre épingles, sanglées dans des tailleurs de femmes d'affaires. Quant au matériel de bureau, il était tout simplement inexistant ! Où étaient passés les objets utilitaires et basiques tels que classeurs, corbeilles à papiers, registres ? J'ai eu le loisir d'observer six étages disparaître dans ces tourbillons de perfection et de blancheur immaculée avant de sentir la morsure du venin.

— Quel-le-gar-ce, a sifflé une voix. Je ne peux *plus* la saquer. Franchement, qui peut la supporter ?

La fille avait une vingtaine d'années, et sa tenue – jupe en peau de serpent et minibrassière – semblait a priori plus adaptée à une folle nuit au Bungalow 8 qu'à une journée de travail dans un bureau.

— Comme si je ne le savais pas ! a renchéri sa copine en opinant avec emphase. Que crois-tu donc que j'aie dû supporter pendant six mois ? Bien sûr que c'est une garce finie ! Avec un goût de chiottes, par-dessus le marché.

Par bonheur, je venais d'arriver à destination. *Voilà qui est intéressant*, me suis-je dit. Si on confrontait le potentiel de cet environnement professionnel avec une journée ordinaire dans la vie d'une étudiante dotée d'un bon esprit de groupe, c'était même plus qu'intéressant. Stimulant ? Mmmm, non, peut-être pas jusque-là. Accueillant, plaisant, réconfortant ? Non, pas exactement, non plus. Était-ce le genre d'environnement à vous donner envie d'abattre un boulot d'enfer, un grand sourire aux lèvres ? Oh non ! Mais pour qui recherche la vitesse, vénère la minceur, cultive la sophistication et révère tout ce qui est dernier cri en matière de style, Elias-Clark est sans conteste la Mecque.

Je commençais à avoir le sentiment de n'être vraiment pas à ma place, et la réceptionniste de la DRH, avec ses bijoux renversants et son maquillage impeccable, ne m'a pas aidée à évacuer cette impression. Elle m'a invitée à m'asseoir et à feuilleter, si je le souhaitais, quelques-unes de leurs publications. Au lieu de quoi j'ai fiévreusement essayé de mémoriser les noms de tous les rédacteurs en chef des titres du groupe – comme si je me préparais à passer une interro. Stephen Alexander, de *Reaction*, je le connaissais déjà, naturellement ; Michael Tanner, de *Buzz*, son nom n'était pas trop ardu à retenir non plus. N'étaient-ce pas, de toute façon, les deux seuls magazines du groupe dignes d'intérêt ? J'allais m'en tirer haut la main.

La femme qui m'a reçue était petite, svelte et s'appelait Sharon. Elle m'a conduite jusqu'à son bureau – une pièce à la déco froide, minimale –, et tandis que nous croisions en chemin une brochette de sosies de mannequins aux jambes interminables, elle m'a lancé :

— Alors, comme ça, vous cherchez à percer dans la presse magazine ? Ce n'est pas le plus simple, en sortant de fac, vous savez. La compétition est rude, ici, et les postes sont peu nombreux. Et les rares qui sont à pourvoir, eh bien ! ils ne sont pas exactement bien payés… Si vous voyez ce que je veux dire.

J'ai baissé les yeux et j'ai contemplé mon vilain tailleur dépareillé, mes chaussures avachies. Pourquoi avais-je seulement pris la peine de m'habiller, de me déplacer ? Et comme mon esprit était déjà ailleurs, concentré sur le moment où j'allais de nouveau m'affaler sur le canapé de Lily avec assez de chips et de cigarettes pour tenir jusqu'au lendemain, j'ai failli ne pas entendre quand elle a murmuré :

— Mais justement, une opportunité assez incroyable se présente en ce moment. Et tout va aller très, très vite !

Mmmm… Mes antennes se sont aussitôt dressées, et j'ai essayé d'obliger Sharon à me regarder droit dans les yeux. *Opportunité* ? *Vite* ? Tout s'est emballé dans ma tête. Cette femme voulait m'aider ? Elle m'aimait bien ? Pourquoi ? Je n'avais pas encore dit un seul mot – comment pouvait-elle *m'apprécier* ? Et pourquoi, au juste, commençait-elle à me baratiner comme un vendeur de voitures ?

— Dites-moi, Andrea, connaissez-vous le nom de la rédactrice en chef de *Runway* ? a-t-elle demandé en me fixant pour la toute première fois depuis le début de notre entretien.

Et là, blanc. Blanc total, absolu. Je ne me souvenais plus de rien. Étais-je en train de rêver ? Elle me faisait bel et bien le coup de l'*interro* ! Jamais de ma vie je n'avais ouvert un numéro de *Runway* – elle n'avait pas le droit de me questionner justement sur ce titre-là ! Qui s'intéressait à *Runway* ? Un magazine de *mode*, bon sang ! Peut-être même n'y avait-il pas une seule ligne de texte à l'intérieur – rien d'autre que des bataillons de mannequins faméliques et des pubs sur papier glacé. Je me suis mise à bafouiller tandis que les différents titres de magazines et noms de rédacteurs en chef que j'avais lus quelques instants auparavant virevoltaient dans ma tête et dansaient en couples désassortis. Quelque part, au fin fond de mon cerveau, il y avait forcément le nom de cette bonne femme. Je le connaissais – qui ne le connaissait pas ? Mais les lettres qui le composaient refusaient de s'assembler dans mon esprit embrumé.

— Euh… Je suis désolée, j'ai un trou de mémoire. Mais je le connais, évidemment ! Je l'ai sur le bout de la langue. Tout le monde connaît son nom !

Sharon a continué à m'observer, ses grands yeux bruns désormais rivés à mon visage moite.

— Miranda Priestly, a-t-elle lâché, dans un quasi-murmure où se mêlaient le respect et la crainte. Elle s'appelle Miranda Priestly.

Un ange est passé. Sans se presser. Mais sans doute Sharon pesait-elle le pour et le contre. Allait-elle passer outre à ce faux pas colossal ? À ce moment-là, j'ignorais qu'elle voulait à tout prix recruter une nouvelle assistante pour Miranda. Comment aurais-je pu savoir qu'elle était prête à tout pour mettre un terme aux coups de fil de cette femme qui, jour et nuit, la harcelait à propos des candidates potentielles ? Qu'elle voulait coûte que coûte trouver quelqu'un, n'importe qui, que Miranda accepterait ? Je ne pouvais pas me douter que si j'avais – ce qui était cependant improbable – ne serait-ce que la plus infime chance d'être embauchée, d'être celle qui allait la délivrer de ce calvaire, elle se devait de m'accorder un peu d'attention.

Avec un sourire crispé, elle m'a annoncé que j'allais rencontrer les deux assistantes de Miranda. *Deux* assistantes ? J'ai cru surprendre un éclair d'exaspération dans le regard de mon interlocutrice.

— Oui, Miranda a besoin de deux assistantes, cela va de soi. Son actuelle assistante senior, Allison, a été promue rédactrice beauté à *Runway*, et c'est Emily, son assistante junior à ce jour, qui va lui succéder. Donc, le poste d'Emily est à pourvoir ! Andrea, vous sortez tout juste de la fac… Je me doute que le fonctionnement d'une rédaction ne vous est guère familier. (Ici, elle a marqué une pause théâtrale, le temps de trouver les mots justes.) Mais *je me dois* de vous dire combien l'opportunité qui s'offre à vous est exceptionnelle. Miranda Priestly… (Nouvelle pause, tout aussi théâtrale, comme pour s'acquitter d'une révérence mentale)… Miranda Priestly est le personnage le plus influent du milieu de la mode, et elle est, sans conteste, la rédactrice en chef la plus en vue du monde entier. Du monde entier ! Travailler pour elle, l'observer diriger chaque numéro, chapeauter les rédactrices et les mannequins célèbres, l'aider à accomplir ses multiples tâches quotidiennes est une chance… Ai-je besoin de préciser que des milliers de filles se damneraient pour avoir ce poste ?

— Mmm, oua… Oui, en effet, ça m'a tout l'air d'une merveilleuse opportunité.

Néanmoins, une question m'a traversé l'esprit : pourquoi Sharon me baratinait-elle pour m'offrir ce poste, si des milliers d'autres filles étaient prêtes à se damner pour l'obtenir ? Mais je n'ai pas eu le loisir de me perdre en conjectures. Sharon a décroché son téléphone, a fredonné quelques mots et m'a raccompagnée jusqu'aux ascenseurs pour commencer dans la foulée mes entretiens avec les deux assistantes de Miranda.

Décidément, Sharon se comportait de plus en plus comme un robot, mais je n'avais guère le temps de creuser la question puisque je devais rencontrer Emily. J'ai gagné le 17e étage, et j'ai patienté à la réception de *Runway*, un espace, lui aussi, d'une blancheur déconcertante. Au bout d'une bonne demi-heure, j'ai vu apparaître une grande fille mince derrière les portes vitrées. Elle portait une jupe en cuir taille basse et mi-longue, et ses cheveux roux indisciplinés étaient enroulés haut sur son crâne en un chignon désordonné mais chic. Elle avait le teint pâle, une peau sans la moindre imperfection et les pommettes les plus saillantes que j'avais jamais vues. Sans esquisser le plus petit sourire, elle est venue s'asseoir à côté de moi et m'a examinée de la tête aux pieds, attentivement, mais machinalement, sans manifester de réel intérêt. Et puis de but en blanc, sans avoir pris la peine de se présenter, cette fille que j'ai supposé être Emily s'est lancée dans une description détaillée du poste. Le ton monocorde de ses explications m'en a appris plus que les mots eux-mêmes : ce laïus – cela crevait les yeux –, elle l'avait déjà répété des dizaines et des dizaines de fois. Et comme il n'y avait guère d'espoir que je sois différente des autres postulantes, elle n'avait pas l'intention de gaspiller son temps avec moi.

— C'est dur, sans aucun doute. Il y aura des journées de quatorze heures – pas très souvent, mais plus qu'il n'en faut, a-t-elle débité sans jamais me regarder. Et il est important de bien comprendre que ce poste ne comporte aucun travail éditorial. En tant qu'assistante junior de Miranda, votre seule responsabilité sera d'anticiper ses besoins et d'y pourvoir. Ce peut être tout et n'importe quoi : commander son papier à lettres préféré, ou l'accompagner faire son shopping. Mais c'est toujours amusant. Passer ses journées, ses semaines auprès de cette femme exceptionnelle est une chance inouïe. Car c'est vraiment un être hors du commun..., a-t-elle achevé d'un ton léger.

Pour la première fois depuis le début de son discours, elle paraissait s'animer un peu.

— Ça a l'air super !

Je le pensais vraiment. À la même époque, mes amis et amies qui s'étaient colletés avec la vie active sitôt leur diplôme en poche turbinaient depuis déjà six mois complets tout en bas de l'échelle. Tous et toutes semblaient harassés. Qu'ils travaillent dans des banques, des agences de pub, des maisons d'édition – ce n'étaient que lamentations sur les journées interminables, les collègues, la politique d'entreprise, et plus que tout, l'ennui. Comparées à l'exigence des études, les tâches que l'on attendait d'eux étaient tellement stupides, futiles, qu'un chimpanzé aurait pu s'en acquitter. Ce n'étaient que récits d'heures passées à entrer des chiffres sur des bases de données, à démarcher au téléphone des gens qui ne voulaient pas être importunés, à analyser du matin au soir des tonnes et des tonnes d'informations sur un écran d'ordinateur, à faire des recherches totalement inutiles pour que leurs supérieurs les croient productifs. Chacun jurait être devenu idiot en ce bref laps de temps écoulé depuis le diplôme, et il n'y avait nulle échappatoire en vue. Je ne nourrissais aucune passion particulière à l'égard de la mode, mais je préférais de loin passer mes journées à m'éclater dans un job « marrant » plutôt que de m'empoisonner la vie dans un boulot ennuyeux à périr.

— Oui, c'est super, a acquiescé Emily. Vraiment super. Génial, même. Bon, enchantée de vous avoir rencontrée. Je vais chercher Allison. Elle est géniale, elle aussi.

À peine a-t-elle eu terminé son blabla et disparu derrière les vitres dans un bruissement de cuir qu'est apparue une silhouette dégingandée.

J'ai immédiatement compris que cette superbe fille à la peau d'ébène était tout simplement *trop* maigre. Je n'ai même pas tiqué à la vue de son estomac en creux et de son pelvis saillant, tant j'étais sidérée que l'on puisse se pointer dans un bureau le ventre à l'air. Elle portait un pantalon en cuir noir si souple et moulant qu'il se fondait sur elle en une seconde peau, et son débardeur en tissu blanc pelucheux (à moins que ce n'ait été de la fourrure) tendu sur sa poitrine s'arrêtait cinq centimètres au-dessus de son nombril. Sa longue chevelure d'un noir d'encre se balançait dans son dos telle une lourde cape brillante. Ses ongles, vernis aux mains comme aux pieds d'un blanc luminescent, semblaient irradier de l'intérieur, et ses sandales rehaussaient de huit centimètres sa stature d'un bon mètre quatre-vingts. En dépit de sa semi-nudité, elle réussissait à être incroyablement sexy et classe à la fois, mais à mes yeux elle dégageait surtout une impression de froid. Au propre comme au figuré. Nous étions tout de même en novembre.

— Salut, je m'appelle Allison, comme vous le savez sans doute, a-t-elle dit en prélevant une peluche du débardeur sur son pantalon quasi invisible. Je viens d'être promue rédactrice, et c'est ça qui est génial, quand on bosse pour Miranda. Les heures sont longues, on ne chôme pas, mais c'est incroyablement glamour, et des milliers de filles se damneraient pour travailler avec elle. En plus, Miranda est absolument exceptionnelle, en tant que femme, rédactrice, être humain. Elle prend soin de ses assistantes. En travaillant juste un an pour elle, on gagne des années et des années sur son parcours. Si on a du talent, elle vous envoie directement au sommet de l'échelle, et…

Elle débitait son speech, sans prendre la peine de me regarder ou de feindre un quelconque degré de passion pour son propos. Cette fille ne me semblait pas particulièrement stupide, mais son regard était voilé, comme l'est celui des membres d'une secte, ou des gens qui ont subi un lavage de cerveau. J'ai eu l'impression que j'aurais pu m'endormir, me curer le nez ou tout simplement m'en aller, elle n'aurait rien remarqué.

Quand – enfin ! – ce flot de paroles s'est tari, Allison a annoncé qu'elle allait chercher la personne avec laquelle je devais m'entretenir ensuite. J'ai manqué de m'évanouir. La machine s'emballait. Je ne maîtrisais plus rien, mais en même temps, j'étais excitée. J'ignorais qui était cette Miranda Priestly ? Et alors, quelle importance ? Tout le monde, autour de moi ne semblait-il pas baba d'admiration devant elle ? Bon, d'accord, *Runway* était un magazine de mode, et j'aurais préféré travailler pour un titre un peu moins futile. Mais n'était-ce pas toujours mieux qu'une quelconque revue d'entreprise ? La prestigieuse mention de *Runway* sur mon CV me conférerait, à coup sûr, plus de crédibilité lorsque je finirais par postuler au *New Yorker* que – disons – *La Mécanique pour tous*. Et, ne l'oublions pas, des milliers de filles étaient prêtes à se damner pour avoir ce poste.

Au bout d'une demi-heure de ruminations à l'avenant, une autre femme, grande et d'une minceur impossible, est venue me rejoindre. Elle s'est présentée, mais toutes mes réserves de concentration étaient focalisées sur son corps. Elle portait une jupe en jean moulante et effilochée, un chemisier blanc transparent et des sandales à lanières argentées. Ses ongles étaient manucurés, sa peau parfaitement halée, et dénudée avec une exubérance à laquelle se refusent les gens normaux quand il y a de la neige dans les rues. Cette jeune femme m'a invitée à la suivre derrière les portes vitrées. C'est là, en me levant, que j'ai compris avec une douloureuse acuité quel piètre spectacle je devais offrir, avec mon pseudo-tailleur affreusement décalé, mes cheveux filasse, mon apparence négligée. Aujourd'hui encore, le souvenir de mon accoutrement ce jour-là – sans parler de l'espèce de *mallette* que je trimballais – continue à me hanter. Je sens mon visage virer au rouge pivoine quand je me rappelle à quel point j'ai dû faire tache dans ce temple où officiaient les filles les plus raffinées et plus stylées de New York. Ce n'est que bien plus tard, quand j'ai été admise dans leur cercle (sans jamais, cependant, en faire vraiment partie), que j'ai su combien elles s'étaient moquées de moi, entre chaque round de cette cérémonie de recrutement.

Après m'avoir, comme ses comparses, inspectée de pied en cap, Miss Canon m'a conduite jusqu'au bureau de Cheryl Kerston, directrice de la rédaction, une charmante lunatique sur toute la ligne. Là encore, j'ai eu droit à un discours interminable, mais cette fois, j'ai été attentive. Cette femme semblait adorer son boulot ; sa voix pétillait d'excitation tandis qu'elle évoquait l'aspect rédactionnel du magazine, les formidables articles qu'elle lisait, les liens qu'elle nouait avec les journalistes.

— Je n'ai absolument rien à voir avec la mode, ici, m'a-t-elle précisé avec fierté. Donc, si vous souhaitez des précisions à ce sujet, mieux vaut questionner quelqu'un d'autre.

Quand je lui ai confié qu'en plus de ne rien connaître au sujet, je ne m'intéressais pas particulièrement à la mode, Cheryl m'a répondu avec un grand sourire sincère :

— En ce cas, Andrea, peut-être êtes-vous notre perle

rare. Il est temps que vous rencontriez Miranda. Puis-je vous donner un conseil ? Regardez-la droit dans les yeux, et vendez-vous. Vendez-vous, sans hésiter. Elle respecte ceux qui savent faire ça.

Comme si on l'avait sonnée, Miss Canon a réapparu pour m'escorter jusqu'au bureau de Miranda. Au cours de ce trajet qui n'a duré que trente secondes, j'ai senti que j'étais le point de mire général. Qui derrière les vitres de son bureau de journaliste, qui de son box d'assistante dans le bureau paysager : personne, m'a-t-il semblé, ne ratait une miette du spectacle. Au photocopieur, une jolie fille s'est retournée pour me toiser de la tête aux pieds, imitée par un homme absolument splendide – mais gay, manifestement –, qui n'avait d'yeux que pour ma tenue vestimentaire. Alors que j'allais franchir le seuil de l'antichambre où officiaient les assistantes de Miranda, Emily s'est emparée de ma mallette et l'a planquée sous son bureau. J'ai immédiatement pigé le message : *Pointe-toi avec ça, et tu peux dire adieu à ta crédibilité*. L'instant d'après, je me suis retrouvée dans une vaste pièce avec d'immenses baies vitrées, inondée de lumière : ce sont les seuls détails qui m'ont frappée ce jour-là dans son bureau, car je ne pouvais détacher mes yeux de la femme qui me faisait face.

N'ayant jamais vu la moindre photo d'elle, j'ai été stupéfaite de découvrir à quel point Miranda Priestly était *menue*. La main qu'elle m'a tendue était fine, féminine et douce. Elle a dû relever la tête pour croiser mon regard, mais elle-même ne s'est pas levée pour m'accueillir. Ses cheveux, teints en blond de main experte, étaient noués en un chignon souple, délibérément décontracté et néanmoins suprêmement chic. Elle ne souriait pas, mais je ne l'ai pas jugée intimidante pour autant ; elle semblait même plutôt aimable, et presque fragile derrière son gigantesque bureau noir. Du coup, je me suis sentie assez à l'aise pour m'installer, sans y avoir été invitée, dans l'un des fauteuils inconfortables en face d'elle. C'est à ce moment-là que j'ai remarqué avec quelle détermination – mêlée peut-être d'un soupçon d'amusement – elle étudiait mes efforts pour me montrer gracieuse, polie. Condescendante et mal à l'aise, oui, mais pas particulièrement vache, ai-je décidé. C'est elle qui a parlé la première, sans me lâcher des yeux une seule seconde.

— Qu'est-ce donc qui vous amène chez *Runway*, Andre-âââ ?

Elle avait un accent d'aristo british.

— J'ai passé un entretien avec Sharon, et elle m'a dit que vous cherchiez une assistante.

Ma voix chevrotait, mais en voyant mon interlocutrice opiner du chef, j'ai regagné un peu de confiance en moi.

— J'ai également rencontré Emily, Allison et Cheryl et il me semble avoir parfaitement compris le profil de la personne que vous recherchez. J'ai la certitude d'être la candidate idéale pour ce poste, ai-je conclu en me souvenant des recommandations de Cheryl.

Elle a eu l'air amusée, mais nullement impressionnée.

C'est à cet instant que j'ai commencé à vouloir ce poste, de toute la force de mon âme. À le vouloir comme on peut vouloir quelque chose que l'on considère hors de sa portée. Dans mon esprit affamé de succès, obtenir ce poste relevait d'un vrai défi – parce que j'étais un imposteur, et pas des plus doués, de surcroît à ce jeu-là. À la minute où j'avais foulé la moquette de *Runway*, j'avais su que je n'appartenais pas à ce monde-là. Mes vêtements, ma coiffure étaient certes décalés dans cet univers, mais mon état d'esprit – cela crevait les yeux – l'était encore davantage. Je ne connaissais rien à la mode, et je n'en avais strictement rien à fiche. Donc, il me fallait ce poste. Sans compter que des milliers de filles étaient prêtes à se damner pour l'obtenir.

Elle m'a posé des questions personnelles. Je lui ai répondu avec une franchise et une assurance qui m'ont étonnée moi-même. Ce n'était pas le moment de me laisser intimider. Après tout, cette femme semblait plutôt affable, et curieusement, rien en elle ne m'incitait à penser le contraire. Il y a eu un moment de léger flou lorsqu'elle m'a interrogée sur ma connaissance des langues étrangères. En apprenant que je parlais l'hébreu, elle a marqué un temps d'arrêt et a posé les deux mains à plat sur son bureau avant de répondre d'une voix glaciale :

— L'hébreu ? J'espérais vous entendre mentionner le français, ou n'importe quelle autre langue un peu plus utile.

J'étais à deux doigts de m'excuser, mais je me suis retenue à temps.

— Non, malheureusement, je ne parle pas un mot de français, mais je suis sûre que ça ne posera aucun problème.

D'un mouvement sec, elle a réuni ses mains devant elle.

— D'après votre CV, vous avez fait vos études à Brown ?

— Oui. Études de lettres, avec une spécialisation en écriture créative. Écrire a toujours été une passion pour moi.

Aïe ! Quelle tarte ! Avais-je vraiment besoin d'employer le mot « passion » ?

— Ce penchant pour l'écriture signifie-t-il que la mode ne vous intéresse pas ?

Elle a bu une gorgée d'un liquide pétillant et a reposé lentement le verre. Un coup d'œil à la dérobée m'a appris que Miranda Priestly était le genre de femme capable de boire sans laisser sur le rebord des verres une de ces traces peu ragoûtantes de rouge à lèvres. Quelle que soit l'heure de la journée, cette femme-là aurait toujours des lèvres impeccablement dessinées et fardées.

— Oh non, bien sûr que non ! J'adore la mode, ai-je menti sans trop de difficulté. Et j'ai envie de la connaître mieux encore, car c'est un sujet qui pourrait un jour m'inspirer.

Mais d'où est-ce que je sortais ça ? Toute cette affaire commençait à ressembler à une séance d'hypnose.

L'entretien s'est poursuivi avec cette même aisance relative jusqu'à ce qu'arrive l'ultime question : Quels magazines lisais-je régulièrement ? Je me suis rapprochée avec empressement de mon interlocutrice.

— Je ne suis abonnée qu'au *New Yorker* et à *Newsweek*, mais je lis régulièrement *The Buzz*. Parfois j'ouvre *le Times*, mais c'est un peu aride, et *US News* est vraiment trop conservateur. Bien sûr, je m'accorde le plaisir coupable de feuilleter *Chic*, et comme je rentre à peine de voyage, je lis tous les magazines de tourisme et…

— Et *Runway* ? Lisez-vous *Runway*, An-dre-âââ ?

Elle s'est penchée vers moi et m'a dévisagée avec une intensité redoublée.

La question m'a prise tellement au dépourvu que pour la première fois de la matinée, je me suis sentie déstabilisée. J'ai préféré ne pas mentir, ne pas m'embarquer dans une quelconque explication foireuse.

— Non.

Après un silence de pierre qui a peut-être duré dix secondes, Miranda Priestly a fait signe à Emily qu'il était temps de me raccompagner. Je savais que j'avais décroché le poste.

3

— Je n'en suis pas aussi sûr que toi, a remarqué tendrement Alex en jouant avec mes cheveux.

J'avais posé ma tête sur ses genoux, les tempes encore battantes après cette éprouvante journée. Une fois les entretiens achevés, ne tenant pas à passer une nuit de plus sur le canapé de Lily et tenaillée par l'envie de partager tous ces événements avec Alex, je l'avais directement rejoint chez lui, à Brooklyn. J'avais songé à m'installer chez lui à plein temps, mais j'avais eu peur qu'il ne se sente envahi.

— Je ne vois pas trop pourquoi tu tiens tant à décrocher ce boulot. Quoique…, a-t-il repris après réflexion, changeant son fusil d'épaule. L'opportunité semble assez phénoménale. Si cette Allison a débuté comme toi assistante et se retrouve maintenant rédactrice, c'est plutôt encourageant. Fonce.

Il faisait d'énormes efforts pour manifester de l'enthousiasme, mais nous sortions ensemble depuis notre deuxième année de fac, et je savais décrypter chaque inflexion de voix, chaque regard, chaque geste. Quelques semaines auparavant, il avait commencé à enseigner dans une école primaire du Bronx, et il était tellement rompu de fatigue qu'il arrivait à peine à parler. Il avait été déçu en découvrant à quel point les gamins de sa classe, à neuf ans tout juste, étaient déjà blasés et cyniques. Il était écœuré de les entendre discuter sans retenue de fellation, stupéfait de constater qu'ils connaissaient dix mots d'argot différents pour désigner l'herbe, qu'ils se vantaient de voler dans les magasins, ou qu'ils adoraient frimer en jouant à qui avait un cousin en pension dans la prison où ça rigolait le moins. Il les surnommait « les experts du ballon ».

— Ils pourraient pondre tout un bouquin sur les avantages respectifs de Sing Sing et de Rikers, mais ils sont infichus de lire un mot d'anglais !

Alex réfléchissait activement à la façon dont il pourrait changer le cours des choses.

Ma main s'est faufilée sous son tee-shirt pour lui gratter le dos. Ce pauvre chou avait l'air si crevé que je culpabilisais de l'ennuyer avec les menus détails de ma journée. Mais il fallait bien que je la raconte à quelqu'un !

— Je sais. J'ai parfaitement pigé que ce poste n'a rien à voir avec l'éditorial, mais je suis sûre qu'au bout de plusieurs mois, je pourrais me débrouiller pour écrire quelques lignes. Tu trouves que je renie mes principes, en travaillant dans un *magazine de mode* ?

Il a pressé mon bras et s'est allongé contre moi.

— Tu es douée, mon cœur, tu écris merveilleusement bien, et je sais que tu feras un boulot fantastique n'importe où. Renier tes principes ? Mais bien sûr que non ! Toi-même tu dis que si tu tiens le coup un an à *Runway*, tu t'économises trois ans d'assistanat pourri ailleurs.

— D'après Emily et Allison, la récompense est automatique. Tu réussis à bosser un an pour Miranda sans te faire virer et, d'un simple coup de fil, elle te dégote un poste où tu veux.

— En ce cas, comment pourrais-tu refuser ? Sérieusement, Andy, tu fais ton année chez Runway, et tu auras un poste au New Yorker. C'est ton rêve depuis toujours ! Et apparemment, tu as trouvé le chemin le plus court pour le réaliser.

— Tu as raison. Mille fois raison.

— En plus, ça signifie que tu viens t'installer à New

York. Perspective très tentante, en ce moment, je dois avouer.

Il m'a embrassée, un de ces longs baisers paresseux dont il semblait avoir inventé personnellement la technique.

— Mais arrête de te prendre la tête. Tu le dis toi-même : rien n'est encore sûr. Attendons de voir ce qui va se passer.

Nous nous sommes préparé un dîner archisimple, et nous nous sommes endormis devant la télé. J'étais en train de rêver que d'odieux gamins de neuf ans s'envoyaient en l'air dans la cour de récré tout en sifflant des bières et en invectivant mon amour de petit copain, quand le téléphone a sonné.

Alex a décroché. Il a collé le combiné contre son oreille, sans ouvrir les yeux, ni articuler un « Allô », puis très vite, il a lâché l'appareil à côté de moi. Je n'étais pas certaine de trouver l'énergie de le soulever.

— Allô ? ai-je marmotté en jetant un coup d'œil au réveil.

7 heures 15 ! Qui pouvait bien m'appeler à une heure pareille ?

— C'est moi ! a aboyé une Lily assez furax.

— Salut. Tout va bien ?

— Tu crois que je t'appellerais à 7 heures du mat', si c'était le cas ? J'ai une gueule de bois tellement carabinée que je suis à l'article de la mort, et quand j'ai enfin arrêté de gerber assez longtemps pour pouvoir m'endormir, j'ai été réveillée par une bonne femme effroyablement désinvolte qui m'explique qu'elle bosse aux ressources humaines d'Elias-Clark et qu'elle te cherche. *A 7 heures du mat'* ! Alors, tu la rappelles et tu lui dis d'oublier mon numéro de téléphone.

J'ai quitté la chambre à pas de loup avec le combiné sans fil et j'ai refermé la porte.

— Désolée, Lil. Comme je n'ai pas encore de portable, j'ai donné ton numéro. Je n'arrive pas à croire qu'elle ait téléphoné aussi tôt ! Je me demande si c'est bon ou mauvais signe…

— Quoi qu'il en soit, bonne chance. Tiens-moi au courant. Mais pas d'ici quelques heures, d'accord ?

— Promis. Merci. Et excuse-moi encore.

J'ai contemplé ma montre, incapable d'imaginer que j'allais avoir une conversation professionnelle à une heure aussi matinale. J'ai préparé du café, j'ai attendu qu'il ait fini de passer et je suis allée m'installer sur le canapé avec ma tasse. Bon, impossible de tergiverser plus longtemps.

— Bonjour, Andrea Sachs, ai-je annoncé d'un ton ferme, mais consciente, hélas, que ma voix grave et éraillée trahissait la fille qui venait de tomber du lit.

— Andrea, bonjour ! J'espère que je n'ai pas appelé trop tôt ? a chantonné Sharon d'une voix ensoleillée. Mais ça m'étonnerait, d'autant que vous allez devenir sous peu aussi matinale que les coqs ! J'ai d'excellentes nouvelles pour vous. Vous avez beaucoup impressionné Miranda, et elle a dit qu'elle avait très envie de travailler avec vous. N'est-ce pas merveilleux ? Félicitations, mon petit. Quel effet cela fait-il, d'être la nouvelle assistante de Miranda Priestly ? J'imagine que vous êtes tout simplement…

Tout s'est mis à tourner dans ma tête. J'ai tenté de m'extraire du canapé pour me resservir du café, ou prendre un verre d'eau, ou n'importe quoi d'autre qui serait susceptible de m'éclaircir les idées, de m'aider à traduire les paroles de Sharon en une langue intelligible, mais je n'ai réussi qu'à m'enfoncer d'un cran dans les coussins. Était-elle en train de me demander si je voulais ce poste ? Ou bien me faisait-elle une proposition officielle ? Ses propos n'arrivaient pas à faire sens dans mon esprit. Je n'avais retenu qu'une seule information : Miranda Priestly m'avait appréciée.

— … enchantée par la nouvelle. Qui ne le serait pas, hein ? Bon, voyons… Vous pouvez commencer lundi, n'est-ce pas ? Miranda sera en vacances, mais c'est justement le moment idéal pour débuter. Ça vous laissera le temps de faire connaissance avec les autres filles – oh, vous verrez, elles sont toutes absolument adorables !

Connaissance ? Quoi ? Commencer lundi ? Adorables ? Je ne comprenais rien à rien. Je me suis raccrochée à la seule donnée que j'avais plus ou moins captée.

— Euh, je ne crois pas pouvoir commencer lundi, ai-je dit, en espérant avoir construit une phrase à peu près cohérente.

Prononcer ces mots a eu sur moi l'effet d'un électrochoc, et mes idées se sont tant soit peu remises en place : j'avais franchi les portes de l'immeuble d'Elias-Clark la veille pour la première fois, et j'étais arrachée d'un sommeil abyssal pour m'entendre dire que je commençais à travailler dans trois jours. Nous étions vendredi – et il était 7 heures du matin, nom d'un chien ! –, or ils voulaient que je commence à travailler lundi ? La situation était en train d'échapper sérieusement à mon contrôle. À quoi rimait cette précipitation ridicule ? Cette Miranda était-elle si importante qu'on ait à ce point et de toute urgence besoin de moi ? Et pourquoi inspirait-elle une telle frousse à Sharon ?

Commencer le lundi suivant était inenvisageable. Je n'avais nul endroit où habiter. Après mon diplôme, j'étais revenue, la mort dans l'âme, vivre chez mes parents, à Avon. L'été précédent, lorsque j'étais partie en voyage, j'avais laissé la plupart de mes affaires dans ce camp de base. Ma garde-robe « spéciale entretiens » était entassée, elle, sur le canapé de Lily. Pour éviter que ma meilleure amie ne finisse par me haïr, j'avais fait la vaisselle, vidé les cendriers, acheté des Häagen-Dazs grand format, mais je me sentais obligée de la laisser souffler de temps en temps, donc le week-end, je partais m'installer chez Alex, à Brooklyn, où je conservais les fringues « spéciales week-end » et le maquillage fantaisie ; mon ordinateur portable se trouvait chez Lily à Harlem avec les tailleurs dépareillés, et tout le reste de ma vie était chez mes parents, dans le Connecticut. À New York, je n'étais qu'une nomade, je n'avais toujours pas pigé comment tout le monde savait que Madison Avenue remontait *uptown* quand Broadway descendait, et pour tout avouer, j'avais du mal à cerner ce que désignait le terme *uptown*. Et cette femme voulait que je commence à bosser le lundi suivant ?

— Vous comprenez, lundi, cela semble inenvisageable…, ai-je résumé, la main crispée sur le combiné. Je n'habite pas à New York en ce moment. J'ai besoin de quelques jours pour trouver un appartement, acheter des meubles, m'installer.

— Oh ! a reniflé Sharon. En ce cas, je suppose que mercredi fera l'affaire.

Après une petite séance de marchandage, nous sommes finalement convenues que je commencerais le lundi 17 novembre. Ce qui me laissait un peu plus d'une semaine pour me dénicher un appartement sur le marché immobilier le plus dément du monde.

Après avoir raccroché, je me suis rallongée sur le canapé, les mains encore tremblantes. Une semaine. Je venais d'accepter ce poste, et dans une semaine, je serais l'assistante de Miranda Priestly. Mais… Hé, minute ! Voilà ce qui me chiffonnait depuis le début ! En fait, je n'avais pas réellement accepté ce poste, pour la simple et bonne raison qu'on ne me l'avait pas officiellement proposé. Sharon semblait tellement tenir pour acquis que n'importe qui doté d'un semblant d'intelligence accepterait sans poser de questions, qu'elle n'avait même pas prononcé la formule rituelle : « Nous aimerions vous faire une proposition. » Jusque-là, personne n'avait évoqué un « salaire ». J'ai failli éclater de rire. Était-ce une sorte de tactique de guerre qu'ils avaient rodée chez Elias-Clark ? Attendre que leur victime soit plongée en plein sommeil paradoxal au terme d'une journée extrêmement stressante pour lui balancer une nouvelle de nature à changer le cours de sa vie ? Ou bien jugeaient-ils simplement que – vu qu'il s'agissait du magazine *Runway* – s'abaisser à faire une proposition et attendre qu'elle soit acceptée ne serait que temps perdu et salive gaspillée ? Sharon s'était contentée de présumer que, transportée de joie, j'allais sauter sur l'occasion. Et, comme c'est toujours le cas chez Elias-Clark, elle avait raison. Tout s'était passé si vite, dans une telle frénésie, que je n'avais pas eu le loisir de peser le pour et le contre, de délibérer comme je le faisais d'habitude. Mais j'avais le – bon – pressentiment que ç'aurait été de la folie de ne pas saisir pareille opportunité, et que *Runway* pouvait bel et bien s'avérer un formidable tremplin pour arriver jusqu'au *New Yorker*. Je me devais d'essayer. J'avais la chance d'avoir été choisie.

Gonflée de cette énergie flambant neuve, j'ai terminé mon café, j'en ai préparé une autre tasse pour Alex, et je me suis douchée rapidement. À mon retour dans la chambre, Alex se réveillait à peine et cherchait à tâtons les minuscules lunettes à monture métallique sans lesquelles il était aveugle.

— Déjà habillée ? Quelqu'un a appelé ce matin, ou je l'ai rêvé ?

Quoique déjà en jean et col roulé, je me suis glissée sous les couvertures.

— Non, tu n'as pas rêvé. C'était Lily. La femme de la DRH d'Elias-Clark a appelé chez elle parce que c'est le numéro que je leur avais laissé. Et devine quoi ?

— Tu es prise ?

— Oui !

— C'est génial, je suis tellement fier de toi ! s'est-il exclamé en m'enlaçant. C'est vraiment une supernouvelle.

— Tu crois que c'est un bon plan ? Je sais, on en a déjà discuté, mais ils ne m'ont même pas laissé une chance de décider par moi-même. Cette femme est partie du principe que je voulais le poste.

— C'est une opportunité incroyable. La mode n'est pas ce qu'il y a de pire sur Terre – qui sait, ce pourrait même être intéressant.

J'ai levé les yeux au ciel.

— Bon, d'accord, j'exagère peut-être un peu, est

convenu Alex. Mais avec la mention de *Runway* sur ton CV et une lettre de recommandation de cette Miranda, voire quelques papiers publiés d'ici à ce que tu en partes… Tu pourras aller où tu voudras. Le *New Yorker* viendra te supplier sur ton paillasson.

— Espérons que tu as raison, ai-je lâché en sautant du lit pour commencer à remballer mes affaires dans le sac à dos. Tu es toujours O.K. pour me prêter ta voiture ? Plus vite j'arriverai chez mes parents, plus vite je serai de retour. Encore que ça n'a plus grande importance, parce que c'est officiel : *je m'installe à New York !*

Comme Alex retournait à Westchester deux fois par semaine pour garder son petit frère les soirs où sa mère devait travailler tard, celle-ci lui avait légué sa vieille voiture. Mais il n'en aurait pas besoin avant mardi, et d'ici là, je serais revenue. J'avais prévu de rentrer chez mes parents ce week-end-là, sans savoir encore que j'aurais une bonne nouvelle à leur annoncer.

— Oui, tu peux la prendre. Elle est garée à un demi-bloc d'ici, sur Grand Street. Les clés sont sur la table de la cuisine. Appelle-moi quand tu arrives, O.K. ?

— Promis. Tu ne veux vraiment pas m'accompagner ? Il y aura plein de bonnes choses à manger – tu connais ma mère, elle n'achète que le meilleur.

— Je sais bien, c'est tentant. Mais j'ai organisé un apéro avec quelques-uns des jeunes profs de l'école demain soir. J'ai pensé que ça pourrait nous inciter à bosser en équipe. Je ne peux pas me défiler.

— Toi et ta maudite âme charitable. Toujours à faire le bien et à répandre la bonne parole partout où tu passes. Si je ne t'aimais pas autant, je te haïrais, ai-je conclu en me penchant pour l'embrasser.

J'ai localisé la petite voiture verte du premier coup, et il ne m'a fallu que vingt minutes pour trouver l'artère qui me permettrait de rejoindre la 95. C'était une journée glaciale pour un mois de novembre, le thermomètre frôlait le zéro, et les petites routes étaient couvertes de plaques de verglas. Mais le soleil brillait de cette luminosité hivernale qui fait plisser les paupières et monter les larmes aux yeux. En dépit de l'air vif, j'ai roulé vitre baissée en écoutant en boucle la BO de *Almost Famous*. J'ai attaché mes cheveux encore humides en queue-de-cheval pour les empêcher de me voler dans les yeux et, de temps en temps, je soufflais sur mes doigts pour les réchauffer. Six mois seulement après avoir quitté la fac, ma vie était sur le point de démarrer par un grand bond en avant. Miranda Priestly, que je ne connaissais ni d'Eve ni d'Adam la veille, mais qui était manifestement un personnage puissant, m'avait choisie pour intégrer l'équipe de son magazine. Désormais, j'avais une raison concrète de quitter le Connecticut pour m'installer à Manhattan – seule, chez moi, comme tout adulte digne de ce nom. En arrivant dans l'allée qui menait à la maison de mon enfance, j'étais littéralement transportée d'allégresse. Le rétroviseur me renvoyait l'image d'une fille aux joues rougies par le froid et coiffée au pétard à mèche, mon jean était maculé au bas des jambes à force d'avoir traîné sur les trottoirs boueux de la ville, mais peu importe. Je me sentais belle. Échevelée, frigorifiée mais fringante, j'ai poussé la porte d'entrée et j'ai appelé ma mère à tue-tête. C'est la dernière fois de ma vie où je me souviens d'avoir éprouvé autant de légèreté.

*

— Dans une semaine ? Mais enfin, chérie, je ne vois pas comment tu peux commencer à travailler dans une semaine.

Attablées dans la cuisine chacune à notre place attitrée, nous buvions du thé – déthéiné avec sucrettes pour elle, *English Breakfast* sucré au vrai sucre pour moi. J'avais beau ne plus vivre chez mes parents depuis quatre ans, une tasse XXL de thé chauffé au micro-ondes et quelques cuillerées de beurre de cacahouètes suffisaient à me donner l'impression de n'en être jamais partie.

— Écoute, maman, je n'ai pas le choix, et franchement, j'ai du bol d'avoir obtenu ce délai. Si tu avais entendu le ton pète-sec de cette femme ! (Ma mère m'a lancé un regard inexpressif.) De toute façon, je ne peux pas me tracasser pour ça. J'ai obtenu un poste dans un magazine archiconnu et je vais travailler avec l'une des femmes les plus puissantes de ce milieu. Des milliers de filles se damneraient pour être à ma place.

Nous avons échangé un sourire, mais celui de ma mère était comme voilé de tristesse.

— Je suis tellement heureuse pour toi. Quelle splendide grande fille j'ai là. C'est le début d'une merveilleuse époque de ta vie, ma chérie. Ah, je me souviens, quand je suis sortie de la fac et que je suis partie m'installer à New York. Toute seule dans cette gigantesque ville complètement dingue. C'était terrifiant, mais tellement excitant. Je veux que tu profites au maximum de chaque instant, et de tout : les spectacles, les films, les livres, le shopping, les gens que tu vas rencontrer. Ce sera la meilleure période de ta vie, je n'en doute pas une seconde. Je suis tellement fière de toi ! a-t-elle conclu en posant un instant sa main sur la mienne – un geste dont elle n'était pas coutumière.

— Merci, maman. Ça veut dire que tu es assez fière de moi pour me payer un appartement, des meubles et une nouvelle garde-robe ?

— Tout à fait.

Elle s'est levée pour remettre des tasses à chauffer dans le micro-ondes, en m'assenant au passage un petit coup de magazine sur la tête. Elle n'avait pas dit non, mais elle ne se précipitait pas non plus sur son chéquier.

J'ai passé le restant de la soirée à expédier des e-mails à l'intégralité de mon carnet d'adresses pour demander si quelqu'un cherchait, ou connaissait quelqu'un qui cherchait une colocataire. J'ai même appelé des copains auxquels je n'avais pas parlé depuis des mois. Mais ça n'a pas donné grand résultat. Comme je ne pouvais pas emménager de façon permanente sur le canapé de Lily (ce qui aurait bousillé inévitablement notre amitié), ni squatter chez Alex (ce à quoi ni lui, ni moi n'étions prêts), ma seule option – et la meilleure, avais-je décidé – consistait à sous-louer une chambre pour quelques mois, le temps de prendre mes repères dans la ville, et de me dégoter un vrai appartement – meublé, de préférence, ce serait toujours ça de moins à faire.

Le téléphone a sonné peu après minuit, et j'ai bien failli dégringoler de mon petit lit d'enfant en m'étirant pour l'attraper.

— Salut, championne !

Alex. Il avait cette intonation particulière qui signifiait qu'il s'était passé quelque chose. Mais je n'aurais su dire si la nouvelle était bonne ou mauvaise.

— Je viens d'apprendre par mail que Claire McMillan, une nana de Princeton, cherche une coloc. Je crois que je la connais. Elle sortait avec Andrew. Une fille tout à fait normale. Ça t'intéresse ?

— Oui, bien sûr, pourquoi pas ? Tu as son numéro ?

— Non, seulement son mail. Je te fais suivre le message.

J'ai envoyé donc un mail à cette Claire tout en bavardant encore un peu avec Alex, puis j'ai fini par m'endormir. Peut-être que ce plan allait marcher.

*

Eh bien, non, loupé. L'appartement de Claire McMillan était sombre, déprimant, et situé de surcroît au beau milieu de Hell's Kitchen, ce qui m'a valu le plaisir, le jour de ma visite, d'être accueillie par un junkie affalé sur le perron. Les autres pistes n'ont rien donné de mieux. J'ai rencontré un couple qui souhaitait sous-louer une pièce inutilisée et faisait des allusions voilées à la fréquence et au volume sonore de leurs ébats ; une artiste d'une trentaine d'années qui vivait avec quatre chats et comptait bien en adopter quelques autres ; un homo de vingt ans qui traversait, selon ses propres termes, sa « phase salope ». J'ai visité une chambre sans fenêtre ni toilettes au fin fond d'un long couloir sombre. La moindre de ces piaules minables coûtait plus de 1 000 dollars par mois, quand mon salaire annuel allait royalement culminer à 32 500 dollars. Même si le calcul n'avait jamais été mon point fort, nul besoin d'être grand clerc pour prévoir qu'un tel loyer en dévorerait 12 000 dollars à lui seul et que les impôts se chargeraient de me délester du reste. Ah, dernier détail : à présent que j'étais « adulte », mes parents me confisquaient leur carte de crédit « à n'utiliser qu'en cas d'urgence ». Génial.

Finalement, après trois jours de déconvenues, Lily a tout de même été débarrassée de moi. Ayant un intérêt particulier à me déloger de son canapé, elle a expédié des e-mails à tous les gens qu'elle connaissait. Un étudiant de son séminaire de doctorat à Columbia l'a aiguillée sur l'un de ses potes dont le patron connaissait deux filles qui recherchaient une colocataire. Je les ai appelées sur-le-champ, et l'une des deux, Shanti, une fille adorable, m'a expliqué que son amie Kendra et elle avaient une pièce à sous-louer dans leur appartement dans l'Upper East Side. La chambre en question était minuscule, mais il y avait une fenêtre, un placard et même un mur en briques apparentes. Le tout pour 800 dollars par mois. J'ai demandé si l'appartement comportait une salle de bains et une cuisine. C'était le cas – en revanche, il n'y avait ni lave-vaisselle, ni baignoire, ni ascenseur… Mais on ne peut s'attendre à vivre dans le luxe la première fois qu'on quitte le cocon familial. C'était une affaire conclue.

Shanti et Kendra étaient deux Indiennes gentilles et paisibles, qui sortaient tout juste de la fac, bossaient dans des banques d'investissement et avaient des horaires de dingues. Le premier jour, je n'ai pas réussi à les distinguer l'une de l'autre – et il allait en être ainsi jusqu'au dernier jour de notre cohabitation, mais peu importait : j'avais trouvé un toit.

4

Après trois nuits passées dans mon nouveau logis, j'avais toujours l'impression d'être une étrangère échouée dans un lieu inconnu. Ma chambre était vraiment très, très petite. Un poil plus large peut-être que l'abri de jardin chez mes parents, mais guère plus. Et contrairement à la plupart des pièces qui paraissent plus spacieuses une fois meublées, la mienne avait rétréci de moitié. D'après mon estimation au jugé de ses dimensions, cette pièce offrait une superficie tout à fait normale pour une chambre ; j'en avais donc conclu que je pouvais acheter un lit de 160, une commode, et peut-être même un ou deux chevets. Lily et moi avons emprunté la voiture d'Alex pour faire une virée chez Ikea, la Mecque de tout étudiant qui s'installe ; j'ai craqué sur un très joli lit en bois à peine teinté et un tapis dans les tons de bleu clair, bleu foncé, bleu roi et bleu indigo. J'ai acheté la couette la plus dodue qu'ils avaient en rayon et une housse avec un motif de bleu lui aussi – Ikea devait être à cette époque-là à fond dans sa « période bleue ». Pas plus que la mode, la décoration d'intérieur n'était pas mon point fort. Lily m'a convaincue d'acheter une de ces lampes chinoises en papier de riz à poser sur la table de chevet, et j'ai complété l'ensemble en choisissant quelques photos en noir et blanc déjà encadrées pour atténuer le côté brut des briques rouges apparentes. Élégant, cool, zen. L'ensemble idéal pour ma première installation d'adulte dans la Grosse Pomme.

Idéal… Jusqu'à la livraison des meubles. À l'évidence, estimer d'un coup d'œil la superficie d'une pièce et la mesurer ne revenait pas au même. Rien de ce que j'avais choisi n'était adapté. Alex a monté le lit et, une fois poussé contre le mur en « briques apparentes » (un euphémisme new-yorkais pour désigner un mur inachevé), celui-ci avait déjà dévoré tout l'espace. J'ai dû demander aux livreurs de remballer la commode à six tiroirs, les deux adorables chevets et le miroir en pied. Alex et les livreurs ont tout de même réussi à soulever le lit, le temps d'installer le tapis, dont seuls quelques centimètres bleus dépassaient d'un côté du monstre en bois. Et vu que la lampe en papier n'avait plus ni chevet ni commode pour l'accueillir, je l'ai tout simplement posée par terre, où elle s'est retrouvée coincée dans les quinze centimètres restant entre le lit et la porte coulissante du placard. Quant aux cadres, j'ai eu beau tout essayer, du scotch double face aux clous, en passant par la SuperGlue, ils ont catégoriquement refusé d'adhérer au mur en briques. Après trois heures d'acharnement ponctuées de bordées d'injures et qui se sont soldées par des articulations râpées jusqu'au sang, j'ai fini par les placer tout bêtement sur l'appui de la fenêtre. Ce qui avait finalement l'avantage de bloquer un peu la vue plongeante dont jouissait la bonne femme qui vivait de l'autre côté du puits de jour. Mais ni ma fenêtre avec vue sur des colonnes d'aération et non sur le majestueux *skyline* de Manhattan, ni l'absence de commode, ni l'exiguïté du placard dans lequel il était impossible de ranger un manteau, n'avaient d'importance : cette chambre était la mienne – la toute première que je pouvais décorer comme bon me semblait, sans que mes parents ou mes colocs viennent y mettre leur grain de sel. Je l'adorais.

Le dimanche soir, veille de mon premier jour de travail, j'étais totalement désespérée : comment allais-je pouvoir m'habiller le lendemain ? Kendra, la plus sympa de mes deux colocs, passait régulièrement me proposer son aide. Mais compte tenu des tailleurs ultra-classiques qu'elles enfilaient chaque jour pour aller travailler, j'ai préféré décliner ses offres de conseil vestimentaire. J'ai fait les cent pas dans le salon – façon de parler, car la pièce, dans sa longueur, n'en permettait que quatre –, puis je me suis assise sur le futon devant la télé pour réfléchir. Comment s'habille-t-on pour son premier jour de travail auprès de la rédactrice de mode la plus *fashion* qui soit, dans le magazine de mode le plus *fashion* du monde ? J'avais entendu parler de Prada (grâce aux sacs à dos qu'affectionnaient quelques étudiantes japonaises à Brown), de Louis Vuitton (parce que mes deux grand-mères arboraient des sacs en toile monogrammée sans se douter à quel point c'était branché) et peut-être aussi de Gucci (parce que bon, il faut vraiment être sourd pour n'en avoir jamais entendu parler). Évidemment, je n'avais jamais possédé la moindre fibre estampillée Prada, Vuitton ou Gucci, et quand bien même aurais-je eu le contenu intégral de trois boutiques dans mon placard de poupée, je n'aurais pas été plus avancée. J'ai regagné ma chambre – du moins, ce cube matelassé d'un mur à l'autre que j'appelais « ma chambre » –, et je me suis effondrée sur mon grand et magnifique lit, en cognant au passage ma cheville contre le cadre. Merde ! Et maintenant ?

Après quelques rasades supplémentaires de désespérance et un grand jeté de fringues aux quatre coins de la pièce, je me suis finalement décidée : pull bleu clair, jupe noire sous le genou, bottes noires, sous le genou également. Sachant la mallette proscrite, il ne restait qu'une solution alternative : ma besace en toile noire. J'ai navigué comme ça un petit moment autour du lit, entravée par ma jupe étroite, perchée sur mes bottes à talons hauts et sans chemise, en m'asseyant de temps en temps, harassée par tant d'efforts. C'est mon dernier souvenir de cette soirée.

Sans doute me suis-je évanouie d'angoisse à l'état pur, car c'est l'adrénaline seule qui m'a réveillée le lendemain, à cinq heures et demie. J'ai bondi du lit. À force d'avoir eu les nerfs à vif tout au long de la semaine écoulée, il me semblait que ma tête allait exploser. Je disposais très exactement d'une heure et demie pour me doucher, m'habiller, décoller de mon espèce de résidence étudiante de l'Upper East Side et gagner le centre de Manhattan par les transports en commun – un concept qui demeurait à mes yeux aussi sinistre qu'intimidant. En clair, je devais compter une heure de trajet ; il me restait donc une demi-heure pour me pomponner.

La douche était un vrai cauchemar. La tuyauterie émettait des sifflements stridents, l'eau est restée obstinément tiède tout le temps qu'ont duré mes ablutions, et au moment où je m'apprêtais à affronter la température polaire de la salle de bains, elle est devenue bouillante. (Après trois jours de cette mésaventure, j'ai mis au point un stratagème : sitôt réveillée, je galopais à la salle de bains, j'ouvrais l'eau et je repartais sous la couette, où je somnolais un quart d'heure de plus ; puis, après trois coups de semonce du réveil, je regagnais la salle de bains pour le second round, et les miroirs étaient alors tout embués par une eau merveilleusement chaude.)

Vingt-cinq minutes plus tard – un record – je levais le camp, sanglée dans ma tenue inconfortable. Il ne m'a fallu que dix minutes pour dénicher la station de métro la plus proche – j'aurais dû prendre la peine de la localiser la veille au soir, mais j'avais été trop occupée à ricaner de la suggestion de ma mère, qui me conseillait de « faire un repérage » pour éviter de me perdre. Le jour où j'étais allée passer les entretiens, j'avais opté pour la solution taxi, et j'étais convaincue que le métro serait une expérience cauchemardesque. Mais, par un fait remarquable, l'employée de service au guichet parlait anglais : il me suffisait de prendre la ligne 6 jusqu'à la station 59e Rue, où je sortirais directement sur ladite rue ; Madison se trouverait alors à deux blocs à l'ouest. Fastoche. Il n'y avait pas un chat dans ce train glacial, et je devais être l'une des rares cinglées à être debout et déjà dans le métro à une heure aussi matinale en plein novembre. Jusque-là, tout fonctionnait comme sur des roulettes – pas de pépin en vue avant qu'il soit temps de refaire surface.

J'ai emprunté les premiers escalators qui se sont présentés, et j'ai émergé dans un petit jour blafard ; les seules lumières allumées étaient celles des épiceries ouvertes vingt-quatre heures sur vingt-quatre. J'ai reconnu le bâtiment de Bloomingdale's dans mon dos, mais à part lui, rien dans ce paysage ne me semblait familier. Elias-Clark. Elias Clark. Où était donc passé ce satané immeuble ? J'ai pivoté à 180 degrés sur moi-même, jusqu'à apercevoir une plaque de rue : 60e Rue et Lexington. Bon, la 59e ne devait pas être loin de la 60e Rue, mais quelle direction choisir pour filer vers l'ouest ? Où se situait Madison, par rapport à Lexington ? Je n'avais aucun repère dans ce quartier puisque, la semaine précédente, le taxi m'avait déposée au pied de l'immeuble Elias-Clark. J'ai marché un peu à l'aveuglette, heureuse de disposer d'assez de temps pour pouvoir me perdre de la sorte, et finalement, je suis entrée boire un café dans un *deli*.

— Bonjour, monsieur. Je crois bien que je n'arrive pas à trouver l'immeuble Elias-Clark. Auriez-vous la gentillesse de m'indiquer dans quelle direction aller ?

L'homme m'a semblé mal à l'aise derrière sa caisse enregistreuse. Me souvenant du concert de recommandations entendu de toutes parts (« Fais gaffe, New York, ce n'est pas Avon, les gens ici ne sont pas forcément sensibles aux bonnes manières »), j'ai veillé à ne pas lui sourire trop aimablement, mais il s'est renfrogné. Craignant qu'il ne m'ait trouvée impolie, je l'ai gratifié d'un large sourire.

— Un dolla', m'a-t-il dit en tendant la main.

— Un dollar pour m'indiquer la direction ?

— Un dolla', noi' ou lé ékuémé, au choix.

Je l'ai dévisagé quelques instants, avant de comprendre que les seuls mots d'anglais qu'il connaissait se rapportaient aux cafés qu'il vendait.

— Oh, lait écrémé, ce sera parfait. Merci beaucoup.

Je lui ai tendu son billet, et je suis ressortie, plus perdue que jamais. J'ai demandé mon chemin aux vendeurs de journaux dans les kiosques, aux balayeurs de rues, et même à un marchand de café engoncé dans sa petite échoppe ambulante. Pas un n'a compris un traître mot de ma question, et d'un coup, des images ont afflué, Delhi, la prostration, la dysenterie. *Non ! Je vais trouver !*

Après quelques minutes supplémentaires d'errance sans boussole dans un centre-ville qui émergeait du sommeil, je me suis finalement retrouvée sur le seuil de l'immeuble Elias-Clark. Dans la semi-pénombre du matin, le hall illuminé paraissait accueillant derrière les portes de verre, du moins de prime abord. Car lorsque j'ai entrepris de pousser la porte à tambour, elle a offert une telle résistance que j'ai dû mobiliser toutes mes forces, tout le poids de mon corps, en écrasant mon visage contre la paroi vitrée, pour qu'elle daigne bouger. Elle s'est ébranlée lentement, j'ai poussé encore plus fort, le mouvement s'est accéléré, et le monstre de glace est venu me heurter dans le dos. J'ai trébuché, je me suis tortillée pour garder l'équilibre. Derrière le comptoir du poste de sécurité, un type se marrait.

— C'est traître, hein ? C'est pas la première fois que je vois ça, et c'est pas la dernière, a-t-il ricané, les bajoues branlantes.

Je l'ai jaugé de la tête aux pieds, bien décidée à le haïr, sachant d'ores et déjà qu'il ne m'aimerait jamais, quoi que je dise ou fasse. Mais je lui ai tout de même souri, j'ai ôté une mitaine en tricot et j'ai tendu la main par-dessus le comptoir.

— Je m'appelle Andrea. Je commence aujourd'hui à travailler à *Runway*. Je suis la nouvelle assistante de Miranda Priestly.

— Et moi, c'est « Navré » ! a-t-il explosé en rejetant sa tête en arrière avec jubilation. Je m'appelle « Navré pour vous » ! Ha ha ha ! Hé, Eduardo, viens voir ! C'est la nouvelle *esclave* de Miranda. Tu viens d'où ma fille, pour être aussi sympa ? Du Kansas ? Mais elle va te dévorer toute crue ! Ha ha ha !

Avant que j'aie eu le temps de trouver une repartie, un homme corpulent, vêtu du même uniforme, s'est approché et m'a dévisagée sans la moindre retenue. Je me préparais à essuyer de nouveaux quolibets, mais non : le type m'a regardée dans les yeux, avec bienveillance.

— Moi, c'est Eduardo, et ce crétin, là, c'est Mickey.

Le Mickey en question a semblé agacé par la civilité de son collègue qui venait gâcher la rigolade.

— Ne faites pas attention à lui, a repris Eduardo. (Il s'exprimait avec un mélange d'accent espagnol et new-yorkais.) Il se moque un peu de vous. Tenez, a-t-il ajouté en me présentant un registre. Remplissez les informations. Je vais vous donner un badge provisoire et vous en demanderez un à votre nom à la DRH.

Sans doute lui ai-je adressé d'un regard débordant de gratitude, car il a eu l'air embarrassé et a poussé le registre vers moi.

— Allez, remplissez-moi ça. Et bonne chance pour aujourd'hui, ma petite. Vous allez en avoir besoin.

À ce stade-là, j'étais trop à cran, trop épuisée pour lui demander des précisions ; par ailleurs, ce n'était pas vraiment nécessaire. Au cours de la semaine écoulée, j'avais eu le temps de me documenter un peu sur ma nouvelle patronne. En procédant à une recherche sur Internet avec Google, j'avais eu la surprise d'apprendre que Miranda Priestly était née Miriam Princheck, à Londres, dans l'East End, au sein d'une famille qui, à l'instar de toutes les autres familles juives orthodoxes de la ville, était incroyablement dévote mais pauvre comme Job. Son père exerçait à l'occasion des petits boulots, mais comme il consacrait le plus clair de ses journées à l'étude des textes sacrés, la famille devait le plus souvent compter sur l'aide de la communauté. La mère était morte en couches à la naissance de la petite Miriam, et sa mère à elle était venue habiter avec eux pour élever les enfants. Et des enfants, il y en avait ! Onze en tout. La plupart des frères et sœurs de Miriam étaient, comme leur père, devenus ouvriers, et entre la prière et le travail, ils n'avaient guère eu de temps pour le reste. Deux d'entre eux avaient réussi à entrer à l'université, et ils avaient obtenu des diplômes, mais ils s'étaient finalement mariés jeunes et s'étaient retrouvés à leur tour avec une famille nombreuse à charge. Miriam, seule, avait dérogé à la tradition familiale.

Après avoir économisé sou à sou le peu d'argent que ses aînés avaient été en mesure de lui donner, Miriam avait plaqué le lycée peu avant ses dix-sept ans pour entrer comme assistante chez un couturier anglais qui avait le vent en poupe ; elle l'aidait, à chaque saison, à organiser ses défilés. Après quelques années passées à se faire un nom dans l'univers londonien de la mode dont elle était devenue la mascotte, et à force de consacrer ses nuits à étudier le français, elle avait obtenu un poste de rédactrice à Paris, au magazine *Chic*. Dès cette époque-là, elle n'avait plus guère de rapports avec sa famille : ils ne comprenaient ni sa vie, ni ses ambitions ; leur piété désuète et leur cruel manque de sophistication ne lui inspiraient que de l'embarras. Cette rupture familiale avait été consommée quand, peu après avoir intégré la rédaction de *Chic*, à l'âge de vingt-quatre ans, Miriam Princheck avait troqué son nom aux connotations résolument ethniques contre un patronyme doté d'un peu plus de panache : Miranda Priestly. Son accent cockney peu raffiné qui trahissait la fille des faubourgs londoniens avait vite laissé place à une élocution éduquée et savamment cultivée, et, à l'approche de la trentaine, la petite prolétaire juive était devenue une mondaine séculaire. La transformation était achevée et Miranda avait commencé son ascension fulgurante, impitoyable, dans le monde de la presse.

Elle avait tenu pendant dix ans la barre de l'édition française de *Runway*, avant que le groupe ne la transfère au poste phare de rédactrice en chef de l'édition américaine, ultime consécration d'une carrière. Avec ses deux filles et sa rock-star de mari de l'époque (lui-même désireux de gagner en visibilité en Amérique), elle s'était installée dans un penthouse sur la Cinquième Avenue et avait inauguré une nouvelle ère à *Runway* : les années Priestly. À la date où j'allais commencer à travailler pour elle, elle-même entamerait sa sixième année de règne.

Par un coup de chance insolent, j'aurais déjà un mois de travail à mon actif lorsque Miranda serait de retour au bureau. Chaque année, elle prenait ses vacances une semaine avant Thanksgiving et les prolongeait jusqu'au lendemain du Nouvel An. En général, elle restait quelques semaines à Londres, où elle avait conservé un appartement, mais cette année, m'avait-on dit, elle séjournerait quinze jours avec son mari et ses filles chez Oscar de La Renta, dans la propriété qu'il possédait en République dominicaine, avant de passer Noël et le réveillon du Nouvel An à Paris, au Ritz. J'étais également prévenue que si d'un point de vue théorique elle était « en vacances », elle n'en demeurait pas moins entièrement joignable, travaillant à n'importe quelle heure du jour ou de la nuit – et attendant par conséquent de toute personne de son équipe qu'elle en fasse autant. Je serais donc préparée et rodée aux tâches qu'on m'assignait sans que Sa Grandeur n'ait à pâtir de mes inévitables erreurs d'apprentie assistante. Ce que je trouvais plutôt rassurant.

Ainsi donc, à 7 heures tapantes, j'ai apposé mon nom sur le registre d'Eduardo, et j'ai franchi pour la première fois les tourniquets.

*

Emily, les traits particulièrement tirés, l'air négligé en tee-shirt blanc transparent, moulant mais froissé, et pantalon de treillis archi dans le coup, m'attendait à la réception. Les escarpins crânement posés sur la table basse, le soutien-gorge en dentelle noire en exposition sous le coton diaphane du tee-shirt, elle sirotait un café en feuilletant le nouveau numéro de décembre. Entre son rouge à lèvres un peu étalé autour de la bouche, et ses cheveux roux bouclés, lâchés sur les épaules sans avoir été peignés, elle avait la mine de quelqu'un qui venait de passer les dernières soixante-douze heures au lit.

— Salut. Bienvenue, a-t-elle marmonné, en me scrutant de la tête aux pieds. Jolies, tes bottes.

Mon cœur a accéléré. Était-elle sérieuse ou sarcastique ? À son ton, c'était impossible à dire. J'avais d'ores et déjà les voûtes plantaires en compote et les orteils douloureusement comprimés, mais si un élément de ma tenue vestimentaire m'avait réellement gagné un compliment de la part d'une fille de *Runway*, ça valait le coup de souffrir.

Emily a continué à me jauger pendant quelques secondes, puis, d'un lancer de jambes suivi d'un soupir démonstratif, elle s'est levée.

— Bon, je vais être franche. Tu as vraiment une chance d'enfer qu'elle ne soit pas là. Je ne veux pas dire qu'elle n'est pas géniale, évidemment, parce que c'est tout le contraire, a-t-elle ajouté avec empressement.

Un empressement dans lequel j'allais bientôt reconnaître la Volte-Face Paranoïaque qui faisait rage chez *Runway* – et dans la pratique de laquelle j'allais moi-même devenir experte. À peine une commère laisse-t-elle échapper une remarque négative – aussi fondée soit-elle – qu'une angoisse la saisit (et si ses paroles impies revenaient aux oreilles de Miranda ?) et lui fait exécuter une prompte pirouette. Un de mes passe-temps favoris à *Runway* a consisté à regarder mes collègues s'emmêler les pinceaux pour désavouer le blasphème tout juste proféré.

Emily a glissé son badge dans le lecteur magnétique et, côte à côte, nous avons suivi les méandres du couloir jusqu'au centre de l'étage, où étaient installés les quartiers de Miranda et de son équipe. Ma nouvelle collègue a ouvert la porte à double battant et déposé son sac et son manteau sur l'un des bureaux disposés à l'entrée du bureau de Miranda.

— Ton poste, a-t-elle indiqué en me désignant le comptoir en forme de L, face au sien.

Sur le bureau derrière le comptoir, il y avait un iMac turquoise flambant neuf, un téléphone et quelques corbeilles à courrier. Les tiroirs étaient déjà remplis de stylos, de blocs-notes et de carnets.

— J'ai laissé mes affaires. C'est plus simple si je commande du nouveau matériel pour moi, a ajouté la toute nouvelle assistante senior.

Elle m'a expliqué qu'elle le resterait deux ans avant d'être propulsée à quelque poste incroyable au sein du département mode du magazine. Le programme d'assistanat de trois ans dont elle accomplissait les deux derniers tiers constituait la garantie absolue de gagner sa place au soleil dans l'univers de la mode, mais je ne démordais pas de ma conviction qu'un an me suffirait pour accéder au *New Yorker*. Allison avait déjà rallié son nouveau poste, au département beauté, où il lui incombait de tester et chroniquer les nouveautés en matière de maquillage, crèmes hydratantes et produits capillaires. Tout en me demandant en quoi servir d'assistante à Miranda pouvait préparer à ce type de boulot, j'étais impressionnée. Cette femme tenait ses promesses : les gens qui travaillaient sous sa direction gagnaient du galon.

Les autres membres de la rédaction, une cinquantaine de personnes en tout, sont arrivés aux alentours de dix heures. Le département mode réunissait évidemment le plus gros effectif, et, avec les assistants préposés aux accessoires, il employait au total presque trente personnes. Les rédactrices des pages magazine, Beauté et Arts complétaient l'équipe. Presque tout le monde a fait une halte devant notre bureau pour jacasser avec Emily, glaner quelque ragot sur son boss, et jeter un œil sur la nouvelle recrue. Au cours de cette première matinée, j'ai vu défiler des dizaines de personnes, qui toutes m'ont souri en exhibant une dentition d'une blancheur sans reproche, et qui paraissaient sincèrement contentes de me rencontrer.

Les rares hommes employés à la rédaction étaient tous triomphalement gays, sanglés dans des pantalons de cuir ultra-moulants et dans des tee-shirts à fines côtes tendus sur leurs biceps proéminents et leurs pectoraux parfaitement dessinés. Le directeur artistique – un homme plus âgé, aux cheveux blond champagne en voie de raréfaction, et qui semblait avoir voué sa vie à ressembler à Elton John – s'est pointé avec des mocassins en poil de lapin et des traits d'eye-liner sur les paupières sans susciter le moindre haussement de sourcils. À la fac, nous avions des groupes gays sur le campus et, récemment, certains de mes amis avaient fait leur *coming out*, mais aucun d'entre eux n'avait cette allure-là. J'avais l'impression de me retrouver lâchée au beau milieu de la distribution et de l'équipe de *Rent* – sauf que chez *Runway*, tout le monde était, bien entendu, mieux sapé.

Individuellement, les femmes – des jeunes femmes – étaient jolies. Collectivement, elles étaient éblouissantes. La moyenne d'âge tournait autour de vingt-cinq ans, très peu semblaient avoir franchi le cap de la trentaine. La plupart arboraient d'énormes diamants étincelants à leurs doigts. Toutes ces filles ont défilé les unes après les autres devant mon bureau, s'approchant, nonchalamment perchées sur leurs dix centimètres de talons aiguilles, pour me tendre une main d'une blancheur de lait, aux doigts fuselés et aux ongles manucurés : « Jocelyn, qui travaille avec Hope » ; « Nicole, du département mode » ; « Stef, qui supervise les accessoires ». Une seule, Shayna, mesurait moins d'un mètre quatre-vingts, mais elle était si frêle qu'il semblait impossible qu'elle puisse supporter un centimètre de plus. Et toutes pesaient à l'évidence moins de cinquante-cinq kilos.

Installée sur ma chaise pivotante, j'essayais de mémoriser tous ces prénoms quand j'ai vu entrer la plus belle des filles qui s'étaient présentées jusque-là : son pull en cashmere rose dragée semblait fait de nuages ; son incroyable chevelure blanche retombait le long de son dos avec souplesse ; sans doute ne pesait-elle pas un gramme de plus que nécessaire pour maintenir à la verticale son mètre quatre-vingt-cinq de charpente, mais cela ne l'empêchait pas de se mouvoir avec une grâce de danseuse. Elle avait des pommettes scintillantes, et l'énorme diamant d'une absolue pureté qui ornait sa bague de fiançailles paraissait étonnamment léger. Sans doute a-t-elle surpris mon regard fixe, car elle a avancé sa main pile sous mon nez.

— C'est moi qui l'ai créé, a-t-elle annoncé en souriant à sa main.

D'un coup d'œil oblique vers Emily, j'ai quêté une explication, un indice susceptible de me mettre sur la piste de l'identité de la visiteuse, mais Emily était de nouveau pendue au téléphone. Je croyais que la fille parlait de sa bague, qu'elle avait elle-même dessinée, mais elle a ajouté :

— Cette couleur est sublime, n'est-ce pas ? Une couche de « Guimauve », une de « Ballerine » – non le contraire – et une d'incolore pour le fini. Le résultat est parfait – un soupçon de couleur à peine, sans donner l'impression que tu t'es verni les ongles au Tipp-Ex. Je crois que je vais recommencer à chaque manucure ! a-t-elle conclu en tournant les talons.

Ravie d'avoir fait ta connaissance, ai-je mentalement lancé dans son dos tandis qu'elle quittait le bureau en se dandinant.

Rencontrer l'ensemble de mes collègues avait été agréable : je les avais trouvés gentils et bienveillants, et à l'exception de la jolie zinzin fétichiste du vernis à ongles, tous m'avaient manifesté de l'intérêt. Emily ne m'a pas lâchée d'une semelle de la matinée, sautant sur la moindre occasion pour m'apprendre quelque chose. Elle m'indiquait au fur et à mesure ce qui avait une importance capitale, qui ne pas contrarier, avec qui il y avait des bénéfices à copiner parce qu'ils organisaient de superfêtes. Quand je lui ai décrit la fétichiste du vernis à ongles, son visage s'est éclairé.

— Ah ! s'est-elle exclamée à mi-voix, avec un empressement que personne, jusque-là, n'avait suscité chez elle. Elle est absolument géniale, hein ?

— Euh… Ouais, elle a l'air sympa. On n'a pas vraiment eu l'occasion de discuter, elle m'a juste montré son vernis.

— Oui, mais bon, tu sais qui elle est, non ? m'a rétorqué Emily avec un sourire béat teinté de fierté.

Je me suis creusé les méninges : cette fille ressemblait-elle à une actrice ? à une chanteuse ? à un top model ? Impossible de la situer. Mais donc, elle était connue ! Voilà sans doute pourquoi elle n'avait pas jugé utile de se présenter : j'étais supposée la reconnaître. Eh bien, loupé.

— Ben, non. Elle est connue ?

Emily m'a décoché un coup d'œil mi-incrédule, mi dégoûté.

— Ben, *ouais*. (Un « ouais » bien appuyé, accompagné d'un regard étréci qui signifiait *espèce de pauvre conne*.) C'est Jessica Duchamps.

Elle a attendu. J'ai attendu aussi.

— Ne me dis pas que tu ne sais pas qui c'est !

Une fois de plus, j'ai fait défiler des listes de noms dans ma tête, en m'efforçant de connecter cette nouvelle information avec quelque chose, mais à quoi bon ? J'étais à peu près certaine de n'avoir jamais entendu ce nom-là de ma vie. Sans compter que ce petit jeu commençait à me pomper l'air.

— Écoute, Emily, je n'ai jamais vu cette fille, je n'ai jamais entendu son nom. Alors si tu veux bien me dire qui est cette Jessica ?

Je faisais un gros effort pour rester calme. Ironie de la situation, je me fichais pas mal de savoir le fin mot de l'histoire. Mais à l'évidence, Emily ne lâcherait pas l'affaire avant de m'avoir fait passer pour la dernière des cruches. Elle m'a souri avec condescendance.

— Il fallait le dire plus tôt. Jessica Duchamps, eh bien, c'est une Duchamps ! Tu sais, comme le restau français le plus couru de la ville ! Il appartient à ses parents – n'est-ce pas dingue ? Ils sont richissimes.

Voilà donc l'explication : cette ravissante jeune femme gagnait à être connue parce que ses parents étaient restaurateurs. Génial, non ?

— Ah, bon ? ai-je lâché avec un semblant d'enthousiasme.

J'ai répondu ensuite à quelques coups de fil en m'entraînant à prononcer la formule requise (« Bureau de Miranda Priestly, j'écoute »), même si Emily et moi redoutions l'une et l'autre que je me retrouve avec, au bout du fil, une Miranda à laquelle je ne saurais quoi dire. À un moment donné, une femme qui ne s'était pas présentée m'a braillé dans l'oreille des paroles incompréhensibles avec un accent anglais très prononcé ; paniquée, j'ai balancé mon combiné à Emily, sans penser à mettre au préalable mon interlocutrice en attente.

— C'est elle ! C'est elle ! ai-je chuchoté, épouvantée. Prends-la !

À cette occasion, Emily m'a gratifiée pour la première fois d'un de ces regards dont elle avait le secret : n'étant pas le genre de fille à dissimuler ses sentiments, elle avait cette façon très personnelle de hausser les sourcils tout en baissant le menton pour manifester, sans aucune ambiguïté, autant de dégoût que de pitié.

Elle a rattrapé le téléphone, et son visage s'est illuminé d'un grand sourire, comme si le regard de Miranda pouvait transpirer par les trous du haut-parleur.

— Miranda ? C'est Emily. (Silence. Plissement de front.) Oh, Mimi ! C'est vous ! Je suis désolée ! La nouvelle assistante a cru que c'était Miranda ! Oui, c'est drôle, n'est-ce pas ? *Elle doit s'imaginer que seule notre patronne parle avec l'accent anglais !* Il va falloir la briefer sur la question.

Emily m'a lancé un regard lourd de sous-entendus, le sourcil plus arqué que jamais, tout en continuant à bavarder un petit moment avec cette Mimi.

Pendant ce temps, j'ai répondu à d'autres appels, et j'ai noté des messages à l'intention d'Emily – qui allait rappeler les différentes personnes en m'abreuvant de précisions sur leur importance (si toutefois elles en avaient une) dans la vie de Miranda. Vers midi, juste au moment où les premiers signes de la faim se manifestaient, j'ai pris un appel et entendu à l'autre bout du fil une voix glaciale, autoritaire, qui s'exprimait avec un accent anglais.

— Allison ? Je vais avoir besoin d'une jupe.

J'ai senti mes yeux s'écarquiller et j'ai posé la main en coupe sur le téléphone.

— Emily ! Emily ! ai-je soufflé en gesticulant pour attirer son attention. Cette fois, c'est elle, c'est sûr ! Elle veut une jupe !

Emily, qui était déjà en communication, s'est retournée vers moi, a vu mon visage pétrifié de panique et a coupé court à sa conversation sans un « On se rappelle plus tard », ni même un « Salut ». Elle a fait basculer l'appel sur son poste et a de nouveau plaqué un sourire sur ses lèvres.

— Miranda ? C'est Emily. Que puis-je faire ? (Penchée sur son bloc, l'air concentré, elle a commencé à prendre des notes d'une main fébrile.) Oui… Bien sûr… Sans problème.

Et la bourrasque est passée aussi soudainement qu'elle s'était levée. Sitôt qu'Emily a eu raccroché, elle a croisé mon regard interrogateur et levé les yeux au ciel.

— Je crois que ta première mission t'attend : Miranda a besoin, entre autres, d'une jupe pour demain, donc nous devons la mettre dans un avion ce soir au plus tard.

— Euh… D'accord. Quel genre de jupe ?

J'étais sciée d'apprendre qu'une jupe pouvait se payer un voyage jusqu'en République dominicaine simplement parce que c'était le bon vouloir de Miranda Priestly.

— Ça, elle n'a pas précisé, a marmonné Emily en décrochant le téléphone. Jocelyn ? Salut, c'est moi. Elle veut une jupe, et qui doit partir ce soir, par le même vol que celui de Mme de La Renta. Non, aucune idée. Non, elle n'a rien précisé. Je ne sais vraiment pas. O.K., merci. C'est toujours plus compliqué pour nous, quand elle reste dans le flou, a-t-elle ajouté en se tournant vers moi. Elle a bien trop de choses à penser pour se préoccuper de tels détails, donc elle n'a donné aucune indication sur le tissu, la couleur, le style, la marque… Mais ça va aller. Je connais sa taille, et suffisamment bien ses goûts pour savoir exactement ce qui lui plaira. Je viens d'appeler Jocelyn, à la mode. Elles vont commencer à en faire rentrer quelques-unes.

« Faire rentrer » des jupes a été ma toute première leçon en matière de ridicule chez *Runway* – mais je dois cependant reconnaître que l'affaire était menée aussi rondement qu'une opération militaire. Emily, ou moi-même, prévenions les assistantes du département mode – huit personnes au total qui géraient chacune une liste précise de contacts chez les stylistes, les couturiers et dans les magasins. Sitôt averties, ces filles appelaient les services de communication des différents stylistes et couturiers (et, au besoin, de tous les grands magasins de luxe de Manhattan) pour les informer que Miranda Priestly – oui, *Miranda Priestly*, et oui, c'était effectivement pour son usage *personnel* – recherchait tel ou tel article particulier. En l'espace de quelques minutes, des attachées de presse aux assistants, tout le staff de Michael Kors, Gucci, Prada, Versace, Fendi, Armani, Chanel, Barney's, Chloé, Calvin Klein, Bergdorf, Roberto Cavalli et Saks était sur le pied de guerre et dépêchait par coursier chaque pièce de leur stock susceptible de combler les attentes de Miranda Priestly.

J'ai observé ce processus se dérouler tel un ballet dont la chorégraphie était réglée dans les moindres détails : tout le monde savait où, quand, comment il lui faudrait à nouveau intervenir. Pendant que chacun s'activait de son côté, Emily m'a envoyée chercher les quelques autres bricoles que nous devions expédier en même temps que la jupe.

— Ta voiture t'attend sur la 58e Rue, m'a-t-elle indiqué tout en menant deux conversations téléphoniques de front et en griffonnant des instructions sur un papier à l'en-tête de *Runway*. Tiens, a-t-elle ajouté en me glissant un téléphone portable dans les mains. Au cas où j'aurais besoin de te joindre, ou si jamais tu as des questions. Ne l'éteins jamais. Et tu réponds à tous les appels.

J'ai gagné le rez-de-chaussée munie du téléphone et de ma feuille de route, et je suis sortie de l'immeuble, côté 58e Rue. Comment allais-je reconnaître « ma voiture » ? Pour tout avouer, je me demandais même ce qu'Emily avait voulu dire par là. À peine avais-je avancé un pied sur le trottoir en regardant timidement autour de moi qu'un homme trapu, aux cheveux grisonnants, s'est approché, pipe au bec.

— C'est vous, la nouvelle ? s'est-il enquis d'une voix enrouée sans ôter la pipe d'entre ses lèvres tachées par le tabac. Je m'appelle Rich. Je suis le dispatcher. Quand vous avez besoin d'une voiture, c'est à moi qu'il faut s'adresser. Pigé, blondinette ?

J'ai hoché la tête et me suis installée à l'arrière d'une Cadillac noire. Rich a claqué la portière derrière moi et a agité sa main.

— Où allez-vous, mademoiselle ? a demandé le chauffeur.

Je me suis aperçue que je n'en savais rien. J'ai consulté mes instructions :

1er arrêt : Studio Tommy Hilfiger, 57e Rue Ouest, 355, 5e étage. Demande Leanne. Te donnera tout ce dont tu as besoin.

J'ai indiqué l'adresse au chauffeur et j'ai regardé défiler le paysage. Il était treize heures, par une journée d'hiver glaciale, j'avais vingt-trois ans, et je partais au studio de Tommy Hilfiger à l'arrière d'une voiture avec chauffeur. Et j'étais littéralement morte de faim. La circulation était dense, et ces quarante-cinq minutes de trajet pour parcourir quinze blocs m'ont donné mon tout premier aperçu des embouteillages de Manhattan. Le chauffeur m’a déposée devant l’adresse indiquée, en m’expliquant qu’il allait tournicoter autour du bloc jusqu’à mon retour. Sitôt ai-je eu annoncé à la réceptionniste du 5e étage que je désirais voir Leanne qu’une fille adorable, qui n’avait pas plus de dix-huit ans, a accouru vers moi.

— Salut ! s’est-elle exclamée en allongeant la voyelle finale. Vous êtes Andrea ? Vous savez, ici, tout le monde adore Miranda. Alors bienvenue au club !

Elle m’a souri. Je lui ai souri. Puis elle a extrait de sous une table un gros sac en plastique dont elle a vidé le contenu par terre.

— Voilà le jean préféré de Caroline, en trois coloris différents, et nous avons aussi ajouté quelques petits tee-shirts. Et comme Cassidy adore les jupes en toile de Tommy, on lui en a mis une vert olive, et une beige.

Il y avait là des jupes en jean, des blousons en denim, et même quelques paires de chaussettes. *Mais qui sont Caroline et Cassidy, bon sang ?* me demandais-je en fixant ce butin à mes pieds : il y avait là assez de fringues pour constituer au moins quatre garde-robes complètes de préado. Qui, doté d’un minimum de respect pour lui-même, portait des jeans Tommy Hilfiger – et dans différents coloris, par-dessus le marché ?

Sans doute ma confusion se lisait-elle sur mon visage, car Leanne, en me tournant le dos pour remballer les vêtements, a dit :

— Je sais que les filles de Miranda vont adorer tout ça. Nous les habillons depuis des années, et Tommy tient à choisir lui-même chaque pièce.

Je lui ai adressé un regard reconnaissant et j’ai chargé le sac sur mon épaule.

— Bonne chance ! m’a-t-elle lancé avec un sourire sincère, au moment où les portes de l’ascenseur se refermaient. Vous avez de la chance d’avoir un boulot aussi incroyable !

Oui, je sais, et des milliers de filles se damneraient

pour être à ma place, ai-je complété dans ma tête. Mais pour le coup, ayant été reçue dans le studio d'un styliste célèbre et repartant avec l'équivalent de quelques milliers de dollars en vêtements, j'ai songé qu'elle avait raison.

Une fois que j'ai eu la situation bien en main, le reste de la journée a filé à toute allure. Je me suis demandé si quelqu'un m'en voudrait de m'accorder une minute pour m'acheter un sandwich, mais après quelque hésitation, j'ai décidé que je n'avais pas le choix. Je n'avais rien mangé d'autre qu'un croissant, à 7 heures, et il était presque 14 heures. J'ai prié le chauffeur de s'arrêter devant un *deli*, et au dernier moment j'ai pensé à en prendre un pour lui aussi. Quand je lui ai tendu un sandwich à la dinde et à la moutarde au miel, il en est resté bouche bée ; j'ai aussitôt craint que mon geste ne l'ait mis mal à l'aise.

— Je me disais que vous deviez également avoir faim. Sans doute n'avez-vous pas le temps de déjeuner, si vous passez vos journées derrière le volant.

— Merci, mademoiselle, c'est très gentil de votre part. Voilà douze ans que je sers de chauffeur aux filles d'Elias-Clark, et elles ne sont pas aussi gentilles que vous, m'a-t-il déclaré avec un accent prononcé, mais difficile à identifier.

Il m'observait dans son rétroviseur. Je lui ai souri, et un pressentiment m'a assaillie, mais qui n'a duré qu'une seconde. Nous avons mangé nos sandwiches en écoutant son CD préféré – une femme qui hurlait la même phrase en boucle dans une langue inconnue sur fond de cithare.

D'après ma feuille de route, ma mission suivante concernait un short blanc, dont Miranda avait un besoin crucial pour jouer au tennis. J'imaginais que nous allions nous rendre chez Polo mais, en fait, Emily avait indiqué Chanel. Ah bon, Chanel faisait des shorts de tennis ? Le chauffeur m'a déposée devant la boutique, où une vendeuse d'un certain âge, et dont les yeux ressemblaient à deux meurtrières entre ses paupières liftées, m'a tendu un collant anatomique blanc en coton et Lycra, taille trente-deux, suspendu à un cintre capitonné de soie et recouvert d'une housse en velours. J'ai regardé le justaucorps, qui semblait destiné à une gamine de six ans, puis la femme.

— Euh… Vous pensez vraiment que Miranda va porter ça ? ai-je avancé avec un maximum de prudence, tant j'étais convaincue que cette bonne femme ne ferait qu'une bouchée de moi si jamais elle ouvrait sa gueule de pitbull.

La vendeuse m'a décoché un regard de travers.

— Il faut l'espérer, mademoiselle, a-t-elle riposté d'un ton pincé. Il a été fait sur mesure, selon ses indications. Veuillez lui transmettre les meilleurs souvenirs de Monsieur, a-t-elle ajouté en me tendant le justaucorps.

Je n'y manquerai pas, chère madame. Qui que soit ce Monsieur.

L'arrêt suivant (« en descendant *downtown* », avait spécifié Emily sur ma feuille de route) était le J&R Computer World, un magasin d'informatique près du City Hall. Apparemment, c'était le seul et unique magasin de la ville à vendre *Warriors of the West*, un jeu vidéo que Miranda souhaitait offrir à Moises, le fils d'Oscar et Annette de La Renta. Le temps d'aller m'acquitter de cette nouvelle mission *downtown*, j'avais découvert que le portable pouvait passer des appels longue distance et j'ai appelé mes parents pour leur raconter à quel point ce boulot était formidable.

— Papa ? Salut, c'est Andy. Devine où je suis ? Oui, au travail, évidemment, mais il se trouve que mon boulot consiste à me balader dans Manhattan à l'arrière d'une voiture avec chauffeur. Je suis allée chez Tommy Hilfiger et chez Chanel, je viens d'acheter un jeu vidéo, et là, je pars chez Oscar de La Renta, à Park Avenue, pour y déposer toutes les courses. Non, ce n'est pas pour lui. Miranda est en République dominicaine, et Annette part les rejoindre ce soir. En jet privé, oui !

Mon père avait un ton circonspect, mais semblait content que je sois contente, et j'en suis venue à décider que j'avais été recrutée comme coursier diplômé de la faculté. Ce qui me convenait parfaitement. Après avoir déposé les vêtements de Tommy, le justaucorps et le jeu vidéo auprès d'un portier distingué, dans le hall archicossu d'un immeuble de Park Avenue (voilà donc pourquoi les gens s'extasiaient lorsqu'ils parlaient de Park Avenue !), j'ai regagné le bureau.

Emily, assise par terre en tailleur, était en train d'emballer des cadeaux dans du papier blanc. Elle était cernée de toutes parts par des piles et des piles de boîtes rouges et blanches, toutes d'un format identique – des centaines, voire des milliers de boîtes, qui avaient entièrement colonisé l'espace libre entre nos bureaux respectifs et avaient envahi une partie du bureau de Miranda. Emily ignorait que je l'observais. Deux minutes lui suffisaient pour envelopper une boîte, l'enrubanner de satin blanc était l'affaire de quinze secondes, et sans perdre un instant, elle empilait les boîtes emballées derrière elle. Chaque geste était d'une redoutable efficacité. Les piles blanches ne cessaient de croître, sans que celles des boîtes en attente semblent décroître pour autant. D'après mes estimations, elle allait y être encore dans quatre jours, et serait loin d'en avoir fini.

— Emily ? ai-je lancé, assez fort pour couvrir la musique des années quatre-vingt qui s'époumonait sur le lecteur de CD de son ordinateur. Coucou. Je suis revenue.

Elle s'est retournée, et j'ai compris à la lueur d'hébétude dans son regard qu'elle se demandait qui était cette apparition. Il lui a fallu quelques secondes pour se remémorer mon statut de nouvelle assistante.

— Alors ? Comment ça s'est passé ? Tu as tout trouvé ? (J'ai hoché la tête.) Même le jeu vidéo ? Quand j'ai appelé, il ne leur en restait plus qu'un exemplaire. Il y était toujours ? (Nouveau hochement de tête.) Et tu as tout remis au portier des La Renta ? Les vêtements, le justaucorps, tout ?

— Ouais. Tout a marché comme sur des roulettes.

Dis, je me demandais… Est-ce que Miranda va vraiment porter ce…

— Écoute, m'a-t-elle coupé. J'attendais que tu reviennes pour aller aux toilettes. Tu t'occupes du téléphone une minute ?

— Tu n'es pas allée aux toilettes depuis mon départ ? Mais voilà cinq heures que je suis partie ! Pourquoi ?

Emily a achevé de nouer un ruban autour d'une boîte et m'a regardée froidement.

— Miranda ne tolère pas que quelqu'un d'autre que ses assistantes réponde au téléphone, et comme tu n'étais pas là, je ne voulais pas m'absenter. J'aurais sans doute pu m'éclipser une minute, mais je sais qu'elle a une journée harassante, et je veux m'assurer d'être toujours disponible pour elle. Donc, non, nous n'allons pas aux toilettes – ni nulle part ailleurs – sans nous organiser entre nous. Nous devons travailler main dans la main pour être certaines de faire le meilleur boulot pour elle, O.K. ?

— Oui, bien sûr. Vas-y. Je ne bouge pas.

Emily partie, je me suis appuyée des deux mains sur mon bureau pour me calmer. Nc pas aller aux toilettes sans avoir synchronisé au préalable un plan de guerre ? Était-elle vraiment restée assise dans ce bureau au risque de faire éclater sa vessie parce qu'elle craignait qu'une femme ne l'appelle de l'autre bout de l'Atlantique pendant les deux minutes que lui prendrait un aller-retour aux toilettes ? Apparemment, oui. À mes yeux, c'était un peu excessif, mais sans doute n'était-ce qu'un excès de zèle de la part d'Emily. Miranda ne pouvait pas exiger une telle chose de ses assistantes, c'était impossible ! J'en étais certaine. À moins que… Pouvais-je me tromper ?

Dans le bac de sortie de l'imprimante, j'ai trouvé une liste intitulée « Cadeaux de Noël reçus ». Une, deux, trois, quatre, cinq, *six* pages de liste – deux cent cinquante-six cadeaux répertoriés au total, avec mention de l'expéditeur et nature de l'offrande. On aurait cru la liste de mariage de la reine d'Angleterre. Il y avait un coffret de maquillage

Bobby Brown, envoyé par Bobby Brown en personne ; un sac en cuir Kate Spade, de la part de Kate et Andy Spade ; un agenda en cuir grenat de Smythson of Bond Street expédié par Graydon Carter ; un sac de couchage ourlé de vison de la part de Muccia Prada, un bracelet de perles Verdura sur plusieurs rangs d'Aerin Lauder, une montre sertie de diamants de la part de Donatella Versace, une caisse de champagne de Cynthia Rowler, un ensemble débardeur et sac du soir rebrodés de perles de Mark Badgley et James Mischka, une parure de stylos Cartier de la part de Irv Ravitz, une écharpe en chinchilla de Vera Wang, une veste impression peau de zèbre d'Alberto Ferretti, un plaid en cashmere Burberry de Rosemarie Bravo. Et ce n'était qu'un début. Des sacs à main, de toutes les formes et de toutes les tailles, avaient afflué de toutes parts : Herb Rits, Bruce Weber, Giselle Bundchen, Hillary Clinton, Tom Ford, Calvin Klein, Annie Leibovitz, Nicole Miller, Adrienne Vittadini, Michael Kors, Helmut Lang, Giorgio Armani, John Sahag, Bruno Magli, Mario Testino, Narcisco Rodriguez… Il y avait des douzaines de dons faits au nom de Miranda à divers organismes caritatifs, des centaines de bouteilles de vin ou de champagne, huit ou dix sacs Dior, deux bonnes douzaines de bougies parfumées, quelques céramiques orientales, des pyjamas de soie, des livres aux reliures de cuir, des produits de bain, des chocolats, des bracelets, du caviar, des pulls en cashmere, des photographies encadrées et assez de compositions florales ou de plantes vertes pour décorer un de ces mariages collectifs en Chine, où cinq cents couples se marient en même temps dans un stade de foot. Nom d'un chien ! Était-ce bien réel ? Je travaillais *vraiment* pour une femme qui recevait deux cent cinquante-six cadeaux de Noël, adressés par quelques-uns des personnages les plus célèbres du monde ? Mais peut-être me faisais-je des idées. Peut-être n'étaient-ils pas tous célèbres… Je reconnaissais quelques noms, les rares qu'il était absolument impossible d'ignorer, mais je ne savais pas à ce moment-là que les autres personnes mentionnées sur cette liste comptaient au nombre des photographes, des maquilleurs, des mannequins et des mondains les plus prisés. Emily connaissait-elle tous ces gens ? me suis-je demandé. Juste à ce moment-là, elle a réapparu. J'ai détourné les yeux de la liste en prenant l'air dégagé, mais elle se fichait pas mal que je l'aie lue.

— C'est fou, non ? Miranda est la femme la plus sophistiquée du monde ! (Elle a pris la liste et l'a parcourue d'un regard que je ne pouvais caractériser que d'envieux.) T'as déjà vu un truc aussi incroyable ? C'est la liste de l'an dernier. Je l'ai ressortie pour qu'on sache à quoi s'attendre, puisque les cadeaux commencent déjà à arriver. C'est incontestablement un des meilleurs plans de ce boulot – déballer ses cadeaux !

Nous devions déballer les cadeaux de Miranda ? Voilà qui m'a laissée perplexe. Pourquoi ne s'en chargeait-elle pas elle-même ?

— Ça va pas, non ? a raillé Emily. Quatre-vingt-dix pour cent de ces machins ne vont pas lui plaire. Certains cadeaux sont carrément des insultes, je ne les lui montrerai jamais. Tiens, celui-là, par exemple.

Dans le petit coffret qu'elle m'a brandi sous le nez se trouvait un téléphone sans fil Bang et Olufsen archidesign qui pouvait sans problème et sans un parasite capter une communication dans un rayon de quatre mille kilomètres. Pour avoir accompagné Alex quelques semaines plus tôt dans leur magasin, où il avait bavé d'envie devant leurs chaînes stéréo, je savais que cette petite merveille coûtait plus de 500 dollars et pouvait tout faire, hormis parler à votre place.

— Un téléphone ! Tu te rends compte ! Quelqu'un a eu le culot d'envoyer un *téléphone* à Miranda Priestly ! s'est indignée Emily en me fourrant l'objet indélicat dans la main. Tiens, garde-le, si tu veux : jamais je ne lui avouerai que quelqu'un lui a envoyé un appareil *électronique*. Elle serait trop vexée !

Emily avait prononcé le mot « électronique » comme s'il signifiait « souillé de fluides corporels ».

J'ai rangé le téléphone sous mon bureau en réprimant un sourire réjoui. C'était trop génial ! Un téléphone sans fil faisait justement partie des objets dont j'avais besoin pour ma nouvelle chambre, et je venais d'en récupérer un à 500 dollars gratis.

— Bon, a poursuivi Emily en se rasseyant en tailleur par terre dans le bureau de Miranda. On continue à emballer ces bouteilles de vin pendant quelques heures, ensuite, tu pourras ouvrir les cadeaux qui sont arrivés aujourd'hui. Je les ai posés là-bas.

Effectivement, une petite montagne multicolore de boîtes et de sacs avait poussé derrière son bureau. J'ai attrapé une des boîtes blanches et rouges, et j'ai commencé à l'envelopper de cet épais papier blanc.

— Ceux-là sont ceux que nous expédions de la part de Miranda ?

— Oui. Le même schéma se répète chaque année. Dom Pérignon pour le gratin : les dirigeants d'Elias-Clark, les grands couturiers qui ne sont pas également des amis personnels ; son avocat et son comptable. Veuve Clicquot pour les entre-deux – c'est-à-dire quasi tout le monde : les profs des jumelles, les coiffeurs, Uri, etc. Les gens qui ne sont personne reçoivent une bouteille de Ruffino Chianti – en général, ces cadeaux qui ne portent pas d'empreinte personnelle partent du service de com'. Le chianti, c'est par exemple pour le véto, quelques-unes des baby-sitters qui remplacent Cara, les gens qui la servent dans les magasins où elle a l'habitude d'aller, et tout le staff qui s'occupe de sa maison dans le Connecticut. Bref. J'ai commandé pour 25 000 dollars de marchandise début novembre, Sherry-Lehman me l'a livrée et, en général, il faut un mois pour tout emballer. C'est bien qu'elle soit absente à ce moment-là, sinon il nous faudrait emporter tout ce bazar pour empaqueter chez nous. C'est une bonne affaire, parce que c'est Elias-Clark qui règle la note.

— Ça coûterait le double si on les faisait emballer par Sherry-Lehman, non ?

— Qu'est-ce qu'on s'en fiche ! m'a rétorqué dédaigneusement Emily. Crois-moi, tu vas vite apprendre que le prix n'est jamais un problème ici. Non, simplement, Miranda n'aime pas leur papier cadeau. L'an passé, je leur avais fourni ce papier blanc, mais leurs paquets sont moins beaux que les nôtres.

Ce qui semblait la remplir de fierté.

L'atelier « paquets cadeaux » nous a occupées jusqu'à près de 18 heures. Emily m'a abreuvée tout ce temps de détails sur le fonctionnement de la boîte, et j'ai écouté, m'efforçant de comprendre les arcanes de cet univers aussi déroutant qu'excitant. Juste au moment où elle me révélait comment Miranda aimait son café (grand, crème, avec deux sucres bruns), une blonde qui, si j'avais bien retenu, était l'une des innombrables assistantes du département mode est arrivée, essoufflée, une corbeille d'osier de la taille d'un couffin de bébé dans les bras. Elle est restée à se dandiner d'un pied sur l'autre à l'entrée du bureau de Miranda, comme si elle redoutait que la moquette grise ne se transforme en sables mouvants sous ses Jimmy Choo si elle osait un pas de plus.

— Salut, Emily. Voilà les jupes. Désolée d'avoir été si longue, mais tu connais la chanson… À la veille de Thanksgiving, il n'y a plus personne nulle part. Espérons que vous trouverez là-dedans quelque chose qui lui plaira, a-t-elle achevé en contemplant l'empilement de jupes pliées dans sa corbeille.

Emily a toisé la fille avec un mépris à peine voilé.

— Pose ça sur mon bureau. Je renverrai celles qui ne conviennent pas. *Et vu tes goûts, il ne doit pas y en avoir une pour rattraper l'autre*, a-t-elle ajouté à mi-voix, comme à ma seule intention.

La blonde a eu l'air désemparée. Elle n'avait certes rien d'une lumière, mais elle paraissait plutôt sympa. Pourquoi une telle démonstration de haine ? Mais comme entre les incessants commentaires d'Emily, les courses aux quatre coins de la ville et les centaines de noms et de visages que j'avais essayé de mémoriser, la journée avait déjà été fort longue, je me suis abstenue de poser la question.

Emily est allée examiner, mains sur les hanches, la corbeille sur son bureau. Pour ce que j'en voyais, elle contenait une bonne vingtaine de jupes, dans un incroyable assortiment de tissus, de couleurs et de formes. Miranda n'avait-elle vraiment fourni aucune précision ? N'avait-elle pas pris la peine d'indiquer si la jupe en question était destinée à un dîner très habillé, à un double mixte, à être enfilée par-dessus un maillot de bain ? Comment pouvions-nous prédire ce qui lui plairait ?

Je n'allais pas tarder à le découvrir. Emily a apporté le panier dans le bureau de Miranda, l'a déposé avec un infini ménagement sur la moquette, puis s'est rassise et a commencé à étaler les jupes en cercle autour de nous. J'ai vu passer une jupe crochetée rose fuchsia de Céline, une jupe portefeuille gris perle de Calvin Klein, une autre en daim noir avec un ourlet rebrodé de perles d'Oscar de La Renta. Il y en avait des rouges, des écrues, des lavande, certaines avec de la dentelle, d'autres en cashmere. Quelques-unes étaient assez longues pour onduler avec grâce autour des chevilles, d'autres étaient si courtes qu'elles ressemblaient davantage à des petits hauts tubulaires. J'ai appliqué contre ma taille une petite merveille de soie chocolat mi-longue, mais il n'y avait pas assez de tissu pour couvrir mes deux jambes. La suivante, qui a atterri par terre dans un tourbillon de tulle et de mousseline, n'aurait pas été déplacée dans une garden-party à Charleston. Une des jupes en jean était délavée et une énorme ceinture de cuir marron était glissée dans les passants ; une autre encore était taillée dans un voile gaufré couleur argent, et doublée d'une étoffe elle aussi argentée mais plus opaque. Comment allait-on s'en sortir ?

— Waou ! On dirait que Miranda aime bien les jupes,

non ? ai-je remarqué, simplement parce que je ne trouvais rien d'autre à dire.

— En fait, non. Miranda est surtout une fétichiste des foulards, a répondu Emily en évitant mon regard, aussi gênée que si elle venait de me révéler qu'elle-même avait de l'herpès. C'est l'une de ces petites excentricités craquantes que tu dois savoir sur elle.

— Ah bon ? me suis-je récriée, en m'efforçant de feindre un air amusé pour masquer ma stupéfaction.

« Une fétichiste des foulards », vraiment ? J'aime autant que n'importe quelle fille les vêtements, les sacs et les chaussures, mais de là à qualifier mon intérêt pour eux de « fétichisme »... En outre, à en juger par le ton d'Emily, le détail semblait n'être pas anodin.

— Ben, oui. Elle peut avoir besoin d'une jupe pour une occasion particulière, mais ce qui la branche, ce sont les foulards. Tu sais bien, elle porte toujours un foulard...

Emily a dû lire sur mon visage que je ne voyais pas du tout ce dont elle parlait, car elle a ajouté :

— Tu te souviens tout de même de l'avoir rencontrée, lorsque tu as passé tes entretiens ?

— Oui, oui, naturellement, mais je ne me souviens pas d'un foulard...

J'avais déjà eu ce jour-là un mal fou à retenir son nom, alors pour ce qui avait été de remarquer les détails vestimentaires... Mais ça, il était inutile que cette fille le sache.

— Miranda ne sort jamais, absolument jamais, sans un carré Hermès. En général, elle le porte autour du cou, mais de temps en temps, elle le noue aussi en ceinture, et parfois son coiffeur lui en enroule un en chignon. C'est sa marque distinctive. Tout le monde sait que Miranda Priestly porte toujours, quoi qu'il arrive, un carré Hermès blanc. C'est cool, non ?

C'est à ce moment-là que j'ai remarqué à la taille d'Emily, dépassant de sous le tee-shirt blanc, un foulard vert citron glissé dans les passants de son treillis.

— Elle aime bien jouer avec différents styles et, à mon avis, c'est ce dont elle a envie en ce moment. Mais ces pétasses de la mode ne savent jamais ce qui lui plaira. Regarde-moi ces horreurs !

Elle a brandi une jupe fluide absolument sublime, un peu plus habillée que les autres, taillée dans une étoffe d'un brun profond saupoudré de paillettes dorées.

— Monstrueux, ai-je renchéri alors qu'en mon for intérieur, je trouvais cette jupe si belle que j'aurais été heureuse de la porter pour mon mariage.

(Dans un proche avenir, j'allais acquiescer de la sorte des milliers de milliards de fois à tout ce que disait Emily, simplement pour la faire taire.)

Emily a continué à discourir – dénigrant formes et étoffes, détaillant les préférences et les désirs de Miranda, lâchant de temps à autre une insulte cinglante à propos d'une collègue. Elle a fini par sélectionner trois jupes radicalement différentes sans jamais cesser de parler, parler, parler… J'essayais d'écouter, mais on approchait des 19 heures, et je ne savais plus si j'étais affamée, nauséeuse, ou simplement morte de fatigue. Un peu des trois, sans doute. Je n'avais même pas remarqué que quelqu'un était entré dans le bureau.

— VOUS ! a tonné une voix dans mon dos. LEVEZ-VOUS, QUE JE VOUS EXAMINE !

Je me suis retournée. Un bonhomme qui devait mesurer deux mètres dix, avec une peau bronzée et des cheveux bruns – le plus grand être humain que j'aie jamais vu –, dardait un index sur moi. Il y avait cent vingt-cinq kilos de chair répartis sur ce gratte-ciel humain, et une telle masse de muscles qu'elle semblait sur le point de faire exploser son… sa… Oh, mon Dieu ! C'était bien une combinaison-pantalon ! Tout d'une pièce, moulante sur les cuisses, ceinturée à la taille. Le type arborait aussi, nouée autour de son cou puissant, une pèlerine en fourrure aussi grande qu'une couverture et, pour compléter l'ensemble, des chaussures de combat noires de la taille de raquettes brillaient à ses pieds de mammouth. Il paraissait avoir trente-cinq ans, mais les muscles, le bronzage prononcé et la ligne littéralement sculptée de ses mâchoires pouvaient le rajeunir de dix ans comme le vieillir de cinq. Il frappait dans ses mains en me faisant signe de me relever. Je me suis exécutée, hypnotisée par cette apparition.

— EH BIEN ! QUI AVONS-NOUS ICIIIII ? a-t-il barri, mais d'une voix de fausset. BON, VOUS ÊTES MIGNONNE, MAIS BIEN TROP SAINE ! ET LA FAÇON DONT VOUS ÊTES FAGOTÉE NE VOUS ARRANGE PAS.

— Je m'appelle Andrea. Je suis la nouvelle assistante de Miranda.

Il m'a examinée de la tête aux pieds, centimètre par centimètre. Emily observait la scène, un sourire mauvais aux lèvres. Le silence était insoutenable.

— DES BOTTES SOUS LE GENOU ? AVEC UNE JUPE AU GENOU ? VOUS VOUS FICHEZ DE MOI ? DIS-MOI, FILLETTE, AU CAS OÙ ÇA T'AURAIT ÉCHAPPÉ – AU CAS OÙ TU N'AURAIS PAS VU LES GRANDES LETTRES NOIRES À L'ENTRÉE – NOUS SOMMES ICI À *RUNWAY*, LE MAGAZINE LE PLUS BRANCHÉ DE LA PLANÈTE ! MAIS SOIS SANS CRAINTE, MON CŒUR, NIGEL VA NOUS DÉBARRASSER SANS TARDER DE TON LOOK DE PETITE SECRÉTAIRE DU NEW JERSEY.

Ses mains massives m'ont empoignée par la taille et m'ont fait pivoter comme une toupie. Je sentais son regard posé sur mes jambes.

— SANS TARDER, MA JOLIE, C'EST PROMIS. NOUS AVONS LÀ UN BON MATÉRIAU DE BASE. BELLES JAMBES, SUPERBES CHEVEUX, ET PAS UN GRAMME DE GRAISSE. TANT QU'IL N'Y A PAS DE GRAISSE, JE PEUX TOUT FAIRE. TU VAS VOIR, MA BELLE.

Je voulais m'offusquer, m'arracher d'entre ses pattes, et m'accorder tout le temps nécessaire pour réfléchir à ce qui m'arrivait (un parfait étranger – et collègue, par-dessus le marché – venait de me faire part de son avis – non sollicité et redoutablement franc – sur mes vêtements et ma silhouette), mais je n'y parvenais pas. J'étais séduite par ses yeux verts, plus espiègles que persifleurs m'a-t-il semblé, et ravie, surtout, d'avoir réussi l'examen. Mon examinateur n'était autre que Nigel – connu sous son seul prénom, comme Madonna ou Prince –, l'autorité en matière de mode, que j'avais déjà vu à la télé, en photo dans des magazines, dans les rubriques mondaines, et Nigel venait de me dire que j'étais jolie. Et que j'avais de belles jambes ! J'ai préféré ne pas m'attarder sur le commentaire de la secrétaire du New Jersey. Ce type me plaisait.

Emily lui a intimé l'ordre de me laisser tranquille, mais je ne voulais pas qu'il parte. Trop tard. Il se dirigeait déjà vers la porte, sa pèlerine en fourrure clapotant derrière lui. Je voulais le rappeler, lui dire que j'avais été ravie de le rencontrer, que ses paroles ne m'avaient pas offensée et que je trouvais très excitant qu'il veuille me relooker. Mais je n'ai pas eu le temps d'ouvrir la bouche que Nigel avait fait volte-face. Il est revenu vers moi en deux enjambées de géant et m'a serrée contre lui, enveloppant tout mon corps de ses bras musclés. Ma tête arrivait juste sous sa poitrine, et j'ai senti l'odeur, reconnaissable entre toutes, de l'huile Jonhson pour bébé. Et au moment où j'ai eu la présence d'esprit de lui retourner son accolade, il m'a repoussée, ses mains ont avalé les miennes, et il a lancé d'une voix suraiguë :

— BIENVENUE DANS LA MAISON DE POUPÉES, *MON CŒUR* !

5

— Il t'a dit quoi ? a demandé Lily en léchant une cuillerée de glace au thé vert.

Nous nous étions retrouvées au Sushi Samba à 21 heures, afin que je lui raconte ma première journée. Mes parents, à contrecœur, m'avaient rendu la carte de crédit « réservée aux urgences » en attendant que je touche mon premier salaire. Ce soir-là, des *maki* au thon épicé et de la salade aux algues relevaient à n'en pas douter d'une urgence. En mon for intérieur, j'ai remercié mes parents de nous gâter autant, Lily et moi.

— Il m'a dit : « Bienvenue dans la maison de poupées, mon cœur ! » Je te le jure. C'est vachement sympa, non ?

Elle m'a regardée, la cuillère suspendue à mi-chemin de sa bouche entr'ouverte.

— C'est le boulot le plus cool dont j'aie jamais entendu parler.

Lily n'arrêtait pas de dire qu'elle aurait dû bosser pendant un an avant de retourner sur les bancs de la fac.

— Oui, supercool. Totalement bizarre, mais cool. Cela dit, je préférerais tout de même redevenir étudiante, ai-je ajouté en attaquant mon moelleux au chocolat.

— Ben voyons ! Je suis sûre que tu adorerais te taper un boulot à mi-temps pour financer un doctorat ignominieusement ruineux et totalement inutile. Tu es jalouse de mon job de barmaid dans un pub d'étudiants, c'est ça ? Tu aimerais te faire draguer par des mecs de première année jusqu'à quatre heures du mat', avant d'enchaîner sur toute une journée de cours, en sachant que si – je dis bien *si* – tu réussis à finir ta thèse dans les dix-sept prochaines années, tu n'auras de toute façon jamais de boulot ? Nulle part ? a-t-elle achevé avec un grand sourire sarcastique avant de boire unc gorgée de Sapporo.

Lily se préparait à entamer un doctorat de littérature russe à Columbia, et chaque seconde qu'elle ne consacrait pas à ses études était sacrifiée à des petits boulots. Elle n'aurait pas droit à des bourses avant d'avoir obtenu son DEA, et sa grand-mère avait à peine assez d'argent pour vivoter. Qu'elle ait accepté de sortir ce soir-là était même exceptionnel.

Comme à chaque fois qu'elle dénigrait sa vie, j'ai mordu à l'hameçon.

— En ce cas, pourquoi le fais-tu ? ai-je demandé, bien que j'aie déjà entendu la réponse un million de fois.

Lily a reniflé et levé les yeux au ciel.

— Mais parce que j'adore ça ! a-t-elle chantonné, goguenarde.

C'était la vérité, même si elle refusait de l'admettre, car se plaindre était bien plus drôle. La passion de Lily pour la littérature russe remontait à la classe de quatrième, où un professeur lui avait dit un jour qu'avec sa frimousse ronde et ses boucles brunes, elle ressemblait à Lolita telle qu'il l'avait toujours imaginée. Sitôt rentrée chez elle, Lily s'était plongée dans le chef-d'œuvre de lubricité de Nabokov, sans se laisser troubler une seule seconde par l'allusion de son professeur, puis, dans la foulée, elle avait dévoré les œuvres complètes du romancier. Avant de s'attaquer à Tolstoï. Puis à Gogol. Puis à Tchekhov. Le moment venu d'entrer en fac, elle avait postulé à Brown, pour travailler avec un prof spécialisé en littérature russe qui, au terme de leur premier entretien, lui avait déclaré qu'elle était, à dix-sept ans, la plus calée et la plus passionnée de tous les étudiants qu'il avait rencontrés – tous niveaux d'études confondus. Lily aimait toujours autant la spécialité qu'elle avait choisie, elle continuait à étudier la grammaire russe et pouvait lire n'importe quel texte en version originale, mais elle aimait encore plus geindre sur son sort.

— Ouais, je reconnais sans problème que j'ai décroché le meilleur plan qui soit. Tu te rends compte ? Tommy Hilfiger ! Chanel ! L'appartement d'Oscar de La Renta ! Tu parles d'un premier jour ! Je ne sais pas trop comment tout ça va me rapprocher du *New Yorker*, mais peut-être est-il encore trop tôt pour le dire ? Ça me semble irréel, tu vois.

— Chaque fois que tu as besoin de reprendre contact avec la réalité, tu sais où me trouver, m'a rétorqué Lily en sortant sa carte de transports en commun. Si jamais le plancher des vaches te manque, mes luxueux vingt-trois mètres carrés à Harlem te sont grands ouverts.

J'ai réglé l'addition et, avant de nous séparer, Lily a tenté de m'expliquer par le menu comment regagner mon appartement depuis l'angle de la Septième Avenue et de Christopher Street. Je lui ai juré que je savais où trouver la ligne L, à quelle station changer pour sauter dans la 6, et comment retrouver mon chemin à la sortie de la station 96e Rue. Mais sitôt a-t-elle eu le dos tourné, que j'ai sauté dans un taxi.

Juste pour cette fois, me suis-je promis, me laissant choir sur la banquette tiède et me mettant en apnée pour ne pas sentir les odeurs corporelles du chauffeur. Je suis une fille de *Runway* maintenant.

*

J'étais bien contente de découvrir que les jours suivants ne différaient guère du premier, et le vendredi matin, quand je l'ai retrouvée comme d'habitude à 7 heures à l'accueil, Emily m'a tendu un badge du format d'une carte d'identité. Y figuraient mon nom, et une photo que je n'avais aucun souvenir d'avoir prise.

— Repiquée sur la caméra de surveillance, a expliqué Emily en me voyant fixer la photo. Il y en a partout. Ils ont eu de mégaproblèmes, des gens fauchaient les marchandises, les vêtements et les bijoux qu'on fait rentrer pour les shootings ; il paraît que les coursiers, ou parfois même les rédactrices, se servaient, tout simplement. Du coup, maintenant, ils pistent tout le monde.

Emily a glissé son badge dans la fente du lecteur et l'épaisse porte vitrée a coulissé.

— Comment ça, « ils pistent tout le monde » ?

Mais Emily fonçait déjà dans le couloir, son bassin moulé dans un pantalon en velours côtelé Seven couleur peau oscillant dangereusement d'avant en arrière. (La veille, elle m'avait dit que je devais sérieusement songer à m'acheter une paire, voire plusieurs, de Seven, puisqu'ils étaient, avec les MJ – « Marc Jacobs », avait-elle précisé, exaspérée par mon regard écarquillé –, les seuls jeans ou pantalons en velours que Miranda autorisait – mais seulement les vendredis, et uniquement portés avec des talons hauts.) Une fois arrivée dans notre bureau, après avoir déposé son cabas Gucci sur la table et déboutonné sa veste en cuir superajustée et carrément inadaptée au climat de la fin novembre, elle a enfin daigné répondre :

— Entre les caméras et les badges, ils savent tout ce qu'on fait. Je pense qu'ils ne regardent les bandes vidéo que si quelque chose disparaît, mais les badges disent tout. Par exemple, chaque fois que tu le passes dans un lecteur, au rez-de-chaussée ou ici, à la rédaction, ils savent où tu te trouves. C'est comme ça qu'ils vérifient si les gens viennent bosser, donc, si jamais un jour tu dois t'absenter – ce qui n'arrivera jamais, sauf s'il se produisait un truc vraiment horrible –, tu me donnes ta carte pour que je la passe dans le lecteur. Ainsi, tu es payée même les jours où tu as été absente. Tu feras pareil pour moi. Tout le monde fait ça.

Sans me laisser le temps de digérer le « ce qui n'arrivera jamais », Emily a poursuivi :

— Le badge te sert également à payer ton déjeuner à la cafétéria. C'est comme une carte de débit, sur laquelle tu verses une provision d'argent. Bien évidemment, ils savent aussi, du coup, ce que tu manges, a-t-elle ajouté en déverrouillant la porte du bureau de Miranda.

Sans perdre une minute, elle s'est assise en tailleur sur la moquette et elle a commencé à emballer une bouteille de vin.

— Ça les intéresse de savoir ce qu'on mange ?

Il me semblait être entrée directement dans une scène de *Sliver*.

— À vrai dire, j'en sais rien, mais pourquoi pas ? Ce qui est sûr, c'est qu'ils peuvent le savoir s'ils le souhaitent. La carte sert aussi à utiliser la salle de gym, et à acheter des bouquins ou des magazines au kiosque du rez-de-chaussée. Je pense que ça les aide dans leur organisation.

« Leur organisation » ? Je travaillais dans une entreprise pour qui une bonne « organisation » consistait à épier les déplacements de ses employés entre les étages, à savoir qui préférait la soupe à l'oignon à la salade César et quel était le seuil de tolérance de chacun sur le rameur ? J'avais une chance incroyable.

Je m'étais levée à 5 h 30 tous les jours de la semaine et j'étais épuisée. Il m'a fallu cinq bonnes minutes supplémentaires pour trouver l'énergie de m'extraire de mon manteau et de m'installer à mon bureau, et à l'instant où je caressais l'idée d'appuyer la tête sur la table pour me reposer un instant, Emily s'est éclairci la voix. Sans discrétion.

— Euh, tu voudrais bien venir m'aider ? (Ce n'était pas vraiment une question.) Tiens, emballes-en quelques-unes.

Elle a poussé une rame de papier blanc vers moi et s'est remise au boulot.

Couper, envelopper, plier, scotcher : Emily et moi avons travaillé d'arrache-pied tout au long de la matinée, ne nous arrêtant que pour appeler un de nos coursiers dès que nous avions vingt-cinq colis de prêts. Ils les conserveraient en dépôt au rez-de-chaussée jusqu'à ce que nous leur donnions le feu vert, vers la mi-décembre, pour les distribuer dans tout Manhattan. Nous avions déjà emballé au cours de mes deux premiers jours de travail toutes les bouteilles destinées à quitter Manhattan, et elles attendaient, empilées dans la réserve, que le coursier de DHL vienne les récupérer. Sachant qu'elles devaient toutes sans exception faire l'objet d'un envoi prioritaire et être livrées le plus tôt possible, je me demandais ce qui justifiait tant d'urgence – on n'était que fin novembre à peine –, mais j'avais déjà appris qu'il valait mieux ne pas poser de questions. Cent cinquante bouteilles allaient partir, aux bons soins de FedEx, partout dans le monde : Paris, Cannes, Bordeaux, Milan, Rome, Florence, Barcelone, Genève, Bruges, Stockholm, Amsterdam et Londres. Des douzaines de bouteilles ne serait-ce qu'à Londres. Mais certaines voyageraient jusqu'à Pékin, Hong Kong, Le Cap, Tel Aviv et Dubai (Dubai !). On porterait des toasts à Miranda à Los Angeles, Honolulu, La Nouvelle-Orléans, Charleston, Houston, Bridgehampton et Nantucket. Et ce avant même qu'aucune bouteille n'ait été livrée à New York – la ville où vivaient tous les amis de Miranda, ses médecins, ses domestiques, ses coiffeurs-visagistes, ses nourrices, ses maquilleurs, ses psys, ses profs particuliers de yoga, de gym, ses chauffeurs et ses conseillères d'achat dans les magasins. Bien entendu, c'était également à New York que résidaient toutes les personnalités de l'industrie de la mode : stylistes, mannequins, acteurs, journalistes, publicistes, chargés de relations publiques et experts de tout poil en matière de style recevraient chacun une bouteille adaptée à leur rang et livrée avec panache par un coursier d'Elias-Clark.

— Combien crois-tu que ça coûte, tout ça ? ai-je demandé en découpant la millième feuille de papier blanc.

— Je te l'ai déjà dit, j'ai commandé pour 25 000 dollars d'alcool.

— Non, je parlais de l'opération dans son ensemble. Expédier toutes ces bouteilles à l'autre bout du monde en l'espace d'une nuit… Dans certains cas, l'expédition coûte plus cher que la bouteille elle-même, non ? Surtout dans celui des bouteilles de chianti.

Pour la toute première fois de la semaine, Emily m'a considérée non avec dégoût, exaspération ou indifférence, mais d'un air intrigué.

— Eh bien… Les envois domestiques coûtent 20 dollars pièce environ, les internationaux sont à 60 dollars… Ça nous fait 9 000 pour FedEx. Les coursiers prennent, je crois, 11 dollars par article, qu'il faut multiplier par deux cent cinquante, ça fait 2 750 dollars. Quant au temps que nous, nous consacrons à tout emballer, ça représente deux semaines à temps plein de salaire pour chacune, donc 4 000 de plus…

Et là, en moi-même, j'ai tiqué : nos deux salaires réunis pour une semaine de ce travail représentaient, de loin, la moindre des dépenses de toute l'opération.

— Oui, au total, ça doit tourner dans les 16 000 dollars. C'est fou, hein ? Mais on n'a pas le choix. C'est Miranda Priestly, tu comprends.

Vers 13 heures, Emily a annoncé qu'elle avait faim et qu'elle partait chercher à déjeuner avec quelques autres filles des accessoires. Dans mon esprit, elle descendait acheter un plat à emporter, comme nous l'avions fait toute la semaine. J'ai attendu, dix minutes, quinze, vingt minutes, sans la voir réapparaître. Nous n'avions encore ni l'une ni l'autre déjeuné à la cafétéria depuis que j'avais commencé à travailler, par crainte que Miranda appelle, mais tout ça était ridicule. 14 heures ont sonné, puis 14 h 30. À 15 heures, je ne pouvais penser à rien d'autre qu'à la faim qui me tenaillait le ventre. J'ai essayé d'appeler Emily sur son portable, mais je suis tombée directement sur sa boîte vocale. Pouvait-elle avoir trépassé à la cafétéria ? S'être étouffée avec une feuille de laitue sans sauce ? Effondrée après avoir descendu un yoghourt au jus de fruits ? J'ai évidemment pensé à appeler une collègue à mon secours, mais je ne me sentais pas assez *prima donna* pour demander à une parfaite inconnue d'aller me chercher mon déjeuner. *Oui, chérie, tu comprends, je suis quelqu'un de tellement important que je ne peux absolument pas abandonner mon travail qui consiste à faire des paquets-cadeaux, alors je me demandais si tu ne pourrais pas descendre me chercher une brioche fourrée à la dinde et au brie ? Tu veux bien ? Oh, tu es un amour !* Non, je ne pouvais pas faire ça. Aussi, à 16 heures, Emily n'ayant redonné aucun signe de vie, et Miranda n'ayant pas appelé de la journée, j'ai commis l'impensable : j'ai abandonné le bureau en l'absence de ma coéquipière.

Après avoir inspecté le couloir pour m'assurer qu'il n'y avait pas d'Emily en vue, j'ai galopé ventre à terre jusqu'à la réception, où Sophy, la sublime réceptionniste asiatique, a haussé les sourcils avant de détourner le regard. Était-ce mon impatience (je venais d'appuyer vingt fois de suite sur le bouton d'appel de l'ascenseur) ou mon abandon de poste qui me valait cette marque de désapprobation ? Je n'avais guère le loisir de mener l'enquête. L'ascenseur est enfin arrivé, et les portes ne s'étaient pas plus tôt ouvertes qu'un type au regard mauvais, aussi maigre qu'un junkie, avec des cheveux hérissés au gel et des Puma vert citron aux pieds, s'est acharné sur le bouton de fermeture. J'ai réussi tout de même à m'engouffrer dans la cabine, où personne ne s'est déplacé d'un millimètre pour me faire de la place, alors qu'il y en avait à revendre. En général, ce genre d'attitude avait le don de me mettre en rage, mais là, je ne pouvais me concentrer que sur mes deux objectifs : manger et réintégrer le bureau. Dans les plus brefs délais.

L'entrée de la cafétéria était bloquée par un troupeau d'apprenties-commères. Des copines des employés d'Elias-Clark, ai-je immédiatement compris, en les voyant se dévisser la tête et chuchoter entre elles en dévisageant tous ceux et celles qui sortaient de l'ascenseur. Emily m'avait décrit ces bandes de filles, aisément repérables à leur excitation de se trouver dans le saint des saints. Lily m'avait déjà suppliée de l'emmener déjeuner à la cafétéria, que tous les journaux et magazines de Manhattan avaient encensée pour l'incroyable qualité de sa cuisine – sans parler du cheptel de créatures sublimes qui venait s'y alimenter – mais je n'étais pas encore prête à vivre cette expérience. Par ailleurs, compte tenu du roulement complexe de présence au bureau qu'Emily et moi avions jusque-là négocié chaque jour, je n'avais pas encore eu le loisir de passer plus de deux minutes et demie d'affilée dans cet endroit – soit le temps nécessaire pour choisir et payer mon déjeuner –, et je n'étais pas certaine qu'il en soit un jour autrement.

J'ai fendu le groupe de commères et j'ai senti qu'elles se retournaient sur mon passage pour voir si j'étais une figure connue. Négatif. J'ai traversé la cafétéria d'un pas décidé, ignorant les présentoirs alléchants d'agneau et de veau marsala ; dans un élan de volonté, je suis passée sans m'arrêter devant les pizzas du jour aux tomates séchées et au chèvre. Il était bien moins aisé de contourner la pièce maîtresse du restaurant, le *salad bar* (également connu sous le sobriquet de « Potager »), un présentoir aussi long qu'une piste d'atterrissage et accessible par quatre endroits différents, mais les hordes compactes m'ont laissée passer quand je les ai eu rassurées à voix haute que je n'allais pas leur faucher sous le nez les derniers cubes de tofu. Tout au fond, esseulé derrière le comptoir des *panini* qui ressemblait à un présentoir de maquillage, se trouvait le bar à soupes. Comme toujours, il était déserté, car le chef préposé aux soupes refusait catégoriquement de proposer une seule soupe à 0 % de matières grasses, ou allégée, pauvre en sel ou en glucides. Résultat : c'était le seul stand de la salle à n'avoir aucune queue, et chaque jour, je fonçais directement sur lui. Comme apparemment j'étais l'unique personne de toute la société à manger de la soupe (et je n'étais là que depuis une semaine), les décideurs du groupe avaient raccourci le menu à une seule soupe quotidienne. Je rêvais d'une soupe de tomates au cheddar. À la place, il m'a tendu un bol géant de bouillon aux palourdes, une recette typique de la Nouvelle-Angleterre, en me précisant avec fierté qu'il l'avait préparée avec de la crème épaisse. Trois filles qui s'affairaient au Potager se sont retournées pour me dévisager. Le seul obstacle qui me restait à surmonter à présent était de me faufiler dans l'attroupement qui encerclait le comptoir où un chef invité, vêtu de blanc de pied en cap, préparait des plateaux de sushis devant une cour de fans en pâmoison. Un badge sur son col amidonné indiquait : Nobu Matsuhisa. J'ai noté mentalement de faire une petite recherche sur lui une fois de retour là-haut, puisque, visiblement, j'étais la seule employée de cette maison à ne pas tomber en extase devant son savoir-faire. Quel était le pire : n'avoir jamais entendu parler de M. Matsuhisa ou de Miranda Priestly ?

La petite caissière a regardé ma soupe, puis mes hanches avant de se décider à encaisser. À moins que je ne l'aie rêvé ? Non, franchement, cette fille avait eu la même expression que si elle avait aperçu une personne de deux cent cinquante kilos attablée devant huit Big Macs : vous savez, un discret haussement de sourcils, comme pour demander « Avez-vous vraiment besoin de ça ? » Mais j'ai muselé ma paranoïa en me souvenant que cette nana était une caissière de cafétéria, et non une conseillère Weight Watchers. Ni une rédactrice de mode.

— C'est rare, par les temps qui courent, les gens qui mangent de la soupe, a-t-elle remarqué en pianotant sur son écran.

— J'imagine qu'il n'y a guère d'amateurs pour le bouillon de palourdes, ai-je marmonné en glissant ma carte dans le lecteur et en priant pour que ses mains aillent plus vite.

Ses doigts se sont immobilisés, et elle m'a fixée, les yeux étrécis.

— À mon avis, c'est plutôt parce que le chef s'obstine à cuisiner des trucs qui font grossir. Vous savez combien il y a de calories là-dedans ? Vous avez une idée du poids qu'on risque de prendre en mangeant ça ? On pourrait grossir de cinq kilos rien qu'en la regardant – *et vous n'êtes pas de celles qui peuvent se permettre de prendre cinq kilos*, semblait-elle sous-entendre.

Aïe ! Comme si cela n'avait pas été assez ardu de me convaincre que j'avais un poids normal en rapport avec ma taille lorsque les asperges blondes de *Runway* m'avaient passée au crible sans une once de retenue. Et c'était maintenant au tour de la caissière de m'assener que j'étais grosse ? J'ai ramassé mon sac de déjeuner d'un geste irrité et j'ai filé aux toilettes, commodément situées à la sortie de la cafétéria afin de s'y purger de tout ce dont on avait pu s'empiffrer précédemment. J'avais beau savoir
que le miroir ne me révélerait rien de plus ni de moins que le matin, je me suis postée en face en lui. Un visage défiguré par la colère m'a fait face.

— Mais qu'est-ce que tu fiches ici ? a hurlé Emily à mon reflet, en remontant ses lunettes de soleil en bandeau.

C'est là que je me suis dit qu'elle avait été explicite et littérale lorsque, trois heures et demie auparavant, elle avait annoncé qu'elle partait chercher à déjeuner. Elle était bel et bien *partie*. Et le fait qu'elle m'ait laissée seule pendant trois heures, sans me prévenir, quasiment enchaînée à une ligne téléphonique, en me privant de tout espoir de m'alimenter ou de faire une pause pipi, n'allait nullement empêcher cette fille de mon âge de m'engueuler. Par chance, la rédactrice en chef de *Coquette* est entrée à ce moment-là, et Emily m'a empoigné le bras pour me traîner jusqu'aux ascenseurs. J'avais l'impression d'être une sale gosse qui avait pissé au lit.

— Comment as-tu pu me faire ça ? a-t-elle sifflé tandis que nous traversions la réception de *Runway* au pas de charge. En tant qu'assistante senior, je suis responsable de la bonne marche de notre bureau. D'accord, tu es nouvelle, mais je t'ai prévenue dès le premier jour : il doit toujours y avoir quelqu'un au bureau.

— Mais Miranda n'est pas là, ai-je lâché d'une voix étranglée, dissonante.

— Oui, mais elle aurait pu appeler en ton absence et personne n'aurait été là pour répondre à ce maudit téléphone ! a-t-elle hurlé en claquant la porte de notre bureau. Notre première, notre seule priorité s'appelle Miranda Priestly. Point. Et si tu ne peux pas t'en accommoder, dis-toi bien que des milliers de filles sont prêtes à se damner pour être à ta place. Bon, maintenant, écoute ta messagerie. Si elle a appelé, on est foutues. *Tu* es foutue.

Je n'avais qu'une envie : rentrer dans mon iMac et mourir. Comment avais-je pu tout fiche en l'air à ce point, alors que je n'en étais qu'à ma première semaine ? Miranda n'était même pas là et déjà, je l'avais laissée tomber. Certes, j'avais faim. Mais n'aurais-je pas pu patienter ? Des gens vraiment importants se donnaient un mal de chien pour que tout ici soit fait en temps et en heure, des gens qui dépendaient de moi, et je les avais lâchés. J'ai pianoté le numéro de ma messagerie vocale.

« Salut, Andy, c'est moi. » Alex. « Où es-tu ? C'est la première fois que tu ne réponds pas. Il me tarde d'être à ce soir, on dîne toujours ensemble, n'est-ce pas ? Où tu veux, choisis. Rappelle-moi quand tu auras ce message, après 16 heures, je ne bouge pas de la salle des profs. Je t'aime. » Immédiatement, je me suis sentie coupable, car après toute cette débâcle post-déjeuner, je venais de décider qu'il valait mieux reporter le dîner de ce soir. Cette première semaine avait été tellement dingue qu'Alex et moi ne nous étions quasiment pas vus. Mais je savais que le dîner en tête-à-tête que nous avions prévu ce soir-là n'aurait rien de drôle, si je piquais du nez devant mon verre de vin, et pour être franche, je préférais consacrer cette soirée à décompresser, seule chez moi. J'aurais dû penser à appeler Alex la première pour lui proposer de repousser le dîner au lendemain.

En face de moi, Emily avait fini d'écouter ses messages et, à la vue de son visage relativement détendu, j'ai conclu que Miranda n'avait proféré aucune menace de mort. J'ai secoué la tête, pour lui indiquer que jusque-là, je n'avais, moi non plus, aucun message d'elle.

« Salut, Andrea, c'est Cara. » La nourrice de Miranda. « Bon, Miranda m'a appelée, il y a un petit moment… » Arrêt de cœur. « … et a dit qu'elle essayait d'appeler au bureau, mais que personne ne décrochait. J'ai pensé qu'il se passait quelque chose, et du coup, je lui ai dit que je vous avais eues en ligne l'instant d'avant, Emily et toi, mais ne t'inquiète pas. Elle voulait juste qu'on lui faxe un *Women's Wear Daily*, et j'en avais justement un exemplaire sous la main. Elle l'a bien reçu, donc inutile de stresser. Je voulais te prévenir, c'est tout. Passe un bon week-end. On se reparle bientôt. »

Mon sauveur. Cette fille était une sainte. J'avais du mal à croire que je ne la connaissais que depuis une semaine à peine – et même pas en chair et en os, juste par téléphone – parce que je crois bien que je l'aimais d'amour. Elle était tout le contraire d'Emily : calme, les deux pieds sur terre, indifférente à la mode. Elle voyait bien les sommets d'absurdité que Miranda pouvait atteindre, mais elle ne lui en tenait pas rigueur ; et elle avait cette qualité rare et charmante de savoir rire d'elle-même et des autres.

— Pas de nouvelles, ai-je à demi menti avec un sourire triomphant. On est tirées d'affaire.

— *Tu* es tirée d'affaire, pour cette fois, a répondu Emily d'une voix sans timbre. N'oublie jamais qu'on est embarquées sur le même bateau, mais c'est moi la responsable. Tu dois me couvrir si j'ai envie de sortir déjeuner une fois de temps en temps. C'est mon droit. Ceci ne doit jamais se reproduire, pigé ?

J'ai vraiment pris sur moi pour ne pas l'envoyer dans les ronces.

— Pigé. Reçu cinq sur cinq.

À 19 heures, tous les cadeaux étaient emballés et remis entre les mains des coursiers, sans qu'Emily ait mentionné de nouveau l'incident du déjeuner. À 20 heures, je me suis finalement écroulée dans un taxi (le dernier, juste pour cette fois) et deux heures plus tard, j'étais toujours effondrée, bras et jambes écartés, tout habillée, pardessus ma couette. Je n'avais pas dîné, mais la seule idée de redescendre pour acheter à manger, et risquer de me perdre dans le quartier comme ç'avait été le cas les quatre soirs précédents, était carrément impensable. J'ai appelé Lily de mon téléphone Bang et Olufsen flambant neuf pour une petite séance de lamentations.

— Salut ! Je croyais que tu dînais avec Alex, ce soir.

— C'était prévu, mais je suis rétamée. Ça ne l'embêtait pas qu'on reporte à demain soir, il va certainement se faire livrer. Bref. Bonne journée ?

— En un mot ? J'ai tout fait foirer. Tu ne peux pas imaginer ce qui s'est passé ! Enfin, si… puisque c'est tout le temps le même topo…

— Abrège, Lil. Je vais m'effondrer d'une minute à l'autre.

— O.K. Le plus beau mec qui soit jamais venu à mon cours. Il a tout écouté, d'un bout à l'autre. Il avait l'air complètement fasciné. Il m'a attendue à la sortie. M'a demandé s'il pouvait m'inviter à boire un verre pour que je lui parle de ma maîtrise, qu'il avait déjà lue.

— Génial. Quelle note ?

Lily avait inventé un soir l'Echelle de l'Amour Fractionnel après avoir écouté quelques-uns de nos potes attribuer des notes de 1 à 10 aux filles avec lesquelles ils sortaient.

« C'est un six, huit, B +, avait déclaré Jake à propos de l'assistante de pub avec laquelle il avait passé la nuit. »

Il était entendu que tout le monde connaissait le système de notation : le premier chiffre correspondait au visage ; le deuxième, au corps ; la troisième note concernait la personnalité et fonctionnait, pour plus de souplesse, selon un barème de lettres. Dans la mesure où davantage de facteurs entraient en ligne de compte dès lors qu'il s'agissait de noter les mecs, Lily avait mis au point l'Echelle Fractionnelle, où dix éléments valaient chacun un point. Le mec parfait se devait de marquer un point pour chacun des cinq premiers critères : intelligence, sens de l'humour, bien foutu physiquement, belle gueule et un boulot qui tombait dans la catégorie généreuse du normal. Comme il était quasi impossible de trouver le Mec parfait, quelques-uns pouvaient gratter des points supplémentaires avec la deuxième série de critères : pas d'ex-petite amie hystérique, pas de parents psychopathes, pas de coloc violeur, et des hobbies ou des centres d'intérêt para-professionnels sans aucun lien avec le sport et la pornographie. Jusque-là, le plus haut score avait été neuf sur dix, mais le type l'avait larguée. Lily sortait avec des mecs différents presque chaque soir après son boulot, mais n'avait pas encore trouvé celui qui obtiendrait un dix sur dix.

— Bon, au début, il était bien parti pour un sept sur dix : études d'art dramatique à Yale, hétéro, capable de discuter de la politique au Moyen-Orient.

— Pas mal ! Alors, où était le problème ? Il t'a parlé de son jeu Nintendo préféré ?

Lily a soupiré.

— Pire.

— Il est plus maigre que toi ?

— Pire, a-t-elle répété d'une voix abattue.

— Mais que pourrait-il y avoir de pire ?

— Il habite à Long Island…

— Lily ! Il est indésirable d'un point de vue géographique. Mais ça ne fait pas de lui un type infréquentable. Tu devrais savoir que…

— Avec ses parents, m'a interrompue Lily.

Ah.

— Depuis quatre ans.

Aïe.

— Et il est ravi. Il dit qu'il n'a aucune envie de vivre seul dans une aussi grande ville quand sa maman et son papa sont de si charmante compagnie.

— Arrête, ne m'en dis pas plus ! C'est la première fois qu'un mec dégringole de sept à zéro au premier rendez-vous, non ? Il vient d'établir un nouveau record. Félicitations. Ta journée était sans conteste bien pire que la mienne.

Je me suis étirée pour repousser du pied la porte de ma chambre quand j'ai entendu Shanti et Kendra rentrer du travail. Puis, j'ai distingué une voix masculine. L'une ou l'autre avait-elle un petit copain ? En dix jours, je ne les avais croisées en tout et pour tout que dix minutes, car apparemment, leurs journées de boulot étaient encore plus longues que les miennes.

— Comment ça ? a protesté Lily. Comment aurais-tu pu passer une mauvaise journée ? Tu bosses dans la *mode* !

Quelqu'un a frappé discrètement à ma porte.

— Attends, Lil, ne quitte pas… Entrez ! ai-je lancé, d'une voix bien trop forte, compte tenu de l'extrême exiguïté de la pièce.

Et alors que je m'attendais à voir une de mes colocs passer timidement la tête pour me demander si j'avais appelé le proprio pour qu'il inscrive mon nom sur le bail (non), et si j'avais pensé à acheter des assiettes en carton (non plus), c'est Alex qui est apparu.

— Lil, je peux te rappeler ? Alex vient d'arriver.

J'étais vraiment ravie de le voir, ravie de cette surprise, mais une petite part de moi n'avait tout de même qu'une envie : prendre une douche et ramper sous la couette.

— Pas de problème. Dis-lui bonjour pour moi. Et n'oublie jamais le bol que tu as d'avoir trouvé un dix sur dix. Il est génial. Ne le laisse pas filer.

— Comme si je ne le savais pas. C'est un saint, ai-je renchéri en souriant à l'intéressé. Salut, toi. Quelle merveilleuse surprise.

Je me suis obligée à m'asseoir, à me lever et à marcher vers lui. Je me suis avancée pour le serrer dans mes bras, mais il a reculé, mains derrière le dos.

— Quelque chose ne va pas ?

— Pas du tout. Je sais que ta semaine a été vraiment longue, et te connaissant, je me suis dit que tu n'avais sans doute pas pris la peine d'acheter à manger, alors je m'en suis occupé.

Il a fait apparaître un énorme sac en papier de derrière son dos, un de ces sacs d'épicerie à l'ancienne, déjà maculé de taches de graisse, et qui embaumait délicieusement. D'un coup, d'un seul, j'étais morte de faim.

— C'est pas vrai ! Comment as-tu deviné qu'en cet instant précis, j'essayais de me motiver pour descendre acheter un truc à manger ? Pour tout dire, j'étais sur le point de renoncer.

— Alors à table ! a-t-il déclaré d'un air réjoui.

Mais ma chambre était trop petite pour que nous puissions nous asseoir tous les deux par terre. Nous aurions pu nous installer dans le salon, puisqu'il n'y avait pas de cuisine, mais Kendra et Shanti s'étaient affalées devant la télé, sans même avoir la force d'ouvrir leurs barquettes de salade à emporter. J'ai cru qu'elles préféraient attendre que l'épisode de *Real World* soit terminé pour commencer à dîner, mais en fait, elles s'étaient carrément endormies. Quelles belles vies que nous avions là !

— Attends, Andy, j'ai une idée.

Alex est reparti dans le salon sur la pointe des pieds et a rapporté deux immenses sacs-poubelle qu'il a étalés sur ma couette bleue. Du sac en papier, il a extrait deux hamburgers géants et une grande portion de frites. Il n'avait oublié ni le ketchup, ni le sel, ni même les serviettes en papier. J'ai applaudi de ravissement, même si, l'espace d'un flash, j'ai imaginé et vu Miranda, l'air de dire : *Vous ? Vous mangez des hamburgers ?*

— Attends, ce n'est pas tout. Regarde.

De son sac à dos, il a sorti des petites bougies à la

vanille, une bouteille de vin rouge et deux gobelets en carton.

— Tu es fou !

J'avais du mal à croire qu'il se soit donné tant de mal, alors que j'avais annulé notre rendez-vous au dernier moment. Il m'a tendu un verre de vin et nous avons trinqué.

— Mais non. Tu crois que j'allais rater l'occasion d'entendre le récit de la première semaine de ta nouvelle vie ? À la fille que je préfère.

— Merci, ai-je dit en buvant lentement une gorgée. Merci, merci, merci.

6

— Oh, mon Dieu, mais qui vois-je ? La rédactrice de mode en chair et en os ! a piaillé Jill, narquoise, en ouvrant la porte. Entre vite que ta grande sœur puisse s'agenouiller devant toi.

— Rédactrice de mode ? Tu plaisantes. Parle plutôt d'un forçat de la mode. Bienvenue dans le monde civilisé ! ai-je ajouté en la serrant très fort dans mes bras.

Ç'avait été dur quand Jill était partie en fac à Stanford et qu'elle m'avait laissée seule avec nos parents – j'avais neuf ans à l'époque –, et plus dur encore lorsqu'elle avait suivi son petit ami – aujourd'hui son mari – à Houston. Houston ! Le nom évoquait pour moi un paysage détrempé et infesté de moustiques au-delà de la limite du supportable, et comme si cela ne suffisait pas, ma sœur – ma grande sœur magnifique, sophistiquée, qui adorait l'art néo-classique et vous faisait fondre en récitant des poèmes – avait pris l'accent du Sud. Et quand je dis accent… Il ne s'agissait pas d'une pointe subtile d'intonation chantante, mais d'un vrai accent du Sud, avec des « r » roulés dans la pure tradition des péquenots. Je n'avais toujours pas pardonné à Kyle de l'avoir traînée dans ce fichu trou paumé, et même s'il s'avérait un beau-frère plutôt correct sous tous rapports, cela n'arrangeait rien quand il ouvrait la bouche.

— Hé, Andy chérie, mais tu es de plus en plus belle.

Avec quoi ils te nourrissent à *Runway* ? s'est-il exclamé, la bouche pleine de son accent texan.

Je lui aurais volontiers coincé une balle de tennis entre les mâchoires pour le faire taire, mais il est venu me serrer dans ses bras avec un immense sourire. Il avait beau afficher un peu trop, ct un pcu trop souvent cette jovialité de plouc, il faisait de réels efforts et il était en adoration devant ma sœur. Je me suis juré de tout faire pour réprimer mon envie de rentrer sous terre quand il parlait.

— Franchement, pour ce qui est de se nourrir, ce n'est pas l'endroit rêvé, si tu vois ce que je veux dire. Les comestibles autorisés y sont de substances aqueuses plutôt que solides. Mais peu importe. Toi aussi, tu as une mine superbe, Kyle. J'espère que tu ne fais pas dépérir ma sœur d'ennui dans cette ville de malheur.

— Viens donc nous voir un de ces jours avec Alex, ça vous fera des petites vacances. Ce n'est pas si mal, tu verras, m'a-t-il répondu en souriant.

Puis il a souri à ma sœur, qui lui a souri à son tour en lui caressant la joue du dos de la main. C'était écœurant de voir à quel point ils étaient amoureux.

— Ah ! Andy, tu es là ! Jay ! Notre New-Yorkaise est arrivée, viens lui dire bonjour, a lancé ma mère à tue-tête en émergeant de la cuisine. Je pensais que tu appellerais en arrivant à la gare.

— Mme Myer était venue chercher Erika au même train, du coup, elle m'a déposée. Quand passe-t-on à table ? Je meurs de faim.

— Tout de suite. Tu ne veux pas te refaire une beauté ? On peut patienter. Le voyage en train me semble t'avoir défraîchie. Tu sais, si tu veux…

— Maman ! me suis-je récriée en lui décochant un regard lourd d'avertissement.

— Andy ! Mais tu m'as l'air en pleine forme ! Viens embrasser ton vieux papa.

Mon père, un quinquagénaire grand et encore très beau, me souriait depuis l'entrée, une boîte de Scrabble cachée derrière son dos. Il me l'a montrée discrètement et, sitôt que les autres ont eu détourné le regard, il a désigné la boîte en articulant silencieusement : « Je vais te mettre une pâtée. Tiens-le-toi pour dit. »

J'ai souri et acquiescé d'un signe de tête. À l'encontre de tout bon sens, et pour la première fois en quatre ans, j'étais ivre de joie à la perspective de ces prochaines quarante-huit heures en famille. Thanksgiving étaient mes vacances préférées et, cette année, toutes les conditions étaient réunies pour que je les apprécie encore plus.

Nous nous sommes attablés devant l'imposant festin que ma mère avait magistralement commandé chez un traiteur. Le menu était conforme à sa version juive d'un dîner de veille de Thanksgiving : des bagels, du saumon, du cream-cheese, des corégones et des galettes de pommes de terre – le tout disposé par une main professionnelle sur des plats de service jetables, en attendant d'être transféré sur des assiettes en carton, et dégusté avec des couverts en plastique. Ma mère était aux anges en contemplant sa progéniture se jeter sur la nourriture ; aurait-elle passé la semaine entière à cuisiner pour nourrir sa nichée qu'elle n'aurait pas eu l'air plus fière.

Je me suis lancée dans un récit détaillé de ma première semaine de travail, en m'efforçant de décrire du mieux que je pouvais un boulot dont je n'avais moi-même pas entièrement compris tous les tenants et aboutissants. N'était-ce pas ridicule, me suis-je brièvement demandé, de leur raconter comment on faisait « rentrer » des jupes à la rédaction ? Comment j'avais passé des heures à envelopper des cadeaux, avant de les expédier ? Comment chaque badge était doté d'une puce électronique qui permettait de suivre à la trace chacun des faits et gestes du personnel ? Je sentais bien que mes paroles échouaient à communiquer le sentiment d'urgence qui avait accompagné ces différents épisodes, à faire comprendre comment, lorsque j'étais au bureau, ma mission me semblait suprêmement signifiante, voire importante. J'ai parlé, parlé, mais j'avais un mal fou à dépeindre et à expliquer ce monde qui n'était qu'à deux heures de train de là, mais qui semblait appartenir à une autre galaxie. Tous opinaient, me souriaient et me posaient des questions, feignant d'être intéressés, alors que je savais pertinemment que tout ça leur passait par-dessus la tête : je décrivais un univers trop décalé, trop étrange, trop différent du leur, impossible à appréhender par des gens qui – comme moi quelques semaines auparavant – n'avaient jamais entendu le nom de Miranda Priestly. Sans compter qu'à mes propres yeux, cet univers-là était tout autant décalé et étrange ; je le jugeais un peu trop hystérique par moments, et je lui trouvais, plus qu'un peu, des airs de famille avec celui de *1984*, mais c'était excitant. Et cool. *Vraiment.*

— Andy, tu crois que tu vas passer une bonne année ? Peut-être auras-tu envie d'y rester plus longtemps ? a demandé ma mère en tartinant son bagel de cream-cheese.

En signant mon contrat avec Elias-Clark, je m'étais engagée à travailler un an auprès de Miranda – si je n'étais pas remerciée avant, et à ce stade, c'était un « si » avec un S majuscule. Et si je m'acquittais de mes obligations avec classe, enthousiasme et en faisant montre d'un minimum de compétence (cette clause-là ne figurait pas noir sur blanc dans mon contrat mais avait été implicitement mise en avant par une demi-douzaine de personnes à la DRH, sans compter Emily et Allison), alors j'aurais la possibilité de désigner le poste que je convoitais – mais qui, naturellement, se devrait d'être au sein de la rédaction de *Runway*, ou de n'importe quelle autre rédaction du groupe. Mise à part cette contrainte, j'étais vraiment libre de demander le poste de mon choix, de critique littéraire à chargée de relations entre les stars d'Hollywood et *Runway*. Les dix dernières assistantes qui avaient réussi à tenir une année sous la direction de Miranda avaient – toutes sans exception – choisi de travailler au département mode de *Runway*, mais je n'allais pas me laisser refroidir par ce détail. Un passage par le bureau de Miranda était réputé comme LE moyen d'éviter trois à cinq ans de galères en tant qu'assistante, et d'accéder directement à des postes dignes de ce nom, au sein de rédactions prestigieuses.

— Ça, c'est certain. Jusque-là, tout le monde semble vraiment gentil. Emily est un peu trop, euh… investie, mais sinon, pour l'instant, c'est génial. Et quand j'écoute Lily évoquer ses examens, ou quand Alex me raconte tous les emmerdements auxquels il doit faire face au boulot, je me dis que j'ai plutôt du bol. Qui d'autre se balade en ville dans une voiture avec chauffeur pour son premier jour de travail, hein ? Non, franchement, je crois que ce sera une année supergéniale, et il me tarde que Miranda revienne. Je pense que je suis prête.

Jill a levé les yeux au ciel et m'a regardée comme pour dire : *Arrête tes conneries, Andy. On a pigé que ta patronne est sans doute une pétasse complètement cinglée, entourée de fashion victims anorexiques, et que tu essaies de nous peindre un tableau idyllique parce que tu sens que tu es dans le caca jusqu'au cou.* Au lieu de ça, elle a répondu :

— Ça a vraiment l'air formidable, Andy. C'est une opportunité fantastique.

Elle seule, autour de cette table, pouvait me comprendre : avant d'émigrer dans le tiers-monde, elle avait travaillé un an à Paris, dans un petit musée privé, et s'était passionnée pour la haute-couture. Une passion qui avait été plus de l'ordre du passe-temps esthétique et artistique que de la consommation, mais qui l'avait néanmoins amenée à fréquenter l'univers de la mode.

— Nous aussi nous avons une grande nouvelle à vous annoncer, a-t-elle enchaîné en tendant une main à Kyle par-dessus la table.

Kyle, lui, a posé sa tasse de café et a tendu ses deux mains.

— Dieu merci ! s'est aussitôt exclamée ma mère, se

redressant comme si on venait d'ôter de ses épaules une barre de cent kilos. Il était temps !

— Félicitations ! Jill, je peux te dire que ta mère s'est fait du souci. Vous n'êtes plus de jeunes mariés et nous commencions à nous demander si…

En bout de table, mon père a haussé les sourcils et laissé sa phrase en suspens.

— C'est génial ! Il était temps que j'aie un neveu ou une nièce. À quand l'heureux événement ?

Jill et Kyle nous ont regardés, médusés. Oh, mon Dieu, avions-nous mal interprété leurs paroles ? Et si leur grande nouvelle ne concernait que la construction d'une maison plus spacieuse dans ce marécage où ils vivaient ? Ou la décision de Kyle de quitter le cabinet juridique de son père pour ouvrir avec ma sœur la galerie d'art dont elle rêvait depuis toujours ? Peut-être avions-nous été un peu vite en besogne, trop empressés d'entendre qu'une nièce ou un petit-fils était en route. Ces derniers temps, mes parents ne parlaient plus que de ça. Les raisons pour lesquelles ma sœur et Kyle – qui avaient passé le cap de la trentaine et étaient mariés depuis quatre ans – ne s'étaient toujours pas reproduits alimentaient entre eux des conversations à perte de vue. Au cours des six derniers mois, ces divagations familiales monomaniaques avaient abouti à une crise déclarée.

Ma sœur a pris l'air inquiet. Kyle a froncé les sourcils. Quant à mes parents, face à ce silence, ils semblaient sur le point de s'évanouir. La tension était palpable.

Jill s'est levée pour aller s'asseoir sur les genoux de Kyle. Elle a passé ses bras autour de son cou et, le visage collé au sien, elle lui a chuchoté quelques mots à l'oreille. J'ai coulé un regard vers ma mère : le désarroi lui avait creusé des rides aussi profondes que des tranchées autour des yeux, et elle paraissait à moins de dix secondes de la syncope.

Finalement, ils ont gloussé et ont annoncé en chœur :

— On va avoir un bébé !

Ma mère s'est relevée avec tant de précipitation qu'elle s'est cognée contre les pieds de sa chaise et qu'elle a heurté un cactus en pot près de la porte-fenêtre. Mon père a attrapé Jill pour l'embrasser sur les joues et sur la tête et, pour la première fois depuis leur mariage, je crois, il a également embrassé Kyle.

— Un toast ! ai-je réclamé en cognant une fourchette en plastique contre la canette de soda. Tout le monde lève son verre pour ce nouveau petit Sachs à naître. (Kyle et Jill m'ont regardée avec insistance.) Bon, O.K., théoriquement, ce sera un Harrison, mais ce sera tout de même un Sachs dans l'âme. À Kyle et Jill, les futurs parfaits parents de l'enfant le plus parfait du monde.

Une fois le toast porté, j'ai débarrassé la table (il suffisait de tout vider dans un sac-poubelle), pendant que ma mère commençait à faire pression sur Jill pour qu'elle prénomme le bébé d'après tel ou tel parent défunt. Kyle sirotait son café, l'air content de lui, et juste avant minuit, mon père et moi nous sommes éclipsés dans son bureau pour une partie de Scrabble.

Il a mis en route la machine à produire un bruit de fond qu'il utilisait lorsqu'il était en consultation, pour empêcher à la fois les bruits de la maison de pénétrer dans son cabinet et ceux des conversations avec ses patients d'en sortir. Comme tout psy qui se respecte, mon père avait placé un divan de cuir gris au fond de la pièce ; un ordinateur à écran plat était posé sur son élégant bureau noir, devant un fauteuil en cuir noir lui aussi.

Je me suis assise par terre, entre le divan et le bureau, et il m'a imitée.

— Bon, raconte-moi comment ça s'est vraiment passé, a-t-il demandé en me tendant un repose-lettres. Je suis certain que tu a été un peu secouée.

— C'est vrai, ces deux semaines ont été assez dingues, ai-je reconnu en piochant mes sept lettres. D'abord le déménagement, puis le boulot. *Runway* est un endroit vraiment étrange, difficile à décrire. Tu vois, tout le monde est beau, mince, super bien habillé. Et ils ont plutôt l'air gentils, tout le monde a été sympa avec moi jusque-là. C'est presque comme s'ils étaient tous sous antidépresseurs. Je ne sais pas…

— Qu'allais-tu dire ?

— Je n'arrive pas à mettre le doigt dessus… Mais j'ai l'impression que tout ça n'est qu'un château de cartes, qui va s'effondrer autour de moi. Je n'arrive pas à me débarrasser de l'idée que c'est ridicule de travailler pour un magazine de *mode*, tu vois ? Pour l'instant, mon travail a été sans intérêt, mais je m'en fiche. C'est un défi, parce que c'est nouveau, tu comprends ?

Il a hoché la tête.

— Je sais que c'est un job « cool », mais je me demande sans cesse en quoi il me prépare pour le *New Yorker*. En fait, je dois être en train de chercher la petite bête, parce que jusque-là, ça semble trop beau pour être vrai. Espérons que je suis juste névrosée.

— Je ne crois pas que tu sois névrosée, ma puce. Tu es sensible. Mais je suis d'accord avec toi, je pense que tu as tiré le gros lot. Les gens passent leur vie entière sans jamais voir ce que toi tu verras en un an. Imagine ! C'est ton premier poste après la fac, et tu travailles pour la femme la plus influente du magazine le plus rentable du plus puissant groupe de presse du monde. Si tu ouvres bien les yeux, et si tu gardes le cap sur tes priorités, tu apprendras davantage en un an que la plupart des gens de ce milieu dans toute leur carrière.

— J'espère que tu as raison, papa. Je l'espère sincèrement.

*

— Elle est rédactrice en chef de *Runway* – vous savez bien, le magazine de mode ? ai-je murmuré avec empressement dans le combiné, en m'efforçant vaillamment de cacher mon irritation.

— Oui, je vois ! s'est exclamée Julia, assistante de communication chez Scholastic Books. C'est un magazine génial. J'adore le courrier des lectrices. Ce sont de vraies lettres ? Vous souvenez-vous de celle…

— Non, non, il ne s'agit pas du magazine pour adolescentes. *Runway* s'adresse plutôt aux adultes.

En théorie, du moins. Était-ce humainement possible que cette fille n'ait jamais vu *Runway* ?

— Peu importe. Je vous épelle son nom : P.R.I.E.S.T.L.Y., Miranda.

Je faisais montre d'une patience infinie. Comment Miranda réagirait-elle si elle savait que j'avais au bout du fil quelqu'un qui n'avait jamais entendu parler d'elle ? Mal, sans aucun doute.

— Bon, j'apprécierais vraiment que vous me rappeliez le plus vite possible. Et dès qu'une responsable de la communication revient, demandez-lui, s'il vous plaît, de me contacter.

Nous étions un vendredi matin de la mi-décembre et la douce et merveilleuse liberté du week-end n'était plus qu'à dix heures devant moi. J'avais essayé de convaincre cette Julia, assistante dans une maison d'édition et indifférente à la mode, que Miranda Priestly était un personnage important, quelqu'un qui méritait que l'on fasse des entorses aux règlements et à la logique. L'entreprise s'était avérée bien plus ardue que prévu. Comment aurais-je pu deviner que j'allais devoir expliquer le poids et l'influence de Miranda à quelqu'un qui n'avait jamais entendu parler du plus prestigieux magazine de mode au monde – ni de sa célébrissime rédactrice en chef ? En quatre petites semaines au service de Miranda, j'avais eu le temps de m'apercevoir que des pressions de ce type et ces demandes de faveurs constituaient une grande part de mes attributions, mais en général, la personne que je tentais de persuader, d'intimider, ou de faire plier capitulait définitivement à la moindre mention du nom de ma patronne.

Malheureusement pour moi, Julia travaillait chez un éditeur d'ouvrages scolaires et parascolaires chez qui une réalisatrice de « film d'auteur », par exemple, avait plus de chances d'obtenir un traitement de faveur qu'une femme connue pour son goût infaillible en matière de fourrures. J'ai essayé de me souvenir de l'époque – cinq semaines auparavant à peine – où je n'avais moi-même jamais entendu parler de Miranda, en vain. Mais je savais que ce temps béni avait existé. J'enviais l'indifférence de Julia, mais j'avais une tâche à accomplir, et elle n'y mettait pas trop du sien.

Le quatrième tome de cette maudite série des aventures de Harry Potter devait sortir le lendemain, un samedi, et les jumelles de Miranda, dix ans, en désiraient un exemplaire chacune. Les ouvrages ne seraient pas en librairie avant le lundi matin, mais je devais me débrouiller pour en avoir deux en main le samedi matin – et ce dans les minutes qui suivraient leur sortie de l'entrepôt. Après tout, Harry et ses potes étaient attendus à bord d'un jet privé, à destination de Paris.

La sonnerie du téléphone m'a tirée de mes pensées. Comme toujours depuis qu'Emily me faisait suffisamment confiance pour parler à Miranda, j'ai décroché. Et pour nous parler, nous nous parlions – deux bonnes douzaines de fois par jour. Même en se trouvant à des milliers de kilomètres, Miranda avait réussi à s'insinuer dans ma vie et à l'investir entièrement. De 7 heures le matin à 9 heures le soir – heure à laquelle j'étais enfin autorisée à partir – c'était un vrai tir nourri d'ordres, de requêtes et d'exigences.

— An-dre-âââ ? Allô ? Il y a quelqu'un ? An-dre-âââ !

J'ai fait un bond sur mon siège en l'entendant prononcer mon nom. Il me fallait toujours un temps d'adaptation pour me souvenir qu'elle n'était pas à côté dans le bureau – ni même dans le pays, et que, pour l'instant, j'étais en sécurité. Emily m'avait assurée que Miranda avait complètement oublié qu'Allison avait été promue à un autre poste et qu'elle m'avait embauchée pour la remplacer : à ses yeux, ces détails étaient trop insignifiants pour mériter d'être retenus. Tant que quelqu'un répondait au téléphone et lui procurait ce dont elle avait besoin, l'identité de ce quelqu'un n'avait aucune importance pour elle.

— Je n'arrive pas à comprendre pourquoi il vous faut autant de temps pour articuler une syllabe après avoir décroché. (Dans la bouche de n'importe qui d'autre, la réflexion aurait semblé pleurnicharde, mais dans celle de Miranda, elle était froide et ferme. Exactement comme elle.) Au cas où vous n'auriez pas encore eu le temps de le comprendre, quand j'appelle, vous répondez. C'est assez simple. Vous voyez ? Là, j'appelle, et vous, vous répondez. Pensez-vous en être capable, An-dre-âââ ?

Elle ne pouvait pas me voir, mais j'ai tout de même hoché la tête comme une gamine de six ans qu'on tance pour avoir lancé des spaghettis au plafond, après quoi je me suis concentrée pour ne pas l'appeler « Madame » – une gaffe qui m'avait presque valu de me faire virer la semaine précédente.

— Oui, Miranda, je suis désolée.

Et sur le moment, j'étais sincèrement désolée que mon cerveau n'ait pas enregistré ses paroles trois dixièmes de seconde plus tôt, désolée d'avoir si inutilement tardé à annoncer : « Bureau de Miranda Priestly ». Son temps, ainsi qu'on me le rappelait constamment, était infiniment plus précieux que le mien.

— Bien. Pouvons-nous commencer, maintenant qu'on a perdu tout ce temps ? Avez-vous confirmé la réservation de M. Tomlinson ?

— Oui, Miranda. Une table au Four Seasons à 13 heures.

Je voyais se profiler la suite gros comme une montagne à l'horizon. Dix minutes auparavant à peine, elle m'avait demandé d'effectuer cette réservation, et d'appeler M. Tomlinson, son chauffeur et sa nourrice pour les en informer, et maintenant, elle voulait modifier les plans.

— Bien, j'ai changé d'avis. Le Four Seasons n'est pas le lieu approprié pour ce déjeuner avec Irv. Réservez une table pour deux au Cirque, et n'oubliez pas de spécifier au maître d'hôtel que nous voulons une table au *fond* de la salle, pas en vitrine. *Au fond*. C'est tout.

Lors de notre première conversation téléphonique, je m'étais convaincue que dans sa bouche, ce « c'est tout » était vraiment un équivalent de merci. Dès la deuxième semaine, j'avais révisé mon opinion.

— Bien sûr, Miranda. Merci, ai-je répondu avec un sourire.

J'ai senti qu'à l'autre bout du fil, elle marquait un temps d'arrêt, ne sachant comment réagir. Comprenait-elle que j'attirais son attention sur son refus de prononcer le mot « merci » ? Trouvait-elle curieux que je la remercie de me bombarder d'ordres du matin au soir ? J'avais depuis peu pris le pli de la remercier après chaque commentaire sarcastique, chaque ordre lancé cavalièrement, et cette tactique était étrangement réconfortante. Elle devait bien flairer le camouflet, mais que pouvait-elle répondre ? *Andre-âââ, je ne veux plus jamais vous entendre me dire merci. Je vous interdis de m'exprimer votre gratitude !* En y repensant, elle en aurait bien été capable.

Je me suis occupée de cette réservation sur-le-champ, afin de me concentrer sur le défi bien plus retors que représentait Harry Potter. Emily, qui était allée se balader dans les bureaux de la rédaction, est revenue et a demandé si Miranda avait appelé.

— Trois fois seulement, et pas une seule fois elle ne m'a menacée de me virer, ai-je répliqué avec fierté. Pas, du moins, de façon explicite. C'est un progrès, non ?

Emily a ri, de ce rire qu'elle n'avait que lorsque je me moquais de moi-même, avant de s'enquérir de l'objet de l'appel de son gourou.

— Elle voulait juste modifier la réservation pour le déjeuner de l'ASN. Je ne vois pas trop pourquoi c'est à moi de m'en charger, puisqu'il a sa propre assistante, mais j'ai compris qu'il ne fallait pas poser de questions, ici…

L'Aveugle-Sourd-Nigaud était le surnom dont nous avions affublé le troisième mari de Miranda. Même si a priori il semblait n'être rien de tout ça, pour celles d'entre nous qui étaient dans la confidence, il était acquis qu'il souffrait de ces trois handicaps. Comment expliquer autrement qu'un type aussi gentil puisse supporter de vivre avec *elle* ?

La réservation calée, il me fallait appeler l'ASN en personne, afin qu'il puisse être à temps au Cirque. L'ASN était revenu pour quelques jours à New York afin d'honorer des réunions d'affaires, et ce déjeuner avec Irv Ravitz – le P-DG d'Elias-Clark – figurait parmi ses rendez-vous les plus importants. Miranda souhaitait que tout soit parfait jusque dans les moindres détails. De son vrai nom, l'ASN s'appelait Hunter Tomlinson. Miranda et lui s'étaient mariés l'été précédent, au terme d'une cour assez unique en son genre pour ce que j'en avais entendu dire : elle l'avait pourchassé de ses assiduités, il les avait repoussées. D'après Emily, Miranda l'avait traqué sans relâche jusqu'à ce qu'il capitule, épuisé par la partie de cache-cache. Elle avait alors planté son deuxième mari (chanteur de l'un des groupes les plus célèbres de la fin des années soixante et père des jumelles) du jour au lendemain, avant même que son avocat ne lui ait adressé la requête en divorce, et s'était remariée douze jours précisément après la prononciation du divorce. M. Tomlinson avait suivi les ordres et emménagé dans le penthouse de la Cinquième Avenue. Je n'avais rencontré Miranda qu'une seule fois, et je n'avais jamais vu son nouveau mari, mais j'avais passé suffisamment d'heures au téléphone avec l'un et avec l'autre pour avoir malheureusement l'impression qu'ils faisaient partie de ma famille.

Trois, quatre, cinq sonneries… *Mmm, mmm, où est passée son assistante ?* En mon for intérieur, je priais le ciel de tomber sur le répondeur, car je ne me sentais pas d'humeur pour un de ces brins de causette dont l'ASN semblait si friand. Par chance, son assistante a décroché.

— Bonjour, Martha, c'est Andrea. Écoutez, c'est inutile de déranger M. Tomlinson, pouvez-vous juste lui transmettre un message de ma part ? J'ai réservé pour lui…

— Mon chou, vous savez bien que M. Tomlinson est toujours là pour vous. Ne quittez pas.

— Andy, c'est vous, ma chérie ? a-t-il demandé de sa voix grave et distinguée. M. Tomlinson pensait que vous cherchiez à l'éviter. Voilà des lustres que je n'ai pas eu le plaisir d'entendre votre voix !

Une semaine et demie, pour être précis. En plus d'être aveugle, sourd et nigaud, M. Tomlinson était affublé de cette irritante manie de parler de lui à la troisième personne.

J'ai pris une profonde inspiration.

— Bonjour, monsieur. Miranda m'a demandé de vous prévenir que le déjeuner aura lieu aujourd'hui à 13 heures au Cirque. Elle a dit que…

— Mon cœur, m'a-t-il coupée avec flegme. Laissons un instant de côté ces histoires de rendez-vous. Accordez plutôt un petit plaisir à un vieux monsieur, et parlez donc à M. Tomlinson de votre vie. Vous feriez ça pour lui ? Alors dites-moi, ma chère petite, êtes-vous heureuse de travailler avec mon épouse ?

Étais-je heureuse de travailler pour son épouse ? Euh… Voyons un peu. Les bébés mammifères hurlent-ils de plaisir quand un prédateur ne fait qu'une bouchée d'eux ? *Mais évidemment, pauvre mec, je suis extraordinairement heureuse de travailler avec ta femme. Quand on n'a rien d'autre à faire, on se tartine un masque de boue sur le museau et on se raconte notre vie sentimentale. Exactement comme une soirée entre copines, si tu veux savoir. Et c'est incroyable ce qu'on peut se marrer.*

— J'adore mon travail et j'adore travailler pour

Miranda, monsieur, ai-je répondu en priant le ciel pour qu'il me lâche les baskets.

— Parfait. M. Tomlinson est ravi que tout se passe bien pour vous.

Quel abruti !

— Merci, monsieur. Je vous souhaite un agréable déjeuner.

Et sans lui laisser le temps d'embrayer sur mes projets du week-end, j'ai raccroché.

En face de moi, Emily, fronçant démesurément ses sourcils ultra-épilés à la cire, essayait de comprendre à quoi correspondait une énième facture de 20 000 dollars sur la carte American Express de Miranda. Le problème Harry Potter se profilait toujours devant moi et, si je ne voulais pas passer le week-end au bureau, il me fallait m'y attaquer sans perdre une seconde.

Lily et moi avions prévu un vrai marathon ciné ce week-end-là. J'étais épuisée par le boulot, elle était stressée par ses cours, aussi nous étions-nous promis de rester deux jours entiers sans bouger de son canapé, à nous nourrir exclusivement de bière et de chips. Même si nous nous téléphonions tous les jours, nous n'avions pas passé une seule soirée ensemble depuis que je m'étais installée en ville.

Lily était devenue ma meilleure amie en quatrième. La première fois que je l'ai vue, elle était en larmes, seule, à la cafétéria. À l'époque, elle venait d'emménager chez sa grand-mère et elle avait commencé à fréquenter notre école quand il était devenu évident que ses parents n'allaient pas revenir de sitôt. Ils étaient partis depuis quelques mois suivre les Grateful Dead (ils avaient dix-neuf ans à la naissance de Lily et étaient plus portés sur les pétards que sur les bébés), abandonnant Lily à la surveillance d'amis déglingués de leur communauté du Nouveau-Mexique – du « collectif », comme préférait la désigner Lily. Au bout d'un an, ne les voyant pas revenir, la grand-mère était venue récupérer Lily pour l'emmener vivre à Avon, loin de la communauté (la « secte », comme elle disait). Le jour de notre rencontre, Lily pleurait parce que sa grand-mère l'avait obligée à couper ses dreadlocks crasseuses et à enfiler une robe. Sa façon de parler, de dire : « C'est tellement zen de ta part », et « Décompresse », m'avait enchantée, et nous étions immédiatement devenues amies. Nous étions demeurées inséparables au lycée, et à Brown, nous avions partagé la même chambre pendant quatre ans. Lily n'avait toujours pas décidé si, question style, elle était plutôt rouge à lèvres Mac que ras du cou en fil de chanvre, et elle était encore un peu trop « excentrique » pour se comporter comme tout le monde, mais nous étions assez complémentaires. Et elle me manquait. Parce que ces derniers temps, entre ses cours de DEA et ma première année d'esclavage virtuel, nous n'avions guère eu l'occasion de nous voir.

Je piaffais littéralement à l'idée de ce week-end. Mes pieds, mes avant-bras, mes reins portaient tous l'empreinte de mes journées de travail de quatorze heures. J'avais dû renoncer aux lentilles que j'utilisais depuis dix ans et les remplacer par des lunettes car mes yeux étaient trop secs et trop fatigués pour les supporter. Je fumais un paquet de clopes par jour et je ne me nourrissais que de cafés (défrayés) et de sushis à emporter (défrayés également). J'avais déjà perdu du poids. Les quelques kilos que j'avais regagnés une fois remise de la crise d'amibes s'étaient évaporés sitôt que j'avais pris mes fonctions à *Runway*. Sans doute y avait-il, dans ces bureaux, un parasite dans l'air. Ou bien étais-je victime de la mobilisation générale pour interdire à toute nourriture de pénétrer en leur enceinte. J'avais déjà attrapé une sinusite, j'avais considérablement pâli, et ce, en l'espace de quatre semaines à peine. Je n'avais que vingt-trois ans. Et Miranda ne s'était même pas encore montrée au bureau. Putain de merde ! Je méritais bien un week-end.

Mais voilà qu'Harry Potter s'en mêlait, et là, je faisais vraiment la gueule. Miranda avait appelé le matin. Cela ne lui avait pris que quelques instants pour me décrire ce qu'elle voulait, mais il m'avait fallu une éternité pour interpréter ses ordres. J'avais vite appris que dans l'univers de Miranda Priestly, mieux valait faire un truc de travers et consacrer ensuite des tonnes de temps et d'argent à réparer le faux pas, plutôt que d'admettre qu'on n'avait rien compris à ses instructions alambiquées et demander des éclaircissements. C'est ainsi que, en l'entendant marmotter que je devais envoyer Harry Potter par avion aux jumelles, mon intuition m'a soufflé que cette mission allait interférer avec mes projets de week-end. Et quand elle a raccroché de façon abrupte quelques instants plus tard, j'ai regardé Emily, paniquée.

— Oh là là, qu'est-ce qu'elle a dit ? ai-je gémi, en me haïssant d'avoir été trop lâche pour demander à Miranda de répéter ses instructions. Pourquoi je ne comprends pas un traître mot de ce que raconte cette femme ? Ça ne me ressemble vraiment pas, Em. Je parle anglais, je t'assure. Je sais qu'elle le fait exprès pour me faire tourner en bourrique.

Emily m'a décoché son habituel regard de pitié mêlée de dégoût avant de consentir à traduire :

— Vu que le livre sort demain et qu'ils ne sont pas là pour l'acheter, elle veut que tu en récupères deux exemplaires et que tu les déposes à Teterboro. Le jet les convoiera à Paris, a-t-elle résumé en me dévisageant froidement, comme pour me défier d'émettre le moindre commentaire quant à l'absurdité de ces directives.

Une fois de plus, je me suis souvenue qu'Emily ferait n'importe quoi – absolument n'importe quoi – pour Miranda. J'ai levé les yeux aux ciel, mais je me suis abstenue de toute remarque.

Comme il était HORS DE QUESTION que je sacrifie une seule seconde de mon week-end à satisfaire ses volontés, et parce que je disposais (en son nom) d'un pouvoir et de facilités financières illimités, j'ai consacré le reste de la journée à organiser le voyage d'Harry Potter en jet jusqu'à

Paris. Tout d'abord, quelques mots à l'intention de Julia, chez Scholastic.

Très chère Julia,

Mon assistante, Andrea, me signale que vous êtes la charmante personne à qui je dois adresser ma requête. Vous seule, m'a-t-on dit, êtes en mesure de localiser dès demain pour moi deux exemplaires de cet adorable livre. Je tiens à vous exprimer ma reconnaissance pour votre efficacité et votre intelligence, et soyez assurée que grâce à vous mes filles seront comblées. N'hésitez pas à me faire savoir si je puis faire quelque chose, n'importe quoi, pour une jeune femme aussi extraordinaire que vous.

Très cordialement,

Miranda Priestly

J'ai imité sa signature à la perfection (les heures et les heures d'entraînement sous la houlette d'Emily avaient fini par porter leurs fruits), j'ai joint à ce courrier le dernier numéro de *Runway* – qui n'était pas encore en kiosque – et j'ai appelé un coursier pour livrer le tout, en urgence et en exclusivité, au siège de Scholastic Books, *downtown*. Si cette dernière manœuvre échouait, rien d'autre ne marcherait. Miranda ne voyait aucun inconvénient à ce que nous imitions sa signature (cela lui évitait de se préoccuper de détails sans importance), mais elle aurait très certainement changé de couleur en voyant que j'avais écrit en son nom un mot aussi poli, aussi *aimable*.

Trois petites semaines auparavant, sur simple ordre de mission de Miranda, je me serais, sans l'ombre d'un doute, empressée d'annuler mes projets de week-end, mais j'étais à présent assez aguerrie, et suffisamment blindée, pour m'autoriser quelques entorses au règlement. Puisque ni Miranda ni ses filles ne seraient à l'aéroport le lendemain matin pour réceptionner Harry en mains propres, qu'est-ce qui m'obligeait à me déplacer, en personne, jusque dans le

New Jersey ? Donc, en présupposant que cette Julia allait réussir à me dégoter deux exemplaires du bouquin, je me suis concentrée sur un ou deux détails, et après quelques coups de fil, un plan a émergé.

Brian, un assistant éditorial coopératif de Scholastic, m'a certifié qu'il aurait le feu vert de Julia d'ici quelques heures et qu'il rapporterait chez lui le soir même deux exemplaires d'Harry, pour ne pas avoir à revenir les chercher au bureau le lendemain matin. Il laisserait les ouvrages au portier de son immeuble, dans l'Upper West Side, où j'enverrais une voiture les chercher le lendemain matin à onze heures. Uri, le chauffeur de Miranda, m'appellerait alors sur mon portable pour me confirmer qu'il avait bien récupéré les bouquins et qu'il était en route pour Teterboro, où les livres seraient ensuite transférés à bord du jet de M. Tomlinson, qui les acheminerait jusqu'à Paris. J'avais brièvement hésité à baptiser toute l'opération d'un nom de code pour qu'elle ressemble encore plus à une mission du KGB, mais j'avais renoncé en me souvenant qu'Uri ne parlait qu'un anglais approximatif. Je m'étais renseignée auprès de DHL pour connaître leurs délais d'acheminement les plus rapides, mais aucune livraison ne pouvait être garantie avant le lundi. D'où la solution du jet privé. Si tout fonctionnait comme prévu, Cassidy et Caroline s'éveilleraient le dimanche matin dans leur suite d'un grand hôtel parisien pour lire les dernières aventures d'Harry en buvant leur lait du matin – *un jour entier avant toutes leurs petites camarades*. Voilà qui me faisait chaud au cœur. Vraiment.

À peine avais-je réservé les voitures et alerté toutes les personnes concernées que Julia a rappelé. En dépit du mal considérable que cela lui avait demandé, et nonobstant le fait qu'elle allait certainement avoir des ennuis, elle aurait le plaisir de remettre deux exemplaires du livre à Brian à l'intention de Mme Priestly. Amen.

*

— Tu te rends compte qu'il s'est *fiancé* ? a demandé Lily en rembobinant la cassette de *La Folle Journée de Ferris Bueller*. Bon sang, on n'a que vingt-trois ans ! Il n'y a pas le feu au lac !

— Oui, c'est vraiment bizarre, ai-je crié de la cuisine. Peut-être papa-maman lui refusent-ils d'entrer en possession de ses rentes faramineuses tant qu'il n'est pas casé ? Ce serait une motivation assez forte pour lui passer la bague au doigt. À moins qu'il ne se sente seul, tout simplement.

Lily m'a regardée et a éclaté de rire.

— Bien entendu, il est hors de question qu'il soit simplement amoureux et qu'il ait envie de vivre le restant de ses jours auprès d'elle ? C'est totalement hors de question, pas vrai ?

— Exactement. Une autre idée ?

— O.K., option numéro trois : il est gay. Il l'a enfin compris lui-même – même si moi je le sais depuis toujours – et il a senti que papa-maman ne pourront pas le supporter, donc il se couvre en épousant la première fille qui se présente. Qu'en dis-tu ?

Le film suivant de notre programme était *Casablanca*. Lily a fait défiler le générique en accéléré pendant que je réchauffais deux tasses de chocolat dans la micro-cuisine de son studio de Morningside Heights. Nous avions passé la soirée de vendredi à flemmarder, et le samedi après-midi, nous avions trouvé assez de motivation pour faire un saut de quelques heures à SoHo. Nous avions toutes les deux acheté des tops à fines bretelles pour la soirée du Nouvel An que Lily allait donner, et nous avions partagé un *eggnog* géant à la terrasse d'un café. En regagnant son appartement, nous étions vannées mais heureuses, et nous avions passé le reste de la soirée à zapper entre *Quand Harry rencontre Sally* sur TNT, et le *Saturday Night Live*. C'était un pur moment de détente, et une telle échappée à mille lieues de ma misérable routine quotidienne, que l'Opération Harry Potter m'était entièrement sortie de l'esprit. Jusqu'à ce que j'entende la sonnerie du téléphone, le dimanche matin. Oh, mon Dieu ! C'était Elle ! Mais non : Lily était en train de répondre en russe sur son portable, sans doute à une camarade de classe. Merci, merci, merci, merci, mon Dieu, merci : ce n'était pas Elle. Mais cela ne m'a pas calmée pour autant. Je ne savais absolument pas si ces maudits bouquins avaient réussi à arriver à Paris. J'avais passé un week-end tellement agréable – pour une fois j'avais vraiment réussi à me détendre – que je n'avais pas songé à m'en assurer. Naturellement, mon portable était allumé, et la sonnerie réglée sur son volume maximum, mais jamais je n'aurais dû attendre que quelqu'un m'appelle pour m'informer d'un problème ! J'aurais dû prendre les devants, et vérifer auprès de toutes les personnes que j'avais enrôlées la veille dans cette équipée que chaque étape de ce plan réglé au millimètre près avait été couronnée de succès.

J'ai fouillé avec frénésie dans mon sac pour en extraire ce téléphone gracieusement fourni par *Runway* pour faire en sorte que je ne sois jamais qu'à sept chiffres de distance de Miranda. Quand je l'ai enfin retrouvé et que je l'ai eu libéré du nœud de sous-vêtements qui l'emprisonnaient au fond du sac, le petit écran m'a annoncé que je n'avais pas de réseau. Immédiatement, instinctivement, j'ai su qu'elle avait appelé, et que l'appel avait basculé directement sur la messagerie. J'ai haï ce téléphone de toute mon âme, et dans la foulée, mon Bang et Olufsen flambant neuf, le téléphone de Lily, les pubs pour les téléphones, les photos de téléphones dans les magazines et même Alexander Graham Bell. Travailler pour Miranda Priestly avait occasionné un certain nombre d'effets secondaires malencontreux dans ma vie quotidienne, mais le moins naturel de tous était cette haine profonde, dévorante envers le téléphone qui s'était emparée de moi.

Pour la plupart des gens, la sonnerie du téléphone était un signal de bienvenue. Quelqu'un essayait de les joindre, pour leur dire bonjour, prendre de leurs nouvelles ou les associer à des projets. Chez moi, la sonnerie du téléphone faisait naître de la terreur, de la panique, de l'angoisse. Aux yeux de quelques-uns, les multiples services offerts par le téléphone constituaient des innovations séduisantes, amusantes. Pour moi, elles étaient tout simplement vitales. Jamais, par exemple, avant de travailler pour Miranda, je n'avais eu besoin d'un signal de double appel. Au bout de quelques jours passés à *Runway*, je m'étais abonnée, sur ma ligne fixe, au double appel (pour qu'elle ne tombe jamais sur une ligne occupée), à la présentation du numéro (pour pouvoir filtrer ses appels), au double appel avec présentation du numéro (pour pouvoir filtrer ses appels quand j'étais déjà en ligne) et au service de messagerie (pour qu'elle n'aille pas imaginer que je filtrais ses appels puisqu'elle tombait au moins sur la boîte vocale). Les 50 dollars à débourser mensuellement pour l'ensemble de ces services me semblaient un prix relativement raisonnable pour la tranquillité d'esprit qu'ils me garantissaient.

Le portable, lui, ne m'offrait pas autant de protection. Évidemment, il me fournissait exactement les mêmes services que mon téléphone fixe, mais du point de vue de Miranda, il était inconcevable que, *pour quelque raison que ce soit*, un téléphone portable puisse être déconnecté. On ne devait s'abstenir de répondre sous aucun prétexte.

— Mais si tu dors ? avais-je bêtement objecté à Emily lorsqu'elle m'avait fait part de ces instructions.

— Tu te lèves et tu réponds.

— Si tu es en train de dîner au restaurant ?

— Tu fais comme tous les autres New-Yorkais et tu décroches sans quitter la table.

— Si tu es en train de subir un examen gynécologique ?

— Ce ne sont pas les oreilles qu'on t'examine, si ?

O.K. J'avais pigé.

Je pouvais toujours mépriser ce putain de portable de toute mon âme, mais je ne pouvais pas l'ignorer. Il me liait à Miranda comme un cordon ombilical, me refusant toute possibilité de grandir, de m'affranchir du lien qui me faisait suffoquer. Elle m'appelait constamment, et à l'instar d'une expérience sur les réflexes pavloviens qui aurait mal tourné, mon corps avait développé des réponses physiologiques sitôt que j'entendais la sonnerie. *Brring-brring*. Accélération du rythme cardiaque. *Brriiiing*. Les doigts qui se crispent automatiquement, les épaules qui se tendent. *Brriiiiiiiiing. Oh, mais pourquoi elle ne me fiche pas la paix ? Par pitié, qu'elle oublie pendant deux secondes que j'existe* – et le front qui devient moite de transpiration. Tout au long de ce fabuleux week-end, il ne m'avait pas traversé l'esprit que le téléphone puisse ne pas avoir de réseau, et je m'étais contentée de supposer qu'il allait sonner s'il y avait le moindre problème. Erreur numéro un. J'ai fait les cent pas dans le studio jusqu'à ce que le réseau se décide à ressusciter, puis j'ai appelé ma messagerie en retenant mon souffle.

Ma mère avait laissé un gentil message pour nous souhaiter un bon week-end. Un copain de San Francisco en voyage d'affaires à New York proposait qu'on se voie. Ma sœur me rappelait de ne pas oublier d'envoyer une carte à son mari pour son anniversaire. Et puis, presque inattendu, mais pas vraiment non plus, ce message, et cet atroce accent anglais qui me transperçait les tympans :

— An-dre-âââ. C'est Mi-ran-dâââ. Il est neuf heures du matin, nous sommes à Pâââ-ris et les filles n'ont toujours pas reçu leurs livres. Appelez-moi au Ritz pour me confirmer qu'ils vont bien arriver ce matin. C'est tout.

Un flot de bile est remonté le long de ma gorge. Comme d'habitude, le message était dépourvu de toute amabilité. Ni bonjour, ni au revoir, ni merci. Évidemment. Mais le pire, c'était qu'elle l'avait laissé plus de douze heures auparavant, et que je ne l'avais toujours pas rappelée. C'était un motif de licenciement, je le savais, et je n'avais guère d'arguments pour ma défense. Je m'étais débrouillée comme un amateur : j'avais présumé que mon plan fonctionnerait à la perfection, sans même remarquer qu'Uri n'avait pas appelé pour me confirmer qu'il avait bien récupéré, puis déposé le colis. J'ai fait défiler les noms du répertoire jusqu'à trouver celui du portable d'Uri – généreusement fourni par Miranda pour s'assurer que son chauffeur restait, lui aussi, joignable vingt-quatre heures sur vingt-quatre, sept jours sur sept.

— Salut, Uri. C'est Andrea. Je suis navrée de vous déranger un dimanche, mais je me demandais si vous aviez réussi à récupérer ces livres hier ?

— Salut, Andy, ça fait plaisir de vous entendre.

Je trouvais son épais accent russe toujours réconfortant ; il avait pris l'habitude de m'appeler Andy dès notre première rencontre, comme un vieil oncle, et venant de lui – à la différence de l'ASN – cela ne me dérangeait pas.

— Évidemment que j'ai récupéré les livres. Vous croyez que ne veux pas vous aider ?

— Non, non, bien sûr que non. Simplement, j'ai reçu un message de Miranda me signalant que les livres n'étaient toujours pas arrivés, et je me demandais ce qui s'était passé.

Il n'a pas répondu tout de suite, puis il a proposé de me donner le nom et le numéro du pilote du jet.

— Merci mille fois, ai-je répété à plusieurs reprises tout en notant les informations d'une main fébrile. Je dois me dépêcher, désolée de n'avoir pas le temps de bavarder. Bon week-end.

— Merci, Andy. À vous aussi. J'espère que le pilote pourra vous aider à retrouver les livres. Bonne chance, a-t-il ajouté d'une voix enjouée avant de raccrocher.

Lily était en train de préparer des gaufres, et je mourais d'envie de rester avec elle, mais je devais régler ce problème au plus vite, si je ne voulais pas perdre mon boulot. À moins, ai-je songé, que je ne sois déjà virée, et que personne ne se soit donné la peine de me prévenir. Ce risque n'avait rien d'une chimère, au beau royaume de *Runway* – je me souvenais de l'histoire de cette rédactrice de mode qui avait été congédiée alors qu'elle se trouvait en voyage de noces. Elle avait découvert par hasard l'annonce de son changement de statut en lisant le *Women's Wear Daily* à Bali. Je me suis empressée de composer le numéro donné par Uri, et j'ai cru mourir de frustration lorsque je suis tombée sur la messagerie du pilote.

— Jonathan ? Bonjour. Ici Andrea Sachs, du magazine *Runway*. Je suis l'assistante de Miranda Priestly, et j'ai une question à vous poser concernant le vol d'hier. Mais maintenant que j'y pense, peut-être êtes-vous encore à Paris, ou sur le chemin du retour. Je voulais, euh… Simplement m'assurer que les livres étaient bien arrivés à destination. Pourriez-vous me rappeler au 917-555-8702 ? Le plus vite possible. Merci beaucoup.

J'ai pensé à appeler le concierge du Ritz pour savoir s'il se souvenait d'une voiture qui aurait acheminé des livres de l'aéroport, mais aussitôt j'ai réalisé que je ne pouvais pas passer d'appels internationaux depuis mon portable. C'était pratiquement la seule option qui n'était pas à ma disposition, et la seule, bien évidemment, qui m'aurait été vraiment utile à ce moment-là.

Lily a annoncé que les gaufres et mon café étaient prêts. En arrivant dans la cuisine, je l'ai trouvée en train de siroter un Bloody Mary. Comment pouvait-elle boire de l'alcool si tôt dans la journée ?

— Tu t'offrais un petit interlude mirandesque ? s'est-elle enquise avec un regard compatissant.

J'ai hoché la tête.

— Je crois que cette fois j'ai vraiment merdé, ai-je expliqué en acceptant l'assiette de gaufres avec reconnaissance. Ce coup-ci, je pourrais bien me faire virer.

— Oh, ma puce, tu dis tout le temps ça. Elle ne va pas te virer. Elle n'a même pas encore vu comment tu te défonces pour elle. Enfin, j'espère bien qu'elle ne va pas te virer – tu as le boulot le plus génial du monde.

Je lui ai décoché un regard exaspéré et je me suis intimé l'ordre de rester calme.

— O.K., je t'accorde qu'elle a l'air un peu timbrée, et assez difficile à satisfaire. Qui n'est pas dans ce cas ? Ça ne t'empêche pas d'avoir des chaussures, du maquillage, des vêtements et des coupes de cheveux gratuits. Les vêtements ! À qui offre-t-on des vêtements de créateurs gratos juste pour se pointer au bureau tous les matins ? Andy, tu travailles à *Runway*, tu ne comprends pas ? Des milliers de filles se damneraient pour être à ta place.

Je comprenais. Je comprenais parfaitement que Lily, pour la première fois en neuf ans d'amitié, *ne comprenait absolument pas*. Comme mes autres amies, elle adorait écouter les histoires abracadabrantes que j'avais accumulées en quelques semaines – un mélange de ragots et de glamour –, mais elle ne comprenait pas à quel point chaque journée était un chemin de croix. Elle ne comprenait pas que ce n'étaient pas les vêtements gratuits qui me donnaient le courage d'être au poste chaque matin. Elle ne comprenait pas que tous les vêtements gratuits du monde ne rendraient jamais ce travail supportable pour autant. Il était temps d'emmener une de mes meilleures amies à l'intérieur de mon monde, et là, elle allait comprendre. Il fallait juste que je lui explique. Oui ! Il était temps que je partage le fardeau de ma situation avec quelqu'un. Au moment où j'ouvrais la bouche, mon téléphone a sonné.

Bon sang ! J'avais envie de le lancer contre le mur, de dire à la personne à l'autre bout du fil, qui qu'elle soit, d'aller au diable. Mais au fond de moi, il y avait ce petit espoir que ce soit Jonathan, porteur d'une information. Avec un sourire, Lily m'a dit de répondre et de prendre mon temps. J'ai hoché la tête avec un air de chien battu et j'ai pris la communication.

— Vous êtes Andrea ? a demandé une voix masculine.

— Oui. Jonathan ?

— Tout à fait. Je viens d'appeler chez moi et j'ai trouvé votre message. Je suis sur le chemin du retour, quelque part au-dessus de l'Atlantique, mais vous aviez l'air si inquiète que je voulais vous rappeler sans tarder.

— Merci ! Merci mille fois ! J'apprécie vraiment. Oui, je suis un peu soucieuse. Miranda m'a appelée, un peu plus tôt dans la journée, elle n'a toujours pas reçu le colis, et cela m'étonne. Vous l'avez bien remis au chauffeur à Paris, n'est-ce pas ?

— Évidemment, mademoiselle. Vous savez, dans mon travail, je ne pose jamais de questions. Je me contente de piloter cet avion et d'aller où l'on me dit d'aller, en me débrouillant pour que tout le monde arrive entier. Mais en effet, ce n'est pas tous les jours que je traverse l'océan avec pour seul passager un colis. J'imagine que ce devait être quelque chose de très important, un organe pour une transplantation ou des documents secrets. Alors bien entendu, j'ai pris le plus grand soin de ce colis, et je l'ai remis au chauffeur, comme on me l'avait demandé. Un gentil gars du Ritz. Pas de problème.

Je l'ai remercié et j'ai raccroché. Le concierge du Ritz avait appointé un chauffeur pour aller à la rencontre du jet privé de M. Tomlinson à Roissy-Charles de Gaulle, afin d'assurer le transfert d'Harry de l'aéroport à l'hôtel. Si tout s'était déroulé comme prévu, Miranda aurait dû recevoir les livres le matin à 7 heures, heure locale, et vu qu'il était déjà le milieu de l'après-midi à New York, je n'arrivais pas à comprendre ce qui avait pu dérailler. En tous les cas, je n'avais pas le choix : il me fallait joindre le concierge du Ritz, et compte tenu que mon téléphone n'avait pas de service international, il me fallait en trouver un qui l'ait.

Les gaufres avaient eu le temps de refroidir. J'ai rapporté l'assiette dans la cuisine et je l'ai vidée dans la poubelle. Lily était repartie s'affaler sur le canapé, où elle somnolait. Je lui ai dit au revoir en lui promettant de l'appeler plus tard, et j'ai pris un taxi pour me conduire au bureau.

Il n'y avait évidemment pas âme qui vive dans les bureaux – elles devaient toutes être en train de bruncher dans le dernier café français à la mode avec leurs petits copains banquiers d'investissement. Je me suis assise à mon bureau, dans le noir, j'ai pris une profonde inspiration, et j'ai composé le numéro du Ritz. Coup de chance inespéré, M. Renaud, mon préféré de tous les concierges du Ritz, était disponible.

— Andrea, comment allez-vous ? Nous sommes ravis d'avoir Miranda et les jumelles parmi nous, a-t-il menti.

Emily m'avait dit que Miranda séjournait si assidûment au Ritz que tout le personnel connaissait son nom et celui des jumelles.

— Oui, monsieur Renaud, et je sais qu'elle est enchantée de son séjour parmi vous, ai-je menti à mon tour.

Cet infortuné concierge avait beau être l'homme le plus accommodant du monde, Miranda se débrouillait toujours pour trouver à redire à chacun de ses gestes. Il fallait porter à son crédit de n'avoir jamais renoncé à la satisfaire, et de n'avoir cessé de dire combien il l'appréciait.

— Monsieur Renaud, je me demandais si ce chauffeur que vous aviez envoyé à la rencontre de l'avion de Miranda était déjà de retour à l'hôtel…

— Mais naturellement. Depuis longtemps ! Il devait être rentré avant huit heures. Vous savez, j'ai envoyé le chauffeur le plus chevronné de toute l'équipe, a-t-il précisé avec fierté.

Si seulement il savait à quelles fins il avait choisi le chauffeur le plus chevronné !

— Voilà qui est vraiment étrange… J'ai reçu un message de Miranda me disant qu'elle n'avait pas eu le colis. J'ai vérifié auprès du chauffeur ici, qui me jure l'avoir déposé à l'aéroport ; auprès du pilote, qui me jure l'avoir transporté jusqu'à Paris et remis à votre chauffeur ; et maintenant, vous-même vous souvenez d'avoir vu ce colis arriver à l'hôtel. Comment peut-elle ne pas l'avoir reçu ?

— Je crois qu'il n'y a qu'un seul moyen d'élucider ce mystère, m'a répondu M. Renaud d'une voix faussement enjouée. Voulez-vous que je vous mette en relation ?

J'avais espéré réussir à identifier et à résoudre le

problème sans en arriver à cette extrémité. Qu'allais-je pouvoir lui dire, si elle maintenait n'avoir jamais reçu le colis ? Étais-je supposée lui suggérer de jeter un œil dans l'entrée de sa suite, où on l'avait inévitablement déposé quelques heures plus tôt ? Ou bien étais-je censée reprendre toute l'opération depuis le début, le jet et tout le tremblement, pour lui procurer deux autres exemplaires du livre avant la fin de la journée ? Peut-être que la prochaine fois, je serais bien avisée d'engager un agent secret pour escorter les livres jusqu'à leur destination finale et veiller à ce qu'ils y parviennent sains et saufs ? C'était une idée à creuser.

— D'accord, monsieur Renaud. Merci pour votre aide.

J'ai entendu quelques clics sur la ligne, puis une sonnerie. J'étais tellement tendue que mes paumes étaient moites. Je les ai essuyées sur ma cuisse, en m'efforçant de ne pas penser à ce qu'il adviendrait si jamais Miranda me découvrait en pantalon de survêtement au bureau. *Allez, du calme. Aie confiance en toi. Elle ne peut pas t'éviscérer à travers le téléphone.*

— Oui ? ai-je entendu dans le lointain.

J'ai reconnu Caroline qui, à dix ans à peine, reproduisait à la perfection la brusquerie de sa mère. Cassidy, elle, avait au moins la politesse de se fendre d'un « Allô ? » en décrochant.

— Salut, ma puce, ai-je dit d'une voix mielleuse, en me détestant de faire de la lèche à une gamine. C'est Andrea, du bureau. Est-ce que ta maman est là ?

— Oui, An-dre-âââ ? ai-je entendu l'instant après. J'espère que ce que vous avez à me dire est important. Vous savez que je ne tolère pas qu'on me dérange quand je suis avec mes filles, a-t-elle commencé de sa voix froide et cassante.

Vous savez que je ne tolère pas qu'on me dérange quand je suis avec mes filles ? avais-je envie de lui répéter, mais en hurlant. *Tu te moques de moi, sale conne ? Tu crois que je t'appelle par plaisir ? Parce que je ne pouvais pas passer un seul week-end sans entendre ta maudite voix ?* J'ai bien cru suffoquer de colère, mais j'ai inspiré profondément, et je me suis jetée à l'eau.

— Miranda, je suis navrée de vous déranger, mais je voulais m'assurer que vous avez bien reçu les Harry Potter. J'ai eu votre message, dans lequel vous disiez que vous ne les aviez pas encore, mais j'ai vérifié auprès de tout le monde et…

— An-dre-âââ, m'a-t-elle interrompu d'un ton lent, déterminé. Vous devriez écouter plus attentivement. Je n'ai jamais dit cela. Nous avons reçu le colis de bonne heure ce matin. De si bonne heure, d'ailleurs, que cette idiotie nous a réveillées.

J'avais du mal à en croire mes oreilles. Je n'avais pas rêvé ? Elle m'avait bien laissé un message, non ? Et j'étais franchement trop jeune pour être sujette à une crise d'Alzheimer, même précoce, pas vrai ?

— Ce que j'ai dit, c'est que nous n'avions pas reçu *deux* exemplaires du livre, ainsi que je l'avais expressément demandé. Il n'y en avait qu'un seul dans le colis, et vous imaginez très certainement la déception des filles. Elles espéraient vraiment avoir chacune leur *propre* exemplaire, ainsi que je l'avais spécifié. Expliquez-moi pourquoi mes ordres n'ont pas été suivis à la lettre ?

Non, je rêvais. C'était impossible autrement. Je rêvais, j'étais entrée dans une existence ou un univers parallèle, où tout ce qui pouvait se rapprocher de la rationalité et de la logique n'avait plus cours.

— Miranda, je me souviens parfaitement de vos instructions, et j'ai bien commandé le livre en double exemplaire, ai-je bégayé. (Ah, que je me maudissais de me laisser démonter de la sorte !) Je l'ai dit à cette fille, chez Scholastic, et je suis à peu près sûre qu'elle a compris. Aussi, je m'étonne que…

— An-dre-âââ, vous savez à quel point les excuses m'importent peu. Écouter les vôtres ne présente guère d'intérêt à mes yeux. Ceci ne doit plus jamais se reproduire, compris ? C'est tout.

Clic.

J'ai dû rester là cinq bonnes minutes, sans bouger, le récepteur collé contre l'oreille, à écouter la ligne sonner dans le vide, l'esprit en ébullition. Des questions se bousculaient dans ma tête. Pouvais-je l'assassiner ? me suis-je demandé, en examinant les probabilités d'être accusée. Me soupçonnerait-on automatiquement ? Bien sûr que non ! Tout le monde – du moins à *Runway* – avait un mobile pour en faire autant. Aurais-je le cran de la regarder agoniser d'une mort lente et atrocement douloureuse ? Oh oui ! Quelle serait alors la façon la plus délectable de mettre fin à sa maudite existence ?

Doucement, j'ai raccroché le combiné. Se pouvait-il vraiment que j'aie mal compris son message ? J'ai attrapé mon portable et je l'ai réécouté. « *An-dre-âââ. C'est Miran-dâââ. Il est 9 heures, nous sommes à Pâââ-ris et les filles n'ont toujours pas reçu leurs livres. Appelez-moi au Ritz pour me confirmer qu'ils vont bien arriver ce matin. C'est tout.* » Il n'y avait pas franchement de problème… Elle n'avait reçu qu'un seul exemplaire du livre au lieu des deux attendus, mais elle avait cherché à me donner l'impression que j'avais commis une grave erreur, le genre d'erreur qui peut être fatale à une carrière. Elle m'avait appelée sans se soucier de calculer que s'il était 9 heures à Paris, elle allait me déranger à 3 heures, un samedi matin. Ce coup de fil avait eu pour seul objet de me faire tourner encore plus en bourrique. De me mettre au défi de la contredire. De m'inciter à la haïr encore davantage.

7

Le réveillon du Nouvel An chez Lily était sympa et assez sage, on a juste bu pas mal de champagne dans des gobelets en carton avec tout un tas de copains de la fac et quelques nouvelles têtes qu'ils s'étaient débrouillés pour amener avec eux. Je n'ai jamais été une grande fan de cette soirée. Je ne sais plus qui l'a baptisée « la soirée des amateurs » (Hugh Hefner, je crois) en précisant que lui sortait les trois cent soixante-quatre autres soirs de l'année, mais je suis assez d'accord. Tout cet alcool que l'on se croit obligé d'ingurgiter, toute cette bonne humeur fabriquée à la demande ne garantissait jamais de passer un bon moment. Lily s'était donc dévouée pour organiser cette petite fête, qui nous épargnerait de débourser 150 dollars pour entrer dans un club – ou pire, de céder à la tentation ridicule d'aller se geler à Times Square. Chacun avait acheté une bouteille d'un alcool raisonnablement vénéneux, Lily avait distribué des cotillons, nous avions pas mal bu, et nous avions fini plutôt soûls, et contents de l'être, sur la terrasse de son immeuble qui dominait Harlem. Certes, tout le monde avait picolé un peu plus que de raison, mais Lily, elle, était carrément non opérationnelle une fois les invités partis. Elle avait déjà vomi deux fois, et j'avais la trouille de la laisser seule chez elle. Alex et moi l'avons donc traînée dans un taxi pour la transporter jusque chez moi, où elle a dormi sur le futon du salon, et le lendemain, nous sommes tous les trois sortis nous offrir un grand brunch.

J'étais contente que le Nouvel An soit passé ; il était temps pour moi de mettre – pour de bon – le pied à l'étrier de ma nouvelle vie et de mon nouveau boulot. J'avais beau avoir l'impression de travailler depuis des lustres, d'un strict point de vue technique, je débutais à peine. J'avais grand espoir que les choses s'améliorent une fois que Miranda et moi commencerions à travailler ensemble au jour le jour. N'importe qui pouvait se montrer un monstre sans cœur au téléphone, surtout quelqu'un qui avait du mal à partir en vacances et à s'éloigner de son travail. Mais j'étais convaincue que les souffrances endurées au cours de ce premier mois allaient déboucher sur une situation entièrement nouvelle, et la perspective de découvrir ce qui allait se passer m'excitait terriblement.

En ce 3 janvier froid et gris, j'étais contente d'être au bureau. Contente ! Il était 10 heures du matin et Emily gâtifiait à propos d'un type qu'elle avait rencontré à sa soirée de réveillon à L.A., un « auteur-compositeur plein d'avenir qui avait le vent en poupe » et qui lui avait promis de venir la voir à New York d'ici une quinzaine de jours. Je bavardais pour ma part avec James, le rédacteur beauté adjoint, un type vraiment adorable, diplômé de Vassar et dont les parents ne savaient pas encore – en dépit du choix de la fac et du fait qu'il était *rédacteur beauté* dans un magazine de *mode* – qu'il couchait avec des garçons.

— Allez, Andy, viens, s'il te plaît ! roucoulait-il, accoudé à mon comptoir tandis que je lisais mes mails. Ce sera supermarrant, je te promets. Tu vas voir, je vais te présenter des gens connus. Et j'ai des amis hétéros sublimes. En plus, c'est la soirée de *Marshall* – ce sera forcément énorme.

De son côté du bureau, Emily continuait à pépier et à raconter par le menu sa soirée avec le chanteur chevelu.

— J'adorerais venir, James, tu le sais bien. Mais cette soirée avec mon petit copain est prévue depuis avant

Noël. Nous avions projeté de dîner en tête-à-tête dans un bon restaurant, et j'avais dû annuler au dernier moment.

— Mais tu pourras le voir après ! Tu n'auras pas tous les jours la chance de rencontrer le coloriste le plus talentueux de tout le monde civilisé, hein ? En plus, il y aura des tonnes de célébrités, que des gens extraordinaires ! Et je sais que ce sera LA soirée la plus glamour de la semaine. Allez, dis-moi oui !

Il a grimacé pour exagérer son regard de chiot implorant, et j'ai éclaté de rire.

— James, je te le jure, j'adorerais t'accompagner – je n'ai jamais mis les pieds au Plaza ! Mais je ne peux absolument pas modifier mes plans. Alex a réservé dans ce petit restaurant italien en bas de chez lui. Je ne peux pas lui faire faux bond.

C'était vrai, et je n'en avais pas envie. J'étais impatiente de retrouver Alex seule à seul, et il me tardait de savoir comment évoluait le nouveau programme d'activités parascolaires qu'il avait mis sur pied. Mais pour être tout à fait sincère, je regrettais tout de même que cette soirée au Plaza tombe ce jour-là. Les journaux parlaient de cet événement depuis déjà une semaine, comme si tout Manhattan ne vivait que dans l'attente de la grande fête annuelle post-Nouvel An de Marshall Madden, remarquable coiffeur-coloriste de son état. On disait que cette année-là, la fête serait encore plus exceptionnelle que les précédentes car Marshall venait de sortir un nouveau livre, *Colore-Moi, Marshall*. Mais il était hors de question que j'annule un tête-à-tête avec mon petit ami pour une soirée de stars.

— Bon, d'accord, a repris James. Mais ne viens pas te plaindre que je ne te propose jamais rien. Et ne viens pas pleurer quand demain tu liras en page six qu'on m'a vu avec Mariah ou J-Lo.

Il est parti, feignant d'être contrarié – ce qui ne lui demandait guère d'effort puisque, de toute façon, il semblait perpétuellement mal embouché.

Jusque-là, cette semaine de rentrée s'était déroulée sans anicroche. Nous avions continué à défaire et à lister les cadeaux reçus – je venais de déballer la plus incroyable paire d'escarpins, incrustés de cristal Swarovski –, nous avions expédié toutes nos bouteilles, et les téléphones étaient silencieux car beaucoup de gens n'avaient pas encore repris le travail. Miranda devait rentrer de Paris à la fin de la semaine, mais n'était pas attendue au bureau avant le lundi suivant. Emily était convaincue que j'étais fin prête à l'affronter et à l'assister – ce dont je ne doutais pas, moi non plus. Nous avions tout passé en revue dans les moindres détails, et j'avais rempli presque entièrement un carnet de notes. Il était là, sous mes yeux, et j'espérais avoir tout retenu : café – de chez Starbucks uniquement, au lait, grand modèle, deux sucres roux, deux serviettes, une cuillère. Petit déjeuner : à commander chez Mangia, 555-3948, une brioche au fromage, quatre tranches de bacon, deux saucisses. La presse : au kiosque dans le hall, *New York Times*, *Daily News*, *New York Post*, *Financial Times*, *Washington Post*, *USA Today*, *Wall Sreet Journal*, *Women's Wear Daily*, et le vendredi, le *New York Observer*. Les hebdomadaires, disponibles le lundi : *Time*, *Newsweek*, *U.S. News*, *New Yorker* (!), *Time Out New York*, *The Economist*. Et ça continuait ainsi : ses fleurs préférées, celles qu'elle abhorrait, les noms et adresses de ses médecins, son numéro de téléphone personnel, ceux de ses domestiques, ses en-cas habituels, ses eaux minérales favorites, sa taille exacte pour toute pièce vestimentaire, de la lingerie aux chaussures de ski. J'avais dressé des listes de gens auxquels elle acceptait de parler (*toujours*), et d'autres, à part, de gens auxquels elle ne voulait pas parler (*jamais*). J'avais écrit, écrit, écrit et à la fin, j'avais eu l'impression de ne plus rien ignorer de la vie de Miranda Priestly. Exception faite, évidemment, de ce qui la rendait si importante que je doive remplir un carnet entier de ses goûts et ses dégoûts. Pourquoi, exactement, cela était-il censé m'intéresser ?

— Ouais, il est incroyable, soupirait Emily en enroulant le fil de téléphone autour de son doigt. Je crois que c'est le week-end le plus romantique de ma vie.

Ding ! Vous avez reçu un mail d'Alexander Fineman. Cliquez ici pour l'ouvrir.

Salut, ma puce, comment se passe ta journée ? Ici, c'est de la folie. Tu te souviens de Jeremiah qui avait menacé les gamines avec un cutter qu'il avait apporté de chez lui ? Je t'en avais parlé. Eh bien, apparemment, il ne plaisantait pas. Il en a apporté un autre aujourd'hui et il s'est acharné sur le bras d'une petite fille en la traitant de salope. Il n'y a aucune entaille profonde, mais quand le prof de permanence lui a demandé d'où il sortait une idée pareille, il lui a répondu qu'il avait vu le petit ami de sa mère faire la même chose sur elle. Andy, tu imagines ? Ce gosse a six ans ! Bref, le principal a convoqué tous les profs en réunion exceptionnelle ce soir, et j'ai bien peur de devoir annuler notre dîner. Je suis vraiment désolé ! mais je dois dire que je suis tout de même content de les voir réagir – je n'en attendais pas autant de leur part. J'espère que tu comprends. S'il te plaît, ne m'en veux pas. Je t'appelle plus tard et je te promets de me racheter. Je t'aime. A.

Ne m'en veux pas ? J'espère que tu comprends ? Un de ses élèves du cours préparatoire avait blessé une camarade à l'arme blanche, et il espérait que je ne lui en voudrais pas d'annuler notre dîner ? Quand moi-même j'avais annulé ce dîner lors de ma première semaine de travail, parce que je trouvais épuisant de me balader en limousine et de faire des paquets-cadeaux ? J'avais envie de pleurer, de l'appeler sur-le-champ pour l'assurer que je ne lui en voulais pas une seule seconde, que j'étais fière de lui, fière de son dévouement envers ces gamins. J'ai cliqué sur « répondre » et, alors que je m'apprêtais à taper, j'ai entendu qu'on m'appelait.

— Andrea, elle arrive ! Elle sera là dans dix minutes, a annoncé Emily, d'une voix très forte, comme si elle luttait pour garder son sang-froid.

— Mmm ? Excuse-moi, je n'ai pas bien saisi…

— Miranda est en route. Elle vient au bureau. Nous devons nous préparer.

— En route pour le bureau ? Mais je pensais qu'elle ne rentrait que samedi…

— Eh bien, apparemment, elle a changé d'avis. Allez, remue-toi ! Descends chercher la presse, et dispose-la dans son bureau, comme je te l'ai montré. Quand c'est fait, tu époussettes son bureau, tu poses un verre de San Pellegrino à sa gauche, avec de la glace et une rondelle de citron vert. Et vérifie qu'il ne manque rien dans ses toilettes, O.K. ? Vas-y ! Elle est déjà dans la voiture et, en fonction de la circulation, elle sera là au plus tard dans dix minutes.

Tandis que je détalais, Emily, sans perdre un instant, a pianoté sur son téléphone.

— Elle arrive ! Préviens tout le monde !

Il ne m'a fallu que trois secondes pour traverser en coup de vent les couloirs et le département mode, mais déjà, j'entendais des « Miranda arrive ! » paniqués qui fusaient de toutes parts, et quelqu'un a poussé ce cri à vous glacer le sang : « La revoilààààààààààààààààààààà ! » Les assistantes de rédaction arrangeaient avec fébrilité les vêtements sur les portants alignés le long des murs, les rédactrices fonçaient vers leurs bureaux, et j'en ai même surprise une qui troquait une paire de chaussures à talons bobines contre des escarpins à talons aiguilles de dix centimètres, tandis qu'une autre traçait le contour de ses lèvres au crayon, se recourbait les cils, et réajustait la bretelle de son soutien-gorge quasiment d'un seul mouvement. J'ai aussi aperçu James, qui sortait des toilettes, l'air pétrifié, et traquait les peluches sur son pull en cashmere noir tout en enfournant frénétiquement des bonbons mentholés dans sa bouche. À moins que les toilettes des hommes ne soient équipées de haut-parleurs pour la circonstance, je n'étais même pas certaine qu'il soit déjà au courant.

Je mourais d'envie de prendre mon temps pour observer ce spectacle, mais le moment de ma première rencontre avec Miranda était arrivé, je n'avais pas l'intention de le rater et je disposais d'à peine dix minutes pour m'y préparer. Jusque-là, je m'étais efforcée de ne pas courir, mais en voyant que tous les autres avaient jeté leur dignité aux orties, j'ai moi aussi piqué un sprint.

— Andrea ! Miranda arrive ! Tu es courant, n'est-ce pas ? m'a lancé Sophy, la réceptionniste, au moment où je passais, telle une fusée, devant son bureau.

— Je sais. Mais toi, comment le sais-tu ?

— Moi, ma cocotte, je sais tout. Je te conseille d'appuyer sur l'accélérateur. Une chose est certaine : Miranda Priestly n'aime pas qu'on la fasse attendre.

— Je reviens dans trois minutes avec la presse, lui ai-je répondu en fonçant dans l'ascenseur.

Les deux femmes qui se trouvaient dans la cabine m'ont toisée d'un air écœuré, et je me suis rendu compte que j'avais crié à tue-tête.

— Désolée, me suis-je excusée en cherchant à reprendre mon souffle. On vient d'apprendre que notre rédactrice en chef va arriver d'une minute à l'autre, on ne s'y attendait pas, alors nous sommes tous un peu sur les nerfs.

Mais pourquoi est-ce que je me justifie devant ces bonnes femmes ?

— Oh, mon Dieu ! Vous travaillez sans doute pour Miranda ! Attendez, laissez-moi deviner. Vous êtes sa nouvelle assistante ? Andrea, c'est ça ?

La brune tout en jambes a souri en découvrant ses dents (quatre douzaines, au bas mot) et s'est rapprochée de moi, tel un piranha. Quant à l'autre, son visage s'est subitement éclairé.

— Oui, Andrea, c'est ça, ai-je répété comme si je n'en étais pas entièrement convaincue. Oui, je suis la nouvelle assistante de Miranda.

À ce moment-là, les portes ont coulissé, et j'ai aperçu les marbres blancs du rez-de-chaussée. Je me suis ruée dehors sans même attendre leur ouverture complète, et j'ai entendu une des deux femmes crier dans mon dos :

— Vous avez de la chance, Andrea. Miranda est une femme étonnante, et des milliers de filles se damneraient pour être à votre place !

Évitant de justesse la collision avec un attroupement de juristes à grise mine qui poireautaient dans le hall, j'ai volé vers le kiosque à journaux installé dans un coin et tenu par Ahmed, un Koweïtien. Emily nous avait présentés avant Noël, et j'espérais pouvoir le compter, lui aussi, au nombre des gens susceptibles de m'aider.

— Stop ! s'est-il écrié alors que je commençais à piocher dans l'assortiment de journaux sur les présentoirs. Vous êtes la nouvelle assistante de Miranda, n'est-ce pas ? Venez par là.

Ahmed s'est penché pour fourrager sous son comptoir, le visage empourpré par l'effort, puis il s'est redressé avec l'agilité d'un vieillard handicapé.

— Les voilà ! Vous n'avez pas besoin de semer la panique dans mes présentoirs. Je vous les mets de côté chaque jour. Et puis comme ça, je ne suis jamais en rupture de stock pour vous, a-t-il ajouté avec un clin d'œil.

— Merci, Ahmed. Vous ne pouvez pas savoir à quel point cela m'aide. Je prends aussi les magazines ?

— Bien sûr. Regardez, nous sommes déjà mercredi, et ils sont tous sortis depuis lundi. Votre patronne n'aime sans doute pas beaucoup ça, a-t-il dit, l'air entendu.

Il s'est de nouveau penché sous son comptoir et en a remonté une pleine brassée de magazines qui, après une rapide vérification, étaient bien ceux qui figuraient sur ma liste, ni plus ni moins.

Le badge, le badge… Où était passé ce maudit badge ? J'ai fouillé dans le décolleté de mon chemisier pour agripper le cordon de soie blanche qu'Emily avait fabriqué pour moi en découpant l'un des carrés Hermès de Miranda.

— Ton badge ne doit jamais être visible quand Miranda est dans les parages, avait-elle insisté. Mais au cas où tu oublierais de le planquer, au moins, il ne pendra pas au bout d'une chaîne en plastique.

Dans sa bouche, ces deux derniers mots ressemblaient à un crachat.

— C'est tout bon, Ahmed, ai-je dit, une fois la vérification achevée. Merci encore pour votre aide. Je suis superpressée, elle doit arriver d'une minute à l'autre.

Ahmed a glissé mon badge devant le lecteur de sa caisse enregistreuse et a replacé le cordon de soie autour de mon cou comme il l'aurait fait d'un collier de fleurs.

— Allez, filez !

J'ai empoigné le sac en plastique qui pesait trois tonnes, j'ai ressorti mon badge, je l'ai passé devant le lecteur des tourniquets qui permettaient l'accès aux ascenseurs et j'ai poussé la barre métallique. Rien. J'ai recommencé, en poussant plus fort cette fois. Toujours rien.

— *Some boys kiss me, some boys hug me, I think they're okay-ay*[1], a commencé à chantonner Eduardo – le gros bonhomme transpirant de la sécurité – d'une voix de fausset.

Merde. Je n'avais pas besoin de voir son sourire, un immense sourire de conspirateur, pour deviner qu'il me demandait d'entrer dans son jeu. Il avait réitéré ce manège chaque jour au cours des semaines précédentes. Il semblait posséder un répertoire inépuisable de chansons ringardes qu'il adorait chanter, et il refusait de me laisser passer tant que je ne les avais pas mimées. La veille, il m'avait fait le coup avec « I'm Too Sexy ». Tandis qu'il chantait « *I'm too sexy for Milan, too sexy for Milan, New York and Japan* », j'avais dû marcher le long d'un podium de défilé imaginaire. Quand j'étais d'une humeur ad hoc, ce pouvait être amusant. Parfois, ça pouvait même m'arracher un

1. Certains garçons m'embrassent, d'autres me donnent une accolade, je n'y vois pas de problème. (*Toutes les notes sont de la traductrice.*)

sourire. Mais pas ce jour-là. C'était mon tout premier jour avec Miranda, et je ne pouvais pas me permettre de lui apporter ses journaux en retard. C'était impossible. Mais Edouardo me retenait en otage alors que tout le monde, de part et d'autre de moi, franchissait sans encombre les tourniquets. J'avais envie de le cogner.

— *If they don't give me proper credit, I just walk away-ay*[1], ai-je marmonné, en étirant les syllabes pour singer Madonna.

Eduardo a haussé les sourcils.

— Eh bien, ma fille, qu'as-tu fait de ton enthousiasme ?

S'il ajoutait un mot de plus, j'allais commettre un meurtre. J'ai lâché mon sac de magazines sur son comptoir, j'ai lancé les deux bras en l'air en me déhanchant, et j'ai hurlé – littéralement hurlé :

— *A material ! A material ! A material ! A material... WORLD*[2] !

Eduardo a gloussé, puis il a applaudi, et m'a enfin laissée passer.

Dans ma tête, j'ai pris note : avoir une discussion avec Eduardo pour lui faire comprendre quels étaient les moments inappropriés pour se foutre de ma gueule. Une fois de plus, j'ai plongé dans l'ascenseur, je suis repassée ventre à terre devant le bureau de Sophy, qui m'a gentiment ouvert les portes sans que j'aie besoin de le lui demander. J'ai même pensé à m'arrêter dans l'une des micro-cuisines de l'étage pour remplir de glace un verre en Baccarat, que nous rangions dans un placard spécial, à l'usage exclusif de Miranda. Le verre dans une main, le sac de journaux et magazines dans l'autre, je me suis élancée dans le couloir, et en prenant un virage sur les chapeaux de roues, j'ai buté dans Jessica, la fétichiste du vernis à ongles, qui m'a dévisagée, d'un air à la fois contrarié et paniqué.

1. S'ils ne me font pas confiance, je me casse, tout simplement.
2. Un monde matérialiste.

— Andrea ! Tu es au courant ? Miranda arrive !

— Evidemment, j'ai la presse ici, le verre d'eau, là… Il ne reste plus qu'à apporter tout ça dans son bureau, alors si tu veux bien m'excuser…

— Andrea ! a-t-elle lancé derrière mon dos. Pense à changer de chaussures !

Je me suis arrêtée net et j'ai regardé mes pieds. Je portais une paire de baskets rigolotes, le genre de baskets qui n'ont d'autre prétention que d'être cool. Le code vestimentaire subissait implicitement quelque relâchement lorsque Miranda n'était pas là, et même si tout le monde, à la rédaction, avait un look absolument fantastique, tous et toutes s'autorisaient en son absence des fantaisies que jamais, au grand jamais, ils n'auraient osé arborer devant elle. Mes baskets recouvertes de filet rouge pétard en étaient un exemple de choix.

Le temps d'atteindre notre bureau, j'étais en nage.

— J'ai remonté tous les journaux, et aussi les magazines, au cas où. Il n'y a qu'un petit problème… Je dois changer de chaussures, n'est-ce pas ?

— Évidemment. (Emily a aussitôt pianoté un numéro de poste.) Jeffy, apporte-moi une paire de Jimmy Choo en…

Elle a considéré mes pieds.

— Trente-neuf et demi, ai-je précisé en remplissant le verre de San Pellegrino.

— Trente-neuf et demi. Non ! Tout de suite ! Sans rire, Jeff. *Tout de suite*. Andrea est en *baskets*, pour l'amour du ciel ! En baskets *rouges* ! Et Elle va arriver d'une minute à l'autre. O.K., merci.

C'est à ce moment-là que j'ai remarqué qu'en l'espace des quatre minutes qu'avait duré mon aller-retour au rez-de-chaussée, Emily s'était débrouillée pour troquer son jean délavé contre un pantalon de cuir, et ses propres baskets fantaisie contre des sandales nu-pieds à talons aiguilles. Elle avait également fait le vide dans la pièce : tout ce qui encombrait nos bureaux avait disparu dans les tiroirs, et tous les nouveaux cadeaux arrivés et en attente d'un transfert chez Miranda avaient été planqués dans le placard. Elle avait mis du brillant sur ses lèvres, ajouté un soupçon de fard sur ses joues. Elle m'a fait signe de m'activer à mon tour.

J'ai déballé les journaux et magazines sur la table lumineuse – une table rétroéclairée devant laquelle Miranda passait des heures à examiner les films des shootings de mode, m'avait expliqué Emily. Mais c'était également là qu'elle aimait qu'on dispose la presse. J'ai rouvert mon carnet de notes pour vérifier l'ordre établi selon lequel je devais procéder. En premier le *New York Times*, ensuite le *Wall Street Journal*, puis le *Washington Post*. Et ainsi de suite, en veillant à former un éventail. Seul le *Women's Wear Daily* faisait exception : celui-ci devait l'attendre directement sur son bureau.

— Elle est arrivée ! Uri vient de me prévenir qu'il l'a déposée à l'instant. Elle est dans l'ascenseur. Andrea, sors de son bureau ! a sifflé Emily.

J'ai posé le *WWD* sur le bureau, disposé le verre de San Pellegrino sur une serviette de lin (à droite ? à gauche ? de quel côté ? zut ! impossible de m'en souvenir) et je suis sortie du bureau en trombe, non sans jeter un dernier coup d'œil panoramique pour m'assurer que tout était bien en place. Jeff, l'un des assistants du département mode chargé de veiller à la bonne organisation de la réserve, m'a fourré une boîte à chaussures dans les mains avant de déguerpir vite fait. À l'intérieur, il y avait une paire de Jimmy Choo qui devait valoir dans les 800 dollars, avec une multitude de fines lanières en poil de chameau, attachée chacune par de minuscules boucles. Merde ! Il fallait que j'enfile ça ? J'ai planqué mes baskets et mes chaussettes humides de transpiration sous le bureau. Le pied droit est entré sans trop de difficulté, mais le pied gauche s'est montré moins docile, et caser mon petit orteil recroquevillé n'a pas été sans mal… Sitôt que j'ai eu réussi, j'ai senti la morsure des lanières, et la chair qui enflait autour d'elles.

Je venais d'attacher la dernière boucle et j'étais en train de me remettre debout, quand Miranda est entrée.

Je suis restée pétrifiée à mi-mouvement. Littéralement changée en statue de pierre. J'étais assez lucide pour deviner le spectacle ridicule que j'offrais, mais mon cerveau n'était pas alerte pour m'intimer l'ordre de me remettre à la verticale. Elle m'a remarquée dès qu'elle a eu franchi le seuil, sans doute parce qu'elle s'attendait à voir Emily assise à son ancien bureau, puis elle s'est approchée de mon comptoir jusqu'à pouvoir distinguer mon corps dans sa totalité. Je me suis assise et je suis restée comme paralysée. Son regard bleu vif est allé de gauche à droite, de haut en bas, et sans qu'un seul muscle de son visage ne bouge, elle a passé au crible mon chemisier, ma minijupe Gap en velours côtelé rouge, mes sandales Jimmy Choo. Pas un millimètre carré de peau, de cheveux et de vêtements n'a été épargné. Puis elle s'est penchée, et j'ai humé les délicieux effluves d'un shampooing sophistiqué et d'un parfum très cher. Son visage n'était plus qu'à une trentaine de centimètres du mien, et j'ai distingué, autour de ses yeux et de ses lèvres, de minuscules ridules, invisibles à une distance plus confortable. Elle a alors commencé à scruter mes traits avec une telle intensité que soutenir son regard devenait impossible. Rien dans son expression n'indiquait qu'elle se souvenait 1) que nous nous étions déjà rencontrées, 2) que j'étais sa nouvelle assistante, 3) que je n'étais pas Emily.

— Bonjour, madame, ai-je lâché impulsivement, d'une voix chevrotante.

Dans un coin reculé de mon cerveau, j'étais consciente qu'elle n'avait encore prononcé aucun mot, et que je n'aurais pas dû parler la première. Mais la tension était tellement insoutenable que je n'ai pas pu m'empêcher de continuer sur ma lancée :

— Je suis tellement heureuse à l'idée de travailler pour vous. Merci infiniment pour l'opportunité…

Boucle-la ! Ferme cette bouche !

La dignité, ah oui, parlons-en !

Tandis que je finissais de bafouiller, elle s'est reculée, non sans m'avoir jaugée une dernière fois, et s'est éloignée de mon bureau. Une bouffée de chaleur m'a assaillie, je me suis sentie rougir de confusion, de douleur et d'humiliation tout à la fois. Pour ajouter à mon malaise, je devinais qu'Emily me regardait elle aussi. J'ai risqué un regard par-dessus mon comptoir. Effectivement, elle avait les yeux rivés sur moi.

— Le bulletin est-il à jour ? a demandé Miranda à la cantonade en pénétrant dans son bureau, et j'ai eu plaisir à voir qu'elle se dirigeait directement vers la table lumineuse.

— Oui, Miranda. Le voilà, a répondu Emily en se précipitant servilement derrière elle avec le bloc à pince dans lequel nous conservions tous les messages à son intention, dactylographiés au fur et à mesure de leur arrivée.

Je me suis tenue coite derrière mon comptoir, tout en observant les allées et venues de Miranda dans la pièce voisine se refléter dans les verres des cadres qui décoraient son bureau. Emily est revenue à sa place et s'est absorbée dans le travail ; le silence s'est fait. *Ne pouvons-nous pas parler entre nous, ou parler à quelqu'un d'autre quand elle est dans le bureau ?* me suis-je demandé. J'ai envoyé un mail à Emily avec cette question, et la réponse est arrivée sans tarder : *Tu as tout compris. Si jamais nous avons besoin de nous parler, nous devons chuchoter. Sinon, silence. Et ne lui parle JAMAIS si elle ne s'adresse pas à toi. Et ne l'appelle PLUS JAMAIS « madame » – c'est Miranda. Pigé ?* Une fois de plus, j'ai eu l'impression de recevoir une gifle, mais j'ai néanmoins fait un signe d'acquiescement. C'est à ce moment-là que j'ai remarqué le manteau – un fabuleux et volumineux manteau de fourrure abandonné avec désinvolture à l'extrémité de mon bureau, une manche pendouillant jusqu'au sol. J'ai regardé Emily, qui a levé les yeux au ciel et m'a désigné du doigt le placard.

— Suspends-le ! a-t-elle articulé silencieusement.

Il était aussi lourd qu'une couette qui sort de la machine à laver, et j'avais besoin de le soutenir à deux mains pour l'empêcher de traîner par terre. Je l'ai soigneusement installé sur l'un des cintres capitonnés de soie et doucement, sans faire de bruit, j'ai refermé la porte du placard.

Avant que j'aie le temps de me rasseoir, Miranda s'est matérialisée à côté de moi. Ce coup-ci, elle pouvait poursuivre son inspection sans aucun obstacle. Aussi incroyable que cela puisse paraître, je ressentais une brûlure sur chaque partie de mon corps où se posait son regard, mais je suis demeurée impassible, figée, incapable d'esquisser un seul mouvement pour regagner ma place. Juste au moment où mes cheveux allaient à leur tour s'embraser, ces infatigables yeux bleus se sont enfin arrêtés sur les miens.

— Je voudrais mon manteau, a-t-elle dit posément, en me fixant.

Était-elle intriguée et se demandait-elle qui j'étais ? Avait-elle remarqué qu'une relative inconnue jouait à tenir le rôle de son assistante ? Même si mon entretien avec elle ne remontait qu'à quelques semaines, aucune lueur indiquant qu'elle m'avait reconnue ne filtrait dans son regard.

— Tout de suite, ai-je réussi à articuler.

Aller rouvrir le placard n'avait rien d'une manœuvre aisée car elle se tenait pile devant sa porte.

Je me suis tournée de profil pour tenter de me faufiler sans la heurter. Elle ne s'est pas écartée d'un centimètre pour me faciliter le passage et je sentais qu'elle continuait à m'observer. Tout en dégageant délicatement la fourrure du cintre, j'avais une envie folle de la lui jeter à la figure, de la mettre au défi de la rattraper, mais j'ai tempéré mes ardeurs, et je me suis contentée de la lui présenter ouverte, avec une politesse de gentleman. Elle l'a enfilée d'un mouvement souple et gracieux, puis elle a extrait de sa poche un téléphone portable – le seul objet avec lequel elle était arrivée au bureau.

— Emily, je veux qu'on m'apporte le Book ce soir, a-t-elle lancé en quittant le bureau d'un pas décidé – sans remarquer que, dans le couloir, trois femmes qui attendaient devant notre bureau déguerpissaient aussitôt, profil bas.

— Oui, Miranda. Andrea s'en chargera.

Et voilà. Elle est partie. La visite qui avait semé une panique noire dans tout l'étage et occasionné des préparatifs frénétiques, des retouches de maquillage et des ajustements vestimentaires n'avait pas duré plus de quatre minutes en tout, et n'avait eu – du moins pour ce que mon regard inexpérimenté pouvait en avoir capté – strictement aucun objet.

8

— Ne te retourne pas tout de suite, a soufflé James, les lèvres aussi immobiles que celles d'un ventriloque. Mais je viens d'apercevoir Reese Witherspoon, à ta gauche.

Je me suis tournée aussi sec, et mon malheureux petit camarade a eu envie de rentrer sous terre ; effectivement, elle était là, une coupe de champagne à la main, en train de rire aux éclats, tête renversée. Je refusais de me laisser impressionner, mais c'était plus fort que moi. Reese Witherspoon était l'une de mes actrices préférées.

— James chéri ! Je suis si heureux que tu aies pu venir à ma petite fête, a lancé d'un ton malicieux un bel homme mince qui a surgi derrière nous. Et qui donc m'as-tu amené là ?

Ils se sont embrassés et James a procédé aux présentations.

— Marshall Madden, le gourou de la couleur. Andrea Sachs. Andrea est en ce moment…

— … la nouvelle assistante de Miranda, a complété Marshall en me souriant. Je sais déjà tout sur vous, petite fille. Bienvenue dans la famille. J'espère que vous viendrez me voir. Je vous promets qu'ensemble, nous pourrons, euh… peaufiner un peu votre look.

Il a passé les doigts dans mes cheveux, puis a saisi une poignée de pointes qu'il a remontées jusqu'aux racines.

— Oui, une petite touche dans les tons miel, et vous serez la nouvelle top model. Demandez mon numéro à

James, ma puce, d'accord ? Et venez me voir dès que vous avez un moment. Ce qui est sans doute plus facile à dire qu'à faire, a-t-il ajouté d'un ton léger tout en se déportant vers Reese.

— Ah, lui, c'est un maître, a soupiré James avec un regard désolé. Le meilleur, tout simplement. Et super canon avec ça.

— Canonissime, ai-je renchéri. Tu n'es jamais sorti avec lui ?

N'aurait-ce pas été l'union parfaite : le rédacteur beauté adjoint de *Runway* et le coloriste le plus prisé de tout le monde libre ?

— J'aimerais bien. Mais il est avec le même homme depuis quatre ans. Tu te rends compte ? Quatre ans ! Depuis quand les gays sexy se permettent-ils d'être monogames ? Ce n'est vraiment pas juste !

— Ouais, je vois ce que tu veux dire. Depuis quand les hétéros sexy se permettent-ils d'être monogames ? Sauf si c'est moi l'élue, il va de soi.

J'ai tiré une longue taffe sur ma cigarette et recraché un rond de fumée presque parfait.

— Bon, Andy, reconnais que tu es contente d'être venue ce soir. Ose me dire que ce n'est pas la plus géniale des fêtes auxquelles tu as assisté.

Après avoir appris qu'Alex annulait notre dîner, j'avais accepté l'invitation de James, mais à contrecœur, juste pour mettre un terme à son harcèlement. Franchement ! Que pouvait-il se passer d'intéressant dans une fête donnée en l'honneur d'un livre consacré à l'art des mèches capillaires ? Mais je devais l'admettre : j'étais bluffée. Quand Johnny Depp s'était approché de nous pour saluer James, quel choc de voir qu'en plus de parfaitement maîtriser la langue anglaise, il était même capable de caser une ou deux reparties spirituelles dans la conversation ! Et il était intensément gratifiant de découvrir que Gisele, la plus top de toutes les tops du moment, était carrément *naine*. Certes, ç'aurait été encore plus agréable de constater qu'elle était également un poil trapue, ou qu'elle avait un problème d'acné, savamment gommé par Photoshop dans les sublimes photos d'elle qui avaient paru en couverture de magazines, mais qu'elle soit petite n'était déjà pas si mal. L'un dans l'autre, l'heure et demie qui venait de s'écouler avait été plutôt plaisante.

— Je n'irais peut-être pas aussi loin, ai-je répondu à James, en me penchant vers lui pour jeter un œil au super beau mec qui semblait bouder dans un coin de la salle, près de la table où trônait l'ouvrage de notre hôte. Mais c'est moins antipathique que ce que j'avais imaginé. Et de toute façon, après la journée que j'ai passée, j'étais partante pour n'importe quoi.

Après le départ plutôt abrupt de Miranda, qui avait suivi de peu son arrivée tout aussi inopinée, Emily m'avait appris que ce soir-là, pour la première fois, je devrais apporter à Miranda le Book chez elle. Le Book consistait en un grand cahier à spirale, aussi épais qu'un annuaire, qui réunissait toutes les pages maquettées du numéro en préparation. Personne, m'avait-elle expliqué, tant à la rédaction qu'au service artistique, ne pouvait produire de travail consistant avant le départ de Miranda. Toute la journée, les uns et les autres défilaient dans son bureau pour la consulter et elle, elle changeait d'avis d'une heure sur l'autre. Par conséquent, lorsqu'elle disparaissait sur le coup des 17 heures pour consacrer un peu de temps à ses jumelles, la journée de travail pouvait vraiment commencer. Dans les services artistiques, on pouvait enfin procéder aux modifications de mise en page, et incorporer les nouvelles photos arrivées entre-temps ; à l'éditorial, journalistes et secrétaires de rédaction peaufinaient tous les articles qui avaient enfin – enfin ! – obtenu l'approbation de Miranda (notifiée par un « MP » géant aux lettres chantournées, griffonné sur toute la surface de la première page). Chaque responsable de rubrique communiquait ensuite ces modifications à un assistant du service artistique qui restait seul, après le départ de tout le monde, pour réaliser la mise à jour du Book. Sitôt cela achevé – soit n'importe quand entre 20 heures et 23 heures, selon qui était en charge ce jour-là du travail – il fallait porter le Book chez Miranda, afin qu'elle puisse l'annoter. Le lendemain matin, elle le rapportait et toute l'équipe recommençait l'ensemble du processus depuis le début. C'était à moi, l'assistante junior, qu'il incombait de livrer chaque soir le Book. Aussi, quand Emily m'a entendue accepter l'invitation de James, elle a bondi.

— Hé, tu sais que tu ne peux partir d'ici avant que le Book soit fini, n'est-ce pas ?

Je lui ai retourné un regard de merlan frit ; quant à James, vu son expression, j'ai compris qu'il était à deux doigts de lui en coller une.

— Je dois dire que ça fait partie des corvées dont je suis bien contente d'être débarrassée, a poursuivi Emily. Ça peut parfois finir très, très tard, mais on n'a pas le choix. Miranda doit absolument voir le Book chaque soir. Elle travaille chez elle. Ce soir, j'attendrai avec toi, pour te montrer comment ça marche et ensuite, tu te débrouilleras seule.

— D'accord. Merci. Tu as une idée de l'heure à laquelle il sera prêt ?

— Non, c'est variable selon les jours. Il faut que tu voies ça avec le service artistique.

Finalement, le Book a été prêt de bonne heure. À 20 h 30, je suis allée le récupérer auprès d'un assistant du service artistique (qui avait l'air complètement lessivé), et Emily et moi avons gagné la sortie sur la 59e Rue. Emily, dont les bras croulaient sous un paquet de vêtements protégés par des housses en plastique, m'a expliqué que les vêtements de retour du pressing accompagnaient toujours le Book. Miranda apportait son linge sale au bureau et, bien évidemment, ce serait à moi d'appeler les teinturiers, qui enverraient immédiatement quelqu'un pour les chercher, avant de me les retourner le lendemain. En attendant de les donner à Uri, ou de les rapatrier moi-même chez

Miranda, je devrais les stocker dans le placard de notre bureau. De minute en minute, mon boulot devenait de plus en plus stimulant d'un point de vue intellectuel.

— Hé, Rich, a lancé Emily d'une voix faussement amicale en apercevant le dispatcher à la pipe que j'avais rencontré le premier jour. Voici Andrea. C'est elle qui apportera désormais le Book tous les soirs. Je compte sur vous pour veiller à ce qu'elle ait une bonne voiture, O.K. ?

— Soyez sans crainte, la rouquine. (Le bonhomme a sorti la pipe de sa bouche et m'a dévisagée). Je prendrai grand soin de la blondinette.

— Super. Oh, une autre voiture pourrait-elle nous suivre jusque chez Miranda ? Andrea et moi partirons dans deux directions différentes, une fois le Book déposé.

Deux grosses berlines sont venues se ranger devant nous, et le chauffeur de la première, un vrai mammouth – est sorti en trombe pour ouvrir notre portière. Sitôt installée sur la banquette et en même temps qu'elle indiquait : « Chez Miranda Priestly, s'il vous plaît », Emily a sorti son téléphone.

— C'est toujours le même chauffeur ? Il connaît l'adresse ? ai-je demandé en voyant l'homme se contenter de hocher la tête.

Emily m'a fait signe de me taire le temps qu'elle laisse un message à sa colocataire, puis a répondu :

— Non, ils sont nombreux, mais je les ai tous eus au moins vingt fois chacun, donc maintenant, ils savent où c'est.

Et elle a reporté son attention sur son coup de fil. Je me suis retournée. Une seconde voiture avait démarré derrière nous et nous suivait consciencieusement à la trace.

Nous nous sommes arrêtés devant un immeuble typique de la Cinquième Avenue : trottoir immaculé, jardinières impeccablement entretenues, hall somptueux, illuminé, chaleureux. Un portier en smoking et casquette s'est immédiatement avancé pour nous ouvrir la portière. Pourquoi ne nous contentions-nous pas de déposer le Book et les vêtements entre les mains du portier ? Pour ce que j'avais cru en comprendre, c'était le rôle de ces gens. Mais Emily a sorti de son fourre-tout Gucci une clé, suspendue à un cordon Vuitton.

— Je t'attends ici, a-t-elle déclaré en me la tendant. Tu montes tout chez elle, Penthouse A. Tu ouvres la porte, tu poses le Book sur la table de l'entrée, et tu suspends les fringues au portemanteau qui se trouve à côté du placard. Pas *dans* le placard. *À côté.* Et tu t'en vas. Tu ne frappes pas, tu ne sonnes pas. Elle déteste être dérangée. Tu entres, le plus discrètement possible.

Elle m'a tendu les vêtements et, sans perdre une seconde, a rouvert son portable.

C'est bon. Je vais m'en sortir ; que d'histoires pour un cahier et quelques pantalons !

Le liftier m'a gentiment souri, mais il avait l'air d'un type au bout du rouleau. Il a actionné le bouton marqué PH avec une clé et a fixé ses pieds.

— Je vous attends, a-t-il dit sans me regarder. Vous n'en avez que pour quelques secondes.

La moquette du couloir était rouge rubis, et si épaisse que j'ai manqué de trébucher lorsque la pointe d'un talon s'est coincée dans ses boucles ; les murs étaient tendus d'un lourd tissu crème à très fines rayures ton sur ton, et une banquette recouverte de daim crème était adossée à l'un d'eux. Une fois devant la double porte marquée PH A, j'ai dû faire un immense effort pour me retenir de sonner. Sitôt que j'ai eu glissé la clé dans la serrure, la porte s'est ouverte, et avant même d'avoir le temps de me demander ce que j'allais découvrir derrière elle, ou de lisser mes cheveux, je me suis retrouvée dans une entrée incroyablement spacieuse qui, bizarrement, embaumait les côtelettes d'agneau grillées. Et là, je l'ai vue. Elle portait une fourchette à sa bouche d'un geste délicat, tandis que de part et d'autre de la table, deux fillettes brunes, aussi identiques que deux gouttes d'eau, se chamaillaient à grands cris. En face d'elle, un homme grand, viril, avec des cheveux gris et un nez qui lui dévorait tout le visage, lisait un journal.

— Maman, dis-lui qu'elle n'a pas le droit d'entrer dans ma chambre pour me piquer mon jean ! Moi, elle ne m'écoute pas ! s'est plaint l'une des gamines.

Miranda a reposé sa fourchette et a soulevé, à sa *gauche*, un verre de ce que je savais désormais être de la San Pellegrino, avec une rondelle de citron vert.

— Caroline, Cassidy, ça suffit. Je ne veux plus en entendre parler. Tomas ! Apportez-nous un peu plus de gelée à la menthe.

Un homme – le chef cuisinier, sans doute – a accouru avec un plateau en argent sur lequel trônait un saladier, en argent lui aussi.

D'un seul coup, j'ai réalisé que depuis trente secondes, j'étais en train de les regarder dîner. Ils ne m'avaient pas encore aperçue, mais sitôt que j'allais me déplacer vers la table, au milieu de l'entrée, ils me remarqueraient. Effectivement, en dépit de toutes mes précautions, à peine ai-je eu esquissé un pas, que tous les regards ont convergé vers moi. J'étais à deux doigts de leur souhaiter un bon appétit quand je me suis souvenue à quel point, le matin même, lors de ma première rencontre avec Miranda, je m'étais lamentablement ridiculisée. *La table, la table*. Là, voilà. *Pose le Book. Bien, maintenant, les vêtements*. Je cherchais frénétiquement le fameux crochet auquel je devais les suspendre, mais mes yeux n'arrivaient pas à faire la mise au point. Là-bas, autour de l'autre table, le silence s'était fait ; je devinais quatre paires d'yeux rivés sur moi. Personne n'a dit bonsoir. Les filles n'avaient pas l'air déstabilisées qu'une parfaite étrangère se soit introduite dans leur appartement. J'ai enfin réussi à repérer un petit vestiaire dissimulé derrière la porte et j'ai suspendu mon chargement de cintres sur la tringle.

— Pas dans le placard, Emily, a lancé Miranda en

détachant chaque mot. Suspendez-les aux crochets spécialement conçus à cet usage.

— Oh, euh… Bonsoir.

Idiote ! Tais-toi ! Elle n'attend pas de réponse. Contente-toi de faire ce qu'elle te dit ! Mais c'était plus fort que moi. C'était tellement étrange que personne ne m'ait souhaité le bonsoir et que tous feignent d'ignorer ma présence. Et pourquoi m'avait-elle appelée *Emily* ? Était-ce une plaisanterie ? Était-elle aveugle ? Était-elle réellement incapable de voir que je n'étais pas la fille qui travaillait depuis plus d'un an avec elle ?

— C'est Andrea, Miranda. Votre nouvelle assistante.

Silence. Un silence encombrant, insupportable, interminable, assourdissant, affolant.

Je savais que j'aurais dû me taire, que j'étais en train de creuser ma propre tombe, mais je n'ai pas pu me retenir.

— Euh, je suis désolée de vous avoir dérangée. Je suspends ces vêtements, comme vous l'avez dit, et je me sauve.

Arrête de raconter ta vie ! Elle n'en a rien à fiche de tes faits et gestes. Fais ce que tu dois faire, et déguerpis.

— Bon, eh bien… Bon appétit. Enchantée d'avoir fait votre connaissance.

En tournant les talons, j'ai réalisé qu'en plus de m'exprimer d'une façon ridicule, je racontais n'importe quoi. *Enchantée d'avoir fait votre connaissance* ? Mais à qui m'avait-on présentée ?

— Emily ! ai-je entendu au moment où ma main se posait sur la poignée de la porte. Que ceci ne se reproduise pas demain soir. Nous ne souhaitons pas être dérangés.

Une fois sur le palier, la porte refermée derrière moi, je me suis laissée choir sur la banquette, en inspirant profondément pour retrouver mon souffle. Il me semblait que je venais de traverser un bassin olympique sous l'eau, sans reprendre ma respiration d'un bout à l'autre, alors que tout l'épisode n'avait pas duré plus d'une minute.

Quelle garce ! La première fois qu'elle m'avait appelée

Emily, ce pouvait être une étourderie, mais la seconde fois, sa méprise était sans nul doute délibérée. Y avait-il meilleur procédé pour rabaisser quelqu'un que de l'appeler par un nom qui n'était pas le sien, après avoir obstinément refusé de prêter attention à sa présence ? Certes, je n'ignorais pas que je n'étais qu'un ectoplasme au plus bas de l'échelle hiérarchique du magazine – Emily n'avait jusque-là raté aucune occasion de le souligner –, mais Miranda avait-elle absolument besoin de me le rappeler, elle aussi ?

Je crois bien que j'aurais pu passer la nuit sur cette banquette, à mitrailler la porte du Penthouse A de balles imaginaires, mais un raclement de gorge m'a tirée de ma torpeur. Le petit liftier attendait patiemment, en contemplant ses pieds, que je me décide à redescendre. Je me suis précipitée dans la cabine en m'excusant.

— Pas de souci, m'a-t-il répondu dans un semi-murmure, les yeux obstinément rivés au sol. Ça sera plus facile avec le temps.

— Quoi ? Excusez-moi, je n'ai pas bien entendu…

— Rien, rien. Nous y sommes. Bonne soirée, mademoiselle.

Dans le hall, Emily était toujours pendue au téléphone et parlait d'une voix forte. Sitôt qu'elle m'a aperçue, elle a raccroché.

— Alors, comment ça s'est passé ? Il n'y a pas eu de problème ?

J'ai été tentée de lui raconter la scène que je venais de vivre. Si seulement elle avait été une collègue compatissante, avec laquelle j'aurais vraiment pu former une équipe ! Mais je savais pertinemment qu'à lui relater l'incident, je n'allais m'attirer que des réprimandes.

— Aucun problème. Ils étaient en train de dîner, j'ai tout déposé, exactement comme tu me l'avais dit.

— Parfait. Tu devras donc faire ça chaque soir. Ensuite, tu demandes à la voiture de te reconduire chez toi, et tu es libre. Bon, amuse-toi bien à la soirée de Marshall. Je devais y aller, mais j'ai rendez-vous pour une épilation du maillot, et je ne peux absolument pas l'annuler – tu te rends compte ? Ils sont complets pour les deux mois à venir ? Au beau milieu de l'hiver ! C'est sans doute à cause de tous ces gens qui partent en vacances au soleil. Qu'autant de femmes à New York aient besoin en ce moment de se faire épiler le maillot, ça me dépasse. Mais bon, c'est comme ça.

Le cœur battant au tempo de sa voix, j'avais l'impression que, quoi que je puisse dire ou faire, j'étais condamnée à perpétuité à l'écouter parler d'épilations du maillot. Entendre ses cris pour avoir osé perturber le dîner de Miranda n'aurait-il pas été, finalement, moins pire ?

— Ouais, c'est comme ça, et on n'y peut pas grand-chose. Bon, je dois me sauver, j'avais promis à James de le retrouver à 9 heures, et il est déjà 10 heures passées. À demain ?

— À demain. Ah, au fait, une dernière chose. Maintenant que tu es bien rodée, tu commenceras toujours à 7 heures, mais moi, je n'arriverai qu'à 8. Miranda est au courant – il est entendu que l'assistante senior commence plus tard, puisque son travail est beaucoup plus intense. Appelle-moi au besoin, mais maintenant, tu dois savoir te débrouiller seule. Salut ! a-t-elle lancé en s'engouffrant dans la seconde voiture qui patientait devant l'immeuble.

J'ai vraiment failli lui sauter à la gorge.

— Salut ! ai-je chantonné avec un grand sourire hypocrite.

Quand j'ai vu que mon chauffeur s'apprêtait à descendre pour m'ouvrir la portière, je lui ai fait signe de ne pas se déranger.

— Au Plaza, s'il vous plaît.

En dépit de la température qui devait avoisiner les – 7°, James m'attendait devant l'hôtel, sur les marches. Depuis que je l'avais quitté, il s'était changé et paraissait très, très menu dans son pantalon de daim noir et son débardeur blanc côtelé qui mettait en valeur son teint estival

– qui devait tout à un autobronzant appliqué d'une main experte. Quant à moi, avec ma minijupe Gap, j'avais l'air d'une touriste.

— Salut, Andy. Comment s'est passée la livraison ?

Nous n'avions pas plus tôt commencé à faire la queue devant le vestiaire que j'ai aperçu Brad Pitt.

— Non ! Brad Pitt est ici ?

— Ben évidemment… C'est Marshall qui s'occupe des cheveux de Jennifer. Elle doit être là aussi. Franchement, Andy, peut-être me croiras-tu, la prochaine fois, quand je te dirai de venir avec moi. Allons chercher un verre.

À une heure du matin, j'avais descendu quatre verres et je papotais joyeusement avec l'une des assistantes mode de *Vogue*. Nous discutions épilation du maillot. Passionnément. Et le sujet ne m'ennuyait même pas. À un moment donné, je suis repartie me mêler à la foule des invités pour retrouver James, et je suis passée à côté de Jennifer Aniston. *Bon sang !* me suis-je dit en lui adressant un immense sourire lèche-cul, *c'est tout de même quelque chose, cette soirée* ! Mais l'heure tournait, j'étais un peu ivre, je devais être au boulot dans moins de six heures et je n'étais pas rentrée chez moi depuis plus de vingt-quatre heures. Aussi, lorsque j'ai aperçu James en train de peloter un des coloristes du salon de Marshall, je me suis dit que j'allais m'éclipser en douce. Mais là, j'ai senti une main se poser sur mes reins.

— Hé ! a fait le mec supermignon que j'avais vu dépérir d'ennui dans un coin de la pièce.

À l'évidence, de dos, il m'avait confondue avec une autre fille. J'attendais qu'il s'excuse de sa méprise, mais son sourire s'est accentué.

— Vous n'êtes pas très bavarde, hein ?

— Parce que dire « Hé ! » fait de vous quelqu'un qui a de la conversation, peut-être ?

Andy ! Boucle-la ! Un mec archicanon te tombe dessus à l'improviste dans une soirée truffée de célébrités et toi, tu le rembarres aussi sec ? Mais il n'a nullement semblé s'offusquer. Bien au contraire, son sourire s'est encore élargi.

— Excusez-moi, ai-je ajouté en contemplant le fond d'alcool dans mon verre. Je m'appelle Andrea. C'est sans doute mieux de commencer ainsi.

J'ai tendu la main, intriguée. Que pouvait-il bien me vouloir ?

— Ne vous excusez pas. Vous êtes directe. Ça me plaît bien. Christian. Ravi de vous rencontrer, Andy.

Il a écarté une mèche châtain qui barrait son visage et a bu une gorgée de sa Budweiser au goulot. Je lui trouvais un air vaguement familier, sans pouvoir le situer précisément.

— Je n'imaginais pas qu'ils puissent servir une boisson aussi bas de gamme dans une soirée comme celle-ci, ai-je remarqué en désignant sa bouteille.

Alors que je m'attendais à ne récolter, dans le meilleur des cas, qu'un gloussement amusé, il a éclaté de rire, sans retenue, et avec sincérité.

— Vous dites toujours ce que vous pensez, n'est-ce pas ? Non, non, c'est parfait ainsi, a-t-il aussitôt protesté en voyant ma mine mortifiée. Et d'autant mieux que c'est très rare dans ce milieu. Boire le champagne dans une mini-bouteille et à la paille, voyez-vous, je n'y arrive pas. À mon sens, c'est carrément castrateur. Alors le barman m'a dégoté cette bouteille quelque part en cuisine.

Il a repoussé une autre mèche, qui est immédiatement retombée devant ses yeux, et il a sorti un paquet de cigarettes de la poche de sa veste. Il m'en a offert une, que j'ai aussitôt laissée tomber par terre, délibérément.

La cigarette avait atterri à quelques centimètres de ses mocassins à bouts carrés – des Gucci, reconnaissables à leur mors. En me redressant, j'ai inspecté le reste de sa tenue : jean Diesel – délavé là où il fallait, évasé en bas, assez long pour traîner derrière les talons – maintenu à la naissance des hanches par une ceinture noire – Gucci, certainement, mais dépourvue de signe ostentatoire ; tee-shirt blanc – quelconque, mais sans aucun doute acheté chez Armani ou Hugo Boss. Sa veste noire était elle aussi de bonne coupe, chère, peut-être même avait-elle été arrangée sur mesure pour son corps incroyablement sexy – quoique de taille normale. Mais c'étaient surtout ses yeux, verts comme de l'écume de mer, qui retenaient le plus l'attention. Par sa stature et sa silhouette, il me rappelait un peu Alex, mais un Alex relooké à la mode européenne. Un rien plus cool, un poil plus séduisant physiquement. Mais carrément plus vieux – il devait avoir la trentaine. Et sans doute aussi un peu trop beau parleur.

Il m'a proposé du feu et s'est rapproché de moi pour s'assurer que ma cigarette était bien allumée.

— Alors, Andrea, qu'est-ce qui vous amène dans une soirée comme celle-ci ? Compteriez-vous au nombre de ces rares personnes qui ont la chance d'être clientes de Marshall Madden ?

— Pas vraiment. Du moins pour l'instant, car il n'a pas pris de gants pour me dire que j'aurais tout à gagner à lui confier ma tête.

J'ai ri, et je me suis rendu compte que je cherchais *à tout prix* à impressionner cet inconnu.

— Je travaille à *Runway*, ai-je repris. Un copain qui est rédacteur beauté m'a traînée ici.

— *Runway* ? Un endroit sympa pour travailler si vous êtes versée dans le SM. Et vous aimez ça ?

J'ai hésité. Me demandait-il si j'aimais les relations sado-masochistes ? Ou mon boulot à *Runway* ? Peut-être ce type avait-il pigé sans avoir besoin d'un dessin… Peut-être était-il lui-même suffisamment introduit dans le milieu, pour savoir qu'au beau royaume de *Runway*, la réalité était bien différente de ce que les gens, de l'extérieur, imaginaient. Devais-je me lancer dans un numéro de charme en lui racontant le cauchemar que je venais de vivre avec la livraison du Book ? Non, non. Je n'avais aucune idée de l'identité de ce type. Après tout, il pouvait fort bien travailler lui-même à *Runway*, dans quelque département isolé où je n'avais encore jamais mis les pieds, ou dans un autre des magazines du groupe. Ou peut-être était-il un de ces journalistes fouineurs de la rubrique mondaine, la fameuse Page Six, contre lesquels Emily m'avait si soigneusement mise en garde.

— Ils te prennent par surprise et ils essaient de te piéger, de te soutirer quelque détail juteux sur Miranda ou *Runway*, m'avait-elle prévenue d'un ton menaçant. Tiens-toi toujours sur tes gardes.

Entre cette défiance généralisée et les badges qui permettaient de suivre nos faits et gestes à la trace, en matière de vigilance et de surveillance, la mafia faisait figure d'amateur en comparaison de *Runway*. Du coup, dans un accès de paranoïa, j'ai exécuté la fameuse volte-face.

— Ouais, ai-je fait, en m'efforçant de prendre un ton décontracté et évasif. C'est un endroit curieux. Je ne suis pas vraiment dans la mode – en fait, je préférerais écrire, mais j'imagine que ce n'est pas un mauvais début. Et vous, que faites-vous ?

— Je suis écrivain.

— Ah… Ce doit être passionnant.

J'espérais que ma voix trahissait moins de condescendance que je n'en éprouvais. Franchement, cette manie que tout le monde et n'importe qui, à New York, avait de s'auto-proclamer écrivain, acteur, poète, artiste commençait à me taper sur le système. *Moi, j'écrivais dans le journal de la fac*, ai-je songé, *et une fois, au lycée, un de mes essais a même été publié dans un mensuel*. Cela faisait-il de moi un écrivain ?

— Et quel genre de livres écrivez-vous ?

— Des fictions, principalement. Je travaille en ce moment sur mon premier roman historique, a-t-il précisé en buvant une autre gorgée de bière et en repoussant une nouvelle fois cette agaçante, mais néanmoins adorable, mèche.

« Premier roman historique » signifiait donc que ses

autres œuvres faisaient l'impasse sur la dimension historique. Intéressant.

— Et ça parle de quoi ?

Il a réfléchi quelques secondes.

— L'histoire est racontée d'après le point de vue d'une jeune femme, et s'attache à dépeindre le quotidien dans ce pays pendant la Seconde Guerre mondiale. J'en suis encore à la phase des recherches, je retranscris des interviews… Mais le peu que j'ai écrit jusque-là me semble fonctionner assez bien. Je pense…

Il a continué à discourir, mais j'avais décroché. Nom d'un chien ! D'après cette brève description, j'avais immédiatement reconnu l'ouvrage en question. Le *New Yorker* lui avait déjà consacré un article : apparemment, tout le milieu littéraire brûlait de découvrir ce texte, et ne tarissait pas d'éloges à propos du réalisme avec lequel l'auteur dépeignait son héroïne. J'étais à une soirée en train de bavarder en toute simplicité avec Christian Collinsworth, le petit génie qui avait été édité à l'âge vénérable de vingt ans, alors qu'il hantait encore la bibliothèque de Yale. L'ensemble de la critique avait encensé son premier roman, en saluant une des plus remarquables réussites du XXe siècle. Le jeune auteur avait enchaîné avec la publication de deux autres romans, qui, chacun, étaient restés plus longtemps que le précédent sur les listes des meilleures ventes. L'article du *New Yorker* s'accompagnait d'une interview dans laquelle le journaliste disait que Christian « serait non seulement un auteur de poids dans les années à venir », mais qu'en plus, « avec son look d'enfer, il était un tueur en son genre : à supposer que son succès littéraire ne soit pas un argument suffisant, son charme pourrait toujours, à lui seul, lui assurer toute sa vie le succès auprès des femmes. »

— Waou, c'est vraiment génial.

Tout d'un coup, je n'avais plus la force de déployer esprit, humour, séduction. Ce type était un écrivain à succès – que cherchait-il, en bavardant avec moi ? À tuer le temps, sans doute. Il devait attendre que sa petite amie top model termine sa journée de pose à 10 000 dollars et le rejoigne. *Et quand bien même, quel est le problème, Andrea ? Au cas où tu l'aurais oublié, il se trouve que tu as déjà un compagnon adorable, gentil, attentionné. Ça suffit comme ça !* J'ai donc inventé un bobard pour expliquer que je devais absolument rentrer chez moi sur-le-champ. Mon interlocuteur a pris un air amusé.

— Je vous fais peur.

Le ton était celui, neutre, de la constatation, mais son sourire, en revanche, me mettait au défi de riposter.

— Peur ? Pourquoi diable devrais-je avoir peur de *vous* ? À moins, évidemment, qu'il n'y ait de bonnes raisons, que j'ignore…

Comment ne pas flirter à mon tour ? Il rendait le jeu si facile. Il a posé les mains sur mes épaules et m'a fait pivoter.

— Venez, allons chercher un taxi.

Et avant que j'aie pu protester, lui rétorquer que j'étais capable de trouver mon chemin seule, que le rencontrer avait été agréable, mais qu'il ferait bien d'y repenser à deux fois s'il s'imaginait rentrer avec moi, j'étais sur le perron du Plaza.

— Un taxi ? s'est enquis le portier.

— Oui, pour cette jeune fille.

— Non, j'ai déjà une voiture…, ai-je expliqué en indiquant, quelques mètres plus loin sur la 58e Rue, la file de voitures avec chauffeur rangées le long du trottoir.

Je n'avais pas besoin de regarder Christian pour savoir qu'il souriait. Un de ces sourires charmeurs et moqueurs qui semblaient être sa spécialité. Il m'a accompagnée jusqu'à la voiture, il a ouvert la portière et m'a désigné la banquette d'un geste galant.

— Merci, ai-je dit d'un ton emprunté en lui tendant la main. C'était un plaisir de faire votre connaissance.

— Le plaisir a été réciproque, Andrea. J'espère vraiment que nous aurons l'occasion de nous revoir bientôt.

Sur ce, il a saisi la main que je lui offrais, mais au lieu de la serrer comme je m'y attendais, il l'a portée à ses lèvres, une fraction de seconde plus longtemps que nécessaire.

J'ai réussi à monter dans la voiture sans trébucher ni m'humilier davantage, mais j'ai eu beau employer toute mon énergie à ne pas rougir, je sentais qu'hélas, c'était trop tard. Il a claqué la portière et suivi la voiture du regard.

Cette fois, cela n'a pas paru bizarre d'avoir une voiture et un chauffeur à ma disposition pour me ramener chez moi. D'ailleurs, plus rien ne m'étonnait : ni d'avoir passé la soirée à côtoyer des stars d'Hollywood, même si, avant ce soir-là, je n'avais encore jamais rencontré quelqu'un ne serait-ce que d'obscurément célèbre, ni qu'un des célibataires incontestablement les plus convoités de New York ait frotté sa truffe sur ma main. *Mais rien de tout cela n'a vraiment d'importance*, me répétais-je en boucle. *Cela fait partie de cet univers, un univers auquel tu n'as pas envie d'appartenir. Cette comédie peut sembler amusante vue d'ici, mais elle te passe par-dessus la tête.* Ce qui ne m'a pas empêchée de contempler fixement ma main, en essayant de me rappeler les moindres détails de ce baisemain. Finalement, j'ai plongé cette main gênante dans mon sac pour y attraper mon téléphone. Et tout en composant le numéro d'Alex, je me suis demandé ce que j'allais bien pouvoir lui raconter.

9

Douze semaines : c'est le temps qu'il m'a fallu pour consentir à profiter sans retenue de l'inépuisable stock de vêtements de créateurs que *Runway* me suppliait de bien vouloir accepter. Douze longues semaines harassantes, avec des journées de quatorze heures et des nuits de sommeil qui n'excédaient jamais cinq heures. Douze misérables semaines à me faire toiser, tous les matins sans exception, sans jamais recevoir le moindre compliment, ni avoir l'impression d'avoir enfin été reçue à l'examen. Douze semaines épouvantablement longues à me sentir idiote, incompétente, débile. Au début de mon quatrième mois (*plus que neuf mois à tenir* ! me disais-je), j'ai donc pris une décision : j'allais devenir une nouvelle femme. Et qui dit nouveau rôle dit nouveaux costumes.

Les douze semaines qui avaient précédé cette épiphanie m'avaient laminée. Je reconnaissais que posséder un placard rempli de vêtements « appropriés » m'aurait grandement simplifié la vie. Jusque-là, m'habiller avait constitué la part la plus stressante d'une routine matinale déjà angoissante. Le réveil sonnait si tôt qu'avouer à quiconque l'heure à laquelle je m'étais levée m'aurait infligé une douleur physique. Arriver au bureau à 7 heures était si laborieux que ça en devenait comique. Certes, ce n'était pas la première fois de ma vie que j'étais debout à 7 heures du matin – je m'étais déjà levée aux aurores pour prendre un avion, ou finir de réviser un examen qui avait lieu le jour même. Mais la plupart des fois où je m'étais trouvée dehors à cette heure indue, c'était pour n'avoir pas encore trouvé le chemin du lit après une nuit de fête. Dans ces circonstances, quand s'étalait devant moi la perspective d'une journée entière à dormir, 7 heures du mat' n'avaient rien d'une heure antipathique. Ma situation actuelle était complètement différente. C'était une privation de sommeil constante, interminable, inhumaine, et en dépit de mes nombreuses tentatives, jamais je n'avais réussi à me coucher avant minuit. Les deux semaines précédentes avaient été particulièrement rudes ; on était en plein bouclage de l'un des numéros de printemps et, parfois, j'avais dû patienter jusqu'à près de 23 heures pour récupérer le Book. Le temps de le déposer, j'étais arrivée chez moi à minuit passé, et il m'avait encore fallu trouver l'énergie de manger un morceau et de m'extirper de mes vêtements avant de m'effondrer sous la couette.

Le réveil commençait à sonner à 5 h 30, et il m'était impossible de l'ignorer. Au prix d'un gros effort, je glissais un pied hors de la couette, en visant plus ou moins l'endroit où il se trouvait (je l'avais stratégiquement placé au bout du lit pour m'obliger à faire un mouvement) et je donnais de grands coups de pied à l'aveuglette. Une fois établi le contact avec ce maudit instrument de torture, je l'assommais pour lui clouer le bec. Mais les stridulations reprenaient, avec constance et de manière totalement prévisible, toutes les sept minutes, et à 6 h 04, invariablement, la panique me faisait bondir du lit pour me ruer sous la douche.

Venait ensuite, entre 6 h 31 et 6 h 37, la mêlée quotidienne avec le contenu de mon placard. Même Lily – qui n'était pas exactement une bête de mode, avec ses jeans d'étudiante, ses sweat-shirts négligés et ses ras de cou en chanvre – s'étonnait à chacune de nos rencontres :

— Je ne comprends pas très bien ce que tu peux te mettre sur le dos pour aller bosser. Tes fringues sont aussi mignonnes que celles de n'importe quelle fille, Andy… Mais rien de ce que tu as n'a le style de *Runway*.

Jamais je ne lui avais avoué que, durant ces premiers mois, je m'étais levée tous les matins *encore plus tôt*, fermement déterminée à me forger un look « à la *Runway* », à partir d'une garde-robe qui, stylistiquement parlant, était, dans sa majorité, plus proche de l'esprit de Banana Republic. Chaque matin, tout en sirotant mon café chauffé au micro-ondes, j'avais passé près d'une demi-heure à m'arracher les cheveux devant les bottes et les ceintures, à tergiverser interminablement entre la laine et les microfibres. Souvent, j'avais changé cinq fois de suite de paire de collants jusqu'à trouver la bonne teinte, pour m'obliger au bout du compte à reconnaître que des collants sans style ni couleur ne pourraient de toute façon jamais être O.K. Les talons de mes chaussures étaient toujours trop bas, trop lourds, trop épais. Je ne possédais pas un seul pull en cashmere. Comme je n'avais pas encore découvert l'existence des strings, je faisais une fixation obsessionnelle sur le moyen d'éliminer les marques de slip – qui étaient la cible des commères lors des pauses devant la machine à café.

Donc, au bout de trois mois, épuisée, j'ai rendu les armes. Cette épreuve quotidienne m'avait vidée de toutes mes forces émotionnelles, physiques, mentales. Le jour de mon renoncement (le jour anniversaire de mes trois mois chez *Runway*) a commencé comme tous les autres : face au placard, ma tasse « I ™ Providence » dans une main, je passais en revue de l'autre mes chemises en coton préférées. Et là je me suis : *À quoi bon lutter* ? *Porter les vêtements de* Runway *ne ferait pas de moi une vendue, n'est-ce pas ?* De plus, les commentaires à l'égard de ma garde-robe avaient gagné en fréquence, ils s'étaient faits plus insidieux, et j'avais fini par me demander si je n'étais pas sur un siège éjectable. En surprenant ce jour-là mon reflet dans le miroir en pied, je n'ai pu qu'éclater de rire : Comment ? Cette fille en soutien-gorge brassière et culotte de coton avait la prétention de ressembler à une amazone de *Runway* ? Avec ces merdes sur le dos ? Laissez-moi rire ! Je travaillais dans un magazine *de mode* – et pas n'importe lequel ! Se contenter d'enfiler un vêtement qui n'était pas déchiré, effrangé, taché ou trois fois trop grand pour moi n'allait pas passer plus longtemps. J'ai écarté mes chemises à col boutonné et j'ai extrait de la penderie la jupe (Prada), le col roulé noir (Prada), et les bottes à mi-mollet (Prada) que Jeffy m'avait apportés un soir où j'attendais le Book.

— C'est quoi ? avais-je demandé en ouvrant le sac qu'il me tendait.

— Les vêtements que tu devrais porter si tu ne veux pas te faire virer, Andy.

Il me souriait, mais sans se résoudre à me regarder dans les yeux.

— Pardon ?

— Écoute, Andy, quelqu'un doit te le dire… Euh, ton look ne cadre pas vraiment avec celui de la rédaction. Bon, je sais que toutes ces fringues reviennent cher, mais il y a des moyens de se débrouiller. J'ai tellement de trucs dans la réserve que personne ne remarquera si tu, euh… empruntes quelques articles de temps à autre. (Jeffy avait dessiné deux guillemets en disant le mot *empruntes*) Et bien entendu, tu devrais appeler les services de com de chaque créateur et leur demander de te faire une carte de remise. Moi, je n'ai que 30 %, mais toi qui travailles pour Miranda, ça m'étonnerait qu'ils te fassent payer… Il n'y a aucune raison pour que tu t'obstines à t'habiller chez… Gap.

J'aurais pu expliquer à Jeffy que préférer des Nine West à des Manolo, ou des jeans achetés au rayon junior chez Macy's à des « jeans couture » vendus au huitième étage chez Barney's avait été ma façon de clamer à la face du monde que je ne me laissais pas corrompre par l'univers de *Runway*. Mais je me suis contentée de hocher la tête. Jeffy semblait si mal à l'aise de m'avoir fait remarquer que je m'étais humiliée chaque jour ! Qui l'avait chargé du sale boulot ? Emily ? Ou Miranda en personne ? Bah, quelle importance… J'avais déjà survécu trois mois entiers – si porter un pull col roulé Prada plutôt que son cousin de chez Urban Outfitters devait m'aider à survivre les neuf mois suivants, pourquoi pas ? D'où ma décision de me composer sans plus attendre une nouvelle garde-robe mieux adaptée.

Ce jour-là, j'ai finalement réussi à lever le camp à 6 h 50, et en fait, je me sentais drôlement bien dans ma peau. Le vendeur ambulant de café, en bas de chez moi, a même sifflé en m'apercevant, et une femme m'a arrêtée pour me dire qu'elle avait des vues sur ces bottes depuis trois mois. *Je pourrais y prendre goût*, me suis-je dit. Tout le monde devait se mettre un truc sur le dos chaque matin, et ces vêtements-là étaient sans conteste mille fois mieux que les miens. Comme tous les jours, j'ai marché jusqu'au carrefour de la Troisième Avenue, puis j'ai hélé un taxi et je me suis effondrée sur la banquette arrière.

— 640, Madison. Le plus rapidement possible, s'il vous plaît, ai-je coassé.

J'étais bien trop claquée pour être reconnaissante de ne pas avoir à partager le sort des usagers quotidiens des transports en commun. Le chauffeur m'a dévisagée dans son rétroviseur – avec un soupçon de sympathie, je le jure ! – avant de lâcher :

— Ah oui, la tour Elias-Clark.

Il n'y avait aucune circulation à cette heure-là, aussi, six minutes après montre en main, le taxi m'a déposée dans un crissement de pneus devant le grand monolithe long et efflanqué qui offrait un modèle de perfection physique à ses occupants. Comme chaque matin, le montant de la course s'élevait à 6,50 $ et, comme chaque matin, j'ai tendu un billet de 10 au chauffeur en lui disant de garder la monnaie. Et comme chaque matin, ce geste m'a mise de bonne humeur.

De ce côté-là, il n'y avait pas l'ombre d'un souci. Il ne

m'avait guère fallu plus d'une semaine pour comprendre que la comptabilité n'était pas précisément le point fort d'Elias-Clark, ni même une vraie priorité. Charger chaque jour 10 dollars de taxi en note de frais n'était pas vraiment un problème. Une autre entreprise aurait pu se demander de quel droit ses salariés prenaient un taxi pour se rendre à leur travail ; chez Elias-Clark, on se demandait pourquoi vous vous fatiguiez à chercher par vous-même un taxi, quand un service de voitures avec chauffeur était à votre disposition. Rouler chaque jour l'entreprise de quelques 10 dollars supplémentaires me rassérénait. Certains auraient vu là les signes d'une révolte passive agressive. Pour moi, c'était juste une façon d'être quitte.

J'ai dégringolé du taxi, encore réjouie d'avoir fait plaisir à quelqu'un, et j'ai marché vers l'entrée du 640. Même si, pour tout le monde, le bâtiment était la tour Elias-Clark, JS Bergman, l'une des plus prestigieuses banques de la ville, en louait la moitié. Nous ne partagions strictement rien avec elle – pas même un ascenseur –, mais cet apartheid n'empêchait nullement leurs banquiers pleins aux as et nos bêtes de mode de se mater réciproquement dans le hall.

J'étais en train de me préparer psychologiquement à affronter le petit numéro du matin avec Eduardo quand j'ai entendu quelqu'un dans mon dos lancer d'une voix gauche, circonspecte :

— Hé, Andy ? Quoi de neuf ? Ça faisait longtemps !

Je me suis retournée et me suis trouvée nez à nez avec Benjamin, un des multiples ex de Lily du temps de la fac. Apparemment indifférent au fait d'être assis sur le trottoir, il était affalé contre le mur, à côté de l'entrée. Benjamin n'était que l'un des nombreux types avec lesquels elle était sortie, mais il était le premier pour lequel elle avait éprouvé une affection sincère. Je n'avais plus parlé à ce bon vieux Benji (il détestait ce surnom) depuis le jour où Lily l'avait surpris en pleine action avec deux filles de sa chorale. Elle s'était pointée chez lui (il vivait dans un appartement à l'extérieur du campus) et l'avait trouvé vautré dans son salon entre une soprano et une alto, deux filles falotes qui n'avaient jamais pu se résoudre ensuite à croiser de nouveau le regard de Lily. J'avais essayé de la convaincre que ce n'était qu'une bouffonnerie d'étudiant, mais en vain. Elle avait pleuré pendant des jours et des jours et m'avait fait promettre de ne raconter cette mésaventure à personne. Tant de précautions s'étaient avérées inutiles, car Benjamin s'était lui-même chargé de divulguer ses exploits – se vantant d'avoir « chopé deux têtes de linotte », pour reprendre ses termes, pendant « qu'une troisième les matait ». Sa version des faits avait insinué que Lily, consentante, avait assisté à toute la scène, contemplant son vilain bonhomme faire la démonstration de sa virilité. Lily avait juré de ne jamais plus craquer pour un autre garçon, et jusque-là, elle avait semblé se tenir à sa promesse. Elle avait couché avec des tas d'hommes, mais sans les fréquenter assez longtemps pour risquer de découvrir chez eux un quelconque côté attachant.

J'ai cherché à retrouver dans le visage de ce type affalé sur le trottoir quelque chose du garçon sportif et mignon que j'avais connu. Mais Bergman l'avait transformé : il ne restait de lui que l'enveloppe d'un humain. Il portait un costume trop grand, froissé et, à voir avec quelle fièvre il tirait sur sa Marlboro, on aurait pu croire qu'elle contenait du crack ou de la cocaïne. À 7 heures du matin, il semblait déjà surmené, et cela m'a rassérénée. À la fois parce que c'était la monnaie de sa pièce pour le sale coup qu'il avait fait à Lily, et parce que je n'étais pas la seule à me traîner au bureau à une heure aussi indécente. Sans doute gagnait-il, lui, 150 000 dollars en échange de cette vie misérable, mais peu importe, je me sentais moins seule.

Benji m'a saluée en levant sa cigarette dont le bout incandescent brillait d'un éclat irréel dans cette aube hivernale, et m'a fait signe d'approcher. Je craignais d'être en retard, mais dans le hall, j'ai aperçu Eduardo qui m'a rassurée d'une mimique – celle qui signifiait

« T'inquiète pas, elle n'est pas encore là ». Je me suis approchée. Benji avait les yeux injectés de sang et l'air désespéré. Sans doute s'imaginait-il bosser sous les ordres d'un patron tyrannique. Ha ha ! Si seulement il savait ! J'avais envie d'éclater de rire.

— Hé, j'ai remarqué que tu étais la seule à arriver aussi tôt tous les matins, a-t-il marmonné. Tu fais quoi, ici ?

— Je travaille pour une bonne femme assez exigeante et je dois me pointer deux heures et demie avant tout le monde afin d'être à pied d'œuvre quand Sa Majesté arrive, ai-je expliqué, la voix gonflée de sarcasme et de hargne.

— Waou ! C'était juste une question. Navré pour toi, ça n'a pas l'air marrant. Tu bosses pour laquelle ?

— Miranda Priestly, ai-je répondu, en priant pour que ce nom ne trouve aucun écho en lui.

Que quelqu'un qui avait fait des études et avait réussi professionnellement n'ait aucune idée de qui était Miranda Priestly me faisait toujours immensément plaisir. Le vieux Benji n'a pas déçu mes attentes. Il a haussé les épaules en tirant sur sa clope et m'a lancé un regard interrogateur.

— C'est la rédac'chef de *Runway*, ai-je soufflé. Et la pire des garces que j'aie jamais rencontrée. C'est à peine si elle est humaine.

J'aurais volontiers déversé toute ma litanie de jérémiades dans les oreilles de Benji, mais brusquement, la paranoïa m'a fondu dessus. Ce type ignorant et indifférent était en fait un espion à la solde de Miranda ! Un laquais de l'*Observer*, ou de la Page Six, chargé de m'espionner. Oui, certes, ma panique était ridicule, complètement absurde. Je connaissais Benji depuis des années et je me doutais bien qu'il ne travaillait pas pour Miranda. Mais un doute subsistait. Après tout, comment aurais-je pu être certaine que ce n'était que délire paranoïaque ? De plus, n'importe qui aurait pu à ce moment-là se trouver dans mon dos et surprendre mes paroles venimeuses. Il me fallait immédiatement réparer les dégâts. Une volte-face s'imposait.

— Évidemment, c'est la femme la plus puissante du monde de la mode et de la presse. Ce n'est pas en passant ses journées à distribuer des sucres d'orge qu'on se hisse au sommet de ces deux mondes-là. On peut comprendre qu'elle soit un peu dure. Moi aussi je le serais, à sa place. Bon, euh… Je dois filer. C'était sympa de te revoir.

Je me suis défilée, comme chaque fois au cours de ces dernières semaines que je n'avais pas pu m'empêcher de démolir la sorcière devant quelqu'un d'autre que Lily, Alex ou mes parents.

— Ne t'en fais pas, m'a lancé Benji tandis que je fonçais en direction des ascenseurs. Je ne suis là que depuis jeudi.

*

— Salut, Eduardo, ai-je dit en prenant mon regard le plus épuisé, le plus pathétique. Je hais les lundis.

— Ne t'inquiète pas, ma fille, m'a-t-il répondu en souriant. Aujourd'hui, au moins, tu l'as coiffée au poteau.

Il faisait allusion à ces affreux matins où Miranda débarquait à 5 heures du matin, et où il devait l'escorter jusqu'en haut, puisqu'elle refusait de se munir d'un badge d'accès. Une fois dans son bureau, elle faisait les cent pas tout en nous harcelant de coups de téléphone, Emily et moi, jusqu'à ce que l'une ou l'autre réussisse à se réveiller et à se préparer pour filer d'urgence au bureau, comme si la sécurité de la nation était en péril.

Pourvu qu'il me laisse passer sans m'infliger une performance, ai-je prié au moment où je poussais le tourniquet. Négatif.

« *You, tell me what you want, what you really, really want*[1] », a-t-il chanté avec son lourd accent espagnol, en souriant de toutes ses dents.

Ma belle humeur pour avoir fait le bonheur du taxi et

1. Toi, dis-moi ce que tu veux, ce que tu veux vraiment.

avoir appris que j'étais arrivée avant Miranda s'est évaporée aussi sec, et comme chaque matin, je n'avais plus qu'une envie : sauter derrière le comptoir de la sécurité pour arracher les yeux à mon tortionnaire. Mais j'étais bonne joueuse, et Eduardo était mon seul ami en ces lieux. Je me suis donc exécutée, sans une once d'enthousiasme.

— *I'll tell you what I want, what I really, really want, I wanna – I wanna – I wanna – I wanna – I really, really, really wanna zigga zig aaaaaaaahhhhh*[1], ai-je piaillé, dans un pitoyable tribut au tube des Spice Girls. Eduardo a souri et déclenché l'ouverture du tourniquet.

— Hé, n'oublie pas : le 16 juillet.

— Ouais, le 16 juillet. Ça roule !

Eduardo avait découvert, j'ignore comment, que nos anniversaires tombaient le même jour, et cette coïncidence le ravissait. Pour une raison plus obscure encore, y faire référence était devenu une part de notre rituel du matin. Tous les jours, tous les jours, tous les jours.

Du côté Elias-Clark, il y avait huit ascenseurs, quatre affectés à la desserte des dix-sept premiers étages, et quatre autres desservant tous les étages au-delà. Seul le premier groupe comptait vraiment, puisque tous les titres importants étaient logés dans les dix-sept premiers étages. Chaque titre était affiché sur le panneau lumineux disposé en fronton au-dessus des portes. Au deuxième étage, se trouvait une salle de gym à disposition du personnel, un modèle du genre équipé de plus de cent Stairmasters, tapis de course, rameurs. Les vestiaires, agrémentés de sauna, jacuzzi, hammam, étaient entretenus par des techniciennes de surface en uniforme de bonnes, et accueillaient un institut de beauté qui proposait en urgence manucures, pédicures et soins du visage. On y fournissait même les serviettes de toilette – du moins d'après ce que j'en avais entendu dire : sans compter que je n'avais guère eu le loisir d'aller vérifier par moi-même, l'endroit était de

1. Je vais te dire ce que je veux, ce que je veux vraiment.

toute façon invariablement bondé de 6 heures à 22 heures. Les journalistes, les rédactrices et les assistantes commerciales réservaient trois jours auparavant pour assister à un cours de yoga ou de kick-boxing et, en dépit de tant de précautions, elles risquaient de perdre leur place si elles n'arrivaient pas avec quinze minutes d'avance. Comme presque tout ce qui avait été conçu, chez Elias-Clark, pour agrémenter la vie du personnel, cela ne réussissait qu'à me stresser davantage.

J'avais également ouï dire que le sous-sol abritait une crèche, mais ne connaissant personne qui avait des enfants, je ne pouvais pas encore l'affirmer. Les choses sérieuses commençaient au troisième étage, où se trouvait la cafétéria. Miranda refusait en principe d'y mettre les pieds, mais n'avait d'autre choix que de se mêler à la plèbe lorsqu'elle devait déjeuner avec Irv Ravitz, le P-DG d'Elias qui, lui, aimait fréquenter les lieux pour faire montre de sa solidarité avec ses employés.

Arrivée au dix-septième étage, j'ai inspecté mon derrière dans les portes en miroir des ascenseurs – une attention géniale de la part de l'architecte du 640, Madison. Comme chaque jour ou presque, j'ai dû pénétrer par effraction dans les bureaux puisque j'avais, une fois de plus, oublié mon badge électronique – celui-là même qui permettait de surveiller nos mouvements, nos achats et nos absences. Sophy n'arrivant pas avant 9 heures, je devais me pencher par-dessus son bureau, trouver à tâtons le bouton qui déclenchait l'ouverture des portes et, de là, sprinter depuis le comptoir de la réception avant qu'elles ne se referment. Certains matins, je devais recommencer ce manège à trois ou quatre reprises avant de réussir, mais cette fois, j'y suis parvenue du second coup.

À mon arrivée, tout l'étage était plongé dans le noir. Chaque matin, j'empruntais le même chemin pour gagner mon bureau. Passé l'entrée, à gauche, se trouvait la régie publicitaire. Les filles qui bossaient là adoraient plus que toutes les autres les tee-shirts Chloé et les bottines à talons aiguilles ; elles avaient aussi la manie de distribuer à tour de bras des cartes de visite qui proclamaient, en lettres bien voyantes, leur statut de membre de l'équipe de *Runway*. Ces filles n'avaient pourtant strictement aucun contact avec la rédaction proprement dite du magazine : c'était à l'éditorial qu'en plus de peaufiner les textes, maquetter les pages et engager les photographes, on sélectionnait les vêtements pour les pages mode, on courtisait les bons journalistes, on assortissait les accessoires aux tenues, on choisissait les mannequins. Les filles de l'éditorial voyageaient aux quatre coins de la planète pour les shootings de mode, fréquentaient les endroits les plus branchés, recevaient des cadeaux et bénéficiaient de remises chez tous les créateurs. C'étaient elles également qui, parce que leur mission consistait à être à l'affût des dernières tendances, étaient tenues de fréquenter les soirées les plus hype de New York pour voir comment les femmes étaient habillées.

Les commerciales de la régie, elles, étaient cantonnées à la vente des espaces publicitaires. Parfois, elles organisaient des soirées de promotion, mais comme aucune star ne figurait jamais au nombre de leurs invités, ces soirées n'éveillaient strictement aucun intérêt de la part de la scène branchée new-yorkaise (ainsi que me l'avait expliqué Emily d'un ton mauvais). À l'occasion, lorsqu'une de ces soirées était annoncée, des gens m'appelaient pour râler :

— J'ai entendu dire que *Runway* donne un cocktail, ce soir. Pourquoi ne suis-je pas invité ?

Invariablement, je découvrais l'existence de ces soirées par quelqu'un d'extérieur à la maison. Les membres de la rédaction n'y étaient jamais conviés – personne, de toute façon, n'y serait allé. En plus de se moquer, de terroriser et de frapper d'ostracisme toute personne ne faisant pas partie des leurs, les filles de *Runway* avaient trouvé le moyen de créer, en interne, une sorte de lumpenproletariat.

Le département pub débouchait sur un couloir étroit,

interminable, au bout duquel était installée une kitchenette. Il y avait là du thé, du café, et un frigo pour accueillir les plats préparés sous vide. Tout cela était totalement superflu puisque Starbucks détenait le monopole des shoots quotidiens de caféine des employés, que tous les repas étaient soigneusement choisis à la cafétéria, ou commandés chez l'un des traiteurs qui pullulaient *midtown*. Mais la présence de cette cuisine partait d'une bonne intention : « Regardez ! semblait-elle proclamer. Nous avons du thé Lipton, des sucrettes et même un micro-ondes. Nous sommes comme tout le monde. »

À 7 h 05, j'ai pénétré dans notre Principauté. J'étais déjà tellement fatiguée que chaque pas me coûtait un gros effort. Mais j'avais contracté, dans ma routine, une autre habitude que je n'avais pas encore songé à remettre en question, donc j'ai commencé par là. Comme tous les matins, j'ai déverrouillé son bureau, j'ai appuyé sur l'interrupteur et, le temps que les néons s'allument, debout dans le noir, j'ai contemplé derrière la baie vitrée le spectacle de la ville qui ne dort jamais. Dans le bureau d'une des puissantes de ce monde, face à ce paysage encore plongé dans l'obscurité mais tout scintillant de lumières multicolores, je m'imaginais être dans un film – dans une de ces comédies sentimentales (celle qui vous plaira, il n'y a que l'embarras du choix) où un couple d'amoureux s'embrasse sur la terrasse d'un appartement à six millions de dollars dominant l'East River. Puis, les néons se sont allumés, dissipant mon fantasme, effaçant la magie de l'aube new-yorkaise, balayant ce sentiment que tout peut arriver.

J'ai ouvert le placard de notre antichambre, où je suspendais le manteau de Miranda (et le mien les jours où elle ne portait pas de fourrure – elle n'aimait pas qu'Emily ou moi fassions voisiner nos lainages de piétonnes avec ses visons), mais qui renfermait également des manteaux et des vêtements répudiés qui valaient des dizaines de milliers de dollars, quelques vêtements de retour du pressing qui attendaient d'être réacheminés jusque chez leur propriétaire, et au moins deux cents de ces fameux foulards blancs Hermès. J'avais entendu dire que la maison Hermès avait décidé, l'année précédente, d'interrompre ce modèle, un simple carré de soie blanche. Quelqu'un, chez Hermès, jugeant que la maison devait une explication à sa célèbre cliente, avait appelé pour présenter ses excuses. Rien de surprenant à cela, Miranda leur avait sèchement fait part de son immense déception, et elle s'était empressée d'acheter la totalité de leur stock. Cinq cents carrés blancs avaient donc été livrés au bureau – un stock qui avait déjà été pour moitié écoulé. Miranda semait ses foulards aux quatre vents : elle les oubliait au restaurant, au cinéma, dans les défilés, les réunions hebdomadaires, les taxis. Dans les avions, à l'école de ses filles, sur les courts de tennis. Naturellement, elle en portait toujours un sur elle, incorporé avec style à sa tenue. Jamais encore je ne l'avais vue mettre un pied hors de chez elle sans arborer cette marque distinctive. Mais cela n'expliquait pas où passaient tous les autres. Peut-être les confondait-elle avec des mouchoirs ? Bref, elle semblait persuadée qu'ils étaient jetables, et personne ne savait comment s'y prendre pour lui expliquer que ce n'était pas le cas. Elias-Clark avait payé ces carrés blancs quelque deux cents dollars pièce, mais peu importait : nous lui en tendions de nouveaux comme s'il s'était agi de Kleenex. Au rythme où elle les consommait, dans deux ans, le stock serait épuisé.

J'avais disposé les boîtes en carton orange sur une étagère du placard, en libre service, où elles ne restaient jamais très longtemps. Tous les trois ou quatre jours, elle se préparait à partir à déjeuner et soupirait :

— An-dre-âââ, donnez-moi un carré.

Je me réconfortais en me disant que je serais partie depuis belle lurette quand le stock arriverait à épuisement, mais je plaignais la fille qui aurait la malchance d'être à ma place ce jour-là, et à qui il incomberait de lui annoncer la nouvelle. Cette seule perspective était terrifiante.

À peine ai-je eu ouvert le placard qu'Uri a appelé.

— Andrea ? Bonjour, c'est Uri. Pourriez-vous descendre, s'il vous plaît. Je suis sur la 58e, près de Park Avenue. J'ai des choses pour vous.

C'était une bonne façon, quoique approximative, de me prévenir de l'arrivée imminente de Miranda. Presque chaque matin, elle dépêchait Uri en éclaireur avec ses affaires – un assortiment de vêtements sales à expédier au pressing, des articles qu'elle avait lus chez elle, des magazines, des chaussures ou des sacs qui avaient besoin d'être réparés, et le Book. Je pouvais récupérer ses bagages et m'occuper de ces basses tâches peu ragoûtantes avant son arrivée. Elle suivait en général la livraison de ses bagages d'une demi-heure, puisque Uri, cela fait, repartait la chercher, où qu'elle soit.

Elle pouvait se trouver n'importe où, car, d'après Emily, elle ne dormait jamais. Je n'en croyais pas un mot, jusqu'au moment où j'ai commencé à arriver au bureau avant Emily ; j'étais donc la première à écouter les messages sur la boîte vocale. Chaque nuit sans exception, entre 1 et 6 heures du matin, Miranda laissait à notre intention huit à dix messages, toujours ambigus. Par exemple : « Cassidy veut un de ces sacs en nylon comme ont toutes les petites filles. Commandez-en un en taille médium dans la couleur qui lui plaira. » Ou encore : « J'ai besoin des coordonnées de cet antiquaire, entre la 72e et la 79e, chez qui j'ai vu cette commode ancienne. » Comme si nous savions quels sacs en nylon faisaient rage chez les gamines de dix ans, et chez lequel des quatre cents antiquaires à avoir pignon sur rue entre la 72e et la 79e (est ou ouest, au fait ?) elle avait aperçu, au cours des quinze années écoulées, un objet qui lui plaisait ! Mais tous les matins, je notais consciencieusement les messages, non sans les avoir d'abord écoutés plusieurs fois chacun : en plus de devoir reconnaître les mots déformés par son accent anglais, il me fallait tenter d'interpréter les mystérieuses requêtes, pour ne pas avoir à lui demander directement des précisions.

La fois où j'avais commis l'erreur de suggérer à Emily que nous demandions à Miranda de se montrer plus explicite, je n'avais récolté qu'un regard cinglant. Poser des questions à Miranda était apparemment de l'ordre de l'impossible. Mieux valait tâtonner et attendre qu'on nous dise que nos résultats étaient complètement à côté de la plaque. Pour localiser la commode ancienne qui avait attiré l'œil de Miranda, j'avais passé deux jours et demi à quadriller le quartier en limousine, entre la 72e et la 79e, de part et d'autre de Central Park, stylo en main, un annuaire ouvert sur les genoux, les yeux esquintés à force d'ausculter les vitrines, prête à sauter de voiture sitôt que j'apercevais une devanture d'antiquaire. Dès la quatrième boutique, j'avais mis au point une technique. À peine avait-on actionné le système d'ouverture de la porte que je me précipitais dans la boutique en hurlant :

— Bonjour ? Vendez-vous des commodes anciennes ?

À partir de la sixième boutique, je ne me donnais même plus la peine d'avancer au-delà du seuil. Immanquablement, un vendeur arrogant me toisait, pour déterminer si ça valait le coup de me répondre. Mais la plupart finissaient par remarquer la limousine qui patientait le long du trottoir, et se fendaient bien à contrecœur d'un oui ou d'un non ; certains me demandaient même une description plus détaillée de la commode que je cherchais.

Si un antiquaire admettait avoir une commode en magasin, je m'enquérais s'il avait récemment reçu la visite de Miranda Priestly. Et si, jusque-là, le commerçant avait pu douter que j'aie bel et bien l'esprit dérangé, en m'entendant prononcer le nom de Miranda, il était prêt à alerter la sécurité. À mon immense joie, quelques-uns, rares, n'avaient jamais entendu parler d'elle – n'était-ce pas réconfortant de voir qu'il existait encore des êtres humains normaux dont elle ne dominait pas la vie ? Dans ces cas-là, je m'éclipsais sans autre explication. Mais hélas, dans la majorité des cas, j'avais affaire à des gens qui la connaissaient de nom et se montraient aussitôt curieux.

Quand, à midi le troisième jour, je n'avais toujours pas réussi à localiser la boutique, Emily m'a enfin donné son feu vert pour aller demander quelques éclaircissements à Miranda. Dès que la voiture s'est garée au pied de l'immeuble, j'ai commencé à transpirer, et j'ai menacé Eduardo de sauter par-dessus le tourniquet s'il ne m'ouvrait pas sans m'infliger de performance. Le temps que j'arrive à notre étage, mon chemisier était littéralement trempé, et sitôt passé le seuil de notre bureau, mes mains se sont mises à trembler. Le discours parfaitement rodé que j'avais préparé (*Bonjour, Miranda, oui, je vais très bien, je vous remercie de me poser la question. Vous allez bien ? Écoutez, je voulais vous dire que j'ai fait mon maximum pour tenter de localiser le magasin d'antiquités que vous m'aviez décrit, mais que je n'ai pas eu de chance. Peut-être pourriez-vous me préciser s'il se trouve à l'est ou à l'ouest de Central Park ? Ou peut-être même vous souvenez-vous de son nom ?*) s'est tout simplement évanoui dans les régions les plus brumeuses de mon cerveau. Allant à l'encontre de tout protocole, au lieu de poster ma question via le Bulletin, j'ai sollicité la permission de me présenter devant elle, à son bureau et – sans doute parce qu'elle était sous le choc que j'aie eu le culot de lui adresser la parole sans y avoir été invitée – elle me l'a accordée. En résumé, elle a soupiré, elle m'a toisée avec condescendance et, après m'avoir insultée avec toutes ces délicieuses mimiques dont elle était spécialiste, elle a finalement consenti à ouvrir son agenda Hermès (qu'elle fermait avec un de ces fameux carrés blancs, ce qui était chic à défaut d'être pratique) pour en extraire… la carte du magasin.

— J'avais laissé cette information dans le message, An-dre-âââ. J'imagine que ç'aurait été trop vous demander que de la noter ?

Et même si l'envie me démangeait de débiter la carte

en confettis pour les lui jeter au visage, je me suis contentée de hocher la tête. J'ai regardé la fameuse carte : 244 68e Rue Est. Évidemment.

C'est à cet épisode que je repensais ce jour-là tout en notant les messages de la nuit. Puis, je me suis hâtée vers le rez-de-chaussée pour rejoindre Uri. Chaque matin, il m'indiquait où il était garé pour que je puisse le retrouver sans difficulté, mais invariablement, quelle que soit ma célérité, il m'attendait adossé à l'un des tourniquets, les bras chargés de sacs, de vêtements et de livres, tel un grand-père dévoué et généreux.

J'ai été ravie de découvrir que ce jour-là ne faisait pas exception à la règle.

— Ne courez pas pour moi, compris ? m'a-t-il dit en roulant les r. Vous courez tout le temps. Elle vous fait travailler très dur. C'est pour ça que je vous apporte les affaires ici, a-t-il ajouté en m'aidant à stabiliser sur mes bras l'empilement de sacs et de boîtes. Vous allez être une gentille fille et passer une bonne journée.

Je l'ai regardé avec gratitude, puis, par miracle, j'ai pensé à faire une halte au kiosque à journaux, où Ahmed m'a entassé la presse du jour sur les bras. Chacun de ces titres était également livré dans le bureau de Miranda tous les matins au courrier de 9 heures. Mais je devais en acheter un autre jeu complet pour minimiser le risque qu'elle soit privée une seule seconde de sa précieuse presse. Personne ne semblait trouver à redire au fait que la boîte payait neuf journaux par jour et sept magazines par semaine pour quelqu'un qui ne lisait que les ragots et ne feuilletait que les pages de mode.

En passant devant Eduardo, je lui ai décoché un regard peu amène – ma façon de lui dire : « Si jamais tu imagines que je vais te faire un show, là, maintenant, je t'étripe. » Mon œillade assassine a fonctionné : il a déclenché l'ouverture du tourniquet sans commentaire.

Je me suis débarrassée en vrac de tout mon bazar sous le bureau car il était l'heure de passer ma première commande de la journée. J'ai composé le numéro (que je connaissais désormais par cœur) de Mangia, un traiteur gastronomique. Comme d'habitude, c'est Jorge qui a répondu.

— Salut, mon petit loup, c'est moi, ai-je annoncé en coinçant le combiné contre mon épaule pour pouvoir entrer en même temps le mot de passe de Hotmail. Il est temps de donner le coup d'envoi de la journée.

Jorge et moi étions devenus copains. Parler chaque matin à trois, quatre ou cinq reprises avec quelqu'un permet de tisser assez vite des liens.

— Salut, poupée, je t'envoie un des gars tout de suite. Elle est déjà là ?

Si Jorge avait fini par piger que ma patronne travaillait pour *Runway* et qu'elle était lunatique, en revanche, il n'avait toujours pas compris à qui était destiné le petit déjeuner que je venais de commander. Jorge était l'un de mes hommes du matin, ainsi que j'aimais les appeler. Grâce à Eduardo, Uri, Jorge et Ahmed, ma journée ne commençait jamais trop mal. De plus, ils n'étaient pas directement affiliés à *Runway*, même s'ils n'étaient entrés dans ma vie que pour amener à son ultime degré de perfection la vie de sa rédactrice en chef.

Le petit déjeuner n° 1 serait en route d'ici quelques secondes pour le 640, Madison, et il y avait de grandes chances qu'il termine à la poubelle. Miranda mangeait chaque matin quatre tranches de bacon bien gras, deux saucisses et un feuilleté au fromage, accompagnés d'un grand café au lait de chez Starbucks. Une question partageait l'ensemble de la rédaction : Miranda faisait-elle en permanence un régime Atkins, ou bien avait-elle simplement la chance d'avoir un métabolisme surhumain résultant d'une fantastique combinaison génétique ? Quelle que soit la réponse, elle dévorait sans se poser de questions les nourritures les plus grasses, les plus atrocement insalubres – un luxe qu'aucune autre d'entre nous ne pouvait se permettre ; et comme rien de tout cela ne restait chaud plus de dix minutes, jusqu'à son arrivée je continuais à commander des petits déjeuners, et à les jeter. Certes, je pouvais tricher et le réchauffer une fois au micro-ondes, mais cela me prenait cinq minutes de plus, et de surcroît, elle ne manquait jamais de s'en apercevoir.

— An-dre-âââ, c'est infect. Apportez-moi immédiatement un petit déjeuner frais.

Je repassais donc commande toutes les vingt minutes jusqu'à ce qu'elle m'appelle de son portable pour me dire qu'elle arrivait et me demander de lui commander son petit déjeuner. Mais comme en général ce coup de fil ne précédait son arrivée que de deux ou trois minutes, il était indispensable que la commande soit déjà passée, d'une part parce que je n'aurais pas eu le temps de me retourner entre son coup de fil et son arrivée, et d'autre part parce que, assez souvent, elle ne se donnait même pas la peine d'appeler. Si j'avais bien fait mon travail, lorsqu'elle m'appelait pour me prévenir de son arrivée imminente, deux ou trois petits déjeuners complets étaient déjà en route.

Le téléphone a sonné. À une heure aussi matinale, ce ne pouvait être qu'elle.

— Emily, je serai là dans dix minutes et je voudrais que mon petit déjeuner soit prêt.

Elle avait pris l'habitude de nous appeler, Emily et moi, « Emily », ce qui suggérait, pas entièrement à tort, que nous étions impossibles à distinguer l'une de l'autre et totalement interchangeables. Quelque part au fond de moi, cela me vexait, mais après quelques mois, je m'y étais habituée. Et par ailleurs, j'étais vraiment trop crevée pour accorder de l'importance à un détail aussi insignifiant que mon prénom.

— Oui, Miranda, tout de suite.

Mais elle avait déjà raccroché, et la vraie Emily est entrée et a coulé, comme chaque matin, un regard furtif en direction du bureau de Miranda.

— Hé, elle est arrivée ? a-t-elle chuchoté, sans daigner articuler un bonjour – exactement comme son mentor.

— Non. Mais elle vient d'appeler. Elle arrive dans dix minutes. Je reviens.

J'ai enfourné portable et cigarettes dans la poche du manteau et j'ai détalé. Je ne disposais que de quelques minutes pour gagner le rez-de-chaussée, traverser Madison et griller toute la file d'attente chez Starbucks – en tirant comme une forcenée sur ma précieuse première cigarette de la journée le temps du transit. Tout en écrasant les dernières braises, je suis entrée en trombe et j'ai évalué la queue. Quand elle n'excédait pas huit personnes environ, je préférais patienter, comme une cliente normale. Mais ce jour-là, comme presque tous les jours d'ailleurs, plus de vingt pauvres âmes laborieuses attendaient avec impatience d'acheter à prix d'or leur dose de caféine. Avais-je vraiment le choix ? Je détestais ces façons de procéder, mais Miranda ne semblait pas comprendre que le café au lait que je lui présentais chaque matin non seulement ne pouvait pas être livré à domicile, mais en plus ne s'obtenait, à l'heure de pointe, qu'au terme d'une demi-heure de queue. Après deux ou trois semaines à essuyer des remontrances stridentes par portable interposé (« An-dreâââ, franchement, ça me dépasse. Voilà plus de vingt minutes que je vous ai prévenue de mon arrivée, et mon petit déjeuner n'est pas prêt. C'est inadmissible. »), j'avais demandé à parler à la responsable, une petite nana black.

— C'est gentil de m'accorder une minute. Écoutez, je sais que ça va vous sembler complètement dingue, mais je me demandais si nous pourrions envisager un moyen pour m'éviter de faire la queue.

J'ai donc expliqué à cette fille que je travaillais pour quelqu'un d'assez important, à qui il était impossible de faire entendre raison, et qui ne supportait pas d'attendre pour boire son café. Y aurait-il un moyen de passer devant les autres clients ? Discrètement, bien sûr.

Par un coup de bol monumental, cette Marion suivait

des cours du soir au Fashion Institute of Technology et préparait un diplôme de merchandising dans le secteur de la mode.

— Oh, mon Dieu ! Vous plaisantez ? Vous travaillez pour Miranda Priestly ? Et elle boit nos cafés au lait ? Un grand modèle chaque matin ? Incroyable ! Mais oui, oui, bien sûr ! Je vais demander à tout le monde de vous aider. Ne vous inquiétez pas. Miranda Priestly ! Vous imaginez ? La personne la plus influente du milieu de la mode !

Et tandis que Marion s'enflammait, je me suis forcée à hocher la tête avec un semblant d'enthousiasme.

Voilà comment je pouvais, à volonté, griller une longue queue de New-Yorkais harassés, agressifs et arrogants, et passer commande avant tout le monde. Jamais je n'usais de ce privilège de gaieté de cœur, je n'en retirais aucune fierté et je redoutais même les matins où j'en étais réduite à cette extrémité. Plus la queue était longue, jusqu'à déborder parfois sur le trottoir, plus je me sentais mal à la perspective de ressortir avec mes tasses. Mais à ce stade-là, j'avais les tempes battantes et les yeux qui picotaient de fatigue. Je me suis donc arrangée pour oublier que ce quotidien était ma vie – la raison pour laquelle j'avais passé quatre longues années à mémoriser des poèmes et à commenter de la prose, l'aboutissement de bons diplômes et de beaucoup de lèche – et j'ai transmis ma commande : un café au lait grand modèle, un Amaretto Cappuccino, un Mocha Frappuccino et un Caramel Macchiato en même temps qu'une demi-douzaine de muffins et de croissants, pour un montant total somptuaire de 28,83 dollars. Et comme chaque jour, j'ai pris soin de ranger le ticket dans le volet de mon porte-monnaie spécialement réservé aux factures, qui me seraient toutes remboursées par la très fiable maison Elias-Clark.

Cela fait, ce n'était pas le moment de bayer aux corneilles. Douze minutes s'étaient écoulées depuis son coup de fil. Probablement était-elle déjà au bureau, et elle devait ronger son frein en se demandant où je pouvais bien disparaître tous les matins – apparemment, la tasse frappée du logo Starbucks que je lui présentais un jour après l'autre avait toujours échoué à l'éclairer à ce sujet. Mais avant que j'aie pu prendre ma commande sur le comptoir, le téléphone a sonné. J'ai eu un haut-le-cœur. J'avais beau savoir, sans le moindre doute, que c'était elle, cela ne m'en terrifiait pas moins. Le nom qui s'est affiché sur mon écran a confirmé mes craintes, aussi ai-je été surprise d'entendre Emily, qui m'appelait depuis la ligne de Miranda.

— Elle est arrivée, et elle est en rogne, a-t-elle chuchoté. Rapplique le plus vite possible.

— Je fais de mon mieux, ai-je grogné en essayant de maintenir le plateau avec les quatre tasses et les sacs de viennoiseries en équilibre dans ma main libre.

Là s'enracinait la haine qui existait entre Emily et moi. Depuis qu'elle était devenue assistante senior, c'était à moi qu'il incombait d'aller chercher ses cafés, ses repas, d'aider ses gamines à faire leurs devoirs, et de sillonner la ville pour récupérer les plats adéquats pour ses dîners. Emily, elle, avait en charge la gestion des notes de frais, l'organisation de ses déplacements et – c'était le plus gros morceau – ses commandes personnelles de vêtements. Du coup, chaque matin lorsque je descendais chercher le café, Emily restait seule à jongler entre un téléphone qui n'arrêtait pas de sonner et les multiples exigences d'une Miranda matinale et ingambe. Pour ma part, je haïssais Emily de pouvoir venir travailler en petit haut sans manches, puisqu'elle n'aurait jamais besoin, six fois par jour, de quitter le bureau chauffé pour aller galoper dans tout New York. Elle me haïssait d'avoir des excuses pour quitter le bureau, car elle n'ignorait pas que je m'accordais toujours plus de temps que nécessaire, pour pouvoir bavarder au téléphone et fumer des cigarettes.

Le retour du Starbucks au bureau me prenait en général plus de temps que l'aller, car je devais distribuer les cafés et les viennoiseries. Je préférais les offrir aux sans-abri, un petit groupe d'habitués, qui au mépris de toutes les tentatives municipales pour « épurer la ville », traînaient sur les marches devant l'entrée de la 57e Rue. La police les coffrait invariablement avant la bousculade de la pause déjeuner, mais au moment où je descendais pour ma première course café de la journée, ils étaient encore là. C'était tellement génial – tellement réconfortant – de faire en sorte que ces cafés hors de prix sponsorisés par Elias-Clark finissent dans le gosier des gens les plus indésirables de la ville.

L'homme souillé d'urine qui dormait devant la Chase Bank recevait chaque jour un Mocha Frappuccino. En réalité, il ne se réveillait jamais pour le recevoir en mains propres ; je le déposais à côté de son épaule gauche, et lors d'une autre course café quelques heures plus tard, la tasse – en même temps que l'homme – avait disparu.

La vieille dame calée sur son chariot, avec sa pancarte

SANS ABRI/J'AI FAIM avait droit au Caramel Macchiato. J'ai vite appris qu'elle s'appelait Theresa, et j'ai pris l'habitude de lui acheter un grand crème, comme pour Miranda. Elle me remerciait toujours, mais n'y trempait jamais ses lèvres en ma présence. Quand j'ai fini par lui demander si elle voulait que je cesse de lui en apporter, elle a vigoureusement secoué la tête avant de marmonner que, sans faire la fine bouche, elle préférait quelque chose de plus doux – ce café-là était trop fort. Le lendemain, je lui ai apporté un café parfumé à la vanille et avec de la crème fouettée. Celui-ci lui plaisait-il davantage ? Oh oui, il était bien meilleur, quoique peut-être un peu trop sucré… Un jour de plus et, à son sourire généreusement édenté, j'ai su que j'étais enfin tombée juste : Theresa aimait son café sans parfum ajouté, avec de la crème fouettée et un filet de sirop de caramel. Depuis, elle le descendait sitôt que je le lui avais tendu.

Le troisième café était destiné à Rio, le Nigérien qui vendait des CD sous le manteau. Il ne semblait pas être sans abri, mais il s'était approché de moi, un matin où je tendais à Theresa sa dose quotidienne, et m'avait dit – chanté, plus exactement :

— Salut, salut ! Serais-tu la bonne fée de Starbucks ? Où est donc le mien ?

Le lendemain, je lui avais remis un grand Amaretto Cappuccino, et depuis, nous étions copains.

Chaque jour, je dépensais en notes de frais 24 dollars de plus que nécessaire – le grand crème de Miranda n'aurait dû coûter guère plus de 4 dollars : c'était ma façon personnelle de faire payer à Elias-Clark le pouvoir illimité dont jouissait Miranda. Et je prenais un malin plaisir à distribuer ces cafés à ces gens crasseux et pestilentiels parce que c'était ce détail, plus que l'argent dépensé, qui les aurait vraiment emmerdés.

Quand je suis arrivée dans le hall, Pedro, le livreur de Mangia, un Mexicain, bavardait en espagnol avec Eduardo près des ascenseurs.

— Tiens, voilà notre copine ! a lancé Pedro, tandis que quelques commères se retournaient sur nous d'un air réprobateur. Même menu que d'habitude : bacon, saucisse, et un de ces trucs au fromage qui ont une sale gueule. Tu n'en as commandé qu'un, aujourd'hui ! Je ne sais pas comment tu te débrouilles pour rester aussi mince en mangeant ces cochonneries, ma fille.

J'ai réprimé l'envie de lui rétorquer qu'il n'avait pas idée de ce à quoi pouvait ressembler en ces lieux une fille *vraiment mince.* Pedro savait pertinemment que les petits déjeuners qu'il me livrait ne m'étaient pas destinés, mais à l'instar de tous les gens à qui j'avais affaire chaque jour avant 8 heures, il n'était pas vraiment au fait des détails. Comme d'habitude, je lui ai tendu un billet de 10 en règlement de la note de 3,95 $ et je suis remontée.

Quand je suis entrée dans nos bureaux, elle bavardait au téléphone, et j'ai vu son trench Gucci en peau de serpent étalé sur mon bureau. Ma tension est montée d'un coup. Ça l'aurait donc tuée, de faire deux pas de plus jusqu'au placard pour y suspendre son manteau ? Pourquoi se sentait-elle obligée de l'abandonner sur mon bureau ? J'ai posé le gobelet de café crème, j'ai regardé Emily – elle-même trop occupée à jongler avec trois lignes de téléphone pour me prêter attention – et j'ai suspendu la peau de reptile. Quant à mon propre manteau, je l'ai roulé en boule sous mon bureau, puisqu'il aurait risqué d'infecter le sien si jamais ils entraient en contact.

J'ai sorti deux sucres roux, un bâtonnet et une serviette d'une petite réserve que je gardais à portée de main, et j'ai présenté le tout enroulé dans la serviette. J'ai songé brièvement à cracher dans le café, mais j'ai été capable de me retenir. J'ai récupéré une petite assiette en porcelaine de la poubelle à volet, j'y ai fait glisser le porc ruisselant de graisse et le feuilleté ramolli et je me suis essuyé les doigts sur les vêtements à apporter au pressing – que je planquais sous mon bureau pour qu'elle ne s'aperçoive pas qu'on n'était pas encore venu les chercher. En théorie, j'étais supposée laver chaque jour son assiette dans l'évier de notre cuisine de poupée, mais je n'arrivais pas à m'y résoudre. Pour m'épargner l'humiliation de faire sa vaisselle au vu de tout le monde, je l'essuyais avec un mouchoir en papier après chaque repas et je grattais les résidus de fromage du bout de l'ongle. Si l'assiette était vraiment sale ou si j'avais attendu trop longtemps pour la nettoyer, j'ouvrais une bouteille de San Pellegrino et je versais quelques gouttes d'eau pour effacer les traces. Je me disais qu'elle devrait m'être reconnaissante de ne pas utiliser le produit en spray avec lequel nous nettoyions les bureaux. Je ne doutais pas d'avoir établi un nouveau record en matière de bassesse morale – ce qui m'inquiétait, c'était que cela ce soit fait aussi naturellement.

— N'oubliez pas, je veux que mes filles sourient, était-elle en train de dire au téléphone.

Au ton de sa voix, j'ai deviné qu'elle donnait ses instructions concernant les mannequins à Lucia, la directrice des pages mode, qui allait superviser le prochain shooting au Brésil.

— Heureuses, de grands sourires, toutes dents dehors, des filles saines, resplendissantes. Pas de mines boudeuses, ou coléreuses, pas de sourcils froncés, pas de maquillage tragique. Je les veux rayonnantes. *Rayonnantes.* Je n'accepterai rien de moins.

J'ai déposé tout l'attirail du petit déjeuner sur son bureau. Elle ne m'a pas accordé le moindre regard. J'ai attendu un instant, au cas où elle me tendrait une liste de choses à lui procurer, ou une liasse de papiers à faxer ou à classer, mais vu qu'elle continuait à m'ignorer, je suis sortie. Il était 8 h 30. J'étais debout depuis trois heures, j'avais l'impression d'en avoir déjà douze de travail dans les pattes, et enfin, *enfin*, j'avais le loisir de m'asseoir pour la première fois de la matinée. Juste au moment où j'entrais mon login sur Hotmail, en espérant découvrir des mails marrants, elle est sortie de son bureau. Sanglée dans sa veste étroitement cintrée autour de sa taille de guêpe et moulée dans une jupe tubulaire, elle ressemblait à un bâton de dynamite.

— An-dre-âââ. Ce café au lait est froid. Je ne comprends pas. Vous êtes partie assez longtemps ! Apportez-m'en un autre.

J'ai pris une profonde inspiration, et il m'a fallu mobiliser toute ma concentration pour ne pas laisser transparaître la haine sur mon visage. Miranda a posé le café au lait délictueux sur mon bureau et a feuilleté le dernier *Vanity Fair* que quelqu'un de la rédaction avait déposé là à son intention. J'ai senti le regard d'Emily sur moi, un regard compatissant mais mêlé de courroux : elle me plaignait de recommencer la course infernale jusqu'au Starbucks, mais m'en voulait d'avoir le culot d'en être agacée. Après tout, un million de filles n'étaient-elles pas prêtes à se damner pour être à ma place ?

Aussi, avec un soupir audible – que j'avais récemment mis au point, assez audible pour que Miranda puisse l'entendre, mais pas assez démonstratif pour qu'elle puisse m'en faire le reproche – j'ai renfilé mon manteau et j'ai contraint mes jambes à me ramener devant les ascenseurs. Encore une journée qui s'annonçait longue, très longue.

Le second marathon café en vingt minutes de temps s'est passé plus en douceur. Il y avait moins de queue, et Marion a commencé à préparer mon café au lait sitôt qu'elle m'a vue franchir la porte. Cette fois, j'ai renoncé à passer une autre commande somptuaire, car j'avais trop envie de remonter m'asseoir, mais j'ai tout de même ajouté des cappuccinos pour Emily et moi. Au moment où je payais, mon téléphone a sonné. Bon sang de bonsoir, cette bonne femme était impossible ! Insatiable, impatiente, insupportable. J'étais partie depuis moins de cinq minutes ! Elle ne pouvait pas déjà exploser. Le plateau en équilibre dans une main, j'ai extrait le téléphone de ma poche en décidant qu'une telle conduite de sa part me vaudrait une autre cigarette – ça lui ferait les pieds. Mais j'ai vu que c'était Lily, qui appelait de chez elle.

— Alors, la journée s'annonce dure ? a-t-elle demandé, d'une voix où perçait l'excitation.

J'ai jeté un œil à ma montre. Lily aurait dû être en cours.

— Oui, plus ou moins. J'en suis à ma deuxième course café. Mais à part ça, tout baigne. Que se passe-t-il ? Tu n'as pas cours, ce matin ?

— Si, mais je suis de nouveau sortie avec Chemise Rose hier soir et on a bu quelques margaritas de trop. Disons, huit de trop chacun. Il est encore dans le coma… Je ne peux pas l'abandonner ici. Mais ce n'est pas pour ça que je t'appelle.

— Ah non ? ai-je fait distraitement.

Un des cappuccinos commençait à dégouliner et, le téléphone coincé entre l'oreille et l'épaule, j'essayais d'extraire de ma main libre une clope des profondeurs de ma poche.

— Mon propriétaire a eu le culot de venir frapper chez moi ce matin à 8 heures pour m'annoncer qu'il me flanquait à la porte.

— À la porte ? Mais pourquoi ? Que vas-tu faire ?

— Il a fini par piger que je n'étais pas Sandra Gers, et qu'elle n'avait pas mis les pieds ici une seule fois en six mois. Et comme nous n'avons aucun lien de parenté, elle n'avait pas le droit de me sous-louer son appartement à loyer plafonné. Je le savais, alors je me faisais passer pour elle. Je ne sais pas comment ils s'en sont aperçus, mais de toute façon, ce n'est pas très grave, parce que du coup, toi et moi, on va pouvoir habiter ensemble ! Ta location chez Shanti et Kendra est au mois, n'est-ce pas ? Et tu sous-louais parce que tu n'avais nulle part où aller, exact ?

— Euh… oui.

— Eh bien, maintenant, on peut louer un appart ensemble, là où on veut !

— C'est génial !

J'avais beau être vraiment emballée par cette perspective, cet enthousiasme sonnait creux à mes oreilles, et il a douché un peu celui de Lily.

— Bon, tu es d'accord, alors ? a-t-elle repris d'un ton plus mesuré.

— Évidemment, Lil. C'est une idée géniale. Écoute, sans vouloir jouer les rabat-joie, je suis dans la rue, en train de patauger dans la neige fondue, et il y a du café brûlant qui me dégouline le long du bras gauche…

Biiip biiip. L'autre ligne a sonné. J'ai manqué de me brûler le cou avec la cigarette en essayant de détacher le téléphone de l'oreille pour voir qui appelait. Emily.

— Merde ! Lil, Miranda m'appelle. Faut que je te laisse. Mes félicitations pour avoir été mise à la porte. Je suis super excitée par notre projet. Je te rappelle plus tard, O.K. ?

— O.K., je vais en parler à…

Je lui ai raccroché au nez, me préparant mentalement à subir le tir nourri de récriminations.

— C'est encore moi, a annoncé Emily d'un ton crispé. Qu'est-ce que tu fabriques ? Tu es descendue chercher un café, nom d'un chien. Tu oublies que j'ai fait ton boulot. Je sais qu'il ne faut pas trois heures pour…

— Quoi ? j'ai fait, en haussant la voix et en plaçant deux doigts sur le micro. Que dis-tu ? Je ne t'entends pas. Tu m'entends, toi ? Je suis là dans une minute !

J'ai refermé le téléphone, je l'ai lâché au fond de la poche, j'ai balancé la Marlboro que je venais d'allumer et j'ai galopé.

Miranda a daigné accepter ce café au lait un poil plus chaud que le précédent, et nous a même accordé quelques instants de paix entre 10 et 11 heures, quand elle s'est enfermée dans son bureau pour roucouler avec l'ASN.

J'avais officiellement rencontré l'ASN pour la première fois un soir de la semaine précédente où j'avais déposé le Book aux alentours de 9 heures. À mon arrivée, il était en train de ranger son manteau dans le vestiaire de l'entrée, et il avait passé les dix minutes suivantes à parler de lui à la troisième personne. Depuis ce jour, il me témoignait encore plus d'attention lors de ma brève apparition vespérale, prenant toujours quelques minutes pour s'enquérir de ma journée ou me complimenter sur un travail bien fait. Naturellement, rien de cette amabilité ne déteignait sur sa femme, mais au moins, il n'était pas d'une compagnie désagréable.

Au moment où je me préparais à appeler des attachées de presse afin de glaner quelques autres vêtements pour compléter ma garde-robe professionnelle, la voix de Miranda m'a détournée de mes pensées.

— Emily, je voudrais mon lunch, a-t-elle lancé depuis son bureau.

Elle ne s'adressait à aucune de nous en particulier, puisque « Emily » était notre prénom générique. La vraie Emily a hoché la tête, signe qu'elle me donnait le feu vert. Le numéro de Smith and Wollensky était programmé dans mon téléphone. À l'autre bout du fil, j'ai reconnu la voix de la petite nouvelle.

— Salut, Kim, c'est Andrea, l'assistante de Miranda Priestly. Sebastian est-il là ?

— Bonjour, euh… Vous pourriez me répéter votre nom ?

J'avais beau appeler deux fois par semaine exactement à la même heure et m'être déjà présentée – la fille feignait systématiquement de ne pas me connaître.

— Andrea. L'assistante de Miranda Priestly. À *Runway*. Écoutez, sans vouloir être grossière… (en fait, j'en mourais d'envie)… je n'ai pas trop de temps à perdre. Pourriez-vous me passer Sebastian ?

Si n'importe qui d'autre de l'équipe avait répondu, j'aurais pu lui transmettre la commande (la même que d'habitude), mais cette fille-là était vraiment trop empotée pour que je puisse compter sur elle, donc il me fallait parler au responsable.

— Euh, d'accord, je vais voir s'il est disponible.

Fais-moi confiance, Kim, il est disponible. Miranda Priestly est toute sa vie.

— Andy, bonjour, comment allez-vous ? a susurré Sebastian dans le combiné. J'espère que vous appelez parce que notre rédactrice de mode préférée veut que nous lui préparions son déjeuner !

Comment ce type réagirait-il si je lui disais, juste une fois, que ce n'était pas Miranda, mais moi, qui avais envie de déjeuner ? Après tout, ce restaurant ne prévoyait généralement pas de plats à emporter, mais faisait naturellement une exception pour Sa Seigneurie.

— Exactement. Elle vient de dire qu'elle avait très envie d'un de vos délicieux plats, et elle me charge aussi de vous transmettre ses amitiés.

Pieux mensonge. Même sous la menace d'un écartèlement, Miranda aurait été infichue de retrouver le nom du restaurant qui lui livrait son déjeuner. Alors quant à identifier son responsable… Mais Sebastian était toujours transporté de joie par ce genre d'attention. Ce jour-là, il était tellement dilaté d'aise qu'il a lâché un gloussement.

— Aaaaah ! C'est trop génial ! Soyez sans crainte, tout sera prêt à votre arrivée. Transmettez-lui également bien des choses de ma part.

— Je n'y manquerai pas. À tout à l'heure.

Ces séances de caresses de l'ego dans le sens du poil étaient épuisantes, mais ce n'était pas peine perdue car Sebastian me facilitait vraiment la tâche. Les jours où Miranda n'avait aucun déjeuner à l'extérieur, je lui apportais son repas (toujours le même menu) dans son bureau, où elle le dégustait sans hâte, toutes portes closes. Pour ces occasions, je conservais quelques assiettes en porcelaine dans un placard au-dessus de mon bureau – des échantillons, pour la plupart, envoyés par des stylistes dont la dernière collection « maison » venait de sortir. En revanche, stocker plateaux, couteaux à viande et serviettes aurait demandé trop d'intendance, donc Sebastian veillait à me fournir ces divers accessoires en même temps que le déjeuner.

J'ai renfilé mon manteau, j'ai pris le téléphone, les cigarettes et je suis redescendue. Cette journée de février semblait de plus en plus grise au fur et à mesure que l'heure tournait. Le restaurant n'était qu'à quinze minutes de marche, mais j'ai hésité à appeler une voiture, puis finalement, en sentant l'air vif entrer dans mes poumons, j'ai renoncé. J'ai allumé une cigarette, inspiré, expiré. Je ne sais pas si c'était la fumée, l'air froid ou l'irritation, mais c'était rudement bon.

J'étais devenue habile au jeu de me faufiler entre les touristes qui déambulaient sans but. Et moi qui autrefois exécrait les piétons cramponnés à leur portable, j'en étais venue, compte tenu de mes journées infernales, à les imiter. J'ai composé le numéro de l'école d'Alex. D'après mes souvenirs un peu flous, il devait être en train de déjeuner à la cantine.

À la deuxième sonnerie, une femme à la voix haut perchée a décroché.

— École primaire 277, bonjour. Mme Whitmore. Que puis-je faire pour vous ?

— Pourrais-je parler à Alex Fineman ?

— Qui dois-je annoncer, s'il vous plaît ?

— Andrea Sachs. Je suis son amie.

— Ah, Andrea ! Nous entendons beaucoup parler de vous !

Elle s'exprimait avec un débit tellement haché qu'elle semblait sur le point de suffoquer d'un instant à l'autre.

— Ah bon ? Moi aussi j'entends beaucoup parler de vous. Alex vous tient tous en très haute estime.

— C'est si gentil de sa part. Mais dites-moi, Andrea, vous avez un boulot fabuleux, paraît-il ! Ce doit être passionnant de travailler pour une femme aussi exceptionnelle. Vous avez vraiment beaucoup de chance !

Oh, oui, Mme Whitmore. J'ai une chance folle. À un point dont vous n'avez même pas idée. Tenez, je me faisais justement cette réflexion quand hier, ma patronne m'a envoyée lui acheter des tampons, et m'a ensuite hurlé dessus parce que je n'avais pas choisi les bons. Quant à porter au pressing tous les matins avant 8 heures des vêtements tachés de transpiration et de graisse qui ne m'appartiennent pas... Si ce n'est pas de la chance ! Non, attendez ! Je crois que là où j'ai le plus de chance, c'est d'avoir eu l'occasion, pendant trois semaines entières, de rencontrer tous les éleveurs de chiens de la région, pour trouver le chiot bouledogue français idéal afin que deux petites filles pourries gâtées puissent avoir chacune leur propre animal.

— Oui, c'est une fantastique opportunité, ai-je répondu par automatisme. Un job que des milliers de filles…

— Ça, vous l'avez dit ! Ah, voilà justement Alex. Je vous le passe.

— Salut, Andy. Comment se passe ta journée ?

— Sans commentaire. Je fais le coursier. Et toi ? Bonne journée ?

— Pas mauvaise jusque-là. Mes élèves ont cours de

musique en début d'après-midi, donc j'ai une heure et demie de libre, c'est chouette. Et ensuite, nous reprendrons les exercices phonétiques ! a-t-il ajouté, d'un ton las. Même si j'ai l'impression qu'ils n'arriveront jamais à apprendre à lire.

— Bon, pas de coup de cutter, aujourd'hui ?

— Non.

— Que peux-tu demander de plus ? Une journée plus ou moins indolore, pas de sang versé. Hé ! tu sais quoi ? Lily m'a appelée ce matin. Elle a fini par se faire virer de son studio, et on va prendre un appart ensemble. C'est sympa, non ?

— Félicitations ! Ça ne pouvait pas mieux tomber pour toi. Vous allez bien vous marrer. D'un autre côté, c'est un peu flippant. Gérer Lily à plein temps… Plus les mecs de Lily… Promets-moi que tu seras souvent chez moi ?

— Bien sûr. Mais tu verras, tu t'y sentiras comme chez toi – ce sera comme si on recommençait notre dernière année de fac.

— C'est vraiment dommage qu'elle perde cet appart si bon marché. Mis à part ça, c'est une excellente nouvelle.

— Oui, je craque dans ma cellule. Shanti et Kendra sont adorables, mais je crois que j'en ai marre de partager un appart avec des gens que je ne connais pas.

J'avais beau aimer la cuisine indienne, j'étais loin d'apprécier cette odeur de curry qui avait imprégné toutes mes affaires.

— Je vais proposer à Lily d'aller boire un verre ce soir pour fêter ça. Ça te dit ? On pourrait se retrouver quelque part dans East Village. Si ce n'est pas trop loin pour toi.

— Bonne idée. Je file à Larchmont, voir Joey, mais je serai de retour en ville à 8 heures. Tu ne seras même pas sortie du boulot, à cette heure-là, donc je vais fixer rencard à Max et on se retrouve tous après. Hé ! Au fait. Lily a-t-elle quelqu'un en ce moment ? Max pourrait avoir besoin de…

— Besoin de quoi ? l'ai-je coupé en éclatant de rire.

Non mais, vas-y, dis-le ! Tu prends mon amie pour une prostituée ? Elle est simplement libérée. « A-t-elle quelqu'un en ce moment ? » C'est quoi, cette question ? Eh bien, oui, un dénommé Chemise Rose a passé la nuit dernière avec elle.

— O.K., bref. Ça sonne. Appelle-moi quand tu auras déposé le Book.

— Promis. Salut.

Au moment où j'allais ranger le téléphone, il a sonné de nouveau. Le numéro qui s'est affiché ne m'était pas familier et, à mon immense soulagement, ce n'était ni Miranda, ni Emily.

— Bure… Allô ?

J'avais pris l'habitude, par automatisme, de répondre à tous les téléphones qui sonnaient par la formule « Bureau de Miranda Priestly » – ce qui pouvait s'avérer extrêmement embarrassant dès lors que l'interlocuteur n'était ni mon père, ni ma mère, ni Lily.

— Est-ce bien l'adorable Andrea Sachs que j'ai involontairement terrifiée à la soirée de Marshall ? s'est enquise une voix rauque et très, très sexy.

Christian ! J'avais été presque soulagée qu'il ne se manifeste pas après ce petit massage de lèvres sur ma main, mais au seul son de sa voix, mon désir de l'impressionner par mon bel esprit et mon charme a ressuscité, aussi vif que ce premier soir. Je me suis intimé l'ordre d'y aller mollo.

— Elle-même. À qui ai-je le plaisir de parler ? Il y a un certain nombre d'hommes qui m'ont terrifiée ce soir-là, pour des dizaines de raisons différentes.

Bon, jusque-là, tout roule. Inspire. Reste calme.

— J'ignorais que la compétition était si rude. Mais je ne devrais pas m'en étonner. Comment allez-vous, Andrea ?

— Bien. Très bien, même, me suis-je empressée de mentir. (Je venais de me souvenir du résultat d'un test de *Cosmo* qui m'avait exhortée à rester « légère et enjouée » quand je rencontrais un homme, car la plupart des mecs « normaux » ne réagissaient pas si bien que ça à un cynisme mordant.) Tout se passe super bien au boulot. En fait, je l'adore. Ç'a été passionnant, ces derniers temps – j'ai appris des tas de trucs, il s'est passé plein de choses… Oui, c'est vraiment formidable. Et vous ?

Ne parle pas trop de toi. Ne monopolise pas la conversation. Mets-le suffisamment à l'aise pour causer avec toi de son sujet préféré : lui.

— Vous êtes une menteuse plutôt habile, Andrea. Une oreille novice à ce jeu-là pourrait même vous croire. Mais vous savez bien qu'on n'embobine pas un spécialiste du bobard ? Soyez sans crainte, je vous pardonne pour cette fois.

J'ai ouvert la bouche pour dénier l'accusation, mais je n'ai réussi qu'à éclater de rire. Fine mouche, l'animal.

— Bon, Andrea, venons-en directement au fait. Je suis à l'aéroport, en train d'embarquer, et la sécurité ne voit pas d'un très bon œil que je traverse le détecteur de métaux en bavardant au téléphone. Avez-vous prévu quelque chose pour samedi soir ?

Je déteste ce procédé, quand les gens vous posent cette question avant d'avoir dévoilé ce qu'ils ont en tête. Sa petite amie avait-elle besoin de quelqu'un pour lui faire son shopping et avait-il pensé que j'avais le bon profil ? À moins qu'il n'ait besoin de quelqu'un pour promener son chien le temps de donner une autre interview au *New York Times* ? Je réfléchissais à la meilleure façon de répondre à sa question sans m'engager quand il a ajouté :

— J'ai une réservation au Babbo, samedi. Neuf heures. Il y aura là plusieurs amis, des journalistes pour la plupart, et des gens très intéressants. Il y aura aussi un copain qui écrit dans *The Buzz*, et deux ou trois journalistes du *New Yorker*. Un bon mélange. Vous viendrez ?

À cet instant, une ambulance est passée devant moi. Sirène hurlante et gyrophare allumé, elle tentait vainement de se frayer un passage dans les embouteillages, mais comme d'habitude, les automobilistes n'ont rien voulu savoir, et l'ambulance a patienté au feu rouge, avec tous les autres véhicules.

Venait-il bien de me demander de sortir avec lui ? Oui, c'est exactement ce qu'il venait de faire. Il m'invitait à sortir avec lui ! Christian Collinsworth m'invitait à sortir avec lui – un samedi soir, pour être précise, et au Babbo, où il avait une réservation pour le premier service avec une bande de gens classe et intéressants, des gens comme lui. Sans parler des journalistes qui écrivaient dans le *New Yorker* ! Je me suis creusé la mémoire. Lui avais-je dit, lors de notre rencontre, que Babbo était le seul restaurant de la ville où je mourais d'envie d'aller, que j'adorais les restaurants italiens et que celui-là était l'un des préférés de Miranda ? J'avais même envisagé de dépenser une semaine entière de salaire pour y inviter Alex à dîner, mais lorsque j'avais voulu réserver, on m'avait appris que les réservations étaient archicomplètes pour les cinq mois à venir. Depuis trois ans, aucun autre garçon qu'Alex ne m'avait invitée à passer la soirée avec lui.

— Oh, Christian, mince ! J'adorerais… (Immédiatement, je me suis efforcée d'oublier que je venais de dire « mince ». *Mince !* Non mais franchement, qui disait encore ça ?) Vraiment, j'adorerais (*c'est bon, espèce d'idiote, tu l'as déjà dit, passe à la phrase suivante*), mais c'est impossible. Je… euh, j'ai déjà quelque chose de prévu pour samedi.

Une bonne réponse dans l'ensemble, ai-je estimé. Certes, j'avais dû crier un peu pour couvrir le hurlement de la sirène, mais dans les limites de la dignité, me semblait-il. Nul besoin d'être libre pour un rendez-vous notifié deux jours avant à peine, et nul besoin de révéler l'existence d'un petit ami… Après tout, ce n'étaient pas ses oignons, non ?

— Vous avez réellement des plans, Andrea, ou vous pensez que votre petit ami n'apprécierait pas que vous sortiez avec un autre homme ?

Ah, voilà qu'il partait à la pêche aux informations !

— Peu importe, cela n'a rien à voir avec vous, ai-je répondu d'un ton tellement prude que j'en ai levé les yeux au ciel.

Et comme j'ai traversé en même temps la Troisième Avenue sans remarquer que le feu était au rouge pour les piétons, j'ai manqué d'être fauchée par un minivan.

— Très bien, je vous laisse tranquille pour cette fois. Mais je reviendrai à la charge. Et je pense que la prochaine fois, vous direz oui.

— Vraiment ? Et sur quoi fondez-vous cette impression ?

Cette assurance si sexy commençait un peu trop à ressembler à de l'arrogance. Le seul problème, c'était que ça le rendait encore plus sexy.

— L'intuition, Andrea. Juste une intuition. Et inutile de vous inquiéter, ou d'inquiéter votre petit ami, ce n'était qu'une invitation amicale pour vous faire partager un bon repas et une agréable compagnie. Peut-être aimerait-il se joindre à nous, Andrea ? Votre petit ami. Ce doit être un garçon formidable. J'aimerais beaucoup le rencontrer.

— Non !

J'avais presque crié, horrifiée à l'idée de les voir assis face à face autour d'une table. Sans doute auraient-ils été aussi stupéfaits l'un que l'autre : Christian, à mon grand embarras, en découvrant le côté sain, un peu péquenaud et dame patronnesse d'Alex ; Alex, en comprenant, à ma plus grande honte encore, que j'étais séduite chez Christian par son style, son effronterie, son assurance inébranlable. J'ai éclaté de rire, ou du moins je me suis forcée à rire en espérant faire passer un message de détachement.

— Non, je ne crois pas que ce soit une bonne idée. Même si je ne doute pas qu'il adorerait lui aussi vous rencontrer.

Christian a ri à son tour, mais d'un rire moqueur, condescendant.

— Je plaisantais, Andrea. Je suis certain que votre ami

est un garçon formidable, mais ça ne m'intéresse pas spécialement de le rencontrer.

— Oui, bien sûr. Évidemment, je savais que…

— Écoutez, je dois y aller. Pourquoi ne m'appelez-vous pas si vous changez d'avis… ou de plans ? D'accord ? L'offre tient toujours. Passez une bonne journée.

Et sans me laisser le temps d'ajouter un mot, il a raccroché.

Bon sang, mais que venait-il de se passer ? J'ai rejoué toute la scène dans ma tête : l'écrivain superintelligent et supercanon s'était débrouillé pour dénicher mon numéro de portable et m'avait appelée pour m'inviter à l'accompagner samedi soir, dîner dans le restaurant le plus branché du moment. Savait-il depuis le début si j'avais ou non un petit ami ? C'était impossible à dire, mais l'information n'avait pas semblé le décourager particulièrement. Une seule chose était certaine : j'avais perdu trop de temps – et un bref coup d'œil à ma montre me l'a confirmé – à bavarder au téléphone. J'étais partie du bureau depuis trente-deux minutes, soit plus longtemps qu'il ne m'en fallait en général pour aller chercher le déjeuner et revenir.

En rangeant le téléphone, je me suis aperçue que j'étais arrivée devant le restaurant. J'ai tiré la lourde porte en bois ; la salle était plongée dans la pénombre, et chaque table avait beau être occupée par des banquiers et des avocats en train de dévorer leurs pièces de bœuf favorites, on n'entendait pas un bruit, comme si l'épaisse moquette et la palette de couleurs masculines avaient le pouvoir d'absorber tous les sons. Sebastian était sur les starting-blocks, près du pupitre de l'hôtesse, et sitôt qu'il m'a vue, il a foncé sur moi comme si j'étais porteuse du médicament qui allait lui sauver la vie.

— Andrea ! Quel plaisir de vous voir ici !

Derrière lui, deux jeunes filles en tailleurs gris sévères ont hoché la tête avec componction.

— Ah bon ? Mais pourquoi donc ?

Comment résister à l'envie de le titiller un peu ? Ce

type était tellement lèche-cul ! Il s'est penché vers moi, les chairs vibrant d'une excitation palpable.

— Vous connaissez les sentiments que toute l'équipe de Smith et Wollensky porte à Mme Priestly, n'est-ce pas ? *Runway* est un magazine tellement fabuleux ! Toutes ces photos sublimes ! Ce style renversant ! Et naturellement, ces articles passionnants ! Tellement littéraires ! Nous l'adorons !

— Littéraires, vraiment ?

Et tandis que je bataillais ferme pour réprimer l'immense sourire qui menaçait de s'épanouir sur mes lèvres, une jeune serveuse en tailleur s'est approchée, lui a discrètement touché l'épaule et lui a tendu un cabas en toile. Sebastian a pivoté et a poussé un cri de pure allégresse.

— Ah, ah ! Et voilà, un déjeuner préparé dans les règles de l'art gastronomique pour une rédactrice en chef exceptionnelle – et sa non moins exceptionnelle assistante, a-t-il ajouté avec un clin d'œil.

— Merci, Sebastian, nous apprécions, l'une et l'autre.

J'ai ouvert le cabas en grosse toile de coton pour m'assurer que tout était conforme à ma commande : cinq cent cinquante-cinq grammes de faux-filet qui se vidait de son sang dans sa barquette, tellement bleu qu'il semblait tout bonnement cru – O.K. ; deux pommes de terre au four fumantes, chacune de la taille d'un chaton – O.K. ; une petite barquette de purée de pommes de terre, assouplie à grand renfort de beurre et de crème épaisse – O.K. ; huit asperges de taille rigoureusement identique, avec des pointes charnues et juteuses – O.K. Le sac contenait également un godet en métal rempli de beurre en pommade, de la fleur de sel casher, un couteau à viande avec manche en bois et une serviette en lin amidonnée qui, aujourd'hui, avait été pliée en forme de jupe plissée. N'était-ce pas *ravissant* ? Sebastian attendait ma réaction.

— Ravissant. Vous vous êtes vraiment surpassé, Sebastian.

Son visage s'est illuminé et il a regardé ses pieds, dans

une posture d'humilité qui devait tout à un long entraînement.

— Merci. Vous savez combien j'estime Mme Priestly, et combien c'est un honneur de, de…

— Lui préparer son cabas du déjeuner ? ai-je suggéré, secourable.

— Oui, c'est ça. Vous me comprenez.

— Oh oui, naturellement, Sebastian. Et soyez certain qu'elle en sera ravie.

Je n'avais pas le cœur de lui avouer que je m'empressais de remettre à plat toutes ses créations car la Mme Priestly qu'il portait aux nues aurait piqué une crise d'anthologie en découvrant une serviette ayant une autre forme que celle attendue de la part d'une serviette de table. Juste au moment où je m'apprêtais à tourner les talons, le téléphone a sonné.

Sebastian m'a regardée d'un air d'attente, espérant sans doute avec ferveur que la voix à l'autre bout du fil serait celle de sa raison de vivre. Il n'a pas été déçu.

— Emily, c'est vous ? a lancé Miranda d'un ton haché, hargneux. Emily ? Je vous entends très mal !

— Oui, Miranda, c'est Andrea, ai-je dit calmement tandis que Sebastian semblait sur le point de tomber en pâmoison en entendant prononcer le nom de son idole.

— Seriez-vous en train de préparer vous-même mon déjeuner, An-dre-âââ ? D'après ma montre, je vous ai demandé mon déjeuner il y a trente-cinq minutes. Je ne vois aucune raison – si vous vous acquittez correctement de votre mission – qui puisse expliquer que mon déjeuner n'est pas encore sur mon bureau. En connaissez-vous une ?

Elle s'était souvenue de mon nom ! C'était une petite victoire – que, malheureusement, je n'avais pas le temps de savourer.

— Euh… je suis désolée d'avoir été si longue, mais il y a eu une légère confusion avec…

— Vous savez pertinemment à quel point ce genre de détails m'indiffère.

— Oui, bien sûr, et je serai là dans…

— J'appelle pour vous dire que je veux mon déjeuner – que je le veux tout de suite. Ça ne laisse guère de place aux nuances, Emily. Je. Veux. Mon. Déjeuner. Tout de suite.

Et elle a raccroché. Mes mains tremblaient tellement que j'ai lâché le téléphone, comme s'il avait été trempé dans de l'arsenic. Sebastian, prêt à s'évanouir, a tout de même plongé aussitôt pour le ramasser.

— Est-elle en colère contre nous, Andrea ? J'espère qu'elle ne croit pas que nous l'avons laissée tomber. N'est-ce pas ? Elle ne croit pas ça ?

Il avait la bouche crispée, figée en un ovale, et je distinguais les pulsations dans les veines proéminentes sur son front. Je l'aurais volontiers haï autant que je la haïssais, elle, mais je me sentais juste navrée pour lui. Pourquoi cet homme, cet homme dont le seul trait remarquable était d'être d'une rare insignifiance, faisait-il aussi grand cas de Miranda Priestly ? Pourquoi se mettait-il en quatre pour lui faire plaisir, l'impressionner, être à ses petits soins ? Peut-être devrait-il reprendre mon poste, me suis-je dit, parce que, moi, j'allais démissionner. Oui, j'allais vraiment le faire. J'allais regagner ce bureau et filer ma dem'. Pour qui se prenait-elle ? De quel droit me parlait-elle sur ce ton-là ? Pourquoi maltraitait-elle tout le monde ? Était-ce à cause de sa position ? Du pouvoir ? Du prestige ? De ses fringues Prada ? Où, dans quel univers, un tel comportement était-il acceptable ?

Le reçu de 95 dollars facturés à Elias-Clark attendait sur le comptoir ; j'ai griffonné une signature illisible. À ce stade-là, je ne savais plus si cette signature était la mienne, celle de Miranda, d'Emily ou du Mahatma Gandhi, mais c'était le cadet de mes soucis. J'ai empoigné le cabas et j'ai foncé dans la rue, abandonnant à lui-même un Sebastian fort mal en point. Sitôt sur le trottoir, je me suis engouffrée dans un taxi, en manquant presque au passage de renverser un vieil homme. Mais là non plus, je n'avais pas le loisir de me sentir concernée. Le temps pressait : j'avais ma démission à donner. En dépit de la circulation qui était dense entre midi et deux, nous avons parcouru les quelques blocs qui me séparaient du bureau en dix minutes. J'ai fourré un billet de 20 dans la main du chauffeur. Je lui aurais volontiers donné 50 dollars si je les avais eus et si j'avais trouvé un moyen de les faire casquer à Elias-Clark. Le chauffeur s'est mis à chercher la monnaie, mais j'ai claqué la portière et j'ai couru. Que ces 20 dollars servent donc à faire plaisir à une petite fille, ou à réparer un chauffe-eau, ou même à boire des bières après le service dans le garage à taxis du Queens – quelque usage que le chauffeur déciderait d'en faire, il serait toujours plus noble que de financer une énième tasse de café chez Starbucks.

Gonflée d'une indignation qui avait le bon droit dans son camp, j'ai traversé le hall comme une fusée, ignorant les regards désapprobateurs des commères attroupées dans un recoin. J'ai aussi entr'aperçu Benji qui émergeait d'un ascenseur Bergman, mais je me suis empressée de détourner la tête afin de ne pas perdre une minute de plus. J'ai glissé mon badge dans le lecteur et j'ai poussé le tourniquet d'un coup de hanche. Merde ! La barre métallique a cogné violemment contre mon pelvis. En relevant la tête, j'ai vu deux rangées de dents étincelantes, et le gros visage transpirant qui les encadrait. Eduardo. Il plaisantait. Il plaisantait forcément.

Je lui ai décoché mon regard le plus mauvais, celui qui disait, sans ambages : « Crève ! », mais ce jour-là, ça n'a pas marché. Sans le quitter des yeux, je me suis faufilée jusqu'au tourniquet voisin, j'ai passé mon badge dans le lecteur à la vitesse de l'éclair et j'ai poussé la barre. Il avait réussi à la bloquer juste à temps, et je suis restée là, à regarder les commères franchir sans encombre les unes après les autres le tourniquet d'à côté. Six personnes en tout sont passées, et moi j'étais toujours coincée là, si frustrée que j'ai cru que j'allais éclater en sanglots. Eduardo n'était vraiment pas sympa.

— Allons, ma fille, ne fais pas cette tête. C'est pas de la torture. C'est pour rire. Bon, maintenant, sois attentive, parce que… *I think we're alone now. There doesn't seem to be anyone a-rou-ound. I think we're alone now. The beatin' of our heart is the only sou-ound*[1].

— Eduardo ! Comment veux-tu que je mime ça ! Je n'ai pas de temps pour ces conneries !

— D'accord. Pas besoin de mimer, cette fois, contente-toi de chanter. Je commence, et toi, tu finis. *Children behave ! That's what they say when we're together. And watch how you play ! They don't understand, and so we're*[2]…

J'ai compris que je n'aurais pas besoin de démissionner si jamais je parvenais jusqu'en haut, parce qu'à ce moment-là, j'aurais déjà été virée. Alors autant faire plaisir à quelqu'un.

— *Running just as fast as we can*, ai-je enchaîné sans rater une mesure. *Holdin' on to one another's hand. Trying to get away into the night and then you put your arms around me and we tumble to the ground and then you say*[3]…

Je me suis penchée vers Eduardo quand j'ai remarqué que l'abruti du premier jour, Mickey, essayait d'écouter, et Eduardo a terminé :

— *I think we're alone, now. There doesn't seem to be*

1. Je crois que nous sommes seuls, maintenant. On dirait qu'il n'y a plus personne autour de nous. On n'entend plus que les battements de nos deux cœurs.

2. Tenez-vous bien, les enfants ! Voilà ce qu'ils nous disent lorsqu'on est tous les deux. Et attention à vos jeux ! Ils ne comprennent pas, alors nous voilà…

3. En train de courir à perdre haleine, main dans la main, pour tenter de nous enfuir dans la nuit, et là, tu passes un bras autour de moi et nous trébuchons, et tu me dis…

anyone a-rou-ound. I think we're alone now. The beatin' of our hearts is the only sou-ound !

Il est parti d'un rire bruyant et a levé sa main. J'ai levé la mienne pour la frapper et j'ai entendu le tourniquet se déclencher.

— Bon appétit, Andy !

— À toi aussi, Eduardo.

Aucun incident supplémentaire n'est venu troubler l'ascension jusqu'au dix-septième, et ce n'est qu'en arrivant devant les portes de la rédaction que j'ai décidé que je ne pouvais pas démissionner. Tout d'abord, à l'évidence, ce serait trop terrifiant et périlleux de me lancer dans cette aventure sans avoir rien préparé – elle se contenterait certainement de me toiser et de me rétorquer : « Non, je ne vous autorise pas à démissionner », et qu'allais-je pouvoir répondre à ça ? Ensuite, je ne devais pas oublier que cet esclavage ne concernait jamais qu'une année de ma vie. Une seule petite année, qui m'en épargnerait le double, le triple, le quadruple de galères. Un an, 12 mois, 52 semaines, 365 jours à supporter ces âneries, pour pouvoir réaliser le rêve de ma vie. Ce n'était pas la mer à boire. Et par ailleurs, j'étais trop claquée pour me mettre en quête d'un autre job.

Quand je suis entrée dans le bureau, Emily a relevé la tête.

— Elle revient tout de suite. Elle a été appelée dans le bureau de M. Ravitz. Franchement, Andrea, pourquoi as-tu été si longue ? Tu sais qu'elle me tombe dessus quand tu es en retard, et que puis-je lui dire ? Que tu fumes dans la rue au lieu de lui acheter son café ? Que tu bavardes avec ton petit ami, au lieu d'aller chercher son déjeuner ? Ce n'est pas juste – ce n'est vraiment pas juste.

Elle a reporté son attention sur son écran, l'air résigné.

Elle avait raison, évidemment. Ce n'était pas juste. Ni envers moi, ni envers elle, ni envers aucun être humain tant soit peu civilisé. J'étais confuse de lui compliquer la vie – ce que je faisais chaque fois que je m'octroyais quelques minutes supplémentaires en dehors du bureau pour me détendre et décompresser. Car chaque seconde où je n'étais pas là était une autre seconde où Miranda concentrait son attention toujours en éveil sur Emily. Je me suis promis de faire encore un petit effort.

— Tu as entièrement raison, Em. Je suis désolée. Je vais faire un effort.

Elle a eu l'air sincèrement surprise, et aussi un peu radoucie.

— J'apprécierais vraiment, Andrea. J'ai fait ton boulot. Je sais combien c'est chiant. Crois-moi, certains jours, qu'il pleuve ou qu'il neige, je devais descendre acheter des cafés cinq, six, sept fois en une seule journée. J'étais tellement fatiguée que je n'arrivais plus à bouger – je sais ce que c'est ! Parfois, elle m'appelait pour me demander où se trouvait un truc – son café au lait, son déjeuner, son tube de dentifrice spécial dents sensibles… C'était rassu-

rant d'apprendre que ses dents avaient, elles au moins, un semblant de sensibilité… Et tout ça avant même que j'aie eu le temps de sortir dans la rue ! Elle est comme ça, Andy. C'est tout. Tu ne peux pas t'obstiner à lutter contre ça, sinon tu vas y laisser ta peau. Elle ne songe pas à faire le mal, vraiment pas. Elle est juste comme ça.

J'ai hoché la tête. Je comprenais, mais je ne pouvais pas l'accepter. Je n'avais jamais travaillé ailleurs, cependant je ne pouvais pas croire que tous les patrons se comportaient ainsi. Mais peut-être me trompais-je ?

J'ai déposé le déjeuner sur son bureau et j'ai commencé les préparatifs pour le servir. L'un après l'autre, j'ai transvasé les plats des récipients hermétiques sur une assiette en porcelaine, en les arrangeant avec style (du moins, je l'espérais). J'ai essuyé mes mains graisseuses sur un de ses pantalons Versace qui attendaient de partir au pressing, et j'ai disposé l'assiette sur le plateau en teck et céramique que je rangeais sous mon bureau. À côté, j'ai déposé le beurrier, le sel, et les couverts enveloppés dans la serviette qui avait recouvré une apparence de serviette.

Un bref regard d'ensemble à mon stylisme a révélé qu'il manquait une bouteille de San Pellegrino. J'avais intérêt à me magner – elle serait là d'une minute à l'autre. J'ai foncé vers la kitchenette et j'ai attrapé une poignée de glaçons à pleine main, en soufflant sur mes doigts pour dissiper la brûlure du froid. Souffler n'était pas loin de lécher – je le fais ? *Non ! Élève-toi au-dessus de ça. Ne crache pas dans sa nourriture, ne suce pas ses glaçons. Tu es une grande personne. Tu es au-dessus de ça.*

À mon retour, elle n'était toujours pas là ; il ne me restait plus qu'à remplir le verre d'eau et à disposer le plateau sur son bureau monumental. Elle allait revenir, s'installer et appeler pour que l'une de nous deux referme ses portes. Et là, enfin, l'on pourrait sauter de joie. Non seulement parce qu'elle allait rester paisiblement assise derrière ses portes closes pendant une bonne demi-heure, à téléphoner à l'ASN, mais parce que, pour nous aussi, l'heure du déjeuner aurait sonné. L'une de nous deux pourrait alors faire un aller-retour express à la cafétéria, afin que l'autre puisse descendre à son tour. Il ne nous resterait plus qu'à déguster notre déjeuner planquées derrière notre écran, juste au cas où elle sortirait à l'improviste de son bureau. Car s'il y avait bien une règle, certes tacite mais néanmoins incontournable, c'était que personne, à la rédaction de *Runway*, ne devait s'alimenter devant Miranda Priestly. Personne.

D'après ma montre, il était 14 h 15. D'après mon estomac, il était bien plus tard. Il s'était écoulé sept heures depuis le sablé au chocolat que j'avais avalé en revenant de chez Starbucks. J'étais tellement affamée que j'avais même songé à grignoter un angle de son faux-filet.

— Em, j'ai tellement faim que je pourrais m'évanouir. Je crois que je vais galoper jusqu'en bas pour m'acheter quelque chose. Tu veux que je te rapporte un truc ?

— Ça va pas ? Tu ne lui as pas encore servi son déjeuner. Elle va revenir d'un instant à l'autre.

— Je ne plaisante pas. Je ne me sens vraiment pas bien. Je ne pense pas pouvoir attendre.

Entre le manque de sommeil et l'hypoglycémie, j'avais le vertige. Je n'étais pas certaine de pouvoir apporter le plateau avec le steak jusque sur son bureau, même si elle revenait bientôt.

— Andrea, sois un peu rationnelle ! Que se passerait-il si tu tombais sur elle à la réception, ou dans l'ascenseur ? Elle saurait que tu as déserté le bureau. Elle se mettrait en rogne. Ça ne vaut pas le coup de prendre le risque. Attends un peu. Je vais te chercher quelque chose.

Emily a pris son porte-monnaie et est sortie du bureau. Guère plus de quatre secondes après, j'ai aperçu Miranda qui arrivait dans le couloir. Toute pensée de faim, de vertige ou d'épuisement a disparu dès l'instant où j'ai vu son visage tendu et renfrogné, et je me suis précipitée pour déposer le plateau sur son bureau.

J'ai réatterri sur ma chaise juste avant que son premier escarpin Jimmy Choo ne franchisse le seuil. J'avais la tête qui tournait, la bouche sèche, et je me sentais totalement désorientée. Elle ne m'a pas accordé le moindre regard, ni, heureusement, n'a semblé remarquer que la vraie Emily n'était pas à son poste. J'ai eu l'impression que son entretien avec M. Ravitz ne s'était pas très bien passé, mais sa contrariété pouvait aussi découler du simple ressentiment d'avoir été obligée de quitter son bureau pour se rendre dans celui de quelqu'un d'autre. Jusque-là, M. Ravitz était la seule personne dans tout l'immeuble envers lequel Miranda manifestait de l'empressement.

— An-dre-âââ ! Qu'est-ce que c'est que ça ? Pouvez-vous m'expliquer ?

J'ai accouru, et nous avons toutes les deux contemplé ce qui était, à l'évidence, un plateau-déjeuner – ce même déjeuner qu'elle mangeait chaque fois qu'elle ne sortait pas. Une rapide récapitulation mentale m'a confirmé qu'il ne manquait rien, que tout était à la bonne place, et que tout semblait cuisiné conformément à ses instructions. Quel était son problème ?

— Eh bien, c'est votre déjeuner, ai-je répondu calmement, en m'efforçant de ne laisser transparaître aucun sarcasme dans ma voix – ce qui n'était pas simple, étant donné que je venais d'énoncer une lapalissade. Quelque chose ne va pas ?

Pour être exacte, je pense qu'elle a juste entr'ouvert les lèvres, mais dans mon esprit délirant, je l'ai vue avancer vers moi des crocs acérés.

— Quelque chose ne va pas ? s'est-elle moquée d'une voix haut perchée qui ne ressemblait en rien à la mienne, et qui n'avait rien d'humain non plus.

Les yeux étrécis en deux fentes, elle s'est rapprochée, se refusant, comme toujours, à élever le ton.

— Eh bien, oui. Quelque chose ne va pas. Ne va pas *du tout*. Pourquoi dois-je trouver *ça* en rentrant dans mon bureau ?

Sa remarque avait des airs de devinette retorse. Effectivement, me suis-je demandé, pourquoi doit-elle trouver ça en rentrant dans son bureau ? Qu'elle ait commandé le *ça* en question une heure auparavant n'était manifestement pas la bonne réponse, mais demeurait la seule dont je disposais. Le plateau lui déplaisait-il ? Impossible. Elle l'avait déjà vu des milliers de fois sans jamais y trouver à redire. Les cuisiniers s'étaient-ils trompés de pièce de viande ? Non plus. Il leur avait, une fois, pris la fantaisie de troquer son faux-filet contre un splendide morceau de filet, convaincus qu'elle ne pourrait que l'apprécier davantage, mais Miranda avait frôlé la crise d'apoplexie. Elle m'avait obligée à appeler le chef en personne et à l'engueuler pendant qu'elle se tenait à mes côtés et qu'elle me soufflait ce que je devais dire.

— Je suis navré, mademoiselle, vraiment, avait-il dit avec une douceur de vrai chic type. Mme Priestly est une si bonne cliente… J'ai pensé qu'elle préférerait avoir notre meilleur morceau. Je ne lui ai pas compté de supplément. Mais soyez sans crainte, ça ne se reproduira pas.

J'avais eu envie de pleurer quand elle m'avait forcée à lui dire qu'il ne serait jamais chef ailleurs que dans un restau-grill minable de centre commercial, mais je m'étais exécutée. Le type s'était confondu en excuses, et depuis, il ne lui avait jamais rien servi d'autre qu'un faux-filet dégoulinant de sang. Donc, ce n'était pas ça non plus. Je ne savais ni quoi faire, ni quoi dire.

— An-dre-âââ, l'assistante de M. Ravitz ne vous a-t-elle donc pas dit que nous venons de déjeuner dans ce lamentable restaurant d'entreprise ? a-t-elle demandé lentement, comme si elle faisait tout son possible pour ne pas péter définitivement les plombs.

Elle venait de faire *quoi* ? Après tout ce cirque – la galopade, la pitoyable séance de lèche de Sebastian, les coups de fil furibonds, les 95 dollars, les hurlements de détresse de mon estomac, le vertige – *elle avait déjà déjeuné* ?

— Euh, non, personne ne nous a prévenues. Donc… Cela signifie que vous n'en voulez pas ? ai-je répondu en désignant d'un geste le plateau.

Elle m'a regardée comme si je venais de lui suggérer de manger une de ses jumelles.

— À votre avis, Emily ?

Merde ! Elle avait si bien réussi à se souvenir de mon prénom !

— Je pense que, euh… vous n'en voulez pas.

— Voilà qui est fort bien pensé de votre part, Emily. J'ai de la chance, vous apprenez vite. Débarrassez-moi de ça. Et veillez à ce que ça ne se reproduise plus. C'est tout.

Un fantasme a jailli dans mon esprit, où comme au cinéma, je balaierais d'un geste le bureau et enverrais voler le plateau et son contenu à l'autre bout de la pièce. Miranda, choquée, contrite, s'excuserait abondamment pour m'avoir parlé sur ce ton. Mais le pianotement de ses ongles sur le bureau m'a ramenée à la réalité, et je me suis empressée de quitter la pièce avec le plateau.

— An-dre-âââ, fermez la porte ! J'ai besoin d'un moment de tranquillité ! a-t-elle lancé.

Forcément… Découvrir sur son bureau un déjeuner fin pour lequel elle n'avait plus faim relevait d'un stress trop important.

Emily venait juste de remonter avec un Coca light et un sachet de raisins secs – le petit en-cas qui était censé me faire patienter jusqu'au déjeuner, et qui était bien entendu sans la moindre calorie, ni le moindre gramme de graisse ou de sucre. En entendant Miranda ordonner de fermer les portes, elle a lâché les raisins sur mon bureau et s'est précipitée pour obéir.

— Qu'est-il arrivé ? a-t-elle chuchoté en voyant la nourriture intacte sur le plateau.

— Apparemment, notre charmante patronne avait déjà déjeuné, ai-je sifflé, dents serrées. Elle vient de me passer un savon pour ne l'avoir pas prédit, pour n'avoir pas été capable de voir à l'intérieur de son ventre qu'elle n'avait plus faim.

— Tu plaisantes ? Elle a crié après toi parce que tu ne revenais pas assez vite avec son déjeuner, exactement comme elle l'avait demandé, et maintenant elle te reproche de ne pas savoir qu'elle avait déjà déjeuné ailleurs ? Quelle garce !

J'ai hoché la tête. Qu'Emily, pour une fois, se range dans mon camp au lieu de me sermonner et de me reprocher de ne rien piger, voilà qui était un changement phénoménal. Mais minute ! C'était trop beau pour être vrai. Tel le soleil qui ne laisse que quelques traits roses et bleus dans le ciel une fois qu'il a disparu derrière la ligne d'horizon, le visage d'Emily est passé de la fureur à la contrition. La fameuse volte-face.

— Souviens-toi de notre conversation de tout à l'heure, Andrea. Elle ne voulait pas te blesser. Elle occupe un poste tout simplement trop important pour se laisser retarder par des détails insignifiants. Laisse faire. Tu jettes la bouffe, et on n'en parle plus.

Et Emily d'aller se rasseoir avec détermination devant son ordinateur. Je savais pertinemment qu'elle était en train de se demander si Miranda avait pu faire installer des micros dans notre bureau, et si elle avait entendu notre conversation. Le visage empourpré, elle avait l'air contrarié par son manque de self-control. Je ne savais pas comment elle avait fait pour survivre aussi longtemps.

J'ai songé à manger moi-même le steak, mais la seule pensée qu'il s'était trouvé quelques instants auparavant sur le bureau de Miranda me donnait la nausée. J'ai emporté le plateau dans la cuisine et je l'ai penché au-dessus de la poubelle pour le débarrasser d'un seul coup de tout son contenu – la nourriture cuisinée et assaisonnée de main de chef, l'assiette en porcelaine, le beurrier en métal, la salière, la serviette en lin, les couverts, le couteau à viande et le verre en baccarat. Tout est parti à la poubelle. Tout. Quelle importance ? Il serait toujours temps de récupérer tout ça en temps voulu – le lendemain, ou le jour où elle aurait de nouveau faim à l'heure du déjeuner.

*

Quand je suis arrivée au Pays de la soif, Alex semblait de mauvais poil, et Lily était beurrée. Alex pouvait-il savoir que plus tôt dans la journée, un homme m'avait proposé un rendez-vous – un homme qui, en plus d'être célèbre et plus âgé, était aussi une sacrée tête à claques ? Pouvait-il le deviner ? Le sentait-il ? Devais-je le lui dire ? Bah… À quoi bon perdre du temps avec un sujet aussi insignifiant ? Ce n'était pas comme si j'admettais m'intéresser à un autre homme, comme si j'allais vraiment passer à l'acte. Mentionner cet épisode était parfaitement inutile.

— Salut, la bête de mode ! a bafouillé Lily en levant son gin tonic vers moi et aspergeant au passage son cardigan, mais sans apparemment y prêter garde. Ou devrais-je plutôt dire ma future coloc ? Commande un verre. Il faut qu'on trinque.

J'ai embrassé Alex et me suis assise à côté de lui.

— Qu'est-ce que tu es sexy ! s'est-il exclamé en examinant ma tenue Prada d'un regard appréciateur. De quand date cette métamorphose ?

— D'aujourd'hui. J'ai enfin compris qu'il était écrit que si je ne faisais pas un effort vestimentaire, je n'avais plus de boulot. C'est assez vexant, mais bon, quitte à se mettre un truc sur le dos tous les jours, autant que ce soit bien. Je suis désolée d'être en retard. Ils n'en finissaient pas de terminer le Book ce soir, et sitôt que je suis passée le déposer chez Miranda, elle m'a envoyée lui acheter du basilic à l'épicerie du coin.

— Tu n'as pas dit qu'elle avait un cuisinier ? Pourquoi ne s'en est-il pas chargé ?

— Oui, elle a un cuisinier. Plus une bonne, une nurse, et deux enfants. Donc, inutile de me poser cette question. Je ne connais pas la réponse. Et ça m'a particulièrement agacée parce qu'il n'y a pas une seule épicerie dans son quartier. J'ai dû repartir sur Lexington, et me taper neuf blocs avant d'en trouver une qui soit encore ouverte. Ce qui m'a pris trois quarts d'heure de plus. Mais laissez-moi vous dire un truc, c'est que ces quarante-cinq minutes n'ont pas été du temps perdu. Imaginez tout ce que j'ai appris en allant acheter ce basilic ! Ne voyez-vous pas que je suis bien mieux préparée maintenant à mon avenir dans la presse magazine ! Je suis sur la voie rapide pour devenir rédactrice ! ai-je lancé avec un sourire victorieux.

— À ton avenir ! a crié Lily, sans détecter l'ombre d'un sarcasme dans mon speech.

— Elle est vraiment paf, a constaté tranquillement Alex, en regardant Lily comme on regarde un parent souffrant alité dans un hôpital. Je suis arrivé à l'heure avec Max, qui est parti depuis, mais on dirait qu'elle est là depuis des heures. Ou alors, elle boit très vite.

Lily avait toujours été une grosse buveuse, mais cela n'avait rien d'étonnant, dans la mesure où elle faisait toujours tout en grand. Elle avait été la première à fumer de l'herbe au collège, la première à perdre sa virginité au lycée, la première à sauter en parachute en chute libre à la fac. Elle adorait tout et tous ceux qui ne l'aimaient pas en retour, du moment que ça lui procurait le sentiment d'être vivante.

— Je ne comprends pas comment tu peux coucher avec lui alors que tu sais qu'il ne rompra jamais avec sa copine, lui avais-je dit à propos d'un mec qu'elle voyait en douce quand nous étions en deuxième année de fac.

— Et moi je ne comprends pas comment tu fais pour vivre avec autant de règles, m'avait-elle rétorqué du tac au tac. Où t'amuses-tu, dans ta vie si impeccablement planifiée et ordonnée ? Lâche-toi donc un peu, Andy ! Laisse vivre tes sens ! C'est si bon d'être vivant !

Peut-être buvait-elle un petit peu plus ces derniers temps, mais je savais que cette année de DEA était incroyablement stressante, même pour elle, et que ses profs à Columbia, à la différence de ceux de Brown qui lui avaient mangé dans la main, étaient plus exigeants et moins compréhensifs. Ma foi, ce n'était pas une mauvaise idée, me suis-je dit en hélant la serveuse. Boire était peut-être le moyen de gérer la situation. J'ai commandé une Absolut-pamplemousse, et j'en ai bu une longue gorgée. Qui ne m'a pas vraiment réussi, car excepté les raisins secs et le Coca light qu'Emily m'avait rapportés, je n'avais rien mangé de la journée.

— Ces quinze derniers jours, à la fac, ont été un peu rudes pour elle, ai-je expliqué à Alex, comme si Lily n'était pas assise avec nous.

De toute façon, elle ne s'était pas aperçue qu'elle faisait l'objet de la conversation, trop occupée à lancer des œillades suggestives à un quelconque yuppie. Alex a passé un bras autour de mes épaules, et je me suis blottie contre lui. C'était si bon de le retrouver – il me semblait ne pas l'avoir vu depuis des semaines.

— Je déteste l'idée de jouer les rabat-joie, mais il faut que je rentre, a-t-il dit en glissant une mèche folle derrière mon oreille. C'est O.K., si tu restes seule avec elle ?

— Tu dois partir ? déjà ?

— Déjà ? Andy, ça fait deux heures que je regarde ta meilleure amie picoler. Je suis venu pour te voir, mais tu n'étais pas là. Il est bientôt minuit, et j'ai encore des devoirs à corriger.

Il avait parlé calmement, mais je voyais bien qu'il était contrarié.

— Oui, je suis vraiment désolée. Mais tu sais bien que je serais arrivée plus tôt, si je l'avais pu. Tu sais que…

— Je sais tout ça. Je ne te reproche rien, je n'ai pas dit que tu aurais pu te débrouiller autrement. Je comprends. Mais essaie à ton tour de comprendre d'où j'arrive. O.K. ?

J'ai hoché la tête et je l'ai embrassé, mais je me sentais dans mes petits souliers. Je me suis promis de me rattraper, de lui consacrer une soirée entière et d'organiser quelque chose de spécial, rien que pour nous deux. Ces derniers temps, je lui en demandais un peu trop.

— Tu ne viens pas dormir chez moi, alors ?

— Non, sauf si tu as besoin d'un coup de main pour Lily. Je dois vraiment rentrer corriger ces copies.

Il m'a serrée dans ses bras, il a embrassé Lily et s'est dirigé vers la porte.

— Appelle, si besoin est, a-t-il lancé en sortant.

— Hé, pourquoi il se tire ? a demandé Lily, qui avait pourtant assisté à toute la conversation. Il est en colère contre toi ?

— Sans doute, ai-je soupiré en serrant ma sacoche en toile contre ma poitrine. J'ai vraiment été dégueulasse avec lui ces jours-ci.

Je suis allée au bar commander des amuse-gueule, et le temps que je revienne, le type de Wall Street s'était glissé sur la banquette à côté de Lily. Il ne semblait pas avoir la trentaine, mais avec son front qui se dégarnissait, comment savoir ?

J'ai attrapé le manteau de Lily et je le lui ai mis dans les mains.

— Lily, rhabille-toi. On s'en va, ai-je annoncé en regardant le type.

Le pli marqué au fer sur son pantalon de toile ne faisait rien pour contrebalancer son visage poupin. Et que sa langue soit à présent à cinq centimètres de l'oreille de mon amie ne me le rendait pas plus sympathique.

— Hé, y a pas le feu, a-t-il protesté d'une voix geignarde, nasillarde. Ta copine et moi venons tout juste de faire connaissance.

Lily a opiné en souriant et a essayé de boire une gorgée de son verre sans réaliser qu'il était vide.

— C'est charmant, mais nous devons y aller. Comment t'appelles-tu ?

— Stuart.

— Enchantée, Stuart. Pourquoi ne donnerais-tu pas ton numéro à mon amie Lily, pour qu'elle puisse éventuellement t'appeler quand elle sera plus en forme ? Qu'en penses-tu ? ai-je dit en lui souriant.

— Non, c'est bon, laisse tomber. À plus !

Il s'est levé et a filé vers le comptoir avec un tel empressement que Lily n'avait pas encore remarqué son départ.

— Stuart et moi allons faire connaissance, n'est-ce pas, Stu ?

Elle s'est tournée vers la place que le garçon venait de quitter, et a eu l'air déroutée.

— Stuart devait y aller, Lil. Viens, on s'en va.

Je l'ai aidée à enfiler son caban vert élimé et à se mettre debout. Elle a tangué, puis a retrouvé son équilibre. Dehors, l'air était froid et vif, et j'ai pensé qu'il l'aiderait à dessoûler.

— Je ne me sens pas très bien, a-t-elle dit sans articuler.

— Je sais, ma puce. Prenons un taxi pour rentrer chez toi, d'accord ? Tu crois pouvoir y arriver ?

Elle a acquiescé d'un signe de tête, puis, avec un grand naturel, elle s'est penchée en avant et elle a vomi. Il y en avait partout sur ses bottes, et le bas de son jean n'avait pas été épargné. Si seulement les filles de *Runway* pouvaient voir ma meilleure amie en ce moment, ai-je songé.

Je l'ai fait asseoir sur l'appui d'une vitrine dont on pouvait raisonnablement espérer qu'elle n'était protégée par aucune alarme, en lui ordonnant de ne pas bouger. Il fallait que je lui trouve de l'eau, et par chance, j'ai avisé une épicerie ouverte 24 h/24 de l'autre côté de la rue. À mon retour, Lily avait de nouveau vomi – mais sur elle, cette fois – et elle avait un regard de chien battu. J'avais acheté deux bouteilles d'eau minérale, une pour la faire boire, l'autre pour la nettoyer, mais là, elle était trop sale. J'en ai déversé une sur ses pieds pour laver les vomissures, et la moitié de l'autre sur son manteau. Mieux valait être trempée que tapissée de vomi. Elle était tellement ivre qu'elle ne s'est aperçue de rien.

Avec une Lily en si piteux état, il m'a fallu déployer quelques talents de persuasion pour convaincre un chauffeur de taxi de nous charger, mais la promesse d'un gros pourboire, en plus d'une course pour le moins rentable, a porté ses fruits. Nous allions traverser quasiment tout Manhattan dans sa longueur, et j'étais déjà en train de calculer comment j'allais pouvoir faire passer cette course de 20 dollars au bas mot en note de frais.

Atteindre le troisième sans ascenseur de Lily a été encore moins drôle que le trajet en taxi, mais après ces vingt-cinq minutes de voiture, Lily était devenue plus coopérative, et elle a même réussi à se doucher seule une fois que je l'ai eu déshabillée. Je l'ai orientée en direction de son lit où elle est allée s'effondrer à plat ventre. Quand je me suis penchée sur elle, elle était inconsciente ; dans un éclair de nostalgie, je mc suis souvenue des années de fac, des quatre cents coups que nous avions faits ensemble. On continuait à bien s'amuser, certes, mais jamais nous ne retrouverions l'insouciance de cette époque-là.

J'ai repensé à la conversation avec Alex. Lily ne buvait-elle pas un peu trop, ces derniers temps ? C'est vrai qu'elle semblait constamment avoir un coup dans l'aile. Lorsque Alex avait abordé ce sujet, la semaine précédente, je lui avais rétorqué que cela n'avait rien d'étonnant, ni d'inquiétant : Lily était encore étudiante, elle ne vivait pas encore dans le vrai monde, avec de vraies responsabilités d'adultes (comme, par exemple, verser de la San Pellegrino dans le verre idoine). Et puis franchement, je n'étais pas en reste. Lors des vacances de printemps, par exemple, nous avions toutes les deux un peu forcé sur la tequila à Señor Frog. Ou encore, le soir où nous avions célébré l'anniversaire du jour de notre rencontre, nous avions surestimé notre résistance en descendant trois bouteilles de vin rouge à deux. Une fois, après un soir de bringue pour fêter la fin des exams, Lily m'avait retenu les cheveux en arrière tandis que j'avais la joue collée sur la lunette des toilettes. Une autre fois, après une soirée au programme chargé – huit rhum-Coca et une reprise particulièrement atroce de « Every Rose Has a Thorn » au karaoké –, elle avait dû se garer quatre fois de suite sur le trajet de retour à la résidence universitaire. Le soir de son vingt et unième anniversaire, je l'avais ramenée tant bien que mal chez moi, et je l'avais bordée dans mon lit ; toutes les dix minutes, je vérifiais qu'elle respirait encore, puis, lorsque j'avais eu la certitude qu'elle allait survivre, je m'étais endormie par terre, au pied du lit. Cette nuit-là, elle s'était réveillée deux fois. La première fois, pour vomir sur le lit – elle avait vraiment fait un effort pour vomir dans la cuvette que j'avais déposée à côté du lit, mais elle s'était trompée de côté et avait vomi nez au mur –, et la seconde fois, pour s'excuser, me dire qu'elle m'aimait et que j'étais la meilleure des amies dont une fille puisse rêver. N'était-ce pas ainsi que ça se passait entre amis ? On se soûlait, on faisait les quatre cents coups et l'on prenait soin l'un de l'autre. Ou bien n'étaient-ce que des distractions d'étudiants, des rites de passage qui n'avaient qu'un temps ? Alex avait insisté que le cas de Lily était différent, qu'elle-même était différente, mais je n'arrivais pas à adopter son point de vue.

Je savais que j'aurais dû rester avec elle, mais il était presque 2 heures, et je devais être au bureau dans cinq heures. Mes vêtements empestaient le vomi, et je ne pouvais pas espérer trouver dans le placard de Lily une seule fringue compatible avec *Runway* – surtout depuis que j'avais haussé la barre question look. J'ai étalé une couverture sur Lily et j'ai réglé la sonnerie de son réveil sur 7 heures. Si elle n'avait pas une gueule de bois trop féroce, peut-être réussirait-elle à aller en cours.

— Salut, Lil. J'y vais. Tu es O.K. ?

J'ai posé le téléphone sans fil sur l'oreiller, à côté de sa tête. Elle a ouvert les yeux et m'a souri.

— Merci, a-t-elle murmuré avant de laisser retomber ses paupières.

Elle n'était certes pas en condition pour courir un marathon, ni même sans doute piloter une tondeuse à gazon, mais elle m'a paru tout à fait en état de s'endormir.

— Je t'en prie, ai-je réussi à dire.

C'était pourtant la toute première fois en vingt et une heures que j'arrêtais de courir, d'aller chercher un truc ou l'autre, d'arranger, de déplacer, de nettoyer ou d'assister.

— Je t'appelle demain, ai-je promis en obligeant mes jambes à ne pas me lâcher tout de suite. Si on est toujours en vie.

Et enfin, *enfin*, je suis rentrée chez moi.

10

— Ah, Andy, je suis contente de te trouver, a dit Cara à l'autre bout du fil.

Pourquoi diable était-elle essoufflée à 8 h 15 du matin ? En un dixième de seconde, une demi-douzaine de scénarios concernant ce dont Miranda pouvait avoir besoin ont défilé dans ma tête.

— Que se passe-t-il ? Jamais tu n'appelles aussi tôt.

— Rien, ne t'inquiète pas. Je voulais juste te prévenir que l'ASN vient de partir pour te voir et qu'il est particulièrement bavard ce matin.

— Génial ! Voilà au moins une semaine qu'il ne m'a pas questionnée sur chaque détail de ma vie ! Je me demandais où était passé mon admirateur numéro un, ai-je raillé en lançant l'impression du mémo que je venais de taper.

— Je dois avouer que je suis jalouse. Il ne s'intéresse plus du tout à moi et n'a d'yeux que pour toi. Je l'ai entendu dire qu'il venait te voir pour discuter des préparatifs de la soirée au Met.

— Formidable. Je grille d'impatience de rencontrer son frangin. Pour l'instant, nous avons simplement parlé au téléphone et il m'a tout l'air d'un parfait connard. Tu es certaine qu'il rapplique ici ? Il n'y a aucune chance pour qu'un être supérieur daigne m'épargner cette calamité, tout particulièrement aujourd'hui ?

— Non, je crois que tu n'y couperas pas. Prépare-toi.

En revanche, Miranda a rendez-vous chez la pédicure à 8 h 30, donc elle n'arrivera sans doute pas avec lui.

J'ai vérifié dans l'agenda posé sur le bureau d'Emily. Effectivement, le rendez-vous chez la pédicure était confirmé. Une matinée sans Miranda était bel et bien programmée.

— Fantastique. Que rêver de mieux qu'une petite bavette matinale pour resserrer mes liens avec l'ASN ? Pourquoi ce type est-il aussi bavard ?

— Je ne vois pas d'autre réponse que cette évidence : puisqu'il l'a épousée, c'est qu'il n'a pas toute sa tête. Appelle-moi s'il te raconte un truc franchement ouf. Je dois filer. Caroline vient d'étaler un des rouges à lèvres de sa mère sur le miroir de la salle de bains, sans aucune raison apparente.

— Que nos vies sont excitantes, tu ne trouves pas ? On est les filles les plus cool du monde. Merci de m'avoir prévenue. On s'appelle plus tard.

En attendant l'arrivée de l'ASN, j'ai relu le mémo. Il s'agissait d'une requête que Miranda adressait au conseil d'administration du Metropolitan Museum of Art. Elle sollicitait l'autorisation d'organiser, courant mars, un dîner dans l'une des salles du musée, en l'honneur de son beau-frère – un homme dont je sentais bien tout le mépris qu'il lui inspirait, mais qui faisait malheureusement partie de la famille. Jack Tomlinson était le frère cadet de l'ASN, et il était bien plus dissipé que son aîné. En effet, il venait tout juste d'annoncer qu'il quittait sa femme et leurs trois enfants pour épouser sa masseuse. Les deux frères appartenaient à cette aristocratie ayant fréquenté les meilleures écoles et facultés de la côte Est ; cependant, à l'approche de la trentaine, Jack s'était affranchi de son passé d'ancien élève d'Harvard et avait émigré en Caroline du Sud, où il avait immédiatement fait fortune dans l'immobilier. D'après Emily, l'homme s'était métamorphosé en un vrai natif du Sud, qui chiquait et crachait son tabac, ce qui naturellement épouvantait sa belle-sœur, véritable incarnation de la classe et de la sophistication. L'ASN avait demandé à Miranda d'organiser une réception pour les fiançailles de son petit frère, et Miranda, aveuglée par l'amour, n'avait eu d'autre choix que d'accepter. Et comme tout ce qu'elle faisait se devait d'atteindre à la perfection, cela signifiait que le dîner devrait avoir lieu au Met.

Très chers membres, bla bla bla, pour solliciter auprès de vous la permission d'organiser une soirée exceptionnelle, bla bla bla, ne seront engagés que les meilleurs traiteurs, fleuristes et musiciens, naturellement, bla bla bla, serais honorée de votre contribution, bla bla bla... Après une dernière relecture pour vérifier qu'il n'y avait aucune faute trop criante, j'ai imité sa signature et appelé un coursier.

Presque aussitôt après, on a frappé à la porte du bureau (que je tenais fermée à cette heure matinale où les bureaux étaient encore déserts). J'étais impressionnée par la disponibilité de ces gens, mais la porte s'est ouverte, et c'est l'ASN que j'ai vu apparaître – l'ASN qui arborait un sourire décidément trop fringant au vu de l'heure.

— Andrea ! s'est-il exclamé en s'avançant vers moi.

Il y avait une telle sincérité dans son sourire que je me suis sentie coupable de ne pas l'aimer.

— Bonjour, monsieur. Qu'est-ce qui vous amène de si bonne heure ? Miranda n'est pas encore là, je regrette.

Il a gloussé, et son nez s'est mis à frétiller comme celui d'un rongeur.

— Je sais. Et je crois qu'elle n'arrivera qu'en début d'après-midi. Andy, voilà trop longtemps que nous n'avons pas bavardé. Une petite mise à jour s'imposait. Racontez donc tout à M. T. : comment va votre vie ?

— Laissez-moi vous débarrasser, ai-je dit en lui arrachant des mains le sac de marin en toile monogrammée rempli de vêtements sales que Miranda lui avait confié à mon intention.

Je l'ai aussi soulagé du mini-cabas Fendi rebrodé de

perles qui avait depuis peu refait surface. Entièrement brodé à la main de perles en cristal selon un motif sophistiqué, ce sac était un modèle unique spécialement créé pour Miranda et offert par Silvia Venturini Fendi, en remerciement de son soutien ; une des assistantes de mode avait estimé son prix dans les 10 000 dollars. Mais j'ai remarqué que l'une des fines anses en cuir avait encore cédé. Les assistants des accessoires l'avaient pourtant déjà réexpédié deux bonnes douzaines de fois chez Fendi pour les faire recoudre à la main. Ce sac était conçu pour accueillir un petit portefeuille de dame, éventuellement une paire de lunettes de soleil et, en cas d'absolue nécessité, un minitéléphone portable. Mais Miranda ne s'encombrait pas de ce genre de considérations. Elle y avait fourré un flacon de parfum Bulgari grand modèle, une sandale dont le talon était cassé et que j'allais devoir confier aux cordonniers, son agenda Hermès qui avait la taille d'un sous-main et pesait plus qu'un ordinateur portable, un énorme collier de chien à piques – qui appartenait sans doute à Madelaine, à moins qu'il ne soit destiné à un prochain shooting de mode – et le Book, que je lui avais apporté la veille. Pour ma part, un sac de 10 000 dollars, je l'aurais mis au clou pour le transformer en un an de loyer. Mais Miranda, elle, préférait l'utiliser comme fourre-tout.

— Merci, Andy. Votre aide est infiniment précieuse pour nous tous. Bon, M. T. aimerait bien en savoir un peu plus sur votre vie. Où en êtes-vous ?

Où j'en suis ? Bonne question. Voyons voir... Nulle part, dirais-je. Je consacre le plus clair de mon temps à tenter de survivre à mon contrat d'apprentie esclave de ton épouse sadique. Si jamais elle s'abstient, quelques minutes dans la journée, d'exiger de moi une quelconque tâche humiliante, j'essaie de résister au lavage de cerveau que m'inflige son assistante en chef. Et quand il m'arrive, de plus en plus rarement, de sortir de cette taule, je consacre en général le peu d'énergie qu'il me reste à me convaincre que ce n'est pas un crime de manger plus de huit cents calories par jour, et que m'habiller en 36 ne fait pas de moi une obèse. Donc, j'imagine que la réponse est : nulle part.

— Nulle part, monsieur Tomlinson. Je travaille beaucoup. Et quand ce n'est pas le cas, je sors avec ma meilleure amie, ou mon petit copain. J'essaie aussi d'aller voir mes parents.

Avant, avais-je envie de lui dire, *je lisais beaucoup. Mais maintenant, je suis trop fatiguée*. Quant au sport, il avait toujours tenu une grande place dans ma vie, mais je n'avais plus de temps à y consacrer.

— Alors comme ça, vous avez vingt-cinq ans ?

Il n'y avait pas la moindre logique dans ses questions. Où voulait-il en venir avec celle-là ?

— Non, vingt-trois. J'ai eu mon diplôme en mai dernier.

— Aaaaah, vingt-trois ans. (Il m'a paru hésiter, et sur

le point de faire un commentaire. Je me suis préparée au pire.) Alors, dites un peu à M. T. comment une jeune fille de vingt-trois ans s'amuse-t-elle dans cette ville ? Elle sort dans les restaurants ? En boîte ? Dans ce genre d'endroits ?

Il me souriait. Avait-il vraiment besoin de toute cette attention qu'il semblait réclamer ? Son intérêt n'était dicté par aucune mauvaise intention : il ne découlait apparemment que d'une impérieuse nécessité de *parler*.

— Euh, oui… Je ne fréquente pas vraiment les boîtes, plutôt les bars. Je sors dîner au restaurant, je vais au cinéma.

— Parfait, on dirait que vous mordez la vie à belles dents. Moi aussi, je faisais ça, autrefois, quand j'avais votre âge. Mais maintenant, dès que je sors, ce ne sont que dîners professionnels et soirées caritatives. Profitez-en, ma petite Andy, a-t-il conclu, en m'adressant un clin d'œil de père maladroit.

— Euh… oui, j'essaie.

S'il te plaît, casse-toi. Casse-toi, par pitié, ai-je prié en silence en lorgnant le bagel que je n'avais pas eu le temps de manger et qui criait mon nom. Je disposais de trois minutes de paix et de tranquillité par jour, et ce bonhomme était en train de me les gâcher.

Alors qu'il s'apprêtait à rouvrir la bouche, la porte s'est ouverte, et Emily est entrée d'un pas décidé et dansant, ses écouteurs aux oreilles. J'ai vu la stupeur se peindre sur son visage lorsqu'elle a avisé l'ASN.

— Monsieur Tomlinson ! s'est-elle exclamée, en arrachant ses écouteurs et en s'empressant de fourrer son iPod dans son cabas Gucci. Tout va bien ? Miranda n'a pas eu de problème, n'est-ce pas ?

Tout, dans sa voix et son expression, dénotait une inquiétude sincère. Un excellent numéro : celui de l'assistante toujours attentive, polie, pleine de sollicitude.

— Bonjour, Emily. Il n'y a aucun problème. Miranda sera bientôt là. M. T. est juste passé déposer ses affaires. Comment allez-vous ?

À voir Emily se fendre d'un immense sourire, l'idée qu'elle puisse l'apprécier en toute sincérité m'a effleurée.

— Très bien, merci beaucoup. Et vous-même ? Andrea a-t-elle pu vous aider ?

— Oh oui ! a-t-il répondu en me gratifiant de son six millième sourire depuis son arrivée. Je voulais discuter avec elle de quelques détails concernant les fiançailles de mon frère, mais je réalise que c'est peut-être un peu tôt.

« Oui ! », ai-je failli lâcher, croyant qu'il avait enfin compris que l'heure de sa visite était par trop indécente. Mais je me suis rendu compte qu'il entendait seulement par là que l'organisation de la soirée n'en étant qu'à ses balbutiements, il était prématuré de discuter des détails.

— C'est une formidable assistante junior que vous vous êtes trouvé là, n'est-ce pas, Emily ? a-t-il repris en reportant son attention sur l'assistante en chef.

— Tout à fait, a acquiescé l'intéressée, mâchoires un rien crispées. C'est la meilleure.

Elle a souri.

J'ai souri.

M. Tomlinson a souri – un sourire à des milliers de watts. Peut-être souffrait-il d'un déséquilibre chimique, ce qui aurait expliqué cette perpétuelle euphorie intempestive.

— Eh bien, il est temps pour M. T. de poursuivre sa route. C'est toujours un immense plaisir de bavarder avec vous, mesdemoiselles. Je vous souhaite une excellente matinée. Au revoir.

— Au revoir, monsieur Tomlinson ! a lancé Emily tandis qu'il disparaissait à l'angle du couloir. Pourquoi as-tu été aussi impolie avec lui ? a-t-elle ajouté en se tournant vers moi.

Elle a ôté sa veste en cuir toute fine, sous laquelle elle portait une blouse à col boule en mousseline, lacée de haut en bas comme un corset.

— Impolie ? Mais je l'ai débarrassé des affaires de Miranda et je lui ai fait la conversation avant que tu n'arrives. En quoi ai-je été impolie ?

— Eh bien, déjà, tu ne lui as pas dit au revoir. Et tu avais cet air…

— Quel air ?

— Cet air que tu as tout le temps pour faire comprendre à tout le monde à quel point tu es au-dessus de tout ça, combien tu détestes tout ici. Avec moi, ça peut passer, mais pas avec M. Tomlinson. C'est le mari de Miranda ! Tu ne peux pas le traiter comme ça.

— Em, tu ne le trouves pas un peu… bizarre ? Il parle sans arrêt. Comment peut-il être aussi gentil, quand elle est à ce point s… désagréable ?

Emily est allée vérifier, dans le bureau de Miranda, si j'avais correctement disposé la presse.

— Bizarre ? Non, pas vraiment. C'est l'un des avocats spécialisés en droit fiscal les plus réputés de Manhattan.

J'ai deviné le dialogue de sourds qui allait suivre.

— Laisse tomber. Je ne sais même plus ce que je raconte. Comment vas-tu ? Tu as passé une bonne soirée ?

— Géniale ! J'ai accompagné Jessica faire des courses. Elle cherchait des cadeaux pour ses demoiselles d'honneur. On est allées partout : Scoop, Bergdorf, Infinity, partout. J'ai essayé tout un tas de fringues pour trouver des idées pour Paris, mais il est encore trop tôt pour m'en occuper.

— Pour Paris ? Tu vas à Paris ? Tu vas me laisser seule avec elle ?

Franchement, je n'avais pas eu l'intention d'ajouter cette dernière phrase à voix haute, mais ça m'avait échappé. Ce qui m'a valu de récolter un de ces regards qui semblait dire « Ma pauvre fille… ».

— Oui, je vais aller à Paris, en octobre, avec Miranda, pour les défilés. Chaque année, elle emmène son assistante senior assister aux défilés des collections printemps de prêt-à-porter pour qu'elle puisse se rendre compte de ce que c'est. J'ai déjà assisté à des milliers de défilés ici, à New York, mais en Europe, ils sont différents.

J'ai fait un calcul rapide.

— Octobre, c'est dans sept mois, non ? Tu as essayé des fringues pour un voyage qui aura lieu dans sept mois ? ai-je demandé d'un ton bien sarcastique malgré moi.

Emily s'est immédiatement mise sur la défensive.

— Oui. Il n'est pas question d'acheter quoi que ce soit, évidemment – plein de styles seront démodés d'ici là. Mais je voulais commencer à y penser. C'est un événement important, tu sais. Tu dors dans des hôtels cinq étoiles, tu es invitée sans cesse à des fêtes incroyables. Et en plus, tu assistes aux défilés les plus courus et les plus exclusifs qui soient.

Emily m'avait déjà dit que Miranda se rendait en Europe trois ou quatre fois par an pour suivre les défilés. Elle faisait systématiquement l'impasse sur ceux de Londres, comme tout le monde, mais allait toujours à Milan et à Paris, au mois d'octobre pour les défilés des collections de prêt-à-porter printemps-été, en juillet pour la haute-couture automne-hiver, et en mars pour le prêt-à-porter automne-hiver. Nous avions travaillé comme des forcenées pour que Miranda soit fin prête à partir assister à ceux qui auraient lieu à la fin du mois. Pourquoi elle ne prévoyait pas d'emmener une assistante, cette fois ? Même si la question risquait de me valoir une explication interminable, j'ai décidé de la poser.

— Pourquoi ne t'emmène-t-elle pas à chaque fois ? Pourquoi seulement en octobre ?

J'étais déjà assez ragaillardie par la perspective de ces deux semaines entières sans Miranda – elle en passerait une à Milan et l'autre à Paris –, mais l'idée d'être débarrassée d'Emily pendant toute une semaine me mettait d'excellente humeur. J'ai vu passer dans ma tête des visions de cheeseburger au bacon, de jeans déchirés, de chaussures plates – de baskets, même.

— Il y a des gens qui l'aident sur place. Les *Runway* français et italien mettent toujours leurs assistantes à sa disposition, et la plupart du temps, ce sont les rédactrices en personne qui l'assistent. Mais en mars, elle organise chaque année une immense fête pour la clôture de la semaine de la mode. Tout le monde dit que c'est le meilleur moment de la semaine, et la fête la plus glamour de l'année. Je n'irai la rejoindre qu'à Paris. C'est clair qu'elle n'a confiance qu'en moi pour l'aider là-bas.

Clair comme de l'eau de roche.

— Mmmm, ça va être super. Donc, c'est moi qui vais garder la forteresse pendant ce temps ?

— Oui, et ne crois pas que tu vas te tourner les pouces. Ce sera sans doute la semaine la plus dure de toutes, parce qu'elle a toujours grand besoin de ses assistantes quand elle n'est pas là. Elle sera pendue au téléphone.

— Chic alors !

Emily a levé les yeux au ciel. Fin du chapitre.

J'ai dormi, les yeux ouverts et rivés sur l'écran de veille de mon ordinateur, jusqu'à ce que le défilé commence dans le bureau. La première commère a débarqué à 10 heures, l'heure à laquelle ceux qui avait abusé de champagne la veille commençaient à siroter leur café au lait entier pour soigner leur gueule de bois. James s'est arrêté pour bavarder, comme il le faisait à chaque fois que Miranda n'était pas dans son bureau, et m'a annoncé qu'il avait rencontré son futur mari la veille au soir, au Balthazar.

— Il était assis au comptoir. Il portait une veste en cuir absolument divine. Rouge – et laisse-moi te dire qu'il pouvait l'enlever sans crainte. Et si tu avais vu comment il gobait ses huîtres… (Il a lâché un gémissement dépourvu de toute discrétion.) Sublime. Tout simplement sublime.

— Tu as pris son numéro de téléphone ?

— Son téléphone ? Dis plutôt que je m'en suis pris à son pantalon. À 11 heures, il était cul nu sur mon canapé, et laisse-moi te dire…

— C'est super, James. Tu es du genre rapide à la détente, hein ? Pour être franche, ça fait un peu marie-couche-toi-là. Et j'imagine que tu as entendu parler du sida…

— Mon chou, même toi, Miss Collet Monté, tu tomberais immédiatement à genoux si tu voyais ce mec. Il est renversant. Absolument renversant !

À 11 heures, chacun avait passé tous les autres en revue, notant à l'occasion qui avait réussi à se faire envoyer le nouveau pantalon Theory « Max », ou le dernier Seven impossible à se procurer. Vers midi, il était temps de faire une nouvelle pause. En général, les commères se retrouvaient près des portants alignés le long des couloirs, et la conversation se polarisait alors sur quelques vêtements en particulier. Chaque matin, Jeffy déployait une armée de portants sur lesquels étaient installés les robes, les maillots de bain, les pantalons, les chemisiers, les manteaux ; il exposait également les chaussures et les accessoires qu'il avait fait rentrer en vue d'un éventuel stylisme photo. Il promenait ensuite ces portants dans tout l'étage, afin que les rédactrices puissent trouver ce dont elles avaient besoin sans se risquer dans la jungle vestimentaire de la réserve.

La réserve n'avait rien d'un cagibi et ressemblait plutôt à un petit auditorium. Le long des murs étaient rangées les chaussures, couleurs, pointures et tous styles confondus – une sorte d'usine virtuelle comme celle de Willy Wonka, mais pour *fashionistas*. Il y avait là des bataillons de sandales, d'escarpins, de ballerines, de bottes à talons hauts, de salomés, de talons perlés. Dans les angles, une incroyable profusion de bas, de chaussettes, de soutiens-gorge, de collants, de slips, de caracos, de guêpières débordait d'un empilement de tiroirs. Vous aviez besoin en urgence d'un balconnet imprimé léopard signé La Perla ? Direction la réserve. D'une paire de collants résille couleur chair ? De lunettes aviateur Christian Dior ? Direction la réserve. Les accessoires, eux, étaient rangés sur les étagères et dans les tiroirs qui occupaient les deux murs du fond. La quantité de marchandises entassées là donnait le vertige : on y trouvait des stylos plume ; des bijoux ; des parures de lit ; des moufles, des gants, des bonnets de ski ; des pyjamas ; des casquettes ; des étoles ; des articles de papeterie ; des fleurs en soie ; des chapeaux – une incroyable variété de chapeaux. Et des sacs. Ah, les sacs ! Cabas, sacs de bowling, sacs à dos, pochettes, sacoches, besaces, sacs à anses, grands sacs, très grands sacs, minisacs : tous portaient la prestigieuse signature d'une marque de luxe et arboraient une étiquette indiquant un prix supérieur à une échéance mensuelle d'amortissement de prêt d'un Américain moyen. Chaque centimètre carré restant était occupé par les portants de vêtements, tellement serrés les uns contre les autres qu'il était impossible de se frayer un passage entre eux.

Chaque jour, Jeffy déplaçait un grand nombre de portants dans les couloirs, s'efforçant au maximum de rendre la réserve semi-accessible afin que les mannequins (et les assistantes, comme moi) puissent essayer des vêtements et accéder aux chaussures et aux accessoires. Jamais encore je n'avais vu de visiteur – journaliste free-lance, petit ami, coursier ou styliste – qui ne reste saisi et bouche bée devant ces couloirs tapissés de fringues de luxe. Parfois, les portants étaient classés par shooting (Sydney, Santa Barbara) ; d'autres fois, par catégorie d'article (bikinis, tailleurs) ; mais le plus souvent, ce n'était qu'un inextricable méli-mélo de trucs superchers. Nos visiteurs et visiteuses ne manquaient jamais de s'arrêter pour contempler ce déballage, caresser la douceur aérienne d'un cashmere, ou admirer l'entrelacs d'une broderie de perles sur une robe du soir, mais nos commères, elles, rôdaient autour de « leurs » vêtements avec possessivité, en les commentant à perte de vue.

— Maggie Rizer est la seule femme *au monde* qui puisse se permettre de porter ce corsaire, s'est lamentée Hope en plaquant le pantalon contre ses jambes. Mon cul aurait l'air encore plus énorme qu'il ne l'est déjà.

Hope était assistante de mode – guère plus de cinquante-cinq kilos tout habillée pour un bon mètre quatre-vingt cinq.

— Andrea, a lancé son amie, une fille que je ne connaissais pas très bien et qui bossait aux accessoires. S'il te plaît, dis à Hope qu'elle n'est pas grosse !

Ma bouche a répété docilement, comme en pilote automatique :

— Tu n'es pas grosse.

Sans arrêt, je devais assurer à l'une ou l'autre des filles de la rédaction qu'elle n'était pas grosse. J'aurais pu économiser des litres de salive en faisant imprimer cette phrase sur un tee-shirt, ou en me la tatouant sur le front.

— Oh, mon Dieu, vous avez vu mon ventre ? J'ai l'impression d'être un Bibendum. Des pneus de secours partout. Je suis énorme !

À *Runway*, la graisse était dans tous les esprits, à défaut d'être sur les corps. Emily jurait que la circonférence de ses cuisses était « plus large qu'un séquoia tricentenaire » ; Jessica était convaincue que la chair flasque et toute pendouillante de ses bras les faisait ressembler à ceux de Roseanne Barr. Même James se plaignait que son cul lui avait semblé si volumineux le matin au sortir de la douche qu'il avait « envisagé d'appeler au bureau pour se faire porter gros ».

Au début, j'opposais à ces myriades de « Suis-je grosse ? » ce qui me semblait une réponse rationnelle.

— Hope, si toi tu es grosse, que suis-je, moi ? Je mesure cinq centimètres de moins que toi et je pèse davantage.

— Oh, Andy, ne te moque pas de moi. *Moi*, je suis grosse. *Toi*, tu es mince et splendide.

Naturellement, au début, je croyais que ce n'était que de la flatterie hypocrite, mais j'ai vite compris que si Hope – à l'instar de toutes les autres asperges anorexiques de la rédaction – était parfaitement capable d'estimer avec précision le poids d'une autre fille, lorsqu'en revanche elle croisait son reflet dans un miroir, elle avait sincèrement l'impression de se trouver nez à nez avec un gnou.

Bien entendu, j'essayais de conserver une distance critique, de ne jamais oublier que c'était moi la fille normale, et elles qui ne l'étaient pas ; pourtant, ces sempiternels commentaires avaient tout de même fini par faire impression sur moi. Je ne travaillais que depuis quatre mois dans cet univers, mais ma perception était déjà assez altérée – sans parler de la paranoïa qui s'était installée – pour que je m'imagine parfois que ces remarques me visaient personnellement. Exemple de ce mécanisme pernicieux : moi, l'immense, splendide et svelte assistante de mode, je fais semblant de croire que je suis grosse pour que toi, la petite assistante lourdaude qui ne ressemble à rien, finisses par comprendre qu'en fait, c'est toi la grosse. Avec mon mètre soixante-dix-sept pour cinquante-deux kilos (soit le même poids qu'à mon retour de Delhi), je m'étais toujours considérée comme une des filles les plus minces de mon âge. Et jusque-là, je m'étais aussi sentie plus grande que quatre-vingt-dix pour cent des femmes que je rencontrais. Jamais, avant de travailler dans ce temple de toutes les illusions, je n'avais su ce que c'était que de se sentir petite et grosse, toute la journée, tous les jours. À *Runway*, j'étais sans problème le troll de l'équipe, la plus trapue, la plus forte – et je m'habillais en 36. Et juste au cas où cela me serait sorti cinq minutes de l'esprit, les bavardages quotidiens et les ragots étaient là pour me le rappeler.

— Le Dr Eisenberg a dit que le régime du Juste Milieu ne marche que si on jure aussi de renoncer aux fruits, tu sais, a ajouté Jessica, en sortant une jupe de Narcisso Rodriguez du portant. Et elle a raison. J'ai perdu au moins cinq kilos depuis mon dernier essayage.

Fiancée avec l'un des plus jeunes vice-présidents de Goldman Sachs, Jessica était promise sous peu à un mariage mondain et elle sentait la pression s'accentuer. Qu'elle se prive de nourriture alors qu'elle avait à peine assez de chair sur les os pour permettre à son corps de fonctionner, passe encore ; mais qu'elle en *parle*, ça, je n'arrivais pas à lui pardonner. En dépit de tous ces noms de médecins prestigieux qu'elle citait, de toutes ces histoires droit sorties d'un conte de fées dont elle faisait étalage, impossible de me résoudre à y accorder de l'intérêt.

Vers 13 heures, le rythme s'est accéléré car chacun se préparait pour son déjeuner. La pause déjeuner n'était pas à proprement parler associée au fait de s'alimenter, mais c'était l'heure où débarquaient les invités. J'ai observé distraitement l'habituel manège de stylistes, de collaborateurs, de pigistes, d'amis, d'amants qui se complaisaient dans cet univers, et venaient s'imprégner du glamour qui allait de pair avec ce foisonnement de vêtements à des milliers de dollars, ces douzaines de visages sublimes et cette incalculable quantité de très, très longues jambes.

Sitôt qu'il a été certain qu'Emily et Miranda n'étaient plus nulle part dans les parages, Jeffy est venu m'apporter deux énormes sacs remplis de fringues.

— Tiens, regarde là-dedans. Ce devrait être un bon début.

J'ai renversé le contenu d'un des sacs par terre à côté de

mon bureau : il y avait là-dedans des pantalons Joseph en laine d'une incroyable douceur, en beige, gris anthracite, longs, étroits et taille basse ; un pantalon en daim marron Gucci qui semblait capable de transformer n'importe quel boudin en top model. Il y avait huit ou neuf options pour les petits hauts, du pull chaussette ultramoulant de Calvin Klein à un chemisier entièrement transparent de Donna Karan. Une robe portefeuille à l'imprimé graphique en diable de Diane de Furstenberg était soigneusement pliée par-dessus un tailleur-pantalon en velours marine de Tahari. Dès que je les ai eu remarqués, je suis tombée raide dingue d'une jupe plissée en jean de Habitual, qui m'arriverait juste au-dessus du genou, et qui se mariait parfaitement avec l'imprimé floral exubérant d'une veste Katayone Adelie.

— C'est… tout pour moi ? ai-je demandé, en espérant que ma voix trahissait de l'excitation et non pas de la vexation.

— Ouais, c'est pas grand-chose. Juste des trucs qui croupissent depuis une éternité dans la réserve. Certains ont servi pour des photos, mais on ne les a jamais renvoyés. Tous les quelques mois, je fais le vide dans la réserve et je distribue les fringues. J'ai pensé que ça pourrait t'intéresser. Tu fais du 36, non ?

J'ai hoché la tête, sidérée.

— Je m'en doutais, a repris James. Ici, elles font toutes du 32, voire moins, donc tu peux tout garder.

— C'est génial. Jeffy, je ne sais pas comment te remercier. Tout ça est incroyable.

— Jette un œil dans l'autre sac. Tu n'imagines tout de même pas mettre ce tailleur-pantalon avec cette sacoche miteuse que tu trimballes partout ?

Du second sac, plus volumineux encore, est sorti un fabuleux assortiment de chaussures, de sacs et deux manteaux. Il y avait deux paires de Jimmy Choo à talons hauts – une paire de bottines, et une paire de bottes au genou –, deux paires de Manolo – des sandales ouvertes à talons aiguilles –, une paire d'escarpins noirs classiques Prada et une paire de mocassins Tod, que Jeffy m'a immédiatement rappelé de ne *jamais* porter pour venir travailler. J'ai glissé un sac souple en daim rouge à mon épaule, en remarquant aussitôt le double « C » gravé dans le cuir, mais il n'était pas aussi beau que le cabas Céline en cuir chocolat foncé que j'ai suspendu à mon autre bras. Pour compléter le tout, il y avait un long trench de style militaire avec les énormes boutons bien reconnaissables de Marc Jacobs.

— Je n'arrive pas à le croire, ai-je dit en caressant une paire de lunettes de soleil Dior qu'il avait manifestement ajoutée comme après réflexion. Je n'arrive pas à le croire.

Ma réaction a semblé lui plaire.

— Maintenant, tu me fais plaisir : tu les mets. Mais ne dis à personne que tu as eu la priorité, compris ? Elles ne vivent toutes que pour les coups de balai dans la réserve.

Il s'est sauvé en entendant Emily héler quelqu'un dans le couloir, et j'ai planqué ma nouvelle garde-robe sous le bureau.

Emily était de retour de la cafétéria avec ce qui constituait son déjeuner habituel : un milk-shake aux fruits frais et une barquette de salade romaine, agrémentée de brocolis et de vinaigre balsamique. Pas de la vinaigrette – juste un filet de vinaigre. Pour ma part, comme Uri venait de me prévenir de l'arrivée imminente de Miranda, je ne disposais même pas de ces sept minutes qui m'étaient chaque jour royalement octroyées pour foncer en ligne droite jusqu'au comptoir des soupes. Les secondes défilaient, et je mourais de faim, mais l'énergie me manquait pour aller slalomer entre les commères et affronter le regard de la caissière. Et tout ça pour avaler en quatrième vitesse une soupe brûlante (et riche en matières grasses) qui causait peut-être des dégâts irréparables. *Ça ne vaut pas le coup*, ai-je pensé. *Sauter un repas ne va pas me tuer. En fait, à en croire toutes mes collègues saines et équilibrées, je n'en serais même que plus forte. De plus*, me suis-je raisonnée, *un pantalon à 2 000 dollars est moins sexy sur une fille qui se goinfre.*

Et je me suis avachie sur ma chaise en songeant à quel point j'étais devenue une parfaite représentante du magazine *Runway*.

11

Quelque part, dans les profondeurs de mon sommeil, j'ai entendu mon portable qui s'égosillait, mais la question cruciale (« Est-ce elle ? ») a mis un certain temps à arriver jusqu'à ma conscience. Après un processus de réorientation sommaire – *Qui suis-je ? Qui est-« elle » ? Quel jour sommes-nous ?* – j'ai réalisé qu'un coup de fil un samedi matin à 8 heures n'était pas de bon augure. Aucun de mes amis ne serait réveillé avant plusieurs heures, et après avoir vu pendant des années leurs appels filtrés, mes parents s'étaient accoutumés, quoiqu'à contrecœur, à l'idée que leur fille ne réponde pas au téléphone avant midi. Dans les sept secondes qu'il m'a fallu pour passer tout ça en revue, je me suis aussi demandé pourquoi diable je serais obligée de répondre à ce coup de fil. Mais les raisons que m'avait énoncées Emily le premier jour me sont revenues en mémoire, j'ai extrait un bras hors du lit, j'ai balayé le sol de la main, et j'ai décroché – in extremis.

— Allô ?

J'étais plutôt fière de ma voix claire, forte et posée – la voix d'une fille qui vient de bosser plusieurs heures d'affilée et d'arrache-pied à quelque tâche respectable, et non pas celle de quelqu'un qui était abîmé l'instant précédent dans un sommeil si intense, si abyssal qu'il ne pouvait pas être un signe de bonne santé.

— Bonjour, ma chérie ! Je suis contente que tu sois

réveillée. Je voulais te prévenir : nous arrivons, nous sommes sur la Troisième Avenue, à la hauteur de la 60e environ. On sera là dans dix minutes.

Le déménagement ! C'était le jour du déménagement ! J'avais complètement zappé le fait que mes parents avaient accepté de venir en ville pour m'aider à emballer mes affaires et à les transporter dans le nouvel appartement que Lily et moi avions loué. Nous trimballerions les cartons de CD, de fringues et d'albums photo pendant que de vrais déménageurs s'attaqueraient à mon énorme cadre de lit.

— Bonjour, maman, ai-je dit en retrouvant ma voix normale – celle de la fille qui émerge du coma. J'ai cru que c'était elle.

— Non, non, non. C'est samedi. Tu as quartier libre aujourd'hui. Où allons-nous pouvoir nous garer ?

— Il y a un parking sous mon immeuble, l'entrée est sur la Troisième Avenue. Donnez-leur le numéro de mon appartement, ils vous feront une remise. Il faut que je m'habille. À tout à l'heure.

— D'accord, ma chérie. J'espère que tu es en forme pour ce qui nous attend !

Je suis retombée illico à la renverse sur mon oreiller en considérant les possibilités qui m'étaient offertes de me rendormir. Vu que mes parents venaient du Connecticut spécialement pour m'aider à déménager, elles étaient assez maigres. Juste à ce moment-là, le réveil a sonné. Ah ! Je n'avais donc pas oublié le déménagement. C'était réconfortant de voir que je n'avais pas complètement perdu le sens des réalités.

M'extraire du lit a été plus dur encore que ça ne l'était les autres jours, même si j'avais bénéficié de quelques heures de sommeil en rab. Des vêtements attendaient, pliés à côté du lit – les seules affaires, avec la brosse à dents, que je n'avais pas encore emballées. J'ai enfilé le pantalon de survêtement, un sweet à capuche aux armes de Brown et une paire crasseuse de New Balance qui m'avaient suivie autour du monde. Au moment où je recrachais ma dernière gorgée de Listerine, on a sonné à l'interphone.

— Je vous ouvre !

Deux minutes plus tard, on frappait à la porte, et sur le seuil, ce n'étaient pas mes parents, mais un Alex tout ébouriffé et aussi mignon que d'habitude. Son jean délavé descendait bas sur ses hanches inexistantes et son tee-shirt bleu marine à manches longues était moulant juste comme il faut. Il portait ses lunettes à fine monture métallique (qu'il ne mettait que lorsqu'il ne pouvait pas supporter ses lentilles et, effectivement, il avait les yeux assez rouges). Je me suis jetée dans ses bras. Je ne l'avais pas vu depuis le dimanche précédent, lorsque nous nous étions croisés en coup de vent pour boire un café dans l'après-midi. Nous avions prévu de passer la journée et la nuit ensemble, mais au dernier moment, Miranda avait eu besoin d'une baby-sitter pour Cassidy pendant qu'elle conduisait Caroline chez le médecin, et j'avais été recrutée de force. J'étais rentrée chez moi trop tard pour vraiment profiter de sa présence, et depuis peu, il avait renoncé à camper dans mon lit pour ne m'apercevoir finalement que quelques instants. Je comprenais parfaitement. Il aurait bien aimé venir dormir chez moi la veille, mais j'étais encore dans cette période où l'on fait semblant devant les parents : ils savaient qu'Alex et moi couchions ensemble, mais rien, en gestes ou en paroles, ne devait le confirmer explicitement. J'avais donc préféré qu'Alex ne soit pas là quand ils arriveraient.

— Salut, mon cœur. J'ai pensé que vous auriez besoin d'aide, a-t-il dit en me tendant un sac de Bagelry où j'étais certaine de trouver des bagels salés (mes préférés) et deux grands cafés. Tes parents ne sont pas encore là ? J'ai pris également des cafés pour eux.

— Je croyais que tu faisais du tutorat aujourd'hui.

À ce moment-là, Shanti a émergé de sa chambre, en tailleur-pantalon noir. Elle a baissé la tête d'un air penaud en passant devant nous et elle est sortie après avoir marmonné qu'elle devait bosser toute la journée. Se souvenait-elle que je quittais l'appartement aujourd'hui ? Nous nous parlions si rarement…

— Si, a dit Alex. Mais j'ai appelé les parents de chacune des deux gamines, et ils sont tous d'accord pour décaler le cours à demain. Je suis donc tout à toi.

— Andy ! Alex !

Mon père s'est encadré dans la porte derrière Alex, en souriant comme si c'était son premier matin sur terre. Quant à ma mère, elle semblait tellement alerte que franchement, je me suis demandé si elle ne s'était pas droguée aux amphètes. J'ai procédé à une rapide analyse de la situation : mes parents allaient bien se douter qu'Alex venait d'arriver puisqu'il avait encore ses chaussures aux pieds et qu'il tenait un sac de cafés chauds, non ? En plus, la porte était encore ouverte derrière lui lorsqu'ils étaient entrés. Ouf.

Mon père a déposé un sac qui semblait lui aussi contenir des bagels (salés, sans aucun doute) et des cafés sur la table du salon.

— Dis-moi, Alex, Andy avait dit que tu ne serais pas libre aujourd'hui, s'est-il étonné en évitant soigneusement de croiser mon regard ou celui de l'intéressé. Tu arrives, ou tu t'en vas ?

J'ai souri à Alex, en espérant qu'il ne regrettait pas de s'être levé de si bonne heure.

— J'arrive à l'instant, docteur Sachs. J'ai déplacé mes heures de tutorat pour vous donner un coup de main.

— Très bien. Tu nous seras certainement d'une grande aide. Tiens, prends un bagel. Je suis désolé, Alex, mais nous n'avons apporté que trois cafés puisque nous ignorions que tu serais là.

J'étais touchée de voir que mon père avait l'air sincèrement contrarié par cette histoire de cafés, d'autant plus que je savais qu'il avait encore du mal à accepter que sa fille cadette ait un petit ami, et qu'il faisait de son mieux pour le cacher.

— Ne vous inquiétez pas, docteur. Moi aussi j'en ai apporté.

C'est ainsi que mon père et mon petit ami se sont assis côte à côte sur le futon, sans le moindre embarras, pour partager ce petit déjeuner furieusement matinal.

J'ai testé les bagels de l'un et l'autre sac en songeant combien ç'allait être amusant de vivre de nouveau avec Lily. Cela faisait presque un an que nous avions quitté la fac. Nous avions essayé de nous parler au moins une fois par semaine, mais nous avions l'impression de ne plus jamais nous voir. Désormais, nous nous retrouverions tous les soirs chez nous pour nous raconter nos journées infernales – exactement comme au bon vieux temps. Mon père et Alex parlaient sport (basket, sans doute) pendant que ma mère et moi étiquetions les cartons dans ma chambre. Il n'y en avait pas tant que ça : quelques cartons pour le linge de lit et les oreillers, un autre pour les albums photo et divers articles de bureau (même s'il me manquait un bureau sur lequel les poser), quelques effets de maquillage et de toilette, et tout un tas de sacs remplis de ma panoplie *Runway*-esque. Pour si peu, des étiquettes n'étaient pas indispensables ; sans doute était-ce l'assistante qui s'exprimait en moi.

— On y va, a lancé mon père depuis le salon.

— Chuut ! Tu vas réveiller Kendra, ai-je dit à mi-voix. Il n'est que 9 heures, et on est samedi.

Alex a secoué la tête.

— Tu ne l'as pas vue partir avec Shanti, tout à l'heure ? Enfin, je crois que c'était elle. Elles étaient deux, en tailleur, et elles n'avaient pas l'air joyeux. Va voir dans leur chambre.

La porte de la chambre qu'elles arrivaient à partager en superposant leurs lits était entrouverte. Je l'ai poussée. Les deux lits étaient impeccablement faits, les oreillers avaient été arrangés, et une peluche était posée sur chacun d'eux. Je me suis aperçue que c'était la première fois que j'entrais dans cette chambre. Au cours des quelques mois que nous venions de passer sous le même toit, je ne leur avais jamais parlé plus de trente secondes d'affilée ; j'ignorais tout d'elles – en quoi consistait leur boulot, où elles allaient quand elles ne bossaient pas, si elles avaient des amis. J'étais plutôt contente de partir.

Une fois les restes du petit déjeuner débarrassés, Alex et mon père ont entrepris d'établir un plan de bataille.

Cela a pris une heure de charger les deux voitures. Pour ma part, je n'ai guère fait qu'ouvrir la porte de l'immeuble et surveiller les véhicules pendant que mes parents et Alex faisaient la navette avec les cartons. Comme les deux déménageurs convoqués pour le lit – et dont la prestation coûtait bien plus cher que ce maudit lit lui-même – étaient en retard, mon père et Alex sont tous les deux partis *downtown* sans nous attendre. Lily avait trouvé notre nouvel

appartement par les petites annonces de *Village Voice*, et je ne l'avais pas encore visité. Elle m'avait appelée au bureau au beau milieu d'un après-midi.

— Ça y est ! Je l'ai trouvé ! Il est génial ! avait-elle hurlé dans son portable. Il y a une salle de bains avec l'eau courante, des planchers presque droits, et en quatre minutes je n'ai croisé ni cafard, ni souris. Tu peux venir le voir tout de suite ?

— Tu as fumé ou quoi ? avais-je chuchoté. Elle est là. Je ne vais nulle part.

— Il faut que tu viennes tout de suite. Tu sais bien comment ça se passe. J'ai mon dossier, mais tu dois être là aussi pour remplir le tien.

— Lily, sois raisonnable. Même si quelqu'un avait besoin d'une transplantation cardiaque, je ne pourrais pas m'absenter du bureau en ce moment sans être virée. Alors pour ce qui est de visiter un appartement…

— Écoute, cet appartement ne sera plus libre dans trente secondes. On est au moins vingt-cinq à remplir un dossier. Il faut que tu viennes tout de suite.

Dans l'obscène univers immobilier de Manhattan, les appartements tant soit peu habitables étaient plus rares – et plus désirables – que des mecs hétéros à peu près normaux. Pour peu qu'il s'agisse de surcroît d'un appartement également semi-abordable, alors il devenait aussi difficile, sinon plus, de le louer que de louer une île privée quelque part au large des côtes de l'Afrique du Sud. Que la plupart de ces apparts ne puissent s'enorgueillir d'offrir que vingt mètres carrés de plancher crasseux et pourri, avec des murs vérolés et des installations électriques et sanitaires préhistoriques n'entrait pas en ligne de compte. Pas de cafards ? Ni de souris ? C'était l'affaire du siècle !

— Lily, je te fais confiance. Remplis le dossier. Tu peux m'envoyer une description par mail ?

Je m'efforçais d'en finir au plus vite avec cette conversation, car si Miranda, qui allait revenir d'un instant à l'autre, me surprenait en pleine conversation personnelle, j'étais fichue.

— Bon, j'ai les photocopies de tes bulletins de salaire – ce qui, soit dit en passant, fait vraiment chier… J'ai nos relevés bancaires à toutes les deux, j'ai l'historique de nos crédits et l'attestation de ton employeur. Le seul problème, c'est notre garant. Il doit gagner plus de quarante fois notre loyer mensuel, et ce n'est pas ma grand-mère qui gagne 100 000 dollars par an. Tes parents pourraient se porter caution ?

— Bon sang, Lily, je n'en sais rien. Et je ne peux vraiment pas les appeler maintenant. Appelle-les, toi.

— D'accord. Ils gagnent assez, n'est-ce pas ?

Je n'en avais pas la moindre idée, mais à qui demander d'autre ?

— Écoute, Lil. Appelle-les. Explique-leur la situation et dis-leur que je suis désolée de ne pas pouvoir téléphoner moi-même.

— D'accord, je te rappelle.

Elle a raccroché. Le téléphone a de nouveau sonné vingt secondes plus tard, et j'ai vu son numéro de portable s'afficher sur le présentateur d'appel de mon poste. Emily m'a gratifiée de ce regard très particulier qu'elle n'avait que lorsqu'elle me surprenait en train de parler à une amie. J'ai décroché, tout en lui sifflant :

— C'est important. Ma meilleure amie essaie de louer un appartement, et comme je ne peux pas m'absenter…

Et là, trois voix m'ont assaillie en même temps.

— Andrea, s'il te plaît…, a commencé Emily d'un ton posé mais lourd d'avertissement.

— C'est bon, Andy ! Ils acceptent ! a hurlé Lily. Tu m'écoutes ?

— Vous avez un problème, An-dre-âââ ?

C'était vraiment ignoble. Pour une fois, elle se souvenait de mon prénom. J'ai immédiatement raccroché au nez de Lily, en espérant qu'elle comprendrait, et je me suis préparée à l'assaut.

— Non, Miranda. Aucun problème.

— Parfait, en ce cas, je voudrais un *sundae*, et je voudrais avoir l'occasion de le manger avant qu'il ne soit entièrement fondu. Glace vanille – attention, ni glace au yogourt, ni milk-shake et rien qui soit sans sucre ou basses calories – avec du fondant au chocolat et de la crème fouettée. Pas de la crème en bombe, compris ? De la vraie crème fraîche fouettée. C'est tout.

Sur ce, elle est repartie d'un pas décidé, et j'ai eu la nette impression qu'elle n'était revenue de l'endroit où elle se trouvait que pour me surveiller. Emily a esquissé un rictus. Le téléphone a sonné. Lily, encore. Nom d'un chien ! Elle ne pouvait donc pas m'envoyer un mail ? J'ai décroché et j'ai collé le combiné contre mon oreille, sans dire un mot.

— O.K., je sais que tu ne peux pas parler. Alors écoute-moi. Tes parents se portent caution, c'est génial. L'appartement est un deux-pièces, avec un grand salon, et une fois qu'on aura monté une cloison pour faire une seconde chambre, il restera assez de place pour un canapé et un fauteuil. Il n'y a pas de baignoire, mais la douche a l'air en état. Pas de lave-vaisselle, évidemment, ni d'air conditionné, mais on peut le faire installer sous les fenêtres. Il y a une laverie au sous-sol, un portier à mi-temps, et on est à un bloc de la ligne six. Et écoute bien : il y a une terrasse !

Sans doute ai-je lâché un hoquet de surprise, car Lily s'est encore plus enflammée.

— Je sais ! C'est fou, hein ? Elle a l'air sur le point de s'écrouler, mais elle est là. On pourra y tenir à deux pour fumer des clopes. C'est génial !

— Combien ? ai-je fait d'une voix étranglée, déterminée à ne pas prononcer un mot de plus.

— Tout cela est à nous pour la modique somme de 2 280 dollars par mois. Tu imagines qu'on va avoir une terrasse pour 1 140 dollars chacune ? Cet appart est l'affaire du siècle. Bon, je fonce ?

J'ai gardé le silence. Miranda approchait de nouveau dans le couloir, tout en engueulant la coordonnatrice événementielle devant tout le monde. Elle était de mauvaise humeur, et j'en avais déjà pris pour mon compte. La fille qu'elle maltraitait en ce moment baissait la tête, accablée de honte, ses joues étaient écarlates. J'ai prié pour qu'elle ne se mette pas à pleurer.

— Putain, Andy ! s'est énervée Lily. Ce cirque est ridicule ! Dis oui ou non ! J'ai été obligée de sécher mes cours, tu es infichue de te déplacer pour visiter ton futur appart, et tu ne peux même pas articuler un oui ou un non ? Qu'est-ce que je…

Que Lily ne puisse pas en supporter davantage, je le comprenais parfaitement, mais j'étais obligée de lui raccrocher au nez. Elle hurlait si fort dans le combiné que sa voix résonnait dans le silence feutré du bureau, alors que Miranda se trouvait à moins d'un mètre. J'étais tellement frustrée que j'avais envie de me ruer sur cette malheureuse coordonnatrice de l'événementiel, et de l'entraîner aux toilettes pour chialer avec elle. L'autre option aurait été de traîner de force, à nous deux, Miranda dans un des boxes des toilettes, puis de resserrer le nœud souple du carré Hermès autour de son cou de poulet. Dans quel sens faudrait-il tirer ? Ne serait-ce pas plus simple de lui enfoncer son maudit carré de soie dans la gorge, de la regarder suffoquer et…

— An-dre-âââ ! (Sa voix était saccadée, inflexible.) Que vous ai-je demandé, il y a au moins cinq minutes ?

Merde ! Le *sundae*. Je l'avais oublié.

— Avez-vous une bonne raison d'être encore là au lieu de faire votre travail ? Est-ce l'idée que vous vous faites d'une plaisanterie ? Ai-je fait ou dit quoi que ce soit qui laisse entendre que je plaisantais ? Répondez.

Ses yeux bleus étaient exorbités, et bien qu'elle n'ait pas encore complètement élevé la voix, elle n'en était plus très loin.

J'ai ouvert la bouche, mais Emily m'a devancée.

— Miranda, je suis vraiment désolée. C'est ma faute. J'ai demandé à Andrea de prendre une communication car je craignais que ce ne soit Caroline ou Cassidy, et j'étais déjà en ligne en train de commander ce chemisier Prada que vous voulez. Andrea était sur le point de descendre. Cela ne se reproduira pas.

Miracle ! La Parfaite Assistante avait pris la parole en ma faveur. Pour me défendre !

Miranda a semblé momentanément apaisée.

— Bon, en ce cas… Descendez chercher mon *sundae*, An-dre-âââ.

Sur ce, elle est entrée dans son bureau, a décroché son téléphone. Deux secondes plus tard, elle roucoulait avec l'ASN.

J'ai regardé Emily, qui faisait semblant de travailler.

Pourquoi ? lui ai-je demandé par mail.

Parce que j'avais peur qu'elle te vire et que je n'ai pas du tout envie de former une nouvelle assistante, a-t-elle répondu aussi sec.

Je suis donc partie à la recherche du *sundae* qui m'avait

été décrit, et sitôt arrivée dans le hall du rez-de-chaussée, j'ai rappelé Lily.

— Excuse-moi pour tout à l'heure, c'est que…

— Ecoute, ne me fais pas perdre de temps avec ça, m'a rétorqué Lily d'une voix neutre. Tu en fais un peu trop, non ? Tu peux tout de même répondre par oui ou par non au téléphone ?

— C'est dur à expliquer, Lil, mais…

— Laisse tomber. Je n'ai pas le temps. Je t'appelle si on a l'appart. Même si j'ai bien compris que tu n'en as rien à cirer qu'on l'ait ou pas.

J'ai voulu protester, mais elle avait raccroché. Bon, d'accord, c'était égoïste d'attendre de Lily qu'elle comprenne cette situation, quand moi-même je l'aurais jugée ridicule quelques mois plus tôt. J'étais gonflée de la laisser arpenter seule Manhattan en quête d'un appartement pour nous deux, et de ne même pas lui répondre au téléphone. Mais avais-je vraiment le choix ?

Quand elle a enfin répondu à un de mes appels, peu après minuit, elle m'a annoncé que l'appartement était pour nous.

— C'est fantastique, Lil. Jamais je ne pourrai te remercier assez. Je te jure de me racheter. Promis !

Et là, j'ai eu une idée. *Un peu de spontanéité ! Commande une voiture aux frais d'Elias-Clark et file à Harlem remercier en personne ta meilleure amie. Mais oui !*

— Lil, tu es chez toi ? J'arrive. On va fêter ça, d'accord ?

Je pensais qu'elle allait crier de joie, mais non.

— Ne te dérange pas. J'ai une bouteille de Southern Comfort, et Anneau-sur-la-langue est là, avec moi. J'ai tout ce qu'il me faut.

C'était vexant, mais je comprenais. Lily ne sortait que rarement de ses gonds, mais lorsque cela lui arrivait, personne ne pouvait la calmer avant qu'elle ne l'ait décidé. J'ai entendu un verre se remplir, de la glace tinter, et Lily qui avalait une généreuse rasade.

— D'accord. Mais appelle-moi si tu as besoin de quoi que ce soit, O.K. ?

— Pour quoi faire ? Pour entendre ton silence à l'autre bout du fil ? Merci bien.

— Lil…

— T'inquiète pas pour moi. Tout va bien. (Une autre gorgée.) À plus. Et… félicitations à nous deux.

— Oui, félicitations, ai-je répété, mais elle avait déjà raccroché.

J'ai appelé Alex sur son portable pour lui demander si je pouvais passer chez lui, mais il semblait moins transporté de m'entendre que je ne l'avais escompté.

— Écoute, Andy, j'aimerais te voir, tu le sais, mais là, je suis avec Max et la bande. Comme c'est devenu impossible de te voir en semaine, j'ai organisé une virée avec eux ce soir.

— Bon, vous êtes où ? À Brooklyn, ou à Manhattan ? Je pourrais vous rejoindre ?

Je savais pertinemment qu'ils étaient quelque part dans l'Upper East Side, sans doute pas très loin de chez moi, car la plupart des copains d'Alex habitaient dans le quartier.

— Écoute, n'importe quel jour, pas ce soir. Ce soir, on sort entre mecs.

— O.K. Je devais aller retrouver Lily pour fêter notre nouvel appart, mais on s'est engueulés. Elle n'arrive pas à comprendre pourquoi je ne peux pas parler quand je suis au bureau.

— Tu sais, Andy, parfois, je ne comprends pas moi non plus. Je sais que cette bonne femme n'est pas facile – crois-moi, je le sais – mais tu prends tout ce qui la concerne tellement au sérieux.

Il s'efforçait – m'a-t-il semblé – de conserver le ton accommodant du type qui cherche à éviter les conflits.

— Mais parce que je n'ai pas le choix ! Il s'agit de ma vie ! Tu comprends ? De ma carrière. Mon avenir !

Que voudrais-tu que je fasse ? Que je traite ça comme une plaisanterie ?

J'étais énervée qu'il ne veuille pas me voir, qu'il ne me supplie pas de les rejoindre, lui et ses copains, qu'il se range du côté de Lily, même si elle avait raison.

— Andy, tu déformes mes propos. Jamais je n'ai pensé ça, tu le sais très bien.

Oui, je le savais, mais j'étais remontée – et incapable d'enrayer ma rage. D'abord Lily, et maintenant Alex ? En plus de devoir supporter Miranda, toute la journée, tous les jours ? C'était vraiment trop. J'avais envie de pleurer, mais je n'arrivais qu'à hurler.

— Une putain de plaisanterie, hein ! C'est comme ça que vous voyez mon boulot, tous les deux ! *Oh mais, Andy, tu travailles dans la mode, ça ne doit pas être si dur que ça !* ai-je minaudé, tout en me haïssant un peu plus à chaque seconde qui passait. Eh bien, désolée, mais tout le monde ne peut pas être candidat à la béatification ou au doctorat. Désolée si…

— Rappelle-moi quand tu seras calmée, m'a coupée posément Alex. Je n'écouterai pas un mot de plus.

Et il a raccroché. Raccroché ! J'ai attendu qu'il rappelle. En vain. Vers trois heures, quand je me suis finalement endormie, ni Alex ni Lily ne s'étaient manifestés.

Le jour du déménagement, une semaine plus tard, aucun des deux ne paraissait me tenir rigueur de ce qui s'était passé, mais il semblait tout de même que leur comportement à mon égard s'était modifié. Comme nous étions en plein bouclage, je n'avais pas eu le temps de leur faire des excuses de vive voix, mais je m'étais imaginée que tout s'arrangerait lorsque Lily et moi emménagerions dans ce nouvel appartement que nous allions partager – où tout recommencerait comme au bon vieux temps de la fac, quand la vie était tellement plus simple et agréable.

Les déménageurs ont fini par arriver, à 11 heures. En neuf minutes, ils ont démonté mon lit, et ils l'ont emporté en pièces détachées dans le coffre de leur fourgonnette.

Ma mère et moi les avons suivis jusqu'à ma nouvelle adresse, où nous avons retrouvé mon père et Alex, qui, après avoir empilé les cartons dans un coin du hall, bavardaient avec le portier – qui, assez curieusement, était un sosie de John Galliano.

— Ah, Andy, enfin. M. Fisher ne voulait pas ouvrir l'appartement tant qu'une des locataires n'était pas arrivée, a dit mon père avec un grand sourire. Ce qui est tout à son honneur, a-t-il ajouté en adressant un clin d'œil au portier.

— Lily n'est pas arrivée ? Elle avait dit qu'elle serait là vers 10 heures, 10 h 30.

— Non, on ne l'a pas encore vue. Tu veux que je l'appelle ? a demandé Alex.

— Bonne idée. Je pourrais accompagner M. Fisher en haut, pour qu'on puisse commencer à monter les cartons. Demande-lui si elle a besoin d'un coup de main pour les siens.

Le portier m'a gratifiée d'un sourire qu'on ne pouvait qualifier que de lubrique.

— S'il vous plaît, appelez-moi John. Vous faites partie de la famille, maintenant.

J'ai avalé de travers la dernière gorgée de café froid que je tenais dans la main. Est-ce que, par hasard, l'homme révéré de par le monde pour avoir fait renaître la maison Dior était mort à mon insu et s'était réincarné en portier ?

Alex a hoché la tête et a essuyé ses lunettes avec un coin de son tee-shirt. J'adorais le voir faire ce geste.

— Monte avec tes parents. J'appelle Lily.

Était-ce vraiment une bonne chose que mon père soit désormais copain-copain avec mon styliste de portier, l'homme qui inévitablement allait être au courant des moindres détails de ma vie ? Le hall était mignon, quoique un peu rétro. Les murs étaient en pierre de couleur claire, des bancs d'aspect inconfortable étaient installés devant les ascenseurs et derrière la salle réservée au courrier. Notre appartement était le 8C ; il était exposé sud-ouest, ce qui, d'après ce que j'avais entendu dire, était une bonne orientation. John a ouvert la porte avec son passe et s'est effacé avec une fierté paternelle.

— Nous y voilà, a-t-il annoncé d'un ton cérémonieux.

Je suis entrée la première. Je m'attendais à être assaillie par une puissante odeur de soufre, ou peut-être même à apercevoir quelques chauves-souris voler vers le plafond, mais l'appartement était étonnamment propre et lumineux. La cuisine, à droite, étroite et tout en longueur, ne pouvait pas accueillir plus d'une personne à la fois, mais elle était carrelée de blanc et les éléments en Formica étaient, eux aussi, à peu près blancs. Le plan de travail était moucheté pour imiter le granit ; un four à micro-ondes était encastré au-dessus des plaques de cuisson.

— C'est formidable, a décrété ma mère en ouvrant le réfrigérateur. Il y a même des bacs à glaçons.

La cuisine ouvrait sur le salon, qui avait déjà été partagé en deux par une cloison pour créer une seconde chambre. Du coup, cette pièce commune était aveugle, mais ce n'était pas gênant. La chambre avait une superficie correcte – plus grande que celle que je venais de quitter, et une porte-fenêtre coulissante occupait tout un mur et ouvrait sur la terrasse. La salle de bains, avec des peintures et des carrelages roses kitchissimes, se trouvait entre les deux chambres. Je suis passée dans la vraie chambre, bien plus spacieuse que celle qui avait été créée dans le salon. Il y avait un placard minuscule, un ventilateur au plafond et une petite fenêtre avec une vitre sale qui donnait pile sur l'immeuble en face. Lily avait voulu cette chambre, et j'avais accepté avec joie. Elle préférait avoir de l'espace, vu qu'elle passait beaucoup de temps à bûcher à la maison ; pour ma part, j'étais ravie d'hériter d'une chambre lumineuse, et de l'accès à la terrasse.

— Merci, Lil, ai-je murmuré tout en sachant qu'il y avait peu de chances qu'elle m'entende.

— Que dis-tu, chérie ?

— Rien, maman. Lily a vraiment assuré. Je ne savais pas du tout à quoi m'attendre, mais cet appart est super, non ?

Il m'a semblé qu'elle cherchait à dire quelque chose avec le plus de tact possible.

— Oui, pour New York, c'est très bien. Mais c'est incroyable, de payer si cher pour un si petit appartement. Tu sais, ta sœur et Kyle ne paient que 1 400 dollars pour le leur, et ils ont l'air conditionné, deux salles de bains en marbre, trois chambres, un lave-vaisselle et un lave-linge tout neufs.

Comme si elle était la première à se faire cette réflexion ! Pour 2 280 dollars, on pouvait avoir une maison face à l'océan à L.A., une maison mitoyenne de trois étages dans une jolie rue arborée à Chicago, quatre pièces en duplex à Miami, ou carrément un château entouré de douves à Cleveland. Oui, tout le monde le savait.

— Sans oublier leurs deux places de parking, l'accès au terrain de golf, la salle de gym et la piscine, ai-je enchaîné. Je sais bien. Mais crois-moi, c'est une super-affaire. Je pense que nous serons heureuses, ici.

— Je le pense aussi, a renchéri ma mère en me serrant dans ses bras. Si toutefois tu ne te tues pas à la tâche, et que tes horaires te laissent le loisir d'en profiter, a-t-elle ajouté d'un ton détaché.

Mon père nous a rejointes et a ouvert le sac de sport qu'il trimballait depuis le matin, et qui contenait, du moins le croyais-je, ses affaires de tennis. Mais il en a extrait une boîte marron qui portait la mention « Edition limitée ». Un Scrabble. L'édition de luxe pour collectionneurs. Nous l'admirions depuis dix ans dans les boutiques spécialisées en jeux de société, sans que jamais l'occasion de l'acheter ne se présente. Je savais que ce Scrabble-là coûtait la bagatelle de 200 dollars, au bas mot.

— Papa ! Tu n'aurais pas dû ! Je l'adore !

— Fais-en bon usage, m'a-t-il dit en m'embrassant. Mieux encore, sers-t'en pour battre ton vieux père à plates coutures. Je me souviens du temps où je te laissais gagner.

Je n'avais pas le choix, sinon tu te mettais à errer d'une pièce à l'autre en boudant. Et maintenant ! Mes vieux neurones sont fichus, et j'aurai beau faire, je n'arriverai plus à te battre. Mais ça ne m'empêchera pas d'essayer.

Je m'apprêtais à lui répliquer que j'avais eu le meilleur des maîtres qui soit, quand Alex est entré dans la pièce, l'air vraiment chiffonné.

— Qu'y a-t-il ?

— Rien, a-t-il menti en coulant un regard vers mes parents. Tiens, j'ai monté un carton.

— Viens, allons en chercher d'autres, a dit mon père à ma mère. Si M. Fisher avait un chariot, nous pourrions en monter plusieurs d'un coup. À tout de suite, les enfants.

J'ai regardé Alex, qui m'a fait signe d'attendre que les portes de l'ascenseur se soient refermées.

— Bon, je viens d'avoir Lily…

— Elle n'est plus en colère contre moi, n'est-ce pas ? Elle a été tellement bizarre, toute la semaine.

— Non, je ne crois pas qu'il s'agisse de ça.

— Mais de quoi, alors ?

— Elle n'était pas chez elle…

— Où est-elle ? Chez un mec ? J'ai du mal à croire qu'elle soit en retard le jour de son déménagement.

J'ai ouvert la porte-fenêtre de la nouvelle chambre pour chasser les odeurs de peinture fraîche.

— En fait, elle est chez les flics, a lâché Alex en regardant ses pieds. Dans un commissariat, *midtown*.

— Quoi ? Oh, mon Dieu ! Elle va bien ? Elle a été agressée ? Violée ? Il faut que j'y aille !

— Andy, elle va bien. Elle a été arrêtée, a-t-il ajouté avec diplomatie, comme s'il annonçait aux parents d'un élève que leur môme n'allait pas passer en cours moyen.

— Arrêtée ? *Elle a été arrêtée ?*

Je m'efforçais de rester calme, mais je me suis aperçue, trop tard, que je criais à tue-tête. Mon père est apparu à ce moment-là, en tirant un énorme chariot qui semblait prêt à céder sous le poids des cartons entassés en équilibre précaire.

— Qui a été arrêté ? s'est-il enquis d'un ton désinvolte. M. Fisher nous a aidés à monter tout ça.

Je me suis creusé la cervelle pour inventer un mensonge, mais Alex a pris les devants avant que j'aie pu ficeler une histoire plausible.

— Je disais à Andy qu'une chanteuse a été arrêtée pour usage de drogues. Je l'ai entendu à la télé. Andy est étonnée, car cette fille semblait plutôt sérieuse…

Mon père a secoué la tête distraitement. Sans doute se demandait-il pourquoi brusquement Alex ou moi nous intéressions autant aux pop stars.

— Je crois que la seule façon de disposer ton lit est de coller la tête contre le mur du fond. Je vais voir comment se débrouillent les déménageurs.

— Vite ! Raconte ce qui s'est passé ! ai-je exigé sitôt que la porte s'est refermée.

— Andy, ne hurle pas. Ce n'est pas si grave. En fait, c'est même assez marrant.

Il a ri, et la peau autour de ses paupières s'est plissée. L'espace d'une seconde, j'ai cru voir Eduardo.

— Alex Fineman, je te conseille de me dire tout de suite ce qui est arrivé à ma meilleure amie…

— O.K., O.K., relax. (Manifestement, la situation l'amusait plus encore qu'il n'osait le montrer.) Hier soir, elle est sortie avec un mec, qu'elle appelle Anneau-sur-la-langue – on l'a déjà vu, celui-là ? O.K., bref, a-t-il ajouté en croisant mon regard agacé. Ils sont sortis dîner, Anneau-sur-la-langue était en train de la raccompagner chez elle, et Lily s'est dit que ce serait marrant de faire une petite séance d'exhibitionnisme dans la rue, devant le restaurant. Elle voulait faire un truc sexy, m'a-t-elle expliqué. Pour l'émoustiller.

J'ai imaginé la scène : Lily qui sort d'un *restau* après un dîner en amoureux, qui fait quelques pas dans la rue et qui entrouvre son chemisier pour allumer un type qui a payé pour se faire transpercer la langue. Non mais, franchement !

— Oh non !

Alex a hoché la tête en se forçant à prendre un air grave.

— Mon amie s'est fait arrêter pour avoir montré ses seins ? C'est ridicule ! (Je recommençais à crier, sans pouvoir me contrôler.) On est à New York. Je vois tous les jours des femmes qui ont quasiment les seins à l'air – et sur leur lieu de travail, par-dessus le marché.

— Son derrière, a lâché Alex, en contemplant de nouveau ses pieds, le visage écarlate.

— Son quoi ?

— Son derrière. Pas ses seins. La moitié basse de son corps. Genre devant-derrière, a-t-il dit en laissant finalement exploser son rire.

Il riait tellement que j'ai bien cru qu'il allait se pisser dessus.

— Oh non ! Dis-moi que c'est une blague, ai-je gémi.
Donc, un flic l'a vue et l'a arrêtée ?

— Non, deux gamins l'ont aperçue et ils l'ont montrée à leur mère… Qui a demandé à Lily de remonter son pantalon, et Lily lui a crié qu'elle pouvait aller se faire… Bon, bref, tu vois… Et du coup, la femme est partie alerter un flic dans la rue voisine.

Oh non… Dans quels draps Lily s'était-elle cette fois fourrée ?

— Arrête…

— Non, attends, le meilleur est à venir. Le temps que la femme rapplique avec le flic, Lily et Anneau-sur-la-langue étaient en train de baiser dans la rue, et d'après la bonne femme, ça avait l'air superchaud !

— Mais de qui parle-t-on ? De mon amie Lily Goodwin, mon adorable meilleure amie depuis la quatrième ? C'est elle qui se fiche à poil et tapine dans la rue ? Avec des mecs qui ont un anneau sur la langue ?

— Andy, calme-toi. Elle va bien, je t'assure. La seule raison pour laquelle elle s'est fait embarquer au poste, c'est qu'elle a fait un doigt au flic quand il lui a demandé si elle avait baissé son pantalon…

— Tais-toi. Je ne peux pas en supporter davantage. Je crois comprendre ce que doit endurer une mère.

— … et ils l'ont relâchée après un avertissement. Elle va rentrer chez elle pour récupérer – j'ai l'impression qu'elle avait pas mal bu. Sinon, qui irait répondre comme ça à un flic ? Ne t'inquiète pas. Installons tes affaires, et ensuite, si tu veux, on ira la voir.

Il s'est approché du chariot que mon père avait laissé au milieu du salon et il a entrepris de décharger les cartons.

Mais je ne pouvais pas attendre. Je devais aller voir où elle en était. Elle a décroché à la quatrième sonnerie, juste avant que l'appel bascule sur le répondeur, comme si elle avait hésité à répondre.

— Ça va ? ai-je demandé dès que j'ai entendu le son de sa voix.

— Salut, Andy. J'espère que je n'ai pas fichu tout le déménagement en l'air. Tu n'as pas besoin de moi, n'est-ce pas ? Désolée pour cette histoire.

— Ne t'inquiète pas pour ça. C'est pour toi que je suis inquiète. Tu vas bien ?

Je venais juste de réaliser qu'elle avait peut-être passé la nuit entière au poste et que, vu qu'il était encore tôt, elle venait à peine d'arriver chez elle.

— Tu as passé toute la nuit là-bas ? En prison ?

— Ouais, je crois qu'on peut le dire comme ça. Mais ce n'était pas si terrible, pas comme à la télé. J'ai simplement dormi dans cette pièce avec une fille inoffensive qui se trouvait là pour une raison aussi stupide que moi. Les gardiens étaient supercool – franchement, ce n'était pas grand-chose. Il n'y avait ni barreaux, ni rien, a-t-elle ajouté en riant, mais d'un rire qui sonnait creux.

Il m'a fallu un petit moment pour digérer ces informations ; j'essayais de faire coïncider l'image de ma douce petite hippie avec celle d'une Lily ivre morte bloquée dans un angle de cellule inondée d'urine par une lesbienne hargneuse et possessive.

— Mais où était passé Anneau-sur-la-langue, pendant tout ce temps ? me suis-je indignée. Il t'a laissée croupir au poste ?

Mais avant même que Lily puisse répondre, j'ai pensé : et moi, où étais-je pendant ce temps ? Pourquoi diable Lily ne m'avait-elle pas appelée ?

— En fait, il a été plutôt cool, il…

— Lily, pourquoi…

— … m'a proposé de rester avec moi, et il a même contacté l'avocat de ses parents.

— Lily ! Écoute-moi. Pourquoi ne m'as-tu pas appelée ? J'aurais accouru, tu le sais, et je serais restée. Alors pourquoi ? Pourquoi ne m'as-tu pas appelée ?

— Andy, ça n'a plus d'importance. Ce n'était pas si terrible, je te le jure. J'ai du mal à réaliser que j'ai été aussi idiote, et crois-moi, jamais plus je ne picolerai autant. Ça ne vaut pas le coup.

— Pourquoi ne m'as-tu pas appelée ? J'ai passé toute la soirée chez moi.

— Je ne t'ai pas appelée parce que j'ai pensé que tu travaillais, ou que tu étais crevée, et je ne voulais pas t'embêter. Surtout un vendredi soir. Mais ce n'est pas important, je t'assure.

Qu'avais-je fait, la veille au soir ? Mon seul souvenir précis de la soirée était d'avoir regardé *Dirty Dancing* à la télé pour la soixante-sixième fois de ma vie.

— Tu croyais que je travaillais ? Et que vient faire le fait d'être crevée, quand tu avais besoin d'aide ? Lily, je ne comprends pas !

— Écoute, Andy, laisse tomber, d'accord ? Tu bosses sans arrêt. Nuit et jour, et souvent les week-ends. Et quand tu ne bosses pas, tu te plains d'être lessivée. J'en suis consciente, je sais que ton boulot est dur, et que tu bosses pour une caractérielle. Je n'avais pas envie de te saboter ton vendredi soir, alors que tu étais peut-être en train de te détendre, ou que tu étais dehors avec Alex. Il râle parce qu'il ne te voit jamais, je m'en serais voulu de le priver de ta présence. Si j'avais vraiment eu besoin de toi, je t'aurais appelée, et je sais que tu serais arrivée ventre à terre. Mais je te jure, ça n'avait rien de terrible. L'incident est clos, d'accord ? Je suis épuisée, j'ai besoin d'une douche et de dormir dans mon lit.

J'étais tellement abasourdie par ces explications que je suis restée muette. Et tandis que j'essayais désespérément de trouver un mot d'excuse, ou une justification, Lily a interprété mon silence comme un acquiescement.

— Tu es toujours là ? m'a-t-elle relancée au bout de trente secondes. Écoute, je viens à peine de rentrer. Il faut que je dorme. On se rappelle plus tard ?

— Oui, bien sûr. Lily, je suis désolée si j'ai pu te donner le sentiment que tu ne pouvais pas…

— Ne sois pas désolée. Il n'y a pas de lézard. Je vais bien. Super bien. On en parle plus tard, d'ac ?

— D'ac. Dors bien. Et appelle-moi si je peux faire quoi que ce soit.

— Promis. Hé, au fait, comment tu trouves l'appart ?

— Il est génial, Lil. Vraiment génial. Tu t'es débrouillée comme un chef. C'est encore mieux que ce que j'imaginais. On va l'adorer.

Ma voix sonnait creux à mes propres oreilles ; il était évident que je ne parlais que pour retenir Lily au bout du fil quelques instants de plus, pour m'assurer que rien n'avait irrévocablement changé dans notre amitié.

— Génial. Je suis contente qu'il te plaise. Avec un peu de chance, il plaira aussi à Anneau-sur-la-langue, a-t-elle plaisanté, mais le cœur n'y était pas.

Une fois que j'ai eu raccroché, je suis restée dans le salon à fixer mon téléphone jusqu'à ce que ma mère vienne me dire qu'ils nous invitaient, Alex et moi, à déjeuner.

— Andy, quelque chose ne va pas ? Où est Lily ? Elle arrive ?

— Non, elle a été malade, cette nuit. Elle couvait ça

depuis quelques jours, je crois. Du coup, elle ne déménagera sans doute que demain. Je viens de l'avoir au téléphone.

— Elle va bien, tu es sûre ? Tu ne penses pas qu'on devrait aller la voir ? Cette petite me fait toujours un peu pitié – pas de parents, juste cette vieille grand-mère qui travaille du chapeau. Elle a de la chance de t'avoir pour amie, a-t-elle ajouté en posant une main sur mon épaule, comme pour mieux enfoncer le clou. Sans toi, elle serait vraiment seule au monde.

J'avais la gorge affreusement nouée, mais j'ai tout de même réussi à articuler :

— Oui, sans doute. Mais elle va bien, je t'assure. Allons acheter des sandwiches. Le portier a dit qu'il y avait un super traiteur à quatre blocs d'ici.

*

— Bureau de Miranda Priestly, ai-je annoncé de ce ton las que j'avais désormais adopté en toutes circonstances, en espérant qu'il trahissait mon misérable sort à l'oreille de quiconque osait interrompre ma séance d'e-mails.

— Bonjour. Em… Em… Em… Emily ? a bégayé une voix zézeyante à l'autre bout du fil.

— Non, je suis Andrea. La nouvelle assistante de Miranda.

— Ah, la nouvelle ! a repris la voix féminine. N'êtes-vous pas la fille la plus chanceuse du m… m… monde ? Comment supportez-vous jusque-là votre mandat auprès de l'inca… ca… ca… carnation du ma… ma… ma… mal suprême ?

J'ai dressé l'oreille. Voilà qui était entièrement nouveau. Jamais, depuis que j'avais pris mes fonctions à *Runway*, je n'avais rencontré une seule personne qui ose médire aussi effrontément de Miranda. Cette bonne femme était-elle sérieuse ? Ou essayait-elle de me provoquer ?

— Eh bien… Travailler à *Runway* est une expérience

enrichissante, me suis-je entendue bafouiller. Un million de filles se damneraient pour être à ma place.

Venais-je vraiment de dire *ça* ?

Il y a eu un silence, suivi de ce qui ressemblait à un hurlement de hyène.

— Alors c'est pa… pa… pa… parfait ! a piaillé la femme d'une voix suraiguë tout en pouffant. Comment s'y prend-elle pour vous soutirer des conneries pareilles ? Est-ce qu'elle vous enferme à double tour dans votre studio du West Village en vous privant de toute votre panoplie G… G… G… Gucci, jusqu'à vous récurer le cerveau de fond en comble ? Gé… Gé… Gé… Génial ! Cette bonne femme est vraiment un monument ! Eh bien, mademoiselle Enrichie à l'expérience, j'avais appris par le téléphone arabe qu'elle s'était dégoté cette fois une escl… escl… esclave avec un brin de jugeote, mais à ce que je vois, les informations du téléphone arabe sont fausses, comme d'habitude. Vous aimez les twin-sets de Michael Kors et tous ces jolis manteaux de fourrure de J. Mendel ? C'est parfait, mon cœur, vous allez survivre. Bon, passez-moi votre patronne au petit cul.

J'étais tiraillée. Mon impulsion première avait été de lui répondre d'aller se faire voir, de lui faire remarquer qu'elle ne me connaissait pas, et qu'il n'était pas sorcier de deviner qu'elle essayait de compenser son bégaiement par son agressivité. Cependant, je n'avais qu'une envie : coller mes lèvres au combiné et lui chuchoter : « Je suis prisonnière, au-delà de tout ce que vous pouvez imaginer – s'il vous plaît, venez me délivrer de cet enfer. Vous avez mille fois raison, la situation est exactement telle que vous la décrivez, mais je ne suis pas comme ça en vérité ! » Deux secondes de réflexion m'ont remis les idées en place. J'ignorais qui se trouvait à l'autre bout du fil. Prudence, donc.

J'ai pris une profonde inspiration et j'ai décidé de la contrer sur chaque point de sa tirade, en laissant prudemment de côté toutes les allusions à Miranda.

— Oui, j'adore Michael Kors, c'est certain, mais certainement pas à cause des twin-sets. Quant aux fourrures de J. Mendel, elles sont merveilleuses, c'est indéniable, mais une vraie fille de *Runway* – sensible aux détails et dotée d'un goût irréprochable – préférera assurément une pièce personnalisée de chez Pologeorgis, sur la 29e. Ah, et à l'avenir, je vous saurais gré d'user du terme d'assistante personnelle, plutôt que de celui, aussi désobligeant que politiquement incorrect, d'esclave. Puis-je demander à présent à qui j'ai le plaisir de parler ?

— Bien répondu, mademoiselle la nouvelle assistante personnelle de Miranda. Peut-être vous et moi se... se... serons-nous finalement amies. En gé... gé... général, je n'aime guère les robots dont elle s'entoure, mais ce n'est pas un problème, parce que je ne l'aime pas beaucoup, elle non plus. Je suis Judith Mason, et au c... c... cas où vous l'ignoriez, c'est moi qui écris les articles de tourisme tous les m... m... mois. Bon, dites-moi, puisque vous êtes encore relativement nouvelle : la lu... lu... lune de miel est-elle terminée ?

Je n'ai rien répondu car je ne comprenais pas le sens de sa question. Sans compter que j'avais l'impression de discuter avec une bombe dont le compte à rebours était enclenché.

— Alors ? Vous êtes en plein dans ce créneau fascinant, où vous êtes là depuis assez longtemps pour que tout le monde connaisse votre nom, mais où personne n'a encore eu le temps de découvrir vos faiblesses et de les exploiter. C'est un merveilleux sentiment qu... qu... quand ça arrive, croyez-moi. Vous travaillez dans un endroit très particulier. Bon, assez f... f... f... flirté, ma nouvelle amie. Épargnez-vous la p... p... peine de m'annoncer, de toute façon, elle ne prend jamais mes appels. Mon bégaiement l'agace, je crois. Inscrivez mon mom, sur le Bulletin, pour qu'elle demande à quelqu'un de me rappeler. Merci, mon c... c... cœur.

Clic.

J'ai raccroché, médusée, puis j'ai éclaté de rire. Emily a relevé le nez des notes de frais qui l'occupaient, et a demandé qui c'était. À la mention du nom de Judith, elle a levé les yeux au ciel, si haut qu'ils ont manqué de disparaître.

— Alors elle, c'est la quintessence de la garce, a-t-elle gémi. Je ne sais même pas comment Miranda accepte de lui parler. Mais cela dit, elle ne prend jamais ses appels. Inscris son nom sur le Bulletin. Miranda demandera à quelqu'un de la rappeler.

Manifestement, Judith avait mieux pigé que moi les mécanismes de mon boulot.

J'ai cliqué sur l'icône Bulletin sur le bureau de mon i-Mac et j'ai examiné son contenu. Le Bulletin constituait *la pièce de résistance*[1] du bureau de Miranda Priestly, et pour ce que j'en voyais, son unique raison de vivre. Mis au point quelques années auparavant par une assistante fanatique et compulsive, le Bulletin était un simple document Word partagé auquel Emily et moi avions accès. Nous ne pouvions l'ouvrir qu'à tour de rôle pour y ajouter un nouveau message ou le consulter. Après chaque modification, nous en imprimions une copie mise à jour, qui rendait caduque la précédente et que nous déposions sur le comptoir au-dessus de mon bureau. Durant la journée, Miranda venait consulter le Bulletin toutes les cinq minutes, tandis qu'Emily et moi faisions de notre mieux pour le dactylographier et l'imprimer le plus vite possible au fur et à mesure que les messages arrivaient. Souvent, l'une chuchotait à l'autre de fermer le Bulletin pour pouvoir y ajouter un nouvel élément. Comme nous en imprimions chacune une copie sur nos imprimantes respectives, nous ne savions jamais quel était réellement le dernier message avant de confronter nos deux versions.

— Le dernier message sur le mien est celui de Judith, ai-je annoncé.

1. En français dans le texte.

Terminer la mise à jour avant l'arrivée de Miranda m'avait mis une telle pression que j'étais épuisée. Eduardo avait appelé de la sécurité pour nous prévenir qu'elle montait. Sophy, elle, n'avait pas encore téléphoné, mais ce n'était plus qu'une question de secondes.

— J'ai eu le concierge du Ritz après Judith, a presque crié Emily, triomphant, tout en fixant sa feuille sur la planchette.

J'ai considéré mon exemplaire du Bulletin dont la mise à jour ne remontait qu'à quatre secondes. Les traits de séparation pour noter les numéros de téléphone étaient interdits ; seuls les points étaient autorisés. Les heures devaient être arrondies au quart d'heure le plus proche. Les numéros de téléphone à rappeler devaient toujours être notés sur une ligne à part, pour une meilleure lisibilité immédiate. La mention d'une heure indiquait un appel. Le mot « Note » faisait référence à une information qu'Emily ou moi devions lui communiquer (et comme il était hors de question de s'adresser à elle sans y avoir été invitée, toute information se devait d'être notée dans le Bulletin). « Nota Bene » faisait généralement référence à une requête que Miranda avait laissée sur nos boîtes vocales entre une et cinq heures du matin, la nuit précédente. Nous devions faire mention de nous-mêmes à la troisième personne – si toutefois il était absolument crucial de faire mention de nous-mêmes.

Elle nous demandait souvent de découvrir à quelle heure précisément et à quel numéro telle personne serait joignable. Dans ces cas-là, c'était un vrai casse-tête de décider si le fruit de nos investigations devait figurer sous la mention « Note » ou « Nota Bene ». Je me souviens de m'être dit une fois que le Bulletin pouvait se lire comme un *Who's Who* de toute la clique des modeux et modeuses de la Terre, mais voir défiler tous ces noms de gens richissimes et haut placés échouait désormais à impressionner mon cerveau insensibilisé. Compte tenu de la nouvelle réalité qui était devenue la mienne à *Runway*, le ministre aux Affaires sociales de la Maison-Blanche était à mes yeux un personnage moins important que le véto qui s'occupait des vaccinations de son chien.

Jeudi 8 avril

7 h 30 : Simone a appelé du bureau de Paris. Elle a calé des dates avec M. Testino pour le shooting à Rio, elle a aussi confirmé le booking de Gisele auprès de son agent, mais elle doit encore discuter du stylisme avec vous. Merci de la rappeler.

8 h 15 : M. Tomlinson a appelé. Merci de le rappeler, sur son portable.

Note : Andrea a parlé avec Bruce : il manque un morceau de plâtre dans l'angle supérieur gauche du cadre du grand miroir de votre entrée. Il a localisé le même miroir chez un antiquaire de Bordeaux. Souhaitez-vous le commander ?

8 h 30 : Jonathan Cole a appelé. Il part samedi à Melbourne et voudrait des précisions sur sa mission avant son départ. Merci de le rappeler.

Nota Bene : Rappeler Karl Lagerfeld pour la soirée du Mannequin de l'année. Il sera joignable chez lui, à Biarritz, ce soir entre 20 heures et 20 h 30 heure française.

011.33.1.55.22.06.78 : domicile

011.33.1.55.22.58.29 : studio

011.33.1.55.22.92.64 : chauffeur

011.33.1.55.66.76.33 : téléphone de son assistant à Paris, au cas où vous n'arriveriez pas à le joindre à Biarritz.

9 h 00 : Nathalie, de Glorious Food, a appelé : préférez-vous le vacherin fourré avec un mélange de myrtilles et de pralines, ou avec de la compote tiède de rhubarbe ? Merci de la rappeler.

555.9887

9 h 00 : Ingrid Sischy a appelé pour vous féliciter à propos du numéro d'avril : la couverture est « renversante,

comme toujours », et elle voudrait connaître le nom du styliste des scopes beauté. Merci de la rappeler.

555.6246, bureau

555.8883, domicile

Note : Miho Kosudo a appelé pour s'excuser de n'avoir pas pu livrer les fleurs chez Damien Hirst : il a attendu quatre heures devant son immeuble, en vain, puisqu'il n'y a pas de portier. Ils réessaieront demain.

9 h 15 : M. Samuel a appelé. Il ne sera pas joignable avant le début de l'après-midi. Il voulait vous rappeler de ne pas oublier la réunion de parents d'élèves, ce soir, à Horace Mann. Il souhaite vous entretenir avant toute chose du projet de Caroline pour le cours d'histoire. Merci de le rappeler entre 14 et 16 heures.

555.5932

Note : Andrea a réservé pour M. Tomlinson et vous une table à la Caravelle pour ce soir 20 heures. Rita Jammet a dit qu'elle serait enchantée de vous revoir et qu'elle était flattée que vous ayez choisi son restaurant.

9 h 30 : Donatella Versace a appelé : tout est confirmé pour votre séjour. Aurez-vous besoin de personnel en plus du chauffeur, du chef, du prof de gym, du coiffeur-maquilleur, de la secrétaire, des trois bonnes et du capitaine du yacht ? Si c'est le cas, merci de l'en informer avant qu'elle ne quitte Milan. Elle vous fournira également des téléphones portables, mais ne sera pas joignable, car elle sera en pleins préparatifs pour les défilés.

011.3901.55.27.55.61

9 h 45 : Judith Mason a appelé. Merci de la rappeler.

555.6834

J'ai froissé la feuille et l'ai mise dans ma corbeille, où elle a immédiatement absorbé la graisse des trois petits déjeuners que j'avais déjà jetés. Jusque-là, c'était une journée assez banale, du moins en ce qui concernait le Bulletin. Au moment où j'allais vérifier si je n'avais reçu aucun mail, elle est entrée. Maudite Sophy. Elle avait encore oublié de nous prévenir.

— J'attends le Bulletin mis à jour, a-t-elle annoncé, glaciale, sans croiser notre regard ni faire cas de notre présence.

— Le voilà, Miranda.

Je le lui ai tendu pour lui épargner la peine d'allonger son bras jusqu'au comptoir. Trois mots en tout et pour tout, ai-je songé, en espérant que ce serait une de ces journées où je n'aurais pas à en prononcer plus de soixante-quinze. Elle s'est débarrassée de son spencer en vison sur mon bureau ; la fourrure était si épaisse que je mourais d'envie d'y enfouir mon visage. En allant suspendre cette sublime charogne dans le placard, je l'ai frottée discrètement contre ma joue et j'ai senti une vive morsure de froid et d'humidité : de minuscules paillettes de neige fondue avaient gelé autour des poils. Quel fabuleux sens de l'*à-propos*.

J'ai ôté le couvercle de la tasse de café au lait tiède, j'ai disposé avec soin les tranches de bacon, la saucisse et le feuilleté au fromage sur une assiette crasseuse. Je suis entrée dans son bureau sur la pointe des pieds pour déposer le tout sur un coin de sa table. Elle était en train de rédiger un mémo sur un bloc de papier écru et a parlé si doucement que j'ai failli ne pas l'entendre.

— An-dre-âââ, il faut que nous discutions du dîner de fiançailles. Prenez un bloc-notes.

Ce dîner de fiançailles était devenu le poison de mon existence, et il n'aurait lieu que dans un mois. Mais comme Miranda allait bientôt partir pour deux semaines en Europe, l'organisation de cette soirée avait ces derniers temps occupé, pour elle comme pour moi, la plus grande partie de nos journées. Je suis revenue avec un bloc-notes et un stylo, en me préparant à ne pas comprendre un traître mot de ce qu'elle me dirait. J'ai été tentée de m'asseoir, car ç'aurait été plus confortable pour écrire, mais, en fille avisée, j'ai résisté.

Elle a soupiré, comme si organiser cette soirée était un tel casse-tête qu'elle n'était pas certaine d'y arriver, et elle a commencé à jouer avec son carré Hermès, enroulé d'un bracelet autour du poignet.

— Vous direz à Nathalie, de Glorious Food, que je préfère la compote de rhubarbe. Ne la laissez pas vous convaincre qu'elle a besoin de me parler directement, car ce n'est pas le cas. Assurez-vous également que Miho a bien compris mes instructions pour les fleurs. Appelez Robert Isabell, avant le déjeuner, et passez-le-moi pour que je voie avec lui tout ce qui concerne les nappes, les cartes de placement et les plateaux de service. Voyez aussi avec cette fille du Met quand est-ce que je peux aller vérifier que tout est conforme à mes instructions et demandez-lui de me faxer la configuration des tables, pour que je puisse établir les plans de table. C'est tout pour l'instant.

Elle avait énoncé cette liste tout en continuant à écrire et sans s'interrompre une seule fois, et sitôt qu'elle s'est tue, elle m'a tendu son mémo manuscrit pour que je l'envoie par mail. J'ai fini de tout noter sur mon bloc, en espérant avoir bien tout compris – ce qui, entre son accent et son débit de mitraillette, était rien moins qu'évident.

— O.K., ai-je murmuré en me retournant.

Jusque-là, le total des mots que je lui avais adressés culminait à quatre. *Peut-être qu'aujourd'hui je ne dépasserai pas la barre des cinquante*, ai-je songé. J'ai senti ses yeux évaluer la taille de mon derrière, et j'ai brièvement pensé à pivoter sur moi-même, et à marcher à reculons, à la manière des Juifs religieux qui quittent le Mur des lamentations. Au lieu de quoi, je me suis efforcée de glisser vers mon bureau, derrière lequel je pouvais me planquer à l'abri, tout en me représentant des milliers de Juifs hassidiques en costumes noirs Prada en train de décrire des cercles à reculons autour de Miranda Priestly.

12

Le jour de félicité que j'attendais et dont j'avais tant rêvé est enfin arrivé. Miranda avait non seulement quitté le bureau, mais aussi le pays. Elle avait embarqué moins d'une heure auparavant à bord du Concorde pour aller retrouver quelques stylistes européens, et moi, j'étais la fille la plus heureuse de la planète. Emily avait essayé de me convaincre que Miranda était encore plus exigeante lorsqu'elle se trouvait à l'étranger, mais je n'en croyais pas un mot. J'étais en train de projeter comment j'allais passer chaque seconde extatique de ces deux semaines à venir quand j'ai reçu un mail d'Alex.

Salut, mon bébé, comme ça va ? J'espère que ta journée se passe bien. Tu dois être aux anges qu'elle parte, pas vrai ? Profites-en. Pourrais-tu m'appeler, vers 15 h 30 ? J'ai une heure de libre avant le cours de lecture et j'ai quelque chose à te dire. Rien d'important, mais j'aimerais te parler. Je t'aime. A

Ce qui m'a immédiatement inquiétée. Je lui ai répondu, pour lui demander si tout allait bien, mais sans doute était-il déjà déconnecté, car mon message est resté lettre morte. J'ai noté dans ma tête de le rappeler à 15 h 30 pétantes, tout en savourant cet incroyable sentiment de liberté qui s'est emparé de moi à la seule pensée qu'elle ne serait pas dans les parages pour me gâcher cet instant. Juste au cas où, j'ai noté « RAPPELER A, 15 H 30 AUJOURD'HUI » sur un Post-it, que j'ai collé sur le cadre de l'écran. Et juste au moment où j'allais rappeler une amie de fac qui m'avait laissé un message une semaine plus tôt, le téléphone a sonné.

— Bureau de Miranda Priestly, ai-je soupiré, en me disant qu'il n'y avait pas un seul être au monde auquel j'avais envie de parler à ce moment-là.

— Emily ? C'est vous, Emily ?

— Bonjour, Miranda. C'est Andrea. Puis-je vous aider en quelque chose ?

Pourquoi appelait-elle ? J'ai jeté un œil sur le planning (détaillant chaque minute de son emploi du temps pendant son voyage en Europe) qu'Emily avait distribué à l'ensemble de la rédaction : son vol n'avait décollé que depuis six minutes, et déjà, elle me harcelait depuis son téléphone de siège.

— J'espère bien. Je viens de consulter mon agenda et je m'aperçois que les rendez-vous avec le coiffeur et le maquilleur, jeudi avant le dîner, ne sont pas confirmés.

— Euh… C'est que M. Renaud n'a pas réussi à avoir une confirmation ferme, mais il a dit qu'il était à quatre-vingt-dix pour cent certain qu'ils…

— An-dre-âââ, répondez à cette question : quatre-vingt-dix pour cent, est-ce pareil que cent pour cent ? Est-ce synonyme de *confirmé* ?

Mais avant même que j'aie ouvert la bouche, je l'ai entendue dire, sans doute à une hôtesse, que « les règles et les consignes concernant l'usage des appareils électroniques ne l'intéressaient pas particulièrement » et « qu'ils aillent donc ennuyer quelqu'un d'autre avec ça ».

— Madame, je regrette. Vous enfreignez les consignes, et je suis obligée de vous demander d'éteindre votre téléphone jusqu'à ce que nous ayons atteint notre altitude de croisière. C'est tout simplement dangereux, a imploré l'hôtesse.

— An-dre-âââ, vous m'entendez ?

— Madame, je suis obligée d'insister. Raccrochez, s'il vous plaît.

Tous les muscles autour de ma bouche commençaient à me faire mal, à force de sourire comme une démente, sachant combien Miranda détestait qu'on s'adresse à elle avec ce « Madame » impersonnel qui connotait de surcroît, c'est bien connu, la femme d'âge mûr.

— An-dre-âââ, l'hôtesse m'oblige à raccrocher. Je vous rappelle lorsqu'elle m'y autorisera. Entre-temps, je veux que vous confirmiez les rendez-vous avec le coiffeur et le maquilleur, et je veux que vous commenciez à sélectionner les candidates pour le poste de nounou. C'est tout.

Elle a raccroché, non sans que j'aie entendu l'hôtesse la rappeler à l'ordre une dernière fois d'un « Madame ! » impérieux.

— Que voulait-elle ? a demandé Emily, le front plissé d'anxiété.

— Elle m'a appelée trois fois par mon prénom, ai-je jubilé, ravie de la faire mariner. Trois fois, tu te rends compte ? Ça veut dire qu'on est devenues les meilleures amies du monde, tu ne crois pas ?

— Andrea, qu'a-t-elle dit ?

— Elle veut une confirmation à cent pour cent des rendez-vous avec le coiffeur et le maquilleur pour jeudi, parce que quatre-vingt-dix pour cent ne lui suffisent pas. Ah, et elle veut aussi que je sélectionne des candidates pour le poste de nounou… Mais là, j'ai sans doute mal compris. De toute façon, elle va rappeler dans trente secondes.

Emily a pris une profonde inspiration et s'est efforcée de supporter ma stupidité avec grâce et élégance. Apparemment, ce n'était pas facile.

— Non, tu n'as pas mal compris. Cara n'est plus là, donc à l'évidence, elle va avoir besoin d'une nouvelle nounou.

— Quoi ? Que veux-tu dire par « elle n'est plus là » ?

J'avais de la peine à croire que Cara ne m'ait pas soufflé mot de son départ.

— Miranda a pensé que Cara serait plus heureuse au service de quelqu'un d'autre, a précisé Emily, avec bien plus de diplomatie que Miranda n'avait dû en manifester elle-même.

Comme si notre patronne se préoccupait du bonheur des autres !

— Emily, s'il te plaît, dis-moi ce qui s'est passé.

— Caroline m'a raconté que Cara avait consigné les filles dans leurs chambres parce qu'elles lui avaient mal répondu. Miranda a jugé que Cara n'avait pas à prendre ce genre de décision. Et je suis d'accord avec elle. Cara n'est pas leur mère, tu comprends ?

Donc, Cara avait été virée pour avoir demandé à deux gamines qui lui avaient manqué de respect de rester chacune dans leur chambre.

— Ouais, je comprends ton point de vue. Ce n'est absolument pas le travail d'une nounou de veiller à la bonne éducation des enfants dont elle a la charge, ai-je répondu avec solennité. C'était totalement déplacé de la part de Cara.

Non seulement Emily n'a pas réagi à mon sarcasme, mais elle ne l'a même pas remarqué.

— Exactement. Et par ailleurs, Miranda n'a jamais apprécié que Cara ne parle pas français. Comment veux-tu que les filles apprennent à le parler sans accent ?

Oh, je n'en sais rien. Peut-être en fréquentant leur école privée à 18 000 dollars l'année, où le français était une matière obligatoire, enseignée par des professeurs de langue maternelle française ? Ou encore auprès de leur mère qui avait vécu en France – et qui continuait de s'y rendre une demi-douzaine de fois l'an – et qui le lisait, l'écrivait et le parlait couramment, avec une prononciation irréprochable.

— Tu as raison, me suis-je contentée de répondre. Une

nounou qui ne parle pas français, c'est nul. Je t'entends bien.

— Tu as donc la charge de trouver une nouvelle nounou pour les filles. Tu es responsable de cette mission. Voilà le numéro de l'agence avec laquelle nous travaillons, a-t-elle ajouté en m'envoyant un mail. Ils savent combien Miranda est exigeante – à bon escient, naturellement – aussi, en général, ils nous envoient des gens très bien.

J'ai considéré Emily avec prudence. À quoi sa vie avait-elle ressemblé, avant que Miranda Priestly n'y entre ? J'ai dormi les yeux ouverts encore un peu avant que le téléphone ne sonne à nouveau. Heureusement, Emily a répondu.

— Bonjour, Miranda. Oui, je vous entends très bien. Non, aucun problème. Oui, j'ai confirmé le coiffeur et le maquilleur pour jeudi. Oui, Andrea est déjà en train de chercher une nouvelle nounou. Nous avons trois candidates intéressantes que vous pourrez rencontrer le jour de votre retour. (Elle a penché la tête de côté et posé un crayon sur ses lèvres.) Mmm, oui. Oui, c'est confirmé, absolument. Non, pas à quatre-vingt-dix pour cent. À cent pour cent. Tout a fait. Oui, Miranda. Oui, j'ai moi-même confirmé. Ils vous attendent avec impatience. O.K. je vous souhaite un bon voyage. Oui, c'est confirmé. Je vous le faxe immédiatement. O.K. Au revoir.

Elle a raccroché, et il m'a semblé qu'elle tremblait.

— Pourquoi cette femme ne comprend rien à ce qu'on lui raconte ? s'est-elle exclamée. Je lui ai dit que le coiffeur et le maquilleur étaient confirmés. Je le lui ai répété. Pourquoi dois-je le lui redire cinquante fois ? Et tu sais ce qu'elle m'a répondu ?

J'ai secoué la tête.

— Que comme toute cette histoire avait été une vraie prise de tête pour elle, elle voulait que je refasse le planning en mentionnant que les rendez-vous avec le coiffeur et le maquilleur étaient à présent confirmés, et que je le lui faxe au Ritz afin qu'elle ait un exemplaire avec toutes les informations correctes à son arrivée. Je fais tout pour cette bonne femme – je lui consacre ma vie – et c'est comme ça qu'elle me parle en retour ?

Elle semblait au bord des larmes. J'étais ravie de cette rare occasion de voir Emily se retourner contre Miranda, mais sachant qu'une volte-face paranoïaque allait suivre sans tarder, j'ai préféré rester circonspecte, et m'en tenir à un juste équilibre de sympathie et d'indifférence.

— Tu n'y es pour rien, Em, je t'assure. Elle sait que tu bosses dur – tu es une assistante formidable pour elle. Si elle ne pensait pas que tu travailles super bien, elle se serait déjà débarrassée de toi. Ce n'est pas ça qui lui fait peur, si tu vois ce que je veux dire.

Emily avait cessé de larmoyer et approchait de ce stade de défiance où, tout en étant d'accord avec moi, elle allait prendre la défense de Miranda si jamais je risquais une observation trop outrageante. J'avais étudié le syndrome de Stockholm, en cours de psy, qui frappe les otages lorsqu'ils prennent fait et cause pour leurs ravisseurs, mais je n'avais jamais réellement compris comment cela pouvait fonctionner. Peut-être devrais-je filmer une de ces petites sessions entre Emily et moi et envoyer la cassette au prof, pour que les étudiants de première année puissent l'observer avec ce témoignage de première main ? Tant d'efforts pour rester sur mes gardes commençaient à devenir surhumain. J'ai pris une profonde inspiration et je me suis jetée à l'eau.

— Elle est caractérielle, Emily, ai-je dit, gentiment et d'une voix posée pour l'amener à acquiescer. Ce n'est pas toi qui es en cause, mais elle. C'est une femme creuse, superficielle, amère, qui possède des tonnes de vêtements magnifiques mais pas grand-chose d'autre.

J'ai vu le visage d'Emily se crisper, la peau de son cou et de ses joues se retendre ; ses mains ont cessé de trembler. Je savais qu'elle allait me tomber dessus, mais j'étais lancée.

— Tu n'as jamais remarqué qu'elle n'a pas d'amis ? Évidemment, son téléphone sonne nuit et jour et elle parle avec les gens les plus cool de la planète, mais ils ne l'appellent pas pour lui parler de leurs enfants, de leur boulot, de leur couple, n'est-ce pas ? Ils l'appellent parce qu'ils ont besoin d'elle. C'est un spectacle stupéfiant, certes, mais tu imagines, si on ne t'appelait que pour…

— Arrête ! a-t-elle hurlé, les yeux de nouveau baignés de larmes. Ferme-la. Toi, tu débarques dans ce bureau et tu crois tout comprendre. Mademoiselle la Sarcastique qui est au-dessus de tout ça ! Eh bien, tu ne comprends rien ! Rien !

— Em…

— Laisse-moi terminer, Andy. Je sais que Miranda n'est pas facile. Je sais aussi que parfois elle donne l'impression d'être dingue. Je sais ce que c'est, de ne jamais dormir, de vivre avec la peur qu'elle appelle, de voir ses amis complètement largués face à ta situation. Je sais tout ça ! Mais si tu détestes autant tout ça, si tu n'es capable que de te plaindre de ton travail, d'elle et de tout le monde dans la foulée, pourquoi ne pas t'en aller ? Parce que ton attitude est vraiment un problème. Et quant à dire que Miranda est caractérielle, franchement, il y a ici bien plus de gens qui la trouvent douée, sublime, talentueuse et qui penseraient que c'est toi la caractérielle, de ne pas donner le meilleur de toi-même pour aider quelqu'un d'aussi exceptionnel. Parce qu'elle est exceptionnelle, Andy. Vraiment !

J'ai réfléchi un instant à cette tirade, et j'ai reconnu qu'Emily avait vu juste. Pour ce que je pouvais en juger, Miranda était une rédactrice en chef d'exception. Aucun mot n'était imprimé dans le magazine sans avoir obtenu de haute lutte son approbation ; elle n'avait jamais peur de mettre au rebut et de tout recommencer depuis le début, sans tenir compte des inconvénients ou du déplaisir de ses collaborateurs. Les diverses rédactrices faisaient rentrer les vêtements pour les shootings de mode, mais c'était elle et elle seule qui choisissait les looks, et déterminait quel mannequin porterait quel vêtement ; les rédactrices avaient beau superviser les séances de prise de vues, elles n'étaient que les exécutantes des consignes précises, incroyablement détaillées, de Miranda. Pour chaque numéro, elle avait le dernier mot – ainsi que souvent le premier – sur tout : du bracelet au sac en passant par la paire de chaussures ; des sujets d'articles et d'interviews aux journalistes ; des photos aux mannequins, des lieux aux photographes. Et cela, dans son esprit, était la principale raison de l'incroyable succès que le magazine rencontrait chaque mois. *Runway* n'aurait pas été *Runway* sans Miranda Priestly. Je le savais, tout le monde le savait. Mais aucun de ces arguments n'avait jusque-là réussi à me convaincre qu'elle avait, pour autant, le droit de maltraiter les gens comme elle le faisait. Pourquoi l'idée de réunir sur une même photo une robe du soir de Balmain, une jeune Asiatique boudeuse et tout en jambes, et une ruelle de San Sebastian suscitait-elle une adoration telle qu'on ne devait pas tenir rigueur à celle qui l'avait eue de son attitude exécrable ? Je n'arrivais toujours pas à le comprendre, mais que connaissais-je à tout ça ? Emily avait raison.

— Emily, tout ce que je dis, c'est qu'elle a la chance d'avoir une assistante géniale qui bosse aussi dur, qui est à ce point impliquée dans son travail. Je voudrais juste que tu comprennes que tu n'es pas fautive, si elle n'est pas heureuse à cause de quelque chose. Elle n'est pas heureuse dans la vie en général. Tu ne peux rien y faire.

— Je le sais très bien. Mais tu ne lui accordes pas assez de crédit, Andy. Réfléchis-y. Réfléchis-y vraiment. Elle est parvenue à un tel degré de perfection, songe à tous les sacrifices qu'elle a dû consentir pour l'atteindre. Ne devrait-on pas alors blâmer tous les gens qui ont réussi, dans quelque milieu que ce soit ? Dis-moi, quel P-DG, quel avocat, quel cinéaste n'a pas à faire preuve de fermeté parfois ? Cela fait partie de leur travail.

Je voyais bien qu'on n'allait pas arriver à accorder nos violons sur ce coup-là. Cela crevait les yeux qu'Emily était profondément investie dans le travail qu'elle fournissait pour Miranda, pour *Runway*, mais la raison d'un tel investissement continuait de m'échapper. Emily n'était pas différente des centaines d'autres assistantes personnelles, assistantes éditoriales, secrétaires de rédaction, pigistes, rédactrices ou rédactrices de mode. Mais je ne comprenais pas la raison qui motivait un tel dévouement. Pour ce que j'avais pu observer jusque-là au sein de la rédaction, chacune était humiliée, rabaissée, et en général brutalisée par son supérieur direct, et dès lors qu'elle avait obtenu une promotion, elle s'empressait de faire subir le même traitement à ses subordonnées. Et tout ça pour pouvoir se vanter, au terme de cette longue et épuisante ascension, d'avoir été placée au premier rang au défilé haute-couture de Saint-Laurent et d'avoir récupéré en chemin quelques sacs Prada gratuits ?

Mais face à tant de véhémence de la part d'Emily, mieux valait capituler et se contenter d'acquiescer.

— Je sais, ai-je soupiré. J'espère seulement que tu te rends compte qu'en acceptant de supporter tous ces emmerdements, c'est toi qui lui fais une faveur, et non le contraire.

Je m'attendais à une prompte contre-attaque, mais Emily a souri.

— Tu vois, m'a-t-elle rétorqué d'un ton léger, quand je lui ai dit que ses rendez-vous de jeudi avec le coiffeur et le maquilleur étaient confirmés… Eh bien, j'ai menti ! Je n'ai appelé strictement personne pour avoir la confirmation !

— Emily ! Tu es folle. Que vas-tu faire maintenant ? Tu lui as juré que tu avais confirmé en personne.

Pour la toute première fois depuis que nous travaillions ensemble, j'ai eu envie de serrer cette fille dans mes bras.

— Andy, ne sois pas idiote. Crois-tu franchement qu'une personne saine d'esprit va refuser de la coiffer et de la maquiller ? L'avoir pour cliente peut lancer toute une carrière. Ces types-là seraient fous de laisser passer pareille opportunité. Je suis certaine qu'ils ont toujours su qu'ils trouveraient le temps de s'occuper d'elle. Je n'ai pas besoin d'avoir leur confirmation, comment pourraient-ils refuser ? C'est Miranda Priestly !

J'ai bien cru que j'allais me mettre à pleurer, mais j'ai préféré en revenir à mes moutons :

— Bon, que dois-je savoir pour chercher cette nouvelle nounou ? Je ferais mieux de m'y atteler sans tarder.

— Ouais, a fait Emily, encore sous le charme de l'intelligence de sa démonstration. Ce n'est pas une mauvaise idée.

*

La première fille avec laquelle je me suis entretenue pour le poste de nounou a eu l'air totalement ébranlée.

— Oh, mon Dieu ! Oh, mon Dieu ! a-t-elle ululé au téléphone quand je lui ai demandé si elle pouvait venir me rencontrer au bureau. Vous êtes sérieuse ? Oh, mon Dieu !

— Euh… La réponse est oui ou non ?

— Mon Dieu, oui. Oui, oui, oui ! À *Runway* ? Oh, mon Dieu ! Attendez que je raconte ça à mes amies. Elles vont en tomber raides. Dites-moi juste quand et à quelle heure.

— Vous avez compris que Miranda est absente en ce moment et que ce n'est donc pas elle que vous allez rencontrer ?

— Oui, j'ai compris.

— Et vous avez aussi compris que Miranda cherche une nounou pour ses deux petites filles, et que ce travail n'a aucune connexion avec *Runway* ?

Elle a soupiré, comme résignée à ce triste coup de malchance.

— Oui, bien sûr. Elle cherche une nounou. J'ai compris.

En fait, ce n'était pas vraiment le cas : la fille avait le bon profil (grande, impeccable jusqu'au bout des ongles, assez bien habillée et sérieusement sous-alimentée), mais elle n'a pas arrêté de me demander quels aspects de son travail allaient requérir sa présence à la rédaction.

Je lui ai lancé un regard glacial, qu'elle n'a pas semblé remarquer.

— Aucun. Nous en avons parlé, vous vous souvenez ? Je sélectionne les candidates pour Miranda, et il se trouve que nous les recevons ici, au bureau. Mais c'est tout. Ses jumelles n'habitent pas là, voyez-vous.

Elle a eu beau m'assurer qu'elle avait parfaitement saisi, je l'avais déjà recalée.

Les trois candidates suivantes adressées par l'agence, et qui attendaient à la réception, n'étaient guère mieux. Physiquement, toutes possédaient le profil exigé par Miranda – l'agence savait très exactement ce que leur cliente recherchait –, mais aucune n'avait les qualités requises pour prendre soin de ma future nièce ou de mon futur neveu, critères sur lesquels je me basais pour cette recherche. La première était puéricultrice diplômée de Cornell, mais son regard est devenu vitreux quand j'ai entrepris de lui expliquer en quoi ce poste pourrait différer subtilement de tous ceux qu'elle avait déjà eus. La deuxième était sortie avec un joueur de la NBA, ce qui lui donnait le sentiment de « connaître le monde des gens célèbres ». Mais quand je lui ai demandé si elle avait travaillé avec des enfants de gens célèbres, elle a instinctivement plissé le nez et m'a informée que « les enfants des gens célèbres étaient toujours des gamins à problèmes ». Recalée. La troisième – la candidate la plus prometteuse – venait tout juste d'obtenir son diplôme et avait grandi à Manhattan ; elle voulait être nounou pendant un an et économiser de l'argent pour s'offrir un séjour à Paris. Quand je lui ai demandé si cela signifiait qu'elle parlait français, elle a hoché la tête. Le seul hic, c'est qu'en vraie New-Yorkaise, elle n'avait pas son permis de conduire. Avait-elle l'intention de le passer ? Non, il y avait déjà assez de voitures dans les rues de la ville. Recalée.

Comment expliquer avec tact à Miranda que si une fille était séduisante, sportive, mondaine, new-yorkaise, si elle avait son permis de conduire, des diplômes universitaires, si elle parlait français et qu'elle avait un emploi du temps totalement flexible, il y avait peu de chances qu'elle veuille faire la nounou ?

L'intéressée a dû lire dans mes pensées car le téléphone a sonné à ce moment-là. D'après un calcul rapide, elle venait tout juste d'atterrir à Charles-de-Gaulle ; d'un coup d'œil à son planning détaillé à la seconde près qu'Emily s'était cassé la tête à établir, j'ai vu qu'elle se trouvait dans la voiture qui la conduisait au Ritz.

— Bureau de Mir…

— Emily ! a-t-elle hurlé. (J'ai sagement décidé que le moment était mal choisi pour la corriger.) Emily ! Le chauffeur ne m'a pas donné le même téléphone que d'habitude. Aucun numéro n'est en mémoire dans celui-ci. C'est inacceptable. Totalement inacceptable. Comment suis-je censée travailler, sans numéros de téléphone ? Passez-moi immédiatement M. Lagerfeld.

— Oui, Miranda, une seconde, s'il vous plaît.

Je l'ai mise en attente, et j'ai appelé Emily à la rescousse. Mieux valait évidemment manger directement le combiné, plutôt que de tenter de localiser Karl Lagerfeld en moins de temps qu'il n'en fallait à Miranda pour entrer dans une telle fureur qu'elle allait molester son téléphone et nous harceler : « Où diable est-il passé ? Pourquoi ne le trouvez-vous pas ? Vous ne savez donc pas vous servir d'un téléphone ? »

— Emily, elle veut Karl !

À la seule mention de ce prénom, Emily s'est jetée avec fébrilité sur les papiers qui encombraient son bureau.

— O.K. Écoute, on dispose de vingt à trente secondes. Tu t'occupes de Biarritz et du chauffeur, je prends Paris et l'assistant, m'a-t-elle lancé en pianotant sur son clavier.

J'ai ouvert le fichier partagé dans lequel étaient répertoriés les contacts de plus d'un millier de personnes et, à la rubrique KL, j'ai trouvé cinq numéros à appeler : Biarritz ligne principale, Biarritz deuxième ligne principale, Biarritz studio, Biarritz piscine, Biarritz chauffeur. J'ai vu qu'Emily avait, elle, sept numéros à appeler, sans compter ceux indiqués pour New York et Milan. Nous étions fichues avant même d'avoir commencé.

J'ai d'abord essayé « Biarritz ligne principale », et j'étais en train de composer le numéro de « Biarritz deuxième ligne principale » quand j'ai vu que le voyant rouge sur mon téléphone avait cessé de clignoter. Et au cas où je ne l'aurais pas remarqué, Emily a annoncé que Miranda avait raccroché. Après une attente de dix ou quinze secondes seulement – Miranda était vraiment très impatiente ce jour-là. Bien entendu, ça s'est remis à sonner immédiatement. Emily a répondu, avec un regard de chiot désespéré. Elle n'avait pas eu le temps de débiter ses salutations d'usage que déjà elle hochait la tête d'un air grave en essayant de rassurer Miranda. Moi, j'étais toujours en train de pianoter sur mon téléphone, et ô miracle, au bord de la piscine à Biarritz, quelqu'un a décroché. Une femme qui ne parlait pas un traître mot d'anglais. L'obsession de Miranda vis-à-vis de la langue française venait peut-être de là ?

— Oui, Miranda ? Andrea et moi sommes en train d'appeler. Ce ne devrait être qu'une affaire de secondes. Oui, je comprends. Non, je sais que c'est agaçant. Si vous me permettez de vous mettre quelques secondes en attente, je suis certaine que nous l'aurons sous peu en ligne. D'accord ?

Sitôt Miranda mise en attente, elle s'est concentrée sur le clavier du téléphone. Je l'ai entendue baragouiner quelques mots de français avec un accent terrible, à quelqu'un qui ne semblait pas connaître le nom de Karl Lagerfeld. Fichues. Nous étions fichues. Je m'apprêtais à raccrocher au nez de cette Française hystérique qui me hurlait dans l'oreille quand j'ai vu de nouveau le voyant rouge s'éteindre. Emily était toujours en train de pianoter fébrilement sur son téléphone.

— Elle est partie ! ai-je annoncé, aussi découragée qu'un infirmier-urgentiste qui fait une réanimation cardio-respiratoire.

— C'est à ton tour de la prendre ! m'a-t-elle lancé sans cesser de composer des numéros.

Bien évidemment, ça a sonné aussitôt.

— An-dre-âââ ! Emily ! Ou qui que vous soyez… Pourquoi est-ce vous, et non M. Lagerfeld, que j'ai en ligne ? Pourquoi ? All-ôôôôô ! Il y a quelqu'un ? Connecter deux communications ensemble serait-il trop compliqué pour l'une et l'autre de mes assistantes ?

— Non, Miranda, bien sûr que non. Je suis navrée de ce contretemps. (Ma voix chevrotait un peu, mais dans les limites de la dignité.) Il semblerait que nous n'arrivions pas à joindre M. Lagerfeld. Nous avons déjà essayé au moins huit…

— « *Il semblerait que nous n'arrivions pas à le joindre* », s'est-elle moquée d'une voix haut perchée. Qu'entendez-vous par là, précisément ?

Quelle partie de cette phrase simple ne comprenait-elle pas ? Elle me paraissait pourtant claire et précise : où qu'il soit, il est injoignable. Voilà pourquoi tu n'es pas en train de lui parler. Et si toi, tu es capable de le trouver, alors tu pourras lui parler. Un million de réponses cinglantes m'ont traversé l'esprit, mais je n'ai pu que bredouiller comme une gamine du cours préparatoire que la maîtresse vient de réprimander pour avoir bavardé.

— Euh… Nous avons appelé tous les numéros que nous avons en liste et il n'est nulle part.

— Mais évidemment ! a-t-elle hurlé – son précieux sang-froid était dangereusement proche cette fois du point d'ébullition. An-dre-âââ, a-t-elle repris plus posément après une profonde inspiration très théâtrale. Êtes-vous consciente que M. Lagerfeld se trouve à Paris cette semaine ?

J'avais l'impression d'être dans un cours d'anglais langue étrangère.

— Bien sûr, Miranda. Emily a essayé tous ses numéros à…

— Et êtes-vous consciente que M. Lagerfeld a dit qu'il serait joignable sur son portable, pendant qu'il serait à Paris ?

On sentait que ça lui coûtait un effort surhumain de garder une voix posée et égale.

— Non… Nous n'avons aucun numéro de portable noté sur la liste, donc nous ignorions que M. Lagerfeld avait un téléphone portable. Emily est en ligne avec son assistant, elle aura certainement le numéro dans une seconde.

Emily a levé les pouces vers moi avant de se mettre à griffonner et à remercier interminablement, en anglais et en français, son interlocuteur.

— Miranda, j'ai le numéro sous les yeux. Voulez-vous que je vous mette en relation ?

Je sentais ma poitrine gonflée de fierté et d'assurance. Voilà une mission rondement menée. Un excellent résultat, obtenu dans des conditions de pression extrême. Et tant pis si ma ravissante blouse paysanne, qui m'avait valu les compliments de deux – non pas une, mais *deux* – assistantes de mode, était maintenant décorée de deux auréoles sous les bras. Quelle importance ? J'allais enfin être débarrassée de cette folle caractérielle accro aux communications internationales, et j'étais aux anges.

— An-dre-âââ ?

Le ton annonçait une question et des prolongations, mais j'étais en train de me demander selon quelle logique elle confondait nos prénoms. J'avais d'abord vu là une méprise délibérée pour nous rabaisser et nous humilier davantage. Puis j'avais compris qu'elle était certainement comblée par ce que nous endurions déjà en termes d'humiliation ; en fait, les prénoms de ses deux assistantes devaient être un détail trop insignifiant pour qu'elle se donne la peine de les retenir. Emily avait confirmé cette interprétation en me confiant qu'une fois sur deux, elle l'appelait Andrea ou Allison. Cela m'avait un peu rassérénée.

— Oui ? ai-je lâché d'une voix étranglée.

Bon sang ! N'étais-je donc pas capable de faire preuve d'un peu de dignité devant cette sangsue ?

— An-dre-âââ, je ne comprends pas à quoi rime ce branle-bas de combat pour trouver le numéro de portable de M. Lagerfeld quand je l'ai là, sous les yeux. Il vient de me le donner, mais nous avons été coupés et je n'arrive pas à le rappeler.

— Ah… Vous, euh… Vous avez le numéro ? Et vous saviez depuis le début qu'il n'était joignable qu'à ce numéro ?

J'avais dit ça pour le bénéfice d'Emily, mais ma question n'a servi qu'à décupler sa colère.

— N'ai-je pas été parfaitement claire ? Je veux que vous me mettiez en relation avec le 00.33.623.56.67.89. À moins que ce ne soit trop compliqué pour vous ?

Emily a secoué lentement la tête en froissant la feuille sur laquelle elle venait de noter ce numéro que nous avions eu tant de mal à trouver.

— Non, non, Miranda, ce n'est pas compliqué. Je vous mets immédiatement en relation. Un instant, je vous prie.

J'ai enclenché la touche « Conférence », composé le numéro, entendu un homme d'un certain âge crier « Allô ! », et rappuyé sur la touche « Conférence ».

— Monsieur Lagerfeld ? Miranda Priestly en ligne, ai-je annoncé comme ces opératrices du temps de *La Petite Maison dans la prairie*.

Et, au lieu de mettre le haut-parleur pour qu'Emily et moi puissions écouter la conversation, j'ai raccroché. Nous n'avons rien dit pendant un petit moment ; pour ma part, je me retenais de déverser un tombereau d'horreurs sur la tête de Miranda. J'ai épongé mon front moite et je me suis forcée à inspirer lentement, profondément. Emily a parlé la première.

— Si j'ai bien compris, elle avait le numéro depuis le début, mais n'arrivait pas à le composer ?

— Ou peut-être n'avait-elle pas envie de le composer elle-même ? ai-je avancé, toujours enthousiaste à l'idée de faire équipe contre Miranda – d'autant que les opportunités étaient assez rares.

— J'aurais dû m'en douter, a dit Emily, l'air de s'en vouloir à elle-même. Elle n'arrête pas de m'appeler pour que je lui passe des gens qui sont dans la pièce voisine, ou dans un hôtel à deux rues du sien. Je me souviens qu'au début, je trouvais bizarre d'appeler de Paris à New York, pour qu'on la mette en liaison avec quelqu'un qui était aussi à Paris. Maintenant, évidemment, ça me paraît naturel, mais j'ai du mal à croire que je n'aie rien vu venir.

Alors que je m'apprêtais à piquer un sprint jusqu'à la cafétéria, le téléphone a encore sonné. Forte du principe que la foudre ne frappe jamais deux fois, j'ai décidé d'être bonne joueuse et de répondre.

— Bureau de Miranda Priestly, j'écoute.

— Emily ! Je suis rue de Rivoli ! Il pleut à seaux et mon chauffeur a disparu ! Disparu ! Vous comprenez ? Disparu ! Retrouvez-le immédiatement !

Elle était hystérique. C'était la toute première fois que je l'entendais péter les plombs pour de bon.

— Miranda, un instant, j'ai son numéro de téléphone…

J'ai cherché le planning que je venais de consulter tantôt, mais je ne voyais plus que des papiers sans intérêt, de vieux Bulletins, des piles d'anciens numéros de *Runway*. Trois ou quatre secondes seulement s'étaient écoulées, mais j'avais l'impression d'être à côté d'elle, à regarder la pluie dégouliner sur sa fourrure Fendi et son maquillage. Exactement comme si elle pouvait tendre le bras pour me gifler, me dire que je n'étais qu'une merdeuse avec zéro talent, zéro compétence, une nullité parfaite. Mais ce n'était pas le moment de me rabaisser. Je me suis souvenue qu'il ne s'agissait jamais que d'un être humain (du moins en théorie) qui râlait d'être en carafe sous une pluie battante et qui prenait pour bouc émissaire son assistante, à 6 000 kilomètres de là. Ce n'est pas de ma faute. Ce n'est pas de ma faute. Ce n'est pas de ma faute.

— An-dre-âââ ! Mes chaussures sont *ruinées* ! Vous m'entendez ? M'écoutez-vous seulement ? Trouvez mon chauffeur *immédiatement* !

J'ai senti que je courais le risque de laisser filtrer une émotion inadéquate – j'avais la gorge nouée, la nuque raide et douloureuse, mais il était encore trop tôt pour dire si j'allais éclater de rire ou bien en sanglots. Dans un cas comme dans l'autre, ce n'était pas bon. Emily a dû deviner que ça n'allait pas, car elle a bondi de sa chaise pour m'apporter son exemplaire du planning. Elle avait même surligné les numéros de téléphone du chauffeur – trois en tout : téléphone voiture, portable, domicile. Évidemment.

— Miranda, je vais devoir vous mettre en attente pendant que je l'appelle. Ne quittez pas, voulez-vous ?

Sans attendre sa réponse, j'ai basculé l'appel en attente. De nouveau, j'ai appelé Paris. Bonne nouvelle : le chauffeur a décroché à la seconde sonnerie, au premier numéro que j'ai essayé. Mauvaise nouvelle : il ne parlait pas un traître mot d'anglais. Et, bien que n'ayant jamais souffert de penchants autodestructeurs, je me suis tapé le front contre le Formica de mon comptoir. Une fois. Deux fois. À la troisième fois, Emily a basculé la communication sur son poste. Et elle s'est mise à crier, non pas pour tenter de rendre son mauvais français intelligible, mais simplement pour convaincre le chauffeur de l'extrême urgence de la situation. Les nouveaux chauffeurs nécessitaient toujours un temps de rodage, principalement parce qu'ils commettaient l'erreur de croire que Miranda n'en mourrait pas de patienter quarante-cinq secondes de plus. Ce dont Emily et moi devions précisément les dissuader.

Après qu'Emily a eu réussi à insulter le chauffeur assez copieusement pour qu'il file sur les chapeaux de roues récupérer Miranda là où il l'avait abandonnée quelques minutes auparavant, nous avons toutes les deux posé la tête sur notre bureau. Je n'avais plus vraiment faim, et cela m'inquiétait. Était-ce *Runway* qui déteignait sur moi ? Ou simplement les effets conjugués de l'adrénaline et de la nervosité qui me coupaient l'appétit ? Mais bien sûr, la voilà, l'explication ! La famine endémique dont souffrait chaque membre de la rédaction ne relevait nullement, en fait, d'un processus d'autopersuasion ; elle n'était que la réponse d'organismes qui, à force d'être soumis en permanence à un régime de terreur et d'anxiété, perdaient l'appétit. Je me suis promis de creuser plus avant cette théorie, et d'explorer peut-être la possibilité que Miranda était diabolique, qu'elle s'était délibérément créé un personnage exécrable sur toute la ligne pour rendre les gens faméliques de trouille.

— Mesdemoiselles ! Voulez-vous bien me relever ces têtes ? a claironné une voix depuis le seuil de notre bureau. Imaginez ce que dirait Miranda si elle vous voyait. Elle ne serait pas très contente !

Avec ses cheveux plaqués en arrière au moyen d'une cire grasse baptisée « Tête de lit » (« Trop sexy, non ? Comment résister ? »), et son torse moulé dans un genre de polo de foot qui indiquait « 69 » devant et derrière, James était, comme d'habitude, un parangon de subtilité et d'insinuation.

C'est à peine si nous lui avons accordé un regard. Il n'était que quatre heures de l'après-midi, mais nous avions l'impression qu'il était minuit.

— Bon, laissez-moi deviner. Mère a décroché son téléphone parce qu'elle a égaré une boucle d'oreille entre le Ritz et le restau d'Alain Ducasse, et elle veut que vous la retrouviez, bien qu'elle soit à Paris et vous à New York.

— Tu crois qu'il en faut aussi peu pour nous mettre dans cet état ? ai-je ricané. Mais c'est notre pain quotidien, ça. Trouve un truc plus compliqué.

Même Emily a ri.

— Oui, franchement James, ce n'est pas assez. Je

pourrais retrouver une boucle d'oreille en moins de dix minutes dans n'importe quelle ville du monde, a-t-elle déclaré, brusquement désireuse de se joindre à la conversation pour une raison qui m'échappait. Ce ne serait un défi que si elle ne nous indiquait pas dans quelle ville elle se trouve. Et encore… Même dans ces conditions, je parie que nous pourrions la retrouver.

James est sorti à reculons en feignant d'être horrifié.

— Eh bien, ç'a été une journée de gagnée, mesdemoiselles, vous m'entendez. Au moins, elle ne vous a pas bousillées toutes les deux. Franchement, vous pouvez remercier le ciel pour ça. Vous êtes l'une et l'autre saine et sauve. Allez, bonne fin de journée…

— PAS SI VITE, ESPÈCE DE PETITE TAPETTE ! a piaillé à tue-tête une voix très haut perchée. REVIENS ICI EXPLIQUER À CES JEUNES FILLES CE QUE TU AVAIS DERRIÈRE LA TÊTE QUAND TU AS MIS CET ÉTENDARD SUR TON DOS CE MATIN !

Nigel a ramené James entre nos deux bureaux en le traînant par l'oreille.

— Nigel, arrête ! a pleurniché James, l'air faussement contrarié, et apparemment ravi que Nigel le touche. Tu sais bien que j'adore ce polo !

— TU ADORES CE POLO ? CROIS-TU QUE MOI, J'ADORE CE GENRE D'ÉTUDIANT HOMO SPORTIF QUE TU TE DONNES ? JAMES, IL VA FALLOIR SÉRIEUSEMENT REPENSER TOUT ÇA, O.K. ? O.K. ?

— Qu'est-ce qui cloche, dans un polo de foot moulant ? Moi je trouve ça sexy.

Emily et moi avons soutenu James d'un hochement de tête. Son polo n'était peut-être pas du meilleur goût, mais il était superbranché. De plus, c'était un peu raide de recevoir des conseils vestimentaires de la part d'un homme qui, en ce moment précis, arborait un jean avec un imprimé zèbre et un pull noir décolleté en V orné d'un trou de serrure dans le dos pour révéler les ondulations des trapèzes. L'ensemble se complétait d'un panama et d'une touche (discrète, je lui accorderai ça !) de khôl sur la paupière.

— MON PETIT, LA MODE N'A PAS POUR BUT DE FAIRE DE LA PUBLICITÉ POUR TES PRÉFÉRENCES SEXUELLES SUR TON TEE-SHIRT. TTTTTT, ELLE N'EST PAS FAITE POUR ÇA. MONTRER UN BOUT DE PEAU ? OUI, C'EST SEXY ! MONTRER LES COURBES FERMES DE TON JEUNE CORPS ? OUI, C'EST SEXY. MAIS LES VÊTEMENTS NE SERVENT PAS À PROCLAMER AU MONDE ENTIER QUELLE EST TA POSITION FAVORITE, MON PETIT AMI. EST-CE QUE TU AS COMPRIS ?

— Enfin, Nigel !

James s'appliquait à prendre l'air défait pour cacher combien il était ravi d'être le centre de l'attention de Nigel.

— IL N'Y A PAS DE NIGEL QUI TIENNE, MON CŒUR. VA VOIR JEFFY DE MA PART ET DIS-LUI DE TE DONNER CE NOUVEAU DÉBARDEUR DE CALVIN QU'ON A FAIT RENTRER POUR LE SHOOTING DE MIAMI. CELUI QUE VA PORTER CE SUBLIMISSIME MANNEQUIN NOIR – AUSSI DÉLICIEUX QU'UN MILKSHAKE AU CHOCOLAT BIEN CRÉMEUX. VAS-Y. ET N'OUBLIE PAS DE VENIR ME MONTRER À QUOI TU RESSEMBLES !

James a décampé plus vite qu'un lièvre, et Nigel s'est tourné vers nous.

— Avez-vous déjà commandé ses vêtements ? a-t-il demandé sans s'adresser à l'une de nous en particulier.

— Non, elle ne choisira que lorsqu'elle aura les carnets de style, a répondu Emily, l'air agacé. Elle a dit qu'elle s'en occuperait à son retour.

— Bon, n'oubliez pas de me prévenir à l'avance, afin que je puisse libérer du temps pour ce grand moment ! a dit Nigel en partant en direction de la réserve, sans doute pour épier James en train de se changer.

J'avais déjà vécu une commande de garde-robe, et cela n'avait pas été joli-joli. En période de défilés, Miranda passait d'un podium à l'autre, carnet de croquis en main, se préparant, dès son retour aux Etats-Unis, à annoncer à la bonne société new-yorkaise ce qu'elle allait porter – et à l'Amérique des classes moyennes ce qu'elle aimerait bien pouvoir porter. Mais si Miranda était particulièrement attentive aux modèles qui défilaient sur les podiums, c'était également parce qu'elle découvrait ce qu'elle-même porterait dans les mois à venir.

Une quinzaine de jours après son retour au bureau, Miranda avait donné une liste de stylistes (les plus grands, ceux qui l'habillaient généralement) dont elle souhaitait voir les carnets de style. Tandis que les heureux élus se précipitaient pour fignoler leurs carnets à son intention – en général, lorsqu'elle demandait à les voir, les photos du défilé n'étaient même pas développées, et encore moins retouchées – tout le staff de *Runway* était sur le pied de guerre, averti de l'arrivée imminente des carnets. Nigel devait se tenir prêt, évidemment, à l'aider à feuilleter les carnets pour sélectionner ses tenues personnelles. Une rédactrice des accessoires restait à portée de main pour choisir les sacs et les chaussures, et peut-être y avait-il en extra une rédactrice de mode pour veiller à ce que tout soit parfaitement coordonné – surtout si la commande comprenait une grosse pièce, un manteau de fourrure ou une robe de soirée par exemple. Une fois que chaque maison avait réuni les différents articles demandés, le tailleur personnel de Miranda venait camper l'espace de quelques jours au bureau pour ajuster chaque pièce. Jeffy vidait alors entièrement la réserve, et pendant ce temps, personne ne pouvait vraiment travailler, puisque Miranda était claquemurée interminablement avec son tailleur. Lors de la première session d'essayage, j'étais passée près de la réserve juste au moment où Nigel s'écriait :

— MIRANDA PRIESTLY ! ENLEVEZ-MOI IMMÉDIATEMENT CE CHIFFON DE SUR LE DOS ! VOUS AVEZ L'AIR D'UNE PÉTASSE DANS CETTE ROBE ! D'UNE CATIN DE BASE !

J'avais collé l'oreille contre la porte – risquant ma peau et mes os si quelqu'un l'avait ouverte brusquement –, persuadée qu'elle allait le rembarrer comme elle savait si bien le faire, mais je n'avais entendu qu'un doux murmure d'acquiescement et le froissement du tissu tandis qu'elle enlevait la robe.

Maintenant, il semblait que j'étais depuis assez longtemps en ces murs pour que m'échoie l'honneur de commander les vêtements de Miranda. Quatre fois l'an – c'était réglé comme du papier à musique – elle feuilletait les carnets de style comme s'il s'était agi de catalogues conçus à sa seule intention, et elle y sélectionnait des tailleurs d'Alexander McQueen et des pantalons Balenciaga comme si c'étaient des tee-shirts de L.L. Bean. Une pastille jaune collée sur le pantalon cigarette Fendi, une autre carrément placée sur un tailleur Chanel, une troisième portant la mention « non » sur le haut en soie assorti. Nouvelle page, autre pastille, et ainsi de suite, jusqu'à ce qu'elle ait choisi une garde-robe complète directement sur les podiums – des vêtements qui, pour la plupart, n'étaient encore même pas fabriqués.

J'avais observé comment Emily procédait. Elle faxait aux différents stylistes les choix de Miranda, sans préciser ni les couleurs ni la taille, puisque toute personne digne de sa paire de Manolo savait ce qui convenait à Miranda Priestly. Bien entendu, que les vêtements soient à la bonne taille ne suffisait pas – lorsqu'ils arrivaient à la rédaction, il fallait encore les reprendre pour leur donner l'apparence du sur mesure. Ce n'était que lorsque la garde-robe avait été entièrement commandée, expédiée, retaillée et livrée dans son dressing par limousine que Miranda se débarrassait des vêtements de la saison précédente ; des montagnes de fringues griffées Saint-Laurent, ou Céline ou Helmut Lang revenaient alors à la rédaction – dans des sacs poubelles. La plupart de ces vêtements n'étaient vieux que de quatre ou six mois, et si certains avaient été portés une ou deux fois, la majorité ne l'avaient jamais été. Tout était encore incroyablement élégant, si ridiculement tendance qu'on ne les trouvait même pas encore en boutique, mais leur date de péremption était néanmoins passée, et jamais Miranda n'aurait accepté d'enfiler un vêtement avarié.

De temps à autre, je trouvais là-dedans un débardeur ou une veste *overzise* que je pouvais garder, mais le fait que tous ces vêtements soient en taille 32 était un problème. Nous en distribuions la plupart à toutes les personnes qui avaient des filles préado, les seules qui pouvaient espérer entrer dans ces fringues. Je m'imaginais des petites filles avec un corps de jeune garçon en train de se pavaner en jupe droite Prada ou dans une provocante robe à fines bretelles de Dolce et Gabbana. Si jamais je mettais la main sur un article vraiment exceptionnel, vraiment cher, je le planquais sous mon bureau, le temps de pouvoir le dérober pour le rapporter chez moi. Quelques clics de souris sur e-Bay ou une petite visite dans un troc de luxe de Madison, et mon salaire tout d'un coup devenait moins déprimant. Ce n'est pas voler, me raisonnais-je. Juste tirer parti de ce que j'ai à ma disposition.

Miranda a appelé six fois de plus entre 6 et 9 heures ce soir-là – soit entre minuit et 3 heures du matin pour elle –, afin que nous la mettions en relation avec différentes personnes se trouvant déjà à Paris. J'ai joué les opératrices avec indifférence, sans incident, jusqu'à ce qu'il soit l'heure de rassembler mes affaires pour m'en aller, quand le téléphone a sonné de nouveau. Et ce n'est qu'en enfilant avec lassitude mon manteau que j'ai aperçu le pense-bête que j'avais collé sur mon ordinateur pour que, justement, ce qui s'était passé n'arrive pas : *Rappeler A. 15 h 30 aujourd'hui*. La tête me tournait, mes lentilles s'étaient desséchées et recroquevillées, aussi dures que des tessons sur mes pupilles. À ce moment-là, le sang a commencé à battre sous mes tempes. Ce n'était pas une douleur aiguë, plutôt diffuse, mais dont on sait qu'elle va s'amplifier lentement, jusqu'à atteindre cette intensité lancinante qui vous donne l'impression que votre tête explose si vous n'avez pas encore perdu connaissance. Avec toute cette effervescence d'appels d'un côté et de l'autre de l'océan, toute l'anxiété et la panique qu'ils avaient générées, j'avais oublié de prendre trente secondes pour rappeler Alex à l'heure convenue. Oublié, purement et simplement. Pour une fois qu'il m'avait demandé quelque chose…

Le bureau était à présent silencieux, j'avais éteint les lumières. Je me suis rassise et j'ai décroché le téléphone ; il était encore humide de la transpiration de ma main lors du dernier appel de Miranda, quelques minutes auparavant. J'ai composé le numéro d'Alex, ça a sonné, sonné, jusqu'à ce que le répondeur se mette en route. J'ai essayé son portable, il a décroché à la première sonnerie. Il savait que c'était moi, puisque mon numéro s'affichait.

— Salut. Tu as passé une bonne journée ?

— Comme d'habitude, Alex. Peu importe. Je suis vraiment désolée de ne pas t'avoir rappelé plus tôt – ça a été de la folie, ici ; je n'ai pas eu une minute à moi, elle n'a pas arrêté d'appeler et…

— C'est pas grave. Ne t'inquiète pas. Écoute, je n'ai pas trop le temps, là. Je peux te rappeler demain ?

À sa voix, il m'a semblé distrait, j'avais l'impression d'entendre quelqu'un qui appelle de très loin, d'une cabine sur une plage, dans un petit village à l'autre bout du monde.

— Euh, oui, bien sûr. Tout va bien ? Tu ne veux pas me dire en deux mots ce dont tu voulais me parler ? Je me suis fait du souci, j'avais peur qu'il y ait un problème.

Il y a eu un silence, puis :

— Non, on ne dirait pas que tu t'es fait du souci. Pour une fois que je te demande de me rappeler à un moment qui est pratique pour moi – sans parler du fait que ta patronne n'est même pas là –, tu ne peux le faire que six heures plus tard. Ce n'est pas vraiment l'attitude de quelqu'un qui s'inquiète, vois-tu.

Il a énoncé cela comme un simple résumé des faits, sans sarcasme ni désapprobation.

Je jouais à enrouler le cordon du téléphone autour de mon doigt, jusqu'à ce que la circulation soit coupée, que l'articulation gonfle et que le bout du doigt devienne blanc ; et ce n'est qu'en sentant un goût métallique dans ma bouche que j'ai réalisé que j'étais en train de me mordre l'intérieur des lèvres. J'ai décidé de mentir pour me laver de cette accusation qui se défendait d'en être une.

— Alex, je n'ai pas oublié. Je n'ai pas eu une seule seconde de libre, et comme tu semblais vouloir me parler d'un truc sérieux, je ne voulais pas t'appeler pour devoir raccrocher en catastrophe. Elle a dû téléphoner plus de vingt fois aujourd'hui, et chaque fois, c'était un cas d'urgence absolue. Emily est partie à 5 heures et m'a laissée seule avec ce téléphone, et Miranda n'a pas arrêté de me harceler. Chaque fois que je m'apprêtais à t'appeler, je l'avais sur l'autre ligne. Je, euh… Tu comprends ?

Ce tir nourri d'excuses était pathétique, même à mes yeux, mais je ne pouvais pas m'arrêter. Nous savions l'un comme l'autre que j'avais tout simplement oublié. Non par indifférence ou désintérêt, mais parce que tout ce qui n'était pas lié à Miranda perdait sa pertinence dès l'instant où j'arrivais au bureau. Je ne m'expliquais toujours pas – comment dès lors aurais-je pu demander à quelqu'un d'autre de le comprendre ? – pourquoi le monde extérieur cessait d'exister, et seul demeurait, après que tout le reste avait disparu dans le brouillard, *Runway*. Ce phénomène était d'autant plus dur à justifier que *Runway* était le seul aspect de ma vie qui m'inspirait du mépris. Et pourtant, c'était le seul qui comptait.

— Écoute, je dois aller retrouver Joey. Il est avec deux copains, et à l'heure qu'il est, ils ont dû dévaster toute la maison.

— Joey ? Mais tu es donc à Larchmont ? Normalement, tu ne le gardes pas le mercredi. Tout va bien ?

J'espérais détourner son attention. Il allait me raconter comment sa mère avait été retenue à l'improviste à son travail, ou bien qu'elle avait rendez-vous avec un prof de Joey ce soir-là et que la baby-sitter s'était décommandée.

Il n'allait pas se plaindre – ce n'était pas son genre –, mais au moins il me tiendrait au courant.

— Oui, oui, tout va bien. Ma mère devait voir un client d'urgence, ce soir. Andy, je n'ai vraiment pas le temps de discuter. Je voulais que tu me rappelles pour t'annoncer une bonne nouvelle. Mais tu ne l'as pas fait.

J'ai enroulé si fort le cordon du téléphone autour de mon index et de mon majeur qu'ils ont commencé à palpiter. Alex avait raison, c'était impardonnable de ma part de ne pas avoir rappelé, mais j'étais trop crevée pour me défendre avec conviction.

— Alex, je suis désolée. S'il te plaît, ne me punis pas en refusant de m'annoncer une bonne nouvelle. Sais-tu depuis quand on ne m'a pas appelée pour m'annoncer une bonne nouvelle ? S'il te plaît. Accorde-moi au moins ça.

Je savais qu'il répondrait à mon appel à la raison.

— Ce n'est rien d'extraordinaire. J'ai tout arrangé pour que nous allions un week-end à Providence, pour la première réunion des anciens de la promo.

— Non ? C'est pas vrai ? On y va ?

J'avais plusieurs fois déjà lancé l'idée de cette petite escapade, sur un mode que j'espérais détaché et désinvolte, mais Alex (une attitude qui ne lui ressemblait décidément pas) avait louvoyé. C'était un peu tôt pour planifier ça, mais les hôtels et les restaurants de Providence étaient souvent pleins des mois à l'avance. J'avais laissé tombé le sujet, en me disant que nous nous débrouillerions toujours pour trouver un endroit où dormir. Mais évidemment, Alex avait compris à quel point la perspective de ce week-end m'emballait, et il avait tout organisé.

— Oui, c'est fait, j'ai loué une voiture – une Jeep – et j'ai réservé une chambre au Biltmore.

— Au Biltmore ? Tu plaisantes ? C'est incroyable !

— Ouais, tu disais tout le temps que tu aimerais un jour dormir dans cet hôtel. Je me suis dit que c'était l'occasion de l'essayer. J'ai aussi une réservation pour dix personnes au Forno, pour le brunch du samedi, comme ça, nous pourrons battre le rappel des troupes, et voir tout le monde à la fois.

— Non ! Tu as orchestré tout ça ?

— Bien sûr. Je pensais que tu allais sauter au plafond. C'est pour cela qu'il me tardait de te l'annoncer. Mais manifestement, tu étais trop occupée pour me rappeler.

— Alex, c'est génial. Tu ne peux pas savoir comme je suis heureuse, je n'arrive pas à y croire. Ça va être merveilleux ! Merci.

Nous avons continué à bavarder une ou deux minutes encore, et lorsque j'ai raccroché, Alex semblait ne plus m'en vouloir, mais moi, c'était à peine si je pouvais encore bouger. Le ramener à de meilleurs sentiments, trouver les mots justes, non seulement pour le convaincre que je ne l'avais pas négligé, mais aussi pour l'assurer que son initiative me comblait de joie, d'enthousiasme et de reconnaissance, m'avait vidée. Je ne me souviens pas du trajet en voiture, ni d'avoir ou non salué John Fisher-Galliano dans le hall de l'immeuble. Je ne me rappelle que de cette fatigue, si intense qu'elle rendait mes os douloureux, et de mon soulagement, en arrivant chez nous, de voir que la porte de Lily était close et qu'aucun rai de lumière ne filtrait en dessous. J'ai songé à commander à dîner, mais la seule idée de devoir localiser un menu de restaurant dans l'appartement était déjà trop… bah, ce ne serait jamais qu'un repas de plus que j'allais sauter.

Je me suis assise sur le béton fissuré de ma terrasse pour fumer paresseusement une cigarette. Je n'avais même pas la force de recracher la fumée ; je la laissais s'évader d'entre mes lèvres et se répandre en halo autour de moi. À un moment donné, j'ai entendu Lily qui ouvrait la porte de sa chambre et traversait le couloir, mais je me suis dépêchée d'éteindre ma lumière et je suis restée assise dans le noir. Je venais de passer quinze heures non-stop à parler. Je ne pouvais plus articuler un seul mot.

13

— Engagez-la, avait décrété Miranda après avoir rencontré Annabelle, la douzième fille que j'avais reçue – et l'une des deux seules candidates dont j'avais décidé qu'elles étaient aptes à rencontrer Miranda.

Annabelle était de langue maternelle française (elle parlait d'ailleurs si mal l'anglais que les jumelles avaient dû jouer les interprètes) et diplômée de la Sorbonne. Une grande et belle plante musclée, à la superbe chevelure auburn. Elle avait du style ; travailler en talons aiguilles ne lui faisait pas peur, et les manières cavalières de Miranda ne semblaient pas l'émouvoir non plus. À dire vrai, elle était elle-même plutôt distante et abrupte, et évitait toujours de regarder ses interlocuteurs dans les yeux. Elle affichait un sempiternel air las, mâtiné d'indifférence, en même temps qu'une confiance en soi renversante. J'étais ravie que Miranda l'agrée, à la fois parce que ça m'épargnait quelques semaines supplémentaires de casting, et parce que cela indiquait que, quelque part, je commençais à piger.

Piger quoi… Je n'aurais su le dire précisément, mais à ce stade-là, tout se passait du mieux que je pouvais l'espérer. J'avais réussi l'épreuve de la commande de vêtements, en ne commettant que quelques bêtises minimes. J'avais raté mon coup lorsqu'en présentant à Miranda les vêtements qu'elle avait commandés chez Givenchy, j'avais prononcé ce nom à l'anglaise – « Guivinchiiii ».

Après avoir essuyé quelques salves de regards acérés et de commentaires insidieux, on m'avait informée de la prononciation correcte, et tout avait plutôt bien roulé. Jusqu'à ce qu'elle apprenne que les robes choisies chez Roberto Cavalli n'étaient pas encore fabriquées, et ne le seraient pas avant trois semaines. Mais là encore, j'avais jugulé la crise. Puis j'avais réussi à organiser les essayages dans la réserve avec son tailleur, et j'avais rassemblé presque toute la commande dans son dressing-room – un espace de la taille d'un studio.

L'organisation de la soirée au Met s'était poursuivie en l'absence de sa commanditaire, et elle m'occupait plus que jamais depuis son retour, mais, bizarrement, aucun vent de panique ne soufflait – tout paraissait en ordre, et la réception qui devait avoir lieu le vendredi suivant était bien partie pour se dérouler sans anicroche. Pendant que Miranda était en Europe, Chanel avait livré une longue robe fourreau rouge, que j'avais immédiatement expédiée au pressing pour un nettoyage rapide. J'avais vu une photo de cette robe, en noir, dans un numéro de *W* le mois précédent.

— 40 000 dollars, a grimacé Emily en hochant interminablement la tête.

Comme souvent depuis des mois, Emily écumait le site style. com afin d'y glaner des idées pour son prochain voyage en Europe avec Miranda.

— 40 000 dollars ?

— Sa robe. La rouge, de chez Chanel. En boutique, elle coûte 40 000 dollars. Miranda ne l'a évidemment pas payée plein pot, mais celle-là, elle ne l'a pas eue gratis non plus. C'est fou, non ?

— 40 000 dollars ? ai-je répété, médusée.

J'avais du mal à réaliser que quelques heures plus tôt, j'avais tenu entre mes mains un vêtement qui représentait une telle somme. 40 000 dollars (j'ai fait malgré moi le calcul dans ma tête), c'étaient deux ans de frais de scolarité à la fac, un acompte pour une nouvelle maison, le revenu annuel d'un foyer d'Américains moyens. Ou encore, une sacrée collection de sacs Prada. Mais une robe ? Je croyais avoir tout vu. Erreur. J'ai reçu un nouveau choc lorsque la robe est revenue du pressing, accompagnée d'une enveloppe sur laquelle avait été calligraphié de main professionnelle le nom de Miranda Priestly, et qui renfermait un reçu, sur un bristol crème, complété à la main :

Type de vêtement : *Robe du soir.* Couturier : *Chanel.* Longueur : *Chevilles.* Couleur : *Rouge.* Taille : *32.* Description : *Broderies de perles à la main, sans manches, décolleté légèrement arrondi, fermeture invisible sur le côté, doublure en satin de soie.* Service : *Ordinaire, premier nettoyage.* Tarif : *670 $*

La propriétaire du pressing – qui devait pouvoir payer le loyer de son magasin *et* de son appartement avec l'argent qu'Elias-Clark lui versait en échange de la violente addiction de Miranda au nettoyage à sec – avait ajouté au bas de la note :

Cela a été un réel plaisir pour nous de travailler sur une robe aussi sublime, et nous espérons que vous aurez plaisir à la porter pour la soirée au Metropolitan Museum of Art. Comme convenu, nous viendrons la rechercher lundi 24 mai pour un second nettoyage, après la réception. N'hésitez pas à nous faire connaître tout service supplémentaire que vous pourriez souhaiter. Avec mes meilleurs sentiments,

Colette.

En tous les cas, nous n'étions que jeudi, et tout était calé : une robe flambant neuve et nettoyée de frais attendait sagement Miranda dans son dressing-room ; Emily avait localisé le modèle exact des sandales Jimmy Choo argentées qu'elle avait demandées ; les rendez-vous avec le coiffeur-visagiste (vendredi à 17 h 30) et l'artiste-maquilleur (17 h 45) étaient confirmés, et Uri était dans les starting-blocks pour accompagner Miranda et son époux à 18 h 15 pétantes au Met.

Miranda avait déjà quitté le bureau pour assister au spectacle de gymnastique de Cassidy, et j'avais prévu de m'éclipser de bonne heure pour faire une surprise à Lily, qui venait de passer son dernier examen de l'année. Je voulais l'inviter au restaurant, histoire de fêter ça.

— Euh… Em ? Crois-tu que je pourrais filer vers 18 h 30 ou 19 heures ce soir ? Miranda a dit qu'elle n'avait pas besoin du Book car il n'y avait rien de nouveau à voir, ai-je ajouté, agacée de devoir demander à ma collègue, mon égale, la permission de quitter le bureau après douze heures de travail au lieu de quatorze.

— Ouais, bien sûr. De toute façon, je me sauve. (Elle a regardé l'horloge de son ordinateur et a vu qu'il était 17 heures passées de quelques minutes.) Tu restes encore deux heures et tu t'en vas. Elle est avec les jumelles, ce soir, je ne crois pas qu'elle appellera.

Emily avait rendez-vous avec le garçon qu'elle avait rencontré à L.A. le soir de la Saint-Sylvestre. Il était enfin venu jusqu'à New York, et le plus surprenant de tout, c'est qu'il l'avait effectivement appelée. Ils avaient rencard au Craftbar pour boire un verre, et ensuite, s'il se conduisait bien, Emily comptait l'inviter à dîner au Nobu. Elle y avait réservé une table cinq semaines auparavant, sitôt qu'il lui avait annoncé par mail qu'il viendrait peut-être à New York, mais Emily devait encore utiliser le nom de Miranda pour obtenir une table à la bonne heure.

— Que vas-tu faire en arrivant au Nobu, quand ils vont s'apercevoir que tu n'es pas Miranda Priestly ? ai-je demandé, bêtement.

Comme d'habitude, elle m'a gratifiée d'un soupir excédé en levant les yeux au ciel.

— Je leur dirai simplement que Miranda a dû quitter New York à l'improviste, je leur montrerai une carte de visite et j'expliquerai qu'elle souhaite que je profite de sa réservation. Ce n'est pas bien compliqué.

Une fois Emily partie, Miranda a appelé pour dire qu'elle n'arriverait pas au bureau avant midi le lendemain, mais qu'elle voulait une copie de la critique gastronomique qu'elle avait lue le matin « dans le journal ». J'ai eu la présence d'esprit de lui demander si par hasard elle se souvenait du nom du restaurant ou du journal, et ma question l'a suprêmement agacée.

— An-dre-âââ, cessez vos interrogatoires, je suis déjà en retard pour le spectacle. Il s'agit d'un restaurant asiatique qui fait de la cuisine fusion, c'était dans le journal aujourd'hui. C'est tout.

Elle a refermé d'un coup sec le volet de son petit Motorola, et comme chaque fois qu'elle me raccrochait au nez au milieu d'une phrase, j'ai appelé de mes vœux le jour où le téléphone se refermerait comme une herse sur ses doigts impeccablement manucurés, pour en faire de la charpie. Espoir jusque-là toujours déçu, hélas.

J'ai immédiatement noté, dans le cahier où je consignais les myriades de requêtes capricieuses de Son Altesse, de chercher cet article le lendemain à la première heure et j'ai foncé prendre une voiture. J'ai appelé Lily de mon portable, et elle a répondu juste au moment où j'arrivais devant chez nous. Du coup, j'ai salué de loin John Fisher-Galliano (qui, entre ses cheveux qui avaient un peu poussé et les chaînes dont il ornait son uniforme, ressemblait chaque jour davantage au couturier) sans descendre de voiture.

— Salut, Lil. C'est moi. Quoi de neuf ?

— Saluuuuuuut, a-t-elle chantonné, plus heureuse que je ne l'avais vue depuis des mois. Je suis libre ! Libre ! Plus qu'un petit compte rendu à pondre pour le doctorat, et je n'ai plus rien à faire jusqu'à mi-juillet. Tu imagines ?

Elle avait l'air d'être collée au plafond.

— Je suis supercontente pour toi ! Que dirais-tu d'un dîner pour fêter ça ? Où tu veux, c'est *Runway* qui casque.

— Où je veux ? C'est vrai ?

— Parfaitement, je suis en bas, en voiture. Descends. On va aller dans un endroit génial.

Elle a poussé un cri strident.

— Super ! J'avais justement l'intention de te parler du Freudien. Il est magnifique ! Ne bouge pas, j'enfile un jean et j'arrive.

Elle a déboulé cinq minutes plus tard, pomponnée et rayonnante. Elle portait un jean étroit et délavé qui lui moulait les hanches et une blouse vaporeuse à manches longues. Une paire de mules que je ne lui avais jamais vues (en cuir marron brodé de perles en turquoise) complétait le look. Elle s'était même maquillée, et au vu de ses boucles lissées et disciplinées, j'ai déduit qu'elles avaient croisé le chemin d'un sèche-cheveux au cours des dernières vingt-quatre heures.

— Tu es splendide, Lil. Quel est ton secret ?

— Le Freudien, évidemment, a-t-elle répliqué en s'installant sur la banquette. Il est incroyable. Je crois que je suis amoureuse. Pour l'instant il est bien parti pour un neuf-dix. Tu te rends compte ?

— Avant tout, décidons d'un endroit où aller. Je n'ai réservé nulle part, mais je peux appeler en donnant le nom de Miranda. Où tu veux.

Elle étalait du baume Kiehl's sur ses lèvres en se mirant dans le rétroviseur.

— Où je veux ? a-t-elle répété, distraitement.

— Absolument. Peut-être chez Chicama ? Leurs mojitos sont top… (Je savais que pour vendre un restaurant à Lily, mieux valait mettre en valeur leur carte de cocktails que la qualité de leur cuisine.) Ou alors Meet, ils ont des Cosmos renversants. Ou encore à l'Hudson Hôtel ? On aura peut-être une table en terrasse ? Mais si tu préfères du vin, j'adorerais essayer…

— Andy ? On peut aller au Benihana ? J'ai envie d'y aller depuis une éternité, a-t-elle ajouté d'un air penaud.

— Benihana ? Tu veux aller au *Benihana* ? Ce restau

de chaîne où il n'y a que des touristes, des marmots qui chialent et où des acteurs asiatiques au chômage viennent te préparer les plats à ta table ? C'est bien de ça dont tu parles ?

Elle a hoché la tête avec tant d'enthousiasme que je n'ai eu d'autre choix que d'appeler les renseignements pour obtenir l'adresse.

— Non, non, je l'ai ! C'est sur la 56e, entre la Cinquième et la Sixième Avenue, a-t-elle précisé au chauffeur.

Et, sans remarquer que je la dévisageais, elle s'est mise à me parler avec fougue du Freudien – ainsi surnommé car il était en dernière année de doctorat de psycho. Lily semblait déchaînée. Ils s'étaient rencontrés dans le foyer des thésards, au sous-sol de la Low Library. J'ai eu droit à la liste complète de ses qualifications : vingt-neuf ans (« vachement de maturité, mais pas trop vieux »), natif de Montréal (« totalement américanisé, à part son adorable accent français »), des cheveux un peu longs (« mais pas d'horrible queue-de-cheval ») et juste ce qu'il fallait de barbe naissante sur les joues (« le portrait craché d'Antonio Banderas quand il ne se rase pas pendant trois jours »).

Les cuistots-samouraïs d'opérette se sont livrés à leur petit numéro à notre table, découpant la viande en tranches ou en dés avant de la faire sauter dans tous les sens, sous les yeux émerveillés d'une Lily qui applaudissait et riait aux éclats. On aurait dit une gamine qu'on amenait au cirque pour la première fois. Difficile de croire que Lily puisse vraiment craquer pour un garçon ; cela paraissait pourtant la seule explication plausible à cette humeur exceptionnelle. Mais le plus dur à gober, c'était qu'elle affirmait n'avoir pas encore couché avec lui (« Deux semaines et demie sans se quitter d'une semelle à la fac, et rien ! Tu n'es pas fière de moi ? ») Quand je lui ai demandé pourquoi je n'avais pas encore croisé cette perle rare chez nous, elle a souri avec satisfaction :

— Je ne l'ai pas encore invité. Nous prenons notre temps.

Après dîner, nous sommes restées un petit moment à papoter devant le restaurant. Lily était en train de me régaler de toutes les histoires amusantes que le Freudien lui avait racontées, quand Christian Collinsworth est apparu devant moi.

— Andrea ! La jolie Andrea. J'avoue être surpris de découvrir que vous êtes une fan de Benihana… Que dirait Miranda ? s'est-il gentiment moqué en glissant un bras autour de mes épaules.

— Je, euh…

Instantanément, je n'ai plus été capable d'extraire un seul mot de ma bouche sans bégayer. Mes pensées menaient une ronde endiablée dans ma tête en tintant entre mes oreilles. *Dîner au Benihana. Christian est au courant ! Miranda au Benihana ! Il est trop mignon avec son blouson en cuir ! Je dois puer la bouffe du Benihana ! Il va le sentir ! Ne l'embrasse pas sur la joue ! Embrasse-le sur la joue !*

— Eh bien, euh… Ce n'est pas que…

— Nous nous demandions où continuer la soirée, m'a coupée Lily d'un ton péremptoire, en tendant la main à Christian – qui, avais-je fini par réaliser, était seul. Et cela nous absorbait tellement que nous nous sommes arrêtées au milieu de la rue sans y prendre garde ! Je m'appelle Lily.

Christian lui a serré la main, puis a écarté la mèche de devant ses yeux, de ce geste que je l'avais si souvent vu faire lors de la soirée. Une fois de plus, il m'a semblé que je pourrais le contempler, extatique, durant des heures, des jours entiers, repousser cette adorable mèche de son visage aux traits parfaits.

Je les fixais tous les deux, consciente qu'il me fallait dire quelque chose, mais apparemment, ils se débrouillaient très bien sans moi.

— Lily, a dit Christian d'un ton gourmand. Lily. C'est un charmant prénom. Presque aussi charmant qu'*Andrea*.

Lily, qui songeait sans doute que ce type, outre le fait d'être plus âgé que nous et sexy, était canonissime, a souri béatement. Je devinais sans peine les questions qui se bousculaient dans sa tête : ce mec m'intéressait-il ? Allais-je ou pas, à cause d'Alex, passer à l'action ? Si oui, pouvait-elle faire quelque chose pour accélérer le processus ? Lily adorait Alex, sincèrement – pouvait-on ne pas l'aimer ? – mais que deux personnes si jeunes puissent sortir aussi longtemps ensemble la dépassait. Du moins le prétendait-elle – en fait, je savais pertinemment que c'était juste l'idée de la monogamie qui la faisait fuir. S'il y avait une chance, aussi infime soit-elle, qu'il se passe quelque chose entre Christian et moi, Lily n'aurait de cesse d'attiser le feu.

— Lily, enchanté. Je m'appelle Christian, et je suis un ami d'Andrea. Est-ce dans vos habitudes de vous arrêter pour discuter devant Benihana ?

Son sourire m'a immédiatement envoyé un crochet à l'estomac.

— Bien sûr que non, Christian ! a riposté Lily en rejetant ses boucles brunes vers l'arrière. Nous avons dîné au Town, et nous cherchions un bar sympa où boire un verre. Des suggestions ?

Le Town ? C'était l'un des restaus les plus branchés et les plus chers de la ville. Miranda y allait. Jessica et son fiancé aussi. Emily rabâchait à longueur de temps qu'elle voulait y aller. Mais *Lily* ?

— Ah bon ? s'est étonné Christian tout en semblant gober le bobard. C'est bizarre que je ne vous aie pas vues, j'en sors. J'y ai dîné avec mon agent…

— Nous étions au fond, planquées derrière le bar, me suis-je empressée d'expliquer en retrouvant un peu de sang-froid.

Par chance, lorsque Emily – qui cherchait à déterminer si cet endroit convenait pour un rendez-vous – m'avait montré, sur un site Internet, une minuscule photo de la salle, j'avais été attentive.

— Mmmm, a fait distraitement Christian, plus craquant que jamais. Donc, vous partiez boire un verre ?

J'avais une envie folle de me doucher, de me débarrasser de ces odeurs de cuisine qui imprégnaient mes vêtements et mes cheveux, mais inutile de me leurrer : Lily n'allait pas m'en donner l'occasion.

Christian voyait-il aussi clairement que moi les manœuvres éhontées de mon amie pour me pousser dans ses bras ? Mais il était tellement sexy… Et Lily, tellement déterminée. J'ai laissé faire.

— Oui, nous cherchions un bar. Des idées ? Nous serions toutes les deux ravies que vous nous accompagniez, a déclaré Lily, mutine, en lui tirant la manche. Y a-t-il dans le coin un endroit que vous aimez bien ?

— Ce n'est pas un bon quartier pour les bars, ici, mais justement, je dois retrouver mon agent au Bar, si vous voulez vous joindre à nous… Il est parti chercher des papiers à son bureau et il me retrouve là-bas – peut-être aimeriez-vous le rencontrer, Andy. On ne sait jamais quand on peut avoir besoin d'un agent. Alors, ça vous dit ?

Lily m'a lancé une œillade d'encouragement, qui hurlait : *Il est canon, Andy ! Supercanon ! Je ne sais pas qui c'est, mais il a envie de toi, alors reprends tes esprits et dis-lui que tu adores cet endroit !*

— J'adore cet endroit, ai-je déclaré, avec pas mal de conviction pour quelqu'un qui n'y avait jamais mis les pieds.

Lily a souri. Christian a souri. Et nous voilà partis. Christian Collinsworth et moi allions boire un verre ensemble. Cela pouvait-il être considéré comme un rendez-vous ? *Mais bien sûr que non, ne sois pas ridicule ! Alex, Alex, Alex*, me suis-je mise à psalmodier in petto. J'étais à la fois décidée à ne pas oublier que j'avais un petit ami très amoureux, et mortifiée de devoir faire un effort pour m'en souvenir.

Ce n'était qu'un jeudi soir ordinaire, mais le service d'ordre à la porte était au complet, et si nous avons franchi sans problème le barrage des cerbères, personne ne nous a proposé de réduction à l'entrée. Vingt dollars, uniquement pour passer la porte.

Avant que j'aie pu esquisser le moindre geste, Christian a sorti trois billets de 20 d'un énorme portefeuille et les a tendus sans un mot. Et lorsque j'ai fait mine de protester, il a posé un doigt sur mes lèvres.

— Andy chérie, inutile de vous casser votre jolie petite tête pour si peu.

Avant que j'aie pu m'écarter, il a glissé son autre main contre ma joue et a encadré mon visage entre ses paumes. Quelque part dans les profondeurs les plus reculées de ma cervelle, mes synapses incandescentes m'avertissaient

qu'il allait m'embrasser. Je le savais, je le sentais, mais j'étais paralysée. Interprétant ma demi-seconde d'hésitation comme une permission, il s'est penché et a posé ses lèvres sur mon cou. C'était à peine un effleurement, très rapide, avec peut-être un bout de langue qui dépassait, près de l'oreille, et ni une, ni deux, il a pris ma main et m'a entraînée dans la salle.

— Christian ! Attendez ! Je, euh… Je dois vous dire quelque chose…

Je me suis interrompue. Un simple baiser volé – dans le cou, pas sur les lèvres –, un baiser qui n'avait été à vrai dire qu'une ébauche de baiser, nécessitait-il réellement d'expliquer en long et en large que j'avais un petit ami et que je n'avais jamais eu l'intention d'envoyer de mauvais signaux ? Manifestement, cette explication n'était d'aucune utilité aux yeux de Christian, car je me suis retrouvée, dans un coin sombre, près d'un canapé sur lequel il m'a ordonné de m'asseoir.

Je me suis assise.

— Je vais chercher à boire, O.K. ? N'ayez pas peur,

je ne mords pas. (Il a éclaté de rire, et je me suis sentie rougir.) Et si jamais je vous mordais, je vous promets que ça vous plairait.

Sur ce, il est parti vers le bar.

Pour m'interdire de m'évanouir, ou de réfléchir sérieusement à ce qui venait de se passer, j'ai fouillé des yeux la salle plongée dans la pénombre pour tenter d'apercevoir Lily. Nous n'étions arrivées que depuis trois minutes, et elle était déjà en grande conversation avec un Black balèze ; elle buvait ses paroles tout en faisant des effets de chevelure, le visage radieux. Je me suis faufilée à travers la foule de buveurs internationaux. Comment tous ces gens qui n'avaient pas de passeport américain savaient-ils que c'était LE bar où venir prendre un verre ? Un groupe d'hommes, la trentaine, s'époumonaient dans une langue qui m'a semblé être du japonais ; deux femmes discutaient avec animation en arabe et avec les mains ; un jeune couple qui n'avait pas l'air heureux se dévisageait avec hargne, tout en se chuchotant des invectives en espagnol – ou en portugais. Le prétendant de Lily avait déjà une main posée sur ses reins, et paraissait complètement sous le charme de mon amie. *Bon, au diable les bonnes manières*, ai-je décidé. Christian Collinsworth venait tout de même de m'embrasser dans le cou. J'ai ignoré le type, j'ai attrapé le bras de Lily et j'ai pivoté aussi sec pour la traîner avec moi vers le canapé. Elle s'est débattue, sans cesser de sourire au mec.

— Andy ! Arrête ! a-t-elle sifflé entre ses dents. Tu es impolie. Je voudrais te présenter mon nouvel ami. William, voici ma meilleure amie, Andrea – qui en général ne se comporte pas ainsi. Andy, je te présente William.

— Puis-je savoir pourquoi vous voulez me priver de la présence de votre amie, An-dre-âââ ? s'est enquis William d'une voix grave qui semblait résonner jusque dans les entrailles de la terre.

En un autre lieu, en d'autres circonstances, en différente compagnie, peut-être aurais-je remarqué son sourire chaleureux, son réflexe chevaleresque de se lever pour me céder son tabouret, mais là, seul son accent anglais a retenu mon attention. Qu'il s'agisse d'un homme, un grand Black, qui n'offrait vraiment aucune ressemblance, ni dans la carrure, ni dans les formes, avec Miranda, importait peu. Entendre cet accent, l'entendre prononcer mon nom exactement comme elle a suffi à me faire accélérer le cœur.

— William, pardonnez-moi, je n'ai rien contre vous. J'ai juste un petit problème dont je voudrais parler à Lily en privé. Je vous la ramène tout de suite.

Cette fois, j'ai empoigné plus fermement le bras de Lily et j'ai tiré sans ménagements. Assez de palabres : j'avais besoin de mon amie.

Une fois réinstallée, avec Lily, sur le canapé où m'avait assignée Christian, je me suis assurée qu'il s'escrimait toujours à attirer l'attention du barman (un hétéro – ça pourrait durer des heures…), j'ai inspiré à fond et j'ai dit, d'un trait :

— Christian m'a embrassée.

— Et alors ? Où est le problème ? Il embrasse mal ? Oh ! C'est ça, n'est-ce pas ? Rien de plus radical pour dégringoler dans l'Échelle de l'Amour Frac…

— Lily ! Bien, mal, quelle différence ?

Elle a arqué démesurément ses sourcils et a fait mine d'ouvrir la bouche, mais j'ai enchaîné :

— Et, bien que ce détail ne soit pas pertinent, sache qu'il m'a embrassée dans le cou. Le problème n'est pas comment il l'a fait, mais qu'il l'ait fait tout court. Et Alex ? Tu sais bien que je ne suis pas du genre à embrasser tous les garçons qui passent.

— Moi non plus, a marmonné Lily, avant de poursuivre, d'une voix intelligible : Andy, tu es ridicule. Tu aimes Alex ; il t'aime. Mais où est le mal si, une fois de temps en temps, tu as envie d'embrasser un autre mec ? Bon sang, tu as vingt-trois ans ! Éclate-toi un peu !

— Mais ce n'est pas moi qui l'ai embrassé. C'est lui !

— Tout d'abord, entendons-nous bien. Tu te souviens de cette histoire entre Monica et Bill ? La façon dont le pays tout entier, nos parents et Ken Starr se sont empressés d'étiqueter ça « acte sexuel » ? Eh bien, ce n'en était pas un. De la même façon, tu ne peux pas dire que tu as « embrassé » Christian, quand ce mec qui voulait sans doute t'embrasser sur la joue a, par erreur, embrassé ton cou.

— Mais…

— La ferme ! Je n'ai pas terminé. Le plus important, ce n'est pas ce qui *s'est passé*, mais ce que tu voulais qui *se passe*. Sois honnête, Andy. Que ce soit « bien », « mal », ou « contraire aux règles », tu avais envie d'embrasser ce mec. Et si tu prétends le contraire, tu mens.

— Franchement, Lily, je te trouve injuste de…

— Andy, je te connais depuis neuf ans. Crois-tu que je ne vois rien ? Tu es béate devant lui. C'est écrit sur ta figure ! Tu sais que tu ne devrais pas l'être – ses règles du jeu sont différentes des tiennes, n'est-ce pas ? Mais c'est sans doute précisément pour cela qu'il te plaît. Lâche-toi, profites-en ! Si Alex est le garçon qu'il te faut, il le sera toujours demain et les jours suivants. Et maintenant, je te prie de m'excuser, mais j'ai trouvé la personne qu'il faut… là, tout de suite.

Elle a filé rejoindre William, qui semblait indiscutablement ravi de son retour.

Me retrouver assise, seule, sur ce canapé surdimensionné était embarrassant. J'ai cherché à apercevoir Christian au bar, mais il avait disparu. Si j'arrêtais de me mettre martel en tête, ai-je décidé, la situation allait s'éclaircir d'elle-même. Je n'avais besoin que d'un petit peu de temps. Peut-être Lily avait-elle raison ? Peut-être Christian me plaisait-il vraiment – en quoi était-ce mal ? C'était un garçon intelligent, supercanon, et son assurance, sa façon de prendre la situation en main étaient incroyablement sexy. Sortir boire un verre avec un garçon qui, par le plus grand des hasards, était sexy n'était pas synonyme de tromper, non ? Au cours des années passées, Alex avait dû lui aussi se trouver dans une situation similaire, il avait sans doute croisé une fille sympa, séduisante, qui avait pu lui inspirer quelques pensées. Était-ce pour autant de la déloyauté de sa part ? Bien sûr que non ! Bardée de cette confiance flambant neuve, et n'ayant plus qu'une idée en tête – le voir, l'entendre, être près de lui – j'ai entrepris de faire le tour de la salle.

J'ai fini par le retrouver absorbé dans une discussion avec un homme qui devait avoir la cinquantaine, vêtu d'un très élégant costume trois-pièces. Devant l'air sérieux de cet homme aux cheveux poivre et sel, Christian gesticulait avec véhémence, une lueur d'amusement mêlé d'agacement dans l'œil. J'étais encore trop loin d'eux pour entendre leur conversation, mais sans doute les dévisageais-je avec un peu trop d'insistance, car l'homme a intercepté mon regard et m'a souri. Christian a tourné la tête.

— Andy chérie, a-t-il dit d'un ton totalement radouci. (Il venait de troquer, tout en souplesse, le rôle du séducteur contre celui du vieil ami de la famille.) Approchez, je voudrais vous présenter Gabriel Brooks, mon agent, mon homme d'affaires et un héros aux talents multiples. Gabriel, voici Andrea Sachs, qui travaille en ce moment au magazine *Runway*.

— Enchanté de vous rencontrer, Andrea. Christian m'a beaucoup parlé de vous.

Gabriel a tendu sa main et a serré la mienne avec cette agaçante délicatesse qui proclame : « Je ne serre pas votre main comme je le ferais de celle d'un homme, car j'ai trop peur de broyer vos fragiles petits os de femme. »

— Vraiment ? ai-je fait en secouant du coup sa main avec un surcroît d'énergie. En bien, j'espère ?

— Naturellement. Alors comme ça, vous voulez écrire, comme notre ami ici présent ? a-t-il ajouté en me souriant.

Que Christian lui ait parlé de moi m'étonnait ; à mes

yeux, notre discussion à propos de l'écriture n'avait été guère plus que du bavardage.

— C'est vrai, j'aimerais écrire. Peut-être qu'un jour…

— Écoutez, si vous êtes ne serait-ce qu'à moitié aussi douée que les autres personnes qu'il m'envoie, alors j'ai hâte de découvrir votre travail. (Il a sorti un petit étui de cuir d'une poche intérieure de sa veste, et il m'a tendu une carte de visite.) Je sais bien que vous n'êtes pas encore prête, mais quand le temps sera venu de montrer votre travail à quelqu'un, j'espère que vous vous souviendrez de moi.

Au prix d'un immense effort de volonté, j'ai réussi à me maintenir debout sur mes jambes, à empêcher mes genoux de se dérober, à ne pas rester bouche bée. *J'espère que vous vous souviendrez de moi* ? L'homme qui représentait Christian Collinsworth, le jeune génie de la littérature, venait de me prier de bien vouloir me souvenir de lui ? On nageait en plein délire !

— Merci beaucoup, ai-je répondu d'une voix enrouée en glissant la carte dans mon sac.

Je savais que dès la première occasion j'allais examiner cette carte sous toutes ses coutures. Les deux hommes m'ont souri, et il m'a fallu une bonne minute pour comprendre que c'était là une invitation à prendre congé.

— Eh bien, monsieur Brooks, euh… Gabriel. Enchantée d'avoir fait votre connaissance. Je dois rentrer, mais j'espère que nos chemins se recroiseront bientôt.

— Tout le plaisir a été pour moi, Andrea. Et félicitations pour avoir décroché un poste aussi prestigieux. Embauchée à *Runway* sitôt sortie de la fac… Je suis impressionné !

— Je vous raccompagne, m'a dit Christian en posant une main sur mon épaule et en faisant signe à Gabriel qu'il revenait aussitôt.

J'ai fait halte au bar pour prévenir Lily que je rentrais, et, bien inutilement, elle m'a précisé – entre deux agaceries de William – que ce n'était pas son cas. Au pied de l'escalier qui devait me reconduire au niveau de la rue, Christian m'a embrassée sur la joue.

— C'était sympa de tomber sur vous, ce soir. Mon petit doigt me dit que Gabriel ne va pas tarir d'éloges sur votre compte, a-t-il ajouté avec un grand sourire.

— Mais nous n'avons échangé que trois mots !

Pourquoi diable tous ces gens étaient-ils si prodigues en compliments à mon égard ?

— Certes, Andy. Mais ce que vous ne semblez pas réaliser, c'est que le monde des lettres est un tout petit milieu. Que vous écriviez des romans policiers, des histoires dans les magazines ou des articles dans les journaux, tout le monde connaît tout le monde. Gabriel n'a pas besoin d'en savoir beaucoup sur vous pour deviner que vous possédez un potentiel. Vous avez été assez bonne pour décrocher ce poste à *Runway* ; vous vous exprimez avec facilité, et en plus, vous êtes une de mes amies. Il n'a rien à perdre en vous donnant sa carte. Qui sait ? Peut-être vient-il de découvrir le prochain auteur de best-sellers ? Faites-moi confiance, Gabriel Brooks est un homme que vous avez tout intérêt à connaître.

— Mmm, sans doute avez-vous raison. Mais je dois rentrer. Je dois être au bureau dans quelques heures. Merci pour tout. J'ai vraiment beaucoup apprécié.

Je me suis penchée pour l'embrasser sur la joue ; je m'attendais à moitié à ce qu'il tourne son visage et me présente ses lèvres – et je voulais *à moitié* qu'il le fasse – mais il s'est contenté de sourire.

— C'était avec un immense plaisir, Andrea Sachs. Bonne nuit.

Et avant que j'aie pu trouver une repartie vaguement intelligente, il était parti rejoindre Gabriel.

J'ai levé les yeux au ciel, excédée par ma propre ineptie. Arrivée dans la rue, j'ai essayé de trouver un taxi. Il s'était mis à pleuvoir – rien de torrentiel, juste un crachin régulier – mais bien évidemment, il n'y avait plus un seul taxi libre dans tout Manhattan. J'ai appelé le service de voitures d'Elias-Clark, j'ai indiqué mon numéro de VIP, et six minutes plus tard très exactement, une voiture est venue se ranger le long du trottoir. J'avais un message d'Alex, qui me demandait comment s'était passée ma journée et qui m'annonçait qu'il allait rester toute la soirée chez lui, à préparer ses cours. Il y avait bien trop longtemps que je ne lui avais pas fait de surprise. Un geste spontané serait le bienvenu. Le chauffeur a accepté d'attendre le temps qu'il faudrait. Je suis montée chez nous en quatrième vitesse, j'ai sauté sous la douche, j'ai pris le temps d'arranger mes cheveux, j'ai enfourné diverses choses dont j'avais besoin le lendemain pour travailler dans un sac. Comme il était 11 heures passées, la circulation était fluide, et moins de quinze minutes plus tard, je suis arrivée chez Alex, à Brooklyn. Quand il a ouvert la porte, il a semblé sincèrement content de me voir, et il m'a répété plusieurs fois combien il avait du mal à croire que j'aie fait tout ce chemin jusqu'à Brooklyn, après avoir travaillé si tard. Quand j'ai eu mon visage appuyé contre son torse, en écoutant le rythme de sa respiration pendant qu'il jouait avec mes cheveux, je n'ai quasiment plus pensé à Christian.

*

— Bonjour. Puis-je parler à votre critique gastronomique, s'il vous plaît ? Non ? À une assistante éditoriale, peut-être ? Ou bien à quelqu'un qui pourrait me renseigner sur la date de parution d'une chronique de restaurant ?

Cette réceptionniste du *New York Times* était ouvertement désagréable. Elle avait aboyé un « Quoi ? » peu amène en décrochant, et feignait maintenant – mais peut-être n'était-ce pas feint du tout – de ne pas comprendre un mot de la langue dans laquelle je m'exprimais. Un peu d'opiniâtreté a cependant fini par payer : à trois reprises, je lui avais demandé son nom (« Nous ne pouvons pas donner notre nom, mademoiselle ») ; puis, je l'avais menacée de signaler son comportement à son supérieur (« Parce que vous croyez que ça l'intéresse ? Je vous le passe tout de suite ! ») ; ensuite, je l'avais prévenue, avec pas mal d'emphase, que j'allais débarquer dans leurs bureaux de Times Square et tout mettre en œuvre pour la faire virer sur-le-champ (« Oh, vraiment ? Je suis morte d'inquiétude ! »). Finalement, la femme en a eu marre de moi, et elle m'a passé quelqu'un d'autre.

— Rédaction, j'écoute, a lâché une autre voix féminine avec agacement.

Avais-je un ton aussi sec, lorsque je répondais au téléphone pour Miranda ? Si tel n'était pas le cas, j'aspirais vivement à ce que ça le soit. Entendre une voix à ce point hargneuse et malheureuse de devoir vous répondre vous donnait presque envie de raccrocher immédiatement.

— Bonjour, je voudrais vous poser une question, ai-je bafouillé à force de précipitation, tant je redoutais que mon interlocutrice ne raccroche d'un coup sec. Auriez-vous publié hier une critique d'un restaurant fusion ?

La femme n'aurait pas soupiré plus fort si je lui avais demandé de faire don de ses quatre membres à la science.

— Vous avez regardé sur notre site ? s'est-elle enquise avant de lâcher un nouveau soupir.

— Oui, bien sûr, mais je n'arrive pas…

— Si nous en avions publié un, il serait sur le site. Comprenez bien que je ne peux garder trace de chaque mot imprimé dans le journal.

J'ai pris une profonde inspiration pour m'obliger à rester calme.

— Votre charmante réceptionniste m'a mise en relation avec vous parce que vous travaillez au service des archives. Il paraîtrait que votre travail consiste précisément à garder trace de chaque mot que vous avez publié.

— Écoutez, si je devais me lancer dans des recherches en écoutant les descriptions vagues de tous ceux qui appellent chaque jour, je ne pourrais pas faire grand-chose d'autre. Vous feriez vraiment mieux de chercher par vous-même sur notre site.

Elle a poussé deux autres soupirs, qui m'ont fait craindre, ceux-là, qu'elle ne soit en train de suffoquer. Mais j'étais remontée, et bien décidée à rentrer dans le lard de cette feignasse qui avait un boulot bien plus cool que le mien.

— Non, c'est vous qui allez m'écouter. Je suis l'assistante de Miranda Priestly, et il se trouve que…

— Excusez-moi, vous venez de dire que vous travaillez pour Miranda Priestly ? (Ah, ah… !) Miranda Priestly… de *Runway* ?

— La seule et l'unique. Pourquoi ? Vous avez entendu parler d'elle ?

À ce stade-là, l'assistante de rédaction suprêmement acariâtre s'est métamorphosée en un laquais exubérant.

— Mais évidemment ! Qui ne connaît pas Miranda Priestly ? Elle est, comment dire ? La personnalité la plus importante du milieu de la mode. Et vous me disiez qu'elle cherchait quoi ?

— Une chronique. Dans le journal d'hier. Concernant un restaurant *fusion*. Je ne l'ai pas trouvée sur le site, mais peut-être n'ai-je pas cherché au bon endroit, ai-je menti.

J'avais écumé le site et j'étais à peu près certaine que le *New York Times* n'avait chroniqué aucun restaurant *fusion* au cours de la semaine écoulée, mais je me suis bien gardée de le lui dire. Peut-être que l'assistante de rédaction schizo allait accomplir un miracle ?

J'avais déjà appelé le *Times*, le *Post* et le *Daily News*, en pure perte. En composant le numéro de sa carte de membre de la société, j'avais eu accès aux archives payantes du *Wall Street Journal*, où j'étais effectivement tombée sur la présentation d'un nouveau restaurant thaï dans le Village, pour aussitôt déchanter quand j'avais remarqué qu'il proposait des menus à 7 dollars.

— Ne quittez pas, a repris la fille. Je vais vérifier pour vous.

Et d'un coup d'un seul, mademoiselle « je ne peux pas garder trace de chaque mot imprimé dans le journal » était en train de pianoter sur son clavier en fredonnant.

J'avais encore mal à la tête à la suite de la débâcle de la veille. Cela avait été marrant de surprendre Alex et de paresser chez lui, mais pour la première fois depuis de longs, longs mois, je n'avais pas réussi à dormir. Sans cesse, des élans de culpabilité me taraudaient. Je revoyais Christian m'embrassant – dans le cou ; je me revoyais sautant dans une voiture, pour me précipiter chez Alex et ne rien lui dire. J'avais eu beau repousser ces images de mon esprit, elles m'avaient harcelée sans relâche. Quand j'avais enfin réussi à m'endormir, j'avais rêvé que Miranda embauchait Alex comme nounou, et que – alors qu'en réalité la sienne ne vivait pas sous son toit – il devait s'installer chez elle. Dans mon rêve, chaque fois que je voulais voir Alex, je partageais une voiture avec Miranda pour le rencontrer dans son penthouse. Elle s'obstinait à m'appeler Emily, et malgré mes protestations que j'étais là pour rendre visite à mon petit ami, elle m'envoyait sans arrêt lui faire des courses absurdes. Au petit matin, Alex était tombé sous le charme de Miranda et n'arrivait pas à comprendre pourquoi je la trouvais malfaisante. Pire que tout, elle avait commencé à sortir avec Christian. Mon enfer s'est achevé quand je me suis réveillée en sursaut après le bouquet final : Miranda, Christian et Alex s'attablant tous les dimanches matin en peignoirs luxueux, pour lire le *Times* et rire entre eux, pendant que je leur préparais le petit déjeuner, que je les servais et qu'ensuite je débarrassais. Le sommeil de la nuit précédente avait été aussi reposant qu'une balade, seule, à 4 heures du matin, dans Alphabet City. J'avais eu la naïveté de croire que ce vendredi allait passer comme une lettre à la poste, mais cette chronique de restaurant réduisait à néant tous mes espoirs.

— Mmm, non, nous n'avons rien sorti ces derniers temps sur un restaurant *fusion*. J'essaie de me rappeler si j'ai entendu parler d'un nouveau restau branché de ce genre… Un endroit où Miranda serait susceptible d'aller, vous voyez…

Elle cherchait par tous les moyens à prolonger la conversation. J'ai ignoré sa transition vers l'emploi familier du seul prénom et me suis mise en devoir d'en finir avec elle.

— Bon, c'est bien ce que je pensais. Merci quand même, j'ai apprécié votre aide. Au revoir.

— Attendez !

J'avais déjà quasiment raccroché, mais l'urgence contenue dans ce cri a suspendu mon geste.

— Oui ?

— Je, euh… Je voulais juste vous dire… Si jamais je peux faire autre chose – si quelqu'un ici peut faire quoi que ce soit – n'hésitez pas à nous rappeler. Nous adorons Miranda, et nous serions ravis de faire notre maximum pour l'aider.

On aurait cru que la première dame des États-Unis venait de demander à l'assistante de rédaction schizo si elle pouvait retrouver un article pour le président, un article contenant une information cruciale à propos d'un conflit imminent. Le plus triste, dans l'affaire, c'était que ce revirement ne me surprenait nullement. Je l'avais vu venir.

— Merci. Je veillerai à faire passer l'information. Merci infiniment.

Emily, qui planchait encore sur un autre relevé de notes de frais, a relevé la tête.

— Chou blanc, là aussi ?

— Mouais. Je ne vois vraiment pas de quel restau elle voulait parler, et manifestement, c'est le cas de tout le monde dans cette ville. J'ai appelé tous les journaux qu'elle lit, j'ai cherché sur Internet, j'ai interrogé des archivistes, des critiques gastronomiques, des chefs cuisiniers. Personne, absolument personne n'a entendu parler d'un restau *fusion* qui aurait ouvert la semaine dernière, ni même d'un restau qui aurait été chroniqué dans les dernières vingt-quatre heures. Elle débloque, c'est évident. Mais je fais quoi, maintenant ?

Je me suis affalée sur ma chaise et j'ai tiré mes cheveux en queue-de-cheval. Il n'était même pas 9 heures, et déjà, le mal de tête s'était propagé et m'avait raidi la nuque et les épaules.

— Je crois que tu n'as pas le choix, a dit lentement Emily, à regret. Tu dois lui demander des éclaircissements.

— Ah, non, pitié ! me suis-je récriée en feignant l'épouvante. Tout mais pas ça ! Comment le prendrait-elle ?

Comme d'habitude, Emily n'a guère goûté mon sarcasme.

— Elle sera là à midi. À ta place, je commencerais d'ores et déjà à réfléchir à ce que je vais lui dire. Elle sera furax de ne pas avoir cette chronique. Surtout qu'elle te l'a demandée hier soir, a-t-elle souligné avec un sourire à peine voilé.

Visiblement, elle jubilait à l'idée des insultes qui allaient pleuvoir sur moi.

Je n'avais plus qu'à attendre. C'était bien ma chance ! Miranda se trouvait à sa séance de psy-marathon (« Elle n'a vraiment pas le temps d'aller courir là-bas chaque semaine », m'avait expliqué Emily lorsque je lui avais demandé pourquoi Miranda faisait des séances de trois heures d'affilée) ; c'était la seule matinée du mois où elle ne nous harcelait pas au téléphone, et naturellement, ça tombait pile au moment où j'avais besoin d'elle. Depuis deux jours que je négligeais d'ouvrir le courrier, une montagne de lettres menaçait de dégringoler du bureau. Sans compter qu'à mes pieds s'entassaient deux jours entiers de vêtements à porter au pressing. J'ai lâché un long soupir sonore, histoire que personne au monde ne puisse ignorer à quel point j'étais malheureuse, et j'ai appelé le pressing.

— Salut, Mario, c'est moi. Oui, je sais, deux jours…

Vous pourriez m'envoyer quelqu'un, s'il vous plaît ? Super. Merci.

Après avoir raccroché, j'ai maté ma répugnance et j'ai pris quelques vêtements sur mes genoux pour les enregistrer. Tous les vêtements qui partaient au pressing étaient enregistrés sur listing. Quand Miranda a appelé à 9 h 45, pour demander où était son nouveau tailleur Chanel, je n'ai eu qu'à ouvrir le document pour l'informer qu'il était parti la veille au pressing et qu'il serait livré le lendemain. J'ai enregistré les vêtements du jour (un chemisier Missoni, deux pantalons identiques d'Alberta Ferretti, deux pulls de Jill Sander, deux carrés blancs et un trench Burberry), je les ai fourrés dans un grand sac, et j'ai appelé un coursier de la boîte, qui se chargerait de les remettre à l'employé du pressing.

J'étais bien partie ! M'occuper des fringues sales était la tâche que j'abhorrais. Elle avait beau faire partie de ma routine, cela me dégoûtait toujours de trier les vêtements sales de quelqu'un d'autre. Après, je n'avais qu'une envie : me laver les mains. Ces vêtements étaient imprégnés de l'odeur de Miranda qui semblait envahir le bureau, et même si cette odeur était un mélange nullement déplaisant de parfum Bulgari, de crème hydratante et d'un léger relent des cigarettes de l'ASN, elle me soulevait le cœur. L'accent anglais, le parfum Bulgari, les carrés blancs en soie – voilà quelques-uns des plaisirs simples de la vie qui étaient à jamais perdus pour moi.

Quatre-vingt-dix pour cent du courrier concernait, comme d'habitude, des âneries que Miranda ne verrait jamais. Toute correspondance adressée à la « Rédactrice en Chef » était directement acheminée vers le Courrier des Lectrices ; mais de nombreuses lectrices, plus perspicaces, adressaient nommément leurs lettres à Miranda. En général, quatre secondes me suffisaient pour en parcourir une en diagonale, déterminer qu'il s'agissait d'une banale lettre de lectrice, et non d'une invitation à un bal caritatif ou d'un petit mot d'une amie perdue de vue, et l'expédier dans la corbeille. Ce jour-là, il y en avait des tonnes de cet acabit. Des lettres d'adolescentes, de femmes au foyer, et même de quelques gays (ou alors, pour leur rendre justice, peut-être étaient-ils hétéros et simplement passionnés par tout ce qui avait trait à la mode) : « Miranda Priestly, vous n'êtes pas seulement la chérie du monde de la mode, vous êtes aussi la reine de mon univers ! » s'enthousiasmait l'un d'eux. « Je ne peux qu'être d'accord avec vous, quand vous proclamez dans cet article du numéro d'avril que le rouge est le nouveau noir – audacieux, mais génial ! » s'exclamait un autre. Quelques lettres s'insurgeaient contre le caractère trop explicitement sexuel d'une pub Gucci représentant deux filles en talons aiguilles et porte-jarretelles, allongées et collées l'une à l'autre sur un lit en désordre ; quelques autres décriaient les mannequins faméliques, au regard vide, pareils à des héroïnomanes, que *Runway* avait choisis pour illustrer son dossier « La santé d'abord : comment se sentir mieux ». Au verso d'une carte de correspondance standard de la poste, quelqu'un avait écrit : « Pourquoi ? Pourquoi donc se donner la peine d'imprimer un magazine aussi vain, aussi rasoir, aussi stupide ? » Celle-là m'a arraché un éclat de rire, et je l'ai glissée dans mon sac – elle irait rejoindre ma collection personnelle de lettres de détracteurs qui grossissait à vue d'œil. Lily jugeait nocif pour le karma cette manie de rapporter chez soi des lettres pétries de pensées négatives et hostiles ; quand je lui rétorquais que toute pensée négative et hostile dirigée contre Miranda ne pouvait que faire du bien à mon karma, elle secouait la tête.

La dernière lettre du tas, avant que je ne m'attaque aux deux douzaines d'invitations que Miranda recevait chaque jour, était tracée dans une écriture ronde d'adolescente, agrémentée de cœurs en guise de points sur les i et de smileys hilares. Je m'apprêtais à la survoler, mais ce n'était pas le genre de lettre qui se laisse lire en diagonale : dès les premiers mots, il en émanait de la tristesse, de la sincérité – c'était un appel à l'aide, une supplique.

Très chère Miranda,

Je m'appelle Anita, j'ai dix-sept ans et je suis en terminale au lycée Barringer de Newark, New Jersey. Mon corps me complexe terriblement, même si personne ne me trouve grosse. Je veux ressembler aux mannequins de votre magazine. Chaque mois, j'attends avec impatience l'arrivée de Runway *dans ma boîte aux lettres, même si ma mère dit que c'est idiot de dépenser tout mon argent de poche pour un magazine de mode. Elle ne comprend pas que j'ai un rêve en moi, mais vous, vous me comprenez, pas vrai ? Ce rêve, je le porte en moi depuis que je suis petite, mais je ne pense pas qu'il se réalisera un jour. Pourquoi ? Parce que j'ai la poitrine archiplate et le derrière beaucoup plus gros que ceux de vos mannequins, et que ça me complexe énormément. Je me demande si c'est ainsi que je veux vivre ma vie, et la réponse est NON !!! Je veux changer, je veux améliorer mon physique et me sentir mieux dans ma peau. Voilà pourquoi je vous demande de l'aide. Je veux faire un changement positif, je veux me regarder dans le miroir et pouvoir adorer ma poitrine et mes fesses parce qu'elles ressembleront exactement à celles qu'on voit dans les meilleurs magazines de la Terre.*

Miranda, je sais que vous êtes quelqu'un de formidable, et vous êtes rédactrice de mode, vous pouvez faire de moi une nouvelle personne, et croyez-moi, je vous en serai éternellement reconnaissante. Mais si vous ne pouviez pas faire de moi quelqu'un de nouveau, peut-être pourriez-vous m'obtenir une robe vraiment très, très, très jolie pour les grandes occasions ? Je ne sors jamais avec des garçons, mais ma maman dit que ce n'est pas un problème que les filles sortent seules, donc c'est ce que je vais faire. J'ai une vieille robe, mais ce n'est pas une robe de créateur, ni même une robe que vous montreriez dans Runway. *Mes créateurs favoris sont 1 : Prada ; 2 : Versace ; 3 : John Paul Gotier. Il y en a plein d'autres que j'adore, mais ces trois-là sont mes préférés entre tous. Je n'ai aucun de leurs vêtements, je n'en ai même jamais vu dans les magasins (je ne suis pas certaine qu'il y ait à Newark un magasin qui vende ces créateurs, mais si vous en connaissez un, donnez-moi l'adresse pour que je puisse aller voir ; en fait, j'ai vu leurs vêtements dans* Runway*, et franchement, je les adore.*

J'arrête de vous embêter, mais je veux que vous sachiez que même si vous jetez cette lettre à la poubelle, je resterai super fan de votre magazine parce que j'adore les mannequins, les vêtements, et, bien entendu, je vous adore vous aussi.

Anita Alvarez

PS : Mon numéro de téléphone est le 973-555-3948. Vous pouvez m'appeler, ou m'écrire, mais s'il vous plaît, faites-le avant la semaine du 4 juillet parce que j'ai vraiment besoin d'une jolie robe avant cette date. Je vous aime !!! Merci !!!

La lettre sentait *Jean Naté*, cette eau de toilette âcre qui faisait fureur chez les préados. Mais ce n'était pas ce détail qui me nouait la gorge. Combien d'Anita y avait-il dans ce pays ? De jeunes filles dont la vie était si vide qu'elles mesuraient leur valeur, leur assurance et toute leur existence à l'aune des vêtements et des mannequins qu'elles voyaient dans *Runway* ? Combien étaient-elles encore dans ce pays à vouer un amour inconditionnel à la femme qui, chaque mois, orchestrait d'aussi séduisants fantasmes ? Combien de filles étaient à mille lieues de se douter que l'objet de leur adoration était une femme très seule, profondément malheureuse et souvent cruelle, qui ne méritait pas le plus bref instant de leur affection et de leur innocente attention ?

J'avais envie de pleurer, à cause d'Anita et de toutes ses semblables qui consacraient tant d'énergie à essayer de se transformer en Shalom, ou Stella, ou Carmen, qui tentaient d'impressionner et de flatter une femme qui lèverait les yeux au ciel, ou hausserait les épaules en lisant leur lettre, avant de la jeter, sans une seule pensée pour la fille qui avait mis tant d'elle-même dans ces phrases. J'ai glissé cette lettre dans le tiroir de mon bureau, en me promettant de trouver un moyen d'aider Anita. Sa lettre trahissait un désespoir encore plus grand que celui des autres filles qui nous écrivaient, et avec toutes les fringues qui traînaient ici ou là à la rédaction, ce ne devrait pas être bien sorcier de lui dégoter une jolie robe pour un rendez-vous.

— Em ? Je descends au kiosque, voir si le *Women's Wear* est arrivé. C'est incroyable qu'il soit aussi en retard, aujourd'hui. Tu veux quelque chose ?

— Tu me rapporteras un Coca light, s'il te plaît ?

— Bien sûr. À tout de suite.

En filant vers les ascenseurs, j'ai surpris Jessica et James qui partageaient une cigarette tout en se demandant qui seraient les invités de Miranda à la réception au Met qui devait avoir lieu le soir même. À mon grand soulagement, Ahmed avait enfin reçu le *Women's Wear Daily*. J'ai pris un Coca light pour Emily, et un Pepsi pour moi – que j'ai troqué, réflexion faite, contre un second Coca light. Les différences de goût et de plaisir étaient si minces que ça ne valait pas le coup de risquer ces regards et commentaires désapprobateurs que j'étais certaine de récolter sur le trajet de retour jusqu'à mon bureau.

J'étais si absorbée par le portrait en couleurs de Tommy Hilfiger en couverture du *Women's Wear* que je n'ai pas vraiment remarqué qu'un ascenseur s'ouvrait devant moi. Dans mon champ de vision périphérique, j'ai aperçu un éclat de vert, d'une nuance très particulière. Et remarquable, car Miranda possédait un tailleur Chanel exactement dans cette nuance de vert chiné, que je n'avais jamais vue ailleurs, et qui me plaisait beaucoup. Je savais déjà à quoi m'attendre et, lorsque j'ai levé les yeux, c'est sans réelle suprise que j'ai découvert Miranda qui, dans la cabine, me fixait. Elle se tenait raide comme un piquet ; ses cheveux étaient comme d'habitude tirés en arrière en une coiffure stricte ; ses yeux étaient rivés à mon visage, où devait se lire le choc. Je n'avais pas vraiment le choix ; je suis montée dans la cabine.

— Bonjour, Miranda.

À peine avait-ce été un murmure. Les portes se sont refermées ; tout indiquait que j'étais bonne pour un tête-à-tête jusqu'au dix-septième étage. Miranda n'a rien dit ; elle a sorti son agenda en cuir et a commencé à le feuilleter. Nous étions côte à côte, et le silence creusait un gouffre de plus en plus profond entre nous à chaque seconde qui passait. M'a-t-elle seulement reconnue ? me suis-je dit. Pouvait-elle vraiment ne pas réaliser que j'étais son assitante depuis sept mois ? Ou peut-être mon murmure avait-il été tellement inaudible qu'il était passé inaperçu ? Pourquoi ne me demandait-elle pas immédiatement si j'avais retrouvé la chronique du restaurant ? Ou si j'avais eu son message concernant la commande d'un nouveau service en porcelaine ? Ou si tout était parfaitement calé pour la soirée du Met ? Mais non, elle s'est comportée comme si elle était seule dans cette petite cabine, comme s'il n'y avait aucun autre être humain à ses côtés – ou, pour être plus précise, aucun être humain qui justifiait qu'on lui accorde de l'attention.

Ce n'est qu'au bout d'une bonne minute que je me suis aperçue que notre ascenseur était immobile. Elle avait donc bel et bien remarqué ma présence, puisqu'elle avait présupposé que j'allais appuyer sur le bouton – ce que, trop choquée, j'avais oublié de faire. Lentement, d'un mouvement craintif, j'ai tendu la main, j'ai appuyé sur le bouton du 17e, instinctivement persuadée que tout allait exploser. La cabine s'est mise en branle. S'était-elle seulement rendu compte que nous étions au point mort jusque-là ?

Cinquième, sixième, septième… L'ascenseur semblait mettre dix minutes à grimper d'un étage à l'autre ;

le silence commençait à bourdonner dans mes oreilles. Quand j'ai eu réuni assez de sang-froid pour couler un coup d'œil vers elle, j'ai découvert qu'elle était en train de m'inspecter de la tête aux pieds, sans la moindre retenue ; elle a tout passé en revue, mes chaussures, mon pantalon, mon chemisier, mon visage, mes cheveux, tout en évitant de croiser mon regard. Son visage reflétait une expression d'écœurement las, qui m'a rappelé celle des flics des séries TV, quand ils contemplent avec un dégoût blasé un énième corps ensanglanté. Qu'est-ce qui, dans ma tenue, pouvait bien avoir suscité cette réaction ? Je portais une chemise à manches courtes de style militaire, un jean Seven flambant neuf que je m'étais fait envoyer par le service de presse (gratuitement, puisque je travaillais à *Runway*) et une paire de sandales à brides relativement plates (les talons mesuraient dans les cinq centimètres). C'était la seule paire de chaussures que je possédais actuellement qui n'étaient ni des bottines ni des baskets ni des mocassins, mais qui me permettaient de courir plus de quatre fois par jour jusqu'au Starbucks sans finir la journée les pieds en compote. En général, je m'efforçais de porter les Jimmy Choo données par Jeffy, mais mes voûtes plantaires avaient besoin d'un jour de repos par semaine. Mes cheveux étaient lavés de frais, et noués en une de ces bananes délibérément brouillonnes qu'Emily arborait au quotidien en toute impunité ; quant à mes ongles, même s'ils n'étaient pas vernis, ils étaient longs et plus ou moins correctement limés. J'avais rasé mes aisselles dans les dernières quarante-huit heures. Aucune éruption massive de boutons ne me défigurait – du moins pas à ma connaissance. Ma montre Fossil était tournée vers l'intérieur du poignet au cas où un curieux chercherait à apercevoir la marque, et, d'un geste furtif, j'ai vérifié qu'aucune bretelle de soutien-gorge n'était visible. Alors, quel était le problème ? Pourquoi me lorgnait-elle comme ça ?

Douzième, treizième, quatorzième… La cabine s'est

immobilisée ; les portes ont coulissé en face d'une de ces réceptions d'une blancheur minimale. Une femme d'une trentaine d'années a fait mine d'avancer pour nous rejoindre, mais s'est figée à cinquante centimètres du seuil en apercevant Miranda.

— Oh… Euh…, a-t-elle bredouillé, en lançant des regards frénétiques alentour, comme pour trouver une excuse qui lui épargnerait d'entrer dans notre enfer.

Certes, ça aurait été plus sympa pour moi qu'elle monte, mais en mon for intérieur, je l'ai encouragée à prendre le large.

— Je, euh… Oh, j'ai oublié les photos pour la réunion, a-t-elle fini par balbutier.

Elle a pivoté sur ses Manolo – une paire qui semblait particulièrement instable – et elle a rebroussé chemin dare-dare en direction des bureaux. Miranda n'avait apparemment rien remarqué.

Quinzième, seizième… Et enfin – enfin ! – nous sommes arrivées au dix-septième. Les portes se sont ouvertes en face d'un petit groupe d'assistantes de mode qui descendaient chercher les cigarettes, les Coca light et salades composées qui constitueraient le menu de leur déjeuner. La panique s'est répandue comme une traînée de poudre sur ces jeunes et jolis visages, et j'ai bien cru qu'elles allaient se piétiner les unes les autres en cherchant à s'écarter du passage de Miranda. Le groupe s'est scindé par le milieu, trois filles d'un côté, deux de l'autre, et Sa Seigneurie a daigné s'engager entre cette haie. Les filles ne l'ont pas quittée des yeux, sans dire un mot, tandis qu'elle traversait la réception. Je n'avais pas d'autre choix que de lui emboîter le pas. Elle ne le remarquerait même pas, me suis-je dit. Mais à peine ai-je eu posé un pied hors de la cabine qu'elle s'est retournée. Sa voix a pourfendu le lourd silence qui pesait sur la réception.

— An-dre-âââ ?

M'imaginant que c'était là une interrogation purement

rhétorique, je n'ai pas répondu ; or, elle attendait bel et bien une réponse.

— Oui, Miranda ?

— D'où sortent ces chaussures que vous avez aux pieds ?

Elle me scrutait, une main désinvolte posée sur sa hanche moulée de tweed. L'ascenseur était parti à vide, car les assistantes étaient bien trop captivées par l'opportunité qui s'offrait à elles de voir – et entendre ! – Miranda, en chair et en os. J'ai senti six paires d'yeux se braquer sur mes pieds qui, s'ils se portaient plutôt bien quelques minutes auparavant, se sont brusquement et douloureusement échauffés sous l'examen attentif de cinq assistantes et d'un gourou de mode.

L'anxiété provoquée par ce tête-à-tête inattendu et inédit dans l'ascenseur, et tous ces regards rivés sur moi m'ont brouillé le cerveau. Aussi, quand Miranda m'a demandé d'où sortaient ces chaussures, j'ai cru qu'elle voulait savoir si elles étaient à moi.

— Euh, de mon placard ?

Sitôt prononcée, j'ai réalisé combien ma réponse semblait non seulement irrespectueuse, mais également odieuse. Le troupeau d'oies s'est mis à pépier, jusqu'à ce que la colère de Miranda se retourne contre elles.

— Je me demande pourquoi la grande majorité de mes assistantes de mode se comportent comme si elles n'avaient rien de mieux à faire que jacasser bêtement.

Et elle s'est mise en devoir de les épingler une à une, en les désignant de l'index, vu que, même sous la menace d'un pistolet braqué sur sa tempe, elle aurait été incapable de se souvenir d'un seul prénom.

— Vous ! a-t-elle jeté d'une voix cinglante à la nouvelle, une fille enjouée, qui la voyait certainement pour la première fois. Vous ai-je engagée pour glousser, ou pour faire rentrer les tailleurs pour les shootings ?

La fille a baissé la tête et ouvert la bouche pour s'excuser, mais Miranda a continué sur sa lancée.

— Et vous ! s'est-elle exclamée en avançant pour se planter en face de Jocelyn, l'assistante la plus gradée de la hiérarchie et la préférée des rédactrices. Songez-vous qu'un million de filles qui s'y connaissent autant que vous en couture voudraient être à votre place ?

Elle a reculé, elle a inspecté chaque fille de la tête aux pieds, lentement mais avec assez d'insistance pour que chacune se sente grosse, hideuse, mal fagotée, puis elle leur a ordonné de regagner leurs bureaux. Elles ont toutes opiné avec frénésie, en gardant la tête basse. Quelques-unes ont murmuré des excuses sincères tout en se hâtant de regagner le département mode. Ce n'est que lorsqu'elles ont eu toutes disparu que j'ai réalisé que j'étais seule avec elle. Une fois de plus.

— An-dre-âââ ? Je ne tolérerai pas que mon assistante me parle sur ce ton, a-t-elle déclaré en se dirigeant vers le couloir qui menait à son bureau.

Je ne savais pas trop si je devais ou non la suivre. Pourvu qu'Eduardo, ou Sophy, ou une des assistantes ait prévenu Emily de son arrivée !

— Miranda, je…

— Suffit. (Elle s'est arrêtée devant la porte et m'a regardée.) Alors, ces chaussures ? a-t-elle redemandé d'une voix exaspérée.

J'ai contemplé mes sandales. Comment m'y prendre pour annoncer à la femme la plus stylée de tout l'Occident qu'elles venaient du Ann Taylor Loft ? C'était sans espoir.

— Je les ai achetées en Espagne, ai-je dit, le regard fuyant. Dans une adorable boutique, à côté des Ramblas, qui vendait la ligne de ce nouveau créateur espagnol dont j'ai oublié le nom.

Mais où diable étais-je allée pêcher un bobard pareil ?

Elle a replié le poing, l'a porté devant sa bouche et a dressé la tête. J'ai aperçu James qui approchait de la porte vitrée ; sitôt qu'il a vu Miranda, il s'est empressé de rebrousser chemin.

— An-dre-âââ, elles sont inacceptables. Mes filles sont censées représenter le magazine, et ces chaussures ne sont pas porteuses du message que je souhaite délivrer. Allez vous en chercher une paire convenable dans la réserve. Et apportez-moi un café.

Elle m'a regardée bien en face, puis elle a regardé la porte et j'ai compris qu'elle attendait que je m'avance pour la lui ouvrir. Je me suis exécutée. Elle est passée sans me remercier et s'est dirigée vers le bureau. J'avais besoin d'argent et de cigarettes pour descendre chercher le café, mais ça ne valait pas le coup que je m'inflige de la suivre comme un caneton brimé et néanmoins loyal. Je suis repartie en direction des ascenseurs. Eduardo pourrait me prêter 5 dollars pour le café au lait, et Ahmed me mettrait encore un paquet de clopes sur le compte de *Runway*, comme il le faisait depuis des mois maintenant. Je pensais que Miranda n'aurait pas remarqué que je ne la suivais pas, mais sa voix est venue heurter ma nuque, tel un coup de pelle.

— An-dre-âââ ?

Je me suis arrêtée net et je me suis retournée.

— Oui, Miranda ?

— Je suppose que la chronique de restaurant que je vous ai demandée m'attend sur mon bureau ?

— Eh bien… En fait, j'ai eu quelques difficultés à la trouver. J'ai appelé tous les quotidiens, et apparemment, aucun n'a publié de chronique sur un restaurant asiatique fusion ces derniers jours. Vous… Est-ce que, par hasard, vous vous souviendriez dans quel journal vous l'avez vue ?

Instinctivement, j'ai retenu mon souffle, prête à essuyer la tempête.

Il faut croire que mes explications ne lui importaient guère, car elle s'était remise en route.

— An-dre-âââ, je vous avais dit que c'était dans le *Post* – est-ce donc si difficile à trouver ? m'a-t-elle lancé.

Sur ce, elle a disparu pour de bon. Le *Post* ? Mais

j'avais parlé à leur critique gastronomique le matin même, et il m'avait juré qu'aucune chronique récente ne collait avec ma description – qu'aucun restaurant digne d'intérêt n'avait ouvert cette semaine-là. Une fois de plus, elle débloquait et racontait n'importe quoi, et une fois de plus, c'était sur moi que tout allait retomber.

Chez Starbucks, c'était l'heure creuse, et j'ai été servie sur-le-champ ; du coup, je me suis sans scrupules accordé dix minutes de plus pour appeler Alex qui s'apprêtait sans doute à partir déjeuner.

— Salut, ma puce. Bonne journée ?

Sa voix débordait d'enjouement ; j'ai dû faire un gros effort pour ne laisser percer aucun agacement.

— Géniale, comme d'habitude. C'est le paradis sur Terre, ici. J'ai passé cinq heures à chercher un article qui n'a jamais existé que dans l'esprit d'une femme délirante qui préférerait mettre fin à ses jours plutôt que d'admettre qu'elle s'est trompée. Et la tienne ?

— Formidable. Tu te souviens de Shauna ? Je t'ai parlé d'elle.

J'ai hoché la tête, bien qu'Alex ne puisse pas me voir. Shauna était l'une de ses petites élèves qui n'avait pas prononcé un seul mot depuis son arrivée en classe. Alex avait tout essayé, les menaces, la douceur, les leçons particulières, en vain. Il avait frôlé l'hystérie le jour où elle avait paru dans sa classe, placée par une assistante sociale qui avait découvert qu'à neuf ans, la gamine n'avait jamais fréquenté d'école, et depuis il n'avait eu qu'une idée en tête : l'aider.

— Eh bien, on ne peut plus la faire taire ! Il a suffi de quelques chansons. J'avais fait venir un chanteur folk aujourd'hui, pour qu'il joue de la guitare aux gamins, et Shauna a chanté. Depuis que la glace est rompue, elle n'a pas cessé de bavarder avec tout le monde. Elle parle anglais. Elle a même un vocabulaire honorable pour une gosse de son âge. Elle est entièrement normale !

À l'entendre, cela crevait les yeux qu'il était aux anges.

Sa joie m'a arraché un sourire, et brusquement, il s'est mis à me manquer. À me manquer comme peut nous manquer quelqu'un qu'on a vu souvent, régulièrement, mais avec qui les liens se sont un peu distendus. Débarquer chez lui à l'improviste la veille avait été génial, mais comme d'habitude, j'étais archi-vannée et n'avais été que d'une piètre compagnie. Nous attendions l'un et l'autre, par une sorte de pacte tacite, que ma peine soit purgée, que mon année d'esclavage s'achève, que la vie reprenne son cours normal. Mais Alex me manquait. Et la culpabilité, à cause de ce qui s'était passé avec Christian, continuait à me harceler.

— Bravo ! Si tant est que tu aies besoin de preuves pour savoir que tu es un superprof, en voilà une ! Tu dois être collé au plafond !

— Oui, c'est génial.

J'ai entendu la cloche en arrière-fond.

— Écoute, ta proposition de sortir ce soir tient toujours – rien que toi et moi ?

J'espérais qu'il n'avait rien prévu, tout en me doutant que ce ne serait pas le cas. Ce matin-là, lorsque j'avais extrait du lit mon corps douloureux pour me traîner jusque sous la douche, il m'avait proposé de louer un film, de commander à dîner et de passer la soirée à la maison, peinards. Ma réponse avait été sarcastique, sans aucune nécessité : à quoi bon lui faire perdre son temps ? J'allais sortir tard du boulot et ne serais bonne qu'à m'écrouler. Autant que l'un de nous deux profite de son vendredi soir pour s'éclater. Je brûlais cependant d'envie de lui dire que rien ne m'aurait plus plu que de m'enrouler autour de lui sur le canapé et de le câliner pendant quinze heures d'affilée.

— Mais oui. (Il semblait étonné, et ravi.) Je pourrais t'attendre chez toi et ensuite on décide de ce qu'on fait. Lily me tiendra compagnie jusqu'à ce que tu arrives.

— Parfait. Tu sauras tout sur le Freudien.

— Qui ça ?

— Non, rien. Écoute, faut que j'y aille. Sa Majesté n'attendra pas plus longtemps son café. À ce soir. Il me tarde.

Eduardo m'a laissée passer contre deux refrains seulement de *We didn't start the fire*, et Miranda bavardait avec animation au téléphone lorsque je lui ai apporté son café. J'ai consacré le restant de l'après-midi à batailler avec chaque assistant et chaque rédacteur que j'ai pu joindre au *New York Post*, pour obtenir une malheureuse copie de cette chronique de restaurant qu'ils avaient passée la veille.

— Madame, je vous l'ai déjà dit une douzaine de fois et je vous le redis : nous n'avons chroniqué aucun restaurant de ce genre. Je sais que Mme Priestly est une femme insupportable, et je ne doute pas qu'elle vous rende la vie infernale, mais je n'ai pas la possibilité de vous envoyer un article qui n'existe pas. Me comprenez-vous ? m'a assené un rédacteur qui, bien que travaillant à la rubrique mondaine, avait écopé de la tâche de trouver mon article pour me la boucler.

Ce type avait fait montre de patience et de bonne volonté, mais sa charité avait atteint ses limites. Emily, pendant ce temps, était en ligne avec l'un de leurs critiques gastronomiques free-lance, et j'avais obligé James à appeler un de ses ex qui bossait au service de pub pour voir s'il ne pouvait pas faire quelque chose – n'importe quoi. Vingt-quatre heures s'étaient écoulées depuis que Miranda avait formulé sa requête et, pour la toute première fois, je ne l'avais pas honorée sur-le-champ.

— Emily ! a crié Miranda depuis son bureau.

— Oui, Miranda ? avons-nous répondu en chœur, en nous soulevant de nos chaises pour déterminer à laquelle de nous deux elle s'adressait.

— Emily, j'entends que vous êtes en ligne avec le *Post* ? a-t-elle dit en dirigeant son attention sur moi.

La vraie Emily s'est rassise, soulagée.

— Oui, Miranda, je viens juste de raccrocher. J'ai parlé

à trois personnes, et chacune m'a assurée qu'ils n'avaient chroniqué aucun restaurant *fusion* dans Manhattan au cours de la semaine passée. Peut-être l'article est-il antérieur ?

J'étais en train de chanceler devant son bureau, la tête baissée, les yeux rivés sur mes nouvelles Jimmy Choo et leurs douze centimètres de talon.

— Manhattan ? a-t-elle répété, l'air dérouté et agacé à la fois. Mais qui a parlé de Manhattan ?

Ça a été à mon tour d'être déroutée.

— An-dre-âââ, voilà près de cinq fois maintenant que je vous répète qu'il s'agit d'un restaurant à Washington. Je serai là-bas la semaine prochaine. J'ai besoin que vous me réserviez une table. (Elle a relevé la tête et esquissé un sourire *méchant*.) Quel était le point qui vous posait problème dans cette recherche ?

Washington ? Elle m'avait répété cinq fois que le restaurant se trouvait à Washington ? Voilà qui était nouveau. Soit elle avait perdu la tête pour de bon, soit elle prenait un plaisir sadique à me voir perdre la mienne. Mais, me comportant comme l'idiote qu'elle croyait que j'étais, j'ai répondu sans réfléchir :

— Oh, mais je suis à peu près certaine que le *New York Post* ne chronique pas de restaurants à Washington. En général, ils ne testent que des nouveaux endroits à New York.

— Est-ce de l'humour, An-dre-âââ ? Est-ce l'idée que vous vous faites d'une repartie amusante ?

Son sourire avait disparu, elle se penchait vers moi. On aurait dit un vautour affamé qui attendait impatiemment de fondre sur sa proie.

— Euh, non, Miranda. Je me disais juste que…

— An-dre-âââ, ainsi que je vous l'ai explicitement dit une bonne douzaine de fois, l'article que je cherche se trouve dans le *Washington Post*. Vous avez déjà entendu parler de ce petit journal local, n'est-ce pas ? Tout comme à New York nous avons le *New York Post*, à Washington DC ils ont leur propre quotidien. Vous comprenez comment ça marche ?

Son ton était au-delà de la moquerie acerbe. Il était tellement condescendant, on aurait dit qu'elle s'adressait à une demeurée.

— Je m'en occupe immédiatement, ai-je répondu, aussi calmement que possible.

— Ah, j'oubliais… An-dre-âââ ? a-t-elle repris alors que je sortais de son bureau. (Mon cœur s'est soulevé, et je me suis demandé si mon estomac allait pouvoir encaisser encore une autre « surprise ».) J'ai besoin de votre présence ce soir au dîner pour accueillir les invités. C'est tout.

J'ai regardé Emily, qui avait l'air aussi déconcertée et abasourdie que moi, à en juger par son front plissé.

— J'ai bien entendu ? ai-je chuchoté.

Emily a hoché la tête et m'a fait signe d'approcher de son bureau.

— C'est ce que je redoutais, a-t-elle murmuré d'un ton empreint de gravité, tel un chirurgien annonçant à la famille de son patient qu'il a découvert un truc horrible en lui ouvrant la cage thoracique.

— Elle se fiche de moi ? Il est 16 heures, on est vendredi, la soirée commence à 19 heures. Et c'est une soirée habillée, bon sang – c'est impossible, elle plaisante !

J'ai regardé ma montre, encore incrédule, en essayant de me remémorer exactement ses paroles.

— Oh non ! a lâché Emily en décrochant le téléphone. Je vais t'aider, d'accord ? Tu t'occupes de l'article du *Washington Post* pour lui en donner une copie avant son départ – Uri va bientôt venir la chercher pour ses rendez-vous avec le coiffeur et le maquilleur. Je vais te trouver une robe, et tout ce dont tu as besoin pour ce soir. Ne t'inquiète pas. On va se débrouiller.

Ses doigts se sont mis à pianoter sur le clavier du téléphone, elle a murmuré des instructions d'une voix pressante. Je suis restée plantée à la dévisager, puis, sans lever les yeux vers moi, elle m'a signifié d'un geste de retourner à mon bureau.

— Allez, a-t-elle soufflé en me lançant un regard où filtrait, une fois n'est pas coutume, un éclair de sympathie. Trouve ce papier.

Je suis revenue à la réalité et j'ai fait ce qu'on attendait de moi.

14

— Tu ne peux pas débarquer là-bas en taxi, a décrété Lily. C'est un dîner habillé. Appelle une voiture, bon sang.

J'étais à deux poils de me crever l'œil avec mon tout nouveau mascara spécial cils extralongs. Après m'avoir observée une minute de plus, elle m'a arraché la brosse des mains et m'a intimé l'ordre de fermer les yeux.

— Tu as raison, ai-je soupiré.

Je refusais encore de croire à ce qui m'arrivait : j'allais passer ma soirée du vendredi en robe du soir au Met, à accueillir des richards mais néanmoins péquenauds tout frais débarqués de leur Géorgie ou de leur Caroline du Sud, en enchaînant faux sourire sur faux sourire, maquillée comme une voiture volée.

J'avais disposé de trois heures pour trouver une robe, acheter du maquillage, me préparer et réimproviser tous mes projets du week-end. Dans la démence de cette situation, j'avais complètement zappé l'histoire du moyen de transport.

Heureusement, travailler pour l'un des plus importants magazines de mode du pays a ses avantages, et à 16 h 40, j'étais la fière propriétaire (temporaire) d'une robe longue absolument renversante d'Oscar de La Renta, gentiment fournie par Jeffy – vestale de la réserve et grand adorateur de toutes les parures féminines. (« Ma petite, tu vas mettre une robe de soirée, une robe d'Oscar, un point, c'est tout. Arrête tes simagrées de timide, enlève-moi ce pantalon, et essaie cette robe. » J'ai commencé à me déshabiller et je l'ai vu qui frissonnait. La vue de mon corps dénudé était-elle à ce point répugnante ? lui avais-je demandé. Non, bien sûr. Ce qui le dégoûtait, c'était la trace de mon slip sous la robe.) Les assistants et assistantes de mode avaient fait rentrer une paire de Manolo argentés à ma pointure, et aux accessoires, quelqu'un avait sélectionné un sac de soirée assez flashy de Judith Leiber, avec une longue chaîne. J'avais manifesté un certain intérêt pour un sac à poignées Calvin Klein, mais ma suggestion n'avait récolté qu'un reniflement de mépris. Stef hésitait entre me mettre un collier de chien, ou un pendentif, et Allison, l'ex-assistante promue rédactrice beauté était en ligne avec sa manucure, qui allait se déplacer.

— Tu as rendez-vous avec elle dans la salle de réunion à 16 h 45, a annoncé Allison. Tu seras en noir, n'est-ce pas ? Exige le Chanel Rouge Rubis. Et dis-lui de nous envoyer sa facture.

Tout le monde à la rédaction s'était jeté avec une effervescence presque hystérique dans ces préparatifs pour tenter de me rendre présentable. Nullement parce qu'ils m'adoraient et qu'ils se tuaient à m'aider : simplement, ils savaient que Miranda avait expressément demandé une métamorphose du sujet, et ils étaient très désireux de lui prouver leur haut degré de bon goût et de classe.

Quand Lily a eu terminé de me donner sa leçon de maquillage, je me suis demandé si je n'avais pas l'air ridicule, en robe longue d'Oscar de La Renta avec un rouge à lèvres de supermarché. Sans doute, mais j'avais décliné toute proposition qu'un maquilleur professionnel vienne chez moi. Tous avaient insisté – et sans grande délicatesse –, mais j'avais énergiquement refusé. Même moi, j'avais certaines limites.

J'ai claudiqué jusque dans ma chambre sur mes Manolo de douze centimètres et j'ai embrassé Alex sur le front. À peine a-t-il levé les yeux du magazine qu'il était en train de lire.

— Je serai de retour à 23 heures, et nous pourrons aller dîner et boire un verre. D'accord ? Je suis désolée, mais je n'ai pas le choix. Si jamais tu décides de sortir avec les copains, appelle-moi, je vous rejoindrai.

Comme il l'avait promis, il était venu directement chez moi en sortant de l'école pour que nous passions la soirée ensemble, et il n'avait pas été ravi d'apprendre, à mon arrivée, que s'il pouvait effectivement passer une soirée tranquille à la maison, ce serait sans moi. Il était assis sur la terrasse de ma chambre, et lisait un vieux numéro de *Vanity Fair* qui traînait là en sirotant une des bières que Lily gardait au frais pour les invités. Ce n'est qu'après lui avoir expliqué que je devais travailler ce soir-là que j'ai remarqué l'absence de Lily.

— Où est-elle ? Elle n'a pas cours, et je sais qu'elle ne travaille pas le vendredi.

Alex a bu une gorgée de bière et a haussé les épaules.

— Je pense qu'elle est dans sa chambre. La porte est fermée, mais j'ai aperçu un mec tout à l'heure dans l'appartement.

— Un mec ? Tu ne peux pas être plus précis dans ta description ? Quel mec ?

Était-ce un cambrioleur, ou le Freudien, qui avait finalement été invité ?

— Je ne sais pas, mais il fait peur. Il a des tatouages, des piercings, un marcel. La totale. Je me demande où elle l'a pêché, celui-là, a-t-il conclu en buvant nonchalamment une autre gorgée.

Moi aussi, je me demandais où elle l'avait pêché, vu qu'à 11 heures la veille au soir, je l'avais laissée en compagnie d'un type très poli, William – qui, pour ce que j'en avais vu, n'était pas du genre marcel et tatouages.

— Alex ! Tu es en train de me dire qu'il y a un mec qui se balade dans mon appartement – un gangster qui a été ou n'a pas été invité – et que tu t'en fiches ? C'est dément ! Il faut faire quelque chose, ai-je décrété en me levant, inquiète, comme chaque fois, que ce déplacement du poids du corps ne fasse s'effondrer la terrasse.

— Andy, détends-toi, ce n'est pas un gangster, a dit Alex en tournant une page. C'est un hurluberlu punk-grunge, mais pas un gangster.

— Super. Génial. Bon, maintenant, tu viens voir ce qui se passe, ou bien as-tu l'intention de rester assis là toute la soirée ?

Alex s'obstinait encore à ne pas me regarder, et c'est là que j'ai compris à quel point il était contrarié par le changement de plans pour notre soirée. C'était parfaitement compréhensible, mais j'étais tout aussi en colère que lui de devoir travailler, et je ne pouvais rien faire pour m'y dérober.

— Appelle-moi si tu as besoin de moi, a-t-il fini par répondre.

— Parfait, ai-je lâché avec humeur, vexée. Inutile de te sentir coupable quand tu trouveras mon corps démembré sur le sol de la salle de bains. Oui, vraiment, inutile d'en faire tout un plat.

J'ai fait le tour de l'appartement, en cherchant des signes de la présence de ce garçon. La seule chose qui ne semblait pas à sa place était une bouteille vide de Ketel One sur le rebord de l'évier. Avait-elle pu boire une bouteille entière de vodka après minuit, la nuit dernière ? J'ai frappé à sa porte. Pas de réponse. J'ai frappé à nouveau, avec un peu plus d'insistance, et j'ai entendu une voix masculine annoncer qu'on était en train de frapper à la porte. Et comme personne ne répondait, j'ai tourné la poignée.

— Coucou ? Il y a quelqu'un ?

Je me suis efforcée de ne pas regarder dans la pièce, mais je n'ai pas tenu plus de cinq secondes. Mes yeux ont glissé sur deux paires de jeans emmêlés par terre, un soutien-gorge suspendu au dossier de la chaise devant le bureau, le cendrier débordant de mégots qui empuantissait la chambre comme un foyer de résidence étudiante, pour aller se poser sur le lit. Lily était étendue sur le ventre, nue comme un ver. Entortillé dans les draps, il y avait un type à l'air maladif, la lèvre supérieure luisante de transpiration, une masse de cheveux graisseux. Contre la housse de couette verte et bleue, les dizaines de tatouages effrayants qui s'enroulaient et se déroulaient autour de ses membres et de son corps semblaient former un motif de camouflage. Un anneau en or traversait son sourcil, d'autres pièces de métal brillaient à ses oreilles et deux petites pointes dépassaient de son menton. Dieu merci, il avait un caleçon sur lui, mais qui était si crasseux, si miteux, si vieux que j'aurais presque – *presque* – préféré qu'il n'en ait pas. Il a tiré sur sa cigarette, recraché nonchalamment la fumée et hoché la tête en me regardant.

— Salut. Tu voudrais pas fermer la porte, l'amie ? a-t-il dit avec un accent australien.

« L'amie » ? Cette espèce de minable était en train de se la jouer et de me prendre de haut ?

— Vous fumez du crack ? ai-je demandé sans préambule.

Je n'avais plus du tout peur. Le type était plus petit que moi, et il ne devait pas peser plus de soixante-cinq kilos – la pire chose qu'il aurait pu me faire, c'était de me toucher. J'ai frissonné en songeant aux multiples façons dont il avait sans doute touché Lily, qui dormait encore, en respirant bruyamment. Je disposais très exactement d'une heure pour finir de me préparer et me transformer en créature sublime pour affronter la soirée la plus stressante de ma carrière. Négocier avec ce zonard défoncé n'était pas prévu au programme. Le temps qui pressait a donné un coup de fouet à mon courage.

— Pour qui vous prenez-vous ? Vous êtes chez moi ! Je veux que vous partiez. Tout de suite !

— Calme-toi, poulette, a-t-il riposté, en continuant à tirer sur sa cigarette. Je n'ai pas l'impression que ta copine ait envie que je me casse…

— Elle aurait envie que tu te casses si elle était

consciente, espèce de connard ! ai-je hurlé, horrifiée par l'idée que Lily avait – selon toute vraisemblance – couché avec ce mec. Je te promets que je parle pour nous deux quand je te dis de dégager de chez nous !

J'ai fait volte-face en sentant une main se poser sur mon épaule. Alex, le regard inquiet, venait prendre la température de la situation.

— Andy, va donc te doucher. Je m'occupe de ça, d'accord ?

Même si on ne pouvait pas dire qu'Alex était balèze, il avait tout de même l'air d'un lutteur professionnel en comparaison de ce glandeur rachitique qui était en train de frotter les accessoires métalliques de son visage contre le dos de ma meilleure amie.

— JE. VEUX. QU'IL. SORTE. DE. CHEZ. MOI, ai-je répété en le montrant du doigt, histoire d'être bien claire.

— Je sais que tu veux qu'il parte, et je pense qu'il est sur le point de le faire, n'est-ce pas, mon pote ? a dit Alex, de cette voix apaisante avec laquelle on s'adresserait à un chien enragé qu'on craindrait de contrarier.

— Hé, les mecs, y a pas de lézard. Lily et moi, on prend juste un peu de bon temps. Elle m'a pas lâché de toute la nuit au Bar – vous pouvez demander à tout le monde, ils vous le diront. Elle m'a supplié de rentrer avec elle.

— Je n'en doute pas, a dit Alex, conciliant. C'est une fille très liante quand elle veut, mais parfois, elle est trop ivre pour savoir ce qu'elle fait. Donc, en tant qu'ami de Lily, je te demande de bien vouloir partir.

Le zonard a écrasé sa cigarette, et a fait un petit show, en levant les mains dans un geste feint de reddition.

— Pas de problème, l'ami. Je prends rapido une douche, je dis au revoir comme il faut à ma petite Lily et je me casse.

Il a balancé les jambes hors du lit et a fait mine d'attraper la serviette de toilette suspendue à côté du bureau.

Alex s'est avancé, il a intercepté la serviette et a regardé le type droit dans les yeux.

— Non, je crois que tu ferais mieux de partir tout de suite.

Il s'est campé devant lui, dans une posture qui insinuait sans ambiguïté ce qu'il entendait faire si l'autre ne s'exécutait pas. Jamais, depuis trois ans que je connaissais Alex, je ne l'avais vu se comporter de la sorte.

— T'inquiète, l'ami. Je me casse, a capitulé le type d'une voix éraillée. (Il n'avait eu besoin que d'un coup d'œil pour constater qu'il lui fallait hausser le menton pour regarder Alex en face.) Je m'habille et je m'en vais.

Il a ramassé son jean, puis a localisé son tee-shirt loqueteux sous le corps de Lily. Quand il l'a tiré, Lily a remué et, après quelques secondes, a réussi à ouvrir les yeux.

— Couvre-la, a ordonné Alex d'une voix gutturale.

Apparemment, son nouveau rôle de gros bras qui contrôle la situation ne lui déplaisait pas.

Sans commentaire, le type a tiré la couette jusque sur ses épaules, ne laissant dépasser qu'une masse de boucles brunes.

— Que se passe-t-il ? a articulé Lily, luttant pour garder les yeux ouverts.

En tournant la tête, elle m'a vue, tremblante de rage sur le seuil de sa chambre ; puis, elle a avisé Alex qui prenait des poses de grand costaud, et enfin, accroupi à côté du lit, le type qui, pressé, de crainte que ça ne vire au vinaigre, s'escrimait sur les lacets de ses baskets bleu et jaune canari. Son regard est resté accroché à cette dernière vision.

— T'es qui, toi ? a-t-elle demandé en se redressant, l'air hagard, sans même réaliser qu'elle était à poil.

Alex et moi avons instinctivement détourné la tête, pour lui laisser le temps de se couvrir, mais le mec lui a souri avec concupiscence en reluquant ses seins.

— Ne dis pas que t'as oublié qui je suis, mon chou. T'avais l'air de bien t'en souvenir, hier soir.

Il s'est avancé vers le lit, comme s'il entendait s'y asseoir, mais Alex a saisi son bras, en l'obligeant à rester debout.

— Tu t'en vas. Tout de suite. Sinon, c'est moi qui te flanque dehors, a-t-il ordonné, avec une autorité de dur à cuire.

Il était supermignon, et pas peu fier de lui.

Le type a levé les mains en clappant de la langue.

— J'me casse. Appelle-moi à l'occasion, Lily. Tu étais géniale, cette nuit.

Puis il a quitté la chambre et traversé l'appartement sans demander son reste, Alex sur ses talons.

— Putain, mec, tu sais qu'elle en veut, celle-la, l'ai-je entendu dire à Alex juste avant que la porte ne claque, mais apparemment, Lily n'avait pas capté.

Elle avait enfilé un tee-shirt et tentait de se lever.

— Bon sang, Lily, c'était quoi, ce plan ? ai-je explosé. C'est le plus grand connard que j'aie jamais vu ! Sans compter qu'il est absolument répugnant.

Elle a secoué lentement la tête, en faisant visiblement un gros effort de concentration pour se rappeler à quel moment ce type était entré dans sa vie.

— Répugnant. Oui, tu as raison. Et je n'ai pas la moindre idée de ce qui s'est passé. Je me souviens que tu es partie, hier soir ; je bavardais avec un mec adorable en costard – on buvait des tequilas cul sec – et c'est tout.

— Lily, imagine à quel point tu devais être beurrée pour accepter non seulement de coucher avec un *truc* pareil, mais en plus de le ramener chez nous.

Alors que je pensais énoncer une évidence, j'ai vu Lily ouvrir des yeux grands comme des soucoupes.

— Tu crois que j'ai couché avec lui ?

La discussion que j'avais eue avec Alex quelque temps auparavant m'est revenue en mémoire – tous les signes étaient là. Lily séchait régulièrement ses cours, elle avait été embarquée par les flics, et maintenant, elle avait ramené à la maison une espèce de mutant à vous faire froid dans le dos. Je me suis également souvenue du message qu'un de ses profs avait laissé sur notre répondeur après les examens de fin d'année : elle avait rendu une dissert géniale, disait-il, mais il ne pouvait pas lui donner le A qu'elle méritait à cause de son absentéisme. J'ai décidé d'emprunter une voie diplomatique.

— Lil, tu sais, le problème, ce n'est pas ce garçon. Je crois que c'est l'alcool.

Elle a commencé à se brosser les cheveux, et ce n'est qu'à ce moment-là que j'ai réalisé qu'il était 6 heures du soir, un vendredi, et qu'elle se levait à peine. Comme elle ne protestait pas, j'ai poursuivi.

— L'alcool en soi ne me pose pas de problème, ai-je ajouté en m'efforçant de garder cette conversation dans des rails pacifiques. Je ne suis pas anti-alcool. Mais je me demande si tu n'as pas un peu perdu le contrôle, ces derniers temps. Est-ce que tu as eu des ennuis à l'université ?

Elle s'apprêtait à me répondre quand Alex a passé la tête dans l'embrasure de la porte pour me tendre mon téléphone qui piaillait.

— C'est elle, a-t-il annoncé avant de s'éclipser.

Grrrrr ! Cette bonne femme avait vraiment le don de me gâcher la vie. J'ai regardé avec hargne l'indication « MP portable » s'afficher sur l'écran.

— Excuse-moi, Lil. Ce sera bref, en général, une seconde lui suffit pour m'humilier ou m'engueuler. Réfléchis à ce que je viens de dire.

Lily a posé sa brosse et m'a regardée répondre.

— Bur… Andrea, j'écoute ?

— Vous savez que je compte sur vous à 18 h 30, n'est-ce pas ? a-t-elle aboyé sans se présenter, ni se fendre d'un bonsoir.

— Ah, mais… vous aviez dit 19 heures. Je dois encore…

— Je vous ai dit 18 h 30 tout à l'heure et je vous le répète maintenant. *18 h 30.* Compris ?

Clic. J'ai consulté ma montre. 18 h 05. Là, j'avais vraiment un problème.

— Elle m'attend là-bas dans vingt-cinq minutes.

— Allez, remue-toi ! a déclaré Lily, qui semblait soulagée par cette interruption.

— Nous étions en pleine discussion, et c'est important. Que me disais-tu, déjà ?

Mais Lily savait aussi bien que moi que mon esprit était à un millier d'années-lumière de la conversation que nous avions interrompue. J'avais déjà décidé qu'il n'était plus temps de me doucher, et qu'il me restait un quart d'heure pour enfiler ma robe et sauter dans une voiture.

— Sans rire, Andy, faut que tu te magnes. Va te préparer – on reparlera de tout ça plus tard.

Et la course a recommencé : se glisser dans la robe, me brosser les cheveux, essayer de retenir les noms des invités dont Emily avait imprimé la photo quelques heures plus tôt. Lily observait tout ce chambardement, une ébauche de sourire aux lèvres, mais je savais bien que l'incident qui venait d'avoir lieu l'inquiétait, et je me sentais vraiment mal de n'avoir pas le temps d'en discuter avec elle. Alex parlait au téléphone avec son petit frère ; il tâchait de le convaincre qu'il était trop jeune pour aller au cinéma à la séance de 21 heures, et que leur mère n'était pas un monstre de cruauté de le lui interdire.

Je suis allée l'embrasser sur la joue, et il a sifflé d'admiration en me découvrant dans ma robe. Sans doute allait-il retrouver des copains pour dîner, m'a-t-il dit. Il me suffirait de l'appeler si je voulais les rejoindre plus tard. Puis, j'ai couru aussi vite que le permettaient des talons aiguilles dans le salon, où Lily m'a tendu une magnifique étole de soie noire. Je l'ai regardée d'un air interrogateur tandis qu'elle la secouait devant moi comme un drap de lit.

— Pour ta grande soirée. Je veux que mon Andy soit aussi élégante que tous ces ploucs pleins aux as qu'elle va servir ce soir comme une simple domestique.

Ma grand-mère m'a acheté ça il y a des années, pour le mariage d'Eric. Je n'arrive pas à savoir si c'est sublime ou hideux, mais c'est habillé, et c'est de Chanel. Donc, ça devrait le faire.

Je l'ai serrée dans mes bras.

— Promets-moi seulement que si Miranda me tue pour n'avoir pas dit ce qu'il fallait, tu brûleras cette robe et tu me feras enterrer dans mon pantalon de survêt de la fac. Promets !

Elle m'a pris des mains le tube de mascara que j'agitais et elle a commencé à me maquiller.

— Tu es splendide, Andy. Jamais je n'aurais imaginé te voir un jour dans une robe digne d'une cérémonie des Oscars, prête à partir à une soirée donnée par Miranda Priestly, mais franchement, tu n'as pas l'air déplacée. Allez, sauve-toi, maintenant. (Elle m'a remis le sac odieusement m'as-tu-vu de Judith Leiber et m'a tenu la porte.) Amuse-toi bien.

La voiture attendait au pied de l'immeuble, et John – qui cultivait de plus en plus le look dandy pervers – a sifflé quand le chauffeur est descendu m'ouvrir la portière.

— À ton succès, poupée ! a-t-il lancé avec un clin d'œil démesuré. À tout à l'heure !

Il ignorait totalement, bien sûr, où je me rendais, mais qu'il pense que j'allais revenir m'a réconfortée. *Bah, peut-être que ce ne sera pas aussi terrible que je l'imagine*, ai-je songé en m'installant sur la banquette.

*

Le chauffeur a sauté à terre et s'est précipité pour m'ouvrir, mais le temps qu'il contourne la voiture, j'étais déjà sur le trottoir. Ce n'était pas la première fois que je mettais les pieds au Met. Jill, ma mère et moi avions passé, il y avait quelques années de ça, une journée à New York pour visiter certains lieux touristiques. Les expositions que nous avions vues au Met ne m'avaient laissé aucun souvenir ; en revanche, je me rappelais que je portais ce jour-là des chaussures neuves et que le temps d'arriver au musée, j'avais affreusement mal aux pieds. Je me souvenais également très bien de l'interminable escalier de pierre blanche, en façade du bâtiment ; j'avais eu l'impression que son ascension allait durer une éternité.

L'escalier était bien au même endroit que dans mon souvenir, mais dans la lumière incertaine du crépuscule, il m'a paru différent. Encore habituée aux journées courtes et tristounettes de l'hiver, j'étais surprise qu'à 18 h 30, le ciel commence à peine à s'obscurcir. Ce soir-là, l'escalier du Met m'a semblé carrément royal. Il en imposait bien plus que ceux de la place d'Espagne à Rome, ou celui de la bibliothèque de Columbia, ou même que ceux, saisissants, du Capitole à Washington. Ce n'est que parvenue au dixième de cette somptueuse volée de marches que j'ai commencé à les détester. Quel sadique cruel avait voulu obliger une femme entravée dans une robe longue et étroite, perchée sur des talons pointus, à escalader une colline aussi infernale ? J'aurais pu m'employer à haïr l'architecte du musée ou ses commanditaires, mais à quoi cela m'aurait-il avancée ? Sans trop avoir d'autre choix, j'ai axé ma haine sur la responsable, directe ou indirecte, de toute la misère de ma vie : Miranda.

Le sommet semblait culminer à des milliers de mètres au-dessus de moi. Cela m'a rappelé les cours de gym – à l'époque où j'avais encore le loisir d'aller à la gym. Une prof totalement sadique se perchait sur son vélo et nous aboyait ses ordres dans un staccato de sergent-chef : « On pédale, on monte, on monte, et on respire ! On respire ! Allez, on monte ! On monte cette côte. On est presque en haut ! Ce n'est pas le moment d'abandonner ! » J'ai fermé les yeux, et j'ai essayé d'imaginer que je pédalais, cheveux au vent, que je doublais la prof et que je grimpais, grimpais. Tout était bon pour oublier cette douleur lancinante dans mon petit orteil, qui se propageait jusqu'au talon avant de rebrousser chemin. Dix marches. Plus que dix marches… Oh, mon Dieu, qu'était-ce donc, cette sensation d'humidité dans ma chaussure ? Du sang ? Allais-je devoir me présenter devant Miranda les pieds ensanglantés, et moite de transpiration dans une robe Oscar de La Renta ? Pitié ! Dire que j'étais presque arrivée… Ah, nous y voilà ! Le sommet. Je me suis sentie transportée du même sentiment de victoire qu'un coureur olympique qui vient de remporter sa première médaille d'or. J'ai pris une profonde inspiration, j'ai serré les poings pour combattre l'envie furieuse d'en griller une afin de célébrer cette prouesse et j'ai retouché mon rouge à lèvres. Le moment était venu de se comporter en vraie dame.

En m'ouvrant la porte, le gardien s'est incliné légèrement et m'a souri. Sans doute me prenait-il pour une invitée.

— Bonjour, mademoiselle. Vous devez être Andrea. Ilana m'a prié de vous faire asseoir ici. Elle sera là dans une minute.

Il s'est écarté, a dit quelques mots à voix basse dans un micro fixé à sa manche puis, en entendant la réponse dans son oreillette, il a hoché la tête.

— Asseyez-vous, mademoiselle. Ilana arrive tout de suite.

J'ai préféré contempler l'imposant hall d'entrée plutôt que de me compliquer l'existence à m'asseoir avec cette robe. En plus, quand aurais-je une autre chance de me trouver au Metropolitan Museum of Art après l'heure de la fermeture ? Le lieu était désert, les guichets fermés, les galeries du rez-de-chaussée plongées dans l'obscurité, mais tout respirait l'histoire, la culture, et se trouver là, dans ce silence assourdissant, avait quelque chose de magique.

J'ai passé un petit quart d'heure à errer dans le hall en furetant du regard alentour, attentive à ne pas m'aventurer hors du champ de surveillance de l'apprenti agent des Services Secrets, puis une fille d'allure assez ordinaire, vêtue d'une longue robe bleu marine, a traversé le hall dans ma direction. Je me suis étonnée que la personne en charge des événements spéciaux au sein du musée, avec tout le prestige attaché à ce poste, ne soit pas plus sophistiquée, mais la seconde d'après, je me suis sentie ridicule d'avoir pu penser ça – aussi ridicule qu'une petite provinciale qui essaie de se saper pour une soirée habillée dans la grande ville – ce qui, non sans ironie, était précisément le cas. Ilana, elle, semblait n'avoir même pas pris la peine de se changer de ses vêtements de travail. J'ai appris plus tard que j'avais deviné juste.

— À quoi bon ? avait-elle dit en riant. Ces gens-là ne sont pas venus pour me regarder.

Elle avait de beaux cheveux auburn, brillants et raides, mais sa coiffure manquait de style, et ses chaussures plates marron étaient affreusement démodées. En revanche, ses yeux bleus et vifs reflétaient une vraie gentillesse, et immédiatement, j'ai su que cette fille allait me plaire.

— Ilana ? Je suis Andrea, l'assistante de Miranda. Je suis ici pour t'aider, ai-je dit, en sentant que ma supériorité hiérarchique requérait que je prenne la situation en main.

À voir le soulagement avec lequel elle a accueilli mes paroles, je me suis demandé ce que Miranda avait bien pu lui dire. Les possibilités étaient infinies, mais j'ai imaginé que cela avait un rapport avec la présentation qu'Ilana avait faite de la soirée au *Ladies' Home Journal*[1]. Il y avait de quoi frémir en songeant à toutes les méchancetés dont elle avait dû accabler cette gentille fille. Pourvu qu'elle ne se mette pas à pleurer ! ai-je songé. Mais non. Elle m'a regardée de ses grands yeux innocents, puis elle a déclaré, d'une voix pas franchement discrète :

— Ta chef est une garce de premier ordre.

J'ai d'abord ouvert des yeux ronds, abasourdie par ce franc-parler, mais j'ai vite repris mes esprits.

---

1. Magazine féminin, équivalent américain de *Femme actuelle*.

— Oui, n'est-ce pas ?

Et nous sommes toutes les deux parties d'un grand éclat de rire.

— Bon, que dois-je faire ? Il ne faut pas que j'aie l'air désœuvrée.

— Viens, je vais te montrer la table, a-t-elle dit en s'engageant dans un couloir sans éclairage en direction des antiquités égyptiennes. C'est de la bombe.

Nous sommes arrivées dans une salle de la superficie d'un court de tennis, au centre de laquelle on avait dressé une table rectangulaire de vingt-quatre couverts. Robert Isabell n'avait pas usurpé sa réputation. Il était l'organisateur d'événements le plus prisé de New York, le seul sur lequel on pouvait compter pour trouver, grâce à son incroyable sens du détail, la note juste : le résultat était toujours dans l'air du temps mais en évitant les écueils de la branchitude, luxueux sans ostentation, unique mais jamais de mauvais goût. Miranda avait exigé que Robert supervise tout. Je n'avais vu son travail qu'une seule fois, à l'occasion de la fête d'anniversaire des jumelles. Je le savais donc capable de transformer le salon néocolonial de Miranda en un lieu chic et branché, avec bar à sodas (servis bien entendu dans des verres à martini), banquettes en daim et, sur la terrasse chauffée et convertie en tente berbère, piste de danse pour des apprentis clubbers de dix ans). Pourtant, le décor que je découvrais là était renversant.

Tout étincelait de blancheur. Il y avait du blanc transparent, du blanc légèrement cassé, du blanc brillant, du blanc texturé, du blanc opaque. Des bottes de pivoines d'un blanc laiteux semblaient pousser de la table, en bouquets bas pour ne pas gêner les conversations en vis-à-vis. La vaisselle en porcelaine d'un délicat blanc cassé (avec un motif écossais presque ton sur ton) était disposée sur une nappe de lin blanc amidonnée ; des chaises avec de hauts dossiers de chêne étaient recouvertes de daim blanc (dangereux !) et une épaisse moquette blanche avait été posée tout spécialement pour la soirée. Des bougies votives blanches, déposées sur des bougeoirs de porcelaine blanche, diffusaient une lumière douce qui éclairait les pivoines par en dessous (sans les brûler, bizarrement) tout en illuminant la table avec subtilité. Les seules couleurs présentes dans la salle provenaient des grands panneaux multicolores aux murs – dont les motifs chargés, tout d'or, de bleu et de vert vif, décrivaient des scènes de la vie dans l'Égypte ancienne. Le contraste que présentait la table blanche avec ces inestimables peintures était tout simplement exquis.

Au moment où je tournais la tête pour apprécier dans son ensemble ce merveilleux effet d'opposition entre la palette des blancs et les couleurs, une silhouette rouge vif a accroché mon regard. Dans un angle de la pièce, j'ai vu Miranda, raide comme un piquet dans sa robe Chanel rebrodée de perles – robe commandée, exécutée, retouchée et nettoyée juste pour cette soirée. Dire qu'elle valait bien ce qu'elle avait coûté (vu qu'il s'agissait de dizaines de milliers de dollars), peut-être aurait-ce été pousser un peu, mais je devais reconnaître que Miranda offrait un spectacle saisissant. Avec son menton crânement levé et ses muscles fermes et parfaitement dessinés, elle était elle-même une œuvre d'art, un bas-relief néoclassique en soie Chanel. Elle n'était pas belle – ses yeux étaient trop petits, trop ronds, sa coiffure trop austère, et son visage trop dur – mais elle était éblouissante d'une façon que je ne m'expliquais pas, et j'ai eu beau faire l'impossible pour ne rien laisser transparaître de mon admiration, pour faire semblant de contempler la salle, je n'arrivais pas à détacher mon regard de cette apparition.

Comme d'habitude, ça a été le son de sa voix qui m'a ramenée sur Terre.

— An-dre-âââ, vous connaissez naturellement le nom et le visage de tous nos invités, ce soir. J'imagine que vous avez, comme il se doit, étudié leurs portraits. J'espère que vous n'allez pas me faire subir l'humiliation d'oublier le nom d'un invité au moment de l'accueillir.

Elle ne regardait personne en particulier, mais comme elle avait prononcé mon nom, c'était sans nul doute à moi qu'elle s'adressait.

— Euh… J'ai balisé le terrain, ai-je répondu en réprimant l'envie de me mettre au garde-à-vous. Je vais prendre quelques minutes pour vérifier si j'ai bien tout retenu.

Elle m'a décoché un coup d'œil qui semblait signifier : « Cela vaudrait mieux pour toi, pauvre dinde », et sur ce, j'ai quitté la salle, suivie par Ilana.

— De quoi parlait-elle ? a-t-elle chuchoté en se penchant vers moi. De portraits ? Elle n'est pas un peu cinglée ?

Nous avons pris place sur un inconfortable banc en bois. Je sentais qu'Ilana, tout comme moi, n'avait qu'une envie : se planquer dans la pénombre du hall.

— Ah, ça… Normalement, j'aurais dû passer toute la semaine à réunir des photos des invités pour mémoriser leurs visages, afin de pouvoir les accueillir par leur nom. Mais comme elle ne m'a prévenue qu'aujourd'hui que j'étais réquisitionnée ce soir, je n'ai eu que quelques minutes dans la voiture pour regarder ces photos. Quoi ? ai-je fait, en avisant le regard incrédule, horrifié d'Ilana. Tu trouves *ça* bizarre ? Bah, c'est le minimum de base pour une réception donnée par Miranda.

— Mais je pensais qu'il n'y aurait aucune célébrité, ce soir.

Ilana se référait aux précédentes soirées que Miranda avait organisées au Met. En remerciement des dons colossaux qu'elle octroyait au musée, elle se voyait souvent accorder le privilège de louer le Metropolitan Museum of Art (rien que ça !) pour des soirées privées et des cocktails. M. Tomlinson n'avait eu qu'à en exprimer le désir, et Miranda avait remué ciel et terre pour faire du banquet de fiançailles de son beau-frère la plus belle soirée que le Met ait jamais connue. Elle s'était dit qu'un dîner au

Met était de nature à impressionner les riches Sudistes et leurs épouses qu'ils arboraient comme des trophées. Elle ne se trompait pas.

— Il n'y aura personne de reconnaissable au premier coup d'œil, rien que des milliardaires qui habitent tous au-delà de la ligne Mason-Dixon[1]. En général, lorsque je dois mémoriser des visages d'invités, c'est facile de trouver leur photo sur Internet, ou dans le *Women's Wear Daily*, ou dans un autre magazine. Ce n'est jamais compliqué de se procurer une photo de la reine Nour, de Michael Bloomberg, ou de Yohji Yamamoto. Mais essaie donc de dégoter le portrait de M. et Mme Packard, qui crèchent dans une banlieue de nantis de Charleston. L'autre assistante de Miranda a cherché pour moi des photos de tous ces gens pendant que tout le monde à la rédaction s'est mobilisé pour que je sois prête à temps. Elle a fini par dénicher presque tous les invités dans les pages mondaines des canards locaux, ou sur les sites Web de différentes sociétés, mais ça a vraiment été un boulot de Romain.

Ilana me dévisageait toujours. J'étais consciente de parler comme une machine, mais je n'arrivais plus à me taire. Le choc qui se lisait sur son visage ne faisait qu'empirer mon malaise.

— Il n'y a qu'un seul couple dont je n'aie pas vu la photo. Je suppose que je les identifierai par élimination.

— Mon Dieu ! Je ne sais pas comment tu fais. Je trouve ça casse-pieds d'être coincée ici un vendredi soir, mais je ne m'imagine pas faire ton travail. Comment le supportes-tu ? Comment acceptes-tu qu'on te parle sur ce ton, qu'on te traite aussi mal ?

Je n'ai pas immédiatement compris à quel point cette question me prenait au dépourvu. Personne n'avait jamais exprimé une opinion négative à propos de mon travail. J'avais toujours supposé que j'étais la seule – sur ces milliers de filles imaginaires qui se seraient damnées pour

1. Frontière historique entre le Sud et le Nord.

être à ma place – à plus ou moins le critiquer. L'étonnement d'Ilana, et le choc qui se peignait dans son regard, étaient bien plus effroyables que les centaines de situations aberrantes auxquelles j'étais confrontée chaque jour au bureau. Ce regard empreint de compassion sincère a remué quelque chose au tréfonds de moi. Et j'ai fait ce à quoi je m'étais refusée tout au long de ces mois passés à travailler dans des conditions indignes d'un être humain, sous les ordres d'une patronne inhumaine, j'ai fait ce que j'avais jusque-là réussi à garder pour un moment plus propice : j'ai fondu en larmes.

Ilana a eu l'air encore plus ébranlée.

— Oh, ma pauvre ! Je suis désolée ! Je ne voulais pas te faire de peine ! Tu es une sainte, de supporter cette sorcière, tu m'entends ? Viens, suis-moi.

Elle a pris ma main et m'a entraînée le long d'un autre couloir sombre, jusque dans un bureau, à l'arrière du bâtiment.

Je reniflais, et commençais à me sentir vraiment idiote.

— Ne sois pas gênée. J'ai le sentiment que tu gardes tout ça pour toi depuis très, très longtemps et que tu as besoin de pleurer un bon coup.

Ilana s'est mise à fouiller sur son bureau pendant que j'essayais d'effacer les traces du mascara qui avait coulé sur mes joues.

— Ah, la voilà ! s'est-elle exclamée d'un ton victorieux. Dès que tu l'auras vue, je la détruis, et si jamais tu en parles à qui que ce soit, je te grille à vie. Mais il faut que tu voies ça, c'est génial.

Avec un sourire, elle m'a tendu une enveloppe en kraft, scellée avec une étiquette qui proclamait « Confidentiel ».

J'ai arraché l'étiquette et extrait une chemise cartonnée verte, dans laquelle se trouvait une photo – une photocopie couleur, plus exactement – de Miranda, étendue sur une banquette de restaurant. J'ai immédiatement reconnu le cliché, pris par un célèbre photographe mondain lors de la soirée d'anniversaire de Donna Karan au Pastis, car il avait déjà été publié dans les pages du magazine *New York*. Sur cette photo, elle portait son trench fétiche en peau de serpent, celui dont je trouvais qu'il la faisait ressembler à un reptile.

Eh bien, apparemment, je n'étais pas la seule à voir la ressemblance, car sur cette photocopie, quelqu'un avait, avec habileté et soin, remplacé les jambes du modèle par une photo, à l'échelle, de la queue d'un serpent à sonnette. Le rendu était un formidable portrait de Miranda en crotale : accoudée sur les coussins, la main en coupe sous son menton finement sculpté, elle était étirée de tout son long sur la banquette, son hochet enroulé en demi-lune pendant à l'extrémité du banc. C'était excellent.

— C'est génial, non ? a demandé Ilana en se penchant par-dessus mon épaule. Linda est entrée dans mon bureau un après-midi, après avoir passé des heures au téléphone avec Miranda, pour choisir la salle dans laquelle aurait lieu le dîner. Linda lui recommandait une galerie en particulier, qu'elle jugeait plus belle et mieux appropriée par sa taille, mais Miranda insistait pour que le dîner ait lieu dans une autre salle, près de la boutique du musée. Linda a mis un temps fou à essayer de la convaincre, puis finalement, après des jours et des jours de négociations, elle a enfin obtenu l'autorisation du conseil d'administration pour que Miranda puisse donner son dîner dans la salle de son choix. Elle était superexcitée à l'idée de lui annoncer la bonne nouvelle, et devine ce qui s'est passé ?

— Elle avait changé d'avis, ai-je répondu, nullement étonnée. Elle a décidé de suivre la suggestion de Linda, mais il lui avait d'abord fallu s'assurer qu'elle avait le dernier mot.

— Exactement. Ça m'a rendue folle de rage. Jamais je n'avais vu tous les gens du musée retourner ciel et terre pour quelqu'un – franchement ! Le président des États-Unis peut toujours solliciter l'autorisation de donner ici un dîner du Département d'État, on la lui refusera ! Mais ta patronne, elle, s'imagine qu'elle peut débarquer ici en territoire conquis, commander aux uns et aux autres et transformer nos vies en enfer du matin au soir. Bref… J'ai bidouillé ce joli petit portrait pour remonter le moral de Linda. Je me suis dit que ça allait te plaire. C'est juste pour te rappeler que tu n'es pas seule. Tu es certainement la plus mal lotie, mais tu n'es pas seule.

J'ai remis la photo dans son enveloppe et je l'ai rendue à Ilana.

— Tu es formidable, lui ai-je dit, en posant la main sur son épaule. Merci, merci infiniment. Jamais je ne parlerai de cette photo à personne, je te promets, mais pourrais-tu me l'envoyer chez moi ? Je doute qu'elle rentre dans mon mini-sac de soirée, mais si tu me l'envoies chez moi, tu peux me demander ce que tu veux. S'il te plaît.

J'ai noté mon adresse sur l'enveloppe, et nous avons regagné le hall, Ilana en marchant normalement, et moi en claudiquant. Il était tout juste 19 heures ; les invités allaient arriver d'une minute à l'autre. Miranda bavardait avec l'ASN et le frère de celui-ci. L'invité d'honneur avait tout du type sportif accompli qui a pratiqué tous les sports – le football, le football américain, le lacrosse, le rugby – dans une fac du Sud, et qu'on imaginait entouré d'une cour de blondes babillantes. La blonde babillante de vingt-six ans qui était destinée à devenir son épouse se tenait sagement à ses côtés, en le couvant d'un regard dégoulinant d'adoration. Un petit verre d'alcool à la main, elle gloussait à chacune de ses vannes.

Miranda, elle, était pendue au bras de l'ASN, en arborant le sourire le plus hypocrite qui soit. Sans avoir besoin d'entendre le détail de leur conversation, je savais que les réactions de Miranda étaient à contretemps. Comme elle avait un mal fou à supporter le bavardage, les gracieusetés mondaines n'étaient pas son fort, mais je me doutais que ce soir-là, elle se montrerait plus lèche-cul que jamais. J'avais fini par comprendre que ses « amis » se répartissaient en deux catégories seulement. Dans l'une figuraient ceux qui, selon sa perception des choses, lui étaient « supérieurs » et qu'il fallait impressionner. Cette liste-là n'était pas bien longue, elle comportait des gens comme Irv Ravitz, Oscar de La Renta, Hillary Clinton et n'importe quelle star de cinéma. Et puis il y avait ceux qu'elle considérait comme ses « inférieurs », qui ne méritaient que de la condescendance, et qu'il fallait rabaisser afin qu'ils n'oublient jamais quelle était leur place. Dans cette catégorie, entraient, en vrac, tous les autres habitants de la planète : les employés de *Runway*, les membres de la famille, les parents des camarades de classe des jumelles – sauf si, par pure coïncidence, ils appartenaient à la première catégorie – presque tous les créateurs et les journalistes des autres magazines, les gens qui la servaient d'une manière ou d'une autre, en Amérique ou en Europe. Cette soirée promettait d'être drôle, car tous les invités étaient du second choix, qu'il allait falloir traiter, en raison de leurs liens avec M. Tomlinson et son frère, avec tous les égards dus aux heureux élus de la première catégorie. Je me délectais toujours des rares occasions qui m'étaient données d'observer Miranda en train de chercher à en mettre plein la vue aux gens, d'autant que le charme ne comptait pas au nombre de ses qualités naturelles.

Les premiers invités commençaient à arriver. La tension était presque palpable. Je me suis précipitée vers le couple qui venait d'entrer, en proposant à la femme de la débarrasser de son étole en fourrure.

— Monsieur et madame Wilkinson, merci infiniment d'avoir accepté notre invitation. Laissez-moi vous débarrasser. Ilana que voici va vous conduire jusqu'au foyer, où sont servis les cocktails.

J'espérais avoir réussi à débiter mon laïus de bienvenue sans dévisager ces gens avec des yeux ronds. Ils offraient un spectacle pour le moins hallucinant. Aux soirées données par Miranda, j'avais déjà vu des femmes habillées comme des prostituées, des hommes habillés comme des femmes, et des mannequins pas habillés du tout, mais jamais je n'avais vu de gens accoutrés de la sorte. Je savais que les invités ne seraient pas des New-Yorkais branchés, mais je m'étais attendue à ce qu'ils aient plus ou moins l'air de sortir d'un épisode de *Dallas*. Au lieu de quoi, on aurait dit la distribution de *Délivrance* qui se serait mise sur son trente et un.

Le frère de M. Tomlinson, par ailleurs plutôt distingué, avec ses cheveux gris argent, avait commis la grossière erreur de porter un habit blanc – au mois de mai – avec une pochette écossaise et une canne. La fiancée, elle, arborait un cauchemar de robe en taffetas vert émeraude, un machin tourbillonnant, bouffant, froncé, avec un bustier qui comprimait son énorme poitrine et la faisait saillir du décolleté – on avait vraiment l'impression que ses seins en silicone allaient l'étouffer. Des diamants de la taille d'un œuf de pigeon pendaient à ses oreilles ; un autre, format œuf de poule, étincelait à son doigt. Ses cheveux étaient blancs à force d'être décolorés, ses dents étaient d'une blancheur aveuglante, et elle était perchée sur des talons si hauts et si fins que lorsqu'elle marchait, on aurait dit un demi d'ouverture de la NFL[1].

— Mes ché'is, je suis tellement contente que vous soyez là pour not'e petite fête. Qui n'aime pas fai'e la fête, n'est-ce pas ? a chantonné Miranda en imitant l'accent du Sud.

La future Mme Tomlinson semblait sur le point de tomber en pâmoison. Imaginez ! Là, à deux pas d'elle, se trouvait Miranda Priestly, la seule, l'unique. Tant de jubilation de sa part était embarrassant pour tout le monde, et tout ce maudit troupeau a suivi Miranda jusqu'au foyer.

La soirée s'est poursuivie sur cette lancée. J'ai réussi à mettre un nom sur chaque visage, et à ne prononcer aucune parole trop humiliante. Plus les heures passaient, moins le défilé de smokings blancs, de mousselines, de coiffures monumentales, de bijoux encore plus monumentaux

1. *National Football League* : Fédération nationale de football américain.

et autres falbalas m'amusait ; en revanche, impossible de me lasser du spectacle qu'offrait Miranda. Ce soir-là, elle campait la mondaine accomplie, que toutes ses convives enviaient. Certes, ces bonnes femmes comprenaient que tout l'or du monde ne leur permettrait jamais d'acheter sa classe et son élégance, mais cela ne les empêchait pas de se consumer d'envie.

Quand, à mi-dîner, elle m'a signifié, sans un au revoir ni un remerciement, que je pouvais partir, j'ai accueilli la nouvelle avec un sourire d'une entière sincérité (« An-dreâââ, nous n'aurons plus besoin de vous. Vous pouvez disposer. ») J'ai cherché Ilana, mais elle s'était déjà sauvée. J'ai très brièvement songé à prendre le métro, mais je n'étais pas certaine que la robe d'Oscar ou que mes pieds soient à même d'encaisser l'épreuve. Finalement, j'ai commandé une voiture. Moins de dix minutes après, elle était là, et je me suis effondrée, épuisée mais calme, sur la banquette arrière.

Quand je suis passée devant le comptoir de John en me dirigeant vers l'ascenseur, il s'est levé pour me tendre une enveloppe en kraft.

— On a déposé ça pour vous il y a cinq minutes, en précisant que c'était urgent.

Je l'ai remercié et, intriguée, je me suis assise dans un coin du hall. Qui pouvait bien m'envoyer un courrier à 10 heures du soir un vendredi ? J'ai déchiré l'enveloppe. À l'interieur, il y avait un petit mot :

Très chère Andrea,

C'était formidable de te rencontrer ce soir ! Pourrions-nous nous revoir, la semaine prochaine, pour manger des sushis ou boire un verre ? Je dépose ceci sur la route en rentrant chez moi – tu auras peut-être besoin d'un petit remontant après la soirée que nous venons de passer. Régale-toi !

Ilana

Était jointe à ce mot la photo de Miranda en serpent, agrandie au format A4. Tout en massant mes pieds que j'avais finalement libérés des Manolo, j'ai regardé Miranda bien en face. Elle semblait tout aussi intimidante et méchante que la garce que j'avais tous les jours devant les yeux. Mais sur ce cliché, elle avait également l'air triste, et vraiment seule. Placarder cette photo sur la porte de mon réfrigérateur, et m'en moquer avec Lily ou Alex n'allait pas faire disparaître la douleur dans mes pieds, ni me rendre mon vendredi soir.

Je l'ai déchirée et j'ai claudiqué jusqu'en haut.

15

— Andrea ? a coassé une voix éraillée. C'est Emily. Tu m'entends ?

Emily ne m'avait pas appelée tard le soir chez moi depuis des mois et des mois. Il devait s'agir d'une affaire d'importance.

— Salut. Oui, je t'entends. Tu as une voix d'outre-tombe.

Je me suis redressée sur mon lit, en me demandant si Miranda était responsable de l'état d'Emily.

La dernière fois qu'Emily m'avait téléphoné aussi tard remontait au jour où Miranda l'avait appelée à 11 heures un samedi soir pour lui ordonner d'affréter un jet privé pour elle et M. Tomlinson, afin qu'ils puissent regagner New York. Ils se trouvaient coincés à Miami, car leur vol sur une compagnie régulière avait été annulé pour cause de mauvais temps. Quand Miranda l'avait contactée, Emily finissait de se préparer et s'apprêtait à partir de chez elle pour se rendre à sa fête d'anniversaire ; elle m'avait aussitôt appelée pour me supplier de m'en occuper. Mais je n'avais eu le message que le lendemain, et lorsque je l'avais rappelée, elle était encore en larmes.

— J'ai raté ma fête d'anniversaire, Andrea ! avait-elle gémi, sitôt qu'elle avait eu décroché.

— Ils ne pouvaient donc pas prendre une chambre d'hôtel, et rentrer le lendemain, comme des gens normaux ?

— Crois-tu que je n'y aie pas pensé ? Moins de sept minutes après son premier appel, je leur avais réservé des suites, dans les penthouses du Shore Club, de l'Albion et du Delano. Je me disais qu'elle ne pouvait pas être sérieuse – on était samedi soir, bon sang. Comment fait-on pour affréter un jet privé un samedi soir ?

— J'imagine que ce n'était pas son problème ? ai-je dit gentiment.

Je me sentais sincèrement coupable de n'avoir pas été là pour l'aider, mais en même temps, j'étais aux anges d'avoir esquivé cette corvée.

— Ce n'était *pas du tout* son problème. Elle appelait toute les dix minutes, en demandant pourquoi je n'avais encore rien trouvé, et je n'arrêtais pas de mettre tous ces gens en attente pour prendre ses coups de fil, et quand je les reprenais, ils avaient raccroché. C'était un cauchemar, a-t-elle ajouté après avoir repris son souffle.

— Que s'est-il passé ? J'ai peur de poser la question…

— Que s'est-il passé ? Que ne s'est-il pas passé, tu veux dire ? J'ai contacté toutes les compagnies privées de location de jets de l'État de Floride, mais comme tu peux l'imaginer, un samedi à minuit, personne ne répondait. J'ai appelé des pilotes indépendants, j'ai appelé des compagnies de lignes intérieures pour voir s'ils avaient des tuyaux, j'ai même réussi à parler à un responsable de l'aéroport de Miami. Je lui ai expliqué qu'il me fallait trouver un avion dans la prochaine demi-heure pour ramener deux personnes à New York. Tu sais ce qu'il a fait ?

— Quoi ?

— Il a éclaté de rire. Il était mort de rire. Il m'a accusée d'être une couverture pour terroristes, pour trafiquants de drogue… j'ai tout entendu. Il m'a répondu que j'avais plus de chances d'être foudroyée vingt fois que d'arriver à trouver un pilote et organiser un vol à cette heure-là, quel que soit le prix que j'étais prête à payer. Et il a ajouté que si jamais je le rappelais, il serait obligé de rerouter ma demande vers le FBI. Tu le crois ? (À ce stade-là, elle hurlait.) Putain, tu le crois ? Le FBI !

— J'imagine que ça n'a pas plu à Miranda non plus.

— Celle-là, elle a aaaaaaadoré. Elle a refusé de croire pendant vingt minutes qu'il n'y avait aucun avion disponible. Je me suis efforcée de lui faire comprendre qu'ils n'étaient pas tous pris, que c'était simplement une question d'heure, qu'on était au milieu de la nuit.

— Et alors ?

Je sentais que cette histoire n'avait pas eu une fin heureuse.

— Et alors, à 1 heure 45, elle a finalement accepté l'idée qu'elle ne rentrerait pas à New York dans la nuit – ce n'était pas très grave, les filles étaient chez leur père, et la nounou pouvait s'occuper d'elles aujourd'hui – et elle m'a demandé de lui réserver deux billets sur le premier vol de ce matin.

C'était absurde. Puisque son vol avait été annulé, la compagnie lui aurait certainement trouvé une place sur le premier vol du matin – compte tenu surtout de son statut de passagère VIP en possession d'une carte Premier or-platine-diamant, et du prix plein pot qu'elle avait payé pour ses billets de première.

— Ouais, a dit Emily quand je le lui ai fait remarquer. Continental l'a inscrite sur le tout premier vol, à 6 h 50. Mais quand Miranda a entendu que quelqu'un avait réussi à avoir une place sur un vol Delta à 6 h 35, elle a pété les plombs. Elle m'a traitée d'abrutie incompétente, elle m'a répété, je ne sais combien de fois, que j'étais une assistante archinulle si j'étais infichue de lui affréter un vol privé.

Je l'ai entendue renifler.

— Oh, mon Dieu. Je sais ce que tu vas me dire. Ne me dis pas que tu as fait ça ?

— Bien sûr que si.

— Non, tu te fiches de moi. Pour quinze minutes ?

— Oui ! Crois-tu que j'avais le choix ? Elle était

vraiment en rogne contre moi. Au moins, comme ça, je donnais l'impression d'avoir servi à quelque chose. Ça a coûté 2 000 dollars de plus – ce n'était pas la mer à boire. Quand elle a raccroché, elle était presque contente. Que demander de plus ?

À ce moment-là, nous nous sommes mises à rire. Emily n'avait pas besoin de me raconter la suite en détail : elle avait acheté deux autres billets en classe affaires sur un vol Delta pour que Miranda la boucle, pour mettre un terme à ses exigences sans fin, à ce flot d'insultes.

Je m'étouffais à force de rire.

— Attends. Donc, au moment où tu as envoyé une voiture les chercher au Delano…

— Il était presque 3 heures du matin, et elle m'avait appelée très exactement vingt-deux fois en quatre heures. Le chauffeur a patienté le temps qu'ils se douchent et se changent dans leur suite, et il les a ramenés directement à l'aéroport pour leur vol.

— Arrête ! j'ai hoqueté, pliée en deux au récit de cette charmante suite d'événements. Ce n'est pas possible !

Emily a arrêté de rire et a fait semblant de redevenir sérieuse.

— Tu crois ça ? Attends que je te raconte le plus drôle.

— Oui, dis-moi vite !

J'étais positivement enchantée qu'Emily et moi ayons, pour une fois, réussi à nous amuser de la même chose au même moment. C'était bon de se sentir une équipe soudée, livrant bataille à l'oppresseur. J'ai réalisé alors à quel point cette année aurait été différente si Emily et moi avions pu être vraiment copines, si nous avions pu nous couvrir et nous protéger mutuellement, et avoir assez confiance l'une en l'autre pour opposer un front uni à Miranda. Les journées n'auraient sans doute pas été aussi insupportables, mais à l'exception de rares cas tels que celui-ci, nous étions en désaccord sur tout.

— Le meilleur ? Elle ne s'en est pas aperçue, évidemment, mais même si le vol Delta est parti plus tôt, il a atterri huit minutes plus tard que le vol Continental qu'elle aurait dû prendre.

— Tais-toi ! ai-je lâché en hurlant de rire.

Quand finalement nous avons eu raccroché, j'ai été surprise de constater que nous avions bavardé pendant plus d'une heure, comme de vraies amies. Naturellement, le lendemain, nous avons immédiatement retrouvé notre hostilité à peine masquée, mais mes sentiments envers Emily étaient demeurés depuis ce jour un peu plus affectueux.

Jusqu'à ce coup de fil, bien sûr. Mon affection pour elle n'était pas assez grande pour entendre la nouvelle à coup sûr irritante et fâcheuse qu'elle s'apprêtait à m'annoncer.

— Tu n'as vraiment pas l'air dans ton assiette. Tu es malade ?

En dépit d'un gros effort pour teinter ma question d'une nuance de sympathie, elle était agressive, accusatrice.

— Oh oui, a-t-elle dit d'une voix cassée avant de partir dans une quinte de toux. Vraiment malade.

Quand quelqu'un se prétendait *vraiment malade*, je n'y croyais jamais : en l'absence d'un diagnostic portant sur une maladie officielle susceptible de mettre notre vie en danger, à *Runway* on était toujours assez valide pour travailler. Aussi, quand Emily a cessé de tousser à s'arracher les poumons et a répété qu'elle était vraiment malade, je n'ai pas envisagé une seule seconde qu'elle puisse ne pas venir au bureau le lundi matin. Tout était arrangé pour qu'elle rejoigne Miranda le 18 octobre à Paris, à moins d'une semaine de là. Par ailleurs, en ce qui me concernait, je m'étais débrouillée pour passer outre à quelques inflammations de la gorge, plusieurs débuts de bronchite, des rhumes incessants, d'épouvantables intoxications alimentaires en série, et cette toux perpétuelle du fumeur ; en presque un an, je n'avais pas pris un seul jour de congé maladie.

J'avais réussi à caser un rendez-vous chez le médécin, un jour où il me fallait absolument des antibiotiques pour une de ces laryngites (alors qu'Emily et Miranda me croyaient sortie repérer une nouvelle voiture pour M. Tomlinson, je m'étais pointée dans le cabinet d'un toubib, et j'avais exigé d'être examinée sur-le-champ) mais jamais je n'avais eu le temps de faire un vrai travail de prévention. J'avais pu dégager quelques heures pour une douzaine de séances de mèches chez Marshall, pour quelques massages gracieusement offerts par un institut de beauté qui se sentait honoré de recevoir l'assistante de Miranda Priestly, et pour un nombre incalculable de manucures, de pédicures et de maquillages, mais je n'avais vu ni dentiste ni gynécologue depuis un an.

— Je peux faire quelque chose pour toi ? ai-je demandé, d'un ton délibérément détaché.

J'étais en train de me creuser la cervelle : à quoi rimait de m'appeler pour me dire qu'elle ne se sentait pas bien ? C'était parfaitement inutile. Quel que soit son état, le lundi, elle serait à son poste.

Emily a toussé, d'une toux à se déchirer la gorge, et j'ai entendu qu'elle avait les bronches vraiment chargées.

— Oui. Mon Dieu, je n'y crois pas, à ce qui m'arrive !

— Quoi ? Que t'arrive-t-il ?

— Je ne peux pas aller en Europe avec Miranda. J'ai une mononucléose.

— Quoi ?

— Tu as bien entendu. Je ne peux pas voyager. Le médecin m'a appelée. Il a les résultats de l'analyse de sang. À partir d'aujourd'hui, je suis consignée chez moi pour trois semaines.

Trois semaines ! Elle se fichait de moi ! Elle m'annonçait qu'elle ne partait plus en Europe, alors que c'était cette seule perspective (Miranda et Emily débarrassant toutes les deux le plancher) qui m'avait aidée à tenir tous ces mois-ci. Pour le coup, toute ma compassion s'est envolée.

— Em, elle va te tuer – tu dois y aller. Elle est au courant ?

Il y a eu un silence de mauvais augure à l'autre bout du fil.

— Oui… Elle est au courant.

— Tu l'as appelée ?

— Oui. Enfin, mon docteur l'a appelée. Elle ne jugeait pas qu'une mononucléose fasse de moi une malade. Mon toubib a donc dû lui expliquer que je pouvais contaminer tout le monde et, quoi qu'il en soit…

La phrase est restée en suspens, comme pour suggérer que le pire était encore à venir. Mon instinct de conservation a passé le turbo.

— Quoi qu'il en soit…, a repris Emily. Elle veut que tu l'accompagnes.

— Quoi ? Elle veut que je l'accompagne ? C'est gentil, ça. Qu'a-t-elle dit exactement ? Elle a menacé de te virer parce que tu es malade, c'est ça ?

Emily est repartie dans une autre quinte de toux grasse, et j'ai eu peur qu'elle ne tombe raide, à l'autre bout du fil.

— Andrea, je suis sérieuse. Archisérieuse. Elle dit que les assistantes qu'ils lui dégotent en Europe sont totalement idiotes, et que même toi, tu feras mieux l'affaire.

— Ah, si tu présentes la situation ainsi, je suis ton homme ! Rien de tel que quelques caresses dans le sens du poil pour me convaincre d'accepter. Franchement, c'est trop aimable de sa part. J'en rougis de plaisir !

Quel était le plus gratifiant ? Que Miranda veuille m'emmener avec elle à Paris, ou qu'elle me considère légèrement moins écervelée que les clones françaises et anorexiques de… moi-même ?

— Oh, la ferme ! a coassé Emily entre deux accès d'une toux qui commençait à m'agacer. Tu es la fille la plus vernie du monde. Voilà deux ans – plus de deux ans ! – que j'attends de faire ce voyage, et maintenant, je ne peux pas partir. C'est vraiment trop dégueulasse, non ?

— Évidemment ! C'est cliché à mort : ce voyage est ta seule et unique raison de vivre, et pour moi, c'est le fléau de mon existence, et pourtant c'est moi qui pars, et toi qui restes. C'est marrant la vie, non ? ai-je répondu d'un ton pince-sans-rire.

— Ben ouais, c'est superchiant, mais que veux-tu y faire ? J'ai déjà appelé Jeffy pour qu'il commence à faire rentrer des vêtements pour toi. Tu vas devoir en emporter des tonnes, puisqu'il te faudra une tenue différente pour chaque défilé, chaque dîner, et pour la soirée que Miranda donne à l'hôtel Costes. Allison te filera un coup de main pour le maquillage. Pour les sacs, les chaussures et les bijoux, tu vois avec Stef, aux accessoires. Tu n'as qu'une semaine devant toi, alors tu as intérêt à t'en occuper dès demain matin.

— J'ai encore du mal à croire qu'elle puisse attendre ça de moi.

— Eh bien, fais un effort, parce qu'elle ne plaisantait pas. Et vu que je ne pourrai pas venir au bureau de toute la semaine, tu vas aussi devoir…

— Quoi ? Tu ne viens même pas au bureau ?

Je n'avais pris aucun jour de congé maladie, mais Emily ne s'était pas absentée un seul jour elle non plus. La fois où cela avait failli se produire – à la mort de son arrière-grand-père – elle avait réussi à aller à Philadelphie, à assister aux obsèques et à être de retour à son poste sans manquer une seule minute de travail. Ainsi en allait-il à *Runway*. Sauf cas de décès (dans votre famille proche seulement), d'amputation des quatre membres (les vôtres), ou d'attaque nucléaire (et uniquement si le gouvernement confirmait qu'elle menaçait directement Manhattan), chacun se devait d'être à son poste. Ce moment s'annonçait historique dans le régime Priestly.

— Andrea, j'ai une mononucléose. Je suis supercontagieuse. Sérieux. Je n'ai même pas le droit de sortir boire un café, alors imagine aller au bureau. Miranda l'a compris, donc ça va être à toi d'assurer. Elle part mercredi pour Milan, et toi tu la rejoins à Paris mardi prochain. Tu as du pain sur la planche.

— Elle l'a compris ? Arrête tes conneries et fais-moi plaisir : raconte-moi ce qu'elle a vraiment dit.

Qu'elle ait pu gober qu'Emily était indisponible pour cause de mononucléose, je me refusais à le croire ! L'excuse était par trop énorme.

Emily a lâché un soupir, et je l'ai imaginée en train de lever les yeux au ciel.

— Elle n'était pas enchantée. Je ne lui ai pas parlé en direct. Mon médecin m'a rapporté qu'elle lui avait demandé cinquante fois de suite si la mononucléose était une « vraie » maladie. Mais quand il lui a confirmé que c'était bien le cas, elle s'est montrée très compréhensive.

J'ai éclaté de rire.

— Je n'en doute pas, Em. Et ne t'inquiète pas. Occupe-toi de guérir, je prends en charge tout le reste, O.K. ?

— Je t'envoie la liste des choses à faire par e-mail, pour que tu n'oublies rien.

— Je n'oublierai rien. Elle est déjà partie quatre fois en Europe dans l'année qui vient de s'écouler. J'ai pigé comment ça se passe. Je récupère du liquide à la banque, je change quelques milliers de dollars en euros, j'achète quelques autres milliers en traveller's chèques, et je confirme trois fois tous ses rendez-vous sur place avec le coiffeur et le maquilleur. Quoi d'autre ? Ah oui, je m'assure que le Ritz lui a donné cette fois le bon portable, et je sermonne les chauffeurs pour qu'ils ne la fassent jamais poireauter. Je suis déjà en train de réfléchir à tous les gens qui vont avoir besoin d'une copie de son planning – que je vais taper à l'ordi, pas de problème. Naturellement, elle aura aussi l'emploi du temps des jumelles, avec jours et horaires des cours, des leçons particulières, des entraînements et des loisirs, ainsi que les emplois du temps détaillés de tout son staff d'employés de maison. Tu vois ? Inutile de t'inquiéter – j'ai la situation bien en main.

— N'oublie pas le velours, a-t-elle grondé. Ni les carrés !

— Mais bien sûr ! Ils sont déjà sur ma liste.

Avant que Miranda ne commence à préparer ses bagages – ou plutôt, avant qu'elle ne demande à sa gouvernante de le faire – Emily ou moi étions chargées d'acheter d'énormes rouleaux de velours dans un magasin de tissus. Nous les apportions chez Miranda et, avec la gouvernante, nous découpions des morceaux d'étoffe de la forme et aux dimensions de chaque vêtement qu'elle prévoyait d'emporter, puis nous enveloppions chaque article dans sa luxueuse housse. Ces paquets de velours étaient ensuite placés dans des dizaines de valises Vuitton dont l'une était, pour moitié, occupée par deux douzaines de boîtes orange Hermès, chacune renfermant un carré blanc qui attendait son tour d'être perdu, oublié, abandonné au mauvais endroit ou simplement mis au rebut.

Une fois que j'ai eu raccroché (j'avais vraiment pris sur moi pour donner l'impression de compatir sincèrement), j'ai retrouvé Lily qui fumait une clope, allongée sur le canapé, en sirotant un breuvage transparent qui n'était certainement pas de l'eau.

— Je croyais qu'on n'avait pas le droit de fumer dans cette pièce, ai-je remarqué en me laissant tomber à côté d'elle et en posant mes pieds sur la table en bois tout éraflée que mes parents nous avaient léguée. Non pas que j'y trouve à redire, mais la règle venait de toi.

Lily n'était pas, comme moi, une fumeuse à plein temps et accro ; en général, elle ne fumait que lorsqu'elle buvait et n'était pas du genre à se fendre de l'achat d'un paquet. Or là, un paquet tout neuf de Camel Light dépassait de la poche de son maxi-polo. Je lui ai touché la cuisse du bout de ma pantoufle, en désignant le paquet d'un mouvement du menton. Elle me l'a tendu, en même temps que le briquet.

— Je savais que tu n'aurais rien à y redire, a-t-elle fait en tirant nonchalamment sur sa cigarette. J'ai un truc sur le gaz pour la fac, et la clope m'aide à me concentrer.

— C'est quoi ? ai-je demandé en allumant la mienne.

Lily s'était inscrite à dix-sept U.V. ce semestre-là pour

essayer de relever sa moyenne générale, après ses performances médiocres du semestre précédent. Elle n'était pas sur la bonne voie, ai-je songé en la voyant tirer sur sa cigarette puis boire une généreuse rasade de ce qui n'était pas de l'eau.

Elle a poussé un lourd soupir, plein de sous-entendus.

— Un article que personne ne lira pour une absconse revue universitaire, mais il n'empêche que je dois l'écrire, juste pour pouvoir dire que je suis publiée.

— Quelle plaie ! Quand dois-tu le rendre ?

— Demain.

Elle n'avait pas l'air paniquée le moins du monde.

— Demain ? C'est pas vrai ?

Elle m'a décoché un regard lourd d'avertissement, pour me rappeler que j'étais censée être de son côté.

— Oui, demain. Ça fait vraiment chier, vu que c'est le Freudien qui a été désigné pour la relecture. Apparemment, ça ne choque personne qu'il soit thésard en psycho, et non en littérature russe – ils sont à court de relecteurs, alors c'est lui qui va se charger de ma copie. Il est hors de question que je la lui rende dans les temps. Qu'il aille se faire foutre.

Elle a repris une rasade, puis elle a grimacé.

— Lil, que se passe-t-il ? C'est vrai que ça remonte à quelques mois, mais aux dernières nouvelles, vous preniez votre temps et il était parfait. Évidemment, c'était avant que… que tu ramènes ce *truc* à la maison, mais…

Autre coup d'œil d'avertissement, suivi celui-là d'un regard courroucé. J'avais déjà essayé une douzaine de fois de lui reparler de cet épisode avec le Monstre, mais ces derniers temps, les occasions de se parler en tête-à-tête, et en toute franchise, se faisaient rares. Sitôt que je mettais ce sujet sur le tapis, elle s'empressait de détourner la conversation. Je savais qu'elle était surtout très embarrassée par cette histoire : elle avait reconnu que ce mec était atroce, mais elle n'avait pas l'intention de discuter plus avant du fait qu'un excès d'alcool était responsable de ce dérapage.

— Ben apparemment, à un moment donné ce soir-là, je l'ai appelé du Bar en le suppliant de venir me retrouver.

Elle évitait de croiser mon regard et se concentrait sur la télécommande pour sauter d'une plage à l'autre du CD lugubre de Jeff Buckley qui, depuis quelque temps, semblait passer en boucle dans l'appartement.

— Et donc ? Il est venu et il t'a vue parler avec, euh… quelqu'un d'autre ?

Je m'efforçais de ne pas la bousculer en me montrant critique à son égard. À l'évidence, elle se prenait pas mal la tête avec tout ça – les problèmes à la fac, l'alcool, le défilé sans fin des mecs – et je voulais qu'elle s'en ouvre à quelqu'un. Elle ne m'avait jamais rien caché jusque-là, ne serait-ce que parce qu'elle n'avait personne d'autre à qui se confier ; mais dernièrement, elle ne m'avait pas

raconté grand-chose. Brusquement, j'ai réalisé combien c'était bizarre que, quatre mois après les faits, on n'ait toujours pas évoqué cet épisode.

— Non, pas tout à fait, a-t-elle répondu, d'une voix amère. Il a fait tout le trajet depuis Morningside Hights et je n'étais plus au Bar. Il paraîtrait qu'il m'a appelée sur mon portable ; Kenny a répondu, et il n'a pas été très sympa.

— Kenny ?

— Le *truc* que j'ai ramené ici au début de l'été, tu te souviens ?

Le ton était sarcastique, mais cette fois, elle a souri.

— Ah, ah, et je suppose que le Freudien ne l'a pas très bien pris.

— Pas très, non. Mais, bon… Un de perdu, dix de retrouvés, pas vrai ?

Elle a filé à la cuisine en emportant son verre vide ; je l'ai vue se servir de la vodka (d'une bouteille de Ketel One à moitié vide). Trois gouttes de tonic, et elle était de retour sur le canapé.

Au moment où j'allais lui demander, en y mettant un maximum de formes, pourquoi elle picolait de la vodka alors qu'elle avait un papier à rendre le lendemain, on a sonné à l'interphone.

— Oui, qui est-ce ? ai-je demandé à John.

— M. Finneman, pour Mlle Sachs.

Devant témoins, John retrouvait le ton qui seyait à sa fonction.

— Ah bon ? Euh, très bien. Faites-le monter.

Lily m'a regardée, a haussé les sourcils, et j'ai compris que cette conversation allait encore devoir attendre.

— Cache ta joie, s'est-elle moquée. Tu n'es donc pas contente que ton petit copain passe te voir à l'improviste ?

— Bien sûr que si !

Mais l'une autant que l'autre, nous savions que c'était un mensonge. Récemment, entre Alex et moi, les relations avaient été tendues. Vraiment tendues. Nous avions fait semblant d'avoir envie d'être ensemble, et nous nous étions plutôt bien débrouillés : depuis presque quatre ans que nous sortions ensemble, nous savions par cœur ce que l'autre voulait entendre, ou ce dont il avait besoin. Pour compenser les longues heures que je passais au bureau, sitôt que quelqu'un à son école lançait l'idée d'une activité, Alex se portait volontaire pour l'organiser, la coordonner, l'encadrer. Résultat : lorsque nous réussissions enfin à nous voir, nos soirées étaient aussi excitantes que si nous avions été mariés depuis trente ans. Certes, il y avait cet accord tacite entre nous – nous attendions que mon année d'esclavage se termine – mais je m'interdisais de songer à la tournure qu'aurait pu prendre notre relation d'ici cette échéance.

Tout de même… Voilà deux fois que quelqu'un de très proche me faisait remarquer qu'Alex et moi semblions de moins en moins épris ces derniers temps – Jill, tout d'abord, qui, quelques jours auparavant au téléphone, m'avait rappelé qu'une aventure n'était en général qu'une source de misère, et maintenant Lily. À sa façon brouillonne, mais sensible et non dénuée de perspicacité, elle avait remarqué que je ne sautais pas au plafond à l'idée de voir Alex. En fait, je redoutais de lui annoncer que je devais partir en Europe, et j'appréhendais la dispute qui allait inévitablement s'ensuivre. J'aurais bien voulu la différer de quelques jours. Idéalement, le plus simple aurait été qu'elle éclate lorsque j'étais déjà en Europe. Mais je n'allais pas avoir cette chance, puisqu'il était en train de frapper à ma porte.

— Salut ! ai-je claironné avec un enthousiasme un peu trop forcé en me suspendant à son cou. Quelle bonne surprise !

— Ça ne t'embête pas, n'est-ce pas ? J'ai rendez-vous dans le coin pour boire un verre avec Max, et je me suis dit que j'allais monter te dire bonjour.

— Mais pourquoi ça m'embêterait, idiot ? Je suis ravie. Entre, entre.

Je sais, je devais avoir l'air d'une folle hystérique, mais n'importe quel psychothérapeute aurait souligné à quel point mon enthousiasme débordant avait pour objectif de compenser celui qui me faisait défaut intérieurement.

Alex s'est servi une bière, est allé embrasser Lily et s'est assis dans le fauteuil orange vif que mes parents avaient sauvé des années 70, sachant qu'un jour ils seraient fiers de le transmettre à leur descendance.

— Alors, quoi de neuf ? a demandé Alex.

Lily a haussé les épaules.

— J'ai un papier à écrire et je n'arrive pas à m'y mettre. Quoi d'autre ?

— Eh bien, de mon côté il y a du nouveau.

Je m'étais efforcée de mettre de l'excitation dans ma voix, pour me convaincre, et convaincre Alex, que la nouvelle en question était, en fait, un développement positif. Il s'était donné tellement de mal pour organiser notre week-end à Providence – et je l'avais tellement poussé à tout organiser – que ça semblait d'une cruauté sans nom de lui faire faux bond dix jours avant. Nous avions passé une soirée entière à décider qui nous inviterions à notre grand brunch du dimanche, et nous savions d'ores et déjà où et avec qui nous serions pare-chocs contre pare-chocs avant le match Brown-Dartmouth du samedi.

Ils m'ont regardée, avec circonspection pour le moins, puis Alex a réussi à dire :

— Ah ouais ? C'est quoi ?

— Eh bien voilà ! On vient juste de m'appeler – je pars à Paris pour une semaine ! ai-je lâché, avec autant d'exubérance que si j'avais annoncé à un couple stérile qu'ils allaient avoir des jumeaux.

— Tu pars où ? a demandé Lily, du ton perplexe et distrait de la fille qui suit la conversation de loin.

— Pourquoi pars-tu ? a demandé Alex au même moment, l'air aussi content que si je venais de lui révéler que mon test pour la syphilis était positif.

— Emily vient d'apprendre qu'elle a une mononucléose, et Miranda veut que je l'accompagne aux défilés. N'est-ce pas merveilleux ? ai-je fait avec un sourire plein d'entrain.

Cette comédie me laminait. J'appréhendais cette mission, mais devoir, en plus, convaincre Alex que ce contretemps était en fait une opportunité géniale rendait l'entreprise bien plus ardue.

— Je ne comprends pas. Elle va voir les défilés mille fois par an, non ? Pourquoi tout d'un coup a-t-elle besoin que tu l'accompagnes ?

À ce point-là, Lily s'était dejà abstraite de la conversation. Elle feuilletait un vieux numéro du *New Yorker* (je les gardais tous depuis cinq ans) qui semblait la captiver.

— Elle donne une grande soirée à Paris pour la clôture des défilés de printemps, et elle aime bien avoir une de ses assistantes américaines sous la main. Elle va d'abord à Milan, et ensuite on se retrouve à Paris. Pour tout superviser…

— Et il faut que ça tombe sur toi. Et ça signifie que tu

vas rater le week-end à Providence, a résumé Alex, d'une voix monocorde.

— Non, en général, ça ne marche pas comme ça. Puisque c'est un grand privilège ; normalement c'est l'assistante senior qui l'accompagne, mais dans la mesure où Emily est malade… c'est à moi d'y aller. Je dois partir mardi prochain, donc je ne pourrai pas aller à Providence. Je suis vraiment désolée.

Je me suis levée pour aller m'asseoir sur le bras du fauteuil d'Alex, qui s'est immédiatement raidi.

— C'est aussi simple que ça, hein ? a-t-il lâché avec hargne. Tu sais que j'ai déjà payé la chambre d'hôtel pour bénéficier du tarif préférentiel. Laissons de côté le fait que j'ai moi-même réorganisé tout mon emploi du temps pour partir avec toi ce week-end-là. J'ai prévenu ma mère qu'elle allait devoir trouver une autre baby-sitter. Pas de quoi en faire un plat, non plus, hein ? Ce n'est jamais qu'une de tes innombrables obligations envers *Runway*…

Pas une fois depuis que nous étions ensemble je ne l'avais vu dans une telle rage. Lily a lâché son magazine, s'est excusée et s'est tirée vite fait avant que les hostilités n'éclatent pour de bon.

J'ai voulu me blottir sur ses genoux, mais il a croisé les jambes et m'a fait signe de m'écarter.

— Franchement, Andrea… (Il ne m'appelait ainsi que lorsqu'il était très contrarié.) Est-ce que tout ça en vaut vraiment la peine ? Sois honnête avec moi. Est-ce que c'est important pour toi ?

— Comment ça ? Est-ce que ça vaut la peine de sacrifier un week-end comme on pourra en faire des dizaines d'autres pour ma carrière ? Un travail qui va m'ouvrir des portes que jamais je n'aurais espéré voir s'ouvrir, et à court terme par-dessus le marché ? Oui ! Bien sûr que ça en vaut la peine !

Il a baissé la tête ; j'ai cru un instant qu'il allait se mettre à pleurer. Mais quand il s'est redressé, son visage ne trahissait que de la fureur.

— Tu crois que je ne préférerais pas partir avec toi, plutôt que de passer une semaine à faire l'esclave nuit et jour ? (Je m'étais mise à hurler, oubliant complètement que Lily était quelque part à portée d'oreille.) Peux-tu envisager une seconde que je n'aie peut-être pas envie d'y aller, mais que je n'aie pas le choix ?

— Pas le choix ? a-t-il tempêté à son tour. Mais tu n'as que ça, *le choix* ! Andy, ce boulot n'est plus juste un boulot, au cas où ça t'aurait échappé – il a envahi toute ta vie !

Il avait le feu aux joues, et cette rougeur était en train de gagner du terrain dans son cou. En général, je trouvais ça mignon, sexy même, mais là, j'avais juste envie d'aller dormir.

— Écoute, Alex, je sais que…

— Non, *toi*, tu vas m'écouter ! Oublie-moi un instant, non que ça te demande un effort, mais oublie le fait que nous n'arrivons plus jamais à nous voir, à cause des heures que tu consacres à ton boulot, à cause du nombre de fois où tu as été réquisitionnée d'urgence. Parlons plutôt de tes parents. Quand les as-tu vus pour la dernière fois ? Et ta sœur ? Est-ce que tu réalises qu'elle vient d'avoir son premier gosse et que tu ne l'as toujours pas vu ? Ton neveu, bon sang ! Ça ne signifie rien pour toi ? (Il s'est penché vers moi ; j'ai cru qu'il allait s'excuser, mais il a enchaîné, en baissant la voix :) Et Lily ? As-tu remarqué que ta meilleure amie était en train de virer complètement alcoolo ? (Là, j'ai dû accuser le choc, car il a poursuivi :) Tu ne me feras pas croire que tu ne t'es aperçue de rien, Andy. Ça crève les yeux !

— Oui, d'accord, elle boit. Comme toi, comme moi, comme tous les gens que nous connaissons. Lily est étudiante, et les étudiants picolent, Alex. Qu'y a-t-il de bizarre à ça ?

Mes arguments semblaient encore plus lamentables énoncés à voix haute. Alex s'est contenté de secouer la tête. Nous n'avons plus rien dit pendant un petit moment.

— Tu ne piges pas, Andy, a-t-il fini par reprendre. Je ne sais pas très bien ce qui s'est passé, mais je ne te reconnais plus. Je pense que nous avons besoin de faire un break.

— Quoi ? Comment ça ? Tu veux rompre ?

Je venais de comprendre, mais trop tard, bien trop tard, à quel point il parlait sérieusement. Alex se montrait toujours si compréhensif, si gentil, si disponible, que je tenais pour acquis qu'il serait toujours là, pour m'écouter ou m'apaiser par ses paroles après une longue journée, pour me réconforter quand personne d'autre n'en avait rien à cirer. Le seul problème, c'est que je ne remplissais pas exactement ma part de contrat.

— Non, non. Pas rompre, juste faire un break. Je pense que ça peut nous aider à réévaluer la situation à laquelle nous sommes arrivés. On ne peut pas dire que tu sembles heureuse avec moi ces derniers temps, et je mentirais si je disais que je suis bien avec toi. Ça nous serait peut-être profitable à tous les deux de réfléchir quelque temps, chacun de notre côté.

— « Profitable à tous les deux » ? Tu crois que ça va nous « aider » ?

La banalité de ses propos, l'idée qu'une séparation temporaire puisse nous aider à nous retrouver, me donnaient envie de hurler. Quel égoïsme, de sa part, de me faire ce coup-là à ce moment précis, alors que j'avais presque terminé de purger ma peine d'un an à *Runway*, et que j'allais devoir, dans quelques jours, relever le plus grand défi, à ce jour, de ma carrière ! Si j'avais éprouvé des élans de tristesse ou d'inquiétude dans les minutes précédentes, la colère avait tout balayé.

— Bon, très bien. Faisons un break, ai-je riposté d'un ton sarcastique, méchant. Un petit bol d'air. Quelle idée géniale.

Il m'a fixée de ses grands yeux bruns où se lisait une surprise immense, douloureuse, puis il a appuyé ses poings sur ses paupières, très fort, comme pour tenter d'effacer mon image.

— O.K., Andy. Je te libère de ce qui, à l'évidence, est pour toi un calvaire. J'y vais. J'espère que tu vas passer un super-moment à Paris. Je t'appelle bientôt.

Avant même que j'aie pu réaliser entièrement ce qui se passait, il m'a embrassée sur la joue, puis s'est dirigé vers la porte.

— Alex, tu ne crois pas qu'on devrait discuter de tout ça ? ai-je demandé, en m'efforçant de parler d'une voix calme, posée.

Il ne pouvait pas partir comme ça ! Se retournant, il m'a répliqué, avec un sourire triste :

— Assez parlé pour ce soir, Andy. Nous aurions dû parler au cours des derniers mois, au cours de l'année passée. Inutile d'essayer de tout régler à la va-vite. Réfléchis à ce que j'ai dit, d'accord ? Je t'appelle à ton retour. Et bonne chance pour Paris – je sais que tu vas t'en tirer à merveille.

Il a ouvert la porte. Il est sorti. Il l'a refermée doucement derrière lui.

J'ai couru jusqu'à la chambre de Lily pour qu'elle me dise qu'il avait dramatisé, que je devais aller à Paris parce que c'était la meilleure chose à faire pour mon avenir, qu'elle n'avait pas de problème avec l'alcool, que je n'étais pas une sœur indigne, de quitter le pays au moment où Jill venait d'accoucher. Mais elle s'était endormie sur sa couette, tout habillée, le verre vide posé sur la table de chevet. L'ordinateur portable était ouvert à côté d'elle sur le lit. Avait-elle seulement réussi à écrire un seul mot ? J'ai jeté un œil sur l'écran. Bravo ! Elle avait rédigé un en-tête – avec son nom, le code de son séminaire et le nom de son directeur de thèse – et ce qui était sans doute le titre provisoire de l'article : « Quand l'Auteur est Amoureux de son Lecteur : Implications et Ramifications Psychologiques ». J'ai éclaté de rire, mais Lily n'a pas bougé d'un cheveu. J'ai rapporté l'ordinateur sur son bureau, j'ai réglé l'alarme de son réveil sur 7 heures et j'ai éteint la lumière.

Au moment où j'entrais dans ma chambre, mon portable a sonné. Après les inévitables cinq secondes d'emballement cardiaque (la crainte que ce soit Elle), je l'ai ouvert ; c'était Alex, forcément. Je savais bien qu'il ne pouvait pas laisser cette situation en suspens. Alex était un garçon qui ne s'endormait jamais sans m'embrasser et me souhaiter de beaux rêves ; qu'il puisse partir d'ici, en caracolant, parfaitement d'accord avec la perspective de couper les ponts pendant plusieurs semaines était tout bonnement inimaginable.

— Salut, mon chou, ai-je susurré. Je suis contente que tu m'appelles.

Il me manquait déjà, mais j'étais soulagée de l'avoir au téléphone plutôt qu'en chair et en os devant moi. J'avais mal à la tête et un seul désir : qu'il me dise que tout ce pataquès n'était qu'une énorme erreur et qu'il me rappellerait le lendemain.

— Mon chou ? Waou ! On fait des progrès, à ce qu'on dirait, Andy. Prenez garde, je pourrais penser que vous avez des vues sur moi, a dit Christian d'une voix tendre. (J'avais l'impression de l'entendre sourire.) Moi aussi, je suis content d'avoir appelé.

— Oh, c'est vous.

— Eh bien ! Ce n'est pas l'accueil le plus chaleureux qui m'ait été réservé ! Que se passe-t-il, Andy ? Vous filtriez mes appels, ces derniers temps, n'est-ce pas ?

— Absolument pas, ai-je menti. J'ai juste eu une mauvaise journée. Quoi de neuf ?

Il s'est mis à rire.

— Allons, Andy, vous n'avez aucune raison d'être aussi malheureuse. Vous êtes sur la voie rapide pour accomplir de grandes réalisations. À ce propos, j'appelle pour vous proposer de m'accompagner demain soir à la remise d'un prix littéraire. Il devrait y avoir plein de gens intéressants, et ça fait un petit moment que je ne vous ai pas vue. Il s'agit d'une invitation purement professionnelle, naturellement.

Pour une fille qui a lu beaucoup trop d'articles dans *Cosmo* sur le thème « Comment savoir s'il est mûr pour franchir le pas », on aurait pu penser que, dans ce cas précis, les drapeaux rouges se seraient hissés dans ma petite tête. En fait, ils se sont bel et bien hissés, mais j'ai choisi de les ignorer. La journée avait été vraiment très, très longue, et du coup, je me suis autorisée à penser – pour quelques minutes seulement – qu'il était peut-être – j'ai bien dit *peut-être* – parfaitement sincère. Et merde ! C'était bon de bavarder un peu avec un homme qui ne m'accablait pas de critiques et de reproches. Je savais que j'allais refuser son invitation, mais un petit flirt innocent au téléphone ne ferait de mal à personne.

— Professionnel, hein ? ai-je minaudé. Vous m'en direz tant…

— Je vais vous énoncer toutes les bonnes raisons que vous avez de m'accompagner, et la première sur la liste est la plus simple : je sais ce qui est bon pour vous. Point barre.

Dieu, quelle arrogance ! Mais pourquoi trouvais-je ce mec si attachant ?

Début de partie. Nous étions lancés, et en quelques minutes, le voyage à Paris, les vilains penchants de Lily pour la vodka et le regard de chien battu d'Alex ont reculé à l'arrière-plan de cette conversation que je savais malsaine et émotionnellement dangereuse, mais qui n'en restait pas moins sexy et amusante.

16

Miranda serait déjà en Europe depuis une semaine lorsque j'y arriverais à mon tour. À Milan, elle se contenterait des assistantes autochtones – et gagnerait Paris le même jour que moi, afin que nous puissions caler ensemble tous les détails pour sa soirée, comme de vieilles copines. Delta avait refusé de transférer à mon nom le billet d'Emily, et plutôt que de m'énerver et de m'empoisonner encore davantage l'existence, j'en avais acheté un nouveau – 2 100 dollars, vu que c'était la semaine des défilés, et que je m'y prenais à la dernière minute. Au moment de leur donner le numéro de la carte de la société, j'ai eu une brève hésitation, ridicule. *Quelle importance ? Miranda dépense parfois autant en une semaine rien que pour sa coiffure et son maquillage.*

En tant qu'assistante junior de Miranda, j'étais au plus bas dans la hiérarchie de *Runway*. Cependant, si l'accès donne le pouvoir, alors Emily et moi étions les deux personnes les plus puissantes du milieu de la mode : nous déterminions qui aurait un rendez-vous, quel jour et à quelle heure (les gens préféraient toujours que ce soit tôt le matin, car le maquillage était encore frais, et les vêtements n'étaient pas froissés), et quels messages seraient ou non transmis (si votre nom ne figurait pas sur le Bulletin, vous n'existiez pas).

Aussi, quand l'une de nous avait besoin d'un coup de main, le reste de l'équipe n'avait d'autre choix que de nous aider. Il était, bien entendu, déroutant de songer que, si on n'avait pas travaillé pour Miranda Priestly, ces mêmes personnes n'auraient eu que faire de galoper pour nous aux quatre coins de la ville dans leur voiture avec chauffeur. Mais en tout état de cause, sur un simple coup de fil, tous couraient ventre à terre récupérer ce dont nous avions besoin, comme des chiens de chasse bien dressés.

Le travail sur le prochain numéro à paraître a été mis entre parenthèses, car tout le monde a réuni ses efforts pour m'envoyer à Paris correctement parée. Trois commères de la mode m'ont constitué en quatrième vitesse une garde-robe plus qu'exhaustive pour toutes les manifestations auxquelles Miranda pouvait me demander d'assister. Lucia, la directrice mode, m'a promis qu'avant de partir j'aurais en ma possession non seulement des tenues toutes composées pour toutes les circonstances possibles et imaginables, mais également un carnet de croquis, avec des dessins de professionnels, décrivant toutes les façons de marier les vêtements sus-mentionnés entre eux de façon à maximiser les effets de style et à minimiser les dégâts. En d'autres termes : ne rien assortir ou apparier de ma propre initiative, et j'avais un espoir – quoique mince – d'avoir l'air présentable.

Aurais-je besoin d'accompagner Miranda dans un bistrot et de rester en retrait dans un coin, tel un chaperon, pendant qu'elle siroterait un verre de bordeaux ? Un pantalon gris charbon à revers de Theory, et un pull en soie noire col roulé de Céline. De l'accompagner au club de tennis pour sa leçon particulière et devoir lui apporter de l'eau, ou un carré blanc ? Une tenue de sport de la tête aux pieds, avec pantalon souple et ample, veste zippée à capuche (coupée court pour dévoiler mon nombril), un marcel à 185 dollars et des baskets en daim – le tout signé Prada. Et si jamais – juste au cas où – je réussissais à être placée au premier rang lors d'un défilé, ainsi que tout le monde me le prédisait ? Là, les possibilités étaient illimitées. Ma préférée jusque-là (mais nous n'étions jamais que lundi après-midi) était une jupe plissée d'écolière Anna Sui, un chemisier très transparent et très chichiteux Miu-Miu, une paire de bottes à mi-mollet Christian Louboutin particulièrement coquines et une veste en cuir Katayone Adeli si étriquée qu'elle frisait l'obscène.

J'ai également découvert qu'Allison, la rédactrice beauté, méritait tout à fait son titre car elle était, à elle seule, l'industrie de la beauté. Vingt-quatre heures après qu'on lui a eu notifié que j'allais avoir besoin de maquillage et de pas mal de conseils, elle avait créé le fourre-tout du Cas Désespéré de la Cosmétique. À l'intérieur d'une « mallette de toilette » Burberry surdimensionnée (elle ressemblait plus à un de ces bagages cabine sur roulettes qu'à un vanity), elle avait disposé un assortiment incroyable de fards, de lotions, de gloss, de crèmes, d'eye-liners et autres artifices ; il y avait des rouges à lèvres mats, ultrabrillants, transparents, longue tenue ; six mascaras dans des nuances différentes, un recourbe-cils, et deux brosses à cils en cas de grumeaux (horreur !).

Les poudres qui servaient à fixer/illuminer/creuser/couvrir, les paupières, le teint ou les joues, semblaient représenter à elles seules la moitié des produits, et offraient des thèmes de couleurs plus complexes et plus subtils qu'une palette de peintre : certaines servaient à cuivrer, d'autres à pâlir, d'autres à éclairer par touches, d'autres encore à velouter la peau, ou à regonfler les traits. Pour donner cette touche finale de bonne mine à mon visage, j'avais le choix entre des versions liquide, solide, en poudre, ou les trois à la fois. Le rayon fond de teint était le plus impressionnant. On aurait dit que quelqu'un avait réussi à prélever un échantillon de la peau de mon visage pour préparer un litre d'une lotion sur mesure. Que le produit ait pour objet d'ajouter de l'éclat ou de couvrir les imperfections, le contenu de chaque petit flaçon semblait plus assorti à ma peau que ma peau elle-même. Dans une autre valise écossaise de taille plus modeste se trouvaient tous les accessoires indispensables : le coton (en boules ou en disques), les cotons-tiges, les éponges, pas loin d'une vingtaine de pinceaux de tailles variées, des gants de toilette, deux types différents de démaquillant pour les yeux (hydratant et non-gras) et pas moins de douze – DOUZE – sortes de crème hydratante (pour le visage, pour le corps, ultra-hydratant, avec SPF 15, pour l'éclat, teintée, parfumée, sans parfum, hypoallergénique, aux acides de fruits, antibactérienne et, au cas où le soleil parisien d'octobre me prendrait en traître, à l'aloé vera).

Dans une poche latérale de cette dernière mallette se trouvaient, sur des feuilles de format A4, des croquis de visage sur lesquels Allison avait directement appliqué le maquillage. Un des visages était mystérieusement intitulé « Soirée de détente glamour » (fond de teint mat rehaussé d'une touche de poudre bronzante, d'un chouia de blush, trois tonnes d'ombre à paupières, crayons et mascara noir à l'appui), mais une mise en garde avait été ajoutée en lettres capitales : À PROSCRIRE POUR LES SOIRÉES HABILLÉES !!! TROP DÉCONTRACTÉ !!! Quand j'ai marmonné, de manière presque inaudible, que je serais incapable de réaliser ça par moi-même, Allison a pris un air exaspéré.

— On espère bien que tu n'auras même pas à essayer.

— Ah bon ? Mais alors pourquoi tous ces modèles ?

Elle m'a décoché un regard de Méduse digne de Miranda.

— Andrea, réfléchis deux secondes. Tout ça, c'est seulement en cas d'urgence, si Miranda te demande de l'accompagner au dernier moment, et que ton coiffeur ou ton maquilleur ne sont pas disponibles. Ah, tiens, d'ailleurs, je dois te montrer ce que j'ai préparé pour ta coiffure.

Et Allison de se lancer dans la démonstration du maniement de quatre brosses rondes de tailles différentes pour raidir mes cheveux. Sans trop y prêter attention, je pensais à ce qu'elle venait de dire. J'aurais moi-même un coiffeur et un maquilleur ? Mais je n'avais rien prévu pour moi, lorsque j'avais pris tous les rendez-vous de Miranda. Qui, alors, aurait pu s'en occuper ?

— La rédaction de Paris, a expliqué Allison avec un soupir. Tu représentes *Runway*, tu sais que Miranda est très chatouilleuse là-dessus. Tu vas assister à quelques-unes des manifestations les plus glamour du monde aux côtés de Miranda Priestly. Tu n'imagines tout de même pas pouvoir t'en tirer seule, question look ?

— Non, bien sûr. C'est mille fois mieux d'avoir un pro qui m'aide. Merci.

Allison m'a encore retenue deux heures de plus pour s'assurer que, si jamais je ratais l'un des quatorze rendez-vous avec le coiffeur et le maquilleur qui étaient prévus au programme, je n'allais pas humilier notre patronne en étalant du mascara sur mes lèvres, ou en me rasant les côtés du crâne pour me faire une iroquoise. Quand on a eu fait le tour de tous les écueils, je me suis dit que j'allais enfin disposer d'un moment pour descendre en catastrophe à la cafétéria me chercher une soupe bien calorique, mais Allison a décroché le téléphone d'Emily – son ancien poste – et a composé le numéro de Stef, aux accessoires.

— C'est bon, j'en ai fini avec elle, elle est libre. Tu veux venir ?

— Hé ! Attends ! Il faut que je déjeune avant que Miranda revienne !

Allison a levé les yeux au ciel, exactement comme Emily. Était-ce le poste d'assistante senior qui inspirait des démonstrations aussi expertes d'irritation ?

— Bon, d'accord… Non, non, je parlais à Andrea. (Elle m'a lancé un regard en haussant les sourcils – tiens donc ! – exactement comme Emily.) Apparemment, elle a *faim*… Je sais, oui, je sais bien… Je le lui ai dit, mais elle semble résolue à… *manger*.

Je suis descendue chercher une maxi-portion de crème de brocolis au cheddar ; de retour à mon poste trois minutes plus tard, j'ai trouvé Miranda qui, assise à son bureau, tenait le combiné du téléphone à bout de bras pour l'éloigner de son visage, comme s'il était couvert de sangsues. Elle devait partir pour Milan en fin d'après-midi, mais je n'étais pas certaine de vivre assez longtemps pour voir ça.

— An-dre-âââ, le téléphone sonne, mais quand je décroche – puisque, apparemment, vous vous désintéressez de le faire – il n'y a personne à l'autre bout. Pourriez-vous expliquer ce curieux phénomène ?

Évidemment que je pouvais l'expliquer, mais pas à elle. Les très rares fois où Miranda se retrouvait seule à son bureau, il lui arrivait de décrocher si le téléphone sonnait. Forcément, c'était un tel choc, pour ceux qui appelaient, d'entendre sa voix qu'ils s'empressaient de raccrocher. Aucun de ceux qui composaient son numéro ne s'attendaient à lui parler *en personne*, puisque l'éventualité d'être mis en relation était quasi nulle. J'avais reçu des dizaines de mails paniqués de rédactrices ou d'assistantes pour m'informer que Miranda était encore en train de répondre au téléphone. « Où êtes-vous passées, les filles ??? Elle répond quand on l'appelle !!! »

J'ai marmonné une explication – moi aussi, de temps à autre, j'étais confrontée à ce genre d'appels –, mais Miranda semblait s'être déjà désintéressée du sujet. Son regard était braqué sur moi – ou plus exactement, sur mon bol de soupe. Quelques filets de crème épaisse et verte dégoulinaient lentement le long des parois extérieures. Puis elle a détourné les yeux, avec une moue dégoûtée quand elle a compris que ce machin vert était comestible, et qu'en plus, j'avais l'intention de le manger.

— Jetez-moi ça sur-le-champ ! a-t-elle aboyé. L'odeur seule va me rendre malade. (Elle devait se trouver à cinq mètres de moi.)

J'ai versé la soupe offensante dans la poubelle, en regardant à regret mon déjeuner perdu quand sa voix m'a ramenée à la réalité.

— Je suis prête pour les répétitions, a-t-elle glapi. Et dès que nous en aurons terminé, vous convoquez les journalistes en conférence de rédaction.

Chacun de ces mots a envoyé une décharge d'adrénaline

dans mon cerveau. N'étant jamais certaine d'avoir bien compris ce qu'elle me demandait, comment savoir si j'allais réussir ou pas à m'acquitter de ma tâche ? C'était le travail d'Emily de programmer les répétitions et les conférences hebdomadaires. J'ai foncé vers son bureau pour consulter l'agenda. Dans la case 15 h-16 h, elle avait écrit « Répétition shooting Sedona, Lucia/Helen ». J'ai composé le numéro de poste de Lucia.

— Elle vous attend, ai-je annoncé, tel un commandant de l'armée.

Lucia a raccroché sans dire un mot, et j'ai su qu'Helen (son assistante) et elle étaient déjà en route pour le bureau de Miranda. Si elles ne se présentaient pas dans les vingt-cinq secondes, Miranda m'ordonnerait d'aller les traquer dans les couloirs pour leur rappeler (au cas où elles l'auraient oublié) qu'elle les attendait depuis trente bonnes secondes. Ce type de rappel à l'ordre était en général une mission déplaisante, et aussi l'une des raisons pour lesquelles le port forcé des talons aiguilles rendait la vie au bureau plus difficile. Et si galoper d'un bureau à l'autre en cherchant à débusquer quelqu'un qui, selon toute vraisemblance, se planquait pour échapper à Miranda n'était jamais drôle, la situation empirait lorsque l'intéressée se trouvait aux toilettes. Quel que soit le motif, il ne constituait pas une excuse valable pour ne pas être disponible au moment requis. Je devais donc faire intrusion aux chiottes – et parfois jeter un œil sous les portes de chaque box pour identifier la bonne paire de chaussures – et demander aussi poliment que possible à l'intéressée d'en terminer séance tenante avec ce qui l'occupait pour filer chez Miranda.

Heureusement pour toutes les parties concernées, Helen est arrivée dans les secondes qui ont suivi, poussant devant elle un portant débordant de vêtements, et en tirant un second en remorque. Elle a marqué un temps d'hésitation devant les doubles portes du bureau de Miranda, puis a vu celle-ci hocher imperceptiblement la tête, et elle a traîné son chargement sur la moquette épaisse.

— Il n'y a que ça ? Deux portants seulement ? s'est enquise Miranda sans même lever les yeux de l'article qu'elle était en train de relire.

Helen a semblé prise de court en l'entendant : Miranda n'adressait jamais la parole aux assistantes, hormis les siennes. C'était la règle. Mais comme Lucia n'était pas encore là avec ses portants, elle n'avait guère le choix.

— Euh… Lucia arrive dans un instant avec les deux autres. Voulez-vous que je, euh… commence à vous montrer ce que nous avons fait rentrer ? a-t-elle demandé en tirant avec nervosité sur l'ourlet de son débardeur.

— Non.

Et, un dixième de seconde après :

— An-dre-âââ ! Où est Lucia ? Allez la chercher. D'après ma montre, il est 15 heures. Si elle n'est pas prête, j'ai mieux à faire que de me rouler les pouces à l'attendre.

— Pas besoin, Miranda, je suis là, a chantonné une Lucia essoufflée, qui poussait et tirait un portant de chaque main. Désolée. Il nous manquait un manteau de chez YSL.

Elle a disposé les quatre portants en demi-cercle devant le bureau et a fait signe à Helen de se retirer. Sur les portants, les vêtements étaient classés par genre – chemisiers, grosses pièces d'extérieur, pantalons/jupes, robes. Miranda et Lucia ont passé en revue chaque pièce une par une, en se chamaillant sur la place à attribuer (ou à refuser) à chacune dans le shooting qui allait avoir lieu à Sedona, en Arizona. Lucia argumentait en faveur du style « cow-girl citadine et chic », qui selon elle ressortirait très bien sur la toile de fond du paysage – des montagnes de roche rouge –, mais Miranda répétait à l'envi avec sarcasme que « citadine chic » lui suffirait amplement, vu que « cow-girl chic » entrait indiscutablement dans la catégorie de l'oxymore. Peut-être avait-elle eu son compte de « cow-girls chic » lors des fiançailles de son beau-frère. J'ai réussi à faire abstraction de sa voix jusqu'à ce qu'elle prononce mon nom, cette fois pour me demander de convoquer l'équipe des accessoires pour leur répétition.

Immédiatement, j'ai vérifié dans l'agenda d'Emily. C'était bien ce que je pensais : aucune répétition n'était prévue ce jour-là pour les accessoires. En priant pour qu'Emily ait simplement oublié de la noter, j'ai appelé Stef en l'informant que Miranda était prête pour la répétition du shooting de Sedona.

Pas de pot. Leur répétition n'était programmée que le lendemain en fin d'après-midi, et un quart des accessoires n'avaient pas encore été livrés par les bureaux de presse des maisons de couture.

— Impossible. On n'est pas prêts, a tranché Stef, d'une voix bien moins assurée que ne le laissaient entendre ses paroles.

— Bon sang, mais je lui dis quoi, moi ? ai-je chuchoté.

— La vérité : la répétition était programmée pour demain, il nous manque plein de marchandises. Non, mais franchement ! On attend encore un sac du soir, un sac à anses, trois sacs à franges, quatre paires de pompes, deux ras de cou, trois…

— O.K., O.K., je transmets. Mais reste près du téléphone et décroche si je rappelle. Et à ta place, je commencerais tout de même à me préparer, parce qu'à mon avis, elle s'en contrefiche de savoir si c'était programmé aujourd'hui ou demain.

Stef a raccroché sans rien ajouter. J'ai avancé jusque sur le seuil du bureau et j'ai attendu patiemment que Miranda daigne remarquer ma présence. Quand elle a levé les yeux dans ma direction, j'ai entrepris d'expliquer tant bien que mal le problème.

— An-dre-âââ, je ne peux pas visualiser de quoi auront l'air les mannequins sans avoir vu les chaussures, les sacs ou les bijoux, et demain, je serai en Italie. Dites à Stef que je veux une répétition avec ce qu'elle a, et qu'elle me montre des photos de ce qu'elle n'a pas encore !

Puis elle s'est tournée vers Lucia pour continuer à passer les fringues en revue.

Rapporter cette nouvelle à Stef donnait un sens nouveau à la formule « ne tirez pas sur le messager ». Elle s'est mise à flipper.

— Mais putain, comment veux-tu que j'organise une répétition en trente secondes ? C'est impossible ! Quatre sur cinq de mes assistantes sont absentes, et la seule qui est là est complètement débile. Je fais quoi ?

Elle était hystérique, mais il n'y avait pas vraiment de marge de négociation.

— Bon, super, ai-je dit gentiment en surveillant du coin de l'œil Miranda, qui avait le chic pour tout entendre. Je lui dis que tu arrives.

Et j'ai raccroché avant qu'elle ne fonde en larmes.

Sans réelle surprise, j'ai vu Stef débarquer deux minutes
et demie plus tard avec son assistante débile, plus une assistante empruntée au pied levé aux filles de la mode, et James, emprunté lui aussi au service beauté. Ils transportaient des corbeilles en osier et avaient tous l'air terrorisés. Ils ont attendu devant mon bureau que Miranda leur fasse signe d'approcher, et une fois le hochement de tête reçu, ils se sont précipités dans l'arène pour le petit exercice de génuflexion.

Lorsque cette fine équipe a eu déballé tout ce que Stef avait réussi à réunir pour le présenter en rangs bien nets sur la moquette, le bureau de Miranda prit l'allure d'un marché de bédouins – mais qui évoquait davantage les étals de Madison que ceux de Charm el-Cheikh. Pendant que l'une lui montrait des ceintures en peau de serpent à 2 000 dollars pièce, une autre essayait de lui faire accepter un sac Kelly grand modèle. Une troisième lui vendait à la criée une minirobe de cocktail Fendi tandis que quelqu'un d'autre lui vantait les mérites de la mousseline. Stef avait accompli l'exploit de rassembler tout le matériel nécessaire à une répétition en moins de trente secondes, et alors qu'il lui manquait la moitié des marchandises. J'ai vu qu'elle avait comblé les manques avec des photos des précédents shootings, en expliquant à Miranda que les accessoires qu'ils attendaient étaient identiques, en mieux. Tous maîtrisaient à fond leur boulot, mais Miranda maîtrisait le sien de façon absolue. Elle était la cliente distante et glaciale, qui passait d'un stand somptueux à l'autre, sans jamais laisser transparaître la moindre étincelle d'intérêt. Quand enfin, Dieu merci, elle daignait choisir un article, elle le désignait d'un doigt impérieux, et tout le monde opinait avec obséquiosité (« Oui, excellent choix », « Oh, tout à fait, c'est le mieux »). Finalement, ils ont remballé leurs marchandises, et chacun a regagné dare-dare son département d'origine avant qu'elle ne change d'avis.

L'ordalie n'avait, en tout et pour tout, duré que quelques minutes. Mais la traversée de l'épreuve les avait tous consumés d'angoisse. Plus tôt dans la journée, Miranda avait annoncé qu'elle quitterait le bureau aux alentours de 16 heures, afin de passer un petit moment avec les jumelles avant de s'envoler pour Milan. J'ai donc annulé la conférence de rédaction – à l'immense soulagement général. À 15 h 58 pétantes, Son Altesse a commencé à préparer son sac – ce qui n'avait rien d'une tâche exténuante puisque je lui ferais apporter chez elle avant son départ tout objet un tant soit peu lourd ou volumineux. Il ne lui restait donc qu'à ranger son porte-monnaie Gucci et son téléphone Motorola dans ce sac Fendi qu'elle s'acharnait à maltraiter. Dernièrement, la petite merveille à 10 000 dollars avait servi de cartable à Cassidy, et de nombreuses perles s'étaient détachées – en même temps qu'une des anses. Miranda avait un jour laissé choir l'épave sur mon bureau en m'ordonnant de la faire réparer, et de la jeter si son cas était désespéré. J'ai mis un point d'honneur à résister à la tentation de lui dire que le sac était irréparable, afin de le garder pour moi.

Quand enfin elle a débarrassé le plancher, j'ai

machinalement attrapé le téléphone pour appeler Alex et me lamenter sur ma journée. Ce n'est que lorsque j'ai eu à moitié composé son numéro que je me suis souvenue que nous étions en mode pause. D'un coup, j'ai réalisé que pour la toute première fois en trois ans, nous allions passer un jour sans nous parler. Je suis restée comme une idiote, le téléphone à la main, à regarder un mail qu'il m'avait envoyé la veille, un mail qui s'achevait par « Je t'aime ». N'avais-je pas commis une affreuse erreur en acceptant ce break ? J'ai recomposé le numéro, en entier cette fois, décidée à lui dire que nous devrions rediscuter de tout ça, chercher à déterminer pourquoi nous en étions arrivés là. Je voulais aussi lui dire que j'assumais l'entière responsabilité pour cette lente détérioration de notre relation. Mais avant même que son téléphone ait pu sonner, Stef, remontée à bloc par la petite répétition qui venait d'avoir lieu, est venue se planter devant moi, avec son plan de guerre « Accessoires » pour mon voyage à Paris. Il fallait discuter chaussures, sacs, ceintures, bijoux et lunettes de soleil. J'ai raccroché et j'ai essayé de me concentrer sur ses instructions.

*

Logiquement, on pourrait se dire que sept heures de vol en classe éco, harnachée dans un pantalon en cuir ultra-moulant, un blazer sur un débardeur et des sandales ouvertes à brides serait la plus infernale de toutes les expériences de voyage. Eh bien, non. Ces sept heures-là ont été les plus relaxantes dont je puisse me souvenir. Comme Miranda et moi étions au même moment dans un avion à destination de Paris – elle arrivant de Milan, et moi de New York –, il s'est avéré que je me retrouvais par hasard dans l'unique situation où elle ne pouvait pas m'appeler pendant sept heures d'affilée. En ce jour béni, j'étais injoignable, et ce n'était pas ma faute.

Pour des raisons qui m'échappent encore, mes parents

n'avaient pas été aussi ravis que je l'avais imaginé quand je les avais appelés pour leur annoncer ce voyage.

— Ah bon ? a fait ma mère, de ce ton bien à elle qui chargeait ces deux petites syllabes de tous les sous-entendus du monde. Tu pars à Paris maintenant ?

— Comment ça, « maintenant » ? Que veux-tu dire ?

— Eh bien… Le moment ne me semble pas très bien choisi pour s'envoler vers l'Europe, voilà tout.

La réponse avait beau rester dans le flou, je voyais très bien glisser vers moi l'avalanche de culpabilité qu'est capable de déclencher toute mère juive qui se respecte.

— Et pourquoi ça ? Quel serait le moment approprié ?

— Ne te vexe pas, Andy. C'est juste que ton père et moi ne t'avons pas vue depuis des mois – non pas que nous nous plaignions, nous comprenons parfaitement que ton travail est très prenant – mais tu n'as donc pas envie de voir ton neveu ? Il a déjà quelques mois et tu ne le connais toujours pas !

— Maman, ne me culpabilise pas ! Je meurs d'envie de voir Isaac, mais tu sais bien que…

— Tu sais que papa et moi te paierons ton billet pour Houston, hein ?

— Oui ! Tu me l'as déjà dit quatre cents fois ! C'est très gentil, mais ce n'est pas un problème d'argent. Je ne peux prendre aucun jour de congé, et maintenant qu'en plus Emily est absente, je suis coincée, même les week-ends. Est-ce que tu comprends ce que ça veut dire, de traverser le pays pour revenir dare-dare si Miranda m'appelle le samedi matin pour aller récupérer ses fringues au pressing ? Tu le comprends, ça ?

— Bien sûr que oui, Andy, mais je me disais – nous nous disions – que tu pourrais peut-être te débrouiller pour aller voir ta sœur dans ces quinze prochains jours, puisque Miranda justement ne serait pas là. Et dans ce cas, papa et moi t'aurions accompagnée. Mais maintenant, tu pars à Paris.

Le ton était explicite ; la traduction exacte de ce « Mais

maintenant, tu pars à Paris » était : « Mais maintenant, tu fuis en Europe pour échapper à toutes tes obligations familiales. »

— Maman, je vais mettre les points sur les i. Je ne pars pas en vacances. Je n'ai pas choisi d'aller à Paris, plutôt que d'aller voir le bébé de Jill. Je ne suis pour rien dans cette décision, ce que tu sais sans doute, mais que tu refuses d'admettre. C'est pourtant très simple : soit je pars dans trois jours pour passer une semaine à Paris avec Miranda, soit je suis virée. Est-ce que tu vois un choix ? Si oui, je serais ravie de l'apprendre.

— Non, chérie ! a-t-elle répondu après un petit moment. Nous comprenons, papa et moi. J'espère juste que… que la situation te convient telle qu'elle est.

— Et ça signifie quoi ? ai-je sifflé d'un ton venimeux.

— Rien, rien. Rien d'autre que ce que je dis : le plus important, pour ton père et moi, c'est que tu sois heureuse, et ces derniers temps, dirait-on, tu ne t'es pas beaucoup… ménagée. Tout va bien ?

Je me suis radoucie.

— Oui, maman, tout va bien. Je ne suis pas ravie d'aller à Paris, tu sais. Ça va être l'enfer nuit et jour pendant une semaine. Mais mon année se termine bientôt, et ce rythme ne sera plus qu'un mauvais souvenir.

— Je sais, ma puce, l'année a été rude pour toi. J'espère seulement que tout ça finira par en valoir la peine. C'est tout.

— Je sais. Moi aussi.

Nous avons raccroché en bons termes, mais je n'arrivais pas à me débarrasser du sentiment que j'avais déçu mes parents.

À Charles-de-Gaulle, récupérer les bagages a été un pur cauchemar, mais à la sortie des douanes, un chauffeur élégamment vêtu brandissait une pancarte avec mon nom. Une fois dans la voiture, il m'a tendu un portable.

— Mme Priestly a demandé que vous l'appeliez dès votre arrivée. J'ai pris la liberté de programmer le numéro de l'hôtel dans le répertoire. Elle est dans la suite Coco Chanel.

— Ah, bien, merci, je vais le faire tout de suite.

Mais avant même que j'aie pu déverrouiller le clavier, le téléphone s'est mis à piailler et à clignoter de partout. Si le chauffeur n'avait pas été en train de m'observer, j'aurais fait taire la sonnerie en faisant semblant de n'avoir rien vu. Mais j'avais la nette impression que ce type avait ordre de me garder à l'œil. Quelque chose, dans son expression, laissait entendre que j'avais tout intérêt à ne pas ignorer cet appel.

— Andrea Sachs, j'écoute, ai-je annoncé de ma voix la plus professionnelle.

— An-dre-âââ ! Quelle heure avez-vous à votre montre ?

Était-ce une question piège ? Le préambule à l'accusation d'être en retard ?

— Euh… Voyons, ma montre indique 5 h 15 du matin, mais manifestement, je ne l'ai pas encore réglée à l'heure de Paris. En conséquence, elle devrait indiquer qu'il est 11 heures 15, ai-je résumé avec entrain, déterminée à donner à notre première conversation de cette longue semaine un ton aussi optimiste que possible.

— Merci pour cette interminable explication, An-dre-âââ. Et puis-je vous demander ce que vous avez fabriqué, ces dernières trente-cinq minutes ?

— Le vol avait quelques minutes de retard et ensuite j'ai dû…

— Parce que dans le planning que vous avez fait pour moi, je lis que votre avion atterrissait ce matin à 10 h 35.

— Oui, c'est l'heure à laquelle il était prévu, mais vous voyez…

— Ce n'est pas à vous de me dire ce que je vois, Andre-âââ. Ce comportement ne sera absolument pas acceptable au cours de cette semaine, est-ce bien compris ?

— Oui, tout à fait. Excusez-moi.

Mon cœur s'est mis à battre à mille pulsations seconde,

j'ai senti mon visage s'enflammer d'humiliation. D'humiliation que quelqu'un me parle sur ce ton-là, mais surtout, j'étais morte de honte de m'écraser de la sorte. Je venais de m'excuser – et avec sincérité de surcroît – pour n'avoir pas été capable de faire atterrir un vol international à l'heure dite, et n'avoir pas été assez futée pour inventer un moyen de passer entre les mailles des douanes françaises.

J'ai appuyé ma tête contre la vitre et j'ai regardé défiler le paysage animé des rues parisiennes. Les femmes paraissaient plus grandes, ici, les hommes beaucoup plus distingués, et tout le monde sans exception était super bien habillé, supermince et régalien dans leur port. Je n'étais venue qu'une seule fois à Paris, mais séjourner dans un hôtel du mauvais côté de la ville avec un sac à dos pour seul bagage et observer les élégantes boutiques et les charmantes terrasses de cafés depuis le siège arrière d'une limousine ne procuraient pas exactement la même sensation. Je pourrais m'habituer à tout ça, ai-je songé quand le chauffeur s'est retourné pour m'indiquer qu'il y avait de l'eau dans le minibar, au cas où j'aurais soif.

Quand la voiture s'est rangée devant l'entrée de l'hôtel, un homme d'allure distinguée, vêtu d'un costume qui semblait taillé sur mesure, m'a ouvert la portière.

— Mademoiselle Sachs, quel plaisir de vous rencontrer enfin. Je suis Gérard Renaud.

Il avait une voix agréable qui inspirait confiance, des cheveux gris et un visage profondément marqué : à l'évidence, il était bien plus âgé que je ne me l'étais imaginé au téléphone.

— Monsieur Renaud, tout le plaisir est pour moi !

Brusquement, j'étais submergée par l'envie de me glisser dans un bon lit confortable et de dormir pour effacer les effets du décalage horaire, mais M. Renaud s'est empressé de réduire mes espérances en miettes.

— Mme Priestly souhaiterait que vous vous rendiez immédiatement dans ses appartements, mademoiselle. Avant de passer par votre chambre, je le crains.

À voir la contrition se peindre sur son visage, je me suis sentie plus désolée pour lui que pour moi. Visiblement, il n'appréciait guère d'être porteur de ce genre de message.

— Putain, ça, c'est le pompon ! ai-je marmonné.

Mais en remarquant l'air penaud du concierge, j'ai immédiatement plaqué un sourire sur mes lèvres.

— Excusez-moi, ce vol était épouvantablement long. Quelqu'un pourra-t-il m'indiquer où se trouve Miranda ?

— Bien sûr, mademoiselle. Elle est dans sa suite, et d'après ce que j'ai cru comprendre, elle vous attend avec impatience.

Il m'a semblé que M. Renaud levait discrètement les yeux au ciel, et même si je l'avais jugé d'une courtoisie et d'une correction oppressantes au téléphone, j'ai révisé mon opinion. Sa conscience professionnelle lui interdisait de le montrer, et encore plus de s'autoriser une réflexion, mais je me suis dit qu'il détestait peut-être Miranda autant que moi. Je n'en avais aucune preuve formelle, mais imaginer que quelqu'un puisse ne pas la haïr était tout bonnement impossible.

M. Renaud m'a escortée jusqu'aux ascenseurs, il a dit quelques mots en français au groom qui allait m'accompagner, puis il m'a saluée. Le groom m'a conduite jusque devant la suite de Miranda, il a frappé à la porte et a filé sans demander son reste.

Allait-elle ouvrir elle-même ? Cela me semblait peu probable. Au cours de ces onze derniers mois, chaque fois que je m'étais introduite chez elle le soir, jamais je ne l'avais vue faire quoi que ce soit de ses dix doigts, ni même utiliser ses jambes pour aller répondre au téléphone, attraper un manteau au vestiaire, ou chercher un verre d'eau. On aurait dit que c'était shabbat tous les jours, qu'elle était redevenue une juive religieuse, et que j'étais, il va de soi, son goy de service.

Une jolie soubrette en uniforme a ouvert la porte. Ses yeux semblaient humides, et elle regardait fixement ses pieds.

— An-dre-âââ ! ai-je aussitôt entendu dire. (L'appel venait du fin fond du plus somptueux salon qu'il m'ait jamais été donné de voir.) An-dre-âââ, il faut donner mon tailleur Chanel à repasser pour ce soir, il est importable, tellement il a été froissé pendant le voyage. On pourrait croire que le personnel du Concorde sait prendre soin des bagages, mais non. Mes affaires sont dans un état épouvantable. Appelez également Horace Mann et assurez-vous que les filles sont bien allées en cours. Vous ferez ça tous les jours – je n'ai pas confiance en cette Annabelle. Veillez à parler tous les soirs à Caroline *et* à Cassidy, et vous tiendrez une liste de leurs devoirs à la maison et de leurs contrôles à venir. J'attends un rapport écrit tous les matins avant le petit déjeuner. Ah, et appelez aussi immédiatement le sénateur Schumer. C'est urgent. En dernier lieu, vous penserez à dire à cet abruti de Renaud que je compte sur lui pour me fournir du personnel compétent pendant mon séjour, et vous lui direz que si c'est trop compliqué pour lui, le directeur de l'hôtel pourra m'assister. Cette fille muette qu'il m'a envoyée est une handicapée mentale.

J'ai coulé un regard vers l'intéressée qui s'efforçait de retenir ses larmes, tapie dans l'entrée de la suite, tremblante et aussi effrayée qu'un hamster acculé. Comme j'ai supposé qu'elle ne parlait pas l'anglais, j'ai pris mon air le plus compatissant, mais elle a continué à trembler. J'ai essayé de me rappeler le chapelet d'ordres que Miranda venait de débiter.

— Ce sera fait, ai-je lancé en direction de l'endroit d'où était sortie sa voix, derrière le piano crapaud et les dix-sept compositions florales joliment disposées dans cette suite de la taille d'une maison. Je reviens dans un instant avec tout ce que vous m'avez demandé.

Avec ses rideaux de brocart, son épaisse moquette crème, l'opulent jeté de lit damassé sur un lit de deux mètres de large, les petites figurines dorées discrètement posées sur des étagères et des guéridons en acajou, cette pièce était indiscutablement le salon le plus cossu, le plus luxueux que j'aie jamais vu. Seuls un écran plat de télévision et une chaîne stéréo design indiquaient que la décoration de la pièce ne datait pas du siècle dernier.

Je suis repassée devant la soubrette tremblotante pour regagner le couloir. Le chasseur apeuré a aussitôt réapparu.

— Pourriez-vous à présent me montrer ma chambre ? ai-je demandé avec le maximum de gentillesse dont j'étais capable, mais visiblement, il était convaincu d'avoir affaire à une autre mégère, et il s'est exécuté avec empressement.

— Voici, mademoiselle, j'espère qu'elle vous conviendra.

À une quinzaine de mètres de la porte de Miranda se trouvait une autre porte, qui ne comportait celle-là aucun numéro. Le groom m'a introduite dans une minisuite, qui était une réplique presque à l'identique de celle de Miranda, mais avec un salon et un lit de dimensions plus modestes. En lieu et place du piano se trouvait un grand bureau en acajou, sur lequel était disposé tout un arsenal d'équipements – téléphone multilignes, ordinateur à écran plat, imprimante laser, scanner, fax. Mais à ce détail près, les pièces étaient tout aussi richement décorées.

— Mademoiselle, cette porte donne sur le couloir privé qui relie votre chambre à celle de Mme Priestly, a-t-il annoncé en s'avançant pour l'ouvrir.

— Non ! Je vous crois sur parole ! Savoir qu'elle est là me suffit. (J'ai jeté un regard sur le badge discrètement fixé à la poche de son uniforme.) Merci, Stéphane.

J'ai fouillé dans mon sac et là j'ai réalisé que je n'avais pas pensé à changer des dollars en euros et que je n'avais pas eu l'occasion de passer devant un distributeur.

— Je suis désolée, je n'ai que des dollars. Ça ne fait rien ?

Il a piqué un fard.

— Oh non, mademoiselle, ne vous inquiétez pas de ça. Mme Priestly s'occupe de ces détails à son départ.

Cependant, comme vous allez avoir besoin d'espèces en sortant, laissez-moi vous montrer ceci.

Il a ouvert un des tiroirs du bureau monumental et m'a tendu une enveloppe frappée de l'en-tête de l'édition française de *Runway*. À l'intérieur se trouvait un paquet de billets, l'équivalent de 4 000 dollars, et un petit mot manuscrit de Brigitte Jardin, la rédactrice en chef, qui avait eu pour mission d'organiser ce voyage et la fameuse soirée à venir :

Très chère Andrea, je suis ravie que vous soyez des nôtres cette semaine ! Ci-joint un peu d'argent pour votre usage personnel pendant ce séjour. Je me suis entretenue avec M. Renaud, qui sera joignable vingt-quatre heures sur vingt-quatre pour Miranda. Vous trouverez ci-après ses numéros de téléphone professionnel et personnel, ainsi que ceux du chef de l'hôtel, du prof de gym particulier, du responsable des transports et, bien sûr, du directeur de l'hôtel. Tous ont l'habitude de recevoir Miranda en période de défilés, il ne devrait donc y avoir aucun problème. Naturellement, si jamais l'une de vous deux a besoin de quoi que ce soit, je serai joignable en permanence – à la rédaction, sur mon portable, chez moi ou par fax. Je ne sais pas si nous aurons l'occasion de nous voir avant la grande soirée de samedi, mais il me tarde de vous rencontrer. Avec toutes mes amitiés. Brigitte.

Il y avait dans l'enveloppe une liste d'une centaine de numéros de téléphone, couvrant tout ce dont on pouvait avoir besoin à Paris, du fleuriste chic au chirurgien pour une urgence. Ces numéros figuraient également sur la dernière page du planning détaillé que j'avais dressé d'après les informations de Brigitte, afin que Sa Seigneurie puisse assister aux défilés de printemps avec le minimum de stress, d'anxiété et de soucis.

— Merci beaucoup, Stéphane. Cela m'est très utile.

J'ai extrait quelques billets de la liasse pour les lui tendre, mais il a courtoisement prétendu ne rien remarquer. Et à mon grand plaisir, en quittant ma suite, il avait l'air bien moins terrorisé qu'au début.

J'ai réussi tant bien que mal à m'acquitter de tout ce dont j'étais chargée, et je me suis dit que j'allais me reposer quelques instants contre les quatre cents oreillers disposés à la tête du lit, mais juste au moment où je fermais les yeux, le téléphone a sonné.

— An-dre-âââ, venez immédiatement.

Clic.

— Mais naturellement, Miranda, avec plaisir, puisque c'est demandé avec tant de gentillesse.

J'ai arraché du lit mon corps rompu par le décalage horaire et je me suis engagée dans le couloir qui reliait nos appartements. J'ai frappé, et une soubrette est venue ouvrir.

— An-dre-âââ ! Une des assistantes de Brigitte vient de m'appeler. Elle voulait connaître la durée de mon discours, lors du déjeuner de tout à l'heure.

Elle feuilletait les pages du *Women's Wear Daily* que quelqu'un – sans doute Allison – lui avait faxé depuis la rédaction de New York, pendant que deux garçons supermignons étaient occupés à la coiffer et à la maquiller. Une assiette de fromage était disposée à portée de sa main, sur un guéridon ancien.

Discours ? Quel discours ? Le seul événement noté sur le planning pour ce jour-là, en dehors des défilés, était un déjeuner avec remise de récompense, et où Miranda prévoyait, comme à son habitude, de faire une brève apparition de quinze minutes avant de s'échapper, transie d'ennui.

— Excusez-moi. Un discours, avez-vous dit ?

— C'est bien ce que j'ai dit.

Elle a posément replié son exemplaire en kit du *WWD* et l'a jeté par terre d'un geste hargneux, manquant de justesse d'assommer un des hommes agenouillés devant elle.

— Pourquoi diable n'ai-je pas été informée qu'on allait me décerner une récompense à la noix lors de ce déjeuner ? a-t-elle sifflé, le visage déformé par une haine que je n'avais encore jamais observée chez elle.

Miranda était toujours contrariée, évidemment. Elle était aussi, en permanence, insatisfaite, agacée, frustrée, globalement malheureuse. Mais jamais je ne l'avais vue en avoir à ce point-là *ras la casquette*.

— Je suis désolée, Miranda, c'est le bureau de Brigitte qui a répondu pour vous à cette invitation, et elles n'ont pas…

— Taisez-vous. Taisez-vous sur-le-champ ! Vous n'avez jamais que des excuses à me proposer ! *Vous* êtes mon assistante, *vous* êtes la personne que j'ai désignée pour me faciliter la tâche à Paris, celle qui devrait veiller à ce qu'on ne m'importune pas.

Elle était quasiment en train de hurler. Le maquilleur a demandé doucement en anglais si nous souhaitions qu'on nous laisse seules un moment, mais Miranda ne s'est pas donné la peine de lui répondre.

— Il est midi, je dois partir dans quarante-cinq minutes. Je veux d'ici là avoir un discours court et articulé, lisiblement dactylographié. J'attendrai ici. Si cette mission est au-dessus de vos moyens, vous pouvez disposer. De façon *définitive*. C'est tout.

J'ai retraversé notre couloir plus vite que je n'avais jamais couru sur des talons et, avant même d'être arrivée dans ma chambre, j'avais ouvert mon portable. Composer le numéro de Brigitte n'a pas été une mince affaire tant mes mains tremblaient. C'est une de ses assistantes qui a répondu.

— Brigitte ! ai-je glapi d'une voix perçante. Je veux parler à Brigitte ! Où est-elle ? Il faut que je lui parle ! Tout de suite !

Sans doute médusée, la fille n'a pas réagi tout de suite.

— Andrea, c'est vous ?

— Oui, c'est moi, et je dois parler à Brigitte. C'est une urgence. Où est-elle ?

— À un défilé, mais soyez sans crainte, elle a son portable sur elle. Vous êtes à l'hôtel ? Je lui demande de vous rappeler immédiatement.

Effectivement, mon téléphone a sonné presque aussitôt après, mais les quelques secondes écoulées m'avaient semblé durer une semaine.

— Andrea, que se passe-t-il, très chère ? a-t-elle demandé avec son adorable accent français. Monique m'a dit que vous étiez hystérique.

— Hystérique ? Pour sûr que je suis hystérique ! Brigitte, comment avez-vous pu me faire ça ? Votre équipe a tout arrangé pour ce putain de déjeuner, et personne n'a pris la peine de me prévenir qu'en plus de recevoir une récompense, elle devait prononcer un discours !

— Andrea, calmez-vous. Je suis certaine que nous vous avons dit…

— Et c'est à moi de l'écrire ! Vous m'écoutez ? J'ai quarante-cinq minutes pour pondre un discours en remerciement d'une récompense dont j'ignore tout, dans une langue que je ne connais pas. Je suis foutue ! Que vais-je faire ?

— Allons, détendez-vous, laissez-moi vous guider. Tout d'abord, la cérémonie a lieu au Ritz, dans l'un des salons. Vous êtes donc sur place. Le déjeuner est organisé par le Conseil Français de la Mode, qui décerne toujours ses prix en période de défilés parce que tout le monde est à Paris à ce moment-là. *Runway* va recevoir une récompense pour l'ensemble de son travail de couverture de la mode. Pas la peine d'en faire tout un plat, c'est juste une formalité.

— Génial, je sais au moins maintenant de quoi il retourne. Mais que dois-je écrire ? Pourquoi ne me le dicteriez-vous pas en anglais ? Je pourrais demander à M. Renaud de me le traduire. D'accord ? Allez-y, je note.

— Andrea, vous avez de la chance…

— De la chance, vraiment ? Expliquez-moi, car je ne vois pas bien en quoi.

— Ce genre de discours se prononce en général en anglais. Pas besoin de traduire. Vous pouvez donc l'écrire, n'est-ce pas ?

— Oui, je vais le faire, ai-je marmonné avant de raccrocher.

Mais compte tenu des circonstances, pour ce qui était d'espérer montrer à Miranda que j'étais capable de prouesses plus sophistiquées que d'aller chercher ses cafés au lait, c'était loupé.

J'ai commencé à taper à raison de soixante mots par minute (la dactylo s'avérait le seul cours utile que j'avais suivi à la fac) et, quand j'ai eu terminé, j'ai compris que Miranda ne mettrait guère que deux minutes, trois au grand maximum, à lire mon discours. Il me restait à peine le temps de grignoter quelques fraises qu'une âme généreuse avait eu la délicatesse de déposer sur mon bureau – *si seulement ils avaient apporté un cheeseburger* ! J'avais bien une barre chocolatée, quelque part dans mes bagages qui avaient été soigneusement empilés dans un coin de la chambre, mais je n'avais pas le temps de me mettre à sa recherche. Quarante minutes s'étaient écoulées depuis que j'avais reçu mon ordre de mission. Il était l'heure d'aller au rapport et d'attendre le verdict.

C'est encore une nouvelle soubrette qui m'a introduite dans le salon – tout aussi terrorisée que ses consœurs. Manifestement, rien ne m'autorisait à m'asseoir, mais le pantalon en cuir que je n'avais pas quitté depuis la veille semblait être devenu comme une seconde peau permanente, et les sandales à lanières qui finalement ne m'avaient pas gênée dans l'avion s'étaient transformées à présent en lames de rasoir longues et souples qui me tailladaient les pieds, des orteils aux talons. Je me suis assise sur le bord d'un des canapés archidodus, mais à l'instant où la pointe de mes fesses touchait les coussins, la porte de sa chambre s'est ouverte d'un coup, et instinctivement, j'ai bondi sur mes pieds.

— Où est mon discours ? Vous l'avez écrit, n'est-ce pas ?

Elle portait un de ses tailleurs Chanel classiques, à col rond ourlé de fourrure, et un sautoir à plusieurs rangs de perles incroyablement grosses.

— Bien sûr, ai-je confirmé avec fierté. Je crois que ça ira.

Et comme elle n'esquissait aucun mouvement pour venir en prendre connaissance, je me suis avancée, mais avant même que je ne lui tende la feuille, elle me l'a arrachée des mains. Ce n'est que lorsque ses yeux ont cessé de courir le long des lignes que je me suis aperçue que j'avais, de tout le temps de sa lecture, retenu ma respiration.

— Bien. C'est bien. Pas transcendant, mais correct. Allons-y, a-t-elle ajouté en glissant à son épaule la chaîne d'un sac matelassé Chanel.

— Pardon ?

— J'ai dit : allons-y. Cette petite cérémonie idiote commence dans quinze minutes, et avec un peu de chance, dans vingt minutes, nous serons sorties. Je déteste ces trucs-là.

J'avais donc bien compris : j'étais censée l'accompagner. J'ai considéré mon pantalon et mon blazer. Si elle n'avait rien trouvé à y redire – j'en aurais sans doute déjà entendu parler si tel était le cas – à quoi bon se prendre la tête ? Il y aurait probablement des essaims d'assistantes en train elles aussi de veiller au bien-être de leurs patronnes, et personne n'allait prêter attention à ma tenue.

Le salon était exactement conforme à la description de Brigitte – une salle de réunion typique d'un hôtel, avec une vingtaine de tables rondes dressées pour le déjeuner et, sur une petite estrade surélevée, une tribune. Je suis restée en retrait au fond de la salle avec quelques autres subalternes. Le président du Conseil nous a passé un clip particulièrement rasoir et inintéressant qui illustrait, sans inspiration, le rôle de la mode dans notre vie. D'autres personnes se sont succédé au micro pendant la demi-heure suivante et ensuite, avant la remise des prix, un escadron de serveurs s'est éparpillé dans la salle pour apporter les entrées, servir le vin. J'ai glissé un regard circonspect en direction de Miranda, qui semblait excessivement agacée et ennuyée, et j'ai tenté de me ratatiner encore plus derrière la jardinière contre laquelle je prenais appui pour ne pas m'effondrer. Combien de temps ai-je fermé les yeux ? Je ne sais pas. Mais pile au moment où les muscles de mon cou se détendaient et où je me sentais piquer irrésistiblement du nez, j'ai entendu sa voix.

— An-dre-âââ ! Je n'ai pas de temps à perdre avec ces âneries, a-t-elle chuchoté, assez fort pour faire relever la tête à quelques commères, à une table voisine. Je n'étais pas prévenue que j'allais recevoir une récompense, et je n'avais pas prévu de rester aussi longtemps. Je m'en vais.

Elle a fait volte-face et s'est dirigée vers la porte.

Je me suis précipitée à sa suite en boitillant, me retenant de l'attraper par l'épaule.

— Miranda ? Miranda ? (Elle faisait exprès de m'ignorer.) Miranda ? Qui voudriez-vous qui accepte la récompense à votre place ?

Elle a pivoté d'un coup sec et m'a regardé droit dans les yeux.

— Pensez-vous vraiment que cela m'importe ? Retournez là-bas, et occupez-vous-en.

Oh, mon Dieu, non ! C'était un mauvais rêve ! Dans une seconde, j'allais me réveiller dans mon lit, et tout ça – cette journée, l'année qui venait de s'écouler – ne serait qu'un cauchemar. Cette bonne femme ne voulait tout de même pas que moi – son assistante *junior* –, je monte sur cette estrade pour recevoir une récompense au nom de *Runway* ? J'ai fouillé la salle d'un regard fébrile, pour voir si quelqu'un du magazine était présent. Pas de bol. Je me suis effondrée sur une chaise. Qui serait plus à même de me donner un conseil ? Emily ou Brigitte ? J'attendais que la communication soit établie avec le bureau de Brigitte (qui, espérais-je, pourrait rappliquer à temps pour recevoir elle-même cette foutue récompense), quand j'ai entendu :

— ... en témoignage de l'immense estime que nous portons à de l'édition américaine de *Runway*, pour ses reportages de mode toujours pointus, distrayants, et informatifs. Je vous demande d'accueillir sa rédactrice en chef mondialement célèbre, elle-même une icône vivante de la mode, Miranda Priestly !

L'assistance s'est mise à applaudir à tout rompre au moment précis où moi, j'ai senti mon cœur qui cessait de battre.

Ce n'était plus le moment de penser, de maudire Brigitte pour avoir orchestré ce désastre, de maudire Miranda pour avoir disparu en emportant le discours, de me maudire moi-même pour avoir un jour accepté ce travail haïssable. Mes jambes m'ont portée docilement, droite-gauche, droite-gauche, et je suis montée sur l'estrade ; jusque-là, tout baignait. Si je n'avais pas été à ce point ébranlée, j'aurais peut-être remarqué que les applaudissements crépitants s'étaient mués en un silence inquiétant, tandis que chaque personne présente se demandait qui j'étais. Mais franchement, je n'ai rien vu. Au contraire, mue par une force supérieure, j'ai souri, j'ai tendu les mains pour recevoir la plaque commémorative que me tendait le président d'un air sévère et je l'ai placée, en tremblant, sur le pupitre devant moi. C'est seulement lorsque j'ai relevé la tête, et que j'ai vu ces centaines d'yeux rivés sur moi – des regards curieux, interrogateurs, déroutés – que j'ai su pour de bon que ma respiration allait s'arrêter et que j'allais trépasser, là, *hic et nunc*.

Sans doute cet état de stupeur n'a-t-il duré que dix ou quinze secondes, mais le silence était si assourdissant, si menaçant, que je me suis demandé si en fait je n'étais pas bel et bien morte. Pas un bruit de couverts, pas un tintement de verre, pas un seul murmure : personne ne parlait, ne cherchait à apprendre de son voisin qui était cet avatar inconnu de Miranda Priestly à la tribune. Ils se contentaient de me dévisager et, au bout d'un moment, j'ai compris que je n'avais d'autre choix que de prendre la parole. Je ne me rappelais pas un traître mot du discours que j'avais rédigé une heure plus tôt. J'étais entièrement livrée à moi-même.

— Bonjour…

Je tremblais comme une feuille. J'ai entendu l'écho de ma voix vibrer dans mes oreilles. Était-ce à cause du micro, ou de la pression sanguine qui palpitait dans mon crâne ? Peu importait.

— Je m'appelle Andrea Sachs et je suis l'ass… euh, je travaille à *Runway*. Malheureusement, Miranda – Mme Priestly – a dû s'absenter un instant, mais c'est un immense honneur d'accepter cette récompense en son nom. Et au nom de toute la rédaction de *Runway*, bien sûr. Merci encore infiniment pour ce, euh… pour ce merveilleux hommage. Je sais que je parle au nom de toute l'équipe en vous assurant que nous sommes tous très honorés par cette distinction.

Quelle cloche ! Je bafouillais, je tremblais, et à ce stade-là, j'avais recouvré assez de présence d'esprit pour remarquer que l'assistance commençait à se moquer de moi. Sans rien ajouter d'autre, j'ai quitté l'estrade avec un maximum de dignité, et c'est seulement en arrivant à la porte de la salle que je me suis aperçue que j'avais oublié la plaque. Une fille m'a rattrapée dans le hall. Sitôt qu'elle a tourné les talons, j'ai tendu la plaque à un portier en lui demandant de s'en débarrasser pour moi. Avec un haussement d'épaules, il l'a glissée dans son sac.

Non, mais quelle garce ! J'étais trop furieuse et trop crevée pour imaginer des moyens inédits de mettre un terme définitif à son existence. Mon téléphone a sonné. Je savais que c'était elle. J'ai fait basculer l'appel sur la messagerie et je suis allée commander un gin tonic.

Le barman m'a dévisagée et a hoché la tête. J'ai descendu le verre en deux gorgées, et je suis remontée voir ce qu'elle me voulait. Il était à peine 14 heures, c'était ma première journée à Paris, et j'avais envie de mourir. Sauf que la mort n'était pas une option envisageable.

17

— Suite de Miranda Priestly, ai-je annoncé de mon nouveau bureau parisien.

Les quatre heures délicieuses de sommeil qui étaient censées me tenir lieu de nuit complète de repos avaient été grossièrement interrompues à 6 heures du matin par l'appel fiévreux d'un des assistants de Karl Lagerfeld. C'est à cette occasion que j'avais découvert que tous les appels destinés à Miranda étaient directement achemi- nés sur mon poste. Apparemment, la ville entière savait que Miranda résidait ici pendant la semaine des défilés, et depuis que j'avais posé un pied dans ma chambre, le téléphone avait sonné sans un instant de répit. Et je ne parle pas des deux douzaines de messages qui avaient été déposés sur sa messagerie.

— Salut, c'est moi. Comment va Miranda ? Tout se passe bien ? Pas de problème jusque-là ? Où est-elle ? Pourquoi tu n'es pas avec elle ?

— Hé, salut, Em ! C'est gentil à toi de t'inquiéter. Comment vas-tu, au fait ?

— Quoi ? Oh, bien. Encore un peu flagada, mais ça s'arrange. Peu importe. Comment va-t-elle, *elle* ?

— Oui, moi aussi je vais bien, merci de ta sollicitude. Le voyage était un peu long, et je n'ai pas pu dormir plus de vingt minutes d'affilée parce que le téléphone n'arrête pas de sonner et… Ah ! J'ai aussi improvisé un discours – après en avoir écrit un au pied levé – devant une assemblée de gens qui tenaient beaucoup à la présence de Miranda, mais qui apparemment n'étaient pas assez intéressants pour la mériter. Je me suis totalement ridiculisée et j'ai frôlé la crise cardiaque, mais à part ça, tout roule.

— Andrea ! Arrête de déconner ! Je me fais vraiment du souci. On n'a pas eu beaucoup de temps pour préparer ce voyage, et tu sais bien que si quelque chose part de travers, c'est sur moi que ça retombera !

— Emily, s'il te plaît, ne le prends pas mal, mais je ne peux pas te parler, là.

— Pourquoi ? Quel est le problème ? Comment s'est passée sa réunion, hier ? Elle a pu y arriver dans les temps ? Tu n'as besoin de rien ? Tu fais bien attention à t'habiller correctement selon les circonstances ? N'oublie pas que tu représentes *Runway*, alors veille à toujours avoir le bon profil.

— Emily, je dois raccrocher…

— Andrea ! Je suis inquiète. Raconte-moi ce que vous avez fait.

— Voyons voir… J'ai profité de tout le temps libre que j'avais pour me faire masser une demi-douzaine de fois ; je me suis offert aussi deux soins du visage, quelques manucures. Miranda et moi avons considérablement resserré nos liens pendant ces séances en institut de beauté. C'était génial. Elle fait beaucoup d'efforts pour ne pas exiger trop de moi, elle m'a dit qu'elle voulait que je profite au maximum de Paris, parce que c'est une ville extraordinaire et que j'ai la chance d'y être. Bref, en gros, on se balade et on se marre bien. On boit du très bon vin. On fait les boutiques. Comme tout le monde, quoi.

— Andrea ! Ce n'est vraiment pas drôle ! Tu arrêtes de déconner et tu me racontes tout.

Plus elle s'énervait, plus ma bonne humeur s'épanouissait.

— Je ne sais pas quoi te dire, Em. Que veux-tu entendre ? Comment ça a été jusqu'à présent ? Ma foi… J'ai passé le plus clair de mon temps à essayer de trouver un moyen de dormir en dépit du téléphone qui sonne toutes les deux secondes, et j'ai ingurgité un peu de nourriture entre 2 et 6 heures du matin pour pouvoir tenir les vingt heures restantes. On se croirait en plein Ramadan, ici – pas de nourriture de toute la journée. Franchement, tu ne sais pas ce que tu perds.

L'autre ligne s'est mise à clignoter, et j'ai mis Emily en attente. À chaque sonnerie, mon esprit dérivait vers Alex. Je me demandais s'il allait appeler pour s'assurer que tout se passait bien. Je l'avais moi-même appelé deux fois depuis mon arrivée ; chaque fois, il avait répondu, mais tout comme la farce dans laquelle j'excellais au lycée, à chaque coup j'avais raccroché en entendant sa voix. Jamais nous n'étions restés aussi longtemps sans nous parler, et je voulais avoir de ses nouvelles ; cependant, je ne pouvais pas m'empêcher de penser que, sans chamailleries, sans culpabilité à gérer, ma vie s'était considérablement simplifiée. Mais j'ai tout de même retenu mon souffle jusqu'à ce que la voix de Miranda grince dans le poste.

— An-dre-âââ, à quelle heure Lucia doit-elle arriver ?

— Bonjour, Miranda. Attendez, je cherche son planning… Le voilà… Elle arrive directement de son shooting à Stockholm aujourd'hui. Elle devrait être à son hôtel.

— Passez-la-moi.

— Tout de suite, je vous mets en attente une seconde… Allô, Emily ? C'est elle, ne quitte pas… Allô, Miranda, je vous passe Lucia.

— An-dre-âââ, un instant. Je quitte l'hôtel dans vingt minutes, pour le reste de la journée. Avant mon retour, j'ai besoin de quelques carrés Hermès, et d'un nouveau chef. Il devra avoir au minimum dix ans d'expérience dans des restaurants français, être disponible quatre soirs par semaine pour les dîners familiaux, et deux soirs par mois pour les dîners priés. Passez-moi Lucia.

Je sais que j'aurais dû paniquer à l'idée de lui embaucher un chef à New York tout en étant à Paris, mais sur le moment, je n'ai pensé qu'à une seule chose : elle quittait l'hôtel, pour la journée, sans moi.

J'ai repris Emily en ligne et je l'ai informée que Miranda avait besoin d'un nouveau chef.

— Je m'en occupe, Andy, a-t-elle annoncé entre deux accès de toux. Je vais faire un tri dans les candidats et tu n'auras plus qu'à sélectionner les finalistes. Essaie juste de savoir si ça peut attendre son retour à New York, ou si elle préfère que je les lui envoie à Paris pour les entretiens, d'accord ?

— Tu plaisantes, j'espère ?

— Bien sûr que non. Miranda a engagé Cara alors qu'elle se trouvait à Marbella. La précédente nounou venait de démissionner, donc je lui ai expédié les trois finalistes en Espagne pour qu'elle puisse la remplacer sans délai. Occupe-toi de ça, O.K. ?

— Pas de problème, ai-je marmonné.

Parler de massages m'en avait donné envie, aussi ai-je pris un rendez-vous. Comme aucun créneau n'était libre avant la fin de l'après-midi, j'ai commandé un petit déjeuner complet au service d'étage. Quand le maître d'hôtel est venu me l'apporter, j'avais enfilé le peignoir triple épaisseur et les pantoufles assorties de l'hôtel, fin prête à accueillir ce festin d'omelette, croissants, muffins, pommes de terre, céréales et crêpes qui sentait merveilleusement bon. Après avoir tout dévoré jusqu'à la dernière miette, je me suis traînée dans le lit où je n'avais pas vraiment dormi la nuit précédente, et j'ai sombré si rapidement que c'était à se demander si l'on n'avait pas versé quelque chose dans mon jus d'orange.

Le massage était la cerise sur le gâteau de cet après-midi délicieusement reposant. Tout le monde faisait mon travail à ma place, et Miranda n'avait appelé qu'une seule fois – une seule – pour me charger de réserver une table dans un restaurant pour le déjeuner du lendemain. *Ça ne se passe pas si mal*, me suis-je dit, tandis que les mains puissantes de la masseuse pétrissaient les muscles noués de ma nuque. Ce genre de petit à-côté était bien agréable. Au moment où je recommençais à glisser dans une douce torpeur, le portable, que j'avais emporté bien à contrecœur, s'est mis à carillonner.

— Allô ? ai-je fait d'une voix alerte qui ne laissait en rien imaginer que j'étais à moitié endormie, allongée à poil sur une table, le corps enduit d'huile.

— An-dre-âââ. Avancez les rendez-vous avec le coiffeur et le maquilleur, et dites aux gens d'Ungaro que je ne suis pas libre ce soir. Je vais aller à une petite soirée privée, à laquelle vous m'accompagnerez. Soyez prête dans une heure.

— Pas de problème, ai-je bafouillé tout en essayant de digérer ce que je venais d'apprendre : je devais l'accompagner quelque part.

Le souvenir de la veille – de la dernière fois où elle m'avait avertie in extremis que j'étais tenue de l'accompagner m'est revenu en mémoire – m'a littéralement envahie – et j'ai bien cru que j'allais suffoquer. J'ai remercié la masseuse en la priant de mettre la séance – interrompue au bout de dix minutes – sur la note de la chambre et j'ai regagné celle-ci au galop pour réfléchir à la façon de négocier au mieux ce nouvel obstacle. Tout ce cirque commençait à me fatiguer.

J'ai appelé le coiffeur et le maquilleur de Miranda (qui, entre parenthèses, étaient différents des miens – j'avais écopé d'une espèce de harpie dont le regard atterré, lors de notre première rencontre, me hantait encore –, alors que Miranda avait hérité d'une paire de gays qui semblaient directement sortis des pages de *Maxim*) pour modifier son rendez-vous.

— Aucun problème, a piaillé Julien avec un accent français à couper au couteau. Nous y serons ! Précis comme des coucous suisses ! Nous avons fait le vide dans nos agendas cette semaine, afin justement d'être entièrement disponibles pour Mme Priestly.

J'ai ensuite laissé un message à Brigitte en lui

demandant de régler le problème avec les gens d'Ungaro. Il était grand temps de m'occuper de ma tenue. Le carnet de croquis avec les différents looks à ma disposition était posé en évidence sur la table de chevet, attendant d'être feuilleté par une *fashion victim* de ma trempe en quête d'une direction spirituelle. J'ai parcouru les titres et les sous-titres pour essayer de m'y retrouver :

Défilés

1. En journée
2. En soirée

Repas :

1. Réunion au petit déjeuner
2. Déjeuner

A. Décontracté (à l'hôtel ou dans un bistrot)
B. Habillé (L'Espadon au Ritz)

3. Dîner

A. Décontracté (bistrot ou service d'étage)
B. Semi-décontracté (bon restaurant, dîner en ville informel)
C. Habillé (Le Grand Véfour, dîner en ville)

Réceptions :

1. Décontractées (Petits déjeuners champagne, *Five o'clock*)
2. Stylés (Cocktails organisés par des gens non importants, signatures de livres, apéritifs.)
3. Habillés (Cocktails organisés par des gens importants, toute manifestation dans un musée ou une galerie, soirées post-défilé organisées par l'équipe du créateur)

Divers :

1. Trajets aéroport
2. Manifestations sportives (cours, tournois, etc.)
3. Shopping
4. Courses

A. Chez les couturiers
B. Dans les boutiques de luxe

C. Dans les magasins d'alimentation de luxe ou dans les parfumeries.

Quid de la tenue adéquate lorsqu'on ignorait si ses hôtes ressortissaient à la catégorie « gens non importants » ou « gens importants » ? Le carnet restait muet sur ce cas de figure. C'était typiquement le genre de circonstances où l'erreur fatale me guettait au tournant : sans doute pouvais-je restreindre mes choix à la rubrique « Réceptions », mais franchie cette première étape, ça devenait franchement flou. La réception entrait-elle dans la rubrique 2), où une tenue simplement habillée ferait l'affaire, ou relevait-elle vraiment de la rubrique 3), auquel cas je devais veiller à être particulièrement élégante ? Aucune instruction ne concernait nommément les circonstances floues, mais quelqu'un avait eu la bonne idée d'ajouter à la main, au bas de la table des matières, la recommandation suivante : *En cas de doute (ce qui devrait être exclu), mieux vaut être plus décontractée dans des vêtements fabuleux, que trop habillée dans des vêtements fabuleux*. Bon, d'accord, il devenait clair que mon problème entrait dans la catégorie « Réception », sous-catégorie « Stylée ». J'ai consulté les six looks que Lucia avait concoctés pour ces cas-là, et j'ai tenté d'imaginer lequel serait le moins ridicule, une fois sur moi.

Après un essai embarrassant avec un débardeur rebrodé de plumes et des bottes jusqu'à mi-cuisse, j'ai finalement sélectionné le look de la page trente-trois, une jupe fluide en patchwork de Roberto Cavalli, un débardeur à fines bretelles et une paire de bottes de motarde de D&G. Branché, sexy, stylé – mais pas trop habillé – et qui ne me faisait ressembler ni à une autruche, ni à une résurgence des années 80, ni à une prostituée. Que demander de plus ? J'étais en train de choisir un sac susceptible de parachever l'ensemble quand la coiffeuse-maquilleuse est arrivée, avec ses moues désapprobatrices, pour tenter de réduire de moitié l'horrible spectacle qu'elle semblait voir en moi.

— Vous pourriez éclaircir un peu mes cernes ? ai-je demandé prudemment, pour ne pas la perturber dans son travail.

Sans doute aurais-je mieux fait de m'occuper du maquillage moi-même – d'autant que je disposais de plus d'informations que des savants commissionnés par la Nasa pour construire une navette spatiale – mais la kapo du maquillage se pointait avec ponctualité, que ça me plaise ou non.

— Non ! C'est mieux ainsi, a-t-elle aboyé.

Elle et moi ne partagions visiblement pas la même sensibilité.

Sitôt qu'elle a eu terminé d'appliquer une épaisse peinture noire sur mes cils inférieurs, elle s'est sauvée aussi vite qu'elle était apparue. J'ai attrapé mon sac (un sac de bowling Gucci en croco) et j'ai gagné le hall avec quinze minutes d'avance sur notre heure estimée de départ afin de m'assurer plutôt deux fois qu'une que le chauffeur était prêt. Juste au moment où je débattais avec M. Renaud pour savoir si Miranda préférerait que nous montions dans des véhicules séparés, pour ne pas avoir à me parler, ni risquer d'attraper quelque microbe en partageant la banquette arrière avec moi, elle est apparue. Elle m'a examinée de la tête aux pieds, très lentement, avec une parfaite indifférence. J'avais réussi ! Pour la toute première fois depuis que je travaillais pour elle, je n'avais récolté aucun regard de dégoût complet, ni fait les frais d'un commentaire irascible – et cette petite victoire n'avait jamais nécessité que l'aide d'un groupe d'intervention spécial de rédactrices de mode new-yorkaises, les bons offices d'une coiffeuse-maquilleuse parisienne et une collection exhaustive des vêtements les plus beaux et les plus chers au monde.

— La voiture est-elle là, An-dre-âââ ?

Elle était renversante dans une robe de cocktail courte en velours froncé.

— Oui, madame, elle vous attend, est intervenu

M. Renaud en nous ouvrant la voie parmi un groupe de femmes qui arboraient toutes un look dernier cri et qui ne pouvaient être, elles aussi, que des rédactrices de mode américaines. Un murmure déférent a circulé dans ce petit cénacle de *sous*-commères. Miranda me devançait, l'air profondément contrarié. Il m'a presque fallu courir pour ne pas me faire distancer, même si elle mesurait quinze centimètres de moins que moi. Elle est montée en voiture et, comme j'hésitais, elle m'a lancé un regard qui signifiait : « Qu'attendez-vous ? Le déluge ? » Je me suis empressée de prendre place à côté d'elle.

Grâce au ciel, le chauffeur semblait connaître notre destination. Je venais de passer une heure en pleine crise de parano à l'idée qu'elle puisse me demander où avait lieu ce fameux cocktail dont j'ignorais tout. Au lieu de quoi, elle a pris son téléphone pour bavarder avec l'ASN. Elle lui a dit au moins cent fois qu'elle espérait qu'il arriverait assez tôt pour pouvoir se changer et boire un verre avant la grande soirée du samedi. L'ASN devait la rejoindre à Paris avec le jet de sa société, et ils débattaient pour savoir s'il emmenait les jumelles. Miranda ne voulait pas que les filles manquent un jour d'école, or l'ASN ne retournerait à New York que le lundi. Ce n'est que lorsque nous nous sommes garés devant un petit hôtel particulier boulevard Saint-Germain que je me suis demandé ce qu'elle attendait exactement de moi ce soir-là. Elle avait toujours évité de maltraiter Emily, moi ou n'importe qui d'autre de son staff en public – ce qui indiquait, au moins à un certain degré, qu'elle était pertinemment consciente de son comportement. Si elle ne pouvait pas m'ordonner d'aller chercher ses verres, de lui passer quelqu'un au téléphone ou de foncer de toute urgence au pressing, à quoi allais-je bien lui servir ?

— An-dre-âââ, nos hôtes de ce soir sont un couple avec lequel j'étais très amie lorsque j'habitais à Paris. Ils m'ont demandé d'emmener mon assistante pour distraire leur fils, qui trouve en général ces soirées assez ennuyeuses. Je suis certaine que vous allez bien vous entendre.

Elle a attendu que le chauffeur lui ouvre la portière, avant de poser à terre ses Jimmy Choo avec une grâce maniérée. Je n'avais pas eu le temps de descendre qu'elle était déjà en train de gravir le perron et qu'elle tendait son manteau au majordome, qui visiblement attendait son arrivée. Je me suis accordé quelques secondes de répit sur la banquette, en essayant de traiter l'information qu'elle venait froidement de me révéler. La séance de coiffure, de maquillage, l'affolement avec lequel j'avais consulté le carnet de style, les bottes de motarde… Tout ça pour passer la soirée à baby-sitter un petit morveux ? Et un petit morveux *français* par-dessus le marché ?

Il m'a fallu trois bonnes minutes pour me rappeler que le *New Yorker* n'était plus très loin, à quelques mois à peine, que mon année d'esclavage allait porter ses fruits, que j'étais capable de supporter encore une soirée d'ennui pour obtenir le boulot de mes rêves. L'envie d'être pelotonnée sur le canapé de mes parents m'a submergée d'un coup. Ma mère m'aurait préparé une tasse de thé réchauffée au micro-ondes, mon père aurait installé le jeu de Scrabble ; Jill et Kyle seraient là avec le bébé, qui gazouillerait en me voyant et Alex appellerait pour me dire qu'il m'aimait. Personne n'en aurait rien à battre que mon jogging soit taché, que mes ongles de pieds ne soient pas impeccablement vernis, personne ne trouverait rien à redire à ce que je mange un énorme éclair au chocolat. Personne d'ailleurs ne saurait que des défilés de mode avaient lieu de l'autre côté de l'Atlantique, et ce serait le cadet de leurs soucis. Mais tout cela paraissait à des années-lumière, et dans l'immédiat, je devais faire face à une clique de gens qui vivaient et mouraient sur les podiums. Ça, plus le marmot criard et pourri-gâté dont j'allais devoir élucider le charabia français.

Quand j'ai enfin extrait ma misérable – mais néanmoins stylée – carcasse de la limousine, le majordome n'attendait plus personne. Un orchestre était en train de jouer, et j'ai senti les fragrances des bougies parfumées qui s'échappaient par une fenêtre ouverte jusque dans le petit jardin. J'ai pris une profonde inspiration et j'allais frapper, quand la porte s'est ouverte. Autant dire que j'ai eu ce soir-là la surprise de ma vie quand je me suis retrouvée nez à nez… avec Christian, qui me souriait.

— Andy chérie, comme je suis heureux que vous ayez pu venir, s'est-il exclamé avant de se pencher et de m'embrasser sur les lèvres – ce qui, vu que j'étais bouche bée d'incrédulité – était un peu intime.

— Que faites-vous ici ?

Il a souri et repoussé sa mèche.

— Ne devrais-je pas vous poser la même question ? Puisque vous semblez me suivre partout où je vais, je suis obligé d'en conclure que vous voulez coucher avec moi.

J'ai rougi et, toujours grande dame, ricané sans discrétion.

— Ouais, il doit y avoir de ça. En fait, je ne suis pas là en qualité d'invitée ; je suis une simple baby-sitter très bien habillée. Miranda m'a demandé de l'accompagner et m'a appris à la dernière seconde que j'avais pour mission de m'occuper du sale môme de la maison. Donc, si vous voulez bien m'excuser, je vais m'assurer qu'il ne lui manque ni son verre de lait, ni ses crayons de couleur.

— Oh, il va très bien, et je suis certain qu'un autre baiser de sa baby-sitter suffira à le combler.

Il a pris mon visage entre ses mains et m'a embrassée à nouveau. J'ai ouvert la bouche, pour protester et lui demander à quoi rimait tout ce cirque, et Christian, interprétant cela comme une marque d'enthousiasme, en a profité pour glisser sa langue.

— Christian ! (Autant dire que mes jours étaient comptés si Miranda me surprenait en pleine séance de pelotage avec le premier venu à une de ses soirées.) Mais qu'est-ce qui vous prend ? Lâchez-moi !

J'ai réussi à me dégager, mais lui a continué à me sourire.

— Andy, vous êtes un peu longue à la détente sur ce coup-là. Je suis ici chez moi. Ce sont mes parents qui donnent cette réception, et j'ai eu l'idée lumineuse de leur suggérer que votre patronne vous emmène avec elle. C'est elle qui vous a dit que j'avais dix ans ? Ou bien avez-vous décidé ça par vous-même ?

— C'est une blague ? Dites-moi que vous plaisantez.

— Pas le moins du monde. C'est marrant, non ? Comme je n'arrive pas à vous coincer autrement, je me suis dit que ce stratagème pourrait marcher. Ma belle-mère était amie avec Miranda quand elle habitait à Paris – elle est photographe et travaille souvent pour *Runway* –, donc je lui ai demandé de dire à Miranda que son charmant beau-fils apprécierait la compagnie d'une jolie assistante. Ça a marché comme sur des roulettes. Venez, allons vous chercher un verre.

Il m'a prise par la taille pour me conduire dans le salon, derrière un imposant bar en bois, où trois barmen en uniforme fournissaient les invités en martinis, whiskies et élégantes coupes de champagne.

— Christian, laissez-moi tirer ça bien au clair : je n'ai aucun gamin à surveiller ce soir ? Pas de petit frère, ni personne d'autre ?

Je trouvais insensé que Miranda m'ait amenée à une soirée où ma seule et unique responsabilité serait de tenir compagnie à l'Écrivain Sexy et Intelligent. Peut-être m'avait-on invitée avec l'intention de me faire danser, ou chanter, pour distraire les convives ? Peut-être leur manquait-il une fille pour servir les cocktails, et j'étais la solution de dépannage de dernière minute ? À moins qu'on ne me demande d'aller remplacer la fille qui s'occupait du vestiaire et qui semblait prête à tomber de fatigue et d'ennui ? Mon cerveau refusait de gober l'histoire de Christian.

— Bon, je n'ai pas dit que vous n'alliez pas faire du

baby-sitting ce soir, car j'entends réclamer des tonnes et des tonnes d'attention. Mais la soirée sera, je pense, plus agréable que vous ne l'aviez prévu. Attendez-moi ici.

Il m'a embrassée sur la joue et s'est faufilé dans la foule des invités – pour la plupart des messieurs distingués, et des femmes dans le coup, la quarantaine ou la cinquantaine un peu artiste, mêlés à des banquiers, des journalistes du milieu de la mode, plus quelques stylistes, photographes et mannequins pour faire bonne mesure. Il y avait un élégant petit patio éclairé aux chandelles à l'arrière de la maison, où un violoniste jouait une musique douce. J'ai observé ce qui s'y passait, et j'ai immédiatement reconnu Anna Wintour, absolument ravissante en combinaison de soie crème et sandales Manolo rebrodées de perles. Elle bavardait gaiement avec un homme que j'ai supposé être son petit ami, bien que les énormes lunettes Chanel qui dissimulaient ses yeux empêchent de savoir si elle s'amusait, s'ennuyait ou s'en fichait. La presse adorait comparer les poses grotesques d'Anna et Miranda, mais j'avais du mal à croire que quelqu'un puisse rivaliser avec ma patronne pour ce qui était d'être insupportable.

Quelques femmes formaient une haie derrière elle, sans doute des rédactrices de *Vogue*, en la couvant d'un œil circonspect et épuisé, exactement comme nos commères faisaient avec Miranda, et à côté d'elle se trouvait une Donatella Versace stridente. Avec son visage généreusement tartiné de maquillage et ses vêtements phénoménalement moulants, on aurait dit sa propre caricature. Un peu comme, lorsque j'avais découvert la Suisse, j'avais trouvé que ce pays ressemblait à sa reproduction outrée à *Disneyworld*, Donatella ressemblait plus à son personnage de *Saturday Night Live* qu'à elle-même.

J'ai siroté ma flûte de champagne en causant avec un Italien – le premier Italien moche que je rencontrais – qui évoquait dans une prose fleurie son appréciation innée du corps féminin, quand Christian a réapparu.

— Andy, venez un instant avec moi.

Une fois de plus, il m'a pilotée avec aisance dans la foule. Il était vêtu de son uniforme : jean Diesel délavé à la perfection, tee-shirt blanc, veste sport de couleur sombre, et mocassins Gucci. Il se fondait dans la masse des invités, *sans couture apparente*.

— Où allons-nous ?

Je gardais mes yeux grands ouverts pour surveiller Miranda qui, quoi qu'en dise Christian, attendait certainement de moi que je sois au piquet dans un coin, en train de passer des fax ou de mettre à jour le planning.

— D'abord, on va vous chercher un autre verre, et puis peut-être encore un autre. Ensuite, je vous apprendrai à danser.

— Qui vous dit que je ne sais pas danser ? me suis-je rebiffée. Pour ne rien vous cacher, je me débrouille plutôt bien, même.

Une flûte de champagne a surgi comme par enchantement, puis il m'a entraînée dans le salon, entièrement décoré dans de superbes tons de brun foncé. Un groupe de six musiciens jouait une musique à la mode, évidemment, et une vingtaine de personnes de moins de trente-cinq ans s'étaient rassemblées là. Comme sur un signal, les musiciens ont commencé à jouer *Let's Get It On* et Christian m'a attirée contre lui. J'ai respiré son eau de toilette, dont les notes masculines, classiques, évoquaient Polo Sport. Son bassin s'est mis à bouger en épousant avec naturel le rythme de la musique ; il chantonnait, ses lèvres tout près de mon oreille. Le reste de la piste est devenu flou – j'étais vaguement consciente que d'autres gens dansaient autour de nous ; dans un coin, quelqu'un a porté un toast, mais à ce moment-là, mes yeux ne pouvaient faire la mise au point que sur Christian. Quelque part dans les profondeurs de mon esprit, une sonnette d'alarme discrète mais insistante me rappelait que ce corps contre le mien n'était pas celui d'Alex, mais ça n'avait aucune importance. Pas ce soir.

Il était plus d'une heure du matin quand je me suis

souvenue que j'étais venue avec Miranda ; je ne l'avais pas vue depuis des heures, et j'étais à peu près sûre qu'elle avait oublié mon existence, et qu'elle était rentrée à l'hôtel. Quand j'ai finalement réussi à m'extirper du canapé dans lequel j'étais avec Christian, je l'ai vue qui discutait avec Karl Lagerfeld et Gwyneth Paltrow. Elle paraissait de bonne humeur, et aucun des trois n'avait l'air de se soucier du fait qu'il allait devoir se lever dans quelques heures pour assister au défilé Dior. J'hésitais à approcher quand elle m'a aperçue et m'a fait signe.

— An-dre-âââ ! Venez par ici.

Sa voix semblait joyeuse par-dessus le vacarme de la réception devenue nettement plus festive dans les dernières heures. Quelqu'un avait tamisé les éclairages, et il était manifeste que les aimables serveurs avaient pris grand soin des invités qui restaient. Même sa façon agaçante de prononcer mon nom ne m'a pas ennuyée, tout étourdie que j'étais par le champagne. Et même si je pensais que cette soirée ne pouvait rien me réserver de mieux que ce qu'elle m'avait déjà donné, il était évident qu'elle m'appelait pour me présenter à ses amis célèbres.

— Oui, Miranda ? ai-je minaudé d'une voix éperdue de reconnaissance.

— Apportez-moi un verre de San Pellegrino et assurez-vous que le chauffeur attend devant la porte. Je suis prête à partir, a-t-elle ordonné sans même un regard dans ma direction.

— Oui, bien sûr, tout de suite.

Je lui ai apporté son verre d'eau, qu'elle a pris sans un remerciement, et je suis allée m'occuper du chauffeur. Les invités s'étaient raréfiés. J'ai songé un instant à chercher les parents de Christian pour les remercier, mais réflexion faite, j'ai continué vers la porte d'entrée, où j'ai retrouvé Christian adossé au chambranle, une expression de satisfaction arrogante sur le visage.

— Alors, ma petite Andy, vous vous êtes bien amusée ?

a-t-il demandé d'une voix pâteuse qui n'avait plus rien d'adorable.

— C'était pas mal, oui.

— « Pas mal » ? C'est tout ? J'ai l'impression que vous aimeriez bien que je vous conduise en haut ce soir, ma petite. Mais chaque chose en son temps, Andy. Chaque chose en son temps.

Je lui ai donné une petite tape amicale sur le bras.

— Ne vous flattez pas, Christian. Et remerciez vos parents pour moi.

Et pour une fois, je me suis penchée la première pour l'embrasser sur la joue sans lui laisser le temps de réagir.

— Bonne nuit.

— Une allumeuse ! a-t-il lancé, en bafouillant d'ébriété. Vous êtes une allumeuse. Je parie que c'est ça qui plaît à votre petit ami.

Il souriait à présent, et sans la moindre cruauté. C'était là tout le charme de ce petit jeu de séduction avec lui, mais en entendant cette référence à Alex, j'ai retrouvé ma lucidité, et assez longtemps pour réaliser que je ne m'étais pas autant amusée depuis des années. Le champagne, la danse, ses mains dans mon dos quand il m'attirait contre lui m'avaient fait me sentir plus vivante qu'au cours de tous ces mois – ces longs mois de frustration et d'humiliation, qui m'avaient insensibilisée à force d'épuisement. Voilà peut-être pourquoi Lily faisait ça, ai-je songé. Les mecs, les soirées, la joie absolue de réaliser qu'on est jeune et débordante de vie. Il me tardait de l'appeler pour lui en parler.

Miranda m'a rejointe dans la voiture cinq minutes plus tard, et elle semblait même presque contente. Je me suis demandé si elle avait trop bu, mais j'ai aussitôt écarté cette hypothèse : je ne l'avais jamais vue boire plus d'une gorgée par-ci, par-là, et uniquement quand des circonstances mondaines l'exigeaient. Vu qu'elle préférait le Perrier ou la San Pellegrino au champagne, et les milk-shakes ou les cafés au lait aux Cosmopolitans, il y avait peu de chances qu'elle soit ivre.

Après m'avoir assommée de questions sur le planning du lendemain pendant les cinq premières minutes (fort heureusement, j'en avais glissé une copie dans mon sac), elle s'est tournée et m'a regardée, pour la toute première fois de la soirée.

— Emily... Euh, An-dre-âââ, depuis combien de temps travaillez-vous pour moi ?

La question m'a prise de court, et mon cerveau ne fonctionnait pas assez vite pour anticiper la motivation qui se cachait derrière. C'était étrange de l'entendre parler d'un autre sujet que mon incapacité à trouver, rapporter, ou faxer quelque chose assez rapidement. Jamais elle ne m'avait interrogée sur moi. À moins que les détails de notre premier entretien ne lui soient restés en mémoire – ce qui était improbable, vu comment elle m'avait scrutée d'un regard vide le jour où nous nous étions retrouvées au bureau – elle ne savait rien de moi : ni quelle fac j'avais fréquentée (si tant était que j'en avais fréquenté une), ni si j'habitais à Manhattan (si tant était que j'avais un chez-moi), ni ce que je faisais (à supposer que j'en aie le temps) pendant ces précieuses heures où je n'étais pas en train de cavaler à son service. Cette question devait forcément la concerner d'une manière ou d'une autre, mais mon intuition me soufflait que, ce soir-là, elle me concernait peut-être également.

— Ça fera un an le mois prochain, Miranda.

— Et vous avez l'impression d'avoir appris quelques petites choses susceptibles de vous être utiles pour votre avenir ?

J'ai aussitôt chassé de mon esprit la myriade de choses que j'avais apprises : comment retrouver un article sur un magasin ou un restaurant précis dans une douzaine de journaux sans indication d'aucune sorte ; comment aider des préados qui, chacune, avaient déjà plus d'expérience de la vie que mes deux parents réunis, à faire leurs devoirs ; comment supplier, engueuler, persuader, mettre sous pression, enjôler ou charmer quelqu'un, de l'immigré qui livrait les déjeuners à l'éditeur d'une grande maison, pour obtenir ce dont j'avais besoin ; sans oublier comment satisfaire n'importe quelle requête en moins d'une heure, puisqu'il était hors de question de répondre : « Je ne sais pas » ou « Ce n'est pas possible ». Indéniablement, l'année écoulée avait été riche en enseignements.

— Oh, oui ! ai-je répondu avec enthousiasme. J'ai plus appris en un an auprès de vous que je ne pouvais espérer en apprendre ailleurs. Voir comment marche un grand magazine – le plus grand –, découvrir les différentes étapes de sa fabrication, et comment chacun, à la rédaction, apporte sa pierre à l'édifice est tout à fait passionnant. Et bien sûr, avoir l'opportunité d'observer comment vous gérez l'ensemble… Ça a été une année incroyable ! Je vous suis tellement reconnaissante, Miranda !

Si reconnaissante que deux de mes molaires me mettaient au supplice depuis des semaines, et je n'avais même pas la possibilité d'aller chez le dentiste pendant les heures de bureau. Mais peu importait. Je savais désormais tout sur la fabrication à la main des Jimmy Choo. Le jeu n'en valait-il pas la chandelle ?

Mon laïus avait-il été crédible ? J'ai risqué un regard discret vers Miranda. Oui, elle semblait avoir tout gobé et hochait la tête avec gravité.

— Vous savez, An-dre-âââ, que si mes filles ont fait leurs preuves au bout d'un an, je les estime mûres pour une promotion.

Mon cœur a bondi. Le moment était-il enfin arrivé ? Était-ce maintenant qu'elle allait m'annoncer qu'elle avait pris les devants et m'avait assuré un poste au *New Yorker* ? Peu importait qu'elle ignore totalement que j'étais prête à me damner pour travailler là-bas. Peut-être l'avait-elle deviné toute seule parce qu'elle s'intéressait à moi ?

— J'ai eu quelques doutes à votre sujet, je ne vous le cache pas. Pensez-vous que je n'ai pas remarqué votre manque d'enthousiasme, ou vos soupirs et vos grimaces quand je vous confie une tâche que vous n'avez manifestement pas envie d'exécuter ? J'espère qu'il ne s'agit là que d'un signe d'immaturité, puisque que vous paraissez assez compétente dans d'autres domaines. Qu'est-ce qui vous tenterait ?

Assez compétente ! M'aurait-elle annoncé que j'étais la plus intelligente, la plus sophistiquée, la plus sublime et débrouillarde des filles, que je n'aurais pas été plus comblée. Miranda Priestly me trouvait *assez compétente* !

— Eh bien, évidemment, j'adore la mode. Comment peut-on ne pas l'adorer ? ai-je répondu avec empressement, en scrutant son expression, qui demeurait inchangée comme d'habitude. Mais j'ai toujours rêvé d'écrire, alors j'espérais avoir l'opportunité d'explorer cette voie-là.

Elle a croisé les mains sur ses genoux et a regardé par la vitre. Il était évident que ces quarante-cinq secondes de conversation commençaient déjà à l'ennuyer, donc il fallait que j'aille vite.

— Je n'ai aucune idée de votre talent d'écriture, mais je ne suis pas opposée à ce que vous écriviez des petits textes pour le magazine afin de le tester. Peut-être une chronique théâtrale, ou des petits scopes pour les pages « Agenda ». Dans la mesure où cela n'interfère pas avec votre travail pour moi et où vous faites ça pendant votre temps libre, naturellement.

— Naturellement. Ce serait merveilleux !

Nous étions en train de parler, de communiquer, sans avoir jusque-là prononcé les mots « petit déjeuner » ou « pressing ». Tout se passait trop bien pour que je n'essaie pas, et donc, j'ai ajouté :

— Mon rêve est d'écrire un jour pour le *New Yorker*.

Cela a semblé remettre son attention sur les rails ; de nouveau, elle m'a observée.

— Quelle idée ! Ce n'est pas un magazine de luxe. Ils ne traitent que de sujets sérieux. Comment peut-on avoir envie d'y travailler ?

Était-ce une question purement rhétorique ? Dans le doute, mieux valait ne pas répondre.

Mon temps allait expirer dans vingt secondes : nous approchions de l'hôtel, et je sentais son attention qui s'éloignait de moi. Elle a commencé à consulter les appels en absence sur son portable, mais a tout de même ajouté, d'un ton désinvolte :

— Mmm, le *New Yorker*. Condé Nast. (J'ai hoché vigoureusement la tête pour l'encourager à poursuivre, mais elle ne me regardait pas.) Bien entendu, je connais beaucoup de gens là-bas. Voyons comment se déroule le reste du séjour, et peut-être leur passerai-je un coup de fil à mon retour.

La voiture s'est garée devant l'entrée de l'hôtel, et M. Renaud, l'air épuisé, a évincé le chasseur qui se précipitait vers la portière pour l'ouvrir lui-même.

— Bonsoir, mesdames ! J'espère que vous avez passé une agréable soirée, a-t-il dit en faisant de son mieux pour cacher sa fatigue.

— Nous aurons besoin de la voiture demain matin à 9 heures pour nous conduire au défilé Christian Dior. J'ai rendez-vous pour le petit déjeuner à 8 h 30. Veillez à ce qu'on ne me dérange pas avant, a aboyé Miranda, dont toute la gentillesse s'était évaporée comme de l'eau répandue sur un trottoir brûlant.

Et avant que j'aie pu trouver un moyen de conclure notre petit échange, ou d'en rajouter une couche pour la remercier de cette conversation, elle s'est engouffrée dans l'un des ascenseurs. J'ai lancé un regard pétri de compréhension à M. Renaud et je suis montée dans une autre cabine.

L'assortiment de chocolats disposés sur un plateau en argent sur ma table de nuit était à l'unisson de la perfection de cette soirée : en l'espace de quelques heures, je m'étais quasi réincarnée en top model, j'avais passé la soirée en compagnie du mec le plus sexy que j'aie jamais vu en chair et en os, et Miranda Priestly m'avait déclaré que j'étais « assez compétente ». J'avais l'impression que toutes les pièces d'un puzzle s'assemblaient enfin, que cette année de sacrifices était sur le point de payer. Je me suis effondrée sur le lit tout habillée et j'ai contemplé le plafond, encore incrédule d'avoir dit à Miranda que je rêvais d'écrire pour le *New Yorker*, et de n'avoir récolté aucun éclat de rire. De n'avoir provoqué ni hurlement, ni réaction de panique. Elle n'avait même pas ricané en me rétorquant que j'étais ridicule de ne pas vouloir de promotion au sein de *Runway*. Il me semblait presque – il se pouvait que je me fasse des idées, mais franchement, je ne le croyais pas – qu'elle m'avait écoutée, et *comprise*. Qu'elle m'avait comprise et *approuvée*. C'en était presque trop.

Je me suis déshabillée lentement, en me repassant en boucle les images de la soirée dans la tête – Christian me conduisant d'une pièce à l'autre, sa façon de me regarder, de derrière cette mèche qui lui barrait toujours le visage, l'imperceptiblement hochement de tête de Miranda lorsque je lui avais avoué que je voulais écrire. Quelle nuit magique ! Une des plus belles de ces dernières années. Il était déjà 3 h 30 à Paris – soit 21 h 30 à New York, l'heure idéale pour attraper Lily avant qu'elle ne sorte. J'aurais bien évidemment dû appeler sans prêter attention au signal rouge qui clignotait avec insistance pour indiquer que j'avais des messages. Mais toute à ma bonne humeur, j'ai saisi un bloc-notes, prête à transcrire les messages. Et tant pis si cela promettait d'être un long défilé de demandes agaçantes de la part de gens agaçants : rien ne pouvait me faire redescendre de mon petit nuage.

Les trois premiers messages émanaient de M. Renaud et de ses assistants, pour confirmer divers rendez-vous du lendemain, et à la fin de chaque message, on me souhaitait une bonne nuit, comme si j'étais une personne normale et non pas juste une esclave – une attention vraiment appréciable. Entre le troisième et le quatrième message, je me suis surprise à souhaiter et à redouter que l'un des messages soit d'Alex ; du coup, j'ai été à la fois ravie et anxieuse d'entendre que le quatrième était bel et bien de lui.

— Salut, Andy, c'est moi. Alex. Écoute, je suis désolé de te déranger, je suis sûr que tu es débordée de boulot, mais il faut que je te parle, alors s'il te plaît, rappelle-moi sur mon portable dès que tu as ce message. Peu importe l'heure, d'accord ? Bon, O.K. Salut.

Cela me faisait tout drôle qu'il n'ait pas ajouté qu'il m'aimait, ou que je lui manquais, ou qu'il attendait mon retour avec impatience, mais j'imagine qu'aucune de ces formules n'était de rigueur quand les gens avaient décidé de « faire un break ». J'ai effacé le message et j'ai décidé, assez arbitrairement, que le peu d'urgence dans sa voix justifiait d'attendre jusqu'au lendemain pour le rappeler – me lancer dans un état des lieux de notre relation à 3 heures du matin après la merveilleuse soirée que je venais de passer était tout simplement au-dessus de mes forces.

Le dernier message était de ma mère, et lui aussi m'a paru curieux, ambigu.

— Bonjour, ma puce, c'est maman. Il est 20 heures chez nous, je ne sais pas trop quelle heure ça fait à Paris. Écoute, il n'y a pas le feu – tout va bien –, mais ce serait bien que tu nous rappelles quand tu auras ce message. On n'est pas près de se coucher, donc rappelle à l'heure que tu veux, le plus tôt possible. Nous espérons que tu t'amuses bien. À très bientôt. Nous t'embrassons très fort.

Voilà qui était indiscutablement étrange. Alex et ma mère qui m'avaient appelée tous les deux, qui me demandaient de les rappeler quelle que soit l'heure, dès que j'aurais eu le message… Sachant que pour mes parents, veiller tard le soir consistait à être encore éveillés après les *prime time* à la télévision, j'ai deviné qu'il se passait quelque chose. Mais en même temps, personne n'avait semblé paniqué ou fiévreux. Peut-être allais-je prendre un long bain moussant avec l'un des produits obligeamment fournis par le Ritz afin de rassembler lentement l'énergie de rappeler tout le monde ? La soirée avait été vraiment trop merveilleuse pour risquer de tout gâcher en écoutant ma mère s'inquiéter de savoir où nous « en étions », Alex et moi.

Le bain était à la hauteur de ce qu'on peut attendre dans une chambre adjacente à la suite Coco Chanel, et en sortant de l'eau, j'ai pris le temps d'appliquer du lait parfumé sur tout mon corps. Enfin, drapée dans un peignoir en éponge triple épaisseur, je me suis assise près du téléphone. Sans réfléchir, j'ai composé d'abord le numéro de mes parents, ce qui était sans doute une belle ânerie : rien qu'à son intonation en disant « Allô », j'ai compris que ma mère était complètement stressée.

— Salut, c'est moi. Tout va bien ? J'allais vous appeler demain, je n'ai pas eu une seconde à moi. Il faut que je te raconte ma soirée !

Je savais déjà que j'allais passer sous silence toute allusion romantique à Christian, puisque que j'avais omis de mettre mes parents au courant de la situation entre Alex et moi, mais j'étais sûre qu'ils seraient tous les deux aux anges en apprenant que Miranda avait bien réagi lorsque j'avais évoqué le *New Yorker*.

— Ma puce, excuse-moi de t'interrompre, mais il est arrivé quelque chose. Nous avons eu un coup de fil du Lennox Hill Hospital – je crois qu'il se trouve sur la 77e Rue – et apparemment, Lily a eu un accident.

Mon cœur s'est arrêté de battre quelques secondes – certes, c'est un cliché, mais c'est vraiment ce qui s'est passé.

— Quoi ? Mais de quoi tu parles ? Quel genre d'accident ?

Elle avait déjà basculé sur le mode de la mère rongée d'inquiétude et elle faisait manifestement de gros efforts pour rester posée et rationnelle dans ses propos – très certainement sur les conseils de mon père, pour me transmettre un sentiment de calme et de contrôle.

— Un accident de voiture, ma chérie. Assez sérieux, je le crains. Lily conduisait – il y avait un garçon avec elle, un étudiant de sa fac, je crois, et elle s'est engagée dans une rue en sens interdit. Elle aurait, paraît-il, heurté un taxi de plein fouet, à plus de soixante kilomètres heure. L'officier de police que j'ai eu au téléphone a dit que c'était un miracle qu'elle soit vivante.

— Je ne comprends pas. Ça s'est passé quand ? Elle va s'en sortir ?

J'ai commencé à sangloter, car ma mère avait beau essayer de garder son sang-froid, j'avais compris la gravité de la situation à sa façon de choisir ses mots avec un luxe infini de précautions.

— Maman, où est-elle ? Elle va s'en sortir ?

J'ai entendu que ma mère pleurait elle aussi, doucement.

— Andy, je te passe papa. Il a parlé avec les médecins.

Je t'embrasse très fort, ma chérie.

Sa voix avait déraillé sur les derniers mots.

— Bonsoir, ma grande. Comment vas-tu ? Désolé de t'appeler avec une nouvelle pareille.

La voix de mon père était grave, réconfortante, et j'ai eu le pressentiment qu'il allait m'annoncer que tout allait s'arranger, que Lily avait une jambe et peut-être une ou deux côtes cassées, mais qu'un bon chirurgien avait été appelé pour recoudre quelques égratignures sur son visage et qu'elle serait rapidement tirée d'affaire.

— Papa, dis-moi ce qui s'est passé ! Maman m'a appris que Lily conduisait, qu'elle roulait trop vite et qu'elle a percuté un taxi. Je ne comprends pas, c'est insensé ! Lily n'a pas de voiture et elle déteste conduire. Elle ne se balade jamais en voiture dans Manhattan. Comment l'avez-vous su ? Qui vous a appelés ? Qu'est-ce qu'elle a, au juste ?

Ma voix frisait de nouveau l'hystérie.

— Assieds-toi, a dit mon père d'un ton à la fois autoritaire et réconfortant. Je vais te raconter tout ce que je sais. L'accident s'est produit hier, mais nous n'avons été prévenus qu'aujourd'hui.

— Hier ? Hier ! Et personne ne m'a appelée plus tôt ?

— L'hôpital l'a fait, si. Le médecin m'a expliqué qu'ils avaient trouvé ton nom et ton numéro dans ses affaires. Lily l'avait indiqué comme numéro à contacter en cas d'urgence sur la page d'information de son agenda, puisque sa grand-mère ne va pas très bien. Je pense qu'ils ont cherché à te joindre chez toi, et sur ton portable, mais bien entendu, tu n'as pas pu écouter tes messages. Quand ils ont constaté que personne ne rappelait au bout de vingt-quatre heures, ils ont regardé dans son carnet d'adresses, ils ont vu que nous portions le même nom et ils ont appelé ici pour demander si on savait comment te joindre. Maman et moi n'arrivions pas à nous souvenir du nom de ton hôtel, donc nous avons appelé Alex…

— Oh, mon Dieu, mais c'était hier. Elle est restée seule tout ce temps ? Elle est toujours à l'hôpital ?

J'avais beau le bombarder de questions, j'étais consciente de n'obtenir aucune réponse. Tout ce que je tenais pour sûr, c'était que Lily m'avait désignée comme la première personne à prévenir en cas d'urgence, celle dont on écrit toujours le numéro sans vraiment croire qu'il servira un jour. Et pour une fois qu'elle avait vraiment besoin de moi – elle n'avait personne d'autre, en fait – j'étais injoignable. Mes sanglots s'étaient apaisés mais de grosses larmes brûlantes continuaient à ruisseler le long de mes joues, et ma gorge était aussi douloureuse que si on l'avait récurée à la pierre ponce.

— Oui, elle est toujours à l'hôpital. Je ne vais pas te raconter d'histoires, Andy… Nous ne savons pas si elle va s'en sortir…

— Quoi ? Qu'est-ce que tu as dit ? Est-ce que quelqu'un pourrait me donner une information concrète ?

— Andy, j'ai parlé avec son médecin une demi-douzaine de fois. Je suis certain qu'elle bénéficie des meilleurs soins qui soient, mais elle est dans le coma, ma chérie. Bon, le docteur m'a assuré que…

— Dans le coma ? Lily est dans le coma ?

Les mots refusaient de prendre sens dans mon esprit.

— Essaie de te calmer. Je sais que c'est un gros choc pour toi, et je regrette de devoir t'apprendre une telle nouvelle au téléphone. Nous avions pensé attendre ton retour, mais comme tu ne rentres pas avant la fin de la semaine, nous avons jugé bon de te prévenir. Mais sache que maman et moi allons nous occuper d'elle du mieux que nous pourrons. Tu sais bien que nous l'avons toujours considérée comme une de nos filles et que nous ne la laisserons pas seule.

— Oh, mon Dieu, mais je dois rentrer ! Papa, je dois rentrer ! Elle n'a que moi et je suis de l'autre côté de l'Atlantique. Mais le problème, c'est cette putain de soirée qui n'a lieu qu'après-demain. C'est la seule raison pour laquelle elle m'a fait venir, et si je ne suis pas là, elle me vire définitivement. Il faut que je trouve une solution !

— Andy, il est très tard. Le mieux, je crois, est que tu essaies de dormir un peu et de réfléchir calmement à tout ça. Je me doutais bien que tu allais vouloir rentrer immédiatement, tu es comme ça. Mais n'oublie pas que Lily n'est pas consciente. Le docteur m'a assuré qu'elle a d'excellentes chances de sortir du coma d'ici 48 ou 72 heures, que son corps s'accorde juste un sommeil profond et prolongé pour mieux récupérer. Mais rien n'est sûr, a-t-il ajouté doucement.

— Et si jamais elle s'en sort ? J'imagine qu'il y a des risques qu'elle ait des lésions cérébrales, ou qu'elle soit paralysée ? Oh, mon Dieu, c'est atroce !

— Personne ne peut encore se prononcer. Ils ont dit que ses pieds et ses jambes répondaient aux stimulations, ce qui tendrait à indiquer qu'elle n'est pas paralysée. Mais elle a beaucoup de contusions à la tête, et on ne peut avoir aucune certitude tant qu'elle ne sera pas sortie du coma. Il faut attendre.

Nous avons parlé quelques minutes de plus, puis j'ai raccroché assez abruptement et j'ai appelé Alex sur son portable.

— Salut, c'est moi. Tu l'as vue ? ai-je demandé tout de go sans même un bonsoir – une vraie mini-Miranda.

— Salut, Andy. Tu es au courant, donc ?

— Oui, je viens d'avoir mes parents au téléphone. Tu l'as vue ?

— Oui, je suis à l'hôpital en ce moment. Je ne peux pas aller dans sa chambre, les visites sont terminées et je ne suis pas de la famille, mais je veux rester là, au cas où elle se réveillerait.

Il avait la voix distante des gens qui sont très profondément perdus dans leurs pensées.

— Que s'est-il passé ? Ma mère m'a dit qu'elle était rentrée dans un taxi en conduisant. C'est insensé !

— Oui, c'est un cauchemar, a-t-il soupiré, visiblement chagriné que personne encore ne m'ait raconté toute l'histoire. Je ne connais pas les détails, mais j'ai pu parler avec le mec qui l'accompagnait. Tu te souviens de Benjamin, ce type qu'elle fréquentait à la fac et qu'elle avait surpris en train de s'envoyer en l'air avec deux nanas ?

— Évidemment, il bosse dans le même immeuble que moi. Je le croise de temps en temps. Qu'est-ce qu'elle fichait avec lui, bon sang ? Elle le hait – elle ne lui a jamais pardonné.

— Ben, c'est ce que je croyais aussi, mais apparemment, ils se sont pas mal vus ces derniers temps, et hier soir ils étaient ensemble. Il m'a dit qu'ils étaient allés voir Phish au Nassau Coliseum, et qu'ils étaient rentrés en voiture à Manhattan. À mon avis, Benjamin avait fumé un peu trop ; il a donc préféré laisser le volant à Lily. Le retour en ville s'est passé sans encombre, jusqu'à ce que Lily grille un feu rouge, prenne Madison en sens interdit et fonce droit sur les bagnoles qui arrivaient en face. Ils ont percuté de plein fouet un taxi, côté conducteur, et bon, enfin, tu vois…

Sa gorge s'est nouée, et là j'ai compris que la situation devait être pire que tout ce qu'on m'avait déjà dit.

Depuis une demi-heure, je n'arrêtais pas de poser des questions – à ma mère, à mon père, à Alex – sans arriver à formuler celle qui me hantait : pourquoi Lily avait-elle grillé un feu rouge et foncé en sens interdit dans une avenue à grande circulation ? Mais je n'ai pas eu besoin de le demander à voix haute, car Alex, comme toujours, avait deviné mes pensées.

— Andy, son alcootest était positif. Elle avait deux fois la quantité d'alcool autorisée dans le sang.

Il s'était efforcé de dire ça posément, en articulant bien pour éviter d'avoir à le répéter.

— Oh, mon Dieu !

— Si… Quand elle va se réveiller, les problèmes de santé ne vont pas être son seul souci : elle est vraiment dans la merde. Heureusement, le chauffeur de taxi s'en est tiré avec juste quelques bleus et deux ou trois bosses ; quant à Benjamin, il a une jambe en plusieurs morceaux, mais à part ça, il va bien lui aussi. Il faut juste attendre pour Lily. Quand rentres-tu ?

— Quoi ? ai-je fait distraitement.

J'essayais d'intégrer le fait que Lily « revoyait » un mec qu'elle était supposée haïr, et qu'elle se retrouvait dans le coma parce qu'elle s'était soûlée avec lui.

— Je t'ai demandé quand tu rentrais. Tu rentres, n'est-ce pas ? a-t-il ajouté en sentant que je tardais à répondre. Tu ne peux pas sérieusement songer à rester en France alors que ta meilleure amie est sur un lit d'hôpital ?

— Que sous-entends-tu ? Que c'est ma faute si je ne l'ai pas vu venir ? Qu'elle est à l'hôpital parce que *moi*, je suis à Paris ? Que si j'avais su qu'elle revoyait Benjamin, rien de tout ça ne serait arrivé ? ai-je braillé.

Toutes les émotions déroutantes de cette soirée ont débordé d'un coup. Il fallait que je crie, que je hurle dans les oreilles de quelqu'un.

— Non, je ne sous-entends rien de tel. Je suppose simplement que tu vas rentrer pour être avec elle dès que possible. Je ne te juge pas, Andy, tu le sais. Et moi, je sais qu'il est très tard pour toi, et que tu ne peux rien entreprendre avant plusieurs heures. Pourquoi ne me rappelles-tu pas quand tu connaîtras l'horaire de ton vol ? Je viendrai te chercher à l'aéroport et nous filerons direct à l'hôpital.

— Très bien. Merci d'être sur place. Ça me touche beaucoup, et je sais que Lily, ça va la toucher aussi. Je te rappelle dès que je sais comment je m'organise.

— D'accord, Andy. Tu me manques. Je suis persuadé que tu vas faire ce qui s'impose.

Et il a raccroché sans me laisser le temps de me jeter sur cette dernière réplique.

Faire ce qui s'impose ? *Ce qui s'impose ?* Ça voulait dire quoi, ça ? Qu'il supposait que j'allais sauter dans le premier avion et rappliquer ventre à terre ? Mais qu'il aille… Je détestais ce ton condescendant et sermonneur qui me donnait l'impression d'être une de ses petites élèves qu'il venait de surprendre en train de bavarder. Je le détestais, lui, d'être auprès de Lily, de *mon* amie, en train de dispenser des leçons à tout le monde du haut de ses cimes morales. Ils étaient loin, les jours où j'aurais raccroché, rassérénée par sa présence, sachant qu'il prenait tout en main, et qu'il allait tout faire pour débrouiller la situation au lieu de soulever des dissensions. À quel moment notre relation avait-elle pris ce virage ?

Je n'avais plus assez d'énergie pour le rappeler et attirer son attention sur une évidence : si je rentrais à New York plus tôt que prévu, je serais virée immédiatement, et toute mon année d'esclavage n'aurait servi à rien. J'avais réussi à éloigner cette horrible pensée avant qu'elle ne prenne forme dans mon esprit – que dans l'immédiat, cela ne signifierait rien pour Lily que je sois près d'elle ou non, puisqu'elle était inconsciente. Les arguments à l'encontre d'un retour précipité se sont mis à tourbillonner dans ma tête. Peut-être allais-je rester le temps nécessaire pour aider Miranda à préparer la soirée, et lui expliquer ensuite la situation en plaidant ma cause ? Ou alors, si jamais Lily se réveillait, quelqu'un pourrait lui dire que j'allais revenir le plus tôt possible, d'ici deux jours grand maximum. Dans l'éclairage du petit matin, après une longue nuit passée à danser, à boire beaucoup de champagne pour finalement apprendre que ma meilleure amie était dans le coma – pour avoir elle-même abusé d'alcool – ces explications me semblaient être la raison incarnée. Au fond de moi, je savais, je savais bien, qu'aucune d'entre elles ne pouvait y prétendre.

*

— An-dre-âââ, appelez Horace Mann pour prévenir que les filles seront absentes lundi puisqu'elles seront à Paris avec moi, et assurez-vous qu'on vous donne la liste complète de tous les cours qu'elles devront rattraper. Décalez également mon dîner de ce soir à 20 h 30, et si jamais cela ne leur convient pas, vous l'annulez. Avez-vous trouvé ce livre que je vous ai demandé hier ? Il m'en faut quatre exemplaires – deux en français et deux en anglais – avant que je ne rejoigne ces gens au restaurant. Ah, et je veux aussi la dernière version corrigée et dactylographiée du menu de demain afin que je puisse réfléchir aux modifications que j'ai apportées. Vous veillerez bien à ce qu'il n'y ait pas de sushis. Vous m'écoutez, An-dre-âââ ?

— Oui, Miranda.

Je m'efforçais de noter du plus vite que je pouvais dans le très chic carnet Smythson que le département des accessoires, toujours attentionné, avait glissé dans mes malles en même temps que tout un assortiment de sacs, de bijoux, de chaussures, de ceintures. Nous étions dans la voiture, en route pour le défilé Christian Dior – le premier auquel j'allais assister – et Miranda me mitraillait d'instructions sans m'accorder un seul regard et en se fichant éperdument que je n'aie pu dormir plus de deux heures. Un des concierges de M. Renaud – celui qui était chargé de me réveiller et de veiller à ce que je sois prête à temps pour accompagner Miranda au défilé – était venu frapper à ma porte à 7 h 45. Miranda avait, au dernier moment, décidé qu'elle avait besoin de mes services six minutes plus tôt. Le concierge avait poliment fait mine de ne pas remarquer que je m'étais comme évanouie tout habillée sur le lit, sans le défaire ni même éteindre les lumières. J'avais disposé de vingt-cinq minutes pour me doucher, consulter le carnet des tenues, m'habiller et me maquiller toute seule, puisque aucun rendez-vous avec ma maquilleuse n'était programmé de si bonne heure.

Je m'étais réveillée avec une légère gueule de bois, mais ça avait été le souvenir des coups de fil de la veille qui m'avait envoyé une vraie décharge de douleur. Lily ! Il fallait que j'appelle Alex, ou mes parents, pour voir s'il y avait du nouveau, mais je n'avais pas le temps.

En arrivant au rez-de-chaussée, j'avais décidé que je devais rester encore un jour, juste une misérable journée de plus, pour l'aider à organiser cette soirée, et qu'ensuite, je rentrerais m'occuper de Lily. Peut-être même pourrais-je m'absenter quelques jours, une fois qu'Emily serait de retour au bureau, pour prendre soin de Lil, l'aider à récupérer et débrouiller avec elle les inévitables retombées de l'accident. D'ici mon arrivée, Alex et mes parents se chargeraient de tout – *ce n'est pas comme si tu étais seule à gérer la situation*, me répétais-je. Et après tout, il s'agissait de ma vie, ici. C'étaient ma carrière, mon avenir qui étaient en jeu, et je ne voyais pas en quoi deux jours de plus ou de moins compteraient pour quelqu'un qui n'avait pas encore repris conscience. Alors que pour moi – et indubitablement pour Miranda – ces deux jours faisaient toute la différence.

J'étais déjà installée à l'arrière de la voiture quand Miranda est arrivée ; elle a fixé ma jupe en mousseline, mais sans faire aucun commentaire. Je venais de ranger le carnet de notes dans mon sac Bottega Venetta quand mon nouveau portable à liaison internationale a sonné. C'était la première fois qu'il sonnait en présence de Miranda, et alors que je fouillais précipitamment dans le sac pour l'éteindre, elle m'a ordonné de répondre.

— Allô ? ai-je fait, en gardant un œil sur elle qui consultait son planning du jour en faisant semblant de ne pas écouter.

— Andy, bonjour, ma grande. (Mon père.) Je voulais te donner quelques nouvelles.

— O.K. (J'essayais de m'en tenir au strict minimum, tant c'était étrange de parler au téléphone en sa présence.)

— Le médecin vient d'appeler. Lily montre des signes qui laissent penser qu'elle va bientôt sortir du coma. N'est-ce pas une excellente nouvelle ? Je me suis dit que tu aimerais le savoir.

— C'est génial. Absolument génial.

— As-tu décidé si tu rentrais ou non plus tôt que prévu ?

— Euh, non… Je n'ai encore rien décidé. Il y a cette soirée demain, et Miranda a absolument besoin de moi, alors… Écoute, papa, je suis désolée, mais tu tombes un peu mal. Je peux te rappeler plus tard ?

— Bien sûr. Quand tu veux.

Il s'efforçait de garder un ton neutre, mais j'ai senti combien ma réponse le décevait.

— Merci beaucoup d'avoir téléphoné. À plus tard.

— Qui était-ce ? s'est enquise Miranda sans lever les yeux de son planning.

Il venait de se mettre à pleuvoir, et le bruit de la pluie sur le toit de la voiture couvrait sa voix.

— Mmm ? Oh, mon père. D'Amérique.

D'Amérique ? Mais où étais-je encore allée chercher ça ?

— Et qu'attend-il de vous, qui puisse compromettre votre travail demain soir ?

En l'espace de deux secondes, j'ai songé à des milliers

de mensonges possibles, mais je ne disposais pas d'assez de temps pour en élaborer un seul en détail. D'autant moins qu'elle avait à présent reporté toute son attention sur moi. Avais-je un autre choix que de lui avouer la vérité ?

— Oh, rien. Une de mes amies a eu un accident. Elle est à l'hôpital. Dans le coma, en fait. Il appelait juste pour me donner de ses nouvelles et me demander si je rentrais à la maison.

Elle a réfléchi à ce qu'elle venait d'entendre, puis a hoché la tête, puis a ouvert le *International Herald Tribune*.

— Je vois.

Pas « Je suis navrée », ou « Est-ce que votre amie va mieux ? ». Non, juste deux syllabes vagues et glaciales, assorties d'une moue d'extrême mécontentement.

— Mais je ne rentre pas. C'est hors de question. J'ai compris à quel point ma présence demain était importante pour vous et je serai là. J'ai beaucoup réfléchi à la question, et je veux que vous sachiez que j'ai l'intention d'honorer mes engagements envers vous et envers mon travail. Donc, je reste.

Elle n'a d'abord rien dit, puis elle a souri imperceptiblement.

— An-dre-âââ, je suis ravie. Vous avez pris la bonne décision, et j'apprécie votre sens du devoir. Voyez-vous, An-dre-âââ, j'ai eu quelques doutes à votre sujet dès le début. Vous ne connaissiez visiblement rien à la mode, et vous ne sembliez pas en faire grand cas. Et n'imaginez pas que je n'ai pas remarqué les mille et une façons dont vous manifestez votre déplaisir lorsque je vous demande de faire quelque chose qui vous enquiquine. Si vous avez fait preuve de compétences adéquates pour occuper ce poste, votre attitude, en revanche, a laissé pour le moins à désirer.

— Miranda, laissez-moi, s'il vous plaît…

— Ne me coupez pas ! J'allais dire que je suis bien

plus disposée à vous aider à aller là où vous le souhaitez, maintenant que vous m'avez donné des preuves de votre investissement. Vous devriez être fière de vous, An-dre-âââ.

J'ai cru m'évanouir devant la longueur et le contenu de ce soliloque – de joie ou de douleur, cela restait à voir – mais le meilleur était à venir. Dans un geste qui était radicalement contraire, tous plans confondus, au caractère de cette femme, elle a posé sa main sur la mienne qui traînait entre nous sur la banquette et elle a déclaré :

— Vous me rappelez celle que j'étais à votre âge.

Et avant que j'aie pu articuler la moindre syllabe susceptible de constituer une réponse appropriée, le chauffeur s'est arrêté devant le Carrousel du Louvre et a sauté à terre pour ouvrir nos portières. J'ai empoigné mon sac, et le sien, ne sachant si je venais de vivre le moment le plus humiliant, ou le plus glorieux, de ma vie.

*

Mon premier défilé parisien s'est déroulé dans une espèce de brume. Il faisait très noir, pour autant que je me souvienne, et la musique semblait beaucoup trop braillarde pour un événement aussi prestigieux. Mais le seul souvenir qui domine ces deux heures passées dans une autre dimension, c'est l'intense inconfort que je ressentais. Les bottes Chanel que Jocelyn avait choisies avec tant de goût pour aller avec ma tenue – un pull en cashmere stretch de Malo qui me gainait comme une seconde peau et une jupe en mousseline – me donnaient l'impression que mes pieds étaient des dossiers confidentiels que quelqu'un passait au broyeur. Le mal de tête – un mélange de gueule de bois et d'anxiété – provoquait des protestations dans mon estomac, agité par des vagues menaçantes de nausée. J'étais debout tout au fond de la salle en compagnie d'un assortiment de journalistes de troisième zone et d'autres spectateurs qui n'étaient pas assez importants pour mériter un siège. Je gardais un œil sur Miranda, et de l'autre, j'essayais de repérer le coin le plus discret et le moins humiliant, si jamais le besoin s'en faisait sentir. *Vous me rappelez celle que j'étais à votre âge. Vous me rappelez celle que j'étais à votre âge. Vous me rappelez celle que j'étais à votre âge.* Cette phrase tournait, tournait dans ma tête, au rythme implacable de la douleur qui me pilonnait le crâne.

Miranda a réussi à me laisser en paix pendant presque une heure, mais après ça, elle était lancée. J'avais beau me trouver dans la même salle qu'elle, elle m'a commandé par téléphone de la San Pellegrino. À partir de là, mon portable a sonné toutes les dix ou douze minutes.

Briiiing.

— Passez-moi M. Tomlinson sur sa ligne du jet.

(Après seize tentatives, l'ASN n'a toujours pas répondu.)

Briiiing !

— Rappelez à toutes nos rédactrices qui se trouvent à Paris que le fait qu'elles soient ici ne signifie pas qu'elles doivent négliger leurs responsabilités à la rédaction – je veux que tout soit prêt à la date prévue.

(Les deux rédactrices en question, avec lesquelles j'étais en contact à leurs hôtels respectifs, m'ont ri au nez avant de raccrocher.)

Briiiing !

— Apportez-moi un sandwich à la dinde immédiatement – je n'en peux plus de tout ce jambon.

(J'ai parcouru quasiment deux kilomètres avec mes bottes de torture et mon estomac dévasté, mais point de dinde à l'horizon. Elle le savait, j'en suis sûre, car à New York, où les sandwiches à la dinde fleurissent à tous les coins de rue, jamais elle ne m'en avait demandé un.)

Briiiing !

— J'attends des dossiers complets sur les trois meilleurs chefs que vous avez trouvés jusque-là dans ma suite à notre retour de ce défilé.

(Emily s'est mise en rogne, s'est lamentée et l'a traitée de divers noms d'oiseaux, mais a promis qu'elle allait me faxer toutes les informations dont elle disposait à cette heure sur les candidats pour que je puisse constituer des « dossiers ».)

Briiiing ! Briiiing ! Briiiing ! Vous me rappelez celle que j'étais à votre âge.

Trop nauséeuse et handicapée pour admirer la parade d'anorexiques sur le podium, je me suis éclipsée dans le hall pour fumer une petite cigarette. Naturellement, au moment où j'allumais mon briquet, le téléphone a sonné.

— An-dre-âââ ! An-dre-âââ ! Où êtes-vous encore passée ?

J'ai remballé ma cigarette et regagné dare-dare la salle. Mon estomac a fait un looping si violent quc j'ai su que j'allais dégueuler – ce n'était plus qu'une question de minutes.

— Je suis au fond de la salle, Miranda, ai-je dit en me faufilant entre les portes et en allant m'adosser au mur. Juste à gauche de la porte. Vous me voyez ?

Je l'ai observée se dévisser la tête jusqu'à que ce nos regards se croisent. J'allais raccrocher, mais elle était encore en train de parler :

— Restez où vous êtes ! N'en bougez plus, est-ce clair ? On pourrait croire que mon assistante avait compris qu'elle était là pour m'assister, pas pour aller vadrouiller Dieu sait où quand j'ai besoin d'elle. C'est inacceptable, An-dre-âââ !

Le temps qu'elle se lève et vienne se planter en face de moi au fond de la salle, une femme en robe du soir argentée, avec taille Empire et jupe vaporeuse, ondulait à travers l'assistance respectueuse, et la musique a basculé d'un genre de chant grégorien à une cacophonie *heavy metal*. Les élancements dans ma tête se sont calés sur le rythme de la musique. Miranda, qui n'avait cessé de vitupérer à voix basse dans son téléphone en approchant de moi, a tout de même fini par raccrocher. Je l'ai imitée.

— An-dre-âââ, nous avons un très gros problème. *Vous* avez un gros problème. Je viens d'avoir M. Tomlinson. Apparemment, Annabelle lui a fait remarquer que les passeports des jumelles ont expiré la semaine dernière.

Elle me dévisageait, mais je n'étais concentrée que sur un seul point : contenir les éventuels débordements de mon estomac.

— Ah bon ?

C'est la seule repartie qui m'est venue à l'esprit, et il faut croire que ce n'était pas la bonne. J'ai vu sa main se crisper sur l'anse de son sac. Ses yeux étaient exorbités par la colère.

— *Ah bon ?* a-t-elle raillé dans un glapissement de hyène. (Les gens autour de nous commençaient à nous regarder.) *Ah bon* ? C'est tout ce que vous trouvez à dire ?

— Euh… Non, bien sûr. Ce n'est pas ce que je voulais dire. Y a-t-il quelque chose que je puisse faire ?

— *Y a-t-il quelque chose que je puisse faire ?* s'est-elle moquée de nouveau, avec une voix de fillette pleurnicharde cette fois. (Aurait-elle été n'importe qui d'autre, je l'aurais giflée.) Vous avez intérêt à pouvoir faire quelque chose, An-dre-âââ. Puisque vous êtes incapable d'anticiper ce genre de problème, vous allez devoir trouver un moyen de faire renouveler leurs passeports à temps avant ce soir. Il est hors de question que mes propres filles ratent ma soirée, compris ?

Si j'avais compris ? Mmmm. Très bonne question. J'étais entièrement incapable de comprendre en quoi je pouvais être responsable de cette histoire dans la mesure où, en principe, ces deux gamines avaient un père, une mère, un beau-père et une nounou à plein temps pour veiller à ce genre de détails. Mais je comprenais qu'aucun de ces arguments n'était recevable. Si elle pensait que c'était de ma faute, ça l'était. J'ai compris aussi qu'elle, elle ne comprendrait pas lorsque je lui annoncerais que ses filles ne pourraient pas prendre l'avion ce soir-là. Normalement, je pouvais tout trouver, réparer ou arranger, sauf renouveler des papiers d'identité en me trouvant dans un autre pays. Point barre. Elle venait d'inventer l'exigence, à l'issue de toute une année, qu'il ne serait pas en mon pouvoir de satisfaire. Elle pouvait toujours hurler, tempêter ou essayer de m'intimider, c'était sans espoir. *Vous me rappelez celle que j'étais à votre âge.*

Qu'elle aille se faire foutre. Que Paris et les défilés de mode et toutes ces bonnes femmes qui se trouvaient trop grosses aillent au diable. Au diable aussi, tous ceux qui pensaient que la conduite de Miranda pouvait se justifier parce qu'elle savait fabriquer un beau magazine de mode en appariant un photographe talentueux et des fringues hors de prix. Et qu'elle aille se faire foutre pour avoir pensé que je pouvais lui ressembler en quoi que ce soit. Et pire, qu'elle aille se faire foutre pour dire vrai. Qu'est-ce que je fichais là, à me laisser rabaisser et humilier par ce démon aigri ? Juste pour que éventuellement – éventuellement – un jour, je puisse, dans trente ans, assister moi aussi à un défilé, avec pour toute compagnie une assistante qui me haïrait, entourée par une armée de laquais qui prétendraient m'aimer parce qu'ils n'auraient pas le choix ?

J'ai attrapé mon portable, j'ai composé un numéro en fixant Miranda qui était de plus en plus livide.

— An-dre-âââ ! a-t-elle sifflé. Que faites-vous ? Je vous dis que mes filles ont besoin de nouveaux passeports sur-le-champ et vous ne trouvez rien de mieux que de bavarder au téléphone ? Est-ce que par hasard vous croyez que c'est pour ça que je vous ai emmenée à Paris ?

Ma mère a décroché à la troisième sonnerie. Je n'ai même pas pris le temps de lui dire bonjour.

— Maman, je prends l'avion dès que je peux. Je t'appelle quand j'arrive à JFK. Je rentre à la maison.

J'ai raccroché sans lui laisser l'opportunité de répondre et j'ai regardé Miranda, qui avait l'air sincèrement surpris. J'ai senti un sourire naître en dépit du mal de tête et de la nausée quand je me suis rendu compte que je lui avais coupé le caquet. Malheureusement, elle a vite repris ses esprits. Il me restait une petite chance de ne pas être virée si je m'excusais immédiatement et que je lui expliquais le pourquoi du comment de mon attitude impertinente, mais il me semblait impossible de rassembler une seule miette de self-control.

— An-dre-âââ, vous êtes consciente de ce que vous faites, n'est-ce pas ? Vous savez que si vous partez d'ici, je serais forcée de…

— Allez vous faire foutre, Miranda. *Allez vous faire foutre*.

Elle a étouffé un cri et a porté la main à sa bouche, les yeux exorbités, le visage blême. Des commères, et pas qu'une seule, se sont retournées vers nous pour voir comment elle encaissait l'offense. Tout ce beau monde a commencé à nous désigner du doigt et à chuchoter, aussi choqué que la victime qu'une assistante de rien du tout se permette de dire ça – et sans discrétion – à l'une des plus grandes légendes vivantes de la mode.

— An-dre-âââ ! a-t-elle soufflé.

Sa main s'est refermée sur mon bras comme une herse, mais je me suis dégagée d'un coup sec et je lui ai décoché un large sourire. Et puis, à quoi bon continuer à chuchoter ? Autant que tout le monde en bénéficie !

— Désolée, Miranda, ai-je annoncé d'une voix normale, qui pour la première fois depuis que j'avais atterri à Paris ne tremblait pas incontrôlablement. Je ne crois pas pouvoir assister à votre soirée de demain. Vous comprendrez, j'en suis sûre. Je ne doute pas qu'elle sera très réussie, alors profitez-en. C'est tout.

Sans lui laisser le temps de réagir, j'ai remonté mon sac sur l'épaule, j'ai ignoré la douleur qui m'étreignait les pieds des orteils jusqu'au talon, et je suis sortie la tête haute pour aller héler un taxi. Je ne me souviens pas de m'être jamais sentie mieux qu'à ce moment-là. Je rentrais à la maison.

18

— Jill, arrête de hurler, je crois que ta sœur dort encore ! a crié ma mère. Andy ? a-t-elle crié de plus belle, du bas des escaliers cette fois. Tu es réveillée ?

Je me suis forcée à ouvrir un œil pour regarder le réveil. 8 h 15. Juste ciel, mais à quoi pensaient ces gens ?

J'ai roulé sur le côté avant de rassembler assez d'énergie pour m'asseoir. Sitôt fait, j'ai senti que mon corps réclamait quelques heures supplémentaires de sommeil.

— Salut, a fait Lily en se retournant vers moi. Ils sont lève-tôt, dans le coin.

Elle me souriait, son visage à vingt centimètres du mien. Comme Jill, Kyle et le bébé étaient venus passer Thanksgiving à la maison, Lily avait dû libérer l'ancienne chambre de Jill et émigrer dans la mienne, sur le lit gigogne.

— De quoi te plains-tu ? Tu as l'air ravie d'être réveillée, je me demande bien pourquoi.

Redressée sur un coude, elle était en train de lire un journal en sirotant une tasse de café.

— Je n'arrivais plus à fermer l'œil à cause des pleurs d'Isaac.

— Il a pleuré ?

— Tu n'as rien entendu ? Incroyable. Il n'a pas arrêté depuis 6 h 30 ce matin. Un gamin adorable, mais il va falloir qu'il se calme.

— Les filles ! a crié de nouveau ma mère. Vous êtes

réveillées ? Ça m'est égal que vous continuiez à dormir, dites-moi simplement d'une manière ou d'une autre combien de gaufres je dois décongeler !

— D'une manière ou d'une autre ? Lil, je vais la tuer ! On dort encore ! ai-je hurlé en direction de la porte. Et qu'on n'entende plus personne crier, ni toi, ni le bébé ! ai-je ajouté avant de m'effondrer.

Lily a éclaté de rire.

— Du calme ! (Voilà bien une réflexion qui ne lui ressemblait pas.) Ils sont simplement contents que tu sois là, et en ce qui me concerne, je suis heureuse d'être ici. En plus, ce n'est que pour quelques mois, et on est ensemble. Ce n'est vraiment pas si mal.

— Quelques mois ? Il y en a juste un de passé, et je suis prête à me tirer une balle dans la tête.

J'ai ôté ma chemise de nuit – un des vieux tee-shirts de gym d'Alex, en fait – pour enfiler un sweat-shirt. Mon jean – que je n'avais pas quitté depuis plusieurs semaines – était roulé en boule près du placard ; en me glissant dedans, j'ai remarqué qu'il me serrait un peu. Maintenant que je pouvais me nourrir d'autre chose que d'un bol de soupe avalé à la va-vite, de cigarettes et de café, mon corps avait repris ses aises, et j'avais regagné ces cinq kilos perdus lorsque je travaillais à *Runway*. Cela ne me gênait nullement ; quand mes parents et Lily me disaient que je n'avais pas l'air grosse mais en pleine forme, je les croyais.

Lily a enfilé un pantalon de jogging par-dessus son caleçon de nuit et noué un bandana autour de ses boucles. Quand elle tirait ses cheveux en arrière, les profondes entailles laissées par les éclats du pare-brise sur son front se voyaient davantage, mais les points étaient déjà résorbés, et le médecin avait promis qu'il n'y aurait que peu, voire pas, de cicatrices.

— Allez, viens, a-t-elle dit en attrapant les béquilles qui étaient toujours appuyées contre un mur partout où elle allait. Ils s'en vont aujourd'hui. Peut-être que ce soir on pourra dormir.

— Elle ne va pas continuer à crier jusqu'à ce qu'on descende, non ? ai-je marmonné en lui tenant le coude pour l'aider à se mettre debout.

Toute ma famille avait signé le plâtre autour de sa cheville droite, et Kyle avait même dessiné des niaiseries de la part d'Isaac.

— Je crois que si.

Ma sœur est apparue sur le seuil de la chambre, le bébé gazouillant de plaisir dans ses bras, en dépit du filet de bave qui lui dégoulinait sur le menton.

— Mais regardez qui est là ! a-t-elle roucoulé. Isaac, dis à tatie Andy que nous partons très bientôt, et qu'il faut qu'elle arrête de jouer les mégères. Tu peux faire ça pour maman, mon cœur ? Tu peux ?

Pour toute réponse, Isaac a éternué – un éternuement de bébé mignon tout plein –, et Jill l'a contemplé comme s'il était tout d'un coup devenu un homme adulte, prêt à lui réciter un sonnet de Shakespeare.

— Tu as vu ça, Andy ? Tu as *entendu* ? Mon petit bonhomme est la plus grande merveille du monde.

— Bonjour, ai-je dit en embrassant ma sœur sur la joue. Tu sais que je n'ai pas envie que tu partes. Et Isaac peut rester aussi longtemps qu'il le souhaite tant qu'il trouve un moyen de dormir entre minuit et 10 heures du matin. Et même Kyle peut rester, s'il promet de ne pas ouvrir la bouche. Tu vois ? On est cool, dans cette baraque.

Lily a réussi à clopiner jusqu'en bas des escaliers pour saluer mes parents qui, habillés et sur le point de partir bosser, disaient au revoir à Kyle.

J'ai fait mon lit, j'ai glissé celui de Lily sous le mien, et j'ai même pensé à regonfler son oreiller avant de le ranger dans le placard. Elle était sortie du coma juste avant mon retour, et après Alex, j'avais été la première personne à la voir. Les toubibs lui avaient fait passer des millions d'examens, chaque partie de son corps avait été contrôlée ; à l'exception de quelques points de suture sur le visage, le cou et la poitrine, et une cheville cassée, elle était en parfaite santé. Elle avait une mine de déterrée, évidemment – le contraire aurait été surprenant –, mais elle se déplaçait sans trop de problèmes et elle semblait même plutôt en forme pour quelqu'un qui venait de vivre ce qu'elle avait vécu.

L'idée de sous-louer notre appartement pour les mois de novembre et décembre et de nous installer entre-temps chez mes parents venait de mon père. La perspective ne m'enchantait que moyennement, mais vu que je n'avais plus de salaire, je n'avais guère eu d'arguments à lui opposer. Par ailleurs, Lily paraissait ravie de l'opportunité de quitter la ville un petit moment, et de laisser pour un temps de côté toutes les questions et les cancans auxquels elle allait devoir faire face sitôt qu'elle sortirait et croiserait une connaissance. Nous avons donc mis une petite annonce sur un site Internet pour notre « location de vacances idéale » à l'intention de qui voudrait profiter d'un séjour touristique à New York. À notre immense étonnement, un couple de Suédois d'un certain âge, dont tous les enfants vivaient à Manhattan, ont payé sans rechigner le prix que nous leur demandions – soit 600 dollars de plus par mois que notre loyer. 300 dollars par mois nous suffisaient amplement à chacune, vu que nous étions nourries, blanchies et que mes parents mettaient également à notre disposition une vieille voiture. Les Suédois repartaient la première semaine de janvier, juste à temps pour que Lily puisse reprendre la fac, et que moi-même je puisse… chercher un nouveau boulot.

C'était Emily qui officiellement m'avait virée. Non pas que j'aie eu encore des doutes sur mon statut d'employée après mon accès d'effronterie, mais je suppose que Miranda avait été assez livide de rage pour assener un dernier coup. Toute l'affaire n'avait pris que trois minutes et s'était déroulée avec cette efficacité sans faille que j'appréciais tant chez *Runway*.

Je venais de trouver un taxi, et j'étais en train de libérer mon pied gauche de la botte qui le torturait quand le téléphone a sonné. Évidemment, aussitôt, mon estomac a chaviré, mais réflexion faite, après ce que je venais de lui balancer, ce ne pouvait pas être elle. J'ai fait un rapide calcul des minutes écoulées depuis mon coup d'éclat : une pour que Miranda referme sa bouche et se recompose une attitude face à toutes ces commères qui la dévisageaient ; une autre pour mettre la main sur son portable et appeler Emily ; une troisième pour faire état des détails sordides de ma sortie sans précédent, et une dernière pour qu'Emily assure Miranda qu'elle allait s'occuper de tout. Même si la présentation du numéro ne fonctionnait pas pour les appels internationaux, c'était Emily, sans le moindre doute.

— Salut, Em, ça va ? ai-je quasiment chanté tout en frictionnant mon pied et en veillant à lui éviter tout contact avec le tapis de sol crasseux.

Mon ton enjoué l'a prise de court.

— Andrea ?

— Oui, c'est moi, je t'écoute. Que se passe-t-il ? Je suis un peu pressée, là…

J'avais d'abord songé à lui demander tout de go si elle téléphonait pour me virer, mais j'ai décidé pour une fois de lui ficher la paix. Je me suis préparée à entendre la tirade qu'elle n'allait pas manquer de m'infliger – comment ai-je pu la laisser tomber elle, me laisser tomber moi, laisser tomber *Runway*, l'ensemble du monde de la mode, bla bla bla – mais il n'en a rien été.

— Oui, bien sûr. Dis donc, Miranda vient de m'appeler…

Sa voix a déraillé, comme si elle espérait que je prenne le relais, que je lui explique que toute cette histoire était une monstrueuse erreur, et qu'elle ne devait pas s'inquiéter car j'avais réussi à tout réparer par moi-même dans les quatre dernières minutes.

— Et tu es déjà au courant, j'imagine.

— Mmm, oui ! Andy, que vas-tu faire ?

— Ce serait plutôt à moi de te poser la question.

Silence.

— Écoute, Em, je sens que tu appelles pour me virer. C'est bon, je sais que la décision ne vient pas de toi. Ainsi, elle t'a dit de m'appeler et de te débarrasser de moi ?

J'avais beau ressentir une légèreté que je n'avais pas éprouvée depuis des mois, j'ai tout de même retenu ma respiration. Peut-être que, par un coup de chance ou de malchance extraordinaire, Miranda avait accepté que je lui dise d'aller se faire foutre au lieu de s'en épouvanter ?

— Oui. Elle m'a chargée de te dire que ton contrat prenait fin immédiatement, et qu'elle souhaiterait que tu aies quitté l'hôtel avant son retour du défilé.

Elle avait parlé avec douceur, une touche de regret dans la voix. Peut-être songeait-elle aux heures, aux jours, aux semaines où elle allait se retrouver seule, pour dénicher et former encore une nouvelle assistante, mais j'ai eu l'impression qu'il y avait autre chose derrière.

— Je vais te manquer, Em, c'est ça ? Vas-y, dis-le. N'aie pas peur, je ne le répéterai à personne. En ce qui me concerne, cette conversation n'a jamais eu lieu. Tu ne veux pas que je parte, c'est ça ?

Et là, miracle, elle s'est mise à rire.

— Qu'est-ce que tu lui as sorti ? Elle n'a pas arrêté de me dire que tu avais été grossière et même vulgaire, mais je n'ai rien pu en tirer de plus précis.

— Sans doute parce que je lui ai dit d'aller se faire foutre.

— Non !

— Emily, tu m'appelles pour me virer. Je te promets que je lui ai dit ça. Texto.

— Oh, mon Dieu !

— Ouais, et je mentirais si je refusais de reconnaître que ç'a été le moment le plus jouissif de ma misérable existence. Certes, je viens de me faire virer par la femme la plus puissante du monde de la presse. Et sans même parler de mon crédit Mastercard que je ne sais pas comment rembourser, mon avenir dans le milieu de la presse me semble un peu compromis. Je pourrais peut-être offrir mes services à une de ses ennemies ?

— C'est ça. Envoie ton CV à Anna Wintour – elles n'ont jamais pu s'encadrer.

— Mmm, je vais y penser. Écoute, Em, je ne t'en veux pas, d'accord ? Nous savions l'une et l'autre que nous n'avions absolument rien en commun, à part Miranda Priestly, mais puisqu'on a réussi à s'entendre, j'imagine qu'il n'y a pas de raison pour que ça change.

— C'est vrai, a-t-elle menti, gênée.

Elle savait pertinemment que j'allais entrer dans l'orbite la plus éloignée de son monde, celle des parias. Les chances qu'à compter de ce jour Emily avoue qu'elle me connaissait de près ou de loin étaient égales à zéro, mais ce n'était pas un problème. Peut-être que dans dix ans, quand elle serait assise au premier rang du défilé de Michael Kors et que moi je m'habillerais toujours dans des grands magasins pas chers et que je dînerais au Benihana, nous ririons de tout ça. Mais j'en doutais.

— Dis, Em, je bavarderais volontiers avec toi, mais je suis claquée, là, et je ne sais pas par quoi commencer. Il faut que je trouve un moyen de rentrer à New York le plus vite possible. Tu crois que je peux utiliser mon billet de retour ? Elle ne peut pas me virer et m'abandonner dans un pays étranger ?

— Eh bien, si, elle aurait toutes les raisons de le faire. (Ah ah, une dernière vacherie. C'était réconfortant de savoir que les choses ne changeraient jamais vraiment.) Après tout, c'est toi qui désertes ton poste – tu l'as obligée à te virer. Mais je ne pense pas qu'elle soit rancunière. Demande une facture pour la surtaxe en cas de modification, et je trouverai un moyen de faire passer ça en note de frais.

— Merci, Em. C'est gentil à toi. Et bonne chance. Tu seras une formidable rédactrice de mode un jour.

— C'est vrai ? Tu crois ? a-t-elle demandé avec un empressement ravi.

J'ignore en quoi l'avis de la plus grosse tache à avoir jamais fréquenté le milieu de la mode était d'une quelconque pertinence, mais elle était enchantée.

— Absolument. Ça ne fait aucun doute pour moi.

Sitôt que j'ai eu raccroché, Christian a appelé. Il était déjà au courant de toute l'histoire. Incroyable. Mais le plaisir qu'il a pris à entendre les détails sordides, et les promesses et les invitations dont il m'a accablée m'ont de nouveau retourné l'estomac. Je lui ai déclaré, le plus calmement possible, que j'avais un certain nombre de problèmes à régler dans l'immédiat, qu'il serait gentil de cesser de m'appeler, et que je le recontacterais lorsque j'en aurais envie.

Comme par miracle, M. Renaud et son équipe ne semblaient pas encore, eux, être au fait des derniers développements. Ils se sont tous mis en quatre pour moi sitôt qu'ils ont appris qu'une urgence me réclamait à New York. En une demi-heure, une véritable petite armée s'est débrouillée pour me réserver une place sur le prochain vol à destination de New York, faire mes malles et m'installer à l'arrière d'une limousine, direction Charles-de-Gaulle, avec un minibar plein à craquer. Le chauffeur était d'humeur bavarde, mais pas moi : je voulais savourer ces derniers instants de ma vie d'assistante la moins payée mais la plus gâtée en avantages en nature du monde libre. Je me suis servi une ultime coupe de champagne et, lentement, j'en ai dégusté une longue gorgée. Il m'avait fallu onze mois, quarante-quatre semaines et quelque trois mille quatre-vingts heures de travail pour piger – en une seule fois et une bonne fois pour toutes – que me transformer en l'image que Miranda Priestly voyait dans son miroir n'était sans doute pas si bien que ça.

À JFK, à la sortie de la douane, ce n'était pas un

chauffeur en uniforme qui m'attendait avec sa pancarte, mais mes parents, visiblement très heureux de me voir. Après les embrassades de rigueur, et passé le premier choc en découvrant le déguisement que portait leur fille (un jean D&G supermoulant et archidélavé, un haut transparent et des escarpins à talons aiguilles – hé ! c'était la tenue indiquée dans la catégorie « Divers », sous-catégorie « Trajets aéroport », et c'était de loin la plus adéquate qu'ils m'aient prescrite pour un voyage en avion), ils m'ont appris une excellente nouvelle : Lily était réveillée, et en pleine possession de ses moyens. Nous avons filé directement à l'hôpital, où Lily a même trouvé l'énergie de se moquer de mon accoutrement en me voyant entrer.

Évidemment, elle avait encore un sérieux problème à régler avec la justice. Elle avait tout de même foncé en sens interdit, en état d'ébriété. Mais comme il n'y avait eu aucun autre blessé grave, le juge avait fait preuve de clémence : en plus de l'inscription – inévitable – de l'incident à son casier judiciaire, elle n'avait écopé que d'une obligation à consulter un psy spécialisé dans les problèmes d'alcoolisme, et d'une période en apparence interminable de travaux au service de la communauté. Nous n'avions guère évoqué cet aspect des choses – puisqu'elle était encore réticente à reconnaître qu'elle avait un problème avec l'alcool –, mais je l'avais conduite à sa première séance de thérapie de groupe dans East Village, et elle avait admis en sortant que ça ne versait pas trop dans la sensiblerie. « Chiant à mourir », voilà comment elle l'avait présenté, mais en me voyant hausser les sourcils et la foudroyer du regard – à la Emily – elle a reconnu qu'il y avait des mecs mignons, et que ça ne la tuerait pas de sortir pour une fois avec un mec à jeun. Ce n'était pas faux. Mes parents l'avaient convaincue de faire amende honorable auprès du recteur de Columbia, et ce qui lui était d'abord apparu comme un cauchemar annoncé s'était révélé au final un bon mouvement. Le recteur avait non seulement accepté que Lily se retire au milieu du semestre sans perdre son année, mais il avait en plus donné un avis favorable à l'office des bourses en disant qu'elle pourrait postuler de nouveau au printemps prochain.

La vie de Lily et notre amitié semblaient revenues sur les rails. Avec Alex, c'était une autre histoire. Quand nous étions arrivés à l'hôpital, il était assis au chevet de Lily et, à la seconde où je l'ai aperçu, j'ai regretté que mes parents n'aient pas préféré rester diplomatiquement à la cafétéria. Nous nous sommes salués, gênés, puis tout le monde a fait grand cas de Lily, mais quand il a enfilé sa veste une demi-heure plus tard, nous n'avions pas vraiment échangé un mot. Je l'ai appelé une fois à la maison, mais il a laissé basculer l'appel sur la messagerie. Je l'ai ensuite rappelé plusieurs fois, mais j'ai raccroché. J'ai réessayé une dernière fois avant d'aller au lit. Il a décroché, mais il semblait circonspect.

— Salut ! ai-je lancé, en m'efforçant de la jouer adorable et à l'aise dans mes baskets.

— Salut, a-t-il lâché platement.

— Écoute, je sais que Lily est aussi ton amie, et que tu aurais fait ça pour n'importe qui, mais je ne te remercierai jamais assez. Trouver mes coordonnées à Paris, aider mes parents, passer des heures auprès d'elle. Vraiment, c'est formidable.

— Je t'en prie. N'importe qui aurait fait pareil dans ces circonstances. Ce n'est pas grand-chose.

Sous-entendu, n'importe qui, sauf quelqu'un de totalement préoccupé par sa petite personne et des priorités idiotes, comme votre servante.

— Alex, s'il te plaît, ne pourrait-on pas juste discuter comme…

— Non. On ne peut discuter de rien pour l'instant. Voilà un an que j'attends de pouvoir discuter avec toi – je t'ai suppliée parfois – et ça ne t'intéressait pas du tout. À un moment donné, cette année, j'ai perdu l'Andy dont je suis tombé amoureux. Je ne sais pas trop comment, je ne sais pas très bien quand, mais ce qui est sûr, c'est que tu n'es plus la même qu'avant d'avoir accepté ce travail. Jamais mon Andy n'aurait eu l'idée de préférer un défilé ou une fête ou n'importe quoi d'autre à une amie qui avait vraiment besoin d'elle. Vraiment besoin. Bon, je suis content que tu aies finalement choisi de rentrer – que tu aies pris la décision qui s'imposait –, mais maintenant, j'ai besoin de temps pour y voir clair en moi-même, en toi, en nous. Ce n'est pas nouveau, Andy, pas pour moi. Il y a longtemps que ça dure – simplement, tu ne t'es aperçue de rien.

— Alex, tu ne m'as pas accordé une seule seconde pour m'asseoir en face de toi et t'expliquer ce qui se passe. Tu as peut-être raison, peut-être que j'ai changé. Mais je ne crois pas. Et même si c'était le cas, je ne pense pas que ce soit en pire. Nous sommes-nous à ce point éloignés l'un de l'autre ?

Plus encore que Lily, c'était lui mon meilleur ami, de cela j'en étais sûre, mais cela faisait plusieurs mois qu'il n'était plus mon petit ami. J'ai compris qu'il avait raison : il était temps de le lui dire. J'ai inspiré un grand coup. Je devais le dire, mais ce n'était pas facile.

— Tu as raison.

— C'est vrai ? Tu le reconnais ?

— Oui. Je me suis montrée égoïste, et injuste envers toi.

— Et maintenant ? a-t-il demandé, d'un ton résigné mais nullement dévasté.

— Je ne sais pas. Devons-nous juste arrêter de nous parler ? De nous voir ? Je ne sais pas du tout ce qu'il faut faire. Je veux juste que tu fasses partie de ma vie, et je n'imagine pas ne plus faire partie de la tienne.

— Moi non plus. Mais je ne suis pas certain que ça tienne bien longtemps. Nous n'étions pas amis avant de sortir ensemble, et ça me semble impossible que nous soyons de simples amis maintenant. Mais qui sait ? Peut-être que quand nous aurons eu assez de temps pour réfléchir à tout ça, chacun de notre côté…

J'ai raccroché et je me suis mise à pleurer, pas

seulement à cause d'Alex, mais à cause de tout ce qui avait changé dans ma vie au cours de l'année passée. J'étais entrée chez Elias-Clark, petite fille incompétente et mal sapée, et j'en étais sortie en titubant, presque adulte légèrement plus patinée, toujours aussi mal habillée (mais le sachant à présent). Entre-temps, j'avais accumulé assez d'expérience pour pouvoir honorer une centaine de premiers postes. Et même si mon CV était à présent estampillé d'une infamante mention écarlate « Virée », même si mon petit copain avait déclaré forfait, même s'il ne me restait de concret qu'une valise (bon, d'accord, quatre valises Vuitton) remplie de fabuleux vêtements de créateurs – peut-être le jeu en valait-il la chandelle ?

J'ai pris un vieux cahier dans le tiroir de mon bureau et j'ai commencé à écrire.

*

Quand je suis descendue, mon père était déjà dans son cabinet, et ma mère s'apprêtait à partir.

— Bonjour, ma chérie. Je ne savais pas que tu étais réveillée ! Je suis en retard. J'ai rendez-vous avec un étudiant à 9 heures. Le vol de Jill est à midi, vous devriez ne pas partir trop tard à cause de la circulation. J'ai mon portable, au cas où. Ah, Lily et toi dînerez à la maison ce soir ?

— Je n'en sais rien. Je viens de me lever, je n'ai même pas bu un café. Crois-tu que je sois en état de penser au dîner ? ai-je répondu avec humeur.

Mais elle avait déjà un pied dehors. Lily, Jill et Kyle étaient attablés, avec le bébé, dans la cuisine, silencieux, chacun plongé dans les différents cahiers du *Times*. Une assiette de gaufres ramollies et vraiment pas appétissantes trônait au milieu de la table, à côté d'une bouteille de jus d'orange et d'une plaquette de beurre. Seul le café semblait avoir du succès – café que mon père était allé chercher au Dunkin Donuts, une tradition qui découlait de ses réticences très compréhensibles à ingérer quelque chose que ma mère aurait elle-même préparé. Je me suis servi une gaufre, mais au moment où je m'apprêtais à en découper un morceau, elle s'est aussitôt décomposée en un tas de pâte dans mon assiette.

— C'est immangeable, ce truc. Papa n'a pas acheté des beignets ?

— Si. Il les a planqués dans le placard à côté de son bureau, a indiqué Kyle avec son accent du Sud. Il ne voulait pas que ta mère les voie. Tu ne veux pas aller chercher la boîte ?

Au moment où je me levais de table, le téléphone a sonné.

— Allô ? ai-je fait avec un maximum d'irritation (j'avais enfin perdu l'habitude d'annoncer « Bureau de Miranda Priestly » chaque fois que je répondais au téléphone).

— Bonjour. Pourrais-je parler à Andrea Sachs ?

— C'est moi.

— Bonjour, Andrea, je suis Loretta Andriano, du magazine *Seventeen*.

Mon cœur a chaviré. Je lui avais envoyé une « fiction » de deux mille mots qui racontait l'histoire d'une ado tellement obnubilée par son désir d'entrer à la fac qu'elle en délaissait ses amis et ses parents. Je n'avais pas mis plus de deux heures à écrire cette bluette, mais il me semblait avoir réussi à trouver le ton juste, drôle et touchant à la fois.

— Écoutez, a repris Loretta, votre histoire m'est passée entre les mains, et je dois vous dire que je l'ai adorée. Il faut y faire quelques retouches, évidemment, et il faut un peu peaufiner la langue – nos lectrices sont en majorité des pré- ou des jeunes ados –, mais j'aimerais la publier dans notre numéro de février.

— C'est vrai ?

Je n'en croyais pas mes oreilles. J'avais envoyé ce texte

à une dizaine de magazines pour ados, puis j'avais écrit une version un peu plus mûre de la même histoire que j'avais adressée à une dizaine de magazines féminins, mais j'étais sans nouvelles des uns et des autres.

— Tout à fait. Nous payons 15 cents le mot, il faut juste que vous remplissiez les formulaires. Vous avez déjà publié des histoires en free-lance, n'est-ce pas ?

— Euh… Non. Mais je travaillais à *Runway*.

Je ne savais en quoi cette précision pouvait m'aider – d'autant que tout ce que j'avais écrit là-bas s'était résumé à des notes pour intimider d'autres gens – mais Loretta n'a pas semblé remarquer ce trou béant dans ma logique.

— Ah bon ? Mon premier poste en sortant de la fac a été assistante de mode à *Runway*. J'ai appris plus en un an que dans les cinq années suivantes.

— C'était une sacrée expérience. J'ai eu de la chance de pouvoir la vivre.

— Que faisiez-vous là-bas ?

— J'étais l'assistante de Miranda Priestly.

— Non ! Ma pauvre ! Je ne savais pas. Hé, attendez… C'est vous l'assistante qu'elle a virée à Paris ?

J'ai compris trop tard que j'avais commis une grosse erreur. L'incident avait suscité un commentaire assez long en Page Six quelques jours après mon retour, sans doute sous la plume de l'une des commères qui avaient assisté à mon pétage de plombs. Comme mes paroles étaient citées mot pour mot, ça ne pouvait venir que de là. Comment avais-je pu oublier que d'autres gens l'avaient également lu ? J'ai eu le pressentiment que Loretta allait maintenant trouver mon texte beaucoup moins bien, mais le mal était fait.

— Oui. Mais ça a été moins terrible que ce qu'ils ont raconté en Page Six. Ils ont vraiment exagéré toute l'affaire.

— J'espère bien que non ! Il fallait que quelqu'un dise un jour à cette harpie d'aller se faire foutre, et si ça a été vous, alors là, je vous tire mon chapeau ! Cette femme a transformé ma vie en enfer pendant l'année où j'ai travaillé là-bas, et nous n'avons jamais échangé un seul mot. Bon, je dois filer à un déjeuner de presse, mais pourquoi ne prendrions-nous pas rendez-vous ? Vous devez passer remplir ces formulaires de toute façon, et ce serait l'occasion de nous rencontrer. Si vous avez d'autres textes qui pourraient nous correspondre, apportez-les.

Nous sommes convenues d'un rendez-vous le vendredi suivant, et j'ai raccroché, encore incrédule. Kyle et Jill avaient confié le bébé à Lily, le temps qu'ils remontent boucler leurs valises, et il commençait à pleurer et à gémir comme s'il était à moins de deux secondes de la crise d'hystérie. Je l'ai dégagé de sa chaise haute et je l'ai perché sur mon épaule en lui frictionnant le dos à travers son babygros. Miraculeusement, les pleurs ont cessé.

— Tu ne devineras jamais qui c'était ! ai-je chantonné en dansant dans la cuisine avec Isaac. Une rédactrice du magazine *Seventeen* – je vais être publiée !

— Ils vont publier l'histoire de ta vie ?

— Ce n'est pas l'histoire de ma vie, mais celle de la vie de « Jennifer ». Et ça ne fait que deux mille mots, donc ce n'est pas grand-chose. Mais c'est un début.

— Si tu le dis. Une jeune fille se laisse totalement obséder par le désir de réussir son projet et elle fiche en l'air ses rapports avec les gens qu'elle aime. L'histoire de Jennifer. Bon, si tu le dis…, a fait Lily en souriant et en levant les yeux au ciel.

— On s'en tape de ce genre de détails ! Ce qui compte, c'est qu'ils publient l'histoire dans leur numéro de février, et qu'ils me paient 3 000 dollars. C'est incroyable, non ?

— Félicitations, Andy. Sans rire, c'est génial. Tu auras un truc à mettre dans ton book.

— Ouais. Bon, c'est pas le *New Yorker*, mais c'est une première étape. Si je peux en caser quelques-unes de plus dans d'autres magazines, j'arriverai peut-être quelque part. Je rencontre cette femme vendredi, et elle m'a demandé de lui apporter tout ce que j'avais écrit. Et elle hait Miranda. Je pense que nous pourrons travailler ensemble.

J'ai raccompagné la fine équipe texane à l'aéroport, je me suis arrêtée au Burger King pour acheter un déjeuner bien gras pour Lily et moi, puis j'ai passé le reste de la journée – et le lendemain, et le surlendemain – à rédiger un texte susceptible d'être montré à cette Loretta qui détestait Miranda.

19

— Un grand cappuccino à la vanille, s'il vous plaît, ai-je commandé à un serveur que je n'avais jamais vu.

Presque cinq mois avaient passé depuis la dernière fois où j'avais mis les pieds au Starbucks de la 57e Rue, à essayer de garder en équilibre un plein plateau de cafés et d'en-cas et à me hâter de les remonter avant que Miranda ne me vire pour avoir seulement osé respirer. En y repensant, c'était tout de même plus classe de m'être fait virer pour les raisons que l'on sait plutôt que pour avoir confondu saccharine et sucre roux. Le résultat était le même, certes, mais le jeu avait été différent.

Qui aurait imaginé que le personnel de Starbucks défilait aussi vite ? Derrière le comptoir, aucun visage ne m'était familier, et cela ne rendait que plus lointaine l'époque où je le fréquentais avec assiduité. J'ai lissé mon pantalon noir, qui était bien coupé mais sans porter la griffe d'un créateur, pour m'assurer que les revers n'avaient pas pâti de la neige fondue dans les rues. Je savais que tout un staff de *fashionistas* allaient me désapprouver, mais je me trouvais super mignonne pour mon second rendez-vous. Non seulement je savais désormais que personne ne mettait de tailleur dans les rédactions, mais en plus, sans trop comprendre comment, une année entière de mode de luxe m'était entrée dans le crâne – sans doute par simple osmose.

Le cappuccino était presque trop chaud, mais c'était un

régal en cette journée glaciale et humide. Il était encore tôt, pourtant le ciel était déjà sombre et, normalement, un jour comme celui-là m'aurait filé le bourdon. Après tout, on était en février, c'était une des journées les plus déprimantes du mois le plus déprimant de l'année, une de ces journées où même les pires optimistes n'ont envie que de se pelotonner sous leur couette, et où les plus pessimistes n'ont pas la moindre chance de s'en sortir sans une pleine poignée de Zoloft. Mais le café était chaleureux, avec ses éclairages et juste ce qu'il fallait de monde à l'intérieur, et je me suis lovée dans un de ces immenses fauteuils verts en essayant de ne pas penser aux cheveux sales de la dernière personne qui m'y avait précédée.

Au cours des trois mois écoulés, Loretta était devenue mon mentor, mon champion, mon sauveur. Nous nous étions bien entendues dès notre premier rendez-vous, et depuis, elle avait été merveilleuse avec moi. Sitôt que j'étais entrée dans son bureau, spacieux mais encombré de toutes parts, et que j'avais vu qu'elle était grosse, j'avais eu le sentiment curieux que j'allais l'adorer. Elle m'a fait asseoir et a lu de A à Z ce qui m'avait occupée toute la semaine : des petits textes impertinents sur les défilés, un papier d'humeur sur le statut d'assistante d'une célébrité, ainsi qu'une histoire que j'espérais sensée sur ce qu'il fallait – et ne fallait pas – faire pour détruire trois ans de relation amoureuse avec quelqu'un qu'on aimait. On a tellement sympathisé d'emblée, que j'avais l'impression d'être devenue un personnage de roman de gare. J'ai réalisé qu'elle et moi étions pareilles en dépit de nos sept ans d'écart, et nous n'avons eu aucun mal à partager nos souvenirs cauchemardesques de *Runway*. (La nuit, certains cauchemars continuaient à me hanter : l'un avait comporté un épisode particulièrement atroce, où mes parents se faisaient fusiller par la police parisienne de la mode pour avoir osé porter des shorts en ville, et Miranda s'était ensuite débrouillée pour m'adopter légalement.)

Comme j'avais eu la lumineuse idée d'apporter tous mes

vêtements de *Runway* dans l'un de ces trocs superchic de Madison Avenue, j'étais riche, et je pouvais me permettre d'écrire pour des cacahuètes. J'étais prête à tout pour avoir ma signature au bas d'un article. J'avais attendu et attendu qu'Emily ou Jocelyn m'appellent pour m'annoncer qu'un coursier allait venir récupérer la garde-robe, mais elles ne l'ont jamais fait. Tout ça m'appartenait, donc. J'ai emballé la plupart des vêtements, en mettant de côté la robe portefeuille de Diane Von Furstenburg. En fouillant dans les affaires qu'Emily m'avait renvoyées après avoir vidé mon bureau, j'avais retrouvé la lettre d'Anita Alvarez. J'avais toujours eu l'intention de lui expédier une de ces robes dont elle rêvait, mais sans jamais trouver le temps de m'en occuper. J'ai plié la robe aux imprimés audacieux dans du papier de soie, j'ai ajouté une paire de Manolo et j'ai griffonné un petit mot en imitant l'écriture de Miranda – un talent que malheureusement je n'avais pas perdu. Il fallait que cette fille connaisse – ne serait-ce qu'une fois dans sa vie – l'effet que ça faisait de posséder un vêtement magnifique. Et surtout, qu'elle sache que quelqu'un, à *Runway*, ce magazine qu'elle portait aux nues, s'intéressait à elle.

Mis à part cette robe, le jean moulant et supersexy de D&G, et le sac en cuir matelassé avec une chaîne que j'avais offert à ma mère (« Ma chérie, mais c'est magnifique ! Redis-moi le nom de cette marque ? »), j'avais tout vendu. La vendeuse qui s'occupait des dépôts avait appelé sa patronne, et les deux avaient jugé qu'il valait mieux fermer boutique pendant quelques heures, le temps d'évaluer ma marchandise. Les bagages Vuitton – deux grandes valises, un sac et une énorme malle – m'ont rapporté à eux seuls 6 000 dollars, et quand les deux femmes ont eu terminé d'examiner les vêtements en murmurant et gloussant, je suis ressortie avec un chèque de 38 000 dollars. Ce qui, d'après mes calculs, allait me permettre de payer mon loyer et de me nourrir pendant toute l'année, en attendant que mes projets d'écriture se mettent en place. Et puis,

Loretta est entrée dans ma vie, et tout est immédiatement devenu plus simple.

Loretta s'était déjà portée acquéreuse de quatre textes. Mais le plus excitant, c'était son étrange obsession de me présenter à d'autres rédactrices, sa détermination à contacter tous ses confrères et consœurs qui, dans d'autres magazines, pourraient être intéressés par des papiers en free-lance. C'était précisément pour cette raison que je me retrouvais chez Starbucks en cette journée d'hiver un peu glauque : je retournais chez Elias-Clark. Loretta avait dû déployer des trésors de persuasion pour me convaincre que Miranda n'allait pas me pourchasser et m'abattre avec une sarbacane dès l'instant où j'aurais franchi les portes de l'immeuble, mais je n'en demeurais pas moins anxieuse. Je n'étais pas paralysée de peur comme par le passé, quand la moindre sonnerie de portable faisait accélérer mon cœur, mais j'étais tout de même assez effrayée à l'idée – quoique fort improbable – de la croiser. Elle, ou Emily, ou n'importe qui d'autre, à l'exception de James, avec qui j'étais restée en contact.

Il se trouvait que Loretta avait appelé son ancienne colocataire de la fac qui était justement responsable des pages « Ville » de *The Buzz*, et lui avait dit avoir découvert LA nouvelle plume. Moi, donc. Elle m'avait arrangé un rendez-vous, et avait même prévenu son amie que j'avais été sommairement renvoyée par Miranda, mais la femme s'était contentée de rire. Si le groupe refusait d'employer toute personne que Miranda avait virée à un moment ou un autre, avait-elle dit, ils n'auraient plus aucun journaliste sous la main.

J'ai terminé mon cappuccino et, pleine d'une énergie nouvelle, j'ai empoigné le classeur dans lequel étaient rangés mes différents articles. Je me suis dirigée – calmement, sans avoir les mains encombrées de tasses de café et un téléphone qui n'arrête pas de sonner dans la poche – vers l'entrée de l'immeuble. Du trottoir, j'ai vérifié que personne de *Runway* ne se trouvait dans le hall, et j'ai poussé la porte à tambour de tout mon poids. Rien n'avait changé depuis la dernière fois : j'ai aperçu Ahmed derrière la caisse du kiosque à journaux, et une immense affiche sur papier brillant qui annonçait que *Chic* organisait une soirée au Lotus ce week-end-là. Alors que normalement j'aurais dû me présenter à l'accueil pour retirer un badge en échange de ma carte d'identité, je me suis machinalement approchée des tourniquets. Immédiatement, j'ai entendu une voix familière chanter :

— *I can't remember if I cried when I read about his widowed bride, but something touched me deep inside, the day, the music died. And we were singing*[1]…

American Pie ! Quel amour, ai-je songé. C'était la chanson d'adieu que je n'avais jamais eu l'occasion de chanter. Je me suis tournée vers Eduardo, aussi gros, transpirant et souriant que d'habitude. Mais ce n'était pas à moi qu'il souriait. Devant le tourniquet le plus proche de lui, se trouvait une jeune fille incroyablement maigre, avec de longs cheveux de jais et des yeux verts, vêtue d'un pantalon à fines rayures superserré et d'un débardeur qui révélait son nombril. Elle essayait de garder en équilibre dans sa main trois tasses de café Starbucks sur un plateau, un sac rempli à ras bord de journaux et de magazines, trois tenues complètes sur des cintres et un fourre-tout avec le monogramme MP. Son portable s'est mis à sonner au moment où je réalisais qui elle était, et elle a eu l'air si paniquée que j'ai cru qu'elle allait se mettre à pleurer. Mais quand elle a vu qu'il ne servait à rien de pousser contre le tourniquet, elle a lâché un profond soupir et elle s'est mise à chanter :

— *Bye, bye, Miss American Pie, drove my Chevy to the levee, but the levee was dry, and good old boys were*

1. Je ne me souviens pas si j'ai pleuré quand j'ai lu l'histoire de sa femme, veuve le jour de son mariage, mais quelque chose a remué au plus profond de moi, le jour où la musique s'est tue. Et nous chantions…

drinking whiskey and rye, singing this will be the day that I die, this will be the day that I die[1]…

Quand j'ai regardé Eduardo, il m'a adressé un clin d'œil et un sourire. Et tandis que la jolie petite brune finissait son couplet, il a déclenché l'ouverture du tourniquet, comme si j'étais quelqu'un d'importance.

1. Salut, Miss American Pie, j'ai conduit ma Chevrolet jusqu'à la digue, mais il n'y avait plus d'eau, les gars buvaient du bourbon et de la gnôle en chantant aujourd'hui sera le jour de ma mort…

VENGEANCE EN PRADA

LE RETOUR DU DIABLE

Pour R et S,
avec tout mon amour

1

Aussi longtemps qu'elle vivrait

La pluie, glaciale, se déversait en rideaux obliques que les rafales de vent désordonnées dispersaient dans toutes les directions, rendant parapluie, ciré et bottes en caoutchouc presque inutiles. Non qu'Andy eût quoi que ce soit de tout cela. Son parapluie Burberry à 200 dollars avait d'abord refusé de s'ouvrir pour finalement se casser avec un bruit sec lorsqu'elle avait essayé de lui faire entendre raison ; sa veste courte en lapin, avec un col *oversize* mais sans capuche, lui corsetait superbement la taille à défaut de lui offrir une quelconque protection contre le froid pénétrant ; et ses escarpins Prada en daim flambant neufs, rouge coquelicot, étaient un baume pour le moral qui laissait hélas la majeure partie des pieds nue. Même son legging lui donnait l'impression d'être jambes nues, sous les assauts de cette bise qui rendait le cuir aussi protecteur qu'une paire de bas de soie. Le manteau blanc d'une quarantaine de centimètres d'épaisseur qui recouvrait New York commençait déjà à fondre, laissant place à une répugnante boue grisâtre, et, pour la énième fois, Andy regretta de ne pas vivre ailleurs.

Comme pour confirmer cette pensée, un taxi grilla le feu orange en klaxonnant avec fureur après Andy qui avait commis le crime impardonnable de tenter de traverser la rue. Se retenant de lui faire un doigt d'honneur – ces temps-ci, le New-Yorkais était prompt à dégainer les armes –, elle se contenta de serrer les dents et de bombarder mentalement d'injures le malotru. Compte tenu de la hauteur de ses talons, elle effectua ensuite une honorable progression sur deux ou trois blocs. 52e Rue, 53e, 54e… Le restaurant n'était plus très loin, maintenant, et au moins pourrait-elle se réchauffer brièvement avant de regagner le bureau ventre à terre. Elle se réconfortait avec la promesse d'un café chaud et peut-être, à la rigueur, d'un cookie aux éclats de chocolat quand, soudain, retentit *cette* sonnerie.

D'où pouvait-elle provenir ? Andy regarda autour d'elle, mais les autres piétons ne semblaient pas la remarquer, alors qu'elle gagnait en puissance. *Driiing driiing.* Cette sonnerie, Andy l'aurait reconnue entre mille, elle la reconnaîtrait aussi longtemps qu'elle vivrait, mais elle s'étonnait qu'il se fabrique encore des téléphones qui l'aient en mémoire. Elle ne l'avait plus entendue depuis une éternité, et pourtant… c'était bien elle, insistante. Avant même de sortir le téléphone de son sac, Andy savait à quoi s'attendre, mais le choc qu'elle éprouva en voyant le nom affiché sur l'écran n'en fut nullement atténué : MIRANDA PRIESTLY.

Elle n'allait pas répondre. C'était impossible. Elle inspira un grand coup, refusa l'appel et glissa le téléphone dans son sac. Il recommença à sonner presque aussitôt. Andy sentit que son cœur accélérait, que ses poumons avaient de plus en plus de mal à s'emplir d'oxygène. *Inspire, expire*, s'ordonna-t-elle en rentrant le menton dans les épaules pour se protéger le visage de cette neige liquide qui tombait maintenant à seaux, *et continue à marcher*. Le restaurant n'était plus qu'à deux blocs et Andy distinguait déjà sa devanture illuminée, tel un mirage de terre promise, un havre de tiédeur, lorsqu'une bourrasque particulièrement agressive la déstabilisa. Pour recouvrer l'équilibre, elle n'eut d'autre choix que de poser un pied au beau milieu de ce que les hivers new-yorkais réservent de pire : une flaque noirâtre, un infâme brouet de neige fondue, de sel, d'ordures, et Dieu seul sait quoi d'autre encore. C'était répugnant, glacial et si profond qu'il n'y avait rien à faire sinon capituler.

Ce qu'elle fit, donc. Elle s'immobilisa dans ce ramassis d'immondices entre la chaussée et le trottoir, prenant gracieusement appui sur son pied immergé et restant perchée, tel un flamant rose, pendant trente, quarante secondes, le temps de passer en revue ses options. Les piétons décrivaient un large détour pour les contourner, elle et le cloaque, et seuls ceux équipés de bottes en caoutchouc jusqu'aux genoux se risquaient à couper directement au travers. Mais aucun ne lui tendit une main secourable et, lorsqu'elle s'aperçut que le périmètre de la flaque était bien trop vaste pour lui offrir une échappatoire dans l'une ou l'autre direction, elle se prépara à affronter un nouveau choc thermique et posa le pied gauche à côté du droit. L'eau glacée lui mordit aussitôt le bas du mollet, avalant d'un coup escarpins rouges et dix bons centimètres du legging en cuir, et Andy se retint de pleurer du mieux qu'elle put.

Chaussures et legging étaient bons pour la poubelle ; ses pieds, gelés, pour l'amputation. Mais pour s'extirper de ce désastre, elle n'avait d'autre choix que de traverser cette flaque. *Tu as filtré Miranda Priestly, et voilà le résultat*, songea-t-elle.

Elle n'eut guère le loisir de s'appesantir sur son infortune car, sitôt qu'elle fut parvenue sur le trottoir d'en face, alors qu'elle découvrait l'étendue des dégâts, son téléphone se remit à sonner. Elle avait fait preuve d'un sacré culot – ou plutôt non : d'une totale inconscience – en ignorant le premier appel. Elle ne pouvait pas faire la sourde oreille une nouvelle fois. Ruisselante, grelottante, au bord des larmes, Andy appuya sur l'écran et dit :

— Allô ?

— An-dre-âââ ? C'est vous ? Vous êtes partie depuis

une éternité. Je ne répéterai pas ma question : Où. Est. Mon. Déjeuner ? C'est inadmissible de me faire attendre ainsi.

Évidemment que c'est moi, pensa Andy. *Tu as composé mon numéro. Qui d'autre pourrait répondre ?*

— Je suis terriblement désolée, Miranda. Dehors, c'est un cauchemar, et je fais de mon mieux pour…

— Je vous attends. *Sans délai*. C'est tout.

Et la communication s'interrompit, sans laisser à Andy la possibilité d'ajouter quoi que ce soit.

L'eau glacée emprisonnée dans ses chaussures produisait des bruits de succion répugnants ? Ses talons hauts rendaient tout déplacement périlleux, même par temps sec ? Les trottoirs se transformaient en patinoire à cause de la pluie qui commençait à geler ? Rien de tout cela n'importait : Andy se mit à courir. Du plus vite qu'elle le put.

Elle n'était plus qu'à cent mètres du restaurant lorsqu'elle entendit qu'on l'appelait :

— Andy ! Andy, arrête-toi ! C'est moi ! Arrête de courir !

Ça ne faisait aucun doute. C'était Max. Mais que faisait-il là ? Il ne devait pas passer le week-end à la campagne, quelque part au nord de l'État, pour une raison qui, là tout de suite, lui échappait ? Andy s'immobilisa, se retourna, chercha à l'apercevoir.

— Andy ! Ici !

Elle repéra enfin le bel homme brun, robuste, au regard vert perçant, juché sur un immense cheval blanc – son fiancé. Andy se méfiait des chevaux depuis cette chute de poney, en CE1, qui s'était soldée par une fracture du poignet, mais cet animal-là semblait doux. Et l'apparition de Max la plongeait dans une telle extase qu'elle ne s'étonna même pas de le voir se déplacer à cheval en plein centre de Manhattan, tandis qu'une tempête de neige faisait rage.

Max mit pied à terre avec l'aisance du cavalier confirmé, et Andy essaya de se souvenir s'il lui avait dit avoir joué au polo par le passé. En trois longues enjambées, il fut à ses côtés et l'enlaça ; elle s'abandonna à cette étreinte délicieusement tiède et sentit tout son corps se détendre.

— Mon pauvre bébé, murmura-t-il sans se soucier du cheval ni des passants qui les dévisageaient. Mais tu dois être morte de froid !

Un téléphone – ce maudit téléphone – se mit à sonner entre eux deux et Andy fouilla dans son sac pour répondre.

— An-dre-ââ ! J'ignore quel mot vous ne comprenez pas quand je vous dis « sans délai », mais…

Andy s'était remise à trembler comme une feuille, maintenant que la voix stridente de Miranda lui vrillait le tympan, mais avant qu'elle ne puisse réagir, Max lui retira délicatement le téléphone d'entre les doigts, appuya sur « raccrocher » et le jeta au loin, en visant la flaque dans laquelle Andy s'était embourbée un peu plus tôt.

— Tu en as terminé avec elle, Andy, dit-il en l'enveloppant dans une grande couverture.

— Max ! Oh, mon Dieu ! Comment tu as pu faire ça ? Je suis horriblement en retard ! Je ne suis même pas encore passée au restaurant, et elle va me tuer si je ne lui rapporte pas son déjeuner sans d…

— Chut, répondit Max en posant deux doigts sur ses lèvres. Andy, tu ne risques plus rien, maintenant. Tu es avec moi.

— Mais il est déjà 13 h 10, et si elle ne…

Sourd à ses protestations, Max la prit sous ses aisselles et la souleva sans effort pour l'asseoir en amazone sur le cheval blanc – qui s'appelait Bandit, lui précisa-t-il.

Trop éberluée pour bouger ou résister, elle regarda Max lui retirer ses chaussures détrempées et les lancer sur le trottoir. De son fourre-tout en toile – qu'il trimballait partout –, il sortit les pantoufles doublées de mouton, semblables à des bottines, qu'Andy adorait, et les enfila sur ses pieds meurtris par le froid. Puis il déploya la couverture sur ses genoux, retira son écharpe en cachemire pour la lui nouer autour de la tête et du cou et lui tendit une bouteille Thermos en inox qui contenait du chocolat chaud préparé avec une variété particulière de cacao – sa préférée. Puis, d'un mouvement d'une impressionnante agilité, il se remit en selle et empoigna les rênes. Andy n'eut pas le temps de réitérer ses protestations qu'ils filaient déjà le long de la 7e Avenue au petit trot, tandis que, devant eux, une escorte de policiers leur ouvrait la voie dans le flot de circulation et de piétons.

C'était un soulagement merveilleux d'être enveloppée de chaleur et d'amour mais Andy ne pouvait museler sa panique. Elle allait se faire virer – indiscutablement –, mais se pouvait-il que le châtiment soit pire encore ? Se pouvait-il que Miranda soit furax au point d'user de son influence pour s'assurer qu'Andy ne retrouve jamais plus de travail, où que ce soit ? Au point de vouloir donner une bonne leçon à son assistante en lui montrant ce qui se passait quand on osait faire faux bond – à *deux reprises* – à Miranda Priestly ?

— Max, je dois y retourner ! s'époumona-t-elle pour se faire entendre malgré le vent, à présent que le trot s'était transformé en galop. Max, fais demi-tour ! Ramène-moi là-bas ! Je ne peux pas…

— Andy ! Tu m'entends ? Andy !

Elle ouvrit les yeux. La seule chose qu'elle sentait, c'était son cœur qui battait à tout rompre dans sa poitrine.

— Tout va bien, ma chérie. Tu ne risques plus rien. Ce n'était qu'un rêve. Ou plutôt un cauchemar, semblerait-il, roucoula Max en posant sa paume fraîche contre la joue d'Andy.

Elle se redressa et vit les premiers rayons du soleil qui se faufilaient déjà dans la chambre. Il n'y avait ni neige fondue qui tombait du ciel, ni boue dans les rues, ni cheval. Elle avait les pieds nus, certes, mais bien au chaud sous des draps d'une infinie douceur, et le corps de Max contre le sien lui faisait l'effet d'un rempart. Elle inspira profondément, et l'odeur de son fiancé – son haleine, sa peau, ses cheveux – lui emplit les narines.

Ce n'était qu'un rêve.

Encore hébétée à la suite de ce réveil en sursaut, Andy balaya la chambre des yeux. Où se trouvaient-ils ? Que se passait-il ? Et puis son regard se posa sur la sublime robe longue Monique Lhuillier suspendue à la porte, et tout lui revint : cette chambre n'était autre que la suite nuptiale – *sa* suite nuptiale – et cette robe de mariée, c'était la sienne. Elle se mariait ! Une décharge d'adrénaline la fit se redresser sur son séant, et Max manifesta sa surprise :

— De quoi rêvais-tu, mon cœur ? J'espère que ça n'avait rien à voir avec aujourd'hui.

— Non, strictement rien. Juste de vieux fantômes, éluda-t-elle en se penchant pour l'embrasser, et Stanley, leur bichon maltais, en profita pour se nicher entre eux. Attends ! Que fais-tu ici ? Quelle heure est-il ?

Max lui lança ce sourire mi-enjôleur, mi-canaille qu'elle adorait, puis se leva. Comme toujours, Andy ne put s'empêcher d'admirer ses épaules larges, son abdomen parfaitement plat. Max avait le corps d'un garçon de vingt-cinq ans, mince et ferme, mais ni trop sec ni trop musclé.

— 6 heures. Je suis venu pendant la nuit, précisa-t-il en enfilant un pantalon de pyjama en flanelle. Je me sentais un peu seul…

— Eh bien, je te conseille de filer avant que quelqu'un ne s'en aperçoive. Ta mère tenait absolument à ce qu'on dorme chacun dans notre chambre. Elle en a fait tout un plat.

Max tira Andy par la main pour l'obliger à se lever puis l'enlaça.

— Ne lui en parle pas, dans ce cas. Mais je n'allais pas passer toute la matinée sans te voir.

Andy feignit d'être agacée mais, au fond, elle était ravie de la transgression de Max – surtout à la lumière de ce cauchemar.

— D'accord, dit-elle avec un soupir démonstratif. Mais maintenant, débrouille-toi pour raser les murs jusqu'à ta chambre. Je vais sortir promener Stanley avant que le gros des troupes ne descende.

Max se serra plus étroitement contre elle.

— Il est encore très tôt. Si on fait vite, je parie qu'on peut…

— File ! lui ordonna Andy en éclatant de rire, et après un dernier baiser, très tendre, Max s'éclipsa.

Andy souleva Stanley au creux de ses bras et embrassa sa truffe humide.

— Le grand jour est arrivé, Stan !

Le chien lâcha un jappement enthousiaste, commença à se débattre et, de peur qu'il ne lui laboure les bras, Andy se résolut à le relâcher. L'espace de quelques instants très agréables, elle réussit à oublier son rêve, mais il ne tarda pas à refaire surface, avec force détails. Andy inspira profondément, et son pragmatisme prit le dessus : le trac, à l'aube du grand jour, diagnostiqua-t-elle. Un rêve nourri des appréhensions, parfaitement banales, de toute future mariée. Ni plus. Ni moins.

Elle commanda le petit déjeuner au service d'étage et partagea avec Stanley quelques morceaux de toasts aux œufs brouillés tout en répondant à divers coups de fil : sa mère, sa sœur, Lily, Emily – toutes piaffaient d'impatience et l'enjoignaient de s'atteler sans plus tarder aux préparatifs. Andy s'accorda néanmoins le temps, avant que tout ne s'emballe, d'offrir à Stanley une petite balade rapide dans l'air vif d'octobre. Elle se sentait un peu gênée d'arborer ce pantalon d'intérieur avec écrit « JEUNE MARIÉE » en grosses lettres rose vif sur son postérieur – un cadeau de ses amies – mais, secrètement, elle en éprouvait aussi une certaine fierté. Elle releva ses cheveux sous une casquette de base-ball, laça ses baskets, remonta la fermeture de sa polaire et réussit à gagner le gigantesque parc du Astor Courts sans croiser âme qui vive. Stanley bondissait avec autant d'allégresse que l'y autorisaient ses courtes pattes et tirait sur sa laisse pour entraîner Andy vers le rideau d'arbres déjà embrasés par les couleurs d'automne. Leur promenade dura presque une demi-heure, soit assez longtemps pour que tout le monde commence à se demander où était passée la future mariée et, en dépit de l'air mordant, de la beauté des champs qui déroulaient leur tapis alentour, de l'excitation et de l'étourdissement que lui procurait la perspective de cette journée, Andy ne pouvait chasser l'image de Miranda de son esprit.

Comment cette femme pouvait-elle continuer à la hanter ? Cela faisait presque dix ans qu'Andy, dans son départ précipité de Paris, avait abandonné son poste d'assistante de Miranda Priestly à *Runway* et mis un terme à une expérience dévastatrice. Et elle avait tellement mûri depuis cette année redoutable ! Tout avait changé : les premiers temps, Andy avait fait des piges à droite à gauche puis, à sa grande fierté, elle avait décroché une contribution régulière pour un blog consacré au mariage, *Happily Ever After*. Quelques années et des dizaines de milliers de mots plus tard, elle avait été en mesure de lancer son propre magazine, *The Plunge* – Le Grand Saut –, une superbe publication, aussi luxueuse que pointue, qui paraissait depuis maintenant trois ans et qui, en dépit de toutes les prédictions contraires, engrangeait même des bénéfices. *The Plunge* était nominé pour plusieurs récompenses et les annonceurs se bousculaient. Et aujourd'hui, en plus de tous ses succès professionnels, elle allait se marier ! Avec Max Harrison, fils de feu Robert Harrison et petit-fils du légendaire Arthur Harrison, fondateur du groupe de presse du même nom après la grande crise des années 30, et devenu depuis Harrison Media Holdings, un des consortiums les plus prestigieux et les plus rentables des États-Unis. Max Harrison, qui était longtemps resté dans le circuit des « célibataires les plus convoités », était sorti avec la crème des héritières new-yorkaises et probablement pas mal de leurs sœurs, cousines et amies, mais c'était elle, Andy, qu'il avait choisie. Dans quelques heures, après la cérémonie, des édiles et de grands capitaines d'industrie se presseraient pour féliciter le jeune héritier et sa nouvelle épouse. Et le mieux dans tout ça ? Elle aimait Max. Il était son meilleur ami, il était fou d'elle, il la faisait rire, il admirait sa réussite professionnelle. N'est-ce pas une vérité immuable que, à New York, les hommes ne franchissent le pas que le jour où ils se sentent prêts ? Max avait commencé à parler mariage quelques mois à peine après leur rencontre et, trois ans plus tard, le grand jour était enfin arrivé. Alors pourquoi gaspiller une seule seconde de plus à se torturer pour ce rêve ridicule ? se sermonna-t-elle en regagnant sa suite.

Celle-ci avait été investie en son absence par une petite armée de femmes qui se demandaient apparemment si la future mariée ne s'était pas fait la belle. Aux murmures d'inquiétude, voire de panique, succéda un soupir de soulagement collectif lorsque Andy entra dans la chambre et, sans perdre une minute de plus, Nina, son organisatrice de mariage, commença à distribuer des ordres.

Les heures suivantes passèrent en un clin d'œil : douche, brushing, mise en plis, mascara, fond de teint archi-couvrant, capable de lisser un visage d'ado dévoré d'acné… Pendant que l'une s'occupait de ses orteils, une autre préparait les sous-vêtements, une troisième ergotait sur la couleur du rouge à lèvres et, avant même qu'Andy n'ait pu pleinement prendre conscience de ce qui lui arrivait, Jill, sa sœur, lui présenta la longue robe ivoire et, un instant plus tard, sa mère ajustait la délicate étoffe sur ses hanches avant de remonter la fermeture à glissière. Andy essayait de se pénétrer de tous les détails de la scène : sa grand-mère qui gloussait de délectation ; Lily qui se mettait à pleurer ; Emily qui s'éclipsait discrètement dans la salle de bains pour s'offrir une cigarette, en pensant que personne ne le remarquerait.

Et puis brusquement, quelques minutes avant de gagner la grande salle de réception où elle était attendue pour une séance photos, le vide se fit autour d'elle. Les petites mains avaient filé pour vaquer à leurs propres préparatifs, et Andy se retrouva seule, inconfortablement perchée du bout des fesses sur un antique fauteuil capitonné, paralysée par la crainte de froisser ou d'endommager le moindre centimètre carré de sa personne. D'ici deux heures à peine elle serait une femme mariée, engagée pour le restant de ses jours à Max, et réciproquement. Cela dépassait presque l'entendement.

Le téléphone de la chambre sonna. C'était la mère de Max.

— Bonjour, Barbara, dit Andy aussi chaleureusement qu'elle le put.

Barbara Anne Williams Harrison : fille de la Révolution ; descendante non pas d'un, mais de deux signataires de la Constitution ; membre pérenne de tous les comités de direction et de toutes les associations caritatives les plus en vue de Manhattan. De la racine de ses cheveux mis en plis par Oscar Blandi à la pointe de ses orteils glissés dans des ballerines Chanel, Barbara était, en toutes circonstances, d'une politesse irréprochable à l'égard d'Andy comme de n'importe qui. Les effusions de sympathie, en revanche, n'étaient pas son fort. Andy s'efforçait de ne rien y voir de personnel, d'autant que Max lui assurait que cette froideur n'était que le fruit de son imagination. Peut-être Barbara avait-elle pensé, au tout début de leur relation, qu'Andy ne serait qu'une passade comme tant d'autres ? Par la suite, Andy s'était convaincue que les relations mondaines que Barbara entretenait avec Miranda avaient définitivement compromis tout espoir de nouer un jour des liens avec sa belle-mère. Pour finir, elle avait compris que cette réserve polie découlait simplement du caractère de Barbara – puisque tout le monde, y compris sa propre fille, en faisait les frais. En aucun cas elle ne s'imaginait appeler un jour cette femme « belle-maman ». Non pas, d'ailleurs, qu'on l'y eût invitée…

— Bonjour, Andrea. Je viens de me rappeler que je ne vous ai jamais donné le collier. À force de courir dans tous les sens pour tout organiser, j'ai fini par être en retard pour me faire coiffer et maquiller ! Donc, le collier se trouve dans la chambre de Max, dans un coffret en velours glissé dans la poche intérieure de cet affreux fourre-tout en toile. Je ne voulais pas que le personnel le voie traîner. Et peut-être saurez-vous convaincre mon fils de porter un sac digne de ce nom à l'avenir ? Dieu sait que j'ai essayé un millier de fois, mais il refuse catégoriquement…

— Je vous remercie, Barbara. Je vais aller le chercher immédiatement.

— Il n'en est pas question ! protesta Barbara d'une voix cassante et haut perchée. Il est impensable que Max vous découvre avant la cérémonie, cela porte malheur. Envoyez votre mère ou Nina. Ou qui vous voudrez.

— Oui, bien sûr, acquiesça Andy, avant de raccrocher et de gagner le couloir.

Elle avait très vite appris qu'il était bien plus simple de toujours abonder dans le sens de sa belle-mère, puis d'agir à sa guise ; se disputer avec elle n'avancerait à rien. Et c'était pour cette raison que le traditionnel bijou ancien qu'elle allait arborer pour la cérémonie appartenait à la famille Harrison, et non à sa mère, ou à sa grand-mère : Barbara avait insisté. Six générations d'épouses Harrison avaient porté ce collier le jour de leurs noces, et il était inenvisageable que celle de son fils déroge à la règle.

La porte de la chambre de Max était entrouverte. Lorsqu'elle la poussa, Andy entendit la douche couler dans la salle de bains. *Classique*, songea-t-elle. *Cinq heures que je me prépare et lui, il entre à peine sous la douche.*

— Max ? C'est moi. Ne sors pas !

— Andy ? Qu'est-ce que tu fais là ? cria Max à travers la porte.

— Je suis venue chercher le collier de ta mère. Ne sors pas, d'accord ? Je ne veux pas que tu voies ma robe.

Elle plongea la main dans la poche du sac, sans rencontrer aucun coffret en velours. En revanche, ses doigts se refermèrent sur une feuille de papier pliée.

C'était le papier à lettres crème, épais, estampillé du monogramme bleu marine de sa belle-mère, BWH. Andy savait que, avec la quantité d'articles de papeterie qu'elle leur commandait, Barbara contribuait à elle seule à la survie de Dempsey & Carroll. Depuis quarante ans, cette maison lui fournissait les cartes destinées aux vœux d'anniversaire, aux remerciements, aux invitations à dîner, aux condoléances. Barbara était extrêmement attachée aux bonnes manières, fussent-elles guindées et d'une autre époque, et aurait préféré mourir plutôt que d'envoyer un e-mail – une faute de goût certes moins grave que, comble de l'horreur, un SMS ! Cela n'avait donc rien de surprenant qu'elle adressât à son fils, le jour de son mariage, une lettre manuscrite. Andy était sur le point de la replier et de la ranger dans le sac lorsque son œil tomba sur son prénom. Sans réfléchir, elle commença à lire.

Cher Maxwell,

Tu sais que je m'efforce au mieux de respecter ta vie privée, mais je ne peux me taire plus longtemps quand le sujet est à ce point important. Je t'ai déjà fait part de mes inquiétudes, et tu m'as toujours promis de leur accorder quelques réflexions. Aujourd'hui, cependant, face à l'imminence de ton mariage, j'ai le sentiment qu'il est grand temps pour moi de te dire le fond de ma pensée, simplement et sans détour.

Je t'en supplie, Maxwell. N'épouse pas Andrea.

Ne te méprends pas : Andrea est une jeune femme charmante, et elle fera indubitablement le bonheur d'un homme. Mais toi, mon chéri, tu mérites tellement mieux ! Il te faut une jeune fille de bonne famille, et non une femme dont le foyer désuni ne lui aura appris que le chagrin d'un divorce. Tu te dois d'épouser une fille qui comprenne nos traditions, notre façon de vivre. Une compagne qui t'aidera à perpétuer notre nom et à élever la prochaine génération de Harrison. Et, plus important encore, une partenaire qui aura à cœur de faire passer tes intérêts et ceux de tes enfants avant ses égoïstes aspirations professionnelles. Il te faut réfléchir attentivement à cela : veux-tu que ta femme édite des magazines et passe son temps en voyages professionnels, ou bien préfères-tu une épouse pour laquelle l'abnégation n'est pas un vain mot, et qui embrassera les causes philanthropiques chères à notre famille ? Ne désires-tu pas une compagne qui s'intéressera plus au bien-être de la famille qu'à ses propres ambitions ?

Je t'ai déjà dit combien, selon moi, ta rencontre inopinée avec Katherine aux Bermudes était un signe. Tu semblais si heureux de l'avoir revue ! Je t'en prie, Maxwell, ne néglige pas ces sentiments. Rien n'est encore gravé dans le marbre, il n'est pas trop tard. Il est évident que tu as toujours adoré Katherine, et encore plus évident qu'elle serait une merveilleuse épouse pour toi.

Tu m'as toujours rendue infiniment fière de toi, et je sais que, de là-haut, ton père nous regarde et t'encourage à prendre la bonne décision.

Avec tout mon amour,

Mère

Lorsque le jet de la douche s'arrêta, Andy laissa échapper la lettre. En bataillant pour la ramasser, elle remarqua que ses mains tremblaient.

— Andy ? appela Max. Tu es toujours là ?

— Oui, je… Attends deux secondes, je m'en vais, réussit-elle à articuler.

— Tu l'as trouvé ?

Elle hésita. Quelle était la bonne réponse ? Il lui semblait qu'il n'y avait plus une once d'oxygène dans toute la pièce.

— Oui.

Elle entendit Max s'agiter derrière la porte, faire couler l'eau dans le lavabo, refermer le robinet.

— Ça y est ? Tu es partie ? Il faut que je sorte ! Je dois m'habiller.

Andy avait soudain les tempes battantes. *S'il te plaît, n'épouse pas Andrea. Tu semblais si heureux de l'avoir revue !* Que devait-elle faire ? Se précipiter dans la salle de bains, ou dans le couloir ? Quand elle reverrait Max, ce serait pour échanger leurs alliances devant trois cents invités – parmi lesquels Barbara.

On toqua à la porte de la suite. C'était Nina, l'organisatrice de mariage – un véritable moulin à paroles qui avait le don de la rendre dingue.

— Andy ? Mais que faites-vous ici ? Doux Jésus ! Mais vous allez massacrer votre robe ! Et moi qui pensais que vous étiez convenus de ne pas vous voir avant la cérémonie. Parce que en ce cas, pourquoi ne pas avoir fait les photos avant ? Max ! Interdiction de sortir de la salle de bains ! Votre future épouse est ici, telle une biche surprise dans les phares d'une voiture. Attendez deux secondes !

Nina se précipita à la rescousse d'Andy qui tentait de se redresser et de rajuster sa robe en même temps.

— Voilà, fit-elle en lui offrant sa main puis en lissant la traîne. Et maintenant, vous me suivez ; les facéties et les jeux de cache-cache, c'est terminé, c'est bien compris ? Qu'est-ce que c'est que ça ? ajouta-t-elle, en prenant la lettre entre les doigts d'Andy et en la brandissant à bout de bras, comme pour la soustraire à sa portée.

Andy entendait les battements frénétiques de son cœur et elle se demanda brièvement si elle n'était pas en train de faire un infarctus. Elle ouvrit la bouche pour protester, mais la nausée lui coupa le souffle.

— Oh, je crois que je vais…

Telle une magicienne – ou peut-être parce qu'elle était tout simplement rodée à ces situations –, Nina fit apparaître une poubelle qu'elle lui cala sous le menton. Andy sentit le rebord en plastique s'enfoncer dans sa chair.

— Voilà, voilà, geignit Nina d'une voix aux intonations nasales qui, étrangement, la réconforta. Vous n'êtes pas ma première mariée stressée, et sûrement pas la dernière.

Remercions juste votre bonne étoile qu'il n'y ait pas eu d'éclaboussures.

Elle épongea la bouche d'Andy avec un tee-shirt de Max, et l'odeur de celui-ci – un mélange entêtant de savon et de shampooing menthe-basilic, qu'en général elle adorait – la fit de nouveau vomir.

On frappa une nouvelle fois à la porte qui livra passage à Saint-Germain, le célèbre photographe, et à son ravissant assistant.

— Nous étions convenus de photographier les préparatifs de Max, annonça-t-il.

Il s'exprimait avec un accent affecté mais impossible à identifier. Par chance, ni lui ni son assistant n'accordèrent un seul regard à la mariée.

— Que se passe-t-il ? s'impatienta Max, toujours en quarantaine dans la salle de bains.

— Max, restez où vous êtes ! hurla Nina de toute son autorité. On va devoir retoucher votre maquillage, ajouta-t-elle en se tournant vers Andy. Et… bon sang, votre coiffure !

— Il me faut le collier, souffla Andy, qui doutait d'être en mesure de parcourir les quelques dizaines de mètres de couloir qui la séparaient de sa propre suite.

— Le quoi ?

— Le collier en diamants de Barbara, expliqua-t-elle. Attendez.

Réfléchis, réfléchis, réfléchis, s'intima-t-elle. À quoi tout cela rimait-il ? Que devait-elle faire ?

Andy se força à se retourner vers cet ignoble sac, mais, par chance, Nina la prit de vitesse. Elle le hissa sur le lit, en fouilla rapidement le contenu et en ressortit un coffret en velours noir avec la signature Cartier.

— C'est ça que vous cherchiez ? lança Nina. Bien, allons-y.

Et elle ordonna aux photographes de libérer Max tout en traînant sa mariée dans le couloir.

Que Barbara puisse la haïr au point de ne pas vouloir

que son fils l'épouse, Andy avait encore du mal à le croire. Sans compter qu'elle lui avait déjà choisi une autre épouse. Katherine. Plus *convenable*, moins *égoïste*. Plus dans le moule, du moins selon Barbara. Andy savait tout de Katherine, héritière de la fortune von Herzog et – d'après ce qu'elle se rappelait de ses investigations frénétiques sur Google, aux premiers temps de sa rencontre avec Max – sorte de princesse autrichienne de second rang. Max l'avait rencontrée sur les bancs du lycée privé très huppé du Connecticut, où la demoiselle avait été envoyée en pension. Ensuite, Katherine avait pu poursuivre des études d'histoire européenne à Amherst, grâce à la générosité de son grand-père – un aristocrate autrichien jadis entièrement acquis à la cause des nazis – qui avait fait don d'une somme assez conséquente pour faire baptiser une des résidences du campus en l'honneur de sa défunte épouse. Max soutenait que Katherine était trop collet monté, trop BCBG. et trop polie en toutes circonstances. Elle était ennuyeuse, affirmait-il. Attachée aux convenances, perpétuellement soucieuse des apparences. Cependant, Max n'ayant jamais été capable d'expliquer clairement pourquoi Katherine et lui s'étaient malgré tout fréquentés par intermittence pendant cinq ans, Andy avait toujours soupçonné que l'histoire ne s'arrêtait pas là. Et apparemment, elle ne s'était pas trompée.

La dernière fois que Max avait mentionné Katherine, il projetait de l'appeler pour lui annoncer leurs fiançailles. Quelques semaines plus tard, Bergdorf leur avait livré une superbe coupe en cristal taillé, accompagnée d'un petit mot leur souhaitant une vie de bonheur. Emily, qui connaissait Katherine par l'intermédiaire de son mari, Miles, avait juré à Andy qu'il n'y avait pas lieu de s'inquiéter, que cette fille était un bonnet de nuit archi-coincé. Elle avait certes « un décolleté à faire damner un saint », mais Andy la surpassait à tous les autres points de vue. Depuis, Katherine lui était sortie de la tête. Tout le monde n'avait-il pas un passé ? Andy était-elle fière de Christian

Collinsworth ? Ressentait-elle le besoin de raconter à Max les moindres détails de sa relation avec Alex ? Bien sûr que non. Mais c'était une tout autre histoire de tomber, le jour même de son mariage, sur une lettre de votre future belle-mère, implorant votre fiancé de tout annuler pour épouser son ex. Une ex qu'apparemment Max avait été ravi de croiser aux Bermudes, lors de son enterrement de vie de garçon – détail qu'il avait commodément passé sous silence.

Andy se frictionna le front et se força à réfléchir. À quelle date Barbara avait-elle écrit cette lettre vénéneuse ? Pourquoi Max l'avait-il conservée ? Et comment interpréter le fait qu'il ait revu Katherine à peine un mois et demi plus tôt et qu'il ne lui en ait pas soufflé mot – alors qu'il lui avait décrit en long, en large et en travers les parties de golf entre copains, les bains de soleil, les orgies de steaks. Il devait y avoir une explication, forcément. Mais laquelle ?

2

Apprendre à aimer les Hamptons : été 2009

Andy avait longtemps mis un point d'honneur à ne jamais, ou presque, se rendre dans les Hamptons. Les routes congestionnées par la circulation, les foules de vacanciers, la pression pour être toujours vu au bon endroit, et au top de l'élégance et de sa forme... Rien de tout ça ne semblait particulièrement reposant. Et Andy ne voyait pas en quoi cela représentait une évasion de la vie citadine. Mieux valait rester à New York, seule, et traîner dans les marchés, s'allonger sur les pelouses de Central Park ou se balader à vélo le long des rives de l'Hudson. L'été, on pouvait pousser la porte de n'importe quel restaurant sans réservation et explorer de nouveaux quartiers peu fréquentés. Andy adorait ces week-ends passés à bouquiner en sirotant des cafés glacés, et ne se sentait jamais laissée-pour-compte – chose qu'Emily refusait tout simplement de concevoir. Un week-end par saison, elle traînait Andy jusqu'à la résidence secondaire de ses beaux-parents et insistait pour qu'elle goûte aux fabuleux plaisirs des *white parties*, des matchs de polo et des processions de femmes vêtues en Tory Burch de pied en cap. Chaque année, Andy se jurait de ne jamais y retourner mais, été après été, elle bouclait consciencieusement sa valise, prenait son mal en patience dans le bus reliant Manhattan aux Hamptons, puis s'efforçait de paraître ravie de retrouver les mêmes personnes qu'elle croisait toute l'année dans sa vie professionnelle. Ce week-end-là, cependant, se révélait différent : il pouvait décider de son avenir.

On toqua à la porte et Emily entra. À voir sa tête, elle n'était pas enchantée de trouver Andy affalée sur l'épaisse couette, une serviette de toilette drapée en turban et une autre coincée sous les aisselles, en train de contempler d'un air désespéré sa pleine valise de fringues.

— Pourquoi n'es-tu pas encore habillée ? Les invités vont arriver d'une minute à l'autre !

— Je n'ai rien à me mettre ! se lamenta Andy. Je ne comprends pas les Hamptons. Ce n'est pas mon univers. Rien de ce que j'ai apporté ne convient.

— Andy… fit Emily en se déhanchant.

Andy étudia son amie : la robe ample en mousseline fuchsia, la ceinture en chaînette dorée, enroulée trois fois autour d'une taille plus fine que le tour de cuisse de la plupart des femmes ; les jambes bronzées, les spartiates dorées, les orteils vernis et assortis à la robe ; le brushing impeccable, les pommettes scintillantes et les lèvres rehaussées d'une couche de gloss rosé.

— J'espère que c'est une poudre irisée, et pas simplement ta bonne mine naturelle, observa Andy peu charitable en désignant le visage d'Emily. Personne ne mérite d'avoir l'air aussi pimpant.

— Andy, tu sais combien cette soirée est capitale ! Miles s'est démené comme un fou pour réunir tous ces gens, et j'ai passé un mois à me prendre la tête avec les fleuristes, les traiteurs et ma putain de belle-mère. Tu sais combien on a galéré pour les convaincre de nous laisser organiser ce dîner chez eux ? À l'entendre énumérer toutes les règles à respecter, on aurait cru qu'on avait dix-sept ans et qu'on projetait de rameuter une bande de soiffards. Toi, tu n'avais qu'à te pointer, habillée pour la circonstance, et te montrer charmante. Et regarde-toi !

— Eh bien, je suis là, non ? Et pour ce qui est du charme, je ferai de mon mieux. Si j'honore deux clauses sur trois, est-ce que ça ira ?

Emily soupira et Andy ne put réprimer un sourire.

— Em, vole au secours de ta pauvre amie handicapée du style, aide-la à se concocter une tenue un minimum appropriée afin qu'elle ait vaguement l'air à la hauteur lorsqu'elle fera la manche au milieu de tous ces inconnus !

La plaisanterie était surtout destinée à amadouer Emily car Andy savait qu'au cours des sept dernières années elle avait accompli des progrès spectaculaires en matière de style. Pouvait-elle espérer rivaliser un jour sur ce terrain avec Emily ? Certainement pas. Mais, au moins, elle n'était plus une catastrophe ambulante.

Emily entreprit d'examiner quelques-uns des vêtements amoncelés sur le lit, en gratifiant chacun d'eux d'un froncement de nez.

— Bon. Que comptais-tu mettre, exactement ?

Andy piocha dans le tas une robe-chemisier en lin bleu marine et une ceinture en corde, assortie à une paire d'espadrilles à talons compensés. L'ensemble était simple, élégant, intemporel. Un rien chiffonné, peut-être. Mais incontestablement dans le ton des Hamptons.

Emily blêmit.

— Tu me fais marcher.

— Regarde ces boutons ! Ils sont magnifiques. Cette robe n'était pas donnée, tu sais.

— Je me contrefiche des boutons ! s'écria Emily d'une voix perçante, en envoyant voler la robe à l'autre bout de la pièce.

— C'est quand même une Michael Kors !

— Andy, c'est la collection « plage » de Michael Kors. C'est ce que les mannequins portaient sur les maillots de bain. Tu l'as achetée en ligne sur Nordstrom, ou quoi ?

N'obtenant aucune réponse, Emily leva les mains au ciel de frustration. Andy lâcha un soupir.

— Pourrais-tu juste m'aider, s'il te plaît ? Il y a un risque non négligeable que je retourne tout de suite sous la couette…

La menace porta ses fruits. Emily prit les commandes, non sans marmonner qu'Andy restait un cas désespéré, en dépit de tous ses efforts pour la former aux subtilités de coupe, silhouette, étoffe, style… Sans parler des chaussures. Or *tout* était dans les chaussures ! lui rappela Emily en furetant dans le tas de fringues enchevêtrées. Elle en examina certaines, les tenant à bout de bras, puis les répudiant sans ménagement avec un regard assassin. Le manège muet, et exaspérant, dura cinq minutes, au terme desquelles Emily quitta la chambre sans explication.

— Tiens, voilà, dit-elle en réapparaissant quelques instants plus tard avec une superbe maxi-robe en jersey bleu pâle et de ravissants pendants d'oreilles en turquoise. Tu as des nu-pieds argentés, n'est-ce pas ? Parce que tu ne rentreras jamais dans les miens.

— Je ne rentrerai jamais là-dedans non plus, observa Andy en regardant la robe avec méfiance.

— Bien sûr que si. J'ai pris une taille au-dessus, pour les jours où je suis ballonnée, et avec ce drapé autour de la taille tu devrais y rentrer sans problème.

Andy éclata de rire. Emily et elle étaient amies depuis si longtemps maintenant qu'elle ne se formalisait plus guère de ce genre de commentaire.

— Quoi ? fit Emily, l'air perplexe.

— Rien. C'est parfait. Merci.

— Bien. Alors maintenant, habille-toi, lui intima-t-elle, tandis que la sonnette tintait au rez-de-chaussée. Le premier invité ! Je descends ! Sois adorable, pose des questions à tout le monde – aux mecs sur leur travail et aux femmes sur leurs activités caritatives. Ne parle pas du magazine, à moins que quelqu'un ne t'interroge. Ce n'est pas à proprement parler un dîner de boulot.

— Ah bon ? Je croyais que l'objectif, c'était justement de leur taper du fric…

Emily lâcha un soupir exaspéré.

— Oui, mais pas tout de suite. On doit d'abord en passer par les mondanités, et faire semblant de s'amuser. Le plus important dans l'immédiat, c'est qu'ils voient qu'on est intelligentes, responsables, et qu'on a une super idée. La majorité des types que tu vas voir ce soir sont des amis de Miles, de Princeton. Ils gèrent tous des fonds spéculatifs et ils adorent investir dans des projets liés au secteur des médias. Fais ce que je te dis, Andy – souris, montre-leur que tu t'intéresses à eux, sois naturelle et adorable comme d'habitude, et on sera parées. Mais d'abord, enfile cette robe.

— Sourire, s'intéresser aux gens, être adorable. Pigé, dit Andy en retirant son turban et en commençant à démêler ses cheveux.

— Et n'oublie pas qu'à table je t'ai placée entre Farooq Hamid, dont le fonds vient de se hisser parmi les cinquante investissements les plus lucratifs de l'année, et Max Harrison, de Harrison Media Holdings, qui occupe le poste de P-DG à présent.

— Son père est mort il y a quelques mois de ça, non ?

Andy se souvenait des obsèques retransmises à la télévision et des portraits, éloges funèbres et hommages qui s'étaient étalés deux jours durant dans les quotidiens pour honorer la mémoire de l'homme qui avait bâti l'un des plus grands empires de presse de tous les temps, jusqu'à ce qu'une série d'investissements calamiteux, juste avant la crise de 2008 – Madoff, gisements pétroliers dans des pays politiquement instables – ne précipite ce bel édifice dans une spirale financière infernale. À ce jour, personne ne pouvait encore évaluer l'étendue des dégâts.

— C'est ça. C'est Max qui a repris les rênes et, au dire de tout le monde, il se débrouille très bien. Or Max adore les start-up, il adore investir dans des projets de magazine – surtout ceux montés par de séduisantes jeunes femmes.

— Oh, Em, est-ce que tu me qualifies de séduisante ? Franchement, tu me fais rougir.

Emily renifla.

— À vrai dire, je parlais surtout de moi. Bon, écoute, peux-tu être en bas dans cinq minutes ? J'ai besoin de toi ! lança-t-elle en quittant la chambre.

— Moi aussi, je t'adore ! riposta Andy en exhumant son soutien-gorge sans bretelles du capharnaüm.

Le dîner se déroula dans une ambiance étonnamment détendue – bien plus que ne l'avait laissé présumer, quelques heures plus tôt, l'hystérie d'Emily. Une douce brise iodée traversait le barnum dressé sur la pelouse des Everett, face à l'océan, et les innombrables bougies donnaient à la soirée une élégance discrète. Au menu, il y avait un barbecue de fruits de mer spectaculaire : homards d'un bon kilo déjà décortiqués, palourdes au beurre citronné, moules marinières, merveilleuses pommes de terre parfumées à l'ail et au romarin, épis de maïs saupoudrés de *cotija*, paniers de petits pains tièdes et moelleux, le tout arrosé d'une réserve apparemment inépuisable de bières fraîches, pinot grigio et margaritas, les meilleures qu'Andy ait jamais bues.

Après les tartes aux pommes maison accompagnées d'une boule de glace, les invités, repus, migrèrent autour du grand feu qu'un des serveurs avait allumé à l'extrémité de la pelouse, et où les attendaient de délicieux petits sandwichs aux guimauves grillées, des tasses de chocolat chaud onctueux et des plaids d'été en bambou et cachemire, d'une douceur paradisiaque. On continua à boire et à rire ; bientôt, quelques joints commencèrent à circuler. Andy remarqua que Max Harrison et elle étaient les seuls à passer leur tour. Et lorsque Max s'éclipsa un instant en direction de la maison, Andy ne put résister à l'envie de le suivre.

— Ah, salut, bafouilla-t-elle, dans un brusque accès de timidité lorsqu'ils se retrouvèrent nez à nez sur l'immense terrasse qui prolongeait le salon. Je… euh, je cherchais les toilettes, mentit-elle.

— Andrea, c'est ça ? demanda Max – qui venait pourtant de passer trois heures à table à côté d'elle.

De fait, il avait été absorbé par sa conversation avec sa voisine de gauche, un mannequin russe et épouse de l'un des invités, qui ne comprenait apparemment pas un mot d'anglais mais avait suffisamment gloussé et battu des cils pour maintenir en éveil l'intérêt de son interlocuteur. Andy, de son côté, avait bavardé avec Farooq – ou plutôt, elle avait écouté ses fanfaronnades tous azimuts, depuis le yacht qu'il venait de commander en Grèce jusqu'au dernier portrait en date que lui avait consacré le *Wall Street Journal*.

— Appelez-moi Andy, je vous en prie.

— D'accord. Andy.

Max sortit des Marlboro Light de sa poche et lui en offrit une, qu'elle accepta sans l'ombre d'une hésitation bien qu'elle n'eût plus fumé depuis des années.

Il alluma leurs cigarettes en silence et, lorsque chacun eut exhalé un long panache de fumée, il ajouta :

— Super soirée. Vous avez drôlement bien bossé, les filles.

— Merci, répondit Andy, sans pouvoir contenir un sourire. Mais c'est surtout Emily qu'il faut féliciter.

— Comment se fait-il que vous ne fumiez pas ? Des joints, je veux dire…

Andy le dévisagea, amusée.

— J'ai remarqué que vous et moi étions les seuls à ne pas… participer.

Certes, la conversation portait sur le fait de fumer, ou pas, des joints, mais Andy était flattée que Max ait remarqué quoi que ce soit la concernant. Elle avait entendu parler de lui – non seulement parce qu'il était un des meilleurs amis de pensionnat de Miles, mais aussi parce que son nom apparaissait souvent dans les carnets mondains et les blogs consacrés à la vie des médias.

Toutefois, dans le doute, Emily avait également alerté Andy sur son passé de play-boy, son penchant pour les ravissantes écervelées et son incapacité à s'engager auprès d'une « vraie » nana, bien qu'il fût un chic type, brillantissime et dévoué corps et âme à ses amis et à sa famille. Emily et Miles prédisaient que Max resterait célibataire encore quelques années et que, passé la quarantaine, à force d'entendre sa dominatrice de mère lui réclamer un petit-fils ou une petite-fille, il épouserait un canon de vingt-trois ans qui le contemplerait avec dévotion, quoi qu'il dise ou fasse. Andy avait écouté attentivement le portrait brossé par son amie et procédé de son côté à quelques recherches qui semblaient le confirmer en tout point, mais pour une raison qu'elle avait du mal à cerner, ça ne cadrait pas avec la personne qu'elle avait devant elle.

— Je n'ai pas grand-chose à raconter sur le sujet, franchement. J'ai fumé à la fac, comme tout le monde, mais sans jamais aimer ça. En général, je regagnais ma chambre en catimini, je me plantais devant le miroir et je me lançais dans l'inventaire de toutes les mauvaises décisions que j'avais prises, et de tout ce qui clochait chez moi.

— C'est le pied, plaisanta Max en souriant.

— Alors vous voyez, je me suis dit que la vie était assez compliquée comme ça. Je n'ai pas besoin de drogues soi-disant récréatives pour me rendre malheureuse.

— Excellent argument, approuva Max en tirant sur sa cigarette.

— Et vous ?

Il sembla hésiter, comme s'il débattait intérieurement pour décider quelle version il allait lui servir. Andy observa sa mâchoire, carrée et déterminée comme celle de tous les Harrison, et ses sourcils bruns qui se rejoignaient presque. Il ressemblait énormément aux portraits de son père parus dans le journal. Max croisa son regard, lui sourit, mais d'un sourire teinté de tristesse.

— Je viens de perdre mon père. Officiellement, il a

succombé à un cancer du foie, mais en réalité il souffrait d'une cirrhose. Il a été alcoolique toute sa vie. Extraordinairement opérationnel pendant une large partie de celle-ci – si tant est qu'on puisse dire ça de quelqu'un qui était ivre tous les soirs –, mais un peu moins ces dernières années, à cause de la crise financière et de ses retombées pénibles pour les affaires. Je buvais moi-même pas mal quand j'étais à la fac. Au bout de cinq ans, quand j'ai vu que je commençais à perdre le contrôle, j'ai tout arrêté, du jour au lendemain. Plus d'alcool, plus de drogue, plus rien que ces tiges cancérigènes, auxquelles je suis apparemment incapable de renoncer…

Maintenant qu'il le mentionnait, Andy se souvint qu'à table Max n'avait bu que de l'eau pétillante. Sur le coup, cela ne lui avait inspiré aucune réflexion, mais à présent qu'elle connaissait l'histoire, elle avait envie de le serrer dans ses bras pour le réconforter et le féliciter.

Sans doute resta-t-elle un petit moment perdue dans ses pensées car Max ajouta :

— Comme vous pouvez l'imaginer, je suis un convive de rêve ces temps-ci.

Andy éclata de rire.

— J'ai la réputation de disparaître sans dire au revoir pour filer chez moi regarder des films en survêtement. Alors, alcool ou pas, vous êtes probablement un meilleur convive que moi.

Ils continuèrent à bavarder ainsi un moment, le temps de terminer leur cigarette, et lorsqu'il l'eut raccompagnée près du feu, Andy s'aperçut qu'elle essayait de capter son attention tout en essayant de se convaincre que ce garçon n'était rien de plus qu'un dragueur – certes extrêmement séduisant. Elle qui était d'ordinaire allergique aux Casanova avait cru déceler chez celui-ci une vulnérabilité, une sincérité. Après tout, Max n'était nullement tenu de lui confier ces informations sur son père, ou de lui avouer son problème d'alcool. Il s'était montré franc et lucide, deux qualités qu'Andy trouvait très engageantes. *Mais même Emily pense que c'est un plan foireux*, se souvint-elle – et ce n'était pas peu dire, sachant que son amie avait épousé l'un des plus gros fêtards de Manhattan. Quand, peu après minuit, Max prit congé avec un sage baiser sur la joue assorti d'un banal : « Enchanté d'avoir fait votre connaissance », Andy se dit que c'était ce qui pouvait arriver de mieux. Les types formidables étaient légion ; quel besoin avait-elle de fantasmer sur un tombeur – aussi charmant, gentil et sincère fût-il ?

À 9 heures le lendemain matin, Andy vit débarquer dans sa chambre une Emily absolument ravissante, en micro-short blanc, tunique en batik et sandales compensées aux talons vertigineux.

— Je peux te demander un service ? attaqua-t-elle tout de go.

Andy, encore au lit, replia un bras en travers de son visage.

— Est-ce que ça exige que je me lève ? Parce que les margaritas d'hier soir m'ont tuée.

— Tu te souviens d'avoir parlé à Max Harrison ?

Andy ouvrit un œil.

— Évidemment.

— Il vient d'appeler. Il nous invite toi, Miles et moi à déjeuner chez ses parents, pour discuter de *The Plunge*. Pour parler chiffres. Je crois qu'il pense sérieusement à investir.

— C'est génial ! s'écria Andy, sans trop savoir si elle s'enthousiasmait à la perspective du déjeuner, ou à l'idée d'avoir décroché un investisseur.

— Ouais. Sauf que nous devons bruncher au country club avec les parents de Miles. Ils sont rentrés ce matin et sont impatients de repartir. On file d'ici dans un quart d'heure. Et, non, on ne peut pas se défiler – crois-moi, j'ai essayé. Est-ce que tu peux te débrouiller seule avec Max ?

Andy fit mine de réfléchir.

— Oui, j'imagine. Si ça t'arrange…

— Génial ! On fait comme ça. Il passe te chercher dans une heure. Il me fait te dire de prendre un maillot de bain.

— Un maillot de bain ? Je suis sûre que je vais aussi avoir besoin de…

Emily lui fourra dans les mains un maxi-cabas en paille Diane von Furstenberg.

— Bikini – avec culotte taille haute pour toi, évidemment –, ravissante tunique Milly, chapeau mou, et tube de crème indice de protection 30, sans huile, énuméra Emily. En sortie de bain, tu mettras ce petit short blanc ceinturé que tu portais hier, cette tunique en lin et ces ravissantes Toms blanches. Des questions ?

Andy éclata de rire, dit au revoir à Emily et vida le contenu du cabas sur le lit. Elle y replaça le couvre-chef et le tube de crème solaire, ainsi que son propre maillot, un short en jean et un débardeur. Elle ne concéderait rien de plus aux diktats vestimentaires d'Emily, et si Max n'aimait pas son look, eh bien, c'était son problème.

Ce fut un après-midi parfait. Ils firent une virée dans le petit hors-bord de Max, piquèrent quelques têtes dans l'océan pour se rafraîchir et pique-niquèrent de poulet froid, de tranches de pastèque, de cookies au beurre de cacahouète et de limonade. Ils se promenèrent le long de la plage pendant près de deux heures, en remarquant à peine que le soleil était au zénith, puis ils s'assoupirent sur les accueillantes chaises longues au bord de la piscine scintillante et déserte des Harrison. Lorsque Andy rouvrit finalement les yeux, après avoir eu l'impression de dormir des heures, Max était en train de l'observer.

— Tu aimes les palourdes ? demanda-t-il avec un drôle de sourire.

— Qui ne les aime pas ?

Max enfila un sweat-shirt, lui en prêta un qu'elle passa par-dessus son maillot de bain et ils sautèrent dans sa Jeep. Tandis que le vent fouettait et ébouriffait merveilleusement ses cheveux mêlés de sel, Andy se sentit plus libre qu'elle ne l'avait été depuis des années. Lorsque Max se gara devant le restaurant – une simple cabane, sur la plage d'Amagansett – Andy était convertie : les Hamptons étaient l'endroit le plus génial de la terre, tant qu'elle était avec Max et qu'elle avait une montagne de palourdes et des coupelles de beurre tendre à portée de main. Au diable les week-ends en ville. Elle était au paradis.

— C'est top, n'est-ce pas ? demanda Max en gobant une palourde avant de lâcher la coquille dans le seau en plastique.

— Elles sont tellement fraîches ! s'émerveilla Andy, la bouche pleine.

Elle grignotait son épi de maïs, sans éprouver la moindre gêne en dépit du filet de beurre qui dégoulinait le long de son menton.

— Je veux investir dans votre magazine, Andy, déclara Max en la regardant droit dans les yeux.

— C'est vrai ? Super. Je veux dire… c'est fantastique ! Emily m'avait laissé entendre que tu pourrais être intéressé, mais je ne voulais pas…

— Je suis vraiment impressionné par tout ce que tu as fait.

Andy se sentit rougir.

— Pour être franche, c'est Emily qui a presque tout fait. Cette fille est incroyablement bien organisée. Et je ne parle pas de son réseau ! Moi, je ne sais même pas faire un business plan, alors pour ce qui est de…

— Oui, Emily est formidable, mais je parlais de ce que *toi* tu as fait. Emily m'a approché, il y a quelques semaines, après ça j'ai lu presque tout ce que tu as écrit.

Andy le regarda avec des yeux ronds.

— Sur ce blog consacré au mariage, *Happily Ever After*. J'avoue ne pas être un spécialiste du sujet, mais je trouve tes interviews excellentes. Ce papier sur Chelsea Clinton, au moment de son mariage ? Super bien joué.

— Merci, murmura Andy.

— J'ai aussi lu ton enquête pour le magazine *New York*, celle sur la notation des restaurants après inspection sanitaire. C'était passionnant. Et j'ai beaucoup aimé également ce reportage sur la retraite de yoga. C'était où, déjà ? Au Brésil ?

Andy hocha la tête.

— Ça m'a donné envie d'y aller. Et je peux t'assurer que, pourtant, le yoga, ce n'est pas mon truc.

— Merci. C'est hmm… toussota Andy, en se retenant à grand-peine de sourire. Ça me fait très plaisir de l'entendre de ta bouche.

— Je ne dis pas ça pour te faire plaisir, Andy. Mais parce que c'est vrai. Et Emily m'a fait passer l'ébauche de tes idées pour *The Plunge*, que je trouve également formidables.

Cette fois, Andy s'autorisa à sourire sans retenue.

— Tu sais, dit-elle, je dois reconnaître qu'au début, lorsque Emily m'a parlé du projet, j'étais sceptique. Je ne voyais pas la nécessité d'un magazine de plus sur le mariage. *A priori*, ça semblait un segment déjà très encombré. Mais à force d'en discuter avec elle, j'ai fini par comprendre qu'il manquait un magazine spécialisé du niveau de *Runway* – très haut de gamme, avec de sublimes photos et zéro ringardise. Un titre qui se consacrerait aux mariages des stars ou des personnalités mondaines – des mariages au budget hors de portée de la plupart des lectrices, mais qui aiguiseraient néanmoins leur désir. Une publication qui offrirait à la femme sophistiquée, pointue, soucieuse de son style, l'inspiration page après page pour son propre mariage. Pour l'instant, dans ce créneau, on trouve beaucoup de gypsophile, de chaussures à teindre et de tiares, mais rien qui montre à une future mariée plus raffinée quelles sont ses vraies options. Il existe une niche et, selon moi, *The Plunge* peut venir la combler. Excuse-moi, ajouta-t-elle en voyant Max la dévisager, sa canette de *root beer* en suspens dans la main. Je n'avais pas l'intention de te faire le pitch complet. Je me suis excitée toute seule.

Elle but une gorgée de sa Corona et se demanda s'il

était indélicat de sa part d'avoir commandé de la bière en présence de Max.

— J'étais prêt à investir parce que l'idée tient totalement la route, qu'Emily sait être très convaincante, et que tu es extrêmement séduisante. Je découvre à présent que tu peux être tout aussi convaincante qu'elle.

— J'en ai fait un peu trop, n'est-ce pas ? dit Andy en se cachant derrière ses mains. Je suis désolée.

Ce qu'elle n'était nullement, en vérité : Max avait dit qu'elle était « extrêmement séduisante ».

— Tu n'as pas simplement une bonne plume, Andy. Je propose qu'on se revoie tous les trois en ville la semaine prochaine pour discuter des détails, mais je peux d'ores et déjà t'annoncer qu'Harrison Media Holdings aimerait être un investisseur majeur de *The Plunge*.

— Je parle aussi au nom d'Emily en t'assurant que nous en serions absolument ravies, répondit Andy, en regrettant immédiatement sa formulation trop empesée.

— Ensemble, on va casser la baraque, prédit Max en levant sa bouteille.

— À notre futur partenariat commercial, dit-elle en trinquant, et Max la regarda bizarrement avant de boire une gorgée.

Andy éprouva un bref malaise, puis se rassura bien vite : après tout, Max était un tombeur qui n'accrochait que des mannequins et des mondaines filiformes à son tableau de chasse. Là, on parlait affaires : « partenariat commercial » semblait un terme intelligemment choisi, et parfaitement adapté.

Mais l'ambiance n'était plus la même, c'était palpable, et Andy ne fut pas surprise que Max la dépose chez les beaux-parents d'Emily dès leur retour de leur expédition palourdes. Il l'embrassa sur la joue et la remercia pour cette belle journée, sans évoquer de nouvelle rencontre, sinon celle qui les réunirait dans la salle de conférences de sa société avec Emily et une armada d'avocats et de comptables.

Et pourquoi aurait-il agi autrement ? songea Andy. Parce qu'il l'avait vaguement draguée ? Parce qu'ils avaient passé une journée ensemble – parfaite à tous points de vue, certes, mais à quoi cela engageait-il ? Avant d'investir dans le projet, Max voulait sans doute procéder à une vérification préalable, il avait mené sa petite enquête en déployant son charme et sa gentillesse naturelle, et en la draguant un peu pour pimenter l'affaire. D'après Emily, et tout ce qu'elle avait pu lire en ligne, Max s'était montré fidèle à lui-même, et rien dans son comportement ne signifiait qu'il s'intéressait à elle.

Emily était extatique en apprenant que la journée avait été couronnée de succès, et le rendez-vous qui eut lieu le jeudi suivant, en ville, dépassa toutes leurs espérances. Max leur annonça qu'Harrison Media Holdings s'engageait à hauteur d'un étourdissant montant à six chiffres pour lancer *The Plunge*, soit bien plus d'argent que l'une et l'autre n'avaient osé en rêver. Et, cerise sur le gâteau, Emily n'était pas libre pour se joindre au déjeuner improvisé que Max proposa dans la foulée pour fêter leur association.

— Si vous saviez combien j'ai dû intriguer, depuis cinq mois, pour obtenir ce rendez-vous, vous n'oseriez même pas me suggérer de l'annuler, dit Emily en filant rejoindre le cabinet d'une dermatologue star. C'est plus difficile d'obtenir un rendez-vous avec elle qu'une audience auprès du dalaï-lama, et les rides de mon front se creusent à chaque seconde qui passe.

Max et Andy se retrouvèrent en tête-à-tête et, cette fois encore, le déjeuner dura non pas deux mais cinq heures, jusqu'à ce que le maître d'hôtel les prie poliment de libérer la table, qui était réservée pour le service du soir. Max fit un détour de trente blocs pour raccompagner Andy chez elle à pied, en lui tenant la main, et Andy adora cette promenade à ses côtés. Elle savait qu'ils formaient un beau couple, leur attirance réciproque était palpable et leur valait même des sourires de la part d'inconnus. Une fois arrivés devant chez elle, Max l'embrassa, et ce fut un baiser incroyable. De quelques secondes à peine, mais il était parfait, d'une infinie tendresse, et Andy se sentit partagée entre émerveillement et panique lorsque Max ne chercha pas à en obtenir davantage. Cette fois encore, il s'en alla sans évoquer de nouvelle rencontre. Mais si Max passait très certainement son temps à embrasser des filles quand et où cela lui chantait, un petit quelque chose souffla à Andy qu'elle aurait de ses nouvelles très bientôt.

Elle en eut – dès le lendemain matin. Ils se revirent le soir même et les cinq jours suivants, ils ne se séparèrent qu'à contrecœur le temps d'aller travailler, dormant tantôt chez l'un, tantôt chez l'autre, et s'étourdissant le reste du temps d'activités amusantes. Max l'emmena dîner au fin fond du Queens, dans un petit restaurant italien familial où il était connu comme le loup blanc. Lorsque Andy, en pénétrant dans ce qui ressemblait à un repaire de mafieux, manifesta son étonnement d'un haussement de sourcils, Max lui promit que sa familiarité avec les lieux tenait uniquement au fait que, enfant, il avait fréquenté cet endroit au moins deux fois par mois avec ses parents. Andy lui fit découvrir son café-théâtre préféré de West Village, où ils rirent si fort qu'ils en recrachèrent leur verre sur la table ; ils déambulèrent ensuite longuement dans le sud de Manhattan pour profiter de la nuit d'été et ne regagnèrent l'appartement d'Andy que juste avant le lever du soleil. Ils louèrent des vélos et empruntèrent le téléphérique qui relie Manhattan à Roosevelt Island, où ils testèrent une bonne demi-douzaine de guinguettes gastronomiques, goûtant à tout – des glaces artisanales aux tacos gourmets, en passant par les sandwichs au homard. Ils s'étourdirent de sexe, aussi. Quand arriva le dimanche, ils étaient épuisés, repus et, du moins dans l'esprit d'Andy, très amoureux. Ils dormirent jusqu'à 11 heures puis se firent livrer un festin de bagels et pique-niquèrent dans le salon de Max, sur le tapis, devant la télé, en zappant entre l'US Open et une émission de relooking déco sur HGTV.

— Je crois qu'il est temps de dire ce qui se passe à Emily, suggéra Max en lui tendant un *latte* qu'il venait de préparer avec son percolateur professionnel. Promets-moi simplement de ne pas croire un mot de tout ce qu'elle va te raconter.

— Quoi donc ? Que tu es un incorrigible Casanova qui a un gros souci avec l'engagement et une tendance à choisir des filles toujours plus jeunes ? Pourquoi est-ce que je ne devrais pas l'écouter ?

Max lui décocha une pichenette.

— Les gens exagèrent.

— Hmm. Je n'en doute pas.

Andy s'efforçait de rester légère, mais la réputation de Max l'embêtait bel et bien. Certes, il lui semblait différent avec elle – franchement, quel play-boy flemmarderait en regardant HGTV ? Mais n'était-ce pas ce qu'avaient pensé toutes les autres filles ?

— Tu as quatre ans de moins que moi. Est-ce que ça compte ?

Andy éclata de rire.

— J'imagine. C'est rassurant de savoir que j'ai à peine trente ans – un bébé, pratiquement – alors que, toi, tu as déjà un pied dans l'âge mûr. C'est toujours bon à prendre.

— Tu veux que j'en parle à Miles ? Je peux le faire, sans problème.

— Non, surtout pas ! Em vient ce soir chez moi, on va commander des sushis et regarder des rediffusions de *Dr House*. J'en profiterai pour passer aux aveux.

Comment Emily allait-elle réagir ? Se sentirait-elle trahie par les cachotteries d'Andy ? Agacée que son associée se soit embarquée dans une idylle avec leur principal bailleur de fonds ? Mal à l'aise, parce que Max et Miles étaient des amis très proches ? Absorbée comme elle l'était par ces interrogations, Andy avait négligé la probabilité qu'Emily puisse se douter de quelque chose depuis le début.

— Ah bon ? Tu savais ? s'étonna Andy en étirant un

pied emmitouflé dans une chaussette sur son canapé d'occasion.

Emily trempa un sashimi de saumon dans la sauce de soja et l'enfourna.

— Tu me prends pour une idiote ? Une idiote *aveugle* ? Évidemment, que je savais.

— Mais quand… comment ?

— Oh, je ne sais plus ! Peut-être quand tu es revenue chez les parents de Miles, après votre journée ensemble, avec la mine de celle qui s'est éclatée comme jamais au pieu ? Ou peut-être après notre rendez-vous à son bureau, quand vous vous dévoriez des yeux – pourquoi crois-tu que je ne suis pas venue déjeuner avec vous ? À moins que ce qui m'ait mis la puce à l'oreille, c'est que tu te sois évanouie dans la nature depuis une semaine. Tu ne répondais ni à mes coups de fil ni à mes textos, et tu étais plus cachottière sur tes allées et venues qu'une lycéenne qui cherche à échapper au radar de ses parents. Non, sans blague, Andy !

— Pour ta gouverne, sache que nous n'avons pas couché ensemble ce jour-là dans les Hamptons. Nous n'avons même pas…

— Épargne-moi les détails ! l'interrompit Emily en levant la main. D'autant que tu ne me dois aucune explication. Je suis heureuse pour vous deux. Max est un mec génial.

Andy lui décocha un sourire prudent.

— Tu m'as répété des centaines de fois que c'était un coureur de jupons.

— En effet. Mais cette époque est peut-être derrière lui. Les gens changent, tu sais. Sauf mon mari, ça c'est sûr – je t'ai dit que j'étais tombée sur des textos d'une certaine Rae ? Rien de vraiment concluant, mais cela mérite incontestablement de plus amples investigations. Bref, que Miles ait le regard baladeur n'implique pas que Max soit incapable de se fixer. Tu es peut-être pile poil ce qu'il cherche.

— Ou son caprice du moment.

— Seul le temps pourra le dire. Et je parle d'expérience.

— Bon, d'accord, concéda Andy, qui ne savait pas trop quoi dire d'autre.

Miles avait la même réputation que Max mais, bien qu'avenant et très sociable, il n'en possédait pas le charisme. Emily et lui avaient en apparence pas mal de goûts en commun : les fêtes, les vacances dans les palaces, les vêtements de luxe. Cependant, même après toutes ces années, Andy n'avait toujours pas l'impression de connaître le mari de sa meilleure amie. Emily glissait souvent des commentaires désinvoltes sur son « regard baladeur », mais se fermait sitôt qu'Andy essayait de creuser la question. À la connaissance de celle-ci, il n'était jamais apparu aucune preuve concrète d'infidélité – rien de public, en tous les cas. Mais cela ne signifiait pas grand-chose. Miles était malin et discret, et son métier de producteur d'émissions de télé l'éloignait assez fréquemment de New York pour saisir les opportunités. Donc, il était vraisemblable qu'il soit infidèle. Et vraisemblable, aussi, qu'Emily soit au courant. En était-elle affectée ? Était-elle folle d'inquiétude et de jalousie ? Ou bien faisait-elle partie de ces filles qui préfèrent fermer les yeux aussi longtemps qu'elles ne sont pas embarrassées en public ? Andy s'interrogeait souvent à ce sujet, mais c'était le seul et unique point dont Emily et elle, comme par un accord tacite, ne discutaient jamais.

Emily secoua la tête.

— Je n'en reviens toujours pas. Max Harrison et toi. Jamais je n'aurais pensé que vous pourriez vous plaire… C'est dingue.

— On n'est pas sur le point de se marier, Em. On se voit, c'est tout, tempéra Andy.

En vérité, elle avait déjà essayé d'imaginer comment ce serait de devenir Mrs Max Harrison. C'était aller un peu vite en besogne, puisque leur rencontre remontait à moins de quinze jours, mais, avec lui, tout lui semblait différent d'avec ses ex – exception faite peut-être d'Alex, une éternité plus tôt. Cela faisait très longtemps qu'elle n'avait pas été à ce point emballée par un garçon. Max était sexy, intelligent, charmant et, bon, évidemment, d'un excellent pedigree. Jamais Andy n'avait imaginé épouser un garçon comme lui, mais cette perspective n'avait rien d'épouvantable.

— Écoute, j'ai pigé, répondit Emily. Profite. Éclate-toi. Mais tiens-moi au courant, d'accord ? Et si jamais tu te maries, je veux qu'il soit dit que c'est grâce à moi.

Emily fut la première prévenue lorsque, une semaine plus tard, Max demanda à Andy de l'accompagner à un cocktail que sa société organisait en l'honneur de la rédactrice en chef d'un magazine du groupe, Gloria, fille de deux musiciens célèbres qui venait de publier ses souvenirs d'enfance.

— Comment dois-je m'habiller ? lui demanda Andy, en panique.

— Eh bien, tu deviens officiellement hôtesse de la soirée, donc il vaudrait mieux te trouver une tenue exceptionnelle. Ce qui élimine quasiment la totalité de ta garde-robe « classique ». Tu veux m'emprunter quelque chose, ou tu préfères aller faire du shopping ?

— Hôtesse ? souffla Andy.

— Si Max est l'hôte, et que tu es sa cavalière…

— Oh bon sang ! Je n'en suis pas capable. Max a dit qu'il y aurait un monde fou parce que ça tombe pendant la Fashion Week. Je ne suis pas préparée à ça.

— Tu n'as qu'à faire comme à l'époque de *Runway*. *Elle* sera probablement là, d'ailleurs, tu sais. Miranda et Gloria se connaissent, c'est sûr et certain.

— Je n'y arriverai jamais…

Le soir du cocktail, quand Andy se présenta à l'hôtel Carlyle avec une heure d'avance pour aider Max à superviser les derniers préparatifs, l'expression qui se peignit sur le visage de celui-ci en la découvrant vêtue de l'une des robes Céline d'Emily, parée de gros bijoux dorés et perchée sur de sublimes sandales à talons hauts, valut à elle seule tout le mal qu'elle s'était donné. Andy savait qu'elle en jetait, et elle n'était pas peu fière d'elle-même.

Max l'avait enlacée et lui avait chuchoté qu'elle était éblouissante. Et lorsqu'il la présenta à tout le monde – collègues et employés, rédacteurs en chef, journalistes, photographes, annonceurs et directeurs de communication – comme sa petite amie, Andy crut mourir de bonheur. Elle bavarda, le plus naturellement du monde, avec tous les gens d'Harrison Media Holdings, s'employa à les charmer et y prit, elle devait le reconnaître, beaucoup de plaisir. Ce n'est que lorsque la mère de Max arriva et entama des manœuvres d'approche tel un requin décrivant des cercles autour de sa proie qu'Andy sentit la nervosité la gagner.

— Il fallait absolument que je rencontre la fille dont Max ne cesse de parler, déclara Mrs Harrison. (Elle avait cet accent snob, vaguement *british*, qu'on attrape à trop longtemps respirer l'air de Park Avenue.) Vous devez être Andrea.

Andy risqua quelques regards alentour pour localiser Max – qui n'avait même pas laissé entendre que sa mère pourrait faire une apparition – avant de tourner toute son attention vers cette très grande femme en tailleur Chanel.

— Mrs Harrison ? C'est un immense plaisir de vous rencontrer, dit-elle en essayant de contenir le tremblement de sa voix.

Mrs Harrison ne répondit pas : « Je vous en prie, appelez-moi Barbara », ni : « Vous êtes charmante, très chère », ni même : « Tout le plaisir est pour moi. » Non. Elle toisa Andy sans vergogne et assena :

— Vous êtes plus maigre que je ne m'y attendais.

Pardon ? songea Andy. *D'après quels critères ? Les vôtres ? Ou la description de Max ?*

Elle voulait prendre ses jambes à son cou et aller se cacher, mais Barbara continuait à jacasser.

— Oui, vous me rappelez moi à votre âge, quand les kilos fondaient comme par magie. J'aurais aimé qu'il en aille ainsi pour mon Elisabeth – avez-vous déjà rencontré la sœur de Max ? Elle ne devrait plus tarder. Cette petite a hérité du physique de son père. Charpentée. Sportive. On ne peut pas dire qu'elle soit grosse, mais elle n'est pas très féminine.

Était-ce réellement en ces termes que cette femme parlait de sa propre fille ? Andy se sentit navrée pour la sœur de Max, qu'elle ne connaissait même pas.

— Non, je ne l'ai encore jamais rencontrée, répondit-elle en regardant Barbara Harrison droit dans les yeux. Mais Max m'a montré une photo d'Elisabeth, et c'est une splendide jeune fille !

— Hum-hum, grommela Barbara, l'air dubitatif. Venez donc par là. (Elle enroula sa main osseuse, à la peau légèrement tannée, autour du poignet d'Andy, et le serra un

peu trop fort.) Allons nous asseoir pour faire plus ample connaissance.

Andy fit de son mieux pour impressionner la mère de Max, la convaincre qu'elle était digne de son fils. Certes, Mrs Harrison avait froncé le nez lorsque Andy lui avait décrit en quoi consistait son travail à *The Plunge*, et elle avait fait un commentaire assez désobligeant à propos de sa ville natale, qui ne valait pas *le comté de Litchfield*, où les Harrison possédaient un vieux haras, mais, au terme de la conversation, Andy eut l'impression de s'en être à peu près bien tirée. Elle avait manifesté son intérêt en posant les questions *ad hoc*, elle avait rapporté une anecdote amusante au sujet de Max et avait glissé qu'ils s'étaient rencontrés dans les Hamptons – un détail qui sembla rencontrer l'approbation de Barbara. Et puis quand, à court d'inspiration, Andy mentionna avoir brièvement travaillé à *Runway* sous les ordres de Miranda Priestly, Mrs Harrison se redressa légèrement, et l'interrogatoire reprit de plus belle : gardait-elle un bon souvenir de son passage à *Runway* ? Travailler pour Ms. Priestly n'était-il pas le meilleur apprentissage qui soit ? Barbara mit un point d'honneur à souligner que toutes les amies d'enfance de Max auraient tué père et mère pour travailler à *Runway*, que Miranda était leur idole et qu'elles rêvaient toutes d'apparaître un jour dans les pages de son magazine. Si jamais ce « petit projet de start-up » ne marchait pas, Andy envisageait-elle de retourner travailler pour *Runway* ? Barbara s'était soudainement animée, et Andy fit de son mieux pour sourire et hocher la tête avec autant d'enthousiasme que possible.

— Je suis certain qu'elle t'a adorée, lui affirma Max après coup.

Ils étaient installés dans un *diner* de l'Upper East Side ouvert vingt-quatre heures sur vingt-quatre, et l'excitation du cocktail n'était pas encore retombée.

— Je ne sais pas… Je ne dirais pas avoir senti de l'« adoration », tempéra Andy en sirotant son milk-shake au chocolat.

— *Tout le monde* t'a adorée, Andy. Mon directeur financier a tenu à me dire que tu avais beaucoup d'humour. J'imagine que tu l'as régalé de quelques vannes sur Hanover, New Hampshire ?

— C'est mon approche de prédilection avec les anciens de Dartmouth College.

— Et toutes les assistantes gloussaient en répétant combien tu avais été adorable avec elles. J'imagine que la plupart des invités ne prennent pas la peine de leur parler, dans ce genre de cocktails. Merci de l'avoir fait.

Max lui proposa une frite enduite de ketchup, qu'elle refusa.

— Elles étaient toutes très sympa, et sans aucune affectation. J'ai passé un très bon moment à bavarder avec elles.

Andy était sincère, elle avait pris beaucoup de plaisir à rencontrer tous ces gens, à l'exception de la mère glaciale de Max. Sans compter que Miranda avait brillé par son absence. Une vraie bénédiction ! Cependant, compte tenu des cercles que fréquentait la famille de son nouvel amoureux, Andy savait que ce n'était que partie remise.

Elle tendit le bras et prit la main de Max.

— Max, j'ai passé une super soirée. Merci de m'avoir invitée.

— Merci à *toi*, miss Sachs, répondit-il en lui faisant un baisemain et en lui décochant un regard qui lui noua délicieusement le ventre. Et si on rentrait chez moi ? Je crois que la soirée ne fait que commencer.

3

Il n'est plus temps de reculer, cocotte

— Ne vous minez pas, ma belle, tout le monde est angoissé le jour de son mariage. Je ne vous apprends rien, j'en suis sûre. Vous et moi, mon petit, on aurait de quoi écrire un livre !

Nina, une main de fer collée aux reins de sa mariée, poussa Andy dans la suite nuptiale. Au-delà de l'immense baie vitrée qui occupait tout un côté, se déroulait à perte de vue une incroyable palette de rouges, d'orangés et de jaunes. Rhinebeck était réputé offrir les plus belles couleurs d'automne du monde. Un peu plus tôt, en contemplant ce paysage, Andy s'était remémoré une foule de souvenirs heureux – de son enfance dans le Connecticut, quand ces journées ensoleillées mais déjà fraîches annonçaient la reprise des tournois de football et la cueillette des pommes ; de ses années estudiantines, lorsque l'automne était synonyme de retour au campus pour attaquer un nouveau semestre. À présent, le tableau paraissait terni, le ciel semblait presque lourd de menaces. Se sentant vaciller, Andy s'agrippa au bureau.

— Nina, pourrais-je avoir un peu d'eau, s'il vous plaît ?

— Naturellement, mon petit. Faites juste attention.

Nina dévissa le bouchon avant de lui tendre la bouteille. L'eau avait un goût métallique.

— Lydia et son équipe en terminent avec vos demoiselles d'honneur et votre mère, puis elle revient vous voir pour les dernières retouches.

Andy hocha la tête.

— Oh, mon petit, tout va merveilleusement bien se passer ! Quoi de plus normal que d'avoir le trac ? Mais lorsque ces portes s'ouvriront et que vous verrez votre futur époux vous attendre devant l'autel… Vous ne penserez plus à rien, sinon à marcher pour le rejoindre.

Andy frissonna. La mère de celui qui deviendrait bientôt son mari la haïssait. Ou, du moins, n'approuvait pas cette union. La plupart des jeunes mariées se heurtaient à quelques soucis avec leur belle-mère, Andy le savait, mais le problème, ici, était d'un tout autre ordre. Il était, au mieux, un mauvais présage, au pire, un cauchemar en

puissance. Certes, Andy pourrait faire des efforts afin d'améliorer ses relations avec Barbara. Elle s'y emploierait, même. Mais jamais elle ne serait Katherine. En outre, c'était quoi, cette histoire ? Max avait revu Katherine aux Bermudes ? *Pourquoi avait-il omis de le mentionner ?* Andy avait besoin d'une explication.

— Ce qui me fait penser… Vous ai-je déjà parlé de ma mariée qui allait épouser l'empereur du pétrole qatari ? reprit Nina. Une fille au tempérament de feu, et qui n'avait pas la langue dans sa poche. Ils avaient invité près de mille personnes, loué Necker Island, dans les îles Vierges britanniques, et acheminé tout ce beau monde par avion à leur frais. Bref. Ils avaient passé la semaine à se disputer, à propos de tout, du plan de table à qui, de sa mère à lui ou à elle, aurait droit à la première danse… Jusque-là, rien que de très normal. Mais voilà que le matin de la noce, la mariée, qui est présentatrice sur une chaîne de télé locale, glisse à une cousine qu'Untel lui a laissé entendre que, d'ici six mois, un an maximum, elle décrocherait un contrat avec une grande chaîne internationale

– quelque chose dans ce goût-là. Le Qatari entend ça, il se met à flipper et, très énervé, lui demande à voix basse de quoi elle parle. N'était-il pas convenu qu'elle arrêterait de travailler après le mariage ? Et là, je me suis dit : Waouh ! C'est un sacré point qu'ils ont négligé, les tourtereaux…

Andy aurait donné n'importe quoi pour que Nina se taise. Elle était incapable de se concentrer sur autre chose que cette douleur sourde qui lui martelait les tempes.

— Nina, franchement, je…

— Attendez ! Écoutez la suite, le meilleur arrive. Donc, je les laisse dépatouiller leur problème entre quatre yeux et, lorsque je reviens une demi-heure plus tard, ils semblent rabibochés. Problème réglé ? Très bien. Le marié va se placer devant l'autel, les demoiselles, puis les ravissantes petites filles d'honneur le suivent, et il ne reste plus que la mariée, son père et moi à l'entrée de la salle. On est pile dans les temps, la régie envoie la marche nuptiale, toute l'assistance se retourne pour contempler la mariée, qui est radieuse, tout sourires et, à ce moment-là, elle se penche vers moi et me dit à l'oreille – tenez-vous bien : « Merci, Nina, tout est parfait. C'est exactement ce que je voulais. Je compte sur vous sans faute la prochaine fois. » Et là-dessus, la voilà qui prend le bras de son père, redresse la tête et commence à marcher vers l'autel. Vous imaginez ? *Elle y est allée !*

En dépit d'une sensation de chaleur inconfortable, presque fiévreuse, Andy eut la chair de poule.

— Vous avez eu de ses nouvelles, depuis ? demanda-t-elle.

— Un peu, oui ! Elle a divorcé au bout de deux mois et, un an plus tard, elle était de nouveau fiancée. Le second mariage s'est fait en comité légèrement plus restreint, mais il était tout aussi charmant. Toujours est-il que, ce jour-là, j'ai compris une chose : annuler des fiançailles, ou même le mariage une fois les invitations envoyées – c'est un coup dur, mais ça peut arriver. Mais le jour J ? Il n'est plus temps de reculer, cocotte. Il faut y aller.

Nina éclata de rire et porta une bouteille d'eau à ses lèvres tandis que sa queue-de-cheval oscillait joyeusement.

Andy hocha humblement la tête. C'était un sujet dont Emily et elle parlaient très souvent. Depuis presque trois ans qu'elles avaient lancé *The Plunge*, elles avaient vu bon nombre de mariages annulés dans les dernières semaines avant le grand jour. Mais le jour même ? Aucun.

— Venez vous asseoir dans le fauteuil, je vais installer la cape, reprit Nina. Comme ça, vous serez prête quand Lydia arrivera. Elle sait comment atténuer le maquillage, une fois la séance photos passée. Ah ! J'ai tellement hâte de voir tout ça dans le magazine ! Il va s'en vendre des milliards d'exemplaires.

Nina avait assez de tact pour passer sous silence le détail auquel elles pensaient toutes les deux : ce mariage ferait grimper en flèche les ventes de *The Plunge* non

parce qu'Andy en était l'une des cofondatrices, ni parce que sa robe était un exemplaire unique dessiné par Monique Lhuillier en personne, ni parce que Barbara avait, en experte, commissionné la meilleure organisatrice de mariage, les meilleurs fleuristes et traiteurs que l'argent puisse offrir, mais parce que Max était le successeur de son grand-père et de son père à la tête d'un des empires de presse les plus prestigieux d'Amérique. Que la récession économique, aggravée par quelques investissements peu judicieux, l'ait contraint à amputer, morceau après morceau, le patrimoine immobilier de la famille, ou qu'il passe son temps à redouter le pire pour la viabilité financière de cet empire n'importait guère au grand public : le seul nom des Harrison, combiné à la prestance de l'héritier, à sa bonne éducation, à ses diplômes prestigieux, aidait à maintenir l'illusion que Max, sa sœur et sa mère valaient bien plus qu'ils ne pesaient en réalité en termes de richesse. Les Harrison ne figuraient plus dans le palmarès Forbes des grandes fortunes des États-Unis depuis des années, mais leur image demeurait intacte.

— Et comment ! chantonna une voix dans le dos d'Andy. Avec ce mariage, notre tirage va exploser tous les records.

Emily s'avança en tourbillonnant, fit une révérence et déclara :

— Es-tu consciente que cette robe de demoiselle d'honneur est la première de toutes les annales du mariage qui ne soit pas hideuse ? Si tu t'accroches au principe qu'il te faut absolument des figurantes autour de l'autel – ce que, personnellement, je trouve super kitsch –, ces robes ont au moins le mérite de ne pas être une punition.

Andy fit pivoter son fauteuil pour mieux examiner son amie. Avec ses cheveux relevés qui mettaient en valeur son long cou gracieux, Emily évoquait une sublime et fragile poupée de porcelaine. La soie couleur prune faisait ressortir la fraîcheur de son teint et accentuait le bleu de ses yeux ; le drapé sensuel sur la poitrine et autour des hanches donnait l'impression de ruisseler jusqu'aux chevilles.

— Tu es superbe, Em. Et je suis très heureuse que la robe te plaise, dit Andy, soulagée de cette distraction momentanée.

— Ne nous emballons pas. « Plaire » est un bien grand mot. Disons que je ne la déteste pas. Attends, tourne-toi vers moi, que je te regarde… Waouh !

Emily s'était rapprochée et, en humant une odeur de cigarettes dissimulée sous un effluve de pastille mentholée, Andy sentit la nausée revenir. Par chance, le malaise se dissipa rapidement.

— Putain, tu es sublime ! Comment as-tu réussi à te faire un décolleté pareil ? Tu t'es payé des implants en cachette ? Tu te fiches de moi ? Me cacher une info pareille ?

— C'est incroyable ce que peut faire une bonne couturière avec une paire de coussinets adhésifs, répondit Andy.

— Ne la touchez pas ! vociféra Nina depuis l'autre bout de la pièce, mais Emily était plus rapide que l'éclair.

— Mmm… fit-elle en rehaussant à pleines mains le décolleté d'Andy. Très réussies, ces rondeurs. Ça te fait des nichons d'enfer. Et avec ce caillou invraisemblable entre les deux… Miam. Max va adorer.

— Où est la mariée ? trompeta à ce moment-là Mrs Sachs depuis le salon. Andy ? Ma chérie ? Jill et Mamita sont ici. Nous voulons toutes te voir !

Nina accueillit les visiteuses par un flot d'admonestations et les pria de ne pas s'attarder au motif qu'Andy se sentait un peu migraineuse et qu'il fallait la laisser respirer, puis elle s'éclipsa pour superviser d'autres détails de dernière minute.

— Mais elle se croit où ? Dans un hôpital pendant les heures de visite ? pesta la grand-mère d'Andy. Que t'arrive-t-il, mon petit ? C'est la perspective de ta nuit de noces qui te rend un peu nerveuse ? C'est tout à fait naturel. N'oublie pas : personne n'a dit que tu étais obligée d'aimer ça, en revanche, tu dois…

— Maman, tu peux la faire taire ? grommela Andy, les doigts sur les tempes.

Mrs Sachs se tourna vers sa mère.

— Maman, s'il te plaît.

— Eh bien quoi ? Aujourd'hui, toutes les gamines se prennent pour des expertes en la matière sous prétexte qu'elles ont fait la bête à deux dos avec le premier venu.

Tandis qu'Emily battait des mains de délectation, Andy se tourna vers sa sœur et la supplia du regard.

— Mamita ? Andy est magnifique, n'est-ce pas ? tenta Jill. Et n'est-ce pas charmant qu'elle porte des boucles d'oreilles comme celles que tu avais le jour de ton mariage ? Cette forme de goutte est indémodable.

— J'étais une vierge innocente de dix-neuf ans lorsque votre grand-père m'a épousée, et je suis tombée enceinte pendant la lune de miel, comme tout le monde. Je n'ai pas eu besoin d'en passer par cette aberration de congélation d'ovules, comme vous y êtes obligées, vous les jeunes, aujourd'hui. Tu l'as déjà fait, Andrea ? Parce que j'ai lu quelque part que toutes les femmes de ton âge devraient le faire, qu'elles aient un homme ou pas sous la main.

— Mamita, soupira Andy. J'ai trente-trois ans. Et Max trente-sept. Avec un peu de chance, nous aurons des enfants à un moment donné, mais je peux te dire que nous n'avons pas prévu de nous mettre au boulot dès ce soir.

— Andy ? Vous êtes où ?

— Lily ! Ici, dans la chambre ! lança Andy à tue-tête.

Sa plus vieille amie entra, ravissante en robe dos nu – un modèle de son choix, réalisé dans la même étoffe que les robes des autres demoiselles d'honneur. À côté d'elle, dans une robe d'un style encore différent mais toujours en soie prune, se tenait la sœur cadette de Max, Elisabeth, qui approchait de la trentaine. Max et elle étaient bâtis à l'identique, jambes puissantes et large carrure – peut-être un poil trop, pour une fille. Mais les fines rides qui se creusaient autour de ses yeux lorsqu'elle riait et les adorables taches de rousseur éparpillées sur son visage lui apportaient une touche de douceur, de féminité. Tout comme la longue chevelure naturellement blonde, opulente et brillante, qui ruisselait dans son dos. Elisabeth fréquentait depuis peu Holden « Tipper » White, un ancien camarade de Colgate. Les deux jeunes gens s'étaient revus à l'occasion d'un gala caritatif – un tournoi de tennis annuel en l'honneur du père de Tipper, qui s'était crashé avec son avion dans la Cordillère des Andes quand son fils avait douze ans. Elisabeth pensait-elle, elle aussi, qu'Andy n'était pas assez bien pour son frère ? En discutait-elle avec sa mère ? Se languissait-elle, comme Barbara, de Katherine, avec son handicap de golf impressionnant et son mélodieux accent aristocratique ?

L'apparition de Nina sur le seuil de la chambre, l'air anxieux, interrompit ses pensées.

— Mesdames ? Puis-je avoir votre attention, s'il vous plaît ? Il est temps de rejoindre vos places. La cérémonie va commencer dans une dizaine de minutes. Mon équipe vous attend en bas, pour vous remettre vos bouquets et vous indiquer vos sièges. Jill, vos fils sont-ils prêts ?

Andy se força à sourire tandis que sa mère, sa grand-mère, sa sœur et ses amies lui souhaitaient bonne chance en lui serrant fort les mains. Il était trop tard pour se confier à Jill, ou à Lily, et leur donner la possibilité de lui dire qu'elle dramatisait.

Avec les journées qui raccourcissaient, le soleil n'allait plus tarder à se coucher ; la dizaine de grands candélabres en argent, autour de l'autel, allait ajouter une touche théâtrale à la cérémonie, comme l'avait promis Nina. Andy savait qu'en bas, dans la grande salle de réception, les rangées de chaises commençaient à se remplir, et elle se représenta les invités acceptant avec plaisir une coupe de champagne tout en écoutant une discrète mélodie à la harpe, ainsi que cela avait été arrangé.

— Andy, très chère ? J'ai quelque chose pour vous, annonça Nina depuis le seuil, et, en trois enjambées, elle rejoignit Andy sur son fauteuil et lui tendit une feuille de papier pliée.

Andy regarda Nina d'un air interrogateur.

— Je vous l'ai prise des mains, tout à l'heure. Quand vous étiez barbouillée ? Je l'avais mise dans ma poche. (Sans doute Andy eut-elle l'air accablé car Nina s'empressa d'ajouter :) Soyez sans crainte, je ne l'ai pas lue. Cela porte affreusement malheur, sauf aux futurs époux, de lire une lettre d'amour le jour d'un mariage – vous ne le saviez pas ?

Andy sentit une agitation désagréable et familière dans son ventre.

— Nina, pouvez-vous me laisser seule un instant, s'il vous plaît ? demanda-t-elle en se levant.

— Bien sûr, très chère. Mais quelques minutes, pas plus ! Je reviens pour vous accompagner en bas dans…

Andy referma la porte de la chambre avant la fin de la phrase.

Elle déplia la lettre, la parcourut de nouveau, même

si les mots avaient déjà laissé leur empreinte indélébile dans sa mémoire, puis, sans réfléchir, gagnant la salle de bains aussi rapidement que le lui permettait sa robe, elle la déchira en petits morceaux qu'elle jeta dans la cuvette des toilettes.

— Andy ? Très chère ? Avez-vous besoin d'aide ? Je vous en conjure, à ce stade, n'essayez pas d'aller seule aux toilettes ! l'implora Nina à travers la porte.

— Nina, je… commença Andy en ouvrant.

— Je suis désolée, mon chou, mais c'est l'heure, vous comprenez ? Le grand jour est arrivé, celui que nous préparons depuis les dix derniers mois, et pour lequel nous avons tout réglé comme du papier à musique. Vous ai-je dit que je viens de croiser votre époux ? Bonté divine ! Il est stupéfiant, dans ce smoking. Il vous attend déjà devant l'autel. Andy ! Il n'attend plus que vous !

Devant l'autel.

Lorsque Nina l'aida à négocier le tournant, juste avant l'entrée de la grande salle de réception, Andy sentit ses jambes se dérober. Posté à côté des doubles portes, elle découvrit son père, qui l'attendait, un sourire radieux aux lèvres.

Il marcha à sa rencontre, lui prit la main, l'embrassa et lui dit qu'elle était absolument magnifique.

— Max a une chance folle, ajouta-t-il en lui offrant son bras gauche.

Cette innocente remarque manqua de provoquer un raz de marée, mais Andy réussit à ravaler la boule qui lui obstruait la gorge. Max avait-il de la « chance » ? Ou bien était-il en train de commettre une erreur colossale, comme le laissait entendre sa mère ? Un mot, il suffirait d'un mot, et son père, elle le savait, annulerait tout. Que n'aurait-elle donné pour se pencher vers lui et lui murmurer : « Papa, je ne veux pas, c'est encore trop tôt, je ne suis pas prête », comme elle l'avait fait, à cinq ans, quand il l'encourageait à sauter du plongeoir de la piscine municipale ? Mais la salle résonnait déjà de la marche nuptiale et, tandis que les placeurs ouvraient les doubles portes, que les trois cents personnes rassemblées dans les rangs se levaient pour accueillir la mariée, se retournaient vers elle avec des sourires d'encouragement, Andy eut la sensation de vivre une expérience extracorporelle.

— Prête ? lui chuchota son père à l'oreille, et cette voix la ramena à la réalité.

Elle prit une profonde inspiration. *Max m'aime*, songea-t-elle. *Et je l'aime moi aussi*. Ils avaient attendu trois ans pour se marier parce que *Andy* avait insisté. Elle n'avait pas l'heur de plaire à sa belle-mère ? Une ex de Max jetait une ombre au tableau ? Et alors ? Ce n'étaient que des détails…

Andy contempla ses amis, sa famille, ses collègues et connaissances, et refoula tous ses doutes. Elle se concentra sur Max, rayonnant de fierté devant l'autel, et se dit que tout irait bien. Elle prit de nouveau une profonde inspiration, redressa les épaules bien en arrière, se répéta une fois de plus qu'elle faisait ce qu'il fallait. Et elle commença à marcher.

4

C'est officiel !

Le lendemain matin, Andy fut tirée de son sommeil par la sonnerie du téléphone. Elle s'assit en sursaut dans le lit, une fois de plus désorientée, mais le flottement ne dura qu'un instant, et tout lui revint d'un coup, en vrac : les visages radieux qui observaient sa lente progression vers l'autel ; le regard empreint de tendresse et d'adoration de Max quand il lui avait tendu la main ; le maelström d'amour et de crainte qui s'était déchaîné en elle lorsque les lèvres de Max avaient touché les siennes et scellé leur union devant leurs proches ; la séance photos sur la terrasse, pendant que les invités sirotaient des cocktails ; le chef d'orchestre invitant Mr et Mrs Harrison à ouvrir le bal, sur une chanson de Van Morrison. Elle revit sa mère, en larmes, prononcer son bref discours venu du fond du cœur ; les copains de fac de Max entonnant une interprétation paillarde, mais charmante, de leur hymne de supporters. Ainsi que le gâteau, qu'ils avaient coupé ensemble, le slow qu'elle avait dansé avec son père, la performance de breakdance de ses neveux, au son de *Thriller* et des encouragements bruyants de l'assistance.

De l'extérieur, le tableau était parfait. Personne, et

son nouveau mari moins que quiconque, n'avait semblé soupçonner ce qu'elle traversait : le chagrin, la colère, la confusion, lorsque Barbara, dents serrées, avait adressé au jeune couple les vœux les plus impersonnels qui se puissent imaginer. Une question l'obsédait : qui, parmi les copains de Max et de Miles, était au courant de ce qui s'était passé avec Katherine aux Bermudes ? *Qu'est-ce que je fais ?* se demandait-elle. *Dois-je en parler ?* Tout au long de la soirée, sa sœur, sa mère, son père, Emily, Lily, l'ensemble de ses amis et parents, mais aussi tous les amis et parents de Max, l'avaient félicitée chaleureusement, la serrant dans leurs bras, admirant sa robe, lui disant qu'elle était une mariée magnifique. Resplendissante. Chanceuse. Parfaite. Même Max, pourtant censé la comprendre mieux que personne, semblait ne s'apercevoir de rien. Il lui jetait des regards entendus, comme pour dire *C'est super, non ? Un peu cucul, peut-être, mais profitons-en parce que ça n'aura lieu qu'une fois.*

À 1 heure du matin, l'orchestre s'était enfin tu, le dernier invité avait pris congé et emporté son élégant sac en lin renfermant une bouteille de vin local, du miel et des nectarines, Andy et Max avaient regagné la suite nuptiale. Sans doute Max avait-il entendu ses haut-le-cœur car, lorsque Andy était ressortie de la salle de bains, il était plein de sollicitude et d'attentions, comme chaque fois qu'elle n'était pas dans son assiette.

— Mon pauvre bébé, avait-il roucoulé en caressant sa joue empourprée. Quelqu'un a un peu forcé sur le champagne le jour de son mariage…

Andy, qui se sentait bel et bien fiévreuse et nauséeuse, s'était bien gardée de le détromper. Max l'avait aidée à retirer sa robe puis à grimper dans l'imposant lit à colonnes, où elle avait enfoncé avec gratitude la tête dans la pile d'oreillers frais. Tout en commentant la soirée – la sélection musicale de l'orchestre, le discours intelligent de Miles, la robe outrageuse d'Agatha, le bar qui s'était trouvé à court de son whiskey préféré à minuit –, Max lui avait étalé sur le front un gant de toilette imbibé d'eau fraîche avant de repartir s'affairer dans la salle de bains. Andy avait entendu le robinet couler, puis la chasse d'eau, et la porte qui se refermait. Max s'était glissé dans le lit et avait pressé son torse nu contre sa poitrine.

— Max, je ne peux pas, avait-elle protesté, d'un ton cassant.

— Bien sûr. Je sais que tu es barbouillée, avait-il acquiescé avec douceur.

Andy avait fermé les yeux, et il avait poursuivi, en lui caressant les cheveux avec une tendresse qui lui avait donné envie de pleurer :

— Tu es ma femme, Andy. Ma *femme.* On va former une équipe formidable, ma chérie. Ensemble, on va construire la plus merveilleuse des vies, et je te promets de toujours veiller sur toi. Quoi qu'il arrive. Maintenant, endors-toi. Tu te sentiras mieux demain. Bonne nuit, mon amour.

Andy lui avait souhaité bonne nuit dans un murmure et s'était efforcée, pour la millième fois de la soirée, de chasser la lettre de son esprit. Par bonheur, le sommeil l'avait happée presque instantanément.

La lumière vive filtrait entre les lames des volets et le téléphone de la chambre s'était enfin tu, mais la trêve fut de courte durée. Max lâcha un grognement étouffé et roula sur le flanc. Sans doute était-ce Nina qui appelait afin d'annoncer que la température était assez douce pour que le brunch ait lieu à l'extérieur. Andy se leva d'un bond et se précipita dans le salon pour décrocher avant que la sonnerie ne réveille complètement Max. Pour l'instant, elle se sentait incapable de l'affronter.

— Nina ? dit-elle d'une voix essoufflée.

— Andy ? Désolée ! Je tombe mal, à ce qu'on dirait… Je te rappellerai. Repars t'amuser, dit Emily.

À sa voix, on devinait qu'elle était en train de sourire.

— Emily ? Quelle heure est-il ? demanda Andy en cherchant des yeux une pendule.

— Je suis vraiment désolée. Il est 7 h 30. Je voulais juste être la première à te féliciter. Le compte rendu du *Times* est fantastique ! Vous êtes en première page de la rubrique « Mariages », et la photo est sublime ! C'est une photo de vos fiançailles, non ? J'adore ta robe. Pourquoi je ne l'avais jamais vue ?

Le *Times*. Il lui était presque sorti de l'esprit. Cela faisait des mois et des mois qu'Andy leur avait transmis les informations, mais même lorsque le secrétariat de rédaction l'avait rappelée pour les étoffer, elle s'était convaincue qu'une publication n'était nullement garantie. Ridicule, évidemment. Étant donné le pedigree de Max, il n'y avait qu'une seule incertitude : auraient-ils droit au portrait hebdomadaire ou à une simple annonce dans le carnet mondain ? C'était Barbara qui l'avait priée de communiquer les informations au *Times*, et Andy voyait bien maintenant qu'il s'agissait d'un ordre, et non d'une simple requête : chez les Harrison, les mariages étaient annoncés dans le carnet du *Times*, point. Andy s'était dit que cela pourrait être amusant de le montrer un jour à leurs enfants.

— Ils ont suspendu un exemplaire à ta porte. Va le chercher et rappelle-moi, dit Emily avant de raccrocher.

Andy enfila le peignoir de l'hôtel, mit en route la machine à café, alla récupérer le sac en velours violet suspendu derrière sa porte puis lâcha la volumineuse édition dominicale du *Times* sur le bureau. En une du cahier « Styles » figurait le portrait de deux jeunes propriétaires d'un night-club, suivi d'un court article sur l'apparition des tubercules au menu des restaurants à la mode, puis, ainsi qu'annoncé, leur petit moment de gloire à Max et elle : leur mariage, en vedette du carnet hebdomadaire.

Andrea Jane Sachs et Maxwell William Harrison se sont unis samedi, devant l'honorable Vivienne Whitney, juge de la cour d'appel, au domaine d'Astor Courts, à Rhinebeck, New York.

Ms. Sachs, 33 ans, qui continuera à utiliser son nom

de jeune fille pour ses activités professionnelles, est diplômée avec mention de l'université de Brown et cofondatrice et rédactrice en chef du magazine The Plunge, dédié au mariage.

Elle est la fille de Roberta Sachs, agent immobilier, et du Dr Richard Sachs, psychiatre, tous deux d'Avon, Connecticut.

Mr Harrison, 37 ans, est président et P-DG d'Harrison Media Holdings, le groupe de presse familial. Il est diplômé de Duke et possède un MBA d'Harvard.

Il est le fils de Barbara et feu Robert Harrison, de New York. La mère du marié siège au conseil d'administration du Whitney Museum, et est membre du directoire de l'organisation caritative Susan G. Komen for the Cure. Jusqu'à sa disparition, le père du marié était président et P-DG d'Harrison Media Holdings. Son autobiographie, Une vie sous presse, a été un best-seller tant à l'échelle nationale qu'internationale.

Andy but une gorgée de café en songeant à l'exemplaire dédicacé d'*Une vie sous presse* que Max conservait dans le tiroir de sa table de chevet. Ils sortaient ensemble depuis six mois, huit peut-être, le jour où il le lui avait montré, et même si Max ne l'avait jamais dit, Andy savait que ce livre était son bien le plus précieux. La dédicace disait simplement : « Mon cher Max, voir pièce jointe. Avec tout mon amour, papa. » La pièce jointe en question était une lettre, fixée par un trombone au rabat de la jaquette et rédigée sur de banales feuilles de bloc-notes repliées en trois. La lettre était en réalité un chapitre du livre que Robert Harrison avait renoncé à inclure dans l'ouvrage de crainte que son contenu ne soit trop intime, qu'il puisse un jour embarrasser son fils, ou ne révèle trop de détails sur leur vie de famille. Le chapitre s'ouvrait avec la naissance de Max (une nuit de l'été 1975, pendant une vague de chaleur) et racontait ensuite par le menu comment, au cours des trente années suivantes, Max était devenu le jeune homme le plus accompli que son père puisse rêver de connaître un jour. Même si Max n'avait pas pleuré lorsqu'il lui avait montré cette lettre, Andy avait remarqué que ses mâchoires s'étaient crispées et que sa voix était devenue rauque. Et maintenant que la fortune de la famille se trouvait décimée par une série d'investissements catastrophiques décidés par Mr Harrison dans les dernières années de sa vie, Max endossait la double responsabilité de redorer la réputation de son père et de veiller à ce que sa mère et sa sœur ne manquent jamais de rien. C'était l'une de ses qualités qu'Andy préférait – son dévouement à sa famille. Elle était convaincue que la disparition du père avait marqué un tournant dans la vie du fils. Max et elle s'étaient rencontrés peu après le décès de Mr Harrison, et Andy s'était toujours sentie chanceuse d'être la première fille avec laquelle il sortait à la suite de son deuil. « Et la dernière », disait-il volontiers.

Elle reprit sa lecture.

Le couple s'est rencontré en 2009 par l'entremise d'amis communs qui les ont présentés sans se douter de ce qui allait suivre. « Je pensais être invité à un dîner professionnel, confie Mr Harrison. Au moment du dessert, je n'avais plus qu'une idée en tête : Quand vais-je la revoir ? »

« Je me souviens que Max et moi nous sommes éclipsés pour bavarder. Ou bien est-ce moi qui l'ai suivi ? Traqué, pourrait-on dire, j'imagine », explique Ms. Sachs dans un éclat de rire.

Ils ont commencé à se fréquenter immédiatement après cette rencontre, en plus de nouer des liens professionnels : Mr Harrison est le principal actionnaire du magazine fondé par Ms. Sachs. Lorsqu'ils se sont fiancés et ont emménagé sous le même toit, en 2012, ils se sont fait la promesse de toujours s'encourager mutuellement dans leurs entreprises professionnelles.

Le jeune couple partagera son temps entre Manhattan et le domaine familial du marié à Washington, Connecticut.

Partagera son temps ? Pas vraiment, songea Andy. Lorsque après la disparition de Mr Harrison la situation financière catastrophique de la famille était apparue au grand jour, Max s'était résolu à prendre une série de décisions douloureuses pour le compte de sa mère – trop bouleversée pour assumer ses responsabilités et qui, de son propre aveu, n'avait pas « l'esprit tourné pour les affaires, comme les hommes ». Andy, qui fréquentait Max depuis peu, n'était pas dans le secret de ces conversations, mais elle se rappelait la détresse de Max quand il avait fallu vendre la maison des Hamptons, deux mois à peine après la merveilleuse journée qu'ils avaient passée là-bas, ou encore lorsque Max avait compris qu'il était acculé et devait se séparer de la maison de son enfance – un grandiose hôtel particulier sur Madison Avenue. Depuis deux ans, Barbara s'était installée dans un trois pièces tout à fait charmant, dans un immeuble ancien et respectable à l'angle de la 84e Rue et de West End Avenue, et qui recelait encore quantité de magnifiques tapis et tableaux, mais elle ne s'était jamais réellement remise d'avoir perdu sa superbe demeure et elle continuait à rabâcher qu'elle était désormais « bannie » dans le West End. Le penthouse en front de mer que les Harrison possédaient en Floride avait été vendu, pour sa part, à la famille Dupont – des amis des Harrison – qui avait accepté d'accréditer la fable selon laquelle Barbara n'avait plus « ni le temps ni l'énergie » de séjourner à Palm Beach. Quant au chalet de Jackson Hole, c'était un magnat de l'Internet, âgé de vingt-trois ans à peine, qui l'avait raflé pour une fraction de sa valeur. La seule propriété qui demeurait dans le giron familial était la maison de campagne du Connecticut. Un splendide domaine de près de six hectares de champs vallonnés, offrant un étang assez vaste pour y canoter, et agrémenté d'une écurie pouvant accueillir quatre chevaux. Mais les bêtes, trop chères à l'entretien, avaient été vendues depuis belle lurette, et la maison elle-même n'avait pas été rénovée depuis les années 70. Cela aurait été trop onéreux de la remettre au goût du jour, et ils en étaient réduits à la louer dès qu'ils en avaient l'occasion, à la semaine ou au mois, parfois même pour le week-end, mais toujours par l'intermédiaire d'un agent immobilier discret et digne de confiance, afin que ses occupants de passage ignorent que leur bailleur n'était autre que la légendaire famille Harrison.

Andy termina son café et jeta de nouveau un œil au *Times*. Combien de fois avait-elle dévoré les pages de la rubrique « Mariages », ces photos de mariées béates et de mariés fringants, en comparant écoles et universités qu'ils avaient fréquentées, professions, projets d'avenir, milieu familial ? Et combien de fois s'était-elle demandé si son nom apparaîtrait un jour sur ces mêmes pages, quelles informations y seraient imprimées, et si elle aurait droit, ou pas, à une photo ? Ça lui faisait bizarre de songer qu'en ce moment même d'autres jeunes filles, pelotonnées sur le canapé de leur studio, en sweat-shirt déchiré et queue-de-cheval nouée à la va-vite, étaient en train de lire le compte rendu de son mariage en se disant : *Quel couple parfait ! Ils ont tous les deux fréquenté les bonnes universités, ils ont un super boulot, et on voit à leur sourire qu'ils sont follement amoureux. Pourquoi je ne peux pas rencontrer un mec comme ça ?*

Mais il y avait autre chose. La lettre, bien sûr. Andy n'arrivait pas à la chasser de son esprit. Dans l'immédiat, cependant, c'était un autre souvenir qui la tourmentait : elle se revoyait, des années plus tôt, en train d'écrire elle-même son faire-part de mariage, avec Alex dans le rôle du marié. Dans le laps de temps qu'ils avaient passé ensemble, Andy s'était amusée à en rédiger une bonne dizaine de versions différentes. *Andrea Sachs et Alexander Fineman, tous les deux diplômés de* etc. etc. Cela lui faisait presque bizzare, maintenant, de voir son nom imprimé à côté de celui de Max.

Pourquoi se laissait-elle ainsi hanter par le passé ? D'abord le cauchemar avec Miranda, et maintenant Alex.

Elle resserra les pans de son luxueux peignoir, contempla son alliance pavée de diamants et s'interdit de revisiter l'histoire : oui, Alex avait été un petit ami formidable. Et même plus : il avait été son confident, son partenaire, son meilleur ami. Mais il pouvait aussi se montrer incroyablement borné et prompt à la critique. Andy avait à peine accepté le poste qu'on lui proposait à *Runway* qu'Alex l'avait dénigré. Il ne le lui avait jamais dit ouvertement, mais Andy avait senti qu'elle l'avait déçu en ne choisissant pas une voie plus altruiste comme l'enseignement, la médecine ou un poste dans une ONG quelconque.

Max, à l'inverse, avait accueilli ses ambitions à bras ouverts. Il avait investi dans *The Plunge* dès le premier jour et il affirmait que cette décision comptait parmi les plus audacieuses et les plus avisées qu'il ait été amené à prendre. Il adorait son dynamisme et sa curiosité ; il n'avait de cesse de lui répéter combien c'était rafraîchissant de fréquenter une femme qui ne s'intéressait pas qu'au prochain gala de charité, ou à qui irait à Saint-Barth pour Noël. Il n'était jamais trop occupé pour écouter ses idées de futurs articles, la présenter à des relations professionnelles, la conseiller sur la façon de trouver de nouveaux annonceurs. Peu importait qu'il ne connaisse rien aux robes de mariage ou aux fondants au chocolat : il était impressionné par le produit qu'Emily et elle avaient créé de toutes pièces, il était fier de sa fiancée et ne se privait pas pour le lui dire. Il comprenait les agendas surchargés et les journées de travail interminables : jamais il ne lui avait reproché d'être rentrée tard du boulot, d'avoir pris un appel le soir, d'avoir fait un saut au bureau le samedi pour vérifier une maquette avant son départ chez l'imprimeur. Il y avait de toute façon de grandes chances pour qu'il soit lui-même occupé à prospecter, monter un nouveau projet, prendre le pouls des quelques sociétés qu'Harrison Media contrôlait encore, ou qu'il soit dans un avion pour aller éteindre des incendies ou apaiser des ego mis à rude épreuve. Chacun s'adaptait aux horaires de l'autre, ils s'encourageaient et se conseillaient mutuellement, ils se soutenaient. L'un comme l'autre comprenaient les règles et les avaient acceptées : travailler d'arrache-pied, s'amuser sans compter. Et le travail passait avant tout le reste.

On sonna à la porte de la suite et Andy se retrouva catapultée dans la réalité. Ne se sentant pas prête à affronter sa mère, Nina ni même sa sœur, Andy resta sur sa chaise, sans bouger. *Allez-vous-en*, ordonna-t-elle intérieurement. *Laissez-moi réfléchir*.

Peine perdue. Celui ou celle qui se tenait à la porte recommença à sonner, par trois fois. Andy rassembla ses ultimes forces, plaqua un grand sourire sur ses lèvres et ouvrit à la volée.

— Bonjour, Mrs Harrison ! chantonna le directeur du domaine, un homme d'un certain âge, bien en chair, dont le nom lui échappait.

Il était accompagné d'une femme de chambre qui poussait un chariot roulant.

— Je vous prie de bien vouloir accepter ce petit déjeuner, avec toutes mes félicitations. Nous avons pensé que vous-même et Mr Harrison aimeriez peut-être grignoter un petit quelque chose avant le brunch.

— Ah, merci. C'est une attention charmante.

Andy resserra les pans du peignoir et, tout en reculant pour permettre le passage de la table roulante, elle avisa, par terre, dans le couloir, la pancarte « NE PAS DÉRANGER » qu'elle avait suspendue la veille à la porte. En soupirant, elle la ramassa et la raccrocha à la poignée.

La femme de chambre installa la table roulante dans le salon, devant la baie vitrée ; tout en servant les oranges pressées et en retirant les couvercles des petits pots de beurre et de confiture, elle échangea quelques mots avec

Andy, puis se retira enfin, en ébauchant gauchement une courbette.

Soulagée que le régime prénuptial soit officiellement terminé, Andy approcha de son visage la corbeille de viennoiseries, huma leur délicieux parfum puis souleva la serviette et piocha un croissant tiède et fondant. Tout d'un coup, elle était affamée.

— Quelqu'un a repris du poil de la bête, lança Max en émergeant de la chambre, les cheveux en bataille, vêtu en tout et pour tout d'un pantalon de pyjama en jersey. Viens par là, ma petite mariée ivre. Comment se porte ta gueule de bois ?

Andy était encore en train de mastiquer lorsqu'il l'enveloppa de ses bras. Elle sourit en sentant ses lèvres se poser sur sa nuque.

— Je n'étais pas ivre, protesta-t-elle, la bouche pleine.

— Ah oui ?

Max jeta son dévolu sur un muffin aux myrtilles dont
il ne fit qu'une bouchée. Il servit le café et prépara celui d'Andy exactement comme elle l'aimait, avec un trait de lait et deux dosettes d'édulcorant, puis but une longue gorgée du sien.

— Mmm ! Qu'est-ce que c'est bon !

Andy l'observa. Max, torse nu, était une vision absolument succulente qui lui donnait envie de repartir se blottir sous les couvertures avec lui, pour ne jamais en sortir. Tout cela n'était-il qu'un terrible cauchemar ? Treize heures plus tôt, cet homme qui lui présentait maintenant une chaise en lui donnant du « Mrs Harrison » d'un ton badin, qui était en train de déployer une serviette sur ses genoux avec un geste plein d'emphase, était encore la personne qu'elle aimait le plus au monde, celle en qui elle avait le plus confiance. *Au diable cette maudite lettre !* se révolta Andy. Et au diable l'opinion de sa belle-mère ! Max était tombé par hasard sur une ex ? Et alors ? Il l'aimait, *elle*, Andy Sachs.

— Tiens, regarde le faire-part, dit-elle en lui tendant

le cahier « Styles », et l'impatience avec laquelle il s'en empara lui arracha un sourire. C'est chouette, non ?

— Chouette ? répéta Max en parcourant le texte. Tu veux dire parfait ?

Il contourna la table et vint s'accroupir à côté d'elle, un genou à terre, comme le jour où il lui avait demandé sa main, un an plus tôt. Il la regarda droit dans les yeux – Andy adorait ce regard, il lui semblait chaque fois que son cœur s'arrêtait de battre.

— Andy ? Je vois bien que quelque chose te tracasse. J'ignore ce qui te rend nerveuse, ou t'inquiète, mais tu dois savoir que je t'aime plus que tout au monde, et que je suis toujours là pour toi, et toujours disposé à t'écouter. D'accord ?

Vous voyez ! Il me comprend ! aurait-elle voulu hurler à la face du monde. *Il sent que quelque chose cloche. C'est bien la preuve qu'il n'y a pas de problème !* Et pourtant, elle avait une autre repartie sur le bout de la langue : *J'ai lu la lettre de ta maman. Je sais que tu as revu Katherine aux Bermudes. Est-ce qu'il s'est passé quelque chose ? Pourquoi ne m'as-tu pas dit que tu l'avais croisée ?* Cependant, elle ne pouvait se résoudre à parler. Alors elle serra fort la main de Max et tenta de se raisonner. Ce week-end était son week-end de noces, le seul et unique de sa vie, et elle n'était pas disposée à laisser ses appréhensions, et une dispute, le gâcher.

Andy s'en voulut un peu de cette dérobade. Mais tout allait bien se passer. Il ne pouvait en aller autrement.

5

À peine une aventure

Elle déverrouilla la porte des bureaux de *The Plunge* et retint son souffle. Sauvée. Le loft était désert. Andy n'y avait jamais croisé âme qui vive avant 9 heures. Conformément aux horaires des créatifs en usage à New York, le gros de l'équipe n'arrivait jamais avant 10 heures, voire 10 h 30 le plus souvent. Les deux ou trois heures qui précédaient l'arrivée des troupes étaient de loin les plus productives de la journée, même si, parfois, il lui semblait faire sa Miranda lorsqu'elle envoyait des e-mails et laissait des messages à des gens qui n'étaient pas encore réveillés.

Max n'avait pas tiqué lorsque Andy avait proposé qu'ils écourtent leur avant-goût de lune de miel dans les Adirondacks. Andy passait son temps à vomir – ce qui malheureusement pour Max excluait toute consommation d'ordre conjugal – et quand, au bout de deux jours, elle avait suggéré qu'ils seraient mieux à la maison, il n'avait pas protesté. D'autant qu'ils avaient programmé une vraie lune de miel de quinze jours aux Fidji, pendant les vacances de fin d'année. C'était le cadeau des meilleurs amis des parents de Max, et même si Andy ne connaissait pas tous les détails, les mots « hélicoptère », « île privée » et « chef » étaient revenus assez souvent dans la conversation pour qu'elle soit très, très impatiente d'y être. Renoncer en cours de route à une escapade de trois jours dans le nord de l'État de New York, à une période où il faisait déjà trop froid pour profiter pleinement du grand air, cela ne semblait pas si terrible.

Andy et Max s'étaient installés dans une routine matinale lorsqu'ils avaient emménagé ensemble, un an plus tôt, immédiatement après la demande en mariage de Max. Les jours de semaine, le réveil sonnait à 6 heures. Max préparait les cafés, Andy le porridge ou des smoothies, puis ils partaient ensemble à la salle Équinoxe, à l'angle de la 17e Rue et de la 10e Avenue, pour quarante-cinq minutes de sport montre en main. Pendant que Max combinait haltères et stepper, Andy prenait son mal en patience sur le tapis de course, les yeux rivés sur une quelconque comédie sentimentale téléchargée sur son iPad, en se désolant que le temps passe si lentement. Ils rentraient ensuite se doucher chez eux, puis Max déposait Andy devant l'immeuble de *The Plunge*, à Chelsea, avant de filer le long de la West Side Highway dans sa voiture de fonction pour gagner ses propres bureaux, dans la partie ouest de Midtown. À 8 heures, chacun était à sa table de travail, et, sauf indisposition handicapante ou graves intempéries, cet emploi du temps était immuable. Ce matin-là toutefois, Andy avait réglé l'alarme de son portable vingt minutes plus tôt que d'habitude et s'était glissée hors du lit sitôt que l'appareil avait commencé à vibrer sous son oreiller. Renonçant à la douche et au café, elle avait enfilé son pantalon noir le plus confortable, une chemise blanche qui allait avec tout, un caban noir passe-partout, et s'était faufilée par la porte de l'appartement à l'instant où le réveil de Max commençait à sonner. Elle lui avait envoyé un bref SMS pour lui dire qu'elle avait dû partir travailler de très bonne heure et lui promettait de le retrouver plus tard, en fin de journée, pour l'accompagner à la Yacht Party – même si elle se sentait encore barbouillée, endolorie et sans force. La veille, en se couchant, elle avait un peu plus de 37,7 °C.

Son portable se mit à sonner avant même qu'elle n'ait eu le temps d'enlever son manteau. Elle regarda sa délicate montre-bracelet en or, cadeau de son père pour ses fiançailles.

— Emily ? Que fais-tu debout à cette heure-ci ? C'est deux heures trop tôt pour toi.

— Pourquoi as-tu décroché ? demanda Emily, l'air déconcerté.

— Parce que tu m'appelles !?

— Pour te laisser un message ! Je ne pensais pas que tu répondrais !

— O.K., fit Andy en rigolant. Tu préfères que je raccroche ? Comme ça, on recommence depuis le début.

— Tu n'es pas censée reprendre des forces pour affronter une épuisante journée de dégustation de vin, ou je ne sais quelle activité du même genre ?

— Le programme, c'était balade pour admirer les feuillages d'automne, puis massage.

— Non, sans rire, que fais-tu debout à cette heure-ci ? Tu n'es plus à la montagne ?

Andy mit le haut-parleur, en profita pour retirer son caban et se laisser tomber dans son fauteuil. Il lui semblait n'avoir pas dormi depuis des semaines.

— On est rentrés plus tôt que prévu parce que j'étais super mal fichue. Migraines, vomissements, fièvre. Je ne sais pas si c'est une intoxication alimentaire, la grippe ou un de ces trucs censés passer en vingt-quatre heures. Sans compter que Max ne voulait pas louper la Yacht Party, ce soir, où je dois moi aussi faire un saut. Bref, nous avons écourté.

Andy baissa les yeux, contempla son accoutrement hideux et décida de quitter le bureau assez tôt pour passer se changer.

— La Yacht Party ? C'est ce soir ? Et je n'ai pas été invitée ?

— Parce que au départ je n'étais pas censée y assister moi non plus, expliqua Andy. Et maintenant que nous sommes de retour, je prévois d'y passer une heure grand max avant de rentrer me tartiner de Vicks VapoRub et de m'offrir un marathon de *Toddlers & Tiaras*[1].

— Qui a prêté le bateau, cette année ?

— Un quelconque gérant de fonds spéculatif riche à milliards. Je n'ai pas retenu son nom. Un type qui a plus de maisons que nous n'avons de paires de chaussures. Et qui collectionne aussi les épouses. Si j'ai bien suivi, il était ami avec le père de Max, mais Barbara trouvait que ce type avait une très mauvaise influence sur son mari et lui avait interdit de le fréquenter. Je crois qu'il possède également des casinos.

— Il m'a tout l'air de quelqu'un qui s'y connaît pour organiser une fête…

— Il ne sera même pas là. Il rend simplement service

à Max en prêtant son yacht. Sois sans crainte, tu ne vas rien louper.

— Hmm. C'est ce que tu disais déjà l'an dernier, et puis l'équipe du *Saturday Night Live* a débarqué au grand complet.

Bien que *Yacht Life* n'eût jamais dégagé un centime de bénéfices en dix ans d'existence, Max avait décrété que ce magazine était l'un des titres les plus précieux de tout le groupe Harrison Media. Il lui conférait prestige et panache ; tout le gratin du gratin voulait voir leur bateau en photo dans *Yacht Life.* Chaque mois d'octobre, le magazine élisait le « yacht de l'année » et organisait une Yacht Party en son honneur et, chaque année, l'événement attirait une impressionnante écurie de stars. On y venait pour arpenter les ponts d'une embarcation d'un luxe extravagant, s'abreuver de Cristal, grignoter des amuse-gueules à l'infusion de truffe, en passant outre

1. Émission de téléréalité consacrée à l'univers des concours de beauté pour enfants.

le fait que l'on croisait à quelques mètres des côtes de Manhattan, dans les eaux polluées de l'Hudson, et non dans celles, tièdes, de la Méditerranée, au large du cap d'Antibes.

— Oui, c'était assez marrant, n'est-ce pas ? demanda Andy.

Emily ne répondit pas tout de suite.

— C'est tout ? Tu es patraque et tu es de corvée Yacht Party ou il y a autre chose ?

Emily avait bien des défauts – elle pouvait se montrer impertinente, agressive et souvent carrément impolie – mais jamais Andy n'avait rencontré quelqu'un d'aussi perspicace.

— Autre chose ? Comme quoi ? demanda-t-elle d'une voix anormalement aiguë, comme toujours quand elle mentait ou était mal à l'aise.

— Je ne sais pas. C'est pour ça que j'appelais. Tu as drôlement bien joué la comédie pendant tout le week-end, mais je pense que tu flippes à cause de quelque chose. Est-ce qu'il s'agit juste d'un banal remords post-achat ? En ce qui me concerne, j'ai eu des crises d'angoisse pendant toute la semaine qui a suivi mon mariage. J'ai chialé pendant des jours et des jours. Je n'arrivais pas à me faire à l'idée que Miles était en théorie le dernier mec avec lequel je coucherais. Le dernier que j'embrasserais jusqu'à la fin de ma vie ! Mais je te promets, Andy, ça passe.

Le cœur d'Andy accéléra légèrement. Elle n'avait encore soufflé mot de cette maudite lettre à personne.

— J'ai trouvé une lettre, dans le sac de Max. Une lettre de sa mère. Dans laquelle elle lui dit, en gros, qu'il fait une erreur monumentale en m'épousant – *si jamais* il décidait d'aller jusqu'au bout.

Il y eut un silence à l'autre bout du fil, puis Emily lâcha :

— Ah. J'imaginais un truc bien pire.

— C'est censé me réconforter ?

— Franchement Andy, tu t'attendais à quoi ? Les

Harrison sont archi-conservateurs. Et tu connais des filles qui trouvent grâce aux yeux de leur belle-mère ? Aucune n'est jamais assez bien.

— Si, Katherine, apparemment. Est-ce que Miles t'a dit que Max l'avait croisée aux Bermudes ?

— Quoi ?

Emily semblait tomber des nues.

— Dans sa lettre, Barbara disait combien Katherine était formidable, elle lui rappelait combien il avait été « enchanté » de tomber sur elle aux Bermudes, et elle s'étonnait que Max ne voie pas là un « signe ».

— Katherine ? Arrête ! Ne me dis pas que tu te prends la tête à cause d'elle ? Avant chaque fête ou anniversaire, elle lui envoyait des liens vers ses bijoux préférés. Et elle portait des twin-sets, Andy. Certes, de chez Prada – mais ça reste des twin-sets. De toutes les copines de Max, c'était celle qu'on aimait le moins.

Emily et Miles connaissaient Max depuis plus longtemps qu'Andy ; ils n'ignoraient rien de son historique sentimental et, au fil des années, ils avaient rencontré toutes ses conquêtes. Andy ne tenait pas plus que ça à en entendre les détails.

— Ravie de l'apprendre, dit-elle en sentant poindre un mal de tête.

— Max ne t'a pas dit qu'il l'avait croisée parce que c'est sans importance, insista Emily. Parce qu'il est fou de *toi*.

— Em, je…

— Raide dingue de toi, et, qui plus est, c'est un mec génial, malgré quelques choix malheureux en matière d'ex. Katherine était aux Bermudes ? Et alors ? La belle affaire. Jamais il ne te tromperait avec elle. Ni avec personne ! Tu le sais aussi bien que moi.

Quelques jours auparavant, Andy aurait juré qu'Emily avait raison. Max n'était pas un enfant de chœur, mais Andy était tombée amoureuse d'un homme fondamentalement bon. Ne serait-ce qu'envisager qu'il puisse en être autrement était presque insoutenable. Mais elle ne pouvait nier que ce mensonge par omission était flippant…

— C'est son ex, Emily ! Son *premier amour* ! La fille avec laquelle il a perdu sa virginité. Celle qu'il n'a pas épousée parce que, soi-disant, elle ne représentait pas un « défi ». Il n'a jamais dit que des choses gentilles sur elle. Je ne peux pas m'empêcher de me demander s'il n'a pas testé l'eau une dernière fois. En souvenir du bon vieux temps, tu vois ? Il ne serait pas le premier mec à faire une connerie à son enterrement de vie de garçon. Une vie comme celle de son père, avec une gentille petite femme au foyer, ce ne serait peut-être pas si mal ? Au lieu de quoi il décide de jouer les rebelles et il tombe sur moi ! Si ce n'est pas merveilleux…

— Tu dramatises, affirma Emily d'un ton qui manquait de conviction selon Andy.

En outre, Emily avait été la première à lâcher le mot « tromper ». Andy ne s'était pas risquée à aller jusque-là avant qu'Emily ne mette les pieds dans le plat…

— Alors, qu'est-ce que je fais maintenant ? S'il m'a bel et bien « trompée » ?

— Andy, tu es ridicule. Pour ne pas dire hystérique. Parle-lui. Demande-lui ce qui s'est réellement passé.

Andy sentit sa gorge se nouer. Elle qui pleurait peu – et presque toujours à cause du stress, rarement en lien avec un vrai chagrin – avait les larmes aux yeux.

— Je sais. J'ai du mal à y croire. Mais si c'est vrai, comment pourrais-je lui pardonner un jour ? Pour autant que je sache, il était amoureux d'elle. Je pensais qu'on allait passer notre vie ensemble, et maintenant…

— Andy ! Parle-lui ! martela Emily. Ferme les grandes eaux, d'accord ? Je vais arriver en retard aujourd'hui, j'ai un petit déj' avec les gens de chez Kate Spade. Mais je serai joignable sur mon portable…

Andy savait qu'elle devait se ressaisir avant l'arrivée de l'équipe. Elle inspira profondément, promit de demander à Max ce qu'il en était (tout en sachant qu'elle repousserait cette échéance au maximum) et se retrouva soudain – c'était plus fort qu'elle – à se poser les questions les plus pessimistes qui lui venaient à l'esprit : qui quitterait l'appartement ? Bon, elle, évidemment – il avait été acheté avec l'argent de la famille de Max. Qui garderait Stanley ? Que dirait-elle aux gens ? À ses parents ? À la sœur de Max ? Comment pourraient-ils, de meilleurs amis partageant le même toit, le même lit, s'encourageant réciproquement à réaliser leurs rêves et leurs ambitions, redevenir des étrangers l'un pour l'autre ? Ils avaient entremêlé tous les fils de leurs vies – maison, famille, travail, emplois du temps, projets d'avenir… Sans compter le magazine. Elle en mourrait de le perdre. Elle l'aimait.

Comme si, à quarante blocs de distance, Max avait senti qu'il se passait quelque chose, un mail tomba avec un petit bruit métallique dans la boîte de réception d'Andy.

Chère épouse,

J'espère que ton départ aux aurores signifie que tu te sens mieux ? Cela m'a manqué de ne pas commencer la journée avec toi. Je n'arrête pas de penser à notre merveilleux week-end, j'espère que tu souris toi aussi en y repensant. J'ai reçu une centaine de mails de gens qui me disent qu'ils se sont régalés à notre mariage. Je suis en rendez-vous jusqu'à 14 heures, mais je t'appelle ensuite pour voir comment on s'organise ce soir. J'aimerais que tu m'accompagnes, mais uniquement si tu en as envie. Tiens-moi au courant.

Je t'aime.

Ton mari

Épouse. Elle était l'épouse de Max. Le mot résonna dans sa tête, en un écho à la fois étrange et merveilleusement familier. Elle inspira profondément et s'enjoignit de rester calme. Personne n'allait mourir. Il ne s'agissait pas d'un cancer en phase terminale. Ils n'avaient pas trois gosses et un crédit écrasant sur le dos. Et elle l'aimait, en dépit de sa mère despotique. Comment ne pas aimer l'homme qui pour la dernière Saint-Valentin – et ce, bien qu'elle eût répété à l'envi que cette fête l'horripilait à cause de la débauche de cartes Hallmark, de cœurs, de roses – avait dressé la table du dîner sur leur minuscule terrasse ornée pour l'occasion de draps noirs parsemés d'étoiles adhésives qui scintillaient dans l'obscurité ? Qui leur avait servi, plutôt que du filet mignon et du cabernet, des sandwichs au fromage grillé et aux anchois (ses préférés) et des bloody mary ultra-épicés ? Et qui lui avait offert, non pas une luxueuse boîte de chocolats, mais un demi-litre de glace au café rien que pour elle ? La soirée s'était prolongée bien après minuit car Max avait loué un télescope professionnel, Andy s'étant plainte une fois que le seul aspect de la vie citadine qu'elle détestait, c'était de ne jamais voir les étoiles.

Ils surmonteraient cette crise.

Il lui fut assez facile de se répéter cela pendant les deux heures suivantes, tant que les bureaux étaient déserts, et silencieux. Mais à 10 heures, quand tout le monde arriva, Andy sentit la panique monter d'un cran. Tous ses collaborateurs mouraient d'envie de commenter le week-end dans ses moindres détails, et la fièvre ne fit qu'augmenter lorsque Daniel, le directeur artistique, débarqua à son tour avec une pleine carte mémoire de photos qu'il était impatient de lui montrer.

— Elles sont sublimes, Andy. Tout simplement à couper le souffle. Tu as indiscutablement fait le bon choix en t'adressant à Saint-Germain. C'est une diva, je sais, mais il est fichtrement doué. Tiens, regarde-moi ça.

— Tu as déjà les photos du week-end ?

— Non retouchées, précisa Daniel. Ne me demande pas combien nous avons payé pour accélérer le processus.

Daniel, qu'Andy avait embauché l'année précédente

après avoir reçu pas moins de dix candidats, inséra la carte mémoire dans le iMac d'Andy.

— Tiens, vois un peu celle-là, lui dit-il tandis que Max apparaissait en plein écran.

Andy, les yeux d'un bleu intense et un teint zéro défaut, regardait droit vers l'objectif ; tandis que Max, de profil, la mâchoire parfaitement dessinée, l'embrassait sur la joue ; le rideau de feuillages semblait jaillir de l'arrière-plan et la palette d'orangés, de jaunes et de rouges offrait un intense contraste avec le smoking noir et la robe blanche. C'était une photo tout droit sortie d'un magazine, et une des plus belles qu'Andy eût jamais vue.

— Spectaculaire, n'est-ce pas ? Et tiens, regarde celle-ci, reprit Daniel en ouvrant cette fois un cliché en noir et blanc.

Des dizaines d'invités faisant cercle autour de la piste de danse, sourire aux lèvres, applaudissaient tandis que

Max l'enlaçait pour leur première danse au son de *Warm Love*. L'angle choisi par le photographe montrait Max, bras enroulé autour de la taille d'Andy, sous la cascade de cheveux châtains, en train de pencher la tête pour l'embrasser sur le front. Ce détail de bouton qu'elles avaient décidé d'ajouter à la traîne à l'issue du dernier essayage était du meilleur effet, songea Andy. Et elle était contente d'avoir opté pour des talons pas trop hauts ; cela soulignait la différence de taille, et le résultat était bien plus élégant en photo.

— Et regarde tes portraits. Ils sont stupéfiants.

Il fit défiler les vignettes puis cliqua finalement sur l'une d'elle. C'était un portrait en buste, et un discret voile de poudre irisé faisait resplendir son visage et ses épaules. Sur la plupart de ces portraits, Andy se contentait – volontairement – d'une ébauche de sourire. D'après le photographe, rides et ridules étaient plus difficiles à retoucher quand on souriait trop franchement. Mais sur l'un d'eux, un seul, elle souriait sans retenue, et, même si cela accentuait ses pattes d'oie et ses petites rides d'expression autour de la bouche, c'était de loin le plus authentique. De toute évidence, cette photo-là avait été prise avant sa virée dans la chambre de Max.

Tout le monde lui avait dit qu'elle n'arriverait jamais à booker Saint-Germain, mais elle n'avait pas pu résister à l'envie d'essayer. Cela avait exigé plus d'un mois d'insistance, et une bonne dizaine de coups de fil avant que l'agent de Saint-Germain n'accepte de noter un message de sa part, non sans lui marteler que *The Plunge* avait un tirage bien trop modeste pour intéresser son client internationalement connu, et à la condition qu'Andy consente à cesser son harcèlement. Au bout d'une semaine, étant toujours sans nouvelles, Andy avait pris sa plume pour écrire directement à Saint-Germain et avait fait porter la lettre à son studio, à Chinatown, par coursier. Elle lui promettait une commande de deux longs reportages, sur un sujet de son choix, tous frais payés où que ce soit dans le monde, et lui proposait que *The Plunge* cosponsorise
sa prochaine levée de fonds au bénéfice des victimes du tremblement de terre en Haïti, l'œuvre caritative qui lui tenait le plus à cœur. Ce courrier avait valu à Andy un coup de fil d'une femme, qui se présenta comme une « amie » du photographe. *The Plunge*, lui demanda cette interlocutrice, accepterait-il de publier un reportage complet sur la nièce adorée de Saint-Germain, qui allait se marier à l'automne prochain ? Andy accepta, et le photographe surbooké apposa sa signature au bas du contrat.

Andy sourit à ce souvenir, elle avait réussi là un des plus beaux coups de sa carrière.

La perspective de se trouver devant l'objectif d'un photographe aussi célèbre – et de surcroît spécialisé dans le nu – la terrifiait, mais Saint-Germain l'avait immédiatement mise à l'aise. Andy avait tout de suite compris à quoi tenait son talent.

— Quel soulagement ! avait-il exulté en pénétrant dans la suite nuptiale, suivi de deux assistants.

Andy se souvint d'avoir éprouvé à leur arrivée une

inexplicable gratitude pour ne pas lui avoir fait faux bond. Et ce même s'il la surprenait vêtue en tout et pour tout d'un soutien-gorge sans bretelles et d'un shorty qui la gainait de l'abdomen jusqu'aux genoux.

— Du soulagement ? Mais pourquoi ? avait-elle lancé. Parce que vous allez photographier une banale mariée plutôt qu'une escouade de mannequins lingerie ? Bonjour, je suis Andy. Quel plaisir de vous rencontrer enfin en chair et en os !

Saint-Germain, silhouette frêle et teint d'albâtre, ne devait pas mesurer plus d'un mètre soixante-dix, mais sa voix évoquait un physique de footballeur américain. Même son accent impossible à identifier (français ? britannique ? australien, peut-être ?) ne cadrait pas avec le reste.

— Ha, ha ! avait-il explosé. C'est exactement ça. Ces filles sont frappadingues – *aberrantes* ! Non, franchement,

ma chérie[1], je me réjouis que nous n'ayons pas besoin de vous maquiller de la tête aux pieds. Ça m'épuise !

— Rien de tel, je vous le promets. Et si tout se passe comme prévu, vous ne saurez pas non plus si je suis à jour de mon épilation du maillot, répondit Andy en rigolant.

Après la comédie qu'avait nécessitée son booking, Andy s'était préparée à le détester, mais Saint-Germain était charmant, irrésistible. Elle savait par son « amie » qu'il arriverait directement de Rio, où il venait de shooter une série pour le *Sports Illustrated* spécial maillots. Cinq jours en compagnie d'une vingtaine de mannequins aux jambes fines, musclées, bronzées.

Saint-Germain hocha la tête, comme s'il prenait sa plaisanterie très au sérieux.

— C'est parfait. J'en avais tellement marre de ces filles faméliques en bikini. Bien sûr, elles font rêver la plupart des hommes, mais ça, c'est sur le papier…

1. En français dans le texte.

— D'après ce que j'entends, vous n'avez pas vécu l'enfer, observa Andy en souriant.

— Bon, peut-être pas. (Il prit le menton d'Andy dans sa main et tourna son visage vers la lumière.) Ne bougez plus.

Avant même qu'elle ne comprenne ce qui se passait, il s'empara d'un appareil avec un objectif de la taille d'une bûche, que lui tendait un des assistants, et actionna le déclencheur en mode rafale, vingt ou trente fois.

Andy porta la main à son visage.

— Arrêtez ! Mes yeux ne sont même pas maquillés. Et je ne porte même pas ma robe !

— Non, non, vous êtes très belle, juste comme ça. Sublime. Votre fiancé vous dit-il que vous êtes superbe lorsque vous êtes en colère ?

— Non.

Saint-Germain tendit l'appareil à bout de bras sur le côté, et l'assistant, tout de noir vêtu, l'en délesta pour lui en donner un autre.

— Mmm, eh bien, il devrait. Oui, comme ça, parfait. Pétillez pour moi, chérie.

Andy se tourna face à lui.

— Quoi ?

— Allez-y, pétillez !

— Je ne suis pas sûre de savoir comment faire ça…

— Raj ! aboya l'artiste.

Un des assistants bondit de derrière le canapé où il tenait un réflecteur. Il se déhancha, plissa les lèvres, inclina légèrement la tête de côté et baissa les yeux de façon sensuelle et enjôleuse.

Saint-Germain approuva d'un signe.

— Vous voyez ? C'est ce que je dis à toutes mes petites sirènes. Pétillez.

Au souvenir de cette scène, Andy ne put retenir un éclat de rire et elle pointa du doigt une des vignettes que Daniel faisait défiler : paupières à peine entrouvertes, lèvres pincées en bec de canard, elle semblait droguée.

— Tu vois ? Là, je pétille.

— Tu quoi ?

— Laisse tomber.

— Et celle-là, reprit Daniel en ouvrant un cliché des mariés en train de s'embrasser. Regarde comme elle est belle !

Andy se souvenait surtout de l'angoissante sensation d'expérience extracorporelle qui s'était emparée d'elle sitôt que les portes s'étaient ouvertes et que les premières notes du canon de Pachelbel lui avaient confirmé qu'il n'était plus temps de reculer.

Agrippée au bras de son père, elle avait repéré les parents de son beau-frère, une paire de cousines éloignées de sa mère, et la nounou caribéenne de Max – la femme qu'il avait prise pour sa mère jusqu'à ses quatre ans. Son père la guidait lentement dans l'allée, en la soutenant, peut-être bien. À sa droite, elle avait aperçu une bande de copines de fac, qui lui souriaient, accompagnées de leurs maris ; et dans la rangée précédente, une troupe de camarades de pension de Max, tous d'une beauté agaçante, et chacun flanqué d'une cavalière tout aussi séduisante. Elle s'était brièvement demandé pourquoi ces deux groupes étaient agglutinés. Cela ne se faisait plus, d'installer les amis du marié d'un côté et ceux de la mariée de l'autre ? Ne devrait-elle pas connaître la réponse, elle, l'experte *ès* mariages ?

Un éclat vert chartreuse attira son œil. Agatha, l'assistante hyper *fashion* qu'elle partageait avec Emily, avait apparemment reçu une note confidentielle du Grand Branché Là-Haut lui annonçant que couleurs fluo, perles et trilby formaient le trio gagnant du moment. Elle était entourée par l'équipe de *The Plunge* au grand complet, soit près de vingt personnes. Certaines d'entre elles (la responsable de l'iconographie ou le directeur général, par exemple) parvenaient à feindre d'être ravies de passer le week-end de Colombus Day au mariage de leur patronne, mieux que les assistantes, rédactrices adjointes et commerciales. Andy jugeait cruel de les inviter et de les obliger du coup à consacrer un week-end férié à un événement professionnel alors qu'ils travaillaient déjà sans compter, mais Emily avait insisté : réunir l'ensemble de l'équipe pour boire et danser était bon pour le moral, avait-elle fait valoir. Et Andy avait cédé, comme elle l'avait fait pour le fleuriste, le traiteur et le nombre d'invités.

Alors qu'elle se rapprochait de l'autel, que ses jambes devenaient de plus en plus lourdes, comme si elle avançait péniblement dans une épaisse couche de neige, un visage attira son regard. Ses cheveux blonds étaient plus foncés, mais ses fossettes étaient toujours là, immanquables. Il portait un costume à la coupe près du corps, taillé dans un beau drap noir, sans un faux pli – pas un smoking, naturellement, plutôt mourir que d'être vu dans une tenue aussi banale. « Les dress codes, assenait-il volontiers, c'est bon pour les gens qui n'ont pas de style. » Il aimait bien dispenser ce type de sentences, et Andy se souvint que, lorsqu'il pontifiait de la sorte, elle buvait ses paroles comme si elles sortaient de la bouche de Dieu en personne. Christian Collinsworth – l'erreur de casting post-Alex et pré-Max – était tel qu'en lui-même, toujours aussi sublime, pompeux et arrogant. Andy ne l'avait pas revu depuis cinq ans, depuis ce matin où elle s'était réveillée à ses côtés dans une chambre de palace italien, au bord du lac de Côme, et où Christian lui avait annoncé avec décontraction, alors qu'elle était encore nue et entortillée dans ses draps, que sa petite amie arrivait le lendemain. Aimerait-elle la rencontrer ? lui avait-il demandé. Lorsque Emily l'avait supplié de l'inviter à son mariage, à titre de faveur personnelle, Andy avait refusé avec véhémence, mais quand Barbara avait couché son nom tout en haut de la liste des convives, à côté de celui de ses parents et des plus proches amis des Harrison, elle avait bien été obligée de s'incliner. Qu'aurait-elle pu dire ? *Oh... Barbara ? Je suis vraiment navrée, mais n'est-il pas déplacé de convier à notre mariage un homme avec lequel j'ai eu une aventure, que dis-je, une liaison décoiffante ? Ne vous méprenez pas – c'était un amant torride, mais je crains que la situation ne génère quelque embarras à l'heure de l'apéritif... Vous comprenez, n'est-ce pas ?*

Et donc, il était là, une main posée sur le dos de sa mère, mais tourné vers Andy, avec ce regard… Ce regard qui n'avait pas changé en cinq ans et semblait dire *Toi et moi, nous sommes conscients de partager un délicieux secret.* Le regard dont Christian gratifiait la moitié des femmes de Manhattan.

— En me dirigeant vers l'autel, je vais voir quelqu'un avec qui j'ai couché pendant des mois ! s'était-elle lamentée auprès d'Emily, en découvrant la liste des invités de sa future belle-mère.

Andy aurait volontiers applaudi quand Max avait annoncé à sa mère, lors d'un brunch dédié aux préparatifs : « Pas d'ex, y compris Katherine » et ce, malgré son statut d'« amie proche de la famille ». Lorsque Andy avait avoué à Max, après coup, que Christian Collinsworth figurait également sur la liste de sa mère, il l'avait regardée dans les yeux et lui avait répondu, « Je me fiche de Christian Collinsworth tant que tu t'en fiches toi aussi. » Andy avait acquiescé : mieux valait laisser couler et ne pas énerver davantage Barbara.

Emily avait levé les yeux au ciel.

— Comme 90 % des mariées, si on exclut quelques fanatiques religieux et une poignée de Martiennes qui ont épousé leur amoureux du collège et ne sont jamais allées voir ailleurs depuis. Tourne la page. Je te garantis que Christian l'a fait.

— Je sais, je n'étais probablement pour lui que la numéro cent et quelques. Mais je continue à trouver ça bizarre qu'il assiste à mon mariage.

— Tu as trente-trois ans, et tu vis depuis huit ans à New York. Ce qui m'inquiéterait, c'est qu'il n'y ait à ton mariage aucun homme avec lequel tu as couché à l'exception de ton mari.

Andy, qui était en train d'annoter une maquette, avait relevé la tête et regardé son amie.

— Puisqu'on en parle…

— Quatre, avait avoué Emily.

— Non ! Qui ? Je ne vois que Jude et Grant.

— Tu te souviens d'Austin ? Celui qui avait des chats ?

— Tu ne m'as jamais dit que tu avais couché avec lui !

— Il n'y avait pas de quoi s'en vanter.

— Ça ne fait jamais que trois. Qui est le quatrième ?

— Felix. De *Runway*. Il travaillait au…

Andy avait failli dégringoler de sa chaise.

— Felix est gay ! Il s'est marié avec son petit copain l'an dernier. Quand as-tu couché avec lui ?

— Tu accordes trop d'importance aux étiquettes, Andy. C'était l'affaire d'une nuit, après une soirée *Fashion Rocks*. À un moment donné, Miranda nous a demandé de prendre des commandes de boissons dans le backstage VIP. Nous avions l'un et l'autre bu beaucoup trop de martinis. C'était amusant. Au final, on est chacun allé au mariage de l'autre, et alors ? Il faut que tu te détendes un peu.

Andy se souvenait d'avoir acquiescé, sur le moment, mais ça, c'était avant qu'on ne lui mette une robe de mariée sur le dos et qu'on ne l'envoie retrouver devant l'autel un homme qui l'avait peut-être trompée, en l'obligeant à croiser au passage le large sourire (un rien coquin, elle aurait pu le jurer !) d'un garçon sur lequel elle avait toujours, plus ou moins, fait une fixette.

Le reste de la cérémonie s'était déroulé dans le flou le plus total. Il avait fallu le bruit du verre brisé sous la semelle de Max pour ramener Andy à la réalité. *Crack !* Et voilà, ils l'avaient fait. À compter de cet instant, elle ne serait jamais plus simplement Andy Sachs, quoi que cela veuille dire, et son nom serait indéfiniment associé à l'un de ces deux statuts – dont aucun à cet instant précis ne lui paraissait très engageant : mariée ou divorcée. Comment en était-elle arrivée là ?

Sur le bureau, le téléphone sonna. Andy jeta un coup d'œil à l'horloge : 10 h 30.

— Bonjour, Andy. Max, sur la une, annonça Agatha dans l'Interphone.

Agatha arrivait chaque jour de plus en plus tard, mais Andy ne pouvait se résoudre à lui faire une réflexion. En tendant le bras vers le téléphone pour répondre à son assistante qu'elle ne pouvait pas prendre l'appel, elle renversa sa tasse de café et, dans la confusion, décrocha sans le vouloir.

— Andy ? Ça va ? Je m'inquiète pour toi, ma chérie. Comment te sens-tu ?

Un filet de café commença à dégouliner du bord du bureau, directement sur son pantalon.

— Je vais bien, répondit-elle tout en cherchant des yeux un mouchoir en papier ou un morceau de brouillon pour éponger le liquide.

En vain. Elle contempla le café imbiber lentement son calendrier, ruisseler sur ses genoux, et elle se mit à pleurer. Une fois de plus. Pour quelqu'un qui n'avait pas la larme facile, elle pleurait beaucoup ces derniers temps.

— Est-ce que tu pleures ? Andy, que se passe-t-il ?

L'inquiétude de Max ne fit qu'accélérer son débit lacrymal.

— Rien, ça va, mentit-elle. (Une tache était en train de s'élargir sur sa cuisse gauche. Elle s'éclaircit la voix et reprit :) Écoute, je vais devoir repasser me changer avant la Yacht Party, donc je pourrai promener Stanley. Tu annules le promeneur, s'il te plaît ? Tu passeras aussi à la maison, ou tu préfères qu'on se retrouve là-bas ? De quel quai part le bateau, déjà ?

Ils réglèrent quelques détails concernant la soirée, et Andy réussit à raccrocher sans que soit de nouveau évoquée sa crise de larmes. Elle retoucha son maquillage, avala deux antalgiques avec une gorgée de Coca light et s'attaqua à sa journée de travail, sans s'accorder de pause ou presque et, fort heureusement, sans pleurer. Elle dégagea même une demi-heure pour s'offrir un brushing chez Dream Dry avant de repasser en coup de vent à l'appartement pour se changer et boire un verre de pinot grigio bien frais. L'un dans l'autre, elle eut le sentiment d'avoir repris forme humaine.

Max fondit sur elle à la seconde où elle descendit de la passerelle recouverte d'un tapis rouge et arrivait dans le salon extérieur du yacht ; son baiser tendre et parfumé à la menthe, son eau de toilette épicée lui firent légèrement tourner la tête de plaisir. Et puis, elle se souvint de tout le reste.

— Tu es superbe, dit-il en l'embrassant dans le cou. Je suis si heureux que tu te sentes mieux.

Pile à cet instant, la nausée revint de plus belle. Andy vacilla, porta la main à sa bouche. Max plissa le front.

— L'eau est un peu agitée à cause du vent et le bateau tangue. Sois sans crainte, c'est censé se calmer d'une minute à l'autre. Viens, je veux te présenter à tout le monde.

La fête battait son plein, et une bonne centaine d'invités vint les féliciter. Se pouvait-il qu'ils ne soient mariés que depuis quatre jours ? Un petit vent glacial se leva ; Andy porta une main à ses cheveux et resserra son étole en cachemire autour de ses épaules. Tout n'était pas si noir : Barbara avait ce soir-là un autre engagement mondain et ne pourrait se joindre à eux.

— Ce doit être le yacht le plus sublime que j'aie vu à ce jour, observa Andy en contemplant le salon d'inspiration marocaine. (D'un mouvement de tête, elle désigna une tapisserie au motif sophistiqué et caressa du doigt le comptoir en bois sculpté à la main.) C'est d'un goût exquis.

La femme du rédacteur en chef de *Yacht Life*, dont le prénom lui échappait sans cesse, se pencha vers elle :

— J'ai entendu dire qu'ils lui ont donné un chèque en blanc pour la décoration. Au sens premier du terme. Il pouvait dépenser sans compter.

— Qui donc ?

La femme la dévisagea d'un air interloqué.

— Comment ça, *qui* ? Mais Valentino évidemment ! Le propriétaire lui a confié toute la décoration du yacht. Vous imaginez combien ça doit coûter d'engager l'un des couturiers les plus célèbres du monde pour choisir le tissu de votre canapé ?

— Sans doute plus que je ne peux le concevoir, murmura Andy.

Elle le concevait pourtant très bien. Plus grand-chose ne la choquait, après avoir travaillé un an à *Runway*, et s'il lui arrivait encore parfois de tomber des nues ce n'était certainement pas en découvrant les sommes astronomiques que les gens fortunés pouvaient dépenser pour satisfaire leurs caprices.

En face d'elle, la femme (Molly ? Sadie ? Zoe ?) enfourna une mini-tortilla coiffée d'une noisette de tartare et, tout en mastiquant, écarquilla soudain les yeux.

— Oh mon Dieu, il est là ! Je n'arrive pas à y croire ! s'exclama-t-elle, la bouche pleine.

— Qui ça ? s'enquit distraitement son mari.

— Valentino ! Il vient d'arriver ! Regardez !

La femme réussit l'exploit de liquider ce qui lui encombrait la bouche et de retoucher son rouge à lèvres d'un seul mouvement presque gracieux.

Max et Andy se retournèrent et découvrirent effectivement un Valentino bronzé comme il se doit, les traits crispés, en train de retirer avec précaution ses mocassins avant de poser un pied sur le pont. Un laquais qui se tenait en retrait lui tendit un carlin au museau baveux, qu'il prit sans commentaire et commença à caresser. Il scruta, impassible, l'assemblée, puis se retourna vers l'escalier pour tendre sa main libre à la personne qui l'accompagnait – et qui n'était pas Giancarlo, son compagnon de longue date. Andy vit cinq longs doigts aux griffes rouges s'enrouler, telle une serre, autour de l'avant-bras du couturier.

Noooooon !

Elle coula un regard vers Max. Avait-elle hurlé à voix haute ou seulement en pensée ?

Comme dans une séquence au ralenti, l'apparition redoutée se matérialisa progressivement : la frange, la coupe au carré, puis le visage, les traits crispés par cette expression perpétuellement renfrognée. L'élégant pantalon blanc, la tunique en soie et les escarpins bleu cobalt aux talons vertigineux étaient signés Prada ; la veste d'inspiration militaire et le sac matelassé Chanel. Elle ne portait qu'un seul bijou : une large manchette émaillée signée Hermès, d'un bleu parfaitement coordonné. Andy avait lu, des années plus tôt, que les manchettes Hermès étaient ses nouveaux doudous – ces bracelets avaient détrôné les carrés de soie et, à en croire ce qui se racontait, elle en possédait bien cinq cents, dans toutes les couleurs et de toutes les largeurs imaginables. Andy pouvait au moins se féliciter d'une chose : ne plus être celle à qui il incombait de les dénicher. Partagée entre terreur et fascination, elle ne remarqua même pas que Max lui serrait la main.

— Miranda… souffla-t-elle, en manquant de s'étrangler.

— Je suis vraiment désolé, lui glissa-t-il à l'oreille. J'ignorais qu'elle serait là.

Miranda n'aimant ni les cocktails ni les bateaux, on pouvait raisonnablement en déduire qu'elle n'appréciait pas les croisières d'un soir. Il existait au monde trois personnes – quatre, à la rigueur – susceptibles de la convaincre de grimper à bord d'un bateau, et Valentino était l'une d'elles. Andy avait beau savoir que Miranda ne resterait sans doute pas plus de dix ou quinze minutes, elle était paniquée à la perspective de se retrouver coincée avec la femme qui hantait ses nuits. Cela faisait-il vraiment presque dix ans qu'elle lui avait crié d'aller se faire foutre dans une rue de Paris, avant de sauter dans le premier avion pour rentrer aux États-Unis ? Franchement, il lui semblait que la scène datait de la veille. Ses doigts étaient crispés sur le téléphone ; il lui fallait à tout prix appeler Emily. À ce moment-là, Max lâcha sa main pour tendre la sienne à Valentino.

— C'est un plaisir de vous revoir, monsieur, dit-il, du ton protocolaire qu'il réservait aux amis de ses parents.

— J'espère que vous pardonnerez cette intrusion, répondit Valentino en s'inclinant imperceptiblement. Giancarlo projetait d'assister à la réception à ma place, mais j'étais justement à New York, ce soir, j'avais rendez-vous avec cette charmante dame, et j'avais envie de revoir mon bateau.

— Nous sommes ravis et honorés de votre présence, monsieur.

— Allons ! Suffit de vos « monsieur », Maxwell. Votre père était un ami cher. À ce que j'ai entendu dire, vous avez repris le flambeau avec succès.

Max, ne sachant trop si la remarque était simplement polie ou chargée de sous-entendus, répondit avec un sourire feint :

— Je m'y efforce, en tous les cas. Puis-je vous apporter à vous et à… miss Priestly un rafraîchissement ?

— Miranda, ma chérie, venez que je vous présente. Voici Maxwell Harrison, le fils de feu Robert Harrison. Maxwell dirige désormais Harrison Media Hol…

— Oui, je suis au courant, le coupa-t-elle avec froideur, en regardant Max d'un air désintéressé.

Andy ne fut pas la seule surprise.

— Ah… mais j'ignorais que vous vous connaissiez, tous les deux, s'étonna Valentino, d'un ton qui semblait appeler une explication.

— Nous ne nous connaissons pas, murmura Max.

— Oui, nous nous connaissons, assena Miranda au même instant.

Il y eut un silence gêné, puis Valentino éclata d'un rire sonore.

— Ah, je devine qu'il se passe quelque chose, ici ! Eh bien, j'ai hâte d'entendre l'histoire. Un jour, peut-être. Ha, ha !

Andy se mordit la langue et sentit le goût du sang. La nausée était de retour, il lui semblait avoir de la craie dans la bouche et, même si sa vie en avait dépendu, elle n'aurait pu articuler un seul mot à l'adresse de Miranda.

Max, heureusement, était bien plus à l'aise en société qu'elle. Il posa une main sur ses reins et dit :

— Et voici ma femme, Andrea Harrison.

Andy faillit le corriger par réflexe – *Andy Sachs* – avant de comprendre qu'il avait délibérément évité de la présenter sous son nom de jeune fille. Ce qui n'avait aucune importance, de toute façon. Miranda avait déjà repéré parmi les invités quelqu'un digne de plus d'intérêt et Max n'avait pas terminé les présentations qu'elle s'était déjà éloignée de cinq mètres. Sans avoir remercié Max ni accordé ne serait-ce qu'un coup d'œil à Andy.

Valentino les gratifia d'un regard contrit, serra plus étroitement son carlin et s'empressa d'emboîter le pas à sa cavalière. Max se tourna vers Andy.

— Je suis affreusement désolé. J'étais loin de me douter que…

— Tout va bien, l'assura-t-elle en posant une main sur sa poitrine. Je t'assure. Ça s'est passé mieux que je n'aurais pu l'espérer. Elle ne m'a même pas regardée. Il n'y a pas de problème.

Max l'embrassa sur la joue, lui dit qu'elle était superbe et qu'elle n'avait pas à se laisser intimider par qui que ce soit, et surtout pas par Miranda Priestly, dont la grossièreté était légendaire. Il lui demanda de ne pas bouger, le temps qu'il aille chercher deux verres d'eau. Andy le remercia d'un pâle sourire puis observa l'équipage remonter l'ancre. Le bateau commença à s'écarter du quai. Andy écrasa son corps contre le bastingage et inspira à pleins poumons l'air frais d'octobre pour essayer de retrouver une respiration normale. Ses mains tremblaient. Elle croisa les bras et ferma les yeux. La soirée serait bientôt terminée.

6

Un éloge funèbre n'a jamais tué personne

Le lendemain de la Yacht Party, lorsque le réveil de Max sonna à 6 heures, Andy regretta de ne pas avoir un gourdin sous la main – sans trop savoir qui, du réveil ou de son
574 propriétaire, en aurait fait les frais. Les encouragements de Max ne furent pas de trop pour lui insuffler l'énergie de s'extraire du lit, puis d'enfiler un caleçon de sport et un vieux sweat-shirt de Brown. Elle accepta la banane que Max lui tendit avant de partir et la mastiqua lentement pendant le trajet jusqu'à la salle de gym, à un bloc de chez eux. Elle se sentait vidée. Passer sa carte de membre dans le lecteur lui fit l'impression d'un effort surhumain. Elle grimpa sur un vélo elliptique et, dans un élan d'optimisme, régla la machine sur quarante-cinq minutes. Mais c'était présumer de ses forces : sitôt que le programme bascula d'« échauffement » à « brûleur de calories », elle appuya sur le bouton d'arrêt d'urgence, attrapa sa bouteille d'eau et son exemplaire d'*Us Weekly* et battit en retraite sur un banc, à l'extérieur de la salle. Lorsque son téléphone sonna et que le numéro d'Emily s'afficha sur l'écran, il faillit lui tomber des mains.

— Il est 6 h 52. Tu te fiches de moi ? lança Andy en se préparant à faire face à l'offensive.

— Eh bien quoi ? Tu es réveillée, non ?

— Oui évidemment. Je suis à la gym. Mais toi, qu'est-ce que tu fais debout ? Tu as passé la nuit en cellule de dégrisement ? Tu es en Europe ? C'est la deuxième fois de la semaine que tu m'appelles avant 9 heures.

— Andy, tu ne croiras jamais qui vient de m'appeler !

La voix d'Emily vibrait de l'excitation qu'elle réservait en général aux people, aux présidents ou ex-petits amis dont le dossier n'était pas entièrement classé.

— Avant 7 heures du mat' ? Personne, j'espère !

— Devine !

— Non, vraiment, Em…

— Je te donne un indice : c'est quelqu'un que tu vas trouver très, très intéressant.

Andy devina la réponse immédiatement. Mais pourquoi appelait-elle Emily ? Pour soulager sa conscience ? Pour s'excuser en affirmant avoir agi par amour ? Annoncer qu'elle était enceinte de Max ? Il ne pouvait s'agir que d'elle – Andy en aurait mis sa main à couper.

— Katherine. C'est ça ?

— Qui ?

— L'ex de Max. Celle qu'il a revue aux Bermudes et…

— Tu n'as toujours pas tiré au clair cette histoire avec lui ? Franchement, Andy, tu es ridicule. Non, ce n'était pas Katherine – pourquoi diable m'appellerait-elle ? – mais Elias-Clark.

— Miranda ! chuchota Andy.

— Pas exactement. Mais un certain Stanley, qui n'a pas pris la peine de me dire qui il était ni ce qu'il faisait, mais j'ai trouvé toute seule, grâce à Google : c'est le directeur du service juridique d'Elias-Clark.

Andy glissa la tête entre ses genoux. Pile à cet instant, *Call Me Maybe* se mit à résonner dans le studio à plein volume. Andy se redressa et écrasa la main contre son oreille.

— Bref, j'ignore la raison de son appel, mais il a laissé

un message, tard hier soir. Il dit que c'est important et me demande de le rappeler dès que possible.

— Merde, lâcha Andy.

Tout en faisant les cent pas entre le vestiaire des femmes et les tapis de stretching, elle aperçut Max qui étirait ses dorsaux dans l'espace musculation.

— Intéressant, non ? reprit Emily. Je dois dire que je suis intriguée.

— Cela doit avoir un rapport avec Miranda. Je l'ai vue hier soir. D'abord en personne, et ensuite dans mes cauchemars. La nuit a été longue.

— Tu l'as vue ? Où ça ? À la télé ? demanda Emily en se marrant.

— Ha, ha, ha. Ma vie est tellement terne que ça dépasse l'imagination, c'est ça ? Je l'ai croisée à la Yacht Party ! Elle accompagnait Valentino. Nous avons bu quelques cocktails ensemble puis nous sommes allés tous les quatre dîner chez Silvano. Je dois dire qu'elle s'est montrée absolument délicieuse. J'étais étonnée.

— Oh mon Dieu, tu me tues ! Et tu ne m'as pas appelée à la seconde où tu es rentrée à la maison ? Ou même des toilettes du restau ? Andy, tu mens ! C'est trop dingue !

Andy éclata de rire.

— Évidemment que je mens, espèce de tarée. Tu crois vraiment que j'aurais pu partager un plat de tagliatelles avec Miranda et ne pas te le dire ? Mais elle était bien là hier soir, et elle ne m'a même pas accordé un regard. La rencontre s'est résumée à respirer son effluve de Chanel N° 5 lorsqu'elle est passée devant moi, sans même une étincelle dans les yeux montrant qu'elle m'avait reconnue.

— Je te déteste.

— Moi aussi. Bon, sans rire, tu ne trouves pas la coïncidence énorme ? Je la revois hier soir pour la première fois depuis une éternité, et elle t'appelle quelques heures plus tard ?

— Ce n'est pas elle qui a appelé, mais Stanley.

— C'est du pareil au même.

— Tu crois qu'ils ont fini par apprendre qu'on glisse le nom de Miranda dans la conversation pour approcher des people ? Ce n'est pas illégal, n'est-ce pas ? ajouta Emily, une note d'inquiétude dans la voix.

— Peut-être qu'ils se sont enfin aperçus que tu avais piraté l'intégralité de son carnet d'adresses et qu'ils veulent porter plainte contre toi avant que ça s'ébruite ?

— Au bout de neuf ans ? Ça m'étonnerait.

— Elle a peut-être décidé qu'elle voulait te reprendre ? hasarda Andy en pétrissant les muscles douloureux d'un de ses mollets. Elle s'est finalement rendu compte que personne ne savait mieux que toi déposer ses vêtements au pressing et aller lui chercher son déjeuner. Elle a compris que tu lui étais indispensable.

— Charmant. Écoute, je saute sous la douche et je file de chez moi dans une demi-heure. On se retrouve au bureau ?

Andy regarda sa montre, ravie d'avoir une excuse pour quitter la salle de gym.

— D'accord. À tout à l'heure.

— Ah… Andy ? Je fais des steaks, ce soir. Arrive de bonne heure pour m'aider, d'accord ? Tu pourras t'occuper des courgettes. Miles ne rentrera pas avant 20 heures.

— Parfait. Je dirai à Max d'appeler Miles. À plus.

Depuis qu'elles avaient appris l'art de le préparer, dans un cours de cuisine pour les nul(le)s, cinq ans plus tôt, le duo tranches de steak-courgettes émincées était devenu un incontournable de leurs dîners. C'était le seul plat qu'elles avaient, l'une comme l'autre, réussi à maîtriser à l'issue de leur formation culinaire. Et quelle que fût la fréquence avec laquelle les steaks-courgettes revenaient au menu depuis (deux ou trois fois par mois, sans doute), ils rappelaient immanquablement à Andy l'année 2004, quand, après son départ de *Runway*, tout avait basculé dans sa vie.

À l'inverse de certaines filles, Andy aurait été bien incapable de dire comment elle était habillée lors de chaque rentrée scolaire, troisième rendez-vous ou anniversaire, de préciser la date de sa rencontre avec telle ou telle amie, ou ce qu'elle avait fait lors de tel ou tel réveillon. Mais l'année 2004 restait gravée dans sa mémoire : ce n'était pas tous les ans qu'on démissionnait, que vos parents divorçaient, que votre petit ami vous plaquait après six ans de relation et que votre meilleure amie (bon, d'accord, *seule et unique* amie) partait s'installer à l'autre bout du pays.

Tout avait commencé avec Alex, un mois à peine après son retour de Paris, et le fameux esclandre. Oui, Andy était sidérée d'avoir pu se comporter aussi mal, et elle rougissait d'embarras chaque fois qu'elle repensait à cet échange houleux. Elle convenait volontiers que c'était la façon la moins professionnelle et la plus grossière de démissionner, aussi atroce que fût le travail en question. Mais que, si c'était à refaire, elle ne changerait probablement rien. L'instant avait été trop jouissif. Elle avait pris

la bonne décision en rentrant à la maison retrouver Lily, ses parents et Alex et, son seul regret, c'était de ne l'avoir pas fait plus tôt. Mais une mauvaise surprise l'y attendait : il ne suffisait pas de claquer des doigts pour que tout se remette en place. Pendant un an, à *Runway*, Andy avait consacré toute son énergie à courir à droite à gauche, à découvrir l'univers de la mode et à apprendre à nager au milieu du banc de requins le plus effrayant de toute la planète mode. Obnubilée par la terreur qui l'habitait et par l'épuisement, elle avait à peine eu un instant pour remarquer ce qui se passait autour d'elle.

À quel moment, au cours de cette année-là, Alex et elle s'étaient-ils éloignés, au point qu'il avait fini par penser qu'ils ne partageaient plus assez de choses ? Il lui soutenait que rien n'était plus pareil entre eux. Qu'il ne la reconnaissait plus. C'était génial qu'elle ait quitté *Runway*, mais pourquoi refusait-elle de voir qu'elle avait changé ? La fille dont il était tombé amoureux n'avait de comptes à rendre qu'à elle-même, la nouvelle Andy, elle, était trop anxieuse de satisfaire les attentes des autres.

« Qu'est-ce que ça veut dire ? », lui demandait Andy en se mordant la lèvre et en oscillant entre tristesse et colère. Alex se contentait de secouer la tête. Ils passaient leur temps à se chamailler. Et elle voyait bien qu'elle n'avait de cesse de le *décevoir*. Lorsqu'il lui avait finalement annoncé qu'il voulait faire un break, et que, ah ! au fait, il venait d'accepter sa mutation et partait enseigner dans une antenne de Teach For America située dans le delta du Mississippi, Andy avait été effondrée mais nullement surprise. Officiellement, c'était donc terminé entre eux, mais, au cours du mois qui suivit, ils se téléphonèrent et se revirent par intermittence. Il y avait toujours une bonne raison pour appeler ou envoyer un e-mail – une polaire à récupérer, une question à poser à sa sœur, une stratégie à trouver afin de revendre les billets pour le concert de David Gray achetés des mois plus tôt. Même leurs adieux lui semblèrent surréalistes, peut-être parce que, pour la toute première fois, Andy se sentait mal à l'aise en présence d'Alex. Elle lui souhaita bonne chance ; ils échangèrent une accolade fraternelle. Mais au plus profond d'elle-même, Andy était dans le déni : Alex ne pourrait pas vivre éternellement dans le Mississippi. Ils allaient s'accorder un peu de temps, mettre à profit la distance pour réfléchir, respirer, comprendre ce qui n'allait plus entre eux, puis Alex s'apercevrait qu'il avait fait une double erreur monumentale (en partant dans le Mississippi et en la quittant) et il rentrerait à New York ventre à terre. Ils étaient faits l'un pour l'autre. Tout le monde le savait. Le temps ferait son œuvre…

Sauf qu'Alex n'appela pas. Ni au cours des deux jours que dura le trajet en voiture jusque là-bas, ni une fois arrivé, ni même lorsqu'il fut installé dans le pavillon qu'il avait loué. Andy continuait à lui inventer des excuses et se les répétait en boucle comme des mantras : *le trajet en voiture l'a épuisé ; sa nouvelle vie ne lui inspire que des regrets* ; et son préféré : *il n'y a pas d'antenne-relais dans le Mississippi.* Mais au bout d'une semaine, Andy n'ayant toujours pas reçu le moindre e-mail, il lui fallut admettre l'évidence : Alex était parti, pour de bon. Ou, du moins, il était résolu à prendre du recul, et nullement enclin à revenir dans l'immédiat. Elle pleura tous les matins sous la douche, tous les soirs devant la télé, et parfois dans la journée, quand elle en avait l'opportunité. Sans compter qu'écrire des articles pour *Happily Ever After* n'aidait pas. Était-elle vraiment la mieux placée pour dresser la liste de mariage idéale ou suggérer des destinations de lune de miel hors des sentiers battus quand son petit ami la jugeait odieuse, au point de ne même pas avoir envie de lui passer un coup de fil ?

— Ex-petit ami, corrigea Lily lorsque Andy lui exposa son dilemme.

Elles se trouvaient ce jour-là dans la chambre d'enfant de Lily, chez sa grand-mère, dans le Connecticut, et buvaient un thé aux agrumes sirupeux que Lily avait

acheté, après y avoir goûté, chez la manucure coréenne.

Andy en resta bouche bée.

— Dis-moi que j'ai mal entendu.

— Je ne cherche pas à te blesser, Andy, mais je pense qu'il est important que tu commences à regarder la réalité en face.

— Regarder la réalité en face ? Qu'est-ce que tu veux dire ? Ça fait à peine un mois.

— Un mois de silence radio. Pour moi, le message est assez clair. Je ne veux pas que tu penses que…

Andy leva la main.

— C'est bon, j'ai pigé.

— Ne réagis pas comme ça ! Je sais que c'est dur. Je ne dis pas le contraire. Vous vous aimiez. Mais je pense qu'il est temps pour toi d'aller de l'avant.

— C'est l'une des brillantes perles de sagesse que tu as apprises au cours de tes réunions en douze étapes ? railla Andy.

Lily eut un mouvement de recul, mais lui rétorqua posément :

— Je dis ça uniquement parce que je tiens à toi.

— Excuse-moi, Lil, ce n'est pas ce que je voulais dire. Tu as raison, je le sais. C'est juste que je n'arrive pas à croire…

Elle tenta de ravaler ses larmes, mais sa gorge se serra, ses yeux se mirent à brûler et elle lâcha un sanglot.

— Oh, ma chérie !

Lily l'enveloppa de ses bras et Andy s'aperçut que ça ne lui était plus arrivé depuis des semaines. Et c'était pathétiquement bon.

— Alex fait comme tous les mecs, c'est tout. Il prend son temps. Il fait ses trucs. Il reviendra.

Andy essuya ses larmes et réussit à ébaucher un sourire.

— Je sais, souffla-t-elle en hochant la tête.

Andy comme Lily savaient pourtant qu'Alex n'était pas un mec comme les autres et qu'il n'avait fait aucune allusion quant à un éventuel retour, ni plus tard ni jamais.

— Il est temps que tu commences à songer à aller voir ailleurs, décréta Lily en s'affalant par terre.

— Aller voir ailleurs ? Il ne faut pas d'abord être en couple, pour faire ça ?

— Une liaison, une aventure d'un soir – appelle ça comme tu veux. Dois-je te rappeler depuis combien de temps tu n'as pas couché avec un mec ? Depuis Alex, je veux dire. Parce que je vais…

— Je ne crois pas que ce soit vraiment…

— … te le dire : depuis ta deuxième année de fac. C'était avec Scott Machin Chose, ce garçon qui avait la malchance d'être prognathe, et dont tu avais fait la connaissance dans les toilettes mixtes un soir où j'étais en train de dégueuler. Tu te souviens ?

Andy porta les mains à son front.

— Oh, arrête, par pitié !

— Tu te souviens de la carte Hallmark qu'il t'a envoyée ensuite ? Sur le rabat, ça disait : « Hier soir… », et à l'intérieur : « … tu as chamboulé ma vie tout entière », et toi, tu trouvais que c'était le comble du romantisme !

— Arrête, je t'en supplie !

— Tu as couché avec lui pendant quatre mois ! Malgré ses sandales ringardes, sa manie de t'envoyer des cartes Hallmark pour un oui ou pour un non et son refus catégorique de faire lui-même ses lessives. Tu as prouvé que tu étais capable de porter des œillères en matière de mecs. Alors je dis juste un truc : remets-les !

— Lily…

— Ou pas. Tu es dans une position qui te permet de viser plus haut, si tu veux. Exemple : Christian Collinsworth. Il n'a pas complètement disparu du paysage ?

— Non, mais je l'intéressais simplement parce que je n'étais pas libre. Dès qu'il sentira que je suis disponible, il partira en courant.

— Si par « disponible » tu entends « prête à me jeter à pieds joints dans une autre relation sentimentale », alors tu as probablement raison. Mais si tu veux dire par là « ouverte à l'éventualité d'une relation sexuelle libre de tout engagement, juste pour le fun », je suis certaine que tu le trouveras bien disposé.

— Et si on allait plutôt prendre l'air ? (Andy, prête à tout pour changer de sujet, fit défiler ses mails sur son BlackBerry.) Travelzoo propose des séjours de quatre jours et trois nuits en Jamaïque, vol, hôtel et repas compris, à 399 dollars pour le week-end de Presidents' Day. Pas mal, non ?

Lily ne dit rien.

— Allez ! On va se marrer. On prendra le soleil, on boira quelques margaritas – enfin, pas toi, mais moi, oui – et on rencontrera peut-être des mecs. L'hiver a été rude. On mérite de faire un break.

Andy comprit qu'il y avait anguille sous roche lorsque Lily continua à contempler le tapis en silence.

— Eh bien quoi ? Tu emportes tes bouquins. Tu peux lire sur la plage. C'est pile ce dont on a besoin toutes les deux.

— Je déménage, murmura Lily.

— Tu quoi ?

— Je déménage.

— Tu prends un appart ? Je croyais que le plan consistait à squatter chez ta grand-mère jusqu'à la fin de l'année scolaire et de commencer à chercher un appart cet été.

— Je pars dans le Colorado.

Andy dévisagea son amie. Elle était sans voix. Elle cassa la pointe d'un *rugelach* à la cannelle, qu'elle laissa finalement dans son assiette. Pendant une minute, interminable, les deux amis restèrent muettes. Puis Lily prit une profonde inspiration et se lança :

— Je crois que j'ai besoin de changer d'air. L'alcool, l'accident, le mois de cure de désintox… Il y a trop de choses dans ma tête associées à cette ville, trop de connotations négatives. Je ne l'ai pas encore annoncé à ma grand-mère.

— Dans le Colorado ?

Andy avait une foule de questions à poser, mais elle était trop sonnée pour les formuler à voix haute.

— UC Boulder me propose une bourse intégrale pour enseigner à une seule classe de premier cycle par semestre. Ils ne savent pas ce que c'est que la pollution, ont un super programme, et personne là-bas ne connaîtra mon histoire. (Quand Lily releva la tête, elle avait les yeux embués de larmes.) La seule chose qui me rende triste c'est que tu n'y seras pas. Tu vas me manquer affreusement.

Elles tombèrent en sanglots dans les bras l'une de l'autre, incapables de s'imaginer vivant chacune à un bout du pays. Andy s'efforça d'encourager son amie en lui posant mille questions et en écoutant attentivement les réponses, mais elle était obsédée par cette évidence : dans quelques semaines, elle se retrouverait seule à New York. Sans Alex. Sans Lily. Sans rien.

Quelques jours après le départ de Lily, Andy battit en retraite chez ses parents, à Avon. Elle avait englouti trois portions de purée généreusement riche en beurre et en crème, bu deux verres de pinot et elle se demandait si elle n'allait pas déboutonner son jean quand sa mère lui prit la main, par-dessus la table, et lui annonça que son père et elle allaient divorcer.

— Je ne pourrai jamais assez insister sur le fait que nous vous aimons énormément Jill et toi et que cette situation n'a bien sûr rien à voir avec vous, débita Mrs Sachs d'une seule traite.

— Ce n'est plus une gamine, Roberta. Elle n'imagine certainement pas que c'est à cause d'elle que ses parents divorcent.

Son père parlait d'un ton plus cassant que d'habitude et, en toute honnêteté, Andy devait admettre qu'elle avait remarqué ce changement depuis un certain temps déjà.

— C'est une séparation à l'amiable et décidée d'un commun accord. Aucun de nous deux… ne voit quelqu'un d'autre. Ce n'est pas du tout ça. Simplement, après tant d'années, nous nous sommes éloignés.

— Nous aspirons à des choses différentes, précisa son père, ce qui n'aidait en rien.

Andy hocha la tête.

— Eh bien, dis quelque chose ! s'impatienta Mrs Sachs, les sourcils froncés par une inquiétude toute maternelle.

— Qu'y a-t-il à dire ? (Andy termina son verre de vin.) Jill est au courant ?

Son père fit signe que oui, et sa mère se racla la gorge.

— Bon, si tu as des questions… ou si tu veux en parler…

Sa mère paraissait anxieuse. Andy coula un bref regard vers son père qui, comme elle s'en doutait, était prêt à se lancer dans une séance de thérapie, à l'interroger sur ses sentiments et à faire des commentaires agaçants du genre : *Quoi que tu éprouves en ce moment, c'est parfaitement légitime* ou *Je sais que tout cela va réclamer un temps d'adaptation.* Et ça, elle n'était pas d'humeur à le supporter. Elle haussa les épaules.

— Écoutez, c'est vos histoires. Tant que vous êtes heureux tous les deux, ça ne me regarde pas.

Elle essuya ses lèvres avec sa serviette, remercia sa mère pour le dîner et quitta la cuisine. Elle avait conscience de se comporter comme la sale gosse qu'elle avait pu être adolescente, mais c'était plus fort qu'elle. Elle avait beau savoir qu'elle n'était pour rien dans la séparation de ses parents au terme de trente-quatre années de mariage, elle ne pouvait s'empêcher de penser : *D'abord Alex, ensuite Lily, et maintenant eux.* C'était trop.

Pour se distraire, elle pouvait compter sur les longues heures de recherches sur Internet, les interviews et la rédaction d'articles pour *Happily Ever After*, et cela fonctionna d'ailleurs très bien pendant un temps, mais elle ne parvenait toujours pas à combler ce vide entre le moment où elle arrêtait de travailler et celui d'aller se coucher. À deux ou trois reprises, à la fin d'une journée de travail, elle était allée boire un verre avec sa rédac' chef, une tigresse qui passait son temps à dévorer des yeux, par-dessus l'épaule d'Andy, les bandes de jeunes diplômés qui grouillaient dans les bars qu'elles fréquentaient. À l'occasion, elle dînait avec une camarade de Brown, ou une amie de passage à New York pour son travail, mais la plupart du temps Andy était seule. Alex avait disparu de la surface de la terre. Il n'avait pas appelé une seule fois, et son unique manifestation s'était résumée à un e-mail laconique : « Merci d'y avoir pensé, j'espère que tu vas bien », en réponse à un long message vibrant d'émotion et, avec le recul, humiliant, qu'Andy avait laissé sur sa boîte vocale le jour de ses vingt-cinq ans. Lily était installée à Boulder, et heureuse : elle était intarissable d'enthousiasme au sujet de son appartement, de son nouveau bureau, et d'un cours de yoga qu'elle avait essayé, et adoré. Elle ne pouvait même pas feindre d'être malheureuse par égard pour Andy. Quant à ses parents, ils étaient officiellement séparés ; il avait été décidé que sa mère conserverait la maison et que son père s'installerait dans un immeuble neuf, plus proche du centre-ville. Apparemment, les papiers du divorce étaient en ordre, ils suivaient une thérapie – quoique séparément cette fois-ci – et chacun était « en paix » avec sa décision.

L'hiver, cette année-là, était rigoureux et interminable. Rigoureux, interminable et solitaire. En conséquence, Andy fit ce que toute jeune New-Yorkaise finit par faire un jour ou l'autre au cours des dix premières années passées dans cette ville : elle s'inscrivit à un de ces cours de cuisine qui se font fort de « vous apprendre à faire cuire un œuf ».

L'idée lui avait semblé plutôt bonne : elle n'utilisait son four que pour ranger des catalogues et des magazines ; quand elle « cuisinait », cela se résumait à brancher la cafetière ou à ouvrir un pot de beurre de cacahouète et, même en s'astreignant à un régime frugal, les repas livrés à domicile restaient hors budget. Oui, l'idée *aurait pu* être bonne, si New York ne se transformait pas en mouchoir de poche pile au moment où on a le plus besoin d'anonymat… Qui découvrit-elle en face d'elle, arborant un air suprêmement ennuyé et très intimidant lors du premier cours ? Rien de moins que l'extraordinaire première assistante de *Runway*, Emily Charlton.

Huit millions d'habitants à New York et Andy tombait sur sa seule ennemie déclarée ? Elle aurait tout donné, à cet instant, pour avoir sous la main une casquette de base-ball, des lunettes lui mangeant la moitié du visage ou n'importe quel autre accessoire capable de l'abriter du regard incendiaire qui continuait d'alimenter ses cauchemars et n'allait plus tarder à s'abattre sur elle. Pouvait-elle repartir ? Annuler son inscription ? Reporter le cours ? Elle passait en revue ses options lorsque l'instructeur commença à lire à voix haute la feuille de présence. Au nom d'Andy, Emily sursauta, mais se reprit immédiatement. Les deux filles réussirent à éviter tout contact oculaire pendant la durée du cours et, comme par un accord tacite, feignirent de ne pas se reconnaître. Emily n'assista pas au deuxième cours, et Andy espéra qu'elle avait abandonné. Pour sa part, elle rata le troisième – un empêchement professionnel. Mais l'une et l'autre eurent la mauvaise surprise de se trouver réunies lors du quatrième cours. Et à cause de roulements subtils instaurés au sein des équipes, il leur devint très difficile de continuer à s'ignorer. Les deux filles se saluèrent d'un hochement de tête glacial. À la fin du cinquième cours, Andy lâcha un « Salut » à peine audible dans la direction d'Emily, auquel celle-ci répondit tout aussi indistinctement. Plus qu'une séance ! Il était concevable, vraisemblable même, qu'elles puissent s'en tenir jusqu'à la fin à un échange de sons gutturaux, et Andy se sentit soulagée. Mais lors du dernier cours, l'impensable se produisit : à un moment donné, l'instructeur était en train de lire la liste d'ingrédients du menu du jour et, l'instant d'après, il avait associé les deux ennemies jurées en binôme, chargeant Emily du travail de préparation et confiant à Andy le soin de surveiller les cuissons. Leurs regards se croisèrent pour la première fois, mais chacune détourna les yeux aussitôt. Andy n'avait eu besoin que de ce seul regard pour comprendre qu'Emily appréhendait cette situation autant qu'elle.

Elles s'installèrent côte à côte, sans un mot, et ce n'est que lorsque Emily eut trouvé son rythme de croisière dans la découpe des bâtonnets de courgette qu'Andy se força à parler.

— Alors, comment va la vie ?

— La vie ? Elle va bien.

Emily excellait toujours autant dans l'art du dédain. C'était presque rassurant de voir que rien n'avait changé. Même s'il était évident qu'elle se faisait violence et qu'elle se fichait éperdument de la réponse, Emily lui retourna la question.

— Oh, moi ? Tout va bien. Je n'arrive pas à croire que ça fait déjà un an. Pas toi ?

Silence.

— Tu te souviens d'Alex, n'est-ce pas ? Eh bien, finalement, il est parti s'installer dans le Mississippi, il a trouvé un poste de prof. (Andy ne pouvait toujours pas se résoudre à admettre qu'il avait rompu. Elle s'intima l'ordre de se taire – en pure perte.) Et mon amie Lily – celle qui débarquait toujours tard le soir au bureau, après le départ de Miranda ? Qui a eu un accident pendant que j'étais à Paris ? Elle a déménagé elle aussi ! À Boulder. Je n'aurais jamais pensé qu'une pareille chose soit possible, mais elle est devenue accro au yoga et à l'escalade en moins de six mois. Et en ce moment, j'écris pour un blog consacré au mariage, *Happily Ever After*. Tu en as entendu parler ?

Emily sourit, sans méchanceté, mais sans gentillesse non plus.

— Est-ce que *Happily Ever After* est affilié au *New Yorker* ? Parce que je me souviens que tu me bassinais avec ton projet d'écrire pour eux…

Andy se sentit rougir. Comme elle avait été naïve ! Plusieurs mois à battre le pavé pour décrocher des interviews et écrire des dizaines d'articles qui ne seraient jamais publiés, à démarcher des rédacteurs en chef pour faire son boniment et leur vendre des idées d'articles lui avaient remis les idées en place : dans cette ville, c'était déjà une réussite énorme d'être publiée où que ce soit, d'avoir l'opportunité d'écrire sur quelque sujet que ce soit.

— Ouais, c'était bête de ma part, répondit Andy à voix basse. Et toi ? ajouta-t-elle en regardant à la dérobée les cuissardes d'Emily et son blouson de moto en cuir merveilleusement souple. Toujours à *Runway* ?

C'était une question de pure forme, dictée par la politesse, car il ne faisait pas l'ombre d'un doute qu'Emily avait été promue à quelque poste glamour au sein de la rédaction et se ferait une joie d'y rester jusqu'à ce qu'elle épouse un milliardaire – si elle ne mourait pas avant.

Emily redoubla d'ardeur dans la découpe des courgettes et Andy pria pour qu'elle ne se coupe pas un doigt.

— Non, répondit-elle en lui présentant les bâtonnets de légume.

La tension était palpable. Andy saupoudra les courgettes

d'ail émincé, de sel et de poivre avant de les transvaser dans la poêle où l'huile d'olive, qui grésillait, les accueillit avec une gerbe d'éclaboussures.

— Baissez le gaz ! tonna l'instructeur depuis son estrade à l'avant de la salle. L'idée, c'est de les faire dorer, pas de mettre le feu.

Emily régla l'intensité de la flamme en levant les yeux au ciel, et cette mimique discrète suffit à transporter Andy directement dans l'antichambre où elles officiaient à *Runway*, et où Emily passait ses journées à lever les yeux (légèrement plus pétillants à l'époque) au ciel. Miranda appelait pour demander un milk-shake, une nouvelle voiture hybride, un cabas en python, un pédiatre ou un vol pour la République dominicaine, Andy se débattait pour tenter de décrypter le sens de la requête, et Emily, les yeux au ciel, soupirait avec ostentation pour souligner son incompétence. C'était un cycle immuable…

— Em, écoute, je…

Emily tourna la tête si vivement qu'Andy s'interrompit.

— *Emily*, la reprit-elle d'un ton cinglant.

— Emily. Excuse-moi. Comment aurais-je pu l'oublier ? Miranda m'a appelée comme ça pendant un an.

Étonnamment, la remarque fut accueillie par un bref ricanement, et Andy crut même discerner une ébauche de sourire.

— Oui, c'est vrai, en effet.

— Emily, je…

Andy, ne sachant trop comment aborder le sujet, se mit à remuer les courgettes dans la poêle, malgré les instructions reçues, consistant à « les laisser dorer lentement, sans les malmener ».

— Je sais que ça fait déjà un bail depuis euh… tout ça, mais ça me chiffonne que les choses en soient restées là.

— Qu'est-ce qui te chiffonne ? D'avoir intrigué sournoisement pour aller à Paris à ma place, alors que c'était le rêve de ma vie – et en dépit du fait que j'étais là depuis plus longtemps et que je travaillais plus dur que toi – tout ça pour avoir le culot de *démissionner* sur un coup de tête ? Sans réfléchir une seule seconde au fait que ça pourrait mettre Miranda de très mauvaise humeur, et que ça me prendrait trois bonnes semaines pour recruter et former une nouvelle assistante – trois semaines pendant lesquelles j'étais à sa disposition vingt-quatre heures sur vingt-quatre et sept jours sur sept, sans personne pour m'épauler ? (Emily contemplait fixement les courgettes.) Tu n'as jamais pris la peine d'envoyer un e-mail pour dire au revoir, pour me remercier de mon aide, ou me dire d'aller au diable. Rien. Alors voilà où en sont restées les choses.

Andy considéra attentivement sa partenaire de fourneaux. Se pouvait-il qu'Emily ait été blessée qu'Andy ait disparu dans la nature sans donner de nouvelles ? Elle n'aurait jamais cru une telle chose possible si elle n'en avait eu la preuve sous les yeux.

— Je suis désolée, Emily. Je pensais que j'étais la dernière personne au monde dont tu avais envie d'entendre parler. Ce n'est un secret pour personne que je n'adorais pas travailler pour Miranda. Mais je reconnais que ce n'était pas facile pour toi non plus, j'imagine que j'aurais pu me montrer un peu moins difficile.

Emily ricana une nouvelle fois.

— Difficile ? Tu étais une garce de première.

Andy inspira longuement par le nez, et expira par la bouche. Elle regrettait amèrement son *mea culpa* et brûlait d'envie d'assener ses quatre vérités à cette fille, de la traiter de flagorneuse et de lèche-bottes, et de tirer un trait sur toutes les personnes associées à *Runway*. Cette brève évocation avait suffi à ressusciter toutes les vieilles douleurs et angoisses : les nuits sans sommeil, le harcèlement téléphonique, les commentaires qui n'avaient de cesse de la dénigrer, de l'insulter, les remarques passives-agressives. Durant une année entière, Andy s'était sentie tous les matins grosse, idiote et déplacée, et tous les soirs épuisée, claquée et déprimée.

Mais à quoi bon engager le combat maintenant ? Dans une heure et demie, ce cours serait terminé, Andy prendrait ses cliques et ses claques et, avec un peu de chance, elle ne recroiserait jamais plus la route de son exécrable ex-collègue.

— Bon. Les courgettes sont prêtes, annonça-t-elle en les déplaçant sur le feu arrière et en humectant une autre poêle d'huile d'olive. Ensuite ?

Emily y jeta deux poignées de choux de Bruxelles coupés en deux, qu'elle arrosa d'une sauce à la moutarde, au vin et au vinaigre.

— Elle m'a virée, tu le savais ?

Andy lâcha sa cuillère en bois, qui heurta bruyamment le carrelage.

— Elle a fait quoi ?

— Elle m'a virée. Quatre mois environ après ta démission. Je venais de terminer la formation de la nouvelle recrue – la quatrième depuis ton départ ; il devait être 8 heures du matin, elle a débarqué, m'a à peine regardée et m'a balancé que je n'avais pas besoin de revenir le lendemain, ni jamais d'ailleurs.

Andy était bouche bée.

— Tu es sérieuse ? Et tu ne sais pas pourquoi elle a fait ça ?

— Pas la moindre idée, dit Emily en remuant les choux d'une main légèrement tremblante. J'ai travaillé pour elle pendant presque trois ans – j'ai même appris le français pour pouvoir aider Caroline et Cassidy à faire leurs devoirs pendant mon temps libre – et elle m'a jetée comme une malpropre. Je devais être promue quelques semaines plus tard rédactrice mode adjointe, on me l'avait promis, et bam ! Salut. Sans explications, sans excuses, sans un merci – rien.

— Je suis désolée, c'est dégueulasse…

Emily leva la main.

— C'était l'année dernière. Je m'en suis remise. Enfin, plus ou moins – je continue à me réveiller tous les matins en priant pour qu'elle se fasse écraser par un bus et, cela fait, je peux attaquer ma journée.

Sans cette expression de douleur sur le visage d'Emily, Andy se serait réjouie. Bien des fois, elle s'était demandé pourquoi Emily refusait d'admettre que Miranda était un monstre qui humiliait et terrorisait tous ceux qui travaillaient pour elle. Bien des fois, elle avait regretté de ne pas avoir une amie, au bureau. La situation aurait été tellement plus supportable si elle avait eu une complice avec laquelle se lamenter. Personne n'avait travaillé plus dur, et avec plus de dévouement qu'Emily, mais cela n'avait pas empêché Miranda de renier toutes ses promesses. C'était d'une injustice sans nom.

— Tu sais, dit-elle en s'essuyant les mains sur son tablier, une fois, j'ai écrit son éloge funèbre. Tu trouves ça tordu ?

Emily reposa les pinces et la dévisagea. C'était, depuis le début du cours, leur premier vrai contact oculaire.

— Tu as fait quoi ?

— Au cas où, tu vois ? Je dois reconnaître que ce n'était pas un éloge funèbre très élogieux. Mais c'était étonnamment cathartique. Tu n'es pas la seule à espérer sa mort prématurée.

Emily sourit enfin.

— Ça veut dire que tu travaillais pour un journal ? Après ton départ, j'ai cherché ta trace sur Google, mais je n'ai pas trouvé grand-chose.

La remarque prit Andy de court. Cela lui procurait un curieux sentiment de satisfaction d'apprendre qu'Emily avait tenté de savoir ce qu'elle devenait. Dans les semaines qui avaient suivi son départ de *Runway*, Andy avait souvent songé à l'appeler, pour s'excuser de sa démission abrupte qui mettait forcément la première assistante dans une situation délicate, mais elle s'était toujours dégonflée. On ne pouvait pas hurler « Allez vous faire foutre ! » à Miranda Priestly sans en payer le prix auprès d'Emily Charlton. Aussi Andy avait-elle préféré s'épargner le chapelet d'insultes et de malédictions qu'elle était sûre de récolter avant de se faire raccrocher au nez.

— Bon… sans doute parce qu'il n'y avait pas grand-chose à trouver, dit-elle. J'ai cohabité un petit moment avec Lily, le temps de sa convalescence. Je la conduisais à ses séances de rééducation et aux réunions des Alcooliques Anonymes, ce genre de choses. J'ai réussi à caser quelques papiers dans le journal local – j'écrivais pour le carnet du jour, fiançailles, mariages… Quand je suis finalement revenue m'installer à New York, j'ai envoyé mon CV à peu près à tous les sites répertoriés sur Mediabistro[1], et j'ai fini par piger pour *Happily Ever After*. Pour l'instant, ça marche plutôt bien. Je case pas mal d'articles. Et toi, tu fais quoi ?

— Quel genre d'articles ? C'est un site spécialisé dans les mariages, non ? J'ai déjà consulté leur site partenaire, celui consacré à la déco. Ce n'est pas mal.

C'était, de loin, le plus beau compliment qu'Andy ait jamais entendu à son endroit dans la bouche d'Emily, et cela la rendit expansive.

— Merci ! Oui, on s'intéresse à tout ce qui a trait au mariage – bagues de fiançailles, fleurs, robes, listes de cadeaux et d'invités, lieux, lunes de miel, accessoires, organisatrices, danses d'ouverture… tu vois le genre.

Cela n'avait rien de révolutionnaire, mais Andy s'était aménagé une petite niche agréable et n'était pas totalement malheureuse.

— Et toi, reprit-elle. Tu fais quoi ?

— Mesdemoiselles, dans l'angle ! barrit l'instructeur en pointant une spatule en silicone dans leur direction. Moins de bavardage et plus de cuisine. En dépit de son intitulé, ce cours a l'ambition de vous apprendre à faire cuire autre chose qu'un œuf !

— Oui, je m'en souviens maintenant, dit Emily en

1. Annuaire en ligne des blogs et titres de presse ouverts aux collaborations.

hochant la tête. Il y avait cette interview de Victoria Beckham, qui racontait les meilleurs souvenirs de son mariage et qui conseillait à toute future mariée, s'il lui fallait choisir, de ne dépenser sans compter que sur un seul truc – l'alcool, parce que c'est la garantie que les invités s'amusent. C'était toi, donc ?

Andy ne put réprimer un sourire. Que ce qu'elle écrive soit lu continuait à la surprendre.

— Ouais, c'était moi.

— Je m'étais posé la question, puis je m'étais dit qu'il devait y avoir une autre Andrea Sachs. J'étais persuadée que toi, tu allais plutôt devenir correspondante de guerre ou un truc du genre. Je m'en souviens très bien, maintenant. J'avais créé une alerte Google pour Posh, et je lisais tout ce qui paraissait sur elle. Tu l'as vraiment rencontrée en chair et en os ?

Andy n'en croyait pas ses oreilles. Emily lui posait des questions sur sa vie ? Lui manifestait de l'intérêt ? Se montrait impressionnée par quelque chose qu'elle avait fait ? Hallucinant !

— Pendant un quart d'heure, c'est tout, mais oui, elle m'a reçue dans sa chambre d'hôtel, quand elle est passée à New York, il y a deux ou trois mois. Je l'ai même rencontré lui.

— Non !

Andy hocha la tête.

— Sans vouloir te vexer, comment l'as-tu convaincue d'accorder une interview à un blog ?

Andy hésita. Dans quelle mesure pouvait-elle se montrer franche avec Emily ? Elle décida de se jeter à l'eau.

— J'ai appelé son attachée de presse, j'ai dit que je venais de travailler à *Runway*, pour Miranda Priestly, et que, Miranda étant une fan absolue de Victoria, j'espérais que celle-ci m'accorderait une brève interview au sujet de son mariage.

— Et elle l'a fait ?

— Oui, mademoiselle !

— Mais Miranda n'apprécie pas Victoria Beckham.

Emily transvasa les choux de Bruxelles et les courgettes dans une assiette et se percha sur un tabouret de bar, devant le comptoir. Andy alla au buffet chercher un assortiment de fromages et de crackers, puis revint prendre place sur le tabouret voisin et plaça l'assiette entre elles deux.

— Aucune importance. Tant que Victoria – ou du moins son attachée de presse – apprécie Miranda, ce qui est toujours le cas, le mensonge fonctionne. Pour le moment, j'ai un taux de succès de 100 %.

— Quoi ? Ce n'était pas la première fois que tu faisais ça ?

— Je ne mens pas vraiment, se défendit Andy en croquant un cube de cheddar. Libre à eux d'interpréter.

— C'est génial. Absolument génial. Pourquoi s'en priver ? De toute façon, ce n'est pas en lui servant d'esclave que tu vas arriver à quelque chose. Qui d'autre as-tu rencontré ?

— Eh bien… j'ai obtenu de Britney Spears une *playlist* des dix meilleures chansons pour la première danse, Kate Hudson nous a parlé de son projet de convoler un jour en secret. Jennifer Aniston nous a décrit la robe de mariée de ses rêves ; Heidi Klum nous a raconté sa séance coiffure-maquillage le jour de son mariage, et Reese Witherspoon s'est confiée sur les avantages et les inconvénients de se marier jeune. La semaine prochaine, je dois interviewer J. Lo, à propos des faux pas à éviter lors d'un deuxième ou un troisième mariage.

— C'est totalement dément, dit Emily tout en confectionnant un petit sandwich avec deux cubes de fromage entre deux crackers.

Emily Charlton mangeait ? Andy essaya de masquer sa surprise, sans grand succès visiblement car Emily, entre deux mastications et avec une ébauche de sourire, ajouta :

— Eh oui, je mange, maintenant. C'est le premier truc qui est revenu, quand je me suis fait virer. L'appétit.

— Ça ne se voit pas, souligna Andy avec sincérité, et la remarque lui valut un nouveau sourire. Tu ne veux toujours pas me dire ce que tu fais, en ce moment ?

L'instructeur apparut subitement à leurs côtés en faisant les gros yeux.

— Mesdemoiselles ? Que se passe-t-il ici ? Si je ne m'abuse, « palabres et grignotages » ne sont pas au programme de cet atelier.

— Si je ne m'abuse, « faire chier le peuple » ne fait pas partie de vos attributions, riposta Emily. De toute façon, nous partions, ajouta-t-elle en regardant Andy.

— Oui, absolument, renchérit celle-ci. Et merci pour tout. Ce cours était fantastique !

L'enthousiasme de sa remarque arracha à Emily un cri aigu de délectation qui attira sur elles tous les regards. Les deux filles rassemblèrent leurs affaires et gagnèrent précipitamment le couloir, hilares.

À cette hilarité aurait pu succéder un instant de gêne, mais il n'en fut rien. Après tout, elles avaient beau se détester cordialement, elles avaient passé assez de temps ensemble pour se sentir à l'aise l'une avec l'autre. Quand Andy suggéra d'aller boire un verre pour poursuivre leur conversation, Emily accepta tout de suite. Trois margaritas plus tard, elles décidèrent d'aller dîner, puis de se revoir le surlendemain. Très vite, elles se retrouvèrent régulièrement pour boire un pot en fin de journée, ou partager un brunch le dimanche, et Andy prit l'habitude de passer à *Harper's Bazaar*, pour boire un café et bavarder avec Emily. Celle-ci venait d'être promue rédactrice mode adjointe, et on lui avait octroyé un bureau pour elle seule, exigu certes, mais doté d'une fenêtre.

Andy devint le « plus un » attitré d'Emily pour toutes les fêtes chic de la planète mode ; Andy invita Emily à participer à ses interviews de stars en la présentant comme son « associée ». Elles se consultaient avant toute décision professionnelle, se moquaient mutuellement de leurs fringues et n'éteignaient jamais leurs portables afin que, même tard le soir, celle qui était de retour d'un rencard puisse appeler l'autre. Andy souffrait toujours du vide laissé par les départs d'Alex et de Lily, elle cédait encore à des accès de tristesse en songeant à ses parents vivant désormais chacun de leur côté, et elle se sentait toujours aussi seule, aussi déconnectée. Mais, de plus en plus souvent, Emily était là, elle l'appelait ou lui envoyait un message, pour proposer de tester un nouveau restaurant de sushis à SoHo ou d'aller faire les boutiques pour acheter un nouveau rouge à lèvres, une nouvelle machine à expressos, une paire de sandales plates.

Ces changements n'intervinrent pas du jour au lendemain, mais l'inconcevable était devenu réalité : Emily Charlton, sa bête noire, était désormais son amie. Et pas une amie parmi d'autres – non, sa *meilleure* amie, celle qu'Andy appelait en premier quand elle avait une nouvelle, bonne comme mauvaise, à annoncer. C'est donc le plus naturellement du monde que, deux ans plus tard – Emily ayant quitté *Harper's* et Andy commençant à tourner en rond à *Happily Ever After* –, germa dans leur esprit le projet de *The Plunge*. Ce fut Emily qui lança l'idée la première, mais Andy affina l'objectif et la mission du magazine, elle se creusa la tête pour trouver des sujets d'articles et de couverture, et dénicha les tout premiers mariages qu'elles couvrirent. Entre le carnet d'adresses d'Emily et son expérience de la presse magazine, la plume d'Andy et sa connaissance de tout ce qui touchait à l'univers du mariage, elles conçurent, du design au contenu, un produit superbe et unique en son genre. Puis Max, un des meilleurs amis du mari d'Emily, était entré dans le paysage, au double titre d'investisseur et de futur époux d'Andy. La vie des deux filles était désormais si intriquée que, parfois, Andy peinait à se souvenir de l'époque où Emily et elle se détestaient. En travaillant d'arrache-pied, et le temps faisant son œuvre, elles avaient l'une et l'autre réussi à laisser Miranda dans le rétroviseur. Jusqu'à aujourd'hui.

Andy, encore en tenue de sport, avait rejoint Emily dans son bureau. Les mains moites de transpiration, les poings serrés si fort que les ongles laissaient des marques dans ses paumes, elle regardait maintenant Agatha composer le numéro bien connu du standard d'Elias-Clark. Elle n'en revenait pas d'éprouver autant d'appréhension, d'être à ce point déchirée entre l'envie de savoir ce qui se passait et la crainte de le découvrir.

— Sommes-nous vraiment sur le point de faire ça ? gémit-elle.

— Bonjour, Stanley Grogin, s'il vous plaît, pour *The Plunge*, annonça Agatha avec un petit hochement de tête d'autosatisfaction, visiblement ravie de jouer un rôle central dans ce drame. Mr Grogin ? Ici l'assistante d'Emily Charlton. Ms. Charlton est actuellement en déplacement, mais elle tenait à ce que je vous rappelle sans délai afin de voir si je peux faire quelque chose pour vous.

Un autre hochement de tête. Andy sentit une goutte de transpiration ruisseler lentement entre ses seins.

— Mmm… je vois. Une conférence téléphonique. Puis-je vous demander ce dont il s'agit ? (Agatha grimaça, comme si elle venait de mordre dans quelque aliment immonde, et leva les yeux au ciel, façon Emily.) Naturellement. Je transmets le message et je vous rappelle. Merci beaucoup.

Sans lui laisser le temps de reposer le combiné, Emily mit fin à la communication en appuyant sur le bouton.

— Alors ? demanda-t-elle, à l'unisson avec Andy.

Agatha but une gorgée de son smoothie vert, sans doute pour faire durer le plaisir.

— Il a dit qu'il aimerait prendre date pour une conférence téléphonique avec vous deux.

— Une conférence téléphonique ? À quel sujet ? demanda Andy.

Que pouvait bien leur vouloir l'avocat d'Elias-Clark après toutes ces années ? Sauf à avoir effectivement eu vent du petit jeu d'Andy consistant à glisser le nom de Miranda pour se faire ouvrir des portes…

— Il ne l'a pas précisé.

— Comment ça, il ne l'a pas précisé ? s'agaça Emily, d'une voix flirtant avec les aigus. Qu'a-t-il répondu, lorsque tu lui as posé la question ?

— Qu'il est généralement disponible le matin avant 11 heures, qu'il s'agit d'un sujet d'ordre privé, et qu'il ne l'abordera qu'avec vous… et deux de ses collègues.

— Bon sang, ça y est ! Elle nous traîne en justice. Elle va faire de notre vie un enfer, c'est sûr… gémit Andy.

— Je peux te promettre une chose, Miranda n'en a strictement rien à fiche de toi ou de moi, lui rétorqua Emily du haut de son autorité recouvrée d'ancienne première assistante. Pour elle, nous sommes mortes, et elle a bien plus important à faire que de déterrer de vieilles histoires à la con. Non, il y a forcément autre chose.

Emily avait raison. Il devait s'agir d'autre chose. Mais Andy était abasourdie de constater qu'il lui suffisait de voir le numéro du standard d'Elias-Clark s'afficher sur leur téléphone pour céder à la panique. Peu importait ce qu'Elias-Clark *voulait.* C'était le diable en personne qui était de retour dans sa vie, qui agitait sa queue fourchue et son sac Prada. Ce simple coup de fil, en remuant des souvenirs douloureux et en faisant naître des angoisses nouvelles, semblait balayer d'un coup les dix dernières années.

7

Il faut que jeunesse se passe

Une semaine s'était écoulée depuis le mariage, et l'état d'Andy était loin de s'améliorer. Elle avait de plus en plus souvent mal à la tête, les idées confuses en permanence,
600 comme par manque de sommeil, ainsi que des nausées et des poussées de fièvre. C'était à croire que jamais elle n'arriverait à se débarrasser de cette maudite crève.

Au moment où elle ouvrait le placard pour attraper un peignoir en polaire archi-râpé, la tête de Max émergea de sous les draps.

— Bonjour, lança-t-il avec son adorable sourire ensommeillé. Reviens ici me faire un câlin.

Andy s'enveloppa dans sa guenille rose pétard et serra la ceinture.

— Je vais faire le café. Ce n'est pas la grande forme. Je ne me sens pas d'aller à la gym, ce matin ; je crois que je vais plutôt aller de bonne heure au bureau.

— Andy ? Tu peux venir une minute ? Je voudrais te parler.

Un instant, bref mais atroce, elle eut la conviction qu'il allait lui avouer son incartade avec Katherine. Peut-être s'était-il aperçu que la lettre de sa mère avait disparu. Peut-être…

— Que se passe-t-il ? demanda-t-elle en s'asseyant au bout du lit, le plus loin possible de lui.

Stanley la contempla d'un regard plaintif, sans doute contrarié à l'idée que son petit déjeuner soit reporté.

Max chaussa les lunettes posées sur sa table de nuit, se redressa sur un coude et cala la tête dans sa paume.

— Je veux que tu ailles chez le médecin. Aujourd'hui. J'insiste.

Andy ne répondit rien.

— Ça fait neuf jours que tu es dans cet état. Neuf jours que nous sommes mariés…

Le sous-entendu n'échappa pas à Andy. Une semaine déjà, et ils n'avaient fait l'amour qu'une seule fois, après quoi Andy s'était immergée une heure durant dans le bain au motif qu'elle était frigorifiée. Ce qui était vrai. Mais Max était à bout de patience, et ses excuses avaient fait long feu. Andy était prête à tout pour se sentir mieux.

— J'ai déjà pris rendez-vous pour ce matin, répondit-elle. En me disant que je pourrais toujours annuler si je me sentais mieux. Ce qui n'est pas le cas.

Max parut satisfait de la réponse.

— Parfait. C'est une excellente nouvelle. Tu m'appelles en sortant, pour me dire ce qu'il en est ?

Andy hocha la tête.

— Est-ce que tout va bien, à part ça ? Je sais que tu es mal fichue, mais tu es… je ne sais pas… distante. Tu l'as été toute la semaine. Est-ce que j'ai fait quelque chose ?

Andy n'avait pas prévu d'avoir cette conversation maintenant. Elle continuait à attendre le moment idéal, quand ils ne seraient ni l'un ni l'autre stressés, pressés ou malades, mais la coupe était pleine. Il était temps d'obtenir des réponses.

— Je sais tout au sujet des Bermudes.

Bien malgré elle, Andy retint sa respiration.

Max plissa les paupières, l'air perdu.

— Les Bermudes ? Tu veux dire, pendant mon enterrement de vie de garçon ?

— Oui, c'est ça.

Allait-il lui mentir ? Ce serait la seule chose, à ce stade, qui puisse empirer la situation. Max la regarda.

— Tu fais allusion à Katherine, sans doute ? dit-il posément, et le cœur d'Andy chavira.

Donc, c'était vrai. La lettre de Barbara ne mentait pas : Max lui avait dissimulé des secrets ; il ne servait plus à rien de le nier.

— Tu l'as vraiment vue, dit Andy, plus pour elle-même que pour Max.

— Oui. Mais j'ignorais totalement qu'elle serait aux Bermudes, tu dois me croire. Certes, ses parents y ont une maison, mais j'étais loin de me douter qu'elle et sa sœur choisiraient justement ce week-end-là pour aller au spa. Un soir, elles nous ont rejoints pour boire des cocktails. Ce n'est pas une excuse, mais, s'il te plaît, ne va pas t'imaginer qu'il s'est passé un truc, parce que ce n'est pas le cas. *Il ne s'est rien passé.*

Quelque chose dans le fait d'entendre ces maigres détails était encore plus éprouvant qu'Andy n'aurait pu l'imaginer.

Mais alors, pourquoi me l'avoir caché ? avait-elle envie de hurler. *Et si c'était des retrouvailles innocentes, pourquoi cette lettre ? Pourquoi toutes ces cachotteries ?*

— Comment l'as-tu su, au fait ? Non pas que ce soit un secret, mais je suis curieux.

— Je suis tombée par hasard sur la lettre de ta mère, Max. Celle où elle te supplie de ne pas m'épouser. Et pas simplement à cause de Katherine, n'est-ce pas ?

À en croire sa tête, Max était lui aussi à deux doigts de vomir, ce qui procura à Andy un bref instant de satisfaction.

— Et c'est manifestement un secret, sinon tu m'en aurais parlé sur le moment. Ou peu après. Cette rencontre signifiait assez à tes yeux pour que tu en parles à ta mère, mais pas à moi.

Max ne répondait rien. Andy souleva Stanley dans ses bras et annonça :

— Je ferais mieux de filer sous la douche si je veux être à l'heure à mon rendez-vous.

— Andy, j'allais t'en parler, je te le jure, mais je trouvais égoïste de t'inquiéter, ou de te mettre mal à l'aise avec un détail sans aucune importance.

— Tu ne voulais pas m'inquiéter ? Mais je n'aurais pas été *inquiète* ! J'aurais peut-être retiré cette bague ! J'aurais peut-être refusé d'enfiler cette robe blanche pour aller proclamer mon amour pour toi devant nos amis et nos familles. Surtout quand *la tienne* m'apprécie si peu. Me juge si peu digne de toi. Voilà le choix que j'aurais pu avoir. Alors ne t'avise pas de m'annoncer tranquillement que tu as passé ça sous silence par égard pour *mon* bien-être !

Après tant de jours à se tourmenter en silence, c'était merveilleux de pouvoir enfin libérer sa colère. Mais Andy savait qu'elle était injuste. Elle avait eu le choix, ce jour-là. Et elle avait décidé, plutôt que de mettre tout le monde dans l'embarras, à commencer par elle-même en se donnant en spectacle, de museler sa jalousie. Parce qu'elle aimait Max, qu'elle lui faisait confiance – ou du moins qu'elle voulait lui faire confiance – et qu'elle était convaincue qu'il existait une explication logique à toute cette histoire. Aurait-elle été capable d'ajourner son mariage quelques minutes avant le début de la cérémonie au motif d'une lettre non datée écrite par une belle-mère peau de vache ? L'avait-elle seulement souhaité ? Bien sûr que non. Mais ça, Max n'avait pas besoin de le savoir pour le moment.

— Andy, tu dramatises…

Elle écrasa Stanley contre sa poitrine et alla s'enfermer dans la salle de bains, après en avoir claqué la porte. L'instant d'après, Max était en train de marteler contre le panneau en criant son nom, mais le son de sa voix se retrouva bientôt couvert par le bruit de la douche. Lorsque

Andy entra, habillée, dans la cuisine pour attraper une banane et une bouteille de thé glacé, Max se leva d'un bond et tenta de l'enlacer.

— Andy, il ne s'est rien passé !

Elle se débattit, se dégagea, et Max ne réussit qu'à poser la main sur son épaule.

Elle balaya du regard leur appartement : deux cent quatre-vingts mètres carrés, sur deux niveaux, exposés plein sud, au treizième étage ; il comprenait un bureau, deux chambres, dont la principale donnait sur une terrasse, et une cuisine toute neuve, ouverte sur un vaste living accueillant à la fois un salon et un coin repas. Les Harrison avaient acheté cet appartement à leur fils une fois son diplôme en poche, et sa valeur, aussi importante fût-elle, était sans commune mesure avec celle des autres biens immobiliers de la famille. Pourtant, Barbara avait persuadé Max de ne pas le vendre lorsqu'il avait liquidé tout le reste : à défaut d'autre chose, cet appartement, que Max adorait, représentait un investissement. Quand ils avaient décidé de vivre sous le même toit, Max avait proposé à Andy de le mettre en vente afin qu'ils puissent choisir ensemble leur nouveau logement, mais Andy trouvait ridicule de s'exposer à des dépenses supplémentaires quand cet appartement était parfait pour eux deux. Max l'avait embrassée en se déclarant conquis par son absence de matérialisme. Andy avait éclaté de rire et annoncé qu'elle comptait fermement se débarrasser de la plupart des meubles existants et engager un décorateur.

Aujourd'hui, l'appartement était magnifique, et elle avait une chance folle de vivre dans un tel lieu : les épais tapis berbères, les superbes canapés en velours et les fauteuils généreusement capitonnés étaient autant d'invitations à se pelotonner. Sur les murs étaient exposées des photos de leurs voyages autour du monde. En associant leurs bibelots (la grenouille africaine en lattes de bois d'Andy, qui coassait quand on lui caressait le dos avec un bâton ; le buste de Bouddha allongé que Max avait rapporté d'un périple en Thaïlande), leurs bouquins et leurs milliers de CD, ils avaient créé un foyer chaleureux, accueillant – un havre de paix.

— Appelle-moi quand tu sors de chez le toubib, d'accord ? Je me fais du souci pour toi. Je peux passer t'acheter des médicaments, ou autre chose avant de rentrer à la maison, dis-moi juste ce dont tu as besoin. Il y a encore tant de choses dont nous devons parler, j'en suis conscient, je rentrerai le plus tôt possible. On va surmonter cette crise, je te le promets. J'aurais dû t'en parler, Andy, je le sais, maintenant. Mais je te jure que je t'aime. Et qu'il ne s'est absolument rien passé aux Bermudes, je te le jure. Rien.

La main de Max, sur son épaule, lui faisait l'effet d'une agression.

— Andy ?

Elle ne le regarda pas ; ne répondit rien.

— Andy, je t'aime tellement… Je ferai tout pour regagner ta confiance. C'était une mauvaise décision de ne pas te dire que j'avais croisé une ex, mais je ne t'ai pas trompée. Et je ne suis pas ma mère. S'il te plaît, ce soir, en rentrant, on va parler. D'accord ? S'il te plaît ?

Elle se força à lever les yeux, à croiser son regard. Cet homme qui la scrutait avec inquiétude, apparemment dévoré par la même anxiété qu'elle, était tout à la fois son meilleur ami, son associé et l'homme qu'elle aimait.

Ce n'était pas la fin de l'histoire, Andy le savait. Ils reprendraient cette discussion, et Max devrait déployer encore quelques trésors de persuasion pour la convaincre – mais cela attendrait.

Elle hocha la tête, lui serra le bras et, sans un mot, prit son sac et referma la porte derrière elle.

— Andrea ? Que me vaut ce plaisir, très chère ?

Le Dr Palmer, le nez plongé dans son dossier, ne releva pas la tête pour l'accueillir. Après trente, voire quarante ans à pratiquer la médecine, comment cet homme supportait-il encore d'écouter ses patients se plaindre de maux de tête ou de gorge ? Andy en avait presque de la peine pour lui.

— Je vois là que votre dernier bilan remonte à presque deux ans – il est temps d'en refaire un, vous le savez –, mais ce n'est pas ce qui vous amène aujourd'hui, n'est-ce pas ? Que se passe-t-il ?

— Rien de grave, j'en suis sûre, mais je suis complètement à plat depuis une semaine, et ça ne semble pas parti pour s'améliorer. J'ai des migraines en continu et je suis barbouillée.

— Ça ressemble à un microbe qui traîne en ce moment. Vous avez le nez pris ? Mal à la gorge ?

Il lui fit signe d'ouvrir la bouche. Quand il appuya sur la langue, elle eut un haut-le-cœur.

— Non, pas vraiment. Mais j'ai des poussées de fièvre.

— Hum-hum. Respirez profondément, voulez-vous ? Voilà.

Dans un enchaînement rapide, il lui examina les yeux, les oreilles, et lui pétrit le ventre. Était-ce douloureux ? Non, lui indiqua-t-elle ; en revanche, qu'il ait osé palper ses rouleaux de peau – ou de gras ? – entre ses doigts lui inspirait l'envie irrationnelle de lui mettre son poing dans la figure.

— Bien, comme vous avez la gorge irritée, on va faire une culture de streptocoques, mais je suis presque certain qu'il s'agit d'un petit virus dont votre organisme va se débarrasser tout seul, cela dit, puisque vous êtes là, je vous conseille tout de même de vous faire vacciner contre la grippe, en attendant prenez du paracétamol aussi souvent que le besoin s'en fait sentir, buvez beaucoup, reposez-vous et rappelez-moi si les poussées de fièvre persistent, débita-t-il d'une traite, tout en prenant des notes.

Puis il referma son dossier et se prépara à prendre congé. Pourquoi les médecins étaient-ils toujours pressés ? Andy avait poireauté presque une heure avant d'être reçue et il était prêt à la congédier au bout de quatre minutes ?

— Vous n'êtes pas intéressée par les tests de dépistage des MST, n'est-ce pas ? lança-t-il tout à trac en notant une dernière information, et sans daigner relever la tête.

— Pardon ? toussota Andy.

— C'est le protocole, rien de plus. Nous le proposons à tous les patients célibataires. Libre à eux d'accepter.

— En fait, je suis mariée. Depuis une semaine.

Elle s'émerveilla de l'effet étrange qu'il y avait à le dire. *Mariée*.

— Félicitations ! Bon, eh bien, si c'est tout, je vous laisse. J'ai été ravi de vous revoir, Andy. Je pense que vous allez vous rétablir très vite.

Alors que le Dr Palmer s'apprêtait à quitter la salle d'examen, et avant d'avoir réfléchi à la question, Andy bafouilla :

— J'aimerais faire les examens dont vous parliez, s'il vous plaît. Tous.

Le médecin se retourna.

— Je sais que c'est probablement dans ma tête, et qu'il n'y a pas d'inquiétude à avoir, mais je viens de découvrir que mon mari a croisé son ex à son enterrement de vie de garçon. Je sais, c'est son ex-copine, pas une prostituée, et en plus, je ne crois pas vraiment qu'il se soit passé quelque chose – il m'a juré que ce n'était pas le cas mais… mieux vaut prendre ses précautions, j'imagine ? (Elle dut s'interrompre pour reprendre son souffle.) Nous nous sommes mariés la semaine dernière, ajouta-t-elle plus posément.

Andy savait qu'elle était ridicule. Max ne l'avait pas trompée, ni avec Katherine ni avec aucune autre, elle en avait la quasi-certitude. Avec elle, il n'avait jamais été qu'aimant et franc, et, même s'il avait commis une erreur en omettant de lui dire qu'il avait croisé Katherine, elle le croyait lorsqu'il lui affirmait qu'il ne s'était rien passé. Et même si, par un hasard improbable, il s'était bel ct bien passé quelque chose, quelles étaient ses chances d'attraper une maladie sexuellement transmissible avec Katherine von Herzog, la princesse immaculée ? Chez ces gens-là, on n'avait pas d'herpès. Point. Néanmoins, s'il y avait le moindre risque, si infime soit-il, que son état actuel soit lié à une incartade de Max, autant le savoir.

Le docteur hocha la tête.

— Le laboratoire se trouve au bout du couloir à gauche. Allez faire une prise de sang. Laissez-leur également un flacon d'urine. Quand vous revenez, déshabillez-vous, vous trouverez une chemise en papier sur la chaise, là-bas. L'ouverture est sur le devant. Je reviens dans un instant avec une assistante.

Andy voulut le remercier, mais il s'éclipsa trop vite. Elle fila au laboratoire où une femme corpulente et pas très souriante lui préleva du sang, presque sans douleur, et sans croiser une seule fois son regard, avant de la diriger vers les toilettes. Andy regagna la salle d'examen, enfila la chemise en papier et grimpa sur la table. Elle avisa un vieux numéro du magazine *Real Simple* et avait réussi à se concentrer sur la méthode en dix étapes pour briquer une buanderie quand le médecin réapparut, accompagné d'un autre homme, de type asiatique, qui paraissait à peine majeur.

— Andrea, voici Mr Kevin, notre infirmier praticien. Je suis navré, aucune infirmière n'est disponible pour l'instant. Vous n'y voyez pas d'inconvénient, j'espère ?

— Non bien sûr, mentit Andy.

Par chance, l'examen fut rapide. Andy ne pouvait pas voir ce que le docteur faisait, et il ne prit pas la peine de le lui expliquer. Elle s'efforçait de faire abstraction du regard fixe que l'infirmier posait entre ses jambes écartées, comme s'il n'avait jamais rien vu de tel auparavant, et au moment où elle commençait à se sentir vraiment très mal à l'aise, le Dr Palmer rabattit d'un coup sec la chemise sur ses cuisses et lui tapota la cheville.

— C'est terminé, Andrea. J'aurais certains résultats dès aujourd'hui, d'autres demain. Tout va dépendre des embouteillages au labo. En partant, assurez-vous auprès de la secrétaire que nous avons un numéro de téléphone toujours valable. Si jamais vous êtes sans nouvelles demain à 17 heures, n'hésitez pas à appeler.

— Euh… très bien. Y a-t-il autre chose que je…

— Non, nous avons tout ce qu'il nous faut. On se reparle très vite.

Et il fila sans laisser à Andy le temps d'ajouter un mot ni même de lui demander quels examens il avait pratiqués.

Ce n'est qu'après avoir réglé le forfait, enfilé son manteau et passé sa MetroCard dans le lecteur de la borne qu'elle s'aperçut que le Dr Palmer s'était bien gardé de la rassurer. Il ne lui avait pas dit : « Je suis certain qu'il n'y a pas lieu de s'inquiéter », ni : « Mieux vaut être prudent, mais je suis sûr que tout va bien », ni même : « Je ne vois rien d'alarmant, *a priori.* » Il s'était contenté d'annoncer : « C'est terminé », avant de filer comme s'il avait le diable aux trousses. Redoutait-il qu'Andy ne fonde en larmes ? Ou bien avait-il été alerté par un symptôme ?

Une fois au bureau, entre Barbara, Katherine, les Bermudes et les chlamydias d'un côté, et Miranda de l'autre, elle eut un mal fou à se concentrer et, franchement, elle n'aurait su dire ce qui lui faisait le plus peur. Elle tenta de se distraire en jetant un œil à la « Page Six » sur le site du *New York Post* mais se retrouva nez à nez avec les jumelles de Miranda. Les fillettes qui avaient tourmenté Andy avaient grandi, mais ne semblaient pas moins malheureuses pour autant. La photo avait été prise la veille, lors d'un vernissage quelconque. Caroline, vêtue de noir de pied en cap, entourait de ses bras un garçon affublé d'une moustache lustrée et de boutons d'acné. Cassidy avait tenté – avec succès, il fallait le reconnaître – le look crâne rasé d'un côté ; entre le pantalon en cuir brillant et archi-moulant qui accentuait son effrayante maigreur et le rouge à lèvres rubis, elle évoquait une poupée en porcelaine gothique. La légende indiquait que les jumelles, de retour à New York pour les vacances d'automne, étaient étudiantes en première année, Caroline à la Rhode Island

School of Design, Cassidy dans quelque université française délocalisée à Dubaï. Andy ne put s'empêcher de se demander de quel œil Miranda voyait les choix de ses filles, et cette pensée la fit sourire.

Emily frappa à la porte du bureau et entra sans attendre d'y être invitée.

— Salut. Tu as une mine affreuse. Tu es toujours malade ? Tu as parlé à Max ?

— Oui, et oui.

Andy prit un chocolat dans la coupe qui trônait sur sa table et la poussa en direction de son amie.

Emily soupira, piocha un bonbon, retira son enveloppe et le glissa dans sa bouche.

— Alors, qu'a-t-il dit ? J'ai demandé à Miles, au fait. Il m'a juré qu'il n'y avait pas une seule fille avec eux aux Bermudes. Je le crois. Non pas qu'il ne mente jamais, mais en général je vois tout de suite si…

— C'est vrai, Em. Katherine était là-bas. Il l'a reconnu.

Emily redressa la tête aussi vivement qu'un élastique qui claque. Tout en fixant d'un air absent la petite trace de chocolat sur la lèvre de son amie, Andy se demanda pourquoi elle n'éprouvait rien.

— Comment ça, « Il l'a reconnu » ? Reconnu quoi, exactement ?

Le portable d'Andy émit un petit bruit et un message apparut sur l'écran. Les deux filles se penchèrent pour voir s'il émanait de Max – ce qui était le cas – et Emily interrogea Andy d'un haussement de sourcils.

Qu'a dit le toubib ?

Andy repensa à l'examen, se revit étendue sur cette table froide, son intimité offerte au regard de deux hommes, et elle fut prise d'une furieuse envie d'assassiner Max. Pas une seule fois, depuis le lycée et pendant toutes ces années (dont quelques-unes à barboter dans l'aquarium à requins qu'était New York) où elle avait été sexuellement active, elle ne s'était inquiétée d'avoir contracté une MST. Elle s'était toujours montrée prudente, limite obsessionnelle, et fière de l'être. N'était-ce pas injuste qu'aujourd'hui, quand elle se sentait enfin assez en sécurité pour baisser la garde, pour se donner entièrement à son *mari*, il lui faille endurer la torture d'attendre les résultats de tests de dépistage ?

Résultat des tests en fin de journée ou demain. Sans doute simplement un virus, répondit-elle.

— Andy ?

Andy retira le papier d'un deuxième chocolat et croqua la pointe avant de le mettre tout entier dans sa bouche.

— Pourrais-tu arrêter de t'empiffrer pendant une seconde et m'expliquer ce qui se passe ? demanda Emily en mettant la coupe par terre. Que cette histoire te secoue, c'est une chose, mais je peux t'assurer que ça ne te rendra pas plus heureuse de prendre cinq kilos pour t'être gavée de cochonneries.

— Il n'y a pas grand-chose à expliquer. Je lui ai dit que je savais ce qui s'était passé aux Bermudes, il a craqué et s'est excusé.

Emily pencha la tête de côté. Bien des femmes auraient tué pour avoir cette chevelure auburn aux reflets roux, aux boucles souples, mais Emily passait son temps à répéter qu'elle allait se teindre en blonde.

— Okaaay… mais tu ne sais pas ce qui s'est *vraiment* passé. Tu sais juste qu'il a croisé son ex par hasard.

— S'il te plaît, arrête. Je sais que tu essaies de me remonter le moral, mais Max s'est excusé mille fois, il m'a assuré que rien n'était prémédité, que Katherine se trouvait simplement là avec sa sœur, qu'ils étaient tombés l'un sur l'autre et que, du coup, elle avait passé un moment avec eux. Il affirme qu'il allait me le dire, mais, par je ne sais quel raisonnement tordu, il s'est convaincu que ce serait de l'égoïsme de m'en parler, donc il a préféré la boucler en espérant que l'histoire tomberait aux oubliettes.

— Oh, Andy, je n'arrive pas à croire que…

— Eh bien, fais un effort, l'interrompit sèchement Andy, agacée à l'idée que son amie puisse mettre en doute sa version des faits. J'ai passé la matinée à faire toute une batterie de tests de dépistage.

Emily resta un instant bouche bée – une mimique d'une parfaite inélégance, qui ne lui ressemblait pas du tout – puis elle se mit à rire.

— Andy ! Tu te fiches de moi. Max ne t'a pas refilé de maladie ! Et sûrement pas à cause de Katherine.

— Je ne sais pas quoi te dire. Il m'affirme qu'il ne s'est rien passé. Mais il y a un mois et demi, il était aux Bermudes, en même temps que son ex, et maintenant, je suis malade, j'ai toutes sortes de symptômes bizarres et inexplicables. Qu'est-ce que tu te dirais à ma place ?

— Que tu te fais du cinéma. Franchement, Andy. Des MST ?

Les deux filles se turent pendant un petit moment ; l'équipe était en train d'arriver, au compte-gouttes. Andy entendit Agatha relever les messages qu'elle lui avait laissés tard, la veille au soir.

— Puis-je être une mauvaise amie pendant une seconde ? Promets-moi que tu ne me détesteras pas d'avoir posé la question.

— Je ne peux rien promettre, mais je vais essayer, répondit Andy.

Emily ouvrit la bouche, hésita.

— Non, rien, excuse-moi. Oublie, se ravisa-t-elle.

— Tu veux savoir ce que j'ai décidé au sujet d'Elias-Clark, c'est ça ? Comment on va s'y prendre ?

Depuis maintenant quatre jours qu'elles avaient été contactées, Emily avait demandé à Andy à cinq ou six reprises ce qu'elle entendait faire. Entre-temps, Elias-Clark avait rappelé pour fixer le jour et l'heure de la conférence téléphonique, et Agatha avait répondu qu'elle reviendrait vers eux dès que possible.

— J'imagine qu'il faut les rappeler, dit Andy.

Emily se contenta de hocher la tête mais sa satisfaction était évidente.

— D'accord. Ça me semble s'imposer. (Son téléphone

vibra et elle jeta un œil à l'écran.) C'est Daniel. Je suis sûre qu'il te harcèle toi aussi. Il veut savoir ce qu'on a décidé pour la couverture de février.

— Nous n'avons rien décidé, dit Andy, consciente que sa réponse n'était pas d'une grande aide.

— Tu es toujours d'accord pour que ton mariage fasse la couverture ? À ta place, je n'hésiterais pas une seule seconde.

Andy soupira. Ce point lui était presque sorti de la tête.

— Nous avons récupéré les clichés, ils sont sublimes, on a claqué la quasi-totalité de notre budget éditorial pour les honoraires de Saint-Germain, et nous n'avons rien ne serait-ce qu'à moitié aussi bien à passer à la place. Tout le numéro repose sur ce sujet, résuma Andy. Pigé.

Et puis subitement, sa gorge se noua.

— Em, je fais quoi ? J'ai l'impression que tout part en vrille. Je n'arrive pas à croire que sa mère et sa sœur me haïssent. Et toute cette histoire avec Katherine me perturbe.

Emily balaya les arguments d'un geste.

— J'ai vu comment vous vous regardez. Mon Dieu ! Si Miles et moi avions la moitié de ce qu'il y a entre Max et toi, on serait vernis. Max est en adoration devant toi, Andy. Et je le connais, il doit s'en vouloir à mort, en ce moment, il doit se demander pourquoi il s'est comporté comme un con et il doit être terrifié à l'idée de te perdre. Mais tu sais ce que cela fait de lui ? Un mec. Un mec qui a merdé en mentant par omission, mais qui reste celui dont tu es tombée amoureuse, celui qui t'a toujours dit qu'il n'avait jamais rencontré aucune fille qui lui donne envie de se caser. Avant de te connaître.

Andy décocha un regard à Emily.

— Si c'est ça, sa façon de se caser, je préfère ne pas savoir comment il était du temps de sa carrière de play-boy.

— Tu ne te souviens pas qu'il t'a suppliée d'emménager avec lui six mois après votre rencontre ?

Pour votre premier anniversaire, il voulait déjà t'acheter une bague de fiançailles ! Et si ce garçon parle encore une fois de son projet de « fonder une famille », Miles va le tuer. Il t'aime vraiment, Andy, et tu le sais.

— Oui, je le sais. J'ai juste besoin de me le répéter. (Andy toussa et se tamponna les yeux avec un mouchoir en papier.) Bon, c'est d'accord, trancha-t-elle, on passera le mariage dans le numéro de février.

— C'est vrai ?

Le soulagement d'Emily était si évident qu'il en devenait presque comique.

— Oui. Les photos sont vraiment très belles. Ce serait dommage de les gâcher.

Emily acquiesça et s'empressa de quitter le bureau, par crainte sans doute que l'une ou l'autre n'ajoute une remarque susceptible de tout remettre en cause.

Lorsque Andy rentra chez elle, elle avait recouvré son calme, ou du moins un semblant de calme. Une fois par semaine en sortant du bureau, Max s'entraînait au basket avec son équipe de ligue, mais Andy savait qu'il avait prévu de sécher l'entraînement de ce soir-là pour rentrer tôt et s'occuper d'elle. Si Max quittait le bureau à l'heure habituelle, Andy disposait d'une trentaine de minutes avant le face-à-face. Devait-elle accepter que son mari lui ait menti ? N'était-elle pas assez grande pour savoir qu'il n'y avait jamais de fumée sans feu ? Si Max avait tu cette information, c'était forcément que l'histoire ne s'arrêtait pas là, pas vrai ? Et en ce cas, que faire ? *Le quitter ?* Barbara serait aux anges de voir ce mariage devenir une affaire classée en l'espace de quinze jours. Dans la rue, un homme en costume se retourna pour la dévisager. Avait-elle parlé à voix haute ? Était-elle en train de perdre les pédales ?

Andy lâcha sur le banc de l'entrée son maxi-cabas Vuitton – un de ces fourre-tout géants censés pouvoir supporter deux cent cinquante kilos sans qu'une anse se rompe –, se débarrassa de ses chaussures et consulta sa montre.

Encore vingt-cinq minutes à attendre. Le temps de dénicher et manger une tranche de pain complet tartinée de beurre de cacahouète, et boire un Coca light, il n'en restait plus que dix-sept. Comment allait-elle commencer ? *Max, je t'aime, mais je crois qu'on devrait prendre quelques jours pour réfléchir à certaines choses.* Une vraie réplique de film. *Inspire.* Elle improviserait le moment venu, tout simplement.

L'écran de son portable s'éclaira.

Suis là ds 10 min. Tu as besoin de qqch ?

Rien, merci. À tt de suite.

Et si elle appelait quelqu'un, n'importe qui, juste pour tuer le temps ? Mais pour dire quoi, au juste ? *Salut, Lily. Tu t'es bien amusée, au mariage ? Le retour s'est bien passé ? Super ! Oui, j'attends que Max rentre pour lui dire que j'ai besoin de prendre un ou deux jours de recul afin de réfléchir à la situation. Au bout d'une semaine de mariage, rien que ça !* Elle se mordilla les cuticules en fixant l'horloge du téléphone, qui se mit à sonner et la fit sursauter. C'était un numéro masqué, mais elle avait renoncé depuis belle lurette à filtrer ce genre d'appel.

— Allô ?

Elle ne s'était pas attendue à entendre un tremblement dans sa voix.

— Andrea Sachs ?

— Elle-même.

— Bonsoir, Andrea. Ici Mr Kevin, du cabinet du Dr Palmer. Je vous appelle pour vous communiquer les résultats de certains tests. Est-ce que je tombe mal ?

Pouvait-il mieux tomber ? songea Andy. *Je vais pouvoir faire d'une pierre deux coups – confirmer que je souffre d'une immonde infection génitale et annoncer que « j'ai besoin d'un peu de recul ». Franchement, c'est idéal.*

— Non, pas du tout.

— Alors voyons… votre frottis est négatif, mais je pense que nous nous y attendions. Quant aux tests de dépistage, j'ai de bonnes nouvelles : ils sont négatifs pour les chlamydias, la gonorrhée, les hépatites, l'herpès, le VIH, le papillomavirus et les mycoses.

Andy était impatiente d'entendre la suite.

— Que des bonnes nouvelles, alors ? dit-elle.

Mr Kevin toussota.

— Eh bien, il y a autre chose…

Andy chercha à se souvenir si un quelconque test manquait à la liste qu'il venait d'énoncer. Il avait cité le VIH, non ? Et l'herpès ? Une maladie d'avant-garde venait-elle d'apparaître, dont elle n'avait pas encore entendu parler ? Avait-il peur de poursuivre parce qu'elle allait mourir ? En ce cas, se jura-t-elle, elle ne partirait pas seule…

— Votre taux de HCG est assez élevé. Félicitations, Andrea ! Vous êtes enceinte.

Dans quelque région reculée de son cerveau, Andy avait deviné ce que Mr Kevin allait lui annoncer – probablement en entendant le mot « félicitations », mais elle n'était pas en mesure de traiter correctement l'information. Il lui semblait qu'on avait jeté un immense drap sombre sur ses capteurs sensoriels. Elle ne voyait plus que du noir. Elle était consciente, elle respirait, mais elle ne ressentait plus rien, n'entendait plus, ne voyait plus. Une foule de questions se bousculaient dans sa tête, bien sûr, mais elle était surtout comme assommée d'incrédulité. Enceinte ? Impossible ! Une erreur s'était glissée quelque part, il n'y avait pas d'autre explication. Et qu'importe cette petite voix, dans sa tête, qui lui susurrait : *Tu t'en doutais, depuis le début. Les nausées, les cycles irréguliers, les courbatures, cette perpétuelle lassitude. Tu le savais, Andy, mais tu étais incapable d'affronter la vérité.*

Les aboiements de Stanley attirèrent son attention. Il n'aboyait que lorsque la porte d'entrée s'ouvrait, ce qui signifiait que Max venait de rentrer.

— Andrea ?

Dans un instant de flottement, elle ne sut si c'était Max, ou Mr Kevin, qui l'appelait.

— Oui, je suis là, répondit-elle dans le téléphone. Merci de l'information.

— Connaissez-vous un obstétricien, ou avez-vous besoin que nous vous recommandions un confrère ? Sans échographie, je ne peux pas préciser le nombre de semaines, mais, à en juger par votre taux de HCG, je dirais que c'est une grossesse qui ne date pas d'hier. Mieux vaudrait sans doute prendre rendez-vous le plus tôt possible.

— Andy ? Tu es là ? appela Max à tue-tête.

La porte d'entrée claqua, et Stanley se mit à aboyer avec frénésie.

— Merci, Mr Kevin, je vais m'en occuper, mentit-elle pour la millième fois de la journée, lui semblait-il.

Une grossesse qui ne date pas d'hier ? Qu'est-ce que cela voulait dire ?

— Salut, chuchota Max dans son dos, avant de lui planter un baiser dans le cou. Avec qui tu parles ?

Andy écrasa la main sur le micro.

— Personne.

— Andrea ? Y a-t-il autre chose que je puisse faire pour vous aider ? s'enquit l'interlocuteur.

— C'est pour ça que je suis malade ? demanda-t-elle.

Mr Kevin s'éclaircit la voix.

— Cela expliquerait certainement les nausées et la fatigue. Le Dr Palmer pense que vos autres symptômes – maux de gorge, fièvre et courbatures – ne sont pas liés à la grossesse. Cela vient plutôt d'un virus, du stress, ou peut-être simplement du fait que vous êtes épuisée, en ce moment. Vous devriez vous sentir mieux très bientôt.

— Oui, j'en suis sûre. Merci de votre appel.

Andy raccrocha, inspira lentement pour tenter de calmer l'emballement de son cœur.

Max attrapa une bouteille de Gatorade verte dans le réfrigérateur et en vida la moitié d'un trait.

— Tout va bien ?

Andy ne répondit pas. Elle ne savait pas si elle était encore en mesure d'articuler un son.

Max s'essuya la lèvre et la regarda d'un air contrit.

— Désolé d'être en retard. Je sais que nous devons parler, ce soir. Que se passe-t-il ? Tu as des nouvelles du toubib ? Viens, on va s'asseoir.

Tout en se laissant entraîner vers le canapé, Andy évalua la distance qui séparait le salon des toilettes, au cas où elle serait prise de vomissements. Max commença à lui caresser les cheveux, et elle n'eut pas la force de chasser sa main.

— Parle-moi, ma chérie. Je sens que cette semaine a été interminable pour toi, entre le mariage, l'état dans lequel tu es… et ce pataquès à propos de Katherine. Dont j'ai besoin de te reparler, car je ne crois pas avoir été assez clair ce matin : il ne s'est rien passé. Absolument rien. J'ai bien réfléchi à tout ça, et je veux que tu saches que je suis prêt à tout – absolument *tout* – pour tirer cette histoire au clair avec toi et te rassurer.

Andy essaya de parler mais elle était bel et bien frappée de mutisme. Un bébé. Leur enfant. Un petit Harrison. Barbara allait-elle rejeter aussi son petit-fils ?

— Que se passe-t-il dans cette jolie tête ? insista Max. Qu'a dit le docteur ? Il t'a donné des antibiotiques ? Tu veux que j'aille à la pharmacie ? Dis-moi ce qu'il y a.

Sans trop savoir d'où lui venait cette énergie, et sans se laisser le temps de le découvrir, Andy se força à sourire. *Enceinte. Enceinte. Enceinte.* Le mot se répétait en écho dans sa tête, et elle aurait voulu le hurler. Elle voulait tellement l'annoncer à Max ! Mais non. Elle avait besoin de temps pour réfléchir.

Elle lui tapota la main.

— On reparlera de tout ça une autre fois, d'accord ? Je ne suis toujours pas dans mon assiette. Je crois que je vais aller m'allonger un petit moment, ça ne t'embête pas ?

Elle se retira sans attendre la réponse.

8

Ni robes Pronuptia, ni gypsophiles, ni souliers à teindre

Cela faisait une semaine que Mr Kevin lui avait annoncé la nouvelle, et Andy n'en avait toujours rien dit à personne. Ni à Emily, ni à Lily, ni à sa mère ou à sa sœur, et certainement pas à Max. Ce dont elle avait besoin, c'était de temps pour réfléchir – pas d'une avalanche d'avis et de conseils non sollicités, et surtout pas des félicitations enthousiastes et des manifestations de joie que l'annonce ne manquerait pas de provoquer. D'un côté, c'était exaltant. Un bébé ! Andy n'avait jamais été de ces petites filles qui, déjà à dix ans, peuvent décrire dans les moindres détails le mariage de leurs rêves, depuis l'étoffe de la robe jusqu'à la couleur du bouquet, mais elle se projetait sans aucun doute dans la maternité. Elle se voyait mère de deux enfants avant trente ans, un garçon et une fille (le garçon en premier, bien sûr). Un peu plus tard, en commençant à comprendre que deux grossesses avant le cap de la trentaine – et même *une seule* –, c'était peut-être un peu plus compliqué qu'elle ne l'avait imaginé, Andy avait modifié l'équation. Cela avait occupé pas mal de ses réflexions entre vingt-cinq et trente ans, et elle était parvenue à la conclusion que deux, voire trois enfants entre trente et quarante ans, ce serait parfait. Les deux premiers, un garçon et une fille, dans cet ordre, naîtraient à deux ans d'intervalle ; ce faible écart serait, en dépit de la différence de sexe, une garantie de proximité et, plus tard, d'amitié. Le troisième enfant, une fille, verrait le jour trois ans plus tard : Andy aurait le temps de souffler un peu mais ne serait pas encore trop vieille, et la nouvelle venue deviendrait la meilleure amie de sa grande sœur, et la petite protégée de son frère.

Ce qu'elle n'avait pas envisagé, naturellement, c'était qu'une pièce de ce puzzle puisse, le jour venu, jeter une ombre sur l'ensemble du tableau. Que tout le monde puisse se rendre compte qu'elle était enceinte le jour de son mariage, c'était un détail, qui la turlupinait certes, mais un détail néanmoins. En revanche, douter du père de son enfant, savoir que sa belle-mère la détestait et découvrir sa grossesse trente secondes avant de suggérer à son mari de « prendre quelques jours pour faire le point », voilà qui modifiait la donne. Toutes les raisons logiques qui l'avaient convaincue de quitter Max s'il s'avérait qu'il l'avait bel et bien trompée avec Katherine – ils n'étaient liés que par un contrat et ils n'avaient pas d'enfants dont ils risquaient de briser la vie – s'étaient évanouies en fumée à cause d'un échantillon d'urine et du coup de fil d'un infirmier.

Les lumières se tamisèrent, la mère d'Andy émergea de la cuisine avec un gâteau recouvert de bougies, et tout le monde se mit à chanter.

— Tu en as bien mis quarante-deux, maman ? Tu as recompté, n'est-ce pas ? demanda Jill.

— Il y en a quarante-trois, la rassura Mrs Sachs. Une en prime pour forcer le destin.

Les garçons et Kyle achevèrent leur interprétation discordante de « Joyeux anniversaire » et insistèrent pour que Jill fasse un vœu.

— J'aimerais que mon mari accepte de faire une vasectomie, chuchota-t-elle en se penchant au-dessus du gâteau.

Andy s'étrangla avec une gorgée de café et les deux sœurs partirent d'un fou rire incontrôlable.

— Qu'est-ce que tu as dit, maman ?

— Que je souhaite santé et bonheur à mes enfants, à mon mari, à ma sœur et à ma mère, annonça Jill, et elle souffla les bougies.

— Hé, Andy, ça va ? demanda Kyle en la poussant du coude.

Son beau-frère lui présenta une part de gâteau sur une assiette en carton, mais Jonah s'en empara avant qu'Andy ait pu réagir.

— Jonah ! Rends ça immédiatement à ta tante ! Tu connais les règles, les dames d'abord !

Jonah releva la tête, fourchette suspendue au-dessus du glaçage, l'air désespéré. Andy éclata de rire.

— Laisse-le. Je prendrai la suivante.

La fourchette de Jonah s'enfonça aussitôt dans le glaçage. Le petit garçon enfourna une généreuse bouchée et remercia Andy d'un sourire chocolaté.

— Non, sérieux, Andy, reprit Kyle en lui tendant une autre part, que personne n'intercepta. Tout va bien ? Tu as l'air un peu… fatiguée.

« Fatiguée ». L'euphémisme par excellence, pour éviter de dire : « Tu as une mine de déterrée. » Oui, sans doute était-elle fatiguée. Pour un millier de raisons.

Elle se força à sourire.

— C'est un peu dur, au boulot, en ce moment. Entre le mariage et tout le reste. Je me serais bien passée d'un voyage professionnel. Bon, heureusement, c'est à Anguilla.

Kyle la dévisagea, visiblement perdu.

— Harper Hallow et Mack. Ils se marient au Viceroy, à Anguilla, ce week-end, et nous couvrons l'événement. Si j'ai bien suivi, lui voulait que ça se passe dans un ancien studio d'enregistrement réhabilité à Fresno – je crois qu'ils se sont rencontrés là-bas pendant une tournée, quelque chose dans ce goût-là –, mais elle n'a rien voulu entendre. Heureusement.

— C'est un sacré avantage en nature. Tu te rends compte ? Le monde entier veut assister à ce mariage, et toi tu y seras !

— C'est dingue, n'est-ce pas ? Je suis sûre que la plupart des filles seraient prêtes à se damner pour avoir son job, renchérit Jill, en épongeant un gros morceau de gâteau mâchouillé sur son épaule.

Même si ce genre de remarque continuait à lui provoquer des bouffées d'anxiété, Andy reconnaissait que son travail était assez incroyable. Elle aimait ce sentiment de créer quelque chose de toutes pièces, d'accompagner le cheminement de nouvelles idées depuis le pitch jusqu'à la publication, en ayant entre-temps peaufiné la mise en page. Il était extrêmement satisfaisant, après avoir consacré une journée à laisser fuser ses idées, de les coucher sur papier le lendemain puis d'attendre éventuellement deux ou trois jours avant d'apporter quelques retouches, et de s'atteler à la préparation des numéros suivants. La variété des tâches et des sujets aidant, on ne s'ennuyait jamais, et il y avait toujours de nouveaux défis à relever. Mais ce qu'Andy appréciait plus que tout, c'était d'être sa propre patronne.

Lorsque Emily lui avait exposé l'idée de lancer leur propre magazine de mariage, en édition papier, Andy avait opposé un refus catégorique. Pour la deuxième fois depuis leurs retrouvailles, les deux filles passaient leur week-end annuel dans un spa, une tradition qu'Andy avait proposé d'instituer le jour où elle s'était aperçue que, après avoir économisé toute l'année pour s'offrir des vacances, elle n'avait personne pour l'accompagner.

Malgré son récent mariage (quelque peu impulsif, selon Andy) avec Miles, un producteur d'émissions de télé-réalité de cinq ans son aîné, qui venait de faire un énorme carton auquel personne ne s'attendait, Emily avait accepté de s'éloigner de son nouvel époux pour s'offrir quatre jours de soins, au soleil et les pieds dans le sable, dans un centre de remise en forme des Caraïbes. Elles étaient en train de barboter dans le plus chaud des trois jacuzzis intérieurs du Mandarin Oriental. Dans le plus simple appareil. Après un massage aux pierres chaudes dans leur romantique chambre double ouverte sur la mer, elles s'étaient retirées dans l'espace de relaxation réservé aux femmes. Emily, se débarrassant aussitôt de sa serviette sur un fauteuil, avait bu quelques gorgées d'infusion de gingembre, grignoté un abricot sec puis, lentement, très, très lentement, elle s'était glissée dans l'eau fumante. Andy avait eu le plus grand mal à ne pas dévorer d'un regard envieux le ratio taille-hanches idéal d'Emily, ses seins parfaits, ses jambes fines et musclées, son derrière rond et sans un gramme de cellulite. Andy était mince elle aussi, certes, mais son corps longiligne était bien moins épanoui et appétissant que celui d'Emily. Tout en s'agaçant de ses excès de pudeur devant sa meilleure amie, elle ne se résolut à se défaire de sa serviette qu'une fois au bord du bassin, dans lequel elle s'immergea en trois secondes. Et pendant qu'Emily bavardait avec animation, Andy, pourtant submergée sous les remous jusqu'au ras du cou, se sentait exposée.

— Comment ça, « non » ? Tu ne m'as même pas laissée t'expliquer mon idée ! se plaignit Emily avec cette pétulance charmeuse qui signifiait qu'elle n'était pas réellement contrariée.

— C'est inutile. La presse papier, j'ai tourné la page. Comme tout le monde, d'ailleurs. Crois-le ou pas, je suis très bien où je suis.

À cette époque, Andy travaillait sous les ordres d'une femme saine d'esprit, écrivait quatre jours par semaine pour *Happily Ever After* et laissait infuser une idée de roman. Elle avait de solides références, des horaires flexibles : si elle s'organisait bien, elle était certaine de pouvoir se dégoter un agent. En termes de salaire, elle se dirigeait peut-être droit vers la précarité, mais peu importait.

— Oui, mais ça, c'est juste un job ! Ce dont je te parle, moi, c'est d'une *carrière*. C'est de devenir chef d'entreprise. On le lance ensemble et ce sera notre bébé. Ne me dis pas que tu n'es pas prête à passer à autre chose et que tu comptes dresser des listes des dix incontournables de ceci ou de cela toute ta vie ! *Happily Ever After* est un charmant petit site qui propose à l'occasion une idée intéressante, noyée dans des tartines de trucs vus et revus. Tu le sais autant que moi.

— Merci.

Emily tapa du poing dans l'eau.

— Ah, ne sois pas si susceptible, Andy ! Tu es sous-employée. Tu vaux tellement mieux que ça ! Je veux que tu écrives de vrais articles de fond, de plusieurs pages, que tu travailles avec des photographes géniaux qui transcriront ta vision et que tu délègues tes idées à d'autres rédacteurs, que tu pourras corriger, guider, superviser. Tu irais interviewer des célébrités jusqu'à l'autre bout du monde et, bien entendu, on accepterait tous les avantages en nature et toutes les ristournes imaginables puisqu'on ne prétendrait pas une seule seconde être objectives. Alors ? Ce ne serait pas marrant, ça ?

Andy fit la moue.

— Ce ne serait pas triste.

— Tu peux répéter ? Ce serait génial ! Je serai le visage public du magazine et m'occuperai de tout ce que tu détestes faire. J'organiserai les fêtes, je courtiserai les annonceurs, j'embaucherai, je virerai. Je trouverai les bureaux, j'achèterai équipements et fournitures. On dénichera des gens formidables capables de gérer le quotidien, afin qu'on puisse se concentrer sur notre boulot et en faire le magazine de mariage le plus vendu de tout le pays. Est-ce que j'ai déjà mentionné la mutuelle et un salaire assez conséquent pour t'assurer ton indépendance financière ? Tu imagines ?

Andy sentit qu'elle commençait à se détendre, que ses épaules se dénouaient. Elle devait admettre que, oui, elle l'imaginait plutôt bien. C'était même, pour tout dire, un projet assez génial. Mais Emily et elle, étaient-elles suffisamment qualifiées pour lancer et diriger un vrai magazine ? Le cumul de leurs expériences – deux ex-assistantes de bas étage passées depuis peu rédactrice ajointe pour l'une, pigiste pour l'autre – suffirait-il ? En quoi leur magazine serait-il différent des dizaines de publications existantes qui s'extasiaient devant la délicatesse d'un voile ou la silhouette d'une robe ajustée ? Et comment allaient-elles financer l'affaire, au juste ? Louer des bureaux à Manhattan ? Dans son studio, Andy avait casé à grand-peine une console qui lui servait également de table de travail ; et même si Emily et Miles vivaient dans une maison de deux étages, bien plus spacieuse et bien plus chic, il n'y avait pas vraiment de place pour une table lumineuse, ni *a fortiori* pour un « département artistique ». C'était un projet fantastique, mais était-il viable ?

Emily, ravie de son exposé, rejeta la tête en arrière et immergea son élégant chignon haut perché sur le crâne.

— Andy, laisse-moi te dire que ta logique te dessert. Et que tu n'es pas marrante. Laisse-moi m'occuper de tout. J'ai déjà balisé le terrain.

— Ah… Et pour toi, ça remplace un business plan béton ? Quand il nous faudra emprunter de l'argent et que les banques nous demanderont ce qu'on compte en faire, il me suffira de leur répondre qu'Emily a balisé le terrain ?

— Mais c'est vrai ! Miles a une dizaine d'amis, peut-être plus, qui bossent tous dans la finance ou à Hollywood, et qui sont à l'affût de ce genre d'investissement. Ils adorent injecter leur surplus de liquidités dans des start-up – surtout celles liées aux médias ou à l'édition. C'est plus fort qu'eux, ils pensent automatiquement sexe, mannequins et glamour. Et nous n'aurons aucun scrupule à entretenir ce type de fantasmes. Parce que notre magazine sera différent de tous les autres torchons sur le mariage.

Andy avait déjà du mal à assimiler l'idée qu'une dizaine d'investisseurs potentiels n'attendaient qu'à sortir du bois pour injecter des sommes folles dans ce projet, alors croire que leur magazine sortirait du lot…

— Vraiment ? Parce que je commence à connaître l'univers du mariage sous toutes ses coutures et, crois-moi, ce n'est pas facile de trouver en permanence des idées pour renouveler le genre. D'une année sur l'autre, ça ne change pas des masses.

— Hors sujet ! se moqua Emily. (Le bouillonnement commençant à ralentir, elle sortit d'un bond du bassin et alla s'installer sur le banc en face d'Andy pour siroter son infusion.) Le nôtre sera la quintessence du style. Super haut de gamme. Le mariage, version luxe. L'expression « modèle d'exposition » n'apparaîtra jamais dans nos pages. Et il n'y sera jamais question de « petit prix », d'« économies malignes » ou « de beaux bouquets pour trois fois rien ». Il n'y aura pas de carnet d'adresses « spécial bonnes affaires », ni de robes Pronuptia, ni de gypsophile, ni de souliers à teindre.

— Tu es consciente qu'on est au beau milieu d'une crise économique mondiale, n'est-ce pas ?

— Raison, précisément, pour laquelle nos lectrices seront avides de sources d'inspiration ! Tu crois que 99 % des nanas qui lisent *Runway* peuvent s'offrir ne serait-ce qu'un collant photographié dans le numéro ? Bien sûr que non.

Aussi pragmatique soit-elle, Andy se laissa gagner par l'enthousiasme.

— C'est vrai, reconnut-elle. *Runway*, c'est une source d'inspiration pour des femmes intelligentes, pointues et exigeantes qui n'ont pas nécessairement les moyens de s'habiller chez les grands créateurs mais qui savent créer leur propre style avec des pièces plus abordables. Ce serait cohérent que toutes ces femmes qui s'inspirent des looks inaccessibles de *Runway* en fassent autant des mariages tout aussi inabordables que nous présenterions dans *The Plunge*.

— *The Plunge ?* répéta Emily, avec un sourire radieux.

— Tu n'aimes pas ce titre ? On pense à « faire le grand saut », « décolletés plongeants »… C'est simple, évocateur, facile à retenir. L'idéal.

— Je ne l'aime pas. Je l'adore ! *The Plunge.* Tu es géniale, c'est exactement comme ça qu'on va l'appeler ! (Emily se leva et entama une petite danse en tenue d'Ève.) Je savais que tu pigerais. Pourquoi ne commencerais-tu pas à réfléchir à ta destination pour notre numéro zéro ? Sydney ? Maui ? En Provence, peut-être ? Ou à Buenos Aires ? Fais-moi confiance, ça va être fabuleux !

Emily, tout impulsive et un peu timbrée qu'elle soit, avait vu juste. Bien sûr, elles s'étaient heurtées à quelques obstacles et contretemps en cours de route – la livraison des locaux accusa six mois de retard ; la recherche d'un imprimeur se révéla bien plus ardue que prévu ; et lorsqu'elles proposèrent par petites annonces huit postes à pourvoir, elles se retrouvèrent à passer au crible pas moins de vingt-cinq mille candidatures – mais la majeure partie du chemin, du brainstorming initial à la parution du numéro 1, s'était effectuée à peu près sans encombre, et ce, grâce à l'ambition et à la foi aveugle d'Emily, et à l'excellent réseau d'amis pleins aux as de Miles. Max était le plus gros investisseur, à hauteur de 18,33 % des parts ; un groupe de cinq autres personnes en détenait 15 % ; le restant était partagé entre Andy et Emily. En tant qu'actionnaires majoritaires, avec à elles deux 66,67 % des parts, elles étaient assurées d'avoir le dernier mot pour toutes les décisions majeures concernant le magazine.

La ligne éditoriale était axée sur la haute couture et le luxe : robes de créateur en modèle exclusif ; diamants dignes d'être transmis de génération en génération ; les pages pratiques indiquaient quels étaient les plateaux de service les plus élégants, comment louer une île privée pour la lune de miel ou dresser des listes de mariage aussi raffinées qu'uniques en leur genre. La publication démarra modestement, un trimestriel d'à peine une quarantaine de pages, mais, en l'espace de deux ans, Andy et Emily sortaient sept numéros par an (un mois sur deux, plus un numéro spécial en juin) et comptabilisaient plus d'abonnées et de ventes en kiosque qu'elles ne l'avaient projeté au départ.

Ainsi qu'Emily l'avait prédit, très rares étaient les lectrices en mesure de s'offrir les prestations présentées dans *The Plunge*, mais elles étaient dégourdies et possédaient un œil assez averti pour savoir puiser des idées dans les superbes photos et les articles de fond. Au cours de ses premiers mois d'existence, le magazine n'avait d'ailleurs pas donné dans l'excès de luxe et de clinquant. Andy et Emily avaient couvert tous les mariages, auxquels elles avaient eu accès, dès lors qu'ils offraient une touche de glamour : une ex-collègue d'Emily à *Bazaar* qui épousait un rentier dans un yacht club ; une camarade de fac d'Emily dont le fiancé avait réalisé une dizaine de films d'action à succès ; la dermatologue star d'Emily, qui avait accepté que *The Plunge* couvre son mariage avec un célèbre présentateur de journal télévisé à condition que soit également mentionné en toutes lettres son nouveau produit de comblement à base d'acide hyaluronique. Ce n'étaient pas des couples connus à proprement parler, mais les réceptions étaient toujours somptueuses et les photos apportaient au magazine une aura de prestige qu'il n'aurait jamais pu gagner avec ses seules suggestions de listes de mariage et autres choix d'alliances.

Comble de l'ironie, ce fut grâce à un contact d'Andy que *The Plunge* sortit de la semi-obscurité et devint un phénomène à l'échelle nationale. Max était invité au mariage d'une amie d'enfance. Cette mondaine, superbe, fille d'un milliardaire vénézuélien, épousait le fils d'un « homme d'affaires » mexicain – la précision s'accompagnait invariablement d'un clin d'œil entendu. Il avait suffi d'un simple coup de fil de Max, assorti de la promesse que la mariée aurait le dernier mot sur la sélection de photos avant publication. Ce reportage, avec ses clichés aussi sublimes qu'exclusifs de belles résidences de Monterrey et d'éblouissantes Latino-Américaines ruisselantes de diamants, avait rencontré énormément d'écho sur tous les sites people, et avait même fait l'objet d'une mention dans un reportage de *60 Minutes* consacré au FBI, à « l'homme d'affaires » mexicain, et à l'arsenal de son service d'ordre qui ravalait les commandos de *Marines* au rang d'amateurs.

À compter de ce jour, les portes s'étaient ouvertes sans difficulté. Andy et Emily possédaient une copie du carnet d'adresses professionnel de Miranda et n'hésitaient pas à en faire usage. Elles mirent au point un petit numéro chorégraphié avec autant de précision qu'un ballet : l'une comme l'autre écumaient les sites Internet, les blogs et la presse people pour y dénicher des annonces de fiançailles de star ; elles laissaient passer quelques semaines, le temps que l'excitation retombe, puis appelaient directement la célébrité, ou son attachée de presse – tout était fonction du degré de proximité de l'une ou de l'autre avec *Runway* et Miranda. À ce stade-là, elles glissaient sans vergogne le nom de Miranda dans la conversation, mentionnaient qu'à elles deux elles avaient travaillé sous ses ordres pendant « des années » (ce qui n'était pas un mensonge) et expliquaient (sans trop s'étendre sur les détails) qu'elles avaient ensuite « rayonné » jusqu'à un magazine de mariage haut de gamme. Chaque prise de contact était suivie de l'envoi, par FedEx, d'un exemplaire du numéro avec la noce mexicaine, après quoi elles patientaient exactement une semaine avant de rappeler. Jusque-là, sept célébrités sur les huit contactées avaient accepté que *The Plunge* couvre leur mariage, tant qu'elles restaient libres de vendre entre-temps des photos à un hebdomadaire. Emily et Andy ne s'opposaient jamais à cette clause : leurs photos, leurs portraits très documentés des futurs mariés et l'écriture sobre et accessible d'Andy les plaçaient à des milliers de kilomètres de leurs concurrents vendus aux caisses des supermarchés. En outre, à chaque nouveau numéro dans lequel apparaissait une actrice, un mannequin, un musicien ou un artiste, ou une figure de la vie mondaine, il devenait plus facile de signer avec la célébrité suivante, en général sans avoir besoin de trop mettre en avant le nom de *Runway.* La formule fonctionnait à merveille depuis plusieurs années maintenant. Ces reportages en immersion chez les gens riches et célèbres étaient non seulement le clou de chaque numéro, mais également le trait distinctif du magazine, sa signature, et son argument de vente.

Parfois, Andy avait encore du mal à y croire. Elle feuilletait le numéro de novembre qui venait de sortir, avec Drew Barrymore et Will Kopelman en couverture, et n'en revenait pas de tenir entre ses mains le résultat du projet

visionnaire d'Emily et de tout le boulot qu'elles avaient par la suite abattu en tandem – les séances de brainstorming, le travail acharné, et les erreurs. Andy s'était engagée avec hésitation dans l'aventure, c'est vrai, mais le magazine était devenu sa passion, son bébé. Elles pouvaient s'enorgueillir de l'avoir construit à partir de rien, et Andy était chaque jour reconnaissante envers Emily – pour le magazine, ses plaisants dividendes et surtout pour l'avoir présentée à Max.

— Tu crois que Madonna sera là ? demanda Mrs Sachs en rejoignant Andy, Kyle et Jill à table avec son assiette en carton. Elle fréquente le même atelier de kabbale qu'Harper, non ?

Jill et Andy dévisagèrent leur mère.

— Eh bien quoi ? se défendit celle-ci en picorant sa tranche de gâteau – depuis le divorce, elle se montrait de plus en plus attentive à son alimentation. Je n'ai pas le droit de lire *People* chez le dentiste ?

— À vrai dire, je me suis moi-même posé la question, concéda Andy. Mais je ne pense pas qu'elle sera là. En ce moment, elle se trouve dans le Pacifique Sud, je ne sais plus pourquoi. En revanche, l'attachée de presse a confirmé la présence de Demi. C'est moins marrant depuis qu'elle n'est plus avec Ashton, mais ça reste intéressant.

— Personnellement, je voudrais confirmation de ce que Demi Moore est refaite de la tête aux pieds, dit Mrs Sachs. Cela me réconforterait.

— Tu ne serais pas la seule, observa Andy, qui enfourna la dernière bouchée de gâteau.

Entre la nausée et la faim, elle choisissait la première sans hésiter.

— Bon, les amis, la rigolade est terminée, annonça Jill. Jake, Jonah, rapportez vos assiettes à la cuisine, s'il vous plaît, et dites bonsoir à tout le monde. Papa va aller remplir la baignoire, dit-elle en jetant un regard entendu à Kyle, et s'occuper de votre bain pendant que je donne le biberon à Jared. Ensuite, parce que c'est mon anniversaire et que je peux faire tout ce que je veux, j'irai me coucher, et cette nuit, s'il se passe quoi que ce soit, vous vous adresserez à papa. (Elle cala Jared contre sa hanche et planta un baiser sur la joue de son mari qui lui donna une petite tape sur la tête.) C'est bien compris, mes chéris ? Si vous faites un mauvais rêve, si vous avez soif, froid, ou si vous voulez un câlin, cette nuit, vous réveillez votre père. D'accord ?

Les deux aînés hochèrent la tête solennellement et Jared poussa quelques cris aigus en battant des mains. Jill et Kyle rassemblèrent leur progéniture, remercièrent Mrs Sachs pour le gâteau, tout le monde s'embrassa et ils disparurent à l'étage. Un instant plus tard, Andy entendit l'eau couler dans la baignoire.

Mrs Sachs s'éclipsa en cuisine puis réapparut avec deux tasses d'English Breakfast sans théine, agrémenté de lait et d'édulcorant. Elle en fit glisser une sur la table en direction d'Andy.

— J'ai entendu Kyle te demander tout à l'heure si tout

allait bien… commença-t-elle en repêchant le sachet à l'aide de sa petite cuillère, l'air concentré.

Andy ouvrit la bouche puis se ravisa. Étudiante, elle n'était pas du genre à appeler trois fois par jour à la maison ou à entrer dans les détails intimes de ses relations sentimentales avec ses parents, mais dissimuler à sa propre mère qu'elle attendait un enfant se révélait plus dur qu'elle ne l'aurait cru – limite carrément intolérable. Elle savait qu'elle aurait dû le lui dire, elle *voulait* le lui dire. N'était-ce pas aberrant que, à l'exception de son généraliste et des laborantins, Mr Kevin soit le seul au courant ? Pour autant, elle ne pouvait se résoudre à prononcer ce mot – *enceinte*. Il lui semblait déconnecté de la réalité et, aussi ambivalents que soient ses sentiments à l'égard de Max en ce moment, elle ne pouvait décemment pas en informer quelqu'un, même sa propre mère, avant lui.

— Tout va bien, répondit-elle, le regard fuyant. Je suis juste fatiguée.

Mrs Sachs hocha la tête, mais il était clair qu'elle devinait qu'Andy lui cachait quelque chose.

— À quelle heure part ton avion, demain ?

— 11 heures, de JFK. Une voiture vient me prendre ici à 7 heures.

— Bon, au moins, tu vas passer deux jours dans un endroit où il fait chaud. Je sais que tu n'as pas trop l'opportunité de te détendre pendant ces mariages, mais peut-être que tu trouveras une heure ou deux pour en profiter ?

— Oui, je l'espère.

Andy songea brièvement à parler du coup de fil d'Elias-Clark, mais elle se doutait que ce serait ouvrir la porte à une grande discussion. Mieux valait se reposer plutôt que de convoquer l'image de Miranda juste avant d'aller se coucher.

— Comment va Max ? Il n'est pas contrarié de te voir filer si peu de temps après votre mariage ?

Andy haussa les épaules.

— Non. Dimanche, il va au match des Jets avec ses

copains, il ne remarquera probablement même pas mon absence.

Mrs Sachs ne releva pas la pique, et Andy se demanda si elle n'était pas allée trop loin. Sa mère avait toujours apprécié Max, et elle adorait voir sa fille heureuse, mais elle n'avait jamais compris le mode de vie aisé des Harrison et ce besoin insatiable de mondanités.

— Je t'ai dit que la semaine dernière, quand j'étais en ville pour le déjeuner de la fédération, je suis tombée sur Roberta Fineman ?

Andy essaya de feindre l'indifférence.

— Non. Comment va-t-elle ?

— Oh, très bien. Elle fréquente quelqu'un depuis des années, maintenant ; je pense que c'est sérieux. Un dentiste, à ce que j'ai entendu dire. Et veuf. Ils vont probablement se marier.

— Mmm… Elle t'a parlé d'Alex ?

Elle s'en voulait de poser la question mais c'était plus fort qu'elle. Même après plus de huit ans de séparation, Andy n'en revenait pas d'en savoir si peu sur sa vie actuelle. Ils ne s'étaient revus qu'une seule fois, par hasard, et Google avait échoué à lui fournir autre chose que des informations biographiques qu'elle connaissait déjà, et des propos rapportés, dans un article vieux de trois ans, où Alex s'enthousiasmait pour la scène musicale de Burlington. Andy avait pu constater qu'il avait fait un troisième cycle à l'université du Vermont et en avait conclu qu'il vivait donc encore là-bas. La fois où ils s'étaient croisés par hasard, Alex avait mentionné une petite amie, une camarade de ski, mais sans donner de détails. Comme on pouvait s'y attendre, il n'avait pas de compte Facebook. Lily ne savait pas grand-chose de plus, à moins qu'elle n'ait choisi de ne rien dire, mais Andy penchait plutôt pour la première option, vu que Lily et Alex n'échangeaient guère qu'une carte postale à l'occasion des grandes vacances et qu'il ne l'avait contactée par e-mail qu'une seule fois, pour s'enquérir de son expérience à UC Boulder à l'époque où lui-même envisageait de s'y inscrire.

— Oui, répondit Mrs Sachs. Il a terminé son master et il revient s'installer à New York avec sa copine. Ou peut-être même l'ont-ils déjà fait ? Elle a un métier artistique, je ne me souviens plus dans quelle branche, mais elle a trouvé un travail en ville. J'imagine qu'Alex va chercher un poste ici.

Intéressant. Alex et la jolie skieuse artiste étaient toujours ensemble, trois ans après. Plus intéressant encore : il revenait s'installer à New York.

— Oui, il m'avait parlé de sa copine lorsque j'étais tombée sur lui au Whole Foods. Mon Dieu, cela remonte à… quoi ? Je commençais tout juste à sortir avec Max… Trois ans ? J'imagine que c'est sérieux, entre eux.

Elle avait fait cette dernière remarque en espérant que sa mère allait démentir, rationaliser, y aller d'un commentaire ou d'une analyse tirés par les cheveux pour affirmer que, non, bien sûr, ce n'était pas sérieux entre Alex et cette fille, mais Mrs Sachs hocha la tête.

— Oui, Roberta espère qu'ils seront fiancés d'ici la fin de l'année. Naturellement, elle n'a que vingt-cinq ans, alors je suppose que rien ne presse. Mais je suis certaine que Roberta est aussi impatiente que moi d'être grand-mère.

— Tu es grand-mère. Je te rappelle que tu as déjà trois petits-fils. De vrais trésors – tous autant qu'ils sont.

Mrs Sachs éclata de rire.

— Oui, ils sont pénibles, n'est-ce pas ? Je ne souhaiterais trois garçons à personne. (Elle but une gorgée de thé.) Je ne me souvenais pas que tu avais revu Alex. Tu me l'avais dit ?

— Je travaillais encore à *Happily Ever After* et je venais de rencontrer Max. Tu faisais une croisière fluviale avec ton club de lecture. Je m'en souviens parce que je t'avais envoyé un e-mail pour te demander comment ça se passait, et tu m'avais répondu avec un clavier caractériel qui remplaçait tous les y par des z.

— Ta mémoire ne cessera jamais de me surprendre.

— Alex passait l'été à New York, il avait décroché une sorte de stage pédagogique, en lien avec Columbia. Je ne sais pas ce qu'il fabriquait au Whole Foods ce jour-là, mais je me souviens que Max et moi arrivions d'un jogging ; on s'était arrêtés pour acheter de l'eau. Je ne ressemblais à rien, et Alex, lui, était habillé pour un entretien d'embauche. On a bu un café tous les trois, ça a duré dix minutes, et c'était super bizarre, comme tu peux l'imaginer. Il avait dit à ce moment-là qu'il sortait avec une étudiante en master, mais que ce n'était pas une relation sérieuse.

Andy se garda bien de parler de son rythme cardiaque qui s'était emballé tandis qu'elle sirotait son *latte*, de ses éclats de rire un peu trop bruyants, de ses hochements de tête un peu trop vigoureux à chaque vanne ou remarque d'Alex. Elle ne précisa pas non plus qu'elle s'était demandé s'il avait hâte de retrouver sa petite amie, plus tard dans la soirée, s'il était amoureux d'elle, si cette fille était devenue la seule et unique personne réellement capable de le comprendre. Elle ne dit pas non plus combien elle avait espéré que cette rencontre inopinée serait suivie d'un coup de fil, ou d'un e-mail, et combien elle s'était sentie blessée, malgré tout l'enthousiasme que lui inspirait sa nouvelle relation avec Max, de ne plus avoir de nouvelles de lui. Ce soir-là, sous la douche, elle avait pleuré en se remémorant les années qu'Alex et elle avaient passées ensemble, en songeant qu'ils étaient redevenus des étrangers l'un pour l'autre. Il lui avait fallu se secouer, s'ordonner de chasser Alex de son esprit une bonne fois pour toutes, afin de se concentrer sur ses sentiments pour Max. Max qui était beau, sexy, amusant, charmant, et jamais avare d'encouragements.

Elle ne confia rien de tout cela à sa mère, mais il lui sembla que cette dernière comprenait.

Pendant qu'Andy l'aidait à faire la vaisselle et à ranger, Mrs Sachs entreprit de commenter, avec force détails, le mariage de sa fille. Elle passa en revue les toilettes, jaugea la consommation d'alcool des uns et des autres, estima s'ils s'étaient bien amusés, compara cette noce à toutes celles d'enfants d'amis auxquelles elle avait assisté ces dernières années (et dont aucune ne surpassait celle de Max et Andy, naturellement) et tout cela en veillant à ne jamais mentionner les Harrison. Jill fit une brève réapparition pour préparer deux tasses de thé et un biberon, et Andy eut le sentiment de trahir à la fois sa mère et sa sœur en ne leur annonçant pas la nouvelle. Elle se contenta de leur souhaiter bonne nuit, ainsi que, de nouveau, un bon anniversaire à Jill, puis elle se retira dans la chambre qu'elle occupait, enfant, à l'étage.

Un projet de rénovation de cette chambre était à l'œuvre. Andy avait aidé sa mère à choisir un matelas en cent soixante, avec une tête de lit en cuir et une parure complète en percale blanche ornée d'un bourdon expresso, dans l'esprit du linge d'hôtel, mais rien n'était encore achevé. Le couvre-lit à fleurs violet et blanc et la moquette blanche à poils longs, désormais grise à force d'avoir été piétinée en toute illégalité par des semelles de chaussures, lui semblaient accuser un millier d'années. Cinq ou six tableaux d'affichage étaient recouverts de vestiges de ses années lycée : le planning des cours de tennis de l'automne 1997, un assortiment de photos de Matt Damon et Marky Mark découpées dans des magazines, l'affiche de *Titanic*, la liste des numéros de téléphone de l'équipe en charge de l'album de la promotion, une fleur de corsage dont il ne restait que la tige, déformée, une carte postale de Jill, envoyée du Cambodge lors du grand périple qu'elle avait effectué après son diplôme, un talon de chèque de TCBY, datant de l'été où elle avait vendu des yaourts glacés au sortir de la fac, et des photos, des tas de photos. Lily était présente sur toutes ou presque, souriante aux côtés d'Andy ; on y voyait les filles en robes de taffetas, pour la soirée de fin d'année du lycée ; en jean, lors de missions bénévoles au refuge pour animaux d'Avon ; en survêtements assortis, lors de leur – unique – saison dans l'équipe de cross-country. Andy retira l'une des photos punaisées : Lily et elle, à la grande foire de l'État en compagnie d'un groupe de copains, photographiées à leur descente du Gravitron, aussi verte l'une que l'autre. Andy se souvenait de s'être précipitée vers les buissons pour vomir quelques instants à peine après cette photo et elle se rappela que, les trois jours suivants, elle avait tenté de convaincre ses parents que son réflexe vomitif résultait d'un trop grand nombre de tours sur ce manège diabolique, et non d'un acte de rébellion adolescente qui l'avait poussée à abuser de l'alcool (ce qui était bien évidemment le cas).

Elle se laissa choir sur le petit lit légèrement affaissé au centre et composa le numéro de Lily. Il devait être 21 heures dans le Colorado et sans doute Lily venait-elle de mettre Bear au lit. Elle décrocha à la seconde sonnerie.

— Salut ma belle ! Comment va la vie de jeune mariée ?

— Je suis enceinte, lâcha Andy avant d'avoir pu s'en dissuader.

Trois, quatre secondes de silence suivirent, puis Lily reprit :

— Andy ? C'est toi ?

— C'est moi. Enceinte.

— Oh, mon Dieu. Félicitations ! Vous n'avez pas perdu de temps, hein ? Attends, ça ne cadre pas…

Andy retint son souffle pendant que Lily faisait le calcul. Elle savait que tout le monde en ferait autant, et que cela allait la rendre dingue, mais de la part de Lily, c'était différent. Et puis, c'était un tel soulagement de pouvoir le dire à quelqu'un !

— Non, ça ne cadre pas du tout. D'après le toubib, c'est une grossesse « qui ne date pas d'hier », quoi que cela veuille dire, or cela ne fait même pas quinze jours que nous sommes mariés. Je dois passer une échographie la semaine prochaine. Et je flippe…

— Non, surtout pas ! Ça fiche la trouille, je sais, je m'en souviens. Mais c'est tellement merveilleux, Andy. Tu voudras savoir si c'est un garçon ou une fille ?

C'était LA question par excellence – celle à laquelle il était impossible de couper, qu'on posait systématiquement à toute amie qui tombait enceinte. Et même si Lily l'avait posée en toute naïveté, Andy faillit s'étrangler d'émotion, d'autant plus que cette conversation ne serait pas l'occasion de se réjouir de la nouvelle avec sa plus vieille amie, de s'interroger sur le sexe du bébé, de dresser une liste de prénoms préférés ou de débattre des mérites et des inconvénients de telle ou telle marque de ces poussettes ridiculement chères. Il y avait d'autres points à aborder.

— Max doit être fou de joie, non ? Lui qui parle de bébé depuis le jour où il t'a rencontrée !

— Il n'est pas au courant, répondit Andy, si doucement qu'elle n'était pas certaine que Lily l'ait entendue.

— Tu ne lui as pas dit ?

— En ce moment, c'est un peu bizarre entre nous. Le jour du mariage, je suis tombée par hasard sur une lettre de sa mère, et depuis, ça m'obsède.

— Bizarre comment, exactement ? Assez bizarre pour que tu t'abstiennes d'annoncer à ton mari que tu portes son enfant ?

Une fois qu'elle eut commencé à parler, Andy fut intarissable. Elle raconta tout à Lily, y compris certains détails qu'elle avait cachés à Emily : comme, par exemple, qu'elle s'apprêtait à demander à Max une séparation temporaire lorsqu'elle avait reçu l'appel de Mr Kevin ; ou qu'elle refusait tout contact intime. Pour la première fois, Andy réussit même à exprimer le fait qu'elle se demandait si Max lui disait bien la vérité au sujet de Katherine.

— Donc, voilà la situation. Joli tableau, n'est-ce pas ?

Andy retira l'élastique qui retenait sa queue-de-cheval et secoua la tête. Elle posa la joue contre l'oreiller fleuri et inspira ; cette odeur, sans doute le parfum de la lessive, lui rappelait son enfance, et Andy aurait voulu la sentir toujours.

— Je ne sais même pas quoi dire… Andy, tu veux que je vienne ? Je peux confier Bear à Bodhi et sauter demain dans un avion…

— Merci, Lil, j'apprécie ta proposition, mais je pars demain en reportage à Anguilla. J'appelais juste comme ça…

— Oh, pauvre chou ! Et que Barbara aille au diable ! C'est une sorcière. Tu dois te sentir si vulnérable ! Je me souviens très bien, quand j'attendais Bear, j'étais assaillie d'appréhensions, et même carrément terrorisée à l'idée que Bodhi m'abandonne et que je me retrouve seule, enceinte. Je ne sais pas d'où ça vient, mais quelque chose dans le fait d'attendre un bébé te met dans… cet *état d'esprit*. Je ne sais pas comment expliquer…

— Tu viens de le faire. Et je vois exactement ce que tu veux dire. Il y a une semaine, je songeais à m'éloigner quelque temps de Max pour faire le point. Pour nous donner l'occasion d'être honnête l'un envers l'autre, et de trouver une solution. J'étais prête à le faire. Et maintenant ? Maintenant, il y a un *bébé* ! Le bébé de Max ! Et je veux continuer à lui en vouloir, mais j'adore déjà ce bébé.

— Oh, Andy, je sais. Et ce n'est que le début.

Andy renifla. Elle ne s'était même pas aperçue qu'elle pleurait.

— Si tu crois que tu l'adores, tu n'as encore rien vu, repartit Lily.

— Je… je pensais juste que ça se passerait autrement.

Lily ne dit plus rien pendant un petit moment. Andy connaissait assez bien son amie pour deviner qu'elle répugnait à ramener la conversation sur elle, hésitait à évoquer sa propre expérience.

— Je sais, ma puce, répondit-elle finalement. Parce qu'on a cette vision dans la tête – un beau matin, au bout de deux ans de mariage, tu te réveilles à côté de ton mari qui t'adore, tu files dans la salle de bains, vous scrutez ensemble le bâtonnet sur lequel tu viens de pisser, et vous repartez au lit, fous de joie et d'excitation, hilares, heureux. Tu t'imagines qu'il t'accompagnera à chacun des rendez-vous, qu'il te massera les pieds, t'achètera des cornichons et de la crème glacée… Bon, tu sais combien de fois cette vision devient réalité ? Zéro. Mais je suis là pour t'affirmer que l'aventure n'en reste pas moins merveilleuse.

Andy repensa au jour, presque quatre ans plus tôt, où Lily l'avait appelée pour lui annoncer qu'elle était enceinte. Lily vivait depuis deux ans à Boulder et avait ralenti ses recherches de doctorat pour pouvoir enseigner davantage. Les deux filles n'avaient guère plus l'occasion de se parler, mais lorsqu'elles le faisaient, Andy était toujours envieuse du bonheur qui s'entendait dans la voix de son amie. Et quand Lily s'était découvert un engouement pour le yoga, Andy avait pensé que celui-ci était du même

ordre que cette kyrielle d'activités éphémères dans lesquelles elle-même s'était jetée avec passion – le tennis, la poterie, les cours de Spinning, la cuisine. Le jour où Lily avait annoncé que le studio l'embauchait pour faire le pointage des cartes d'abonnement en échange d'un petit salaire et d'un rabais sur les cours, Andy avait hoché la tête d'un air entendu. Lily aussi. Et quand celle-ci avait annoncé qu'elle s'était inscrite à un cours de formation de cinq cents heures, Andy avait ri sous cape. Mais le fait est que Lily avait réalisé ce cursus en un temps record, qu'elle était partie passer les quatre mois suivants dans un ashram à Kodaikanal, en Inde, où elle avait suivi des cours axés sur le « rééquilibrage des émotions » ou le « renforcement des énergies du cœur » sous la houlette de swamis internationalement connus qui avaient tous des noms à coucher dehors, et là, Andy avait commencé à se poser des questions. Peu après son retour aux États-Unis, Lily avait commencé à fréquenter le propriétaire et principal professeur de son studio de yoga, Bodhi (Brian de son vrai nom), un bouddhiste converti originaire de Californie du Nord. Et un an plus tard, Lily l'appelait pour lui annoncer la grande nouvelle : Bodhi et elle allaient avoir un bébé. Andy avait eu du mal à en croire ses oreilles. Un *bébé* ? Avec *Bodhi* ? Elle avait rencontré ce garçon une fois, lorsqu'il avait accompagné Lily dans le Connecticut, et elle avait vraiment eu du mal à passer outre les épaisses dreadlocks, les muscles encore plus épais, et sa manie de siroter toute la journée sa Thermos de thé vert, chaud ou froid selon la saison. Même s'il semblait plutôt sympa, et manifestement amoureux de Lily, Andy ne pouvait s'y faire. Elle n'avait pas posé beaucoup de questions, mais Lily la connaissait trop bien.

— Ce n'est pas un accident, Andy, avait-elle dit. Bodhi et moi avons pris l'engagement de partager notre vie sur le long terme, et nous n'avons pas besoin de trucs et de bidules légaux pour rendre cela officiel. Je l'aime et nous voulons des enfants ensemble.

Non sans culpabilité, Andy avait nourri des doutes tout au long de la grossesse de Lily : qu'est-ce qui lui avait pris ? Qu'est-ce qui l'avait poussée à sauter dans le grand bain ? Mais à la seconde où elle vit Lily allaiter son bébé de deux ou trois semaines, Andy comprit que son amie avait fait le bon choix pour elle-même, pour son compagnon et pour son fils. Pendant un moment, une certaine distance s'était installée entre elles car Andy était incapable de se mettre à la place de Lily, de comprendre ce qu'impliquait son nouveau rôle de mère et de presque épouse, mais elle était heureuse de la vie que son amie s'était construite. Et à présent, elle était reconnaissante que Lily soit sur la même longueur d'ondes qu'elle.

— Des massages de pied et des glaces ? Honnêtement, je me contenterai de quelques semaines sans alerte aux chlamydias.

— Je suis contente que tu arrives à en rire, observa Lily d'une voix où perçait le soulagement. Je sais que c'est un moment difficile, mais je suis tout de même autorisée à me réjouir pour toi ? Tu vas avoir un bébé !

— Je sais. Je n'y croirais pas sans cette fatigue effroyable et ces perpétuelles nausées.

— Moi, avant de savoir ce qu'il en était, j'ai cru que j'avais un cancer, avoua Lily. Comme je n'arrivais carrément plus à garder les yeux ouverts plus de trois heures, je ne voyais pas d'autre explication.

Andy resta silencieuse, analysant combien c'était merveilleux, et étrange, d'être en train d'évoquer sa grossesse avec sa plus vieille amie, et sans doute s'était-elle perdue dans ses pensées car Lily lança :

— Andy ? Tu es toujours là ? Tu t'es endormie ?

— Excuse-moi, Lil, marmonna-t-elle.

— Bon, je vais te laisser.

— Tu me manques, dit Andy en souriant.

— Mais je suis là pour toi, ma puce. Appelle-moi quand tu veux. Et à Anguilla, autorise-toi quelques bains de soleil, bois une Virgin piña colada et essaie de tout oublier pendant une journée, d'accord ? Tu me le promets ?

— Je vais essayer.

Les adieux s'éternisèrent encore un peu et Andy se dit qu'elle n'avait pas à culpabiliser d'avoir oublié de demander des nouvelles de Bear, ou de Bodhi. S'il y avait un moment, dans la vie, où un peu d'égocentrisme était autorisé, c'était bien celui-là, non ? Elle retira son jean, qui commençait déjà à la comprimer un peu, et son pull. Elle décida de faire l'impasse sur le démaquillage et le lavage de dents. Tout cela pouvait attendre, songea-t-elle en posant la joue contre l'oreiller fleuri et en tirant sous le menton son couvre-lit de petite fille. Demain était un autre jour.

9

Virgin piña colada *on the rocks*

Un vol à 11 heures du matin. Trois heures de retard en raison d'une escale impromptue à Porto Rico. La traversée, depuis Saint-Martin, sur un « ferry » qui vous donnait l'impression de faire du jet-ski en plein ouragan. Et pour finir, une longue attente à la douane, dans une salle non climatisée, suivie d'un trajet en voiture sur des routes poussiéreuses et criblées de nids-de-poule. Ce type de voyages était toujours éprouvant, mais enceinte, c'était quasiment insupportable.

L'hôtel avait compensé tous ces désagréments, encore que le terme « hôtel » ne rendait pas justice aux lieux. C'était le Pays des merveilles. Un arpent de paradis avec des petites villas individuelles au toit de chaume, nichées dans une végétation luxuriante, autour d'une plage en croissant de lune. Le « hall » – un pavillon ouvert aux quatre vents, avec un sol en marbre et du mobilier en bois sculpté dans l'esprit balinais – accueillait des volières aux formes extravagantes, qui résonnaient des chants d'oiseaux tropicaux, et donnait sur l'océan, d'un bleu si intense qu'Andy avait cru, un instant, être victime d'hallucinations. Lorsqu'elle était sortie sur la terrasse de sa suite, elle avait aperçu un singe qui se balançait à une branche, juste au-dessus d'elle.

Elle s'obligea à s'asseoir sur le lit et commença à détailler les lieux. Le lit de deux mètres de large sur lequel elle s'était littéralement effondrée un moment plus tôt, tout de blanc drapé, était doté d'un matelas à la fois ferme et délicieusement moelleux. Il y avait un petit salon en bois de cocotier près de la porte d'entrée ; à gauche du lit, et à côté du système stéréo Bose, un canapé d'angle encadrait une table basse en verre. Entre la charpente en bambou recouverte de chaume et les baies vitrées coulissantes qui ouvraient l'espace sur trois côtés, on avait l'impression d'être en pleine nature. Tout au bout de la terrasse, au-delà des chaises longues en teck agrémentées de coussins à rayures et protégées par un parasol assorti, se trouvait un petit bassin privé qui semblait comme suspendu dans le vide et dont l'eau verte se fondait à la végétation environnante. Dans la salle de bains, immense, toutes les surfaces étaient en marbre blanc, y compris les doubles vasques et les parois de la douche « pluie tropicale » – une cabine presque aussi vaste que la seconde chambre de son appartement new-yorkais. Les serviettes de toilette, si épaisses, moelleuses et blanches qu'elles évoquaient de la barbe à papa, étaient glissées sur des barres chauffantes ; il y avait un bouquet de fleurs de frangipanier dans le dressing ; du shampooing et de l'après-shampooing au parfum délicat dans des flacons de terre cuite, distingués par de petites étiquettes passées dans un cordonnet en chanvre. À l'arrière de la salle de bains, ouverte sur le ciel et comme lovée dans un écrin de palmiers et de buissons luxuriants, se trouvait une vaste baignoire, déjà remplie d'une eau tiède et parfumée. Des sels de bain étaient posés sur le rebord. Une musique discrète s'échappait de quelque part, et l'air, chauffé à blanc par le soleil de l'après-midi, embaumait tout à la fois la végétation et les odeurs de terre.

Sans même attendre d'avoir totalement émergé de sa sieste, Andy retira son legging, son tee-shirt et se laissa glisser dans l'eau parfumée, idéalement tiède dans cette atmosphère humide. Elle ferma les yeux et, machinalement, caressa son ventre, le tata, encore incrédule à l'idée qu'une vie était en train de se développer en elle. Sans s'être préalablement autorisée à réfléchir à la question, Andy songea soudain qu'elle voulait un garçon. Pourquoi, elle n'aurait su le dire. Peut-être parce que sa sœur et Lily avaient toutes les deux des garçons, et qu'ils étaient les seuls enfants en bas âge qu'elle connaissait vraiment – et adorait ? Ou bien parce qu'elle se représentait déjà un adorable petit garçon avec des boucles mi-longues, en blazer et cravate miniatures, pelotonné avec son doudou sur ses genoux ? Il lui semblait se souvenir que Max avait prédit, il y avait déjà un moment de cela, qu'ils n'auraient que des filles. Et qu'il était impatient de leur apprendre à jouer au tennis, au foot et au golf ; qu'il leur ferait enfiler un uniforme, comme des pros, et s'improviserait entraîneur de leur équipe de T-ball[1] ; qu'elles seraient toutes blondes (même si ni Andy ni lui ne l'étaient) et aimeraient leur papa plus que n'importe quel homme sur terre. C'était une des choses qui avaient séduit Andy chez lui – ce garçon qui traînait une réputation de Casanova était finalement un gros tendre, qui désirait fonder un foyer et n'avait pas peur de le dire. Andy ne l'avait jamais connu qu'ainsi, mais la sœur de Max avait immédiatement remarqué que sa rencontre avec Andy l'avait changé et avait fait de lui l'homme qu'il était destiné à devenir un jour. Il allait en mourir de bonheur en apprenant la nouvelle.

Un téléphone sonna, quelque part dans la suite, et Andy paniqua un instant, le temps d'aviser le combiné discret fixé à un mur, à portée de main.

— Allô ?

— Mrs Harrison ? Bonsoir. Je suis Ronald, de la conciergerie. Ms. Hallow m'a prié de vous informer que le dîner de répétition commencera dans une heure, sur la

1. Jeu inspiré du base-ball, qui sert d'initiation aux enfants.

plage. Puis-je vous envoyer quelqu'un pour vous y escorter ?

— Oui, merci. Je serai prête.

Elle ouvrit le robinet d'eau chaude et glissa les pieds directement sous le jet. Physiquement, elle se sentait terrassée de fatigue, mais l'esprit, lui, était parfaitement alerte. Dans une heure, elle assisterait au dîner de répétition du couple le plus puissant de l'univers musical. Harper Hallow avait remporté pas moins de vingt-deux Grammy Awards au cours de sa carrière (à égalité avec U2 et Stevie Wonder) et avait été nominée pour une bonne dizaine de plus ; son fiancé, un rappeur né Clarence Dexter qui ne répondait plus qu'au surnom de Mack, avait gagné des centaines de millions de dollars en développant en parallèle de sa carrière musicale une lucrative ligne de vêtements et de chaussures. Ce mariage allait faire d'eux l'un des couples les plus riches et les plus célèbres du monde.

Andy s'offrit le luxe de barboter encore quelques minutes puis, au prix d'un gros effort, réussit à s'extraire de la luxueuse baignoire d'où elle passa directement sous la douche tropicale, pour se rincer et se raser les jambes, assise sur le petit banc en teck judicieusement installé dans la cabine. En enfilant un pantalon en lin blanc, une tunique soyeuse turquoise et orange et des sandales plates argentées, elle songea qu'Emily serait fière de son élève. À l'instant où elle glissait son carnet de notes et son téléphone dans le cabas en paille fourni par l'hôtel, on sonna à la porte de la villa. Un jeune Caribéen timide, en chemisette impeccablement repassée, la salua et l'invita à le suivre.

Trois minutes plus tard, ils arrivèrent devant un pavillon qui abritait un bar de plein air le long de la piscine. Le soleil n'allait plus tarder à se noyer derrière l'horizon ; l'air s'était rafraîchi et on distinguait déjà un croissant de lune. Quelques centaines de personnes bavardaient par petits groupes, en sirotant un cocktail servi dans une écorce de noix de coco ou de la bière locale en bouteille. Un groupe de reggae de douze musiciens jouait des mélodies des îles, et une bande d'enfants, en vêtements de créateurs, se trémoussait devant eux en gloussant. Andy passa l'assistance en revue, sans repérer ni Harper ni Mack.

Au moment où elle acceptait le verre d'eau pétillante que lui proposait un serveur en uniforme, son téléphone sonna, Andy le sortit de son cabas et se rabattit vers le côté de la tente.

— Em ? Salut. Tu m'entends ?

— Où es-tu exactement ? Tu sais que le dîner de répétition a commencé depuis vingt minutes ?

Emily parlait si fort qu'Andy dut éloigner le téléphone de son oreille.

— Eh bien, oui, j'y suis, en train de baratiner les gens les plus charmants du monde. Tout se déroule à merveille.

— Parce que tu sais qu'on a besoin de détails pour personnaliser l'article, et que les meilleurs discours, ceux qui regorgent de potins, vont avoir lieu ce soir…

— Ce pour quoi je suis là, carnet de notes à la main, répondit Andy en se souvenant à cet instant qu'elle avait toutefois oublié d'emporter un stylo.

Si c'était ça, les effets secondaires de la grossesse pendant le premier trimestre, que se passerait-il au bout de six mois ?

— Comment Harper est-elle habillée ? demanda Emily.

— Em ? Je t'entends super mal. Il y a un vent fou !

Et Andy souffla dans le micro.

— Hmm… Raccroche et envoie-moi une photo. Je meurs d'envie de voir à quoi ça ressemble.

Andy imita une autre rafale.

— D'accord ! Je file !

Elle raccrocha et repartit se mêler aux invités qui papillonnaient autour de l'imposant buffet de fruits de mer, disposé sous une tente cernée de torches en bambou. Andy s'apprêtait à enregistrer quelques notes dans son téléphone lorsqu'une femme équipée d'un casque à oreillette et transportant une chemise en cuir pleine à craquer de papiers se présenta à elle.

— Vous devez être Andrea Sachs, dit-elle, l'air soulagé.

— Et vous l'attachée de presse d'Harper…

— Oui, je suis Annabelle. (Elle saisit Andy par le bras et l'entraîna vers des tables disposées sur le sable.) Vous trouverez des tongs dans cette panière, si vous préférez. Pendant le cocktail, vous pouvez vous restaurer au buffet de fruits de mer, mais il y a aussi des plateaux d'amuse-bouches qui circulent, et, bien entendu, les serveurs vous apporteront la boisson de votre choix. Nourriture et vin – tout a été acheminé spécialement par avion, alors s'il vous plaît, goûtez à tout. Je peux vous procurer un menu, au besoin, pour que vous puissiez vérifier certaines informations.

Andy hocha la tête. Les attachées de presse des stars étaient en général des filles remontées comme des pendules et dotées d'un débit trois fois supérieur à celui du commun des mortels, mais elles leur facilitaient indubitablement la tâche.

— On va bientôt servir le dîner, puis il y aura trente minutes de discours. C'est l'agent de Mack, qui est aussi un de ses meilleurs amis, qui va jouer le maître de cérémonie. Suivront les desserts, puis les digestifs. Des voitures seront à disposition pour conduire les jeunes dans la meilleure discothèque de l'île, et les ramener à l'hôtel. Naturellement, Harper se retirera dans sa suite immédiatement après le dessert, mais si vous voulez faire la fête, vous serez plus que la bienvenue…

— En discothèque ? Oh, je pense que j'irai…

— O.K., parfait, l'interrompit la femme en s'arrêtant devant une table ronde de huit couverts, au centre de laquelle trônait un bouquet spectaculaire d'oiseaux de paradis. Nous y voilà.

Les sept autres convives, tous élégants, étaient déjà installés et papotaient entre eux.

— Bonsoir tout le monde, je vous présente Andrea Sachs, du magazine *The Plunge*, annonça Annabelle. *The Plunge* va couvrir les festivités, alors, s'il vous plaît, veillez à ce qu'elle passe un excellent moment.

Andy se sentit rougir en voyant toutes les têtes se tourner vers elle, puis elle entendit une voix chantonner :

— Tiens, tiens, tiens, regardez qui voilà…

Son estomac fit un looping et elle se retrouva catapultée dix ans en arrière.

— Quelle surprise *intéressante* ! reprit Nigel d'un ton moqueur.

Il la contemplait avec un immense sourire carnassier qui faisait étinceler sa dentition trop parfaite dans la pénombre.

Andy voulut répondre mais sa bouche s'était asséchée d'un coup. Annabelle éclata de rire.

— Ah, c'est vrai. J'avais presque oublié que vous aviez travaillé ensemble. C'est parfait ! exulta-t-elle tout en désignant un siège à Andy. Une vraie petite réunion d'anciens de *Runway* !

Ce n'est qu'à ce moment-là qu'Andy remarqua, de part et d'autre du directeur artistique de *Runway*, les visages familiers de Jessica, qui organisait tous les événements du magazine, et de Serena, une rédactrice adjointe. L'une comme l'autre réussissaient l'exploit de paraître plus jeunes, plus maigres et plus arrogantes qu'elles ne l'étaient dix ans plus tôt, mais en même temps… était-ce vraiment étonnant ? C'était du *Runway* tout craché.

— Mince alors ! Ne suis-je pas la fille la plus vernie du monde ? continua à piailler Nigel. Andrea Sachs, viens t'asseoir ici, à côté de moi.

Il portait un vêtement blanc, un curieux mélange de peignoir et de robe, par-dessus ce qui ressemblait à un jean très moulant mais qui, après plus ample examen, tenait plutôt du legging. Une écharpe en soie frangée farcie de logos Louis Vuitton s'enroulait autour de son cou puis dégringolait jusqu'aux genoux et, en dépit de la température tropicale, une chapka en vison complétait le look – sans oublier, aux pieds, une paire de pantoufles en velours pourpre.

Nigel, se fendant d'un sourire jusqu'aux oreilles mais totalement dépourvu de bienveillance, tira Andy par la tunique et fronça le nez de dégoût. N'ayant pas vraiment le choix, elle prit place à côté de lui.

— Je ne vais même pas revenir sur la façon dont tu m'as abandonné ! Je t'ai pris sous mon aile, et c'est *comme ça* que tu m'as remercié ? reprit-il. En disparaissant ? Sans même me dire au revoir ?

Après la débâcle parisienne, Andy n'avait pas remis les pieds à *Runway*, mais elle avait écrit une longue lettre à Nigel pour s'excuser d'avoir manqué de respect à Miranda et le remercier de lui avoir servi de mentor. La lettre était demeurée sans réponse. Quelques mois plus tard, elle lui avait envoyé une copie de cette même lettre par e-mail, puis, à deux ou trois reprises, elle lui avait adressé des petits mots (« Comment vas-tu ? Tu me manques ! »). Elle avait même posté quelques commentaires sur son blog. Silence radio. *Nada*. Plus tard, Emily lui avait raconté que, après avoir été virée, elle s'était précipitée dans le bureau de Nigel et heurtée à une porte close et un assistant tout sauf coopératif. Elle aussi lui avait adressé des e-mails ; une fois, elle l'avait même invité à un dîner en petit comité que *Bazaar* donnait en l'honneur de Marc Jacobs, et n'avait jamais reçu de réponse.

Andy s'éclaircit la voix.

— Je suis désolée. J'ai vraiment essayé de...

— Arrête ! couina Nigel en agitant les mains. On ne parle pas boulot à une fête. Les filles ? Vous vous souvenez d'Andrea Sachs, j'en suis sûr...

Ni Serena ni Jessica ne prirent la peine de hocher la tête ou d'ébaucher un rictus. Jessica détailla les vêtements d'Andy avec une désapprobation glaciale pendant que Serena la fixait en sirotant son vin. Nigel jacassait et, tout en buvant sa San Pellegrino à petites gorgées, Andy l'écouta commenter la tenue d'Harper, le manteau de sport de Mack. Ce type était dingue, sans nul doute, mais une part de l'ancienne Andy l'adorait. Pour finir, Nigel lui décocha un regard entendu et se détourna pour bavarder avec sa voisine de gauche, un mannequin. Serena et Jessica se levèrent pour s'adonner à quelques mondanités, et Andy se dit qu'elle devrait en faire autant. Cela faisait des années (dix, pour être précis) qu'elle ne s'était pas sentie aussi mal à l'aise en société. Elle grignota un peu de pain de maïs, sirota son eau citronnée et se massa le ventre sous la table. Était-ce d'être plongée dans l'ambiance, inchangée, de *Runway* qui la barbouillait à ce point ? Ou bien le fait – qu'elle s'efforçait d'occulter – qu'elle se retrouve enceinte, à l'improviste, et que même son mari ne soit pas au courant ?

Les discours commencèrent. La meilleure amie d'Harper, une coiffeuse aussi célèbre pour ses doigts de fée que pour ses plaidoyers en faveur des transsexuels, rendit un hommage touchant, et un tantinet soporifique, aux futurs mariés. Lui succéda un des frères de Mack, un joueur de basket professionnel qui multiplia les parallèles, tous plus déplacés les uns que les autres, entre Mack et Magic Johnson. Puis vint le tour de Nigel qui broda le plus beau des contes, expliquant qu'Harper n'était encore qu'une pré-ado empotée lorsqu'il l'avait rencontrée, méconnaissable pour les millions de fans qui la vénéraient aujourd'hui, et que cette métamorphose était entièrement son œuvre. Ce discours-là déclencha l'hilarité générale.

Lorsqu'on servit les desserts, Andy s'excusa et se leva de table pour téléphoner, sans même réfléchir au coût de cette communication internationale. C'était une urgence.

Emily décrocha à la première sonnerie.

— Tout va bien ? Rassure-moi : ils n'ont pas annulé le mariage ?

— Non, le mariage est toujours d'actualité, répondit Andy, soulagée d'entendre la voix de son amie.

— Alors pourquoi tu m'appelles au milieu du dîner ?

— Nigel est là ! Avec Serena et Jessica. Et je suis à leur table. C'est un cauchemar. Le pire qui soit.

Emily éclata de rire.

— Arrête, ils ne sont pas si terribles. Laisse-moi deviner : Nigel a prétendu que tu ne l'avais jamais recontacté. Que tu l'avais banni de ta vie.

— Exactement.

— Sois juste rassurée de ce qu'*elle* ne soit pas là. Ça pourrait être pire, franchement.

— C'est sûr que deux fois en quinze jours, ça me mettrait à cran. Je pourrais même en perdre la tête.

À l'autre bout du fil, Emily ne disait plus rien.

— Em, tu es toujours là ? Qu'y a-t-il ? Tu remercies ta bonne étoile de n'être pas ici avec moi ? Laisse-moi te dire qu'en ce moment Anguilla n'a rien d'un paradis.

— Écoute, Andy, je ne veux pas te faire flipper…

Emily se tut.

— Oh non, par pitié. Quel malheur vas-tu m'annoncer ?

— Tout va bien ! Mon Dieu, tu as vraiment l'art de dramatiser.

— Em…

— C'est même une nouvelle incroyable. La meilleure peut-être que j'aie jamais entendue.

Andy inspira profondément.

— J'ai parlé à l'avocat d'Elias-Clark, reprit Emily. Il m'a littéralement traquée. Il a dégoté mon numéro de portable et m'a appelée il y a une demi-heure – c'est super tard, pour un coup de fil professionnel. Ça montre combien ils sont enthousiastes ! Tu te rends compte que…

— Enthousiastes ? Mais à quel propos ? Que voulait-il ?

Andy entendit, derrière elle, un invité porter un toast. Soudain, elle aurait tout donné pour être chez elle, dans son lit, blottie contre Max, comme avant – avant de tomber sur cette maudite lettre.

— Bon, d'abord, il a juste répété qu'il souhaitait nous rencontrer et je me suis dit, ça y est, ils nous collent un procès, ils vont nous accuser d'être des usurpatrices et Miranda va…

— Emily. *S'il te plaît.*

— Mais ce n'est pas du tout ça, Andy ! Il ne voulait pas entrer dans les détails au téléphone, mais il m'a plus ou moins fait comprendre qu'ils s'intéressaient à *The Plunge*, je cite : « en tant qu'entreprise ». Ça ne peut vouloir dire qu'une seule chose !

Oui, et Andy savait exactement ce que cela voulait dire.

— Ils veulent nous racheter.

— Exactement !

Andy sentait qu'Emily essayait – sans grand succès – de contenir son enthousiasme.

— Je croyais qu'on était d'accord pour ne pas vendre avant cinq ans. Pour prendre notre temps et consolider les fondations. Nous n'en sommes qu'à la troisième année, Emily.

— Oui, mais tu sais comme moi qu'on ne peut pas laisser passer une opportunité pareille ! protesta Emily d'une voix stridente. On parle d'Elias-Clark. Le plus puissant, le plus prestigieux groupe de presse du monde – rien que ça. Ce pourrait être l'opportunité de notre vie.

Andy ressentit une petite décharge d'adrénaline. Oui, susciter l'intérêt d'Elias-Clark était excitant, et très gratifiant. Mais c'était également terrifiant.

— Ai-je vraiment besoin de te le rappeler, Em ? As-tu oublié que Miranda, en plus de diriger *Runway*, est maintenant directrice éditoriale de l'ensemble des publications du groupe et que, du coup, elle redeviendrait notre patronne ? (Andy marqua une pause pour se calmer.) Un détail mineur, mais que tu voudrais peut-être prendre en considération.

— Je ne m'inquiète pas vraiment pour ça, lui rétorqua Emily.

— Parce que tu n'es pas ici, en ce moment, à table avec son armada de clones décérébrés. Si tu y étais, je pense que tu te ferais du souci.

Emily lâcha un soupir las, laissant entendre qu'elle s'attendait à cette réaction.

— Andy, pourrais-tu simplement montrer un peu d'ouverture d'esprit ? Au moins jusqu'à ce qu'on ait entendu leur proposition ? Je te promets qu'on ne décidera rien qui puisse te mettre mal à l'aise.

— D'accord. Mais je peux te dire d'ores et déjà que la seule idée de retravailler pour Miranda Priestly me met mal à l'aise.

— Mais nous ne savons même pas ce qu'ils vont nous proposer ! Écoute, va boire un verre, essaie de t'amuser et laisse-moi m'occuper du reste, d'accord ?

Andy embrassa du regard le cadre exceptionnel. Peut-être qu'une autre Virgin piña colada ne lui ferait pas de mal.

— Il s'agit juste d'un rendez-vous, Andy. Ensuite, on avisera. Répète après moi : il s'agit juste d'un rendez-vous.

— D'accord, il s'agit juste d'un rendez-vous, dit-elle, puis elle se répéta la phrase trois fois mentalement, et elle essaya de s'en persuader.

Mais franchement, de qui se moquait-elle ? Ce qui s'annonçait était plus terrifiant qu'un simple rendez-vous.

10

Une paire de peignoirs

À quand remontait leur dernier baiser ? Il y en avait eu si peu depuis celui qu'ils avaient échangé devant trois cents invités. Les lèvres de Max sur les siennes lui procuraient une sensation familière, excitante, et lorsqu'il était passé la chercher au bureau en taxi, à l'improviste, Andy n'avait pas cherché midi à 14 heures. Elle était contente de le voir et soulagée d'être de retour d'Anguilla, loin de Nigel et de l'équipe de *Runway*. Pelotonnée dans les bras de Max sur la banquette du taxi, enveloppée par son odeur familière, elle s'abandonnait à ses baisers et se sentait protégée. Elle n'aurait pu rêver retour plus agréable, du moins jusqu'à ce qu'apparaisse sur l'écran vidéo du taxi une publicité pour les vols Jetblue, à destination des Bermudes.

Max suivit son regard et tenta de la distraire en redoublant de fougue.

Andy s'efforça de répondre avec la même ardeur, mais d'un coup d'un seul, elle n'eut plus qu'une pensée en tête : la lettre.

— Andy… protesta Max en la sentant se recroquevillér.

Il voulut lui prendre la main, mais elle la dégagea. L'afflux d'hormones de grossesse ne devait pas aider…

Andy avait lu quelque part que les femmes enceintes prenaient en grippe l'odeur de leur mari. En était-elle déjà à ce stade ?

Elle entra la première dans l'appartement. Stanley fondit sur eux pour leur faire la fête, puis emboîta le pas à sa maîtresse jusque dans la chambre. Andy égrena quelques baisers sonores et le petit chien la suivit sans se faire prier dans la salle de bains ; elle verrouilla la porte, ouvrit le robinet de la baignoire, souleva le bichon dans ses bras et enfouit le visage dans son cou tiède.

— Beurk, tu pues ! chuchota-t-elle contre son oreille pendante.

Stanley était accro aux os à mâcher fourrés au taureau, sorte de crack pour chien, soi-disant emballés dans du pénis de buffle – un détail qui, enceinte ou pas, donnait des haut-le-cœur à Andy chaque fois qu'elle y pensait.

Dans son enthousiasme, Stanley la gratifia de quelques coups de langue sur le visage et aussi, malencontreusement, sur les lèvres. Andy se mit à tousser et Stanley lâcha un jappement contrit.

— C'est bon, mon chou. Tu n'es pas seul responsable de mes envies de vomir, ces temps-ci.

Elle retira sa robe portefeuille, ses collants noirs, ses sous-vêtements et se tourna pour s'examiner de profil. Mis à part la marque rouge vif autour de la taille, là où l'élastique du collant l'avait comprimée toute la journée, Andy devait reconnaître que son ventre était tel qu'en lui-même. Pas totalement plat, constata-t-elle en le caressant, mais ce léger renflement n'était pas récent. À la rigueur, la taille s'était peut-être un peu épaissie, elle était moins marquée qu'un mois plus tôt. D'ici peu, elle ne le serait plus du tout, Andy le savait mais n'arrivait pas à le concevoir – pas plus qu'elle ne pouvait concevoir qu'il y avait, niché dans ses entrailles, un haricot avec un cœur qui battait.

Une fois les lumières tamisées et Stanley allongé de tout son long sur une serviette étalée sur le rebord gigantesque de la baignoire, où il lui suffisait de tremper le museau pour se désaltérer, Andy se laissa glisser dans l'eau en expirant de plaisir. Max frappa à la porte et lui demanda si elle allait bien.

— Oui, ça va. Je prends un bain.

— Pourquoi as-tu fermé la porte à clé ? Je veux entrer.

Andy regarda Stanley, qui haletait, oreilles dressées.

— Je n'ai pas fait exprès, mentit-elle, et elle entendit les pas s'éloigner dans le couloir.

Elle plongea un gant de toilette dans l'eau, le posa bien à plat sur sa poitrine et se concentra sur sa respiration. Longues inspirations, profondes ; lentes expirations. Andy avait appris en lisant l'e-mail hebdomadaire de Baby-Center, qui expliquait le développement de son bébé, que les bains chauds étaient déconseillés pendant la grossesse. Comme elle n'aimait que les bains brûlants, elle avait opté pour un compromis – très chaud, mais pas plus de cinq minutes. On était loin des longues séances de détente
paresseuse qu'elle s'octroyait généralement avant d'aller au lit, mais il faudrait s'en contenter.

Pendant que la baignoire se vidait bruyamment, elle enfila son épais peignoir en éponge. La moitié d'un cadeau de fiançailles des grands-parents maternels de Max. Celui d'Andy était rouge vif et, à hauteur du cœur, était brodé en lettres blanches « MRS HARRISON » ; le peignoir de Max était blanc, avec « MR HARRISON » brodé en rouge. En nouant la ceinture, Andy repensa à la dispute qui avait éclaté quand elle avait montré le cadeau à Max.

— Sympa, avait-il dit en se délestant du fameux fourre-tout miteux qu'il trimballait partout – déjà à l'époque.

— Oui, l'attention est charmante, mais ils ne m'ont pas demandé si je comptais changer de nom, observa Andy.

— Quelle importance ? répondit Max en l'attirant dans ses bras pour l'embrasser. Ma grand-mère a supposé que ce serait le cas. Elle a quatre-vingt-onze ans. Fiche-lui la paix.

— Oui, je comprends, ce n'est pas ça, c'est juste que… Je ne vais pas changer de nom.

Max avait éclaté de rire.

— Bien sûr que si.

Au-delà de tout ce qu'il aurait pu dire, ou faire, c'était sa présomption, ce ton sûr de lui qui avait piqué Andy au vif.

— Je suis Andrea Sachs depuis plus de trente ans, et je compte bien le rester. Que ressentirais-tu, si on te demandait de changer de nom ?

— Ce n'est pas pareil…

— Si, c'est exactement pareil.

Max la regarda, ou plutôt la dévisagea.

— Pourquoi ne veux-tu pas prendre mon nom ? demanda-t-il, d'une voix si sincèrement blessée qu'Andy faillit abdiquer sur-le-champ.

— Max, ce n'est pas une revendication féministe, dit-elle en lui serrant la main. Ne le prends pas personnellement. Sachs est le nom avec lequel j'ai grandi, celui

auquel je suis habituée, c'est tout. J'ai travaillé dur pour me faire un nom dans le métier et c'est sous ce nom que je suis connue, depuis le début. Est-ce si difficile à comprendre ?

Max ne répondit rien, se contenta de hausser les épaules, de soupirer, et Andy comprit ce jour-là que cette conversation n'était probablement que la première d'une longue série. N'était-ce pas cela, le mariage ? Des discussions, et des compromis ? Elle serra Max dans ses bras, lui planta un baiser dans le cou, et chacun sembla tourner la page, mais le sujet ne tarda pas à devenir un point de friction récurrent. « Quelle femme refuse de prendre le nom de son mari ? » répétait souvent Max, d'un ton incrédule. Il joua la carte de l'amour filial (« Ma mère t'aime comme sa propre fille » – un argument qui, aujourd'hui, donnait à Andy envie de hurler) ; la carte de la généalogie (« C'est un patronyme qu'ont porté d'innombrables générations »), et celle de la culpabilité (« Je pensais que tu serais fière de m'avoir pour mari – moi, je suis fier que tu deviennes ma femme »). En désespoir de cause, il tenta la menace, sans grande conviction : « Si tu refuses de porter publiquement mon nom, peut-être ne devrais-je pas porter d'alliance en public », mais lorsque Andy se contenta de lui répondre, avec un haussement d'épaules, qu'il était libre d'en porter une ou pas, il s'excusa. Il était déçu, mais s'efforcerait de respecter sa décision. Andy se sentit immédiatement ridicule de s'être braquée sur un détail qui, à l'évidence, n'en était pas un pour Max, et ce d'autant plus qu'elle n'avait même pas d'idée très arrêtée sur la question. Lorsqu'elle se suspendit à son cou en lui annonçant qu'elle resterait Andrea Sachs dans sa vie professionnelle mais serait heureuse de devenir Mrs Harrison dans toutes les autres circonstances de la vie, Max sembla à deux doigts de s'évanouir de gratitude et de soulagement. Andy n'était pas non plus mécontente d'avoir cédé : c'était peut-être antiféministe, vieux jeu, et qui sait quoi d'autre, mais cela lui *plaisait* de porter le nom de son mari. Qui serait bientôt aussi celui de leur enfant.

Quand Andy sortit de la salle de bains, Max lisait *GQ*, allongé sur le lit, vêtu d'un simple boxer Calvin Klein. Il avait la peau mate, comme légèrement hâlée en permanence, un ventre ferme et musclé, mais sans ostentation, et une belle carrure virile. Malgré elle, Andy fut prise d'une bouffée de désir.

— Le bain était agréable ? demanda-t-il en relevant les yeux.

— Comme toujours.

Elle se servit un verre d'eau de la carafe posée sur sa table de nuit et but une gorgée. Elle avait envie de se retourner, de contempler le corps de Max, mais elle se força à ouvrir son livre.

Dans son dos, Max se rapprocha furtivement, l'enlaça et l'embrassa dans le cou. Andy sentit le renflement des biceps contre ses flancs et une crampe familière lui noua aussitôt le ventre.

— Tu as la peau brûlante. Tu as dû cuire, là-dedans, murmura-t-il, et immédiatement Andy songea au bébé.

Avant même qu'elle n'ait pu réagir, Max avait fait glisser le peignoir, dénudé ses épaules et son buste. Il passa délicatement les mains autour de ses seins. Andy s'écarta et rajusta le peignoir.

— Je ne peux pas, dit-elle en détournant le regard.

— Andy.

La voix était lourde de déception. Une voix de vaincu.

— Je suis désolée.

— Viens là. Regarde-moi. (Délicatement, du bout des doigts, il l'obligea à tourner le visage vers lui et effleura ses lèvres d'un baiser.) Je sais que je t'ai blessée, et je m'en veux à mort. Toute cette situation, ajouta-t-il en décrivant des moulinets avec sa main – ma mère, le fait que tu n'arrives pas à me faire confiance, que tu m'évites… c'est ma faute, et je comprends que tu réagisses ainsi. Mais c'était juste une lettre, et il ne s'est rien passé. *Rien*. Mon seul regret, c'est de ne pas te l'avoir dit. (Il s'interrompit, visiblement contrarié.) Alors arrête, maintenant. Peut-être que la punition est disproportionnée par rapport à mon crime.

Andy sentit sa gorge se nouer.

— Je suis enceinte, murmura-t-elle.

Max se figea. Elle sentit son regard peser sur elle.

— Quoi ? Est-ce que j'ai…

— Oui. Je suis enceinte.

— Oh, mon Dieu ! Andy, c'est une nouvelle incroyable ! (Il se leva d'un bond et se mit à faire les cent pas, l'air à la fois anxieux et excité.) Quand l'as-tu appris ? Comment ? Tu es allée voir un médecin ? De combien ?

Il tomba à genoux au pied du lit, referma les mains sur les siennes et les serra, fort.

Sa joie crevait les yeux, et c'était réconfortant ; la situation était assez pénible comme ça. Andy ne pouvait même pas imaginer ce qu'il en aurait été si Max avait accueilli la nouvelle avec des sentiments ambivalents – ou pire.

— Quand je suis allée chez le Dr Palmer, la semaine dernière – tu te souviens ? Ils ont fait une analyse d'urine et m'ont appelée le soir même pour m'annoncer la nouvelle.

Elle jugea plus avisé de ne pas préciser qu'elle avait également demandé un dépistage exhaustif des MST.

— Tu le sais depuis *la semaine dernière*, et tu ne m'as rien dit ?

— Je suis désolée. J'avais besoin de temps pour réfléchir.

Max l'observait attentivement, et son expression était indéchiffrable.

— Selon eux, c'est une grossesse « qui ne date pas d'hier ». Ils ne peuvent rien affirmer avant l'échographie, mais je suppose qu'elle remonte à cette fois, à Hilton Head…

Elle observa Max rassembler ses souvenirs. La maison qu'ils avaient louée avec Emily et Miles, pendant une semaine, pour profiter de l'été indien. Le petit interlude sous la douche d'extérieur, un soir, juste avant le dîner. Ils y étaient entrés à deux, en douce, comme des ados. Andy avait juré à Max qu'il n'y avait pas de risque, qu'elle avait eu ses règles la semaine précédente, et dans le feu de l'action…

— La douche ? Tu crois que c'est à ce moment-là ?

Andy hocha la tête.

— Je m'apprêtais à changer de pilule et je faisais une pause de quelques semaines. J'imagine que je me suis plantée dans les calculs.

— Tu sais ce qu'on dit, n'est-ce pas ? C'était écrit. Ce bébé devait exister.

C'était l'une des répliques préférées de Max. Leur rencontre – elle était écrite. Le succès de son magazine – écrit lui aussi. Leur mariage – de même. Et maintenant, le bébé.

— Pour moi, c'est surtout la preuve concrète que la méthode Ogino ne marche pas, répondit Andy sans pouvoir réprimer un sourire. Mais peut-être que le destin a eu son mot à dire, aussi.

— Quand vas-tu passer l'échographie ? Et connaître la date de l'accouchement ?

— J'ai rendez-vous demain chez la gynéco.

— À quelle heure ?

— 9 h 30. J'aurais préféré en avoir un plus tôt, mais c'est tout ce qu'ils pouvaient me proposer.

Max la laissa à peine achever sa phrase :

— On ira prendre le petit déj' quelque part avant notre rendez-vous, d'accord ?

Et le voyant se jeter sur son téléphone et donner à sa secrétaire des instructions pour annuler, ou reporter, tous ses rendez-vous du lendemain matin, Andy eut envie de le serrer dans ses bras. Pourquoi avait-elle attendu aussi longtemps pour le lui dire ? Elle le retrouvait, son Max, l'homme qu'elle avait épousé. Évidemment, qu'il était fou de joie ! Et qu'il annulait tout, sans une hésitation, pour assister à la première échographie – et aux suivantes, elle était prête à le parier. Bien sûr, qu'il avait instinctivement employé le « notre », tout comme il ne manquerait pas de dire « *nous* attendons un bébé ». Andy n'en avait jamais douté, mais cela demeurait un vrai soulagement d'en avoir la démonstration. Elle n'était pas seule dans cette aventure.

— À vrai dire, avant le rendez-vous, je pensais faire un saut au bureau et travailler une heure ou deux. J'ai pris tellement de retard entre le mariage, les nausées, et maintenant cette histoire avec Elias-Clark…

— Andy. (Il serra fort sa main, en lui souriant.) S'il te plaît.

— D'accord. Un petit déj'. Super idée.

Elle fut prise d'une violente nausée. Sans doute cela se vit-il sur son visage car Max lui demanda si elle se sentait bien. Andy, incapable de parler, hocha la tête et fila dans la salle de bains. Entre deux haut-le-cœur, elle entendit Max commander au petit restau au coin de la rue des *ginger ale*, des biscuits salés, des bananes et de la compote de pommes. Lorsqu'elle retourna au lit, il la contempla avec gentillesse. En dépit des maux de tête, elle se sentait étrangement mieux que ces dernières semaines.

— Ma pauvre chérie. Tu vas voir, je vais bien m'occuper de toi. Viens là, ajouta-t-il en lui faisant signe de s'asseoir à côté de lui.

Il lui souleva les jambes et posa ses pieds sur ses genoux. Andy ferma les yeux. Le massage était divin.

— Notre lune de miel aux Fidji tombe à l'eau, observa-t-elle, c'était la première fois qu'elle y pensait depuis presque quinze jours. Encore que je ne voie pas ce qui nous empêcherait d'y aller, si tout est normal.

Max arrêta le message et la regarda.

— Tu ne vas partir à l'autre bout du monde, à des milliers de kilomètres de ton médecin. Infliger à ton corps le stress du décalage horaire et du voyage ? Hors de question. Nous aurons tout le temps d'aller aux Fidji plus tard.

— Tu n'es pas contrarié de louper ça ?

Max secoua la tête.

— Nous allons tout donner à notre bébé, Andy, tu vas voir. Tu vas aménager la nursery idéale, avec plein d'animaux en peluche, de livres, de ravissants vêtements, et je vais apprendre tout ce qu'il y a à savoir sur les bébés afin d'être opérationnel dès le premier jour. Je changerai les couches, je donnerai les biberons, j'irai la promener en poussette. On lui lira des histoires chaque jour, on lui racontera comment nous nous sommes rencontrés, pendant les vacances, on l'emmènera voir l'océan, pour lui faire sentir le sable sous ses pieds et lui apprendre à nager. Elle sera couverte d'amour. Par ta famille et par la mienne.

— Elle ?

— Oui, évidemment, que ce sera une fille. Une magnifique petite fille blonde. C'est écrit.

Lorsque Andy rouvrit les yeux, le réveil indiquait 6 h 45. Elle était sous la couette, encore enveloppée dans son peignoir, et Max ronflait doucement à côté d'elle. Les lumières étaient tamisées mais pas éteintes ; sans doute avaient-ils l'un et l'autre sombré au milieu d'une conversation.

Quand ils furent douchés et habillés, Max héla un taxi et demanda au chauffeur de les conduire chez Sarabeth, un charmant salon de thé de l'Upper East Side, situé à proximité du cabinet de la gynécologue. Andy ne put avaler qu'un toast tartiné de confiture maison et une tasse de camomille, mais elle prit plaisir à observer Max dévorer une omelette au fromage, des frites, du bacon croustillant, un verre de jus d'orange et un grand *latte*, sans jamais cesser de parler, avec animation, du rendez-vous qui les attendait, des dates possibles du terme, des questions à poser au médecin, de la façon dont ils allaient annoncer la nouvelle à leurs familles.

Le cabinet de la gynéco se trouvant à six blocs de là, ils remontèrent Madison à pied. Il y avait du monde dans la salle d'attente ; Andy repéra trois femmes manifestement enceintes, dont deux accompagnées de leur mari, mais les autres patientes lui semblèrent *a priori* trop jeunes, ou trop âgées, pour procréer. Comment avait-elle pu ne jamais prêter attention, jusque-là, à ce genre de détail ? C'était étrange de se trouver ici avec Max, main dans la main, de donner leurs deux noms au secrétariat. Andy avait trouvé choquant que la réceptionniste lui accorde à peine un regard lorsqu'elle avait annoncé qu'elle venait passer une échographie. Sa première échographie ! N'était-ce pas une nouvelle qui intéressait *tout le monde* ?

Un quart d'heure plus tard, une assistante l'appela, puis lui tendit un flacon stérile.

— Les toilettes se trouvent au bout du couloir, à droite. Apportez ensuite votre échantillon dans la salle d'examen numéro cinq. Votre mari peut vous attendre là-bas.

Max lui sourit, lui lança un regard qui disait « bonne chance » puis suivit l'infirmière jusqu'à la salle d'examen. Lorsque Andy l'y retrouva trois minutes plus tard, il arpentait de long en large la pièce de la taille d'une cabine d'essayage.

— Comment ça s'est passé ? lança-t-il en se passant la main dans les cheveux.

— Je me suis pissé sur la main. Comme d'habitude.

— C'est si compliqué que ça ? demanda Max en rigolant, l'air soulagé de cette distraction.

— Tu n'imagines même pas.

Une autre infirmière arriva, une femme corpulente au sourire doux et aux cheveux argentés. Elle plongea un bâtonnet dans l'échantillon d'urine, déclara que tout était parfait, puis elle prit la tension d'Andy (parfaite, également) et lui demanda à quand remontaient ses dernières règles ; Andy ne put lui indiquer qu'une date approximative.

— Très bien, ma belle. Le Dr Kramer sera là dans un instant. Pesez-vous et n'oubliez pas de soustraire cinq cents grammes pour les vêtements, déshabillez-vous à partir de la taille, et couvrez-vous avec ceci, ajouta-t-elle en lui tendant une feuille de papier et en lui désignant la table d'examen.

Max et Andy, mi-fascinés, mi-révulsés, découvrirent la sonde reliée à l'échographe. L'infirmière leur souhaita une bonne journée et referma la porte derrière elle.

— J'avoue que je m'attendais à un truc qu'on promène sur le ventre, dit Andy. C'est toujours comme ça qu'ils font à la télé…

La porte se rouvrit. Le Dr Kramer avait sans doute entendu la remarque car elle lança, avec un sourire :

— J'ai peur qu'il ne soit encore un peu tôt pour une échographie abdominale. Votre fœtus est encore si petit que seule une échographie endo-vaginale peut le distinguer.

Elle se présenta à Max et commença à régler la machine. C'était une femme menue et jolie, qui approchait de la quarantaine, aux mouvements rapides et assurés.

— Comment vous sentez-vous ? demanda-t-elle pardessus son épaule. Vous avez des nausées ? Des vomissements ?

— Oui, et oui.

— C'est totalement normal. Chez la plupart des

femmes, les nausées régressent à partir de la douzième ou de la quatorzième semaine. Vous arrivez à garder les breuvages clairs, les biscuits, ce genre d'aliment ?

— En général, oui.

— Inutile pour l'instant de trop surveiller votre alimentation. Le bébé trouve tout ce dont il a besoin dans votre corps. Efforcez-vous simplement de manger souvent et en petite quantité, et de beaucoup vous reposer, d'accord ?

Andy hocha la tête. Le Dr Kramer demanda à Andy de se décaler un peu vers le bord de la table et de glisser les pieds dans les étriers. Andy sentit une légère pression et une brève sensation de froid entre les jambes, puis plus rien.

— C'est parti, annonça le Dr Kramer en déplaçant la sonde.

Une image composée d'amas noirs et blancs apparut à l'écran, et le médecin pointa du doigt une tache blanche qui donnait l'impression de flotter dans un trou noir.

— Ici. Vous voyez ? Ce vacillement, juste là ? C'est le cœur de votre bébé en train de battre.

Max se leva comme un ressort de son fauteuil et agrippa la main d'Andy.

— Où ça ? Ici ?

— Oui, c'est ça. (Le médecin scruta un instant l'écran.) Et ça m'a tout l'air d'un battement fort et sain, ajouta-t-elle. Attendez, un instant… Voilà.

Elle déplaça la sonde, augmenta le volume, et une pulsation rythmique, enveloppée d'une acoustique sous-marine, et aussi rapide qu'un galop de cheval, emplit la pièce.

Allongée sur le dos, Andy ne pouvait soulever son cou que de quelques centimètres mais elle voyait très bien l'écran, le petit grain blanc et son minuscule cœur palpitant : son bébé. Il était réel, il était vivant, et il se développait en elle. Elle resta parfaitement immobile mais ne put retenir ses larmes, et lorsqu'elle tourna la tête vers Max, qui lui serrait très fort la main, le regard rivé à l'écran, elle vit que ses yeux étaient eux aussi embués.

— Vous en êtes, je dirais, à dix semaines et cinq jours, et tout semble parfait. On affinera la datation à la prochaine échographie puisque vous n'êtes pas sûre de la date de vos dernières règles, mais d'après ce que nous voyons aujourd'hui, vous devriez accoucher le 1er juin. Félicitations !

— Le 1er juin, souffla Max. Un bébé de printemps. C'est idéal.

Les doutes, les angoisses et la colère qu'avait fait naître cette maudite lettre ne disparurent pas comme par enchantement – Andy doutait de pouvoir y arriver un jour –, mais voir cet embryon de vie en elle, savoir qu'elle et Max l'avaient conçu ensemble, et qu'ils deviendraient ses parents pour toujours, les relégua à l'arrière-plan. Et lorsque le docteur les laissa seuls et que Max, fou de joie, se jeta sur elle pour la serrer dans ses bras en criant « Je t'aime ! », si fort qu'Andy éclata de rire, ils se diluèrent même un peu plus encore. Elle allait faire en sorte que tout s'arrange avec Max. Elle pardonnerait et dépasserait ses incertitudes. C'était la seule façon d'aller de l'avant. Elle le ferait pour leur bébé.

11

Plus, ou moins célèbre que Beyoncé ?

The Plunge avait installé ses bureaux dans un bâtiment heureusement en tous points différent de la tour Elias-Clark, et de celui, vétuste et sans ascenseur, qui abritait la rédaction d'*Happily Ever After*. Originellement un entrepôt de bois dans les années 1890, l'immeuble avait connu un certain nombre de transformations – usine d'emballage de viande, usine agroalimentaire, entrepôt de tissu puis atelier de confection – avant d'être réhabilité, de façon prévisible, en plateaux à usage professionnel, avec des baies vitrées du sol au plafond, des murs de briques apparentes, des planchers de récupération, le tout offrant une vue sur l'Hudson – soit, en termes plus prosaïques, sur les côtes du New Jersey. Andy se souvenait encore de l'excitation d'Emily lorsque, trois ans plus tôt, leur agent immobilier les avait amenées tout au bout de la 24e Rue. Avec ses airs de forteresse, l'immeuble était imposant, mais Andy s'était demandé si le quartier n'était pas un peu trop… brut ?

— Brut ? s'était moquée Emily en enjambant avec précaution un homme inconscient, vautré près de l'entrée. Il a du caractère et c'est exactement ce dont nous avons besoin !

Avoir privilégié le caractère au détriment d'un bon chauffage, d'une climatisation et de garanties raisonnables de ne pas se faire assassiner continuait à agacer Andy, mais elle ne pouvait nier que leurs locaux surpassaient de très loin tous ceux qu'elles avaient pu visiter – sans compter qu'ils étaient également meilleur marché.

Elle mobilisa toute son énergie pour ouvrir la grille métallique de l'ascenseur, entra dans la cabine, puis la referma, un mouvement qu'elle maîtrisait désormais même en transportant plusieurs gobelets de café brûlant. Chaque jour, elle se jurait qu'elle allait plutôt emprunter les escaliers et remettait, invariablement, l'expérience au lendemain. Parvenue au troisième, elle sourit à leur réceptionniste du moment, comme d'habitude une jeune diplômée surqualifiée qui ne restait que le temps qu'on lui trouve une remplaçante.

C'était agréable d'être en retard, parfois.

— Bonjour, Andrea, dit Agatha.

Elle était vêtue ce jour-là d'une robe bleu marine, d'un collant blanc cassé et de chaussures rouges à gros talons. Andy, une fois de plus, se demanda où son assistante trouvait l'énergie d'être toujours à l'avant-garde des tendances. Ce devait être épuisant.

— Bonjour ! chantonna Andy d'une voix puissante tandis qu'Agatha, tel un chien de garde, attendait qu'elle entre dans son bureau – une version plus vaste, et fermée par des parois de verre, des boxes alentour. Suis-moi. Si tu as une minute, bien sûr, ajouta-t-elle avec un rire forcé en songeant que l'ordre avait été un peu trop direct.

— Emily appelle, genre, toutes les trois secondes, pour savoir si tu es arrivée. Je lui ai promis de te diriger droit dans son bureau dès que ce serait le cas.

— Je l'ai prévenue de mon retard, ce matin. C'est la première fois en six mois qu'elle arrive avant moi, et elle est hystérique ? se moqua Andy en songeant que le coup de fil d'Elias-Clark devait être pour quelque chose dans la mauvaise humeur de son associée. O.K., j'y vais. Si jamais le bureau de presse d'Harper appelle, tu voudras bien faire suivre la communication chez Emily ?

Agatha hocha la tête. Elle paraissait s'ennuyer à mourir.

The Plunge avait un point commun avec *Runway* : une petite équipe de collaboratrices qui avaient toutes des jambes interminables, de préférence perchées sur des stilettos, et s'habillaient exclusivement chez les créateurs. En vertu du partage des tâches, Emily avait été responsable du recrutement, à l'exception de Carmella Tindale, mi-chroniqueuse, mi-directrice générale. Andy l'avait débauchée d'*Happily Ever After* et elle était à ses yeux une collaboratrice indispensable. Carmella était une femme légèrement en surpoids, avec des cheveux châtains indisciplinés et deux bons centimètres de racines grises ; elle avait un faible pour les combinaisons-pantalons informes, associées à des sabots en hiver, et à des claquettes orthopédiques en été ; son seul sacrifice au style étant un authentique (selon Emily) sac à dos Prada qu'elle avait personnalisé avec une intéressante association de taches de peinture, de strass et de fils de couleur. En matière de mode, Carmella était un désastre, mais Andy l'adorait. Les autres filles de l'équipe étaient de proches cousines de la galaxie *Runway*, toutes plus grandes, plus minces et plus jolies les unes que les autres. C'était déprimant.

— Bonjour Andy !

C'était Tal, une Israélienne élancée à la peau très claire, à la chevelure noir de geai, et à la silhouette de nature à envoyer un tank dans le décor. Elle portait ce jour-là un pantalon de treillis moulant associé à une veste courte et des bottines en daim à talons hauts.

— Bonjour, Tal. Tu as contacté les gens d'O.P.I. ? Nous avons besoin d'une réponse définitive d'ici la fin de la semaine. (Tal hocha la tête, au moment où le portable d'Andy se mit à sonner.) Génial, tiens-moi au courant dès que tu as des nouvelles. Max ? Tu es là ?

— Bonjour, mon amour. Comment te sens-tu ?

Il suffit que Max pose la question pour qu'Andy, qui se sentait très bien jusque-là, soit prise de nausée.

— Ça va. Je m'apprête à entrer dans le bureau d'Emily pour une réunion. Que se passe-t-il ?

— J'ai réfléchi à un truc. Que dirais-tu d'inviter ma mère et ma sœur, ta mère, Jill et Kyle, et aussi ton père et Noreen à dîner à la maison ? On pourrait prétexter qu'on souhaite leur montrer les planches contacts du mariage et leur demander de nous aider à choisir les photos de l'album, et ensuite, on leur annoncerait la nouvelle.

Maintenant que Lily et Max étaient au courant, Andy avait décidé d'annoncer au plus vite sa grossesse à sa famille – et à Emily. Elle n'avait que trop tardé.

— Oh… je ne sais pas.

— Ce serait super ! On doit encore passer cette échographie… comment elle l'a appelée, déjà ?

— La mesure de la clarté nucale.

— Oui, c'est ça. Donc, on s'occupe de ça en début de semaine prochaine, on s'assure que tout est en ordre, ce qui sera le cas, et ensuite on fait de nos parents les gens les plus heureux du monde. Je peux demander à notre agence d'événementiel de trouver un traiteur. Ils s'occuperont de tout, vaisselle, cuisine, nettoyage… Tu n'auras pas à lever le petit doigt. Qu'en dis-tu ?

Andrea sourit à une fille du département artistique qui passait devant elle – une pseudo-clone de ses consœurs de *Runway* –, chaussée de cuissardes et parée de cinq bons kilos de chaînes en or nouées et entortillées à son cou d'une main experte.

— Andy ?

— Excuse-moi. Euh… d'accord ? Ça peut être sympa.

— Ce sera génial ! On dit samedi prochain ?

— Non, Jill, Kyle et les gamins repartent au Texas ce matin-là. Le vendredi soir, peut-être ?

— Parfait. Je préviens tout le monde et je règle les détails. Andy ?

— Mmm ?

— Ça va être super. Ils vont être fous de bonheur pour nous.

Andy ne put s'empêcher de songer à Barbara. Qu'allait-elle penser de la nouvelle ? La belle-fille détestée qui lui donnait un petit enfant tant espéré. Quel dilemme ! Son visage repulpé au Botox ne révélerait sans doute rien. Et puis, peut-être qu'apprendre qu'un bébé était en route allait tout changer…

— C'est une idée géniale, renchérit-elle. La meilleure façon de le leur annoncer.

— Je t'aime, Andy.

Elle hésita à peine une fraction de seconde, puis répondit :

— Je t'aime moi aussi.

— Andy ! Rapplique ! ordonna Emily depuis son box vitré d'un ton sinistrement familier.

— Bon, j'entends que tu es convoquée. On se parle plus tard, dit Max avant de raccrocher, et Andy perçut un sourire dans sa voix.

Dans le bureau d'Emily, Andy s'installa dans l'un des fauteuils à armature métallique et se débarrassa de ses mocassins pour enfouir les orteils dans l'épais tapis en peau de mouton. Faisant fi de leur budget déco frugal, Emily avait dépensé une fortune, sur ses deniers personnels, pour aménager un espace de travail tout droit sorti des pages de *ELLE Decor*. Le bureau laqué rouge, les fauteuils design en cuir blanc et le tapis en peau de mouton n'étaient qu'un avant-goût. Une vitrine discrète, aux lignes épurées, accueillait ses livres et ses collections de magazines ; les immenses baies vitrées étaient occultées par des rideaux blancs, translucides, et sur l'unique mur en briques apparentes s'alignaient toutes les couvertures de *The Plunge* depuis son lancement. Devant les deux parois vitrées qui isolaient le bureau du reste du loft, Emily avait suspendu des figurines en verre coloré et des ornements qui capturaient la lumière et dispersaient des rais de couleurs dans toutes les directions. Deux dalmatiens grandeur nature (une sculpture contemporaine) folâtraient dans un coin et, dans un mini-frigo Sub-Zero encastré dans le flanc d'une bibliothèque horizontale, Emily stockait ses bouteilles d'Évian, de champagne rosé et d'Honest Tea. Une dizaine de photos personnelles élégamment encadrées étaient disséminées sur toutes les surfaces planes. Andy se souvint qu'Emily aspirait à être l'assistante de Miranda depuis l'âge de douze ans. Peut-être aspirait-elle même à *être* Miranda ?

— Dieu merci te voilà enfin ! lança Emily en détachant les yeux de son écran. Laisse-moi deux secondes, j'envoie juste cet e-mail…

Andy remarqua les bandes de lecture posées sur un coin du bureau et reconnut les photos de son mariage. Elle prit la première et l'étudia. Elle l'avait adorée en la découvrant sur l'écran de l'ordinateur, et la trouvait encore plus belle en tirage. C'était peut-être, de toutes celles qui avaient été prises ce jour-là, celle où elle souriait sans aucune arrière-pensée. L'orchestre commençait à jouer leur première danse et Max s'était approché, dans son dos, pour l'enlacer. Il l'avait embrassée à la naissance du cou, ce qui l'avait chatouillée. De surprise, elle avait renversé la tête contre son épaule en éclatant d'un rire ravi. C'était une photo sur le vif, sans le moindre apprêt. Pour une couverture, un tel choix sortait des sentiers battus, mais Andy comme Emily aimaient se démarquer.

— Tu ne trouves pas incroyable qu'on se prépare à boucler le numéro de mars ? demanda Andy en fixant la photo.

— Mmm… marmonna Emily, les yeux rivés à son écran.

— Tu crois vraiment qu'on peut utiliser une photo prise sur le vif en couverture ? Ce n'est pas un peu… léger ?

Emily soupira.

— Sur le vif ou pas, ça reste une photo de Saint-Germain. On ne risque pas de la confondre avec une de celles que nous ont envoyées tes cousines depuis le site de Shutterfly.

— C'est vrai. Et je l'aime énormément…

Emily sortit un paquet de Marlboro et un briquet du premier tiroir de son bureau, en prit une et tendit le paquet à Andy.

— C'est notre *lieu de travail*, Emily, observa Andy en détestant le ton donneur de leçon de sa remarque.

Emily approcha l'extrémité de sa cigarette de la flamme, inspira profondément, puis exhala un long trait net de fumée.

— On fête quelque chose.

— Ça fait six ans, dit Andy en regardant la cigarette avec envie. Pourquoi ça m'a l'air toujours aussi bon ?

Emily réitéra son offre mais Andy secoua la tête. Elle savait qu'elle aurait probablement dû sortir du bureau, le temps qu'Emily termine sa cigarette – elle devait penser au bébé, maintenant – mais son amie l'aurait tuée.

— Que fête-t-on ? reprit Andy, hypnotisée par les longues inhalations sensuelles de son amie.

Emily se trémoussa curieusement dans son fauteuil.

— Tu ne devineras jamais qui m'a appelée ce matin.

— Beyoncé ?

— Non. Pourquoi elle ?

— Plus, ou moins célèbre que Beyoncé ?

— Qui est plus célèbre que Beyoncé ?

— Emily, vas-y, dis-moi…

— Non, tu dois deviner. Tu n'y arriveras jamais, mais essaie.

— C'est encourageant. Alors voyons… Jay-Z ?

Emily lâcha un grognement.

— Tu manques vraiment d'inspiration. Qui serait *a priori* la dernière personne de l'univers à appeler ici pour nous demander un rendez-vous ?

Emily souffla dans ses mains pour les réchauffer.

— Obama ?

— Tu es invraisemblable ! Tu n'as pas une once d'imagination !

— Emily…

— Miranda, putain ! Miranda Priestly a appelé ce matin.

— Non, fit Andy en secouant la tête. Factuellement impossible. À moins qu'il ne se soit produit une révolution de palais dont nous n'ayons pas entendu parler, Miranda n'a pas appelé ici. Parce que Miranda n'appelle jamais nulle part. Parce que, aux dernières nouvelles, Miranda est physiquement, mentalement et émotionnellement incapable de composer un numéro de téléphone sans l'aide de quelqu'un.

Emily tira une bouffée rapide sur sa cigarette puis l'écrasa dans un beau cendrier en verre teinté qu'elle rangeait dans son tiroir.

— Andy ? Tu as écouté ?

— Pardon ?

Emily la dévisageait avec incrédulité.

— As-tu écouté un traître mot de ce que je viens de dire ?

— Oui, bien sûr. Mais répète. J'ai du mal à traiter l'information.

Emily poussa un soupir théâtral.

— Bon d'accord, ce n'est pas elle en personne qui a appelé. Mais sa première assistante, une Sud-Africaine qui s'appelle Charla. Elle a demandé si on accepterait de la rencontrer, à son bureau. Dans quinze jours. Elle a insisté sur le fait que ce serait un rendez-vous avec Miranda en personne.

— Comment sais-tu qu'elle est sud-africaine ? demanda Andy, uniquement pour agacer Emily.

Qui sembla effectivement sur le point d'exploser.

— Tu n'as pas entendu ce que je viens de te dire ? Nous – toi et moi – allons rencontrer Miranda.

— Si, j'ai entendu. D'ailleurs, en cet instant, je me retiens de suffoquer.

— Il n'y a qu'une seule explication, conclut Emily en tapant dans ses mains. Elle souhaite nous entretenir d'une éventuelle acquisition.

Andy regarda son portable et le rangea dans son sac.

— Tu es folle si tu t'imagines que je vais y aller.

— Évidemment, que tu vas y aller.

— Absolument pas. Mon cœur n'est pas de taille à supporter ça. Et je ne te parle même pas de mon amour-propre.

— Andy, cette femme est directrice éditoriale d'Elias-Clark. Elle décide des publications de tous les magazines du groupe. Si, pour Dieu seul sait quelle raison, elle me demande d'être là à 11 heures vendredi en quinze, toi, mon amie et cofondatrice de *The Plunge*, tu y seras aussi.

— Tu crois qu'elle sait que l'on utilise son nom pour approcher les people ?

— Andy, je pense très franchement que c'est le cadet de ses soucis.

— Je crois avoir lu quelque part qu'elle a autorisé cet historien connu, très intello, à écrire sa biographie… Peut-être est-ce pour cela qu'elle veut recueillir nos souvenirs ?

Emily leva les yeux au ciel.

— Mmm. Très vraisemblable. Sur les millions de personnes avec lesquelles elle a travaillé au cours de sa carrière, elle veut faire témoigner la fille qu'elle a virée sans raison devant trente personnes, et celle qui lui a dit d'aller se faire foutre à Paris. Trouve autre chose.

— Je ne vois rien d'autre. Mais tu sais quoi ? Ça ne me gêne absolument pas de ne jamais le savoir.

— Qu'est-ce que tu veux dire ?

— Juste ça. Je pense que je peux vivre une vie bien remplie et épanouie sans savoir pour quelle raison Miranda souhaite soudain nous voir.

Emily soupira.

— Quoi ? fit Andy.

— Rien. Je savais que tu ferais des histoires. Bon, de toute façon, j'ai confirmé le rendez-vous.

— Non !

— Si. Je pense que c'est important.

— Important ? répéta Andy, consciente de la pointe

d'hystérie dans sa voix. Au cas où ça t'aurait échappé, cela fait des années que nous ne sommes plus les esclaves de cette tarée. Au prix d'un travail acharné et de beaucoup d'abnégation, nous avons bâti notre propre magazine, notre réussite, et ce, sans terroriser ni détruire la vie de qui que ce soit. Jamais je ne remettrai un pied dans le bureau de cette femme.

— Ce n'est plus le même, répliqua Emily en balayant l'argument d'un geste. Elle a changé d'étage. Pour pouvoir déclarer que tu n'y remettras pas les pieds, il faudra que tu viennes d'abord à ce rendez-vous. Quoi qu'il en soit, moi, j'ai besoin de savoir ce qu'elle nous veut, et je ne peux pas y aller seule.

— Pourquoi pas ? C'est la femme de ta vie ! Vas-y, et tu me raconteras. Ou n'y vas pas. Franchement, je m'en fiche.

— Arrête de dire n'importe quoi, Andy, rétorqua Emily, visiblement de plus en plus exaspérée. Lorsque Miranda Priestly t'appelle pour te proposer un rendez-vous, tu y vas, point barre. (Emily tendit le bras par-dessus le bureau pour attraper la main d'Andy et, avec un regard de chien battu et une moue enjôleuse, elle ajouta :) S'il te plaît, dis que tu viendras.

Andy dégagea sa main d'un mouvement brusque et ne répondit pas.

— Allez, Andy, s'il te plaît ! Fais ça pour ta meilleure amie et ton associée. Pour celle qui t'a présenté ton mari ? implora Emily.

— Tu ne recules devant aucun argument.

— S'il te plaît ! Je t'invite à déjeuner au Shake Shack en sortant.

— Waouh ! Et maintenant tu sors le grand jeu.

— S'il te plaît ? Fais-le pour moi. Je t'en serai redevable éternellement.

Andy poussa un gros soupir. Rendre visite à Miranda sur son territoire était aussi enthousiasmant que la perspective de passer une journée en prison, mais Andy devait admettre, en son for intérieur, qu'elle aussi était curieuse.

Elle appuya les mains sur le bureau en exagérant l'effort que cela lui demandait de se lever.

— Bon, d'accord. Mais je veux un tee-shirt Shack en plus de mon hamburger-frites et milk-shake, et un body pour mon bébé.

— Marché conclu ! chantonna Emily visiblement ravie. Je t'offre la panoplie compl… (Elle s'interrompit, les yeux ronds.) Qu'est-ce que tu viens de dire ?

— Tu as bien entendu.

— Non, je ne crois pas. Il m'a semblé que tu parlais d'un bébé, mais tu n'es pas mariée depuis cinq minutes alors c'est impossible que… (Emily regarda Andy dans les yeux et poussa un gémissement.) Oh mon Dieu, tu ne plaisantes pas ! Tu es enceinte ?

— On ne peut plus enceinte.

— Mais c'est quoi, votre problème ? Pourquoi cette précipitation ?

— Disons que ce n'était pas prévu…

— Comment ça ? Vous ne saviez pas comment on fait les bébés ? Tu as consacré les quinze dernières années de ta vie à *ne pas* tomber enceinte. Qu'est-ce qui s'est passé ?

— Merci de ton soutien.

— Eh bien, disons que diriger un magazine et s'occuper d'un nouveau-né ne sont pas franchement des activités compatibles. Ce que je vois, c'est la façon dont ça va affecter *ma* vie.

— Tu as le temps de te retourner. J'entame à peine mon quatrième mois.

— Et tu maîtrises déjà le jargon, à ce que j'entends. (Emily sembla se livrer à quelque calcul mental, puis elle se renversa dans son fauteuil, et un sourire diabolique se dessina sur ses lèvres.) Waouh ! Tu ne l'avais effectivement pas du tout prévu. Est-il seulement de Max ? ajouta-t-elle dans un chuchotement réjoui.

— Évidemment ! Qu'est-ce que tu imagines ? Que je suis ressortie en douce après mon enterrement de vie de jeune fille au spa, et que j'ai passé la nuit à m'envoyer en l'air avec un des profs de yoga ?

— Reconnais que ça aurait été plutôt cool.

— Tu ne veux pas me poser des questions de personne normale ? Comme, par exemple, la date de mon accouchement, ou si je connais déjà le sexe du bébé ? Ou même simplement comment je me sens ?

— Tu es sûre que ce ne sont pas des jumeaux ? Ou des triplés ? Parce que *ça*, ce serait amusant.

Andy soupira et Emily leva aussitôt les mains.

— D'accord, d'accord, excuse-moi. Mais reconnais que c'est quand même incroyable. Tu es mariée depuis quoi ? un mois ? et tu es déjà en cloque de trois mois ? Ça ne te ressemble pas vraiment, c'est tout. Comment va réagir Barbara ?

Cette dernière question piqua Andy au vif, probablement parce qu'elle se la posait elle aussi.

— Tu as raison, ça ne me ressemble pas. Mais c'est comme ça, et même Barbara Harrison ne peut rien y faire. Et si tu passes outre tout le reste et que tu te concentres uniquement sur le bébé, c'est assez génial. Il arrive plus tôt que nous ne l'espérions, mais ça reste génial.

— Hum-hum.

Le manque d'enthousiasme d'Emily n'était pas surprenant. Elle n'avait jamais dit ouvertement qu'elle ne voulait pas d'enfant, mais comme elle et Miles étaient mariés depuis bientôt cinq ans et qu'elle n'était pas la plus attentive des tantes avec les nièces de Miles, Andy avait supposé que c'était le cas. Les enfants étaient une source de désordre. Ils avaient toujours les mains poisseuses, ils étaient bruyants, imprévisibles ; ils vous faisaient grossir, vous condamnaient à l'inélégance, du moins pendant un bon moment. Rien de tout cela ne ressemblait à Emily.

On frappa à la porte, et Agatha entra.

— Daniel demande si tu pourrais faire un saut dans

son bureau. Ce ne sera pas long, il veut juste te montrer un truc, et comme il attend un coup de fil…

— Vas-y, dit Andy, soulagée d'avoir enfin annoncé la nouvelle. On pourra reparler de tout ça plus tard.

— On en reparlera, compte sur moi. Mais ne perdons pas de vue le rendez-vous pour autant, d'accord ? Il faut qu'on parle de ce qu'on va porter ce jour-là.

Emily contourna le bureau et écarta les pans du cardigan en cachemire d'Andy.

— Bon, rien de détectable à l'œil nu, mais on n'est jamais trop prudent. Tu devrais tout de même mettre ta robe trapèze en laine – celle avec les épaulettes dorées. Elle n'est pas extraordinaire mais, au moins, elle est un peu ample au niveau des hanches.

Andy éclata de rire.

— Je prendrai la remarque en considération.

— Andy, je suis sérieuse. C'est une grande nouvelle, j'ai pigé, mais nous devons être au top pour Miranda. Tu ne vas pas vomir, n'est-ce pas ?

— Non, ça va aller.

— Super. Je te tiens au courant des avancées avec les gens de Vera. N'oublie pas de rappeler Saint-Germain, ils attendent ton coup de fil.

Emily attrapa son trench et son cabas et agita la main sans se retourner.

— Et encore toutes mes félicitations, Andy ! cria-t-elle.

Andy se recroquevilla. Emily parviendrait-elle à ne pas ébruiter la nouvelle dans toute la rédaction ? Et, dans le cas contraire, serait-ce vraiment un problème ? Elle était enceinte et, si tout se passait bien – et Andy se surprit à espérer avec ferveur que ce soit le cas –, dans six mois, elle aurait un bébé. Un bébé. Elle s'imagina un instant tenir dans ses bras un nouveau-né à la peau douce et parfumée. Le rendez-vous avec Miranda, les potins – quelle importance ? Andy posa les mains sur son ventre, et sourit pour elle-même. Un bébé.

12

Accusations de harcèlement inventées de toutes pièces, plus une ou deux camisoles de force

Andy entra dans le Starbucks le plus proche de la tour Elias-Clark et dut un instant s'accrocher au comptoir. 681 Sa dernière visite remontait à près de dix ans, mais les images qui lui revenaient étaient si nettes, et si pénibles, qu'elle se crut sur le point de s'évanouir. Un bref regard alentour lui confirma qu'aucun visage, derrière les caisses ou aux machines à café, ne lui était familier. Et puis elle aperçut Emily, qui la hélait depuis une table, dans un coin.

— Dieu merci, te voilà enfin ! s'exclama celle-ci, et elle but une longue gorgée de café glacé en prenant d'évidentes précautions pour éviter de faire baver son rouge à lèvres.

Andy consulta sa montre.

— J'ai presque un quart d'heure d'avance. Depuis combien de temps es-tu là ?

— Tu ne veux pas le savoir. Je m'habille, me déshabille et me rhabille depuis 4 heures du matin.

— Un programme de tout repos… (Emily leva les yeux au ciel.) Mais je t'accorde que le jeu en valait la chandelle, concéda Andy en regardant avec approbation la jupe crayon en laine, le col roulé en cachemire ultra-moulant et les bottes à talons aiguilles vertigineux. Tu es splendide.

— Merci. Toi aussi, répondit Emily machinalement sans détacher les yeux de son téléphone.

— Oui, cette robe que j'ai empruntée fait son petit effet. Pas mal pour un vêtement de future maman, tu ne trouves pas ?

Emily releva la tête d'un coup, l'air paniqué.

— Je plaisante. J'ai mis la robe que tu m'as prescrite, et ce n'est pas un vêtement de maternité.

— Charmant.

Andy réprima un sourire.

— Dans combien de temps se met-on en route ?

— Cinq minutes ? À moins qu'on ne parte tout de suite ? Tu sais combien elle adore les retardataires.

Andy vola une gorgée du café d'Emily. Il était horriblement sirupeux, presque trop épais pour être aspiré à la paille.

— Comment peux-tu boire cette cochonnerie ? Bon, ne perdons pas de vue que nous ne devons strictement rien à Miranda, reprit Andy. Nous venons pour l'écouter – c'est tout. Elle n'est plus en position de saccager nos vies d'un claquement de doigts.

L'argument sonnait très bien mais Andy n'était pas certaine d'y croire elle-même.

— Andy, ne te leurre pas. Elle est directrice éditoriale de l'ensemble des publications du groupe. Elle reste la femme la plus puissante dans l'univers de la mode, et de la presse. Elle peut parfaitement saccager nos vies sans autre raison que son bon plaisir, et je suis prête à parier que toi aussi tu es debout depuis 3 heures du matin.

Andy se leva et boutonna sa doudoune – elle avait l'intention de mettre un manteau plus élégant, mais il faisait un froid polaire et elle n'avait pas envie de grelotter en plus de claquer des dents de peur. Elle avait consacré une demi-heure à ses préparatifs, comme tous les jours, et enfilé, suivant les conseils d'Emily, la robe avec les épaulettes. Elle n'avait rien d'exceptionnel, mais on ne pouvait rien lui reprocher non plus.

— Bon, on y va. Plus tôt on arrivera, plus tôt on repartira.

— Ça commence bien, grommela Emily en secouant la tête.

Elle se leva et remonta la glissière de son sublime spencer en fourrure.

Elles parcoururent la distance qui les séparait de la tour Elias-Clark sans échanger un mot, et Andy se sentit à peu près d'attaque, jusqu'au moment de pénétrer dans le hall et de se présenter au comptoir de l'accueil, ce que ni l'une ni l'autre n'avaient plus refait depuis le jour de leur premier entretien d'embauche.

— C'est surréaliste, observa Emily en jetant des regards à la dérobée alentour.

Ses mains tremblaient.

— Je ne vois pas Eduardo au tourniquet. Ni Ahmed au stand de presse. Je ne reconnais personne…

— Mais elle, tu la reconnais, n'est-ce pas ? demanda Emily.

Tout en rangeant son badge visiteur dans son sac, elle désigna des yeux un point derrière son épaule. Andy suivit son regard et avisa immédiatement Jocelyn qui traversait le hall. Andy avait appris que Jocelyn, récemment promue rédactrice en chef des pages « Beauté » de *Runway* et coqueluche de la bonne société, n'avait pas chômé en dix ans : deux gamins avec son mari millionnaire – un banquier –, un divorce puis un remariage avec un milliardaire au pedigree prestigieux, dont étaient issus deux autres enfants. À la voir, pourtant, personne n'aurait pu s'en douter : elle paraissait toujours aussi jeune et mince qu'à l'époque, et elle n'avait pas pris une ride. Bien au contraire. La trentaine lui seyait à ravir et elle dégageait un calme et une assurance régalienne qu'elle n'avait pas étant plus jeune. Andy ne put s'empêcher de la dévisager.

— Je crois que ça va être au-dessus de mes forces… murmura-t-elle, submergée par une brusque bouffée d'angoisse.

S'était-elle vraiment crue capable de revenir en ces lieux, pour débarquer dans le bureau de Miranda Priestly comme si de rien n'était ? Quelle idée calamiteuse ! Elle n'avait plus qu'une envie – prendre ses jambes à son cou.

Emily lui attrapa le bras, l'obligea à franchir le tourniquet, puis la traîna dans l'ascenseur où, par chance, elles étaient seules. Emily appuya sur le bouton du dix-huitième étage et se tourna vers Andy.

— On va aller jusqu'au bout, d'accord ? dit-elle d'une voix légèrement tremblante. Regarde le bon côté des choses : au moins, nous n'avons pas à passer par l'étage de *Runway*.

Les portes de l'ascenseur coulissèrent avant qu'Andy ne puisse répondre, et elles se retrouvèrent, sans surprise, face à un espace de réception aveuglant de blancheur et glaçant d'austérité. Suite à sa prestigieuse promotion, Miranda avait émigré dans un bureau majestueux à l'étage de la direction, tout en conservant intact son antre chez *Runway*. Ce qui lui laissait le loisir, apparemment, de passer d'un bureau à l'autre, et de terroriser le double de personnes en moitié moins de temps.

— Je parie qu'ils n'ont pas refait la déco, marmonna Andy.

La réceptionniste, une jeune fille brune aux gestes agiles, avec une coupe au carré presque trop stricte et des lèvres rouge pétard, leur adressa un sourire qui tenait plus du rictus.

— Andrea Sachs et Emily Charlton ? Par ici, s'il vous plaît.

Sans leur laisser le temps de confirmer leur identité ni même de dénouer leurs écharpes, la fille effleura le digicode avec son badge, poussa la monumentale porte en verre et s'engouffra dans le couloir ; bien qu'elle fût perchée sur des talons de dix centimètres, Emily et Andy durent courir pour ne pas se laisser distancer.

À la faveur de ce marathon le long d'un labyrinthe de couloirs, elles dépassèrent de somptueux bureaux dont les baies vitrées offraient une vue stupéfiante sur l'Empire State Building, occupés par des cadres supérieurs arborant de luxueux costumes et tous affairés à leurs missions d'encadrement. Elles échangèrent un regard. Tout allait si vite ! Elles n'allaient même pas disposer d'un instant pour s'asseoir, reprendre leur souffle, se prodiguer des encouragements. La fille ne leur avait pas offert un verre d'eau ni même proposé de les débarrasser de leurs manteaux. Pour la toute première fois, Andy comprit – comprit vraiment – ce qu'avaient pu ressentir les rédactrices, les journalistes, les mannequins, les créateurs, les annonceurs, les photographes et tous les membres de la rédaction de *Runway* lorsqu'ils étaient contraints de quitter la relative sécurité de leur bureau pour s'aventurer dans celui de Miranda. Rien d'étonnant à ce qu'ils aient tous eu l'air de zombies !

Elles parvinrent enfin dans l'antichambre d'une suite en tout point similaire à celle que Miranda avait occupée à *Runway* : deux bureaux d'assistantes, immaculés, faisaient face à une double porte, grande ouverte sur un très vaste bureau jouissant d'une vue impressionnante, à la décoration élégante, dans une palette de gris et de blanc occasionnellement ponctuée d'une touche de jaune pâle et de turquoise ; l'ambiance évoquait une maison de plage inondée de soleil. Andy avisa des photos de Caroline et de Cassidy, dans des cadres en bois flotté et teinté qui avaient l'air à la fois patinés par le temps et contemporains. Les jumelles, désormais âgées de dix-huit ans, rivalisaient de beauté et affichaient, chacune à sa façon, un air vaguement hostile. Un long trait turquoise, au tracé grossier, semblait déchirer la moquette d'un blanc presque aveuglant. À l'instant où Andy remarquait l'immense tapisserie sur le mur du fond, une création en patchwork conçue comme un tableau, une porte s'ouvrit à l'intérieur du bureau, livrant passage à la maîtresse des lieux en personne. Qui, sans un regard pour quiconque se trouvait dans l'antichambre, commença à distribuer des ordres.

— Charla ? Vous m'entendez ? Charla ! Il y a quelqu'un ?

La dénommée Charla qui se préparait à accueillir Andy et Emily leur fit signe de patienter, attrapa un bloc à pince, sans doute le Bulletin, et fila à toutes jambes dans le bureau de sa patronne.

— Oui, Miranda, je suis là. Puis-je…

— Appelez Cassidy et dites-lui de demander à son professeur de tennis de nous accompagner ce week-end. Appelez ensuite le professeur en question, pour lui demander la même chose. Je ne tolérerai aucun refus. Dites à mon mari que nous partirons de l'appartement demain à 17 heures précises. Informez-en également le garage, et prévenez le personnel du Connecticut de notre heure d'arrivée. Faites apporter par coursier chez moi, avant notre départ, un exemplaire de ce livre qui vient de sortir, celui dont ils ont fait la critique dimanche dernier, et programmez un coup de téléphone avec l'auteur pour lundi matin à la première heure. Réservez une table pour déjeuner aujourd'hui à 13 heures et passez l'information à l'équipe new-yorkaise de Karl. Renseignez-vous pour savoir où sont logés les gens de Bulgari, et faites-leur livrer des fleurs – en quantité. Prévenez Nigel que je serai prête pour mon essayage à 15 heures sans faute et assurez-vous d'avoir réuni la robe et tous les accessoires. Je sais que les chaussures ne seront pas encore arrivées – elles sont fabriquées sur mesure à Milan – mais veillez à ce que j'en aie une réplique exacte pour notre répétition. (À ce stade, elle reprit enfin son souffle, en contemplant le plafond, comme si elle faisait un effort de mémoire.) Ah oui, et convenez d'un rendez-vous avec les gens de Planned Parenthood afin que nous puissions régler les détails du gala de printemps. Est-ce que mon rendez-vous de 11 heures est arrivé ?

Andy était si absorbée par cette litanie de requêtes minutieuses (son esprit s'était par automatisme mobilisé pour les assimiler) qu'elle entendit à peine la dernière phrase. Un coup de coude d'Emily la ramena en sursaut à la réalité.

— Prépare-toi, lui chuchota celle-ci en retirant son manteau et en le lâchant par terre, à côté du bureau de l'assistante.

Andy fit de même.

— Ah, et comment ? Tu as une idée ? siffla-t-elle.

— Miranda peut vous recevoir, annonça Charla, dont le visage fermé n'était pas de bon augure.

Elle ne se donna pas la peine de les accompagner. S'imaginait-elle qu'elles connaissaient le protocole ? Ou bien avait-elle décidé qu'elles n'étaient pas des visiteuses de marque ? Toujours est-il qu'elle ne les escorta pas dans le saint des saints et, lorsqu'elles s'avancèrent, avec autant d'assurance que possible, Andy entendit Emily prendre, comme elle, une profonde inspiration.

Par miracle, Miranda ne les toisa pas. Elle ne les salua pas, non plus, ni ne les invita à s'asseoir et, pour tout dire, elle ne releva même pas la tête. Rien n'indiquait qu'elle avait conscience de leur présence. Andy dut lutter contre l'envie d'annoncer à Miranda que certains de ses desiderata avaient été exaucés, que la table pour son déjeuner avait été réservée et que le prof de tennis n'avait pas eu le dernier mot. Elle sentait combien Emily était tendue elle aussi. Elles restèrent plantées là, dans un silence presque insoutenable, et quand Andy risqua un regard vers son amie, elle la découvrit désemparée, et comme paralysée de peur.

Miranda, assise du bout des fesses sur son fauteuil en métal, le dos droit comme un i et sa légendaire coupe au carré aussi lisse qu'une perruque, portait une jupe plissée gris charbon, en laine, peut-être même en cachemire, une blouse en soie imprimée dans une éclatante palette de rouges et d'orangés, élégamment rehaussée d'un cache-épaules en lapin blanc et d'un pendentif – un solitaire en rubis, de la taille d'un œuf en sucre. Son vernis à ongles et son rouge à lèvres étaient coordonnés. Andy observa, fascinée, Miranda boire une gorgée de café – les lèvres minces et laquées de rouge bordeaux qui s'enroulaient sur le bord du gobelet, la langue qui suivait sans hâte le contour de la lèvre supérieure, puis celui de la lèvre inférieure. C'était comme regarder un cobra dévorer une souris.

Et enfin – enfin ! – elle daigna détacher les yeux de ses papiers pour les poser sur ses visiteuses, mais rien ne sembla indiquer qu'elle les voyait ou les reconnaissait. Puis elle inclina imperceptiblement la tête de côté, les regarda à tour de rôle et dit :

— Oui ?

Oui ? Comme dans : *Que puis-je pour vous, intruses ?* Andy sentit son cœur accélérer encore un peu plus. Se pouvait-il que Miranda n'ait pas compris que c'était à *son* initiative qu'elles se trouvaient là ? Elle faillit s'évanouir de reconnaissance lorsque Emily se décida à parler.

— Bonjour, Miranda, dit-elle d'une voix plus assurée que ne le laissaient présager son expression et le sourire factice plaqué sur ses lèvres. C'est un plaisir de vous revoir.

Andy sourit elle aussi, par réflexe, et opina énergiquement. Pour ce qui était de rester détendue et zen, de ne pas perdre de vue que cette femme ne pouvait plus leur faire de mal et qu'elles n'attendaient rien d'elle, c'était réussi : elles étaient au garde-à-vous, en train de sourire comme des chimpanzés.

Miranda resta impassible.

Emily fit une nouvelle tentative.

— Nous sommes ravies que vous ayez souhaité nous rencontrer. Y a-t-il quelque chose que nous puissions faire pour vous ?

Andy entendit Charla, dans l'antichambre, inspirer

nerveusement. Cette situation pouvait dégénérer, et très vite. Miranda semblait surtout déconcertée.

— Oui, évidemment, je vous ai fait venir pour parler de votre magazine, *The Plunge*. Elias-Clark s'y intéresse et souhaite le racheter. Mais que voulez-vous dire, exactement ? Vous êtes ravies de me re-voir ? demanda-t-elle, en fusillant Emily du regard.

Comme celle-ci la fixait à son tour et semblait frappée de mutisme, Andy n'eut plus guère le choix.

— Emily veut simplement dire que nous ne nous sommes pas revues depuis l'époque où nous travaillions ici toutes les deux. Il y a près de dix ans ! Emily était votre première assistante pendant deux ans et moi…

— Deux ans et demi ! aboya Emily.

— … et moi, pendant un an.

Miranda caressa de la pointe d'un ongle rouge sa lèvre tout aussi rouge, et luisante d'une humidité qui n'augurait rien de bon. Elle fronça les sourcils, l'air concentré, puis, au terme d'un long silence pesant, déclara :

— Je ne m'en souviens pas. Vous comprendrez naturellement que j'aie eu un certain nombre d'assistantes depuis.

Emily semblait en proie à une rage meurtrière. Terrifiée à l'idée de ce qu'elle pourrait riposter, Andy se motiva pour monter au front. Elle lâcha un petit rire forcé, qui même à ses propres oreilles résonnait d'amertume.

— Eh bien, je suis soulagée que vous ayez oublié, car ma… mon… mandat ici ne s'est pas terminé dans les meilleurs termes. J'étais très jeune, et Paris, aussi merveilleux soit-il, m'a fait tourner la tête…

Andy devina que c'était au tour d'Emily de la fusiller du regard pour tenter de la faire taire, mais ce fut Miranda qui l'interrompit.

— Êtes-vous, l'une ou l'autre, cette incapable qui a sombré dans la catatonie et qu'il a fallu interner dans un hôpital psychiatrique ?

Andy et Emily secouèrent la tête.

— Et aucune de vous n'est cette folle qui a menacé à plusieurs reprises d'incendier mon appartement…

Le ton était plus affirmatif qu'interrogatif, même si Miranda observait attentivement leur réaction. Les voyant secouer une fois de plus la tête, elle fronça les sourcils.

— Je me souviens de cette fille tout à fait quelconque, avec des chaussures très bas de gamme, qui a porté plainte pour harcèlement, mais elle était blonde.

— Ce n'est pas nous, affirma Andy, même si Miranda dévorait d'un regard mauvais ses bottines qui n'étaient pas outrageusement bas de gamme, mais n'étaient pas signées d'un grand créateur non plus.

— En ce cas, sans doute n'étiez-vous pas très intéressantes…

J'imagine... songea Andy, avec un sourire qui cette fois n'était pas forcé. *S'entendre dire d'aller se faire foutre et se faire planter à Paris en pleine* Fashion Week *ne mérite*
 pas qu'on s'en souvienne. C'est bon à savoir.

La voix stridente de Miranda, identique à celle qui hantait ses souvenirs et ses cauchemars, la tira brutalement de sa transe.

— Charla ! Châr-lâ ! Il n'y a donc personne ? Chârlâââ !

Une jeune fille qui de toute évidence n'était pas Charla, mais une version encore plus jeune, plus jolie et plus nerveuse, apparut sur le seuil du bureau.

— Oui, Miranda ?

— Charla, faites venir Rinaldo. J'ai besoin de quelqu'un pour vérifier des chiffres.

La requête mit visiblement la fille en état de panique.

— Ah, euh, eh bien, je crois que Rinaldo est absent aujourd'hui. Il est en vacances. Y a-t-il quelqu'un d'autre que je puisse appeler ?

Miranda soupira si profondément, et avec une déception si manifeste, qu'Andy se demanda si mini-Charla n'allait pas se faire virer sans autre forme de procès. En quête d'un signe de réconfort, elle coula un regard discret vers Emily mais celle-ci, mains nouées comme pour une prise d'étranglement mortelle, semblait au bord du coma.

— Faites venir Stanley, en ce cas. Immédiatement. C'est tout.

La doublure de Charla quitta le bureau sans demander son reste, le visage déformé par une grimace de terreur, et Andy eut envie de la serrer dans ses bras. Au lieu de quoi elle pensa à son Stanley à elle, qui était à la maison, en sécurité, et probablement en train de mâchonner un os au taureau, et elle regretta soudain de n'être pas avec lui. Ou ailleurs, n'importe où, sauf dans ce bureau.

Quelques instants plus tard, entra un homme d'un certain âge vêtu d'un costume étonnamment ringard et, sans être accueilli par un mot de bienvenue ni y avoir été invité, alla s'asseoir à la table de conférences.

— Miranda ? Pourriez-vous me présenter vos visiteuses ?

Tandis qu'Emily restait bouche bée, Andy, tout aussi
abasourdie, faillit éclater de rire. Qui était ce téméraire, affublé d'un costume de voyageur de commerce, qui osait s'adresser à Miranda comme si elle n'était qu'une simple mortelle ?

Miranda sembla un instant décontenancée, mais elle fit signe à Andy et Emily de la suivre autour de la table.

— Stanley, voici Andrea Sachs et Emily Charlton, respectivement rédactrice en chef et directrice de la publication de *The Plunge*, le dernier-né sur le marché des magazines de mariage, ainsi que je l'ai porté à votre attention il y a quelques semaines. Mesdames, je vous présente Stanley Grogin.

Andy attendit qu'on leur précise la qualité de ce Stanley Grogin, en vain.

Stanley fouilla dans des dossiers en marmonnant, puis sortit d'une chemise en cuir trois liasses agrafées, et en fit glisser un exemplaire vers chacune de ses trois interlocutrices.

— Notre offre, dit-il.

— Offre ? répéta Emily d'une voix étranglée.

C'était le premier mot qu'elle prononçait depuis plusieurs minutes, et il s'apparentait à un cri de détresse.

Stanley décocha un regard à Miranda.

— Avez-vous passé les grandes lignes en revue avec elles ?

Miranda daigna à peine le regarder.

— Miranda a mentionné qu'elle, euh, vous… et Elias-Clark, j'imagine, seriez intéressés par un rachat, bafouilla Emily.

— Depuis son lancement, il y a trois ans, *The Plunge* affiche une courbe de croissance constante, en termes à la fois d'abonnements et d'annonceurs, débita Miranda. Je suis impressionnée par son degré d'élégance et de sophistication, deux qualités qu'il est rare de trouver dans le créneau des magazines de mariage. Le portrait d'une célébrité, chaque mois, est particulièrement attractif. Ce que vous avez accompli mérite d'être applaudi.

Miranda croisa les mains sur sa liasse de papiers et regarda Andy.

— Merci, répondit celle-ci d'une voix éraillée.

— S'il vous plaît, prenez le temps de considérer notre offre, dit Stanley. Et de la faire examiner par votre entourage, naturellement.

À ce stade, Andy comprit combien, en se présentant à ce rendez-vous sans « entourage », elles donnaient l'impression de jouer en division amateur. Elle commença à feuilleter la liasse, et Emily en fit autant. Tandis que des bribes de phrases lui sautaient aux yeux – *actuelle équipe éditoriale*, *transition*, *relocalisation de la rédaction*, etc. etc. –, sa concentration se mit à fléchir et plus rien de ce qu'elle lisait n'eut bientôt de sens. Ce n'est que parvenue à l'avant-dernière page que son regard retrouva son acuité, en découvrant le montant offert – tellement énorme que la réalité reprit ses droits. Des millions. Il était difficile de passer outre à ces *millions*.

Stanley clarifia quelques points, leur donna des copies

de la proposition pour les transmettre à leur équipe juridique (*note à moi-même*, songea Andy : *embaucher une équipe juridique*), puis leur suggéra de prendre date pour un nouveau rendez-vous quinze jours plus tard afin de discuter des derniers détails qui pourraient susciter des interrogations. Tout était formulé de telle sorte que la transaction passe pour un fait accompli, et que le refus d'une offre aussi généreuse d'un groupe de presse aussi prestigieux s'apparente à une preuve de démence.

Mini-Charla apparut à ce moment-là pour annoncer que la voiture de Miranda était avancée et l'attendait pour la conduire à son déjeuner. Andy brûlait d'envie de demander si Igor était toujours son chauffeur et, le cas échéant, comment il allait, mais elle s'obligea à tenir sa langue. Miranda ordonna à la fille de lui apporter un verre de San Pellegrino glacé avec une rondelle de citron vert ; rien n'indiquait qu'elle avait entendu l'information concernant la voiture mais elle se leva.

— Emily, An-dre-âââ, dit-elle d'un ton cérémonieux.

Andy attendit qu'elle ajoute : « Ravie de vous avoir rencontrées », ou : « Enchantée de vous avoir revues », ou : « Je vous souhaite un bon après-midi », ou encore : « J'ai hâte de connaître votre réponse », mais les quelques secondes de silence qui suivirent signifièrent que les politesses s'arrêteraient là. Miranda les gratifia d'un hochement de tête, lâcha à voix basse qu'elle n'allait pas passer sa journée à attendre leur réponse et quitta le bureau d'un pas décidé. Lorsqu'elle eut disparu dans le couloir, Andy s'aperçut qu'elle était en apnée depuis une bonne minute.

— C'est toujours une aventure, n'est-ce pas ? lança Stanley en rassemblant ses paperasses. Nous sommes impatients de connaître votre sentiment. Le plus tôt sera le mieux. Appelez-moi si vous avez des questions, ajouta-t-il en leur tendant à chacune sa carte de visite. Je suis plus facile à joindre qu'elle. Mais naturellement, vous le savez déjà.

Il leur donna une poignée de main de pure forme, puis s'éclipsa à son tour sans rien ajouter.

— Il gagnerait à bosser son approche des autres, marmonna Emily.

— Tu crois qu'il sait qui nous sommes ?

— Évidemment. Je suis même prête à parier qu'il connaît nos signes astraux. Il travaille pour Miranda.

— C'est sûr qu'à eux deux ils forment une équipe de rêve, chuchota Andy. Combien de temps a duré ce rendez-vous ? Sept minutes ? Huit ? Nous ne méritions sans doute pas une invitation au restaurant.

Emily attrapa le poignet d'Andy et le serra.

— Aïe !

— Tu arrives à croire à ce qui vient de se passer ? Viens, tirons-nous d'ici. Il faut qu'on parle.

En remerciant Charla et sa doublure, Andy songea combien il était incroyable que Miranda l'ait appelée par

son prénom pendant toute la réunion. Elle avait envie de s'asseoir un instant avec ces deux malheureuses (si Charla ne semblait pas brisée outre mesure, sa doublure, en revanche, avait le regard mort et l'expression léthargique des gens en dépression clinique) pour les rassurer, leur affirmer que, si elles décidaient de s'accrocher, il y aurait une vie après Miranda Priestly. Et qu'un jour, en dépit de flash-back occasionnels proches du syndrome post-traumatique, elles seraient remises de leur année d'esclavage et fières d'avoir survécu au boulot d'assistante le plus dur du monde. Elle se contenta de leur sourire avec gentillesse et de les remercier quand elles leur tendirent leurs manteaux, puis de déguerpir à toutes jambes à la suite d'Emily tant qu'il lui restait une once de dignité.

— Nous allons au Shake Shack *uptown*, ou à l'original ? demanda Andy à l'instant où elles arrivèrent sur le trottoir.

Brusquement, elle était morte de faim.

— Franchement, Andy, soupira Emily. Tu es en train de penser à un hamburger, en ce moment ?

— On avait passé un accord ! ShackBurgers, frites et milk-shake. Et un body pour le bébé. C'était la condition de ce rendez-vous !

Emily se dirigea au pas de course vers le Starbucks où elles s'étaient retrouvées à peine une demi-heure plus tôt.

— Peux-tu te concentrer pendant une seconde sur autre chose que la bouffe ? lança Emily en commandant un thé glacé et un café noir. Je sais que je te suis redevable, d'accord ? Tiens, bois ça.

Elle lui tendit le gobelet de thé, et Andy, agacée mais peu désireuse de faire une scène, la suivit jusqu'à une table au fond de la salle.

— J'ai du mal à y croire, piailla Emily, les yeux brillants d'excitation et les mains tremblantes. Bon, *j'espérais* qu'il s'agirait d'une offre de rachat. Miles en était convaincu, mais j'avais encore des doutes. Ils veulent nous racheter ! Miranda Priestly est *impressionnée* par notre magazine ! Elias-Clark nous veut dans son écurie. Tu te rends compte ?

Andy hocha la tête.

— Tu imagines qu'elle ne nous a même pas reconnues ? Et nous qui nous faisions un sang d'encre.

— Andy ! Cette sorcière de Miranda Priestly veut racheter *notre* magazine ! Tu n'imprimes pas, ou quoi ?

Andy but une gorgée de thé et remarqua que ses mains tremblaient elles aussi.

— Oh si, j'imprime. C'est le truc le plus dingue que j'aie jamais entendu. Flatteur, certes – mais complètement dingue.

Emily la dévisagea, comme frappée de stupeur, et resta un long moment bouche bée avant de secouer lentement la tête.

— Oh, mon Dieu ! Il ne m'était jamais venu à l'esprit que…

— Que quoi ?

— Mais évidemment, tout s'emboîte.

— Tout quoi ?

Emily plissa le front et pinça les lèvres dans une moue qui trahissait… de la déception ? du désespoir ? de la colère ?

— Emily ?

— Tu ne veux pas vendre à Elias-Clark, n'est-ce pas ? Tu as des réserves.

Andy sentit sa gorge se nouer. Cette conversation prenait un mauvais tour. Que leur magazine ait suffisamment de succès pour avoir attiré l'attention du groupe de presse le plus en vue du monde lui procurait bien sûr une bouffée d'orgueil. Elias-Clark les voulait dans son portefeuille. Existait-il meilleure gratification de leur travail ? Mais… Mais Elias-Clark allait de pair avec Miranda Priestly. Se pouvait-il qu'Emily puisse vouloir vendre *The Plunge* à Elias-Clark ? Andy n'avait encore rien répondu mais l'ambiance s'était instantanément tendue.

— *Des réserves* ? répéta-t-elle en toussant. Oui, j'imagine qu'on peut le formuler ainsi.

— Andy, ne vois-tu pas que c'est pour ça que nous travaillons depuis le début ? Pour vendre le magazine ? Et ce que nous n'imaginions pas réalisable avant des années se concrétise aujourd'hui. Le groupe de presse *le plus prestigieux* de la planète nous fait une offre démentielle. Qu'est-ce qui pourrait ne pas te convenir là-dedans ?

— Je suis tout aussi flattée que toi, Em. Qu'Elias-Clark veuille racheter notre petit magazine est hallucinant. Incroyable, à tous les niveaux. Et tu as vu le prix qu'ils proposent ? (Andy se frappa le front.) Jamais je n'aurais pensé voir pareille feuille de salaire de toute ma vie.

— Alors pourquoi, à ta tête, on croirait que tu viens d'enterrer ton chien ? demanda Emily en refusant l'appel de Miles, dont la photo venait d'apparaître sur l'écran de son portable.

— Tu sais pourquoi. Tu l'as bien vu, toi aussi.

Emily feignit de ne pas comprendre.

— Je n'ai pas eu le temps de passer chaque phrase au peigne fin, mais dans l'ensemble, ça…

Andy sortit sa liasse de documents et alla directement à la page 7.

— Tu as remarqué cette petite clause, ici ? Qui stipule que la totalité de l'équipe éditoriale senior doit rester en place pendant au moins une année calendaire, afin de faciliter la transition ?

— Une année, c'est rien, trancha Emily en balayant l'objection de la main.

— C'est *rien* ? Mince ! J'ai déjà entendu ça, mais je ne me souviens pas où, ni quand…

— Oh, Andy, arrête. Tu peux tout faire, pendant un an.

— Faux, répliqua Andy en dévisageant son amie. La seule chose que je ne puisse pas faire pendant un an, c'est travailler pour Miranda Priestly. Je pense l'avoir déjà prouvé.

— Tu sais que tu n'es pas seule, dans cette histoire ? Nous sommes associées, et ceci est un rêve qui devient réalité.

L'offre était flatteuse, sans aucun doute, mais comment Emily pouvait-elle accepter l'idée de vendre leur bébé, et à Elias-Clark par-dessus le marché – pour ne rien dire de la perspective de retravailler là-bas pendant un an ? C'était inconcevable, et elles n'avaient même pas encore eu l'occasion de débriefer leur rendez-vous – Miranda version 2.0, son nouveau bureau et ses assistantes traumatisées.

Andy se frotta les yeux.

— Peut-être que nous dramatisons l'une et l'autre. Pourquoi ne pas consulter un avocat spécialisé dans la presse et lui demander de négocier les termes du contrat pour nous ? Peut-être pourrait-on se débarrasser de cette clause ? Et qui sait – un autre acquéreur va peut-être se présenter, maintenant qu'il y a une offre sur la table ? Si Elias-Clark est à ce point intéressé, il y a des chances pour que d'autres le soient également.

Emily se contenta de secouer la tête.

— Pour l'amour de Dieu, c'est Elias-Clark ! C'est Miranda Priestly ! C'est une consécration.

— Je suis en train de faire un effort, Em.

— Un effort ? Ça me dépasse que tu ne sautes pas sur cette opportunité.

Andy ne répondit pas tout de suite.

— Et toi ? Pourquoi es-tu si pressée de vendre ? demanda-t-elle finalement. C'est la première proposition que nous recevons, et des années plus tôt que prévu. Pourquoi se précipiter ? Prenons notre temps, pesons le pour et le contre, puis arrêtons-nous sur la meilleure décision pour nous deux.

— Tu te fiches de moi, Andy ? Ce serait de la folie furieuse de ne pas accepter cette offre. Je le sais, et tu le sais toi aussi.

— J'aime *The Plunge*, dit Andy, à voix basse. J'aime ce que nous avons construit ensemble. J'aime nos bureaux, notre équipe, et le fait de passer mes journées avec toi. J'aime que personne ne nous dise quoi faire, ni comment le faire. Je ne suis pas certaine de vouloir déjà renoncer à tout ça.

— Je sais que tu l'aimes. Moi aussi, je l'aime. Mais c'est une opportunité pour laquelle des millions de gens seraient prêts à tuer père et mère. Tous ceux qui ont un jour bâti une entreprise à partir de rien le savent. Il faut voir grand, Andy.

Andy se leva, rassembla ses affaires et serra le bras d'Emily.

— L'offre est sur la table depuis cinq secondes. Accordons-nous un peu de temps pour y réfléchir, d'accord ? On trouvera une solution.

De frustration, Emily frappa machinalement du poing sur la table. Pas fort, mais Andy tressaillit.

— Je l'espère bien, Andy. Je suis disposée à en discuter plus longuement, mais je peux d'ores et déjà te dire que nous ne pouvons pas laisser cette opportunité nous filer entre les doigts. Je ne nous laisserai pas creuser nous-mêmes la tombe de notre réussite.

Andy glissa l'anse de son sac à l'épaule.

— Tu veux dire que tu ne *me* laisseras pas creuser la tombe de *ta* réussite, j'imagine ?

— Non, ce n'est pas que j'ai dit.

— Mais c'est bien ce que tu sous-entendais.

Emily haussa les épaules.

— Bon, d'accord, tu les détestes, mais ce sont les meilleurs, et ils nous offrent l'opportunité de nous rendre riches, sans rien devoir à personne. Est-ce que tu pourrais retirer tes œillères, pour une fois ?

— Pour contempler avec la même vénération que toi ta ligne de mire ? Dans laquelle se trouve depuis toujours Elias-Clark – et, soyons franches, également Miranda Priestly.

Emily la fusilla du regard. Andy savait qu'elle aurait dû s'arrêter là, mais c'était plus fort qu'elle.

— Tu sais quoi ? Je suis prête à parier tout ce que tu veux que tu te reproches, encore aujourd'hui, d'avoir été virée. Tu as beau avoir été la meilleure assistante qu'elle ait jamais eue, tu continues à exonérer Miranda de t'avoir jetée à la porte comme une vieille chaussette.

La fureur se lut sur le visage d'Emily, et Andy comprit qu'elle était allée trop loin.

— N'allons pas sur ce terrain-là, d'accord ? se contenta de répondre Emily.

— Comme tu veux. Je vais faire quelques courses pendant la pause déjeuner. Je te retrouve au bureau, annonça Andy, et elle tourna les talons sans rien ajouter.

La journée allait être très, très longue.

13

Je pourrais aisément être morte d'ici là

Dans le taxi, Andy renversa la tête contre le dossier et respira le parfum de vanille, nullement déplaisant, que diffusait le désodorisant suspendu au rétroviseur. Si sa
700 mémoire était bonne, c'était la première fois depuis des semaines qu'une odeur ne lui donnait pas envie de vomir. Elle était en train d'inspirer profondément lorsque son téléphone sonna. C'était Max.

— Salut.

Elle espéra qu'il n'allait pas évoquer le rendez-vous chez Elias-Clark : ce soir-là, ils devaient annoncer la grande nouvelle à leurs familles et Andy, qui attendait ce moment avec impatience, voulait chasser Miranda de ses pensées.

— Andy, où étais-tu passée ? J'ai dû laisser un millier de messages à Agatha. Alors ? Le rendez-vous ?

— Moi ? Oh, ça va, merci. Tu devais être inquiet !

— Non, sérieux, comment ça s'est passé ? Ils veulent vous racheter, c'est ça ?

Elle se redressa d'un bond.

— Oui. Comment le sais-tu ?

— Qu'auraient-ils pu vouloir d'autre ? Je le savais. Je le savais ! exulta-t-il. Miles et moi avons parié sur le montant de l'offre. Vous devez être drôlement excitées.

— Je ne suis pas certaine qu'*excitée* soit le mot que j'aurais choisi. *Terrifiée* serait peut-être plus approprié.

— Tu devrais être super fière, Andy ! Tu as réussi. Emily et toi avez construit ce magazine à partir de rien, et maintenant le groupe de presse le plus prestigieux de la planète veut vous le racheter. On peut difficilement faire mieux.

— Oui, c'est un honneur. Mais il y a indiscutablement quelques détails inquiétants.

— Aucun que tu ne puisses arranger, j'en suis certain. Je peux te recommander un excellent avocat d'un cabinet spécialisé dans le multimédia auquel nous avons déjà fait appel. Ces gens-là peuvent aplanir n'importe quel problème.

Andy commença à se pétrir les mains. L'offre datait à peine du matin mais, à entendre Max, l'affaire était dans le sac.

— À quelle heure nos invités arrivent-ils ? demanda-t-elle, pour changer de sujet. Tu crois qu'ils se doutent de quelque chose ?

— Je te l'ai dit, j'ai la situation en main. Deux chefs sont ici en ce moment même, mari et femme, et ils sont en train de préparer un festin. Tout le monde sera là d'ici une heure. Ils vont tous sauter au plafond quand on va leur dire qu'on attend un bébé et, maintenant, nous avons également cette incroyable nouvelle à partager.

— Non, non, je ne veux pas en parler…

— Andy ? Tu m'entends ? Écoute, j'ai quelques coups de fil à passer. À tout à l'heure, d'accord ?

Max raccrocha et elle renversa de nouveau la tête contre le dossier. Son mari était un des investisseurs du magazine, et non des moindres. Qu'il soit ravi de l'offre d'Elias-Clark était parfaitement compréhensible ; en plus de l'auréoler d'une réputation de visionnaire, celle-ci était de nature à renflouer les caisses de la famille Harrison. Mais Andy ne se sentait pas encore prête à partager cette nouvelle. Le bébé, d'accord, mais passer une soirée entière à parler de Miranda Priestly ? Merci bien, sans façon.

À 22 heures, et en dépit de ses réserves initiales, Andy devait reconnaître que la soirée avait été un franc succès. D'ailleurs, tous leurs invités étaient encore là. Concernant sa propre famille, cela n'avait rien de surprenant car, pour eux, l'heure de « prendre congé » sonnait simplement le coup d'envoi de la cérémonie des adieux : il fallait encore échanger des accolades, poser des questions de dernière minute, faire un saut aux toilettes, proposer une fois de plus d'aider à débarrasser, embrasser toutes les personnes présentes sans exception. C'était en revanche très inhabituel de la part de Barbara, qui arrivait toujours avec un léger retard de bon aloi, se montrait une invitée ordonnée et pleine de considération, et était toujours prompte à filer après avoir remercié son hôtesse. À l'exception d'Elisabeth qui s'était éclipsée une heure plus tôt pour retrouver des amis, leurs familles proches au grand complet campaient donc toujours dans le salon, bavardant avec animation, buvant sans modération et riant comme des adolescents.

— Je suis absolument ravie pour vous deux, dit Mrs Harrison, d'un ton qui ne laissait rien transparaître de ses vrais sentiments.

Peut-être était-elle sincère ? Peut-être qu'avec ce bébé – la promesse d'un nouveau Harrison – Andy avait gagné un peu de respect et que Barbara était plus encline à l'accepter ? Elles étaient assises côte à côte sur la banquette.

— Je vais être grand-mère, mon Dieu, mon Dieu… Naturellement, c'est ce que j'ai toujours souhaité, mais si vite ! On peut dire que c'est une surprise.

Andy s'efforça d'ignorer le « si vite ». Max avait insisté pour passer sous silence le fait que le bébé n'était pas programmé – il ne voulait pas qu'on puisse voir là un *accident* –, mais Andy était certaine que Barbara n'était guère ravie à l'idée qu'elle et Max aient pu délibérément concevoir un enfant deux mois avant le mariage. N'était-ce pas là des pratiques typiques des classes inférieures ?

— Naturellement, si c'est un garçon, vous l'appellerez Robert, reprit Mrs Harrison, et le ton n'avait, intentionnellement, rien d'interrogatif.

Détail encore plus exaspérant, la remarque était adressée à Max, comme s'il était seul à décider de ce genre de détails.

— Naturellement, répondit Max, sans même un coup d'œil en direction d'Andy.

Pour elle, il n'avait jamais fait de doute que leur premier-né, s'il s'agissait d'un garçon – mais même probablement dans le cas contraire –, serait baptisé en hommage au père de Max. Tant de présomption, cependant, la hérissa.

Jill croisa son regard et toussa. Sans discrétion.

— On ne sait jamais, dit-elle. J'ai le sentiment que ces deux-là vont avoir une petite fille. Un amour de petite fille. Une adorable créature tout sucre tout miel – contrairement à mes trois garnements. C'est du moins ce que je leur souhaite.

— Oui, une fille, ce serait charmant, approuva Mrs Harrison. Mais à un moment donné, nous voudrons un garçon pour reprendre le flambeau des affaires familiales.

Andy se retint de souligner qu'elle, une femme donc, était parfaitement capable de diriger une entreprise, et que n'importe laquelle de ses filles le serait également. Tout comme elle se retint de mentionner que le père de Max, un homme, n'avait pas exactement brillé de sagacité dans ses décisions pour le compte d'Harrison Media Holdings.

Tandis que Max croisait son regard et articulait silencieusement un « merci », Mamita, sa grand-mère maternelle, assise en face d'elle sur le canapé, déclara :

— Cet enfant ne naîtra pas avant six mois. Je pourrais aisément être morte d'ici là, et si c'est le cas, j'insiste pour qu'il porte mon nom. Ida est un prénom qui va revenir à la mode, non ? Tous les prénoms d'antan reviennent à la mode.

— Mamita, tu n'as que quatre-vingt-huit ans et tu es solide comme un roc, protesta Andy.

— Dieu t'entende, lui répliqua sa grand-mère, avant de cracher trois fois, coup sur coup.

— Assez parlé des prénoms ! décréta Jill en frappant dans ses mains. Quelqu'un reprendra du déca ? Sinon, je pense qu'il est l'heure de lever le camp et de laisser les futurs parents se reposer.

— C'est vrai que je suis un peu fatiguée… avoua Andy en regardant sa sœur avec reconnaissance.

— Personne dans notre famille n'a vécu au-delà de quatre-vingts ans, repartit sa grand-mère. Tu serais bien folle de croire que je ne puisse pas mourir d'un jour à l'autre.

— Maman, arrête. Tu pètes le feu. Viens, allons chercher nos affaires.

Mamita fit signe à sa fille de lui ficher la paix.

— J'ai vécu assez longtemps pour voir celle-là se

marier, ce que je n'aurais jamais cru possible. Et non seulement mariée, mais enceinte. Espérons que les miracles vont continuer.

Il y eut un silence gêné, puis Andy éclata de rire. C'était Mamita tout craché. Elle serra sa grand-mère dans ses bras et chuchota à Jill :

— Merci de les faire débarrasser le plancher.

— Avant que tout le monde ne s'en aille, nous avons une autre nouvelle à vous annoncer… déclara alors Max en se levant pour attirer l'attention générale.

— Oh, mon Dieu, ce sont des jumeaux ! gémit Mamita. Deux petits morpions identiques d'un coup, d'un seul.

— Des jumeaux ? répéta Barbara, d'une voix qui grimpa d'au moins trois octaves.

Andy sentit Jill se tourner vers elle et la questionner des yeux, mais elle était trop occupée à fixer Max d'un air lourd d'avertissements pour y répondre.

— Non, non, ce ne sont pas des jumeaux, reprit Max en évitant son regard. Cela concerne *The Plunge*. Il semblerait qu'Andy et Emily aient…

— Max, s'il te plaît, ne fais pas ça, dit Andy à voix basse et d'un ton aussi dur qu'elle le pouvait sans déclencher de scène.

Soit il ne l'entendit pas, soit il se moquait pas mal de ses protestations.

— … eu une offre incroyable de la part d'Elias-Clark pour racheter *The Plunge*. Une offre scandaleusement généreuse, pour être plus précis. Ces deux-là ont carrément accompli l'impossible en obtenant qu'une start-up aussi jeune soit remarquée et courtisée en si peu de temps. Levons tous notre verre au travail acharné de notre Andy.

Aucun verre ne se leva. En revanche, tout le monde se mit à parler en même temps.

Mr Sachs : Elias-Clark ? Ce qui veut dire remettre ça avec qui tu sais ?

Barbara : Eh bien, cela n'aurait pas pu mieux tomber ! Vous serez déchargée de votre petit passe-temps et vous pourrez vous atteler à un projet bien plus gratifiant, comme par exemple vous consacrer à votre bébé. Et peut-être pourrais-je vous faire entrer dans quelques comités…

Jill : Waouh, félicitations ! Même si tu refuses, c'est un honneur.

Mrs Sachs : Je ne peux pas supporter l'idée que tu retravailles avec… avec… Ah ! C'est quoi, son nom, déjà ? Cette harpie qui t'a torturée pendant un an ?

Mamita : Alors quoi ? Tu te tues à la tâche pour construire tout ce bazar, et maintenant tu tournes les talons et tu vends tout ? Je ne vous comprendrai jamais, vous, les jeunes.

Andy darda un regard noir sur Max, jusqu'à ce qu'il traverse le salon pour la rejoindre.

— C'est merveilleux, n'est-ce pas ? dit-il en l'enveloppant de ses bras. Je suis si fier d'elle !

Sans doute Jill avait-elle surpris l'expression d'Andy car elle se leva d'un bond et décréta qu'ils avaient tous eu assez d'émotions pour la soirée et qu'il était temps de partir pour laisser Andy et Max aller au lit.

— Je t'appelle demain de l'aéroport, d'accord ? ajouta-t-elle en se hissant sur la pointe des pieds pour se suspendre au cou d'Andy. Je suis super heureuse pour vous. C'est vraiment génial. Et je ne vais même pas t'engueuler de me l'avoir annoncé en même temps qu'à ta belle-mère. Sois sans crainte, je ne suis pas vexée.

— Parfait, répondit Andy avec un grand sourire. Je découvre que, lorsqu'on est enceinte, tout ce qu'on fait est toujours bien.

— Profites-en tant que tu le peux, répondit Jill. Les gens ne s'intéressent à toi que pour le premier. Au deuxième, tu as beau être enceinte jusqu'aux yeux et sur le point d'accoucher, personne ne te cède son siège. Quant au troisième ? On te demande carrément s'il était prévu. Comme si ça dépassait l'entendement qu'on puisse l'avoir décidé…

Andy éclata de rire.

— On ne peut pas vraiment dire que nous l'ayons fait volontairement…

— Ah bon ? Vas-y, j'écoute…

Andy se rapprocha de sa sœur et glissa une mèche derrière son oreille. Elle avait presque oublié le plaisir de ces apartés. Jill habitant maintenant à l'autre bout du pays, elles ne se voyaient plus que rarement et presque toujours en présence des gamins, de Kyle, de Max et de leur mère. Pendant longtemps, les deux sœurs n'avaient pas été très proches. Ayant neuf ans de différence, Jill était déjà en fac alors qu'Andy n'était encore qu'une petite fille. Mais au cours des cinq ou six dernières années, elles avaient pris le pli de s'appeler régulièrement et s'efforçaient de se rendre visite plus souvent. Lorsque Andy s'était fiancée, entre les préparatifs du mariage et les échanges de confidences à propos de ces créatures exaspérantes et mystérieuses qu'étaient les maris et les fiancés, les sujets de conversation s'étaient multipliés, et Jill avait été une demoiselle d'honneur enthousiaste et attentive. Rien, cependant, comprit Andy en regardant sa sœur renfiler ses bottes de cavalière, n'aurait pu les mettre plus rapidement sur la même longueur d'ondes que cette grossesse. Depuis dix ans, la vie de Jill tournait autour de l'éducation de ses garçons, et Andy avait beau comprendre les préoccupations de sa sœur, elle ne s'en était jamais sentie proche. Maintenant qu'elle était sur le point de devenir mère à son tour, elle se doutait que Jill et elle auraient plus en commun qu'à aucun autre moment de leur vie, et soudain elle était impatiente de partager cette expérience avec sa sœur.

Le temps que chacun rassemble et enfile chaussures et manteau, échange des accolades et adresse une dernière salve de félicitations, vingt minutes avaient passé. Lorsque la porte se referma enfin, Andy était à bout de forces.

— Fatiguée ? demanda Max en lui massant les épaules.

— Oui, mais heureuse.

— Tout le monde semblait ravi. Et ta grand-mère était dans une forme rare.

— Pas si rare que ça, hélas. Mais oui, ils étaient tous très heureux, dit-elle en se retournant vers Max, qui était debout derrière le canapé.

Elle décida de ne pas lui reprocher d'avoir évoqué l'offre d'Elias-Clark. Il s'était démené pour organiser la soirée parfaite, et sans doute était-il simplement fier et heureux de ses succès. Mieux valait se concentrer sur le positif.

— Merci pour cette soirée. C'était incroyable de le leur annoncer à tous en même temps.

— Tu t'es régalée ? C'est vrai ? demanda Max, et sa voix résonnait de tant d'espoir qu'Andy en conçut une tristesse inexplicable.

— Bien sûr, que c'est vrai.

— Moi aussi. Et tu as vu comme tout le monde était ravi concernant *The Plunge* ? Non, franchement, c'est hallucinant. À peine trois ans d'existence et déjà une offre de…

Andy leva la main.

— On en reparlera plus tard, d'accord ? Laisse-moi profiter de cette soirée.

Max s'avança pour l'embrasser et la poussa contre l'îlot de la cuisine en se collant contre elle. Andy fut parcourue d'un frisson d'excitation et, pour la première fois depuis le mariage, elle ne se sentait ni épuisée ni nauséeuse. Max lui mordilla la lèvre, délicatement d'abord, puis il redoubla de fougue. Andy jeta un coup d'œil au couple de cuisiniers qui était en train de ranger la cuisine. Max suivit son regard.

— Viens, dit-il d'un ton brusque, en lui enveloppant le poignet des doigts.

— Tu ne dois pas les payer ? gloussa-t-elle tandis qu'il l'entraînait vers leur chambre, l'obligeant presque à courir. On ne devrait pas au moins leur dire au revoir ?

Max l'attira dans leur chambre et referma discrètement la porte. Sans rien ajouter, il la déshabilla, l'enlaça et, tout en l'embrassant, il se laissa tomber à la renverse sur le lit. Elle lui immobilisa les mains contre les oreilles puis l'embrassa dans le cou.

— Ça me rappelle quelque chose, dit-elle.

Max la retourna sur le dos, s'allongea sur elle et Andy s'abandonna à ces sensations merveilleuses – le poids de son corps, l'odeur de sa peau, ses caresses. Ils firent l'amour tendrement. Puis Andy posa la tête sur sa poitrine et écouta sa respiration devenir régulière. Elle entendit Stanley saluer de quelques aboiements le départ des cuisiniers. Sans doute s'était-elle assoupie car, lorsqu'elle rouvrit les yeux, elle grelottait sur les couvertures et Stanley s'était niché entre eux deux.

Elle se faufila sous la couette, mais au bout de dix minutes, puis de quinze, elle ne dormait toujours pas. C'était là un autre effet de la grossesse : cette fatigue paralysante, associée à des insomnies inexplicables. À côté d'elle, Max respirait paisiblement, sa poitrine se soulevait avec une prévisibilité régulière. Il dormait toujours d'un sommeil de plomb, sur le dos, mains repliées sur le sternum comme un cadavre, sans quasiment jamais bouger ni changer de position. Un Boeing 747 aurait pu atterrir dans leur chambre qu'il aurait à peine lâché un soupir avant de tourner imperceptiblement la tête et de recommencer à respirer, puissamment, régulièrement. C'était suprêmement énervant.

Andy se glissa hors du lit, enfila le peignoir de Mrs Harrison et les chaussettes de voyage en bouclettes achetées au stand de presse de JFK. Elle souleva Stanley qui poussa un gémissement, puis s'engagea à pas de loup dans le couloir pour aller s'effondrer sans grâce sur le canapé. Le contenu de l'enregistreur vidéo se révéla décevant : il y avait pour l'essentiel de vieux matchs de foot que Max avait enregistrés pour finalement les regarder sur Internet ; quelques émissions sportives ; un épisode de *Private Practice* ; un *60 Minutes* qu'elle avait déjà vu ; un épisode de *Modern Family* qu'elle avait promis à Max de regarder avec lui ; la dernière heure de l'émission *Today* spécial mariage diffusée quinze jours plus tôt. Quant aux programmes en direct, entre les traditionnelles émissions de troisième partie de soirée, quelques publireportages et une rediffusion de *Design Star* sur HGTV, ce n'était guère plus réjouissant. Andy s'apprêtait à jeter l'éponge lorsqu'un titre, dans la case horaire de minuit, attira son regard : *La grande prêtresse de la mode : la vie et l'époque de Miranda Priestly.*

Oh merde ! songea-t-elle. *Suis-je vraiment obligée ?* Andy était la seule personne de son entourage à ne pas être allée voir le film en salle, lors de sa sortie un an plus tôt. À quoi bon ? La voix, le visage, le ton perpétuellement déçu, les sempiternelles réprimandes… Andy s'en souvenait comme si elles dataient d'hier – alors quel besoin avait-elle d'aller les contempler sur grand écran ? Mais maintenant qu'elle était en sécurité dans son salon, sa curiosité prit le dessus. *Je dois le regarder.* Son pouce ne marqua qu'une brève hésitation avant de sélectionner le programme et, aussitôt, une Miranda en robe Prada blanc cassé, perchée sur de sublimes chaussures ornées d'une discrète boucle dorée, et parée de l'incontournable bracelet Hermès, lui lança un regard noir. Elle paraissait furieuse.

— Ce n'est ni le lieu ni l'endroit, déclarait-elle de sa voix glaciale au pauvre hère qui tenait la caméra.

— Excusez-nous, Miranda, répondait l'interlocuteur.

Il y eut un écran noir et, une seconde plus tard, elle était de retour, toujours dans son bureau mais vêtue cette fois d'un tailleur en laine – Chanel sans doute – et chaussée de bottines. Elle arborait une expression tout aussi revêche que dans la scène précédente.

— Aliyah ? A-li-yaaah !

La caméra pivotait vers une jeune fille grande et excessivement maigre qui n'avait pas plus de vingt et un ans, vêtue d'un legging blanc brillant, d'un superbe gilet en cachemire par-dessus une chemise en soie de coupe masculine

et de bottines étrangement similaires à celles de Miranda. Ses cheveux ondulés étaient emmêlés – mais c'était un désordre étudié, celui-là même qu'Andy n'arrivait jamais à reproduire – et elle avait le regard charbonneux. Entre son look séduisant et sensuel et son expression terrifiée, elle donnait le sentiment que Miranda venait de l'interrompre au beau milieu d'ébats sexuels dans l'antichambre.

— Faites savoir à tout le monde que je suis prête pour la répétition. Elle était prévue pour cet après-midi, mais je vais quitter le bureau dans vingt minutes. Assurez-vous que la voiture sera là. Appelez Caroline sur son portable pour lui rappeler son rendez-vous de tout à l'heure. Et qu'est devenu ce cabas que vous deviez faire réparer ? J'en ai besoin avant 15 heures. Ainsi que de la robe que je portais pour la soirée de la New York Public Library l'an dernier, ou l'année d'avant. À moins que ce ne soit pour la soirée de gala du Sida pédiatrique ? Ou lors de cette soirée dans ce sinistre loft sur Varick après les collections d'automne, l'an dernier ? Je ne me souviens pas mais vous voyez de quelle robe il s'agit. Faites en sorte qu'elle soit chez moi à 17 heures, avec la bonne paire de sandales. Et un choix de boucles d'oreilles. Réservez une table pour ce soir de bonne heure chez Nobu et une demain pour le petit déjeuner au Four Seasons. Et assurez-vous qu'ils auront cette fois un stock suffisant de jus de pamplemousse rose, pas simplement le jaune, qui est infect. Dites à Nigel de me retrouver à 14 heures au studio de James Holt ; annulez mon rendez-vous chez le coiffeur, mais confirmez celui pour la manucure-pédicure. (À ce stade, elle s'interrompait, un instant seulement, pour reprendre son souffle.) J'aurais besoin du Book ce soir après 23 heures, mais avant minuit. Et ne le laissez pas, je répète, ne le laissez pas à cet imbécile de portier. Ne le déposez pas non plus dans mon appartement en mon absence. Nous avons des… hôtes pour la nuit, je ne peux pas leur faire confiance. C'est tout.

La fille hochait la tête d'une façon qui n'inspirait guère confiance. Une nouvelle, comprit immédiatement Andy, et qui n'était qu'à quelques heures, pour ne pas dire minutes, de prendre la porte. Elle n'avait ni stylo ni papier à la main. Comment pourrait-elle se souvenir de cette litanie de requêtes ? Par réflexe, un feu nourri de questions fusa dans l'esprit d'Andy : *À qui renvoie ce « tout le monde », qui doit être informé pour la réunion ? Où se trouve le chauffeur en ce moment, et peut-il être de retour ici à temps ? Où va-t-elle ? Caroline est-elle déjà au courant qu'elle a un rendez-vous cet après-midi, et de quoi s'agit-il ? De quel cabas parle-t-elle ? Sera-t-il prêt d'ici 15 heures et, si oui, comment je fais pour le rapatrier au bureau ? Où sera-t-elle à 15 heures ? Encore au bureau, ou déjà chez elle ? De quelle robe s'agit-il ? Je sais qu'elle portait une robe différente à chacune de ces soirées, alors comment savoir de laquelle elle parle ? M'a-t-elle donné une indication de couleur / coupe / créateur pour affiner la recherche ? Quelles sandales ? Y a-t-il une rédactrice accessoires ici en ce moment, et peut-elle se procurer les boucles d'oreilles dans les temps ? Lesquelles iront le mieux avec la mystérieuse robe ? À quelle heure exactement dois-je réserver chez Nobu ? Et dans lequel ? Celui de Tribeca, ou celui de la 57e Rue ? Et le petit déjeuner au Four Seasons ? Dois-je réserver à 7 heures ? 8 heures ? 10 heures ? Penser à adresser au directeur du restaurant un petit cadeau pour le remercier de se montrer conciliant pour le jus de pamplemousse rose. Trouver Nigel, lui transmettre toutes les informations le concernant, et enchaîner avec tous les rendez-vous esthétiques. Réserver une suite au Peninsula en prévision du moment où Miranda m'appellera au milieu de la nuit pour se plaindre de ses invités de passage (des amis de son mari, sans aucun doute) et exigera une solution de repli immédiate. Prévenir le chauffeur d'un probable trajet tardif de chez Miranda à l'hôtel. Veiller à ce qu'il y ait des San Pellegrino en stock dans la chambre, penser à y apporter le Book, une tenue de travail appropriée pour demain, accessoires, chaussures et articles de toilette compris. Prévoir de ne pas fermer l'œil de la nuit afin de soutenir Miranda dans l'épreuve. Répéter.*

La caméra délaissait Miranda pour suivre la fille, de retour à son bureau – celui-là même qu'avait occupé Andy dix ans plus tôt –, et la filmait en train de prendre frénétiquement des notes sur des Post-it riquiquis. Puis le cameraman zoomait au moment où une larme, une seule, glissait sur sa joue à la peau de pêche. Andy, la gorge soudain nouée, mit le film en pause.

— Ressaisis-toi ! siffla-t-elle entre ses dents en remarquant sa main crispée sur la télécommande, les ongles enfoncés dans sa paume et ses épaules quasiment remontées au niveau des oreilles.

L'image sur l'écran avait beau être figée, elle avait la trouille de lever les yeux et se retrouvait presque en proie à la même terreur que lorsqu'elle regardait ces films dans lesquels des jeunes filles couraient seules dans d'épaisses forêts, écouteurs vissés dans les oreilles, sans se douter qu'un tueur en série était sur le point de surgir de derrière un arbre. Voilà pourquoi Andy avait refusé de voir le film à sa sortie, en dépit des encouragements et des moqueries de son entourage. Ce malaise avait été le sien vingt-quatre heures sur vingt-quatre pendant une année entière. Pourquoi avait-elle besoin de se l'infliger de nouveau ?

Stanley jappa en croisant son reflet dans la vitre de la fenêtre, et Andy l'attira contre elle.

— Que dirais-tu d'une tasse de tisane, mon grand ? Qu'est-ce qui te ferait plaisir ? De la menthe ?

Le bichon la regarda fixement sans réagir.

Elle se leva, s'étira, resserra les pans de son peignoir. Par flemme d'attendre que l'eau bouille, elle fouilla dans la grande coupe de capsules de café et de thé que Max laissait sur le comptoir de la cuisine et dénicha une infusion de plantes. Elle glissa la capsule dans la machine, ajouta un sachet de vrai sucre (fini, les édulcorants artificiels !) et ajouta un nuage de lait. Moins d'une minute plus tard, elle était de retour sur le canapé.

Emily étant restée en contact avec une poignée de gens chez *Runway*, Andy était au courant de quantité de frasques récentes de Miranda – les requêtes ridicules, les licenciements scandaleux, les humiliations publiques. Apparemment, l'âge ne lui avait appris ni l'humilité ni l'indulgence. Cette bonne femme continuait à dévorer ses assistantes plus vite que son déjeuner. Elle n'avait pas perdu la manie de ponctuer chaque ordre ou presque d'un « C'est tout » ni celle de harceler son équipe nuit et jour par téléphone, pour les réprimander de n'avoir pas lu dans ses pensées ou de n'avoir pas su anticiper ses besoins, avant de leur raccrocher au nez, et de rappeler cinq minutes plus tard. Andy n'avait pas besoin de regarder ce petit florilège pour que tout lui revienne. Aujourd'hui encore, une certaine sonnerie de portable Nokia, désormais rétro, entendue dans un bus ou à l'autre bout d'un bar surpeuplé, réussissait à la plonger dans une panique paroxystique.

Il avait fallu des mois, après ce fatidique après-midi

parisien, avant qu'Andy ne puisse dormir une nuit entière sans se réveiller en hoquetant, terrorisée à l'idée d'avoir une fois de plus égaré le Bulletin ou dirigé Miranda dans le mauvais restaurant pour son rendez-vous du déjeuner. Depuis qu'elle avait quitté *Runway*, elle n'avait jamais plus ouvert un exemplaire du magazine et, naturellement, celui-ci continuait à la narguer dans les épiceries, les salons de coiffure et de manucure, les salles d'attente des médecins. Il était partout. Lorsqu'elle s'était vu offrir un poste à *Happily Ever After*, par une fille qui n'avait que quelques années de plus qu'elle et qui lui promettait « une très grande indépendance » du moment qu'elle écrivait sur des sujets consensuels et qu'elle rendait ses papiers en temps et en heure, il lui avait semblé connaître un nouveau départ. Lily partait s'installer à Boulder. Alex avait rompu. Ses parents venaient d'annoncer leur séparation. Andy avait fêté ses vingt-quatre ans un mois plus tôt, et elle vivait seule dans ce qu'il lui semblait, pour la première fois en presque deux ans, une ville tentaculaire et oppressante. Avec pour seule compagnie sa télévision et l'occasionnelle amie de fac, si elle se donnait la peine de lui faire signe. Et puis, heureusement, Emily.

La voix stridente de Miranda la ramena à la réalité. Le direct s'était remis en route automatiquement. La future ex-assistante s'efforçait de se remémorer les mille et une tâches dont elle allait devoir s'acquitter. En voyant passer sur le visage de la fille des expressions qu'elle ne reconnaissait que trop – la surprise, puis la panique et enfin l'accablement en comprenant que la bataille était perdue d'avance –, Andy fut de tout cœur avec la malheureuse. Lorsque tomberait le couperet, elle seule s'étonnerait de son renvoi, tant elle était convaincue que ce boulot était l'antichambre d'un monde meilleur, où l'attendait un avenir radieux. La fille n'était probablement pas en mesure de comprendre que, dans huit ou dix ans, assise dans son salon, avec peut-être un mari, et un bébé en route, elle continuerait à être prise de nausées et d'envies de meurtre chaque fois qu'elle entendrait une certaine sonnerie de portable, apercevrait un foulard blanc ou tomberait par accident sur un certain programme télé.

Une incrustation au bas de l'écran annonça qu'une journée avait passé depuis la scène précédente, et Miranda, sanglée dans un trench Burberry, un sac Saint Laurent glissé à l'épaule, traversait l'antichambre pour se rendre à un déjeuner ou à une réunion.

Elle fixait la première assistante, une fille qu'Andy n'avait jamais vue mais dont elle pouvait identifier le rôle parce qu'elle se tenait derrière le bureau qu'avait occupé Emily, jusqu'à ce que la fille ose lever les yeux.

— Renvoyez-la, ordonnait Miranda sans prendre la peine de baisser la voix.

— Pardon ? laissait échapper la doublure d'Emily, plus parce qu'elle était en état de choc que parce qu'elle avait mal entendu.

— Elle, disait Miranda avec un mouvement de tête en direction de l'assistante junior. C'est une idiote. Je veux qu'elle soit partie avant mon retour. Commencez immédiatement les entretiens de recrutement. Je compte sur vous pour que vous vous acquittiez mieux de votre mission cette fois.

Sur ce, Miranda resserrait la ceinture de son trench autour de sa taille microscopique et quittait le bureau d'un pas décidé. La caméra pivotait vers l'assistante junior, qui n'aurait pas paru plus choquée si on l'avait frappée. Andy secoua la tête et, avant que les yeux doux et candides de la fille ne puissent s'emplir de larmes, elle éteignit la télé. Elle en avait assez vu.

14

Miranda Priestly t'a trouvée resplendissante

Andy éclata de rire en voyant Emily serrer de toutes ses forces les accoudoirs du fauteuil et s'asseoir avec précaution. Elles avaient des sièges au bord du terrain, au premier rang.

— Je ne vois pas ce qu'il y a de drôle, pesta Emily en lui lançant un regard noir. Moi au moins, je suis simplement blessée – pas énorme.

Andy baissa les yeux et contempla son ventre, désormais bien rond. À cinq mois, nul ne pouvait plus ignorer son état.

— Je suis énorme, acquiesça-t-elle en souriant.

— À cette place, on pourrait se prendre pour Jay-Z, approuva Emily en regardant autour d'elle. De temps en temps, Miles assure.

Miles et Max étaient au paradis des mecs, assis carrément sur le banc de touche, d'où ils observaient les échauffements. À voir leurs têtes pivoter de droite à gauche, ils ne perdaient pas une miette du spectacle chaque fois qu'un joueur de deux mètres et quelques courait, lançait, dribblait et faisait un dunk.

— Je regrette de ne pas m'intéresser aux Knicks, ou au basket en général, observa Andy en se frictionnant le ventre. J'ai l'impression que nous n'apprécions pas notre chance à sa juste valeur.

Une clameur monta des gradins derrière elles lorsque Carmelo Anthony déboula sur le terrain.

— Arrête ! dit Emily en levant les yeux au ciel. Je suis ici pour profiter du premier rang généralement réservé aux VIP, et toi tu es venue pour la bouffe. Tant que cela est bien clair, tout va bien.

Andy enfourna une généreuse fourchetée de gratin aux truffes.

— Tu devrais vraiment goûter ça… Eh bien quoi ? ajouta-t-elle en voyant Emily blêmir. Le médecin m'a ordonné de prendre quinze kilos…

— Quinze en neuf mois, non ? Pas en quatre mois et demi, rétorqua Emily en considérant d'un air dégoûté son assiette garnie. Certes, je ne suis pas une experte en grossesse, mais à ce rythme-là, tu vas ressembler à Jessica Simpson…

Andy sourit. Maintenant que les nausées s'étaient dissipées, oui, elle s'accordait de temps à autre un cupcake supplémentaire, ou une part de pizza. Et, effectivement, elle n'avait pas pris que du ventre – son visage et son derrière s'étaient, eux aussi, arrondis. Mais elle n'y prêtait attention que lorsqu'elle discutait avec Emily, qui continuait à taxer les femmes enceintes de « grosses » et à juger qu'« elle se laissait un peu trop aller ». Andy, pour sa part, en était venue à accepter l'idée que seule la nourriture lui procurait, ces temps-ci, un vrai plaisir, et que personne, en regardant une femme enceinte, ne se disait qu'elle était costaude ou menue, grosse ou mince, ou même grande ou petite ; elle était enceinte, point.

Les garçons se retournèrent et agitèrent la main ; Emily agita la sienne et grimaça aussitôt en se tenant l'abdomen.

— Putain ce que ça fait mal ! Et ils ne m'ont même pas donné un antalgique digne de ce nom ! À cause de quelques pauvres nazes devenus accro à l'OxyContin, on est tous condamnés à se contenter à vie de l'Advil.

— Je t'ai dit que c'était de la folie de venir, ce soir. Qui va au Madison Square Garden le jour même de sa sortie de l'hôpital ?

— Et j'étais censée faire quoi ? demanda Emily. Rester à la maison en pyjama et mater un film sur Lifetime[1] pendant que vous étiez tous ici ? Sans compter que, à la maison, je n'aurais jamais vu Bradley Cooper, ajouta-t-elle en désignant du menton le premier rang d'en face.

— Et il n'aurait pas pu admirer ton superbe hâle doré.

— Exactement, fit Emily en se caressant les pommettes du bout des doigts.

Le séjour de fin d'année sur l'île de Vieques, en compagnie d'Emily et de Miles, avait été absolument fabuleux : une sublime villa au bord de la plage, avec deux grandes suites, une piscine privée, un barman qui semblait spécialisé dans les cocktails au rhum, et rien d'autre à faire de ces journées sinon nager, jouer au tennis et lézarder sur la plage. Non contents de n'avoir à faire aucun effort vestimentaire, certains soirs, ils n'avaient même pas pris la peine de se changer et avaient dîné en maillot de bain et tunique de plage. Andy et Emily avaient décidé d'un commun accord de ne pas parler de l'offre d'Elias-Clark, ni du boulot, pendant les vacances et, à l'exception de la mention de la maison de plage qu'elle comptait acquérir après avoir touché le pactole, Emily avait tenu promesse. Andy savait qu'elle ne faisait que retarder l'inévitable, et une conférence téléphonique avec Stanley était déjà programmée le lundi suivant leur retour. Mais pendant la semaine ? Grasse matinée, beuveries (Andy s'autorisa quelques coupes de champagne, puis se rabattit sur les Virgin piñas coladas, certes sans alcool mais ultra-caloriques, et elle comprit enfin ce qu'endurait Max qui, même après toutes ces années, ne touchait plus une goutte d'alcool), magazines people et bains de soleil, huit heures par jour. Andy ne se souvenait pas d'avoir passé des

1. Chaîne du câble qui vise essentiellement un public féminin.

vacances plus reposantes – jusqu'à la crise d'appendicite d'Emily.

— Je suis sûre que c'est juste une intoxication alimentaire, avait annoncé celle-ci le matin du huitième jour en se présentant à la table du petit déjeuner, livide, transpirante et en état de choc. Et n'allez pas imaginer une seule seconde que je suis enceinte, parce que ce n'est pas le cas.

— Comment le sais-tu ? Si tu vomis, tu es probablement…

— Si la pilule en plus de mon stérilet ne suffit pas à m'empêcher de tomber enceinte, alors je suis un monstre, bonne pour être exhibée dans des foires. (Elle se plia en deux et lutta pour reprendre son souffle.) Je ne suis *pas* enceinte.

Miles lui lança un regard empreint de sympathie tout en mordant à pleines dents dans son toast.

— Je t'avais pourtant dit d'éviter ces moules…

— Oui, mais je les ai partagés avec elle, et je vais très
bien, objecta Max en servant deux tasses de décaféiné pour Andy et lui.

— Il suffit d'une, fit valoir Miles qui survolait les gros titres du *Times* sur son iPad.

Emily se leva précautionneusement en se tenant le ventre et regagna sa chambre en catastrophe.

— Je suis inquiète pour elle, dit Andy aux garçons.

— Ce soir, elle sera remise sur pied, l'assura Miles sans détacher les yeux de son écran. Tu sais comment elle est.

Max et Andy échangèrent un regard.

— Tu devrais peut-être aller voir si elle se sent mieux ? souffla Max à voix basse, et Andy hocha la tête.

Elle trouva Emily roulée en boule sur le lit, en train de se tordre de douleur, le visage crispé.

— Je ne crois pas que ce soit une intoxication alimentaire, murmura-t-elle.

Andy appela la réception de l'hôtel pour s'enquérir d'un médecin et on lui promit de lui envoyer immédiatement l'assistante médicale des lieux. La femme jeta un œil à la malade, lui tâta plusieurs fois le ventre et diagnostiqua une crise d'appendicite. Elle pianota un message sur son téléphone et, quelques instants plus tard, une fourgonnette de l'hôtel vint chercher Emily pour l'emmener à la clinique. Andy, Miles et Max s'entassèrent à l'arrière et laissèrent la malade s'allonger sur la banquette du milieu. Cela faisait plus d'une semaine qu'ils étaient à Vieques, mais, à l'exception d'une brève excursion dans un autre hôtel le temps d'un déjeuner, aucun d'eux ne s'était aventuré hors de l'enceinte de l'hôtel. Le trajet jusqu'à l'hôpital était court, mais la route était cahoteuse ; personne ne pipait mot et seuls les gémissements d'Emily ponctuaient le silence. Et lorsque enfin ils arrivèrent sur le parking de l'hôpital, Max fut le premier à dire tout haut ce que tous pensaient tout bas.

— C'est ça, l'hôpital ? demanda-t-il en contemplant, l'air sidéré, le bâtiment délabré qui évoquait un local d'épicerie croisé avec un hangar d'aviation militaire.

Une enseigne en néon, sur la façade, indiquait bien *Centro de salud de familia*, même si plus de la moitié des lettres étaient grillées.

— Je refuse de mettre un pied là-dedans, trancha Emily en secouant la tête – un effort qui sembla l'amener au bord du trépas.

— Tu n'as pas vraiment le choix, observa Miles. (Il lui glissa un bras sous l'épaule et fit signe à Max d'en faire autant.) Tu ne peux pas rester comme ça.

Ils pénétrèrent dans un hall désert, à l'exception d'un adolescent qui regardait un épisode d'*Alliances & Trahisons* datant du début des années 80 sur une télévision noir et blanc fixée en hauteur.

— Sortez-moi d'ici, gémit Emily. Ce sont eux qui vont me tuer.

Miles lui frictionna les épaules pendant que Max et Andy partaient chercher de l'aide. Il n'y avait personne derrière le comptoir de l'accueil, mais l'infirmière de l'hôtel, qui les avait accompagnés, prit la liberté d'ouvrir une porte latérale et d'appeler à tue-tête. Une dame en blouse apparut, l'air surpris.

— J'ai ici une jeune femme qui souffre probablement d'une crise d'appendicite. J'ai besoin d'une analyse de sang et d'une radio abdominale immédiatement, déclara l'infirmière avec autorité.

La dame en blouse jeta un coup d'œil au badge de son interlocutrice et opina avec lassitude.

— Emmenez-la derrière, dit-elle en faisant signe au groupe de la suivre. Nous pouvons faire l'analyse de sang, mais la radio est en panne, aujourd'hui.

On les conduisit le long d'un couloir dont les lumières clignotaient à intervalles imprévisibles. Andy entendit Emily commencer à pleurer et songea que, en dix ans, c'était la toute première fois qu'elle voyait son amie perdre sa contenance.

— C'est juste une prise de sang, la rassura-t-elle du mieux qu'elle put.

La femme poussa le groupe dans la salle d'examen, posa une blouse en coton d'une propreté douteuse sur la table et quitta la pièce sans un mot.

— Pour une prise de sang, vous n'avez pas besoin de vous déshabiller ni de vous changer, indiqua l'infirmière de l'hôtel.

— Tant mieux parce qu'il était hors de question que j'enfile ce truc, répliqua Emily en se tenant le ventre.

Une aide-soignante entra, l'air surpris, et consulta son bloc à pince :

— C'est vous, la borréliose ?

— Non, indiqua Miles, avec un froncement de sourcils inquiet.

— Cette jeune femme souffre certainement d'une crise d'appendicite, intervint l'infirmière de l'hôtel. J'ai juste besoin d'une numération formule sanguine et d'une radio pour le confirmer. Elle s'appelle Emily Charlton.

Après cinq autres minutes où chacun vérifia deux fois

– et même trois – que l'aiguille de la seringue sortait bien d'un emballage scellé, Emily tendit son bras gauche, puis grimaça lorsque l'aiguille piqua la veine. L'infirmière de l'hôtel la conduisit ensuite dans une autre salle pour procéder à la radio, car la machine venait soi-disant d'être réparée, puis revint leur annoncer la nouvelle : il s'agissait bien d'une crise d'appendicite et il fallait opérer – sur-le-champ.

En entendant cela, Emily, qui était assise sur la table d'examen, manqua de tomber à la renverse.

— Jamais de la vie ! C'est hors de question !

Miles se tourna vers l'infirmière de l'hôtel.

— Y a-t-il un autre hôpital sur l'île ? Un endroit peut-être… un peu plus moderne.

La femme secoua la tête.

— Oui, mais c'est une clinique. Ils ne sont pas équipés pour les interventions chirurgicales, et même s'ils l'étaient, je ne la recommanderais pas.

Emily commença à sangloter et Miles semblait lui aussi sur le point de s'évanouir.

— Bon, je suis sûr qu'il est déjà arrivé que des clients de l'hôtel aient à subir des interventions bénignes, n'est-ce pas ? Avons-nous une autre solution ?

— Il faudrait vous transférer à San Juan par hélicoptère.

— D'accord. Est-ce que ce sera rapide ? C'est ainsi que les autres clients ont procédé ?

— Je crains que non. Nous avons eu une femme, une fois, qui a perdu les eaux, et une autre qui souffrait de calculs rénaux – un cas horrible. Ah, et nous avons également eu ce monsieur d'un certain âge qui a fait une crise cardiaque sans gravité. Mais non, aucun d'eux n'est allé à San Juan. Ils sont tous partis à Miami.

— Pendant combien de temps encore peut-on retarder l'opération ? demanda Max.

— Ça dépend. Le plus tôt sera le mieux évidemment. Il faut éviter la péritonite. Mais comme elle ne souffre pas depuis très longtemps et que son taux de globules blancs n'a pas explosé, je dirais que vous pouvez arriver à temps à Miami.

Andy n'eut pas besoin d'en entendre davantage pour basculer en mode gestion de crise comme elle l'avait si souvent vu faire à *Runway*. En jonglant avec son téléphone et celui de Max, en criant des ordres à Miles, elle réussit à affréter un petit avion à hélices en moins d'une heure, et tout cela pendant qu'ils étaient lancés sur les routes criblées de nids-de-poule en direction de l'aéroport. Elle réserva une ambulance qui les attendrait à la descente de l'avion à Miami International et contacta un chirurgien généraliste de l'hôpital Mount Sinai – un vieux copain de fac de Max – afin qu'il trouve quelqu'un pour opérer Emily en urgence. Andy et Max diraient au revoir à leurs amis, puis retourneraient à l'hôtel pour faire les bagages avant de sauter dans le premier vol à destination de Miami.

Tandis qu'Andy faisait ses adieux à Miles et à Emily à bord du coucou, Max déclara :

— Tu es incroyable. Tu débrouilles les problèmes comme une vraie pro. Je n'ai jamais vu ça.

— Elle est géniale, renchérit Emily avec un faible sourire. Je l'ai formée moi-même.

— Ouais, mais toute garce que tu sois, tu n'arrives quand même pas à la cheville de Miranda, répliqua Andy en lui tapotant gentiment le front. La prochaine fois, trouve-moi un défi un peu plus retors.

L'opération, toutes choses considérées, se déroula sans encombre. Comme l'appendice d'Emily s'était partiellement rompu, les médecins la gardèrent en observation à l'hôpital pendant près d'une semaine, mais il n'y eut aucune complication majeure. Andy et Max restèrent deux jours à Miami, assez longtemps pour être témoins de l'arrivée de l'extravagante composition florale – une attention, comme l'indiquait sobrement la carte, du « bureau de Miranda Priestly ». La convalescence d'Emily signifiait que la conférence téléphonique allait devoir être reportée. Heureuse d'être débarrassée du spectre d'une nouvelle conversation avec Elias-Clark pendant une semaine entière, Andy retrouva *The Plunge* et se remit au travail le cœur léger. Elle explora une poignée de boutiques pour bébé dans son quartier, testa quelques poussettes sur les trottoirs et choisit des parures de lit susceptibles de convenir à l'un ou l'autre sexe, d'un vert très doux et ornées d'un motif d'éléphant blanc. Lorsque Emily l'appela deux minutes après avoir atterri à JFK pour lui annoncer que Miles leur avait dégoté des « places de malade » pour le match des Knicks le soir même, Andy resta sans voix. Qui d'autre qu'Emily était capable, quelques jours après avoir subi une ablation de l'appendice et à peine descendue d'un avion – avec une mine splendide, de surcroît –, de filer assister à un match de basket ?

Elles regardèrent l'équipe s'échauffer encore un petit moment, puis, sur l'insistance d'Andy, elles gagnèrent le salon VIP pour refaire le plein de munitions. Andy entassa dans son assiette suffisamment de crevettes à la sauce cocktail, de pinces de crabe et de beurre, de poulet, d'épis de maïs grillés et de sablés pour nourrir quatre personnes. Elle déposa ses réserves sur une table, le temps de repartir chercher un gobelet XXL de Coca (oh, juste pour cette fois, elle n'allait pas mourir !) ainsi qu'une portion généreuse de fondant au chocolat.

— Tu vises la médaille d'or, hein ? lança Emily en picorant sa minuscule assiette de crudités.

— Je suis enceinte de cinq mois, et je suis partie pour me transformer en baleine. Alors autant en profiter et vivre un peu, répondit Andy en séparant d'un coup de dents une crevette de sa queue.

Emily était trop occupée à essayer de repérer des têtes connues pour s'offusquer des manières d'Andy. Elle balayait le salon VIP du regard, discrètement, lentement, en examinant chaque visage, chaque sac à main, chaque paire de chaussures. Et puis, soudain, Andy la vit écarquiller les yeux.

Elle suivit son regard et inspira si vivement qu'un morceau de crevette se coinça dans sa gorge. Elle pouvait encore respirer, mais elle avait beau tousser, tousser, il refusait de circuler, dans un sens comme dans l'autre.

Emily lui décocha un regard exaspéré.

— Tu ne pourrais pas être plus discrète, s'il te plaît ? Miranda est là !

Andy, qui commençait à paniquer, absorba autant d'oxygène qu'elle le put, toussa à s'en déchirer la gorge et, enfin, expulsa le morceau de crevette qui atterrit dans sa main.

— C'est répugnant, siffla Emily entre ses dents. Tant que tu y es, la prochaine fois, pourquoi tu ne vomis pas carrément ?

— Ça va mieux, merci de ta sollicitude.

— Qu'est-ce qu'elle fiche à un match des Knicks ? Miranda n'est pourtant pas une fan de basket… (Emily coula un autre regard discret.) Ah ! Je vois… Elle est avec son petit copain. C'est lui qui doit être fan de basket.

Andy plissa les yeux et reconnut, à l'autre bout du salon, Rafael Nadal, assis à côté de Miranda. Ils buvaient du café et Miranda riait à tout ce que disait son cavalier. Miranda avait beau avoir des dents parfaitement alignées, d'une taille normale et sans aucun détail saillant, les rares fois où Andy l'avait vue sourire, elle en avait eu la chair de poule. Le mouvement étirait sa peau pâle, affinait encore davantage ses lèvres, qui se décoloraient, et ses dents donnaient l'impression qu'elle était prête à mordre si on avait l'imprudence de trop s'approcher… Andy frissonna.

— La vache ! Il est sublime, soupira Emily qui avait renoncé à toute discrétion.

— Tu crois qu'ils couchent ensemble ? demanda Andy.

Emily la regarda, les yeux écarquillés, les sourcils haussés jusqu'au milieu du front.

— Tu te fiches de moi, pas vrai ? Elle n'en ferait qu'une bouchée. Non, c'est son petit chéri. Sa muse.

Andy trempa une pince de crabe dans le beurre.

— Allons retrouver les garçons. Je ne veux pas risquer de me retrouver nez à nez avec elle. J'ai eu assez d'émotions, ces derniers jours, et toi aussi.

— Ne sois pas ridicule, répondit Emily en se levant, et le mouvement lui arracha une grimace de douleur.

Elle lissa ses cheveux et chassa une peluche imaginaire de son pull en cachemire.

— On va aller la saluer, évidemment. Elle a envoyé des fleurs à l'hôpital ! Ce serait d'une grossièreté sans nom de ne pas la remercier.

— Ce n'est pas *elle* qui les a envoyées, Emily. Souviens-toi comment…

Mais c'était trop tard. Emily lui avait déjà empoigné le bras pour l'obliger à se lever. Et, moins de dix secondes plus tard, elles étaient devant la table de Miranda.

Andy regarda son poignet, sur lequel la main d'Emily était toujours refermée comme un étau, et pria pour qu'une alarme incendie susceptible de mobiliser l'ensemble des unités de pompiers de la ville se déclenche par erreur et oblige tout le monde à prendre ses jambes à son cou. Mais il n'y eut qu'un silence stupéfait de part et d'autre de la table, jusqu'à ce que Nadal, encore plus beau de près, s'éclaircisse la voix.

— Vous avez quelque chose que vous aimeriez me faire signer ? Ou bien je le fais simplement sur cette serviette en papier ? demanda-t-il en regardant Emily, puisque Andy gardait les yeux rivés au sol.

— Oh, non ! Non, non, répondit Emily en rougissant, ce qui ne lui ressemblait pas du tout.

Nadal éclata de rire.

— Idiot que je suis. Vous n'êtes certainement pas là pour mon autographe, mais pour celui de Ms. Priestly. J'aimerais bien avoir autant de belles jeunes femmes en adoration devant moi, ajouta-t-il en se tournant vers Miranda.

— Rafa ! protesta celle-ci en riant, vous me flattez.

Moi aussi, songea Andy. Rafael Nadal ne venait-il pas de dire qu'elles étaient belles ?

Miranda posa la main sur le bras de Nadal et gloussa.

Emily et Andy échangèrent un regard. Miranda était en train de *flirter* ?

Par chance, Emily recouvra l'usage de la parole avant que la situation ne devienne encore plus gênante.

— En fait, je suis Emily Charlton, et voici Andy – Andrea – Sachs. De *The Plunge*.

Tes anciennes esclaves, précisa Andy en pensée.

— Merci infiniment pour vos fleurs ! Elles étaient sublimes et c'était très attentionné de votre part.

Miranda les dévisagea l'une et l'autre sans réagir, même si Andy *savait* qu'elle les reconnaissait. Quand Miranda la toisa attentivement, Andy sentit ses joues s'enflammer ; lorsque ce regard s'attarda sur ses chaussures (une paire de Converse cracra exhumée des entrailles de son placard – Andy estimait que, compte tenu de son état, elle méritait d'être chaussée confortablement), elle fut prise de l'envie presque irrépressible de s'amputer des deux pieds ; mais ce ne fut que quand Miranda releva les yeux et les posa sur son ventre qu'elle eut vraiment envie de s'enfuir en courant.

— Eh bien, eh bien, fit Miranda, en contemplant la taille d'Andy comme s'il s'était agi d'un écran IMAX. Vous attendez un heureux événement, à ce que je vois.

— Oui, euh, mon mari et moi attendons un bébé, s'empressa de répondre Andy, poussée par quelque force obscure à mentionner l'existence de Max. J'en suis à un peu plus de la moitié.

Elle se prépara à affronter la remarque qui allait inévitablement suivre : un « Ah bon ? C'est tout », accompagné d'un haussement de sourcils – aussi personne ne fut plus stupéfait qu'elle lorsque Miranda sourit de nouveau. Ce sourire-là, curieusement, n'avait rien d'effrayant.

— C'est formidable pour vous, dit-elle avec une apparente sincérité. J'adore les bébés. C'est votre premier ? Vous êtes resplendissante.

Le choc était tel qu'Andy se retrouva frappée de mutisme. Elle se contenta de dévisager Miranda, en hochant la tête et se caressant le ventre d'un geste protecteur. Elle n'était pas certaine d'avoir bien entendu.

— Oui, c'est son premier, et ils ne veulent pas connaître le sexe. Mais soyez sans crainte, Miranda. Andrea n'accouche pas avant la fin du printemps, ce qui nous laisse tout le temps de discuter des détails de…

Un éclair glacial passa dans le regard de Miranda, ses lèvres se retroussèrent comme deux cobras prêts à lancer l'assaut.

— Ne vous ai-je jamais appris qu'il était grossier de parler affaires en société ? gronda-t-elle.

Emily recula comme si elle avait été giflée.

— Je suis désolée, je ne voulais pas…

— Miranda, soyez sympa avec elles, intervint Rafael en riant puis, ayant croisé le regard d'un ami, ou d'un fan, près du bar, il se leva en s'excusant.

— Ravi d'avoir fait votre connaissance. Et bonne chance pour… tout.

Andy ne put s'empêcher d'entendre un avertissement dans sa voix.

— Je suis désolée, Miranda, je pensais juste q… que… bafouilla Emily.

— S'il y a quelque point dont vous souhaitez discuter, je vous suggère d'appeler Stanley lundi matin.

Emily hocha la tête et Andy s'apprêtait à annoncer qu'elle devait se rendre aux toilettes, ou retrouver son mari d'urgence, ou faire n'importe quoi d'autre, mais Miranda tourna de nouveau son attention vers elle.

— Quant à vous, An-dre-âââ, je vais demander à mon

assistante de vous envoyer un exemplaire de ma liste de naissance. Je pense que vous la trouverez très utile.

Andy toussota et, ne sachant trop quoi répondre, se contenta de dire :

— Oh, je n'en doute pas. Merci infiniment.

— Mmm. Et si vous avez besoin d'une quelconque recommandation pour les agences de nounous, ou d'assistantes maternelles, n'hésitez pas à me le faire savoir. Je dispose de quelques ressources formidables.

Andy était en train de lutter pour ne pas s'évanouir. C'était sans nul doute la conversation la plus longue qu'elle ait jamais eue avec Miranda Priestly sans essuyer de réprimandes, recevoir des ordres ou se sentir humiliée. Un court instant, Andy resenti même de la culpabilité à penser : *Naturellement, Miranda possède les meilleures recommandations pour embaucher d'autres gens pour élever ses enfants*.

Au lieu de quoi, elle lui sourit et la remercia.

— C'était un plaisir de vous voir Miranda, dit Emily, une note de désespoir dans la voix. J'espère que nous nous reparlerons très bientôt.

Miranda l'ignora, gratifia Andy d'un hochement de tête et s'en alla récupérer son cavalier.

— C'est moi qui délire, ou c'était la conversation la plus étrange de la terre ?

— Quoi ? Non, je trouve que ça s'est très bien passé, répondit Emily.

— Emily ! Elle ne t'a même pas demandé comment tu allais !

— Quoi ? Elle est comme ça, il n'y a rien de personnel. Elle a été adorable au sujet de ta grossesse. Elle t'a dit que tu étais resplendissante ! Au royaume Priestly, c'est quasiment une déclaration d'amour.

— Oui, et ensuite, elle a failli t'arracher la tête avec ses crocs ! Donc même Satan a un faible pour les bébés. Super. Mais je ne peux pas rester enceinte éternellement,

Em. Si nous vendons à Elias-Clark, tu vas devoir faire ta part du boulot et te faire mettre en cloque à ton tour.

Emily blêmit.

— Arrête tout de suite.

— Je suis sérieuse ! s'exclama Andy dans un éclat de rire. Il n'y a qu'en présence d'une femme enceinte que Miranda Priestly se comporte en être humain. Je sais qu'on tourne autour du pot depuis un moment, mais s'il te plaît : tu ne peux pas sérieusement envisager de lui vendre *The Plunge* !

Emily écarquilla les yeux.

— *Envisager ?* Un peu, oui, que je l'envisage ! Et même que j'y *compte* ! Et si tu avais ne serait-ce qu'une once de sens des affaires, tu penserais comme moi.

— Et toi, si tu avais une once d'instinct de survie, tu ferais comme moi : tu prendrais le maquis, et plus vite que ça.

— Arrête de dramatiser ! soupira Emily avec ostentation.

— Dix ans de psychothérapie, de flash-backs et de cauchemars – tu appelles ça dramatiser ? Si elle et toi êtes disposées à couvrir les honoraires de mon psy, à financer des stocks illimités de somnifères et des massages bihebdomadaires, je peux éventuellement reconsidérer la proposition. Mais, sans ça, je ne pourrai pas survivre.

Les garçons apparurent devant elles.

— Vous ne devinerez jamais qui on vient de croiser, dit Max, bien trop excité pour qu'il puisse s'agir de Miranda Priestly.

— Une certaine éditrice de mode célèbre ? demanda Emily avec le plus grand sérieux.

Max fronça les sourcils.

— Non… Megan Fox ! Avec son mari, le type qui joue dans *Beverly Hills*. Ils étaient assis juste à côté de nous.

— Elle est encore plus sexy en vrai, précisa Miles en parfait gentleman, et comme aucune des filles ne répondit, il échangea un regard avec Max. Que se passe-t-il ici ?

— Nous venons d'avoir droit à un intermède Priestly, expliqua Andy en se tournant vers Max, en quête de soutien.

Bizarrement, il s'anima aussitôt.

— Priestly ? Tu veux dire, Miranda ? C'est vrai ? Elle a mentionné le rachat ? Elle n'est pas trop énervée que vous tardiez tant à revenir vers eux ?

— On ne tarde pas tant que ça, n'exagérons rien, riposta Andy en le regardant de travers. Le premier contact a eu lieu juste après notre mariage, et ils voulaient voir les chiffres du dernier trimestre avant de s'engager. Sans compter que Miranda part en vacances de Thanksgiving jusqu'au nouvel an. Nous sommes à peine à la première semaine de janvier. Franchement, on ne peut pas parler de procrastination.

Andy savait qu'elle se montrait sur la défensive, mais c'était plus fort qu'elle.

Miles assena une tape dans le dos de Max.

— Allons chercher des bières. L'ambiance est un peu tendue, ici.

Max hocha la tête.

— Ce que je veux dire, c'est qu'il vaudrait mieux avancer vos pions sans trop lambiner afin qu'elle ne pense pas que…

— On a couvert nos arrières, le coupa Andy, en montrant plus d'agacement qu'elle n'en avait l'intention.

— Je donnais juste un avis, protesta Max, mains levées en signe de reddition.

Chaque fois qu'ils avaient abordé le sujet, Max avait été intarissable à propos du prestige qu'il y avait à entrer dans le giron d'Elias-Clark, l'honneur que c'était de recevoir une offre aussi impressionnante après une si courte existence dans le secteur ; cette vente, avait-il insisté, libérerait Andy, elle lui permettrait d'essayer une autre activité qui l'attirait – au prix d'un séjour d'un an en enfer, naturellement. Andy, c'était plus fort qu'elle, soupçonnait Max de penser avec son portefeuille, et de vouloir se vanter d'avoir fait d'une pierre deux coups – réalisé un investissement visionnaire et épousé une femme intelligente. Elle savait qu'Harrison Media Holdings battait de l'aile, plus encore que l'année précédente. Et comme Max avait insisté pour se marier sans contrat, sur des termes d'égalité – un arrangement qui favorisait largement Andy et faisait enrager sa belle-mère – les revenus de l'un étaient également ceux de l'autre, Andy se réjouissait de ce qu'ils puissent tirer tous les deux bénéfices de cette vente, si jamais elle aboutissait. Ce dont elle se réjouissait beaucoup moins, c'était de cette pression permanente, assortie d'arguments médiocres, que Max n'avait de cesse d'exercer sur elle. Cherchait-elle, elle, à peser sur les décisions professionnelles de son mari ?

— Quand vous aurez terminé, les filles, on sera au bar, lança Miles. Pas de crêpage de chignon, O.K. ? Le match va commencer d'une minute à l'autre.

Emily se tourna vers son amie, mais le premier réflexe d'Andy fut d'éviter de croiser son regard.

— Qu'est-ce qu'il y a ? demanda-t-elle en relevant finalement la tête.

— Tu es vraiment décidée à ne pas donner ton accord, n'est-ce pas ? Ni maintenant, ni jamais ?

Emily entrelaça ses doigts ; elle semblait faire un effort surhumain pour garder les mains sur ses genoux et sa nervosité évoquait celle d'un tigre prêt à bondir.

Andy ouvrit la bouche pour expliquer une fois de plus son point de vue, se ravisa, puis se jeta finalement à l'eau :

— En ce moment, je ne peux tout simplement pas gérer ça en plus de tout le reste. C'est trop, Em. Je sais que tu peux le comprendre. J'essaie de ne pas me laisser submerger au boulot, mais j'ai perdu des semaines entières de travail, à vomir et à me traîner d'épuisement, et le bébé sera là dans à peine quelques mois ! J'ai tellement de choses à préparer d'ici là. Le moment est mal choisi pour vendre à qui que ce soit, et *a fortiori* à *elle*…

— Donc, c'est non. Tu mets ton veto, c'est bien ça ?

Le désespoir d'Emily était palpable.

Évidemment, qu'elle disait non ! Et si elle en avait eu le culot, elle aurait même dit ce qu'elle pensait vraiment, à savoir : *Je préférerais mourir, ou ne plus avoir un rond, ou ne jamais plus retrouver de boulot nulle part plutôt que de retravailler un seul jour pour cette bonne femme.* Mais parce que Andy était Andy, qu'elle avait les conflits en aversion, qu'elle détestait décevoir les gens, elle répondit :

— Ce n'est pas un non définitif. Simplement temporaire.

Une étincelle d'espoir réapparut sur le visage d'Emily.

— O.K., je peux comprendre. En ce moment, ça fait un peu trop. Nous allons de toute évidence avoir une incroyable saison de mariages ce printemps. Stanley a même parlé d'organiser une séance de travail préparatoire pour voir comment nous pourrions conjuguer nos ressources avec celles d'Elias-Clark…

— Ouais, réexaminons tout ça quand le bébé sera né.

Tout en se sentant coupable d'induire son amie en erreur, Andy ne put s'empêcher de se demander quand Emily s'était entretenue avec Stanley à son insu.

— Si tant est qu'ils soient encore intéressés, observa Emily, les lèvres pincées.

— Ne t'inquiète pas pour ça. Et à ce moment-là, nous aurons encore plus de numéros à notre actif, plus d'abonnés, et comme tu fais super bien ton boulot, encore plus d'annonceurs. Depuis le lancement, nous avons progressé d'un cran à chaque trimestre, et il n'y a aucune raison qu'il en aille différemment maintenant. En outre, personne ne sait mieux que toi que, plus on se rend inaccessible, plus on se fait désirer…

— Je doute que la recette fonctionne avec Miranda. Elle n'est pas du genre à courir après qui que soit. Mais si c'est ça ou rien, je suppose que je n'ai pas le choix, conclut Emily, avec une résignation qui ne lui ressemblait pas.

— C'est exactement ça, l'idée ! s'enthousiasma Andy pour essayer d'arracher un rire à son amie.

La mine de vaincue ne dura qu'un instant.

— J'espère que le bébé te rendra plus accommodante. Ou que tu seras devenue si grosse que je pourrais tout simplement te faire rouler sur le côté pour t'écarter du chemin. Je vais appeler Stanley cette semaine et lui dire que nous interrompons momentanément les négociations. Jusqu'à la naissance de ton bébé.

Andy hocha la tête.

— Viens, allons chercher un verre, dit Emily. On mérite un toast.

Elle aida Andy à s'extraire du siège et l'effort les fit l'une et l'autre ciller de douleur et d'inconfort.

— Que célébrons-nous, exactement ? voulut savoir Andy.

— J'ai survécu à mon passage dans une clinique paumée au fin fond d'une île. Miranda Priestly t'a trouvée resplendissante, rien que ça. Et nous allons très probablement vendre notre petit magazine au groupe de presse le plus puissant du monde. Si tout ça ne mérite pas un mojito sans alcool, alors rien ne le mérite.

Emily partit rejoindre les garçons au bar ; elle avait retrouvé sa bonne humeur et avait une allure folle. Andy savait qu'elle venait de commettre une énorme bêtise, qu'elle n'avait fait que repousser l'inévitable, mais elle se jura de chasser cette pensée de son esprit. Aussi longtemps qu'elle le pourrait.

15

Tout faire pour ne pas essayer, c'est encore essayer

Lorsqu'elle émergea d'un sommeil abyssal, la première chose qu'Andy remarqua, ce fut le parfum caractéristique de la lavande, et le mélodieux ressac des vagues.

— Je suis heureuse que vous ayez pu vous détendre, dit la masseuse à voix basse en remettant de l'ordre dans l'assortiment de flacons d'huile. Vous avez besoin d'aide ?

Andy batailla pour faire le point ; elle avait l'impression que ses lentilles de contact étaient en verre.

— Non, ça ira, merci, répondit-elle, et en son for intérieur, elle remercia Olive Chase d'avoir choisi d'enterrer sa vie de jeune fille au spa de l'hôtel Surrey et d'avoir insisté pour y inviter Andy.

Lorsque cette dernière avait protesté et fait valoir qu'une heure suffirait pour réaliser l'interview, l'actrice avait éclaté de son superbe rire et lui avait répondu qu'elle allait lui réserver un soin prénatal de luxe, avec gommage aux sels, bain de lait et massage intégral, grâce à un polochon en forme de bouée spécialement conçu pour permettre aux femmes enceintes de s'allonger sur le ventre. S'il y avait un moment où Andy avait adoré son travail, c'était bien celui-là. Aux journalistes du *New Yorker* le respect de la déontologie, et à elle un après-midi de pure félicité.

Elle se hissa à la force des bras en position assise et laissa la serviette glisser jusqu'à sa taille. Son ventre était énorme ; la peau était tendue comme celle d'un tambour et, quelque position qu'elle adopte, couchée, assise ou debout, l'inconfort restait le même. Les sensations de pression et de lourdeur ne se dissipaient que lorsqu'elle était immergée dans l'eau ; aussi passait-elle le plus de temps possible dans la baignoire. À huit mois et demi, elle n'allait plus au bureau tous les jours. Mais quand Olive avait invité *The Plunge* à participer aux festivités de son enterrement de vie de jeune fille, Andy avait sauté sur l'occasion : le mariage de l'actrice aurait lieu peu après l'accouchement, et Andy ne voulait pas tout louper.

Elle posa les pieds par terre avec précaution, puis rassembla ses vêtements et entreprit d'enfiler un legging de maternité, avec bandeau extensible, un très vilain soutien-gorge, à mi-chemin entre la brassière de sport et le soutien-gorge d'allaitement, et une tunique à fronces d'une couleur aubergine hideuse. Outre le fait que s'habiller était devenu une tâche fastidieuse, à ce stade, il devenait tout bonnement impossible de trouver des vêtements mignons ou un peu classes. Elle glissa ses pieds enflés dans une paire de Birkenstock (boucler ou lacer des chaussures par elle-même aurait réclamé trop de contorsions) et elle se félicita qu'Emily ne soit pas là pour voir cet accoutrement.

Elle repensa au drame qui avait éclaté la veille, au bureau. Elles avaient reçu un coup de fil d'Elias-Clark, à l'improviste, le premier depuis que, en janvier, Emily les avait dissuadés d'insister. Andy se trouvait chez l'obstétricien pour un contrôle de routine – un des tout derniers ; elle avait du mal à y croire – lorsque Emily l'avait appelée, hystérique et le souffle court.

— Stanley vient de me laisser un message, il a dit que c'était important et que nous devions le rappeler *immédiatement*. À quelle heure viens-tu au bureau, aujourd'hui ?

— Je ne sais pas, avait répondu Andy, en toute sincérité. J'étais censée en avoir terminé, mais le médecin trouve que le bébé ne bouge pas assez. Je crois que je dois passer d'autres examens.

— Donc tu seras là à 11 heures ? À midi ? Mais tu viens, *n'est-ce pas* ?

Andy s'était efforcée de ne pas se formaliser du total désintérêt d'Emily pour la santé de son bébé.

— Oui, je vais venir, avait-elle répondu, dents serrées. Dès que je peux.

Le Dr Kramer s'inquiétait de ce que Bébé Harrison semblait « roupiller » un peu trop souvent. Un examen avait déjà été mené, suivi d'une échographie et d'un test d'effort, et aucun des résultats n'avait été concluant. Le docteur avait alors prié Andy et Max d'aller déjeuner, elle avait recommandé à sa patiente de manger un dessert, ou de boire un soda très sucré pour donner un petit coup de fouet au bébé, et leur avait demandé de revenir une heure plus tard pour recommencer le test d'effort.

— Ceci n'a rien d'une situation d'urgence, avait-elle ajouté d'un ton dégagé, ne vous inquiétez pas. Vous êtes suffisamment proche du terme pour que, même si nous devions déclencher l'accouchement aujourd'hui, tout se passe très bien.

Max et Andy avait échangé un regard : déclencher l'accouchement *aujourd'hui* ? Par chance, le second test avait été meilleur, et Andy s'était sentie respirer à nouveau. À son arrivée à la rédaction, Emily avait été moins compréhensive.

— Bon, on va rappeler Stanley immédiatement, avait-elle dit en suivant Andy dans son bureau. Tu enlèveras ton manteau plus tard.

— Je vais bien, et le bébé aussi. Merci d'avoir demandé.

— Évidemment, que tout va bien, sinon tu ne serais

pas là. En revanche, si on fait la sourde oreille aux messages de Miranda Priestly, ça pourrait se gâter.

La secrétaire les avait mises en relation et Emily s'était empressée d'expliquer pourquoi elles avaient tant tardé à rappeler.

Stanley avait feint – ou pas – de n'avoir pas entendu et était entré dans le vif du sujet :

— Je voudrais, de la part d'Elias-Clark, revoir le montant de notre proposition de rachat à la hausse, de 12 %. Miranda souhaiterait, naturellement, une réponse tout de suite.

Emily avait regardé Andy, qui avait secoué énergiquement la tête.

— Pas maintenant ! avait-elle articulé en désignant son ventre. On était d'accord pour ne pas parler de ça maintenant.

Emily semblait sur le point de faire une crise cardiaque.

— Nous allons revenir vers vous dans les plus brefs délais, avait-elle répondu. Andy n'en a plus pour longtemps. Je veux dire, dès que le bébé sera né, nous serons mieux à même de…

La remarque de Stanley n'avait rien eu d'encourageant :

— Je le fais savoir à Miranda. Je sais que je n'ai pas besoin de vous rappeler que la patience n'est pas son point fort.

— Andy ne prendra pas un long congé maternité, avait promis Emily dont les articulations avaient blanchi à force de serrer le combiné. Bien sûr, cela peut remettre cette conversation à dans deux mois, mais cela ne changera…

— Miranda n'a que faire des congés maternité, avait assené Stanley. Elle-même n'a été absente que trois jours à la naissance des jumelles.

— Oui, et c'est remarquable, avait murmuré Andy dans le haut-parleur en vrillant l'index sur sa tempe pour bien signifier ce qu'elle pensait de ce comportement.

Stanley s'était raclé la gorge.

— Je veux juste être franc avec vous. Mais vous avez

été très claires quant à votre calendrier. Mesdames, au revoir.

Lorsqu'il eut raccroché, Emily avait regardé Andy avec fureur :

— On risque de se retrouver le bec dans l'eau !

Andy l'avait dévisagée posément.

— Nous avions un accord : on en reparlera après la naissance du bébé.

— Et si on envoyait notre avocat discuter avec eux ? Ça nous laisserait le temps de nous retourner.

— Ce n'est pas une solution. Franchement, Em : ils viennent de revoir leur offre à la hausse. Ils meurent d'envie de nous racheter. Jusque-là, attendre n'a fait qu'améliorer les conditions. Deux mois de plus, ça ne changera rien.

— Cette grossesse est en train de devenir une excuse pour tout, avait dit Emily d'une voix calme, mais son énervement était palpable.

Cet après-midi-là, un coursier leur avait livré deux boîtes orange, reconnaissables entre mille. Chacune contenait trois bracelets Hermès, tous différents et ornés de superbes motifs. Andy avait souri en voyant avec quelle précipitation Emily les enfilait. Peut-être que se faire désirer était bel et bien attirant aux yeux de Miranda.

Andy frissonna au seul souvenir de cet épisode. La masseuse la conduisit jusqu'à la salle de relaxation et l'aida à s'installer sur une chaise longue recouverte de tissu éponge. Une minute plus tard, Olive la rejoignit, drapée dans un peignoir ; elle venait de se faire faire un soin du visage et sa peau, naturellement sans défaut, irradiait.

— Comment était-ce ? demanda-t-elle en piochant dans une petite assiette d'abricots secs et d'amandes.

— Divin. C'était le paradis, répondit Andy aussi naturellement qu'en présence d'une amie.

Il y avait quelque chose de surréaliste à bavarder avec autant de décontraction avec la femme la plus célèbre, peut-être, du monde. Les films d'Olive Chase avaient rapporté

950 millions de dollars à l'échelle internationale. Son visage était connu partout, des campements de Bédouins en Égypte aux villages les plus perdus d'Amazonie, en passant par les grands déserts de glace de Sibérie. Jusque-là, sa vie était une route jonchée d'échecs amoureux, et la presse avait scruté à la loupe toutes ses déconvenues et tribulations sentimentales. Et puis, au moment où le monde entier avait renoncé à la voir trouver (et garder) un homme, ou même tomber amoureuse, et que le statut de célibataire la plus sublime du monde lui collait plus que jamais à la peau – au grand désespoir de centaines de milliers d'illustres inconnus qui tous juraient être faits pour elle –, Olive était apparue sur un tapis rouge avec, justement… un illustre inconnu à son bras. On aurait eu beau enjoliver les faits après coup, ou réécrire l'histoire, Clint Stever, ingénieur de formation mais web-designer par passion, était et resterait un type *lambda*. Lorsqu'ils s'étaient rencontrés l'année précédente, à la faveur de circonstances vagues (qu'Andy se faisait fort de clarifier pendant l'interview), Clint vivait à Louisville, dans le Kentucky, à des années-lumière de la vie clinquante d'Hollywood et, apparemment, le seul film d'Olive Chase qu'il avait jamais vu était une production de studio « Spécial Noël » sortie une vingtaine d'années plus tôt. Clint avait vingt-neuf ans, un physique dans la moyenne, y compris en termes de taille et de poids, et dans toutes les interviews de lui qu'Andy avait pu voir à la télé il semblait demeurer totalement insensible aux fastes de sa nouvelle vie aux côtés de sa méga-star de fiancée. Il avait de bonne grâce signé un contrat de mariage qui ne lui rapporterait pas un cent en cas de divorce – quels que soient la durée du mariage, le nombre d'enfants ou les gains qu'Olive aurait engrangés le temps de leur union. Il se soumettait aux interviews, escortait sa future épouse sur les tapis rouges et assistait à des soirées ultra-exclusives lorsque cela était nécessaire, sans jamais paraître impressionné, intimidé, dépassé par les événements, ni même, en fait, intéressé. Olive, de son

côté, était intarissable sur « le nouvel homme de sa vie », « son fiancé sexy », et affirmait qu'il la rendait plus heureuse qu'elle n'aurait jamais pu l'imaginer. Bien que de dix ans son aînée, et en dépit du fait qu'elle avait partagé le lit de tout ce que la planète people comptait d'acteurs, d'athlètes et de musiciens (des deux sexes car, selon la rumeur, elle ne pratiquait pas de discrimination en matière d'orientation sexuelle), Olive était, à en croire ce qui se disait, raide dingue de son M. Tout-le-Monde, et toujours partante pour parler de lui.

— Parfait. Je suis folle de cet endroit. (Olive s'installa sur la chaise longue à côté de celle d'Andy et replia ses jambes fines sous elle.) Toutes mes amies sont encore occupées pour un petit moment, donc j'ai pensé que nous pourrions en profiter pour bavarder.

— Bien sûr, approuva Andy en sortant son carnet, mais Olive, visiblement peu pressée de démarrer l'interview, fit signe à une employée du spa qui se tenait discrètement près de la porte. Ma chérie, croyez-vous pouvoir faire une entorse au règlement et nous apporter de vraies boissons ? Je crois que le thé, aujourd'hui, ça ne va pas le faire.

— Naturellement, miss Chase, répondit la femme avec un sourire radieux. Que puis-je vous apporter ?

— Je rêve d'une margarita Patrón, sans sel. (Elle marqua une pause et secoua la tête.) Non, en fait, avec une double dose de sel. Au diable la rétention d'eau ! Voulez-vous un Shirley Temple ? proposa-t-elle en se tournant vers Andy. Non, probablement pas. Avec tous ces colorants chimiques qu'ils mettent dans les cerises au marasquin, c'est le cancer assuré, non ? Je pense que pour vous ça sera une eau gazeuse !

Andy tomba immédiatement sous le charme.

— J'ai semé Daphné, mon attachée de presse, poursuivit Olive en se penchant vers Andy avec une mine de conspiratrice. Elle va être furax ! Mais franchement, que peut-il m'arriver ? Vous écrivez pour un magazine de mariage ! Ce n'est pas comme une interview pour… je ne sais pas, *60 Minutes*.

— Absolument, renchérit Andy, ravie de ces quelques minutes de conversation spontanée avec la star.

Si elle pouvait faire en sorte qu'Olive continue à boire des cocktails, elle pourrait lui demander ce qu'elle voulait. *US Magazine* avait déjà acquis les droits des premières photos à paraître du mariage mais Andy espérait recueillir le matériau pour écrire un article plus fouillé, qui serait illustré par une dizaine de photos variées et se démarquerait des deux doubles pages, bâclées, par la force des choses, qu'*US* publierait un jour et demi après l'événement.

— Quand accouchez-vous ? À ce que je vois, ça pourrait être d'un instant à l'autre.

— À ce que je scns aussi ! répondit Andy en riant. Mais, en fait, ce n'est pas avant quelques semaines.

Olive contempla son ventre avec envie.

— J'ai hâte d'être enceinte. C'est un garçon ou une fille ?

— Je ne sais pas encore. J'aime bien l'idée de la surprise au terme de tout ce travail.

Une expression qu'Andy échoua à interpréter se peignit sur le visage d'Olive et elle songea qu'il lui fallait changer immédiatement de sujet. Mais Olive la prit de court.

— Alors, par où commençons-nous ? Voulez-vous que je vous raconte mon enfance par le menu ? Depuis la conception ?

Andy éclata de rire. Olive était différente de toutes les autres célébrités qu'elle avait interviewées jusque-là. La plupart étaient connues. Et complètement barjot. Toutes étaient des femmes séduisantes et intrigantes. Et puis il y avait Olive Chase, sans nul doute la plus célèbre et la plus accomplie d'entre elles et qui, elle, semblait totalement… normale. Certes, il y avait le corps de rêve, la chevelure sublime, la peau magnifique, le rire qui rendait accro… Mais aussi cette gentillesse désarmante, cette spontanéité avec laquelle elle se montrait disposée à parler de tout (et sans la présence d'une attachée de presse !). C'était le genre de femme dont on sentait immédiatement qu'elle pourrait devenir une amie, et pas du tout ce à quoi Andy s'attendait.

— On pourrait commencer par votre rencontre avec Clint, proposa-t-elle, le stylo en suspens au-dessus du carnet, en priant *in petto* pour une réponse autre que des platitudes d'ordre général.

— Ah, ça, c'est une question facile. Nous nous sommes rencontrés de la même façon que tout le monde, aujourd'hui – sur Internet !

Andy essaya de contrôler son excitation ; elle n'avait jamais lu nulle part qu'Olive fréquentait les sites de rencontres en ligne.

— J'imagine qu'il n'y a pas beaucoup de célébrités qui trouvent leur futur mari sur un site de rencontres. N'aviez-vous pas des craintes pour votre vie privée ?

Olive but une rasade de margarita et rabattit sa chevelure soyeuse tout en faisant mine de réfléchir.

— Si, bien sûr. Mais il fallait bien que je trouve un moyen ! Si vous saviez avec combien d'acteurs, d'athlètes, de mannequins, de musiciens, de rentiers ou tout simplement de parfaits connards je me suis maquée au cours des années ! Je crois que je suis sortie avec tous les cons d'Amérique du Nord, et un certain nombre de leurs homologues européens. Du coup, j'ai fini par passer pas mal de soirées seule chez moi, à surfer sur les sites où on rencontre des gens normaux. Et ils regorgent de mecs géniaux ! Drôles, charmants, adorables. Des hommes qui écrivent des poèmes, qui sont passionnés de pêche à la mouche, qui ont construit leur maison eux-mêmes du sol au plafond, ou qui enseignent en lycée… J'ai correspondu par e-mail avec un type de Tampa qui élevait seul ses trois gamins depuis que sa femme était morte d'un cancer des ovaires. Vous imaginez ?

Andy secoua la tête.

— Moi non plus ! Dans ma vie de tous les jours, je ne rencontrais jamais ce genre d'hommes, uniquement des types qui n'avaient qu'une hâte – m'assurer qu'ils étaient bourrés de talent, canons, riches et puissants. Et j'en avais ma claque. J'ai créé un profil dans lequel j'ai été honnête sur ma personnalité, je n'ai pas mis de photo, et n'ai fait aucune allusion à mon métier. J'étais persuadée que, sans photo, personne ne me contacterait, mais je me trompais. Vous seriez étonnée. Clint a été un de mes premiers correspondants et le courant est tout de suite passé. On pouvait s'envoyer jusqu'à dix ou douze e-mails par jour. Au bout de deux semaines, on a commencé à se téléphoner. Comme ni l'argent ni le statut social n'entraient en ligne de compte, nous avons appris à nous connaître de la façon la plus naturelle qui soit : en prenant notre temps.

— Je vois tout à fait ce que cela peut avoir de séduisant, observa Andy avec sincérité.

— Il est tombé amoureux de la vraie Olive, pas d'une quelconque créature médiatique.

— Comment s'est passée votre première rencontre en chair et en os ?

Andy s'enjoignit de ne pas montrer trop d'empressement. Elle ignorait ce qui poussait Olive à lui confier des détails qu'elle n'avait partagés avec aucun autre journaliste, mais elle était prête à tout pour éviter que ce flot de confidences ne se tarisse.

— Voyons… Ce devait être au bout de cinq ou six semaines, après s'être parlé tous les jours au téléphone. À ce moment-là, il savait que j'habitais à L.A., et que je voulais devenir actrice. Il a proposé de venir me voir, mais je ne pouvais pas prendre le risque d'être pourchassée par les paparazzi tout le temps de sa visite. Pour ne rien dire de ma maison, qui aurait pu l'intimider. Donc, c'est moi qui suis allée à Louisville.

Olive prononçait ce nom comme les autochtones – *Lou-ah-ville.*

— Vous êtes allés à *Louai-ville* ? demanda Andy en échouant à imiter la prononciation d'Olive.

— Tout à fait. J'ai pris un vol commercial, avec correspondance à Denver – la totale. Je n'ai pas voulu qu'il vienne me chercher à l'aéroport, de crainte qu'il n'y ait des photographes en embuscade. Il m'a rejointe à mon hôtel.

— N'y a-t-il pas un vieil hôtel de charme très célèbre, à Louisville, qu'ils ont récemment…

— Oh, non, je suis descendue au Marriott, l'interrompit Olive en rigolant. Pas de penthouse, ni de suite présidentielle ou de maître d'hôtel particulier – aucun traitement spécial. Juste une bonne vieille chambre basique, sous un pseudo.

— Et ?

— Et c'était génial ! Attention, comprenez-moi bien. La salle de bains était pour le moins sommaire, mais notre première rencontre a été incroyable. Je lui avais
donné rendez-vous dans ma chambre, pour ne pas risquer d'être reconnue dans le hall, et au téléphone il a plaisanté en disant que je n'y allais pas par quatre chemins, mais lorsque je lui ai ouvert la porte, j'ai aussitôt su que tout allait très bien se passer.

Andy sirota une gorgée d'eau.

— Et ça a été le cas ?

— Bien mieux que ça, glapit Olive. C'était génial ! Naturellement, il m'a reconnue tout de suite, ajouta-t-elle et, bizarrement, dans sa bouche, cette remarque n'avait rien de pédant. Mais je lui ai expliqué que j'étais la même personne que celle avec laquelle il avait correspondu par mail et bavardé pendant toutes ces semaines. Il était surpris, ou peut-être sous le choc – il avait fait des cauchemars, il avait rêvé que j'étais un homme, de deux cents kilos –, mais nous avons débouché une bouteille de vin et repris nos conversations là où nous les avions laissées. On a parlé des endroits qu'il avait envie de visiter, de nos chiens, de sa relation avec sa sœur et de la mienne avec mon frère. Nous nous sommes ouverts l'un à l'autre, comme des gens normaux. J'ai immédiatement su que j'allais l'épouser.

— C'est vrai ? Immédiatement ? C'est incroyable.

Olive se pencha vers elle avec une mine de conspiratrice.

— Bon, pas immédiatement, mais sans aucun doute deux heures après, après avoir fait l'amour. Je n'avais jamais pris mon pied comme ça. (Olive hocha la tête, comme pour signifier qu'elle était d'accord avec elle-même.) Oui, c'est à ce moment-là que je l'ai su.

— Mmm, fit Andy en regardant ses notes.

Faites que mon téléphone ait tout enregistré clairement, pria-t-elle en silence. Car personne n'allait jamais croire ça. Andy regarda la margarita d'Olive ; le verre était encore à moitié plein. Était-ce vraiment son premier ? En même temps, la star semblait parfaitement

sobre. Le téléphone d'Andy sonna, et elle coupa la sonnerie en s'excusant.

— Répondez ! l'implora alors Olive. Je jacasse depuis une heure. Laissons une chance à quelqu'un d'autre.

— Non, ça va. Je suis sûre que ce n'était pas important.

— Répondez !

Andy regarda Olive, qui avait affiché son plus beau sourire hollywoodien, et elle comprit qu'elle devait lui obéir. Mais lorsqu'elle décrocha, son interlocuteur avait déjà raccroché.

— Loupé, dit-elle en relançant l'enregistrement.

— Et vous, alors, dites-moi ? reprit Olive. Vous êtes mariée ? Vous êtes tombée enceinte par accident ? Vous êtes célibataire et vous avez fait appel à un donneur de sperme ? J'étais moi-même à deux doigts d'en passer par là.

Andy sourit et songea à sa grand-mère.

— Non, je suis tout bêtement mariée. Pourtant on peut dire qu'il s'agit d'un accident.

— Pourquoi ? Parce que vous ne preniez aucune

précaution, mais que vous disiez à tout le monde que vous n'essayiez pas ? C'est ma préférée ! Moi je dis : quand on n'est pas dans le camp des défenseurs, alors on est dans celui des attaquants. Tout faire pour ne pas essayer, c'est encore essayer – vous voyez ce que je veux dire ?

— Il y a encore quelques mois, j'aurais été d'accord avec vous, répondit Andy en rigolant.

L'employée apparut et leur demanda si elles souhaitaient commander deux autres verres.

— Je sais que beaucoup de gens pensent que sept mois, ce n'est pas assez pour connaître vraiment quelqu'un, mais pour nous, cela a suffi. J'ai l'impression que nous nous connaissons depuis toujours. Je ne peux pas l'expliquer. Il y a comme une connexion entre nous, et qui n'a rien à voir avec mon boulot ou le sien. Vous comprenez ?

— Oui, mentit Andy, pour qui s'engager pour la vie avec quelqu'un qu'on connaît depuis sept mois confinait à la folie pure et simple.

Un téléphone sonna. Cette fois, c'était celui d'Olive.

— Allô ? Oh, bonjour, mon cœur. (Elle poursuivit la conversation en chuchotant et, à un moment donné, gloussa comme une adolescente.) Clint ! Sois sage ! Je suis avec une journaliste. Non, tu ne peux pas. C'est une journée réservée aux filles ! O.K. Moi aussi, je t'aime.

Elle raccrocha et se tourna vers Andy.

— Excusez-moi, chérie, que disiez-vous déjà ? (Son téléphone vibra et elle consulta un SMS.) Ah, apparemment, les autres filles ont terminé. Avez-vous tout ce qu'il vous faut ? Si vous voulez vous joindre à nous, vous êtes la bienvenue…

La proposition était faite avec gentillesse mais Andy sentit qu'un refus de sa part serait bien accueilli.

— Je euh… Merci, c'est vrai que j'espérais évoquer les détails du mariage. Je ne pourrais pas y assister parce que je serai en congé maternité à ce moment-là, mais mon associée, Emily, y sera.

— Je veux que vous veniez ! protesta Olive avec une moue adorable.

Andy dut se retenir pour ne pas se pâmer.

— J'adorerais, croyez-moi. Santa Barbara est une destination de rêve, mais je ne pense pas pouvoir laisser le bébé. Peut-être pourriez-vous me dévoiler par avance quelques détails concernant la robe, les fleurs… Comment vous avez procédé pour choisir le traiteur, les décorations, ce genre de choses ?

— Oh, pour ça, vous pouvez voir directement avec ma styliste. C'est elle qui s'est occupée de tout.

— De tout ? Elle a choisi votre robe ?

Olive hocha la tête et se leva.

— La robe, le menu, les fleurs, la musique, tout. Elle me connaît par cœur. Je lui ai donné carte blanche.

Depuis des années qu'elle couvrait des mariages, Andy n'avait jamais rien entendu de tel. Olive Chase n'avait pas voulu mettre sa patte au jour le plus important de sa vie ? Vraiment ?

Sans doute son incrédulité se lisait-elle sur son visage car Olive éclata de rire.

— J'ai trouvé *le mec* ! Après plus de vingt ans de célibat, à me faire mener en bateau, tromper et à toujours me retrouver seule, j'ai finalement déniché l'âme sœur. Pardonnez-moi, mais vous croyez que j'en ai quelque chose à foutre des *fleurs* ?

Andy se leva, avec moins de grâce qu'Olive, et sourit. On aurait pu imputer cette désinvolture à la maturité d'une femme de trente-neuf ans, mais Andy était convaincue qu'Olive Chase, célèbre pour son extraordinaire poitrine et sa capacité à pleurer sur commande, avait compris ce qui avait échappé à quantité d'autres femmes sur le point de se marier.

— C'est juste, dit Andy, en s'abstenant d'ajouter un commentaire.

— Eh bien, merci pour le verre et la conversation. Je

ferais mieux d'aller retrouver mes copines. J'ai été ravie de vous rencontrer.

— Merci, et bonne chance pour tout, dit Andy en esquissant un geste de la main.

Mais Olive avait déjà tourné les talons, extrait son téléphone de son sac et riait joyeusement avec la personne à l'autre bout du fil. Andy se rassit et expira longuement. Elle avait, en termes d'indiscrétions, plus de munitions qu'elle ne pouvait en rêver sur l'une des personnes les plus célèbres au monde, mais tout ce qui lui trottait dans la tête, c'étaient les derniers mots d'Olive : *J'ai déniché l'âme sœur... vous croyez que j'en ai quelque chose à foutre des fleurs ?*

Andy étira les jambes et contempla distraitement par la fenêtre les toits des immeubles. Avant de replonger tête la première dans la frénésie de la ville, de reprendre les préparatifs pour l'arrivée du bébé, de retrouver les coups de fil professionnels et le stress incessant d'Emily, elle
voulait s'offrir encore un peu de calme et prendre le temps de réfléchir à tout ce qu'Olive venait de lui dire. Si elle se laissait aller, elle repenserait à son propre mariage, à l'attention obsessionnelle qu'elle avait portée au moindre détail et au temps qu'elle avait consacré à veiller à ce que tout soit parfait, mais aussi aux trois années qui l'avaient précédé et pendant lesquelles elle avait été la petite amie puis la fiancée de Max, qu'elle avait accepté d'épouser parce que c'était un bel homme accompli et charmant, facile à vivre, qui recueillait l'approbation de sa famille et de ses amies, et qu'elle l'aimait. Le mari qu'elle s'était choisi était aussi proche de la perfection qu'elle pouvait l'imaginer : riche, beau, gentil, désireux d'avoir des enfants. Mais quelque chose lui avait-il échappé en route ? Ce mariage était-il vraiment écrit ? Elle aimait Max, bien sûr, mais était-il réellement son âme sœur ? L'aimait-elle autant qu'Olive aimait Clint ?

Elle soupira et reposa son verre. Pourquoi s'acharnait-elle à se torturer ? Max était parfait – comme mari, et futur père, et, oui, aussi comme âme sœur. C'était naturel d'être anxieuse et perturbée juste avant d'accoucher. Elle regarda autour d'elle pour s'assurer qu'elle était seule et elle appela Max. Il ne décrocha pas, mais entendre sa voix sur son répondeur la réconforta.

— Salut, mon cœur, chuchota-t-elle. Je voulais juste te faire un coucou. Je ne vais pas tarder à rentrer, j'ai hâte de te retrouver. Je t'aime.

Elle raccrocha et sourit, puis se frictionna le ventre. Il n'y en avait plus pour très longtemps, maintenant.

16

Fais-lui passer un essai sur route

— Oh, mon Dieu, elle est magnifique ! Viens par là, ma puce, tata Lily meurt d'envie de faire ta connaissance depuis si longtemps. Waouh ! Qu'est-ce que tu ressembles à ton papa !

— Oui, c'est presque troublant, n'est-ce pas ? renchérit Andy en tendant le bébé à son amie. Lily, je te présente Clementine Rose. Clem, voici tata Lily.

— Et ses yeux ! Ils sont verts ? Et tous ces cheveux bruns ! Quelle chance il a, ce bébé, d'arriver au monde avec une telle tignasse ! On croirait une ravissante version miniature de Max.

— Je sais, dit Andy en observant sa fille étudier sa plus vieille amie. Il paraît qu'elle ressemble également au père de Max. Rose c'est pour Robert. À croire que je suis juste une matrice bonne à produire des clones Harrison.

Lily éclata de rire.

Son amie lui avait manqué plus que jamais depuis la naissance de Clementine. Andy avait noué des liens amicaux avec certaines des jeunes mamans du groupe de soutien qu'elle fréquentait depuis un mois, mais la plupart du temps elle était seule et en souffrait beaucoup. Peu accoutumée à ces interminables plages de désœuvrement qu'offre un congé maternité, elle passait d'une tâche routinière à une autre, l'esprit et le corps embrumés par le manque de sommeil. Les journées se succédaient, indiscernables l'une de l'autre, ponctuées par la répétition quasi à l'identique des tâches – donner le sein, tirer le lait, changer les couches, donner le bain, habiller, bercer, chanter, promener, cuisiner, et nettoyer. Les petites choses du quotidien (la lessive, les courses, aller à la poste ou au drugstore) qu'Andy était accoutumée à caler dans d'étroits créneaux de temps volés dans une journée frénétique dévoraient maintenant des heures, des journées entières parfois, puisque Clementine et ses exigences incessantes étaient désormais prioritaires. Andy adorait passer du temps avec sa fille et pour rien au monde elle n'aurait renoncé à traîner au lit avec son bébé lové contre elle, à s'offrir un sandwich sur la High Line au beau milieu d'un après-midi tiède pendant que Clem tétait son biberon, à danser un slow avec sa fille sur les tubes de *Chicago* dans l'intimité de leur salon, mais la tâche se révélait bien plus ardue qu'elle ne l'avait imaginé.

Barbara était médusée qu'Andy ait refusé d'embaucher une auxiliaire de puériculture à domicile – jamais, dans l'histoire, un Harrison n'avait vécu ses premiers mois sans avoir à son service une employée dûment diplômée et dédiée exclusivement à son bien-être –, mais Andy avait tenu bon.

— Si je l'avais laissée faire, ta mère aurait même embauché une nourrice, avait-elle dit à Max après une visite particulièrement pénible de sa belle-mère, mais il s'était contenté de rire.

La mère d'Andy venait une fois par semaine leur tenir compagnie et donner un coup de main à sa fille, et Andy attendait ces visites avec impatience, en dehors de cela, elle n'avait guère d'interaction avec l'extérieur. Jill était retournée au Texas. Emily n'oubliait jamais de demander des nouvelles de Clementine lorsqu'elle téléphonait, mais Andy comprenait qu'Emily n'appelait pas pour savoir combien de fois Clem avait fait caca ce matin-là, ou si elle avait apprécié le temps passé dans le ventre maternel. Emily ne voulait qu'une seule chose : reprendre la conversation concernant Elias-Clark. Miranda et Stanley rôdaient tels des requins, et Emily comptait littéralement les jours qui la séparaient de la fin du congé maternité d'Andy. La seule personne qui acceptait, parce qu'elle en avait le loisir, de parler des tétées de 4 heures du matin et des avantages et des inconvénients de la tétine, c'était Lily, mais Lily se trouvait à des milliers de kilomètres de New York, occupée avec son propre enfant, et enceinte du suivant.

Andy s'assit avec précaution sur le canapé ; elle sentait que Lily l'observait. Bien qu'il fût déjà 13 heures, Andy portait encore un pantalon de survêtement de Max, des chaussons fourrés qui ressemblaient à des UGG d'intérieur, et un pull à capuche si ample qu'il ne pouvait avoir appartenu qu'à un footballeur américain.

— C'est toujours aussi inconfortable, là en bas ? demanda Lily, compatissante.

— Aucune amélioration.

Andy désigna du menton le verre de limonade qu'elle avait déposé devant Lily. Celle-ci sourit et but une gorgée.

— On dit qu'on oublie tout, et je n'avais jamais cru que ce serait possible, et pourtant je te jure que c'est le cas. Sauf de la douleur à cause des points. Ça, je m'en souviens.

— Je ne suis pas sûre de pouvoir te pardonner de ne pas m'avoir mieux préparée. Tu es censée être ma meilleure amie. Tu étais déjà passée par là. Et tu ne m'as rien dit !

Lily leva les yeux au ciel.

— Évidemment, que je ne t'ai rien dit ! C'est une règle tacite entre toutes les femmes partout dans le monde, et il faut la respecter. C'est encore plus important que de ne pas coucher avec les ex de tes amies.

— C'est une belle connerie, si tu veux mon avis,

trancha Andy. Moi, je raconterai à toutes celles qui veulent l'entendre les détails sanglants. Les femmes méritent de savoir à quoi s'attendre. Tous ces mystères façon société secrète de parturientes sont ridicules.

— Est-ce que ça t'aurait vraiment aidée à traverser l'épreuve ?

— Oui ! Ça m'aurait peut-être évité de croire que j'étais en train de mourir au moment d'accoucher. Et j'aurais bien aimé savoir que les tétées, c'est comme avoir un piranha accroché à tes seins.

Lily sourit.

— Et que la péridurale ne marche presque jamais des deux côtés ? Que tu finis par te demander très sérieusement si tu pourras un jour porter autre chose que les culottes jetables de grand-mère, en résille, que tu as volées à l'hôpital ? C'est ça dont tu parles ?

— Oui ! Précisément.

— Hum-hum. Rêve toujours. Tu aurais fait une dépression nerveuse si on t'avait raconté le moindre de ces détails, et, par ailleurs, tu n'aurais pas eu la joie de les découvrir par toi-même.

— Non, franchement, c'est trop nul.

— Crois-moi, c'est très bien ainsi.

Andy se souvenait encore du choc, et de son incrédulité, lorsque le Dr Kramer, après six heures de travail, avait extirpé d'entre ses jambes un nouveau-né vagissant et sanguinolent en annonçant : « C'est une magnifique petite fille ! » Il avait fallu une dizaine de changements de couche, et une quantité infinie de bodies roses, de couvertures et d'ours en peluche avant qu'Andy ne réalise enfin qu'elle avait une fille. Une petite fille. Adorable, parfaite, incroyable.

Clementine lâcha un cri qui ressemblait plus à un miaulement. Andy la prit des bras de Lily et la ramena dans sa chambre.

— Bonjour, mon amour, roucoula-t-elle.

Elle l'allongea délicatement sur la table à langer, retira

le body violet et une couche trempée. Elle lui essuya les fesses, les badigeonna de lotion, l'enveloppa dans une couche propre et la rhabilla avec un tee-shirt à rayures roses et grises, un caleçon et un petit chapeau assortis.

— Et voilà, ma puce. Tu te sens mieux, n'est-ce pas ?

Elle la souleva, la nicha aux creux d'un bras d'un geste plein d'assurance, puis regagna le salon, où Lily était en train de rassembler ses affaires.

— Ne pars pas, protesta Andy.

Elle se sentait sur le point de pleurer. Les crises de larmes imprévisibles s'étaient depuis peu stabilisées, mais elle avait la gorge nouée, elle ne pouvait le nier.

— Je n'en ai pas envie, l'assura Lily. Vous allez me manquer tellement, toutes les deux. Mais j'ai rendez-vous avec mon ancien directeur de thèse, à l'autre bout de la ville. Si je lambine, je ne serai jamais à l'heure.

— Quand vais-je te revoir ? demanda Andy.

— Il faudra que toi tu viennes me voir lorsque ce bébé- 755
là sera né, dit Lily en désignant son propre ventre.

Les deux filles se serrèrent dans leurs bras, puis Andy posa les mains en coupe autour du gros ventre de Lily, se pencha et dit :

— Sois cool avec ta maman, d'accord ? Pas de culbute, là-dedans.

— Trop tard.

Après d'ultimes embrassades, Andy regarda son amie disparaître le long du couloir et essuya quelques larmes. Les hormones, rien de plus, se rassura-t-elle, et elle commença à remplir le sac de couches ; si Clem et elle ne partaient pas immédiatement, elles allaient être en retard.

Elle marcha aussi vite que le lui permettaient ses cicatrices et la poussette. Clem était en pleurs.

— Nous sommes presque arrivées, cocotte. Est-ce que tu peux tenir encore un peu ?

La salle de jeux et de gym pour les tout-petits où se réunissait chaque semaine le groupe de jeunes mamans se trouvait à deux pas, et c'était une chance car les pleurnicheries de Clem avaient gagné en intensité et s'étaient transformées en crise de sanglots. Sous le regard compatissant des autres mères, Andy extirpa sa fille de la poussette, se laissa choir avec elle sur le sol rembourré et, sans pudeur, dénuda son sein gauche. Clem, le corps raide à force de pleurer, le visage crispé, les yeux résolument fermés, trouva cependant le téton comme si elle avait un sonar et s'y cramponna de toutes les forces de ses lèvres. Andy laissa échapper un soupir de soulagement. Un coup d'œil alentour lui confirma qu'elle n'était pas la seule : trois autres mères étaient en train de dévoiler un sein. Deux autres étaient occupées à changer une couche, et trois autres encore affalées par terre, l'air hébété ou au bord des larmes, étaient penchées au-dessus d'un bébé mécontent et peu coopératif. Une seule des femmes paraissait douchée de frais et convenablement vêtue – la tante de l'un des bébés.

L'animatrice du groupe, Lori, une femme aux cheveux bouclés qui se revendiquait « coach de vie » professionnel, prit place dans le cercle des mères stressées, distribua, de façon quelque peu hystérique, un sourire à tous les nourrissons sans exception, puis elle souhaita la bienvenue aux participantes par une citation :

— « La maternité : tout amour commence et se termine là. » Un sentiment superbement résumé par Robert Browning, ne trouvez-vous pas ? L'une d'entre vous aimerait-elle dire ce qu'il lui inspire ?

La mère de Theo, une grande Black élégante qui se torturait à essayer de décider si elle devait, ou pas, abandonner sa carrière juridique pour se consacrer à plein temps à son fils, lâcha un soupir à fendre l'âme.

— Il a dormi six heures d'affilée toutes les nuits, cette semaine, et les deux dernières, il s'est réveillé tous les trois quarts d'heure, en larmes, inconsolable. Mon mari a essayé de me relayer à quelques reprises, mais il a commencé à s'endormir au travail. Que se passe-t-il ? Pourquoi cette régression ?

Les questions suscitèrent des hochements de tête dans le cercle. C'était ainsi que chaque session débutait. Lori, la « coach de vie » baba cool, lisait une belle citation stimulante, et aucune des mères ne prenait la peine de feindre un quelconque intérêt – deux ou trois d'entre elles se montraient même carrément hostiles. Chaque fois, l'une d'elles posait de but en blanc la question qui lui rongeait l'esprit, et les autres mères suivaient le mouvement. Par un accord tacite et immuable, le groupe se réappropriait la parole, et ce putsch faisait toujours sourire Andy.

Elle ne pouvait s'empêcher d'imaginer Emily assistant à l'une de ces réunions. Sans doute les dévisagerait-elle avec pitié toutes autant qu'elles étaient, ces jeunes mères pas maquillées, claquées de fatigue, couvertes de bave et de caca, réduites à une vie sans douche, sans sexe, sans gym ni sommeil et qui faisaient cercle autour de leur « coach de vie » prodigue en histoires dignes d'un camp de boy-scouts. Et pourtant, quelque chose dans cette scène lui procurait un incroyable soulagement : ces femmes n'étaient peut-être pas ses amies les plus proches, mais à ce moment précis de sa vie, elles la comprenaient mieux que personne d'autre. Elle s'étonnait d'avoir pu se lier aussi rapidement avec de parfaites inconnues, et elle ne l'avait dit à personne, mais elle adorait ces réunions.

— Je te reçois cinq sur cinq. Nous sommes dans le même bateau, répondit Stacy tout en réagrafant la bretelle de son débardeur spécial allaitement, et sa petite Sylvie, huit semaines et bien plus de cheveux que la plupart des nouveau-nés, lâcha un rot aussi sonore que celui d'un homme. Je sais qu'il est encore trop tôt pour songer aux entraînements au sommeil, mais je suis en train de devenir folle. La nuit dernière, elle est restée éveillée de 1 heure à 3 heures, et elle était à la fête ! Elle souriait, roucoulait, agrippait mon doigt. Mais à la seconde où je l'ai remise au lit, elle a flippé.

— Stacy, je connais tes réticences à l'égard du cododo, dit Bethany, directrice marketing d'une société de cosmétiques et, de son propre aveu, infichue d'appliquer correctement du rouge à lèvres. Mais dans ce cas, je pense que tu devrais reconsidérer ta position. Tu n'imagines pas combien ça nous facilite les choses d'avoir Micah à côté de nous la nuit. Il te suffit de rouler sur le côté, de lui présenter un sein, et hop ! Tu peux te rendormir. Oublie toutes les âneries sur le développement et la création des liens affectifs – moi, je fais ça par pure fainéantise.

Stacy glissa la couverture de sa fille sous ses bras.

— Oui, mais j'ai l'impression que je ne peux pas faire ça à Mark. Déjà que Sylvie me pompe 99,99 % de mon temps… Ne dois-je pas faire au moins semblant d'avoir encore une vie de couple ?

— Une vie de couple ? Avec un bébé de deux mois ? piaula Melinda, la mère de Tucker, qui venait de subir une opération à cause d'un problème à un œil. Ta vie sexuelle est donc si torride, que tu ne veuilles pas la mettre en péril en ayant un bébé dans ton lit ?

Tout le monde éclata de rire, et Andy approuva d'un hochement de tête : Max et elle n'avaient pas encore réussi à retrouver une vie sexuelle, et cela ne l'ennuyait pas du tout.

Rachel, la dernière arrivée dans le groupe, une petite blonde avec une peau marbrée et une cicatrice sinueuse sur la main droite, se pencha en avant :

— Je viens de subir mon examen postnatal des six semaines, dit-elle, presque en chuchotant.

— Oh, mon Dieu ! Ils t'ont enlevé les fils ? demanda Sandrine, avec son léger accent français.

Sa fille, une crevette de quatre mois qui avait la double nationalité, commença à pleurer. Rachel hocha la tête. Une grimace de terreur et de dégoût apparut sur son visage, et elle aussi se mit à pleurer.

— C'est notre seul sujet de conversation, avec Ethan. Il décompte les jours sur un calendrier, sur la porte du frigo, depuis des semaines… Et la simple idée me panique. Je ne suis pas prête ! gémit-elle.

— Évidemment, que tu ne l'es pas, renchérit Bethany. Je ne pouvais même pas y penser avant la fin du troisième mois. Et une amie m'a dit que, avant six mois, la douleur est insoutenable.

— Max me fait des avances avec cette étincelle dans l'œil, mais il ne comprend pas, intervint à son tour Andy. À mon contrôle des six semaines, je jure que même mon obstétricienne était horrifiée par le tableau, là en bas. Comment puis-je laisser mon mari voir ça ?

— C'est simple. Tu l'en empêches, dit Anita, une fille plutôt discrète.

— Ma sœur, qui a eu trois enfants, jure que ça s'améliore. Que tu récupères au moins assez pour travailler à concevoir le suivant, dit Andy.

— Torride. Vivement le début des réjouissances, plaisanta Rachel.

— Excusez-moi, les filles, mais vous me fichez la trouille, intervint Sophie, la seule femme du groupe à ne pas être mère. Toutes mes amies qui ont eu des mômes jurent que ce n'est pas si terrible.

— Elles mentent.

— Comme des arracheuses de dents.

— Et elles continueront à te mentir jusqu'à ce que tu aies toi-même un gamin et que tu sois en mesure de leur reprocher leurs mensonges. C'est la règle.

Sophie éclata de rire et fit voler son casque de cheveux auburn. Sa coupe au carré était récente, le dégradé autour du visage parfait. Elle était la seule d'entre elles à ne pas être affublée de legging, sweat-shirt ou robe à taille Empire. Ses ongles étaient impeccables, sa peau était hâlée et resplendissante de santé. Andy était prête à parier n'importe quoi que ses jambes et son maillot étaient épilés et que, sous ce pull près du corps et décolleté en V, Sophie portait un soutien-gorge en dentelle au lieu d'un banal modèle en Lycra. Et probablement même un string. C'était presque trop à supporter.

Même sa petite protégée était magnifiquement habillée.

La petite Lola, neuf semaines, était vêtue de pied en cap d'écossais Burberry : la robe froncée, le collant, le bandeau, les chaussons – tout était assorti. Pendant les réunions, le bébé pleurait rarement, semblait ne jamais baver et, d'après tatie Sophie, faisait des nuits de sept heures. Sophie l'amenait chaque semaine aux réunions de groupe pendant que sa belle-sœur, la maman de Lola, partageait ses longues journées de travail entre son cabinet en ville et l'unité de soins pédiatriques de Mount Sinai. Apparemment, cette femme prenait les groupes de soutien pour jeunes mamans pour une sorte de garderie – bien qu'aucun des bébés ne puisse encore se tenir assis – et elle avait demandé à Sophie d'y conduire Lola à sa place.

C'est ainsi que, chaque semaine, sans faute, la mince et séduisante Sophie amenait une Lola sur son trente et un écouter Andy et ses camarades du groupe se plaindre, pleurer et mendier des conseils. Le pire, c'était qu'Andy aurait voulu la détester, mais qu'elle en était bien incapable. Sophie était trop adorable.

— Je ne sais pas si je peux supporter d'entendre parler d'une vie sexuelle normale, à ce stade, observa Rachel.

— Ne t'inquiète pas, je suis loin d'avoir une vie sexuelle normale, répondit Sophie en contemplant le sol.

— Pourquoi ? demanda Andy. Je croyais que tu habitais avec ton petit ami qui est en adoration devant toi. De l'eau dans le gaz ?

Sophie se mit à pleurer. Andy n'aurait pas été plus choquée si la fille s'était levée et avait entamé un strip-tease.

— Excusez-moi, ce n'est pas le lieu, geignit-elle, ravissante même lorsqu'elle pleurait.

— Pourquoi ne nous racontes-tu pas ce qui se passe, intervint Lori la cheftaine d'une voix lénifiante, horripilante – elle était visiblement ravie de cette opportunité de contribuer aux échanges. Ici, nous pouvons nous épancher librement. Et je parle, j'en suis sûre, au nom de toutes, en t'assurant que tout ce qui se dit ici reste ici.

Sophie semblait ne pas l'avoir entendue – ou plutôt

avoir choisi, comme toutes les autres, de l'ignorer –, mais au bout d'un moment, après s'être délicatement mouchée et avoir embrassé Lola, elle lâcha :

— Je le trompe. Mon petit ami.

Suivirent quelques secondes de silence ouaté ; même les bébés s'étaient tus. Andy s'efforça de ne rien montrer de sa surprise. À en croire tout ce qu'elle avait raconté, Sophie adorait son petit ami. Elle dépeignait Xander comme un garçon doux et attentionné, sensible, attentif à ses sentiments, mais capable de passer six heures d'affilée le dimanche à regarder des matchs de foot à la télé. Ils sortaient ensemble depuis des années, venaient d'emménager sous le même toit et, jusqu'à récemment du moins, Sophie pensait que tout allait pour le mieux, qu'ils allaient se marier, avoir des enfants. Le sujet n'avait jamais été abordé de façon très directe, mais Sophie sentait que c'était un fait acquis et, bien que de six ans sa cadette, elle commençait à se sentir prête.

— Définis ce que tu entends par « tromper », dit Bethany, et Andy fut soulagée que quelqu'un ait rompu le silence.

— Bon, ce n'est rien de bien extraordinaire, répondit Sophie en fixant ses mains. Nous n'avons pas… couché ensemble, ni rien.

— En ce cas ce n'est pas tromper, décréta Sandrine. Vous les Américains, vous êtes tellement à cheval sur les nuances – toutes sans exception, franchement. Si tu aimes ton petit ami et qu'il t'aime, le reste n'est qu'un béguin. Ça passera.

— C'est ce que je pensais moi aussi, mais ça ne passe pas ! se lamenta Sophie. C'est un de mes étudiants en photographie, je le vois trois fois par semaine. Ça a commencé par un flirt appuyé, essentiellement de sa part, même si je dois reconnaître que j'étais flattée. Quand on vous manifeste autant d'attention…

— Xander n'est pas attentif ? demanda Rachel.

Sophie se tordit les mains.

— Non, plus vraiment. Depuis que nous avons emménagé ensemble… Je ne sais pas d'où ça vient, mais j'ai l'impression d'être un meuble.

— Je peux t'assurer que beaucoup d'entre nous ici regrettent que leur mari ne les confonde pas avec un meuble, plaisanta Andy.

La remarque suscita des éclats de rire et des hochements de tête. Mais pas de la part de Sophie.

— Oui, mais nous n'avons pas d'enfant ensemble. Nous ne sommes pas mariés. Nous ne sommes même pas fiancés ! Ce n'est pas un peu prématuré pour se comporter comme des colocs ?

— Que s'est-il passé, au juste, avec ton étudiant ? Juste un petit flirt ? Crois-moi, Xander n'est pas rongé par la culpabilité chaque fois qu'il se marre avec une collègue, et tu ne devrais pas l'être non plus, dit Anita.

— Hier soir, nous sommes allés dîner après le cours. Avec d'autres personnes, s'empressa de préciser Sophie. Mais ensuite, tout le monde s'est dispersé, et il a insisté pour me raccompagner chez moi. Au début, je veillais à ce qu'il garde ses distances parce que je savais que Xander serait à la maison, mais on a fini par se peloter dans ma rue, à deux pas de chez moi. Ce qui est vraiment débile parce que Xander aurait pu sortir à tout moment. Mon Dieu, où avais-je la tête ?

— J'en conclus que c'était agréable ? hasarda Stacy.

Sophie leva les yeux au ciel et lâcha un gémissement.

— Agréable ? Tu veux dire *fantastique*.

Quelques filles applaudirent et Sophie ébaucha un sourire puis se frappa le front, assez violemment.

— Ça ne se reproduira plus. Vous êtes d'accord avec moi : ce serait pire d'en parler à Xander pour soulager ma conscience que de prétendre qu'il ne s'est jamais rien passé.

— Évidemment ! trancha Sandrine avec une autorité toute régalienne. Ne fais pas ta prude.

D'autres femmes hochèrent la tête, parce qu'elles

étaient d'accord avec Sandrine – ou qu'elles n'en attendaient pas moins de la part d'une Française.

— Je me sens tellement coupable ! J'aime Xander, je l'aime vraiment. Mais je commence à me demander si cela ne veut pas dire…

— Bon, as-tu décidé ce qui va se passer la prochaine fois que tu verras… Comment s'appelle-t-il ? demanda Anita, toujours pragmatique.

— Tomás. Je le vois demain, en cours. Bien sûr, je lui ai déjà dit que c'était une erreur, que ça ne devait jamais plus se reproduire, mais je n'arrête pas de penser à lui. Et… (Sophie s'interrompit et regarda nerveusement autour d'elle)… il m'a envoyé un mail. Il me disait qu'il était impatient de me revoir. Est-ce que je suis une garce ?

Un des bébés commença à pousser des braillements ; un sein fut dénudé d'urgence, et les pleurs se turent.

— Ne sois pas trop dure avec toi-même, Soph, dit Andy en posant Clementine à plat ventre sur ses genoux et en lui tapotant le dos en cadence. Vous n'êtes pas mariés, vous n'avez pas de gosse et tu es très séduisante. Vis un peu ! Tu vas peut-être me détester de dire ça, mais je pense que tu devrais foncer, et faire faire un essai sur route à Tomás. Et tu pourrais nous raconter ce qu'il en est la semaine prochaine…

La suggestion fut accueillie, là encore, par des éclats de rire. Pensaient-elles qu'en l'absence de serments, ou de progéniture, la relation de couple de Sophie et Xander était moins sérieuse que la leur ? Andy ne savait trop quoi en penser. Elle se sentait un peu coupable d'encourager Sophie à tromper Xander, mais moins, probablement, qu'elle ne l'aurait dû. La petite séance de pelotage avec Tomás (dont le prénom lui-même était ultra-sexy) semblait on ne peut plus excitante. N'était-on pas censé goûter aux plaisirs des sens, avant que toute notre vie ne tourne autour des conversations sur les tire-lait, les laxatifs et les crèmes pour nourrissons ? Sophie allait le comprendre par elle-même – elle retournerait vers Xander en appréciant mieux ce qu'ils partageaient. Ou pas. Peut-être Tomás était-il l'homme qu'il lui fallait ? Ou peut-être était-ce encore un autre, totalement différent et qu'elle n'avait pas encore rencontré ? Andy avait beau savoir que, dans l'histoire, Xander risquait d'y laisser quelques plumes, elle ne pouvait s'empêcher de penser que ce n'était pas si grave.

Deux autres bébés commencèrent à s'agiter ; il était bientôt 15 heures, et Lori annonça que la séance était terminée.

— Nous repartons avec des sujets de réflexion intéressants, mesdames, conclut-elle tandis que tout le monde commençait à ranger biberons, tétines, anneaux de dentition, serviettes, plaids, couvertures d'allaitement et animaux en peluche. La prochaine fois, nous aurons la visite d'une spécialiste du sommeil de Baby 911 qui nous expliquera quand et comment régler les petits sur un emploi du temps. Soyez gentilles de me prévenir par e-mail si vous ne pouvez pas vous libérer. Et comme toujours, votre compagnie a été très stimulante ! Je vous souhaite une excellente semaine.

Elle quitta la salle et leur laissa quelques instants pour bavarder entre elles et, au moment où la porte se referma, Andy entendit, à côté d'elle, un gémissement peu discret.

— Elle trouve ça vraiment stimulant, des nanas qui passent leurs journées en pantalon de survêtement couvert de vomi et de caca ? marmonna Bethany. Non, franchement !

— Vous avez vu sa tête lorsque j'ai dit que nous nous étions pelotés ? dit Sophie. Elle se creusait la cervelle pour trouver une citation inspirante sur le sujet, c'est sûr.

Andy remballa son bazar et dit au revoir aux autres femmes. Elle commençait déjà à les considérer comme des amies.

Elle ne remarqua que Max était rentré que lorsqu'elle avança la poussette dans le salon et commença à déballer ses affaires.

— Mais qui je vois là ? demanda-t-il en plantant un baiser sur la joue d'Andy et en tournant immédiatement son attention vers Clementine, qui gratifia son papa d'un immense sourire édenté que, par réflexe, Andy se surprit à imiter. Regarde ce bébé, comme il est heureux ! s'extasia-t-il en soulevant sa fille de la poussette pour la nicher confortablement au creux de son bras.

Il déposa un baiser délicat sur son nez puis la tendit à Andy.

— Tu ne veux pas la garder ? Je suis sûre qu'elle adorerait passer un peu de temps avec son papa.

— Il faut absolument que je m'allonge un petit moment, répondit Max en se dirigeant vers leur chambre. La semaine a été affreusement longue. Et très stressante.

Andy lui emboîta le pas et déposa Clem sur le lit.

— Tu m'en vois navrée. Mais j'ai vraiment besoin d'une demi-heure, pour prendre une douche et manger un bol de céréales.

Elle embrassa sa fille et l'installa sur l'oreiller de Max.

— Andy, dit-il alors, de ce ton qu'il employait parfois avec elle – celui qui signifiait qu'il était *à ça* de perdre patience. J'ai beaucoup de pression en ce moment.

— Eh bien, rien de mieux que quelques gazouillis de bébé pour la faire baisser. Profite de ta fille, répondit Andy en refermant la porte de la chambre derrière elle.

Elle prit une douche rapide dans la salle de bains des invités puis enfila un pantalon de yoga et une polaire. Il ne restait plus de lait dans le réfrigérateur, mais elle se confectionna un sandwich au beurre de cacahouète et à la banane, attrapa un Coca light et alla s'effondrer sur le canapé. Depuis combien de temps n'avait-elle pas regardé un épisode de série sans un bébé suspendu à son sein ? Ou mangé un repas sans être interrompue ? C'était une parenthèse de pure félicité. Sans doute s'était-elle assoupie car, lorsqu'elle rouvrit les yeux, Max et Clementine l'avaient rejointe sur le canapé. Max avait dégrafé le pyjama de

Clementine et lui chatouillait le ventre. Pour le récompenser, Clem lui offrait le plus beau des sourires.

— Ça va ? demanda-t-il.

— Mieux, répondit Andy.

Elle se sentait infiniment plus détendue qu'un instant plus tôt. À cause des sautes d'humeur, c'était tous les jours comme ça : une succession de hauts et de bas, d'élans d'euphorie et de vagues d'abattement.

Clem, qui souriait, poussa un glapissement de délectation.

— Tu crois qu'elle vient de rire ? demanda Max. Je croyais qu'elle était encore trop petite pour ça.

Andy lui serra le bras.

— Ça ressemblait incontestablement à un rire.

Elle s'était toujours imaginé qu'elle serait raide dingue de son enfant, mais jamais elle n'avait anticipé que son mari craquerait tout autant. Max était un père merveilleux – engagé, présent, affectueux, et drôle – et il y avait peu de spectacles au monde qui la ravissait autant que ces interludes père-fille. En dépit de quelques petits accrochages comme celui qui s'était produit un peu plus tôt, où chacun cherchait à protéger jalousement son territoire, Andy savait que tout se passait pour le mieux. Et ce, pour la première fois depuis de nombreux mois. Sa fille était en bonne santé et heureuse, son mari était gentil, et attentionné la plupart du temps, et si ces quelques mois passés avec son bébé étaient certes exténuants, ils n'avaient pas de prix. La lettre de Barbara, les cachotteries de Max concernant l'épisode des Bermudes n'étaient plus que des souvenirs lointains, et les quelques angoisses qui subsistaient encore étaient imputables aux hormones ou au manque de sommeil, voire aux deux. Andy contempla sa petite famille. Ils étaient ensemble, épuisés mais heureux, en train de profiter de leur bébé, et elle comptait bien savourer chaque seconde de ce bonheur.

17

Entre *James Bond* et *Pretty Woman*, avec un zeste de *Mary Poppins*

— Tu es bientôt prête ? claironna Max depuis le salon.

Andy savait qu'il était en train de boire une canette de *root beer*, elle l'imagina allongé sur le canapé, en costume sombre près du corps et mocassins italiens de luxe, sirotant sa bière sans alcool tout en consultant avec nonchalance son iPhone, les cheveux courts, les joues rasées de frais ; il devait embaumer le shampooing et l'after-shave mentholé et, inexplicablement, le chocolat. Sans doute était-il impatient d'arriver à la fête et de faire le tour des invités, qu'il connaissait et appréciait. Peut-être même tapait-il du pied avec impatience. Pendant ce temps, à l'autre bout du couloir, Clementine buvait son biberon dans les bras d'Isla, la baby-sitter australienne de vingt-deux ans qu'Andy avait embauchée sur la recommandation d'une maman du groupe – et après vérification de ses références *via* Google. En d'autres termes : une parfaite inconnue.

Une sonnette tinta et Andy crut d'abord que cela venait de la télévision, mais lorsque Stanley commença à aboyer et qu'elle vit sur l'écran du babyphone Clem et Isla pelotonnées dans le fauteuil, elle se dit qu'il s'agissait d'une livraison de traiteur. Pour Isla, sans doute. Puis le téléphone fixe sonna, et Andy empoigna le combiné.

— C'est bon, laissez-le monter, lança-t-elle précipitamment.

— Andrea ? Désolé, je voulais juste vous prévenir que…

Une voix perçante, dans le hall d'entrée, interrompit le portier.

— Bonsoir ! Il y a quelqu'un ? Bonsoir…

— … que Mrs Harrison est en train de monter chez vous, reprit le portier. Elle a dit que vous l'attendiez.

— Oui, bien sûr. Merci, répondit Andy en baissant les yeux – elle était nue comme un ver.

Elle entendit Max accueillir sa mère dans le hall. Un instant plus tard, il entrebâilla la porte de la chambre et glissa la tête.

— Hé, ma mère vient d'arriver. Elle était invitée à un vernissage, juste à côté. Elle s'est dit qu'elle allait s'arrêter pour dire bonjour au bébé.

Andy le dévisagea et remarqua son sourire penaud.

— Tu te fiches de moi ?

Comme si là, tout de suite, j'avais besoin de ta mère dans les pattes, songea-t-elle.

— Désolée, ma chérie. Elle était vraiment à deux pas, et elle est attendue autre part dans une demi-heure. Elle ne fait que passer en coup de vent. Je me disais qu'on pourrait boire un verre tous les trois avant d'aller à nos soirées respectives.

— Max, je ne suis même pas habillée, protesta Andy en désignant d'un grand geste l'enchevêtrement de serviettes de toilette, de robes noires et de sous-vêtements sur le lit.

— Ne t'inquiète pas pour ça, elle est venue pour voir Clem. Prends ton temps. Je vais te servir une coupe de champagne, et tu nous rejoins quand tu es prête.

Elle voulait l'étriper de ne pas l'avoir consultée quant à cette surprise totalement inopportune, mais elle se contenta d'acquiescer, sans un mot, et de lui faire signe de refermer la porte. Elle entendit Max présenter sa mère à Isla – « Australie, dites-vous ? Quel pays *intéressant* » –, puis les voix s'amenuisèrent lorsqu'ils se dirigèrent vers le salon. Andy reporta son attention sur un shorty en Lycra, taille S. Elle le fit remonter centimètre par centimètre le long de ses cuisses, et après avoir rencontré de la résistance à chaque étape, la satisfaction d'avoir emmailloté la partie la plus large de ses jambes aurait mérité d'être célébrée. Mais restait encore à se concentrer pour venir à bout du double obstacle des fesses et du ventre. À force de comprimer, de pincer, de faire rouler les chairs et de tirer sur la gaine, quand celle-ci fut enfin en place, Andy sentit des gouttes de transpiration ruisseler le long de son dos et entre ses seins. Ses cheveux, coiffés par un professionnel pour la première fois depuis la naissance de Clementine, étaient maintenant collés sur son visage et son cou. Elle attrapa un magazine pour s'éventer et se mit à rire en songeant au tableau qu'elle offrait, en gaine amincissante et soutien-gorge d'allaitement couleur chair d'où elle débordait de toutes parts. Si ça, ce n'était pas sexy… !

Son portable sonna sur la table de nuit. Elle roula tel un porcelet engraissé sur le lit pour l'attraper.

— Ce n'est pas le bon moment, répondit-elle machinalement, avec cette franchise que seule une jeune maman peut se permettre.

— J'appelais juste pour te souhaiter bonne chance, ce soir.

Entendre la voix chaleureuse et familière de Jill apaisa immédiatement Andy.

— Bonne chance pour quoi ? Parce que je vais être une grosse vache laitière au milieu d'une mer de gens sublimes, ou bonne chance parce que je laisse ma petite fille qui vient de naître avec une inconnue que j'ai, en gros, trouvée sur Internet ?

— Les deux ! répondit Jill avec enjouement.

— Je ne sais pas comment je vais y arriver, gémit Andy, consciente d'être déjà très en retard.

— Comme toutes les autres : tu t'habilles tout en noir, tu vérifies ton portable toutes les quatre à cinq secondes, et tu bois autant que les circonstances le permettent.

— Excellent conseil. Boire et vérifier le téléphone. Maintenant, il me reste encore à caser mon derrière dans la robe noire à manches longues. Tu te souviens ? Celle avec la fente dans le dos que je portais tout le temps, avant d'être enceinte ?

Jill éclata de rire.

— Tu as accouché il y a à peine quatre mois, Andy. N'attends pas de miracle.

Andy contempla la robe étalée sur le lit. Selon qu'elle faisait un 36 ou un 38, la robe était à peinc ajustée et élégante, ou bien moulante et sexy et, en fonction des accessoires, parfaite en toutes occasions, pour un verre en amoureux comme pour un mariage. Ce soir-là cependant, elle donnait l'impression d'avoir été faite pour une poupée ou, à la rigueur, une pré-ado.

— Parce que le miracle ne se produira pas, c'est ça ? murmura-t-elle.

— Probablement pas. Mais quelle importance ? D'ici deux mois, cette robe t'ira de nouveau à la perfection, alors quelle différence ?

— La différence, c'est que je n'ai rien d'autre à me mettre !

Andy ne voulait pas donner l'impression d'être hystérique, mais elle transpirait de plus en plus, l'heure tournait et, en matière de robe, elle n'avait pas de plan B.

— Bien sûr que si, répondit Jill, du même ton qu'elle s'adressait à Jonah lorsqu'il se montrait particulièrement ronchon. La robe noire avec les manches trois quarts ? Celle que tu portais au brunch de Mamita en mars ?

— Non ! C'est une robe de maternité. Parfaite pour l'anniversaire d'une dame de quatre-vingt-neuf ans.

— Songe que plus la robe est ample, plus tu paraîtras mince.

Andy soupira.

— Je dois te laisser. Désolée, je n'ai absolument pas le temps de te poser des questions sur ta vie. Sans compter que Barbara est ici pour voir Clementine. Je te jure, on croirait que c'est fait exprès : le seul soir où je ne peux pas me permettre d'être énervée parce que je suis déjà une loque… (Andy s'intima l'ordre de se taire.) Et toi ? Tout va bien ?

— Oui, tout va bien. Débarrasse-toi de Barbara et va t'amuser. C'est ta première soirée depuis une éternité. En plus, elle est super importante d'un point de vue professionnel, et tu la mérites.

— Merci.

— Mais n'oublie pas, tu bois autant que tu peux.

— Robe noire, téléphone, cuite. Pigé. Salut.

Andy raccrocha puis regarda le téléphone en souriant. Parfois, sa sœur lui manquait terriblement, surtout des soirs comme celui-là.

Max passa la tête dans l'entrebâillement de la porte.

— Tu n'es pas encore habillée ? Andy ? Que se passe-t-il ?

Elle ramassa une serviette humide qui traînait par terre et s'en couvrit la poitrine.

— Ne me regarde pas !

Max approcha et caressa ses cheveux humides de transpiration.

— Qu'est-ce qui te prend ? Je te vois nue tous les jours. (Comme Andy ne répondait rien, Max désigna la robe sur le lit.) Celle-là fait trop soirée de boulot, ajouta-t-il gentiment, mais Andy comprit qu'il avait certainement entendu la fin de sa conversation et que, sans doute, « soirée de boulot » signifiait ici « trop petite ».

Il ouvrit le placard, commença à fouiller dans le coin des robes et en sortit exactement celle que Jill avait suggérée.

— Celle-ci ? proposa-t-il en la lui présentant à bout de bras. Je t'ai toujours aimée dans cette robe.

Andy renifla, au bord des larmes, et serra plus étroitement la serviette contre elle.

Max retira le cintre et étala la robe sur le lit.

— Enfile-la, et retouche ton maquillage, d'accord ? La voiture nous attend en bas, mais ça va, on a le temps. Viens dire bonjour à ma mère, et ensuite on file.

— Super, marmonna Andy pendant que Max tapotait une micro-noisette de mousse coiffante pour discipliner une invisible mèche rebelle.

Andy se glissa dans la robe de maternité. Jill et Max avaient raison, c'était le seul choix possible, et le résultat n'était finalement pas monstrueux. Paraissait-elle mince et élancée ? Non. Était-elle sexy ? Non plus. Mais la robe avait le mérite de contenir son monumental soutien-gorge d'allaitement, de couvrir sa taille ventripotente et de dissimuler son derrière qui n'avait pas encore retrouvé son envergure normale. Franchement, c'était plus qu'elle n'aurait pu espérer. Elle enfila un collant extra-fin avec couture, et des escarpins Chloé avec un talon de dix centimètres, qui avaient toujours été très inconfortables mais qui, maintenant, comprimaient ses pieds comme des chaussons chinois des pieds bandés. En s'efforçant d'ignorer la douleur sourde qui s'insinuait déjà dans ses chevilles et se transformerait certainement en élancements avant la fin de la soirée, Andy appliqua un nouveau rouge à lèvres acheté spécialement pour l'occasion, lissa son brushing du mieux qu'elle put et se redressa, les épaules bien en arrière. Était-elle redevenue celle qu'elle était avant le bébé ? Pas exactement. Mais, pour une toute jeune maman, elle n'était pas si mal.

Max, derrière elle, la contemplait dans le miroir et lâcha un sifflement admiratif.

— Voilà une maman drôlement sexy, dit-il en l'enveloppant de ses bras.

Elle le laissa un instant effleurer son ventre flasque, puis dit :

— Ces petits bourrelets t'excitent, pas vrai ? Vas-y, admets-le.

Il éclata de rire.

— Tu es magnifique. Et tu as des seins de rêve, ajouta-t-il en glissant délicatement la main sous l'un d'eux.

Andy sourit.

— Le jeu en vaudrait presque la chandelle rien que pour le décolleté, n'est-ce pas ?

— Le décolleté et le bébé.

Il l'entraîna dans le couloir, l'aida à se draper dans son étole en soie et lui serra fort la main lorsque Isla émergea de la chambre de la petite avec, dans les bras, une Clementine aux paupières lourdes. Barbara suivait derrière elle, perchée sur des escarpins couleur chair, et d'une élégance folle en robe fourreau ajustée et boléro assorti.

Andy, par comparaison, eut l'impression d'être un mammouth.

— Bonsoir, Barbara. C'est gentil d'être passée nous voir.

— Oui, très chère. Bon, j'espère que ce n'est pas une intrusion mal venue, mais je me suis aperçue que je n'avais pas vu ma petite-fille depuis des semaines, et comme j'étais dans le quartier…

Elle s'interrompit et laissa son regard errer dans le hall d'entrée.

— Vous avez changé quelque chose ici ? Vous avez repeint, peut-être ? Ou alors, c'est ce miroir ? Quel soulagement ! Je dois dire que je n'ai jamais aimé ce… ce « collage » que vous aviez tenu à accrocher bien en évidence.

— Mère, ce « collage » est une pièce technique mixte d'un nouvel artiste très en vue dont le travail a été exposé partout en Europe, précisa Max. Andy et moi l'avons trouvé ensemble à Amsterdam, et nous l'adorons.

— Mmm, vous savez ce qu'on dit… Les goûts et les couleurs… éluda Barbara d'une voix flûtée.

Max lança un regard contrit à Andy. Qui se contenta de hausser les épaules. Ils étaient mariés depuis un an et, même si elle n'avait pas oublié la lettre de Barbara, loin de là, Andy n'était plus surprise par sa belle-mère.

Dans le salon, Barbara se percha du bout des fesses sur un fauteuil, comme s'il grouillait de punaises de lit.

Andy ne put résister.

— Ah, Max, fais-moi penser à appeler l'exterminateur lundi matin sans faute. Cela fait une éternité qu'il n'est pas passé.

Max lui lança un regard interloqué et Barbara se releva comme un ressort. Andy se retint de rire.

— Comment s'est passé le biberon ? demanda-t-elle à Isla, en refrénant son envie d'arracher sa fille des bras de cette étrangère.

— Très, très bien, elle a bu les cent millilitres en entier. J'ai changé sa couche et maintenant je vais la mettre au lit. Mais elle voulait d'abord dire bonsoir à sa maman.

— Oh, viens là, mon amour ! roucoula Andy, soulagée de cette opportunité de tenir Clementine une dernière fois dans ses bras sans passer pour une mère psychotique. Tu seras sage avec ta baby-sitter, d'accord ?

Andy embrassa la joue dodue de sa fille une fois, deux fois, trois fois, avant de la rendre à Isla, qui la cala confortablement sur son épaule.

— Je vais lui lire *Bonne nuit, la lune*, et la bercer. Ensuite…

— N'oubliez pas de la mettre dans sa turbulette, l'interrompit Andy. (Max lui serra la main.) Quoi ? fit-elle en se tournant vers lui. C'est important.

— Oui, naturellement, s'empressa d'approuver Isla. Je la mets dans sa turbulette, je lui lis *Bonne nuit, la lune*, je la berce jusqu'à ce qu'elle s'endorme, je baisse les lumières sans faire le noir complet et je branche la machine de bruit blanc. Elle se réveillera probablement vers 21 h 30, pour un nouveau biberon, mais même si elle ne se réveille pas, je lui fais tout de même boire le biberon qui se trouve au frigo. C'est bien ça ?

Andy acquiesça en silence.

— Si vous ne vous souvenez pas comment faire fonctionner le chauffe-biberon, plongez-le simplement dans un bol d'eau très chaude pendant quelques minutes. Mais, s'il vous plaît, n'oubliez pas de vérifier la température du lait avant de le lui donner.

— Bon, Andy, apparemment tout est sous contrôle, intervint Max en embrassant sa fille sur le front. Viens t'asseoir un instant avec nous, et ensuite nous y allons.

— Vous avez nos deux numéros de portable, juste au cas où ? Et la feuille que j'ai laissée sur le comptoir, avec les numéros à contacter en cas d'urgence ? Ma mère est au Texas en ce moment, donc elle ne sera pas d'un grand secours… (Elle coula un regard en direction de Barbara, qui était en train de lire attentivement quelque chose.) Donc, le mieux serait d'appeler directement le 911 aussi vite que…

— Je vous promets de prendre le plus grand soin d'elle, l'interrompit Isla avec un sourire patient et rassurant, mais Andy n'en regretta pas moins de n'avoir pas une caméra de surveillance.

Elle s'était juré qu'elle serait une maman cool, détendue, qui ne passerait pas son temps à flipper au sujet des microbes, des baby-sitters et de tout ce qui n'était pas estampillé du label « bio ». Une maman capable de suivre le cours des événements sans devenir chèvre. Mais il avait suffi d'un regard à cet être humain minuscule, vulnérable, qui dépendait entièrement d'elle pour que tout bascule. Andy n'avait confié Clementine qu'à sa mère, et une seule fois, parce qu'elle n'avait pas vraiment eu le choix, à la sœur de Max – et ce, uniquement parce qu'elle avait rendez-vous chez le médecin et qu'elle ne voulait pas exposer Clementine aux germes qui pouvaient traîner dans les salles d'attente. Elle avait retourné tous les pyjamas et bodies qu'ils avaient reçus en cadeaux de naissance lorsqu'il n'était pas mentionné en toutes lettres sur l'étiquette que le tissu n'était pas traité avec un retardateur de flammes toxique ; tout comme elle avait renvoyé tous les jouets en plastique « Made in China », ou non certifiés sans bisphénol A, PVC et phtalates. Au mépris de toutes les promesses qu'elle avait faites – à elle-même, à son mari et à tous celles et ceux qui avaient bien voulu l'écouter –, Andy remuait ciel et terre pour s'aligner sur l'emploi du temps de Clem, une routine soigneusement chorégraphiée de tétées, siestes, temps de jeux et promenades, qui passaient en priorité, avant tout et tout le monde. Mais elle n'arrivait pas à se contrôler.

Elle inspira profondément, expira silencieusement par la bouche et se força à sourire.

— Je n'en doute pas, Isla. Merci, dit-elle en regardant la jeune fille emporter Clem dans sa chambre.

La voix de Barbara la ramena à la réalité.

— Andrea, très chère ? Qu'est-ce que ceci ? demanda sa belle-mère en agitant une petite liasse de feuilles du bout des doigts.

Andy prit place sur le canapé et attrapa sa coupe de champagne – du courage liquide. Barbara vint s'asseoir à côté d'elle et croisa les jambes.

— Ceci, dit-elle. C'est intitulé « Liste de naissance de Miranda ». Il ne s'agit pas de Miranda Priestly, n'est-ce pas ?

La liste se trouvait punaisée au-dessus du bureau d'Andy, et on pouvait s'étonner de ce que Barbara soit allée fureter par là, mais Andy n'avait pas assez de combativité pour aborder la discussion sous cet angle-là.

— Ah oui, la liste de Miranda. Elle me l'a envoyée après la naissance de Clementine. Miranda n'aime pas vraiment les gens, mais apparemment elle a un faible pour les bébés.

— Ah bon ? murmura Barbara en parcourant les pages,

une étincelle dans les yeux. Eh bien, dites-moi, c'est drôlement complet.

— Tout à fait, acquiesça Andy en regardant par-dessus l'épaule de sa belle-mère.

Elle avait manqué de s'évanouir sous le choc lorsque la liste était arrivée, quinze jours après la naissance de Clementine, en même temps qu'une boîte enveloppée de papier rose et d'un ruban blanc agrémenté d'un hochet en argent de chez Tiffany. À l'intérieur du coffret, il y avait un petit mot sur un papier à en-tête personnel disant « Félicitations pour votre nouvelle extension ! » et, sous une bonne demi-douzaine de couches de papier de soie, était nichée la couverture en vison la plus exquise qu'Andy ait jamais vue. Ou plus exactement, la seule couverture en vison qu'elle ait jamais vue. Elle avait la douceur de la soie et était immense. Andy l'avait aussitôt étalée au pied de son propre lit et elle se blottissait contre elle presque toutes les nuits. Clem ne l'avait encore jamais souillée et Andy était résolue à ce que cela n'arrive jamais. Du vison ! Pour un bébé ! Andy sourit en se souvenant de la remarque d'Emily : c'était de toute évidence Miranda en personne qui avait choisi ce cadeau car aucune assistante n'aurait jamais eu l'idée d'envoyer une couverture en vison de cette taille comme cadeau de naissance. Et, comme si ce cadeau n'était pas assez fabuleux, l'envoi s'accompagnait de la fameuse « Liste de naissance de Miranda ».

Vingt-deux pages, en interligne simple. Une table des matières, avec des rubriques telles que « Articles nécessaires pour la maternité », « Articles nécessaires à la maison : quinze premiers jours », « Articles de toilette », « Nécessaire médical », « Mémo de contrôle ». Naturellement, Miranda indiquait aussi comment assortir les pièces de layette (de préférence siglées Jacadi, Bonpoint et Ralph Lauren) : bodies à manches courtes, à manches longues, grenouillères, chaussettes, chaussons, mitaines, ensemble haut-pantalon pour garçon, robe ou barboteuse avec collant pour les filles. Il était indiqué où se procurer les gants de toilette, les serviettes, les parures de berceau. Les langes, les couvertures de poussette, et celles brodées des initiales du bébé pour le berceau. Elle indiquait même sa marque préférée d'accessoires de coiffure. Mais cela ne s'arrêtait pas là. La liste comprenait des recommandations en matière de pédiatres, de conseillers en lactation, de nutritionnistes pour enfants, d'allergologues, de pédo-dentistes et de pédiatres se déplaçant à domicile. Elle recensait toutes les ressources dont on pouvait avoir besoin pour organiser une circoncision ou un baptême : synagogues et églises fréquentables, mohels, traiteurs, fleuristes. Décorateurs spécialisés dans les chambres d'enfants. Un contact chez Tiffany pour faire graver les initiales du bébé sur des cuillères en argent, des tasses et des assiettes commémoratives. Un diamantaire, chez qui le papa pourrait acheter à la maman le cadeau de naissance idéal. Et, le plus important de tout, une liste de personnel qualifié à même d'élever lesdits bébés : auxiliaires de nuit, nounous, baby-sitters, tutrices, orthophonistes, ergothérapeutes, conseillers éducatifs – tous et toutes sélectionnés et homologués par Miranda en personne.

Barbara termina sa lecture et reposa la liste sur la table.

— C'est très attentionné de la part de Ms. Priestly de la partager avec vous, observa-t-elle. Elle doit vraiment voir quelque chose de spécial en vous.

— Mmm, marmonna Andy, peu encline à faire voler en éclats le respect soudain que lui manifestait sa belle-mère.

La liste, Andy le savait, avait été compilée par des assistantes, et la seule chose flatteuse était que Miranda ait demandé à son staff de la lui envoyer à *elle*. Avec la couverture en vison, qu'Andy exhiba sans vergogne devant sa belle-mère.

— Extraordinaire ! souffla Barbara en la caressant avec révérence lorsque Andy la posa sur ses genoux. C'est un cadeau de naissance unique en son genre, et très attentionné. Je suis certaine que Clementine l'adore.

— Mère, vous pouvez rester si vous le souhaitez, mais Andy et moi devons partir. La voiture attend en bas depuis vingt minutes et nous sommes maintenant officiellement en retard.

Barbara hocha la tête.

— Je comprends, mon cher. Mais je ne pouvais pas passer à côté d'une occasion de voir ma petite-fille.

Andy, magnanime, sourit.

— Clem en était ravie elle aussi, mentit-elle. Vous êtes la bienvenue, n'importe quand.

Elle s'abstint de faire remarquer que Barbara n'avait tout de même pas poussé l'affection jusqu'à prendre sa petite-fille adorée dans ses bras, ni même à lui caresser le front. Sa belle-mère avait admiré Clem en respectant une distance de sécurité et, pour la première fois, Andy entrevit ce qu'avait dû être l'enfance de Max aux côtés d'une telle mère.

Elle se leva en même temps que Barbara, lui déposa un baiser sur la joue et se détourna pour prendre sa minaudière, quand la main de Barbara se referma sur la sienne.

— Andrea, je voudrais vous dire quelque chose, commença-t-elle, de son ton très Park Avenue.

Andy paniqua. Max était déjà à mi-couloir, en train d'attraper leurs manteaux. Elle ne se souvenait pas à quand remontait son dernier tête-à-tête avec Barbara Harrison et elle n'était pas en mesure de…

La main de Barbara se crispa et Andy se sentit halée vers sa belle-mère. La distance qui les séparait était si mince qu'elle humait son parfum discret et voyait les rides autour de ses lèvres, si profondes que même les meilleurs produits de comblement n'auraient pu en venir à bout. Elle retint son souffle.

— Très chère, je voulais juste vous dire, pour ce que ça vaut, que vous êtes une mère merveilleuse.

Andy était bouche bée. Elle n'aurait pas été plus

choquée si Barbara lui avait avoué être accro à la méthamphétamine.

Ce revirement venait-il de ce que Miranda Priestly l'avait estimée digne de recevoir sa liste de naissance ? Probablement. Et peu importait. Le compliment restait agréable à entendre dans la bouche d'une belle-mère qui la jugeait indigne de son fils, et d'autant plus agréable qu'Andy savait qu'il était mérité : elle n'était pas exempte de défauts, mais elle était une sacrée maman.

— Merci, Barbara, répondit-elle en serrant les mains de sa belle-mère. Cela signifie beaucoup pour moi, surtout venant de vous.

Mrs Harrison se dégagea en tortillant les poignets et elle chassa un cheveu imaginaire de son œil. L'instant de grâce était passé. Mais Andy garda le sourire.

— Bien, je ferais mieux d'y aller, chantonna Barbara. Je ne peux pas me permettre d'être en retard, ce soir. Tout le monde sera là.

Elle accepta l'aide de Max pour enfiler son manteau puis lui présenta sa joue.

— Au revoir, mère, dit-il en l'embrassant. Merci d'être passée.

Il était évident, à son expression, qu'il avait entendu leur conversation. Andy attendit que la porte se referme derrière sa belle-mère puis, tout en s'enveloppant d'une étole en cachemire, elle lança avec un sourire :

— Eh bien, dis donc, c'est un vrai miracle ! Elle m'a quasiment fait une déclaration d'amour.

Max éclata de rire.

— Ne nous emballons pas, tempéra-t-il, mais Andy voyait bien qu'il était heureux lui aussi.

— Elle m'aime ! feignit d'exulter Andy en riant. La toute-puissante Barbara Harrison adore Andy Sachs, mère extraordinaire !

Max l'embrassa.

— Elle a raison, tu sais.

— Un peu, que je le sais.

Isla les rejoignit dans le couloir.

— Je vous promets de prendre le plus grand soin d'elle.

Et avant qu'Andy ne puisse ajouter quoi que ce soit, ou aller embrasser son bébé une dernière fois, Max l'entraîna dans le couloir, la poussa dans l'ascenseur, puis sur la banquette arrière d'une Lincoln qui embaumait le cuir neuf, et comme chaque fois qu'elle montait dans une limousine de la compagnie Town Car, cette odeur rappela à Andy son année à *Runway.*

— Tout va bien se passer, la rassura Max en lui serrant la main.

Le chauffeur se rangea devant le Skylight West, à l'angle de la 10e Avenue et de la 36e Rue, à la suite d'une longue queue de limousines d'où émergeaient des couples séduisants en tenue de cocktail. Andy ouvrit sa portière avant même que leur voiture ne soit complètement à l'arrêt.

— Tu ne trouves pas incroyable qu'Emily ait organisé une soirée pareille en aussi peu de temps ? demanda-t-elle à mi-voix tandis que Max l'aidait à descendre de voiture. Faire une fête pour nos trois ans est une idée géniale, mais la faire sponsoriser par Vera Wang et Laura Mercier, c'était un coup de génie.

— Et un coup de pub tout aussi génial, renchérit Max. Connaissant Emily, elle aura réussi à faire venir tous les noms qui comptent, et tu sais *qui* aime ce genre de fête…

— Qui ? demanda Andy, l'air interloqué.

— Elias-Clark ! Les événements comme celui-ci sont dans la droite ligne de leur stratégie. Organise une fête bien clinquante, convainc une belle brochette de célébrités de se montrer et, le lendemain, tu as des papiers dans tous les carnets mondains. Emily sait que cette soirée va hisser *The Plunge* à un niveau supérieur, et le rendre encore plus désirable aux yeux de Miranda.

La remarque de Max était celle, purement factuelle,

d'un homme d'affaires familier du monde de la presse, mais elle n'en énerva pas moins Andy.

Ils étaient arrivés devant l'ascenseur qui allait les mener sur le toit terrasse, mais Andy retint Max par la main et fit signe aux autres invités – tous sublimes, mais dont aucun n'avait un visage familier – de monter sans eux.

— Ça va ? s'inquiéta Max.

Andy sentit sa gorge se nouer. Son téléphone vibra et un texto apparut sur l'écran.

— Emily veut savoir où nous sommes, dit-elle.

— Viens, montons, et profitons de cette soirée. D'accord ?

Max lui prit la main et elle se laissa entraîner dans la cabine de l'ascenseur.

Une très jeune femme, en robe rouge sexy, se faufila entre les portes juste avant qu'elles ne se referment.

— Vous allez sur la terrasse ? demanda-t-elle.

— Pour la fête de *The Plunge* ? demanda Max, et la fille lui fit un grand sourire.

— Je n'étais même pas invitée, reprit-elle. Ma patronne avait un empêchement et je l'ai suppliée de me donner son carton. C'est *the place to be* ce soir. Hé, attendez ! ajouta-t-elle tandis que son visage s'éclairait. Vous êtes Max Harrison, n'est-ce pas ? Waouh ! C'est dingue !

Max et la fille échangèrent une poignée de main. On aurait dit qu'elle venait de rencontrer Ryan Gosling.

Quand les portes de l'ascenseur se rouvrirent, Max regarda Andy en haussant les sourcils, un sourire espiègle aux lèvres. Andy nota mentalement de trouver Emily sans délai pour lui rapporter ce potin croustillant, mais cela lui sortit de la tête dès l'instant où elle posa un pied sur la terrasse. C'était un endroit magique – absolument magique. L'espace à ciel ouvert semblait s'étendre sur des kilomètres, et seules les lumières scintillantes du *skyline* créaient une délimitation spectaculaire entre la fête et l'ensemble de l'île de Manhattan. Droit devant, la cime tout en miroitements bleutés de l'Empire State Building dépassait de l'enseigne en néon rouge du *New*

Yorker. À droite, le soleil venait tout juste de se coucher sur l'Hudson et projetait de spectaculaires ombres violet foncé et orange, tandis qu'au second plan brillaient les lumières du New Jersey. C'était l'heure où toute la ville opérait sa transhumance quotidienne, les lumières étaient en train de s'éteindre dans les immeubles de bureaux et dans les magasins, pour s'allumer dans les appartements, les bars et les restaurants ; la cacophonie habituelle de sirènes, klaxons et musiques montait de la rue. En cette douce soirée d'octobre, la ville tout entière bourdonnait de vie, et Andy songea qu'il n'y avait pas plus bel endroit sur terre que New York.

— Tu as vu ce putain d'endroit ? C'est dément, non ?

Emily venait de surgir à ses côtés, sortant de nulle part. Sa silhouette scandaleusement sublime était comme sculptée dans une robe bandage rose fluo signée Hervé Léger et ses cheveux retombaient en cascade sur ses épaules nues. Qu'Emily ne s'embarrasse pas de deman-
der des nouvelles de Clementine, ou d'Andy n'était guère surprenant. Elle avait rendu visite à Andy au sortir de la maternité, et avait apporté à Clementine un petit ensemble robe, bonnet et mitaines en cachemire – un cadeau hors de prix et inutilisable puisqu'on était en juin – mais depuis, elle avait surtout brillé par son absence. Les deux filles communiquaient par conférence téléphonique avec divers membres de l'équipe et échangeaient des e-mails plusieurs fois par jour, mais un léger froid s'était insinué dans leur amitié. Andy ne savait pas trop si c'était lié au bébé, à son refus de discuter de l'offre d'Elias-Clark ou si elle se montrait simplement hypersensible, mais il lui semblait que quelque chose avait changé entre elles.

Max lui fit signe qu'il allait au bar et serait de retour dans une minute.

Andy se tourna vers Emily et essaya de plaisanter :

— Tu as fait raccourcir et reprendre cette robe ? Tu trouvais que sa coupe corsetée n'était pas assez marquée ?

Emily recula d'un pas et regarda son ventre.

— Elle est trop moulante ? J'ai eu des hallucinations devant mon miroir ? Parce que le résultat me semblait très bien !

Andy lui donna une petite tape sur le bras.

— Arrête, tu es superbe, et ce n'est que la jalousie de la baleine drapée dans le rideau de douche qui parle.

— C'est vrai ? Aaah… Je trouvais moi aussi qu'elle m'allait bien, mais on ne sait jamais. Tu es beaucoup mieux, toi aussi.

— C'est généreux de ta part. Merci.

— Non, c'est vrai. Tes nichons ont presque retrouvé une taille normale, et j'adore les escarpins Chloé. Tu as vu cet endroit ? ajouta-t-elle en désignant l'assemblée. C'est dingue, non ?

Andy pivota lentement sur elle-même et embrassa la scène du regard. Des flammes dansaient dans des braseros en fonte. Des guirlandes de minuscules ampoules blanches se croisaient et formaient une treille au-dessus de leur tête. Une foule de privilégiés triés sur le volet allait et venait en riant et en sirotant le cocktail spécial de la soirée, un mélange divinement enivrant de tequila Patrón, sirop de canne, coriandre et jus de citron. Les corps se mouvaient avec grâce entre le bar aux lumières tamisées et les canapés de cuir blanc disposés autour des tables basses en Plexi. Des grappes d'invités se tenaient devant les rambardes d'où ils admiraient le panorama.

Emily tira sur sa cigarette et expira lentement la fumée. Andy n'était plus enceinte. Une clope, juste une, ça n'allait pas la tuer. Elle tendit la main vers le paquet.

— Tu en veux une ? demanda Emily.

Andy hocha la tête. La première bouffée lui brûla la gorge et avait un goût exécrable, mais tout s'améliora très vite.

— Mon Dieu que c'est bon !

Emily se rapprocha.

— Patrick McMullan est là, il prend des photos. Il paraît que Matt Damon et sa ravissante femme sont ici, mais je ne les ai pas encore vus. Il y a une flopée de mannequins de Victoria's Secret, autant te dire que les mecs sont à la fête. Et Agatha vient de recevoir un message de l'attachée de presse d'Olive Chase, disant qu'elle et Clint pourraient faire un saut après un autre événement à Tribeca. Je ne sais pas trop comment tout ça s'est goupillé, mais cette fête est en train de devenir LA soirée de l'année.

Max, de retour, tendit à Andy un cocktail tequila-coriandre.

— Désolé, Em, je ne savais pas ce que tu voulais.

Emily fonça vers le bar avant même qu'Andy n'ait le temps de battre des cils.

— Je ne t'ai pas vue fumer depuis des années, observa Max en regardant avec insistance la cigarette.

Andy prit une autre bouffée. C'était un délice – tant la cigarette que l'air surpris de Max.

Sur un canapé, non loin d'eux, Miles bavardait avec quelques membres de l'équipe de *The Plunge*, et plus particulièrement avec Agatha, qui portait une combinaison-short sans manches en crêpe blanc, ceinturée sur sa taille inexistante par un lien doré en forme de serpent, et une paire de chaussures à talons en lamé or démentes – qui, sur n'importe qui d'autre, auraient fait camelote et *fashion victim*, mais qui, aux pieds d'Agatha, avaient une allure folle. Miles et elle semblaient être devenus copains comme cochons, ce qu'Andy n'appréciait guère, mais avant qu'elle n'ait pu s'appesantir sur le sujet, Miles l'aperçut et se leva d'un bond.

— Je propose un toast, annonça-t-il en brandissant sa bière. À Andy et Emily – où qu'elle soit. Qui ont réussi à rendre les mariages beaux et intéressants. Élégants et stylés. Et apparemment, nous ne sommes pas les seuls à le penser.

Tout le monde, à sa table, poussa des acclamations.

Miles trinqua avec Andy, puis avec Agatha.

— Bon anniversaire, *The Plunge* ! reprit-il. À ce superbe bébé de trois ans !

Andy fit son plus beau sourire, trinqua avec les autres convives et, après quelques minutes à parler de tout et de rien, s'excusa pour se mettre en quête d'Emily. Elle voulait s'assurer que le spectaculaire gâteau de mariage qu'elle avait commandé à une diva du design culinaire (son unique participation aux préparatifs de la soirée) était prêt pour son apparition solennelle.

Elle longeait le petit bar quand une voix familière la héla. *C'est impossible*, songea-t-elle en se refusant à tourner la tête. *Il vit à Londres maintenant. Il n'est presque jamais à New York. Il n'est même pas sur la liste des invités.* Ce n'est que lorsqu'elle sentit la main tiède s'enrouler autour de son avant-bras nu qu'il lui fallut se rendre à l'évidence.

— Alors quoi ? Tu me snobes ? plaisanta-t-il en l'attirant vers lui.

Comme d'habitude, il portait un costume sur mesure, de coupe européenne, et une chemise en popeline blanche ouverte un bouton trop bas, sans cravate. Ses joues étaient ombrées d'une barbe d'un jour, et peut-être avait-il une ou deux rides supplémentaires autour des yeux, qui n'enlevaient absolument rien à son sex-appeal. Et, à son sourire, on voyait bien qu'il le savait.

Il n'y avait qu'une seule chose à faire : oublier le brushing en voie d'effondrement et s'approprier comme un atout les kilos de grossesse relocalisés dans les fesses, les cuisses et les seins. Andy cambra les reins pour mettre en valeur son imposante poitrine et observa Christian Collinsworth la toiser d'un regard nonchalant.

— Christian, murmura-t-elle. Que fais-tu ici ?

Il éclata de rire et but une gorgée de son gin tonic super-tassé, elle le savait.

— Tu penses que je pourrais être à New York, entendre parler de la soirée de l'année et ne pas y faire un saut ? Surtout lorsque nous sommes tous réunis pour fêter la réussite de mon Andy ?

Andy essaya d'adopter, elle aussi, un rire désinvolte,

mais ne réussit qu'à produire un son guttural et bien trop sonore qui rappelait le braiment d'un âne.

— Ton Andy ? dit-elle en lui présentant sa main gauche. Je suis mariée maintenant, Christian. Tu te souviens du mariage auquel tu as assisté, il y a un an ? Et nous avons une petite fille.

Ses fossettes se creusèrent pour laisser place à un sourire amusé, et peut-être un poil condescendant.

— C'est ce que j'ai entendu dire mais je n'étais pas certain de pouvoir le croire. Félicitations, Andy.

Pas certain de pouvoir le croire ? Et pourquoi ? Que je puisse être mère est à ce point inimaginable ?

En un instant, la main de Christian était au creux de ses reins, pile à l'endroit où se trouvait un bourrelet qui avait refusé obstinément d'entrer sous la gaine. Christian pinça le relief que rencontraient ses doigts et Andy lui adressa un regard horrifié.

— Eh bien quoi ? fit-il en levant les mains. Tu es devenue mormone, en plus d'être mariée ? Ton mari va débouler de nulle part et me casser la gueule parce que j'ai posé la main sur sa propriété ? Viens, allons te chercher un verre, et tu pourras me raconter tout ce que j'ai raté.

Andy savait qu'elle aurait dû s'éclipser pour aider Emily, appeler la baby-sitter, localiser les toilettes – faire n'importe quoi, plutôt que de suivre aveuglément Christian Collinsworth au bar, mais elle en était incapable. Elle accepta le cocktail qu'il lui tendit et fit de son mieux pour s'adosser au comptoir dans une posture censée incarner à la fois la confiance en soi et le détachement d'une femme sexy. À ce stade, Andy ne pouvait que prier pour que ses seins, lourds et gonflés, ne choisissent pas ce moment pour une petite montée de lait.

— Comment s'appelle ta fille ? demanda Christian.

Il la regardait droit dans les yeux, tout en donnant l'impression qu'il se fichait éperdument de la réponse.

— Clementine Rose Harrison. Elle est née en juin.

— C'est mignon. Et comment t'adaptes-tu à la maternité ?

— Ne te fatigue pas, Christian. Tu as vraiment envie de discuter déficit de sommeil et langes ? Et si on parlait plutôt de ton sujet de conversation préféré : comment vas-tu, depuis la dernière fois ?

Il but une gorgée et sembla réfléchir à la question.

— Plutôt pas mal, je dois dire. Tu sais que je vis à Londres, maintenant ? Et ça marche vraiment bien pour moi. J'ai plein de temps pour écrire, plein d'opportunités pour voyager en Europe, je rencontre tout un tas de nouvelles têtes. New York commençait un peu trop à… s'étioler.

— Mmm…

— Tu ne trouves pas ? Franchement, tu n'en es pas arrivée au stade où tu préférerais vivre n'importe où plutôt qu'ici ?

— En fait, je…

— Andy, Andy, Andy. On s'est bien amusés, tous les deux, non ? Que nous est-il arrivé ?

Andy ne put se retenir d'éclater de rire.

— Que nous est-il arrivé ? Tu veux dire, lorsqu'on s'est réveillés un matin dans ta suite de la Villa d'Este et que tu m'as demandé si je voulais rencontrer ta petite amie ? Qui comme par hasard arrivait dans l'après-midi ? Alors qu'à ce moment-là nous sortions ensemble depuis six mois ?

— Je ne dirais pas…

— Oui, excuse-moi. Nous *couchions* ensemble depuis six mois.

— Ça n'était pas aussi simple. Elle n'était pas ma petite amie à proprement parler. C'était une situation compliquée.

Andy aperçut un éclair vert chartreuse dans son champ périphérique.

— Andy ? fit Christian en se rapprochant un peu plus.

Mais elle ne prenait déjà plus vraiment garde à sa

présence. Car elle distinguait maintenant que le vêtement vert chartreuse était en réalité un poncho – un poncho *en fourrure* – et qu'il se rapprochait de plus en plus, en louvoyant. Et avant qu'elle n'ait pu se composer une contenance, elle se retrouva enveloppée dans les bras de Nigel, le visage écrasé contre son torse.

— Ma chérie ! J'espérais bien te croiser ici. C'est une sacrée petite soirée que vous avez organisée là, les filles. Je suis drôlement impressionné.

Christian se pencha vers Andy et lui chuchota à l'oreille :

— Tu veux peut-être dire bonjour ?

Andy jeta un coup d'œil à son sourire, à ses fossettes, et, l'espace d'un instant, elle fut prise de l'envie de glisser sa langue dans la bouche de Christian.

Loin de paraître remarquer qu'Andy était sous le choc, Nigel l'embrassa sur chaque joue et annonça :

— Nous sommes venus avec l'équipe au grand complet, ce soir. Personne ne voulait rater une soirée si délicieuse.

À ces mots, Andy pensa s'évanouir. Était-ce cela, la rançon du succès ? Croiser Miranda tous les quatre matins, partout où elle irait ? Pour sa première sortie en public depuis l'accouchement, avait-elle vraiment besoin de faire face à Miranda Priestly, en plus d'une amie déçue, d'un ex-petit ami au comportement limite goujat, et d'une paire de seins qui n'allait pas tarder à faire des siennes ?

Par chance, Christian s'interposa pour saluer Nigel et, presque aussitôt, les deux hommes se mirent à évoquer le calendrier des prochaines collections. Andy en profita pour jeter un œil à la dérobée à l'équipe de *Runway* : Serena, Jessica et trois ou quatre clones déclinant toute la palette ou presque du sublime – kilomètres de chevelures épaisses, brillantes et impeccablement lustrées, robes moulantes, talons vertigineux, avant-bras toniques, ventres plats, jambes hâlées ; sans oublier des bijoux étincelants. Il n'y avait pas une seule fausse note au tableau.

— Miranda n'est pas là ? bredouilla-t-elle, sans se rendre compte qu'elle interrompait Christian et Nigel.

Ils se tournèrent vers elle et la dévisagèrent. Le regard de Christian était empreint de cette compassion qu'inspirent les doux dingues qui parlent seuls dans le métro. Celui de Nigel trahissait l'amusement.

— Eh bien non, mon chou. Tu crois que Miranda n'a rien de mieux à faire ce soir que de venir ici ? Si tu n'étais pas aussi égocentrique, ce serait presque mignon… acheva-t-il avec un sourire plein de mansuétude.

Andy le regarda, horrifiée.

— Non ! Je ne tenais pas particulièrement à ce qu'elle vienne…

Nigel hocha lentement la tête et se retourna vers Christian, qui ne fit rien pour dissiper son malaise. Par chance, l'approche de Max et une gorgée de tequila lui sauvèrent la mise.

790 — Salut, mon cœur, dit-elle, de manière un peu trop ostentatoire peut-être, mais l'éclair qu'elle vit passer sur le visage de Christian valait son pesant d'or. Max, tu te souviens de Christian Collinsworth. Et, naturellement, tu as déjà rencontré Nigel.

— Enchanté, dirent Max et Christian à l'unisson en échangeant une poignée de main.

Andy se sentit fière lorsque Max l'enlaça et lui tapota le dos ; il était plus grand que Christian, plus viril, et il dégageait bien plus d'assurance.

Nigel captura au vol un cocktail coiffé d'une ombrelle rose et leva son verre en direction de Max avant d'y tremper délicatement ses lèvres.

— Ravi de vous revoir, Mr Harrison, dit-il d'une voix chantante.

— Super fête, n'est-ce pas ? dit Max en buvant une gorgée d'eau gazeuse. Qui aurait pu croire qu'un magazine n'ayant que trois ans d'existence puisse attirer tout ce beau monde ?

Andy rougit en comprenant que Max en rajoutait pour

le bénéfice de Nigel, mais ce dernier ne sembla pas y prendre garde.

— Toutes les filles adorent les mariages, n'est-ce pas ? Même celle-ci ! piaula-t-il en se montrant du doigt.

Max et Christian lui accordèrent à peine un regard surpris, mais Andy comprit immédiatement.

— Neil et toi allez passer devant monsieur le maire ?

— Karl est déjà en train de travailler sur ma tenue, confirma Nigel avec un sourire jusqu'aux oreilles. Imaginez un croisement entre *James Bond* et *Pretty Woman*, avec un zeste de *Mary Poppins* pour la bonne mesure.

Andy, imitée par Max et Christian, hocha la tête avec enthousiasme, puis Christian prit congé. Andy surprit Max en train de le suivre du regard.

— Ça va être génial, dit-elle, bien que la description de Nigel n'ait pas été très éclairante.

— Ce sera le mariage de l'année, décréta-t-il, sans la moindre ironie ou modestie.

Andy eut un éclair de génie. C'était si parfait, si évident qu'elle ne savait même plus comment tourner sa phrase.

— Tu sais, j'ai honte de le dire, mais *The Plunge* n'a jamais couvert de mariage entre personnes du même sexe. Je dois d'abord en parler à Emily, mais je suis certaine que nous serions toutes les deux ravies de suivre votre mariage. On vous garantirait la couverture, naturellement, et on ferait une interview fouillée qui reviendrait sur votre rencontre, les débuts de votre relation, vos fiançailles, vos jobs respectifs. Je ne peux faire aucune promesse, mais nous pourrions même nous arranger pour que Saint-Germain, ou peut-être Testino, photographie…

Quelque chose dans la façon dont Nigel lui souriait – d'un air rusé, entendu, mais également sympathique – incita Andy à laisser sa phrase en suspens.

— C'est proprement incroyable, dit-il en secouant la tête. C'est comme un coup du destin !

— Donc, tu aimes bien l'idée ? demanda Andy avec

espoir en imaginant déjà la réaction extatique d'Emily lorsqu'elle lui annoncerait la nouvelle.

— Je l'adore, chérie. Miranda et moi en discutions ce matin même, et nous étions tous les deux d'accord : ça mérite une couverture. Même si elle préférerait Demarchelier, je continue à penser que c'est un sujet pour Mario. Mais quoi qu'il en soit, ça va être formidable. J'adore quand les grands esprits se rencontrent ainsi !

— Tu en as discuté avec Miranda ? répéta Andy, en cherchant une explication. Je ne pensais pas que c'était le genre de sujet que *Runway*…

— Chérie ! piaula Nigel. Tu es trop mignonne ! Évidemment, que ce n'est pas pour *Runway* ! Mais c'est absolument parfait pour *The Plunge*.

Andy le dévisagea, pas certaine de bien comprendre.

— Donc, tu veux bien qu'on en discute ? Parce que je sais que nous serions emballées de…

Une fois de plus, l'expression de Nigel la poussa à se taire.

— Il n'y a pas besoin d'en discuter, ma belle. Tout est déjà décidé.

Andy se tourna vivement vers Max, qui fixait le sol.

— Oh, tu veux parler de la proposition d'acquisition que nous a faite Elias-Clark, c'est ça ? demanda Andy, sincèrement déconcertée et essayant de retrouver un minimum de self-control.

Personne ne répondit. Nigel la dévisageait comme s'il venait de lui proposer un vol d'essai dans son vaisseau spatial.

— Je sais que l'offre est sur la table, et nous y réfléchissons, mentit-elle. Mais rien n'a encore été décidé.

Un autre long silence, insoutenable, suivit.

Nigel lui sourit avec condescendance.

— Naturellement, mon chou.

Max s'éclaircit la voix et dit :

— Quoi qu'il arrive, votre mariage fera un formidable reportage, je pense que nous pouvons tous nous accorder là-dessus. Encore une fois, félicitations ! Maintenant, si vous voulez bien m'excuser, je vais vous voler Andy un petit moment.

Nigel avait rejoint sa bande de congénères avant même que Max n'ait eu le temps d'entraîner Andy vers le bar.

— Est-ce que j'ai bien compris ? demanda Andy en acceptant le verre de vin que lui tendait Max.

Elle était sonnée.

— Quoi ? Nigel a l'enthousiasme un peu débordant, c'est tout. Mais c'est génial qu'il soit partant pour que son mariage paraisse dans *The Plunge*, tu ne trouves pas ?

— Si, bien sûr. Mais à l'entendre, on aurait cru que l'affaire était déjà dans les tuyaux, comme si Miranda nous possédait déjà et prenait toutes les décisions. Il ne sait donc pas que les négociations sont suspendues pour l'instant ?

Et prêtes à tomber aux oubliettes, compléta Andy dans sa tête.

— Pourquoi te tracasser avec ça ? Tu as toujours dit que Nigel s'enflammait plus vite que la poudre.

Andy acquiesça, sans pouvoir toutefois ignorer cette crainte sourde qui venait de s'insinuer en elle. La seule idée que Miranda puisse décider quels mariages couvriraient *The Plunge*, et qui les photographierait, suffisait à lui donner des sueurs froides. Elle savait désormais, et avec encore plus de certitude qu'auparavant, que jamais elle ne laisserait une telle chose se produire.

— Salut, beauté, je te dis au revoir, lui glissa Christian à l'oreille en surgissant derrière elle.

Andy fut saisie d'un accès de timidité lorsqu'il plaça les mains sur ses hanches pour l'embrasser sur les joues. Puis Christian se tourna vers Max, le fusilla du regard, et ajouta :

— C'était sympa de te revoir, mec. Et félicitations pour ta charmante épouse. C'est la meilleure.

Max avait déjà resserré sa prise autour de l'épaule d'Andy et c'est à peine s'il gratifia Christian d'un signe de tête avant de traîner sa charmante épouse vers leur table.

— Tu n'avais pas besoin d'être grossier, observa-t-elle, même si elle était secrètement ravie de la réaction muette de Max : *Bas les pattes, remballe ton costard étriqué et tes fossettes, et casse-toi.*

— Oh, s'il te plaît. J'aurais été grossier si j'avais dit à ce connard d'arrêter de draguer ma femme sous mes yeux et de dégager de ma vue. Je ne peux pas croire que tu te sois tapé ce type.

Le plus sage, décida Andy, c'était de laisser croire à Max qu'entre Christian et elle, l'histoire avait été anecdotique. Elle prit la main de son mari pour se mêler à la foule d'invités qui entonna « Joyeux anniversaire », avant d'applaudir à tout rompre.

Les trois heures suivantes passèrent dans un brouillard de hors-d'œuvre, de musique et de conversations, et Andy dansa même un peu. Elle parla à des dizaines, peut-être même des centaines de personnes, et bien qu'elle ait arrêté de boire tôt en anticipant une tétée tardive, elle se souvenait à peine d'un seul mot échangé, à l'exception de sa discussion avec Nigel. Pourquoi pensait-il que l'acquisition par Elias-Clark était imminente ? Andy voulait interroger Emily à ce sujet, mais elle se dit que cela pouvait attendre le lendemain. Elle devait reconnaître qu'elle espérait encore – de façon irrationnelle, elle le savait – que toute l'affaire allait s'évanouir. Elle alla donc embrasser son amie pour lui souhaiter bonne nuit, elle la félicita de l'immense succès de cette soirée et elle suivit Max à l'arrière d'un taxi. Lorsque celui-ci s'arrêta devant leur immeuble, Andy se rua quasiment dans le hall d'entrée. Depuis la naissance de Clementine, jamais elle n'avait été séparée d'elle aussi longtemps, et elle ne pouvait pas supporter d'attendre une seconde de plus. Elle prit sa fille qui venait juste de se réveiller dans ses bras et pressa les lèvres sur ses joues rouges et tièdes, et tandis que le petit visage se froissait et que Clementine poussait un gémissement révélateur, Andy songea en souriant qu'elle les aurait volontiers croquées.

— Comment est-elle ? demanda Max après avoir payé Isla et lui avoir appelé un taxi.

— Délicieuse, comme toujours. Le timing est parfait, elle se réveille tout juste pour la tétée de nuit.

Max prit Clem dans ses bras le temps qu'Andy se débarrasse de ses chaussures à talons, de sa robe et de sa gaine inconfortable au possible – qu'elle jeta directement à la poubelle. Puis elle grimpa, nue, sur le lit et en s'effondrant contre la pile d'oreillers, elle lâcha un gémissement de plaisir et tendit les bras.

— Donne-moi mon bébé.

Sitôt que Max déposa le petit ballot plaintif au creux de ses bras, l'univers dans lequel gravitaient Nigel, Emily, *The Plunge* et Miranda Priestly disparut dans un trou noir. Allongée sur le flanc, Andy ouvrit la fermeture à glissière du pyjama de Clem ; elle glissa la main contre le ventre tiède de sa fille et lui caressa la poitrine, le dos, en murmurant doucement à son oreille et en guidant son sein vers sa bouche ; lorsque Clem commença à téter, elle soupira de soulagement. Max remonta la couverture sur la mère et l'enfant ; Andy pressa les lèvres sur la tête de Clem et continua à lui frictionner le dos, en décrivant des cercles lents et réguliers.

— Magnifique, dit Max, la voix rauque d'émotion.

Andy leva les yeux et lui sourit. Il se faufila, tout habillé, à côté d'elles dans le lit.

Andy observa sa fille téter pendant encore quelques minutes, puis elle remarqua que Max fermait les yeux, une ébauche de sourire aux lèvres, et, sans réfléchir, elle lui serra l'avant-bras. Elle fut alors parcourue d'une onde de paix, d'espoir et de bien-être. Cela faisait une éternité qu'elle ne le lui avait pas dit, spontanément, et elle voulait qu'il le sache.

— Je t'aime, Max, chuchota-t-elle.

18

Tais-toi et dégage !

Andy couvrit le visage de Clem de baisers avant de la tendre à Isla. Le bébé lui fit un grand sourire, étira le bras pour attraper sa main, et les grandes eaux commencèrent. Mais ce n'était pas Clem qui pleurait. Andy allait-elle sangloter comme ça jusqu'à la nuit des temps ? Lorsque Clementine partirait le matin, cartable et nattes dansantes dans le dos, pour rejoindre sa classe de CM1, Andy pleurerait-elle comme une Madeleine à l'arrêt du bus ?

— Ce n'est que le troisième jour, la rassura Max en observant ces adieux chargés d'émotion. Ce sera de plus en plus facile.

— Je ne peux pas croire qu'on soit seulement mercredi, dit Andy en se tamponnant les yeux.

Max lui tint la porte ouverte et Andy s'obligea à la franchir. Clem lui manquait affreusement et elle détestait l'abandonner toute la journée, mais c'était tout de même drôlement agréable de retourner travailler. De retrouver des conversations d'adulte, de porter des vêtements décents et immaculés et d'utiliser de nouveau son cerveau pour autre chose que chanter *Tu es le soleil de ma vie*.

— On partage un taxi ? proposa Max.

Il s'avança sur le bord du trottoir et leva le bras.

— Je ne peux pas. Je dois faire quelques courses avant d'aller au bureau. En sortant, je n'ai jamais le temps.

Un taxi s'arrêta. Max embrassa Andy et se glissa sur la banquette arrière.

— Tiens-moi au courant, d'accord ?

Andy fronça les sourcils.

— Isla t'envoie aussi des textos pour te dire comment ça se passe, non ?

— Je parlais de ta conversation avec Emily.

Andy savait exactement ce qu'il voulait dire, mais elle feignit de ne pas comprendre.

— Ce n'est pas aujourd'hui votre réunion au sommet pour décider de ce que vous allez faire ?

— Mmm, marmonna Andy, soudain très désireuse de filer. Bonne journée.

Max referma la portière et le taxi démarra comme un bolide. Andy consulta sa montre. 8 heures. C'en était fini des journées à siroter paresseusement cafés et smoothies à la maison, mais qu'importe – elle aurait préféré de loin passer ces deux heures pelotonnée dans le lit avec sa fille, ou à jouer sur l'épais tapis de sa chambre.

Elle était en train de trier ses vêtements lorsque l'employé du pressing, un quadragénaire équatorien qui ne manquait jamais de lui offrir des Tootsie Roll, lança en criant, par-dessus son épaule :

— Hé, nouveau client ! Bienvenue, monsieur.

Andy ne se retourna pas.

— Combien ça coûterait de faire raccourcir cette jupe ? demanda-t-elle. Juste de trois ou quatre centimètres ? J'aimerais qu'elle tombe pile au-dessus du genou.

— Avec tes jambes, tu peux te permettre de la raccourcir de plus de trois centimètres.

La voix derrière elle lui donna aussitôt des picotements dans les orteils et, avant même de se retourner, Andy sut que c'était Alex.

Son Alex. Son premier amour. L'homme qu'elle avait toujours pensé épouser un jour. Qui avait été à ses côtés tout au long de ses études, puis de l'année d'enfer qu'elle avait vécue à *Runway*, et de la période de convalescence qui avait suivi. Qui avait passé des vacances dans sa famille, assisté aux dîners de fêtes, aux anniversaires, aux célébrations diverses et variées. Alex, qui savait qu'elle détestait les tomates crues mais adorait tous les plats à base de tomate, qui ne riait pas de la voir se cramponner de toutes ses forces à sa main quand un avion traversait une zone de turbulences. Alex, qui pendant presque six ans avait connu chaque centimètre carré de son corps aussi bien que le sien.

— Salut, toi, dit-elle en s'effondrant dans ses bras ouverts pour l'accolade la plus naturelle du monde.

Il l'embrassa sur la joue avec l'enthousiasme d'un oncle exubérant, et mal rasé.

— Je suis sérieux, Andy. Évite de devenir BCBG, sur tes vieux jours.

— Mes vieux jours ? répéta-t-elle d'un air faussement outragé. Aux dernières nouvelles, tu avais deux mois de plus que moi.

Il recula et l'observa lentement, sans s'en cacher. L'affection évidente, le grand sourire, le hochement de tête appréciatif et adorable – tout cela la mit instantanément à l'aise. Mieux : lui redonna même confiance en elle. Bien qu'elle eût encore quatre ou cinq kilos à perdre et que la fermeté des chairs laissât toujours à désirer, elle se sentit séduisante.

— Tu es superbe, Andy. Rayonnante. Et j'ai entendu dire que je devais te féliciter pour la petite Clementine.

Andy le regarda, prise au dépourvu par la chaleur de son sourire. Il semblait sincèrement heureux pour elle.

— Tu l'as appris par ta maman ?

Il hocha la tête.

— J'espère que ça ne te fait pas flipper, mais elle m'a envoyé les photos de la maternité. J'imagine que ta mère était tellement surexcitée qu'elle les a fait suivre à tout son carnet d'adresses. En tous les cas, ta fille est magnifique, et ton mari et toi semblez très, très heureux.

— Vous avez besoin d'autre chose ? s'enquit l'Équatorien.

— Non. Excusez-nous, nous partons. Merci pour tout.

Andy suivit Alex sur le trottoir. Elle voulait se concentrer sur l'instant présent. En vain. Elle n'arrivait qu'à passer en revue toutes les photos prises à la maternité : celles qui la montraient le visage pâle, sans maquillage et luisant de transpiration, quelques minutes après la délivrance ; Clementine, le corps recouvert de sang et de vernis sur les premiers clichés, puis propre sur les suivants, mais la peau toujours aussi rouge, et le crâne conique ; Max, pas rasé, qui semblait tantôt sur le point de vomir, tantôt à deux doigts d'embrasser quelqu'un. C'étaient les photos les plus intimes qui soient. Andy avait envie d'étrangler sa mère, mais en même temps, quelque part, elle était heureuse qu'Alex ait eu l'occasion de partager un peu ce moment.

— Où allais-tu ? demanda-t-il. Tu as le temps de boire un café ?

Andy regarda sa montre, tout en sachant pertinemment qu'elle allait accepter, quelle que fût l'heure. Après tout, à quoi bon arriver au bureau avant tout le monde ?

— Mmm, d'accord. Je viens tout juste de recommencer à travailler à plein temps, alors si je suis un peu en retard, ce ne sera sans doute pas très grave.

Alex sourit et lui offrit son bras. En l'espace d'un bloc, ils dépassèrent un Starbucks, puis Au Bon Pain, et Le Pain Quotidien. Andy finit par se demander où ils allaient.

— Comment s'est passée la reprise, au boulot ? demanda Alex.

Les températures s'étaient sérieusement rafraîchies et leur respiration dessinait de petits nuages de condensation, mais il faisait un grand soleil et la matinée semblait pleine d'espoir.

Alex venait de soulever le sujet qui était au premier

plan des préoccupations d'Andy sitôt qu'elle ouvrait l'œil le matin. Elle avait repris le travail depuis trois jours, et abandonner Clem restait une torture. Naturellement, elle ne pouvait pas se plaindre. Étant sa propre patronne, elle jouissait d'horaires à peu près flexibles et serait toujours disponible pour un rendez-vous chez le médecin ou un nez qui coule. Isla était une perle en qui elle avait une entière confiance, et sa mère prévoyait de passer un après-midi par semaine pour s'occuper de sa petite-fille et veiller à la bonne marche de la maison. Elle avait les moyens d'embaucher des gens de qualité pour la seconder, le soutien de sa famille, un mari impliqué, et un bébé facile. Mais, malgré tout, cela restait difficile de trouver le juste équilibre. Comment faisaient les femmes qui avaient plusieurs enfants, des horaires de travail éreintants, un petit salaire et une aide extérieure minimale, quand elle avait le mérite d'exister ? Andy ne pouvait même pas l'imaginer.

— Ça s'est bien passé, répondit-elle machinalement. J'ai la chance d'avoir un mari génial, et une nounou qui l'est tout autant. Ils me facilitent vraiment la tâche.

— J'imagine que ce n'est pas facile de laisser son petit bout de chou tous les matins. Bon évidemment, ce doit être merveilleux de sortir de chez toi, de parler à des adultes, de te concentrer sur ton travail. Mais elle te manque certainement.

La remarque était présentée comme une évidence, avec empathie et sans jugement. Andy sentit sa gorge se nouer.

— Tu ne peux pas savoir à quel point, répondit-elle en essayant de retenir ses larmes.

Elle se représenta aussitôt Clementine qui, en cet instant, devait gigoter sur son tapis de jeu avant de prendre un biberon tiède et d'aller faire sa première sieste de la journée. Elle se réveillerait heureuse et gazouillante, le visage rose, tiède et chiffonné, les cheveux adorablement ébouriffés. Si elle fermait les yeux, Andy pouvait sentir l'odeur de son cou, le velouté de sa peau et voir ses petites joues rondes. Alex avait beau ne pas avoir d'enfant, Andy devinait qu'il comprenait.

Il la conduisit dans une petite boulangerie en entresol, à mi-chemin entre le bar clandestin et le café parisien. Ils s'installèrent à la seule table libre et, pendant qu'Andy vérifiait son téléphone, Alex alla commander au comptoir.

— Comme d'habitude ? lui lança-t-il, et elle hocha la tête.

— Et voilà, dit-il en revenant.

Il posa devant elle un grand *latte* décaféiné mousseux et but une gorgée de son café glacé. Tout donnait l'impression qu'ils s'étaient quittés la veille.

— Merci, dit Andy en léchant la mousse aussi délicatement que possible. Bon, maintenant c'est ton tour. Tu pourrais commencer par me dire comment tu connais cet adorable *coffee shop* qui se trouve à six blocs de chez moi et que je n'avais jamais remarqué.

— J'aimerais pouvoir te raconter une anecdote qui me ferait passer pour un mec cool mais, en réalité, j'ai trouvé l'adresse dans un guide.

Andy haussa les sourcils.

— Quand je suis revenu m'installer à New York, à la fin de l'été, je me suis senti complètement largué. Du coup, j'ai acheté un de ces guides soi-disant à l'usage des New-Yorkais mais qui sont de fait destinés aux touristes. Il indiquait cette adresse comme étant fréquentée exclusivement par les gens du quartier et les connaisseurs.

— J'achète ce guide à la seconde où j'ai un ordinateur sous la main, dit Andy avec un grand sourire. (Elle but une gorgée de café puis reprit :) Alors, où habites-tu, maintenant ?

— Dans West Village. À l'angle de Christopher et de l'autoroute, tu vois ? Le coin était un peu miteux, autrefois, mais il a été entièrement réhabilité.

— Et tu vas au pressing à Chelsea ? ne put s'empêcher de demander Andy.

Alex lui décocha un regard amusé, qui semblait dire : *Oui, je suis sur ton dos.*

— Non, je ne porte pas mes fringues au pressing à Chelsea. Je vais voir une expo au Rubin Museum. Je t'ai aperçue depuis le trottoir et je suis entré.

— Le Rubin Museum ?

— Les collections d'art himalayen ? Au croisement de la 17e Rue et de la 7e Avenue ? Ne me dis pas que tu n'en as jamais entendu parler, non plus !

— Si, bien sûr ! se défendit Andy, avec trop de véhémence – et ce d'autant plus qu'elle passait devant presque tous les jours et n'y était encore jamais entrée. Alors, qu'est-ce qui te ramène à New York ? Tu viens de terminer ton post-doc, n'est-ce pas ? Je crois que ma mère l'a mentionné. Félicitations !

Si Alex trouvait étrange lui aussi que chacun connaisse des détails sur la vie de l'autre par le biais de leurs mères,

il le cachait bien.

— Oui, je l'ai terminé au printemps dernier et je suis resté dans le Vermont tout l'été, pour me balader et me détendre. Je suis revenu ici fin août, en pleine fournaise comme tu imagines, et depuis je me réacclimate. Je n'en reviens pas que la ville ait à ce point changé depuis… depuis l'époque où je vivais ici.

Il y eut un silence. Chacun était plongé dans ses souvenirs.

— En même temps, New York ne change jamais vraiment, observa Andy. L'ambiance est juste différente, quand on vit *downtown*.

— Peut-être. Ou alors, toi et moi travaillions tellement que nous n'avions pas assez l'occasion de nous balader. J'ai eu deux mois où je n'avais que ça à faire. Je commence à bosser la semaine prochaine. Je pensais que je serais excité mais, en fait, je suis plutôt cafardeux.

Andy sirota son café en essayant de faire abstraction du fait qu'Alex n'ait pas encore mentionné une personne dans sa vie. Aucun « nous » n'était apparu au détour d'une phrase, et il n'avait pas motivé par l'existence d'une petite amie son été passé dans le Vermont, son déménagement à New York et ses mois d'errance, apparemment en solitaire, dans la ville. La mère d'Andy avait dit qu'Alex était sur le point de se marier, mais cela ne semblait pas être le cas. Peut-être avaient-ils rompu ?

— Qu'est-ce qui te fait sourire ? demanda Alex, en souriant lui aussi.

Horrifiée à l'idée qu'il puisse lire dans ses pensées, Andy s'empressa de secouer la tête.

— Rien. Tu disais que tu commençais à bosser lundi ? Dans quel coin ?

— Dans West Village. C'est une nouvelle école, qui s'appelle Imagine. Je vais les aider à concevoir leur programme avant l'ouverture, et ensuite j'en serai le proviseur adjoint.

— Imagine, Imagine... Pourquoi ce nom me dit quelque chose ? demanda Andy tout en se creusant la tête. Est-ce qu'il s'agit de cette école privée internationale d'élites, qui permet à un gamin qui déménage de New York à Shanghai, ou dans n'importe quelle autre ville où vivent les traders, de ne pas rater un seul jour de classe ?

— Celle-là même.

— Je me souviens, il y avait un grand article dans le *Times*. Il y a mille gosses sur la liste d'attente, même si l'année coûte dans les 50 000 dollars pour le jardin d'enfants, c'est ça ?

— En termes de frais de scolarité, ça équivaut aux autres écoles privées de Manhattan. Ça paraît plus cher simplement parce qu'ils proposent un cursus sur douze mois. Les études montrent qu'à cause des grandes vacances les écoliers américains sont sévèrement à la traîne derrière leurs homologues asiatiques qui n'ont pas trois mois de vacances dans l'année.

Andy lui donna une bourrade amicale dans l'avant-bras. Elle ne put s'empêcher de remarquer que son muscle était dur comme la pierre. Alex qu'elle connaissait allait courir de temps en temps, ou marquer quelques paniers sur un terrain de basket, mais apparemment, le nouvel Alex était un sportif assidu.

— En gros, monsieur le champion des organisations à but non lucratif, tu vas devenir proviseur adjoint de l'école la plus courue, la plus snob, la plus chère, la plus capitaliste des États-Unis. C'est bien ça ?

Alex eut un sourire triste.

— Correction : elle arrive en troisième position des écoles les plus chères du monde. Et les deux premières sont nos antennes de Hong-Kong et de Dubaï. Mais il faut leur reconnaître un mérite : leur programme est extraordinaire.

Andy baissa les yeux puis regarda de nouveau Alex, qui tripotait nerveusement l'emballage de sa paille. Elle était déchirée entre le désir de renouer le contact à pas mesurés et celui de tout mettre sur la table avec cette honnêteté et cette franchise dont Alex et elle s'étaient toujours enorgueillis.

— Ça va te faire un sacré changement, observa-t-elle. Tu es content ?

La question toucha sans doute Alex plus au vif qu'elle ne l'avait anticipé car il tressaillit.

— Comme je te le disais, leur programme est génial, et c'est une bonne opportunité. Est-ce que j'aurais préféré rester dans le circuit de l'économie solidaire ? Oui, probablement. Mais je gagnais à peine de quoi vivre et… je deviens trop vieux pour ça.

Voilà, c'était dit. Pas explicitement, mais c'était superflu. Alex avait besoin d'un travail bien rémunéré parce qu'il était marié, ou envisageait de se marier.

Andy avait un millier de questions sur le bout de la langue, mais aucune qui semblât appropriée. Et juste au moment où elle allait murmurer un « Mmm » ou un « Je comprends », Alex ajouta :

— Depuis que le frère de ma petite amie a eu un bébé,

elle ne parle que de ça. Et d'après ce que j'ai entendu dire, les bébés, ça coûte assez cher.

— C'est un fait.

C'était tout ce qu'elle avait trouvé à répondre, et elle s'étonnait d'avoir même réussi à le dire. Tout se passait si bien entre eux… Un petit flirt innocent, porté par l'excitation des retrouvailles, l'intérêt de chacun pour la vie de l'autre. *Mais un bébé ?* Étant elle-même mariée et mère d'une petite fille resplendissante, Andy savait qu'elle n'était pas vraiment en droit d'être jalouse. N'importe qui d'un tant soit peu attentionné se serait réjoui qu'Alex ait lui aussi trouvé le bonheur. Et pourtant, elle avait un peu mal au cœur.

Son téléphone sonna et jamais elle n'avait été aussi reconnaissante de l'entendre, mais lorsqu'elle vit le nom d'Emily s'afficher sur l'écran, elle ignora l'appel et rangea le téléphone dans son sac.

— Est-ce que j'ai bien vu ? demanda Alex. C'était Emily Charlton qui t'appelait ?

— La seule et l'unique.

— Vous êtes devenues amies ? Non ! Tout ce dont je me souviens, c'est que vous vous détestiez.

— Plus qu'amies – meilleures amies. Et associées. Nous nous sommes retrouvées à un cours de cuisine et nous avions un point commun très fort : elle haïssait Miranda autant que moi.

Andy s'interrompit. Elle venait de comprendre soudain ce qui avait changé entre elles. L'Emily avec laquelle elle avait renoué au cours de cuisine voyait Miranda pour ce qu'elle était : une folle furieuse, une tornade faite femme et résolue à semer la dévastation et la désolation sur son passage. Quelqu'un à éviter à n'importe quel prix. Aujourd'hui, au lieu de partager la détresse d'Andy à la perspective de retravailler pour cette tarée, Emily était redevenue la fille qu'elle était du temps de *Runway*, celle qui idolâtrait Miranda et aspirait à travailler pour elle depuis l'enfance. Son séjour dans le camp des détracteurs de Miranda avait été de courte durée : sitôt que celle-ci avait montré un intérêt pour *The Plunge*, Emily lui avait pardonné sur-le-champ de l'avoir virée, humiliée, d'avoir piétiné ses rêves. Elle piaffait maintenant de se réunir avec Miranda et le staff d'Elias-Clark pour réfléchir à la façon dont ils pourraient travailler main dans la main. Lorsque Andy, en plaisantant, avait dit qu'elle pourrait ouvrir le feu pendant cette réunion, descendre tous ses participants avant de retourner l'arme contre elle, Emily avait haussé les épaules et lui avait rétorqué :

— Tu ne t'es jamais dit qu'on avait peut-être un peu dramatisé, pendant toutes ces années ? Qu'elle ne gagnera peut-être jamais un oscar pour sa bonté, mais qu'elle n'est pas non plus le diable incarné ?

Le téléphone se remit à sonner. Andy le sortit du sac, à contrecœur.

— Tu ne veux pas répondre ? demanda Alex.

Andy consulta sa montre. Il était à peine plus de 9 heures. Elle se doutait qu'Emily appelait pour savoir quand elles pourraient commencer à discuter de tout ça.

— Je vais la voir au bureau dans un petit moment.

À son tour, Alex regarda l'heure.

— J'ai besoin d'en apprendre un peu plus sur ton magazine. Tu sais que j'ai acheté plusieurs numéros ? Écoute, le Rubin n'ouvre qu'à 10 heures. Tu as le temps de prendre un petit déjeuner rapide ?

Sans doute Andy eut-elle l'air abasourdi, ou tout au moins hésitant, car Alex enchaîna :

— Il y a un *diner* tout à fait correct, au coin de la rue, où on pourrait manger un peu plus qu'un muffin. Qu'en dis-tu ? Tu as encore quelques minutes ?

L'envie de lui demander s'il avait vu le numéro où figurait le reportage sur son mariage la démangeait, mais elle se contenta de répondre :

— Oui bien sûr. Un petit déjeuner, c'est une bonne idée.

Ils s'installèrent dans un box, au fond de la salle du

Chelsea Diner. Andy s'efforça de faire comme s'il n'y avait rien d'étrange à se trouver là avec Alex quand, pas plus tard que le samedi précédent, Max et elle y étaient venus avec Clementine, à 6 h 30 ; c'était le seul endroit du quartier ouvert à une heure si matinale. Elle regardait la table qu'ils avaient occupée, en souhaitant presque voir apparaître sa fille en train de gigoter sur son siège bébé, pour la ramener à la réalité. Son téléphone vibra. Emily, une fois de plus. Et, une fois de plus, elle ignora l'appel.

Avant même d'attaquer son omelette au cheddar, elle dit, en bafouillant à moitié :

— Alors, parle-moi de cette mystérieuse petite amie.

Elle avait été dangereusement près d'ajouter « ma mère m'a dit que c'était sérieux entre vous », mais elle réussit à se retenir.

À la seule mention de sa petite amie, Alex sourit et, comme si ce n'était pas assez agaçant comme ça, le sourire semblait sincère.

— Elle a le diable au corps, dit-il en secouant la tête.

Andy faillit en recracher son café. *Au lit ? C'est ça qu'il veut dire ?*

— Avec elle, je n'ai jamais le temps de me reposer sur mes lauriers.

Qu'entendait-il par là ? Qu'elle débordait d'entrain ? Qu'elle était bagarreuse ? Intelligente ? Culottée ? Drôle ? Charmante ? Tout cela à la fois ?

— Comment ça ? toussa-t-elle.

— C'est quelqu'un qui sait ce qu'elle veut, tu vois ?

Contrairement à toi, semblait-il sous-entendre.

— Mmm…

Elle prit une autre bouchée d'omelette, s'obligea à mastiquer lentement et se rappela qu'elle était mariée, heureuse en couple, et mère. Alex avait assurément le droit d'avoir une petite amie, et même une avec du caractère.

— C'est une artiste, une authentique anticonformiste. Elle travaille beaucoup en free-lance ; elle fait un peu de consulting, un peu d'enseignement, mais pour l'essentiel, elle est enfermée dans son labo, ou en train de chercher l'inspiration.

— Tu es revenu à New York à cause de son travail ?

— Oui et non. Ça ne s'est pas posé en ces termes, mais c'est vrai qu'ici il y a beaucoup plus d'opportunités. Elle a grandi à New York et elle a énormément d'amis ici, et aussi ses parents, son frère et sa famille. Ils forment un vrai réseau à eux seuls. Elle n'avait pas fait mystère, le jour où je l'ai rencontrée à Burlington, qu'elle retournerait à New York à la première occasion.

Andy entendit son téléphone sonner de nouveau, mais n'y prêta pas attention. Elle avait l'impression de vivre les dernières secondes qui précèdent un accident de voiture, quand le cerveau ne traite plus aucune information, excepté l'image qu'on a devant les yeux.

— Tu penses que tu vas l'épouser ?

Elle reposa sa fourchette et regarda Alex dans les yeux.

Un frisson la parcourut, à quoi bon le nier ? Elle n'était même pas capable de feindre de l'indifférence, ou un brin de détachement.

Alex éclata de rire, un peu mal à l'aise.

— Tu veux répondre ? demanda-t-il.

— Quoi ? Oh, non ! C'est sûrement Emily. Elle peut être comme ça. Tu étais en train de dire…

Mais le charme était rompu. Alex s'empressa de ramener la conversation sur Andy, il lui demanda si le bébé dormait bien, s'ils avaient des projets de voyage. Une gêne était apparue. Alex paraissait tout aussi nerveux qu'elle, et elle n'arrivait pas à en cerner la raison. Certes, c'était toujours un peu perturbant de s'enquérir des derniers développements dans la vie d'un ex-petit ami, surtout lorsque celui-ci avait compté autant qu'Alex. Comment deux êtres qui avaient été à ce point intimes pouvaient devenir quasiment des étrangers l'un pour l'autre ? C'était une situation banale, bien sûr, mais elle n'en semblait pas moins surréaliste. Andy était certaine que si, dans soixante ans, elle tombait par hasard sur Alex à un coin de rue, elle sentirait toujours un lien aussi fort avec lui, mais elle savait qu'ils ne redeviendraient jamais confidents, ni même réellement amis.

Alex se débrouilla pour payer l'addition avant même qu'elle n'apparaisse sur leur table. Andy le remercia à plusieurs reprises, ce qui ne fit qu'augmenter le malaise.

— Bah, je t'en prie, protesta Alex en lui tenant la porte. Dès la semaine prochaine, je deviens salarié d'une boîte capitaliste. Je vais rouler sur l'or.

Andy lui donna une petite tape sur le bras. C'était un soulagement d'être de retour sur le trottoir.

— Tu prends un taxi ou le métro ? demanda Alex.

— Je ferais mieux de sauter dans un taxi, répondit-elle en songeant aux cinq appels d'Emily.

Alex tendit le bras et, dans la seconde, une voiture pila devant eux.

— C'est la première fois que je trouve un taxi aussi rapidement, observa Andy en se demandant si Alex avait saisi le sous-entendu : *Trop rapidement ; je n'étais pas encore prête à te dire au revoir.*

Il ouvrit les bras et Andy, après une brève hésitation, échangea une accolade, en se retenant de toutes ses forces de ne pas s'abandonner dans les bras d'Alex ni d'enfouir le visage dans son cou. Son odeur était encore familière, tout comme la façon affectueuse dont il lui frictionnait le dos entre les omoplates. Elle aurait pu rester là toute la journée, mais le chauffeur la rappela à l'ordre d'un coup de klaxon.

— C'était super de te voir, dit Alex avec une expression indéchiffrable. Vraiment super.

— Ça m'a fait plaisir à moi aussi. Et merci encore pour le petit déjeuner. La prochaine fois, il faudra qu'on sorte dîner tous les quatre. J'adorerais rencontrer ta petite amie, mentit Andy.

Ferme-la ! hurla-t-elle dans sa tête. *Tais-toi et dégage !*

Alex se mit à rire. Pas méchamment, mais pas très gentiment non plus.

— Ouais, pourquoi pas, peut-être un jour. On reste en contact, d'accord ? Et on n'attend pas aussi longtemps pour se revoir…

Andy se glissa sur la banquette du taxi.

— Bien sûr ! lança-t-elle avec enjouement.

Le taxi démarra avant même qu'Alex n'ait refermé la portière. Cela les fit rire et ils agitèrent la main.

Dix blocs plus loin, Andy respira enfin normalement. Ses mains tremblaient. Lorsque son téléphone se remit à sonner, elle ne maîtrisait pas assez ses gestes pour le localiser dans son sac.

— Allô ? fit-elle, surprise de penser que ce serait Alex.

— Andy ? Ça va ? Je t'ai appelée au bureau mais Agatha m'a dit que tu n'étais pas encore arrivée, et Emily a essayé de te joindre toute la matinée.

Max.

— Oui, ça va. Que se passe-t-il ?

— Où es-tu ?

— Quoi ? Tu me surveilles ? répondit Andy du tac au tac.

— Non, je ne te… enfin, si, sans doute. Je t'ai quittée il y a plus de deux heures, et ton bureau me dit que tu n'es pas encore arrivée, et que tu ne réponds pas au téléphone. Alors oui, je pense qu'on peut dire que je commençais à m'inquiéter. Vas-y, étrangle-moi.

Andy se radoucit.

— Excuse-moi. Je faisais juste quelques courses. Je suis dans un taxi, je vais au bureau.

— Des courses pendant deux heures ? Et tu ne prends jamais de taxi pour aller travailler.

Andy soupira aussi ostensiblement qu'elle le put.

— Max, j'ai un peu mal à la tête…

Elle culpabilisait de mentir – au sujet du mal de tête, des courses, et aussi par omission, en ne mentionnant pas avoir vu Alex – mais elle voulait à tout prix raccrocher. Était-ce ce que Max avait ressenti, lorsqu'il avait décidé de ne pas lui dire qu'il était tombé par hasard sur

Katherine aux Bermudes ? Avait-il lui aussi fait l'expérience de ce que certaines choses – la crampe à l'estomac qu'on pouvait continuer à ressentir à la vue d'une personne, ou les petits frissons, lorsque celle-ci touchait votre bras ou riait à votre plaisanterie – méritaient de rester dans le non-dit, surtout quand, concrètement, il ne s'était rien passé de grave ? Le premier amour, c'était une aventure forte, intime, et ces souvenirs mettaient du temps à s'estomper. Une vie entière. On pouvait aimer son partenaire actuel plus que quiconque sur terre, mais une parcelle de notre cœur restait à jamais réservée à la première personne qu'on avait aimée. C'était cela qu'Andy ressentait pour Alex et, soudain, elle comprenait que c'était également ce que Max éprouvait à l'égard de Katherine.

Elle se radoucit.

— Tu appelais pour quoi, mon amour ?

— Juste pour te souhaiter bonne chance ! Je sais que c'est un grand jour.

Elias-Clark. Voilà pourquoi Max venait aux nouvelles. Emily l'avait probablement appelé à la rescousse pour savoir où elle avait disparu. Une fois de plus, Max et Emily faisaient équipe, contre elle. Andy inspira profondément pour étouffer son agacement. En vain.

— Je te remercie, Max, dit-elle, avant qu'il ne puisse répondre, le signal d'appel émit un bip. C'est Emily. Je te rappelle plus tard, d'accord ?

Et elle raccrocha sans dire au revoir.

— Salut, enchaîna-t-elle.

— Tu es où, putain ? hurla Emily. J'ai passé la matinée à t'appeler !

— Je vais bien, merci. Et toi ?

— Franchement, Andy. Il est super tard, et tu sais qu'il y a plein de trucs dont il faut parler. Où es-tu ?

Le taxi freina devant l'immeuble et Andy avisa Emily, tournant le dos à la chaussée, en train de gesticuler, une cigarette éteinte à la main.

— Ici.

— Où ça, ici ? cria Emily pour être entendue par-dessus le tintamarre d'un chantier du voisinage.

Andy régla la course et, sitôt descendue du taxi, les cris d'Emily lui parvinrent comme en stéréo.

— Tu comptes fumer cette clope ? Ou tu es là pour te laisser bercer par le bruit de ce marteau-piqueur ?

Emily pivota sur ses talons et referma son téléphone d'un coup. Elle alluma sa cigarette, inhala profondément et fonça vers Andy.

— C'est pas trop tôt ! J'avais demandé à Agatha d'annuler tous mes rendez-vous de la journée. Nous avons attendu longtemps pour avoir cette conversation, et nous allons lui accorder toute l'attention qu'elle mérite.

— Bonjour à toi aussi, dit Andy en sentant renaître son appréhension.

— Où étais-tu passée ? demanda Emily avec autorité en appelant l'ascenseur.

Andy sourit pour elle-même. Elle n'avait pas l'intention de partager Alex avec qui que ce soit.

— J'avais des courses à faire, répondit-elle en repensant au petit déjeuner – le café, la conversation, les rires. Ils ne s'étaient quittés que depuis quelques minutes et, déjà, il lui manquait. C'était un très mauvais signe, vraiment.

19

Ceviche et peau de serpent : une soirée d'épouvante

Andy était dans sa cuisine, occupée à diluer une cuillère de Pedialyte dans de l'eau chaude quand son téléphone sonna.

— Agatha ? Tout va bien ? demanda-t-elle en coinçant le téléphone entre l'oreille et l'épaule.

Comme d'habitude, dès l'instant où elle ouvrit la bouche, son assistante donna l'impression d'être épuisée à force d'exploitation.

— Emily a appelé de Santa Barbara. J'imagine qu'elle capte mal sur les hauteurs, ou dans la vallée, mais elle voulait que je t'avertisse qu'Olive et Clint sont en pleine crise. La cérémonie a déjà été repoussée d'une heure, l'attachée de presse est introuvable, et Emily a peur qu'ils annulent tout.

— Non… murmura Andy en écrasant le téléphone si fort contre sa joue qu'elle se fit mal.

— Je n'ai pas d'autres détails. Ça n'arrêtait pas de couper, reprit Agatha d'un ton très irrité, comme si Andy avait eu l'indélicatesse de la bombarder de questions.

En quoi, exactement, en l'absence de ses patronnes, les journées de cette fille pouvaient-elles être harassantes ?

Que faisait-elle, à part boire du café et répondre à quelques appels ?

Clem commença à pleurer.

— Agatha ? Je dois te laisser, je te rappelle dans un petit moment.

— Tu sais dans combien de temps ? Parce qu'il est déjà 17 heures et…

Combien de fois Andy avait-elle voulu dire cela à Miranda, pour finalement se mordre la langue et poireauter une, trois, cinq heures de plus ? Mais Miranda, elle, ne s'embarrassait pas de culpabilité, même si Andy avait souvent attendu jusqu'à 22 heures, 23 heures, parfois même jusqu'à minuit quand le département artistique avait pris du retard dans l'assemblage du Book. Et aujourd'hui, sa propre assistante s'impatientait à 17 heures ?

— Tu attends que je te rappelle, d'accord ?

Andy raccrocha sans autre explication, même si elle avait envie de hurler qu'elle-même était coincée chez elle avec un bébé qui vomissait depuis vingt-quatre heures, et que son associée se démenait pour les tenir au courant, en plein black-out de com'. Est-ce que ça allait la tuer de rester une demi-heure de plus au bureau à surfer sur Facebook ?

Andy alla chercher Clem, l'embrassa sur le front, puis sur le haut du crâne. Elle avait un peu de fièvre.

— Ça va, ma jolie ? chuchota-t-elle.

Clem poussa un hurlement.

Le téléphone fixe se mit à sonner. Andy l'aurait volontiers ignoré, mais au cas où ce serait le pédiatre qui rappelait, ou Emily qui essayait de la joindre à la maison plutôt que sur son portable, elle se précipita sur le combiné le plus proche.

— Andy ? Tu m'entends ? cria Emily.

— Comme si tu étais à côté de moi. Tu n'as pas besoin de hurler, répondit Andy en frottant une tache de vomi incrustée sur son épaule – sans succès.

— On va voir qui va hurler lorsque je vais t'annoncer

que le mariage est annulé ! Bam ! C'est fini ! Je suis au Biltmore, avec huit cents invités, et pas la moindre mariée en vue.

— Comment ça, pas de mariée en vue ?

— Elle a déjà repoussé deux fois. Elle n'est pas là. Personne ne l'a aperçue ! siffla Emily.

Andy inspira profondément. Ce n'était pas bon. Pas bon du tout.

— C'est Olive Chase – une star. Elle a trouvé l'homme le plus parfait au monde. Tu ne crois pas qu'elle a juste pris un peu de retard dans ses préparatifs ? répondit-elle, avec plus de calme qu'elle n'en ressentait.

— Ça fait deux heures qu'on poireaute, Andy ! Et depuis ce matin, il y a des rumeurs qui circulent, à propos d'une dispute qui aurait éclaté hier soir et se serait poursuivie jusque dans la matinée. Rien de précis. Mais le mari d'une invitée qui était hier soir dans la navette de L.A. affirme avoir aperçu Olive, sa mère et sa maquilleuse à l'aéroport de Santa Barbara, attendant pour embarquer sur un vol d'American Airlines à destination de L.A. C'est fini, Andy. Ils ne l'ont pas encore officiellement annoncé, mais je te dis que le mariage est à l'eau, et notre numéro avec.

— Qu'est-ce qu'on va faire ? chuchota Andy, incapable de cacher sa panique.

— Je rentre à New York fissa et on va tout retravailler. Il y a ces deux chanteurs de country qui se sont rencontrés à Nashville – comment s'appellent-ils, déjà ? Lui est vachement plus sexy qu'elle. Leur mariage a eu lieu il y a un mois et demi, ça peut faire le sujet de couverture, ce n'est pas ça qui m'inquiète. Là, pour l'instant, ce qui me panique, c'est tout l'éditorial qu'on avait prévu autour d'Olive.

Effectivement, songea Andy, chaque article de ce numéro avait été plus ou moins choisi pour faire écho au mariage d'Olive : comment choisir un maquillage adapté à des mariées « d'âge mûr » ; où partir en lune de miel pour échapper aux regards indiscrets ; des guides de voyage à la fois de Santa Barbara et de Louisville, assortis d'interviews de commerçants, d'organisateurs de soirée et d'hôteliers locaux.

— Bon sang, gémit-elle. On ne va jamais y arriver.

— Et ne me lance pas sur le chapitre annonceurs. À vue de nez, je dirais que 60 % d'entre eux, sinon plus, ont acheté des espaces dans ce numéro *uniquement* à cause de ce mariage. Et au moins la moitié d'entre eux sont des nouveaux venus que nous avons absolument besoin de fidéliser.

Andy entendit du bruit dans le couloir, puis la porte d'entrée claqua.

— C'est qui ? demanda-t-elle à tue-tête en essayant de contrôler la panique dans sa voix.

Elle n'attendait personne, mais elle avait indubitablement entendu la porte s'ouvrir et se refermer. Isla avait pris sa journée pour passer les épreuves du GRE, et Max était en voyage d'affaires jusqu'au lendemain.

Elle entendit des pas dans le couloir. Elle serra Clementine contre sa poitrine et écrasa les lèvres sur le combiné.

— Emily ! Quelqu'un vient d'entrer dans l'appartement. Appelle la police ! Qu'est-ce que je…

— Détends-toi, répondit Emily d'un ton irrité. C'est ta nounou. Je lui ai demandé de rappliquer le plus tôt possible.

— Isla ? fit Andy, désorientée. Mais elle a pris la…

— Elle passera ce foutu exam une autre fois, Andy. On a besoin de toi au bureau, tout de suite !

— Mais comment est-ce que tu connaissais…

— Tu te souviens à qui tu parles ? Si j'ai réussi à joindre Miuccia Prada pendant qu'elle faisait du traîneau à chiens dans les Rocheuses canadiennes un 31 décembre, je peux sans problème localiser ta nounou. Maintenant, va t'habiller et file au bureau.

La communication s'interrompit et, malgré elle, Andy sourit.

Isla entra dans la chambre d'enfant.

— Bonjour. Est-ce que Clementine va mieux ?

— Isla, je suis absolument désolée de tout ça ! J'étais loin de me douter qu'Emily allait vous appeler. Elle n'a pas le droit de vous contacter sans ma permission et de vous demander de venir travailler aujourd'hui. Je n'aurais jamais…

— C'est bon, l'interrompit Isla en souriant. Je comprends. Et puis, les deux semaines de salaire supplémentaires m'aideront à défrayer les coûts de scolarité. Donc, c'est plutôt bien.

— Ah… Vous connaissez Emily – elle n'est jamais à court de ressources, répondit Andy avec enjouement en imaginant toutes les façons dont elle pourrait tuer son amie et y prendre plaisir. (Elle embrassa la joue de sa fille et la tendit à Isla.) La fièvre est tombée mais, s'il vous plaît, reprenez sa température dans deux ou trois heures, et si elle a plus de 38, prévenez-moi. Elle peut boire autant de biberons que vous réussirez à lui en faire avaler, et un peu de Pedialyte dilué dans de l'eau, aussi. Faites en sorte qu'elle boive beaucoup. Je rentrerai dès que possible, mais ce sera peut-être tard.

Isla installa Clementine au creux de ses bras et fit signe à Andy de partir.

— Ne vous inquiétez pas, j'ai tout prévu. Emily m'a prévenue que vous auriez besoin que je passe la nuit ici, donc j'ai apporté mes affaires.

— Évidemment… marmonna Andy.

Elle aurait tout donné pour prendre une douche, mais elle savait qu'elle n'en avait pas le temps. Elle se contenta donc d'échanger sa chemise maculée de vomi contre une propre, d'attacher ses cheveux en queue-de-cheval et d'enfiler une paire de baskets qui n'auraient jamais pris le chemin du bureau en temps normal. Moins de dix minutes plus tard, elle claquait la porte de l'appartement.

Son téléphone se mit à sonner à la seconde où elle grimpait dans un taxi.

— Tu m'as fait greffer une puce de géolocalisation, ou quoi ? Je monte à l'instant dans le taxi.

— Qu'est-ce qui t'a pris autant de temps ? râla Emily.

— Sans blague, Em ? Ne la ramène pas trop, répondit-elle, du ton le plus taquin qu'elle put, bien qu'elle n'eût pas apprécié la brusquerie d'Emily, qui lui rappelait l'époque de *Runway*.

— Je suis en train de foncer pour choper le dernier vol de nuit pour New York, et je viendrai directement de l'aéroport, demain matin. J'ai déjà prévenu l'équipe ; ils sont tous en route. J'ai dit à Agatha de commander à dîner pour tout le monde. Chinois, c'est le plus rapide. Vous devriez être livrés d'ici vingt minutes. Ah oui ! Je lui ai aussi demandé de planquer toutes les capsules de déca. Ce soir, je veux que tout le monde carbure à la caféine – la nuit va être longue.

— Waouh ! Tu souhaites également nous dire à quelle heure chacun doit faire sa pause pipi, ou nous pouvons décider ça par nous-mêmes ?

Emily soupira.

— Moque-toi autant que tu veux, mais toi et moi savons que nous n'avons pas le choix. Je te rappelle dans cinq minutes.

Une fois de plus, elle raccrocha brusquement – une autre fâcheuse réminiscence de l'époque *Runway*. Andy savait qu'elle allait passer la nuit au bureau et qu'Emily l'avait beaucoup aidée en prenant en charge l'organisation, mais elle ne pouvait dissiper la sensation, familière, d'être aux ordres de l'ex-première assistante de Miranda.

Lorsqu'elle passa la porte du bureau, Agatha leva les yeux, l'air franchement mécontent.

— Je suis navrée, Agatha, mais ce soir, c'est…

— Je sais, l'interrompit la fille en levant la main. Emily m'a déjà tout expliqué. J'ai commandé la bouffe, commencé à boire du café et battu le rappel.

Le ton était tellement las, si ouvertement malheureux, qu'Andy faillit se sentir mal pour elle, avant de se souvenir qu'elle-même avait dû abandonner sa petite fille souffrante aux soins de la baby-sitter, qu'Emily allait passer la nuit dans l'avion, et que de longues heures de travail les attendaient tous et toutes. Elle remercia son assistante du bout des lèvres et s'enferma dans son bureau.

Elle travailla sans interruption pendant près de deux heures, révisa le texte sur les deux chanteurs de country, nota quels détails il faudrait étoffer, ou vérifier. Au moment où elle s'apprêtait à rejoindre le département artistique pour discuter des visuels, Max appela. Elle regarda la pendule. 20 heures. Il devait avoir atterri à Boston.

— Je viens de lire ton mail. Seigneur, ça m'a tout l'air d'un cauchemar.

— Je ne te le fais pas dire. Où es-tu ? demanda Andy.

— Toujours à l'aéroport. Attends une seconde, ma voiture arrive. J'ai rendez-vous avec les gens de Kirby
dans une demi-heure en ville. (Max salua le chauffeur, lui donna quelques instructions, puis reprit :) Je viens de parler à Isla. Clem n'a plus de fièvre, et elle était en train de faire chauffer son biberon.

— Sa sieste s'est bien passée ?

— Je ne sais pas, nous n'avons pas parlé longtemps. Elle a dit qu'elle restait dormir ce soir à la maison ?

— Oui, Emily a tout arrangé. Je vais passer la nuit ici.

— Emily a tout arrangé ?

— Ne m'en parle pas.

Max éclata de rire.

— Très bien. Mais tu veux peut-être me dire ce qui se passe ? Ça a l'air grave.

— Je n'en sais pas beaucoup plus que ce que je t'ai dit dans le mail, sinon qu'Olive a annulé le mariage à la dernière seconde. Franchement, je ne l'ai pas vu venir… Heureusement, nous avons un autre mariage en réserve, mais ça fiche en l'air le numéro. C'est la cata.

— Mince. Je suis désolé, Andy. Tu penses que ça va

affecter le potentiel de vente ? demanda Max du ton qu'il prenait lorsqu'il essayait de marcher sur des œufs.

— Le potentiel de vente ?

— L'offre d'Elias-Clark, précisa-t-il posément. Il me semble me souvenir qu'Emily a dit en passant que la date butoir approchait. Évidemment, je ne connais pas tous les détails mais j'imagine qu'il vaudrait mieux accepter l'offre avant qu'un problème ne surgisse.

Andy se hérissa.

— Elias-Clark est le cadet de mes soucis, mentit-elle en songeant combien cette nuit de cauchemar avait des relents de *Runway*. De toute façon, tu connais mes sentiments à l'égard de cette offre.

— Je sais, Andy, mais je pense vraiment que…

— Je suis désolée, Max, il faut que je te laisse. J'ai une tonne de travail devant moi, et l'heure tourne.

Il y eut un silence, puis il dit :

— Appelle-moi plus tard, d'accord ?

Andy en convint, puis elle raccrocha. Elle regarda le désordre sur son bureau, les story-boards éparpillés par terre et, derrière les parois vitrées de son box, les assistantes, rédactrices et graphistes qui couraient dans tous les sens, et elle comprit qu'elle allait devoir rassembler jusqu'à la dernière miette d'énergie pour faire face à la nuit de travail qui s'annonçait.

Lorsque son téléphone se remit à sonner presque aussitôt, elle n'attendit même pas qu'Agatha réponde.

— Puis-je parler à Andrea Sachs, s'il vous plaît ? demanda une voix féminine, avec un accent agréable mais impossible à identifier.

— C'est moi. Qui est à l'appareil ? demanda Andy, soudain irritée – qui, à part Max et Emily, osait l'appeler au bureau à 20 heures ?

— Andrea, c'est Charla, l'assistante de Miranda Priestly.

L'irritation céda le pas à la panique. Un appel du bureau de Miranda ? Andy commença à passer en revue toutes les raisons qui pouvaient le justifier, et aucune d'entre elles n'était très attirante.

— Bonsoir, Charla. Comment allez-vous ?

Il y eut un silence. La jeune fille était sans doute en état de choc parce que quelqu'un s'était enquis de son bien-être. Andy ne se souvenait que trop bien de ce qu'on éprouvait à savoir que des gens avec lesquels on parlait tous les jours, voire toutes les heures, n'auraient même pas remarqué si l'on avait cessé d'exister.

— Je vais bien, merci, mentit la fille. Je vous appelle de la part de Miranda.

À la seule mention de ce prénom, Andy se recroquevilla.

— Oui ? fit-elle, la voix étranglée.

— Miranda vous prie de bien vouloir accepter une invitation à dîner ce vendredi soir.

— À dîner ? répéta Andy, incapable de masquer son incrédulité. Vendredi ?

— Oui. Chez elle. Je suppose que vous vous souvenez de l'adresse ?

— Chez elle ?

S'ensuivit un silence glaçant. Andy frissonna puis, au bout d'un moment, dit :

— Oui, je m'en souviens, naturellement.

— Parfait. Donc, elle vous attend. Cocktail à 19 heures, dîner à 20 heures.

Andy ouvrit la bouche, mais aucun son n'en sortit. Après un nouveau silence qui lui parut durer une éternité, elle réussit à articuler :

— Je suis désolée, mais vendredi, je ne suis pas libre.

— Oh ? Ms. Priestly sera navrée de l'apprendre. Je vais l'en informer, dit Charla, et elle raccrocha.

Andy secoua la tête, sidérée par cet échange.

Cela ne rimait à rien. Miranda voulait l'inviter à dîner ? Chez elle ? Pourquoi ? Avec qui ? Tandis que son anxiété allait *crescendo*, Andy comprit qu'il ne pouvait y avoir qu'une seule raison à cette invitation. Elle appela Emily.

— Oui ? répondit celle-ci d'une voix essoufflée.

— Où es-tu ? Tu n'as pas un avion à attraper ?

— Pourquoi crois-tu que je suis en train de courir ? Il y avait des bouchons monstrueux sur l'autoroute, et je viens tout juste d'arriver à LAX. Que se passe-t-il ?

— Eh bien, tu ne vas pas le croire, mais je viens de recevoir un coup de fil du bureau de Miranda.

— Ah ouais ? fit Emily, l'air pas surpris du tout – excité peut-être, mais certainement pas surpris. Elle appelait pour t'inviter à dîner ?

— Oui. Comment le sais-tu ?

Andy entendit une annonce à propos de la clôture imminente de l'embarquement d'un vol à destination de Charlotte, puis une voix d'homme dire :

— Mais, madame, vous n'allez pas à Charlotte…

— Putain ! Vous ne voyez pas que je suis super pressée ? Il faut vraiment que j'enlève mes sandales pour passer le contrôle de sécurité ? Non, franchement ! C'est débile.

— Madame, je vais devoir vous rappeler qu'insulter un agent de la sécurité aérienne est…

Emily lâcha un son à mi-chemin entre le grognement et le sifflement.

— Tenez, les voilà mes foutues sandales.

— Je ne sais pas pourquoi ils ne te passent pas les menottes sur-le-champ, observa Andy.

— Je le sais parce que j'ai reçu le même coup de fil de l'assistante de Miranda, enchaîna Emily.

Andy faillit en lâcher le téléphone.

— Et que lui as-tu dit ?

— À ton avis ? Je lui ai répondu que toi et moi serions ravies d'accepter son invitation. La fille a dit que Miranda pense que ce serait une bonne occasion de voir si nous sommes sur la même longueur d'ondes, d'un point de vue éditorial. C'est un dîner professionnel, Andy. On ne peut pas refuser.

— Eh bien, c'est pourtant ce que je viens de faire. J'ai répondu que je n'étais pas libre.

Il y eut d'autres bruissements et Andy se prépara à affronter la colère d'Emily, qui n'explosa pas.

— Ne t'inquiète pas pour ça, répondit-elle. J'ai répondu que nous serions toutes les deux là, toutes disposées à parler de l'avenir de *The Plunge*.

— Oui, mais je lui ai dit que…

— Charla m'a envoyé un texto il y a dix secondes. Juste après avoir raccroché avec toi, j'imagine. Elle disait que tu n'étais pas libre. Je lui ai répondu que tu l'étais. Allons, Andy ! Nous étions d'accord pour écouter ce qu'ils ont à dire. Et songe un peu à l'expérience que ça va être. Dîner chez Miranda !

— Tu as répondu à l'invitation pour moi ? Tu as accepté à ma place ?

Agatha passa la tête dans le bureau d'Andy, mais celle-ci lui fit signe qu'elle était occupée.

— Oh, Andy, arrête ! Je trouve que c'est un geste charmant de sa part de nous inviter à dîner chez elle. Elle ne fait ça que pour les gens qu'elle apprécie et respecte le plus.

Ce fut plus fort qu'elle : Andy lâcha un reniflement de mépris.

— Tu sais aussi bien que moi que Miranda n'apprécie absolument personne. Elle veut obtenir quelque chose de nous, ce n'est pas plus compliqué que ça. Elle veut *The Plunge*, et cette invitation fait partie de sa stratégie pour l'obtenir.

Emily éclata de rire.

— Évidemment. Et alors ? C'est une perspective si épouvantable, de déguster un dîner préparé par un chef formé dans un des meilleurs restaurants du monde, dans un sublime penthouse de la 5e Avenue dominant Central Park, en compagnie d'une brochette d'invités passionnants et créatifs ? Ça suffit, Andy. Tu vas venir, point barre.

— J'ai envie de vomir. Mais je ne peux effectivement

pas rappeler pour te contredire. Est-ce qu'on amènera Max et Miles ? Comment doit-on s'habiller ? Tu crois qu'il y aura d'autres invités, ou bien seulement nous ? C'est au-dessus de mes forces, Em, vraiment.

— Andy, je suis en train d'embarquer. Arrête de stresser, je te trouverai un truc à te mettre, et on va tout baliser. Pour l'instant, la priorité, c'est de sauver le numéro, d'accord ? Je te rappelle dès que j'atterris, ou un peu plus tôt s'il y a du réseau à bord.

Et elle raccrocha.

L'équipe de *The Plunge* au grand complet travailla toute la nuit, toute la journée du lendemain et la nuit suivante, en faisant des micro-siestes à tour de rôle sur un matelas gonflable, dans le cagibi des fournitures, et en allant se doucher dans une salle Equinox, à deux pas de là. Emily supplia les annonceurs ayant acheté des espaces de ne pas se rétracter, plaida leur cause et les convainquit que, même sans Olive Chase, ça valait encore le coup de passer leur pub. Le département artistique travailla d'arrache-pied pour concevoir une nouvelle couverture et mettre en page un nouveau reportage en moins de vingt-quatre heures ; et Andy consacra des heures à peaufiner un éditorial expliquant avec clarté et concision la situation aux lectrices, sans donner l'impression de ravaler la mariée qu'elles avaient finalement choisie au rang de pis-aller. L'équipe était sur les rotules, et personne n'était convaincu que tous ces efforts déboucheraient à coup sûr sur un numéro qui tienne la route.

Le salut arriva à 1 heure du matin, 4 heures à Los Angeles, avec un coup de fil de l'attachée de presse d'Olive, qui leur promit solennellement que le mariage était de nouveau d'actualité. Au début, ni Emily ni Andy ne la crurent, mais la fille, qui semblait aussi hystérique et surmenée qu'elles, leur jura sur sa vie et celle de son premier-né que tout, du lâcher de colombes au « Oui, je le veux » avait été reprogrammé pour l'après-midi suivant.

— Comment pouvez-vous en être certaine ?

— Si vous aviez vu sa tête lorsqu'elles sont revenues à Santa Barbara en hélicoptère, vous le seriez également. Coiffure et maquillage à 9 heures. À 11 heures, brunch des demoiselles d'honneur ; à 14 heures, photos ; 17 heures, cérémonie ; 18 heures, cocktail ; de 19 heures à minuit, réception ; et ensuite fête, jusqu'à défection du dernier combattant. Faites-moi confiance. J'en suis sûre.

Andy et Emily se consultèrent du regard par-dessus le haut-parleur du téléphone. Emily haussa les sourcils – *On fait quoi ?* – et Andy secoua énergiquement la tête – *Non !*

— J'y serai, annonça Emily en poussant un soupir, avant de hurler à Agatha de lui réserver un billet sur le premier vol à destination de Los Angeles, et de faire savoir au photographe basé sur place qu'il allait devoir retourner à Santa Barbara. Andy voulut la remercier, mais Emily leva la main.

— Tu le ferais, si tu n'avais pas de gosse, dit-elle en rassemblant ses affaires pour rentrer chez elle et refaire sa valise.

— Bien sûr, dit Andy, sans en être certaine, cependant. Cette charrette avait été un enfer et ne serait-ce qu'imaginer de sauter dans un avion était au-dessus de ses forces. Elle ne l'aurait jamais admis, mais si la décision n'avait tenu qu'à elle, elle aurait peut-être opté pour la voie de sortie la plus facile et continué sur la lancée du numéro retravaillé. Mais Emily faisait ce qui s'imposait et Andy lui savait gré de sa persévérance tout au long de l'épreuve.

Tout ce chaos – mettre au rancart le numéro en cours, élaborer un nouveau chemin de fer, pour finalement réintégrer celui qui était prévu au départ – avait empêché Andy de s'appesantir sur la perspective sinistre du dîner chez Miranda, mais sitôt qu'Emily eut confirmé qu'Olive ne ferait pas faux bond cette fois, elle devina qu'elle ne pourrait plus penser à rien d'autre. Miranda. Son appartement. Qui seraient les autres convives ? Les sujets de conversation ? Le menu ? Comment allait-elle s'habiller ? C'était inimaginable qu'après tant de nuits à ne dormir que d'un œil, tel un serf, elle puisse *dîner à la table de Miranda*. La raison lui imposait d'annuler. Elle décida pourtant d'inspirer un grand coup, d'accepter la robe qu'Emily se proposait de lui prêter et de se comporter en adulte. Une soirée. Elle n'allait pas en mourir.

C'est ce qu'elle se répéta en boucle jusqu'à ce que le taxi les dépose devant le somptueux immeuble de Miranda, dans l'Upper East Side, et lorsque le portier en uniforme les invita à monter dans l'ascenseur.

— Vous venez voir Ms. Priestly, dit-il, avec une intonation à mi-chemin entre l'ordre et la question.

— Oui, tout à fait, répondit Andy. Merci.

Emily la gratifia d'un regard d'avertissement digne d'une mère à bout de patience.

Quoi ? articula silencieusement Andy.

Emily leva les yeux au ciel.

Sitôt parvenues au dernier étage, le portier s'éclipsa avant qu'Andy ne puisse s'accrocher à ses basques et le supplier de la reconduire en bas. Elle voyait bien qu'Emily flippait autant qu'elle mais qu'elle cherchait à donner le change, à apparaître calme et maîtresse d'elle-même.

Elles marquèrent un temps d'arrêt devant la porte – cette même porte qu'elles avaient l'une comme l'autre franchie un nombre incalculable de fois – puis Emily se décida à toquer, doucement.

Lorsqu'on leur ouvrit, Andy remarqua aussitôt deux choses : Miranda avait entièrement refait la décoration, du sol au plafond, et la jeune fille mince qui leur avait ouvert, et dont elles ne voyaient déjà plus que le dos, était probablement une des jumelles. Ce dernier point se confirma un instant plus tard quand Cassidy, la main sur la rampe de l'escalier monumental, pivota sur son pied nu et délicat en faisant voler ses cheveux et dit :

— Ma mère va descendre sous peu. Installez-vous, faites comme chez vous.

Puis, sans un autre regard pour les invitées, elle grimpa

l'escalier avec une précipitation plutôt puérile pour une fille de dix-huit ans. Andy se demanda pourquoi, en ce début d'octobre, la jeune étudiante était à la maison plutôt qu'à la fac.

— On fait quoi, maintenant ? chuchota-t-elle.

Elle embrassa du regard l'épaisse moquette couleur étain, l'énorme lustre en pampilles de cristal, les photographies en noir et blanc et à taille réelle de célèbres mannequins des années 50 et 60, l'assortiment de plaids en fourrure disposés sur les canapés d'inspiration victorienne et, le plus surprenant connaissant les goûts de Miranda (ou ce qu'elle croyait en connaître), des rideaux en velours d'un violet criard, au drapé si volumineux qu'il donnait envie d'y enfouir le visage. La pièce était élégante, mais se targuait aussi d'une certaine simplicité. Si la décoration de l'entrée et du salon de réception avait, à l'évidence, coûté bien plus que quatre ans de revenus d'une famille américaine moyenne, le résultat réussissait à donner l'impression qu'elle était accessible, cosy et, le plus surprenant de tout, sans apprêt.

Andy suivit Emily dans le salon et prit place à côté d'elle sur un petit canapé. Elle croisa les jambes, les décroisa ; elle mourait d'envie de boire un verre d'eau. Subrepticement, elle observa les allées et venues du personnel en uniforme, en nombre suffisant pour assurer le service de Downtown Abbey, mais personne ne vint leur offrir quelque chose à boire ou à grignoter. Elle envisageait de faire un saut aux toilettes pour réajuster son collant quand une voix par trop familière lança :

— Bonsoir tout le monde. Soyez les bienvenues. Je suis si contente que vous ayez pu venir, dit Miranda, avant de taper dans ses mains, dans un geste de ravissement assez puéril.

Andy et Emily échangèrent un bref regard – *tout le monde ?* – avant de reporter leur attention sur leur hôtesse qui semblait tellement… différente de d'habitude. C'était la première fois qu'Andy voyait Miranda porter un vêtement qui ne soit pas ouvragé, apprêté ou très ajusté. La maxi-robe vermillon sans manches, en soie, était d'une facture luxueuse et ondoyait autour de ses chevilles en vaguelettes souples et élégantes. Les boucles d'oreilles chandelier en diamants, absolument sublimes, réfléchissaient la lumière dans une succession de minuscules flashes. Une collection de bracelets Hermès cliquetait à son bras gauche, naturellement, et le seul autre accessoire consistait en une bande de cuir très souple enroulée plusieurs fois autour de sa taille de guêpe, par un jeu de superpositions à la fois désinvolte et sophistiqué. Même son éternelle coupe au carré semblait moins stricte que d'ordinaire. Mais plus surprenant encore que la robe, la coiffure ou les bijoux, et surtout plus inattendu : Miranda Priestly arborait un sourire qui avait toutes les apparences d'un sourire humain. Et presque chaleureux.

Emily se leva d'un bond et se précipita vers leur hôtesse ; il y eut un échange de bises et force compliments. Si Miranda feignait d'être heureuse de voir Emily – et Andy ne doutait pas que ce fût le cas –, il fallait reconnaître que la comédie était très convaincante. Emily s'extasia sur les rideaux fabuleux, la vue à couper le souffle, les tirages photo spectaculaires, et Miranda donna l'impression d'accueillir avec plaisir et humilité ces éloges dithyrambiques. Et puis, au moment où Andy songeait que la situation ne pouvait pas devenir plus bizarre, Miranda leur désigna d'un geste d'invite la salle à manger.

— Pouvons-nous passer à table ?

Andy regarda Emily, qui accusa brièvement le coup. Il n'y aurait donc pas d'autres convives ? Pas de cocktail ? À ce train-là, elles seraient de retour chez elles dans une heure. Andy soupçonna qu'elle était la seule à être reconnaissante de la tournure que prenaient les événements.

Elles suivirent Miranda dans la salle à manger. Andy remarqua avec soulagement que la table était dressée pour cinq. Deux autres personnes allaient les rejoindre ! La tablée ne serait pas assez nombreuse pour qu'elles puissent se fondre dans le paysage mais cela leur éviterait, au moins, d'être l'unique point de mire de Miranda.

Cassidy réapparut au moment où elles prenaient place.

— Où est Jonas ? demanda Miranda. Il ne dîne pas avec nous ?

Les lèvres étaient pincées, la moue réprobatrice. Ce Jonas ne se hissait visiblement pas très haut dans son estime.

— Non, mère. Ni moi non plus. On m'a dit en cuisine qu'il y avait encore du steak au menu ? Sans rire ?

Cassidy piocha un petit pain aux céréales dans la coupe en bois détournée en corbeille et commença à le croquer comme elle l'aurait fait d'une pomme. Sa moitié de crâne rasé lui donnait un air de sauvageonne sophistiquée et tendance.

Miranda, qui semblait sur le point d'étrangler sa fille, lui ordonna d'une voix glaçante :

— Assieds-toi, Cassidy, tu es impolie avec nos invitées.

Pour la première fois depuis leur arrivée, la jeune fille se tourna vers Andy et Emily.

— Excusez-moi, leur lança-t-elle, avant d'ajouter, à l'intention de sa mère : Je suis végétarienne depuis plus d'un an, et que tu refuses d'en tenir compte est vraiment…

Miranda lança la main en l'air.

— Très bien. Je vais demander à Damien de préparer vos assiettes et de les monter dans ta chambre. C'est tout.

La jeune fille lui décocha un regard noir et sembla sur le point de riposter, mais se contenta de piocher un autre petit pain avant de filer.

Elles étaient toutes les trois seules, à présent.

À la surprise d'Andy, Miranda se reprit et redevint charmante. Pendant qu'elles dégustaient l'entrée – un ceviche de thon à l'avocat et au pamplemousse servi dans de délicats bols en cristal –, elle les régala d'anecdotes amusantes sur la Fashion Week d'octobre – les incidents, les petits ratés et les véritables désastres.

— Donc, nous étions tous sur les bancs, en train de

twitter et, tout d'un coup – coupure d'électricité. Boum. Le noir total. Je ne sais même pas comment vous expliquer ce qui se passe sur le podium dans ces cas-là !

Miranda éclata de rire et Emily l'imita. Tandis que les serveurs apportaient des assiettes de bœuf Wagyu finement tranché et qu'Andy se demandait ce qui pouvait bien se passer sur un podium plongé dans le noir, Miranda se tourna vers elle.

— Avez-vous des projets de voyage ? demanda-t-elle, l'air non seulement attentif mais intéressé.

— Uniquement pour le magazine, répondit Andy en découpant soigneusement sa viande. Je pense que le mois prochain j'irai à Hawaï couvrir le mariage des Miraflores.

Miranda mastiqua sa bouchée, puis l'avala délicatement. Elle but une gorgée de vin blanc et approuva d'un mouvement de tête.

— Mmm… je me suis toujours demandé comment était l'État d'Aloha pendant la saison touristique. Il faudra que vous me fassiez part de vos impressions. Et faites-moi penser à vous donner le nom de notre chauffeur à Maui, si jamais vous allez là-bas ; c'est le meilleur.

Andy la remercia et risqua un coup d'œil vers Emily, qui la regarda d'un air de dire : *Tu vois ?* Andy ne pouvait pas affirmer le contraire. Elle n'aurait jamais pensé cela possible, mais peut-être Miranda s'était-elle réellement adoucie au cours des dix dernières années.

Elle était en train de leur recommander de visiter une villa en particulier du Tryall Club, un établissement huppé des Caraïbes, lorsqu'un bruit leur parvint depuis l'entrée. Personne ne sembla le remarquer. Miranda poursuivit sa description de la villa – la superbe piscine à débordement, les chambres aux aménagements ultra-modernes, la vue à couper le souffle sur la mer –, puis reporta son attention sur Andy et lui demanda des nouvelles de Clementine.

— Quel prénom ravissant, dit-elle d'une voix flûtée. Avez-vous des photos ?

Avez-vous des photos ? Andy, sachant qu'il serait mal avisé de dégainer son portable, secoua la tête.

— Non, je suis désolée. Pas sur moi.

Miranda se comportait comme une personne… normale. Et Andy s'apprêtait à s'enquérir à son tour des jumelles quand un mouvement, à proximité de la porte d'entrée, détourna son attention. Miranda et Emily suivirent son regard. C'était Charla, qui avançait sur la pointe des pieds, l'air exténué, et semblant ployer sous le poids du Book et des sacs de pressing, en nombre suffisant pour habiller toute la population de l'East Side. Ce n'est qu'après avoir déposé le linge dans le premier placard de gauche et le Book – le précieux, le révéré Book – sur la console située sous un imposant miroir à chevrons que la jeune fille remarqua qu'elle était observée.

— Excusez-moi, Miranda, chuchota-t-elle.

Andy eut envie de se lever pour aller serrer la malheureuse dans ses bras. Charla ne s'était pas montrée particulièrement sympathique, ni en personne ni au téléphone, mais Andy comprenait. Et en cet instant, la pauvre semblait terrifiée.

— Vous excuser de quoi, au juste ? lança Miranda en haussant les sourcils, mais sans paraître aussi horrifiée par cette interruption intempestive qu'Andy ne s'y attendait.

Charla tourna alors vivement la tête vers la porte d'entrée.

— De moi ! chantonna une voix. Elle a essayé de m'empêcher de venir, elle a vraiment essayé, mais il me fallait impérativement une réponse ce soir.

Nigel. Auquel Charla n'avait pas réussi à tenir tête et qui s'était incrusté d'office dans le convoi.

— Charla, c'est tout ! lança Miranda avec une irritation manifeste, et la jeune fille s'éclipsa sans demander son reste.

— Chérie ? Où êtes-vous ? piailla Nigel. Je n'arrive jamais à vous trouver, dans cette caverne !

Miranda frappa dans ses mains.

— Nigel, arrêtez de hurler. Nous sommes ici, dans la salle à manger.

Dire que Nigel fit une entrée remarquée était un euphémisme : drapé dans des couches et des sous-couches de tartan, les mollets enveloppés de chaussettes assorties au kilt, il donnait l'impression qu'un nuage de pluie écossaise venait de s'éventrer dans l'appartement. La musique semblait soudain plus forte. L'ambiance plus électrique. Même l'air ambiant se chargea d'un parfum curieux mais agréable de pins et d'assouplissant ; ou bien était-ce une odeur de laque ?

Miranda soupira, mais on voyait bien qu'elle n'était pas aussi agacée qu'elle voulait bien le laisser paraître.

— Que nous vaut ce plaisir ?

— Je suis affreusement désolé de vous interrompre, vous le savez, mais je vais finir par me tuer à force d'hésiter sur le choix de la double page : est-ce qu'on passe la robe longue de la Renta, ou celle d'Alexander McQueen ? Elles sont complètement différentes, je sais, et je n'arrive pas à trancher. J'ai besoin de votre avis, conclut Nigel en sortant deux planches d'une sacoche à bandoulière en serpent.

Miranda accorda à peine un regard à chaque double page et posa une griffe rouge sur celle de gauche – un ruissellement de volants roses qui ne semblait pas, du moins pour l'œil peu exercé d'Andy, porter la griffe de l'un ou l'autre créateur.

— Celle-ci, évidemment, répondit Miranda en rendant les planches à Nigel. Je pense que la lectrice appréciera de voir qu'Oscar prend des risques.

Nigel opina.

— C'est exactement ce que je pensais.

Comme en réponse à un signal, un serveur surgit tel un ninja et vint remplacer l'assiette de Miranda par un *latte* fumant.

Miranda y ajouta d'un geste délicat une cuillerée de sucre et en but une gorgée. Elle n'invita pas Nigel à s'asseoir, mais ne lui suggéra pas de prendre congé non plus. Après un bref instant de flottement inconfortable, Nigel s'exclama :

— Mais qui vois-je là ?! Quel mal élevé je fais ! La *dream team* du mariage ! Bonjour, Emily. Bonjour, Andrea. Quel effet cela fait-il d'être assises à cette table ?

C'est totalement bizarre et flippant, aurait volontiers répondu Andy, mais elle se contenta de sourire.

— Salut, Nigel. Contente de te voir.

Nigel les dévisagea, avec juste ce qu'il fallait d'insistance pour les mettre mal à l'aise, avant de scruter bijoux, coiffures et vêtements, sans prendre la peine de dissimuler ce qu'il en pensait.

— C'est merveilleux de vous revoir, mesdames. Alors, sommes-nous déjà en train de fêter l'événement ? Ou bien en sommes-nous encore aux assommantes discussions logistiques ?

Andy remarqua que Miranda baissait les yeux et contemplait sa tasse, l'air gêné.

— Nous passons un moment agréable ensemble, répondit-elle sobrement. Marietta, apportez, s'il vous plaît, une assiette à Nigel.

Mais, apparemment, Nigel ne comprit pas le message.

— Mesdames ! Ne sommes-nous pas tous et toutes ravis que *The Plunge* rejoigne la grande famille Elias-Clark ? En ce qui me concerne, je suis aux anges ! (Et, comme personne ne lui répondait, il poursuivit :) Andy, pourquoi ne pas faire part à Miranda de ton idée de couverture ?

Sans doute Andy eut-elle visiblement un blanc, car Nigel lui souffla :

— Sur moi ? Et mon bien-aimé ? Tu ne peux pas avoir oublié !

— Ah oui, murmura-t-elle, sans trop savoir quoi dire mais prête à tout pour combler le silence. Je pensais que ce serait une idée formidable de faire passer le mariage de Nigel et Neil dans le numéro d'avril. Vous vous mariez entre Noël et le jour de l'an, n'est-ce pas ? Pour nous, ce serait un timing parfait.

Nigel se fendit d'un sourire jusqu'aux oreilles.

Emily tourna la tête, plusieurs fois de suite, pour regarder Andy, puis Nigel et Miranda ; on aurait dit qu'elle suivait un échange de balles de l'US Open.

Miranda but une gorgée de vin et hocha la tête.

— Oui, Nigel m'a touché deux mots de votre idée, que je trouve excellente. Naturellement, le tout premier sujet sur un mariage entre personnes du même sexe mérite selon moi une parution dans le numéro de juin. Celui d'avril serait trop anecdotique. Mais j'adore l'idée.

Andy se sentit rougir.

— Juin ou avril, je sais que ce sera formidable, intervint alors Emily. Andy et moi pensions organiser une séance photo à la mairie, quand les tourtereaux iront déposer leurs bans. On serait dans un angle plus sociologique,

susceptible de capturer la nature historique du moment.

L'attention de Miranda se focalisa immédiatement sur Emily, et un éclair de colère familier traversa son regard.

— La mairie évoque tout de suite la paperasserie, les détecteurs de métaux et ces gens déprimants qui viennent quémander des aides. Nigel et Neil sont glamour, stylés, sophistiqués. Tout le contraire de l'univers administratif.

— J'approuve, j'approuve totalement ! caqueta Nigel.

— Je vois ce que vous voulez dire, convint Emily, et elle semblait sincère.

Andy fixa la nappe et se détesta de ne pas intervenir.

— Je défends, il va de soi, le mariage homosexuel, mais un article qui rate sa cible ne profitera à personne. Je sais que la lectrice de *The Plunge*, même si elle est ravie que les homosexuels puissent se marier, n'a que faire d'un article politique ennuyeux. Elle veut voir de beaux vêtements ! De belles fleurs ! Des bijoux de luxe. Du romantisme ! N'oubliez jamais ceci, ajouta-t-elle en se tournant vers Andy. Votre seul travail consiste à donner aux lectrices ce qu'elles veulent. Aborder le droit des homosexuels serait un mauvais calcul, et très dommageable.

— Bien dit, murmura Nigel.

Emily semblait mal à l'aise – sans doute se faisait-elle du souci quant à la réponse d'Andy –, mais elle hocha néanmoins la tête.

— Vous avez tout à fait raison, Miranda. Andy et moi nous efforçons toujours de satisfaire les attentes de la lectrice. Nous ne pourrions être davantage sur la même longueur d'ondes. Tu ne penses pas, Andy ? demanda-t-elle, en se tournant vers elle pour lui lancer un regard d'avertissement.

La riposte était là, sur le bout de sa langue, mais Andy se retint. Qu'y avait-il à gagner à un affrontement ? D'une certaine façon, c'était un soulagement de voir réapparaître l'ancienne Miranda. Elle avait réussi à feindre des qualités humaines inexistantes chez elle le temps de manger une entrée et un plat, ce qui était un exploit en soi. La voir déployer charme, grâce et amabilité était perturbant, déstabilisant. Là, au moins, on revenait en terrain connu.

Andy reposa sa tasse de café. Elle allait procéder en douceur, autant qu'elle le pourrait, mais n'irait pas jusqu'à feindre d'être d'accord avec les trois autres convives juste pour ne pas troubler cette ambiance de trêve. En outre, peut-être n'était-ce pas un mauvais calcul de laisser Miranda sortir du bois. Emily verrait, une bonne fois pour toutes, qu'en cas d'acquisition par Elias-Clark, elles seraient obligées de faire allégeance aux directives de cette femme pendant très, très longtemps.

— J'entends ce que vous dites et, naturellement, nous faisons notre maximum pour offrir à nos lectrices de beaux sujets, mais qui sont aussi intéressants. D'après tous les retours que nous avons, elles adorent entrevoir d'autres cultures et traditions – surtout lorsque celles-ci sont très différentes des leurs. C'est pour cela que je pensais qu'une nouvelle rubrique sur le mariage homosexuel un peu partout dans le monde pourrait les passionner.

Les mentalités et les lois sont en train de changer très rapidement, et pas simplement aux États-Unis. En Europe, bien sûr, mais il y a également eu de grandes avancées dans des pays assez inattendus, en Asie et en Amérique latine. Il y a encore du chemin à parcourir, mais pour la première fois, l'optimisme est de mise. Cette rubrique ferait une belle vitrine pour le magazine, et pourrait œuvrer à installer…

Miranda éclata de rire – un rire strident et qui, quoique dénué de joie, s'accompagna d'un sourire qui dévoila ses dents. Andy ne put réprimer un frisson.

— Comme c'est mignon, dit-elle en posant les couverts en travers de son assiette à dessert.

Immédiatement, une équipe de trois personnes surgit pour débarrasser la table, même si deux convives n'avaient pas encore terminé.

— Mignon ? répéta Andy.

— Votre domaine, c'est les mariages, An-dre-âââ. Vous n'êtes pas une publication universitaire. Ni un newsmagazine. Pareils sujets n'ont pas leur place dans *The Plunge*, je ne le permettrai pas.

Je ne le permettrai pas.

Andy releva la tête brusquement, mais elle était apparemment la seule à avoir remarqué que Miranda venait de confirmer, sans ambiguïté, qu'elle projetait d'approuver, corriger, supprimer, autoriser ou interdire, et amender chaque mot qui serait imprimé dans le magazine. Et que, de surcroît, elle ne se souciait même pas de masquer son jeu en prétendant qu'il en irait autrement.

— Oui, mais c'est notre magazine, objecta Andy, dans un quasi-chuchotement.

Miranda eut l'air surpris et, là encore, Emily et Nigel se tinrent cois.

— Votre magazine, c'est un fait, répondit Miranda en reculant sur sa chaise et en croisant les jambes – elle donnait l'impression de s'amuser énormément. Mais ai-je besoin de vous rappeler qu'il vous reste encore un très long chemin à parcourir ?

— Naturellement, il est toujours possible de s'améliorer. Andy et moi étions justement…

— N'importe quel magazine se juge à son numéro de septembre, reprit Miranda en ignorant royalement l'intervention d'Emily. Et le vôtre était… Comment dire ? Chétif. Songez à toutes les marques qui se bousculeront pour acheter des espaces publicitaires sitôt qu'elles auront appris que *The Plunge* est associé à *Runway*, à son expérience, à son prestige. Songez aussi que vous pourriez continuer à citer mon nom, mais en toute légitimité, cette fois.

Emily semblait prête à ramper sous la table.

Andy toussota et se sentit rougir.

— Je suis désolée, mais nous citons *Runway* uniquement pour nous ouvrir des portes ; nous gagnons tout le reste grâce à notre travail, précisa-t-elle, encore sous le choc de découvrir que Miranda était au courant de leur petite combine.

— Oh, s'il vous plaît, ne nous faites pas un infarctus. Bien entendu, que vous avez gagné tout le reste. Vous avez réussi, sinon nous ne serions pas ici. Mais il est temps de remonter la barre d'un cran. Qui étaient ces gens qui ont fait votre dernière couverture, déjà ? Ces Grecs ?

Emily lui dit qu'il s'agissait du fils du Premier ministre grec qui épousait l'héritière d'une des plus vieilles fortunes du monde. Des jeunes gens très glamour, l'un et l'autre diplômés de Cambridge et amis du prince William et de la princesse Kate.

— Eh bien, ils n'avaient rien d'inoubliables, trancha Miranda. Il y en a assez des étrangers – à moins qu'ils ne soient eux-mêmes de sang royal. Nous avons besoin de couples qui incarnent la réussite sociale. Et franchement, à cet égard, le numéro avec votre propre mariage, An-dre-âââ, poussait un peu loin l'interprétation de ce concept. Certes, Maxwell Harrison est issu d'une lignée aux succès notoires, mais il n'est pas un exemple assez fascinant pour porter un numéro entier. Qui achètera un magazine avec d'illustres inconnus en couverture ?

— Nos ventes en kiosque ont été exceptionnelles, ce mois-là, parvint à objecter Andy, tout en n'étant pas en total désaccord avec Miranda.

Emily semblait prête à bondir.

— J'entends ce que vous dites, Miranda. Je pensais que nous aurions dû prendre une autre direction pour la couverture, mais la série de photos de Saint-Germain était un si beau coup…

Miranda lâcha un éclat de rire qui ressemblait à un aboiement.

— Lorsque vous travaillerez pour moi, les grands photographes seront de rigueur. Avec le soutien de *Runway*, vous serez en mesure de négocier les contrats selon vos propres termes.

— Vous voulez dire vos termes *à vous*, observa Andy à voix basse.

— Des termes qui vous assureront la collaboration des plus grands créateurs, photographes, stylistes, et des célébrités de votre choix. Vous n'aurez qu'à demander. Voilà ce que je veux dire.

Nigel partit d'un sifflet.

— C'est la meilleure, mesdames ! s'enthousiasma-t-il. Ouvrez grandes vos oreilles : on n'a pas tous les jours la chance de recueillir un tel conseil de la bouche même de Miranda Priestly.

Andy et Emily échangèrent un regard, mais Miranda n'en avait pas terminé.

— Et vous allez devoir renouveler votre équipe. Je ne veux que les meilleurs. Raison pour laquelle je vous veux *vous*. Mais la période de transition nous permettra précisément de faire le ménage et de nous débarrasser de quelques éléments parasites. Ah, et c'en sera terminé de ces âneries d'« aménagement du temps de travail » ou de « télétravail ». Ce sont des pratiques que nous avons bannies, à *Runway*, et cela fait une énorme différence.

Andy songea aussitôt à Carmella Tindale, sa directrice éditoriale adorée qui ferait sans doute partie de la charrette. Et pire que ça : Andy devrait dire adieu à ses horaires flexibles. Finis, les mardis ou jeudis matin à la maison avec Clem, ou les visites chez le pédiatre.

Emily s'éclaircit la voix.

— Je ne suis pas certaine qu'il y ait dans l'équipe beaucoup de personnes que nous puissions nous permettre de perdre.

Andy lui décocha un regard acéré.

— Nous avons une équipe formidablement dévouée, qui ne compte pas ses heures et consent d'énormes sacrifices pour le magazine, poursuivit-elle. Je ne voudrais pas m'en séparer – d'aucun d'entre eux.

Miranda leva les yeux au ciel comme si cette conversation prenait un tour épuisant.

— Ces filles-là ne comptent pas leurs heures afin de pouvoir dévaliser la réserve de produits et parler au téléphone avec des stars. Chez Elias-Clark, elles auront les mêmes opportunités, multipliées par dix. Raison pour laquelle elles doivent toutes être présentables. Et formées selon les critères de *Runway*. J'y veillerai personnellement.

— Oui, je pense effectivement que… commença Emily, mais Miranda l'interrompit.

— Et pour en revenir au mariage de Nigel… (Miranda marqua une pause pour s'assurer qu'elle avait l'attention générale) je vous garantis que ce sera votre numéro le plus épais à ce jour. De loin.

— Emily et moi avons déjà quelques idées précises sur la façon dont nous voulons qu'il…

— Les amies ! s'écria Nigel. À quoi bon se chamailler pour des broutilles ? Vous êtes toutes bien conscientes, je n'en doute pas, que s'agissant du mariage du siècle

– le mien – c'est moi qui trancherai. Considérez que je suis votre souverain intrépide, et vous mes dames d'honneur.

Nigel repoussa sa chaise, se leva et rabattit magistralement sa cape sur les épaules.

Emily éclata de rire la première, suivie par Andy ; Miranda se contenta d'un sourire pincé, hargneux.

— À notre union sacrée ! tonna Nigel, régalien, en saluant à la romaine. Et soyez sans crainte : Nigel a suffisamment de sensationnel en réserve pour tout le monde. Et maintenant, que diriez-vous de porter un toast ?

Comme par magie, un serveur émergea de la cuisine avec quatre flûtes à champagne et une bouteille de Moët sur un plateau.

— Ah non, non, ça ne va pas le faire, marmonna Nigel.

Il disparut dans la cuisine et en revint avec quatre élégants petits verres en cristal. À y regarder de plus près, il s'agissait plutôt de tasses à expresso, mais Nigel ne s'était pas embarrassé de ce détail.

— C'est quoi ? demanda Emily en acceptant le sien délicatement entre le pouce et l'index.

— Nigel, franchement, dit Miranda avec une feinte exaspération mais en acceptant elle aussi un verre.

— Aux géniales collaborations entre femmes de génie ! lança Nigel en brandissant le sien à bout de bras. *The Plunge* est une jeune femme qui a bien de la chance d'avoir autant de prétendants !

— Bien dit, Nigel, approuva Emily en se penchant pour trinquer avec lui.

— Buvez ! ordonna-t-il d'une voix suraiguë, et Emily éclata de rire.

Andy regarda, médusée, Miranda tremper délicatement ses lèvres dans le breuvage, une fois, deux fois. Ne voulant pas être la seule en reste, elle songea à ses années de fac, inspira un grand coup, et vida son verre cul sec. L'alcool brûla sa gorge et lui fit venir les larmes aux yeux. Elle n'aurait su dire si elle venait d'ingurgiter de la vodka, du bourbon, du gin, ou tout autre chose.

— C'est infect, décréta Miranda en examinant le fond d'alcool dans son verre. Je suis épouvantée à l'idée que vous ayez déniché cela sous mon toit.

— Rassurez-vous, répondit alors Nigel avec un sourire diabolique, en faisant apparaître de sous sa cape une flasque en argent et en cuir, dont le bouchon s'ornait d'un gros N chantourné.

Le dîner se termina sans autre incident, mais Andy restait étourdie par la conversation. Lorsque Miranda raccompagna ses invités dans le hall d'entrée, Andy dut prendre sur elle pour ne pas récupérer son manteau précipitamment et s'enfuir à toutes jambes.

— Merci infiniment pour cette soirée incroyable, dit Emily, et, non contente de se répandre en effusions, elle embrassa Miranda sur chaque joue comme si elles étaient d'anciennes camarades.

— Oui, chérie, vous vous êtes vraiment surpassée, renchérit Nigel.

En dépit de la température très douce à l'extérieur, il enfila une paire de mitaines et drapa un châle en cachemire de la taille d'une couverture autour de sa tête et son cou. Seule Andy sembla remarquer que le dos de Miranda se raidissait et que ses mâchoires se crispaient.

— Merci, Miranda. C'était un dîner très agréable, dit-elle à voix basse en boutonnant son manteau d'une main nerveuse.

— An-dre-âââ, répondit Miranda, à voix toute aussi basse, mais dans laquelle résonnait une note de dureté.

Andy releva la tête et faillit perdre l'équilibre : Miranda la dévisageait avec une haine si palpable, si implacable, qu'elle en eut le souffle coupé.

Comme Nigel et Emily débattaient des avantages de partager un taxi, ils ne remarquèrent pas que Miranda enveloppait ses longs doigts minces autour de l'épaule d'Andy, l'attirait vers elle et se penchait pour lui murmurer quelques mots à l'oreille. Jamais Andy ne s'était trouvée aussi près de cette femme ; ses bras et sa nuque se hérissèrent de chair de poule.

— Vous allez signer ces papiers cette semaine et arrêter de nous mettre des bâtons dans les roues.

Avant qu'Andy ne puisse seulement songer à répondre, le liftier apparut à la porte, quelques derniers au revoir furent échangés, et personne ne remarqua qu'Andy se dirigeait vers l'ascenseur sans mot dire.

Ils se retrouvèrent tous les trois sur le trottoir ; Emily et Nigel, éméchés et hilares, se tenaient par la main.

— Au revoir, mes chéries, lança Nigel en se glissant dans un taxi, sans proposer aux deux filles de les déposer ni leur laisser l'opportunité de monter à bord. Je suis impatient de retravailler avec vous.

Au moment où Emily tendait le bras pour héler un second taxi, une limousine s'arrêta devant elles. Le chauffeur, un homme grisonnant dont la physionomie respirait la gentillesse, demanda :

— Vous êtes les invitées de Ms. Priestly ? Elle a demandé que l'on vous reconduise chez vous, ou là où vous souhaitez aller.

Emily gratifia Andy d'un regard triomphant et se laissa choir sur la banquette.

— Est-ce que ce n'est pas attentionné de sa part ? jubila-t-elle en étirant les jambes.

Andy était encore sous le choc. Miranda l'avait-elle menacée ? Ou avait-elle rêvé ? Elle n'arrivait pas à trouver les mots pour relater l'incident à Emily.

— Quel dîner fabuleux ! J'adore sa nouvelle déco, et, bien entendu, le repas était à tomber. Après coup, je pense qu'il valait mieux que Cassidy et son petit ami ne dînent pas avec nous. Miranda a pu se concentrer exclusivement sur nous, et nous dévoiler sa vraie vision pour *The Plunge.* Je sais que certains aspects peuvent sembler un peu… extrêmes. Mais n'est-ce pas incroyable que l'un des plus grands esprits de l'univers de la mode et de la presse magazine veuille nous aider, et aider *The Plunge* à jouer dans la cour des grands ? C'est presque trop beau pour y croire !

Pourquoi Emily ne semblait-elle pas bouleversée ? N'avait-elle pas entendu Miranda reconnaître sa ferme intention d'annexer *The Plunge* et d'en faire son fief ? Elle comptait superviser embauches et licenciements, dicter toutes les décisions, éditoriales comme commerciales, instituer des horaires draconiens, promulguer des *dress codes* ? Emily ne comprenait donc pas qu'elles allaient, en gros, redevenir ses assistantes, qu'elles n'auraient plus vraiment leur mot à dire, qu'elles ne pèseraient d'aucun poids dans les décisions, et seraient réduites à de simples pions que Miranda déplacerait au gré de ces envies et humeurs ?

— J'ai l'impression que nous n'étions pas au même dîner, observa Andy.

— Je crois qu'elle a vraiment changé. Elle n'aurait pas pu être plus charmante, ce soir.

Emily arborait un sourire béat, comme au sortir d'un massage intégral.

— Mais enfin, tu ne l'as pas entendue dire « Je ne le permettrai pas ! », comme s'il s'agissait de son magazine ? Et son insistance pour que Nigel et Neil passent dans le numéro de juin ? Je ne voulais pas en parler ce soir, mais j'ai peut-être une piste du côté d'Angelina et Brad. Et si elle porte ses fruits, à qui donnerons-nous la couverture de juin ? À Nigel, flamboyant journaliste et muse de Miranda Priestly ? Ou à *Brangelina* ? Non, franchement !

Emily ferma les yeux et exhala voluptueusement.

— Tu n'as pas eu envie de rentrer sous terre lorsque l'assistante a débarqué ?

— Ne m'en parle pas. La pauvre. Elle a dû paniquer. Ouvre les yeux, Em. Miranda n'a pas changé. Elle traite ses assistantes comme des esclaves. Elle n'a pas accordé un seul regard à cette fille, sauf pour la congédier. Je parie qu'elle va la virer pour n'avoir pas su empêcher Nigel de la suivre.

— Oui mais, quelle idiote aussi d'avoir laissé qui que soit – même Nigel – l'accompagner pour déposer le Book et le pressing. C'est de la sottise pure et simple. Jamais nous n'aurions commis un impair pareil. Enfin, toi, si, sans doute, mais j'aurais immédiatement rectifié le tir. Miranda a tout intérêt à virer cette gourde dès demain matin.

Tandis que la limousine filait le long de la 5e Avenue, Andy regarda par la vitre les belles façades aux fenêtres illuminées. Tant de changements étaient intervenus depuis qu'elle avait quitté *Runway*. Cela ne s'était pas fait en un jour, il lui avait fallu travailler d'arrache-pied, surmonter pas mal de chagrins, mais elle avait finalement la sensation d'avoir trouvé la paix : elle avait des amies sincères, une sœur et des parents aimants, une carrière stimulante et épanouissante, et surtout une famille à elle. Un mari. Une petite fille. Rien ou presque ne s'était déroulé de la façon dont elle s'y attendait, mais quelle importance ?

— Quelle soirée géniale, non ? soupira Emily, les yeux clos, les joues empourprées de plaisir.

Andy ne dit rien.

— Je crois que Miranda a franchi un cap énorme, ce soir. Et pas seulement vis-à-vis de nous. Elle a changé, en mieux, c'est certain. Tu ne trouves pas ?

— Em, je…

Andy laissa sa phrase en suspens, trop épuisée pour s'engager dans le conflit qui allait sans nul doute éclater sitôt qu'elle aurait prononcé les mots qu'elle ne pourrait plus taire très longtemps.

— Déjeunons ensemble cette semaine et prenons une décision sur l'offre d'Elias-Clark une bonne fois pour toutes, d'accord ? reprit-elle. La dernière fois que nous étions supposées en discuter, nous avons été déviées de notre sujet. Nos positions divergent manifestement, mais nous nous devons, pour nous-mêmes et toutes les autres personnes concernées, d'arrêter une décision, O.K. ?

Emily rouvrit les yeux. Elle sourit et donna à Andy un petit coup de coude dans le flanc.

— Ça marche. Je suis la première à admettre que Miranda était une vraie tarée, à l'époque, et qu'elle est sans doute encore un peu dingue, mais nous pouvons la gérer, Andy. Crois-moi, nous formons une équipe d'enfer et nous pourrions accomplir des choses incroyables chez Elias-Clark.

— On voit ça au déjeuner, répondit Andy, en sentant se réveiller une crampe d'appréhension désormais familière.

En ce qui la concernait, la soirée avait définitivement sonné le glas d'une quelconque négociation. Sa décision était prise, ferme et définitive. Elle avait travaillé trop longtemps, et trop dur, pour arriver là où elle en était. Et tout ça pour quoi ? Pour renoncer une fois de plus à sa vie, et la remettre entre les mains de Miranda Priestly ?

Cette semaine, elle l'annoncerait à Emily. Elle n'avait plus le choix.

20

Un container de Botox

Le réveil était en train de sonner à tue-tête. Désorientée, Andy roula sur le côté pour regarder le cadran, et faillit tomber du lit. 11 heures ! Comment était-ce possible ?

846 — Détends-toi, dit Max en posant sa paume tiède sur son bras. Nous ne sommes pas en retard. Nous avons largement le temps.

— En retard pour quoi ?

— Je te dis juste que nous avons le temps.

— Où allons-nous ? Où est Clementine ?

Max éclata de rire. Il était déjà habillé et lisait sur son iPad, tranquillement allongé sur les couvertures.

— Clem fait une petite sieste, mais elle ne va pas tarder à se réveiller. Tu dormais d'un sommeil de plomb. Et nous sommes attendus pour un brunch avec ton groupe de jeunes mamans. Ça te rappelle quelque chose ?

Andy gémit. Le souvenir du dîner de la veille lui revint. Miranda l'avait-elle réellement menacée ? Le groupe de jeunes mamans était très sympathique, mais se préparer (et préparer le bébé) pour aller bruncher en compagnie de tout un tas de gens était, en cet instant, aussi enthousiasmant que la perspective d'une visite chez la gynécologue.

— Oui, malheureusement, répondit-elle. Le brunch

avec les maris… Nous avons passé les trois derniers mois à divulguer des détails intimes sur nos vies respectives – y compris la tienne. Il est temps de rencontrer les sujets de notre analyse collective.

— Super programme. Tu as dit qu'on était attendus à midi et demi ?

Andy hocha la tête. Elle était sur le point de lui raconter le dîner chez Miranda lorsque le téléphone de Max sonna.

— Je dois répondre, s'excusa-t-il en quittant la chambre.

Andy retira son tee-shirt et s'étira voluptueusement sous les couvertures. Les draps avaient la douceur de la soie, ils étaient frais contre sa peau nue et, l'espace d'une ou deux minutes, elle parvint à chasser Miranda de son esprit. La douche fut encore plus agréable et lui procura quelques minutes de paix supplémentaires.

Elle était en train de s'essuyer quand Max entra dans la salle de bains et enlaça son corps nu et tiède. Il enfouit le visage dans sa nuque et inspira profondément.

— J'avais tellement envie de te réveiller hier soir, dit-il.

— Pourquoi ne l'as-tu pas fait ? murmura Andy.

Elle répugnait à reconnaître qu'elle avait été plus soulagée que déçue en découvrant, la veille au soir, au retour de chez Miranda, que Max n'était pas encore rentré de son dîner avec un client. Elle n'avait tout simplement pas l'énergie de raconter sa soirée dans les détails.

— Tu viens de passer quinze jours de folie. Tu avais besoin de sommeil, répondit Max en rinçant son rasoir sous le jet d'eau chaude. Alors, comment ça s'est passé ?

Andy alla ouvrir son placard, attrapa le premier truc qui lui tomba sous la main et retourna s'habiller dans la salle de bains.

— C'était… intéressant.

Max la regarda en haussant les sourcils, par miroir interposé.

— Développe un peu…

— Miranda a sans conteste fait un effort surhumain pour se montrer charmante – c'est presque flatteur qu'elle veuille à ce point acquérir *The Plunge* – mais ensuite, elle est redevenue telle qu'en elle-même.

— À savoir ?

— Elle n'a même pas essayé de cacher son intention de tout contrôler de A à Z. Bien au contraire. J'étais presque choquée de la voir annoncer la couleur de façon aussi frontale.

Quelque chose dans l'expression de Max la hérissa.

— Quoi ? lança-t-elle, mais il sembla éviter de croiser son regard.

— Andy, tu penses que je ne comprends pas combien ç'a été dur pour toi de travailler pour Miranda et, pour tout dire, tu as sans doute raison. Personne ne le comprend. Mais tu ne crois pas que tu pourrais tourner la page et prendre la bonne décision, ici ?

Andy, prise d'un accès de pudeur parce qu'elle était encore seins nus, attrapa un peignoir.

— Je doute fort que Miranda cherche à vous pourrir la vie à toutes les deux, reprit Max.

— Oui, je sais, répondit-elle en le dévisageant. Ce n'est d'ailleurs pas du tout comme ça qu'elle opère. Le fait qu'elle te pourrisse la vie est un dommage collatéral. Mais je ne vois pas en quoi ça peut me consoler…

— Tu sais comment tenir tête aux tyrans, Andy. Et, dans le pire des cas, Miranda n'est jamais que ça : un tyran. Un banal tyran de cour de récré.

— Seul quelqu'un qui n'a jamais travaillé pour elle peut dire un truc pareil, observa Andy avec autant de légèreté que possible en dépit de son irritation.

Une part d'elle voulait éviter de poursuivre cette conversation, mais elle comprenait que, à force de chercher à effacer jusqu'au souvenir de Miranda pendant des années, elle n'avait jamais décrit honnêtement le personnage à Max. Il savait qu'elle était cassante, qu'elle avait l'esprit de contradiction, une « personnalité difficile ».

Max n'ignorait pas qu'elle avait la réputation d'être une patronne dure et exigeante. Il l'avait lui-même croisée assez souvent pour avoir pu observer combien elle pouvait être sèche et distante. Plus que distante : « antipathique » – ainsi qu'il l'avait qualifiée la première fois que Barbara les avait présentés. Mais pour une raison qui lui échappait, Max ne semblait pas comprendre qui était la vraie Miranda. Un être malfaisant, méchant, et même sadique qui, à ce jour encore, hantait les rêves de la femme qu'il avait épousée.

Andy inspira et s'assit sur le rebord de la baignoire.

— Si elle n'était qu'un tyran, Max, tu as raison, je saurais le gérer. Mais elle est pire que ça. Et presque plus difficile à manœuvrer. Elle est obnubilée par son propre intérêt, et prête à piétiner tout et tout le monde pour le servir. Ses assistantes, ses rédactrices, ses soi-disant amis – parce que je ne crois pas qu'elle ait de vrais amis, seulement des connaissances dont elle a besoin socialement, ou dont elle peut tirer des bénéfices –, tous ces gens ne sont que des figurants dans l'espèce de réalité virtuelle qui lui sert de vie, et où le seul objectif est de lui assurer la victoire. À n'importe quel prix. Que tu sois un créateur, le P-DG d'Elias-Clark ou la rédac' chef du *Runway* italien, si tu arrives en retard à un déjeuner avec Miranda Priestly, elle ne t'engueulera pas, elle ne te fera pas une leçon de courtoisie, non, elle passera simplement sa commande au moment précis où elle est prête, que tu sois arrivé ou pas, et lorsqu'elle aura terminé, elle partira. Tu étais en retard parce que ton gamin est malade ? Que ton taxi a eu un accident ? Elle s'en fiche éperdument. Est-ce qu'elle a des scrupules à sonner son chauffeur au moment où ton potage arrive ? Pas le moindre. Parce que tu n'es rien pour elle. Elle ne respecte pas les mêmes règles sociales que toi et moi. Elle a découvert il y a longtemps que le moyen le plus rapide pour arriver à ses fins consistait généralement à humilier, critiquer, rabaisser ou intimider les gens afin qu'ils exécutent ses désirs. Dans les rares occasions où ça ne marche pas – comme par exemple lorsque nous refusons de lui vendre *The Plunge* –, elle se jette dans une offensive de charme tous azimuts : cadeaux extravagants, coups de fil pleins de sollicitude, invitations convoitées. Ce qui est, naturellement, juste une autre manière de manipuler les figurants.

Max posa le rasoir et se tamponna le visage avec un essuie-mains.

— Lorsque tu la décris comme ça, on croirait que tu parles d'une sociopathe.

— Je ne suis pas psy, répondit Andy en haussant les épaules. Mais cette femme est atroce, et je ne noircis pas le tableau.

Max l'enveloppa de ses bras.

— J'entends tout ce que tu dis. Elle a l'air épouvantable, vraiment. Et je déteste l'idée que quiconque te rende malheureuse. Je te demanderai juste de prendre un peu de recul, Andy. D'adopter une vue d'ensemble. Il y a beaucoup…

Les gémissements de Clementine l'interrompirent au milieu de sa phrase.

— J'y vais, annonça Andy en laissant tomber le peignoir par terre et en enfilant son soutien-gorge et un pull, trop contente d'avoir une excuse pour changer de sujet.

Une demi-heure plus tard, ils avaient réussi par miracle à arriver chez Stacy, dans Greenwich Village. Entre le dîner chez Miranda la veille et l'apparente incapacité de Max à la comprendre, Andy avait l'impression que sa tête allait exploser. Comment allait-elle survivre et se montrer une convive agréable pendant les deux heures à venir ?

— Qui sont ces gens, déjà ? lui demanda Max pendant qu'ils attendaient que le portier les annonce.

— Stacy est l'une des mamans de mon groupe. Son mari s'appelle Mark. Je ne me souviens plus de ce qu'il fait. Leur fille Sylvie a quelques semaines de moins que Clem. C'est tout ce que je sais.

Le portier les invita à gagner l'ascenseur, qui les

emporta au dernier étage, où ils furent accueillis par une domestique obèse, en tablier de soubrette et sabots orthopédiques. Elle gara la poussette de Clementine dans l'imposant hall d'entrée, puis leur indiqua le salon. Max et Andy échangèrent un regard et débouchèrent dans une vaste pièce remplie de convives. Andy ne remarqua, de prime abord, que les sept mètres de baies vitrées qui occupaient trois des quatre murs et offraient un des panoramas les plus spectaculaires qu'elle eût jamais vus sur l'extrême sud de Manhattan. Ses nouvelles amies étaient en train de se saluer, de présenter leur mari, d'installer leur bébé dans des balancelles ou des cosys, mais Andy ne pouvait se concentrer sur rien d'autre que l'appartement. Un regard oblique en direction de Max lui confirma qu'il était tout aussi ébahi qu'elle.

Les plafonds double hauteur étaient troués de Velux qui, combinés aux incroyables parois vitrées, donnaient l'impression de flotter dans le vide. À leur gauche, une

cheminée à gaz de la taille d'une petite devanture de magasin était encastrée dans un grand panneau de pierre grise polie et surmontée d'un gigantesque écran plat miroir dans lequel se reflétaient à la fois les flammes et le pâle soleil d'automne. La pièce tout entière semblait enveloppée d'une lumière blanche, presque céleste. Les deux canapés bas, de style contemporain, offraient une élégante association de gris et d'ivoire, que l'on retrouvait en écho dans l'alcôve-bibliothèque. La table basse de facture brute, en bois de récup', était assortie à celle du coin repas, conçue pour accueillir une quinzaine de convives sur de sublimes chaises chromées à dossier haut, en cuir ivoire. Les seules touches de couleurs émanaient d'un tapis outrageusement luxueux et décoré d'un motif de ronds cobalt, rouges et violets, et du lustre en verre, apparemment soufflé à la main, avec son fol enchevêtrement de pampilles bleues ovales, ondulées, en spirale, tubulaires. Même le chien, un Cavalier King Charles – Harley, à en croire le nom imprimé sur son collier en cuir

–, se prélassait sur la miniature d'un fauteuil iconique des années 50.

— Waouh ! souffla Andy. Ce n'est pas ce à quoi je m'attendais.

— C'est assez incroyable, renchérit Max en glissant un bras sur son épaule. On est loin de la petite piaule d'étudiant des Harrison, lui chuchota-t-il à l'oreille. Mais c'est somptueux. C'est le genre d'appartement dans lequel nous vivrons un jour, lorsque ma femme sera devenue un magnat de la presse.

La remarque se voulait une plaisanterie, mais elle mit Andy mal à l'aise.

— Andy ! Avez-vous à boire ? À manger ? Oh, vous devez être Max. Quel plaisir de vous rencontrer, dit Stacy en se faufilant à leurs côtés.

Avec son élégant poncho en cachemire, ses talons, ses cheveux impeccablement lissés et son maquillage parfait, leur hôtesse semblait sortie d'une page de *Runway*. On était loin des leggings et des sweats à capuche, du teint brouillé et des cheveux gras auxquels Andy s'était habituée au fil de leurs réunions hebdomadaires. C'était une transformation spectaculaire.

— Salut, répondit Andy en s'efforçant de ne pas rester bouche bée. Tu as un appartement sublime. Et tu es resplendissante.

Stacy balaya les compliments d'un geste.

— Tu es trop mignonne. Que puis-je vous apporter à boire ? Un mimosa, peut-être ? Max, je parie que vous préféreriez un Bloody Mary. Ceux que prépare notre gouvernante sont à tomber à la renverse.

Stacy déposa un baiser sur le front de Clem et s'éclipsa pour aller passer commande de leurs boissons. En voyant que les autres mères n'avaient pas hésité à allonger leur bébé sur le tapis de créateur, Andy y déposa également Clem.

— C'est une très mauvaise idée, murmura-t-elle cependant en glissant un lange sous la tête du bébé.

— Ne m'en parle pas, confirma Bethany. Micah a déjà recraché tout son petit déjeuner – de la purée d'épinards, rien que ça – et il paraît que Tucker a eu un accident de couche pile au milieu de ce trait de couleur.

— Elle ne voudrait pas protéger le tapis avec une couverture, ou quelque chose ?

Bethany haussa les épaules.

— À mon avis, elle s'en fiche. Quelqu'un en uniforme accourra pour nettoyer, débarrasser, apporter à boire, à manger. Il y a une véritable armée de domestiques, sans exagérer.

— Tu t'en doutais ? demanda Andy, en baissant la voix.

Theo roula sur le ventre et Andy lui tapota le dos. Du coin de l'œil, elle aperçut une femme en uniforme tendre à Max un Bloody Mary géant, et d'un rouge si intense, si appétissant, qu'il aurait mérité de figurer dans un magazine. Max l'accepta poliment, mais Andy savait qu'il
allait trouver un endroit où le reposer, intact. Elle nota, dans un coin de sa tête, de penser à lui apporter un verre de jus d'orange.

— Pas du tout, répondit Bethany. J'étais à mille lieues d'imaginer un truc pareil. En général, Stacy ressemble plus à une SDF qu'à une millionnaire. Mais bon, n'est-ce pas notre cas à toutes dans notre fine équipe ?

En quelques minutes, le groupe s'était recomposé et toutes les mamans bavardaient amicalement pendant que les bébés se prélassaient sur le tapis. Les maris étaient, pour la plupart, conformes à ce qu'avait anticipé Andy – en d'autres termes, des copies quasi à l'identique du sien : la trentaine, chemise classique ou sweat à capuche par-dessus un tee-shirt, et jean de créateur, acheté par leur épouse pour remplacer d'autorité les vieux Levi's datant de la fac. Ils avaient tous les cheveux courts, des montres de luxe et une expression qui laissait clairement entendre qu'ils auraient préféré lire le journal, regarder un match de foot, faire du sport ou être tout bêtement affalé sur leur canapé, plutôt que de déambuler dans une pièce pleine de visages inconnus, avec des hurlements de gamins en bruit de fond, pendant que leur femme débattait avec passion du bon moment pour introduire les purées dans l'alimentation de leurs rejetons.

Seuls quelques-uns offraient un profil inattendu. Le mari de Stacy, Mark, avait au bas mot quinze ans de plus que tous les autres convives ; ses cheveux grisonnants et ses lunettes cerclées d'un fil de métal lui conféraient une distinction qui le faisait paraître plus adulte que le reste de l'assemblée, mais la délectation avec laquelle il trimballait la petite Sylvie et l'accueil chaleureux qu'il réservait à tous ses hôtes sans exception le rendirent immédiatement sympathique à Andy. Les parents de la petite Lola, les deux pédiatres, firent une apparition pour la toute première fois, et pour des gens qui passaient douze heures par jour avec des enfants, ils paraissaient l'un comme l'autre suprêmement mal à l'aise. Ils étaient vêtus à l'identique, pantalon noir habillé et chemise bleue, et donnaient l'impression qu'ils pourraient enfiler leur blouse blanche d'un instant à l'autre et entreprendre la tournée des patients. La petite Lola se tortillait chaque fois que sa mère la soulevait dans ses bras, et le père paraissait angoissé, inattentif, sauf à l'égard de son téléphone qu'il consultait plus souvent que la plupart des autres papas. L'un comme l'autre semblaient impatients de quitter cet étrange rassemblement où ils ne connaissaient personne, mais où tout le monde, en revanche, connaissait leur fille.

Également surprenant : le mari d'Anita, Dean, un genre de rockeur d'une grosse vingtaine d'années, qui arborait une chaînette de portefeuille, des baskets montantes comme celles des skaters et une moustache gominée. Il était joyeux, avenant, presque extraverti, ce qui offrait un contrepoint inattendu à sa femme, une fille effacée, maladivement timide et le plus souvent muette. Andy tomba des nues quand Dean sortit une guitare d'un sac de voyage, s'installa au milieu des bébés et commença à jouer des versions rock'n roll de « Ah vous dirais-je maman » et de « Ah, les crocodiles », mais elle manqua de s'évanouir lorsque Anita s'improvisa choriste et accompagnatrice musicale en alternant tambourin, cymbales et maracas. Les bébés assez grands pour taper dans leurs mains s'en donnèrent à cœur joie, et les autres poussèrent des cris aigus. Une bonne douzaine de parents dégainèrent leur iPhone pour filmer ce concert improvisé, et un petit groupe de mamans commença à danser.

— Tu vois ? fit Andy en touchant l'épaule de Max. Je ne t'emmène que dans les meilleurs endroits.

Max fixait son écran de portable en essayant de zoomer sur Clementine qui maltraitait des maracas.

— Tu rigoles, mais ils pourraient faire payer l'entrée.

On sonna à la porte et une domestique vint informer Stacy que d'autres invités venaient d'arriver.

Rachel regarda autour d'elle en comptant avec le doigt.

— Mais nous sommes toutes ici. Qui d'autre devait venir ?

— Peut-être des amis à eux ? hasarda Sandrine.

— Oh, mon Dieu, ne me dis pas que tu as invité Lori ? piailla Bethany. Dès qu'elle va voir cette guitare, elle va vouloir qu'on s'assoie tous en rond. Une séance de coaching de vie, là, c'est au-dessus de mes forces.

Stacy éclata de rire.

— Non, c'est Sophie et Xander, la rassura Stacy, avant de se tourner vers le couple de pédiatres. Vous m'avez dit qu'ils allaient venir, n'est-ce pas ?

La mère de Lola hocha la tête.

— Sophie se sent si proche de vous toutes, à force de vous rencontrer chaque semaine. Elle a dit qu'elle voulait passer vous saluer. J'espère que ce n'est pas un problème…

Quelque chose, dans le ton de cette femme, inspira de la compassion à Andy. Cela ne devait pas être facile d'assurer sur le plan professionnel tout en ayant un nouveau-né, et elle devait souffrir de voir sa belle-sœur nouer un lien fort avec sa petite fille. Andy se dit qu'elle allait faire un effort, se présenter et inviter cette femme à boire un café.

Sophie était, comme d'habitude, ravissante et extrêmement soignée. Lorsqu'elle agita la main pour les saluer, avec un sourire qui illumina ses joues adorablement rosies par le vent, son épaisse chevelure captura des éclats de lumière.

— J'espérais que nous allions enfin voir le petit ami, chuchota Rachel.

— Oui, moi aussi, répondit Andy. Même si j'aurais préféré qu'elle amène le nouveau. Comment s'appelle-t-il, déjà ?

— Tomás, indiqua l'une des femmes en marquant exagérément l'accent. Tomás, l'artiste sexy.

— Où est ton chéri ? lança Bethany, qui n'avait pas la langue dans sa poche, depuis l'accoudoir sur lequel elle était perchée.

— Oh, il termine un coup de fil, il arrive. Il est tellement impatient de vous rencontrer, dit Sophie avec un rire qui semblait forcé.

Elle paraissait inquiète – le petit ami avait dû insister pour lui coller aux basques et elle était visiblement mal à l'aise, après tout ce qu'elle avait révélé au cours des trois derniers mois. L'idylle avec Tomás était plus passionnée que jamais, bien qu'ils n'aient « pas réellement consommé », pour reprendre les termes de Sophie – qui essayait de se convaincre, et de convaincre tout le monde que, concrètement, elle n'avait rien fait de mal. Mais on devinait facilement, à son regard distrait et aux mouvements nerveux de ses doigts, qu'elle était en train de tomber amoureuse de son ravissant étudiant, et qu'elle était rongée de culpabilité, d'incertitudes et d'appréhension à l'égard du petit ami. Le groupe de jeunes mamans était devenu son havre, et ses confidentes étaient si radicalement étrangères à sa vie qu'elle se sentait libre de divulguer des détails qu'elle n'aurait même pas partagés avec ses vraies amies. Andy savait que Sophie devait être au bord de la crise d'angoisse à la perspective d'une collision imminente entre ces deux mondes. Elle aurait voulu lui prendre le bras et la rassurer. *Ne t'inquiète pas, ton secret ne risque rien avec nous. Personne ne soufflera mot à ton petit ami...*

Soudain, l'énergie dans la pièce changea, mais l'attention d'Andy fut un instant divertie par Clementine qui venait d'éclater en sanglots. Elle la souleva pour examiner son corps, son visage, ses mains potelées, son crâne duveteux, à l'affût d'une blessure, ou d'une éventuelle cause de souffrance. N'en voyant aucune, elle enfouit le visage dans le cou de sa fille et tenta de la calmer en murmurant et en la faisant rebondir délicatement. Peu à peu, les sanglots se calmèrent, et Andy passa mentalement en revue sa liste maternelle : faim, fatigue, couche mouillée, chaleur, froid, mal au ventre, mal aux dents, trop de stimulation, sentiment de peur, de solitude. Elle était sur le point de demander à Stacy si elle pouvait l'emmener dans une autre pièce, au calme, lorsqu'elle sentit le souffle de Max lui balayer l'oreille.

— Ce n'est pas ton Alex ? demanda-t-il en refermant une main sur son épaule.

Il fallut à Andy vingt ou trente longues secondes pour saisir le sens de cette question.

Compte tenu du possessif, il ne pouvait s'agir de personne d'autre qu'Alex Fineman. Mais pourquoi diable Max lui parlait-il d'Alex en ce moment ?

— Mon Alex ?

Max la fit pivoter face au hall d'entrée où un homme, de dos, était en train de retirer manteau et écharpe. Les cheveux bruns, les New Balance grises, la politesse faussement affectée à l'égard de l'employée de maison – Andy sut au premier regard que cet homme était effectivement, et sans nul doute possible, Alex.

En un instant, Clementine, Max, Stacy, les cris des bébés, les bavardages des parents – tout s'effaça et son champ de vision se rétrécit jusqu'à n'inclure plus qu'Alex. Mais elle avait beau chercher, elle demeurait incapable de trouver une seule raison plausible à sa présence au brunch de son groupe de jeunes mamans.

— Xander ! lança Sophie d'une voix suraiguë, qui ne lui ressemblait pas du tout. Viens là, mon amour, je veux te présenter toutes mes nouvelles amies.

Xander. Le prénom la percuta de plein fouet. Pendant les dix ans qu'elle avait passés avec Alex, personne – ni elle, ni leurs amis, ni ses collègues, ni sa mère, ni son frère, *absolument personne* – ne l'avait appelé autrement qu'Alex. *Xander ?* C'était franchement ridicule.

Néanmoins, il était bel et bien là, devant elle, en train d'embrasser sa jeune et belle petite amie sur les lèvres, tout en souriant à leurs hôtes avec ce sourire espiègle et irrésistible. Il n'avait pas encore remarqué la présence d'Andy, et celle-ci accueillit bien volontiers ces quelques secondes supplémentaires pour se composer une attitude.

Max la délesta de Clementine, qui gigotait.

— C'est bien Alex, n'est-ce pas ? On croirait que tu as vu un fantôme.

— Je n'avais tout simplement pas percuté lorsque Sophie nous parlait de son petit ami, chuchota Andy en espérant que personne ne les entendrait. Oh, mon Dieu !

— Quoi ?

— Oh. Mon. Dieu.

— Qu'est-ce qui ne va pas ? Tu ne te sens pas bien ? s'inquiéta Max.

Xander. Mon petit ami depuis des années. Je l'aime mais. Les choses ont changé. On dirait qu'il s'ennuie avec moi. Que je suis un meuble. On vient de prendre un appart ensemble. Tomás. Mon étudiant. Beaucoup plus jeune. Un flirt parfaitement innocent. Baisers passionnés. Je crois que je craque pour lui...

Andy ignorait pourquoi elle avait mis si longtemps à assembler les pièces du puzzle, mais cela fait, elle n'arrivait quasiment plus à respirer. Et elle ne disposait d'aucun répit pour traiter l'information, en considérer toutes les ramifications puis organiser un rendez-vous téléphonique avec Emily et Lily.

La seconde suivante, Alex était devant elle.

— Et voici mon amie Andy ! lança Sophie d'une voix haut perchée et surexcitée. Et son mari… excuse-moi, j'ai oublié…

— Max, mon mari, dit machinalement Andy, soulagée d'entendre que sa voix était posée et normale, en dépit du fait qu'elle se sentait à deux doigts de faire une syncope.

Il lui passa brièvement à l'esprit que Max et Alex s'étaient déjà rencontrés, des années plus tôt, lors de cet étrange moment passé ensemble à Whole Foods.

— Je vous présente Xander, mon petit ami. Je lui ai dit qu'il allait s'ennuyer, mais il n'a pas voulu rester seul à la maison.

— C'est vrai, mec ? Parce que moi, j'étais prêt à tuer pour le faire. (Max lui donna une tape amicale dans le dos.) Sympa de te revoir.

— Oui, content moi aussi, dit Alex, l'air tout aussi assommé qu'Andy.

— Vous vous connaissez ? demanda Sophie, les sourcils froncés d'inquiétude.

Et si tu connaissais toute l'histoire, songea Andy, *il te faudrait un container de Botox pour effacer ces plis sur ton front.*

Elle était persuadée que Max avait compris qu'il fallait mentir, inventer une histoire, prétexter une rencontre dans le cadre professionnel, ou dans une soirée, un siècle plus tôt. Aussi faillit-elle s'évanouir lorsqu'elle l'entendit répondre :

— Oui. Alex est l'ex-petit copain de ma femme.

Sophie était bouche bée. Andy savait exactement à quoi elle pensait, et ce qu'elle ressentait. Sans aucun doute passait-elle en revue la liste des détails intimes et explicites qu'elle avait révélés lors la dernière réunion du groupe, et dont aucun n'était censé tomber dans les oreilles de quelqu'un connaissant le petit ami en question. Andy vit le choc céder le pas à la panique.

— Vous sortiez ensemble ? dit Sophie en regardant alternativement Alex et Andy qui hochèrent la tête.

À l'évidence, Max s'amusait énormément de la situation. Il éclata de rire, souleva Clementine à bout de bras, la ramena vers lui pour déposer un baiser sur son nez, puis la souleva de nouveau, tandis que la petite fille gloussait de ravissement.

— Ils sont restés six ans ensemble, sans interruption pendant toutes leurs études, incroyable, non ? Par chance pour moi, ils ne se sont pas mariés.

— Tu es Andy ? Andy-Andy ? Andy de Brown ? Son ex ? Oh, mon Dieu… souffla Sophie en écrasant la main sur sa bouche.

— Désormais, pour mes nouveaux amis, je m'appelle Andrea. Cela fait un peu plus professionnel…

860 Qu'y avait-il à ajouter ? Elle ne savait pas si elle devait être inquiète, ou ravie, qu'Alex ait autant parlé d'elle à Sophie. Qu'avait-il dit ? Jusqu'à quel point était-il entré dans les détails ? Andy repensa à leur rupture, qui avait découlé d'une décision unilatérale de sa part à lui ; elle se souvint de la façon dont il lui avait annoncé qu'il partait s'installer dans le Mississippi sans elle ; assené qu'il craignait de voir toujours son travail passer avant lui ; elle se rappela leurs disputes dès qu'elle avait commencé à travailler pour *Runway*, le cortège de ressentiments, l'éloignement progressif, les relations sexuelles de plus en plus rares, l'étiolement du lien affectif. Alex lui avait-il raconté tout cela ?

— Je devine que vous n'aviez pas fait le rapprochement, que vous ne saviez pas que… euh… vous aviez quelqu'un en commun, hein ? demanda Alex, l'air aussi mal à l'aise que l'était Andy.

— Ah, pour ça, non, confirma Sophie d'une voix éteinte.

— Comment aurions-nous pu ? demanda Andy avec

autant de détachement qu'elle le put. Je ne le connais que sous le nom d'Alex, et même si je savais qu'il avait une petite amie, je ne connaissais pas son prénom.

— Et moi je ne savais pas que la fameuse Andy avait un bébé, riposta sèchement Sophie, même si la remarque d'Andy ne se voulait pas désobligeante. Tu ne m'as jamais dit qu'Andy s'était mariée, et encore moins qu'elle avait un enfant, ajouta-t-elle en se tournant vers Alex et en lui décochant un regard noir.

— En parlant de bébé… (Alex tira sur son col et fit un geste en direction de Clementine.) Je n'ai pas encore eu le plaisir de rencontrer votre fille.

Max retourna Clementine dans ses bras pour la présenter à Alex et, comme en réponse à un signal, elle fit un grand sourire édenté.

— Voici Clementine Rose Harrison. Clem, je te présente nos amis Sophie et… Xander.

— Elle est magnifique, souffla Alex, avec une sincérité qui rendait cette situation encore plus inconfortable.

— Oui, elle est vraiment mignonne, dit Sophie en regardant autour d'elle, visiblement à la recherche d'une échappatoire. Je n'ai pas encore dit bonjour à mon frère ni à Lola. Si vous voulez bien m'excuser…

Et elle fila sans attendre de réponse.

— Bon, c'était un peu bizarre, observa Max, une lueur taquine dans les yeux. J'espère que je n'ai pas dit de bêtise.

— Non, absolument pas, l'assura Andy, qui voyait clair dans son jeu.

— Je pense qu'elle était simplement surprise, ajouta Alex, de façon peu convaincante.

Anita et son rockeur de mari avaient repris leur récital de comptines sur le tapis, et une employée de maison vint annoncer que le brunch était servi.

— Allez, je vous laisse, vous devez avoir des tonnes de trucs à vous raconter, dit Max en hissant Clementine sur une épaule. Cette petite veut danser. N'est-ce pas, mon amour ?

Après le départ de Max, il y eut un silence. Alex contemplait fixement ses pieds ; Andy tripotait nerveusement une mèche. *Dis-lui, dis-lui, dis-lui*, se répétait-elle.

— Elle est magnifique, Andy.

Un instant, bref mais atrocement pénible, Andy crut qu'il parlait de Sophie.

— Oh, Clem ? Ouais, je crois qu'on va la garder, finalement…

Alex éclata de rire et Andy ne put réprimer un sourire. Son rire était naturel, spontané, dénué de calcul.

— C'est drôle que Soph et toi vous connaissiez, hein ? Elle me parle tout le temps de ce groupe dans lequel elle emmène Lola – j'imagine que ce n'est pas exactement ce à quoi elle s'attendait – mais je n'avais jamais fait le lien.

— Moi non plus. Comment l'aurions-nous pu ? Il y a des milliers de jeunes mamans à Manhattan. Et Sophie n'en est même pas une…

Andy s'aperçut que cette dernière remarque pouvait sembler agressive, accusatrice, ou inquisitrice – voire les trois à la fois.

— Ne lui dis surtout pas ça, répondit Alex en éclatant de rire. Elle a complètement zappé le fait qu'elle n'est que la tante de Lola. Et elle parle en permanence de bébé… Si tout se passe comme elle le souhaite, ça ne saurait tarder pour elle.

Ce fut au tour d'Andy de contempler ses pieds. Soudain, elle aurait tout donné pour être n'importe où, plutôt que là.

— Excuse-moi, dit Alex en posant la main sur son épaule. C'était bizarre, de dire ça ? Déplacé ? Tout ça est tellement nouveau pour moi…

Andy balaya ses inquiétudes d'un geste.

— Nous sommes des adultes, maintenant. Nos chemins ont divergé depuis des années. C'est normal que nous ayons l'un et l'autre tourné la page.

La musique se tut d'un coup et les derniers mots d'Andy résonnèrent dans la pièce, mais seuls Sophie et Max se retournèrent.

— Je vais aller faire un tour au buffet, annonça Andy.

— Bonne idée. Moi, je vais dire au revoir. Je ne faisais que passer, et j'ai… euh, des trucs à faire.

Andy hocha la tête, acceptant l'excuse, et ils s'embrassèrent sagement sur la joue. Andy avait réussi à tenir sa langue : s'ils pouvaient à peine évoquer le fait qu'elle avait une fille sans que l'ambiance devienne inconfortable, comment aurait-elle pu lui annoncer que sa petite amie le trompait avec un de ses étudiants ?

Andy fonça dans la salle à manger et se laissa momentanément distraire par le buffet grandiose dressé sous ses yeux. Le « brunch » était aussi élaboré qu'un vin d'honneur au Ritz-Carlton, jusqu'à la sculpture de glace en forme de grenouille. Des plats en argent disposés sur des réchauds proposaient des œufs brouillés, du bacon, des frites maison, des pancakes et des gaufres. Il y avait cinq ou six sortes de céréales, des carafes de lait écrémé, entier ou de soja, et un bar à fruits gargantuesque. Sur le côté se trouvait le buffet des bébés, avec des mini-assiettes de fruits découpés en minuscules morceaux, des petits pots de yaourt dans tous les parfums possibles avec des cuillères à bébé d'une couleur coordonnée, des paquets de Baby Mum-Mum et des coupes et des coupes de Puffs bio. Sur une table séparée, un barman préparait mimosas, Bloody Mary et Bellini au nectar de pêche frais. Une serveuse lui tendit une assiette et des couverts en argent enveloppés d'une serviette ; son pendant masculin lui demanda si elle souhaitait que le chef lui prépare une omelette ou une frittata. Ce n'est qu'à ce moment-là qu'Andy comprit que l'organisation du petit brunch décontracté, pour faire connaissance avec le mari des unes et des autres, avait été confiée à un traiteur.

— Dis donc, c'est fantastique, s'extasia Max en se

glissant à ses côtés et en examinant le buffet. On pourrait s'habituer à cette vie, tu ne crois pas ?

Andy décida d'ignorer cette dernière remarque.

— Alors ? Ça valait le coup de manquer le début du match des Jets ?

— Presque.

Max ne mentionna pas Alex et Sophie. Parce qu'il ne voulait pas revenir dessus ? Ou par sincère indifférence ? Andy l'ignorait, mais elle était résolue à ne pas remettre le sujet sur le tapis. Chacun à son tour tint Clementine dans ses bras pendant que l'autre dévorait sans vergogne tout en se forçant à échanger quelques mots avec d'autres parents. Lorsque Max, une demi-heure plus tard, lui lança le regard qui signifiait : *Je suis prêt*, Andy ne protesta pas.

De retour à l'appartement, Max lui proposa gentiment de coucher Clementine pour sa seconde sieste et de rester regarder le match, au cas où elle voudrait s'échapper pour cette séance manucure qu'elle essayait de caser dans son emploi du temps depuis une semaine. Peu importait qu'elle ait justement réussi à y aller la veille – les hommes ne remarquent jamais ce genre de choses ; oui, elle voulait sortir. Moins de dix minutes plus tard, elle était installée au café Grumpy, et au téléphone avec Lily.

— Ce n'était pas bien de ne pas lui en parler, n'est-ce pas ? J'aurais au moins dû lui dire quelque chose…

— Bien sûr que non ! protesta Lily d'une voix qui grimpa de plusieurs octaves. Comment as-tu pu seulement l'envisager ?

— Je connais Alex depuis la fac. Il a été mon premier amour. Je l'aimerai probablement toujours. Je vois Sophie une fois par semaine depuis à peine quelques mois. Je ne la juge pas, crois-le ou pas, mais je ne me sens certainement pas tenue par une quelconque loyauté envers elle.

— Tout ça est hors sujet. Cette histoire ne te regarde pas.

— Comment ça, elle ne me regarde pas ?

Le petit Skye poussa un hurlement en arrière-plan. Lily

pria Andy de patienter un instant, mit la communication en attente, puis revint une minute plus tard.

— Je veux dire par là que, quoi qu'il se passe, ou ne se passe pas, entre Alex et sa copine, ce ne sont pas tes affaires. Tu es mariée, tu as un bébé, et qui trompe qui ne te regarde pas.

Andy soupira.

— Tu ne voudrais pas le savoir, si Bodhi avait une liaison ? Tu es mon amie, et je n'hésiterai pas à te le dire.

— C'est justement là la différence : je suis ton *amie*. Ce que *n'est pas* Alex. C'est ton ex. Et ce qui se passe, ou ne se passe pas dans sa chambre, ce ne sont pas tes oignons.

— Tu sais que tu es à mourir de rire, Lil ?

— Désolée. Je te dis juste ce qu'il en est.

Andy demanda des nouvelles de Bodhi, de Bear et du petit Skye, puis écourta la conversation.

Emily ne répondant pas à son portable, Andy appela Miles. Elle savait qu'il l'avait accompagnée à Chicago où Emily avait rendez-vous avec un annonceur potentiel, et qu'ensuite il poursuivrait jusqu'à L.A. tandis qu'Emily rentrerait à New York.

Il décrocha à la première sonnerie.

— Salut, Miles. Désolée de te déranger, mais je n'arrive pas à joindre Emily. Tu sais où elle est ?

— Oui, juste là, à côté de moi. Elle a dit qu'elle te filtrait. On est en train de récupérer notre voiture à l'agence de location.

— Le voyage s'est aussi mal passé que ça ?

— Je te répète juste ce qu'elle a dit.

— Bon, eh bien, dis-lui que la petite amie d'Alex est en fait une des filles de mon groupe de mamans, et qu'elle couche avec son étudiant qui est à peine majeur.

Andy écouta Miles relayer le message. Et naturellement Emily se rua sur le téléphone. Toutes tensions liées à leur différend au sujet d'Elias-Clark mises à part, Emily n'allait pas laisser passer un ragot aussi croustillant.

— Faut que tu m'expliques un truc, attaqua-t-elle sans préambule. Tu ne m'as jamais dit qu'Alex avait un gamin. Ce qui, sachant à quel point il continue à t'obséder, constitue une omission surprenante.

Andy ne savait pas si elle devait être plus furieuse de l'accusation d'Emily ou du fait que Miles se trouvait à côté d'elle, à portée d'oreilles.

— Est-ce que Miles t'entend ?

— Non, je me suis éloignée. Bon, vas-y, parle.

— Il n'a pas de gosse. Sa petite amie s'appelle Sophie et, accessoirement, elle est sublime. Le bébé est celui de son frère, une adorable petite fille prénommée Lola. Bref, comme sa belle-sœur a des horaires de dingue, c'est Sophie qui amène la petite aux réunions de groupe. Selon moi, elle devait penser que ce serait plus un atelier de jeux qu'un groupe de soutien pour jeunes mamans, mais elle a continué à…

— J'ai pigé. Comment sais-tu qu'elle se tape son étudiant ?

— Parce qu'elle me l'a dit. Elle l'a raconté à tout le monde dans le groupe. Elle affirme qu'ils ne couchent pas vraiment ensemble, mais il y a eu des comportements plus que limite…

— Donc, tu es en train de me dire que tu sais pertinemment que cette fille le trompe, de son propre aveu, et que tu n'en as pas dit un mot à Alex ?

— Oui.

— Mais… pourquoi ?

— Comment ça, pourquoi ?

— Tu ne penses pas que c'est une information utile et pertinente, pour lui ?

— Si. Mais je me suis dit que ce n'était peut-être pas mes oignons.

Emily poussa un glapissement.

— Pas tes oignons ? Bon sang, Andy, raccroche la panoplie de petite fille modèle et prends ton téléphone. Il te sera éternellement redevable, je te le promets.

— Je ne sais pas. Tu crois vraiment…

— Oui. Et maintenant, je te laisse parce que j'ai deux heures de route devant moi, que j'en suis à mon troisième vol de la semaine et que je suis prête à tuer quelqu'un.

— Je te tiens au courant, dit Andy, mais Emily avait déjà raccroché.

Elle demanda un verre d'eau glacée et regarda dans le vide. Pouvait-elle vraiment appeler Alex et lui raconter tout ça ? De quoi sa démarche aurait-elle l'air ? Il serait assommé, meurtri, humilié. Pourquoi serait-ce à elle de lui annoncer une nouvelle aussi dévastatrice ? Et si jamais cette nouvelle n'en était pas une ? Ce serait même pire. Après tout, il pouvait être au courant, avoir découvert, par hasard, le pot aux roses, ou avoir reçu des aveux larmoyants de Sophie. Pire encore : ils pouvaient avoir conclu un pacte de non-exclusivité. En ce cas, Sophie avait beau culpabiliser, elle ne faisait rien de mal. Et Andy passerait pour l'ex-petite amie intrusive, inquiétante, surinvestie, et tous ces petits pas qu'Alex et elle avaient faits pour renouer et peut-être redevenir amis tomberaient définitivement à l'eau.

Cela semblait horrible, et mal, à tous les niveaux, mais elle allait tenir sa langue. Elle commençait à devenir bonne à ce petit jeu.

21

Je fais ça pour ton bien

Max posa un café devant elle, et se retourna vers le percolateur pour en préparer un second pour lui.

Andy repoussa la tasse en gémissant.

868 — Tu préfères du thé ?

— Non. Je ne veux rien. J'ai l'impression d'avoir des lames de rasoir dans la gorge.

— Je croyais que c'était un truc censé passer en vingt-quatre heures ? Ce n'est pas ce que le docteur t'a dit ?

— Si. Mais pour Clem, ça a duré trois jours, et moi j'attaque mon quatrième. Donc, je ne sais pas trop si je dois le croire.

Max lui embrassa le crâne, comme il l'aurait fait avec un chiot, et lâcha un petit rire de compassion.

— Mon pauvre amour, tu es brûlante. Ce n'est pas l'heure de reprendre un cachet ?

Andy essuya quelques gouttes de transpiration sur sa lèvre supérieure.

— Non. Pas avant une heure, répondit-elle d'une voix éraillée. Je devrais en profiter pour changer les messages sur le répondeur de l'appartement et celui de ma boîte vocale. Cette voix est sexy, non ?

— On dirait celle d'une pestiférée, nuança Max en

glissant une liasse de papiers dans sa mallette. Puis-je faire autre chose pour toi, avant de partir ?

Andy resserra les pans de son peignoir puis les relâcha aussitôt.

— Non, ça ira. Isla ne devrait plus tarder.

Elle déglutit et s'efforça de ne pas grimacer de douleur.

— Il faudrait vraiment que j'essaie d'aller au bureau, aujourd'hui. Emily a appelé trois fois, hier, toujours sous prétexte de me demander comment j'allais, mais je sais qu'elle veut discuter d'Elias-Clark. Demain, nous devons déjeuner ensemble pour prendre une décision une bonne fois pour toutes.

Depuis le dîner chez Miranda, quatre jours plus tôt, Emily et Andy semblaient l'une et l'autre sentir que leurs positions à l'égard de la proposition d'Elias-Clark étaient inconciliables. Maintenant, elles jouaient à qui craquerait et abattrait ses cartes la première.

Et Andy savait de quel côté penchait son mari. 869

Max interrompit ce qu'il était en train de faire et se retourna vers elle.

— Tu n'es certainement pas en état d'aller au bureau, mais je comprends pourquoi elle veut en parler…

Depuis des semaines, il la questionnait l'air de rien à ce propos, manifestant plus d'intérêt qu'il n'en avait jamais montré pour son travail. Plus récemment, les questions s'étaient faites moins subtiles, plus insistantes, et depuis le dîner chez Miranda, il n'hésitait plus à sous-entendre qu'Andy se comportait comme une idiote. Il ne l'avait jamais dit comme ça, naturellement, mais son expression favorite, depuis peu, était : « Tu portes des œillères. »

Andy garda le silence. Elle brûlait d'envie de lui demander dans quelle mesure le soutien qu'il apportait à cette vente concernait Harrison Media, mais elle savait que ce ne serait pas une conversation productive.

— Une offre pareille, c'est sacrément flatteur. Sans même parler du prix, extrêmement généreux.

— Oui, tu l'as déjà dit.

Au moins un millier de fois.

— Parce que je pense que c'est une opportunité qui ne se présente qu'une seule fois dans une vie, répondit Max.

Il était en train de l'observer. Andy retira la papillote d'une pastille Ricola qu'elle fourra dans sa bouche.

— Mmm… je me demande où j'ai déjà entendu ça.

Son ton sonnait sans doute le terme de la conversation car Max embrassa Clementine, dit à Andy qu'il l'aimait et fila. Assaillie par une nouvelle poussée de fièvre, ne voulant pas laisser sa fille sans surveillance dans sa chaise haute, mais n'ayant pas la force de la soulever, Andy se laissa glisser par terre à côté de la chaise. Et lorsque Isla arriva quelques minutes plus tard, elle faillit la serrer dans ses bras ; elle allait enfin pouvoir enfiler un pyjama propre et replonger dans un sommeil fiévreux, mais profond et sans rêve.

Ce furent les aboiements de Stanley qui la réveillèrent. Andy gagna la cuisine en se frottant les yeux. Ce petit somme lui avait fait du bien, elle se sentait requinquée.

— Qui était-ce ? demanda-t-elle à Isla qui réchauffait un biberon.

— Un coursier, je crois. Tenez, il a déposé ceci.

Isla lui tendit une enveloppe en kraft sur laquelle était écrit *Documents photographiques : ne pas plier !*

— Ah oui, j'avais oublié qu'elles seraient prêtes aujourd'hui.

Andy sortit de l'enveloppe plusieurs tirages au format 20 × 25 du mariage d'Olive, et un petit mot de Daniel disant : *J'espère qu'elles te plairont autant qu'à nous. Je comptais les envoyer à E, mais elle est à Chicago aujourd'hui. Peux-tu les lui transmettre ? Et me faire savoir ce que vous en pensez ?*

Andy s'installa dans la cuisine avec une tasse de camomille et étala la dizaine de photos devant elle. Et tandis que son regard passait de l'une à l'autre, elle sentait son sourire s'élargir. Elles étaient tout bonnement géniales.

Elle envoya un message à Emily : *Reçu à l'instant les photos d'Olive. Sublimes. Gros carton en vue. Bises.*

La réponse lui parvint immédiatement : *Génial. Suis av les gens de Rolex. Tu les fais porter chez moi par coursier ? J'en ai besoin pour réu petit déj demain. Bises.*

Pas de pb, répondit Andy, et elle ouvrit son ordinateur portable pour s'atteler à la rédaction des papiers sur le mariage d'Olive. C'était plus facile lorsqu'elle avait assisté au mariage en personne, mais les notes d'Emily étaient assez exhaustives. Andy lui avait envoyé par e-mail une liste de trois pages de détails à noter, et Emily avait très bien bossé.

Isla lui présenta Clementine pour un baiser avant de l'emmener à un atelier d'éveil, et Andy put jouir d'un appartement merveilleusement silencieux – l'idéal pour abattre trois bonnes heures de travail. Lorsque Isla et Clem revinrent, elle se sentait presque guérie, et avait rédigé les trois quarts de son article.

— Je me sens beaucoup mieux, assura-t-elle à Isla qui la regardait d'un air dubitatif.

— Vous êtes certaine ? Parce que je peux rester plus longtemps, si ça vous arrange.

— Non, vraiment, je suis presque remise sur pied. Je vais la recoucher, puis l'heure du dîner va arriver très vite. Merci pour tout.

Clementine dormit une heure et demie, se réveilla à 15 h 30 avec les joues délicieusement roses et un immense sourire. C'était un tel soulagement de la revoir en bonne santé ! Chaque fois que cette pauvre petite chose vomissait ou sanglotait, Andy sentait ses tripes se tordre de douleur. Elle était sur le point d'appeler Agatha pour commander un coursier quand, apercevant le soleil par la fenêtre, elle décida qu'aller chez Emily à pied leur ferait une agréable promenade.

— Tu veux accompagner maman pour sa première sortie de l'appartement depuis trente-six heures ? Oui, bien sûr.

Andy enfila un jean et un pull, installa sa fille dans la poussette et la fit presque entièrement disparaître sous l'espèce de burqa à glissière. L'air frais était vivifiant et Andy s'amusa à faire des grimaces pour distraire Clementine. En regardant le sourire de sa fille, elle sut, avec plus de certitude que jamais, qu'elle ne pourrait pas passer une autre année à travailler pour Miranda Priestly. Max et elle commençaient tout juste à maîtriser le quotidien avec un bébé, tout se passait bien entre eux – ce n'était pas parfait, mais quel mariage l'était ? – et elle était heureuse. Ils excellaient dans leur rôle de parents, ils étaient de vrais compagnons de vie et Max se montrait un père aussi attentif et aimant qu'elle aurait pu l'espérer pour sa fille. Même professionnellement, tout se passait bien. Elle était sa propre patronne, et avait pour associée sa meilleure amie. Car Emily restait sa meilleure amie, en dépit de tout. Elles avaient travaillé trop dur, et pendant trop longtemps, pour faire leurs valises et retourner chez Elias-Clark – quand il n'était pas exclu de pouvoir revendre un jour le magazine à un autre groupe, dirigé par une personne plus saine d'esprit. La conversation serait pénible, mais Andy savait ce qu'elle devait dire à Emily. Il était temps. Le lendemain, sitôt attablées pour leur déjeuner, elle lui annoncerait sa décision, sans tourner autour du pot : elle refusait l'offre.

Du trottoir à la porte d'entrée d'Emily, il y avait un perron, difficile à négocier avec la poussette. Andy avait-elle déjà remarqué ces cinq marches ? Aussi dingue que cela puisse paraître, cela faisait… deux mois ? trois mois ? qu'elle n'était pas revenue chez son amie. Une éternité. À une époque, avant Clementine, et même avant Max, l'époque où elles ne se lassaient pas de commenter leurs vies dans les moindres détails en se gavant de sushis au thon et d'edamame, Andy campait quasiment sur le canapé d'Emily.

Même si celle-ci était encore à Chicago, ou sur le chemin du retour, et que Miles se trouvait à L.A. pour le tournage de sa nouvelle émission de télé-réalité, Andy répugnait à utiliser sa clé sans frapper au préalable. Elle gratta discrètement à la porte rouge vif qui ouvrait presque directement dans le salon, et était sur le point de tourner la clé dans la serrure lorsqu'elle entendit du bruit à l'intérieur. Un éclat de rire ? Quelqu'un qui parlait ? Difficile à dire, mais il y avait du monde dans la maison, ça ne faisait aucun doute. Elle frappa de nouveau. Pas de réponse.

Où es-tu ? demanda-t-elle à Emily par texto.

La réponse arriva sans attendre : *sur le point de décoller d'o'hare. tu aimes toujours les photos ?*

Où est miles ?

l.a. jusqu'à demain. Pourquoi ? un pb ?

Non, tout est ok.

Était-ce la télévision, qu'elle entendait ? Se pouvait-il que la femme de ménage squatte chez eux en leur absence ? Qu'ils aient prêté la maison à des amis ? Andy colla l'oreille contre la porte. Elle ne pouvait rien distinguer clairement mais elle *savait* que quelque chose clochait. Et elle était prête à parier que Miles avait menti à Emily, qu'il n'était pas à L.A., mais à New York, avec une nana. Ni Max ni Emily ne lui avaient jamais confirmé que Miles était infidèle, mais c'était un secret de polichinelle.

Sans penser aux conséquences de ses actes – et surtout sans réfléchir à ce qu'elle dirait à Emily une fois ses soupçons confirmés –, Andy tourna la clé dans la serrure et poussa la porte. Sitôt qu'elle souleva Clem de la poussette, celle-ci poussa un cri de délectation et commença à gigoter. Andy suivit le regard de sa fille jusque dans le salon et, sans surprise, elle vit Miles, avachi sur le canapé en chemise écossaise et pantalon en velours râpé, l'air chiffonné, peut-être parce qu'il avait la gueule de bois. Ce n'est qu'en s'avançant de quelques pas qu'elle découvrit qui était assis en face de lui : Max.

Tout le monde se mit à parler en même temps.

— Excusez-moi ! Je suis entrée, mais j'ai d'abord frappé et personne…

— Salut, Andy. Ça fait un bail. Amène Clem par là, qu'elle dise bonjour à tonton…

— Andy ? Mais que fais-tu ici ? Il y a un problème avec la petite ? Tu sais que…

— J'imagine que vous ne m'avez pas entendue frapper. Je passe juste déposer des photos pour Emily. Elle en a besoin demain matin pour un rendez-vous.

Elle s'avança dans le salon, Clementine dans les bras. Max se leva pour les embrasser. Andy examina son costume, sa mallette, son air anxieux, et se mordit la langue pour ne pas lui demander, devant Miles, pourquoi il avait quitté le bureau de si bonne heure. C'était une période particulièrement tendue pour lui, Andy le savait, et depuis des semaines Max ne rentrait jamais à la maison avant 20 heures ou 21 heures. Cela le désespérait de rater le coucher de Clem, et pourtant, il était là, affalé dans le salon de Miles en fin d'après-midi, en train de boire un jus de fruits, avec la tête de celui qui vient de se faire surprendre le pantalon sur les chevilles.

Clem poussa un glapissement aigu lorsque Max tendit les bras vers elle, mais un réflexe poussa Andy à serrer plus étroitement sa fille contre elle. Elle se tourna vers Miles.

— Alors, que se passe-t-il ? demanda-t-elle en essayant de garder un ton décontracté.

Mais personne ne semblait disposé à lui expliquer pourquoi Max n'était pas à son bureau ni pourquoi Miles n'était pas à L.A. Ni quelle était la raison de ces mines coupables ?

— Pas grand-chose, répondit Miles, d'un ton qui suggérait exactement le contraire. Tiens, file-moi ces photos. Je les donnerai à Emily dès que…

— Me donner quoi ? demanda Emily, une seconde avant d'apparaître avec une pile de dossiers, des blocs-notes et une bouteille d'eau dans les bras.

Elle était en survêtement et chaussettes d'intérieur, avec ses lunettes sur le nez ; ses cheveux gras étaient enroulés en un chignon qui n'avait rien de chic et son visage n'était pas maquillé. Elle avait une mine épouvantable.

Andy était tellement stupéfaite qu'elle en oublia presque que son amie avait prétendu, quelques minutes plus tôt à peine, se trouver sur le tarmac d'O'Hare. Et puis elle vit le visage d'Emily se crisper, d'abord sous l'effet du choc, puis de la panique.

— Andy ! Mais que fais-tu ici ?

— Ce que *je* fais ici ? Je passe te déposer les photos. Et toi, que fais-tu ici ?

La question fut accueillie par un silence. Puis Andy remarqua, horrifiée, qu'Emily, Max et Miles échangeaient des regards.

— Que se passe-t-il ? Il y a un problème, c'est ça ? (Elle se tourna vers Max.) Tu es malade ? Il est arrivé quelque chose au bureau ?

De nouveau, le silence.

Et puis, Max dit :

— Non, Andy c'est… euh, ce n'est rien de tout ça.

— Bon, vous n'êtes certainement pas en train de préparer une fête pour mon anniversaire. Alors pourquoi tous ces mystères ?

D'autres échanges de regards.

— Il va falloir que l'un de vous se lance et m'explique, parce que la situation devient vraiment embarrassante.

— Bon, eh bien, je pense que des félicitations s'imposent, dit alors Miles en se passant la main dans les cheveux. Il semblerait qu'Emily et toi soyez officiellement des entrepreneuses couronnées de succès. Pour ne rien dire du joli magot…

— Miles ! s'écria sèchement Emily en fusillant son mari du regard.

— Excuse-moi ? dit Andy tout en dévisageant Miles, puis Max et Emily.

Max se mit à chercher son manteau.

— Andy, pourquoi ne ramènerions-nous pas Clem à la maison, ce doit être l'heure de dîner pour elle. Et je t'expliquerai tout, d'accord ?

Andy secoua la tête.

— Clem va bien. Dis-moi ce qui se passe. Emily ? Qu'est-ce que ça signifie ?

Personne ne lui répondit.

— Emily ? répéta Andy d'une voix proche de l'hystérie.

Emily fit signe à Andy de s'asseoir, puis en fit autant.

— Nous avons signé.

— Vous *quoi* ? Qui ça, *nous* ? Signé quoi ?

Et puis la vérité se fit jour d'un coup.

— Elias-Clark ? *Tu nous as vendues ?*

Max essaya de lui prendre Clem des bras puis, voyant qu'Andy s'y cramponnait, chercha à la pousser en direction de la porte.

— Allons, viens, ma chérie, je t'expliquerai tout en chemin. Ramenons le bébé…

Andy se tourna vers Max et l'incendia du regard.

— Arrête d'essayer de me faire taire et dis-moi ce qui se passe. Tu étais au courant ? Tu savais qu'elle allait signer pour moi, et tu l'as *laissée* faire ?

Emily souriait avec une condescendance qui semblait suggérer qu'elle trouvait la réaction d'Andy totalement disproportionnée.

— Andy, ma belle, tu ne peux pas m'en vouloir de t'avoir fait gagner une petite fortune. Nous avons déjà parlé de tout ça – tu vas retrouver le temps et la liberté d'écrire sur ce qui t'intéresse, à ton rythme, et tu profiteras plus de Clementine…

— Ce n'est *pas* ça dont nous avons parlé, riposta Andy, de plus en plus incrédule. C'est ce que toi tu as dit, et ce sur quoi *moi* j'étais en désaccord. Profiter ? Mais sur quelle planète vis-tu ? Profiter de quoi ? Je vais devenir otage ! Nous serons toutes les deux des otages.

Emily tapa du poing sur le canapé.

— Andy, tu fais preuve d'une mauvaise foi invraisemblable ! C'est pas possible, tu portes vraiment des œillères ! Tout le monde était d'accord, c'était la décision qui s'imposait, et je l'ai prise. Je ne vais pas m'excuser d'avoir défendu au mieux nos intérêts.

Andy n'en croyait pas ses oreilles. C'était impossible. Rien de tout cela n'avait de sens. Elle sentit des larmes de colère lui monter aux yeux.

— Je ne le ferai pas, Em. Tu vas devoir les rappeler tout de suite, leur dire que tu as imité ma signature et que l'accord tombe à l'eau. Tout de suite.

Andy vit Emily lancer un regard à Max, un regard qui semblait signifier : *Tu vas le lui dire, ou je m'en charge ?*

Clementine se mit à pleurer. Andy lutta pour ne pas en faire autant.

Emily leva les yeux au ciel.

— Je n'ai pas *imité* ta signature, Andy. C'est Max qui a signé.

Andy pivota vers lui. Il semblait paniqué. À cet instant, Clementine se mit à gémir, poings serrés, bouche grande ouverte.

— Andy, donne-moi le bébé, dit Max de sa voix la plus apaisante.

— Ne la touche pas, siffla Andy en s'écartant de lui.

Elle plongea la main dans la poche de son jean et fut soulagée d'y trouver une tétine pas trop poussiéreuse. La bouche de Clem se referma voracement sur le caoutchouc, et les gémissements cessèrent.

— Andy, roucoula Max. Laisse-moi t'expliquer.

Les mots doux, le ton suppliant, le regard contrit – c'en était trop.

— Comment peux-tu expliquer que tu as *imité ma signature* sur un contrat que tu sais pertinemment que je désapprouve.

— Andy, ma chérie, ne nous emportons pas. Je n'ai pas *imité* ta signature. Jamais je ne ferai une chose pareille.

— Évidemment, renchérit Emily.

— Alors qu'as-tu fait, exactement ? Parce que je suis certaine de n'avoir rien signé.

— Ma participation initiale dans le capital me donne droit à 18,33 % des parts de *The Plunge*, je suis sûr que tu t'en souviens. Donc, en fait…

— Oh, mon Dieu ! Tu n'as pas fait ça, souffla Andy en comprenant enfin.

D'après les termes du contrat, la répartition des parts de la société était claire comme de l'eau de roche : Andy et Emily en détenaient chacune un tiers, et leurs investisseurs, à eux tous, détenaient le tiers restant. Et Max détenait à lui seul 18,33 % des parts de ce dernier tiers. À l'époque, ni Andy ni Emily ne s'en étaient inquiétées, puisqu'à elles deux elles avaient l'assurance de mettre en minorité leurs actionnaires. Et Andy n'avait jamais, absolument *jamais* envisagé que Max puisse un jour se liguer avec Emily. Épouser son point de vue, oui. Tenter d'influencer Andy, oui. Mais la déposséder d'une décision, et conclure une transaction à son insu ? Jamais. Andy fit un rapide calcul mental, et bien évidemment, le pourcentage combiné d'Emily et de Max leur donnait juste un peu plus de 51 %.

— Je l'ai fait pour toi, plaida Max. C'est une opportunité incroyable pour vous deux, qui ne se présentera pas tous les jours. Je ne voulais pas que tu le regrettes.

Une fois de plus, il essaya de lui toucher le bras et, une fois de plus, Andy s'écarta.

— Tu m'as piégée, dit-elle, et elle eut la sensation d'être engloutie sous une avalanche. Tu connaissais ma position, tu n'en as pas tenu compte et tu as pris fait et cause *contre* moi ! Tu as agi dans mon dos.

Max eut l'audace d'avoir l'air offensé.

— Je t'ai piégée ? répéta-t-il, d'un ton ulcéré. Je n'ai fait que décider ce qui était le mieux pour toi.

— Le mieux pour *moi* ?

Andy était incapable de contenir son hystérie. Et la rage

qui l'habitait s'apparentait à un raz de marée qui menaçait de la submerger.

— Tu n'as pas songé une seule seconde à ce qui était le mieux pour *moi*, sinon tu n'aurais jamais fait ça. Tu n'as pensé qu'à toi, à la société de ton père et au nom de ta famille. Ni plus ni moins.

Max contempla ses pieds, puis releva la tête pour croiser son regard.

— *Notre* société, corrigea-t-il à voix basse. Et *notre* nom. J'ai fait tout cela pour nous. Et aussi pour Clementine.

Si Andy n'avait pas tenu sa fille dans ses bras, elle aurait tout à fait pu le frapper.

— Tu es vraiment malade, si tu crois ça, dit-elle.

Emily soupira, comme si toute cette scène la fatiguait.

— Andy, ta réaction est disproportionnée. Rien ne va changer. Tu restes rédac' chef, je reste directrice de la publication, et je suis certaine que toute notre équipe sera heureuse de nous suivre. C'est nous qui continuerons à mener la danse. Et on ne verra probablement jamais Miranda. Nous serons seulement un magazine parmi dix autres dans son écurie.

Andy se tourna vers Emily. Obnubilée par sa colère à l'égard de Max, elle en avait presque oublié sa présence.

— Tu étais là, Emily. Tu as vu comment elle s'est comportée. Qu'est-ce qui va arriver, selon toi ? Tu crois qu'elle va se contenter de passer à la rédaction pour un cours de yoga entre midi et deux ? Pour se faire faire une pédicure avec nous en fin d'après-midi ? On boira des mimosas et on se racontera des histoires de mecs en gloussant, c'est ça ?

Emily saisit sans aucun doute le sarcasme, mais sourit néanmoins.

— Ce sera même mieux que ça, je te le promets.

— Je me fiche de tes promesses, parce que ce sera sans moi. J'allais te l'annoncer demain pendant le déjeuner, mais apparemment, tu ne pouvais pas attendre.

— Andy…

— Tu en as assez dit, Max, le coupa-t-elle, la voix lourde de reproches, les paupières étrécies. Il s'agit ici de *mon* magazine, de *ma* carrière, et, sous couvert de vouloir *mon* bien, tu m'as dupée pour renflouer la boîte que ta famille a mise à terre. Eh bien, tu sais quoi ? Je quitte le navire. Et toi, tu peux aller au diable.

Emily toussota. Pour la toute première fois depuis le début de cette conversation, elle semblait inquiète. Andy se tourna vers elle.

— Tu peux leur annoncer que je me retire, sinon c'est moi qui m'en chargerai. Apparemment, je ne peux pas défaire ce contrat, mais je peux sans aucun doute donner ma démission, à effet immédiat.

Emily croisa son regard. Leur colère, à l'une comme à l'autre, était palpable, et Emily semblait sur le point d'assener le mot de trop.

Elle ouvrit la bouche, puis se ravisa. Oubliant la poussette, son téléphone et tout le reste, sauf le bébé dans ses bras, Andy pivota sur ses talons et fonça vers la porte.

22

Détails, détails

Épuisée d'avoir couru presque tout le trajet, et au bord de la crise de nerfs, Andy réduisit au minimum le rituel du soir – bain sommaire dans l'évier, couche propre et pyjama, biberon – et s'en acquitta sans pleurer. Ce n'est que lorsque Clem fut en sécurité dans son berceau, lampes éteintes et babyphone allumé, qu'Andy se laissa aller. Elle était rentrée depuis une heure, mais une heure qui lui avait paru durer dix ans. Comment allait-elle affronter la longue nuit qui s'annonçait ? Ne voulant pas que Max la voie pleurer, elle s'enferma dans la salle de bains et resta vingt minutes sous la douche, peut-être une demi-heure, à sangloter, les larmes se mêlant à l'eau chaude.

Max n'était toujours pas revenu lorsqu'elle en sortit enfin. Un bref coup d'œil au miroir lui confirma que son visage était monstrueux, tuméfié, écarlate. Elle avait les yeux injectés de sang, son nez ruisselait de façon incontrôlable. Le mot qu'elle ne s'était pas autorisé à penser une seule fois depuis leur mariage tournait en boucle à présent dans son esprit : divorce. Cette fois, elle n'avait pas le choix.

Elle appela Jill depuis la ligne fixe.

— Andy ? Est-ce que je peux te rappeler demain ?

On est en pleine cérémonie du bain, ici. Jared vient de faire caca dans la baignoire, Jake a de la fièvre, et Jonah trouve incroyablement drôle de vérifier si les éclaboussures d'eau au caca peuvent atteindre les toilettes. Quant à Kyle, il a un dîner de boulot.

Andy se força à répondre d'une voix qui paraissait normale :

— Oui, bien sûr.

— Génial, merci. Je t'adore !

Et Jill raccrocha.

Andy appela ensuite sa mère puis, voyant que personne ne répondait, se souvint que celle-ci avait club de lecture tous les mardis soir, et ne rentrerait que beaucoup plus tard, et sans doute un peu pompette.

La suivante sur la liste, c'était Lily. Andy n'avait pas voulu imposer à son amie ce qui serait sûrement une conversation longue et entrecoupée de larmes quand son amie était déjà, sans aucun doute, fort occupée avec Bear et Skye, mais elle n'avait pas le choix. Et lorsque Lily décrocha à la première sonnerie et lança « Salut ! » avec son habituel enjouement, Andy éclata en sanglots.

— Andy ? Est-ce que ça va ? Ma puce ? Parle-moi !

— Je n'aurais jamais dû l'épouser !

Stanley sauta sur le lit et chercha à lui lécher le visage.

— Quoi ? Andy, que se passe-t-il ?

Elle lui raconta tout.

Lily resta un moment sans voix.

— Je suis désolée, Andy, dit-elle. C'est une trahison monstrueuse.

— Il s'est ligué contre moi, reprit Andy, qui avait encore du mal à y croire. Il s'est servi d'un détail technique, juridique, et il a vendu ma propre boîte, dans mon dos. Qui fait un truc pareil ?

Il lui semblait avoir du coton dans la gorge. Elle se servit un verre d'eau, le vida d'un trait, puis le remplit de vin blanc.

— Oh, Andy, je ne sais pas quoi te dire…

— Et je m'interdis de penser au fait qu'Emily – soi-disant une de mes plus proches amies – ait conspiré contre moi avec mon mari. C'est un point que je n'arrive même pas à intégrer.

Elle entendit la porte d'entrée s'ouvrir et son estomac se souleva aussitôt. Elle ne savait pas comment elle allait survivre aux quinze prochaines minutes.

— Il est rentré, chuchota-t-elle.

— Je suis là, ma puce, l'assura Lily. Toute la nuit, si tu veux. D'accord ? Tu m'appelles dès que tu en as besoin.

Andy remercia Lily et raccrocha à l'instant où Max apparaissait sur le seuil de la chambre. En le voyant avec sa mine contrite, son bouquet de tulipes orange dans une main et un sac Pinkberry dans l'autre, Andy fondit de nouveau en larmes. Elle attira Stanley contre sa jambe et enfouit les doigts dans son pelage.

— Je te jure, sur la tête de Clementine, que je n'ai jamais voulu te faire du mal, dit-il simplement, sans bouger du pas de la porte. Sur sa tête, Andy. Je te le jure. Si tu n'entends rien d'autre, s'il te plaît, entends au moins cela.

Elle le croyait. Jamais Max ne mentirait en jurant sur la tête de leur fille.

— Je l'entends, dit-elle en essuyant ses larmes. Mais ça ne change rien.

Max posa les fleurs sur la commode et s'assit au pied du lit. Il n'avait pas retiré son manteau, comme s'il savait qu'il n'allait pas rester. Il sortit du sac en papier un grand smoothie au beurre de cacahouète, avec un filet de chocolat et des éclats d'Oreo, et le lui tendit. Andy se contenta de le regarder droit dans les yeux.

— C'est ton préféré.

— Tu me pardonneras de n'avoir pas très faim en ce moment.

Il plongea la main dans la poche de son manteau puis en sortit son portable, qu'elle avait oublié chez Emily.

— J'ai aussi ramené la poussette.

— Super.

— Andy, je ne sais pas comment te dire…

— Alors ne dit rien. Inutile de se faire souffrir davantage. (Elle toussa ; sa gorge était à vif, douloureuse.) Je veux que tu partes. Tout de suite, ajouta-t-elle, et ce n'est qu'en les prononçant qu'elle s'aperçut que ce n'étaient pas des paroles en l'air.

— Andy, parlons-nous. On doit résoudre cette situation. On doit penser à Clem. Dis-moi ce que…

Andy releva la tête d'un coup et fut prise d'une bouffée de rage en rencontrant le regard de Max.

— C'est précisément à Clem que je pense en ce moment, l'interrompit-elle. Moi vivante, ma fille ne grandira pas en voyant son père trahir sa mère, la poignarder dans le dos, la traiter comme un paillasson. Alors crois-moi, quand je dis que c'est dans l'intérêt de *Clementine* que tu dois déguerpir d'ici.

Max la fixa, les larmes aux yeux. Andy s'étonna de ne rien ressentir. Depuis toutes ces années, elle n'avait vu Max pleurer qu'une fois, deux peut-être, et pourtant, ses larmes ne suscitaient aucune émotion chez elle. Il semblait sur le point de dire quelque chose. Il hésita, puis chuchota :

— J'y vais. Je reviendrai demain, et nous pourrons parler.

Andy le regarda refermer sans bruit la porte de la chambre derrière lui. Quelques instants plus tard, elle entendit la porte d'entrée se fermer à son tour. *Il n'a pris aucun vêtement*, s'inquiéta-t-elle machinalement, comme elle l'aurait fait pour sa mère, une amie, ou quiconque faisait partie de sa vie. *Pas même une brosse à dents ou une paire de lentilles de rechange. Où va-t-il aller ? Chez qui va-t-il dormir ?* Mais elle repensa à la trahison et s'obligea à museler ses inquiétudes.

Plus facile à dire qu'à faire. Et même si elle réussit à s'endormir aux alentours de minuit, elle se réveilla à 1 heure en se demandant où dormait Max ; à 2 heures en réfléchissant à la façon dont elle annoncerait la nouvelle à ses parents et à sa sœur ; à 3 heures en essayant d'imaginer ce que Barbara dirait ; à 4 heures en ruminant la trahison d'Emily ; à 5 heures en se demandant comment elle se débrouillerait en tant que mère célibataire. À 6 heures, quand elle se réveilla pour de bon, les yeux secs mais les tempes battantes à cause du manque de sommeil, elle était déjà en train d'échafauder les pires scénarios dans sa tête. Elle se sentait percluse de douleurs, dans les cervicales, autour des yeux, dans les mâchoires. Elle n'avait pas besoin de se regarder dans un miroir pour savoir qu'elle avait une mine de déterrée. Seul le fait d'aller extraire Clementine de son berceau et de frotter son nez contre le duvet de son crâne la calma. Voir sa fille ingurgiter voracement son biberon, sentir son bébé enveloppé de polaire niché au creux de ses bras, respirer l'odeur de sa peau soyeuse étaient les seules choses sur terre capables, en cet instant, de lui arracher un sourire. Elle embrassa sa fille, inspira à pleins poumons l'odeur de son cou, et l'embrassa de nouveau.

Quand son portable sonna à 6 h 30, elle n'eut aucun mal à l'ignorer, mais elle faillit sauter au plafond lorsqu'on sonna à la porte. Max, songea-t-elle, mais elle écarta aussitôt cette hypothèse. La crise avait beau être grave, Max était encore chez lui et n'aurait jamais sonné avant d'entrer. Personne de sa connaissance n'était debout à une heure pareille, et encore moins susceptible de débarquer chez elle et, si tel avait été le cas, le portier l'aurait de toute façon prévenue. Son cœur accéléra un peu. Y avait-il un problème ?

Elle déposa Clementine sur son tapis d'éveil et alla coller l'œil au judas. Emily, en tenue de sport de créateur de la tête aux pieds – baskets, legging, polaire rose vif, gilet réfléchissant et bandeau coordonné – était en train d'étirer ses cuisses tout en consultant son portable. Puis elle leva les yeux au ciel et ordonna à Andy d'ouvrir la porte.

— Je sais que tu es là. Max a dormi chez nous. J'ai besoin de te parler.

Andy voulait l'ignorer, ou lui crier de s'en aller, d'aller mourir, mais elle savait que cela serait sans effet. N'ayant pas l'énergie, ou la volonté, de lui tenir tête, elle lui ouvrit la porte.

— Qu'est-ce que tu veux ?

Emily s'avança et l'embrassa sur la joue, ainsi qu'elles le faisaient toujours, puis entra dans l'appartement comme si de rien n'était.

— S'il te plaît, dis-moi que tu as préparé du café, lança-t-elle en fonçant vers la cuisine. Bon Dieu, c'est inhumain de se lever à une heure pareille. Comment peux-tu faire ça tous les jours ? J'ai déjà couru plus de six kilomètres, tu le crois ? Salut, Clemmie ! Bonjour, ma puce ! Qu'est-ce que tu es mignonne, dans ton pyjama !

En entendant son prénom, Clem arrêta de fixer son mobile mais ne tourna pas la tête pour offrir à Emily un de ses sourires craquants. Andy lui en sut gré.

— Mmm, pas de café… Tu en veux un aussi ?

Sans attendre la réponse, Emily sortit deux tasses du lave-vaisselle, retira la capsule usagée du percolateur, fit son choix parmi celles en vrac dans la coupe, en glissa une dans le compartiment et appuya sur le bouton, tout en racontant, dans un flot ininterrompu, qu'un annonceur l'avait appelée à 22 heures la veille pour lui poser une question débile.

— Tu es vraiment venue me parler des gens de De Beers ? À 6 h 30 du matin ?

— C'est donc si tôt ? feignit-elle de s'étonner en poussant une tasse vers Andy. C'est pas très civilisé de ma part.

Emily but une longue gorgée de café puis alla s'asseoir à la table de la salle à manger et fit signe à Andy de la rejoindre. À contrecœur, Andy s'exécuta et attendit.

— Je veux que tu saches que je me sens vraiment mal.

Emily marqua une pause et scruta Andy. Qui se contenta

de regarder droit devant elle ; elle avait peur, si jamais elle s'autorisait à prononcer un mot, de libérer quelque pulsion meurtrière.

Emily ne sembla pas le remarquer et poursuivit :

— En ce qui concerne tout ce pataquès… Je veux bien reconnaître que je ne m'y suis pas prise de la bonne façon – et je peux me mettre à ta place – mais je savais, en mon for intérieur, qu'une fois que tu aurais réellement soupesé cette incroyable opportunité, tu parviendrais à la même conclusion que moi : nous ne pouvions tout simplement pas laisser une chance pareille nous filer entre les doigts. Et quand j'ai vu qu'on risquait d'avoir un problème avec le numéro sur Olive, j'ai compris qu'il fallait se décider sans perdre une seconde.

Andy ne disait rien. Emily lui lança un coup d'œil puis s'absorba dans l'examen des cuticules de sa main gauche avant de poursuivre.

— Réfléchis deux secondes : avec ce que nous a rapporté la vente, tu peux prendre un peu de temps pour t'occuper de Clem, voyager, travailler en free-lance, débuter un autre projet, écrire un livre – tout ce que tu veux ! Nos avocats n'ont pas réussi à éliminer la clause d'une année de transition, mais Elias-Clark était disposé à revoir le montant de l'offre à la hausse, de manière significative. Et cette année va passer sans qu'on s'en aperçoive, Andy ! Je n'ai pas besoin de te rappeler qu'on n'a pas vu filer les deux ou trois dernières années, n'est-ce pas ? On va continuer à faire notre boulot, qui nous plaît, pour le magazine que nous avons construit ensemble. La seule différence, c'est que nous allons le faire dans des locaux beaucoup plus chic. Est-ce à ce point horrible ?

— Il n'en est pas question, chuchota Andy, d'une voix à peine audible.

— Mmm ? fit Emily en la regardant pour la première fois depuis plusieurs minutes, comme si elle venait tout juste de se souvenir de sa présence.

— Je l'ai déjà dit hier, mais je te le répète : je jette

l'éponge. J'annoncerai ma démission en bonne et due forme cet après-midi.

Les mots étaient sortis de sa bouche avant qu'elle ne les ait clairement pensés, mais une fois prononcés, elle ne les regretta pas.

— Mais tu ne peux pas ! se récria Emily. (Son zen olympien se fissurait enfin.)

— Bien sûr que si.

— L'accord de vente stipule que l'équipe éditoriale senior doit rester en place pendant un an ! Si nous ne remplissons pas cette part du contrat, ils ont le droit de le révoquer !

— Ce n'est plus vraiment mon problème.

— Tu sais bien qu'en signant nous avons accepté les termes du contrat. Si on manque à notre parole, tout cet argent pourrait nous passer sous le nez.

— *Notre* parole ? Qui a signé le contrat, Emily ? Tu as un don pour réécrire l'histoire. C'est invraisemblable. Je te le dis une bonne fois pour toutes : rien de tout ça n'est mon problème puisque je ne travaille plus à *The Plunge*. Je prendrai ma part du montant de la vente si tu trouves un moyen de contourner cette clause. Sinon, tu peux racheter mes parts, en accord avec les termes de notre contrat. Je me fiche de ce qui va se passer ensuite, du moment que je ne te revois plus jamais.

Sa voix tremblait ; elle luttait pour ne pas se mettre à pleurer.

— Tu peux partir, maintenant. Nous n'avons plus rien à nous dire.

— Andy, écoute-moi. Si tu…

— Je n'écoute plus. Ma décision est prise. En ces termes. Et franchement, je les trouve plutôt généreux. Maintenant, dégage.

— Mais je…

Si Emily paraissait accablée, Andy, pour la première fois depuis près de quinze heures, éprouva quelque chose qui ressemblait à de la sérénité.

— Tout de suite, insista Andy.

Clem tourna la tête vers elle et Andy la rassura d'un sourire.

Mais Emily ne bougeait pas, comme si elle ne parvenait pas à saisir ce qui s'était passé. Alors Andy se leva, souleva Clementine dans ses bras et reprit le chemin de sa chambre.

— Nous allons nous doucher et nous habiller. Je compte sur toi pour être partie lorsque nous ressortirons, lança-t-elle par-dessus son épaule et sans s'arrêter de marcher avant d'être barricadée avec sa fille dans la salle de bains.

Un instant plus tard, elle entendit Emily laver sa tasse et rassembler ses affaires. Puis, la porte d'entrée s'ouvrit, se referma. Andy tendit l'oreille. Il n'y avait plus aucun bruit. Elle lâcha un soupir.

Cette fois, c'était terminé. Pour de bon.

23

Mama cougar d'un éphèbe à la peau dorée

Un an plus tard…

Depuis la salle à manger, Andy observait sa mère s'affairer dans la cuisine, déballer des fruits, des crudités, des biscuits et des mini-sandwichs roulés, et prendre le temps de tout disposer joliment sur des plateaux. Au cours des deux derniers jours, la maison dans laquelle Andy avait grandi avait accueilli un flot ininterrompu de visiteurs et de vivres, et même si les bonnes volontés ne manquaient pas – amis, cousins, Jill et naturellement Andy –, Mrs Sachs avait insisté pour s'occuper de tous les préparatifs de la Shiv'ah elle-même. Cela l'empêchait de penser à sa mère, affirmait-elle, à ces derniers mois horribles à l'hospice, à la bouteille d'oxygène et aux quantités toujours plus importantes de morphine. Tout le monde était soulagé que les souffrances de la vieille dame fussent terminées, mais Andy avait encore du mal à croire que sa grand-mère, avec son tempérament de feu et sa langue bien pendue, ne fût plus de ce monde.

Elle s'apprêtait à rejoindre sa mère dans la cuisine lorsqu'elle vit Charles la précéder, regarder autour de lui pour s'assurer qu'il n'y avait personne alentour, puis envelopper sa mère de ses bras. Il lui chuchota quelque chose à l'oreille, et Andy sourit. Sa mère avait raison : Charles était un homme adorable – gentil, jamais un mot plus haut que l'autre, sensible, affectueux –, et Andy était ravie qu'ils se soient trouvés. Ils ne se fréquentaient que depuis six mois environ, mais à en croire sa mère, passé la soixantaine, il ne fallait pas des années pour apprendre à connaître quelqu'un : la relation fonctionnait, ou pas, et la leur n'avait pas connu la moindre anicroche depuis le premier jour. Il était déjà question de vendre la maison du Connecticut pour acheter un appartement en ville, et maintenant que sa grand-mère n'avait plus besoin de soins vingt-quatre heures sur vingt-quatre, Andy imaginait que Charles et sa mère allaient mettre ce projet à exécution sans plus attendre.

— Il a l'air super, observa Jill en entrant dans la pièce et en suivant le regard de sa sœur. (Elle piocha un bâtonnet de carotte et commença à le croquer.) Je suis vraiment contente pour elle.

— Moi aussi. Elle est restée seule longtemps. Elle le mérite.

Il y eut un silence. Andy savait que sa sœur se demandait si elle devait ou non dire ce qu'elle était en train de penser. Andy essaya de la convaincre par télépathie de ne pas le faire. Loupé.

— Toi aussi tu mérites de rencontrer quelqu'un, tu sais.

— Papa et maman sont divorcés depuis presque dix ans. Je suis…

Andy était encore incapable de prononcer le mot « divorcée » à son sujet ; il était trop bizarre, trop étranger à sa vie.

— Max et moi ne sommes séparés que depuis un an. J'ai Clem, mon boulot, et vous tous. Je ne suis pas pressée.

Jill versa du Coca light dans des gobelets en plastique et en tendit un à Andy.

— Je ne te dis pas de te précipiter. Je dis juste qu'un rencard, ça ne te tuerait pas. Histoire de t'amuser un peu, rien de plus.

Andy éclata de rire.

— Un rencard ?

Le terme lui paraissait anachronique, tout droit sorti d'une vie antérieure.

— Mon univers, reprit-elle, ce sont les rencards avec d'autres mamans, les otites, les dossiers d'inscription en crèche, les essayages de chaussons de danse et les ruses pour cacher les légumes dans des smoothies. Je ne sais pas à quoi ressemblerait un rencard, mais je devine qu'il ne serait pas vraiment compatible avec ce genre de préoccupations.

— Certes. Sauf que tu pourrais avoir envie de t'habiller autrement qu'en pantalon de yoga et cela t'obligerait à parler d'autre chose que des mérites comparés des Annie's Cheddar Bunnies et des Goldfish ordinaires, et tu sais quoi ? Tu peux le faire. Ta fille passe deux nuits par semaine chez son père, tu as retrouvé ta ligne et, en investissant quelques heures de ton temps dans une coupe de cheveux digne de ce nom, et peut-être dans l'achat d'une ou deux robes, tu pourrais être de retour sur le terrain. Pour l'amour de Dieu, Andy ! Tu n'as que trente-quatre ans. Ta vie n'est pas finie.

— Bien sûr, que ma vie n'est pas finie. Simplement, celle que je mène en ce moment me rend parfaitement heureuse. Qu'y a-t-il de si difficile à comprendre là-dedans ?

— On croirait entendre maman, pendant toutes ces années avant qu'elle ne rencontre Charles, soupira Jill.

Lily entra dans la pièce en tenant le bras de sa frêle grand-mère et l'aida à s'asseoir. Jill tendit à Ruth un gobelet de soda, mais la vieille dame demanda si elle pourrait avoir plutôt du décaféiné. Lily acquiesça, mais Jill lui fit signe de prendre sa place.

— J'allais justement en préparer. Assieds-toi et essaie de faire entendre raison à ma sœur. J'étais en train de lui expliquer qu'il est grand temps de tourner la page de sa vie de nonne.

— Waouh ! fit Lily en haussant les sourcils à l'intention de Jill. Tu t'es aventurée jusque-là ?

— Oui. Et si nous, nous ne pouvons pas le faire, qui le pourra ?

Andy agita les mains comme si elle essayait d'arrêter un taxi.

— Coucou ! Vous savez que je suis là, n'est-ce pas ?

Jill partit dans la cuisine.

— Clem est chez Max ce week-end ? demanda Lily.

Andy hocha la tête.

— Je l'ai déposée en partant. À la seconde où le taxi s'est arrêté et où elle l'a vu, elle s'est mise à courir en criant « Papa ! Papa ! Papa ! », et elle s'est littéralement jetée dans ses bras, sans même se retourner. (Andy secoua la tête et sourit avec tristesse.) Les gosses savent comment s'y prendre pour te remonter le moral.

— Ne m'en parle pas. Hier, on a emmené les garçons en ville et Bear a demandé pourquoi un homme dormait sur le trottoir. On a essayé de lui expliquer en quoi c'est important d'aller à l'école et de bien travailler, afin d'avoir un bon métier quand on est grand. Bon, d'accord – on est déjà en train de lui faire un lavage de cerveau. Bref. Bear demande alors ce que papa fait comme métier, et on lui explique qu'il dirige le studio de yoga, qu'il donne des cours aux élèves et à d'autres professeurs. Et tu sais ce que Bear a répondu ? « Eh bien, moi, quand je serai grand, je veux rester toute la journée en pyjama à la maison, comme maman. »

— Tu mens ! s'exclama Andy en éclatant de rire.

— J'aimerais bien. Je suis diplômée de Brown, j'ai un master de Columbia, je travaille sur mon doctorat, et mon fils pense que je passe mes journées devant la télé.

— Tu rectifieras le tir. Un jour.

— Oui, quand j'en trouverai le temps.

Andy regarda son amie.

— Ce qui veut dire ?

Lily détourna le regard.

— Lily ! Accouche !

— Oui, eh bien, justement… J'ai deux trucs à te dire.

— J'attends…

— Pour commencer : je suis enceinte. Et ensuite, Alex…

— Maman ! Skye me tire les cheveux et ça fait mal ! Il m'a mordu ! Et il a une crotte dégoûtante sur le nez !

Bear, surgi de nulle part, débita d'une voix stridente une litanie de complaintes, et Andy dut faire un effort pour ne pas céder à son envie de l'étrangler pour le réduire au silence. Lily était enceinte ? Cette seule information était déjà incroyable. Mais que s'apprêtait-elle à dire à propos d'Alex ? Qu'il allait passer lui présenter ses condoléances ? Qu'on avait diagnostiqué chez lui une maladie au stade terminal ? Qu'il avait déménagé une bonne fois pour toutes, en Afrique, ou au Moyen-Orient, et qu'il projetait de ne jamais plus revenir ? Et puis, la réponse s'imposa à elle, d'un coup. La seule possible, évidente.

— Il a fini par se marier, c'est ça ? dit-elle en secouant la tête. Évidemment.

Lily lui lança un coup d'œil, mais les cris de Bear avaient gagné en puissance, et Skye, qui faisait ses premiers pas, était lui aussi en larmes.

— Non pas que je ne me réjouirais pas pour lui, en des circonstances normales, mais je ne supporte pas l'idée qu'il ait pu épouser cette menteuse, cette garce. C'est quoi, notre problème ? On a la même propension bizarre et inexplicable à tomber amoureux de personnes qui nous blessent et nous trahissent. Pourquoi ? Alex et moi avions nos problèmes, c'est certain, mais le manque de confiance n'en faisait pas partie. Ou bien est-ce que ça n'a rien à voir avec nous ? Est-ce que c'est juste que, aujourd'hui, tout le monde trahit tout le monde, que c'est ce que font les gens cool, et qu'avoir d'autres attentes est ringard, ou déraisonnable ? (Andy reprit son souffle et secoua la tête.) On croirait entendre parler un dinosaure, non ?

— Andy… commença Lily, mais Bear se jeta contre elle, manquant de la renverser de sa chaise.

— Maman ! Je veux rentrer !

Andy regarda à la dérobée le ventre de Lily. Le renflement était discret, mais indéniable. Elle avait une kyrielle de questions à poser à son amie, mais son esprit ne cessait de revenir à Alex.

Bodhi entra dans la salle à manger et Lily lui jeta quasiment les petits dans les bras, en même temps que le regard que toute mère mettait au point dans la semaine suivant la naissance de son premier enfant et qui disait : *C'est ton tour de t'en occuper et pourtant, ils sont là, couverts de morve, pendus à mes basques, en train de hurler. Pourquoi ne puis-je pas avoir une conversation de dix minutes avec mon amie sans être interrompue ? Est-ce vraiment trop demander ?*

Bodhi réussit à éloigner les garçons en leur promettant bonbons et verres de lait, et Andy se languit un instant de sa fille. Passer la semaine seule avec elle n'était pas toujours facile et, en général, elle adorait les mardis et vendredis soir, quand Clementine était chez Max, mais voir les enfants de Lily et de Jill lui donnait envie de la serrer dans ses bras. Elle avait prévu de dormir dans le Connecticut ce soir-là et d'y passer le plus gros de la journée du lendemain mais peut-être que, finalement, elle retournerait en ville dès le matin, à la première heure.

— J'ai du mal à croire que tu sois de nouveau enceinte ! Depuis quand ? C'était prévu ?

Lily éclata de rire.

— On ne l'a pas fait exprès, mais on n'a pas vraiment fait attention non plus.

— Ah, c'est ma préférée : « Tout faire pour ne pas essayer, c'est encore essayer », dit Andy sans pouvoir s'empêcher de citer Olive.

— Oui, quoi qu'il en soit, on est un peu sous le choc. Skye et sa sœur auront dix-huit mois d'écart. J'en suis presque à la fin du troisième mois, et j'attendais de connaître le sexe pour t'en parler. Une fille ! Tu te rends compte !

— Je suis sûre que les garçons, c'est chouette aussi – c'est du moins ce que tout le monde affirme –, mais rien n'est plus merveilleux sur terre qu'une fille. Rien.

Lily lui fit un sourire rayonnant et Andy tendit la main par-dessus la table pour serrer celle de son amie.

— Je suis super heureuse pour vous. Si quelqu'un avait regardé dans une boule de cristal l'année où nous habitions ensemble à New York et nous avait dit qu'un jour tu serais mariée à un prof de yoga, que tu vivrais dans le Colorado, avec trois gamins sachant skier avant même de marcher, tu l'aurais cru ?

Et elle ? Aurait-elle cru qu'à trente-quatre ans, elle aurait créé, développé et vendu un magazine à succès, se serait mariée et aurait divorcé, et qu'elle élèverait seule une petite fille – il est vrai facile et adorable ? C'était à des années-lumière de ce qu'elle avait imaginé.

— Pour en revenir à Alex… Il n'est pas marié, Andy. C'est même tout le contraire. Il a rompu avec Sophie. (Lily secoua la tête.) Ou c'est elle qui a rompu avec lui, je ne sais plus trop, mais ce qui est sûr, c'est qu'ils ne sont plus ensemble.

Andy se pencha en avant.

— Comment le sais-tu ?

— Il m'a appelée la semaine dernière, quand il était de passage dans l'Ouest.

— Il t'a *appelée* ?

— C'est si bizarre que ça ? Il avait une semaine de vacances, et il passait à Denver en partant skier avec des amis à Vail. Je l'ai retrouvé dans un bar à côté de l'aéroport et on a bu un café.

— Skier avec des *amis* ?

— Andy ! J'ai pas demandé les adresses et numéros de Sécu de toute la bande. Mais il a été clair sur un point : c'étaient des vacances entre potes. C'est ça que tu veux savoir ?

— Non, bien sûr. Je suis juste heureuse d'apprendre, pour son bien, qu'il n'est plus avec elle. Comment sais-tu qu'ils ont rompu ?

— Parce qu'il a tenu à me le raconter. Il m'a dit qu'il avait déménagé depuis six mois, et qu'il était installé à Park Slope. Qu'il sortait avec des filles, mais qu'il n'était pas intéressé par une relation sérieuse. Bon, Alex, quoi…

— Tu l'as trouvé comment ?

— Fidèle à lui-même, répondit Lily en éclatant de rire. Gentil. Adorable. Il avait apporté des livres pour les garçons. Il a dit qu'on devrait s'appeler plus souvent et se voir la prochaine fois que nous serions de passage à New York.

— Eh bien, je suis soulagée pour lui, dit Andy. Je suis sûre que ça n'a pas été facile, mais pas plus tout de même que se marier puis…

— Je ne lui ai rien dit sur toi, ajouta Lily, l'air coupable. Tu aurais voulu que je lui en parle ? Je ne savais pas trop.

Lily venait de répondre à la question qu'Andy n'avait pas osé lui poser. Elle réfléchit un instant, puis décida qu'il valait mieux qu'Alex la croie encore mariée et heureuse. Cependant, une autre question lui brûlait les lèvres, et elle finit par craquer.

— Et lui, il n'a pas demandé de mes nouvelles ?

Lily contempla ses mains.

— Non. Mais je suis certaine qu'il en avait envie. Tu es toujours le gros éléphant au milieu de la pièce.

— Merci, Lil. Tu as toujours les mots qu'il faut, riposta Andy en se forçant à sourire. Quoi ? ajouta-t-elle en voyant que Lily la dévisageait. Pourquoi tu me regardes comme ça ?

— Tu l'aimes toujours, n'est-ce pas ? chuchota Lily, comme si sa grand-mère, la seule autre personne présente dans la pièce, tendait l'oreille pour écouter cette conversation croustillante.

— Je pense que je l'aimerai toujours, répondit Andy

avec sincérité. C'est Alex, tu comprends ? Mais tout ça, c'est du passé.

Elle attendit que son ami dise quelque chose, mais Lily resta silencieuse.

— Mis à part Alex, je ne peux pas imaginer redevenir proche de quelqu'un. Pas tout de suite. Je sais que ça fait un an, mais… Tout est encore trop frais. Je suis contente que Max et moi soyons enfin en bons termes, au moins pour le bien de Clem. Barbara est tellement heureuse que son fils soit libre de fréquenter des femmes de son milieu que son attitude envers moi a changé du tout au tout. Je n'aurais jamais pensé dire ça un jour, mais elle est folle de Clementine et elle devient même une grand-mère décente. Toute la pagaille de l'an passé s'est enfin calmée. Je n'ai pas envie de sortir avec qui que ce soit. Peut-être un jour, mais pas pour l'instant.

Andy savait qu'elle mentait à son amie – ou, du moins, qu'elle ne lui disait pas l'entière vérité – et Lily le savait tout autant. Naturellement, elle avait commencé à se demander s'il lui serait redonné, un jour, de rencontrer un autre homme, de se pomponner pour un rendez-vous, d'attendre avec impatience une escapade en amoureux le temps d'un week-end. Elle se demandait si, un jour, elle partagerait à nouveau les joies et les peines communes à tous les parents, si elle aurait quelqu'un à qui se confier, quelqu'un pour qui cuisiner et, surtout, avec qui donner à Clem un petit frère, ou une petite sœur. Elle savait que toutes les chances étaient de son côté si elle le souhaitait, et que la donne serait différente, aussi : un futur petit ami serait probablement divorcé lui-même, et vraisemblablement père. Quel célibataire de trente ans choisirait de s'encombrer d'une mère et de sa gamine en bas âge quand il pouvait fonder sa propre famille avec une fille bien plus jeune ? Mais ça non plus, ce n'était pas un problème. Lorsqu'elle serait prête, Andy s'inscrirait dans un groupe de parents seuls, ou sur Match.com, et ne refuserait plus systématiquement les invitations à boire un café des pères célibataires du Writer's Space – l'espace de travail partagé qu'elle avait rejoint – ou ceux qu'elle croisait au parc de jeux. Et avec un peu de chance, un jour, elle accrocherait avec l'un d'eux, et au lieu d'organiser un grand mariage en blanc et une lune de miel spectaculaire à Hawaï, au lieu de décorer leur tout premier appartement commun, il leur faudrait préparer le terrain pour les présentations à leurs enfants respectifs, jongler avec les emplois du temps des uns et des autres, gérer les relations avec leurs ex, réussir la fusion de deux trajectoires jusque-là séparées. Ce serait différent de tout ce qu'elle avait connu, mais merveilleux. La pensée lui arracha un sourire.

— Qu'est-ce qui te fait sourire ? demanda Lily.

— Rien. Juste de m'imaginer remariée un jour à un quadragénaire au front dégarni, père de deux gamins et dont l'ex-femme me détestera presque autant que Max le détestera lui. Des mots comme « garde partagée » et « week-end de visite » reviendront à tout bout de champ dans nos conversations. On apprendra ensemble à devenir des beaux-parents. Ce sera merveilleux.

— Tu seras sensationnelle dans le rôle de la marâtre, affirma Lily en se levant pour serrer son amie dans ses bras. Mais qui dit que tu ne finiras pas avec un étalon de vingt et quelques années qui a un faible pour les cougars…

— Et les gamins en bas âge.

— Il sera en adoration devant sa Mama cougar, et toi tu seras en extase parce que son plus grand souci dans la vie sera de préserver à tout prix son bronzage pendant les longs hivers new-yorkais.

Andy éclata de rire.

— La Mama cougar d'un éphèbe à la peau dorée, je suis archi-partante ! Pour toi, Mamita, si jamais tu écoutes, de là où tu es.

— Tu vois ? dit Lily en aidant sa propre grand-mère à se lever et en faisant signe à Andy de marcher avec elles vers le salon. La vie ne fait que commencer.

24

C'est tout

500 MOTS ! annonça le compteur du traitement de texte en faisant clignoter l'avertissement en très gros sur l'écran de l'ordinateur. Andy sourit, sauvegarda son travail et retira son casque. Elle gagna le minuscule espace de repos du Writer's Space pour s'offrir un café et trouva Nick, assis dos rond devant une des tablettes rabattables, en train de lire sur un Kindle. Nick, scénariste arrivé fraîchement de L.A., auteur du pilote d'une série comique qui avait rencontré un succès extraordinaire, venait de s'atteler à l'écriture de son premier scénario, très attendu, de long-métrage. Andy et lui étaient devenus des copains de pause-café quelques mois plus tôt, lorsqu'elle avait rejoint ce bureau communautaire. La semaine précédente, quand Nick l'avait invitée à aller voir un film indépendant, Andy était tombée des nues et, d'ébahissement, avait accepté.

Sans beaucoup de grâce, cependant.

— Tu sais que j'ai une petite fille, n'est-ce pas ? avait-elle lâché à l'instant où il finissait de lui présenter le film iranien qu'il lui proposait de voir en sa compagnie.

Nick avait fait pencher sa chevelure blond cendré, l'avait dévisagée un instant, puis avait éclaté de rire – un rire joyeux, et gentil.

— Absolument. Clementine, c'est ça ? Tu te souviens que tu m'as montré une photo d'elle sur ton téléphone – une où elle est à son cours de musique ? Et aussi celles que la nounou t'a envoyées, où elle a le visage barbouillé de sauce ? Oui, Andy, je sais que tu as une fille. Elle est la bienvenue, si tu le souhaites, mais je ne suis pas certain que ce genre de film soit sa tasse de thé.

Andy avait été mortifiée. Et ce d'autant plus qu'elle avait demandé mille conseils à Lily et à Jill : le jour où un homme lui proposerait un rendez-vous, comment devait-elle s'y prendre pour lui annoncer qu'elle avait une fille ? Quel était le bon moment, les circonstances favorables, les mots justes ? L'une comme l'autre lui avaient assuré qu'elle saurait instinctivement déterminer « le bon moment ». Ce n'était probablement pas ce qu'elles avaient eu en tête en disant ça.

— Excuse-moi, avait-elle marmonné, le visage en feu. C'est un peu nouveau pour moi, tout ça.

L'euphémisme du siècle, songea-t-elle. Cela faisait un an et demi qu'elle était divorcée, et même si elle ne croulait pas exactement sous les invitations, elle en avait refusé quelques-unes, bien incapable de maîtriser sa peur et son anxiété. Mais il y avait quelque chose chez Nick, la bonté de son regard, la douceur de ses manières, qui lui donna le sentiment qu'elle pouvait accepter l'invitation sans crainte.

Et ç'avait été une soirée absolument charmante. Andy avait pu donner son bain à Clementine puis l'habiller avant de lui expliquer qu'elle allait au cinéma avec un ami. Non pas que Clem puisse comprendre au point d'en être contrariée, mais Andy s'efforçait toujours de tout lui expliquer.

— Papa ? avait demandé Clementine, comme elle le faisait au moins dix fois par jour.

— Non, pas avec papa, ma chérie. Avec un ami.

— Papa ?

— Non. Quelqu'un que tu n'as jamais rencontré. Mais

Isla te lira tes histoires et te bordera, et je serai là demain matin quand tu te réveilleras, d'accord ?

Clem avait appuyé sa petite tête humide contre le sein maternel, chiffonné son doudou contre son visage et lâché un long soupir détendu. Andy avait dû se faire violence pour quitter l'appartement.

Le rendez-vous s'était… parfaitement bien déroulé. Nick lui avait proposé de passer la chercher en taxi, mais Andy avait préféré le retrouver directement au cinéma. Comme il avait déjà acheté leurs billets et réservé des sièges en bout de rangée, Andy avait acheté du pop-corn et des Raisinets et assuré un quart d'heure de conversation ininterrompue tout à fait acceptable avant que le film ne commence. Ensuite, ils étaient allés prendre un dessert dans un *coffee shop* de Houston Street, ils avaient parlé des années que Nick avait passées à L.A., des piges qu'Andy faisait depuis peu pour le magazine *New York* et, même si elle s'était juré de s'en abstenir, de Clementine. Lorsqu'il l'avait déposée devant chez elle, il lui avait planté un petit baiser sur la joue en lui disant qu'il avait passé une super soirée. Il semblait sincère. Andy s'était empressée d'en convenir – elle aussi avait passé un très bon moment, et bien plus détendu qu'elle ne l'avait anticipé – pour tout oublier de ce rencard sitôt franchie la porte de son appartement. Elle avait tout de même pensé à lui envoyer le lendemain un petit message de remerciements, auquel Nick avait répondu, et après quelques allers-retours, Andy avait arrêté l'échange. Elle avait tant de choses en tête, entre Clementine, ses dernières commandes d'articles et la visite de sa mère et de Jill prévue ce week-end-là, qu'elle avait à peine remarqué que Nick n'avait pas mis les pieds au Writer's Space de toute la semaine.

Mais il était de retour, et comme toujours absorbé dans ses lectures. Andy aurait pu retourner à son espace de travail sans se faire remarquer, mais elle se sentit aussitôt coupable. De quoi, elle ne savait pas trop. Mais de quelque chose.

Elle s'éclaircit la voix et s'assit sur la chaise en face de Nick.

— Salut. Ça fait longtemps.

Nick releva la tête mais ne sembla pas surpris de la voir. Son visage s'éclaira d'un grand sourire et il mit son Kindle en veille.

— Andy ! Ça fait plaisir de te voir. Quoi de neuf ?

— Pas grand-chose. Je fais ma pause des cinq cents mots. J'allais préparer du café. Tu en veux ?

Elle se dirigea vers la machine à café, soulagée d'avoir quelque chose pour s'occuper les mains.

— Je viens d'en préparer. Celui-là est frais.

— O.K.

Andy prit son mug sur l'étagère – personnalisé avec une photo de Clementine en train de souffler la bougie de son premier gâteau d'anniversaire – et le remplit de café. Elle ajouta du lait et du Splenda et, ne sachant pas trop quoi dire une fois qu'il lui faudrait se retourner, fit durer l'opération aussi longtemps que possible. Mais Nick ne semblait pas du tout nerveux et, lorsqu'clle rcvint s'asseoir en face de lui, il la regarda droit dans les yeux.

— Tu es dans le coin, ce week-end ?

Andy détestait ce genre de questions vagues. Était-elle libre pour l'accompagner au concert de Bruce Springsteen au Madison Square Garden, pour lequel il avait deux billets au premier rang ? Oui, sans doute. Avait-elle quelques heures de temps libre pour l'aider à déménager de son appartement au sixième sans ascenseur dans un autre appartement, lui aussi au sixième sans ascenseur ? Non, elle n'avait plus une minute à elle de tout le week-end. Ne sachant pas quoi répondre, elle se contenta de le fixer.

— Un de mes amis, illustrateur, montre son travail au National Arts Club. C'est une exposition dans un lieu privé. Avec quelques copains, nous allons dîner pour fêter ça, et j'aimerais beaucoup que tu m'accompagnes.

— À l'expo ? Ou au dîner ? demanda Andy pour gagner du temps.

— Au choix. Mais de préférence aux deux, répondit-il avec un sourire indéniablement et adorablement taquin.

Une kyrielle d'excuses lui traversa l'esprit, mais, incapable d'en formuler une seule, elle sourit et esquissa un hochement de tête.

— Ça a l'air sympa, dit-elle, sans une once d'enthousiasme.

Nick la regarda bizarrement pendant une seconde, mais sans doute décida-t-il d'ignorer la tiédeur de la réponse.

— Super. Je passerai te chercher vers 18 heures.

Andy savait déjà qu'il ne passerait pas la chercher, que l'inévitable rencontre avec Clem n'aurait pas lieu, et qu'il n'y aurait d'ailleurs pas de rendez-vous du tout, mais elle se sentait totalement incapable d'expliquer pourquoi. Nick était un garçon adorable, mignon et intelligent. Pour une

raison qui lui échappait, elle semblait lui plaire et il lui faisait une cour adorable, discrète, nullement menaçante. Le seul fait qu'elle n'ait rien ressenti lorsqu'il l'avait embrassée sur la joue, et que leur soirée lui soit aussitôt sortie de l'esprit ne signifiait pas qu'ils n'étaient pas bien assortis. Andy pouvait presque entendre les commentaires de sa sœur et de Lily : *Tu n'es pas en train d'accepter de l'épouser, Andy ! C'est un second rendez-vous. Tu n'as pas besoin d'être follement amoureuse au deuxième rencard. À tout le moins, cela te remettra dans le bain. Vas-y, détends-toi, amuse-toi. Arrête d'essayer d'orchestrer le moindre détail. Quelle importance que ça marche ou pas ? Essaie.*

Comme si c'était aussi simple.

— Andy ? 18 heures, ça te va ?

La voix de Nick l'arracha d'un coup à ses réflexions.

— 18 heures ? Oui, c'est parfait, répondit-elle avec un grand sourire, et elle se sentit aussitôt ridicule. Je ferais mieux de me remettre au boulot !

— Tu viens juste d'arrêter.

— Oui, mais je dois rendre ce papier vendredi, et je n'en suis qu'au premier jet !

Même à ses propres oreilles, sa voix sonnait faux. Elle préférait ne pas savoir l'effet qu'elle devait produire sur Nick.

Elle essaya de se rassurer en se disant que Nick était un mec très gentil en qui, à défaut d'autre chose, elle pourrait trouver une compagnie amusante pour des activités de loisirs. Quel besoin avait-elle de tirer des plans sur la comète ?

Elle réussit à se concentrer pendant l'heure suivante et, après avoir écrit une centaine de mots supplémentaires, elle commença à envisager avec plus de sérénité la date butoir du vendredi. C'était un pur plaisir de travailler pour le magazine *New York* et son nouveau rédac' chef, Sawyer, un transfuge de *Vogue* : l'homme était posé, raisonnable, archi-professionnel. Andy lui soumettait ses idées d'articles, il en retenait certaines, discutait en détail des points sur lesquels il aimerait la voir se concentrer en priorité, puis il se tenait en retrait pendant qu'elle procédait à ses recherches et écrivait, ne s'impliquant de nouveau que lorsqu'elle lui avait montré sa copie. À ce moment-là, il proposait des corrections judicieuses et posait des questions pertinentes et substantielles. L'article sur lequel elle travaillait en ce moment, pure coïncidence, s'intéressait à toutes les façons dont les couples homosexuels essayaient de démarquer leur mariage des mariages traditionnels sans se mettre à dos les membres conservateurs de leur famille. Ce serait son article le plus long jusque-là, et il commençait à prendre forme. Ces piges lui procuraient un salaire assez décent – du moins combiné avec ses intérêts de la vente de *The Plunge*, puisqu'elle avait prudemment placé le capital – et lui laissaient le temps de travailler sur d'autres projets. Dans le cas présent, un livre. Bien qu'elle n'ait écrit à ce jour qu'une centaine de pages, qu'elle n'avait montrées à personne, Andy avait un bon pressentiment. Mais comment savoir si elle publierait réellement un jour un roman à clés sur Miranda Priestly ? Tout ce qu'elle savait, c'était qu'elle adorait avoir retrouvé la maîtrise de sa propre vie.

Un e-mail arriva sur son portable et, machinalement, Andy cliqua pour l'ouvrir. *Un coucou de la Cité des Anges !* annonçait le titre. Andy comprit qu'il était d'Emily.

Chers amis, parents et fans fervents,

Je suis ravie de vous annoncer que Miles et moi avons enfin trouvé une maison et sommes en train de nous installer. Miles a commencé le tournage de sa nouvelle émission, *Lovers and Losers*, et tous ceux qui ont vu les rushes jurent que ça va être un énorme carton (imaginez un croisement entre *Khloé and Lamar* et *Les vraies femmes au foyer de Beverly Hills* !!!). Mon nouveau métier de styliste de stars est sur les rails. J'ai déjà signé Sofía Vergara, Stacy Keibler et Kristen Wiig, et sans vouloir me vanter, j'ai rendez-vous ce soir pour un verre avec Carey Mulligan, dont j'espère bien pouvoir dire à la fin de l'happy hour qu'elle est une cliente d'Emily Charlton. New York nous manque à tous les deux, comme vous tous, évidemment, mais la vie ici est vraiment agréable. Savez-vous qu'aujourd'hui il fait 25 °C et que nous sommes allés à la plage ? C'est pas génial, ça ? Alors s'il vous plaît, s'il vous plaît, venez nous voir bientôt… Vous ai-je dit que nous avons une piscine ET un jacuzzi ? Venez ! Franchement, vous ne le regretterez pas.

On vous aime et on vous embrasse,

Em

Emily ne semblait pas avoir reçu le message d'Andy. Elle l'avait pourtant flanquée à la porte de chez elle, puis elle avait mis un point d'honneur à ne répondre ni à ses coups de fil ni à ses e-mails – à l'exception de ceux qui concernaient la vente de *The Plunge* – et elle l'avait ignorée chaque fois qu'elles s'étaient rencontrées par hasard à un cocktail. Malgré tout, Emily refusait d'admettre le silence d'Andy. Elle continuait à lui envoyer des textos, des e-mails, à lui téléphoner, pour la tenir au courant de certaines évolutions, partager avec elle quelques ragots croustillants, et chaque fois qu'elles se croisaient, elle ne manquait jamais de saluer Andy avec enthousiasme, par une accolade chaleureuse. Cela avait donc été un grand soulagement pour Andy de recevoir, quelques mois plus tôt, l'e-mail d'Emily annonçant que Miles et elle partaient s'installer à Los Angeles. La distance viendrait sans doute à bout de leur ancienne amitié.

Le renvoi d'Emily, deux mois et demi seulement après le rachat de *The Plunge*, n'aurait pas dû être une surprise, mais lorsque Max l'avait annoncée à Andy, elle n'avait pas pu retenir un : « Je te l'avais bien dit. » Un seul numéro. C'était, en tout et pour tout, le temps que Miranda avait accordé à Emily et à la nouvelle rédac' chef pour faire leurs preuves chez Elias-Clark, avant de licencier en bloc toute l'équipe éditoriale. Andy n'avait pu s'empêcher de lire les différents comptes rendus de cette affaire. Le plus complet était apparu sur un blog, probablement alimenté par Agatha, ou l'une des autres assistantes témoins du drame. Andy l'avait dévoré. Apparemment, le clash s'était produit dans la semaine suivant la sortie du premier numéro de la nouvelle ère. Sa couverture était consacrée à Nigel et à son mari, Neil, qui était – du moins à en juger par les photos – un homme singulièrement terne, assez ringard, et de vingt ans au moins l'aîné de Nigel. Celui-ci apparaissait encore plus enrobé qu'à l'ordinaire – résultat, sans doute, de la félicité prénuptiale – et, entre la stature de mastodonte de l'un et l'insignifiance de l'autre, le couple n'avait rien de glamour, même à travers l'objectif de Saint-Germain. Ce numéro de *The Plunge*, le tout premier qu'un magazine de mariage consacrait à une union entre personnes du même sexe, avait rencontré un accueil incroyablement positif partout dans le pays, mais peu importait. La couverture n'était pas assez glam', et cela, c'était impardonnable. Emily n'était en rien responsable de cet échec, mais Miranda n'avait pas coutume de s'arrêter à ce genre de détails.

Andy n'aurait su dire qui avait laissé fuiter l'information – Emily, Nigel, Charla 3.0 ? – mais tous les blogs de potins s'accordaient sur la déclaration qui mit un terme au très bref règne d'Emily au sein de l'empire Elias-Clark.

— Vous êtes renvoyée, et ceci prend effet immédiatement. Et vos collaborateurs partent avec vous.

Miranda avait regardé Emily droit dans les yeux, et ajouté :

— Nous allons opter pour une équipe *plus fraîche*.

L'auteur de ce billet concluait en décrivant, avec une certaine jubilation, la stupeur de l'équipe de *The Plunge* découvrant, au retour de la pause déjeuner, que leurs badges ne leur permettaient plus l'accès au bâtiment. Une fois de plus, Emily avait été congédiée sans cérémonie par Miranda Priestly, encore que, cette fois-là, elle eût au moins le généreux montant de la vente pour se consoler. Emily avait informé Andy par e-mail que tous les autres membres de l'équipe étaient retombés sur leurs pieds : quelques-uns avaient intégré d'autres rédactions, deux avaient saisi cette opportunité pour reprendre leurs études, Daniel avait suivi son petit copain à Miami Beach, et Agatha – l'ambitieuse Agatha qui ne doutait de rien – tentait sa chance comme nouvelle assistante junior de Miranda. Elles se méritaient l'une l'autre.

Andy déplaça sa souris pour supprimer le mail d'Emily, comme elle l'avait fait avec les dizaines qui l'avaient précédé, mais elle se ravisa et cliqua sur « répondre ».

Salut Em,

Félicitations pour ton nouveau job – il semble fait pour toi. Et aussi pour la maison avec piscine, etc. Ce doit être un sacré changement après New York. Bonne chance pour tout.

Andy

Elle allait se remettre à la rédaction de son article lorsque Nick apparut devant son bureau. Elle mobilisa toutes ses forces pour l'inciter à rebrousser chemin et regretta instantanément d'avoir accepté un second rendez-vous. Il n'y avait rien qui clochait chez Nick, ou dans le fait d'avoir un rencard, mais elle aurait dû y réfléchir à deux fois avant de laisser ces préoccupations parasiter son nouvel espace de travail, un lieu merveilleusement calme et serein, où elle pouvait se tenir à l'écart du monde et oublier tout ce qu'il y avait parfois de pesant dans l'éducation d'un enfant. C'était le seul endroit au monde où elle pouvait être seule et néanmoins entourée d'autres gens, tous absorbés par leur travail. Il lui fallut faire un gros effort pour ne pas supplier Nick de la laisser tranquille.

— Andy, chuchota-t-il, en brisant la règle qui interdisait de parler dans l'espace de travail, où Andy avait choisi un bureau à l'écart des autres.

Elle leva la tête et haussa les sourcils, sans rien dire.

— Il y a un mec pour toi, dans la cuisine.

— Je n'ai pas commandé à manger, chuchota Andy, déconcertée.

— Il n'a pas l'air d'un livreur. Quelqu'un lui a ouvert la porte parce qu'il a dit que c'était important.

C'était bien la dernière chose qu'Andy avait besoin d'entendre. « Important » signifiait que le visiteur ne pouvait être que Max, et qu'il était ici au sujet de Clem. Andy sortit aussitôt le téléphone de son sac et vérifia rapidement ses messages. Il n'y en avait aucun d'Isla, ce qui était rassurant, mais peut-être l'urgence était-elle si extrême qu'elle avait pensé que Max serait plus facilement joignable et qu'elle l'avait donc appelé en premier. Sans rien ajouter à l'intention de Nick, Andy se leva et se rua vers la cuisine. Rien n'aurait pu la préparer à la surprise qui l'attendait.

— Salut, dit Alex, comme si sa présence en ces lieux était la chose la plus normale au monde.

— Salut, répondit Andy, sans pouvoir rien ajouter d'autre.

Alex passa la main dans ses cheveux et Andy remarqua qu'elle tremblait. Il était craquant avec son jean, sa polaire bleu marine et ses éternelles New Balance blanches. Lorsqu'il s'avança vers elle, bras grands ouverts, Andy dut batailler pour retenir ses larmes : la douceur familière de la polaire contre sa joue, le contact de ses mains sur son dos, l'odeur d'Alex, qu'elle aurait reconnue entre mille. Andy manqua s'étrangler d'émotion. Depuis combien de temps personne ne l'avait serrée dans ses bras comme ça, mis à part sa mère ? Un an ? Davantage ? C'était tout à la fois excitant et apaisant. C'était comme retrouver le chemin de la maison.

— Que fais-tu ici ? demanda-t-elle, encore convaincue que c'était un mirage ou, pire, une simple coïncidence.

— Je te traque, répondit Alex en riant.

— Non, sérieusement.

— Je suis sérieux. Je suis tombé sur ta nounou et Clementine aujourd'hui, dans cette pâtisserie qui vend des cupcakes près de chez toi et…

— Tu es *tombé* sur elles ? Mais que faisais-tu à trois blocs de chez moi ? Tu n'habites pas à Brooklyn, maintenant ?

— Si, dit Alex en souriant, mais comme je viens de te le dire, je te traque. J'étais donc dans cette pâtisserie, en train de manger un cupcake en essayant de trouver le culot d'aller sonner chez toi et voilà que, justement, arrive Clementine. Elle a tellement grandi depuis la dernière fois que je l'ai vue ! Elle est magnifique, Andy. Je l'aurais reconnue n'importe où.

Andy essaya de garder la tête froide en entendant Alex

avouer son projet de sonner chez elle, mais ne put s'empêcher de le dévorer des yeux.

— Donc, j'ai demandé à ta nounou si tu étais chez toi. Je lui ai dit que nous étions de vieux amis. Je pense qu'elle a un peu flippé de ce qu'un inconnu lui demande ça parce qu'elle m'a répondu que tu étais « sortie, pour écrire » – ce sont ses mots.

— Et tu as décidé de tenter ta chance au hasard, et de voir si j'étais ici, plutôt que dans l'un des cinquante autres endroits similaires de la ville ? Sans parler des bureaux privés, des bibliothèques, des *coffee shops*…

Alex lui donna un petit coup amical du bout du doigt et elle eut aussitôt envie de l'embrasser.

— Ouais, ou alors, j'ai tout bêtement remarqué, il y a quelques mois, que tu avais posté sur le mur de Lily que tu travaillais dans un endroit appelé Writer's Space.

Andy haussa les sourcils.

— Je sais, je sais, j'avais dit que jamais je ne m'inscri-
rais sur Facebook, mais j'ai fini par craquer. Maintenant, je peux traquer mes ex comme tout un chacun. Bref, un mec du nom de Nick a répondu à l'Interphone et il a dit qu'il te connaissait…

— Oui.

Une femme d'une quarantaine d'années entra dans la cuisine et commença à fouiller dans le réfrigérateur. Alex et Andy se turent tout en la regardant extraire un Tupperware de l'un des tiroirs et décapsuler un Pepsi. Soudain consciente qu'elle avait interrompu une conversation, elle emporta son déjeuner à l'autre bout de l'espace de repos, et s'empressa de glisser des écouteurs dans ses oreilles.

— Donc…

Andy regarda Alex en lui intimant mentalement l'ordre de parler le premier. Il y avait tant à dire ! Elle ne savait pas par où commencer. Pourquoi était-il ici ? Que voulait-il ?

— Donc… (Alex toussa nerveusement et se frotta l'œil.) Ma lentille me rend fou, depuis ce matin.

— Mmm. Je déteste ça, moi aussi.

— À qui le dis-tu. Je n'arrête pas de me dire que je devrais faire cette opération au laser, histoire d'en finir avec les lentilles, mais quand tu entends tous ces témoignages de gens qui ont ensuite des problèmes de sécheresse oculaire et…

— Alex, le coupa-t-elle. C'est Alex, n'est-ce pas ? Pas Xander ? Que se passe-t-il ?

Il avait l'air penaud. Anxieux. Il se tordit nerveusement les doigts et tira sur le col de sa polaire.

— C'est Alex, dit-il. Comment ça, que se passe-t-il ? Je passais te dire bonjour. Est-ce que c'est si bizarre ?

Andy éclata de rire.

— Oui, c'est complètement bizarre. C'est adorable, mais bizarre.

Quand s'étaient-ils vus pour la dernière fois ? Un an plus tôt, lors de ce brunch, épisode ô combien embarrassant. Andy était tentée de lui demander des nouvelles de Sophie pour voir ce qu'Alex, après coup, savait de l'histoire, mais elle ne put s'y résoudre.

— C'est fini entre Sophie et moi, dit-il en contemplant la table. Depuis un petit moment, maintenant.

— Je suis désolée de l'apprendre.

— Vraiment ? lança Alex avec un sourire.

— En fait, non. Je ne suis absolument pas désolée.

— Je sais tout, Andy, reprit-il sans se départir de son sourire. Je suis au courant de l'aventure avec son étudiant, et de toute l'histoire. Elle était tellement persuadée que tu m'avais tout raconté que, après ce brunch, elle m'a tout avoué. Elle n'a jamais cru, je pense, que tu avais tenu ta langue.

— Je suis désolée. Pour tout.

Alex hocha la tête. Il comprenait qu'elle était désolée à la fois de ne lui avoir rien dit alors qu'elle était au courant, et de la douleur qu'il avait dû éprouver en découvrant le pot aux roses.

— Il s'est avéré que ce n'était pas vraiment une

aventure sans lendemain. Ils se sont mariés presque aussitôt, et elle est sur le point d'accoucher.

Andy eut envie de le serrer dans ses bras.

— Je sais aussi que Max et toi…

Une fois de plus, il détourna le regard.

— Max ? répéta Andy.

Même si elle avait compris le sens de la phrase, c'était si étrange d'entendre Alex prononcer le nom de son ex-mari.

— Le div… Tout ce qui s'est passé entre vous.

Andy le fixa jusqu'à ce qu'il se décide à croiser son regard.

— Comment es-tu au courant ? Lily m'a répété dix fois qu'elle ne t'avait rien dit, que les deux ou trois fois où vous vous êtes parlé, aucun de vous n'a mentionné mon nom.

— Ce n'est pas par Lily. Mais Emily.

— Emily ? Mais depuis quand êtes-vous en contact ?

Alex lui sourit, d'un sourire teinté de tristesse.

— Nous n'avons jamais été en contact. Mais il y a quelques mois, elle m'a appelé, à l'improviste. C'était un moulin à paroles, elle était presque hystérique, je ne comprenais rien à ce qu'elle racontait. C'était tout à fait la fille dont je me souvenais à l'époque de *Runway*.

— *Elle t'a appelé* ?

— Oui. Apparemment, elle s'était fait virer une fois de plus par Miranda, et son mari et elle projetaient de partir s'installer à L.A.

— Oui, c'est ce qu'ils viennent de faire.

— Donc, elle a tout déballé, d'un bloc, elle m'a raconté comment elle avait tout bousillé – avec Elias-Clark, Miranda, *The Plunge*, et surtout avec toi. Et elle voulait me mettre au courant de ton… euh, ton… divorce.

Même s'il ne la choquait plus autant qu'autrefois, ce mot lui inspirait toujours un mouvement de recul.

— Oh, mon Dieu ! Elle n'a pas fait ça.

— Elle m'a dit qu'elle voulait faire enfin un truc bien,

après avoir à ce point foiré sur tous les plans, et ce qui s'imposait, apparemment… et depuis longtemps…

Alex s'interrompit et toussota.

Andy était sans voix. Cette scène était-elle vraiment en train de se passer ? Alex était-il vraiment là avec elle, dans cette cuisine tristounette, en train d'insinuer – ou plutôt d'affirmer sans ambages – qu'il pensait à elle ? Qu'ils devraient se donner une autre chance ? Ce scénario avait beau être l'un de ceux qui dirigeaient fréquemment ses rêveries, il n'en paraissait pas moins tiré par les cheveux.

Andy ne disait rien et Alex, après avoir contemplé ses pieds, se mit à admirer le plafond. Le silence sembla durer une éternité.

— Et si on dînait ensemble, dimanche ? De bonne heure, avec Clementine, peut-être autour de 17 heures ? On pourrait l'emmener quelque part dans ton quartier, aller manger une pizza, ou un hamburger ? Un truc simple…

Andy éclata de rire.

— Elle adore les pizzas. Comment l'as-tu deviné ?

— Quel gamin n'aime pas ça ?

Andy le regarda en souriant. Et quand il lui sourit à son tour, elle sentit ce pincement familier, mais depuis longtemps oublié, au creux de son estomac.

— Ça semble super. On est partantes.

— Formidable ! C'est noté.

Son téléphone bipa et il jeta un coup d'œil à l'écran.

— Mon frère est à New York ce week-end, il vient voir des copains en troisième cycle à NYU, et j'ai rendez-vous avec lui. Il veut me traîner dans une tournée des bars. Que Dieu me vienne en aide.

— Oliver ? Je n'arrive pas à croire qu'il soit adulte. Je ne l'ai pas revu depuis… dix ans ? Comment va-t-il ?

— Super bien. Il vit à San Francisco, travaille pour Google, et sort avec une nana follement sexy qui l'appelle nuit et jour. Il est devenu une personne à part entière. C'est le truc le plus étrange qui soit.

— Propose-lui de dîner avec nous dimanche. Ça me ferait plaisir de le revoir, après tout ce temps…

— Je ne suis pas certain qu'une pizza à 5 heures de l'après-midi avec son frère et une petite gamine le branche vraiment, mais je te promets de lui en parler.

— Dis-lui que je veux le voir !

— Je le lui dirai. Promis. Je suis sûr qu'il en a très envie, lui aussi. Il a toujours…

Alex rougit.

— Quoi ?

— Rien.

— Alex ! Il a toujours quoi ?

— Il a toujours pensé qu'on finirait par se remettre ensemble. Il n'a jamais cessé de demander de tes nouvelles.

— Parce qu'il était pas super fan de Sophie, sans doute.

— Non, pas du tout. Il la trouvait super sexy et…

Andy leva la main.

— C'est bon, j'en ai assez entendu.

— Désolé, dit Alex avec un sourire.

Andy éclata de rire et l'observa se lever et remettre sa sacoche. Elle brûlait d'envie de le serrer dans ses bras, mais elle ne voulait pas se montrer trop pressante.

Alex la regarda, l'air un peu intimidé, un peu penaud même, la main crispée sur la bandoulière de sa sacoche.

— Andy ? On va y aller lentement, je te promets. Je n'ai pas envie de me précipiter dans quoi que ce soit, et je sais que tu n'en as pas envie non plus. On fera attention.

— Oui. Attention.

— Tu as une fille et tu dois penser à elle, je le comprends très bien, et je le respecte. Nous avons toi comme moi perdu des plumes dans notre précédente relation, et je suis sûr qu'on est tous les deux…

Sans réfléchir, sans se soucier de son apparence, de la réaction d'Alex ni de ce qui se dirait ensuite, Andy se hissa sur la pointe des pieds, se suspendit au cou d'Alex et l'embrassa sur la bouche. Le baiser ne dura que quelques secondes, mais il lui sembla que cette sensation était la plus naturelle et la plus merveilleuse au monde.

Quand elle recula, ils échangèrent un sourire radieux.

— Tu peux éviter de te précipiter autant que tu le veux, dit-elle d'un air sérieux. Mais sache que j'ai l'intention de plonger tête la première, sans retenue et sans penser aux conséquences.

— Carrément ? dit Alex avec un grand sourire. *Sans retenue et sans penser aux conséquences ?*

Pour toute réponse, Andy l'embrassa de nouveau.

Remerciements

Merci est un mot bien trop faible pour exprimer ma reconnaissance envers Sloan Harris, mon agent, amie et parfois, lorsque la nécessité s'en fait sentir, psy. Il n'existe aucune angoisse que tu ne saches apaiser, aucun problème que tu ne puisses résoudre. Merci pour ta sagesse, tes conseils infaillibles et ton calme inébranlable dans les tempêtes. Ils sont bien plus appréciés que tu ne le sauras jamais.

Je remercie également Marysue Rucci, qui depuis près de dix ans maintenant (!) est pour moi bien plus qu'une directrice littéraire : MSR, tu es une supportrice, une confidente, une conseillère de confiance, et je me souviens à peine d'une vie où j'écrivais déjà mais ne te connaissais pas encore. Des premiers échanges d'idées au livre imprimé, tu as amélioré cet ouvrage de toutes les façons qui se puissent imaginer.

Je remercie toute ma famille chez Simon & Schuster pour leur formidable travail et leur créativité. Jon Karp, Jackie Seow, Richard Rhorer, Andrea DeWerd, Tracey Guest, Jennifer Garza, Jessica Zimmerman et Felice Javitz : vous êtes la meilleure équipe dont puisse rêver un auteur. Je remercie tout particulièrement Aja Pollock et Emily Graff pour tout. Littéralement tout.

Merci également à la fantastique équipe de ICM : Maarten Kooij, Kristyn Keene, Josie Freedman, Heather Karpas et Shira Schindel. J'apprécie vos conseils astucieux et vos idées sensationnelles (et naturellement, vos décisions prises aux votes). Merci de m'avoir toujours guidée sur la bonne voie, dans toutes les situations.

À toute l'incroyable équipe londonienne : un vibrant merci pour votre enthousiasme sans limites et vos idées géniales, de la conception à la publication de ce livre. Cela fait plus de dix ans que nous travaillons ensemble maintenant et j'ai une immense dette (et une adoration) pour toute ma famille britannique. Chez Harper Collins, merci à Kate Elton, Lynne Drew, Claire Bord et Louise Swannell. Des milliers de mercis, chez Curtis Brown, à Vivienne Schuster, Betsy Robbins, Sophie Baker et Claire Nozières.

À mes amis qui ont été si généreux de leur temps et de leur expertise : Wendy Finerman, Hillary Irwin, Matthew Hiltzik, Josh Wolfe, Kyle White, Ludmilla Suvorova et toutes mes amies, à New York ou ailleurs – je vous embrasse toutes et tous très fort et vous supplie de nous voir bientôt pour boire un verre. Par exemple demain.

Aucun mot ne suffit à exprimer ma reconnaissance à Mallory Stehle et Tracy Larry, sans qui ce livre n'aurait littéralement jamais existé. Vous ferez toujours partie de la famille.

Maman, papa, Dana : je vous aime de tout mon cœur. Merci de m'aider à garder les pieds sur terre, et la tête (à peu près) sur les épaules et pour les mille et une façons dont vous m'aidez, m'encouragez et, le plus important, me faites rire. Merci à toute ma famille, pour leurs encouragements, leur compréhension et la faculté à savoir toujours quand il faut éviter de me demander des nouvelles de mon travail : Bernie, Judy, Seth, Sadie, Grandma, Papa, Jackie, Mel, Allison, Dave, Sydney et Emma. Ces deux dernières années ont été un moment de folie et je n'aurais jamais pu survivre (ou apprécier l'aventure) sans chacun de vous.

Et surtout, je remercie mon mari, Mike, grâce à qui *tout* est possible. Ce livre n'aurait jamais été plus qu'une lubie éphémère sans ton soutien, tes suggestions, tes idées et tes lectures attentives. Aucun remerciement ne pourra jamais rendre compte de toutes les façons, les grandes comme les petites, dont tu me (dont tu nous) combles. À R et S, merci de m'avoir offert plus de joie que je n'aurais pu imaginer en connaître un jour. Il est impossible de ne pas sourire lorsque vous êtes près de moi. Je vous aime tous les trois de tout mon cœur.

Composition et mise en pages
Nord Compo à Villeneuve-d'Ascq

Imprimé en Allemagne
par GGP Media GmbH
à Pößneck
en mars 2019

Dépôt légal : avril 2019
S27347/01